George R. R. Martin & Gardner Dozois
präsentieren

KÖNIGIN IM EXIL

und 20 weitere Kurzromane

George R. R. Martin & Gardner Dozois
präsentieren

Königin im Exil

und 20 weitere Kurzromane

Übersetzt von Andreas Helweg, Karin König,
Barbara Schnell und Wolfgang Thon

blanvalet

Die Originalausgabe erschien 2013 unter dem Titel
»Dangerous Women« bei Tor Books, New York.

Verlagsgruppe Random House FSC® N001967
Das für dieses Buch verwendete FSC®-zertifizierte Papier
Salzer Alpin wird produziert von UPM, Schongau
und geliefert von Salzer Papier, St. Pölten, Austria.

1. Auflage
Deutsche Erstveröffentlichung Mai 2015
bei Blanvalet, einem Unternehmen der Verlagsgruppe
Random House GmbH, München
Copyright © by George R. R. Martin & Gardner Dozois
Published by agreement with the author and author's agents,
Lotts Agency, Ltd.
Copyright der einzelnen Romane: siehe am Ende des Buches
Copyright © der deutschsprachigen Ausgabe 2015
by Blanvalet Verlag, München,
in der Verlagsgruppe Random House GmbH
Umschlaggestaltung und -illustration: © Isabelle Hirtz, Inkcraft
HK · Herstellung: sam
Satz: Uhl + Massopust, Aalen
Druck und Bindung: GGP Media GmbH, Pößneck
Printed in Germany
ISBN: 978-3-7341-6012-7

www.blanvalet.de

INHALT

Gardner Dozois: Einführung 7

Joe Abercrombie: Welch ein Desperado! 15

Megan Abbott: Entweder ist mein Herz gebrochen ... 45

Cecelia Holland: Noras Lied 81

Melinda Snodgrass: Die Hände, die nicht da sind 119

Jim Butcher: Bombige Muscheln 161

Carrie Vaughn: Raisa Stepanowa 235

Joe R. Lansdale: Ringen mit Jesus 277

Megan Lindholm: Nachbarn 323

Lawrence Block: Ich weiß, wie man sie rauspickt 381

Brandon Sanderson: Schatten für Stille in den
Waldungen der Hölle 411

Sharon Kay Penman: Königin im Exil 483

Lev Grossman: Das Mädchen im Spiegel 527

Nancy Kress: Zweite Arabesque, sehr langsam 561

Diana Rowland: Stadtlazarus 607

Diana Gabaldon: Unschuldsengel 645

Sherrilyn Kenyon: Die Hölle kennt keinen Zorn 753

S. M. Stirling: Verkünder der Strafe 777

Sam Sykes: Benenne die Bestie 827

Pat Cadigan: Kümmerer 855

Caroline Spector: Lügen, die meine Mutter
mir erzählt hat 913

George R. R. Martin: Die Prinzessin und die
Königin oder die Schwarzen und die Grünen 991

EINFÜHRUNG VON GARDNER DOZOIS

Übersetzt von Wolfgang Thon

Die Belletristik war immer schon geteilter Ansicht, *wie* gefährlich Frauen wirklich sind.

In der realen Welt ist diese Frage natürlich längst geklärt. Selbst wenn Amazonen mythische Wesen sind (und wenn sie es nicht wären, hätten sie sich höchstwahrscheinlich nicht die rechte Brust amputiert, um ihren Bogen leichter spannen zu können), wurden die Legenden um sie von den wilden Kriegerinnen der Skythen inspiriert, die ganz sicher keine mythologischen Wesen waren. Gladiatorinnen fochten in den Arenen des antiken Roms bis zum Tod gegen andere Frauen – und manchmal auch gegen Männer. Es gab weibliche Piraten wie Anne Bonny und Mary Read und sogar weibliche Samurai. Frauen dienten im Zweiten Weltkrieg in der russischen Armee an der Front und waren ob ihrer Wildheit gefürchtet. In Israel tun sie das heute noch. Bis zum Jahr 2013 war für Frauen der Dienst in der Armee der US-Streitkräfte auf Funktionen beschränkt, in denen sie nicht an Kampfhandlungen teilnehmen konnten. Trotzdem haben viele tapfere Frauen in Irak und Afghanistan ihr Leben gelassen, da sich weder Kugeln noch Landminen je darum gekümmert haben, ob man Zivilist ist oder nicht. Frauen, die für die Vereinigten Staaten während des Zweiten Weltkriegs als Pilotinnen dienten, durften ebenfalls nicht aktiv an Kampfhandlungen teilnehmen. Trotzdem wurden viele von ihnen während der Ausübung ihrer Pflicht getötet. Russische Frauen dagegen griffen als Kampfpilotinnen in das Geschehen ein und wurden manchmal sogar Fliegerasse. Eine russische Scharfschützin bekam während des Zweiten Weltkriegs mehr als fünfzig Abschüsse zugeschrieben. Königin Boudicca vom Stamm der Icener führte eine der furchteinflößendsten Revolten gegen das Römische Imperium an, die es je gegeben hatte, und es wäre ihr beinahe gelungen, die römischen Invasoren aus Britannien zu vertreiben. Ein junges französisches Bauernmädchen inspirierte die französischen Truppen und führte sie so erfolgreich gegen den Feind, dass sie ewigen Ruhm erntete und als Jeanne d'Arc, Jungfrau von Orleans, unsterblich wurde.

Auf der dunklen Seite gab es weibliche Straßenräuber wie zum Beispiel Mary Frith, Lady Katherine Ferrers und Pearl Hart. Letztere war die letzte Person, die jemals eine Postkutsche ausraubte. Dazu gesellten sich berüchtigte Giftmörderinnen wie Agrippina und Caterina de' Medici, moderne weibliche Verbrecherinnen wie Ma Barker und Bonnie Parker und sogar Serienmörderinnen wie Aileen Wuornos. Elizabeth Báthory soll angeblich im Blut von Jungfrauen gebadet haben, und selbst wenn das mittlerweile fraglich scheint, besteht kein Zweifel daran, dass sie in ihrem Leben Dutzende, vielleicht sogar Hunderte von Kindern gefoltert und ermordet hat. Königin Maria I. von England hat Hunderte von Protestanten auf dem Scheiterhaufen verbrennen lassen; Königin Elizabeth von England hat das später mit der Hinrichtung einer großen Zahl von Katholiken vergolten. Die wahnsinnige Königin Ranavalona von Madagaskar hat so viele Leute mit dem Tod bestraft, dass sie während ihrer Regentschaft fast ein Drittel der gesamten Bevölkerung Madagaskars auslöschte. Sie ließ Leute exekutieren, nur weil sie ihr im Traum erschienen waren.

Unterhaltungsliteratur hatte jedoch schon immer einen sehr schizophrenen Blick auf die Gefährlichkeit von Frauen. In den Science-Fiction-Romanen der dreißiger, vierziger und fünfziger Jahre war die Rolle von Frauen, falls sie überhaupt auftauchten, im Allgemeinen auf die Person der wunderschönen Tochter des Wissenschaftlers beschränkt, die während der Kampfszenen möglicherweise kreischte, aber ansonsten wenig mehr zu tun hatte, als anschließend schmachtend am Arm des Helden zu hängen. Legionen von Frauen schwanden vor Hilflosigkeit die Sinne, während sie darauf warteten, von dem unerschrockenen Helden mit seinem kantigen Kinn vor allem Möglichen gerettet zu werden, angefangen bei Drachen bis hin zu glupschäugigen Monstern, die sie immer, zumindest wenn man den Covern der Trivial-SF-Magazine glauben durfte, für höchst unersprießliche Zwecke wegzuschleppen trachteten, sei es um den Speiseplan zu bereichern oder für romantischere Zwecke. Hoffnungslos zappelnde Frauen wurden an Bahngleise gefesselt, ohne dass ihnen etwas anderes übrig blieb, als quiekend zu protestieren und darauf zu hoffen, dass der Gute rechtzeitig auftauchte, um sie zu retten.

Gleichzeitig jedoch konnten Kriegerinnen wie Edgar Rice Burroughs' *Dejah Toris* und *Thuvia, das Mädchen vom Mars*, ebenso gut mit der Klinge umgehen und waren ebenso tödlich im Kampf wie John Carter und ihre anderen männlichen Kameraden. Weibliche Abenteurerinnen wie C. L. Moores *Jirel von Joiry* bahnten sich tollkühn den Weg durch die Seiten von *Weird-Tales*-Magazinen und schlugen dabei eine Bresche für spätere weibliche Draufgängerinnen wie zum Beispiel Joanna Russ' *Alyx*. James H. Schmitz schickte Agenten der Vega wie *Granny Wannatel* und furchtlose Teenager wie *Telzey Amberdon* und *Trigger Argee* in die Schlacht gegen finstere Bedrohungen und Monster aus dem Weltall. Robert A. Heinleins gefährliche Frauen waren durchaus fähig, als Kapitän eines Raumschiffes zu dienen, und vermochten Feinde im Nahkampf zu erledigen. Sir Arthur Conan Doyles schlaue und düstere *Irene Adler* war eine der ganz wenigen Personen, die Sherlock Holmes jemals übertölpeln konnten, und wahrscheinlich eine Quelle der Inspiration für die Legionen von raffinierten, gefährlichen, verführerischen und hinterhältigen Femmes fatales, die in den Werken von Dashiell Hammett und James M. Cain auftauchten und später zu Dutzenden im Film noir reüssierten. Sie sind bis heute in Filmen und Fernsehproduktionen zu sehen. Spätere TV-Heldinnen wie *Buffy, die Vampirjägerin* und *Xena, die Kriegerprinzessin* etablierten die Wahrnehmung der Frau als furchteinflößend und tödlich genug, um Horden von fürchterlichen, übernatürlichen Bedrohungen zu bekämpfen, und halfen bei der Entstehung des Subgenres der paranormalen Romanze, was inoffiziell manchmal auch »Kick Ass Heroine«-Genre genannt wird.

Da unsere Anthologie *Königin im Exil* als genreübergreifende Anthologie verstanden wird, eine, in der sich alle Arten von Fiktion versammeln, haben wir Schreiber, Frauen und Männer, aus jedem Genre, der Science-Fiction, der Fantasy, dem Krimi, historischen Romanen, Horror, Paranormal Romance, gebeten, das Thema »Gefährliche Frauen« anzugehen. Unser Ruf wurde von den besten Schreibern erhört, sowohl von Neulingen als auch von Titanen auf ihrem Gebiet, wie zum Beispiel Diana Gabaldon, Jim Butcher, Sharon Kay Penman, Joe Abercrombie, Carrie Vaughn, Joe R. Lansdale, Lawrence Block, Cecelia Holland, Brandon Sanderson, Sherilynn Kenyon, S. M. Stirling, Nancy Kress und George R. R. Martin.

Sie werden hier keine hilflosen Opfer finden, die furchtsam wimmernd zusehen, wie der männliche Held die Monster bekämpft oder mit dem Bösewicht die Klingen kreuzt; falls Sie *diese* Frauen an Straßenbahnschienen ketten wollen, dürfen Sie sich auf einen erbitterten Kampf gefasst machen. Stattdessen finden Sie hier schwertschwingende Kriegerinnen, unerschrockene Kampfpilotinnen und weitgereiste Raumfahrerinnen, tödliche Serienmörderinnen, furchteinflößende Superheldinnen, raffinierte und verführerische

Femmes fatales und Zauberinnen, ausgekochte böse Mädchen, weibliche Banditen und Rebellinnen, kampfbereite weibliche Überlebende postapokalyptischer Zukünfte, Privatdetektivinnen, strenge, gnadenlose Richterinnen, hochmütige Königinnen, die Nationen regieren und deren Eifersucht und Ehrgeiz Tausende in einen grauenvollen Tod schicken, wagemutige Drachenreiterinnen und noch viele mehr.

    Viel Vergnügen!

JOE ABERCROMBIE

Wie die spannende, schnelle und actiongeladene Geschichte, die jetzt folgt, demonstriert, kann die Verfolgung eines Flüchtigen manchmal für die Jäger ebenso gefährlich sein wie für die Gejagte – vor allem, wenn die Beute mit dem Rücken an der Wand steht...

Joe Abercrombie ist einer der leuchtenden Sterne der zeitgenössischen Fantasy. Er wird von Lesern und Kritikern gleichermaßen für seine harte und nüchterne Herangehensweise an das Genre gelobt und ist vor allem durch seine Klingen-Trilogie bekannt geworden. Der erste Roman *Kriegsklingen* wurde im Jahr 2006 veröffentlicht; ihm folgten in den nächsten Jahren *Feuerklingen* und *Königsklingen*. Er hat auch die beiden Einzeltitel *Racheklingen* und *Heldenklingen* geschrieben. Sein neuester Roman ist *Blutklingen*. Außer als Schriftsteller arbeitet Abercrombie auch als freiberuflicher Filmcutter und lebt und wirkt in London.

WELCH EIN DESPERADO!

Übersetzt von Wolfgang Thon

Shy rammte dem Pferd die Hacken in die Flanke. Die Vorderläufe des Tieres gaben nach, und bevor sie auch nur wusste, wie ihr geschah, hatte sich ihr Sattel von ihr verabschiedet.

Ihr wurde ein kurzer, armrudernder luftiger Moment gewährt, um die Lage zu sondieren. Nur war sie nicht sonderlich gut darin, irgendetwas auf die Schnelle einzuschätzen, und die ihr entgegensausende Erde ließ ihr keine Zeit für eine genauere Prüfung. Sie versuchte so gut wie möglich, sich nach der Landung abzurollen, wie sie es bei den meisten ihrer Missgeschicke versucht hatte, aber der Boden spielte nicht mit; er entrollte sie, klopfte sie ordentlich durch und schleuderte sie dann Hals über Kopf in einen von der Sonne ausgedörrten Busch.

Langsam legte sich der Staub.

Sie nahm sich einen Moment Zeit, um Atem zu schöpfen. Dann einen zweiten, um zu stöhnen, als die Welt aufhörte, sich um sie herum zu drehen. Und noch einen, in dem sie vorsichtig einen Arm und ein Bein bewegte und auf den ekelerregenden Schmerz wartete, der ihr sagen würde, dass etwas gebrochen und der erbärmliche Abklatsch ihres Lebens zu Staub zerronnen war. Sie hätte diese Information begrüßt, wenn sie sich dann einfach hätte ausstrecken und aufhören können wegzulaufen. Doch der Schmerz kam nicht. Jedenfalls überstieg er nicht den gewohnten Rahmen. Was ihr elendes Leben anging, erwartete sie also weiterhin den Urteilsspruch.

Shy rappelte sich hoch, zerkratzt, zerschlagen, vollkommen staubbedeckt, und spuckte Sandkörner aus. Sie hatte in den letzten Monaten viel zu viel Dreck geschluckt, aber ihr schwante, dass das noch nicht alles gewesen war. Ihr Pferd lag ein paar Schritte von ihr entfernt. Die schweißbedeckte Flanke des Tieres hob und senkte sich bebend, und seine Vorderläufe waren schwarz von Blut. Nearys Pfeil hatte es in die Schulter getroffen, war jedoch nicht tief genug eingedrungen, um das Pferd zu töten oder es merklich zu verlangsamen. Aber er saß so tief, dass es ständig Blut verlor. So hart wie sie geritten war, hatte sie das Tier ebenso sicher getötet, als wäre ihm der Pfeil ins Herz gedrungen.

Früher einmal hatte Shy Pferde gemocht. Damals war sie ungewöhnlich liebevoll zu Tieren gewesen, obwohl sie Menschen oft abweisend behandelt hatte, meistens zu Recht. Das war schon lange her. Jetzt hatte Shy nichts Liebevolles mehr an sich und nichts Weiches, weder am Körper noch im Kopf. Also überließ sie das Tier seinen letzten, von rotem Schaum begleiteten Atemzügen, ohne es tröstend zu streicheln, und machte sich auf den Weg in die Stadt. Zuerst trottete sie nur, aber schon bald gefiel ihr diese körperliche Anstrengung. Was Laufen anging, hatte sie einen ganzen Haufen Übung.

»Stadt« war eine Übertreibung. Der Ort bestand aus sechs Gebäuden, wobei für zwei oder drei die Bezeichnung »Gebäude« äußerst wohlwollend war. Sie bestanden aus unbehauenem Holz, ein rechter Winkel war offenbar ein Fremdwort, sie waren von der Sonne verbrannt, vom Regen ausgebleicht und verstaubt. Sie scharten sich um einen schmutzigen Platz und einen Brunnen, dessen steinerne Fassung zerbröckelte.

Das größte Gebäude sah aus wie ein Saloon, ein Bordell oder eine Handelsniederlassung und war wahrscheinlich alles drei gleichzeitig. Ein wackeliges Schild klammerte sich an die Bretter über dem Eingang, aber der Wind und der Sand hatten den Namen darauf zu ein paar grauen Streifen auf der Maserung des Holzes abgeschliffen. *Nichts und nirgendwo,* war alles, was es jetzt noch verkündete. Sie lief die Treppe hoch, nahm zwei Stufen auf einmal. Die alten Bretter ächzten unter ihren nackten Füßen. Ihre Gedanken überschlugen sich, als sie überlegte, was sie tun würde, sobald sie drin war, mit welchen Lügen sie die Wahrheit würzen musste, um das glaubwürdigste Rezept zusammenzuköcheln.

Ich werde von Männern gejagt! Sie rang nach Luft, als sie in der Tür stand, und gab sich Mühe, vollkommen verzweifelt auszusehen. Was ihr im Augenblick nicht sonderlich schwerfiel; genau genommen war es in keinem Moment der letzten zwölf Monate schwierig gewesen.

Diese Mistkerle sind zu dritt! Dann weiter, vorausgesetzt niemand erkannte sie aufgrund ihrer vielen Steckbriefe: *Sie haben versucht, mich auszurauben!* Das war eine Tatsache. Unnötig hinzuzufügen, dass sie das Geld selbst der neuen Bank in Hommenaw geraubt hatte, und zwar in Begleitung ebendieser drei ehrenwerten Herrschaften sowie eines Vierten, der allerdings von den zuständigen Behörden erwischt worden war und mittlerweile längst am Galgen baumelte.

Sie haben meinen Bruder ermordet! Sie sind im Blutrausch! Ihr Bruder saß sicher zu Hause, wo sie auch gerne gewesen wäre, und wenn ihre Verfolger trunken waren, dann höchstwahrscheinlich von billigem Fusel, wie gewöhnlich. Aber sie würde all das mit diesem kleinen Triller in ihrer Kehle herausschreien. Shy konnte sehr gut trällern, wenn es sein musste. Sie hatte es geübt. Sie stellte sich vor, wie die Stammgäste aufsprangen, bemüht, einer Frau in Not zu Hilfe zu eilen. *Sie haben mein Pferd erschossen!* Sie musste einräumen, wie wenig wahrscheinlich es war, dass jemand, der hier draußen leben wollte, deshalb vor lauter Ritterlichkeit ins Schwitzen kam, aber vielleicht würde ihr das Schicksal dieses eine Mal gnädig gestimmt sein.

So etwas kam doch sicher hin und wieder vor ...

Sie trat durch die Schwingtür des Saloons und öffnete den Mund, um mit ihrer Geschichte loszulegen, blieb dann aber wie angewurzelt stehen.

Der Laden war leer.

Was nicht hieß, es war einfach nur niemand anwesend, sondern es war *gar nichts* da. In dem gesamten Schankraum befand sich nicht das kleinste Möbelstück. Eine schmale Treppe führte an der Wand links von ihr zu einer Galerie hoch, auf der leere Türöffnungen gähnten. Überall funkelte Licht, wo die aufgehende Sonne ihre Strahlen durch die vielen Löcher in dem schlecht gezimmerten Dach bohrte. Möglicherweise lief immerhin eine Echse durch die allgegenwärtigen Schatten, und alles war von einer dicken Staubschicht bedeckt, die sämtliche Oberflächen grau färbte und sich in jeder Ecke häufte. Shy stand einen Moment da und blinzelte, dann stürmte sie zurück, die baufällige Veranda entlang zum nächsten Gebäude. Als sie die Tür aufstieß, fiel sie von ihren rostigen Angeln.

Dieses Haus hatte nicht einmal ein Dach oder einen Boden. Nur blanke Dachbalken, zwischen denen der gleichgültige, rosafarbene Himmel schimmerte, und kahle Bodendielen mit einer staubigen Fläche dazwischen, die ebenso trostlos aussah wie die endlosen Meilen Staub draußen.

Als sie wieder auf die Straße trat und ihr Blick nicht mehr von Hoffnung getrübt war, erkannte sie es. In den Fenstern war kein Glas, nicht einmal Wachspapier. Neben dem zerfallenen Brunnen lag kein Seil. Nirgendwo waren Tiere zu sehen, bis auf ihr totes Pferd, was die ganze Sache nur noch zu betonen schien.

Das hier war die vertrocknete Hülle einer Stadt, die schon lange tot war.

Shy stand auf dem verlassenen Platz, auf den Ballen ihrer

nackten Füße, als wollte sie irgendwohin losrennen, wüsste nur nicht, wohin. Sie schlang einen Arm um sich, während die Finger ihrer anderen Hand ziellos zuckten und flatterten. Sie biss sich auf die Lippen und sog die Luft scharf und schnell durch den schmalen Spalt ihrer Schneidezähne.

Selbst nach ihren derzeitigen, nicht allzu optimistischen Maßstäben war das ein mieser Augenblick. Aber sie hatte in den letzten Monaten gelernt, dass man immer noch tiefer sinken konnte. Als sie in die Richtung blickte, aus der sie gekommen war, sah sie die Staubwolke. Drei kleine graue Staubfahnen erhoben sich in der schimmernden Hitze über dem grauen Land.

»Ach, zur Hölle!«, flüsterte sie und biss sich fester auf die Lippe. Sie zog das Küchenmesser aus dem Gürtel und wischte den lächerlichen Metallsplitter an ihrem schmutzigen Hemd ab, als würde es ihre Chancen verbessern, wenn sie das Messer reinigte. Man hatte Shy schon oft vorgeworfen, sie hätte eine sehr rege Fantasie, trotzdem fiel es ihr schwer, sich eine erbärmlichere Waffe vorzustellen. Sie hätte gelacht, wenn sie nicht kurz davor gewesen wäre zu weinen. Wenn sie darüber nachdachte, musste sie zugeben, dass sie in den letzten Monaten viel zu oft den Tränen nahe gewesen war.

Wie hatte es nur so weit kommen können?

Diese Frage hätte einem Mädchen, das sitzen gelassen worden war, besser angestanden als einer Gesetzlosen, auf deren Kopf viertausend Silbermünzen ausgesetzt waren. Trotzdem stellte sie sich diese Frage immer wieder. Sie war wirklich ein toller Desperado! Gut, Desperados wurden gehetzt, und darin war sie Expertin, aber der Rest war ihr nach wie vor ein Rätsel. Die traurige Wahrheit lautete jedoch, dass sie ganz genau wusste, wie es zu alldem hatte kommen können, nämlich so wie immer. Ein Desaster folgte so schnell dem nächsten, dass sie förmlich zwischen ihnen hin und her hüpfte wie eine Motte, die in einer Laterne gefangen war.

Dann stellte sie sich die zweite, übliche Frage, die der ersten stets unmittelbar folgte.

Was, verflucht, sollte sie jetzt machen?

Sie zog den Bauch ein, was sie zurzeit wenig Mühe kostete, und nahm den Beutel an der Zugkordel aus der Tasche. Die Münzen klickten auf diese besondere Weise, die nur Geld macht. Zweitausend Mäuse in Silber, mehr oder weniger. Eigentlich hätte man denken können, dass eine Bank mehr Geld aufbewahrte. Den Kunden erzählten sie immer, dass sie jederzeit fünfzigtausend Dollar bereit hätten. Wie sich herausstellte, konnte man Banken ebenso wenig trauen wie Bankräubern.

Sie streckte die Hand in den Beutel, nahm eine Handvoll Münzen heraus und verstreute das Geld auf der Straße. Es schimmerte im Staub. Sie tat das aus demselben Grund wie fast alles, was sie zurzeit machte, instinktiv, ohne genau zu wissen, warum. Vielleicht schätzte sie ihr Leben ja höher ein als zweitausend Silberstücke, auch wenn niemand sonst das tat. Vielleicht hoffte sie, dass sie einfach das Silber nehmen und sie in Ruhe lassen würden. Sie hatte noch nicht darüber nachgedacht, was sie tun sollte, wenn man sie in dieser Geisterstadt zurückließ, ohne Pferd, Essen oder eine Waffe. Und ganz sicher hatte sie keinen Plan geschmiedet, jedenfalls keinen, der besonders wasserdicht gewesen wäre. Diese lückenhafte Planung war schon immer ihr Problem gewesen.

Sie verteilte die funkelnden Silbermünzen, als streute sie Saat auf dem Hof ihrer Mutter aus, viele Meilen, viele Jahre und ein Dutzend brutaler Morde weit entfernt. Wer hätte je gedacht, dass sie diesen Ort vermissen würde? Dieses vollkommen verarmte Haus, die heruntergekommene Scheune und die Zäune, die immer repariert werden mussten. Oder die störrische Kuh, die niemals Milch gab, die widerspenstige Zisterne, die nie Wasser lieferte, und die eigensinnige Erde, in der nur Unkraut gedieh. Ihre dickköpfige kleine

Schwester und ihren genauso dickköpfigen Bruder. Oder den großen, narbigen, schwachsinnigen Lamb. Was würde Shy nicht dafür geben, jetzt die schrille Stimme ihrer Mutter zu hören, die sie ausschimpfte. Sie schniefte heftig. Ihre Nase tat weh, und ihre Augen brannten. Sie fuhr mit der Rückseite ihres ausgefransten Ärmels darüber. Keine Zeit für tränenreiche Erinnerungen. Sie sah jetzt unter den Staubfahnen die drei dunklen Punkte der Reiter. Sie schleuderte den leeren Beutel weg, lief zum Saloon zurück und …

»Au!« Sie hüpfte auf einem Bein über die Schwelle, nachdem sie sich die nackte Fußsohle an einem hervorstehenden Nagel aufgerissen hatte. Die Welt war nichts weiter als ein gemeiner Schläger, das war Tatsache. Selbst wenn einem ein großes Unglück auf den Kopf zu fallen droht, nutzen auch kleine Missgeschicke jede Gelegenheit, einem in die Wade zu beißen. Hätte sie doch nur die Chance gehabt, sich ihre Stiefel zu schnappen! Und wenn auch nur, um einen Hauch von Würde zu bewahren. Aber sie hatte, was sie hatte, und auf dieser kurzen Liste standen weder Stiefel noch Würde. Und auch hundert große Wünsche waren keine einzige, noch so kleine Tatsache wert, wie Lamb immer wieder monoton wiederholte, wenn sie ihn und ihre Mutter, ihre Geschwister und ihr Schicksal verfluchte und schwor, dass sie am nächsten Morgen verschwinden würde.

Shy erinnerte sich daran, wie sie damals gewesen war. Sie wünschte, sie könnte ihrem früheren Selbst eins in die Fresse hauen. Nun, das konnte sie immer noch, wenn sie erst einmal aus diesem Schlamassel heraus war.

Zuerst aber galt es, eine ganze Prozession von anderen schlagbereiten Fäusten zu überstehen.

Sie lief die Treppe hinauf, leicht humpelnd und laut fluchend. Als sie das Obergeschoss erreichte, sah sie, dass sie auf jeder Stufe Abdrücke ihrer blutigen Zehen hinterlassen hatte. Sie kam sich ziemlich blöd vor, weil sie diese feucht schimmernde Spur hinterließ, die direkt bis zu ihrem Bein führte, als sich so etwas wie eine Idee schüchtern durch ihre aufkeimende Panik drängte.

Sie ging zurück zur Galerie und in einen leeren Raum am Ende der Empore, wobei sie darauf achtete, ihren blutigen Fuß fest aufzusetzen. In dem Zimmer hob sie den Fuß an, packte ihn mit einer Hand, um die Blutung zu stoppen, und hüpfte den Weg zurück, den sie gekommen war, bis in den ersten Raum neben dem Treppenabsatz, wo sie sich in den Schatten neben der Türöffnung drückte.

Zweifellos ein armseliger Versuch. Genauso erbärmlich wie ihre nackten Füße, ihr Küchenmesser, ihre Zweitausend-Silberstücke-Beute und ihr großer Traum, es wieder nach Hause in das Scheißloch zu schaffen, das zu verlassen einmal ein anderer großer Traum gewesen war. Es bestand nur eine sehr geringe Chance, dass diese drei Mistkerle darauf hereinfallen würden, auch wenn sie strohdumm waren. Andererseits, was hätte sie sonst tun können?

Wenn man nur noch wenig Einsatz hat, kann man nicht auf große Gewinne hoffen.

Ihr Atem war ihre einzige Gesellschaft. Er füllte die Leere, laut beim Ausatmen, zitternd beim Einatmen, und schmerzte ihr in der Kehle. Es waren die Atemzüge von jemandem, der so viel Angst hatte, dass er sich fast in die Hose schiss, und dem die Ideen ausgegangen waren. Sie konnte einfach nicht sehen, wie sie aus der Sache herauskommen sollte. Sollte sie es jemals wieder zurück zu diesem Hof schaffen, würde sie jeden Morgen, an dem sie aufwachte, aus dem Bett springen und einen kleinen Tanz aufführen, ihrer Mutter einen Kuss für jeden Fluch geben, ihre Schwester und ihren Bruder niemals anfahren und Lamb auch nicht mehr verspotten, weil er ein Feigling war. Sie versprach es und wünschte, sie wäre ein Mensch, der seine Versprechen auch hielt.

Sie hörte Pferdegetrappel auf der Straße und kroch zum Fenster. Von dort aus konnte sie ein Stück der Straße sehen.

Sie warf so vorsichtig einen Blick über das Fensterbrett, als spähte sie in einen Eimer mit Skorpionen.

Da waren sie.

Neary trug die dreckige alte Decke, die er sich mit einem Strick um die Hüfte gebunden hatte. Sein fettiges Haar stand in alle möglichen Richtungen ab, er hielt die Zügel in einer und den Bogen, mit dem er auf Shys Pferd geschossen hatte, in der anderen Hand. Die Klinge der schweren Axt an seinem Gürtel war so makellos sauber, wie der Rest seiner abstoßenden Person verwahrlost war. Dodd hatte seinen ramponierten Hut tief in die Stirn gezogen und hockte mit zusammengezogenen, runden Schultern im Sattel, wie er es immer tat, wenn er mit seinem Bruder zusammen war. Wie ein junger Hund, der einen Schlag erwartet. Shy hätte diesem treulosen Mistkerl gern in diesem Moment einen Schlag versetzt. Einen für den Anfang. Dann war da noch Jeg. Er saß hoch aufgerichtet im Sattel wie ein vornehmer Herr in seinem langen roten Mantel, dessen schmutzige Schöße über den Rumpf seines großen Pferdes hingen, während er die Gebäude höhnisch und verächtlich musterte. Der große Hut, auf den er so stolz war, saß leicht schief auf seinem Kopf wie der Schornstein eines ausgebrannten Farmhauses.

Dodd deutete auf die Münzen, die im Staub rund um den Brunnen lagen. Ein paar von ihnen blitzten in der Sonne. »Sie hat das Silber zurückgelassen.«

»Sieht so aus.« Jegs Stimme war so hart, wie die seines Bruders sanft war.

Sie beobachtete, wie sie abstiegen und ihre Pferde anbanden. Sie ließen sich Zeit. Als würden sie sich nach einem netten Ritt den Staub aus den Kleidern klopfen und sich auf einen hübschen kleinen Abend in kultivierter Gesellschaft freuen. Es gab auch keinen Grund zur Eile. Sie wussten, dass sie hier war, und sie wussten, dass sie nirgendwo hingehen würde. Außerdem wussten sie, dass sie keine Hilfe bekommen würde. Und das wusste sie ebenfalls.

»Mistkerle«, flüsterte Shy und verfluchte den Tag, an dem sie sich mit ihnen eingelassen hatte. Aber man muss sich mit irgendjemandem einlassen, oder nicht? Und man kann sich nur das aussuchen, was im Angebot ist.

Jeg reckte sich, sog die Luft durch die Nase, spuckte aus und zückte dann sein Schwert. Es war der geschwungene Kavalleriesäbel, auf den er so stolz war. Der mit dem protzigen Korb am Griff, den er angeblich bei einem Duell gegen einen Unionsoffizier gewonnen, in Wirklichkeit aber, wie Shy wusste, gestohlen hatte. Ebenso wie alles andere, was er jemals besessen hatte. Wie sie ihn wegen dieses albernen Säbels verspottet hatte! Trotzdem hätte sie nichts dagegen, wenn sie es jetzt in der Hand halten würde und er stattdessen mit ihrem Küchenmesser bewaffnet wäre.

»Smoke!«, brüllte Jeg, und Shy zuckte zusammen. Sie hatte keine Ahnung, wer sich diesen Namen für sie ausgedacht hatte. Irgendein Witzbold hatte ihn auf einen Steckbrief geschrieben, und jetzt benutzten ihn alle. Wahrscheinlich lag das an ihrer Neigung, wie Rauch zu verschwinden. Der Grund könnte aber auch ihre Angewohnheit sein, wie Rauch zu stinken, Leuten in der Kehle stecken zu bleiben und vom Wind verweht zu werden.

»Komm raus, Smoke!« Jegs Stimme peitschte hallend zwischen den toten Fassaden der Gebäude, und Shy schrumpfte in der Dunkelheit ein bisschen weiter zusammen. »Komm raus, dann tun wir dir nicht allzu weh, wenn wir dich finden!«

Von wegen, das Geld nehmen und verschwinden! Sie wollten auch das Kopfgeld, das auf sie ausgesetzt war. Sie drückte ihre Zunge in den Spalt zwischen ihren Zähnen. *Schwanzlutscher*, sagte sie lautlos. Es gibt Männer, die immer mehr wollen, je mehr man ihnen gibt.

»Wir müssen sie holen«, brach Neary die Stille.

»Klar.«

»Ich hab gesagt, wir müssen losgehen und sie suchen.«

»Offenbar pisst du dir vor Freude darüber schon in die Hose, was?«

»Hab nur gesagt, wir müssen sie holen.«

»Hör auf zu quatschen und mach's einfach.«

Sie hörte Dodds leicht atemlose Stimme. »Hör zu, das Silber liegt doch da. Wir könnten es zusammenklauben und verschwinden. Es ist nicht nötig...«

»Sind du und ich wirklich aus demselben verdammten Loch gekrochen?«, verhöhnte Jeg seinen Bruder. »Du bist echt der blödeste Mistkerl von allen.«

»Der Blödeste«, bekräftigte Neary.

»Glaubst du, dass ich die viertausend Kröten den Krähen überlasse?«, erkundigte sich Jeg. »Sammel du das Silber auf, Dodd. Wir reiten derweil die Stute zu.«

»Wo glaubst du, ist sie?«, wollte Neary wissen.

»Ich dachte, du wärst der große Spurenleser?«

»Draußen, in der Wildnis, aber wir sind nicht in der Wildnis.«

Jeg sah spöttisch auf die leeren Gebäude. »Du nennst das hier wohl den Gipfel der Zivilisation, ja?«

Sie sahen sich einen Moment an, während der Staub um ihre Beine von einem Windstoß aufgewirbelt wurde und sich dann wieder legte.

»Sie ist hier irgendwo«, erklärte Neary dann.

»Tatsächlich? Gut, dass ich die laut deiner eigenen Beschreibung schärfsten Augen westlich der Berge bei mir habe, damit ich ihr verdammtes totes Pferd zehn verfluchte Schritte von uns entfernt nicht übersehe. Ja, sie ist hier irgendwo.«

»Wo, glaubst du, ist sie?«

»Wo würdest du dich verstecken?«

Neary betrachtete die Gebäude, und Shy duckte sich rasch, als er mit zusammengekniffenen Augen den Saloon musterte.

»Da, denke ich, aber ich bin nicht sie.«

»Natürlich bist du verflucht noch mal nicht sie. Und weißt du auch, woher ich das weiß? Du hast größere Titten und weniger Hirn. Wenn du sie wärst, müsste ich jetzt verdammt noch mal nicht nach ihr suchen, oder?«

Schweigen. Eine Bö wirbelte Sand auf. »Denke nicht«, erklärte Neary.

Jeg nahm den großen Hut ab, kratzte sich mit den Fingernägeln sein verschwitztes Haar und setzte den Hut dann wieder schräg auf den Kopf. »Sieh du da nach. Ich nehme mir das nächste Haus vor. Aber bring das Miststück nicht um, kapiert? Das halbiert die Belohnung.«

Shy duckte sich tiefer in die Schatten und spürte, wie ihr unter dem Hemd der Schweiß herunterlief. Dass sie auch an einem so elenden Ort erwischt werden musste! Von diesem abgehalfterten Dreckskerl! Mit nackten Füßen. Sie hatte das nicht verdient. Sie wollte doch nur jemand sein, von dem man sprach. Nicht jemand, den man vergaß, sobald er tot war. Jetzt begriff sie, dass es eine schmale Grenze zwischen zu wenig Aufregung und zu viel davon gab. Aber wie die meisten ihrer etwas lahmen Eingebungen kam ihr auch diese ein Jahr zu spät.

Sie zog die Luft durch die kleine Lücke zwischen ihren Zähnen, als sie hörte, wie Neary über die knarrenden Bretter im Schankraum schlich. Hörte sie da sogar das metallische Klappern der großen Axt? Sie zitterte am ganzen Körper. Sie fühlte sich plötzlich so schwach, dass sie nicht einmal ihr Küchenmesser hochhalten konnte, ganz zu schweigen davon, dass sie damit hätte zustechen können. Vielleicht war es Zeit aufzugeben. Vielleicht sollte sie das Messer durch die Tür werfen und sagen: »Ich komme raus! Ich mache keinen Ärger! Ihr habt gewonnen!« Sie sollte lächeln, nicken, ihnen für ihren Verrat danken und für ihre Freundlichkeit, wenn sie die Scheiße aus ihr heraustraten oder sie auspeitschten, ihr die Beine brachen oder was ihnen sonst noch auf dem Weg zum Galgen so alles einfiel.

Sie hatte genug Leute am Galgen baumeln sehen und das Spektakel nie sonderlich genossen. Sie hatte Leute da stehen sehen, gefesselt, während man ihre Namen und Verbrechen verlas, hatte zugesehen, wie sie auf Begnadigung in letzter Sekunde hofften, die nicht kam, während sich die Schlinge zusammenzog, wie sie schluchzend um Gnade flehten oder wilde Flüche ausstießen, ohne dass irgendetwas davon auch nur den geringsten Unterschied gemacht hätte. Man trat zappelnd ins Leere, die Zunge quoll einem aus dem Mund, und man schiss sich voll, und das zur Belustigung von Abschaum, der nicht besser war als man selbst. Sie stellte sich Jeg und Neary vor, wie sie ganz vorne in dem grinsenden Pöbel vor dem Podest standen und zusahen, wie sie am Ende des Stricks den Diebestanz tanzte. Wahrscheinlich waren sie noch lächerlicher gekleidet, in Klamotten, die sie mit dem Geld von der Belohnung gekauft hatten.

Scheiß auf sie!, sagte sie lautlos in die Dunkelheit. Sie fletschte die Zähne, als sie hörte, wie Neary seinen Fuß auf die unterste Stufe setzte.

Sie war höllisch widerspenstig, die gute Shy. Schon als Kleinkind hatte sie angefangen sich zu überlegen, wie sie etwas anders machen konnte, wenn jemand ihr sagte, wie etwas sein sollte. Ihre Mutter hatte immer behauptet, sie wäre so störrisch wie ein Maultier, und es ihrem Geisterblut zugeschrieben. »Das ist dein verdammtes Geisterblut!«, hatte sie gesagt, als wäre es Shys Entscheidung gewesen, dass sie zu einem Viertel eine Wilde war, und nicht die ihrer Mutter, die sich mit einem wilden, herumstreunenden Halbgeist ins Bett gelegt hatte, der sich, nicht sonderlich überraschend, als ekelhafter Trunkenbold entpuppt hatte.

Shy würde kämpfen. Zweifellos würde sie verlieren, aber sie würde kämpfen. Sie würde diese Mistkerle dazu bringen, sie zu töten, und ihnen damit zumindest die Hälfte der Belohnung wegnehmen. Man sollte nicht denken, dass solche Gedanken einen ruhiger machen konnten, aber bei ihr funktionierte es. Das Küchenmesser zitterte immer noch in ihrer Hand, aber jetzt, weil sie es so fest umklammerte.

Für einen Mann, der sich selbst als einen großartigen Spurenleser bezeichnete, hatte Neary mächtige Probleme damit, leise zu sein. Sie hörte, wie er schnaufend durch die Nase atmete, als er am oberen Treppenabsatz stehen blieb. Er war so nah, dass sie ihn hätte berühren können, wäre nicht die Bretterwand zwischen ihnen gewesen.

Eine Bodendiele knarrte, als er sein Gewicht verlagerte, und Shy spannte sich an, während die Härchen auf ihrer Haut zu Berge standen. Dann sah sie ihn. Er stürmte nicht durch die Tür auf sie zu, die Axt in der Faust und Mordlust in den Augen, sondern schlich langsam die Galerie entlang, den blutigen Fußabdrücken folgend, die sie als Köder ausgelegt hatte. Sein gespannter Bogen zielte genau in die falsche Richtung.

Wenn man Shy ein Geschenk gab, dann hatte sie schon immer lieber mit beiden Händen zugepackt, statt lange zu überlegen, wie sie sich bedanken könnte. Sie stürzte sich von hinten auf Neary, die Zähne gefletscht und mit einem bösen Knurren. Sein Kopf fuhr herum, und sie sah das Weiße in seinen Augen. Der Bogen folgte seiner Bewegung. Die Pfeilspitze schimmerte in dem spärlichen Licht, das sich durch die Löcher in den Brettern dieses gottverlassenen Ortes verirrte.

Sie duckte sich und warf sich gegen seine Beine. Sie rammte mit der Schulter seinen Schenkel, woraufhin er schmerzhaft knurrte, schob ihren Arm zwischen seine Beine und packte ihr Handgelenk mit der anderen Hand, fest unter Nearys Arsch. Sein säuerlicher Schweißgeruch und der Gestank nach Pferd stiegen ihr in die Nase. Er ließ die Bogensehne los, aber Shy richtete sich bereits auf, knurrend, mit einem wilden Schrei, wuchtete sich mit aller Kraft hoch und hob Neary, trotz seiner Größe, über das Geländer, ebenso geschickt, wie sie einen Sack Getreide auf dem Hof ihrer Mutter hochgehievt hatte.

Er hing einen Moment in der Luft, Mund und Augen vor Schreck weit aufgerissen, dann stürzte er mit einem Keuchen in die Tiefe und zertrümmerte die Bodenbretter im Erdgeschoss.

Shy blinzelte und konnte es kaum glauben. Ihre Kopfhaut brannte, und sie legte vorsichtig einen Finger darauf. Sie erwartete fast, den Pfeil zu ertasten, der in ihrem Schädel steckte, aber als sie sich umdrehte, sah sie, dass er in der Wand hinter ihr gelandet war. Von ihrem Standpunkt aus gesehen, ein erheblich besseres Ergebnis. Aber das Blut klebte in ihren Haaren und lief ihr in die Stirn. Vielleicht hatte das harte Ende des Bogens sie erwischt. Wenn sie sich diesen Bogen holen konnte, hatte sie vielleicht eine Chance. Sie machte einen Schritt zur Treppe, hielt dann jedoch abrupt inne. Jeg stand in der offenen Tür; sein Säbel hob sich wie ein langer, krummer Strich vor der grellen Sonne auf der Straße ab.

»Smoke!«, brüllte er. Sie stürmte wie ein Karnickel von der Galerie, folgte ihrer eigenen Spur aus blutigen Fußabdrücken ins Nichts, hörte, wie Jeg mit seinen schweren Stiefeln zur Treppe trampelte. Sie warf sich aus vollem Lauf mit der Schulter gegen die Tür am Ende der Galerie und landete, in gleißendem Sonnenschein, auf einem Balkon hinter dem Gebäude. Sie sprang mit einem nackten Fuß auf das niedrige Geländer, getreu ihrem Motto, immer das Gegenteil von dem zu tun, was vernünftig war. Sie hoffte einfach, dass sie diesen Sprung irgendwie überstehen würde, statt innezuhalten und nachzudenken. Sie sprang, versuchte, den baufälligen Balkon an dem Gebäude auf der anderen Seite der schmalen Gasse zu erreichen, und ruderte wie wild mit Armen und Beinen, als hätte sie einen Anfall und als würde sie das irgendwie weitertragen.

Sie erwischte das Geländer mit den Händen, krachte mit ihrer Brust gegen das Holz, rutschte herunter, stöhnte, suchte nach Halt, bemühte sich verzweifelt, sich hochzuziehen und über das Geländer zu klettern, spürte, wie etwas nachgab...

Mit gequältem Ächzen brach das ganze verfluchte, verwitterte Ding aus der Wand des Gebäudes.

Wieder wurde Shy ein Moment gewährt, in dem sie mit Händen und Füßen um sich schlagend durch die Luft flog, um über ihre Lage nachzudenken. Aber sie war immer noch nicht besser darin geworden, ihre Situation rasch einzuschätzen. Sie wollte gerade anfangen zu schreien, als ihr alter Feind, der Boden, sie einholte, wie der Boden es immer tat. Er schleuderte ihr linkes Bein hoch, wirbelte sie herum, schlug dann gegen ihre Seite und presste ihr sämtliche Luft aus der Lunge.

Shy hustete, stöhnte und spuckte Dreck aus. Es war nur ein schwacher Trost, dass sie recht behalten hatte, als sie vorhin dachte, es wäre nicht der letzte Mund voll Staub, den sie fressen würde. Sie sah Jeg, der auf dem Balkon stand, von dem sie gesprungen war. Er schob sich den Hut in den Nacken, lachte und verschwand dann wieder in dem Gebäude.

Sie hatte immer noch ein Stück des Geländers in der Hand, auch wenn es ziemlich verrottetes Holz war. Ebenso verrottet wie ihre Hoffnungen. Sie warf es weg, als sie sich herumrollte, und wartete erneut auf dieses widerliche Gefühl, dass sie erledigt war und sich etwas gebrochen hatte. Wieder wartete sie vergeblich. Sie konnte sich bewegen. Sie zog die Füße an und vermutete, dass sie sogar aufstehen könnte. Aber sie nahm sich vor, es einstweilen zu lassen. Es war sehr wahrscheinlich, dass sie es nur noch ein einziges Mal schaffen würde.

Sie befreite sich von den Holztrümmern an der Wand, und ihr Schatten fiel bis zur Tür. Sie stöhnte vor Schmerz, als sie Jegs schwere Schritte hörte. Sie krabbelte auf Hintern und Ellbogen zurück, zog ein Bein nach und hatte das Küchenmesser im Ärmel an ihrem Handgelenk versteckt. Die andere Hand grub sie in den Dreck.

»Wohin willst du denn?« Jeg duckte sich unter den niedrigen Türsturz und trat auf die Gasse. Er war ein großer Mann, aber jetzt kam er ihr vor wie ein Gigant. Er war mindestens einen Kopf größer als Shy, selbst wenn sie stand, und wahrscheinlich fast doppelt so schwer wie sie, selbst wenn sie an diesem Tag etwas gegessen hätte. Er stolzierte zu ihr, die Zunge gegen die Unterlippe gedrückt, so dass sie sich vorwölbte, und den Säbel locker in der Hand. Er genoss seinen großen Auftritt.

»Hast Neary mächtig reingelegt, was?« Er schob den Rand seines Hutes ein wenig hoch und entblößte den sonnengebräunten, staubigen Rand auf seiner Stirn. »Du bist stärker, als du aussiehst. Allerdings ist dieser Bursche so blöd, dass er auch ohne deine Hilfe runtergefallen wäre. Mich verarschst du nicht.«

Das würden sie noch sehen, aber sie wollte ihrem Messer die Antwort überlassen. Auch ein kleines Küchenmesser kann ein verdammt überzeugendes Stück Metall sein, wenn man es in die richtige Stelle eines Körpers steckt. Sie krabbelte weiter zurück und trat Staub hoch, damit es so aussah, als würde sie vergeblich versuchen hochzukommen. Dann sackte sie mit einem Wimmern zurück, als sie ihren linken Fuß aufsetzte. Es kostete sie keine allzu große Mühe, auszusehen, als wäre sie schwer verletzt. Sie spürte, wie Blut über ihre Stirn quoll. Es kitzelte. Jeg trat aus dem Schatten. Die tief stehende Sonne schien ihm ins Gesicht, und er blinzelte. Genau das hatte sie gewollt.

»Ich erinnere mich noch daran, wie ich dich zum ersten Mal gesehen habe«, fuhr er fort. Er liebte es, sich reden zu hören. »Dodd ist zu mir gekommen, vollkommen aufgeregt, und hat gesagt, er hätte Smoke getroffen, die Frau, deren Killerfresse auf allen Steckbriefen bis nach Rostod zu sehen ist und für deren Ergreifung viertausend Mäuse ausgeschrieben sind. Was sie alles für Geschichten über dich erzählt haben!« Er johlte spöttisch, und sie krabbelte weiter zurück, wobei sie das linke Bein unter ihren Körper zog und sich vergewisserte, dass es funktionieren würde, wenn sie es brauchte. »Man hätte glauben können, du wärst ein Dämon mit zwei Schwertern in einer Hand, so wie sie deinen Namen geflüstert haben. Stell dir meine verfluchte Enttäuschung vor, als ich feststellen musste, dass du nur ein verängstigtes Mädchen mit einer Zahnlücke bist, das schrecklich nach Pisse stinkt.« Als würde Jeg wie eine Sommerwiese duften! Er trat noch einen Schritt vor und griff mit seiner großen Hand nach ihr. »Und jetzt kratz mich nicht; du bist für mich lebendig mehr wert. Ich will dich nicht ...«

Sie schleuderte ihm mit der linken Hand den Dreck ins Gesicht, während sie sich mit dem rechten Bein vom Boden abstieß und aufsprang. Er riss den Kopf zur Seite und knurrte wütend, als der Dreck in sein Gesicht flog. Dann schlug er blindlings nach ihr, als sie sich geduckt auf ihn stürzte. Das Schwert zischte über ihren Kopf hinweg, und der Luftzug fing sich in ihrem Haar. Das Gewicht der Waffe riss ihn herum. Sie packte seinen Mantelschoß mit der linken Hand und rammte ihm ihr Küchenmesser mit der anderen in die Schulter.

Er stieß ein ersticktes Knurren aus, als sie das Messer wieder herauszog und erneut auf ihn einstach. Die Klinge durchtrennte den Ärmel seines Mantels, streifte den Arm darunter und hätte sich fast in ihr eigenes Bein gegraben. Sie holte erneut mit dem Messer aus, als seine Faust gegen ihren Mundwinkel krachte und sie zurücktaumelte. Ihre nackten Füße suchten Halt im Dreck der Straße. Sie erwischte die Ecke des Gebäudes und klammerte sich einen Augenblick dort fest, während sie versuchte, das Licht aus ihrem Schädel zu schütteln. Sie sah Jeg ein oder zwei Schritte von ihr entfernt. Er schäumte vor Wut und hatte die Zähne gefletscht, während er versuchte, den Säbel von seiner schlaff herunterhängenden rechten Hand in seine Linke zu bekommen. Aber seine Finger klemmten in dem schicken Korbgriff aus Messing fest.

Wenn etwas schnell gehen musste, hatte Shy den Bogen heraus. Sie handelte einfach, ohne Gedanken an Gnade oder an ein Ergebnis zu verschwenden, eigentlich ohne überhaupt viel zu denken. Das hatte sie bis jetzt in dieser ganzen Scheiße am Leben gehalten. Und sie überhaupt in diesen ganzen Mist hineinmanövriert. Viele Segnungen erweisen sich als sehr fragwürdige Wohltaten, sobald man mit ihnen leben muss, und sie war verflucht, zu viel nach irgendwelchen Handlungen nachzudenken. Aber das war eine andere Geschichte. Wenn Jeg seine Waffe wieder richtig zu packen bekam, wäre sie tot, so einfach war das. Also stürzte sie sich auf ihn, noch bevor die Straße aufgehört hatte, sich um sie zu drehen. Er versuchte, seinen Arm zu befreien, aber es gelang ihr, den Arm mit ihrer linken Hand zu packen, ihn gegen den Mann zu drücken und sich an seinem Mantel festzukrallen, während sie blindlings mit dem Messer zustach, immer wieder, in den Bauch, die Rippen, noch mal in die Rippen – sie fauchte ihn an, und er ächzte bei jedem Stoß der Klinge, deren Griff in ihrer schmerzenden Hand immer glitschiger wurde.

Schließlich erwischte er ihr Hemd, und die Nähte rissen, als der Ärmel sich halb löste. Er versuchte sie wegzustoßen, als sie wieder auf ihn einstach, aber es lag keine Kraft in dem Stoß, und sie taumelte nur einen Schritt zurück. Allmählich klärte sich ihr Kopf, und sie hatte ihr Gleichgewicht wieder, aber Jeg schwankte und sank auf ein Knie. Sie hob das Messer mit beiden Händen hoch in die Luft und hämmerte es mitten in diesen albernen Hut. Sie presste ihn platt, während sich das Messer bis zum Griff in Jegs Schädel bohrte.

Dann taumelte sie zurück und erwartete, dass er einfach aufs Gesicht fiel. Stattdessen zuckte er plötzlich hoch wie dieses Dromedar, das sie einmal auf einem Jahrmarkt gesehen hatte. Der Rand seines Hutes war über seine Augen bis zur Nasenwurzel hinuntergerutscht, und der Griff des Messers ragte senkrecht aus seinem Kopf.

»Wo steckst du?« Die Worte klangen undeutlich, als hätte er Kies im Mund. »Smoke?« Er schwankte nach links, dann nach rechts. »Smoke?« Er schlurfte auf sie zu, wirbelte Staub auf, und der Säbel baumelte in seiner blutigen rechten Hand. Die Spitze kratzte kleine Furchen in den Dreck neben seinen Füßen. Er hob die Linke, die Finger steif ausgestreckt, aber mit schlaffem Handgelenk, und stupste gegen seinen Hut, als hätte er etwas im Auge und wollte es wegwischen.

»Smoke?« Eine Seite seines Gesichts zuckte, bebte und flatterte auf eine höchst unnatürliche Art und Weise. Vielleicht war es aber auch ganz natürlich für einen Mann, dem ein Messer im Hirn steckte. »Sssmoke?« Blut tropfte von der verbogenen Krempe seines Hutes und lief in langen Rinnsalen über seine Wange. Sein Hemd war schon halb davon durchtränkt. Aber er kam weiter auf sie zu, während sein blutiger rechter Arm zuckte und das Heft seines Säbels gegen sein Bein klapperte. »Schmoee?« Sie wich zurück, starrte ihn an, ihre Hände fühlten sich schlaff an, und ihre ganze Haut prickelte, bis sie mit dem Rücken gegen die Hauswand stieß. »Sooee?«

»Halt dein Maul!« Sie stürzte sich mit ausgestreckten Händen auf ihn, stieß ihn zurück, sein Säbel flog aus seiner Hand, während sein blutiger Hut immer noch mit ihrem Messer auf seinen Kopf genagelt war. Er stürzte aufs Gesicht, während sein rechter Arm wie ein Fisch auf dem Trockenen zuckte. Dann schob er die andere Hand unter seine Schulter, als wollte er sich hochstemmen.

»Oh«, nuschelte er in den Staub. Dann verstummte er.

Shy drehte langsam den Kopf zur Seite und spie Blut aus. In den letzten Monaten hatte sie zu viel Blut gespuckt. Ihre Augen waren nass, und sie wischte sich die Tränen mit ihrem zitternden Handrücken weg. Sie konnte nicht glauben, was da passiert war. Es kam ihr fast so vor, als hätte sie nichts damit zu tun gehabt. Als hätte sie einen Albtraum, aus dem sie gleich erwachen würde. Sie kniff die Augen zu, öffnete sie wieder, und da lag er immer noch.

Sie holte tief Luft und stieß sie zischend aus. Speichel flog aus ihrem Mund. Blut tropfte von ihrer Stirn, und sie atmete erneut tief ein und presste den Atem heraus. Dann packte sie Jegs Säbel und biss die Zähne zusammen, um sich nicht zu erbrechen. Der Ekel stieg in Wellen in ihr hoch, zusammen mit dem pochenden Schmerz in ihrem Kiefer. Scheiße, sie hätte sich so gerne hingesetzt! Wollte einfach nur aufhören. Aber sie zwang sich dazu, sich abzuwenden. Sie zwang sich, zur Hintertür des Saloons zu gehen. Die Tür, durch die Jeg gekommen war, lebendig, noch vor wenigen Augenblicken. Es braucht ein ganzes Leben harter Arbeit, um einen Menschen zu erschaffen. Und es braucht nur ein paar Augenblicke, um ihm ein Ende zu bereiten.

Neary hatte sich aus dem Loch gearbeitet, das er bei seinem Sturz in die Bodendielen geschlagen hatte, umklammerte sein blutiges Hosenbein und wirkte dadurch ziemlich gehandicapt. »Hast du dieses verfluchte Miststück erledigt?« Er sah mit zusammengekniffenen Augen zur Tür.

»Na selbstverständlich.«

Er riss die Augen auf und versuchte sich zu seinem Bogen zu schleppen, der nicht weit von ihm entfernt auf dem Boden lag. Dabei wimmerte er die ganze Zeit. Sie hob Jegs Säbel, als sie näher trat, und Neary drehte sich um, die Augen vor Entsetzen weit aufgerissen und einen Arm verzweifelt erhoben. Sie hämmerte die flache Seite des Säbels mit voller Wucht auf den Arm, und er stöhnte, presste ihn an seine Brust. Der nächste Schlag traf ihn seitlich am Kopf. Er wurde auf die Bodenbretter geschleudert und wimmerte. Dann ging sie an ihm vorbei, schob den Säbel in ihren Gürtel, hob den Bogen auf und zog ein paar Pfeile aus dem Köcher. Sie ging zur Tür und legte einen Pfeil an die Sehne, bevor sie auf die Straße hinausblickte.

Dodd war immer noch dabei, Münzen aus dem Staub zusammenzuklauben und in den Beutel zu stopfen. Er arbeitete sich langsam zum Brunnen vor, gleichgültig, was das Schicksal seiner beiden Kumpane betraf. Was nicht so überraschend war, wie man hätte glauben können. Wenn ein Wort Dodd hinlänglich beschrieb, dann war es das Wort »gleichgültig«.

Sie trat vorsichtig die Stufen vom Saloon herunter, dicht am Rand, wo sie möglicherweise nicht so schnell knarrten und ihn warnten. Dann spannte sie den Bogen und zielte genau auf Dodd. Er hockte gebückt im Staub, den Rücken zu ihr gekehrt. Zwischen seinen Schultern zeichnete sich auf seinem Hemd ein dunkler Schweißfleck ab. Sie überlegte lange, ob sie diesen Schweißfleck als Zielscheibe nehmen und ihm auf der Stelle einen Pfeil in den Rücken jagen sollte. Aber es ist nicht so einfach, einen Mann zu töten, schon gar nicht, wenn man lange darüber nachdenkt. Sie sah zu, wie er die letzte Münze aufhob, sie in den Beutel fallen ließ, sich langsam aufrichtete, die Schnüre zusammenband und sich dabei lächelnd umdrehte. »Ich habe das ganze...«

Sie verharrten eine Weile so. Er stand geduckt mitten auf der staubigen Straße, den Beutel mit Silber in einer Hand und ein unsicheres Lächeln auf dem sonnenbeschienenen Gesicht. Aber im Schatten seines billigen Hutes sahen seine Augen eindeutig verängstigt aus. Sie stand auf der untersten Stufe des Saloons, mit blutigen, nackten Füßen, einer blutigen, aufgeplatzten Lippe, blutigem Haar, das auf ihrer blutigen Stirn klebte, aber den Bogen gespannt und ruhig in den Händen.

Er leckte sich die Lippen, schluckte und leckte sie sich erneut. »Wo ist Neary?«

»Dem geht's nicht gut.« Sie war überrascht, wie hart ihre Stimme klang. Wie die von jemandem, den sie nicht einmal kannte. Vielleicht die Stimme von Smoke.

»Wo ist mein Bruder?«

»Dem geht's noch schlechter.«

Dodd schluckte, reckte das Kinn vor, so dass sie seinen verschwitzten Hals sah, und machte Anstalten, langsam zurückzugehen. »Du hast ihn umgebracht?«

»Vergiss die beiden und rühr dich nicht von der Stelle.«

»Hör zu, Shy, du wirst mich doch nicht erschießen? Nicht nach allem, was wir durchgemacht haben. Du wirst nicht schießen. Nicht auf mich. Oder?« Seine Stimme wurde immer höher, aber er wich immer noch rückwärts zum Brunnen zurück. »Ich wollte das alles hier nicht. Es war nicht meine Idee!«

»Natürlich nicht. Du musst denken können, um eine Idee zu haben, und das kriegst du nicht hin. Du hast einfach nur mitgemacht. Selbst wenn das zufällig bedeutet hat, mich an den Galgen zu bringen.«

»Hör zu, Shy...«

»Bleib stehen, hab ich gesagt!« Sie spannte den Bogen, und die Sehne schnitt in ihre blutigen Finger. »Bist du verdammt noch mal taub, Junge?«

»Hör zu, Shy, lass uns einfach darüber reden, ja? Einfach reden.« Er hob zitternd die Hand, als könnte er damit einen Pfeil aufhalten. Er hatte den Blick seiner blassblauen Augen fest auf sie gerichtet, und plötzlich erinnerte sie sich an ihre erste Begegnung, als er an der Wand des Mietstalls lehnte, lächelnd. Er war nicht allzu schlau, aber man konnte viel Spaß mit ihm haben. Sie hatte einen sehr großen Mangel an Spaß gehabt, seit sie von zu Hause weg war. Man hätte nicht glauben sollen, dass sie von zu Hause weggelaufen war, um Spaß zu haben.

»Ich weiß, dass ich einen Fehler gemacht habe, aber... Ich bin ein Idiot.« Er versuchte zu lächeln, aber es war genauso zittrig wie seine Handfläche. Dodd hatte sie zum Lachen gebracht, jedenfalls am Anfang. Und auch wenn er weder ein großer Künstler noch ein großer Liebhaber gewesen war, hatte er das Bett gewärmt, was schon etwas bedeutete. Und er hatte ihr das Gefühl gegeben, dass sie nicht allein auf der einen Seite stand und die ganze restliche Welt auf der anderen, was noch mehr bedeutet hatte.

»Bleib stehen«, sagte sie, aber es klang etwas sanfter.

»Du wirst mich nicht erschießen.« Er ging immer noch langsam rückwärts zum Brunnen. »Ich bin's, richtig? Ich. Dodd. Erschieß mich jetzt nur nicht.« Er ging immer weiter. »Denn was ich machen werde, ist...«

Sie schoss auf ihn.

Mit einem Bogen ist das so eine Sache. Wenn man die Sehne befestigt und spannt, einen Pfeil einnockt und zielt... All das kostet Mühe, erfordert Geschicklichkeit und eine Entscheidung. Die Sehne loszulassen ist dagegen gar nichts. Man hört einfach nur auf, sie festzuhalten. Sobald man sie gespannt und gezielt hat, ist es sogar leichter, sie loszulassen, als es nicht zu tun.

Dodd war weniger als ein Dutzend Schritte entfernt, und der Schaft zischte über die Entfernung zwischen ihnen hinweg, verfehlte haarscharf seine Hand und grub sich lautlos in seine Brust. Das Ausbleiben eines Geräuschs überraschte sie. Andererseits, Haut und Fleisch sind weich, vor allem im Vergleich mit einer Pfeilspitze. Dodd machte noch einen taumelnden Schritt, als hätte er noch nicht begriffen, dass er von einem Pfeil getroffen worden war. Er riss die Augen weit auf. Dann blickte er blinzelnd auf den Schaft.

»Du hast auf mich geschossen«, flüsterte er und sank auf die Knie. Das Blut durchtränkte sein Hemd bereits in einem dunklen Oval.

»Ich habe dich verdammt noch mal gewarnt!« Sie warf den Bogen zu Boden, wütend auf Dodd und auf den Bogen.

Er starrte sie an. »Ich habe nicht geglaubt, dass du's tun würdest.«

Sie erwiderte seinen Blick. »Ich auch nicht.« Einen Moment herrschte Stille, und der Wind frischte kurz auf und wirbelte den Staub um sie herum. »Tut mir leid.«

»Es tut dir leid?«, krächzte er.

Es war vielleicht das Dümmste, was sie jemals gesagt hatte, obwohl die Konkurrenz in der Hinsicht groß war, aber was hätte sie sonst sagen sollen? Worte würden diesen Pfeil nicht zurückholen. Sie zuckte die Achseln. »Ich glaube schon.«

Dodd zuckte zusammen, hob den Beutel mit dem Silber hoch und drehte sich zu dem Brunnen um. Shys Kiefer klappte herunter, und sie rannte los, als Dodd seitlich umkippte und den Beutel in die Luft schleuderte. Er drehte sich immer wieder um die eigene Achse, flog hoch, und dann sank er, mit flatternder Zugkordel. Shy streckte die Hand danach aus, während sie rannte, sprang, stürzte ...

Sie stieß ein lautes Keuchen aus, als ihre ohnehin schon schmerzenden Rippen gegen den gemauerten Rand des Brunnens prallten und ihr rechter Arm in die Dunkelheit hinabzuckte. Einen Moment lang fürchtete sie, sie würde dem Beutel in die Tiefe folgen, was wahrscheinlich ein durchaus passender Schluss gewesen wäre, dann jedoch landeten ihre Knie wieder auf dem Dreck vor der Mauer.

Sie hatte den Beutel an einer Ecke seines Bodens erwischt, packte mit ihren gebrochenen Fingernägeln den Stoff, während die Kordel herunterbaumelte und Dreck und lose Steine um sie herum in die Tiefe fielen.

Sie lächelte. Zum ersten Mal an diesem Tag. Vielleicht sogar in diesem Monat.

Dann löste sich der Knoten.

Die Münzen fielen in einem funkelnden Schauer in die Dunkelheit. Das Silber prallte mit hellem Klirren von den Lehmwänden ab und verschwand im schwarzen Nichts. Dann war alles still.

Sie richtete sich auf wie betäubt.

Langsam trat sie von dem Brunnen zurück, schlang einen Arm um sich, während der leere Beutel schlaff in ihrer anderen Hand hing.

Sie warf einen Blick zu Dodd. Er lag auf dem Rücken,

und der Pfeil ragte aus seiner Brust. Er hatte den Blick seiner feuchten Augen auf sie gerichtet, und seine Rippen hoben und senkten sich schnell. Sie hörte, wie sein flacher Atem langsamer wurde und schließlich verstummte.

Einen Moment stand sie da, dann krümmte sie sich zusammen und erbrach sich auf den Boden. Es war nicht viel, weil sie heute nichts gegessen hatte, aber ihre Eingeweide verkrampften sich und sorgten dafür, dass sie alles ausspuckte, was da war. Sie zitterte so heftig, dass sie glaubte, fallen zu müssen, hatte die Hände auf die Knie gestützt, holte tief Luft, atmete durch die Nase Erbrochenes ein und spuckte es aus.

Verflucht, ihre Rippen taten vielleicht weh! Ebenso ihr Arm, ihr Bein, ihr Gesicht. So viele Kratzer, Prellungen und Zerrungen, dass sie die eine kaum von der anderen unterscheiden konnte. Ihr ganzer Körper war ein einziges überwältigendes, schmerzhaftes Scheißpochen.

Ihr Blick zuckte zu Dodds Leichnam, und sie fühlte, wie ihr wieder schlecht wurde. Sie riss den Blick von ihm los, zum Horizont, richtete ihn fest auf diese schimmernde Linie von nichts.

Von wegen nichts.

Eine Staubwolke. Sie wischte sich erneut das Gesicht mit ihrem abgerissenen Ärmel, der mittlerweile so schmutzig war, dass sie sich fast noch schmutziger machte als zuvor. Sie richtete sich auf, blickte mit zusammengekniffenen Augen in die Ferne und konnte es kaum glauben. Reiter. Ohne Zweifel. Noch weit weg, aber mindestens ein Dutzend.

»Zur Hölle«, flüsterte sie und biss sich auf die Lippe. Wenn das so weiterging, hatte sie das verfluchte Ding bald durchgekaut. »Ach, zur Hölle!« Shy legte die Hände auf die Augen, kniff sie zu und versteckte sich in der selbst erzeugten Dunkelheit, in der verzweifelten Hoffnung, dass sie sich vielleicht irgendwie geirrt hatte. Es wäre schließlich nicht ihr erster Fehler, richtig?

Als sie die Hände wegnahm, war die Staubwolke immer noch da. Die Welt ist ein mieser Halunke, ganz recht, und je weiter unten man ist, desto lieber tritt sie einen. Sie legte die Hände auf die Hüften, bog den Rücken durch und schrie in den Himmel hinauf. Sie schrie so lange, wie ihre schmerzende Lunge das zuließ.

»Scheiße!«

Das Echo hallte von den Gebäuden zurück und starb einen schnellen Tod. Niemand antwortete. Sie hörte nur das leise Summen einer Fliege, die bereits Interesse an Dodd zeigte. Nearys Pferd beäugte sie einen Moment lang und blickte dann weg, vollkommen unbeeindruckt. Jetzt konnte Shy zu ihren anderen Verletzungen auch noch eine schmerzende Kehle hinzufügen. Sie sah sich genötigt, sich selbst die üblichen Fragen zu stellen.

Was verflucht jetzt?

Sie biss die Zähne zusammen, als sie Dodd die Stiefel auszog und sich neben ihn in den Dreck setzte, um sie sich anzuziehen. Es war nicht das erste Mal, dass sie sich zusammen in den Staub gelegt hatten, er und sie. Aber es war das erste Mal, dass er dabei tot war. Seine Stiefel waren viel zu groß für sie, aber zu große Stiefel waren trotzdem viel besser als keine Stiefel. Sie stampfte damit zurück in den Saloon.

Neary stöhnte erbärmlich, während er versuchte, sich aufzurichten. Shy trat ihm ins Gesicht, und er landete krachend auf dem Rücken. Dann nahm sie den Rest der Pfeile aus seinem Köcher und sein großes Messer. Sie ging hinaus in die Sonne, hob den Bogen auf, setzte sich Dodds Hut auf, der ebenfalls sehr geräumig war, aber wenigstens Schatten spendete, wenn die Sonne erst hoch am Himmel stand. Dann trieb sie die drei Pferde zusammen und band sie hintereinander fest. Das war ziemlich knifflig, weil Jegs Hengst ein gemeines Vieh war und entschlossen zu sein schien, ihr das Hirn aus dem Schädel zu treten.

Als sie fertig war, drehte sie sich um und betrachtete stirnrunzelnd die Staubwolken. Sie waren offenbar hierher unterwegs, und sie hatten es eilig. Sie konnte sie jetzt genauer erkennen und schätzte sie auf neun oder zehn Männer. Das war zwar zwei oder drei Männer besser als ein Dutzend, aber immer noch eine mächtig unangenehme Zahl.

Agenten der Bank, die hinter dem gestohlenen Geld her waren. Kopfgeldjäger, die versuchten, den Preis einzustreichen, der auf sie ausgesetzt war. Andere Gesetzlose, die Wind von der Beute bekommen hatten. Eine Beute, die derzeit zufällig am Boden eines Brunnens lag. Es konnte jeder sein. Shy hatte ein fast schon unheimliches Talent, sich Feinde zu machen. Unwillkürlich warf sie einen Blick auf Dodd, der mittlerweile mit dem Gesicht nach unten im Staub ruhte und dessen nackte Füße schlaff im Dreck lagen. Das Einzige, womit sie noch mehr Pech hatte, waren Freunde.

Wie hatte es nur so weit kommen können?

Sie schüttelte den Kopf, spuckte durch die kleine Lücke zwischen ihren Schneidezähnen und zog sich in den Sattel von Dodds Pferd. Sie wandte es von den herannahenden Staubwolken ab, ohne sich darum zu kümmern, welche Himmelsrichtung das war.

Shy rammte dem Pferd die Absätze in die Flanke.

MEGAN ABBOTT

Megan Abbott wurde in einem Vorort von Detroit geboren, legte ihr Examen an der University of Michigan in englischer Literatur ab, erwarb ihren Doktortitel in englischer und amerikanischer Literatur an der New York University und hat dort und an der State University von New York in Oswego Literatur, Schreiben und Film gelehrt. Ihren ersten Roman, *Die a Little*, veröffentlichte sie im Jahre 2005. Seitdem betrachtet man sie als eine der hervorragendsten Vertreterinnen des Modern-Noir-Mystery-Romans, und der *San Francisco Chronicle* schreibt, dass sie Anstalten macht, »den Thron als beste Prosastilistin des Kriminalromans seit Raymond Chandler zu besteigen«. Ihr Werk umfasst *Queenpin*, für den sie im Jahre 2008 den Edgar Award verliehen bekam, sowie *The Song Is You, Bury Me Deep* und *Das Ende der Unschuld*. Ihr neuester Roman ist *Dare Me*. Als Herausgeberin veröffentlichte sie die Anthologie *A Hell of a Woman: An Anthology of Female Noir* sowie eine Non-Fiction-Studie: *The Street Was Mine: White Masculinity in Hardboiled Fiction and Film Noir*. Sie lebt in Forest Hills, New York. Ihre Website ist: meganabbott.com.

In der subtilen, aber quälenden Geschichte, die folgt, zeigt sie uns, dass man über bestimmte Dinge nicht hinwegkommen kann, ganz gleich, wie sehr man es auch versucht – und sie gibt uns Einblicke in die Herzen derer, die wir am meisten lieben, Einblicke, die man nie wieder loswird, wenn man sie einmal gesehen hat.

ENTWEDER IST MEIN HERZ GEBROCHEN

Übersetzt von Wolfgang Thon

Er wartete im Wagen. Er parkte direkt unter einem der großen Lichtmasten. Dort wollte niemand sonst stehen. Er konnte sich vorstellen, warum. Drei Fahrzeuge weiter im Dunkeln sah er den Rücken einer Frau, der sich gegen die Fensterscheibe presste. Ihr Haar wippte. Einmal drehte sie den Kopf, und er konnte fast ihr Gesicht erkennen, ihre im Licht der Lampen bläulich schimmernden Zähne, als sie lächelte.

Eine Viertelstunde verstrich, bis Lorie über den Parkplatz stolperte. Ihre Absätze klackten auf dem Beton.

Er hatte lange gearbeitet und nicht gewusst, dass sie nicht zu Hause war, bis er heimgekommen war. Als sie schließlich an ihr Handy gegangen war, sagte sie ihm, wo sie war, in einer Bar, von der er noch nie gehört hatte, in einem Stadtteil, den er nicht kannte.

»Ich wollte Lärm und Menschen«, erklärte sie. »Ich wollte nichts anstellen.«

Er wollte wissen, ob er sie abholen sollte.

»Okay«, sagte sie.

Auf der Heimfahrt schwankte sie ständig zwischen Weinen und Lachen hin und her, was in letzter Zeit häufiger vorkam. Er wollte ihr helfen, wusste aber nicht, wie. Sie erinnerte ihn an die Mädchen, mit denen er auf der Highschool ausgegangen war. Diejenigen, die mit Tinte auf ihre Hände schrieben und sich in den Toilettenkabinen in der Schule die Haut aufritzten.

»Ich habe schon so lange nicht mehr getanzt, und ich habe meine Augen zugemacht, damit mich niemand sehen konnte«, sagte sie und blickte aus dem Fenster. Sie hatte den Kopf an die Scheibe gelegt. »Niemand kannte mich da, bis jemand mich doch erkannt hat. Eine Frau, die ich nicht kannte. Sie schrie mich die ganze Zeit an. Sie ist mir bis auf die Toilette nachgelaufen und sagte, sie wäre froh, dass mein kleines Mädchen mich jetzt nicht sehen könnte.«

Er wusste, was die Leute reden würden. Dass sie in einer schmierigen Aufreißer-Bar tanzen gegangen war. Niemand würde davon reden, dass sie den ganzen Heimweg geweint hatte, dass sie nicht wusste, was sie mit sich anfangen sollte, dass niemand gewusst hätte, wie er reagieren sollte, wenn ihm so etwas zustieß. Was bei den meisten wahrscheinlich nicht passierte.

Aber auch er wollte sich verstecken, wollte sich in einer Toilettenkabine verkriechen, in einer anderen Stadt, einem anderen Staat, und niemals wieder jemanden sehen, den er kannte, vor allem nicht seine Mutter oder seine Schwester, die den ganzen Tag im Internet verbrachten und versuchten, die Sache über Shelby zu verbreiten und Tipps für die Polizei zu sammeln.

Shelbys Hände, na ja, Leute reden immer über Babyhände, das stimmt doch? Sie waren wie feste kleine Blumen, und er liebte es, seine Handfläche darüberzulegen. Er hatte nicht gewusst, dass er so empfinden würde. Er hatte nicht damit gerechnet, dass er so ein Mann war, dass es überhaupt solche Männer gab, die den Milchgeruch der Babydecke ihrer Tochter wahrnahmen und die das innerlich wärmte. Manchmal drückte er sogar sein Gesicht dagegen.

Er brauchte eine Weile, um ihr die dunkelroten Cowboystiefel auszuziehen, Stiefel, die er nicht kannte.

Als er ihr die Jeans herunterzog, erkannte er auch ihre Unterwäsche nicht. Die Vorderseite des Slips bestand aus einem schwarzen Schmetterling, dessen Flügel bei jeder Bewegung über ihre Schenkel strichen.

Er sah sie an und erinnerte sich daran, als sie zum ersten Mal miteinander ausgegangen waren, wie Lorie seine Hand genommen und sie über ihren Bauch und ihre Schenkel geführt hatte. Sie hatte ihm gesagt, dass sie einmal Tänzerin hatte werden wollen, dass sie vielleicht tatsächlich eine sein könnte. Und dass sie einen Kaiserschnitt machen lassen würde, wenn sie jemals ein Baby bekäme. Denn alle wussten, was danach mit dem Bauch von Frauen passierte, *ganz zu schweigen davon, was es da unten anrichtet*, hatte sie gesagt, gelacht und seine Hand dann dort hingelegt.

Er hatte das alles vergessen, das und andere Dinge, aber jetzt kam all das zurück und machte ihn wahnsinnig.

Er schenkte ihr ein großes Glas Wasser ein und bat sie, es zu trinken. Dann füllte er es noch einmal und stellte es neben sie.

Sie schlief nicht wie eine Betrunkene, sondern wie ein Kind. Ihre Augenlider zuckten im Traum, und ihre Mundwinkel zuckten, als sie schwach lächelte.

Das Mondlicht schien ins Zimmer, und er hatte das Gefühl, als hätte er sie die ganze Nacht beobachtet, aber irgendwann musste er eingeschlafen sein.

Als er aufwachte, lag ihr Kopf auf seinem Bauch, und sie rieb ihn schlaftrunken.

»Ich habe geträumt, dass ich wieder schwanger wäre«, murmelte sie. »Es war wie bei Shelby, genau so. Vielleicht können wir ja ein Kind adoptieren. Es gibt so viele Babys da draußen, die Liebe brauchen.«

Sie hatten sich vor sechs Jahren kennengelernt. Er arbeitete für seine Mutter, die ein kleines Apartmenthaus im Norden der Stadt besaß.

Lorie wohnte im Erdgeschoss, wo die Fenster hoch über der Straße lagen und man die Leute auf den Bürgersteigen sehen konnte. Seine Mutter nannte es eine »versunkene Gartenwohnung«.

Sie wohnte mit einem anderen Mädchen zusammen, und manchmal kamen sie sehr spät nach Hause, lachten und drückten sich aneinander, wie junge Mädchen es tun, flüsterten miteinander, und ihre nackten Beine in den kurzen Röcken glänzten. Er fragte sich, worüber sie redeten.

Damals war er noch in der Schule und arbeitete abends und an den Wochenenden, wechselte Dichtungsringe an undichten Wasserhähnen und brachte den Müll weg.

Einmal stand er vor dem Gebäude und reinigte die Mülleimer mit Bleichmittel, als sie an ihm vorüberhastete. Sie hatte den Kragen des winzigen Mantels bis ins Gesicht gezogen. Sie sprach in ihr Handy und bewegte sich so schnell, dass er sie fast nicht gesehen und sie mit dem Schlauch vollgespritzt hätte. Eine Sekunde lang sah er ihre Augen, mit verschmiertem Make-up und tränenüberströmt.

»Ich habe nicht gelogen«, sagte sie in ihr Telefon, während sie den Schlüssel ins Schloss schob und die Tür mit der Schulter aufdrückte. »Ich bin hier nicht der Lügner.«

Eines Abends nicht lange nach diesem Vorfall kam er nach Hause und fand einen Zettel unter der Tür. Darauf stand:

Entweder ist mein Herz gebrochen,
oder ich habe die Rechnung nicht bezahlt.
Danke, Lorie, #1-A

Er las den Zettel viermal, bevor er dahinterkam, was es bedeutete.

Sie lächelte, als sie die Tür öffnete. Die Sicherheitskette war in der Höhe ihrer Stirn.

Er hielt die Rohrzange hoch.

»Du kommst genau richtig«, sagte sie und deutete auf den Heizkörper.

Niemand glaubt, dass seinem Baby etwas zustößt. Das sagte Lorie immer. Sie hatte es zu Reportern gesagt, der Polizei, jeden einzelnen Tag in diesen drei Wochen, seit es passiert war.

Er beobachtete sie mit den Polizisten. Es war fast wie im Fernsehen, nur war es überhaupt nicht so wie im Fernsehen. Er fragte sich, warum niemals etwas so war, wie man glaubte, dass es sein würde, und dann begriff er, dass es daran lag, dass man niemals glaubte, dass es einem selbst passierte.

Sie konnte nicht stillsitzen und fuhr sich ständig mit den Fingern über die Haarspitzen. Manchmal, an einer Ampel, zog sie eine Nagelschere aus ihrer Tasche und schnitt sich die gespaltenen Enden ab. Wenn das Auto wieder anfuhr, hielt sie ihre Hand aus dem Fenster und warf die abgeschnittenen Haare hinaus.

Es war diese Art von sorglosem, merkwürdigem Verhalten, das sie so von allen anderen Mädchen unterschied, die er kannte. Vor allem, weil sie all das vor ihm tat.

Es überraschte ihn, wie sehr ihm das gefallen hatte.

Aber jetzt schien alles anders zu sein, und er sah, wie die Beamten sie beobachteten, sie anblickten, als wäre sie ein Mädchen in einem sehr kurzen Rock, das auf einem Barhocker herumrutschte und sich durchs Haar strich, wenn Männer es ansahen.

»Sie müssen noch einmal von Anfang an erzählen«, sagte der Mann. Es klang wie im Fernsehen. »Sagen Sie uns alles, woran Sie sich erinnern.«

»Sie hat es doch schon so oft beschrieben«, sagte er und legte seine Hand über ihre, während er dem Beamten einen müden Blick zuwarf.

»Ich meinte Sie, Mr. Ferguson«, erwiderte der Detective und sah ihn an. »Nur Sie.«

Sie brachten Lorie in das äußere Büro, und er konnte durch das Fenster sehen, wie sie Kaffeeweißer in ihren Kaffee löffelte und sich dabei die Lippen leckte.

Er wusste, wie das aussah. Die Zeitungen hatten gerade ein Foto von ihr in einem Smoothie-Laden veröffentlicht. Die Bildunterschrift lautete: »Was ist mit Shelby?« Sie mussten es durch die Fensterscheibe gemacht haben. Sie bestellte gerade lächelnd etwas am Tresen. Sie erwischten sie irgendwie immer, wenn sie lächelte. Sie konnten nicht verstehen, dass sie lächelte, wenn sie traurig war. Manchmal weinte sie, wenn sie glücklich war, wie zum Beispiel bei ihrer Hochzeit, als sie den ganzen Tag geweint und ihr Gesicht rosa und glühend an seiner Brust gelegen und gebebt hatte.

Ich hätte nie gedacht, dass du's tun würdest, hatte sie gesagt. *Und ich hätte auch nie gedacht, dass ich es tun würde. Dass irgendetwas von dem hier passieren könnte.*

Er hatte nicht gewusst, was sie meinte, aber es gefiel ihm, wenn sie sich an ihn schmiegte und ihre Hüften sich an seinen rieben, als könnte sie sich nicht beherrschen und würde sich an ihm festklammern, damit sie nicht von der Erde selbst wegflog.

»Also, Mr. Ferguson«, sagte der Detective. »Sie sind von der Arbeit nach Hause gekommen, und es war niemand zu Hause?«

»Richtig«, sagte er. »Nennen Sie mich Tom.«

»Tom...« Der Detective setzte erneut an, aber der Name schien sich zu sperren, als wollte er ihn lieber nicht aussprechen. Letzte Woche hatte er ihn noch Tom genannt. »War es ungewöhnlich, dass sie zu dieser Tageszeit nicht zu Hause waren?«

»Nein«, antwortete er. »Sie war gern beschäftigt.«

Das stimmte. Lorie hielt es nicht aus, nur herumzusitzen, und setzte Shelby manchmal in den Wagen und fuhr stundenlang, manchmal hundert oder sogar zweihundert Meilen weit.

Sie fuhr mit ihr nach Mineral Pointe und machte dort Fotos von ihnen beiden vor dem Wasser. Dann schickte sie ihm die Fotos auf das Smartphone, und bei ihrem Anblick musste er immer grinsen. Es gefiel ihm, dass sie keine dieser Frauen war, die zu Hause blieben und sich Reality-Shows, Gerichtssendungen oder Shopping Channels ansahen.

Sie arbeitete fünfundzwanzig Stunden pro Woche im Y, während seine Mutter auf Shelby aufpasste. Jeden Morgen lief sie fünf Meilen und setzte Shelby in den Jogging-Kinderwagen. Sie machte jeden Abend Essen und mähte sogar manchmal den Rasen, wenn er zu viel zu tun hatte. Sie musste sich einfach immer bewegen.

Das liebten die Zeitungen und auch die Leute vom Fernsehen. Sie liebten es, Bilder von ihr zu machen, wenn sie in ihren kurzen Shorts joggte, im Auto mit ihrem Handy telefonierte oder im Supermarkt an der Kasse in Modemagazinen blätterte.

»Was ist mit Shelby?«, war stets die Bildunterschrift.

Sie verstanden sie überhaupt nicht. Er war der Einzige, der das tat.

»Also«, sagte der Detective und riss ihn aus seinen Gedanken. »Was haben Sie getan, als Sie das Haus bei Ihrer Ankunft leer vorfanden?«

»Ich habe sie auf dem Handy angerufen.« Das hatte er tatsächlich. Sie war nicht rangegangen, aber das war ebenfalls nicht ungewöhnlich. Er hatte sich nicht die Mühe gemacht, es ihnen zu erzählen. Dass er vier oder fünf Mal angerufen hatte und immer nur die Voicemail angesprungen war und sie erst beim letzten Mal das Gespräch angenommen hatte.

Ihre Stimme war sonderbar gewesen, klein, als wäre sie im Wartezimmer eines Arztes oder auf der Toilette. Als versuche sie, sich still und klein zu machen.

»Lorie? Geht es dir gut? Wo seid ihr?«

Es hatte eine lange Pause gegeben, und ihm war der Gedanke gekommen, dass sie möglicherweise das Auto zu

Schrott gefahren hatte. Einen schrecklichen Moment lang dachte er, sie läge im Krankenhaus, sie beide verletzt und übel mitgenommen. Lorie war eine leichtsinnige Fahrerin und schickte ihm immer SMS aus dem Wagen. Schlimme Bilder schossen ihm durch den Kopf. Er war einmal mit einem Mädchen ausgegangen, das einen Babyschuh über den Rückspiegel gehängt hatte. Sie sagte, er solle sie ermahnen, immer vorsichtig zu fahren. Niemand sagte einem das noch, wenn man erst einmal sechzehn Jahre alt geworden war.

»Lorie, erzähl es mir einfach.« Er hatte versucht, entschlossen, aber trotzdem freundlich zu sprechen.

»Es ist etwas passiert.«

»Lorie«, er versuchte es noch einmal, wie nach einem Streit mit ihrem Bruder oder ihrem Boss, »atme tief durch und erzähl es mir.«

»Wohin ist sie gegangen?«, drang ihre Stimme durch den Hörer. »Und wie soll sie mich wiederfinden? Sie ist ein kleines Mädchen. Sie weiß nichts. Man sollte Hundemarken an ihnen befestigen, wie man es gemacht hat, als wir Kinder waren, erinnerst du dich noch daran?«

Er konnte sich überhaupt nicht daran erinnern, und außerdem surrte es in seinem Kopf so laut, dass er sie kaum verstehen konnte.

»Lorie, du musst mir sofort sagen, was los ist.«

Das tat sie.

Sie sagte, sie wäre den ganzen Morgen herumgefahren und hätte sich Rasenmäher angesehen, die im Internet bei Craigslist angeboten wurden. Sie war müde und hatte sich entschlossen, einen Kaffee in diesem teuren Café zu trinken.

Sie hatte die Frau dort gesehen, immer wieder. Sie hatten sogar online darüber gechattet, wie teuer der Kaffee dort war, aber dass sie nicht anders konnten, als hinzugehen. Und was war überhaupt ein Americano? Und ja, sie hatten über ihre Kinder geredet. Sie war sich sicher gewesen, die

Frau hätte gesagt, dass sie Kinder hatte. Zwei, glaubte sie. Und es waren nur Minuten gewesen, höchstens fünf.

»Was hat fünf Minuten gedauert?«, hatte er sie gefragt.

»Ich weiß nicht, wie es passiert ist«, sagte sie. »Aber ich habe meinen Kaffee verschüttet, und er war überall auf meinem weißen Mantel. Der Mantel, den du mir zu Weihnachten geschenkt hast.«

Er konnte sich erinnern, wie sie die Schachtel aufgemacht hatte und das Seidenpapier durch die Luft geflogen war. Sie hatte gesagt, er wäre der einzige Mann, der ihr jemals etwas zum Anziehen kaufte, was in Schachteln geliefert wurde, mit Seidenpapier und Goldprägung.

Dann wirbelte sie in dem Mantel herum und sagte: *Oh, wie er schillert.*

Sie setzte sich lächelnd auf seinen Schoß und sagte, nur ein Mann würde der Mutter eines Wickelkindes einen weißen Mantel schenken.

»Der Mantel war vollkommen nass«, sagte sie jetzt. »Ich habe die Frau gebeten, kurz auf Shelby aufzupassen, während ich auf der Toilette war. Es hat ein bisschen gedauert, weil ich erst den Schlüssel holen musste. Einen von diesen schweren Schlüsseln, die sie einem immer aushändigen.«

Als sie aus der Toilette gekommen war, war die Frau verschwunden und Shelby auch.

Er konnte sich nicht erinnern, dass er diese Geschichte jemals angezweifelt hätte. Es war passiert. Es war ihnen passiert, und es war ein Teil der ganzen unmöglichen Ereignisse, die bis zu diesem Punkt geführt hatten. Die dazu führten, dass Shelby verschwunden war und niemand wusste, wohin.

Und fast vom ersten Moment an war klar gewesen, dass die Polizei nicht glaubte, alle Informationen bekommen zu haben oder dass diese Informationen auch nur im Geringsten logisch waren.

»Sie mögen mich nicht«, sagte Lorie. Er sagte ihr, das wäre nicht wahr, aber vielleicht war es doch so.

Er wünschte, sie hätten Lorie sehen können, als sie an diesem Tag nach Hause kam, die Handtasche offen, ihr weißer Mantel immer noch feucht von dem verschütteten Kaffee und den Mund so weit aufgerissen, dass er nur den roten Gaumen sehen konnte, roh und wund.

Stunden später saß ihre Familie um sie herum, und sie lehnte zitternd an ihm, während ihr Bruder endlos über AMBER Alert, Megan's Gesetz und seine Jura-Klasse und seine Polizeikumpel aus dem Bodybuilding-Studio schwadronierte. Er spürte, wie sie sich an ihn schmiegte, sah die Locke im Kragen ihres Pullovers, eine Strähne von Shelbys engelweißem Haar.

Auch am Ende der zweiten Woche hatte die Polizei nichts gefunden, oder wenn doch, verrieten sie es nicht. Irgendetwas schien sich verändert zu haben oder war schlimmer geworden.

»Jeder macht so etwas«, sagte Lorie. »Die Leute machen das dauernd.«

Er betrachtete die Polizistin, die Lorie beobachtete. Es war der weibliche Detective, der mit dem schlichten Pferdeschwanz, der Lorie immer so schief anblickte.

»Was machen sie?«, fragte der Detective.

»Sie bitten jemanden, nur eine Minute auf ihr Kind aufzupassen«, erwiderte Lorie und straffte unwillkürlich den Rücken. »Kein Mann. Ich hätte sie nie bei einem Mann gelassen. Und auch nicht bei irgendeiner obdachlosen Frau, die mit einer Haarbürste vor mir hin und her gefuchtelt hätte. Ich habe diese Frau dort jeden Tag gesehen.«

»Ihr Name?« Sie hatten sie schon oft nach dem Namen dieser Frau gefragt. Sie wussten, dass sie ihn nicht kannte.

Lorie sah die Polizistin an, und ihm fielen die schwachen blauen Adern unter ihren Augen auf. Er hätte gern seinen Arm um sie gelegt, damit sie fühlte, dass er da war, um sie zu beruhigen. Aber bevor er etwas tun konnte, hatte sie wieder angefangen zu reden.

»Mrs. Raupe«, erwiderte sie und hob hilflos die Hände. »Mrs. Linguine. Madame Lafarge.«

Die Polizistin starrte sie bloß an, ohne auch nur irgendetwas zu sagen.

»Versuchen wir doch, sie übers Internet ausfindig zu machen«, schlug Lorie vor und reckte das Kinn vor. Ihre Augen schimmerten irgendwie hart. All die Untersuchungen und die langen Stunden, die sie wach waren, all die Schlaf- und Beruhigungsmittel und Lorie, die die ganze Nacht durch das Haus ging, über nichts redete, aber Angst hatte, ruhig liegen zu bleiben.

»Lorie«, sagte er. »Nicht...«

»Immer passiert mir alles«, sagte sie. Ihre Stimme klang plötzlich weich und verschwommen. Sie sank in sich zusammen. »Es ist so unfair.«

Er konnte sehen, wie es passierte, wie sie schlaff wurde, und griff hastig nach ihr.

Sie wäre ihm fast aus den Armen gerutscht, und sie verdrehte die Augen nach oben.

»Sie wird ohnmächtig«, sagte er, packte sie. Ihre Arme waren so kalt wie gefrorene Wasserleitungen. »Holen Sie jemanden.«

Die Polizistin sah nur zu.

»Ich kann nicht darüber reden, weil ich immer noch versuche, damit fertigzuwerden«, sagte Lorie zu den Reportern, die vor der Polizeiwache warteten. »Es fällt mir zu schwer, darüber zu reden.«

Er hielt ihren Arm fest und versuchte, sie durch die Menge zu führen, die sich so fest zusammenzuballen schien wie der Knoten in seinem Magen.

»Stimmt es, dass Sie sich einen Anwalt nehmen?«, wollte einer der Reporter wissen.

Lorie schaute die Menschen an. Er sah, wie sie den Mund aufmachte, aber er hatte keine Zeit, sie aufzuhalten.

»Ich habe nichts Falsches getan«, sagte sie und lächelte arglos. Als hätte sie mit ihrem Einkaufswagen den von jemand anderem angestoßen.

Er betrachtete sie. Er wusste, was sie meinte; sie meinte, dass sie Shelby diesen einen Moment alleingelassen hatte, diesen schrecklichen Moment. Aber er wusste auch, wie es klang und wie sie aussah mit diesem panischen Lächeln, das sie nicht unterdrücken konnte.

Es war das einzige Mal, dass er sie mit Reportern sprechen ließ.

Später zu Hause sah sie sich in den Abendnachrichten.

Sie ging langsam zum Fernseher, kniete sich davor hin, und dann machte sie etwas Merkwürdiges.

Sie schlang die Arme um das Gerät, als wäre es ein Teddybär oder ein Kind.

»Wo ist sie?«, flüsterte sie. »Wo ist sie?«

Er wünschte sich, die Reporter könnten das sehen, die geheimnisvolle Art und Weise, wie die Trauer sich wie ein Fieber in ihr ausbreitete.

Gleichzeitig war er froh, dass sie es nicht sehen konnten.

Es war in der Nacht, kurz vor der Dämmerung, und sie lag nicht neben ihm.

Er durchsuchte das ganze Haus, sein Herz hämmerte in seiner Brust. Er glaubte, dass er träumte, rief ihren Namen, rief ihrer beider Namen.

Er fand sie im Hinterhof, ein schmaler Schatten mitten im Garten.

Sie saß im Gras, und das Licht ihres Smartphones beleuchtete ihr Gesicht.

»Ich fühle mich ihr hier draußen näher«, sagte sie. »Das hier habe ich gefunden.«

Er konnte es kaum erkennen. Als er näher heranrückte,

sah er einen winzigen Ohrring, einen emaillierten Schmetterling zwischen ihren Fingern.

Sie hatten einen lautstarken Streit gehabt, als sie mit Shelby nach Hause gekommen war. Die Ohren des Babys waren gepierct, und dicke goldene Pins steckten in den winzigen Ohrläppchen. Ihre Ohren waren rot, ihr Gesicht war gerötet, ihre Augen tränenüberströmt.

»Wo ist sie hingegangen, Babe?«, fragte Lorie jetzt. »Wohin ist sie gegangen?«

Er war schweißüberströmt und zupfte sich das T-Shirt von der Brust.

»Hören Sie zu, Mr. Ferguson«, sagte der Detective. »Sie haben vollständig kooperiert, das habe ich begriffen. Aber Sie müssen unsere Haltung verstehen. Niemand kann die Geschichte Ihrer Frau bestätigen. Die Angestellte, die gesehen hat, wie Ihre Frau den Kaffee verschüttete, hat auch gesehen, wie sie mit Shelby das Café verlassen hat. Und sie kann sich an keine andere Frau erinnern.«

»Wie viele Menschen waren in dem Café? Haben Sie mit allen gesprochen?«

»Da ist noch etwas, Mr. Ferguson.«

»Was?«

»Die anderen Angestellten sagten, Lorie wäre wirklich sauer wegen des vergossenen Kaffees gewesen. Sie hätte Shelby die Schuld daran gegeben. Sie hat gesagt, alles wäre ihre Schuld. Dann hat Lorie ihre Tochter am Arm gepackt und sie geschüttelt.«

»Das stimmt nicht«, sagte er. Er hatte noch nie gesehen, dass Lorie Shelby grob angefasst hätte. Manchmal schien es ihm sogar so, als nähme sie sie kaum wahr.

»Mr. Ferguson, ich muss Sie das jetzt fragen: Hatte Ihre Frau schon einmal emotionale Probleme?«

»Was soll diese Frage?«

»Das ist eine Standardfrage in solchen Fällen«, sagte der

Detective. »Und wir haben entsprechende Informationen bekommen.«

»Reden Sie über die Lokalnachrichten?«

»Nein, Mr. Ferguson. Wir sammeln keine Beweise aus dem Fernsehen.«

»Sie sammeln Beweise? Was für Beweise müssen Sie gegen Lorie sammeln? Shelby wird vermisst. Müssen Sie nicht …?«

»Mr. Ferguson, wussten Sie, dass Ihre Frau gestern Nachmittag drei Stunden in der Your Place Lounge in Charlevoix verbracht hat?«

»Beschatten Sie sie?«

»Etliche Stammgäste und einer der Barkeeper haben sich mit uns in Verbindung gesetzt. Sie waren besorgt.«

»Besorgt? Tatsächlich?« Sein Kopf pochte vor Schmerz.

»Sollten Sie sich keine Sorgen machen, Mr. Ferguson? Immerhin ist das eine Frau, deren Baby verschwunden ist.«

»Wenn sie alle so besorgt gewesen sind, warum haben sie mich dann nicht angerufen?«

»Einer von ihnen hat Lorie gefragt, ob er Sie für sie anrufen soll. Offenbar hat sie ihn gebeten, das nicht zu tun.«

Er sah den Detective an. »Sie wollte mir keinen Kummer bereiten.«

Der Detective erwiderte den Blick. »Okay.«

»Man kann nie vorhersagen, wie Menschen reagieren, wenn einem so etwas passiert«, erklärte er und spürte, wie er den Kopf sinken ließ. Plötzlich kamen ihm seine Schultern sehr schwer vor, und er hatte dieses Bild von Lorie in seinem Kopf, wie sie in einer abgelegenen Ecke der langen, schwarz lackierten Bar hockte, sehr viel Make-up im Gesicht und erfüllt von düsteren Gefühlen. Gefühlen, an die er niemals herankommen würde. Er hatte noch nie den Eindruck gehabt, dass er wirklich wusste, was sie dachte. Das gehörte dazu. Es war ein Teil dieses Pochens in seiner Brust, dieser Sehnsucht, die nie enden wollte.

»Nein«, sagte er unvermittelt.

»Was?« Der Detective beugte sich vor.
»Sie hatte in der Vergangenheit keine emotionalen Probleme. Meine Frau.«

Es war die vierte Woche, die vierte Woche von falschen Spuren, Tränen, Schlaftabletten und nächtlichem Terror. Und er musste wieder zur Arbeit gehen, sonst konnten sie die Hypothek nicht länger bezahlen. Sie überlegten, ob Lorie ihren Teilzeitjob im Kerzenladen wiederaufnehmen sollte, aber jemand musste zu Hause sein, um zu warten.

Aber worauf warteten sie eigentlich? Kamen Kleinkinder plötzlich nach siebenundzwanzig Tagen wieder nach Hause? Das jedenfalls dachten die Cops, so viel war ihm klar.

»Ich denke, ich rufe morgen im Büro an«, sagte er. »Und ich mache einen Plan.«

»Und ich werde hier sein«, erwiderte sie. »Du wirst dort sein und ich hier.«

Es war ein schreckliches Gespräch, wie viele solcher Gespräche, die Paare im dunklen Schlafzimmer führen, bis spät in die Nacht, wenn man weiß, dass die Entscheidungen, die man bereits den ganzen Tag aufgeschoben hat, nicht mehr länger warten können.

Nachdem sie geredet hatten, nahm sie vier große Pillen und drückte ihr Gesicht in die Kissen.

Er konnte nicht schlafen und ging in Shelbys Zimmer, was er nur nachts machte. Er beugte sich über das Kinderbett, das zu klein für sie war, aber Lorie wollte sie noch nicht in das große Bett legen, sie sagte, es wäre noch nicht so weit, nicht einmal annähernd.

Er streichelte die weichen, mit hellgelben Fischen geschmückten Plastikkissen vor den Stäben. Er konnte sich daran erinnern, dass er Shelby erklärt hatte, dass es Goldfische wären. Aber sie sagte immer *Nana, Nana*, was ihr Wort für Bananen war.

Ihre Hände waren immer schmierig von dem Schleim der Bananen, wenn sie sich an der Brust von Lories Hemd festhielt.

Einmal hatte er in der Nacht seine Hand unter Lories Büstenhalterverschluss geschoben, zwischen ihre Brüste, und selbst dort ein Stück Banane ertastet.

»Es ist überall«, hatte Lorie geseufzt. »Fast als wäre sie aus Bananen gemacht.«

Er liebte den Geruch und die stets verklebten Hände seiner Tochter.

Bei der Erinnerung daran hatte er angefangen zu weinen, aber nach einiger Zeit hatte er wieder aufgehört und war im Schaukelstuhl sitzen geblieben, bis er eingeschlafen war.

In gewisser Weise war er erleichtert, dass er wieder zur Arbeit gehen konnte, nach all den Tagen mit den Nachbarn, der Familie und den Freunden, die sich im Haus drängten, Internet-Gerüchte austauschten, Wachen und Suchaktionen organisierten. Aber jetzt kamen weniger Verwandte, nur noch ein Freundespaar, das nirgendwo sonst hingehen konnte, und gar keine Nachbarn mehr.

Spät an einem Abend kam die Frau aus dem Eckhaus und wollte ihre Kasserolle zurückhaben.

»Ich wusste nicht, dass ihr sie so lange behalten würdet«, sagte sie und kniff die Augen zusammen.

Sie schien zu versuchen, einen Blick über seine Schulter zu werfen, ins Wohnzimmer. Lorie sah sich eine Show im Fernsehen an, in voller Lautstärke, über eine Gruppe von blonden Frauen mit geschminkten Gesichtern und wütend verzogenen Mündern. Sie sah nur diese Show, als wäre das die einzige Show, die im Fernsehen lief.

»Ich wusste nicht«, sagte die Frau, nahm die Kasserolle entgegen und inspizierte sie, »wie sich die Sache entwickeln würde.«

Du sexy, sexy Junge, stand in Lories SMS. *Ich will deine Hände auf mir fühlen. Komm nach Hause und fass mich an, so hart du willst. Nimm mich hart ran.*

Er wirbelte auf seinem Drehstuhl herum, als müsste er sein Smartphone verstecken – oder verbergen, dass er den Text las.

Er verließ sofort das Büro und fuhr so schnell er konnte nach Hause. Er redete sich ein, dass etwas mit ihr nicht stimmte. Das musste ein Nebeneffekt der Pillen sein, die der Arzt ihr verschrieben hatte, oder die Art und Weise, wie sich Trauer und Sehnsucht in ihrem komplizierten kleinen Körper vermischten.

Aber nicht deshalb fuhr er so schnell oder wäre fast im Sicherheitsgurt hängen geblieben, als er aus dem Wagen sprang.

Und nicht deshalb hatte er das Gefühl, er müsse in zwei Teile zerbrechen, wenn er sie nicht haben konnte, als er sie auf dem Bett liegen sah, auf dem Bauch, den Kopf zur Seite gedreht und lächelnd. Wenn er sie nicht sofort haben konnte, auf der Stelle, während das Bett unter ihnen ächzte und sie kein Geräusch von sich gab, während die Jalousien heruntergelassen waren und ihre weißen Zähne in ihrem offenen Mund glänzten...

Es fühlte sich falsch an, aber er war nicht sicher, warum. Er kannte sie und kannte sie doch nicht. Das war sie, aber es war eine Lorie von vor langer Zeit. Nur anders.

Die Reporter riefen unablässig an. Es gab zwei, die ihren Notizblock niemals aus der Hand zu legen schienen. Sie waren von Anfang an dabei gewesen, schienen dann jedoch weitergezogen, anderen Geschichten hinterhergehetzt zu sein.

Sie kehrten zurück, als die Fotos von Lorie in Umlauf kamen, wie sie aus dem Magnum Tattoo Parlor trat. Jemand hatte eine Aufnahme von ihr mit seinem Handy gemacht.

Lorie trug wieder diese roten Cowboystiefel, hatte roten Lippenstift aufgelegt und ging direkt auf die Kamera zu.

Sie brachten Fotos von ihr in der Zeitung unter der Schlagzeile: *Die Trauer einer Mutter?*

Er betrachtete das Tattoo.

Die Worte *Mirame quemar* waren kursiv darauf geschrieben, schlangen sich um ihre Hüfte. *Sieh mich brennen.*

Sie befanden sich auf einem Schwangerschaftsstreifen, den sie immer mit ihren Fingern bedeckte, wenn sie nackt vor ihm stand.

Er betrachtete die Tätowierung im dunklen Schlafzimmer, in das nur ein Streifen Licht aus dem Flur fiel. Sie drehte ihre Hüfte, immer weiter, und auch ihren Oberkörper, damit er es fühlen konnte, alles.

»Ich brauchte es«, sagte sie. »Ich brauchte etwas. Etwas, worauf ich meine Finger legen konnte. Was mich an mich erinnert. Gefällt es dir?« Sie hauchte ihm ins Ohr. Die Tinte sah aus, als würde sie sich bewegen.

»Es gefällt mir«, sagte er und legte die Finger darauf. Ihm war ein bisschen übel. Es gefiel ihm wirklich. Es gefiel ihm sehr.

Sehr viel später in dieser Nacht weckte ihn ihre Stimme aus einem tiefen Schlaf.

»Ich wusste nicht, dass sie kommt, und dann war sie da«, sagte sie, das Gesicht in die Kissen gedrückt. »Und ich wusste nicht, dass sie wegging, und jetzt ist sie weg.«

Er sah sie an. Sie hatte die Augen geschlossen, und auf ihren Lidern war noch altes Make-up.

»Aber«, fuhr sie fort, und ihre Stimme klang nun gepresster, »sie hat immer gemacht, was sie wollte.«

Jedenfalls glaubte er, dass sie das sagte. Aber sie schlief, und außerdem war es überhaupt nicht logisch.

»Es hat dir gefallen, bis du darüber nachgedacht hast«, sagte sie. »Bis du es genauer angesehen hast und dann zu dem Schluss gekommen bist, dass du es nicht mehr willst. Oder nicht der Kerl sein willst, der es will.«

Er trug das neue Hemd, das sie am Tag zuvor für ihn gekauft hatte. Es war dunkelviolett und wunderschön, und er fühlte sich gut darin, wie dieser Abteilungsleiter, über den alle Frauen im Büro redeten. Sie redeten über seine Schuhe, und er fragte sich immer, woher die Leute wohl solche Schuhe bekamen.

»Nein«, widersprach er. »Ich liebe es. Aber es ist einfach... sehr kostspielig.«

Natürlich war das nicht der Grund. Es kam ihm irgendwie im Moment nicht richtig vor, Sachen zu kaufen, irgendetwas zu kaufen. Aber es lag auch an der Farbe des Hemdes, daran, wie es glänzte. Die strahlende, harte Schönheit des Hemdes. Es war ein Hemd, um damit auszugehen, für Nachtklubs, zum Tanzen. Für all diese Dinge, die sie getan hatten, als sie noch Sachen taten: Wodka und hämmernde Musik und wilder Sex in ihrem Auto.

Die Art von trunkenem Sex, der so schmutzig und verrückt war, dass man danach beinahe schüchtern miteinander umging, nach Hause fuhr, nüchtern gefickt, und das Gefühl hatte, als hätte man dem anderen etwas sehr Privates und sehr Schlimmes gezeigt.

Einmal, vor mehreren Jahren, hatte sie etwas mit ihm gemacht, was noch nie jemand mit ihm gemacht hatte, und er konnte sie danach überhaupt nicht mehr ansehen. Das nächste Mal machte er etwas mit ihr. Eine Weile schien es, als würde es niemals aufhören.

»Ich glaube, jemand sollte Ihnen etwas über Ihre Frau erzählen«, stand in der E-Mail. In der Betreffzeile. Er kannte die Adresse nicht, es war nur eine Reihe von Buchstaben und Zahlen, und in der Mail selbst stand kein Text. Da war nur ein Foto von einem Mädchen, das in einem strahlend grünen Topteil tanzte, dessen Nackenband gelöst war und herunterhing.

Es war Lorie, und er wusste, dass es ein altes Bild sein musste. Vor etlichen Wochen hatten die Zeitungen alte Schnappschüsse von Lorie in die Finger bekommen, als sie achtzehn, neunzehn gewesen war. Sie hatte auf Tischen getanzt und ihre Freundinnen geküsst. Es waren Dinge, die Mädchen taten, wenn sie tranken und jemand eine Kamera hatte.

Auf diesen Fotos machte Lorie immer Posen, wirkte wie ein Vampir, versuchte, wie ein Modell auszusehen, eine Berühmtheit. Es war eine Lorie aus der Zeit, bevor er sie wirklich kennengelernt hatte, eine Lorie aus der Zeit, die sie ihre »Wilde Mädchen-Zeit« nannte.

Aber auf diesem Foto schien sie die Kamera gar nicht zu bemerken, schien völlig in der Musik versunken zu sein, in die Geräusche, die sie in ihrem übervollen Kopf hörte. Sie hatte die Augen fest geschlossen, den Kopf zurückgeworfen, und ihr Hals war lang, braun und wunderschön.

Sie sah glücklicher aus, als er sie jemals gesehen hatte.

Es war eine Lorie von vor langer Zeit, oder von niemals.

Dann scrollte er das Bild weiter, sah, dass das Oberteil an ihrem Körper hochgerutscht war, sah einen Hüftknochen. Und die elegante kursive Schrift. *Mirame quemar.*

In dieser Nacht erinnerte er sich an eine Geschichte, die sie ihm vor langer Zeit erzählt hatte. Es kam ihm unmöglich vor, dass er sie vergessen hatte. Oder vielleicht war es jetzt einfach anders, warf ein neues Licht darauf. Etwas bisher Unentdecktes, wie eine alte Schachtel, die man im Keller findet und die nach Schimmel stinkt und bei der man sich fürchtet, sie zu öffnen.

Es war damals, als sie miteinander ausgingen und ihre Mitbewohnerin immer da war und sie nirgendwo allein sein konnten. Sie veranstalteten wunderbare Saufgelage in seinem Auto, und sie liebte es, auf den Rücksitz zu klettern, sich auf dem Rücken zu räkeln, ein Bein hoch über die Kopfstütze zu legen und ihn anzuflehen, es ihr zu besorgen.

Es war nach dem ersten oder zweiten Mal, damals, als alles so verrückt und verwirrend war und sein Kopf hämmerte und er dachte, sein Schädel müsste explodieren, als Lorie sich an ihn schmiegte und redete und redete, über ihr Leben und darüber, wie sie einmal vier Revlon-Eyeslicks bei CVS gestohlen und wie sie mit einem Stofftier mit Schlappohren geschlafen hatte, das »Öhrchen« hieß. Sie sagte, sie hätte das Gefühl, sie könnte ihm alles erzählen.

Irgendwo in diesem Wirbel von Nächten, Nächten, in denen er ihr ebenfalls private Sachen erzählt hatte – dass er in seinen Babysitter verliebt war und wie er Matchbox-Autos gestohlen hatte –, hatte sie ihm auch diese Geschichte erzählt.

Wie sie, als sie sieben war und ihr Bruder geboren wurde, furchtbar eifersüchtig wurde.

»Meine Mutter hat die ganze Zeit nur mit ihm verbracht und mich den ganzen Tag allein gelassen«, sagte sie. »Deshalb habe ich ihn gehasst. Jede Nacht habe ich gebetet, dass man ihn wegholte. Dass ihm irgendetwas Schreckliches passieren würde. Ich bin nachts zu seiner Krippe geschlichen und habe ihn durch die Gitterstäbe angestarrt. Ich glaube, ich habe gedacht, ich könnte es nur durch Gedanken passieren lassen. Wenn ich ihn lange und fest genug anstarrte, würde es passieren.«

Er hatte genickt, weil er vermutete, dass Kinder so sein konnten. Er war der Jüngste gewesen und fragte sich, ob seine ältere Schwester auch so etwas seinetwegen gedacht hatte. Einmal hatte sie seinen Finger in die Hi-Hat eines Schlagzeugs gequetscht und dann gesagt, es wäre ein Unfall gewesen.

Aber sie war mit ihrer Geschichte noch nicht fertig, schmiegte sich dichter an ihn, und er roch den Pudergeruch ihres Körpers und dachte an all die kleinen Ecken und Bögen, die er so gern mit seinen Händen fand, an all die weichen, heißen Plätze an ihr. Manchmal fühlte es sich an, als wäre ihr Körper niemals derselbe, als würde er sich unter seinen Händen verändern. *Ich bin eine Hexe, eine Hexe.*

»Also in einer Nacht«, sagte sie tief und verschwörerisch, »habe ich ihn wieder durch die Gitterstäbe beobachtet, und da hat er so komische Geräusche gemacht.«

Ihre Augen glitzerten im dunklen Auto.

»Ich habe mich vorgebeugt und meine Hände durch die Gitterstäbe gesteckt«, sagte sie und schob ihre Hände zu ihm. »Und da habe ich gesehen, wie eine Kordel von seinem Kinn herunterhing, von seinem Spielzeug. Ich habe angefangen, an ihr zu ziehen, habe immer weitergezogen.«

Er sah zu, wie sie die imaginäre Kordel zog und ihre Augen immer größer wurden.

»Dann hat er es herausgelassen«, sagte sie, »und wieder angefangen zu atmen.« Sie machte eine kleine Pause und schnalzte mit der Zunge. »Meine Mutter ist in diesem Moment hereingekommen. Sie sagte, ich hätte sein Leben gerettet«, erklärte sie. »Alle haben das gesagt. Sie hat mir einen neuen Pullover gekauft und die pinkfarbenen Schuhe, die ich so gern haben wollte. Alle haben mich geliebt.«

Die Scheinwerfer eines vorbeifahrenden Autos glitten über sie, und er sah ihre Augen, hell und funkelnd.

»Niemand hat jemals die wahre Geschichte erfahren«, sagte sie. »Ich habe sie niemandem erzählt.« Sie lächelte und presste sich an ihn. »Aber jetzt erzähle ich sie dir«, sagte sie. »Jetzt habe ich jemanden, dem ich sie erzählen kann.«

»Mr. Ferguson, Sie haben uns erzählt, und das bestätigt auch die Liste Ihres Mobilfunkanbieters, dass Sie Ihre Frau um 17.50 Uhr das erste Mal angerufen haben, am Tag des Verschwindens Ihrer Tochter. Sie haben sie schließlich um 18.45 Uhr erreicht. Ist das korrekt?«

»Ich weiß es nicht«, erwiderte er. Es war das achte, neunte oder zehnte Mal, dass sie ihn aufs Revier bestellt hatten. »Das wissen Sie besser als ich.«

»Ihre Frau hat gesagt, sie wäre gegen 17 Uhr in diesem Café gewesen. Aber wir haben Unterlagen von der Kreditkarte Ihrer Frau. Sie hat um 15.45 Uhr bezahlt.«

»Das weiß ich nicht«, sagte er und rieb sich den Nacken. Es kribbelte. Er begriff, dass er keine Ahnung hatte, was sie ihm erzählen wollten. Er wusste nicht, was da auf ihn zukam.

»Was, glauben Sie, hat Ihre Frau drei Stunden lang gemacht?«

»Sie hat nach dieser Frau gesucht. Versucht, sie zu finden.«

»Sie hat während dieser Zeit andere Anrufe getätigt. Aber sie hat nicht bei der Polizei angerufen, natürlich. Oder sich bei Ihnen gemeldet. Sie hat einen Mann namens Leonard Drake angerufen. Und danach einen namens Jason Patrini.«

Der eine klang wie ein alter Freund von ihr – Lenny sowieso –, der andere Name sagte ihm überhaupt nichts. Er hatte das Gefühl, als würde sich etwas in ihm aushöhlen. Er wusste nicht, über wen sie im Moment redeten, aber es hatte irgendwie nichts mit ihm zu tun.

Der weibliche Detective kam herein und warf ihrem Partner einen vielsagenden Blick zu.

»Da sie all diese Anrufe gemacht hat, konnten wir ihre Bewegungen verfolgen. Sie ist zur Harbor View Mall gegangen.«

»Möchten Sie sie auf den Aufnahmen der Sicherheitskamera sehen?«, fragte der weibliche Detective. »Wir haben sie gerade erst bekommen. Wussten Sie, dass sie dort ein Tanktop gekauft hat?«

Er fühlte nichts.

»Danach ging sie in den Quickie-Markt. Der Kassierer hat sie gerade identifiziert. Sie ging auf die Toilette. Er sagte, sie wäre lange dringeblieben, und als sie herauskam, hatte sie sich umgezogen. Möchten Sie die Fotos sehen? Sie sieht nach einer Million Dollar aus.«

Sie schob ein körniges Foto auf den Schreibtisch. Eine junge Frau in einem Tanktop und einem Kapuzenpullover, dessen Kapuze sie tief in die Stirn gezogen hatte. Sie lächelte.

»Das ist nicht Lorie«, sagte er leise. Sie sah viel zu jung aus, sie sah aus, wie sie ausgesehen hatte, als er sie kennenlernte, eine kleine Elfenschönheit mit einem flachen Bauch, Zöpfen und einem gepiercten Nabel. Mit einem kleinen Ring, an dem er immer zog. Den hatte er vollkommen vergessen. Sie hatte ihn wohl zuwachsen lassen.

»So etwas ist bestimmt schwer zu verdauen, Mr. Ferguson«, sagte der männliche Detective. »Es tut mir leid.«

Er blickte hoch. Der Detective sah aus, als täte es ihm sehr leid.

»Was hast du zu ihnen gesagt?«, fragte er sie.

Lorie saß neben ihm im Wagen, einen halben Block von der Polizeiwache entfernt.

»Ich weiß nicht, ob du ihnen überhaupt noch irgendetwas sagen solltest«, meinte er. »Ich glaube, wir sollten uns einen Anwalt nehmen.«

Lorie blickte starr geradeaus, auf die grell aufleuchtenden Lichter der Kreuzung. Langsam hob sie die Hand zu ihrem Haar und fuhr nachdenklich hindurch. »Ich habe es erklärt«, sagte sie. »Ich habe ihnen die Wahrheit gesagt.«

»Welche Wahrheit?«, fragte er. Es fühlte sich so kalt im Wagen an. Sie strahlte einen Geruch aus von jemandem, der nicht gegessen hatte. Ein harter Geruch von Kaffee und Nagellackentferner.

»Sie glauben nichts mehr, was ich sage«, meinte sie. »Ich habe ihnen erklärt, dass ich zweimal an diesem Tag in dem Café war. Einmal, um einen Saft für Shelby zu holen, und dann später wegen eines Kaffees für mich. Sie sagten, sie würden sich darum kümmern, aber ich habe es in ihren Gesichtern gesehen. Ich habe es ihnen auch gesagt. Ich weiß, was sie von mir halten.«

Sie drehte sich um und sah ihn an. Der Wagen bewegte sich schnell, und rote Lichter zuckten über ihr Gesicht. Das erinnerte ihn an ein Foto, das er einmal in einem Magazin des *National Geographic* gesehen hatte, von einer Frau aus dem Amazonasgebiet, mit rotbemaltem Gesicht und einem Holzstift in ihrer Lippe.

»Jetzt weiß ich, was alle von mir denken«, sagte sie und wandte sich wieder ab.

Es war spät in der Nacht, und er hatte die Augen weit geöffnet, als er sie fragte. Sie schlief fest, aber er fragte trotzdem.

»Wer ist Leonard Drake? Wer ist Jason wie auch immer?«

Sie rührte sich, drehte sich zu ihm um und hatte das Gesicht flach auf dem Laken liegen.

»Wer ist Tom Ferguson? Wer ist das?«

»Machst du das die ganze Zeit?« Seine Stimme wurde lauter. »Läufst rum und besuchst Männer?«

Es war einfacher, sie das zu fragen, als sie andere Dinge zu fragen, zum Beispiel, ob sie Shelby geschüttelt hatte, ob das alles nur gelogen war. Oder noch andere Dinge.

»Ja«, sagte sie. »Ich besuche den ganzen Tag Männer. Ich gehe in ihre Wohnungen. Ich lasse meine Tochter im Wagen, vor allem wenn es sehr heiß ist. Ich schleiche die Treppe zu ihren Wohnungen hoch.«

Sie hatte ihre Hand auf ihre Brust gelegt und bewegte sie dort, während sie ihn beobachtete.

»Du solltest fühlen, wie sehr ich sie begehre, wenn sie die Tür aufmachen.«

Hör auf, sagte er, ohne es zu sagen.

»Ich habe ihre Gürtel in der Hand, bevor sie auch nur die Tür hinter mir geschlossen haben. Dann krieche ich auf ihren schmutzigen Junggesellensofas auf ihren Schoß und mache alles.«

Er schüttelte den Kopf, aber sie hörte nicht auf.

»Du bekommst ein Baby, dein Körper verändert sich. Du brauchst etwas anderes. Also lasse ich sie alles mit mir machen. Ich habe alles gemacht.«

Ihre Hand bewegte sich, und sie berührte sich selbst. Sie wollte nicht aufhören.

»Das mache ich, während du arbeitest. Ich habe nicht die Leute von Craigslist besucht, um dir einen neuen Rasenmäher zu kaufen. Ich habe nichts für dich gemacht, immer nur du.«

Er hatte den Rasenmäher vergessen, hatte vergessen, was sie an diesem Tag hatte tun wollen. Sie wollte einen gebrauchten Rasenmäher kaufen, nachdem er blutige Blasen an den Händen bekommen hatte, als er den alten das letzte Mal benutzt hatte. Das hatte sie tun wollen – jedenfalls hatte sie das gesagt.

»Nein«, sagte sie jetzt. »Ich habe Männer angerufen und mich zum Sex mit ihnen verabredet. Das mache ich, seit ich ein Baby bekommen habe und zu Hause bin. Ich weiß nicht, wie ich irgendetwas anderes tun soll. Es ist verblüffend, dass ich nicht schon früher erwischt worden bin. Wenn ich nur nicht erwischt worden wäre.«

Er schlug die Hände vors Gesicht. »Es tut mir leid. Es tut mir so leid.«

»Wie konntest du?« Ihre Stimme klang erstickt. Sie zog das ganze Laken in ihre Hände, rollte es zusammen, zerrte es von ihm herunter, wrang es. »Wie konntest du nur?«

In dieser Nacht träumte er von Shelby.

Er träumte, dass er durch das dunkle, bläuliche Haus wanderte, und als er in Shelbys Zimmer kam, war da gar kein Zimmer, sondern er stand plötzlich draußen.

Der Hof war gefroren, sah einsam aus, und er fühlte sich

plötzlich traurig. Er hatte plötzlich das Gefühl, als wäre er an den einsamsten Ort der ganzen Welt gekommen, und der alte Werkzeugschuppen in der Mitte schien irgendwie das Zentrum dieser Einsamkeit zu sein.

Als sie das Haus gekauft hatten, hätten sie den Schuppen fast abgerissen – alle sagten, sie sollten ihn abreißen –, aber sie mochten ihn irgendwie; die »Babyscheune«, hatten sie ihn genannt, mit seinem schiefen Dach und der verblassten roten Farbe.

Aber der Schuppen war zu klein, als dass man mehr als ein paar Rechen und den Handrasenmäher mit dem schiefen linken Rad dort hätte unterbringen können.

Es war das einzige Alte an ihrem Haus, das einzige Ding, das schon da gewesen war, bevor er dorthin kam.

Am Tag dachte er überhaupt nicht mehr über den Schuppen nach, fiel er ihm überhaupt nicht mehr auf, außer wenn es geregnet hatte und er diesen sonderbaren Geruch verströmte.

Aber in dem Traum schien der Schuppen lebendig zu sein, vernachlässigt und erbärmlich.

Plötzlich fiel ihm auf, dass der Rasenmäher in dem Schuppen repariert werden konnte, und wenn er wieder funktionierte, wäre alles in Ordnung, und niemand würde nach Rasenmähern suchen müssen, und das dichte Gras unter seinen Füßen würde sich nicht zu schwer anfühlen, und diese ganze Einsamkeit würde aufhören.

Er legte seine Hand auf den kühlen, geschwungenen Türgriff des Schuppens und zog die Tür auf.

Statt des Rasenmähers sah er jedoch einen kleinen schwarzen Sack auf dem Boden des Schuppens.

Er dachte, wie man es in Träumen so tut: *Ich muss das gemähte Gras hiergelassen haben. Das Gras muss schon verschimmelt sein, und das muss der Geruch sein, der immer so stark...*

Er griff nach dem Sack, der sich öffnete und dann in seinen Händen auseinanderzufallen schien.

Dann gab es ein Geräusch, ein Gefühl, als wäre etwas Schweres auf den Boden des Schuppens gefallen.

Es war zu dunkel, um zu sehen, was da über seine Füße rutschte und seine Knöchel kitzelte.

Es war auf jeden Fall zu dunkel, aber es fühlte sich an wie das seidige Haar seiner süßen Tochter.

Als er aufwachte, hatte er sich bereits aufgesetzt. Eine Stimme zischte in seinem Kopf: *Wirst du es wagen, im Schuppen nachzusehen? Wirst du es wagen?*

Und dann fiel ihm wieder ein, dass schon lange kein Schuppen mehr hinten im Garten stand. Sie hatten ihn abgerissen, als Lorie schwanger war, weil sie behauptete, der Geruch bereite ihr Kopfschmerzen und Übelkeit.

Am nächsten Tag standen mehrere Artikel auf der Titelseite der Zeitung, die das zweimonatige Verschwinden von Shelby behandelten.

Sie brachten ein Foto von Lorie unter der Schlagzeile: *Was weiß sie?* Es gab auch ein Foto von ihm, als er am Vortag die Polizeiwache mit gesenktem Kopf verlassen hatte. Die Bildunterschrift lautete: *Weitere unbeantwortete Fragen.*

Er konnte nichts davon lesen, und als seine Mutter anrief, nahm er den Hörer nicht ab.

In der Arbeit konnte er sich den ganzen Tag nicht konzentrieren. Er hatte das Gefühl, als würden ihn alle anstarren.

Als sein Boss zu ihm kam, spürte er förmlich, wie vorsichtig der Mann mit ihm redete.

»Tom, wenn Sie früher gehen wollen, ist das in Ordnung«, sagte er.

Er erwischte mehrmals die Assistentin der Verwaltung dabei, wie sie auf seinen Bildschirmschoner starrte, ein Schnappschuss von Lorie mit der zehn Monate alten Shelby in ihrem Halloween-Kostüm, einer schwarzen Spinne mit weichen Spinnenbeinen.

Schließlich ging er, um drei Uhr.

Lorie war nicht zu Hause, und er stand am Waschbecken in der Küche und trank ein Glas Wasser, als er sie durch das Fenster sah.

Obwohl es kaum zwanzig Grad waren, lag sie auf einer Gartenliege.

Sie hatte die Kopfhörer aufgesetzt und trug einen strahlend orangefarbenen Bikini, der in der Hose und am Oberteil mit goldenen Reifen zusammengehalten wurde.

Sie hatte das violette Spielzeughaus an den hinteren Zaun geschoben, wo es schief unter der Ulme stand.

Er hatte den Bikini noch nie gesehen, aber er erkannte die Sonnenbrille. Sie hatte große Gläser und einen weißen Rahmen, und sie hatte sie auf einer Reise nach Mexiko gekauft, die sie mit einer alten Freundin gemacht hatte, kurz bevor sie schwanger wurde.

Und in der Mitte ihres glatten Körpers glänzte ein goldener Nabelring.

Sie lächelte und sang mit der Musik, die in ihrem Kopf spielte.

In dieser Nacht brachte er es nicht fertig, ins Bett zu gehen. Er sah fern, stundenlang, ohne irgendetwas wirklich zu sehen. Er trank vier Bier hintereinander, was er nicht mehr getan hatte, seit er zwanzig Jahre alt gewesen war.

Schließlich wirkten das Bier und auch die Benadryl, die er hinterher nahm, und schließlich sank er auf ihre gemeinsame Matratze.

Irgendwann mitten in der Nacht spürte er, wie sich jemand neben ihm bewegte, wie sie sich heftig umdrehte. Es fühlte sich an, als würde etwas passieren.

»Kirsten«, murmelte sie.

»Was?«, fragte er. »Was?«

Plötzlich richtete sie sich halb auf, zog die Ellbogen unter sich und sah starr geradeaus.

»Der Name ihrer Tochter war Kirsten«, sagte sie leise und

zögernd. »Es ist mir gerade eingefallen. Einmal, als wir uns unterhalten haben, sagte sie, der Name ihrer Tochter wäre Kirsten. Es gefiel ihr, wie es zusammen mit Krusie klang.«

Er spürte, wie sich etwas in ihm löste und dann wieder anspannte. Was war das hier?

»Ihr Nachname war Krusie, mit einem *K*«, fuhr sie fort. Sie wurde lebhafter und ihre Stimme drängender. »Ich weiß nicht, wie es buchstabiert wird, aber es fängt mit einem *K* an. Ich kann nicht glauben, dass mir das gerade erst eingefallen ist. Es ist schon lange her. Sie sagte, ihr gefielen die beiden *K*s. Weil sie selbst zwei *K*s hatte. Katie Krusie. Das ist ihr Name.«

Er sah sie an und sagte nichts.

»Katie Krusie«, sagte sie. »Die Frau aus diesem Café. Das ist ihr Name.«

Er schien weder sprechen noch sich rühren zu können.

»Willst du anrufen?«, sagte sie. »Die Polizei?«

Er konnte sich nicht rühren. Irgendwie hatte er Angst. Er hatte so viel Angst, dass er nicht einmal atmen konnte.

Sie sah ihn an, wartete einen Moment und griff dann an ihm vorbei zum Telefon.

Als sie mit der Polizei redete, ihnen alles erzählte, war ihre Stimme klar und fest. Sie sagte ihnen, woran sie sich erinnerte, sagte ihnen, dass sie zur Wache kommen würde, dass sie in fünf Minuten losfahren würde, und er beobachtete sie. Er hatte seine Hand über sein Herz gelegt und spürte, dass es so hart schlug, dass es wehtat.

»Wir glauben, dass wir diese Krusie ausfindig gemacht haben«, sagte der weibliche Detective. »Im Moment sind Beamte zu ihr unterwegs.«

Er sah sie beide an. Er spürte Lorie neben sich, hörte, wie sie atmete. Es war nicht einmal einen Tag her, seit Lorie bei der Polizei angerufen hatte.

Was sagen Sie da?, sagte er. Er versuchte es. Kein Wort kam über seine Lippen.

Katie-Ann Krusie hatte keine Kinder, aber sie erzählte allen Leuten ständig, dass sie Kinder hätte. Nach einer langen Geschichte emotionaler Probleme hatte sie nach einer Fehlgeburt vierzehn Monate in einem Krankenhaus verbracht.

In den letzten acht Wochen hatte sie in einer Mietwohnung in Torring gelebt, vierzig Meilen entfernt, mit einem kleinen blonden Mädchen, das sie Kirsten nannte.

Nachdem die Polizei ein Foto von Katie-Ann Krusie über AMBER Alert veröffentlicht hatte, hatte eine Frau, die in einer Kaffeehauskette in Torring arbeitete, sie als Stammkundin erkannt. Sie bestellte immer extra Milch für ihre Babys.

»Sie klang wirklich so, als würde sie ihre Kinder lieben«, sagte die Frau. »Schon über sie zu sprechen hat sie so glücklich gemacht.«

Als er Shelby das erste Mal wiedersah, bekam er keine Silbe heraus.

Sie trug ein Hemd, das er noch nie gesehen hatte, Schuhe, die nicht passten, und sie hielt eine Safttüte in der Hand, die ein Polizist ihr gegeben hatte.

Sie beobachtete ihn, als er durch den Flur auf sie zurannte.

Da war etwas in ihrem Gesicht, was er zuvor noch nie gesehen hatte, er wusste, dass es dort vorher nicht gewesen war, und er wusste sofort, dass er alles tun musste, damit es wieder verschwand.

Das war alles, was er tun würde, auch wenn es ihn den Rest seines Lebens kosten würde.

Am nächsten Morgen hatte er alle nacheinander angerufen und ging in die Küche. Lorie saß neben Shelby, die Apfelscheiben aß, den kleinen Finger ausgestreckt, wie sie es immer schon getan hatte.

Er saß da und beobachtete sie, und Shelby fragte ihn, warum er zitterte, und er sagte, weil er froh wäre, sie zu sehen.

Es fiel ihm schwer, die Küche zu verlassen und zur Haustür zu gehen, als seine Mutter und seine Schwester kamen, als alle anderen langsam eintrudelten.

Drei Nächte später, beim großen Familienessen, dem Willkommens-Dinner für Shelby, trank Lorie viel Wein. Wer könnte es ihr verdenken?, meinten alle.

Er konnte es ihr auch nicht verdenken, und er beobachtete sie.

Im Laufe des Abends, als seine Mutter einen Eiskuchen für Shelby herausholte, als sich alle um Shelby drängten, die zunächst verwirrt und schüchtern zu sein schien, dann aber langsam immer wunderschöner wurde, so dass er am liebsten geweint hätte, als all das passierte, behielt er Lorie im Auge, ihr ruhiges, stilles Gesicht. Er sah ihr Lächeln, das sich weder verstärkte noch abnahm, selbst wenn sie Shelby auf dem Schoß hatte und Shelby sich an die vom Wein erhitzte Wange ihrer Mutter schmiegte.

Irgendwann fand er sie in der Küche. Sie stand an der Spüle, und es kam ihm so vor, als würde sie in den Abfluss starren.

Es war sehr, sehr spät oder sehr früh, und Lorie war nicht da.

Er dachte, ihr wäre vielleicht schlecht von dem Wein, aber sie war auch nicht im Badezimmer.

Irgendetwas drehte sich in seinem Magen, etwas Unbehagliches, und er ging zu Shelbys Zimmer.

Er sah ihren Rücken, nackt und weiß im Mondlicht. Die pflaumenfarbene Unterhose, in der sie schlief.

Sie stand über Shelbys Kinderbett und starrte darauf hinab.

Er spürte, wie sich etwas in seiner Brust regte.

Dann kniete sie sich langsam hin, spähte durch die Gitterstäbe des Kinderbetts und musterte Shelby.

Es sah aus, als würde sie auf etwas warten.

Er blieb lange dort stehen, zwei Meter von der Tür entfernt, und beobachtete sie, während sie ihr schlafendes Baby beobachtete.

Er lauschte angestrengt den hellen Atemzügen seiner Tochter, wie sie anfingen und aufhörten.

Er konnte das Gesicht seiner Frau nicht sehen, nur den langen weißen Rücken, die Wölbungen ihres Rückgrats. Die *Mirame-quemar*-Tätowierung auf ihrer Hüfte.

Er beobachtete sie, wie sie ihre Tochter beobachtete, und wusste, dass er diesen Raum niemals wieder verlassen konnte. Er musste jetzt für immer hier sein und Wache halten. Er würde nie wieder ins Bett gehen können.

CECELIA HOLLAND

Cecelia Holland ist eine weltweit gerühmte und angesehene Autorin historischer Romane und wird in einer Reihe mit anderen Größen dieses Genres genannt, wie Mary Renault und Larry McMurtry. Im Laufe ihrer dreißigjährigen Karriere hat sie mehr als dreißig historische Romane geschrieben, wie zum Beispiel *The Firedrake, Rakóssy, Two Ravens, Ghost on the Steppe, The Death of Attila, Hammer for Princes, The King's Road, Säule des Himmels, The Lords of Vaumartin, Pacific Street, The Sea Beggars, The Earl, The Kings in Winter, The Belt of Gold* und mehr als ein Dutzend weitere. Sie schrieb auch den bekannten SF-Roman *Wandernde Welten*, der 1975 für den Locus Award nominiert war, und hat in letzter Zeit an einer Reihe fantastischer Romane gearbeitet, zum Beispiel *Der Dieb der Seelen, The Witches' Kitchen, The Serpent Dreamer, Varanger* und *The King's Witch*. Ihre neuesten Romane sind *The High City, Kings of the North* und *The Secret Eleanor*.

In dem Drama, das hier folgt, stellt sie uns die ultimative dysfunktionale Familie vor, deren rücksichtsloser und zerstörerischer Ehrgeiz England viele Jahre lang immer wieder in blutige Bürgerkriege gestürzt hat: König Heinrich II., seine Königin, Eleanor von Aquitanien, sowie ihre acht streitsüchtigen Kinder. Allesamt so tödlich wie Kobras. Selbst das jüngste.

NORAS LIED

Übersetzt von Wolfgang Thon

MONTMIRAIL
Januar 1169

Nora sah sich rasch um, überzeugte sich, dass niemand sie beobachtete, und verschwand dann zwischen den Bäumen zum Ufer des kleinen Bachs. Sie wusste, dass es dort keine Frösche gab, die sie hätte jagen können. Ihr Bruder hatte ihr gesagt, dass es in den Flüssen keine Frösche gab, wenn die Bäume keine Blätter hatten. Aber das Wasser rieselte glitzernd über die blanken Steine, und sie sah Spuren in dem feuchten Sand. Sie hockte sich hin und nahm einen glänzenden Stein aus dem Bach. Wenn er trocken war, würde er nicht mehr so schön schimmern. Hinter ihr rutschte ihre kleine Schwester Johanna die Böschung hinab.

»Nora! Was hast du da?«

Sie hielt ihrer Schwester den Kieselstein hin und ging ein Stück weiter an dem plätschernden Bach entlang. Die Spuren stammten von Vogelkrallen, die in dem feuchten Sand wie Kreuze aussahen. Sie hockte sich wieder hin, stocherte zwischen den Steinen herum und sah in dem gelblichen, körnigen Flussufer ein Loch, das wie eine kleine runde Tür wirkte.

Sie schob den Schleier aus haarigen Wurzeln zur Seite und versuchte hineinzublicken; lebte darin vielleicht etwas? Sie hätte mit der Hand hineingreifen können, um es festzustellen, und während sich ihre Gedanken überschlugen, stellte sie sich etwas Pelziges vor, etwas Pelziges mit Zähnen, Zähne, die nach ihrer Hand schnappten, und drückte ihre Faust fest gegen ihr Kleid.

Zwischen den Bäumen rief jemand: »Nora?«

Das war ihre neue Kinderfrau. Sie achtete nicht auf sie, sondern sah sich nach einem Stock um, mit dem sie in dem Loch herumstochern könnte. Johanna keuchte leise neben ihr und beugte sich auf allen vieren zu dem Bau hinunter. Ihr Kleid wurde vom Wasser durchtränkt.

»Nora!« Das war eine andere Stimme.

Sie sprang auf. »Richard«, erwiderte sie, erklomm rasch die Böschung und hätte dabei fast einen Schuh verloren. Auf dem Grasrand zog sie den Schuh wieder an, drehte sich um und half Johanna ebenfalls hinauf. Dann liefen sie zwischen den kahlen Bäumen hindurch auf die freie Fläche.

Ihr Bruder kam auf sie zu, lächelnd, mit ausgestreckten Armen, und sie lief zu ihm. Sie hatte ihn seit Weihnachten nicht gesehen, als sie das letzte Mal alle zusammen gewesen waren. Er war zwölf Jahre alt, viel älter als sie selbst, fast schon erwachsen. Er fing sie auf und drückte sie an sich. Er roch nach Pferd. Johanna kam schreiend angelaufen, und er umarmte sie ebenfalls. Die beiden Kinderfrauen folgten ihnen keuchend, mit geröteten Gesichtern, die Röcke in den Fäusten. Richard richtete sich auf. Seine blauen Augen leuchteten. Er deutete über das Feld.

»Siehst du, dahinten? Dort kommt Mutter.«

Nora legte gegen die Sonne die Hand auf die Stirn und blickte über das weite Feld. Zuerst sah sie nur die Menschenmenge, die um den Rand des Feldes zu wogen schien, aber dann durchlief sie ein Murmeln, das schließlich zu einem lauten Brüllen anschwoll. Weiter hinten sprang ein Pferd auf das Feld und blieb stehen. Die Reiterin hob die Hand zum Gruß.

»Mama!«, schrie Johanna und klatschte in die Hände.

Jetzt jubelte und schrie die ganze Menschenmenge, und Noras Mama galoppierte auf ihrem dunkelgrauen Ross über den Weg zu dem hölzernen Podium unter den Platanen, wo sie alle sitzen würden. Nora spürte, wie ihr Herz anschwoll, als müsste es platzen. »Hurra!«, schrie sie. »Hurra, Mama!«

Neben dem Podium bauten sich etwa ein Dutzend Männer auf, um die Frau auf dem Pferd willkommen zu heißen. Sie ritt zwischen sie, warf einem die Zügel zu und stieg ab. Rasch erklomm sie die Plattform, wo bereits zwei Stühle warteten, und blieb dort stehen. Sie hob einen Arm, drehte sich langsam von einer Seite zur anderen und begrüßte die jubelnde Menge. Sie stand so gerade da wie ein Baum, und ihre Röcke schwangen um ihre Beine.

Über dem Podium öffnete sich plötzlich ihr Banner wie eine große Schwinge. Es zeigte den Adler von Aquitanien. Das donnernde Geschrei schwoll zu doppelter Lautstärke an.

»Eleanor! Eleanor!«

Sie winkte der Menge ein letztes Mal zu, aber sie hatte gesehen, wie ihre Kinder auf sie zurannten. Ihre gesamte Aufmerksamkeit richtete sich jetzt auf sie. Sie bückte sich und breitete die Arme aus. Richard nahm Johanna auf die Arme und lief zum Podium. Nora stürmte die Stufen an der Seite hinauf. Als Richard die Vorderseite erreichte, setzte er Johanna ihrer Mutter vor die Füße.

Ihre Mutter streichelte ihre Köpfe. Nora vergrub ihr Gesicht in die Röcke der Königin.

»Mama.«

»Ah.« Ihre Mutter setzte sich und hielt Johanna etwas von sich weg; den freien Arm schlang sie um Noras Hüfte. »Ah, meine Lieben. Wie habe ich euch vermisst.« Sie küsste sie beide rasch, mehrmals hintereinander. »Johanna, du bist vollkommen durchnässt. Das geht nicht.« Sie winkte, und Johannas Kinderfrau rannte herbei. Johanna quietschte protestierend, wurde aber weggeschleppt.

Eleanor hielt Nora immer noch an sich gedrückt, beugte sich jetzt vor und richtete ihren Blick auf Richard, der mit verschränkten Armen und die Ellbogen auf den Rand der Plattform gestützt vor ihr stand.

»Nun, mein Sohn, bist du aufgeregt?«

Er stieß sich von der Plattform ab, richtete sich straffer auf, sein Gesicht brannte, und sein blondes Haar war vom Wind zerzaust. »Mutter, ich kann es kaum erwarten! Wann wird Papa hier eintreffen?«

Nora lehnte sich an ihre Mutter. Sie liebte Richard ebenfalls, aber sie wünschte sich, dass ihre Mutter ihr mehr Beachtung schenkte. Ihre Mutter war wunderschön, obwohl sie wirklich alt war. Sie trug keine Bundhaube, sondern nur einen schweren goldenen Reif auf ihrem glatten roten Haar. Noras Haar sah aus wie altes, totes Gras. Sie würde niemals wunderschön sein. Die Königin schlang ihren Arm fester um sie, aber sie neigte sich immer noch Richard zu und schien vollkommen auf ihn konzentriert.

»Er kommt. Du solltest dich für die Zeremonie bereit machen.« Sie berührte die Brust seines Wamses und hob dann die Hand zu seiner Wange. »Und kämm dir auf jeden Fall das Haar.«

Er hüpfte vor Aufregung von einem Fuß auf den anderen. »Ich kann es kaum erwarten. Ich kann es kaum noch erwarten! Ich werde der Herzog von Aquitanien!«

Die Königin lachte. Am Ende des Platzes ertönte ein Horn. »Hörst du, es fängt an. Geh und such deinen Mantel.« Sie drehte sich um und winkte einen Pagen heran. »Kümmere dich um Lord Richard. So, Nora...« Sie schob Nora sanft einen Schritt zurück, so dass sie sie von Kopf bis Fuß betrachten konnte. Sie lächelte, und ihre Augen funkelten. »Was hast du gemacht? Hast du dich im Gras gewälzt? Du bist jetzt mein großes Mädchen, du musst präsentabel sein.«

»Mama.« Nora wollte kein großes Mädchen sein. Es erinnerte sie daran, dass Mattie gegangen war, das wirklich große Mädchen. Aber sie liebte es, die Aufmerksamkeit ihrer Mutter zu haben, und überlegte krampfhaft, was sie sagen könnte, um sie zu behalten. »Bedeutet das, dass ich nicht mehr spielen darf?«

Eleanor lachte und umarmte sie erneut. »Du wirst immer spielen können, meine Kleine. Nur andere Spiele.« Sie streifte mit den Lippen Noras Stirn. Und Nora begriff, dass sie das Richtige gesagt hatte. Dann drehte sich Eleanor weg.

»Sieh, da kommt dein Vater.«

Erregung durchströmte die Menschenmenge, wie ein Wind durch ein Weizenfeld strich; erst erhob sich ein lautes Murmeln, das sich zu einem donnernden Jubel steigerte. Eine Kolonne von Reitern kam über das freie Feld. Nora richtete sich auf, klatschte in die Hände, holte tief Luft und hielt sie an. In der Mitte der Gruppe ritt ihr Vater. Er trug weder eine Krone noch königliche Roben, und doch schien es, als würde sich alles und jeder um ihn herum verbeugen und bücken, als wäre niemand wichtiger als er.

»Papa.«

»Ja«, sagte Eleanor leise. »Der königliche Papa.« Sie nahm den Arm von Noras Hüfte und straffte sich auf ihrem Stuhl.

Nora trat etwas zurück; wenn sie hinter ihnen stand, außer Sicht, würden sie sie vielleicht vergessen, und sie konnte bleiben. Sie sah, dass Richard ebenfalls nicht weggegangen war, sondern vor dem königlichen Podium stehen blieb. Ihr Vater ritt vor und schwang sich direkt aus dem Sattel auf die Plattform. Er lächelte. Die Augen hatte er zusammengezogen, seine Kleidung war zerknittert, Bart und Haar waren zerzaust. Er kam ihr vor wie ein König aus dem Wald, wild und gewaltig, angetan mit Blättern und Borke. An der Seite des Feldes, zu beiden Seiten des Podiums, nahmen seine Ritter in einer Reihe Aufstellung, Steigbügel an Steigbügel, direkt gegenüber den Franzosen auf der anderen Seite des Feldes. Der König warf einen kurzen Blick dorthin und sah dann auf Richard hinab, der steif und hoch aufgerichtet vor ihm stand.

»Also, Sirrah«, sagte ihr Vater. »Bist du bereit, eine Lanze zu brechen?«

»Oh, Papa!« Richard sprang von einem Fuß auf den anderen. »Darf ich?«

Ihr Vater lachte schallend und sah von dem erhöhten Podium auf ihn herunter. »Nicht, solange du nicht selbst dein Lösegeld zahlen kannst, falls du verlierst.«

Richard errötete wie ein Mädchen. »Ich werde nicht verlieren!«

»Nein, natürlich nicht.« Der König schickte ihn mit einer verächtlichen Handbewegung weg. »Niemand glaubt, dass er verliert, Sirrah.« Er lachte wieder, höhnisch, und wandte sich ab. »Wenn du älter bist...«

Nora biss sich auf die Lippe. Es war gemein, so mit Richard zu reden, und ihr Bruder ließ die Schultern sinken, trat wütend in den Sand und folgte dem Pagen über das Feld. Plötzlich war er einfach nur wieder ein Junge. Nora versteckte sich hinter dem Rücken ihrer Mutter und hoffte, dass ihr Vater sie nicht bemerkte. Er setzte sich auf den Stuhl neben der Königin, streckte die Beine aus und drehte sich zum ersten Mal zu Eleanor herum.

»Du siehst erstaunlich gut aus, alles in allem. Es überrascht mich, dass deine alten Knochen es von Poitiers bis hierher geschafft haben.«

»Ich wollte das hier auf keinen Fall versäumen«, erwiderte sie. »Und der Ritt ist angenehm.« Sie berührten sich nicht, sie küssten sich nicht, und in Nora machte sich so etwas wie Besorgnis breit. Ihre Kinderfrau war an den Rand des Podiums getreten, und Nora verkroch sich noch tiefer im Schatten von Eleanor. Diese starrte den König lange an und richtete ihren Blick dann auf seine Brust.

»Eier zum Frühstück? Oder ist es das Abendessen von gestern?«

Erschrocken hob Nora ein wenig den Kopf, um ihn anzusehen. Seine Kleidung war schmutzig, aber sie konnte kein Eigelb erkennen. Ihr Vater erwiderte den harten Blick ihrer Mutter, und sein Gesicht war bleich vor Wut. Er blickte nicht einmal auf sein Wams. »Was für ein kleinliches altes Weib du geworden bist.«

Nora fuhr sich mit der Zunge über die Unterlippe. Sie fühlte sich rau an. Die Hand ihrer Mutter lag auf ihrem Schenkel, und Nora sah, wie sie den Rock immer wieder glättete, schnell, mit harten, gekrümmten Fingern.

»Lady Nora, kommt jetzt mit«, sagte ihre Kinderfrau.

»Du hast deine Geliebte nicht mitgebracht«, stellte die Königin fest.

Der König beugte sich ein wenig zu ihr, als wollte er sie angreifen, sie vielleicht mit der Faust schlagen. »Sie hat Angst vor dir. Sie will nicht einmal in deine Nähe kommen.«

Eleanor lachte. Sie hatte keine Angst vor ihm. Nora fragte sich, worüber sie redeten; war ihre Mutter nicht die Liebste des Königs? Sie tat, als sähe sie nicht, dass ihre Kinderfrau sie zu sich winkte.

»Nora, kommt jetzt!«, sagte die junge Frau schließlich laut.

Das erregte die Aufmerksamkeit ihrer Mutter, die herumfuhr und Nora hinter sich entdeckte. »Geh mit, meine Kleine«, sagte sie. »Mach dich fertig.« Sie legte die Hand leicht auf Noras Schulter. »Tu, was man dir sagt, bitte.« Nora rutschte vom Rand der Plattform auf den Boden und ließ sich wegzerren, damit man sie ankleiden und frisieren konnte.

Ihre alte Kinderfrau hatte Mattie begleitet, als Noras große Schwester diesen deutschen Herzog geheiratet hatte. Jetzt hatte sie diese neue Kinderfrau, die ihr Haar nicht bürsten konnte, ohne dass es ihr wehtat. Man hatte Johanna bereits ein frisches Kleid angezogen und ihr Haar zu Zöpfen geflochten, und die anderen warteten vor dem kleinen Zelt.

Nora dachte weiter an Mattie, die ihr Geschichten erzählt und Lieder vorgesungen hatte, wenn sie Albträume hatte.

Schließlich gingen sie alle für die Zeremonie auf das Feld; zuerst ihre Brüder und dann Johanna und sie.

Johanna schob ihre Hand in die von Nora, und Nora drückte fest ihre Finger. Unter so vielen Menschen kam sie sich klein vor. Mitten auf dem Feld standen die Menschen in mehreren Reihen, als wären sie in einer Kirche, und die Gemeinen hatten sich dicht um sie versammelt, um zu hören, was passierte. Auf beiden Seiten des Feldes hingen Banner, und davor stand ein Herold, der zusah, wie die Kinder näher kamen. Sein langes, glänzendes Horn hatte er gesenkt.

Auf großen Stühlen saßen ihr Vater und ihre Mutter und neben ihnen ein blasser, müder Mann in einem Gewand aus blauem Samt. Er hatte einen kleinen Hocker unter seinen Füßen stehen. Sie wusste, dass dies der König von Frankreich war. Sie, ihre Schwester und ihre Brüder traten vor sie hin, nebeneinander, der Herold nannte ihre Namen, und sie verbeugten sich alle gleichzeitig, erst vor ihren Eltern, dann vor dem französischen König.

Sie waren jetzt nur noch zu fünft, da Mattie fort und ihr kleiner Bruder noch im Kloster war. Heinrich war der Älteste. Sie nannten ihn Jung-Heinrich, weil Papas Name ebenfalls Heinrich war. Dann kam Richard und danach Gottfried. Mattie wäre zwischen Jung-Heinrich und Richard gewesen. Nach Gottfried kam Nora und dann Johanna und am Schluss der kleine John, der noch bei den Mönchen war. Die Menge jubelte und brüllte, und Richard hob plötzlich den Arm über den Kopf, als würde er ihnen antworten.

Dann wurden sie alle in die Gruppe von Menschen hinter ihren Eltern geschoben, wo sie sich wieder nebeneinander aufstellten. Die Herolde schrien irgendetwas auf Latein. Johanna beugte sich zu Nora. »Ich hab Hunger.«

Zwei Schritte vor ihnen saß Eleanor auf ihrem Stuhl und warf einen Blick über die Schulter. »Leise«, flüsterte Nora ihrer Schwester zu. Die Menschen um sie herum waren Männer, nur hinter dem König von Frankreich stand ein Mädchen. Es sah ein bisschen älter aus als Nora, die bemerkte, dass das Mädchen sie ansah. Nora lächelte unsicher, aber das andere Mädchen schlug die Augen nieder.

Das Schmettern des Horns hätte sie fast umgeworfen. Johanna umklammerte ihre Hand. Einer von Papas Männern trat vor und las etwas von einer Schriftrolle, wieder auf Latein, aber einfacher als das Latein, das die Mönche sie gelehrt hatten. Er las etwas über Jung-Heinrich, wie edel, wie gut er wäre, und auf ein Signal hin trat ihr ältester Bruder vor die beiden Könige und die Königin. Er war groß und dünn, hatte viele Sommersprossen und ein sonnenverbranntes Gesicht. Nora mochte das dunkle Grün seines Wamses. Er kniete sich vor seinen Vater und den französischen König, und die Herolde redeten, und die Könige redeten auch.

Sie machten Jung-Heinrich auch zu einem König. Er war jetzt König von England, so wie Papa. Sie stellte sich plötzlich vor, wie die beiden Heinrichs versuchten, sich zusammen auf einen Thron zu quetschen, mit einer Krone auf ihren beiden Köpfen, und lachte. Ihre Mutter warf erneut einen Blick über die Schulter. Ihre Augen blitzten, und sie hatte die dunklen Brauen finster zusammengezogen.

Johanna trat von einem Fuß auf den anderen. »Ich hab Hunger«, sagte sie lauter als zuvor.

»Pssst!«

Jung-Heinrich erhob sich von den Knien, verbeugte sich und ging dann wieder zu den Kindern zurück. Der Herold nannte Richards Namen, und er sprang hastig vor. Sie ernannten ihn zum Herzog von Aquitanien. Er würde die Tochter des französischen Königs heiraten, Alais. Nora blickte wieder zu dem merkwürdigen Mädchen, das bei den Franzosen stand. Das also war Alais. Sie hatte langes braunes Haar, eine gerade, kleine Nase und starrte Richard eindringlich an. Nora fragte sich, wie es sich wohl anfühlte, zum ersten Mal den Mann anzusehen, von dem man wusste, dass man ihn heiraten würde. Sie stellte sich vor, wie Alais Richard küsste, und verzog das Gesicht.

Auf dem Stuhl vor ihr saß steif die Königin und zog die Mundwinkel herunter. Ihrer Mutter gefiel das auch nicht.

Bis sie alt genug war, um Richard zu heiraten, würde Alais bei ihnen leben, bei seiner Familie. Nora wurde unbehaglich: Hier kam Alais an einen fremden Ort, so wie Mattie an einen fremden Ort gegangen war, und sie würden sie niemals wiedersehen. Sie erinnerte sich daran, wie Mattie geweint hatte, als man es ihr sagte. Aber Mama, hatte sie weinend gesagt, er ist so schrecklich alt. Nora presste die Lippen zusammen, und ihre Augen brannten.

Ihr nicht. Ihr würde das nicht passieren. Sie würde sich nicht wegschicken lassen. Wegschenken lassen. Sie wollte etwas anderes, aber sie wusste nicht, was. Sie hatte schon mit dem Gedanken gespielt, Nonne zu werden, aber die hatten so wenig zu tun.

Richard kniete sich hin, legte seine Hände zwischen die langen, knorrigen Hände des Königs von Frankreich und stand dann auf. Sein Kopf senkte sich, als würde er bereits eine kleine Krone tragen. Er lächelte strahlender als die Sonne. Dann trat er wieder zurück zu der Familie, und der Herold nannte Gottfrieds Namen. Er würde jetzt der Herzog der Bretagne werden und irgendeine andere Fremde heiraten.

Nora schlang die Arme um die Schultern. Diesen Ruhm würde sie niemals erleben, sie würde nichts bekommen, sondern nur dastehen und zusehen. Sie warf erneut einen Blick auf Prinzessin Alais; das Mädchen sah auf seine Hände, traurig.

Johanna gähnte plötzlich, ließ Noras Hand los und setzte sich hin.

Dann trat jemand anders vor sie. Er hatte die Hände weit ausgebreitet und redete mit lauter, kräftiger Stimme. »Mylord von England, wie wir vereinbart haben, bitte ich Euch jetzt, den Erzbischof von Canterbury zu empfangen und Eure Freundschaft zu erneuern, den Streit zwischen Euch beizulegen, zum Wohl Eurer beiden Königreiche und der Heiligen Mutter Kirche.«

Die Menschenmenge um sie herum schrie plötzlich, als ein Mann über das Feld vor die Könige trat. Er trug einen langen schwarzen Mantel über einem weißen Gewand, und auf seiner Brust hing ein großes Kreuz. Der Stock in seiner Hand hatte eine gebogene Spitze wie eine Schnecke. Diesmal schrien die Menschen um sie herum vor Aufregung. Und hinter ihr murmelte jemand: »Becket schon wieder. Diesen Kerl wird man einfach nicht los.«

Nora kannte den Namen, aber sie wusste nicht mehr, wer dieser Becket war. Er schritt langsam auf sie zu, ein großer, hagerer Mann, und jetzt sah sie, wie schäbig seine Kleidung war. Er sah aus wie ein Gemeiner, aber er ging wie ein Lord. Alle beobachteten ihn. Als er vor ihrem Vater stehen blieb, sanken das Murmeln und die Unruhe in der Menge zu einer atemlosen Stille herab. Der hagere Mann kniete sich vor den König, legte den Stab zur Seite und ließ sich dann auf dem Boden nieder, mit gespreizten Armen und Beinen, wie eine Fußmatte. Nora rückte ein Stück zur Seite, damit sie ihn in der Lücke zwischen ihrer Mutter und ihrem Vater sehen konnte. Die Menge kam ebenfalls näher, die Menschen beugten sich vor, um ebenfalls besser sehen zu können.

»Mein gütiger Herr«, begann er salbungsvoll, »ich bitte Euch um Verzeihung für all meine Verfehlungen. Niemals war ein Herrscher gläubiger als Ihr und noch nie ein Untertan treuer als ich, und ich komme voller Hoffnung auf Vergebung, nicht wegen meiner Tugend, sondern wegen Eurer.«

Ihr Vater stand auf. Er sah plötzlich sehr fröhlich aus, sein Gesicht war gerötet, und seine Augen strahlten. Der hagere Mann sprach weiter, das Gesicht zu Boden gerichtet, demütig, flehentlich, und der König trat zu ihm herab, streckte die Hände aus, um ihn vom Boden hochzuheben.

»Ich unterwerfe mich Euch, mein Herr«, fuhr Becket fort, »von jetzt und immerdar in allen Angelegenheiten, bis auf die der Ehre Gottes.«

Der Kopf der Königin ruckte hoch. Hinter Nora stieß jemand keuchend die Luft aus, und ein anderer murmelte: »Verdammter Narr.« Und vor ihnen allen, über Becket gebeugt, mit ausgestreckten Händen, hielt Papa inne. Ein Pulsieren schien durch die Menge zu laufen.

»Was hat das zu bedeuten?«, verlangte der König zu wissen.

Becket erhob sich. Wo seine Knie sich auf den Boden gedrückt hatten, war seine Robe beschmutzt. Er stellte sich gerade hin, mit hoch erhobenem Kopf. »Ich kann nicht die Rechte Gottes aufgeben, Mylord, aber in allem anderen...«

Ihr Papa stürzte sich förmlich auf ihn. »So war das nicht besprochen! Dem habe ich nicht zugestimmt!«

Becket wich nicht zurück, groß wie ein Kirchturm, als säße Gott auf seiner Schulter. »Ich muss für die Ehre des Herrn des Himmels und der Erde eintreten.«

»*Ich* bin dein Herr!« Der König war nicht mehr fröhlich. Seine Stimme hallte laut über das Feld. Niemand sonst rührte sich oder sagte ein Wort. Er trat einen Schritt auf Becket zu und ballte die Faust. »Das Königreich gehört *mir*! Keine andere Autorität soll hier herrschen! Gott oder nicht, kniet nieder, Thomas, gebt Euch ganz in meine Hand, oder geht als gebrochener Mann!«

Louis, der französische König, eilte von seinem Podest auf sie zu, aber sein heftiges Gemurmel verklang unbeachtet. Becket rührte sich nicht von der Stelle. »Ich bin Gott geweiht. Diese Pflicht kann ich nicht einfach abwaschen.«

Noras Vater brüllte: »Ich bin König, niemand sonst, du Kröte, du Dummkopf, niemand anders als ich! Du verdankst mir alles! *Mir!*«

»Papa! Mylord...« Jung-Heinrich machte einen Schritt nach vorn, aber ihre Mutter streckte die Hand aus, packte seinen Arm und hielt ihn fest. Aus der Menschenmenge erhoben sich weitere Stimmen. Nora bückte sich und versuchte, Johanna vom Boden hochzuziehen.

»Ich lasse nicht zu, dass man mich geringschätzt! Ehre *mich* und nur mich!« Die Stimme ihres Vaters klang wie eine Fanfare, und die Menschenmenge wurde wieder still. Der König von Frankreich legte eine Hand auf den Arm ihres Papas und sagte etwas, aber Papa fuhr herum und schüttelte seine Hand ab.

»Von nun an wird er ständig die Ehre Gottes anführen, wann immer etwas geschieht, dem zu gehorchen ihm missfällt. Das müsst Ihr doch begreifen! Er hat nichts aufgegeben, er wird mir keinen Respekt erweisen – nicht einmal den Respekt eines Schweins für den Schweinehirten!«

Die Menge keuchte. »Gott segne den König!«, schrie jemand. Nora sah sich unbehaglich um. Die Leute hinter ihr bewegten sich, schlurften hin und her, wichen zurück, als würden sie langsam davonlaufen. Eleanor hielt immer noch Jung-Heinrich fest, der jetzt leise wimmerte. Richard stand stocksteif da, sein ganzer Körper war gekrümmt, und er hatte den Unterkiefer wie ein Fisch vorgeschoben. Der französische König hatte Becket am Ärmel gepackt, zerrte ihn davon und sprach drängend in sein Ohr. Becket wandte den Blick jedoch nie von Noras Vater ab. Seine Stimme war so laut wie die Trompete eines Erzengels.

»Ich bin der Ehre Gottes verpflichtet!«

Mitten in dem Getümmel warf Noras Vater die Arme hoch, als wollte er losfliegen; er stampfte mit dem Fuß auf, als wollte er die Erde spalten, und brüllte: »Schafft ihn hier weg, bevor ich ihn umbringe! Gottes Ehre! Bei Gottes rundem, weißem Arsch! Schafft ihn weg, bringt ihn fort!«

Seine Wut vertrieb die Menge. Füße trampelten hastig, als der französische König, seine Wachen und Bediensteten

Thomas Becket wegschafften. Noras Vater brüllte erneut, stieß Flüche und Drohungen aus, fuchtelte mit den Armen, und sein Gesicht war so rot wie rohes Fleisch. Jung-Heinrich riss sich von Eleanor los und stürmte zu ihm.

»Mylord...«

Der König fuhr mit ausgestrecktem Arm herum und stieß ihn mit dem Handrücken zu Boden. »Halt dich da raus!«

Nora sprang hoch. Doch noch bevor Richard und Gottfried reagieren konnten, bewegte sich Eleanor bereits; sie erreichte Jung-Heinrich mit wenigen Schritten, und als er hochsprang, zerrte sie ihn hastig davon. Eine Schar ihrer Lakaien folgte ihr auf dem Fuß.

Nora fiel auf, dass sie die Luft anhielt. Johanna war endlich ebenfalls aufgestanden und schlang ihre Arme um Noras Taille. Nora umarmte ihre Schwester. Gottfried lief hinter der Königin her, während Richard stehen blieb, die Hände schlaff an den Seiten herunterhängend, und zusah, wie der König immer mehr in Wut geriet. Dann drehte er sich auf dem Absatz um und lief rasch hinter seiner Mutter her. Nora keuchte. Sie und Johanna waren ganz allein, mitten auf dem Feld. Die Zuschauer hatten sich immer weiter entfernt.

Der König sah sie und wurde ruhiger. Er blickte sich um, bemerkte, dass niemand mehr da war, und ging dann steif auf sie zu.

»Geht... Lauft weg! Alle anderen lassen mich ebenfalls im Stich! Lauft! Seid ihr dumm?«

Johanna versteckte sich hinter Nora, die hoch aufgerichtet dastand und die Hände hinter dem Rücken verschränkte. So stand sie auch da, wenn die Priester mit ihr sprachen. »Nein, Papa.«

Sein Gesicht war immer noch tiefrot, seine Stirn schweißnass. Sein Atem stank so, dass sie fast würgen musste. Er sah sie von oben bis unten an. »Willst du auch mit mir zanken wie deine verfluchte Mutter?«

»Nein, Papa«, erwiderte sie überrascht. »Du bist der König.«

Es zuckte in seinem Gesicht, und die Röte verschwand rasch. Seine Stimme wurde ruhiger, er sprach langsamer. »Also ist wenigstens eine von euch treu.« Er drehte sich um und ging davon. Dabei hob er einen Arm. Seine Männer kamen von allen Seiten zu ihm gelaufen. Einer führte Papas großes schwarzes Pferd am Zügel, und der König stieg auf. Über all den Männern thronend, die ihn zu Fuß umringten, verließ er das Feld. Nachdem er verschwunden war, trottete Richard über das Gras, um Nora und Johanna zu holen.

»Warum kann ich nicht...?«

»Weil ich dich kenne«, fiel Richard ihr ins Wort. »Wenn ich dich einfach herumlaufen lasse, gerätst du nur in Schwierigkeiten.« Er hob sie auf den Karren, auf dem bereits Johanna und das französische Mädchen saßen. Nora ließ sich wütend auf die Bank fallen; schließlich fuhren sie nur zum Hügel. Er hätte sie auch auf ihrem Pony reiten lassen können. Eine Peitsche knallte, und der Karren setzte sich in Bewegung. Sie lehnte sich an den Rand und starrte ins Leere.

Alais saß neben Nora und sprach sie plötzlich an, auf Französisch. »Ich weiß, wer du bist.«

Nora fuhr erschrocken zu ihr herum. »Ich weiß auch, wer du bist«, erwiderte sie.

»Dein Name ist Eleonora, und du bist die zweitälteste Schwester. Ich spreche Französisch, Latein, und ich kann lesen. Kannst du auch lesen?«

Nora nickte. »Ja, sie lassen mich die ganze Zeit lesen.«

Alais warf einen Blick über die Schulter; ihre Lakaien gingen hinter dem Karren her, aber niemand war so nah, dass er sie hätte hören können. Johanna stand in der anderen Ecke, warf Strohhalme über den Rand und beugte sich hinaus, um zu sehen, wohin sie fielen. »Wir sollten Freundinnen sein«, sagte Alais leise. »Denn wir werden Schwestern sein und sind fast gleich alt.« Sie betrachtete Nora nachdenklich von Kopf bis Fuß, was Nora Unbehagen bereitete; sie zappelte unsicher unter dem Blick. Ihr schoss der Gedanke durch den Kopf, dass dieses Mädchen Matties Platz einnahm. Es ärgerte sie. »Ich bin nett zu dir, wenn du nett zu mir bist«, sagte Alais.

»Also gut. Ich ...«, setzte Nora an.

»Aber ich gehe zuerst, glaube ich, weil ich älter bin.«

Nora versteifte sich und zuckte dann zusammen, als die Menschen um sie herum jubelten. Der Karren rollte auf die Straße, die hinauf zur Burg führte. Sie war von Menschentrauben gesäumt, die laut schrien. Aber sie riefen nicht ihretwegen oder wegen Alais; sie schrien Richards Namen, immer und immer wieder. Richard ritt vor ihnen, mit unbedecktem Kopf, ohne auf die Jubelrufe zu achten.

Alais drehte sich wieder zu ihr um. »Wo lebst du?«

»Manchmal in Poitiers, aber ...«

»Mein Vater sagt immer, dein Vater hätte alles, Geld, Juwelen, Seide und Sonnenlicht, und alles was wir in Frankreich hätten, wären Frömmigkeit und Freundlichkeit.«

Das verstimmte Nora. »Wir sind auch freundlich.« Aber es freute sie, dass Alais bemerkte, wie großartig ihr Vater war. »Und fromm sind wir auch.«

Die französische Prinzessin wandte ihr spitzes kleines Gesicht ab und wirkte plötzlich erschöpft. Zum ersten Mal klang ihre Stimme unsicher. »Das hoffe ich.«

Noras Herz klopfte unregelmäßig in ihrer Brust, voller Mitleid. Johanna krabbelte auf dem Boden des Karrens herum, auf der Suche nach weiteren Dingen, die sie hinauswerfen konnte. Nora fand ein paar Kieselsteine in der Ecke und schob sie ihr hin. Neben Nora starrte Alais jetzt auf ihre Hände. Sie war zusammengesackt, und Nora fragte sich, ob sie gleich weinen würde. Sie selbst würde möglicherweise weinen, wenn ihr so etwas geschehen würde.

Sie rückte näher an das Mädchen heran, bis sie es berührte. Alais hob hastig den Kopf und sah sie erschrocken an. Nora lächelte, und dann krochen ihre Hände aufeinander zu, und sie schlangen ihre Finger zusammen.

Aber sie fuhren nicht bis zum Schloss hinauf. Die jubelnde Menge begleitete sie über die Straße und auf einen gepflasterten Platz, an dessen Seite eine Kirche stand. Dort bog der Karren in die andere Richtung ab und fuhr durch ein hölzernes Tor. Über ihnen erhob sich ein großes Haus mit hölzernen Wänden, zwei Reihen von Fenstern und einem schweren Giebel. Der Karren hielt an, und alle stiegen ab. Richard führte sie durch die breite Eingangstür.

»Mama ist oben«, sagte er.

Sie standen in einer dunklen Eingangshalle, in der sich Bedienstete und Gepäck drängten. Ein Lakai führte Alais weg. Nora stieg die steilen, unregelmäßigen Stufen hinauf und zog Johanna an der Hand hinter sich her. Johanna war hungrig, was sie bei jedem Schritt äußerte. Sie erreichten den Treppenabsatz. Dahinter lag auf beiden Seiten des Ganges ein Raum. Nora hörte die Stimme ihrer Mutter.

»Noch nicht«, sagte die Königin. Nora ging in den großen Raum und sah ihre Mutter und Jung-Heinrich auf der gegenüberliegenden Seite; die Königin hatte ihre Hand auf seinen Arm gelegt. »Die Zeit ist noch nicht reif. Überstürze nichts. Wir müssen loyal erscheinen.« Sie sah die Mädchen, und ein Lächeln schob sich über ihr Gesicht wie eine Maske. »Kommt her, Mädchen!« Aber gleichzeitig schob sie mit der Hand Jung-Heinrich weg. »Geh«, befahl sie ihm. »Er wird nach dir schicken; es ist besser, wenn du nicht hier gefunden wirst. Und nimm Gottfried mit.« Jung-Heinrich drehte sich auf dem Absatz um und verließ den Raum.

Nora fragte sich, was wohl »überstürzen« bedeutete. Kurz stellte sie sich vor, wie Leute sich auf einer Klippe vorbeugten und hinunterfielen. Sie ging zu ihrer Mutter, und Eleanor umarmte sie.

»Es tut mir leid«, sagte ihre Mama. »Ich entschuldige mich für deinen Vater.«

»Mama.«

»Hab keine Angst vor ihm.« Die Königin nahm Johannas Hand in ihre und redete mit ihren Töchtern, während sie die beiden abwechselnd ansah. »Ich werde euch beschützen.«

»Ich habe keine...«

Ihre Mutter hob den Blick, über Noras Kopf hinweg. »Was gibt es?«

»Der König will mich sehen«, sagte Richard hinter Nora. Sie fühlte, wie er seine Hand auf ihre Schulter legte.

»Nur dich?«

»Nein. Jung-Heinrich und Gottfried auch. Wo sind sie?«

Noras Mutter zuckte mit den Schultern. Ihr ganzer Körper schien sich dabei zu bewegen, die Schultern, der Kopf, die Hände. »Ich habe keine Ahnung«, sagte sie. »Aber du solltest gehen.«

»Ja, Mama.« Richard drückte Noras Schulter und verließ den Raum.

»Wohlan.« Eleanor lehnte sich zurück, Johannas Hand immer noch in ihrer. »Also, Mädchen...«

Nora runzelte verwirrt die Stirn. Ihre Mutter wusste sehr genau, wo ihre Brüder waren, denn sie hatte sie ja gerade erst hinausgeschickt. Dann drehte sich ihre Mutter zu ihr herum.

»Hab keine Angst.«

»Mama, ich habe keine Angst.« Dann kam ihr der Gedanke, dass ihre Mutter vielleicht irgendwie wollte, dass sie Angst hatte.

Johanna schlief bereits, schmiegte sich fest an Noras Rücken. Nora lag da, den Arm unter ihren Kopf gelegt. Sie war überhaupt nicht müde. Sie dachte über den Tag nach, über ihren großartigen Vater und ihre wunderschöne Mutter, darüber, dass ihre Familie alles regierte und sie eine von ihnen war. Sie stellte sich vor, wie sie auf einem großen Pferd galoppierte und alle jubelnd ihren Namen riefen. Sie trug eine

Lanze mit einem Banner an der Spitze und kämpfte für den Ruhm von irgendetwas. Oder um jemanden zu retten. Irgendetwas Stolzes, gewiss, aber auch Tugendhaftes. Sie ertappte sich dabei, wie sie sich auf ihrem imaginären Pferd vor und zurück wiegte.

Eine Kerze am Ende des Zimmers warf ein gedämpftes Licht durch den langen, schmalen Raum; sie konnte die Bretter der gegenüberliegenden Wand sehen und das laute Schnarchen der Frau hören, die neben der Tür schlief. Die anderen Lakaien waren in die Halle hinabgegangen. Sie fragte sich, was da unten wohl passierte, weil sie alle dorthin gehen wollten. Dann huschte jemand durch die Dunkelheit und kniete sich zu ihrer Überraschung neben ihr Bett.

»Nora?«

Es war Alais. Nora stützte sich auf die Ellbogen, erschrocken, doch noch während sie sich bewegte, kroch Alais in ihr Bett.

»Lass mich zu dir, bitte. Bitte, Nora. Ich musste alleine schlafen.«

Sie konnte zwar wegen Johanna nicht zur Seite rücken, um ihr Platz zu machen, aber sie ließ das andere Mädchen trotzdem ins Bett. »In Ordnung.« Sie schlief auch nicht gerne allein. Es war kalt und manchmal auch einsam. Sie schlug die Decke zurück, und Alais kroch neben sie.

»Das hier ist ein hässlicher Ort. Ich dachte, ihr alle würdet an wunderschönen Orten wohnen.«

»Wir leben hier nicht«, erwiderte Nora. Sie schmiegte sich dichter an Johanna, und ohne aufzuwachen, murmelte ihre kleine Schwester etwas und rückte zurück, gab ihr mehr Raum. Aber Alais lag immer noch dicht an ihr. Sie konnte den Atem des französischen Mädchens riechen, nach Fleisch und säuerlich. Steif und hellwach lag sie da. Jetzt würde sie überhaupt nicht mehr einschlafen.

Alais schmiegte sich in die Matratze; die Seile darunter knarrten. Dann flüsterte sie: »Hast du schon Tittchen?«

Nora zuckte leicht zusammen. »Was?« Sie wusste nicht, was Alais meinte.

»Rundungen, Dummerchen.« Alais drehte sich herum und zog an der Decke. Dabei stieß sie mit dem Ellbogen gegen Nora. »Brüste. Wie die hier.« Sie packte Noras Hand und zog, fuhr mit ihrer Hand über ihre Brust. Nora fühlte kurz weiche Rundungen unter ihren Fingern.

»Nein.« Sie versuchte ihre Hand aus Alais' Griff zu befreien, aber die hielt sie fest.

»Du bist ja nur ein Baby.«

Endlich konnte Nora ihre Hand befreien und drückte sich heftig gegen Johanna, in dem Versuch, mehr Platz zu bekommen. »Ich bin ein großes Mädchen!« *Johanna* war das Baby. Sie versuchte wieder das Gefühl zu bekommen, wie sie auf dem großen Pferd galoppierte, das Gefühl von Ruhm, Stolz und Größe. »Eines Tages werde ich König werden!«, platzte sie heraus.

Alais lachte höhnisch. »Mädchen werden keine Könige, Dummerchen! Mädchen sind nur Frauen.«

»Ich meine wie meine Mutter. Meine Mutter steht ebenso hoch wie ein König.«

»Deine Mutter ist böse.«

Nora stieß einen wütenden Laut aus. »Meine Mutter ist nicht...!«

»Schhh! Du wirst noch alle aufwecken. Es tut mir leid, es tut mir leid. Aber alle sagen es. Ich habe es nicht so gemeint. Du bist kein Baby.« Alais berührte sie flehentlich. »Bist du noch meine Freundin?«

Nora fand Freundinnen zu sein schwieriger, als sie erwartet hatte. Unauffällig drückte sie ihre Handfläche gegen ihre knochige Brust.

Alais schmiegte sich wieder an sie. »Wenn wir Freundinnen sein wollen, müssen wir eng zusammenbleiben. Wohin gehen wir als Nächstes?«

Nora zog die Decke um sich und stopfte das Tuch zwischen sich und Alais. »Ich hoffe nach Poitiers, mit Mama. Ich hoffe, ich komme dorthin, an den fröhlichsten Hof der ganzen Welt.« Wütend platzte sie heraus: »Überall ist es besser als in Fontrevault. Meine Knie sind so wund.«

Alais lachte. »Ein Nonnenkloster? Sie haben mich auch in solche Klosterschulen geschickt. Sie haben mich sogar gezwungen, Kutten zu tragen.«

»Oh, wie ich sie hasse!«, sagte Nora. »Sie kratzen so.«

»Und sie stinken.«

»Nonnen stinken«, sagte Nora. Sie erinnerte sich an etwas, das ihre Mutter gesagt hatte. »Wie alte Eier.«

Alais kicherte. »Du bist witzig, Nora. Ich mag dich sehr.«

»Nun, meine Mutter musst du aber auch mögen, wenn du mit nach Poitiers kommen willst.«

Wieder hob Alais die Hand und berührte Nora, streichelte sie. »Das werde ich. Ich verspreche es.«

Nora legte den Kopf auf ihren Arm, erfreut und müde. Vielleicht war Alais doch nicht so schlecht. Sie war eine hilflose Jungfrau, und Nora konnte sie verteidigen wie ein echter Ritter. Ihr fielen die Augen zu. Und einen Moment, bevor sie einschlief, fühlte sie das Pferd wieder unter sich galoppieren.

Nora hatte Brotkrumen vom Frühstück aufgehoben. Sie verteilte sie gerade auf dem Fensterbrett, als die Kinderfrau rief. Sie verteilte die Krumen weiter. Die kleinen Vögel waren im Winter hungrig. Die junge Frau packte Noras Arm und zog sie vom Fenster weg.

»Kommt her, wenn ich Euch rufe!« Die Kinderfrau zog ihr grob ein Kleid über den Kopf. Nora kämpfte sich durch das viele Tuch, bis sie endlich den Kopf durch die Öffnung stecken konnte. »Und jetzt setzt Euch, damit ich Euer Haar bürsten kann.«

Nora gehorchte; sie blickte wieder zum Fenster, und die Kinderfrau zwickte sie in den Arm. »Sitzt still!«

Nora presste die Lippen zusammen, ärgerlich und traurig. Sie wünschte, die Kinderfrau würde wieder zurück nach Deutschland gehen. Sie kauerte auf dem Stuhl und versuchte, aus dem Augenwinkel weiter das Fenster zu beobachten.

Die Bürste fuhr durch ihr Haar. »Wie schafft Ihr es nur, Euer Haar so zu verfilzen?«

»Au!« Nora wich dem Zug der Bürste aus, aber die Kinderfrau zerrte sie wieder auf den Hocker zurück.

»Sitzen bleiben! Dieses Kind ist wirklich ein Teufel!« Sie schlug ihr mit der Bürste hart auf die Schulter. »Wartet nur, bis wir Euch wieder in die Klosterschule gebracht haben, Ihr kleiner Teufel.«

Nora wurde ganz steif. Auf dem Hocker neben ihr drehte sich Alais plötzlich zu ihr um, die Augen weit aufgerissen. Nora rutschte von dem Hocker.

»Ich gehe und suche meine Mama!« Sie lief zur Tür. Die Kinderfrau griff nach ihr, aber sie wich der Hand der Frau aus und lief schneller.

»Kommt zurück!«

»Ich gehe und suche meine Mama!«, wiederholte Nora, warf der Kinderfrau einen scharfen Blick zu und öffnete die Tür.

»Warte auf mich«, sagte Alais.

Die Dienstmädchen verfolgten sie; Nora lief die Treppe hinunter, immer ein kleines Stück vor den Frauen. Sie hoffte, dass ihre Mama unten in der Halle war. Auf den Stufen glitt sie an irgendwelchen Lakaien vorbei, die von unten hochkamen und den Kinderfrauen den Weg versperrten und sie aufhielten.

Alais war direkt hinter ihr, immer noch verschreckt. »Ist das auch richtig? Nora?«

»Komm weiter!« Erleichtert sah sie, dass die Halle voller Menschen war, was bedeutete, ihre Mutter war dort. Sie lief hinein, vorbei an Männern in langen, eleganten Roben, die wartend herumstanden. Sie schob sich an ihnen vorbei bis nach ganz vorn.

Da saß ihre Mutter, und Richard stand neben ihr. Die Königin las einen Brief. Ein fremder Mann stand demütig vor ihr, die Hände gefaltet, während sie las. Nora lief an ihm vorbei.

»Mama!«

Eleanor hob erstaunt den Kopf. »Was machst du hier?« Sie sah an Nora und Alais vorbei in die Menge und richtete ihren Blick dann wieder auf Nora. »Komm, setz dich und warte; ich bin beschäftigt.« Sie widmete sich wieder dem Brief in ihrer Hand. Richard warf Nora ein fröhliches Lächeln zu. Sie trat an ihm vorbei, hinter den Stuhl ihrer Mama, und drehte sich dann zum Raum um. Die Kinderfrauen drängten sich ebenfalls in den Raum, aber sie konnten sie jetzt nicht mehr erreichen. Alais lehnte sich gegen sie, bleich, und blinzelte heftig.

Vor ihnen, den Rücken zu ihnen gekehrt, legte Eleanor den Brief zur Seite. »Ich werde darüber nachdenken.«

»Euer Hoheit.« Der demütige Mann verbeugte sich und wich rückwärts zurück. Ein anderer Mann, in einem roten Mantel, trat vor, ebenfalls einen Brief in der Hand. Die Königin griff danach und warf Richard neben sich einen kurzen Blick zu.

»Warum wollte dein Vater dich letzte Nacht sehen?«

»Was hast du vor?«, flüsterte Alais. Nora stieß sie mit dem Ellbogen an; sie wollte hören, was ihr Bruder sagte.

»Er hat mich gefragt«, antwortete Richard, »wo Jung-Heinrich ist.« Er trat von einem Fuß auf den anderen. »Er war betrunken.«

Die Königin las den neuen Brief. Dann drehte sie sich zu einem Tischchen auf der anderen Seite um, nahm einen Gänsekiel zur Hand und tauchte die Spitze in ein Tintenfass. »Du solltest das hier ebenfalls unterschreiben, da du jetzt Herzog bist.«

Bei ihren Worten warf sich Richard in die Brust, machte sich größer und straffte die Schultern. Die Königin drehte sich zu Nora um.

»Was soll das hier?«

»Mama.« Nora trat dichter an die Königin heran. »Wohin gehen wir? Ich meine, nach dem hier?«

Ihre Mutter betrachtete sie mit ihren grünen Augen, und ein kleines Lächeln spielte um ihre Lippen. »Nach Poitiers, dachte ich.«

»Ich möchte nach Poitiers.«

»Ja, natürlich«, erwiderte ihre Mama.

»Und Alais auch?«

Der Blick der Königin glitt zu Alais, die an der Wand stand. Das Lächeln wurde etwas kühler. »Ja, natürlich. Guten Tag, Prinzessin Alais.«

»Guten Tag, Euer Hoheit.« Alais machte einen kleinen Knicks. »Danke, Euer Hoheit.« Sie sah Nora strahlend und glücklich an, die den Blick triumphierend erwiderte. Dann schaute sie zu ihrer Mutter, stolz, weil sie alles tun konnte.

»Du hast gesagt, du würdest uns beschützen, weißt du noch?«

Das Lächeln der Königin verstärkte sich, und sie neigte den Kopf zur Seite. »Ja, natürlich. Ich bin deine Mutter.«

»Beschützt du Alais auch?«

Jetzt lachte die Königin tatsächlich laut. »Nora, du wirst gefährlich werden, wenn du älter bist. Ja, Alais selbstverständlich auch.«

Auf der anderen Seite des Stuhls richtete sich Richard auf, nachdem er unterschrieben hatte, und Eleanor nahm ihm den Brief und auch den Gänsekiel ab. Nora blieb, wo sie war, mitten im Geschehen, und hoffte, dass ihre Mutter ihre Aufmerksamkeit wieder auf sie richtete. »Wenn ich wirklich Herzog bin«, sagte Richard, »gebe ich dann auch Befehle?«

Wieder lächelte die Königin und sah ihn an, wie sie niemanden anderen ansah. »Selbstverständlich. Da du ja jetzt

Herzog bist.« Sie schien wieder lachen zu wollen. Nora fragte sich, was ihre Mama so komisch fand. Eleanor legte den Brief auf den Tisch und kratzte eilig mit dem Gänsekiel darüber.

»Ich will zum Ritter geschlagen werden«, sagte ihr Bruder. »Und ich will ein neues Schwert.«

»Wie du willst, Euer Gnaden«, erwiderte ihre Mutter, in deren Stimme immer noch ein ersticktes Lachen mitschwang. Sie nickte langsam, als würde sie den Kopf neigen. Dann gab sie dem Mann in dem roten Mantel den Brief zurück. »Ihr könnt sofort damit beginnen.«

»Gott segne Eure Hoheit. Danke.« Der Mann verbeugte sich mit steifem Oberkörper wie eine Ente. Eine weitere Person trat vor, ebenfalls ein Papier in der Hand. Nora wippte auf ihren Zehen, weil sie nicht gehen wollte. Die Kinderfrauen warteten immer noch am Rand des Raumes, mit grimmiger Miene, die Blicke fest auf die Mädchen gerichtet, als könnte ihr Starren sie zurückholen. Sie wünschte sich, dass ihre Mutter sie ansehen, wieder mit ihr reden würde. Dann ertönte am Ende der Halle eine harte, laute Stimme.

»Platz für den König von England!«

Eleanor setzte sich aufrecht hin, und Richard trat sofort wieder an ihre Seite. Der ganze Raum geriet plötzlich in Bewegung. Männer schlurften hastig zur Seite, drängten sich aneinander und verbeugten sich. Durch die so plötzlich gebildete Gasse kam Noras Papa. Nora trat hastig hinter den Stuhl der Königin, neben Alais an der Wand.

Nur die Königin blieb auf ihrem Stuhl sitzen. Ihr Lächeln war verschwunden. Alle anderen hatten sich tief verbeugt. Der König trat vor Eleanor, und hinter ihm leerte sich die Halle rasch. Selbst die Kinderfrauen gingen hinaus. Zwei Männer ihres Vaters standen rechts und links neben der Tür wie Wachen.

»Mylord«, sagte die Königin. »Ihr solltet Euch ankündigen; dann wären wir besser auf Euch vorbereitet.«

Noras Papa stand da und blickte auf seine Frau hinab. Er trug dieselbe Kleidung wie am Tag zuvor. Seine großen Hände lagen an seinem Gürtel. Seine Stimme klang hart, als ginge er über Kies. »Ich dachte, ich würde mehr sehen, wenn ich unangekündigt käme. Wo sind die Jungen?« Sein Blick glitt zu Richard. »Die anderen Jungen.«

Die Königin zuckte mit den Schultern. »Wollt Ihr Euch setzen, Mylord?« Ein Diener hastete mit einem Stuhl für ihn heran. »Bring meinem Herrn, dem König, einen Becher Wein.«

Der König ließ sich auf den Stuhl fallen. »Glaub nicht, ich wüsste nicht, was du tust.« Er drehte den Kopf und sah Nora, die direkt hinter der Königin stand. Sein Blick schien sie zu durchbohren. Nora zuckte unbehaglich zusammen.

»Mylord«, erwiderte Eleanor. »Ich bin nicht sicher, was Ihr meint.«

»Du bist eine so schlechte Lügnerin, Eleanor.« Der König drehte sich auf dem Stuhl herum, packte Noras Hand und zog sie zwischen den beiden Stühlen hindurch und vor sie beide. »Dieses kleine Mädchen hat gestern gut geredet, nachdem der Rest von euch davongelaufen war. Ich glaube, sie sagt die Wahrheit.«

Nora stand vor ihnen und legte die Hände auf den Rücken. Ihr Mund war trocken, und sie schluckte einmal. Ihre Mutter lächelte sie an. »Nora besitzt Verstand. Begrüße deinen Vater, Liebes.«

»Gott sei mit dir, Papa.«

Er starrte sie an. Um die schwarzen Pupillen herum waren seine Augen blau wie der Himmel. Er hob eine Hand und zupfte vorsichtig an der Vorderseite ihres Kleides. Unter dem Tuch zuckte ihr Körper vor seiner Berührung zurück. Er glättete jedoch nur den Stoff des Kleides. Ihre Mutter drehte sich auf dem Stuhl herum und sah zu. Hinter ihr stand Richard mit gerunzelter Stirn.

»Also. Du bist gerade aus der Klosterschule gekommen, nicht wahr? Gefällt es dir dort?«

Sie fragte sich, was sie sagen sollte. Sie entschied sich für die Wahrheit. »Nein, Papa.«

Er lachte. Die schwarzen Punkte wurden größer und dann wieder kleiner. »Was denn, du willst keine Nonne werden?«

»Nein, Papa, ich will ...« Zu ihrer Überraschung hatte sich ihr Wunsch verändert. Sie nahm ihren ganzen Mut zusammen. »Ich will ein Held werden.«

Eleanor lachte leise, und der König schnaubte. »Nun, dafür hat dir Gott den falschen Körper gegeben.« Sein Blick glitt an ihr vorbei. »Wohin gehst du?«

»Nirgendwohin, Mylord«, antwortete Richard gelassen.

Der König lachte erneut, so dass sich seine Zähne zeigten. Er roch säuerlich, nach altem Bier und schmutziger Kleidung. Er beobachtete Nora, aber er sprach mit ihrer Mutter.

»Ich will meine Söhne sehen.«

»Sie sind sehr beunruhigt«, erwiderte die Königin, »über das, was mit Becket passiert ist.«

»Ich kümmere mich um Becket. Halt dich da raus.« Der Bedienstete kam mit einem Becher Wein, und der König nahm ihn. Nora trat unruhig von einem Fuß auf den anderen. Sie wollte hier weg, denn die Worte ihrer Eltern durchschnitten die Luft wie Messer.

»Die Art, wie Ihr Euch um Becket kümmert, bringt uns alle in eine bedrohliche Lage«, sagte ihre Mutter.

»Bei Gottes Tod!« Er setzte den Becher an die Lippen und leerte ihn. »Ich wusste nicht, dass er so sehr nach dem Martyrium giert. Du hast ihn gesehen. Er sieht jetzt schon aus wie ein alter Mann. Er ist eine wandelnde Warnung vor der Tugend, wenn sie einen in so einen Storch verwandelt.«

Ihre Mutter sah sich in dem Raum um. »Nein, Ihr habt recht. Es dient Eurer Rechtsprechung nicht sonderlich, wenn die Hälfte der Männer des Königreichs Euch missachtet.«

Er fuhr zu ihr herum, angespannt. »Niemand missachtet mich.«

Sie erwiderte den Blick und lächelte, aber es war kein

freundliches Lächeln. »Es hat den Anschein, dass sie es doch tun.«

»Mama«, sagte Nora, der wieder einfiel, wie man so etwas machte. »Mit deiner Erlaubnis...«

»Bleib«, sagte der Vater, packte ihren Arm und zog sie zu sich, auf seinen Schoß.

»Nora«, sagte ihre Mutter. Hinter ihr trat Richard einen Schritt vor, die Augen weit aufgerissen. Nora wand sich hin und her, versuchte auf den Knien ihres Vaters gerade zu sitzen, aber seine Arme hielten sie wie eiserne Klammern. Der Ausdruck auf dem Gesicht ihrer Mutter flößte ihr Angst ein. Sie versuchte sich zu befreien, aber seine Arme schlossen sich um sie.

»Mama...«

»Lasst sie los, Sire!« Die Stimme der Königin klang plötzlich barsch.

»Was denn?« Der König lachte kurz. »Bist du nicht mein Liebling, Nora?« Er drückte ihr einen Kuss auf die Wange, während er sie festhielt. Mit einer Hand streichelte er ihren Arm. »Ich will meine Söhne. Schaff meine Söhne wieder hierher, Weib.« Abrupt stieß er Nora weg, von seinem Schoß, wieder auf ihre Füße, und richtete sich auf. Dann winkte er mit dem Finger Richard zu sich. »Begleite mich.« Seine Füße schlurften laut über den Boden. Alle starrten ihn stumm an. Mit schweren Schritten verließ er den Raum, gefolgt von Richard.

Nora rieb sich die Wange, die immer noch feucht von dem Kuss ihres Vaters war; ihr Blick glitt zu ihrer Mutter. Die Königin breitete die Arme aus, Nora ging zu ihr, und die Königin drückte sie an sich. »Hab keine Angst«, sagte sie heiser. »Ich werde dich beschützen.« Dann ließ sie Nora los und klatschte in die Hände. »Und jetzt... Musik.«

Dampf stieg von dem Tablett mit Mandelbrötchen auf, das auf dem langen hölzernen Tisch stand. Nora schlich die Küchenstufen hinab, hielt sich dicht an der Wand und duckte sich dann hastig unter den Rand des Tisches. Ein Stück weiter in der Küche sang jemand, und jemand anders lachte; niemand hatte sie bemerkt. Sie griff über den Rand des Tisches und nahm eine Handvoll Brötchen von der Platte, legte sie in den Schoß ihres Rocks, und als der voll war, drehte sie sich rasch um und eilte die Treppe empor und zur Tür hinaus.

Hinter der Schwelle sprang Alais vor Vergnügen auf und ab. Ihre Augen funkelten, und sie hatte die Hände gefaltet. Nora reichte ihr ein Brötchen. »Schnell!« Sie liefen zum Gartentor.

»He! Ihr Mädchen!«

Alais kreischte und rannte weg. Nora fuhr herum, weil sie die Stimme kannte. Sie sah in Richards fröhliche Augen.

»Teilst du mit mir?«

Sie gingen in den Garten, setzten sich auf eine Bank an der Mauer und aßen die Brötchen. Richard leckte sich den Puderzucker von den Fingern.

»Nora, ich gehe weg.«

»Weg?«, fragte sie erschrocken. »Wohin?«

»Mama will, dass ich Jung-Heinrich und Gottfried suche. Ich glaube, sie will mich nur von Papa wegschaffen. Dann werde ich mir ein paar Ritter suchen, die mir folgen. Ich bin jetzt Herzog und brauche eine Armee.« Er umarmte sie und legte seine Wange auf ihr Haar. »Ich komme wieder.«

»Du hast so viel Glück!«, platzte sie heraus. »Du bist ein Herzog. Ich bin niemand! Warum bin ich nur ein Mädchen?«

Er lachte, sein Arm fühlte sich warm auf ihren Schultern an, und seine Wange lag an ihrem Haar. »Du wirst nicht immer ein kleines Mädchen sein. Du wirst irgendwann jemanden heiraten, und dann wirst du auch eine Königin sein wie Mama, oder zumindest eine Prinzessin. Ich habe gehört, sie wollen, dass du jemanden in Kastilien heiratest.«

»Kastilien. Wo ist das?« Angst durchzuckte sie. Sie

blickte in sein Gesicht. Sie fand, niemand sah so gut aus wie Richard.

»Irgendwo in der Spanischen Mark.« Er griff nach dem letzten Brötchen, und sie packte seine Hand und hielt sie fest. Seine Finger waren klebrig.

»Ich will nicht weggehen«, sagte sie. »Ich werde dich vermissen. Und ich kenne dort keinen.«

»Du wirst auch noch nicht so bald gehen. Kastilien – das bedeutet Burgen. Sie kämpfen dort unten gegen die Mauren. Du wirst Kreuzfahrerin.«

Sie runzelte verwirrt die Stirn. »In Jerusalem?« Im Kloster hatten sie immer für die Kreuzfahrer gebetet. Jerusalem war auf der anderen Seite der Welt, und sie hatte noch nie gehört, dass man es Kastilien nannte.

»Nein, in Spanien gibt es auch einen Kreuzzug. El Cid, weißt du. Und Roland. Leute wie sie.«

»Roland.« Sie war aufgeregt. Es gab ein Lied über Roland, voller begeisternder Passagen. Sie sah ihn an. »Bekomme ich dann auch ein Schwert?«

»Vielleicht.« Er küsste wieder ihr Haar. »Aber Frauen benötigen normalerweise keine Schwerter. Ich muss gehen. Ich wollte nur auf Wiedersehen sagen. Du bist jetzt die Älteste von uns, die noch zu Hause ist, also kümmere dich um Johanna.«

»Und um Alais«, sagte sie.

»Oh, Alais.« Er nahm ihre Hand. »Nora, hör zu, irgendetwas geht zwischen Mama und Papa vor, ich weiß zwar nicht, was es ist, aber da ist irgendetwas. Sei tapfer, Nora. Tapfer und gut.« Er drückte sie kurz, dann stand er auf und ging davon.

»Wann sind wir in Poitiers?«, fragte Alais glücklich. Sie saß auf einer Kiste hinten im Wagen und breitete ihre Röcke aus.

Nora zuckte mit den Schultern. Diese Karren waren sehr langsam, und die Reise würde deshalb sehr viel länger dauern. Sie wünschte sich, man würde sie auf einem Pferd reiten lassen. Ihre Kinderfrau kletterte über den Bock in den Wagen hinein, drehte sich um und hob Johanna hinter sich ins Innere. Der Kutscher führte das Gespann heran, die Zügel in den Händen, und drehte die Rümpfe der Pferde zum Karren hin, so dass er sie rückwärts in die Deichsel führen konnte. Vielleicht würde er ihr erlauben, die Zügel zu halten. Sie beugte sich über den Rand des Karrens und sah sich auf dem Hof um. Überall standen andere Karren und Kutschen, und Lakaien packten die Dinge ihrer Mutter ein. Eine Reihe von gesattelten Pferden wartete bereits.

»Lady Nora, setzt Euch«, befahl die Kinderfrau.

Nora kehrte ihr weiter den Rücken zu, um ihr zu zeigen, dass sie nicht gehorchen wollte. Ihre Mutter war aus der Tür der Halle getreten, und bei ihrem Anblick drehten sich alle auf dem Hof zu ihr um, als wäre sie die Sonne, in deren Licht sich alle wärmten. »Mama!«, rief Nora und winkte. Ihre Mutter winkte zurück.

»Lady Nora! Setzt Euch!«

Sie stützte sich auf die Seite des Karrens. Alais neben ihr kicherte und stieß ihr den Ellbogen in die Seite. Ein Pferdeknecht führte das Pferd der Königin heran; sie winkte die Männer zurück, die ihr helfen wollten, und stieg alleine auf. Nora sah zu, wie sie das tat, wie sie ihre Röcke zusammenhielt, aber trotzdem ihre Beine über den Sattel bekam. Ihre Mama ritt wie ein Mann. Sie würde später auch so reiten. Dann ertönte ein Schrei vom Tor.

»Der König!«

Alais drehte sich auf der Kiste herum, um hinzusehen. Nora richtete sich auf. Ihr Vater preschte auf seinem großen schwarzen Pferd durch das Tor, hinter ihm eine Reihe von Rittern, gepanzert und bewaffnet. Sie sah nach Richard, aber er war nicht bei ihnen. Die meisten Ritter mussten sich außerhalb der Mauer aufhalten, weil auf dem Hof kein Platz war.

Eleanor zügelte ihr Pferd, wendete und ritt neben den Karren. So nah, dass Nora die Hand hätte ausstrecken und sie berühren können. Das Pferd tänzelte zur Seite und warf den Kopf hoch. Der König bahnte sich mit finsterer Miene einen Weg durch die Menge bis zu ihr.

»Was hat das zu bedeuten, Mylord?«, wollte Eleanor wissen.

Er sah sich im Hof um. Sein Gesicht war undeutlich unter dem Bart zu erkennen, und seine Augen waren gerötet. Nora setzte sich rasch auf die Kiste. Ihr Vater trieb sein Pferd neben das ihrer Mutter, so dass er ihr ins Gesicht blicken konnte.

»Wo sind meine Söhne?«

»Mylord, ich habe wirklich keine Ahnung.«

Er starrte sie wütend an. »Dann werde ich Geiseln nehmen.« Er drehte sich im Sattel herum und sah zu seinen Männern zurück. »Packt diese Mädchen!«

Nora sprang auf. »Nein«, sagte die Königin und trieb ihr Pferd zwischen ihn und den Karren. Sie saßen sich auf ihren Pferden fast Nase an Nase gegenüber, und sie hatte die Faust geballt. »Lasst Eure Finger von meinen Töchtern.« Alais streckte die Hand aus und umklammerte Noras Rock.

Der König schob wütend sein Kinn vor. »Versuch doch, mich aufzuhalten, Eleanor!«

»Papa, warte.« Nora beugte sich über die Seite des Karrens. »Wir wollen nach Poitiers fahren.«

»Was *du* schon willst«, fauchte der König bösartig. Zwei Männer waren abgestiegen und gingen auf den Karren zu. Er wandte den Blick nicht von ihrer Mutter ab.

Das Pferd der Königin schob sich zwischen die Männer und den Karren. Dann beugte sie sich dichter zu dem König hinüber und sprach schnell und leise mit ihm. »Seid nicht dumm, Mylord, in einer so unbedeutenden Angelegenheit. Wenn Ihr dies hier überstürzt, werdet Ihr sie niemals zurückbekommen. Alais hat eine sehr gute Mitgift; nehmt sie.«

»Mama, nein!« Nora streckte einen Arm aus. Alais schlang die Arme um ihre Taille.

»Bitte... Bitte...!«

Die Königin sah sie nicht einmal an. »Schweig, Nora. Ich kümmere mich um dies hier.«

»Mama!« Nora versuchte, sie zu packen, sie dazu zu bringen, sich umzudrehen und sie anzusehen. »Du hast es versprochen. Mama, du hast versprochen, dass sie mit uns kommen würde!« Ihre Finger kratzten über den glatten Stoff des Ärmels ihrer Mutter.

Eleanor schlug sie und schleuderte sie in das Innere des Karrens zurück. Alais schluchzte erstickt. Die Männer des Königs traten vor und kletterten zu ihnen hoch. Nora stürzte sich auf sie, die Fäuste erhoben.

»Geht weg! Wagt es nicht, sie anzurühren!«

Hinter ihr packte jemand Nora und zerrte sie zur Seite. Die beiden Männer stiegen über die Seite auf den Karren und packten die kleine französische Prinzessin. Sie hoben sie einfach über die Seite hinab. Sie schrie einmal auf und hing dann schlaff und hilflos in ihren Armen. Nora riss an dem Arm, der sie um die Taille gepackt hatte, und bemerkte erst jetzt, dass es ihre Mutter war, die sie festhielt.

»Mama!« Sie drehte sich in den Armen zu Eleanor herum. »Du hast es versprochen. Sie will nicht gehen.«

Eleanor beugte sich zu Nora hinab. »Sei still, Mädchen. Du weißt nicht, was du tust.«

Hinter ihr wendete der König sein Pferd. »Die kannst du behalten. Vielleicht wird sie dich ja vergiften.« Er ritt hinter seinen Männern her, die Alais festhielten. Andere Männer hoben Alais' Truhe aus dem Karren. Nora schrie unartikuliert. Dann führte ihr Vater mit einem scharfen Befehl seine Männer wieder aus dem Tor heraus und nahm Alais wie eine Trophäe mit.

Eleanor sah dem König finster hinterher, während sie ihren Arm immer noch um Noras Taille geschlungen hielt.

Nora riss sich los, und jetzt drehte sich ihre Mutter zu ihr um.

»Also wirklich, Nora. Das war ungehörig, hab ich recht?«

»Warum hast du das getan, Mama?« Noras Stimme hallte durch den Hof, hoch und wütend, ohne darauf zu achten, wer zuhörte.

»Komm, Mädchen«, sagte ihre Mutter und schüttelte sie. »Beruhige dich. Du verstehst das nicht.«

Mit einem heftigen Ruck ihres ganzen Körpers riss sich Nora von ihrer Mutter los. »Du hast gesagt, Alais könnte mitkommen.« Tief in ihrem Innern sammelte sich etwas in ihr, als hätte sie einen Stein geschluckt. Sie begann zu weinen. »Mama, warum hast du mich angelogen?«

Ihre Mutter sah sie blinzelnd an und runzelte die Stirn. »Ich kann nicht alles tun.« Sie streckte die Hand aus, als wollte sie um etwas bitten. »Komm, sei vernünftig. Willst du werden wie dein Vater?«

Tränen rannen aus Noras Augen. »Nein, und auch nicht wie du, Mama. Du hast es mir versprochen, und du hast gelogen.« Sie schlug die ausgestreckte Hand zur Seite.

Eleanor zuckte zurück. Dann hob sie den Arm und schlug Nora ins Gesicht. »Du grausames, undankbares Kind!«

Nora landete hart auf dem Boden des Karrens. Sie grub die Fäuste in ihren Schoß und ließ die Schultern hängen. Alais war verschwunden; sie konnte sie also doch nicht retten. Es spielte keine Rolle, dass sie Alais gar nicht so sehr gemocht hatte. Sie wollte eine Heldin sein, aber sie war nur ein kleines Mädchen, das niemanden interessierte. Sie drehte sich zu ihrer Kiste herum, legte den Kopf auf ihre verschränkten Arme und weinte.

Später lehnte sie sich an die Seite des Karrens und blickte auf die Straße vor sich.

Sie fühlte sich dumm. Alais hatte recht gehabt; sie konnte kein König werden, und jetzt konnte sie nicht einmal eine Heldin sein.

Die Kinderfrauen dösten am anderen Ende des Karrens. Ihre Mutter hatte Johanna geholt und ritt mit ihr voran, das Kind vor sich auf den Sattel gesetzt, um Nora zu zeigen, wie unartig sie gewesen war. Der Kutscher saß auf seinem Bock und kehrte ihr den Rücken zu. Sie hatte das Gefühl, als könnte niemand sie sehen, als wäre sie nicht einmal da.

Aber sie wollte ohnehin kein König mehr werden, wenn das bedeutete, dass man gemein war, herumschrie und Menschen mit Gewalt verschleppte. Sie wollte wie ihre Mutter sein, aber wie ihre alte Mutter, die gute Mutter, nicht diese neue Mutter, die log und Versprechen brach, die sie schlug und sie beschimpfte. Alais hatte gesagt: »Deine Mutter ist böse«, und jetzt hätte Nora fast geweint, denn es stimmte.

Sie würde es Richard erzählen, wenn er zurückkam. Aber dann verknotete sich etwas in ihrem Bauch. *Falls* er zurückkam. Irgendwie hatte sich die ganze Welt verändert. Vielleicht war jetzt sogar Richard falsch.

»Du wirst eine Kreuzfahrerin werden«, hatte er zu ihr gesagt.

Sie wusste nicht, ob sie das wollte. Kreuzfahrer zu sein bedeutete, dass man eine sehr lange Reise machte und dann starb. »Sei gut«, hatte Richard gesagt. »Sei tapfer.« Aber sie war nur ein kleines Mädchen. Unter dem weiten blauen Himmel war sie nur ein winziges Pünktchen.

Der Wagen rumpelte über die Straße, ein Teil des langen Zuges aus Karren, die nach Poitiers fuhren. Sie sah sich um. Die Lakaien gingen zwischen den Wagen, die Köpfe der Pferde und Maultiere wippten auf und ab, und das ganze Gepäck war mit Seilen auf den Wagen befestigt. Ihre Mutter kümmerte sich nicht um sie, war vorausgeritten, zusammen mit den anderen Reitern, die den Tross anführten. Die Kinderfrauen schliefen. Niemand beobachtete sie.

Niemand kümmerte sich noch um sie. Sie wartete darauf, dass sie einfach verschwand. Doch das tat sie nicht.

Also stand sie auf und hielt sich an der Seite des Karrens

fest, damit sie nicht stürzte. Vorsichtig kletterte sie über den vorderen Rand auf den Bock, wobei sie darauf achtete, die Röcke über ihre Beine zu halten, und setzte sich neben den Kutscher, der sie verblüfft anblickte. Er hatte ein großes braunes Gesicht und einen zotteligen Bart.

»Also, meine kleine Lady...«

Sie glättete ihre Röcke, setzte die Füße fest auf das Trittbrett und sah zu ihm hoch. »Darf ich die Zügel halten?«

MELINDA SNODGRASS

Melinda Snodgrass ist eine Autorin, deren Werk etliche Medien und Genres umfasst. Sie hat Drehbücher für Fernsehproduktionen wie *Profiler* und *Star Trek: The Next Generation* geschrieben und war bei letzterer Produktion auch etliche Jahre lang Story Editor. Weiterhin verfasste sie etliche beliebte SF-Romane und war eine der Erfinderinnen der langlebigen Serie *Wild Card*, für die sie auch Drehbücher geschrieben und bearbeitet hat. Ihre Romane sind unter anderem *Circuit, Circuit Breaker, Final Circuit, The Edge of Reason, Runespear* (zusammen mit Victor Milán), *High Stakes, Santa Fe* und *Queen's Gambit Declined*. Ihr neuester Roman ist *The Edge of Ruin*, die Fortsetzung von *The Edge of Reason*. Ihre Filmbücher sind unter anderem der *Wild-Card*-Roman *Double Solitaire* und der *Star-Trek*–Roman *Die Tränen der Sänger*. Außerdem hat sie die Anthologie *A Very Large Array* herausgegeben. Sie lebt in New Mexico.

Hier bringt sie uns auf einen fernen Planeten, um uns zu zeigen, dass selbst in einer Gesellschaft, in der Sternenschiffe durch die Nacht donnern und sich Aliens mit Menschen auf überfüllten Straßen riesiger Städte mischen, einige der Spiele, in die man gerät, eine sehr alte Geschichte haben.

DIE HÄNDE, DIE NICHT DA SIND

Übersetzt von Wolfgang Thon

Glas klirrte dumpf und unmelodisch gegen Glas, als der menschliche Barkeeper die Bestellungen ausführte. Eine Hajin-Kellnerin mit langer zerzauster Mähne, die ihr bis auf den Rücken fiel, ging auf zierlichen Hufen klickend durch die Bar und servierte die Getränke. Ihre Gäste waren ein ziemlich mürrischer Haufen, Schatten, die sich in diese düstere Absteige kauerten und an Tischen saßen, die in gebührendem Abstand zueinander standen. Niemand redete. Statt Konversation gab es Sprecher, die das Fußballspiel auf dem Wandbildschirm über der Bar kommentierten. Aber selbst diese Stimmen waren nur ein dumpfes Murmeln, weil die Lautstärke so weit heruntergedreht war. Der Gestank von schalem Bier und ranzigem Öl mischte sich in den Rauch, aber an einigen Stellen wurde der Tabakqualm von dem Geruch nach Verzweiflung und siedendem Ärger überdeckt.

Dieses schmuddelige Loch passte perfekt zu der Stimmung des Zweiten Leutnants Tracy Belmanor. Er hatte sich diese Absteige ausgesucht, weil sie weit weg vom Raumhafen lag und es infolgedessen sehr unwahrscheinlich war, dass er hier einen seiner Schiffskameraden traf. Er hätte glücklich sein sollen. Er hatte erst letzten Monat seinen Abschluss an der Militärakademie der Solar-Liga bestanden und bereits seinen ersten Posten zugeteilt bekommen. Das Problem war, dass all seine Klassenkameraden die Akademie als frischgebackene Erste Leutnants verlassen hatten, aber natürlich kam das bei dem Sohn eines einfachen Schneiders nicht infrage. Der zudem nur mittels eines Stipendiums die Akademie hatte besuchen können. Als er seine Rangabzeichen bekommen hatte, hatte er auf die Sterne und den Balken gestarrt und begriffen, dass er einen Rang unter seinen aristokratischen Klassenkameraden fungierte, obwohl seine Noten besser und seine Fähigkeiten als Pilot genauso gut waren wie die von allen anderen, außer vielleicht von Mercedes. Deren Reflexe und Fähigkeit, hoher Gravitation zu widerstehen, hatten sie alle beschämt. Als er zum Kommandeur des High-Ground, Vizeadmiral Sergei Arrington Vasquez y Markov, hochgeblickt hatte, hatte der massige Mann ihm beiläufig die Erklärung dafür geliefert, ohne auch nur im Geringsten zu begreifen, wie demütigend das war.

»*Sie müssen verstehen, Belmanor, es wäre höchst unpassend, Sie in eine Position zu manövrieren, in der Sie Ihren Klassenkameraden Befehle geben könnten, besonders der Infanta Mercedes. Auf diese Weise haben Sie niemals allein das Kommando auf der Brücke, und so wird Ihnen diese Verlegenheit erspart.*«

Die Andeutung, dass es ihn in Verlegenheit bringen könnte, einem dieser hochwohlgeborenen Arschlöcher einen Befehl zu geben, einschließlich der Tochter des Imperators, hatte seinen Jähzorn angestachelt. »*Ich bin sicher, dass es mir ein großer Trost sein wird zu sterben, weil einer dieser Idioten das Schiff zu Schrott geflogen hat.*« Natürlich hatte er das nicht gesagt. Gewiss, diese vorlauten Worte hatten ihm auf der Zunge gelegen, aber nachdem er vier Jahre lang in Etikette und Befehlskette gedrillt worden war, hatte er es geschafft, die wütende Erwiderung herunterzuschlucken. Stattdessen hatte er salutiert und einfach nur »Jawohl, Sir« gesagt. Wenigstens hatte er Markov für diese Beleidigung nicht auch noch gedankt.

Später allerdings fragte er sich, warum er nichts gesagt hatte. Aus Feigheit? Schüchterten ihn die GGF tatsächlich ein? Ein schrecklicher Gedanke, denn der implizierte, dass er tatsächlich seinen Platz in der Gesellschaft kannte. Und wenn er ehrlich zu sich war, genau aus diesem Grund hatte er nicht an dem Abschlussball teilgenommen. Er wusste, dass keine der Hofdamen von Mercedes ihn als Begleiter akzeptiert hätte, und eine Frau aus seiner eigenen Gesellschaftsschicht konnte er natürlich unmöglich mitbringen. Zudem war Mercedes die Tochter des Imperators, und niemand durfte jemals erfahren, was sie geteilt hatten, dass Tracy sie liebte und sie ihn.

Also ging er nicht zum Ball. Stattdessen hatte er auf der Kristallbrücke von Ring Central gestanden und Mercedes beobachtet, ohne Uniform und eine Erscheinung in Rot und Gold, wie sie am Arm von Honorius Sinclair Cullen den Saal betreten hatte, dem Ritter der Bögen und Muscheln, Herzog von Argento, Boho für seine Freunde und Tracys Nemesis und Rivale. Tracy hätte sie am Arm auf den Ball führen sollen. Aber das würde nie passieren.

Er trank einen großen Schluck Whiskey und leerte dann das Glas. Der billige Fusel brannte in seiner Kehle und sammelte sich wie glühende Kohlen in seinem Magen. Im Gegensatz zu den anderen mürrischen und wenig gesprächsfreudigen Gästen hatte sich Tracy an die Bar gesetzt. Der Barkeeper war ein Hüne von Mann, und die Streifen seiner Schürze verbargen nur mit Mühe den Schmutz. Er deutete mit einem Nicken auf Tracys Glas.

»Noch einen?«

»Klar. Warum zum Teufel denn nicht?«

»Sie kippen die Dinger ganz schön herunter, mein Junge.« Tracy blickte hoch. Die Freundlichkeit in den braunen Augen des Mannes überraschte ihn. »Finden Sie denn zu Ihrem Schiff zurück?« Whiskey plätscherte in das Glas.

»Vielleicht wäre es besser, wenn ich das nicht täte.«

Ein Lappen tauchte aus der Schürze auf und wischte über die stählerne Oberfläche der Bar. »Das tun Sie mal lieber nicht. Die Liga pflegt Deserteure zu hängen.«

Tracy leerte den Whiskey mit einem Schluck und kämpfte gegen Übelkeit an. Er schüttelte den Kopf. »Mich nicht. Sie würden nicht einmal nach mir suchen. Stattdessen wären sie froh, diese Peinlichkeit lautlos unter den Teppich fegen zu können.«

»Hören Sie zu, Junge, Sie haben Probleme. Das sehe ich.«

»Wow. Sind Sie immer so feinfühlig?«

»Sparen Sie sich diese Nummer.« Die Worte klangen freundlich, und der Mann lächelte schwach. »Hören Sie, wenn Sie sich besser fühlen wollen, was den Zustand der Galaxis und Ihren Platz darin angeht, sollten Sie mit diesem Mann da drüben reden. Es könnte alles Blödsinn sein, aber auf jeden Fall hat Rohan eine höllisch gute Geschichte zu erzählen.«

Tracy folgte dem ausgestreckten Finger mit dem Blick und sah einen korpulenten Mann mittlerer Größe an einem Ecktisch. Er umklammerte ein leeres Glas. Sein dunkles Haar war von grauen Strähnen durchzogen, und seine Stirn wirkte wegen der zurückweichenden Haarlinie übermäßig hoch. Der Barkeeper ging ans andere Ende der Bar und füllte die leeren Gläser auf dem Tablett der Hajin. Tracy warf einen Blick auf den zusammengesunkenen Mann. Aus einem Impuls heraus schnappte er sich sein Glas und ging zu ihm an den Tisch.

»Er sagt«, er deutete mit dem Daumen über die Schulter auf den Barkeeper, »dass du eine gute Geschichte auf Lager hast, die das Leben für mich in die richtige Perspektive rückt.« Tracy zog einen Stuhl mit dem Fuß heraus und setzte sich. Er hoffte fast, der Mann würde widersprechen und einen Streit vom Zaun brechen. Tracy hatte große Lust, jemanden zu schlagen, und hier auf Wasua würde ein Kampf nicht in ein albernes Duell ausarten wie auf High-Ground. Er berührte die Narbe an seiner linken Schläfe, ein Souvenir von Boho. Doch ein genauerer Blick auf den Mann am Tisch sagte ihm, dass es höchst unwahrscheinlich war, dass es zu einem Kampf kommen würde. Unter dem Fett befanden sich keine Muskeln, und unter den Augen des Mannes wölbten sich dunkle, aufgeblähte Tränensäcke.

»Loren glaubt mir nicht«, sagte Rohan. »Aber es ist alles wahr.« Er war alkoholisiert, und seine Worte klangen undeutlich, aber trotzdem erkannte Tracy den aristokratischen Akzent eines Angehörigen der Grandiosen Glücklichen Fünfhundert. Gott wusste, wie gut er ihn erkannte. Er hatte ihn vier verdammte Jahre lang jeden Tag gehört. Er hatte sogar eine Weile gefürchtet, dass er ihn nachäffen könnte.

»Also gut, ich beiße an. Was ist alles wahr?«

Der Mann fuhr mit der Zunge über seine Lippen. »Ich könnte die Geschichte besser erzählen, wenn ich etwas hätte, womit ich meine Kehle befeuchten könnte.«

»Also gut.« Tracy ging wieder zur Bar und kehrte mit einer Flasche Bourbon zurück. Er knallte sie auf den Tisch. »Also. Ich habe für die Geschichte bezahlt. Schieß los, verblüffe mich.«

Rohan richtete sich auf, aber die Überheblichkeit seiner Bewegung wurde zunichtegemacht, als er daraufhin auf dem Stuhl hin und her schwankte. Mit einer dicken Hand packte er den Rand des Tisches und stabilisierte sich. »Ich bin mehr, als ich zu sein scheine, viel mehr.«

»Okaaay.« Tracy dehnte das Wort.

Der Mann sah sich mit übertriebener Vorsicht um. »Ich muss aufpassen. Wenn jemand wüsste, dass ich rede...«

»Ja?«

Er fuhr sich mit einem Finger über die Kehle und beugte sich über den Tisch. Sein Atem war eine widerliche Mischung aus Schnaps und Mundgeruch. »Was ich Ihnen jetzt erzähle, könnte die Grundfesten der Liga erschüttern.«

Der Säufer goss sich ein Glas ein, leerte es in einem Zug und fuhr fort: »Aber es ist passiert, alles, und es ist alles wahr. Hören Sie zu und lernen Sie, junger Mann.« Rohan füllte das Glas erneut, goss dann auch Tracys nach und prostete ihm zu. Diesmal beschränkte er sich darauf, nur daran zu nippen, statt es in einem Zug herunterzustürzen. Schließlich seufzte Rohan und schien plötzlich nicht mehr auf den jungen Offizier konzentriert zu sein.

»Es fing alles damit an, dass einer meiner Adjutanten eine Junggesellenparty arrangierte...«

Wenn man einen Stripclub überhaupt für geschmackvoll halten kann, dann wohl diesen, dachte Rohan. Nicht, dass er ein Experte gewesen wäre. Er war zum ersten Mal in einem solchen Etablissement, wo Menschenfrauen sich selbst zur Schau stellten, sehr zum Zorn der Kirche. Also warum hatte er zugestimmt, dass seine Angestellten eine Junggesellenparty wegen Knuds bevorstehender Hochzeit veranstalteten? Die Antwort war ganz einfach. *Weil der neueste Liebhaber meiner Frau etwa so alt ist wie meine Tochter und das einfach zu viel gewesen ist.* Seine Gegenwart im Cosmos Club war also... Was war sie? Vergeltung? Und wie wahrscheinlich war es, dass Juliana es jemals herausfinden würde? Überraschend wenig wahrscheinlich. Und was würde es sie kümmern? Noch weniger.

Er errötete, als eine nahezu nackte Hostess, deren Brüste und Venushügel von einem juwelenbesetzten Harnisch betont wurden, ihnen die Mäntel abnahm und sie mit der eleganten Handbewegung einer gut ausgebildeten Kurtisane an den lächelnden Oberkellner weiterreichte, einen gutaussehenden Mann mit Ziegenbart und funkelnden schwarzen Augen. Er führte die kleine Gruppe durch hohe Doppeltüren in den Club. Das Licht im Hauptraum war gedämpft, aber indirekte Scheinwerfer beleuchteten die langsam rotierenden Plattformen, auf denen wunderschöne, nackte Frauen saßen. Die Plattformen waren wie spiralförmige Galaxien geformt, deren Sterne von falschen Diamanten gebildet wurden. Rohan starrte die runden Pobacken der Mädchen an und fragte sich, wie diese Hinterteile wohl nach einer langen

Nacht auf den Plattformen aussehen würden. Zwischen den Plattformen befand sich eine Bühne aus klarem Glas, und mitten auf der Bühne erhob sich eine Kristallstange.

Kellnerinnen, die in den gleichen juwelenbesetzten Harnisch wie die Garderobiere gekleidet waren, servierten Getränke und Speisen. Rohan sah, wie ein Brie en Croûte mit Sauerkirschen garniert auf einem Tablett an ihm vorbeigetragen wurde. Die Aromen aus der Küche waren genauso gut wie alles, was er je in den besten Restaurants der Stadt gerochen hatte. Sein Bauch knurrte zustimmend. Ja, das hier war eindeutig ein elegantes Etablissement, das den wohlhabenden und wohlgeborenen Angehörigen der GGF offenstand. Eine weitere Anomalie fiel ihm auf. Es gab hier keine Aliens. Die Angestellten waren alle Menschen, eine recht kostspielige Attitüde. Rohan nahm zwar an, dass hinter den verschlossenen Türen der Küche Hajin und Insanjo als Tellerwäscher schufteten, aber das Bild, das den zahlenden Kunden präsentiert wurde, war fast aggressiv menschlich.

John Fujasaki hatte eine Nische direkt an der Bühne reserviert. Ein mit Eis gefüllter Champagnereimer und die dazugehörige Flasche erwarteten sie bereits. Als die kleine Gruppe sich gesetzt hatte, öffnete der Oberkellner die Flasche mit einem leisen Ploppen und füllte ihre Gläser. Die Polster waren sehr weich, aus einem Neuralstoff, der die Spannung in Rohans unterem Rücken zu spüren schien und begann, die Stelle zu massieren. Der schwebende Holo-Tisch zeigte eine sich ständig verändernde Ansicht von spektakulären astronomischen Phänomenen. Rohan starrte fasziniert auf die Platte, als eine aufblühende Supernova versuchte, seinen Drink zu vernichten.

John Fujasaki, der Initiator dieses Ausflugs, beugte sich zu Rohan. »Sie erröten, Sir«, murmelte er. Ein Lachen schwang in seiner Stimme mit.

»Ich bin nicht daran gewöhnt, so viel... weibliche... Haut zu sehen«, murmelte er.

»Verzeihen Sie, wenn ich das sage, aber Sie sollten mehr ausgehen«, erwiderte der Mann. Dann drehte er sich zur Seite, um auf eine andere Bemerkung zu reagieren.

Rohan beobachtete die Blasen in seinem Glas und fragte sich, was sein junger Adjutant wohl denken würde, wenn er wüsste, dass sein Boss häufig weit weniger ehrbare Etablissements in Pony Town aufsuchte, in denen Menschen Dienste angeboten wurden, die ein Faible für Aliens und Exotisches hatten. Dann jedoch wurde ihm die Heuchelei seines Ärgers über die Untreue seiner Frau bewusst. Er verfiel erneut in die uralte Verteidigungsstrategie, dass herumhuren etwas wäre, was man von Männern erwartete, während eine Frau ihrem Ehemann kein Kuckucksei ins Nest legen sollte. Irgendwie klang diese Entschuldigung hohl.

John tippte mit einem Löffel gegen sein Glas. Die jungen Männer verstummten, und Fujasaki stand auf. »Also, auf Knud. All jene von uns, die den Bund der Ehe bisher vermieden haben, halten ihn für verrückt, und all jene, die sich in die Fesseln der Ehe begeben haben, halten ihn ebenfalls für verrückt. Aber zumindest heute Nacht werden wir solche Sorgen ignorieren und uns darauf konzentrieren, ihn mit Stil zu verabschieden. Also, ein Toast auf Knud in seiner letzten Nacht der Freiheit, die erinnerungswürdig werden möge!«, rief John.

»Hört, hört!«, erwiderten etliche Gäste am Tisch, Gläser klirrten, wurden geleert und frisch gefüllt. Knud lächelte, legte aber mit einem Anflug von Sorge in den Augen eine Hand über sein Glas. »Immer langsam, Freunde. Ich muss morgen einigermaßen in Form sein.«

»Kein Grund zur Sorge, Knud«, erwiderte Franz. »Du bist ja unter uns.«

»Genau deshalb mache ich mir Sorgen.«

Eine Kellnerin nahm ihre Bestellungen entgegen. Der Schnaps floss in Strömen. Rohan ertappte sich dabei, wie er über die Inflationszahlen des Wasua-Sternensystems nachdachte. Daraufhin wechselte er von Champagner zu Bourbon. Eine Liveband begann zu spielen, und Mädchen in unterschiedlichen und sehr kreativen Kostümen betraten die Bühne. Die kreativen Kostüme wurden zu der rhythmischen Musik abgelegt, und die Ladys waren alle sehr... Rohan suchte nach einem passenden Wort und entschied sich schließlich für »flexibel«. Mittlerweile waren fast alle Tische besetzt, von Männern mit schweißglänzenden Gesichtern, die ihre militärischen Halsbinden und Krawatten gelockert und die Jacken abgelegt hatten. Mädchen setzten sich auf Schöße und fuhren mit ihren langen Fingern durch das Haar ihrer Opfer. Die Stimmen klangen tief und heiser.

Ein Mädchen-Quintett tanzte und sang zu einem alten Marschlied der SpaceCom auf der Bühne, allerdings hatten sie die Musik mit einem interessanten neuen Text unterlegt. Zuerst hatte Rohan zu der lebhaften Musik gesummt und dann mitgesungen, aber es frustrierte ihn, dass die Mädchen den Beat nicht richtig trafen. Sie hingen immer ein bisschen hinterher. Er fing an, heftig zu dirigieren, bis er plötzlich spürte, wie sein Ellbogen gegen etwas stieß.

»Wow!«, schrie Fujasaki. Auf seiner Hose war ein großer nasser Fleck.

»Er ist betrunken.« Rohan hörte undeutlich, wie jemand das sagte.

»Na und? Wir sind alle betrunken«, erwiderte Franz.

»Das schon, aber er ist der Kanzler. Wenn jetzt...?«, begann Bret, ein neuer Adjutant.

»Entspannen Sie sich. Der Sicherheitsdienst durchkämmt diesen Laden regelmäßig und hält die Presse fern«, erwiderte John.

»Ja, entspannen Sie sich, Bret. Wir amüsieren uns. Ich habe Spaß. Ich bin... ich bestehe nur aus Spaß!«, schrie Rohan.

Die fünf Ladys marschierten von der Bühne und wackelten provozierend mit ihren knackigen kleinen Hintern.

»Wohin gehen sie?«, fragte Rohan. »Wohin gehen all die entzückenden kleinen Ladys?«, wiederholte er. Eine Faust schien sich um seine Brust zu legen, so traurig war das alles.

»Sie kehren alle zu ihren Pflichten als Hausfrauen zurück«, erklärte Franz.

»Was für eine schreckliche Verschwendung«, stöhnte Rohan. »Wir brauchen dringend eine Expertenkommission ... Mädchen, die sich die ganze Zeit in Ehefrauen verwandeln! Es ist ein Skandal. Wir müssen eine Untersuchung ...!«

Ein Trommelwirbel erstickte seine undeutlichen Worte. Die Lichter im Club gingen alle aus bis auf einen Suchscheinwerfer, der wie ein Leuchtfinger auf die Bühne gerichtet war. In diesen Lichtkegel sprang ein Mädchen. Sie schien zu fliegen, so hoch war ihr *Grand Jeté*, und der lange Umhang, der hinter ihr herwehte, schien die Illusion eines Fluges noch zu verstärken. Die Musik setzte wieder ein, spielte einen primitiven, drängenden Beat. Sie stand in der Mitte der Bühne, und ihr Gesicht wurde von einer prachtvollen Maske und einem Kopfschmuck verdeckt. Man konnte nur ihr unnatürlich spitzes Kinn und ihre glitzernden Augen sehen. Sie packte den Rand des Umhangs mit langen Krallen, die mit Leuchtdioden besetzt waren, und ließ ihn fallen. Darunter kam ein prachtvolles Kostüm zum Vorschein, das weit mehr verbarg, als für eine Stripperin üblich war. Rohan fragte sich, ob die Krallen vielleicht in Handschuhe eingenäht sein mochten.

Dann begann sie zu tanzen. Aber es war kein wildes Becken-Schwenken, keine anzüglichen Posen. Sie tanzte mit atemberaubender Eleganz. Ihre Arme woben Muster, und die Lichtdioden schienen Streifen von buntem Feuer in die Luft um sie herum zu zeichnen. Langsam fiel eine Schicht Kleidung nach der anderen ab. Die Menge schrie zustimmend bei jedem Kleidungsstück, das herabfiel. Ein weiteres Stück glitt auf den Boden der Bühne, und ein langer seidiger Schwanz mit glattem, rotweißem Fell entrollte sich und umschlang sie wie eine tanzende Schlange. Die Schreie steigerten sich zu lautem Brüllen.

Das Mädchen tanzte dicht bis vor ihre schwitzenden Bewunderer. Hände griffen nach ihr, wie die von blinden Babys, die nach der Titte suchten, aber sie wich ihnen immer aus. Es sei denn, die Hände hielten Creditstäbchen in den Fingern. Diesen Händen erlaubte sie, die Stäbchen in den Creditleser zu stopfen, der tief an dem Gürtel hing, der ihre Taille umspannte. Rohan saß stocksteif da, umklammerte mit den Fingern den Rand des Tisches und wollte sie mit seinen Gedanken zwingen, die Maske abzusetzen. *Zeig es mir... Zeig es mir...* Sie näherte sich ihrem Tisch. Die jüngeren Männer beugten sich vor und wedelten mit ihren Creditstäbchen, als wäre das eine kommerzielle Metapher für Sex. Rohan konnte sich nicht rühren. Er sah einfach nur zu, als eine weitere Schicht Stoff wegfiel und helles, cremefarben und rot gestreiftes Fell entblößte, das ihre Flanken bedeckte, ihren Bauch und wie eine Speerspitze zwischen ihre Brüste reichte. Die Zuschauer stöhnten vernehmlich.

John ließ sich an die Lehne der Bank zurückfallen. »Bei der heiligen Vorhaut des Papstes!«, stieß er hervor.

Die Musik wurde schneller. Feuer sprühte aus den Spitzen ihrer langen Krallen, und die Juwelen und Glöckchen auf der Maske und der Kopfbedeckung klingelten wie verrückt. Sie drehte sich um die eigene Achse, immer schneller und schneller, dann machte sie einen großen Satz und landete wieder mitten auf der Bühne. Die Beine weit gespreizt, die Hände auf ihren Brüsten. Sie schob sie langsam ihre Brust hoch, über ihren Hals, hob die Maske und das Kopfteil ab und schleuderte sie zur Seite. Sie war fremdartig und doch vertraut. Rohan genoss ihre Gesichtszüge. Er betrachtete ihre winzige, nach oben gebogene Nase mit den geblähten Nasenflügeln, die spitzen Ohren, die durch die wilde Mähne aus cremefarbenen und roten Locken lugten. Sie hatten an den Spitzen kleine Haarbüschel. Und diese Katzenaugen. Smaragdgrün.

»Ein Alien.« Brets Stimme klang sowohl angewidert als auch lüstern.

Blackout.

Als die Lichter wieder aufflammten, war die Bühne leer. An ihrem Tisch setzte eine aufgeregte Unterhaltung ein.

»Schönheitschirurgie?«

»Nein. Das muss eine von diesen Cara-Mischlingen sein.«

»Ich dachte, die hätten wir alle ausgelöscht.«

»Hätten wir besser tun sollen. Das eben war ekelhaft.«

»He, mach das Licht aus, schließ die Augen und stell dir vor, es wäre exotische Unterwäsche«, sagte John und lachte.

Der Raum schien um Rohan zu pulsieren. Sein Herz hämmerte wie verrückt, und er atmete keuchend. Seine Erektion drückte gegen seinen Hosenschlitz. Er taumelte aus der Nische.

»Sir?«

»Geht es Ihnen gut?«

»Wohin gehen Sie?«

Er antwortete nicht.

»Moment«, warf Tracy ein. »Ein Mischling zwischen einem Menschen und einem Cara? So etwas gibt es nicht. Erstens ist es illegal.« Der junge Offizier deutete auf die Hajin-Kellnerin. »Und zweitens, selbst wenn unsere Geschlechtsorgane zusammenpassten, könnten wir niemals Kinder zeugen.«

Rohan wackelte mahnend mit dem Finger. »Ah, aber vergessen Sie nicht, dass die Cara meisterhafte Genetiker waren. Sie haben die Gene aller bekannten Alien-Rassen gemischt, lange bevor die Menschen aufgetaucht sind. Sie wollten uns unbedingt zu dieser Mischung hinzufügen und konnten nicht glauben, dass die Liga es ernst meinte, als sie den Bann über alle Alien-Mensch-Kreuzungen verhängte.«

Tracy trank einen Schluck. Er wusste von seinen Studien, dass die Cara keinerlei physische Norm hatten. Sie entwarfen Körper, um sich jeder beliebigen gegebenen Situation anzupassen. Sie wechselten ihr Geschlecht nach Lust und Laune. Tausende von Jahren hatten sie das genetische Material sämtlicher Rassen, denen sie begegneten, geerntet, gemischt und manipuliert. Das fiel ihnen relativ leicht, da die Cara ihr Leben an Bord von riesigen Handelsschiffen verbrachten, die zwischen den Systemen hin und her reisten, oder aber in den Geschäften, die von diesen Schiffen versorgt wurden. Für die Cara war jede Art von Uniformität die größte aller Sünden. Sie glaubten, dass Vielfalt der Schlüssel zum Überleben und zur Weiterentwicklung wäre. Für die Menschen war das natürlich entsetzlich gewesen, und die Reinheit der menschlichen Rasse wurde eine Besessenheit. Fast sämtliche genetische Forschung und Manipulation wurden unter Strafe gestellt, aus Angst, die Cara könnten einen Weg finden, das grundlegende menschliche Genom zu manipulieren. Das sagte Tracy auch zu Rohan.

Der ältere Mann schüttelte den Kopf. »Richtig, aber das konnte die Cara nicht entmutigen. Sie haben Freiwillige gefunden, Menschen, die der Liga feindselig gegenüberstanden oder unzufrieden mit ihr waren. So haben sie mehrere tausend Mischlinge geschaffen.« Er hob sein Glas hoch und setzte es immer wieder auf dem Tisch ab. Er verband die feuchten Ringe zu einem konzentrischen Muster.

»Und warum haben sie dieses Mädchen so anders aussehen lassen?«, fragte Tracy. »Sie hätten diese Mischlinge so aussehen lassen können wie jedes x-beliebige Wesen. Sogar genau wie einen Menschen.«

Rohan blickte hoch. »Das war ihr Fehler. Denn genau das hätten sie tun sollen. Stattdessen versuchten sie, jegliche Vergeltung abzumildern, indem sie die Gene so veränderten, dass sie die Kinder attraktiv für Menschen machten. Oder zumindest so, wie sie sich diese Attraktivität vorstellten. Es war ihnen aufgefallen, dass wir Katzen mochten. Das erklärt Sammy.« Rohan füllte das Glas erneut und trank einen großen Schluck. »Ihnen war nicht klar, dass dies die Kinder noch gruseliger machen würde.«

»Aber sie waren von ihr nicht angewidert ... von Sammy?«

»Samarith. Ihr voller Name lautet Samarith. Nein, ich war nicht von ihr angewidert, sondern ich fand Gefallen am Exotischen. Das wussten sie. Und sie haben es ausgenutzt.«

Rohans Magen brannte, und in seinem Kopf pochte es. Schwankend ging er durch den Vorraum und trat hinaus auf die Straße. Die Seeluft klärte seinen vernebelten Verstand ein wenig. Er ging zur Ecke des Gebäudes und blickte in die Gasse, auf der Suche nach dem Bühneneingang.

Was machst du da?, jammerte der vernünftige Teil seines Verstandes.

»Ich will ihr ein Kompliment für ihren Tanz machen«, sagte er laut.

Du willst sie nach ihrem Leben ausfragen. Ihre Gedanken erforschen. Ihre Träume teilen. Sie besinnungslos ficken.

Er fand den Seiteneingang und trat ein. Der Gestank von Schweiß und altem, ranzigem Make-up sickerte aus den Wänden und verpestete die Luft. Rohan schluckte schwer und versuchte, den richtigen Weg zu finden, vorbei an dem Kontrollpunkt für die Lichtshow. Er bog in einen schmalen Gang ein und presste sich hastig an die Wand, als eine Schar Mädchen an ihm vorbeihastete, die zur Bühne wollten. Er fühlte die Wärme ihrer nackten Haut durch seine Kleidung, und seine Erektion schwoll an. Er bog in einen anderen Gang ein, der jedoch von einem großen Mann mit einem gewaltigen Schmerbauch versperrt wurde. Rohan versuchte, sich an dem Mann vorbeizudrängen, der ihn jedoch daran hinderte. Der nackte Bizeps des Rausschmeißers war mit militärischen

Tätowierungen übersät, und die Muskeln lagen unter einer dicken Fettschicht. Sein rasierter Schädel schimmerte im Licht der Deckenlampen.

»Wo willst du hin?«

»Ich will zu der jungen Lady, die gerade ihren Auftritt beendet hat.«

»Du und jeder andere Aristo…« Der Mann warf einen Blick auf Rohans Schritt. »Der sein Hirn in seinem Schwanz spazieren trägt.«

Rohan glotzte ihn an. »Mein guter Mann, so können Sie nicht mit mir reden.«

»Doch, kann ich. Und wenn du Sammy sehen willst, kostet dich das was.« Er schob die Hüfte vor, auf der sein Creditleser hing. Es hatte allerdings nicht denselben Effekt wie bei den Tänzerinnen. Rohan zögerte, erinnerte sich dann an dieses knabenhafte Gesicht, zog seinen Creditstab heraus und zahlte.

»Wo kann ich sie finden?«, fragte er dann.

»Folge deinem Schwanz. Er scheint seine Rolle als Wegweiser ganz ausgezeichnet zu erfüllen.«

Der Rausschmeißer trat zur Seite, und Rohan ging durch den Flur. Er warf einen Blick in jeden Raum, an dem er vorbeikam. Das brachte ihm Kichern und etliche lüsterne Einladungen ein, wenn er Türen öffnete und wieder schloss. Ihre Garderobe war die fünfte, in der er nachsah. Sie trug eine dunkelgrüne Robe und saß an einem Schminktisch. Sie hatte die unterste Schublade herausgezogen und ihren nackten Fuß darauf gestellt. Die Robe klaffte auf und enthüllte ihr schlankes Bein fast bis zur Hüfte. Der Rauch von der Stim, die sie lässig in einer Hand hielt, kräuselte sich wie ein Heiligenschein über die Haarbüschel auf ihren spitzen Ohren. Sie musterte ihn mit einem langen Blick aus diesen erstaunlich grünen Katzenaugen.

»Wie viel haben Sie bezahlt?«

»Wie bitte?«

»An Dal. Wie viel haben Sie ihm gezahlt, damit er Sie durchlässt?«

»Dreihundert.«

»Er hat Sie übers Ohr gehauen. Er hätte Sie auch für die Hälfte eingelassen.«

»Beim nächsten Mal werde ich daran denken.«

Samarith zündete eine neue Stim an und betrachtete ihn. Rohan trat unbehaglich von einem Fuß auf den anderen.

»Wollen Sie nicht wissen, warum ich hier bin?«, fragte er sie schließlich.

Sie ließ ihren Blick zu seinem Schritt gleiten. »Sie geben mir bereits einen mittelmäßig großen Hinweis darauf.« Seine Erektion verpuffte. »Oh, jetzt habe ich es kaputt gemacht«, spottete sie gedehnt.

»Ich wollte Sie zum Abendessen einladen«, sagte Rohan.

»Sie machen mir erst den Hof? Nun, das ist mal was anderes.« Sie stand auf und drückte ihre Stim aus. »Es gibt ein recht gutes Restaurant in Pony Town, dessen Küche auch um diese Zeit noch geöffnet hat.«

»Ich wollte Sie in die French Bakery ausführen.« Es war das beste Restaurant der Hauptstadt. Er hatte gedacht, das würde sie beeindrucken.

Sie lachte. »Sie sind ein Idiot. Irgendwie süß, aber ein Idiot.« Er glotzte sie ungläubig an. »Es ist besser, wenn ich nicht auffalle.«

»Daran haben Sie sich eben gerade aber nicht gehalten«, erwiderte Rohan.

»Das hier ist ein Striplokal. Es wird zwar vielleicht von Menschen Ihresgleichen besucht, aber es bleibt immer noch ein Striplokal. Wenn Sie mich in der Öffentlichkeit herumzeigen, ist das für keinen von uns beiden gut. Wer sind Sie übrigens? Welcher Spross eines dekadenten Adelshauses sind Sie?«

»Woher wissen Sie überhaupt, dass ich ein GGF bin?«

»Oh, bitte.« Sie klang verächtlich.

Er dachte an sein Amt und an den Stress, den es mit sich brachte. Dann dachte er an seine kalte und distanzierte Ehefrau. »Kann ich heute Nacht nicht einfach nur Rohan sein?«

Sie neigte den Kopf zur Seite, ein entzückender Anblick, und betrachtete ihn abwägend. »Einverstanden«, sagte sie und klang freundlicher als vorhin. »Ich nenne dich Han, und du nennst mich Sammy, und wir tun heute Nacht so, als wären wir nicht, wer und was wir sind.«

»Und nach heute Nacht?«, erkundigte sich Rohan.

»Das kommt darauf an, wie sich heute Nacht entwickelt.«

Rohan erlaubte Sammy, seinem Hajin-Chauffeur Hobb die Richtung zu erklären. Weder er noch Hobb verrieten durch ein Wort oder eine Geste, dass sie sich in dieser Gegend auskannten. Aber er kannte sie sehr gut. Sein bevorzugter Massagesalon war nur ein paar Straßen von hier entfernt. Er liebte es, wie das weiche Fell und die rauen Tatzen einer Isanjo-Masseurin seine Haut kitzelten und seine Muskeln durchkneteten.

In dieser Nacht war es nicht mehr so heiß, sondern es war ein angenehmer Sommerabend. Menschen, Hajin, Isanjo, Tiponi-Flöten und Slunkies schlenderten über die Straßen und lauschten den Musikern an den Ecken. Sie spielten Glücks- oder Geschicklichkeitsspiele, alles, angefangen von Schach bis hin zu Würfelspielen, und ein schwankendes Wäldchen von Tiponi spielte ihr unverständliches Stöckchen-Spiel. Gäste saßen noch in den Restaurants. Liebespaare schmiegten sich auf Bänken in einem kleinen Park aneinander, während die Älteren dasaßen und den Schiffen nachblickten, die vom Cristóbal-Colón-Raumhafen starteten. Hobb öffnete die Türen des Flitters. Rohan stieg aus und spürte das Rumpeln unter seinen Füßen, als ein weiteres Raumschiff in den Himmel emporstieg. Das Feuer des Antriebs wirkte wie eine orangerote Narbe in der Dunkelheit.

Einen kurzen Augenblick hätte es fast das Licht der Nebula über ihren Köpfen ausgelöscht.

Die geschwungenen Linien und Eleganz des Flitters zogen mehr als nur ein paar Blicke auf sich. »Ich rufe dich, wenn wir abgeholt werden wollen«, sagte er leise zu Hobb. Der Hajin neigte seinen langen, knochigen Kopf und zeigte dabei ein Stück seiner goldenen Mähne zwischen Kragen und Hut. Rohan drehte sich zu Sammy herum. Sie trug eine eng anliegende Hose, die in hohen Stiefeln steckte, und ein seidenes Top aus unterschiedlichen Schattierungen von Grün und Blau, das sie geschickt gebunden hatte, so dass es weich fiel und zu fließen schien. Ihr cremefarben-rotes Haar fiel ihr über die Schultern. Sie zog noch mehr Blicke auf sich. Rohan konnte kaum atmen.

»Also, wo möchtest du gern essen?«, fragte er sie.

»Dort.« Sie deutete auf ein Isanjo-Restaurant. Überall in dem Restaurant waren Topfpflanzen aufgestellt, zwischen denen Seile geschlungen waren. Die Isanjos schossen an diesen Seilen entlang und hielten sich mit Händen, Greiffüßen und Greifschwänzen daran fest. Irgendwie schafften sie es, dass nichts auf ihren Tabletts umkippte, herumrutschte oder gar herunterfiel.

Sie setzten sich in die aus Seilen geflochtenen Stühle, und ein Kellner glitt an einem Baumstamm neben ihrem Tisch herunter. Sein Bestellpad hing neben dem Creditleser an seinem Hals. »Zu trinken?« Wegen des Maulkorbs lispelte er das Wort.

»Champagner«, sagte Rohan.

»Eigentlich mag ich keinen Champagner«, erklärte Sammy.

»Oh. Verzeihung. Was möchtest du trinken?«

»Tequila.«

Der Kellner richtete den Blick seiner dunklen, großen Augen auf Rohan. Ihre Schwärze hob sich deutlich gegen sein goldenes Fell ab und ließ sie ausdruckslos und schrecklich fremdartig erscheinen. »Ich trinke das Gleiche wie die Lady«, sagte Rohan, um galant zu sein. Mit einem Sprung war die Kreatur wieder im Baum, packte die Seile und fegte davon.

»Du bist wirklich höflich bis auf die Knochen, stimmt's?«, erkundigte sich Sammy. »Magst du überhaupt Tequila?«

»Es geht so.«

»Was trinkst du zu Hause?« Sie richtete den Blick ihrer grünen Katzenaugen auf ihn.

»Champagner, Martinis. In den Sommermonaten trinke ich gelegentlich auch ein Bier oder Gin Tonic. Zum Essen bevorzuge ich Wein. Warum fragst du?«

»Wie oft trinkst du?«

»Jede Nacht«, platzte er heraus, bevor er es verhindern konnte. »Was soll diese Befragung? Du klingst wie mein Arzt.«

»Trinkst du, um zu entspannen oder um zu vergessen? Oder beides?«

»Du misst dem zu viel Bedeutung bei. Ich trinke, weil... weil ich einen Drink am Abend genieße. Das ist alles.« Doch er erinnerte sich an die Nacht vor fünf Wochen, als er Julianas perlendes Lachen gehört hatte, während sie mit dem jungen Offizier flirtete, der zurzeit ihr Bett teilte. In dieser Nacht hatte er sich bis zur Bewusstlosigkeit betrunken.

Ein anderer Isanjo landete neben dem Tisch. Rohan erschrak und wurde aus seinen brütenden Erinnerungen gerissen. Eine Schüssel mit Dip und Brot landeten auf dem Tisch. Der scharfe Geruch der Sauce trieb Rohan das Wasser in die Augen und in den Mund.

»Heute Abend warst du auch betrunken«, sagte Sammy, tunkte ein Stück Brot in den Dip und schob es sich in den Mund. »Sonst wärst du nie hinter die Bühne gekommen.«

»Hältst du so wenig von deinem Charme?«

»Ich halte einfach nur mehr von deinem Sinn für Anstand«, antwortete sie trocken.

»Wahrscheinlich hast du recht«, gab Rohan zu.

»Also, warum bist du gekommen?«

»Weil du wunderschön bist... Und... weil ich einsam bin.«

»Und du glaubst, zwei Körper, die sich im Dunkeln aneinanderpressen, können dieses Gefühl vertreiben?«

Es machte ihn verlegen festzustellen, dass sich ihm die Kehle zuschnürte. Er schluckte, um den Kloß zu vertreiben, und hustete. »Machst du mir da gerade einen Antrag, junge Dame?« Er hoffte, dass sein Tonfall genauso locker klang wie seine Worte.

»Nein, das musst du schon machen. Ich habe noch ein bisschen Stolz in mir. Nicht mehr viel, aber ein bisschen.«

»Findest du deinen... also deinen Beruf minderwertig?« Ihr verächtlicher, ungläubiger Blick tat fast weh. Er wandte sich von diesen glühenden grünen Augen ab. »Nun, ich glaube, du hast diese Frage hinlänglich beantwortet.«

Sammy zuckte mit den Schultern. »Das liegt an deiner Religion. Frauen sind entweder Madonnen oder Huren.«

»Und was bist du?« Er wollte sich nicht wehrlos ergeben.

Es war der richtige Weg. Sie lächelte ihn anerkennend an. »Was du willst.«

»Oh, das bezweifle ich. Ich glaube kaum, dass du so willfährig bist«, entgegnete Rohan.

Ihre Getränke kamen. Sie hob ihr Glas und lächelte ihn über den Rand an. »Für einen Aristo bist du gar nicht so dumm.«

»Danke. Und für eine Stripperin bist du alles andere als gewöhnlich.«

Sie stießen an. Sie nippte an dem Getränk. Er war nervös und kippte seinen Tequila in einem Zug hinunter.

»Wow, langsam, *Caballero*. Sonst muss ich dich hier heraustragen.«

»Das würde mein Fahrer tun«, erwiderte Rohan.

»Vielleicht, aber er kann mir schlecht unsittliche Anträge

machen«, konterte Sammy. Dann nahm sie ihre Speisekarte zur Hand und klappte sie auf. »Sollen wir bestellen? Ich bin ausgehungert.«

Sie machte genauso gut Liebe, wie sie strippte.
Rohan rollte sich mit einem stöhnenden Keuchen von ihr herunter. Er zitterte immer noch am ganzen Körper. Sie richtete sich auf, setzte sich rittlings auf ihn und strich sich die Haarmähne aus dem Gesicht. Dann fuhr sie mit einem Zeigefinger seine Nase hinab, die Linie seiner Lippen entlang, streichelte seinen Hals und rieb ihm dann den Bauch. Rohan versuchte vergeblich, seinen dicken Wanst einzuziehen. Sie lachte kehlig, und Rohan fühlte, wie sein Penis versuchte zu reagieren, dann jedoch kapitulierend erschlaffte.

Er hatte sie so sehr begehrt, als sie ihre Wohnung in Stick Town erreichten, wo sich die Flöten versammelten. Er hatte ihr die Kleider vom Leib gerissen und sie auf das Bett gestoßen. Mit ungeschickten Fingern hatte er die Verschlüsse seines Hemdes gelöst, seinen Gürtel aufgerissen, den Reißverschluss heruntergezogen, seine Hose über seine Hüfte geschoben und war über sie hergefallen. Es hatte so gut wie kein Vorspiel gegeben.

Jetzt hob er die Hand und berührte zärtlich dieses knabenhafte Gesicht. »Es tut mir leid. Das war wahrscheinlich nicht sonderlich befriedigend für dich.«

»Ich bin sicher, dass du noch Gelegenheit bekommst, es wiedergutzumachen«, sagte sie leise, beugte sich vor und küsste ihn auf den Mund. Sie schmeckte nach Vanille und einem Hauch von Tequila hinten auf ihrer Zunge.

Er strich mit den Händen über ihre Lenden und hielt inne, als seine Finger über tiefe, gezackte Narben unter dem seidenen Fell glitten. Wieso hatte er die vorher nicht gespürt? Wahrscheinlich war er zu sehr mit seiner eigenen Lust beschäftigt gewesen und den Gefühlen, die seinen Körper durchströmt hatten. Sie erstarrte und blickte auf ihn herunter.

»Was...?«

»Ich war auf Insham«, sagte sie. Er riss die Hände zurück, als wäre er selbst es gewesen, der ihr mit dem Messer ihre Eierstöcke weggeschnitten hatte. »Allerdings bin ich eine der Glücklicheren. Kastriert schlägt tot.« Ihre Stimme klang tonlos, sachlich.

Er bemühte Entschuldigungen, sagte das, was auf Partys immer gesagt wurde. »Es waren die Aktionen eines übereifrigen Admirals. Die Regierung hat niemals... Wir haben dem ein Ende gemacht, sobald wir davon erfahren haben.«

»Aber erst, nachdem dreitausendsiebenhundertzweiundsechzig Kinder ermordet worden sind. Weißt du, wie viele noch übrig sind?« Er starrte zu ihr hoch, sah das Funkeln in ihren Augen und schüttelte den Kopf. »Zweihundertachtunddreißig.«

»Du kennst die genaue Zahl?« Die Bemerkung war verrückt, aber ihm fiel einfach nichts anderes ein, was er hätte sagen können.

»Oh ja.«

»Und wie bist du...?«

»Einer der Soldaten hat mich gerettet. Mich und ein paar andere Kinder. Er hat die Kinderstation bewacht und andere SpaceCom-Soldaten erschossen, die nicht so... zartbesaitet waren.«

»Glaubst du, dass er nur aus diesem Grund gehandelt hat?«, fragte Rohan. »Vielleicht wusste er ja, dass es barbarisch und unmoralisch war. Würdest du uns Menschen nicht einmal das zugestehen?«

»Ihr Menschen habt damit angefangen.« Sie presste die Lippen zusammen, als wollte sie weitere Worte unterdrücken. »Aber vielleicht hast du recht«, fuhr sie dann fort und hielt erneut inne, verloren in irgendwelchen Erinnerungen. »Ich frage mich immer, was wohl mit ihm passiert ist. Hat deine Regierung ihn vor ein Kriegsgericht gestellt und ihn wegen Befehlsverweigerung hingerichtet?«

Rohan konnte ihren Blick nicht länger ertragen. Er drehte seinen Kopf zum Kissen und roch den Duft von Flieder, als er mit seiner stoppeligen Wange über den Seidenstoff des Kissens strich. »Nein. Allen Soldaten, und es waren recht viele, die sich diesem Befehl widersetzt haben«, fügte er verteidigend hinzu, »wurde erlaubt, sich aus dem aktiven Militärdienst zurückzuziehen, ohne Nachteile fürchten zu müssen.«

»Das freut mich. Ich hätte es bedauert, wenn er wegen einer barmherzigen Handlung gestorben wäre.«

Sie schwiegen beide eine Weile.

»Keiner von euch hätte gelitten, wenn sich die Cara einfach nur an die Gesetze gehalten hätten.«

Sammy lächelte und fuhr mit dem Finger über seine Nase. »Wenn sie das getan hätten, wäre ich nicht hier, und du würdest nicht befriedigt in meinem Bett liegen.«

Darauf gab es keine Antwort. Er bemühte sich, sich aufzurichten, was ihm wegen seines dicken Bauchs schwerfiel, und sie zu küssen. Sie machte es ihm leicht, indem sie sich neben ihn legte und seinen Schwanz in ihre Hände nahm. Ihr Kopf lag auf seiner Schulter, ihr Haar kitzelte sein Kinn, und ihr Atem strich warm über seinen Hals. »Hasst du uns?«, fragte er zögernd.

»Was für eine dumme Frage.« Sie machte eine kleine Pause. »Natürlich hasse ich euch.« Die Worte trafen ihn wie ein Hammerschlag. »Oh, ich meine euch, nicht dich. Menschen allgemein, ja. Dich persönlich, nein. Menschen sind gemeine, brutale Affen, und die Galaxie wäre besser dran, wenn ihr niemals unter eurem Felsen herausgekrabbelt wärt, aber du scheinst ganz in Ordnung zu sein.«

»Du bist halb menschlich.«

»Was in dem Fall bedeutet, dass ich höchstens halb so gemein bin. Das solltest du nicht vergessen.« Sie lachte leise.

»Ich werde daran denken«, murmelte er schläfrig, als die Müdigkeit sacht wie Schneeflocken seine Augenlider herunterdrückte. Er dachte erschöpft über den Abend nach, an die raschen Schritte ihrer winzigen, geschwungenen Füße, das Spiel der Muskeln in ihrem Bauch. Die Erinnerungen und die Hitze ihrer Haut an seiner machten ihn wieder hart. Er erinnerte sich an die Lichtblitze aus ihren Krallen. Das Unbehagen vertrieb sein Dahindämmern. »Das waren Handschuhe, stimmt's? Die Krallen, meine ich. Sie waren an Handschuhe genäht.«

Er spürte plötzlich ein Stechen auf der weichen Haut seines Penis. Er riss die Augen auf und versuchte über seinen Wanst hinwegzusehen, vergeblich. Dann stützte er sich auf die Ellbogen, während die kleinen Stiche allmählich schmerzhaft wurden. »Scheiße!«, schrie er, als er die ausgefahrenen Krallen mit den Dioden darin sah. Die rasiermesserscharfen Spitzen pressten sich gegen die rosafarbene, faltige Haut seines rasch abschlaffenden Schwanzes.

»Nein. Sie sind echt.«

Er starrte zu ihr hoch, wirklich verängstigt. Sie zog die Krallen wieder ein und ließ sich auf seine Brust sinken. Ihr Haar breitete sich wie ein Umhang über sie beide aus. Er nahm ihre Hand in seine und untersuchte ihre Finger, versuchte herauszufinden, wie die Krallen versenkt waren. Er bemerkte, dass die Fingerspitzen vollkommen glatt waren, aber dann küsste sie ihn fest, schob ihm ihre Zunge an den Zähnen vorbei in den Mund. Er bekam wieder eine Erektion, und alle Gedanken an ihre merkwürdigen Hände verflogen.

»Ich werde dich nicht verletzen, Han«, murmelte sie an seinem Mund. »So viel verspreche ich dir.«

Tracy starrte den Mann vollkommen bestürzt an. »Wir ... die SpaceCom ... hat Kinder ... ermordet?«

»Ja. Alle bis auf eine Handvoll.« Rohan füllte sein Glas neu. »Ich habe Sammy nicht angelogen. Es hat wirklich mit einem übermäßig frommen und vollkommen bigotten Admiral angefangen.« Er zuckte mit den Schultern. »Und die Welle aus Widerwillen, die die Liga erschütterte, als die Nachricht von diesem Massaker die Runde machte, hatte auch etwas Gutes. Die Gesetze für Aliens wurden danach ein wenig gelockert.«

»Ist das der Grund, warum die Cara verschwanden?«, wollte Tracy wissen.

»Ja. Innerhalb weniger Tage nach diesem Gemetzel waren die Cara verschwunden. Ihre Geschäfte waren verlassen, ihre Frachter trieben vollkommen leergeräumt im Raum oder lagen aufgegeben auf Monden und Asteroiden, als hätte ein großer Sturm sie gepackt und sie dort abgeladen.« Rohan sah sich mit der übertriebenen Sorgfalt des Betrunkenen in der Bar um. Dann beugte er sich über den Tisch und flüsterte die nächsten Worte, während eine Wolke von Alkohol zu Tracy wehte. »Sie könnten immer noch überall um uns herum sein, ohne dass wir es auch nur merken würden.«

Etwas kribbelte zwischen Tracys Schulterblättern, als hätten sich feindselige Blicke oder etwas noch Tödlicheres auf ihn gerichtet. »Das ist dumm. Der Weltraum ist groß. Sie sind wahrscheinlich einfach nur irgendwo anders hin gegangen. Sie sind vor uns geflüchtet. Sind wieder auf ihren Heimatplaneten zurückgekehrt. Wir haben ihn niemals gefunden.«

»Und womit? Sie haben ihre Schiffe aufgegeben.«

Tracy ertappte sich dabei, wie er die mürrischen Säufer mit neuen Augen betrachtete, den jovialen Barkeeper, die Kellnerin. Verbarg jedes Gesicht einen mörderischen Hass?

Rohan fuhr mit seiner Geschichte fort.

Zu ihrem Zwei-Monats-Jubiläum schenkte Rohan Sammy eine goldene Smaragdkette. Sie war massiv, die Nachahmung eines ägyptischen Halsrings von der Alten Erde, und ihr schlanker Nacken schien sich unter dem Gewicht fast zu biegen. Eigentlich hatte er dieses Schmuckstück für Juliana gekauft, aber sie hatte es niemals getragen. Sie verachtete es als zu auffällig, ein protziges Geschenk, das sie eher von einem Emporkömmling erwartet hätte, irgendeinem neureichen Händler, als von einem Angehörigen der GGF.

»Ich bekomme also den abgelegten Schmuck deiner Ehefrau?« Sammy lächelte spöttisch.

»Nein, das ist nicht so... Ich habe niemals...«

Sammy unterbrach sein Gestammel, indem sie ihm eine weiche Hand auf den Mund legte. »Das macht nichts. Sie ist wunderschön, und außerdem ist das Geschenk durchaus angemessen. Immerhin habe ich auch ihren abgelegten Ehemann bekommen.«

Sie waren in seiner kleinen Jagdhütte in den Bergen und genossen den seltenen Schneefall. Das einzige Licht im Schlafzimmer spendeten die tanzenden Flammen in dem steinernen Kamin. Draußen seufzte der Wind in den Bäumen wie das Weinen einer traurigen Frau.

Sammy richtete sich auf und verschränkte ihre Finger mit seinen. »Warum hast du sie geheiratet? War die Hochzeit arrangiert? War sie dir jemals wirklich wichtig?«

»Ich war nur ein Ersatzmann. Ihr Verlobter ist mit seinem Schiff verschollen. Keine Leichen, keine Trümmer, nur ein verschwundenes Schiff und eine verschwundene Besatzung. Nach einer angemessenen Trauerzeit hat sich ihr Vater an meinen Vater gewandt. Ich war der langweilige Zahlenjongleur. Ich hätte es ohnehin nie geschafft, Julianas schneidigem SpaceCom-Kapitän das Wasser zu reichen.«

»Erzähl mir etwas von deinem Vater. Lebt er noch?«

Stunden verstrichen. Er erzählte ihr alles über seine Familie und ihren Besitz im Grenadine-System. Von seinen Schwestern. Seinem jüngeren Bruder. Von seinen Hobbys, seinen Lieblingsbüchern, seinem Musikgeschmack. Gelegentlich stellte sie eine Frage, aber meistens hörte sie zu, den Kopf auf seine Schulter gelegt, und streichelte mit der Hand seine Brust. Er sprach von seiner Tochter, Rohiesa, das einzig Gute, was dieser Ehe entsprungen war.

Er öffnete sich ihr vollkommen, schüttete ihr sein Herz aus. Erzählte ihr von seinen Hoffnungen und Träumen, seiner heimlichen Scham und seinen tiefsten Begierden. Sie urteilte nie, sondern hörte nur zu. Lediglich das Feuer schien gelegentlich mit einem lauten Knacken zu protestieren, wenn die Flammen auf Baumharz trafen.

Im Laufe des nächsten Monats wuchs sein Verlangen nach Sammy so sehr an, dass es fast schon einer Sucht gleichkam. Er verließ früh die Arbeit, kehrte erst im Morgengrauen nach Hause zurück, wenn überhaupt. Und sie redeten weiter. Im Gegensatz zu Juliana schien Sammy an seinen ökonomischen Theorien ebenso interessiert zu sein wie an dem Namen seines alten Fechtlehrers.

In manchen Nächten konnte er nicht zu ihr, sondern musste Juliana und Rohiesa zu verschiedenen Soireen begleiten. Die letzte Nacht hatte auch so angefangen, mit dem ersten großen Ball der Saison.

Die Wände und Decken des gewaltigen Ballsaals von Lord Palanis Anwesen schienen verschwunden und von glitzernden Sternen und den vielfarbigen Wirbeln der Sternennebel ersetzt worden zu sein. Der Effekt war spektakulär und absolut furchteinflößend. Die Gäste drängten sich in die Mitte des Raumes und mieden die scheinbare Leere um sie herum. Das machte es denen, die gerne tanzen wollten, sehr schwer, wirklich zu tanzen. Lady Palani war zutiefst aufgebracht, was man an ihren aufgeblähten Nasenflügeln und den zusammengepressten Lippen sehen konnte. Eine der jungen Palani-Mädchen war in Tränen aufgelöst. Am nächsten Tag würden sich die Leute das Maul über das Desaster der Palanis zerreißen. Rohan hatte seinen leeren Teller einem vorübergehenden Hajin-Diener in die Hand gedrückt und sich vom Tablett eines anderen ein Glas Champagner genommen. Sein Gastgeber trat zu ihm. Sein langes Gesicht war noch kummervoller verzogen.

Rohan deutete auf den holographischen Effekt. »Das ist ziemlich ... beeindruckend.«

Palani trank einen großen Schluck Champagner. »Vor allem beeindruckend kostspielig, und alle haben Angst. Aber sie haben darauf bestanden.« Er schüttelte traurig den Kopf. »Man kann nie vorher wissen, was für eine verrückte Idee ihnen in den Kopf kommt.«

Rohan interpretierte diese Bemerkung korrekterweise als eine Anspielung auf Lady Palani und die fünf Töchter des Paares. Außerdem erinnerte sie ihn an ein Gespräch, das er drei Tage zuvor mit Sammy geführt hatte.

Sie waren durch den Königlichen Botanischen Garten spaziert, und Sammy war immer wieder stehen geblieben und hatte an den Blumen gerochen. Er liebte es, sie zu beobachten: Jede Geste war ein Sonett, jeder Schritt ein Lied. Sie hatte sanft die Blüten auf einer Rose gestreichelt und sich dann wieder zu ihm umgedreht. Er hatte ihren Arm durch seinen geschlungen, und als sie durch den Garten schlenderten, hatte er beiläufig erwähnt, dass die Tochter eines Freundes in einer diskreten Klinik untergebracht war, nachdem sie sehr öffentlich und demütigend einen Nervenzusammenbruch während eines Picknicks zum Gründertag gehabt hatte.

Sie hatte ihn angesehen, und ihre sonderbaren Augen hatten wieder geglitzert. »Überrascht dich das? Ihr sperrt eure Frauen ein und verbietet ihnen jegliche bedeutungsvolle Aktivität. Es überrascht mich eher, dass nicht mehr von ihnen verrückt werden. Ihr erlaubt ihnen nicht, über etwas anderes nachzudenken oder zu reden als Familie und Klatsch. Ihr lasst sie nie etwas anderes tun, als einfache Feierlichkeiten zu veranstalten, an Partys teilzunehmen, den Haushalt zu führen und Kinder zu erziehen.«

»Das ist ein Stundenplan, der die meisten Männer umbringen würde«, sagte Rohan mit einem recht ungeschickten Versuch, Humor zu zeigen. »Das beweist nur, dass ihr das stärkere Geschlecht seid, Sammy.«

»Auf der Erde, vor der Expansion, arbeiteten Frauen als Anwälte, Ärzte, Soldaten, Präsidenten und Industriekapitäne.«

»Das Weltall ist feindlich, die meisten Planeten sind gefährlich und sehr schwer zu kolonisieren. Frauen sind unser kostbarster Besitz. Männer können Millionen Spermien produzieren, aber es braucht eine Frau, um ein Kind in sich reifen zu lassen und zu gebären.« Rohans Stimme war lauter geworden, und ihm ging der Atem aus. Er staunte selbst, mit welcher Vehemenz er das System verteidigte. Warum hatte er überhaupt das Gespräch auf die Tochter seines Freundes gebracht? Weil er um seine eigene Rohiesa fürchtete?

»Diese Tage sind lange vorbei. Euer Konservativismus wird irgendwann der Tod der Liga sein, Han. In einer Sache hatten die Cara recht. Pass dich an und verändere dich ... oder stirb.«

»Rohan?«

»Was? Oh, Verzeihung. Ich bin gerade etwas abgeschweift.«

»Ich habe nach den Inflationszahlen gefragt«, wiederholte Palani.

»Sie sind hässlich, aber wir wollen doch den Abend nicht damit verderben«, erwiderte Rohan und ging davon.

Er riskierte einen verstohlenen Blick auf den Zeitmesser, der im Ärmel seiner Smokingjacke eingelassen war. *Vierzig Minuten.* Ihm kam es vor, als wäre er schon eine Ewigkeit hier. Noch ein bisschen, dann konnte er das Fest verlassen und Sammy auf dem Straßenfestival in Pony Town Gesellschaft leisten. Er stellte sich den scharfen Duft von Chili und gebratenem Fleisch vor, die leidenschaftliche Musik der Straßenmusiker, die Körper, die sich in wilder Hingabe zu den primitiven Rhythmen und dem Klang der Gitarren bewegten. Diese Musik passte so gar nicht zu der entzückenden, aber sehr formellen Tanzmusik, die das Orchester spielte, das auf einer Empore über ihnen verborgen war. Rohan stellte sein Champagnerglas zur Seite und ging zu den Türen. Zum Teufel, er konnte nicht länger warten.

Juliana trat ihm in den Weg. Die von Hand aufgenähten Pailletten ihres eng anliegenden Kleides blitzten, als sie sich bewegte, und spiegelten das Glitzern der Diamanten wider, die in ihren dunklen Locken steckten. »Du willst doch wohl nicht schon gehen?«

»Ich ... Doch.«

»Du lässt mich wegen deiner Hure stehen?« Ihre Stimme wurde schrill, und die Worte waren so laut, dass sie die gemächliche Musik zu übertönen drohten.

»Wovon redest du?« Er wusste, dass es nicht funktionieren würde. Er war ein jämmerlicher Lügner. Also verlegte er sich aufs Betteln. »Um Gottes willen, mach jetzt bloß keine Szene.«

»Warum denn nicht? Du machst dich doch selbst mit dieser Alien-*Puta* lächerlich.«

»Woher ...?«

»Brets Frau hat es von Bret erfahren. Sie hat es ihrer Mutter erzählt. Mittlerweile weiß es ganz Campo Royale, und du bist die reinste Witzfigur.«

»Dafür hast du mit deiner Parade von Liebhabern bereits gesorgt!«, fuhr er sie an und sprach endlich laut aus, was schon so lange zwischen ihnen gestanden hatte und wie Sand in seiner Kehle rieb.

»Wenigstens sind meine Geliebten menschlich.«

Die ersten Leute starrten sie an. Rohan betrachtete die gaffenden Gesichter, die herumschleichenden Lakaien, die eleganten Kleider. Stählerne Bänder schienen sich um ihn herum zu schließen, ihn einzukerkern, ihn festzuhalten. Das Jaulen der Gitarren in den Straßen der Alten Stadt wirkte schwach und weit entfernt.

»Nein!«, sagte er, ohne genau zu wissen, was er eigentlich ablehnte, aber er lehnte es trotzdem ab.

Er hörte, wie Juliana ihm Beschimpfungen hinterherschrie, als er die geschwungene Kristalltreppe hinabging.

Er fand sie auf den Straßen zwischen den mit Bändern geschmückten Buden, die Schmuck und Töpferwaren verkauften, Parfüm und Schals. Das Brausen der Stimmen mischte sich mit der Musik; Fett zischte, wenn es von dem Fleisch auf die Holzkohle darunter fiel. Er klammerte sich an Sammy und legte seinen Kopf an ihre Schulter.

Sie strich ihm sanft das Haar zurück. »Was ist passiert?«

»Juliana weiß es. Sie alle wissen es. Sie werden mich dazu zwingen, dich aufzugeben.« Er würgte. »Und das kann ich nicht. Ich kann es nicht.«

»Komm.« Sie nahm seine Hand und führte ihn durch die feiernde Menge, wo Menschen und Aliens zusammen tanzen und feiern und sich vielleicht sogar verlieben konnten.

Sie brachte ihn in ihre Wohnung und bereitete ihm ein Getränk zu. Er stürzte es herunter und bemerkte erst später, dass es sonderbar schmeckte. Der Raum schien um ihn herum zu pulsieren.

»Es tut mir leid, Han, ich hätte mir wirklich etwas mehr Zeit mit dir gewünscht.« Ihre Stimme schien sonderbar zu hallen und aus einer riesigen Entfernung zu kommen. Dann war da nur noch Dunkelheit.

Als er wieder zu sich kam, nahm er als Erstes die Kälte einer metallenen Oberfläche an seinem nackten Rücken, seinem Gesäß und seinen Beinen wahr. Er wusste, dass er nackt war und fror, und ihm wurde übel. Er spürte, wie sich behandschuhte Hände auf seine Arme drückten, wie eine Nadel sich in seine Haut bohrte, dann hörte er Sammys Stimme, die etwas Beruhigendes murmelte, und fühlte, wie ihre Hand sein Haar streichelte. Er versank wieder in Dunkelheit.

Ein heller Lichtpunkt, der sich direkt in sein Auge zu brennen schien, war die nächste Erinnerung. Das Licht glitt von seinem rechten Auge zu seinem linken und wurde dann ausgeschaltet. Konzentrische blaue und rote Kreise verdeckten sein Blickfeld, als er versuchte, seinen Blick zu fokussieren, nachdem er fast geblendet worden war. Dem folgte ein harter Druck gegen seine Fingerspitzen. Wieder spürte er den Stich einer Nadel und verlor erneut das Bewusstsein.

Als er diesmal wach wurde, lag er in Sammys Wohnung, auf einem Bettrahmen, ohne Matratze, Laken oder Decke. Er stolperte aus dem Bett und blieb schwankend in der Mitte des Schlafzimmers stehen. Seine Augen fühlten sich verkrustet an. Langsam kehrte seine Erinnerung zurück. Er blickte in seine Ellbogenbeuge. Dort war ein kleiner roter Punkt, wie der Biss eines stählernen Insekts. Seine Kleider lagen auf einem Stuhl in einer Ecke des Zimmers. Er durchsuchte die Taschen, aber sie waren alle leer. Seine Schlüssel, seine Brieftasche und auch sein Comm waren verschwunden. Selbst sein Kamm und sein Taschentuch mit Monogramm waren gestohlen worden.

»Nur eine diebische Hure«, sagte er, sprach die Worte prüfend aus und zuckte zusammen, als er ungewohnte Laute aus seiner Kehle hörte. Seine Stimme war statt eines hellen Baritons ein tiefer Bass. Sein Hals fühlte sich wund an, und sein Mund war staubtrocken. Deshalb klang er so sonderbar.

Seine Blase drückte, und er ging ins Bad. Als er sich erleichterte, drang es langsam in sein Bewusstsein: Jede Spur von Sammy war verschwunden. Keine Zahnbürste, kein Make-up, keine Haarbürste, nicht einmal die zierliche Parfümflasche, die er ihr gekauft hatte, nichts war mehr da. Aber wenn das alles nur ein Schwindel gewesen war, warum hatte sie dann so viele Monate gewartet und sich so oft mit ihm getroffen, bevor sie ihn ausraubte? Er stolperte an das Waschbecken, um sich die Hände zu waschen, und spritzte sich Wasser ins Gesicht. Als er sein Spiegelbild sah, taumelte er zurück.

Ein Fremder blickte ihn an.

Die ängstlichen Augen, die ihn anstarrten, waren jetzt blassgrau. Sein Haar war dunkel und glatt statt rötlich und gelockt. Seine Stirn war erheblich höher, weil das fremde Haar sich rasch zu seinem Nacken zurückzuziehen schien.

Sein Teint war ebenfalls eindeutig dunkler. Die Nase war größer und an der Spitze dicker. Die Ohren lagen dichter an seinem Schädel an. Seine wirklichen Ohren hatten eher ein wenig abgestanden. Er sah nach unten. Sein Bauch war noch größer geworden, und das Muttermal auf seiner linken Hüfte war verschwunden. Er taumelte zur Toilette und erbrach sich, bis er nur noch trocken würgte.

Wimmernd kehrte er zum Waschbecken zurück, spülte sich den Mund aus und trank gierig Wasser. Dann starrte er seine Hände an. Sein Ehering und der schwere Siegelring mit dem Familienwappen waren ebenfalls verschwunden. Wieder verkrampfte sich sein Magen, aber er schaffte es, sich nicht zu übergeben. Im Schlafzimmer schnappte er sich mit zitternden Händen seine Kleidung und begann sich anzuziehen. Wegen seiner Gewichtszunahme konnte er den obersten Verschluss seiner Hose nicht schließen, und die Knöpfe seines Hemdes klafften so weit auseinander, dass die Haut dazwischen zu sehen war.

Er verließ das Schlafzimmer. Auch im Wohnzimmer war keine Spur von der Bewohnerin mehr zu sehen. Aus einem Impuls heraus warf er einen Blick in die Küche. Das gesamte Geschirr, das Besteck und sämtliche Nahrungsmittel waren verschwunden. In diesem Raum jedoch nahm er einen schwachen Geruch nach Desinfektionsmittel wahr, als wenn jede Oberfläche mit Bleiche gereinigt worden wäre.

Er ging die Treppe hinab und trat auf die Straße, wo er blinzelnd im Sonnenlicht stehen blieb. Er hatte eine Nacht verloren. Dann jedoch bemerkte er die Hitze und die Feuchtigkeit, die auf seinen Kopf und seine Schultern einschlugen. Schweiß schoss aus seinen Achselhöhlen und lief an den Seiten seines Körpers hinab. Es war Hochsommer. Als er Sammy in der Nacht des Balles aufgesucht hatte, war es eine kühle Herbstnacht gewesen. Lieber Gott, er hatte *Monate* verloren!

Er musste nach Hause. Aber wie sollte er diese Reise bewerkstelligen? Die Entfernung schien unüberwindlich zu sein. Er hatte kein Geld, kein Comm, keinen Beweis dafür, dass er der war, der er zu sein behauptete. Er hatte nicht einmal das passende Gesicht. Er schätzte, dass es etwa zwanzig Meilen von Pony Town zu den Cascades und seinem Anwesen waren. Er glaubte nicht, dass er auch nur eine Meile schaffte, geschweige denn zwanzig. Trotzdem würde er das erst wissen, wenn er es versucht hatte. Er ging von dem Gebäude weg. Er versuchte es zu vermeiden, aber er sah sich mehrmals um, bis der lachsfarbene Stuck von anderen Gebäuden verborgen wurde.

Zwei Stunden später waren seine Füße nur noch eine schmerzende Masse Fleisch, und er spürte, wie eine Blase geplatzt war. Dann sah er das leuchtende Zeichen einer Polizeiwache, und ihm wurde klar, wie idiotisch er sich benahm. Er war gekidnappt worden, angegriffen und chirurgisch verändert worden. Die Polizei würde ihm helfen. Sie würden bei ihm zu Hause anrufen, Hobb würde mit dem Flitter eintreffen, und er würde von alldem befreit werden. Und dann würde er Himmel und Hölle in Bewegung setzen, um Sammy zu finden. Rohan schluckte Galle. Es war zwar unglücklich, aber notwendig. Diese Kreatur verdiente nichts Besseres. Er ging in die Polizeiwache.

»Ich will ein Verbrechen melden«, sagte er zu dem Polizisten am Empfangstresen.

Der Mann blickte nicht einmal hoch, sondern schob ihm nur ein Computertablet herüber. »Schreiben Sie es auf. Wenn Sie fertig sind, bringen Sie es mir.«

Als er seinen Namen und seinen Titel mit seinem aristokratischen Akzent nannte, wurde der Mann erheblich aufmerksamer. Allerdings kniff er misstrauisch die Augen zusammen, als er die schlecht sitzende Kleidung betrachtete, bot ihm aber trotzdem Kaffee und Wasser an. Es war keine gute Idee, unhöflich zu sein, wenn Rohan tatsächlich einer der GGF war.

Besänftigt setzte sich Rohan auf einen Stuhl und tippte seine Erfahrungen in das Tablet. Die Getränke kamen, und der Polizist leitete Rohans Bericht an seinen Vorgesetzten weiter. Ein paar Minuten später tauchte ein Captain auf. Er blieb vor Rohan stehen und sprach über die Schulter mit dem Polizisten am Empfangstresen.

»Du interessierst dich nicht für Politik, Johnson, habe ich recht? Das ist nicht der Kanzler.«

»Wie ich gerade in meinem Bericht gemeldet habe, hat man mein Äußeres verändert«, sagte Rohan.

»Und ich habe gerade mit dem Büro des Kanzlers geredet. Laut John Fujasaki, dem Adjutanten des Kanzlers, befindet sich der Conde gerade in einer Besprechung mit dem Premierminister. Und jetzt verschwinden Sie hier und versuchen Sie Ihren Schwindel woanders.«

Rohan starrte den Mann an und versuchte, seine Worte zu verarbeiten. Dann wurde er von zwei stämmigen Polizisten hinausbefördert, die ihn unter den Achseln packten und ihn aus dem Gebäude trugen.

Die Panik war wie ein Stein in seiner Brust. Rohan rang nach Luft. Er stand auf dem Bürgersteig, blockierte den Strom der Menschen und starrte auf die Polizeiwache. Schließlich nahm er seinen mühsamen Marsch nach Hause wieder auf.

Er erntete befremdete Blicke wegen seines formellen, aber zu kleinen Abendanzugs, und das mitten am Tag, und dass er humpelte, half auch nicht gerade. Ein Hajin-Nachrichtenläufer warf ihm einen irgendwie mitfühlenden Blick zu. Rohan sammelte seinen Mut und näherte sich dem Alien.

»Entschuldigung. Ich wurde ausgeraubt, und ich muss einen Anruf tätigen. Kann ich mir Ihr Comm leihen? Wenn Sie mir Ihren Namen nennen, werde ich dafür sorgen, dass Sie dafür entschädigt werden, wenn ich wieder über meine Geldmittel verfüge.«

Der Hajin reichte ihm sein Comm. »Selbstverständlich.«

Die Kreatur zog den Kopf ein, und ihre Stirnlocke verdeckte ihre Augen. »Sie müssen mich dafür nicht bezahlen.«

Die plötzliche Freundlichkeit mitten in diesem Albtraum trieb ihm Tränen in die Augen. »Vielen Dank.« Rohan presste die Worte aus seiner zugeschnürten Kehle. Er nahm das angebotene Comm und wählte seine private Nummer im Exchequer.

John antwortete. »Das Büro des Kanzlers, Fujasaki.«

»John«, sagte Rohan. »John, hören Sie zu. Ich bin gerade in einem Albtraum. Ich glaube...«

»Wer spricht da?«

»Ich bin es, Rohan. Ich weiß, es klingt unglaublich...«

Die Verbindung wurde unterbrochen. Wie betäubt gab Rohan dem Hajin das Comm zurück. »Danke«, sagte er automatisch. Man sollte unter einem Stehende stets respektvoll behandeln.

Er drehte sich um und ging weiter.

In seinem Anwesen angekommen, versuchte er nicht einmal, dem Butler die Lage zu erklären. Stattdessen schob er den ältlichen Hajin einfach beiseite und rannte keuchend die lange geschwungene Treppe hoch. Hinter ihm ertönten beunruhigte Schreie. Er stürmte durch Julianas verspiegeltes und mit Gold verziertes Ankleidezimmer. Ihre Isanjo-Zofe drückte ein abgelegtes Ballkleid an ihre Brust und starrte Rohan mit großen, verängstigten Augen an.

»Wo ist sie? Wo ist meine Frau?«

Die Kreatur nahm ihre fremdartige Gestalt an, kletterte hastig die Vorhänge hoch und kauerte sich schließlich auf die Stange. Die großen goldenen Augen glitten zur Schlafzimmertür.

Rohan stürmte hindurch. Er wurde von dem Anblick eines nackten, weißen Rückens begrüßt, dessen Schultern Sommersprossen zierten. Der Mann hatte sich auf die Unterarme gestützt, und sein teigiger Hintern pumpte in einem uralten Rhythmus. Das Stöhnen einer Frau drang aus den zerwühlten Kissen.

Juliana öffnete die Augen, sah Rohan an und stieß einen durchdringenden Schrei aus. Der Mann, der sie gebumst hatte, grunzte und zog seinen Schwanz heraus.

»Was zur Hölle soll das?«, schrie er und drehte sich um.

Jetzt endlich sah Rohan sein Gesicht.

Es war er.

»Die Polizei kam und hat den *Wahnsinnigen* weggeschafft. Ich habe versucht, es ihnen begreiflich zu machen. Sie mussten doch verstehen, dass die Cara einen Agenten mitten im Herzen der Regierung platziert hatten. Aber niemand wollte mir zuhören. Ich habe ihnen Artikel gezeigt, die bewiesen, was der Hochstapler tat, dass er Geld an Firmen schickte, von denen ich wusste, dass es Scheinfirmen der Aliens waren. Eine Buchprüfung hätte bewiesen, dass diese Mittel verschwunden waren, umgeleitet worden waren, aber sie wollten mir nicht zuhören. Schließlich begriff ich, dass ich mit meinen Anschuldigungen aufhören musste, wenn ich jemals wieder freigelassen werden wollte. Und ich wusste auch, dass in diesem Sanatorium das Risiko erheblich höher war, dass ich einem Mordanschlag zum Opfer fallen würde. Also musste ich dort raus. Nachdem ich entlassen worden war, machte ich mich auf den Weg in die äußeren Welten. Und hier erzähle ich Leuten wie Ihnen meine Geschichte.« Er stand auf und schwankte. »Ich bin Rohan Danilo Marcus Aubrey, Conde de Vargas, und ich beschwöre Sie, handeln Sie! Informieren Sie Ihre Vorgesetzten! Machen Sie sie auf die Gefahr aufmerksam!«

Er schien all seine Kraft in diesem Aufruf zu den Waffen verbraucht zu haben. Der Trunkenbold sackte schwer auf seinen Stuhl zurück, und sein Kopf sank auf seine Brust.

Angewidert von seiner Gutgläubigkeit, die ihn eine ganze Flasche gekostet hatte, stieß sich Tracy vom Tisch ab. Das

Kreischen der Stuhlbeine riss Rohan, oder wie auch immer sein Name sein mochte, aus seiner Betäubung. Der Säufer rülpste und hob den Kopf.

»Was ...?«

»Nett. Was für ein Schwindel! Er da«, Tracy deutete mit einem Daumen auf den Barkeeper, »verkauft mehr Schnaps, und du kannst kostenlos saufen.«

»Was ...?«, wiederholte der Gauner.

»Der Conde de Vargas ist unser Premierminister. Er steht nur noch unter dem Imperator, was seine Macht angeht.« Tracy tippte den Namen in das Commset in seinem Jackenärmel. »Das hier ist der echte Rohan.« Tracy hielt dem Mann seinen Arm unter die Nase und zeigte ihm die Fotos.

Der fuchtelte mit seiner dicklichen Hand durch die Luft, beschrieb einen vagen Kreis und deutete auf sein Gesicht. »Ich habe Ihnen doch erzählt, dass sie mein Gesicht gestohlen haben, mein Leben ... Meine Frau ... er hat sie dazu gebracht, ihn wieder zu lieben oder ihn vielleicht sogar zum ersten Mal zu lieben.«

Tracy schüttelte den Kopf und ging zur Tür.

»Warten Sie!«, rief ihm der Säufer nach. Der junge Offizier sah zurück, und der betrunkene Scheherezade warf ihm einen verzweifelten Blick zu. »Ihre Pflichten werden Sie durch den ganzen Weltraum der Liga führen. Wenn Sie sie sehen, dann sagen Sie ihr ... sagen Sie ihr ...« Seine Stimme klang belegt von ungeweinten Tränen und von zu viel Schnaps. »Ich habe Sammy niemals wiedergesehen, und ich muss ... ich muss ...« Der Mann begann zu schluchzen. »Ich liebe sie«, stieß Rohan gebrochen hervor. »Ich liebe sie so sehr.«

Verlegenheit, Mitleid und Wut kämpften in ihm um die Vorherrschaft. Tracy entschied sich für die Wut. Er klatschte langsam. »Netter Versuch.«

Dann trat der junge Offizier in die Dunkelheit hinaus. Die kalte Luft klärte seinen Kopf ein wenig, aber er war immer noch ziemlich betrunken. Er starrte auf den fernen Schimmer des Raumhafens. Sollte er seine Drohung wahr machen? Sollte er desertieren? Er war erst einundzwanzig Jahre alt. Lohnte es sich, den Henkerstrick zu riskieren, nur um vor beiläufigen Beleidigungen und erbärmlicher Verachtung wegzulaufen? Ihm war klar, dass er viel zu leicht genauso ein erbärmlicher Betrunkener in einer Bar werden konnte, der für ein Getränk fantastische Geschichten erzählte.

Ich habe die Thronerbin vor einem Skandal bewahrt, der vielleicht die ganze Liga erschüttert hätte. Wir haben eine heimliche Liebe erlebt. Ich weiß, dass Mercedes de Arango, die Infanta, mich liebt, mich, den Sohn eines Schneiders.

Aber seine Geschichte stimmte, nicht wie dieses Stück Kauderwelsch, das man ihm gerade eben vorgesetzt hatte.

Und, ist deine Geschichte weniger fantastisch?

Nein, Rohans Geschichte, oder wie auch immer er hieß, konnte nicht stimmen. Wenn sie stimmte, dann hatte er, Tracy Belmanor, Zweiter Leutnant der Imperialen Flotte, Kenntnis von einem Geheimnis, das die Liga nicht nur erschüttern, sondern sie zerstören würde. Er spähte argwöhnisch in den Schatten der Gasse zu seiner Linken und sah nichts als den großen Schatten eines Müllcontainers. Was, wenn sie bereits da waren, sich unter ihnen versteckten, sie beobachteten, abwarteten, zuhörten? Was, wenn sie zu dem Schluss kamen, dass sie ihn zum Schweigen bringen mussten?

Tracy lief los und blieb nicht stehen, bis er sein Schiff erreicht hatte. Die äußere Luke schloss sich, und er lehnte sich keuchend gegen das Schott. Im Innern dieses Bollwerks aus Stahl und Kunstharz, eines Kriegsschiffs der Imperialen Flotte, ließ seine Panik nach. Wie dumm er gewesen war. Die ganze Sache war ein Schwindel. Sammy existierte nicht. Die Cara versteckten sich nicht unter ihnen. Die Männer der Menschen waren immer noch auf dem Höhepunkt ihrer Macht.

Es war nichts weiter als eine Geschichte.

JIM BUTCHER

Der *New-York-Times*-Bestsellerautor Jim Butcher ist vor allem für seine *Dresden-File*-Reihe bekannt, in der Harry Dresden, Magier und Privatdetektiv, wirklich finstere Straßen durchstreift, um gegen die düsteren Kreaturen der übernatürlichen Welt zu kämpfen. Er ist einer der populärsten fiktiven Charaktere des einundzwanzigsten Jahrhunderts und bekam sogar eine eigene Fernsehserie. Die Romane der *Dresden-Files* sind: *Sturmnacht, Wolfsjagd, Grabesruhe, Feenzorn, Silberlinge, Bluthunger, Erlkönig, Schuldig, Weiße Nächte, Kleine Gefallen, Verrat* und *Wandel*. Butcher ist außerdem Autor der High-Fantasy-Serie *Codex Alera* mit den Bänden *Die Elementare von Calderon, Im Schatten des Fürsten, Die Verschwörer von Kalare, Der Protektor von Calderon* und *Die Befreier von Canea*. Seine neuesten Bücher sind *Der erste Fürst*, der neue *Codex-Alera*-Roman, und *Geistergeschichten*, ein *Dresden-Files*-Roman. Außerdem gibt es eine Sammlung von Geschichten mit Harry Dresden, *Nebenjobs – Die dunklen Fälle des Harry Dresden*. Und demnächst erscheint ein weiterer *Dresden-Files*-Roman, *Eiskalt*. Butcher lebt mit seiner Frau, seinem Sohn und einem wilden Wachhund in Missouri.

Butcher verblüffte seine Leserschaft gründlich, als er Harry Dresden am Ende von *Wandel* sterben ließ. Der nächste Roman, *Geistergeschichten*, wird aus der Perspektive von Harrys Geist erzählt.

In der folgenden Geschichte versucht Harrys junger Protegé den Kampf gegen die Mächte der Finsternis ohne Harry auszufechten und stellt bald fest, dass sie da in recht große Fußstapfen treten muss, die sie schleunigst ausfüllen sollte – oder sie stirbt.

BOMBIGE MUSCHELN

Übersetzt von Wolfgang Thon

Ich vermisse meinen Boss.

Es ist jetzt fast ein Jahr her, seit ich ihm geholfen habe zu sterben, und seitdem bin ich die einzige professionelle Magierin in Chicago.

Okay. Ich bin keine richtig offizielle Magierin, eher eine Art Zauberlehrling. Und bezahlt werde ich auch nicht, es sei denn, man zählt die Wertsachen, von denen ich manchmal Leichen befreie. Man kann wohl sagen, ich bin eher Amateur als Profi. Ich besitze auch keine Lizenz als Privatdetektiv, wie mein Boss sie hatte, oder werbe im Telefonbuch.

Aber ich bin die Einzige, die noch da ist. Ich bin weder so stark, wie Harry war, noch bin ich so gut. Ich muss halt genügen.

Wie auch immer, jedenfalls war ich gerade dabei, mir das Blut in Waldo Butters' Dusche vom Leib zu spülen.

Ich lebte zurzeit viel unter freiem Himmel, was im Sommer und Frühherbst nicht annähernd so schlimm ist, wie es bei den arktischen Temperaturen des letzten Superwinters der Fall war. Im Vergleich dazu schlafe ich im Moment fast wie an einem tropischen Strand. Trotzdem, ich vermisste einige Dinge, zum Beispiel den regelmäßigen Zugang zu fließendem Wasser. Waldo hat mir erlaubt, mich sauberzumachen, wann immer es nötig war. Ich hatte das heiße Wasser voll aufgedreht, und es war himmlisch. Ein peitschender, scheuernder Himmel, aber ein Himmel.

Der Boden der Duschwanne färbte sich ein paar Sekunden rot und verblasste dann zu Rosa, während ich das Blut von meiner Haut schrubbte. Es war nicht meines. Eine Bande von Fomori-Lakaien hatte einen fünfzehnjährigen Jungen durch eine Gasse zum Lake Michigan geschleppt. Wäre es ihnen gelungen, ihn dorthin zu schaffen, hätte ihn ein Schicksal erwartet, das noch schlimmer war als der Tod. Ich bin eingeschritten, aber dieser Mistkerl Listen hat ihm die Kehle durchgeschnitten, statt ihn loszulassen. Ich habe versucht, den Jungen zu retten, während Listen und seine Kumpane geflüchtet sind. Vergeblich. Aber ich bin bei ihm geblieben, habe gespürt, was er spürte, habe seine Verwirrung gefühlt, den Schmerz und sein Entsetzen, als er starb.

Harry hätte das nicht gefühlt. Harry hätte die Angelegenheit geregelt. Er hätte diese Fomori-Schläger wie Bowling-Pins herumgeschleudert, hätte dann den Jüngling wie ein Actionheld aus einem Serienfilm auf die Arme genommen und ihn in Sicherheit gebracht.

Ich vermisste meinen Boss.

Ich habe viel Seife benutzt. Wahrscheinlich habe ich auch geheult. Ich habe schon vor Monaten angefangen, meine Tränen einfach zu ignorieren, und manchmal habe ich wirklich nicht gemerkt, dass sie mir über die Wangen rannen. Obwohl ich sauber war, körperlich jedenfalls, bin ich noch unter der Dusche stehen geblieben, habe die Hitze genossen und das Wasser auf mich herunterprasseln lassen. Die Narbe von der Schusswunde an meinem Bein war immer noch ein bisschen faltig, aber die Farbe hatte sich von Dunkelviolett und Rot zu einem leuchtenden Pink verändert. Butters meinte, dass sie in ein paar Jahren ganz verschwunden wäre. Ich konnte mittlerweile wieder normal gehen, es sei denn, ich strapazierte das Bein zu sehr. Aber du lieber Himmel, meine Beine und etliche andere Stellen an meinem Körper mussten dringend ihre Bekanntschaft mit einem Rasiermesser auffrischen trotz meines mittelblonden Haares.

Ich wollte es zwar ignorieren, aber... Körperpflege ist wichtig für das Selbstbewusstsein. Ein gut gepflegter Körper für einen gut gepflegten Geist und so weiter. Ich war keine Närrin. Mir war klar, dass ich im Moment nicht gerade der Überflieger war. Meine Moral brauchte so viel Unterstützung, wie sie kriegen konnte. Ich beugte mich aus der Dusche und schnappte mir einen von Andis rosafarbenen Einmalrasierern. Ich würde Waldos Werwolf-Freundin das Geld dafür später geben.

Ich war gerade fertig, als auch das heiße Wasser alle war, stieg aus der Dusche und trocknete mich ab. Meine Sachen lagen auf einem Haufen neben der Tür. Birkenstocks aus einem Garagenflohmarkt, ein alter Fahrradrucksack aus Nylon und meine blutbefleckte Kleidung. Wieder ein Outfit für den Arsch. Und die Sandalen hatten Spuren in der Blutlache am Tatort hinterlassen, also musste ich sie auch loswerden. Wenn das so weiterging, musste ich bald wieder einen Secondhandladen aufsuchen. Normalerweise hätte das meine Laune verbessert, aber Einkaufen war auch nicht mehr das, was es einmal war.

Ich säuberte vorsichtig Duschwanne und Boden von meinen Haaren und dergleichen, als jemand an die Badezimmertür klopfte. Ich unterbrach meine Arbeit nicht sofort. In meinem Job können Leute schreckliche Dinge mit einem machen, wenn sie entsorgte Teile deines Körpers aufspüren, und das tun sie auch. Wenn man hinter sich nicht ordentlich aufräumt, bettelt man förmlich darum, dass jemand dein Blut aus einer Entfernung von zwanzig Häuserblocks zum Kochen bringt. Vielen Dank auch.

»Ja?«, rief ich.

»He, Molly«, sagte Waldo. »Da ist... jemand, der mit dir reden will.«

Wir hatten eine Menge Verabredungen laufen. Verwendete er zum Beispiel irgendwann in einem Satz das Wort »Gefühl«, bedeutete das, dass da auf der anderen Seite der

Tür Ärger auf mich wartete. Benutzte er es nicht, hieß das entweder, es gab keinen Ärger, oder er konnte ihn nicht sehen. Ich streifte hastig meine Armbänder und meine Ringe über und legte dann meine beiden Zauberstäbe so auf den Boden, dass ich sie sofort packen konnte. Erst dann fing ich an, mich anzuziehen.

»Wer ist es denn?«, rief ich.

Er gab sich Mühe, in meiner Gegenwart nicht allzu nervös zu klingen. Ich wusste seine Mühe zu schätzen. Irgendwie war er süß. »Sie sagt, sie heißt Justine. Sie meint, du kennst sie.«

Ich kannte sie. Justine war die Geliebte eines der Vampire vom Weißen Konzil. Oder zumindest war sie die persönliche Assistentin von einem und die Freundin eines anderen. Harry hatte immer viel von ihr gehalten, obwohl er ein ziemlicher Gimpel war, wenn es um Frauen ging, die das Potential hatten, sich in alle möglichen Klemmen zu manövrieren.

»Aber wenn Harry hier wäre«, murmelte ich, »dann würde er ihr helfen.«

Ich verzichtete darauf, den Dampf vom Spiegel zu wischen, bevor ich das Bad verließ. Ich wollte nichts in diesem Spiegel sehen.

Justine war ein paar Jahre älter als ich, aber ihr Haar war mittlerweile vollkommen weiß. Sie war der Hammer, eines der Mädchen, von denen die Jungs glauben, sie wären zu hübsch, als dass es sich lohnte, sie anzubaggern. Sie trug Jeans und ein Button-down-Hemd, das ihr etliche Nummern zu groß war. Es war Thomas' Hemd, dessen war ich mir sicher. Ihre Körpersprache war neutral. Justine verstand es ausgezeichnet, ihre Emotionen zu verbergen, aber ich spürte unter der gelassenen Oberfläche kontrollierte Anspannung und ruhige Besorgnis.

Ich bin eine Magia, eine Zauberin, oder jedenfalls so gut

wie, und ich arbeite mit meinem Verstand. Leute können nicht besonders gut etwas vor mir verbergen.

Wenn Justine Angst hatte, dann deshalb, weil sie um Thomas fürchtete. Und wenn sie bei mir Hilfe suchte, dann deshalb, weil sie diese Hilfe nicht vom Weißen Konzil bekommen konnte. Wir hätten höflich plaudern können, bis sie damit herausgerückt wäre, aber ich hatte in letzter Zeit immer weniger Geduld für unverbindliche Plaudereien, also kürzte ich die ganze Chose ab.

»Hallo, Justine. Warum sollte ich dir wegen Thomas helfen, wenn seine eigene Familie das nicht tut?«

Justines Augen fielen ihr fast aus den Höhlen. Die von Waldo wölbten sich auch bedenklich vor.

Ich war mittlerweile an solche Reaktionen gewöhnt.

»Woher weißt du das?«, erkundigte sich Justine ruhig.

Wenn man beruflich mit Magie handelt, glauben die Leute immer, alles, was man tut, müsse damit in Verbindung stehen. Harry fand das sehr komisch. Für ihn war Magie nur ein weiteres Werkzeug, das der Verstand nutzen konnte, um Probleme zu lösen. Der Verstand war für ihn bei dieser Kombination der wichtigere Teil. »Spielt das eine Rolle?«

Sie runzelte die Stirn und sah weg. Dann schüttelte sie den Kopf. »Er ist verschwunden. Ich weiß, dass er irgendeinen Auftrag für Lara erledigen musste, aber sie behauptet, sie wüsste nichts darüber. Sie lügt.«

»Sie ist ein Vampir. Und du hast meine erste Frage nicht beantwortet.« Die Worte kamen ein bisschen barscher und härter über meine Lippen, als sie in meinem Kopf klangen. Ich versuchte mich ein bisschen zu entspannen, verschränkte die Arme und lehnte mich an die Wand. »Warum sollte ich dir helfen?«

Es ging nicht darum, dass ich ihr nicht hätte helfen wollen. Aber ich kannte ein Geheimnis von Harry und Thomas, von dem nur wenige andere wussten. Und ich musste herausfinden, ob Justine dieses Geheimnis ebenfalls kannte oder ob ich es weiter vor ihr geheim halten musste.

Justine sah mir kurz in die Augen. Es war ein sehr durchdringender Blick. »Wenn man sich nicht an die Familie um Hilfe wenden kann«, sagte sie, »an wen dann sonst?«

Ich schlug rasch die Augen nieder, bevor sie ihren Blick in einen wirklichen Seelenkiller verwandeln konnte, aber ihre Worte und ihre Haltung, ihre Präsenz, ihr ganzes *Selbst*, beantworteten meine Frage.

Sie wusste es.

Thomas und Harry waren Halbbrüder. Hätte Harry noch gelebt, hätte sie bei ihm Hilfe gesucht. Ich war das, was in diesen Breitengraden annähernd einer Erbin seiner Macht gleichkam, und sie hoffte, ich wäre bereit, in seine Fußstapfen zu treten. In seine riesigen, stampfenden, furchteinflößenden Fußstapfen.

»Dann gehst du zu Freunden«, sagte ich leise. »Ich brauche etwas von Thomas. Haare oder Fingernägel wären…«

Sie zog wortlos einen kleinen Plastikbeutel mit einem Zip-Verschluss aus der Brusttasche des Hemdes und reichte ihn mir. Ich trat zu ihr und nahm ihn. Es waren ein paar dunkle Haare in dem Beutel.

»Du bist sicher, dass sie ihm gehören?«

Justine deutete auf ihre eigene, schneeweiße Mähne. »Sie dürften kaum zu verwechseln sein.«

Als ich den Blick hob, bemerkte ich, dass Butters mich schweigend von der anderen Seite des Zimmers aus beobachtete. Er war ein kleiner Typ mit einer Höckernase, drahtig und verdammt schnell. Sein Haar war einmal unter Strom gesetzt worden und dann so erstarrt. Seine Augen waren ruhig und besorgt. Beruflich schnitt er Leichen für die Regierung auf, aber er war einer der klügeren Menschen in dieser Stadt, wenn es um das Übernatürliche ging.

»Was?«, fragte ich ihn.

Er überlegte, bevor er antwortete. Weniger, weil er Angst

vor mir hatte, sondern weil er sich bemühen wollte, meine Gefühle nicht zu verletzen. Das war das Gegenteil von dem, was die meisten anderen Leute im Moment so machten.

»Solltest du dich wirklich darauf einlassen, Molly?«

Übersetzt hieß das, er fragte mich, ob ich noch bei Verstand war. Ob ich wirklich helfen oder die Dinge einfach nur noch viel schlimmer machen würde.

»Ich weiß es nicht«, erwiderte ich ehrlich. Ich sah Justine an. »Warte hier.«

Dann holte ich mein Zeug, schnappte mir die Plastiktüte mit den Haaren und verschwand.

Der erste Zauber, den mich Harry Dresden gelehrt hatte, war ein Verfolgungszauber.

»Es ist ein ganz einfaches Prinzip, Kleine«, hatte er zu mir gesagt. »Wir erzeugen eine Verbindung aus Energie zwischen zwei ähnlichen Dingen. Dann bringen wir die Energie dazu, uns einen Indikator anzuzeigen, damit wir erkennen können, in welche Richtung sie fließt.«

»Und was finden wir?«, wollte ich wissen.

Er hob ein ziemlich dickes graues Haar hoch und nickte seinem Hund zu. Er hieß Maus. Nun ja, vielleicht nicht ganz der passende Name. Der riesige, zottelige tibetanische Tempelhund war so groß wie ein Pony. »Maus«, sagte Harry. »Verschwinde, und wir sehen dann, ob wir dich finden können.«

Der große Hund gähnte und schaukelte dann gutmütig zur Tür. Harry ließ ihn hinaus, kam zu mir zurück und setzte sich neben mich. Wir waren in seinem Wohnzimmer. Vor ein paar Nächten hatte ich mich ihm an den Hals geworfen. Splitternackt. Er hatte mir einen Eimer Eiswasser über den Kopf gekippt. Ich war immer noch tödlich verlegen, aber er hatte wahrscheinlich recht gehabt. Es war richtig von ihm gewesen, das zu tun. Er tat immer das Richtige, selbst wenn das bedeutete, dass er dabei schlecht wegkam.

Ich wollte immer noch unbedingt mit ihm zusammen sein, aber vielleicht war die Zeit im Augenblick nicht passend dafür.

Das war in Ordnung. Ich konnte geduldig sein. Und ich würde trotzdem fast jeden Tag mit ihm zusammen sein, wenn auch auf eine andere Art.

»Also gut«, sagte ich, als er sich hinsetzte. »Was soll ich machen?«

In all den Jahren seit jenem Tag war dieser Zauber zur Routine geworden. Ich benutzte ihn, um verschwundene Menschen zu finden, geheime Orte, verlegte Socken, und wandte ihn auch ganz allgemein an, wenn ich meine Nase in Dinge steckte, in die sie vermutlich nicht gehörte. Harry hätte gesagt, das bringt es mit sich, wenn man ein Magier war. Und Harry hatte immer recht.

Ich blieb in der Gasse vor Butters' Wohnung stehen und zeichnete mit einem kleinen Stück rosa Kreide einen Kreis auf den Beton. Ich schloss den Kreis mit einer winzigen Portion Willenskraft, zog eines der Haare aus dem Plastikbeutel und hielt es hoch. Ich konzentrierte die Energie des Zauberspruchs, brachte seine unterschiedlichen Teile in meinem Kopf zusammen. Als wir angefangen hatten, hatte Harry mich vier verschiedene Objekte benutzen lassen und mir gezeigt, wie man Ideen an sie anheften konnte, damit sie die unterschiedlichen Teile des Zauberspruchs repräsentierten. So etwas war eigentlich nicht nötig. Magie passiert im Kopf des Magiers. Man kann natürlich Requisiten benutzen, um die Sache zu vereinfachen, und bei wirklich komplexen Zaubersprüchen machen sie den Unterschied zwischen dem Unmöglichen und dem nur beinahe Unmöglichen. Für diesen Zauberspruch jedoch brauchte ich keine Requisiten.

Ich sammelte die unterschiedlichen Teile des Zauberspruchs in meinem Kopf, fügte sie zusammen, tränkte sie mit einer bescheidenen Portion Willenskraft und ließ die

Energie dann mit einem gemurmelten Wort in das Haar in meinen Fingern fließen. Dann legte ich das Haar in meinen Mund, brach den Kreidekreis, indem ich mit dem Fuß darüberwischte, und stand auf.

Harry hatte immer ein Objekt als Indikator für seine Verfolgungszauber benutzt, sein Amulett, einen Kompass oder eine Art Pendel. Ich hatte seine Gefühle nicht verletzen wollen, aber so etwas war ebenfalls nicht notwendig. Ich konnte die Magie in dem Haar *fühlen*. Sie kribbelte sacht auf meinen Lippen. Ich holte einen kleinen, billigen Plastikkompass und eine drei Meter lange Schlagschnur aus meinem Rucksack. Ich baute alles auf und ließ dann die Kreideschnur schnappen, um den magnetischen Norden zu kennzeichnen.

Dann nahm ich das freie Ende der Schnur und drehte mich langsam, bis ich das Kribbeln genau auf der Mitte meiner Lippen spürte. Lippen sind im Allgemeinen extrem sensible Teile des Körpers, und ich habe festgestellt, dass sie einem das beste taktile Feedback für solche Dinge geben. Sobald ich wusste, in welcher Richtung sich Thomas befand, richtete ich die Schlagschnur dorthin aus, überzeugte mich, dass sie gespannt war, und ließ sie erneut schnappen. Jetzt hatte ich ein extrem verlängertes V, wie die Spitze einer gigantischen Nadel. Ich maß den Abstand an der Basis des V.

Dann drehte ich mich um neunzig Grad, ging fünfhundert Meter und wiederholte den ganzen Prozess.

Zum Glück würde mein Mathematiklehrer aus der Highschool nichts davon erfahren, aber danach setzte ich mich hin und wandte die Trigonometrie auf das wahre Leben an.

Es war nicht schwer, es auszurechnen. Ich hatte die zwei Winkel gegen den magnetischen Norden ausgerichtet. Die Distanz dazwischen hatte ich in Molly-Schritt-Einheiten gemessen. Molly-Schritte sind zwar nicht schrecklich wissenschaftlich, aber für diese besondere Anwendung reichten sie aus, um in etwa die Entfernung zu Thomas zu kalkulieren.

Da ich so einfache Werkzeuge benutzen musste, war

meine Messung natürlich nicht so genau, dass ich gewusst hätte, welche Tür ich eintreten musste, aber ich wusste jetzt, dass er in der Nähe war. Jedenfalls relativ, innerhalb eines Umkreises von vier oder fünf Meilen, und nicht am Nordpol oder so. Ich komme viel in der Stadt herum, weil ein Ziel, das sich bewegt, schwerer zu erwischen ist. Wahrscheinlich lege ich an einem gewöhnlichen Tag die drei- oder vierfache Entfernung zurück.

Ich musste näher rankommen, bevor ich seinen Aufenthaltsort noch präziser festlegen konnte. Also drehte ich meinen Kopf in die Richtung, in der das Kitzeln auf meinen Lippen genau in der Mitte war, und setzte mich in Bewegung.

Thomas befand sich in einem kleinen Bürogebäude auf einem sehr großen Gelände.

Das Gebäude hatte drei Stockwerke und war wirklich nicht riesig, obwohl es zwischen etlichen größeren Bauwerken stand. Das Gelände selbst war groß und hätte Platz für etliche noch viel größere Häuser geboten. Statt Häusern befanden sich dort jedoch ein gepflegter Rasen und Gärten mit Teichen und Brunnen und einem sehr kleinen, sehr bescheidenen schmiedeeisernen Zaun. Das Gebäude selbst bestand aus Stein und Marmor und hatte mehr Eleganz in seinen Simsen als die benachbarten Bürotürme in ihrer ganzen Struktur. Es war großartig und gleichzeitig bescheiden und wirkte in diesem Häuserblock wie ein kleiner, perfekter Diamant, der zwischen riesigen Gläsern mit Bergkristallen ausgestellt wurde.

Es gab keine Schilder an dem Haus. Und es war auch kein Eingang zu sehen außer dem Tor, das von fähig wirkenden Männern in dunklen Anzügen bewacht wurde. In teuren dunklen Anzügen. Wenn sich schon die Wachen so was als Arbeitskleidung leisten konnten, musste der Besitzer dieses Gebäudes Geld haben. Richtig viel Geld.

Ich umkreiste das Gebäude einmal und spürte das Kribbeln des Verfolgungszaubers, der mir Thomas' Aufenthaltsort bestätigte; aber obwohl ich darauf achtete, mich auf der anderen Seite der Straße aufzuhalten, bemerkte mich jemand auf dem Grundstück. Ich spürte, wie einer der Wächter mich mit seinem Blick verfolgte, selbst hinter seiner Sonnenbrille. Vielleicht hätte ich mich ihnen schon beim ersten Mal hinter einem Schleier nähern sollen, aber Harry war immer dagegen gewesen, Magie beliebig zu benutzen, er wandte sie nur an, wenn es wirklich notwendig war. Und es war viel zu verführerisch, sie für jeden Mist einzusetzen, wenn man der Versuchung erst einmal nachgab.

In gewisser Weise bin ich besser im »Wie« der Magie, als Harry es jemals gewesen ist. Aber ich habe gelernt, dass ich vielleicht niemals so klug sein werde wie er, wenn es um das »Warum« geht.

Ich marschierte in den nächsten Coffee-Shop und holte mir einen Becher dieses Lebenselixiers. Dann überlegte ich, wie ich in das Haus kommen sollte. Meine Zunge sagte mir, was für ein großartiges Urteilsvermögen ich hatte, als ich die Präsenz von übernatürlicher Macht spürte, die sich mir rasch näherte.

Ich geriet nicht in Panik. Panik kann einen umbringen. Stattdessen drehte ich mich gelassen auf dem Absatz um und verschwand in dem kurzen Gang, der zu einer kleinen Toilette führte. Ich ging hinein, verschloss die Tür hinter mir und zog meine Zauberstäbe aus meinen Gesäßtaschen. Dann überprüfte ich den Energiestand meiner Armbänder. Beide waren voll aufgeladen. Meine Ringe ebenfalls, was bedeutete, noch idealer konnte es nicht werden.

Also ordnete ich meine Gedanken, sammelte ein bisschen Willenskraft, flüsterte ein Wort und verschwand.

Schleier waren komplexe Magie, aber ich hatte irgendwie den Bogen raus. Die Aufgabe, wirklich und vollständig unsichtbar zu werden, konnte einem Kopfschmerzen bereiten. Das Licht vollkommen durch sich hindurchzuleiten war übel. Es wurde einem bitterkalt, und man war außerdem auch noch so blind wie eine Fledermaus. Nicht gesehen zu werden dagegen war eine vollkommen andere Angelegenheit. Ein guter Schleier reduzierte die Sichtbarkeit einer Person auf kaum mehr als ein bisschen Wabern in der Luft, auf ein paar vage Schatten, dort, wo eigentlich keine sein sollten, aber das war noch nicht alles. Er schuf ein Gefühl von Gewöhnlichkeit in der Luft um dich herum, eine Aura von langweiliger Unauffälligkeit, die man normalerweise nur bei einem Job empfand, den man nicht mochte, so etwa gegen fünfzehn Uhr dreißig am Nachmittag. Kombinierte man nun diese Ausstrahlung mit einem weitestgehend reduzierten sichtbaren Profil, war es fast so einfach wie Atmen, unbemerkt zu bleiben.

Als ich hinter dem Schleier verschwand, beschwor ich außerdem ein Abbild, eine andere Kombination von Illusion und Suggestion. Es war ganz einfach: Es zeigte mich, wie ich noch vor einem Augenblick im Spiegel erschienen war, frisch, anscheinend fröhlich und voller positiver Jovialität. Das Gefühl, das dieses Abbild begleitete, war eine starke Dosis von mir selbst: der Klang meiner Schritte, mein Bewegungsschema, der Duft von Butters' Shampoo, das Aroma einer Tasse Kaffee. Ich verband dieses Abbild mit einem der Ringe auf meinen Fingern und ließ es dort. Ich benutzte die Energie, die ich in einem Mondstein gespeichert hatte. Dann drehte ich mich um. Mein Abbild lag wie eine Haut aus Licht über meinem eigentlichen Körper, und ich verließ den Coffee-Shop.

Sobald ich draußen war, war es ein ganz einfaches Manöver, meinen Beobachtern zu entkommen. Es funktionierte wie alle guten Tricks. Mein Abbild wandte sich nach links, und ich bog nach rechts ab.

Ein Beobachter hätte nur gesehen, wie eine junge Frau aus dem Laden kam und mit ihrem Kaffee in der Hand über die Straße schlenderte. Ganz offensichtlich genoss sie den Tag.

Ich hatte in die Bewegungen des Abbilds einen Hauch mehr Elastizität gelegt, damit es stärker auffiel und infolgedessen eine bessere Ablenkung bot. Es würde mehr als eine Meile über diese Straße schlendern, bevor es sich sprichwörtlich in Luft auflöste.

Mittlerweile zog sich mein echtes Ich in eine Gasse zurück und beobachtete die Szene.

Mein Abbild war nicht einmal hundert Schritte gegangen, als ein Mann in einem schwarzen Rollkragenpullover aus einer anderen Gasse trat und es verfolgte. Das war ein Lakai der Fomori. Diese Idioten liefen im Moment überall herum wie Kakerlaken, nur waren sie widerlicher und schwerer umzubringen.

Aber... Das war zu einfach. Ein einzelner Lakai hätte meine Instinkte nicht alarmiert. Sie waren stark, schnell und zäh, sicher, aber darin unterschieden sie sich nicht von vielen anderen Kreaturen. Und sie besaßen auch keinerlei magische Kräfte; die hätten die Fomori ihnen auf keinen Fall gelassen.

Also musste noch etwas anderes da draußen sein. Etwas, das mich ablenken wollte, während ich den offensichtlichen Lakai beobachtete, wie er der offensichtlichen Molly folgte. Wenn mich jemand so gut kannte, um zu versuchen, mit einer solchen Ablenkung meine Aufmerksamkeit zu fesseln, dann kannte er mich auch gut genug, um mich zu finden, selbst hinter meinem Schleier. Es gab nur eine sehr begrenzte Anzahl von Leuten, die das vermochten.

Ich fuhr mit der Hand in meinen Nylonrucksack und zog mein Messer heraus, das M9-Bajonett, das mein Bruder mir aus Afghanistan mitgebracht hatte. Ich zog die schwere Klinge aus der Scheide, schloss die Augen und drehte mich hastig mit dem Messer in der einen und dem Kaffee in der anderen Hand um. Dabei schnippte ich mit dem Daumen den Deckel von dem Pappbecher und schleuderte die Flüssigkeit in einem weiten Bogen etwa in Brusthöhe um mich herum.

Ich hörte ein Keuchen, orientierte mich danach, öffnete die Augen und trat auf den Klang zu, während ich das Messer nach vorn rammte, etwas höher als mein eigenes Herz.

Um den Stahl der Klinge explodierten plötzlich Blitze, als er einen Schleier durchbohrte, der nur Zentimeter von mir entfernt in der Luft hing. Ich trat hastig weiter vor, durch den Schleier, und stieß dabei die Spitze des Messers voran, in Richtung der Gestalt, die hinter dem Schleier aufgetaucht war. Es war eine Frau, größer als ich, in mit Kaffee bekleckerten Lumpen. Sie trug ihr kupferfarbenes, vom Wind zerzaustes Haar offen. Sie drehte sich zur Seite, verlor das Gleichgewicht, und ihre Schultern krachten gegen die Ziegelmauer der Gasse.

Ich wich nicht zurück, stach mit dem Messer nach ihrer Kehle, bis im letzten Moment eine blasse, schlanke Hand mein Handgelenk packte, ebenso schnell wie eine Schlange, nur kräftiger und kälter. Ich schob mein Gesicht bis auf ein paar Zentimeter an ihres heran, als ich mit dem Handballen gegen das Messer drückte und mich mit meinem Gewicht dagegenlehnte. Es genügte, um ihrer Kraft standzuhalten, aber es war nicht so viel, dass ich mein Gleichgewicht verloren hätte, wenn sie eine schnelle Bewegung gemacht hätte. Sie war schlank und entzückend, selbst in den Lumpen, hatte große, schräge Augen und diese perfekte, feine Knochenstruktur, die man nur bei einem halben Dutzend Supermodels fand – und auch bei allen Sidhe.

»Hallo, Tantchen«, sagte ich ruhig. »Es ist nicht nett, sich von hinten an mich heranzuschleichen. Vor allem nicht im Augenblick.«

Sie konnte mein Gewicht mit ihrem Arm zurückhalten, aber es fiel ihr nicht leicht. Ihre melodische Stimme klang ein wenig gepresst. »Kind«, hauchte sie. »Du hast mein Kommen erwartet. Hätte ich dich nicht aufgehalten, hättest du kaltes Eisen in meinen Körper gerammt und mir unsägliche Qualen bereitet. Du hättest mein Lebensblut vergossen.« Ihre Augen weiteten sich. »Du hättest mir das Leben genommen.«

»Hätte ich, ja«, stimmte ich ihr liebenswürdig zu.

Sie lächelte strahlend und entblößte ihre kleinen, spitzen Zähne. »Ich habe dich sehr gut unterwiesen.«

Dann wand sie sich leicht und anmutig aus meinem Griff, weg von der Klinge und wieder auf ihre Füße, und landete einen guten Schritt von mir entfernt. Ich beobachtete sie und ließ das Messer sinken, aber ich steckte es nicht weg. »Ich habe im Moment keine Zeit für Unterrichtsstunden, Tantchen Lea.«

»Ich bin nicht hier, um dich zu unterweisen, Kind.«

»Ich habe auch keine Zeit für Spielchen.«

»Ebenso wenig bin ich gekommen, um mit dir zu spielen«, sagte die Leanansidhe. »Ich will dir eine Warnung erteilen: Du bist hier nicht sicher.«

Ich hob eine Braue. »Wow. Was du nicht sagst.«

Sie senkte tadelnd den Kopf, und ihr Mund wurde schmaler. Dann sah sie an mir vorbei in die Gasse und blickte sich kurz um. Ihre Miene veränderte sich. Sie verlor zwar nicht vollkommen den Ausdruck selbstgefälliger Überlegenheit, den sie stets zur Schau trug, aber sie dämpfte ihn beträchtlich und senkte zudem die Stimme. »Du magst Scherze machen, Kind, aber du bist in ernster Gefahr – so wie auch ich. Wir sollten hier nicht verweilen.« Sie sah mir in die Augen. »Wenn du wünschst, dich diesem Feind zu stellen, wenn du den Bruder meines Patensohnes zu retten begehrst, gibt es etliche Dinge, die ich dir zuvor mitteilen muss.«

Ich kniff unwillkürlich die Augen zusammen. Harrys Feen-Großmutter hatte die Rolle meines Mentors übernommen, nachdem Harry gestorben war, aber sie war nicht gerade eine von den guten Feen. Genau genommen war sie die Stellvertreterin von Mab, der Königin der Luft und Finsternis, und sie war eine blutrünstige, gefährliche Kreatur, die ihre Feinde in zwei Kategorien teilte: in jene, die tot waren, und in jene, die zu töten sie noch nicht das Vergnügen gehabt hatte. Ich hatte nicht gewusst, dass sie über Harry und Thomas im Bilde war, aber es schockte mich auch nicht gerade.

Lea mochte eine mörderische, grausame Kreatur sein, aber soweit ich wusste, hatte sie mich niemals belogen. Nicht wirklich.

»Komm«, sagte die Leanansidhe. Sie drehte sich um und ging zügig zum Ende der Gasse, während sie ein Scheinbild und einen Schleier um sich herum erzeugte, um sich unbemerkbar zu machen.

Ich warf einen Blick zu dem Gebäude, in dem Thomas festgehalten wurde, biss die Zähne zusammen und folgte ihr, während ich meinen Schleier mit ihrem verband.

Wir gingen durch die Straßen von Chicago, unsichtbar für Tausende Augen. Die Menschen, die uns begegneten, wichen uns aus, ohne bewusst darüber nachzudenken. Es ist wichtig, eine Meidungs-Suggestion zu wirken, wenn man sich in einer Menschenmenge bewegt. Nicht bemerkt zu werden ist sinnlos, wenn Dutzende Menschen ständig gegen einen prallen.

»Sag, Kind«, meinte Lea und wechselte abrupt aus ihrem archaischen Dialekt in die moderne Sprache. Wenn wir allein waren, machte sie das manchmal. »Was weißt du über Svartalfes?«

»Wenig«, erwiderte ich. »Sie stammen ursprünglich aus Nordeuropa. Sie sind klein und leben unter der Erde. Sie sind die besten magischen Handwerker der Welt; Harry hat ihre Produkte gekauft, wann immer er es sich leisten konnte, aber sie haben ziemlich happige Preise.«

»Wie dröge«, sagte die Feen-Zauberin. »Du klingst wie ein Buch, Kind. Bücher weisen häufig recht wenig Ähnlichkeit mit dem Leben auf.« Ihre intensiven grünen Augen funkelten, als sie sich umdrehte, um eine junge Frau mit einem

Kleinkind zu beobachten, die an uns vorbeigingen. »Was *weißt* du über sie?«

»Sie sind gefährlich«, erwiderte ich leise. »Sehr gefährlich. Die alten nordischen Götter sind zu ihnen gegangen, wenn sie Waffen und Rüstungen brauchten, und haben nicht einmal versucht, gegen sie zu kämpfen. Harry sagte, dass er sehr froh wäre, niemals gegen einen Svartalf kämpfen zu müssen. Sie sind außerdem sehr ehrlich. Sie haben das Unseelie-Abkommen unterzeichnet und halten sich daran. Außerdem stehen sie in dem Ruf, die Ihren mit ungeheurer Wildheit zu beschützen. Sie sind nicht menschlich, sie sind nicht freundlich, und nur ein Narr kommt ihnen in die Quere.«

»Schon besser«, sagte die Leanansidhe und fügte beiläufig hinzu: »Närrin.«

Ich warf einen Blick zu dem Gebäude zurück, das ich gefunden hatte. »Das ist ihr Sitz?«

»Es ist ihr Stützpunkt«, antwortete Lea. »Es ist das Zentrum ihrer Geschäfte in der Welt der Sterblichen, hier, an den großen Kreuzwegen. Was weißt du noch über sie?«

Ich schüttelte den Kopf. »Also, einer der Asen, dieser nordischen Gottheiten, wurde ihr Schmuck geraubt...«

»Freya«, warf Lea ein.

»Und der Dieb...«

»Loki.«

»Ja, genau der. Er hat den Schmuck bei den Svartalfes verscherbelt, und es war ziemlich... kompliziert, ihn zurückzubekommen.«

»Man fragt sich wirklich, wie es möglich ist, so vage und so zutreffend zugleich zu sein«, sagte Lea.

Ich schnitt eine Grimasse.

Lea sah mich finster an. »Du kennst die Geschichte ganz genau. Du... hast mich an der Nase herumgeführt, sagt man, glaube ich.«

»Ich hatte einen sehr guten Lehrer, was das angeht«, erwiderte ich. »Also, Freya hat versucht, ihre Halskette zurückzubekommen, und die Svartalfes waren auch bereit, sie ihr zu geben, aber nur, wenn sie einwilligte, jeden einzelnen von ihnen zu küssen.«

Lea warf den Kopf in den Nacken und lachte. »Kind«, sie hatte einen verruchten Unterton in der Stimme, »vergiss nicht, dass viele alte Geschichten von ziemlich prüden Gelehrten übersetzt und aufgeschrieben wurden.«

»Was willst du damit sagen?«

»Dass die Svartalfes ganz sicher nicht bereit waren, eines der wertvollsten Schmuckstücke des ganzen Universums für einen *Kuss* aufzugeben.«

Ich blinzelte mehrmals und spürte, wie meine Wangen glühten. »Du meinst, sie musste...?«

»Genau.«

»Mit allen?«

»Allerdings.«

»Wow. Ich meine, ich bin ebenso scharf auf hübsche Accessoires wie alle anderen Mädchen auch, aber das schießt doch ein bisschen übers Ziel hinaus. Genau genommen schießt es Lichtjahre darüber hinaus. Ich meine, man kann die Ziellinie von hier aus nicht einmal mehr sehen.«

»Möglich«, erwiderte Lea. »Ich nehme an, das hängt davon ab, wie sehr man etwas von den Svartalfes zurückhaben möchte.«

»Oh. Du willst sagen, ich muss diesen ganzen Haufen von Typen durchvögeln, wenn ich Thomas dort herausholen will? Denn das... das wird niemals passieren.«

Lea zeigte ihre Zähne, als sie lächelte. »Moral ist wirklich sehr amüsant.«

»Würdest du es denn tun?«

Lea wirkte beleidigt. »Für das Wohl einer anderen Person? Ganz gewiss nicht. Hast du eine Ahnung, welche Verpflichtungen das nach sich ziehen würde?«

»Ich... also, nicht genau, nein.«

»Außerdem habe ich diese Entscheidung nicht zu treffen. Du musst dir selbst folgende Frage stellen: Ist dir deine unbefleckte Tugend wichtiger als das Leben des Vampirs?«

»Nein. Aber es muss noch einen anderen Weg geben.«

Lea schien einen Augenblick darüber nachzudenken. »Svartalfes lieben Schönheit. Sie dürsten danach, wie es Drachen nach Gold gelüstet. Du bist jung, entzückend und ... ich glaube, man sagt dazu ›echt heiß‹. Der Austausch deiner Gunst gegen den Vampir, in einer einfachen Transaktion, dürfte so gut wie sicher Erfolg haben, vorausgesetzt, dass er noch lebt.«

»Nennen wir das Plan B«, erwiderte ich. »Oder vielleicht auch Plan X. Oder Plan ZZZ. Warum brechen wir nicht einfach da ein und holen ihn raus?«

»Kind«, sagte die Leanansidhe tadelnd. »Die Svartalfes sind ziemlich geschickt in *Der Kunst*, und das hier ist einer ihrer Stützpunkte. Selbst ich würde nicht mit dem Leben davonkommen, wenn ich es versuchte.« Lea neigte den Kopf zur Seite und warf mir einen dieser fremdartigen Blicke zu, bei dem es mir kalt den Rücken herunterlief. »Willst du Thomas nun befreien oder nicht?«

»Ich würde gern meine Optionen überdenken«, erwiderte ich.

Die Feen-Zauberin zuckte mit den Schultern. »Ich rate dir, das so schnell wie möglich zu tun. Falls er überhaupt noch lebt, kann Thomas Raith den Rest seines Lebens in Stunden bemessen.«

Ich öffnete die Tür zu Waldos Wohnung, machte sie zu und verriegelte sie hinter mir. »Hab ihn gefunden.«

Als ich mich umdrehte, schlug mir jemand ins Gesicht.

Es war kein »He, wach auf!«-Klaps, sondern eine schallende Ohrfeige, die richtig wehgetan hätte, wenn der Schlag mit der Faust ausgeführt worden wäre. Ich taumelte vollkommen überrumpelt zur Seite.

Waldos Freundin Andi verschränkte die Arme und starrte mich einen Moment lang missbilligend an. Sie war ein Mädchen und mittelgroß, aber sie war ein Werwolf und gebaut wie ein Pin-up-Model, das ernsthaft mit dem Gedanken spielte, ob es als professionelle Wrestlerin arbeiten sollte. »Hi, Molly«, sagte sie.

»Hi«, erwiderte ich. »Und ... Au.«

Sie hob einen rosa Wegwerfrasierer hoch. »Unterhalten wir uns über Grenzen.«

Etwas Hässliches irgendwo tief in mir fuhr seine Krallen aus und spannte sich an. Es war der Teil von mir, der sich gern den Lakai Listen vornehmen und Sachen mit ihm anstellen wollte, in denen Schienennägel und Gullys im Boden eine entscheidende Rolle spielen. Jeder hat das irgendwo in sich. Und es braucht ziemlich schreckliche Dinge, um diese Wildheit zu wecken; trotzdem steckt sie in uns allen. Es ist der Teil von uns, der sinnlose Gräueltaten hervorruft oder die Hölle des Krieges anfeuert.

Niemand will darüber reden oder auch nur nachdenken, aber diese Art von gewollter Ignoranz konnte ich mir nicht leisten. Ich bin nicht immer so gewesen, aber nachdem ich jetzt ein Jahr lang gegen die Fomori und die dunkle Seite von Chicagos übernatürlicher Szene gekämpft hatte, hatte ich mich verändert. Dieser andere Teil von mir war hellwach, aktiv und brachte permanent meine Emotionen in Konflikt mit meinem Verstand.

Und jetzt befahl ich diesem Teil, die Klappe zu halten und sich gefälligst wieder auf den Arsch zu setzen.

»Okay«, sagte ich. »Später gern. Im Moment bin ich sehr beschäftigt.«

Ich wollte mich an ihr vorbei in den Raum drängen, aber sie hielt mich auf, indem sie ihre Hand auf meine Brust legte und mich wieder gegen die Tür drückte. Es sah nicht so aus, als hätte sie es beabsichtigt, aber ich prallte recht heftig gegen das Holz.

»Jetzt ist genau der richtige Moment«, sagte sie.

In meiner Vorstellung ballte ich die Fäuste und zählte mit einem wütenden Schrei bis fünf. Ich war sicher, dass Harry niemals mit einem solchen Schwachsinn zu tun gehabt hatte. Ich hatte keine Zeit zu verlieren, aber ich wollte auch keine gewalttätige Auseinandersetzung mit Andi vom Zaun brechen. Wenn ich den Fehdehandschuh warf, würde die Hölle losbrechen. Ich erlaubte mir den Luxus, mit den Zähnen zu knirschen, holte tief Luft und nickte. »Gut. Was hast du auf dem Herzen, Andi?«

Ich verzichtete darauf, die Worte »du verdammtes Miststück« hinzuzufügen, aber ich dachte sie sehr laut. Ich sollte wahrscheinlich wirklich netter sein.

»Das hier ist nicht deine Wohnung«, sagte Andi. »Du kannst nicht einfach rein- und rausspazieren, wie es dir passt, ganz gleich wie spät es ist oder was hier gerade anliegt. Hast du jemals einen Moment darüber nachgedacht, was du Butters damit antust?«

»Ich tue Butters gar nichts an«, erwiderte ich. »Ich benutze nur seine Dusche.«

Andis Stimme wurde schärfer. »Du bist heute vollkommen blutbeschmiert hier aufgetaucht. Ich weiß nicht, was passiert ist, und soll ich dir was sagen? Es interessiert mich auch nicht. Mich interessiert nur, welchen Ärger du möglicherweise anderen Leuten machen könntest.«

»Es gab keinen Ärger«, erwiderte ich. »Hör zu, ich kaufe dir einen neuen Rasierer.«

»Es geht hier nicht um Besitz oder Geld, verdammt!«, zischte Andi. »Es geht hier um Respekt. Butters ist immer für dich da, wenn du Hilfe brauchst, und du bedankst dich nicht einmal dafür. Wenn dir jetzt jemand hierher gefolgt ist? Hast du eine Ahnung, in was für Schwierigkeiten er geraten könnte, weil er dir hilft?«

»Ich wurde nicht verfolgt.«

»Heute nicht«, sagte Andi. »Aber was ist nächstes Mal?

Du hast Macht. Du kannst kämpfen. Ich habe zwar nicht das, was du hast, aber auch ich kann kämpfen. Butters kann das nicht. Wessen Dusche willst du benutzen, wenn irgendwann sein Blut auf deinem Körper klebt?«

Ich verschränkte die Arme und blickte von Andi weg. Irgendwo in meinem Hirn wusste ich, dass sie nicht ganz unrecht hatte, aber diese vernünftige Überlegung landete weit abgeschlagen auf dem zweiten Platz hinter meinem plötzlichen Drang, sie zu verprügeln.

»Hör zu, Molly.« Ihre Stimme wurde sanfter. »Ich weiß, dass es im Moment nicht einfach für dich ist. Seit Harry gestorben ist. Oder als sein Geist auftauchte. Mir ist klar, dass das alles nicht lustig gewesen ist.«

Ich sah sie an und sagte nichts. Nicht einfach und nicht lustig. So konnte man es auch beschreiben.

»Ich glaube, da ist etwas, was dir mal dringend jemand sagen muss.«

»Und das wäre?«

Andi beugte sich leicht vor, und ihre Stimme wurde schärfer. »Komm endlich drüber weg!«

Einen Moment lang war es still in der Wohnung, aber in mir nahm der Tumult zu. Der hässliche Teil tief in mir wurde immer lauter und lauter. Ich schloss die Augen.

»Leute sterben, Molly«, fuhr Andi fort. »Sie verlassen uns. Das Leben geht weiter. Harry ist vielleicht der erste Freund, den du verloren hast, aber er wird bestimmt nicht der letzte sein. Mir ist klar, dass du leidest. Und mir ist auch klar, dass du versuchst, in wirklich große Fußstapfen zu treten. Aber das gibt dir nicht das Recht, die Gutmütigkeit von Leuten zu missbrauchen. Und in letzter Zeit leiden recht viele Leute, falls dir das nicht aufgefallen sein sollte.«

Falls mir das nicht aufgefallen sein sollte. Gott, ich würde töten, wenn ich dadurch in der Lage wäre, den Schmerz der Leute nicht zu bemerken. Wenn ich ihn nicht neben ihnen durchleben müsste. Wenn ich sein Echo nicht noch Stunden oder Tage später spüren müsste. Der hässliche Teil von mir, dieser schwarze Teil meines Herzens, wollte gerne einen Psychokanal zu Andi öffnen und ihr verdeutlichen, was ich regelmäßig durchmachen musste. Ich wollte wissen, ob ihr mein Leben gefiel. Dann würden wir ja sehen, ob sie hinterher immer noch so selbstgefällig war. Es wäre falsch, aber ...

Ich holte tief Luft. Nein. Harry hatte mir einmal gesagt, dass man immer merkte, wenn man dabei war, sich den Weg zu einer falschen Entscheidung schönzureden. Für gewöhnlich benutzt man dann solche Sätze wie: »Es wäre falsch, aber ...« Sein Ratschlag dazu lautete, einfach die Konjunktion wegzulassen. »Es wäre falsch.« Punkt.

Also tat ich nichts Überstürztes. Ich ließ den wachsenden Tumult in mir nicht heraus. Ich antwortete leise: »Was soll ich denn deiner Meinung nach genau tun?«

Andi stieß die Luft aus und winkte vage mit der Hand. »Zieh einfach den Kopf aus dem Sand, Mädchen. Immerhin ist das keine unzumutbare Forderung, angesichts dessen, dass mein Freund dir einen Schlüssel zu seiner verfluchten Wohnung gegeben hat.«

Ich blinzelte. Wow. Diesen Aspekt von Butters' Verhalten hatte ich noch gar nicht bedacht. Romanzen und romantische Konflikte standen in letzter Zeit nicht besonders weit oben auf meiner Liste. Andi hätte sich in dieser Hinsicht keinerlei Sorgen machen müssen, aber ich nehme an, dass sie nicht gerade besonders gute Antennen für die Emotionen von Leuten hatte, die ihr das hätten sagen können. Jetzt konnte ich wenigstens einige Sorgen, die sie sich machte, benennen. Sie war nicht direkt eifersüchtig, aber sie war sich zweifellos der Tatsache bewusst, dass ich eine junge Frau war, die viele Männer attraktiv fanden, und dass Waldo ein Mann war.

Und sie liebte ihn. Das spürte ich ebenfalls.

»Denk an ihn«, sagte Andi leise. »Bitte. Versuch einfach ... versuch einfach, dich so um ihn zu kümmern, wie er das mit dir macht. Ruf vorher an. Wenn du zum Beispiel am Sonntagabend blutüberströmt hier hereinspaziert wärst, hätte er seinen Eltern eine sehr unangenehme Erklärung liefern müssen.«

Sehr wahrscheinlich hätte ich die unbekannte Präsenz in der Wohnung gespürt, bevor ich auch nur nahe genug an der Wohnungstür gewesen wäre, um sie berühren zu können. Aber es war sinnlos, Andi das zu erzählen. Es war nicht ihre Schuld, dass sie die Art von Leben, das ich führte, nicht wirklich verstand. Und ganz sicher hatte sie es nicht verdient, deshalb zu sterben, ganz gleich, was meine innere Sith auch darüber dachte.

Ich musste meine Entscheidungen mit dem Kopf treffen. Mein Herz war zu gebrochen, als dass ich ihm hätte trauen können.

»Ich werde es versuchen«, sagte ich.

»Okay«, erwiderte Andi.

Eine Sekunde zitterten die Finger meiner rechten Hand, und der hässliche Teil in mir wollte unbedingt seine Macht gegen die andere Frau schleudern, sie blenden, sie betäuben und sie in Schwindel ersaufen lassen. Lea hatte mir gezeigt, wie das geht. Aber ich unterdrückte das Bedürfnis anzugreifen. »Andi«, sagte ich stattdessen.

»Ja?«

»Schlag mich nicht noch einmal, es sei denn, du hast vor, mich umzubringen.«

Ich meinte das eigentlich nicht als Drohung. Aber ich neigte dazu, mit meinen Instinkten zu reagieren, wenn es zu Gewalttätigkeiten kam. Die psychischen Turbulenzen dieser Art von Konflikt brachten mich zwar nicht mehr dazu, vor Schmerz schreiend umzufallen, aber sie sorgten dafür, dass ich in dem Lärm des wilden Gebrülls meines hässlichen Selbst kaum noch klar denken konnte. Und wenn Andi mich noch einmal so schlug... Ich war nicht ganz sicher, wie ich dann reagieren würde.

Ich bin nicht so wahnsinnig wie Mad Hatter. Dessen bin ich mir ziemlich sicher. Aber wenn man Überlebenstraining unter der Anleitung von jemandem wie Tantchen Lea studiert, ist man bereit, sich zu schützen. Und dabei geht man nicht gerade pfleglich mit anderen um.

Aber Drohung oder nicht, Andi hatte ebenfalls schon genug Konflikte durchgestanden und zuckte nicht zurück. »Wenn ich nicht glaube, dass du eine ordentliche Ohrfeige verdienst, gebe ich dir auch keine.«

Waldo und Justine waren losgegangen, um etwas zum Abendessen zu holen, und kamen etwa zehn Minuten später zurück. Wir setzten uns hin und aßen, während ich über die Lage berichtete.

»Svartalfheim«, hauchte Justine. »Das... Das ist nicht gut.«

»Das sind doch diese nordischen Kerle, stimmt's?«, erkundigte sich Butters.

Ich brachte sie zwischen Happen von Orangenhuhn auf den aktuellen Stand und berichtete, was ich von der Leanansidhe erfahren hatte. Als ich fertig war, herrschte kurz Schweigen.

»Also...«, sagte Andi nach einem Moment. »Der Plan ist also, ihn frei zu bumsen?«

Ich warf ihr einen scharfen Blick zu.

»Ich frage ja nur«, hauchte Andi sanftmütig.

»Den Handel würden sie niemals eingehen«, sagte Justine. Sie klang gepresst. »Nicht heute Nacht.«

Ich betrachtete sie. »Warum nicht?«

»Sie haben heute Nacht einen Pakt geschlossen«, antwortete sie. »Und sie veranstalten dort eine Feier. Lara ist eingeladen worden.«

»Was für einen Pakt?«, wollte ich wissen.

»Einen Nichtangriffspakt«, erwiderte Justine. »Mit den Fomori.«

Ich riss die Augen auf.

Die Fomori-Situation wurde zunehmend schlimmer. Chicago war weit davon entfernt, die am schlimmsten heimgesuchte Stadt zu sein, und doch hatten die Fomori die Straßen in einen Albtraum für jeden verwandelt, der auch nur mit einem bescheidenen magischen Talent gesegnet war. Ich verfügte zwar nicht mehr über die Art von Informationen, zu denen ich noch Zugang gehabt hatte, als ich mit Harry und dem Weißen Konzil zusammengearbeitet hatte, aber ich hatte einiges über das Paranetz und andere Quellen gehört. Die Fomori waren eine Art All-Star-Team der Bösen, die Überlebenden, Ausgestoßenen und Übeltäter eines Dutzends unterschiedlicher Pantheons, die schon sehr lange existierten. Sie hatten sich unter dem Banner einer Gruppe von Kreaturen zusammengeschlossen, die als Fomori firmierten, und sich lange nicht gerührt –Tausende Jahre nicht.

Und jetzt waren sie da. Selbst mächtige Interessengruppen wie Svartalfheim, die Nation der Svartalfes, gingen ihnen aus dem Weg.

Wow, ich war ja so was von nicht Magier genug, um mit dieser Angelegenheit fertigzuwerden.

»Lara muss Thomas aus irgendeinem Grund dorthin geschickt haben«, erklärte Justine. »Um Informationen zu stehlen oder um den Pakt irgendwie zu verhindern. Irgendetwas zu tun. Dort einzudringen wäre schon schlimm genug gewesen. Aber wenn er gefangen wurde, während er sie ausspionierte...«

»Dann machen sie eine Demonstration daraus«, sagte ich ruhig. »Sie werden an ihm ein Exempel statuieren.«

»Könnte das Weiße Konzil ihn nicht herausholen?«, erkundigte sich Waldo.

»Wenn das Weiße Konzil versuchen würde, über die Rückgabe von einem der Ihren zu verhandeln, würden sie damit auch gleichzeitig zugeben, dass sie einen Agenten losgeschickt haben, der Svartalfheim ausspionieren sollte«, erwiderte ich. »Das kann Lara nicht machen, ohne ernsthafte Repressalien in Kauf zu nehmen. Also wird sie abstreiten, dass Thomas' Eindringen irgendetwas mit ihr zu tun hat.«

Justine stand auf und ging angespannt auf und ab. »Wir müssen gehen. Wir müssen irgendetwas unternehmen. Ich zahle den Preis; ich zahle ihn zehnfach, wenn es sein muss. Aber wir müssen etwas tun!«

Ich aß noch etwas von dem Orangenhuhn, runzelte die Stirn und dachte nach.

»Molly!«, sagte Justine.

Ich sah das Hühnchen an. Mir gefiel, wie die Orangensauce mit dem tiefen Grün des Brokkolis und dem hellen Weiß des Reises kontrastierte. Die drei Farben bildeten einen sehr hübschen Kontrast. Es war... wirklich wunderschön.

»›Sie gieren nach Schönheit, wie es einen Drachen nach Gold gelüstet‹«, murmelte ich.

Butters schien zu merken, dass ich über etwas nachdachte. Er lehnte sich auf seinem Stuhl zurück und schaufelte regelmäßig mit seinen Stäbchen die Nudeln aus der Schachtel. Er brauchte nicht einmal hinzusehen, während er sie benutzte.

Andi merkte es eine Sekunde später und legte den Kopf schief. »Molly?«

»Sie veranstalten doch heute Nacht eine Party«, sagte ich. »Nicht wahr, Justine?«

»Ja.«

Andi nickte ungeduldig. »Was wollen wir tun?«

»Wir«, erwiderte ich, »gehen shoppen.«

Ich bin eine Art Wildfang. Nicht, weil ich es nicht mag, ein Mädchen zu sein oder so, denn meistens finde ich das eigentlich ganz süß. Aber ich mag die Natur, ich mag körperliche Aktivitäten, ich mag es, Sachen zu lernen, Bücher zu lesen und Dinge zu bauen. Aber in diese typischen Girlie-Mädchensachen bin ich nie sonderlich tief eingetaucht. Andi war ein wenig besser darin als ich. Wahrscheinlich deshalb, weil ihre Mutter sie nicht so erzogen hatte wie mich meine. In meinem Haus war Make-up für den Kirchgang gedacht und für Frauen mit fragwürdiger Moral.

Ich weiß, ich weiß, dieser Widerspruch kann einen ganz schön verwirren. Ich hatte schon Probleme, lange bevor ich an die Magie geraten bin, glaubt mir.

Ich war nicht ganz sicher, wie wir das, was wir brauchten, rechtzeitig bekommen sollten, bevor wir auf die Party mussten. Aber sobald ich erklärt hatte, was wir benötigten, stellte ich fest, dass Justine in allen Girlie-Fragen absolut stilsicher war.

Es dauerte nur ein paar Minuten, bis uns eine Limousine abholte und uns zu einem privaten Salon im Loop brachte, wo Justine eine vollkommen unauffällige weiße Kreditkarte zückte. Etwa zwanzig Angestellte – Garderobenberater, Friseure, Visagisten, Schneider und Hilfspersonal – tauchten wie aus dem Nichts auf und statteten uns in etwas mehr als einer Stunde für die Mission aus.

Diesmal kam ich wirklich nicht vom Spiegel weg. Ich versuchte die junge Frau, die ich darin sah, objektiv zu betrachten, als wäre sie jemand anders. Und nicht die Person, die geholfen hatte, den Mann zu töten, den sie liebte, den sie dann erneut im Stich gelassen hatte, weil sie nicht in der Lage gewesen war zu verhindern, dass auch noch sein Geist durch seine Entschlossenheit, andere zu beschützen, vernichtet wurde. Dieses Miststück sollte von einem Zug überfahren werden, mindestens.

Das Mädchen im Spiegel dagegen war groß, hatte naturblondes Haar, das in ihrem Nacken hochgesteckt und mit glänzenden schwarzen Haarnadeln festgehalten wurde. Sie wirkte schlank, wahrscheinlich ein bisschen zu schlank, aber sie hatte ein bisschen zu viel Muskeln, um methadonsüchtig zu sein. Das kleine Schwarze, das sie trug, würde den Leuten den Kopf verdrehen. Sie wirkte ein bisschen müde trotz des perfekt aufgetragenen Make-ups. Sie war hübsch –

wenn man sie nicht kannte und wenn man nicht zu genau hinsah, was in ihren blauen Augen vorging.

Eine weiße Stretchlimousine fuhr vor, um uns abzuholen. Ich schaffte es, dorthin zu gehen, ohne über meine eigenen Füße zu stolpern.

»Meine Güte!«, sagte Andi, als wir einstiegen. Der Rotschopf streckte seine Füße aus und wackelte mit den Zehen. »Ich liebe diese Schuhe! Wenn ich mich in einen Wolf verwandeln und jemandes Gesicht fressen muss, werde ich Tränen vergießen, wenn ich diese Schuhe zurücklassen muss.«

Justine lächelte sie an, sah dann jedoch aus dem Fenster. Ihr entzückendes Gesicht wirkte distanziert und besorgt. »Es sind nur Schuhe.«

»Schuhe, in denen meine Beine und mein Hintern fantastisch aussehen!«, verkündete Andi.

»Schuhe, die wehtun«, sagte ich. Mein verletztes Bein war zwar verheilt, aber in diesen offenbar mit Nägeln ausgestatteten Folterwerkzeugen herumzulaufen war eine ungewohnte Erfahrung, und ein brennender Schmerz breitete sich von meinem Bein bis hinauf in die Hüfte aus. Es hätte mir gerade noch gefehlt, dass sich mein Bein verkrampfte und ich hinfiel, so wie es mir passiert war, als ich wieder angefangen hatte zu gehen. Schuhe mit so hohen Absätzen sollten mit einem Sicherheitsnetz geliefert werden. Oder mit einem Fallschirm.

Unsere Kleidung war ganz ähnlich. Stylische, kleine schwarze Kleider, schwarze Halsbänder und schwarze Pumps, die hoffnungsvoll verkündeten, dass wir nicht gedachten, viel Zeit auf unseren Füßen zu verbringen. Jede von uns war auch mit einer kleinen italienischen Lederhandtasche ausgestattet. Ich hatte den größten Teil meiner magischen Ausrüstung hineingestopft. Und unsere Frisuren unterschieden sich ebenfalls nur in Details. Sie waren gefälschte Renaissancegemälde, die allerdings nicht so viel

Aufmerksamkeit der Künstler bekommen hatten wie unsere Gesichter.

»Man muss nur ein bisschen üben, um sie zu tragen«, erklärte Justine. »Bist du sicher, dass das funktioniert?«

»Natürlich wird es funktionieren«, antwortete ich ruhig. »Du bist doch schon in Clubs gewesen, Justine. Wir drei zusammen sollten an jeder Warteschlange vor jedem beliebigen Club in der Stadt vorbeikommen. Wir sind ein perfekt passendes Triple Hot.«

»Wie die Robert Palmer Girls«, meinte Andi trocken.

»Ich wollte eigentlich auf ›Drei Engel für Charlie‹ hinaus«, sagte ich. »Oh, wo wir gerade davon sprechen ...« Ich öffnete die Handtasche und zog einen Quarzkristall in der Größe meines Daumens heraus. »Bosley, können Sie mich hören?«

Eine Sekunde später vibrierte der Kristall in meinen Fingern, und wir hörten Waldos leise Stimme. »Laut und deutlich, Engel. Glaubt ihr, dass das auch funktioniert, wenn ihr drin seid?«

»Das hängt davon ab, wie paranoid sie sind«, erwiderte ich. »Sind sie paranoid, dann werden sie Maßnahmen ergriffen haben, um jede magische Kommunikation zu unterbinden. Wenn sie mörderisch paranoid sind, haben sie Geräte installiert, die uns reden lassen, damit sie zuhören und uns dann umbringen können.«

»Sehr lustig«, sagte Butters. »Also gut, ich habe den Paranetz-Chatroom aufgemacht. Was auch immer es bringen mag, das Schwarmdenken läuft auf Hochtouren.«

»Was hast du bisher herausgefunden?«, erkundigte sich Andi.

»Sie sehen menschlich aus«, erwiderte Waldo. »Ihre wirklichen Gestalten sind ... Also, es gibt einige Diskussionen, aber der allgemeine Konsens geht dahin, dass sie wie Aliens aussehen.«

»Ripley oder Roswell?«, wollte ich wissen.

»Roswell. Mehr oder weniger. Aber sie können menschliche Gestalt annehmen, so wie es die Vampire vom Roten Hof getan haben. Also rechnet damit, dass sie verkleidet sind.«

»Verstanden«, sagte ich. »Noch etwas?«

»Nicht viel«, antwortete er. »Es kursieren einfach zu viele Gerüchte, als dass man irgendetwas sicher sagen könnte. Sie könnten allergisch gegen Salz sein. Sie könnten übernatürliche Zwangsstörungen haben und ausflippen, wenn du deine Kleidung linksherum trägst. Möglicherweise verwandeln sie sich auch in der Sonne in Stein.«

Ich knurrte. »Es war einen Versuch wert. Okay. Behalte die Diskussion im Blick. Ich melde mich bei dir, wenn ich kann.«

»Verstanden«, erwiderte er. »Marci ist gerade hier aufgetaucht. Ich bringe den Laptop mit und warte an der Ostseite des Gebäudes auf euch, wenn ihr bereit seid zu verschwinden. Wie siehst du aus, Andi-Schatz?«

»Fabelhaft«, antwortete Andi selbstbewusst. »Der Saum dieser Kleider endet genau einen Zentimeter über nymphomanische Schlampe.«

»Jemand sollte mir ein Selfie schicken«, sagte er fröhlich. Aber ich hörte die Besorgnis in seiner Stimme. »Wir sehen uns.«

»Geh kein Risiko ein«, sagte ich. »Bis bald.«

Ich steckte den Kristall weg und versuchte, die Schmetterlinge in meinem Bauch zu ignorieren.

»Das wird nicht funktionieren«, murmelte Justine.

»Es wird funktionieren«, widersprach ich so zuversichtlich ich konnte. »Wir wirbeln sie einfach durcheinander. Die Macht der Oberweite wird mit uns sein.«

Justine sah mich fragend an. »Die Oberweite?«

»Die Macht der Oberweite ist mehr als nur Möpse, Justine«, erklärte ich ihr nüchtern. »Es ist ein Energiefeld, das von allen lebenden Möpsen erzeugt wird. Es umgibt uns, es durchdringt uns, es hält die Galaxie zusammen.«

Andi fing an zu kichern. »Du bist verrückt.«
»Aber nur im Dienste der Funktionalität«, erwiderte ich und zupfte an meinem Kleid, um meine Rundungen etwas besser zur Geltung zu bringen. »Lasst einfach euer Bewusstsein fahren und handelt instinktiv.«

Justine starrte mich eine Sekunde ausdruckslos an. Dann hellte sich ihr Gesicht auf, und sie lachte kurz. »Die Oberweite wird mit uns sein?«

Ich lächelte unwillkürlich. »Immer.«

Unsere Stretchlimo reihte sich in eine Schlange von ähnlichen Fahrzeugen ein, die ihre Passagiere am Eingang zum Svartalf-Stützpunkt absetzten. Ein Diener öffnete die Wagentür, und ich schwang meine Beine heraus. Ich versuchte, den Wagen zu verlassen, ohne alle um mich herum zu blenden. Andi und Justine folgten mir. Flankiert von den beiden, marschierte ich zuversichtlich zum Eingang. Unsere Absätze klackten fast im Einklang, und plötzlich spürte ich, wie alle Blicke sich auf uns richteten. Eine Wolke von Gedanken und Emotionen rollte als Reaktion auf unseren Auftritt auf uns zu. Meistens war es Freude mit einer Mischung aus Verlangen, Lust, Eifersucht, Gier und Überraschung. Es schmerzte mich, all diese Emotionen in meinem Hirn kratzen zu fühlen, aber es war notwendig. Ich spürte keine direkte Feindseligkeit oder bevorstehende Gewalt, und diese kurze warnende Zeitspanne zwischen meinem Gefühl der Absicht eines Angreifers und dem Moment des tatsächlichen Angriffs konnte uns vielleicht das Leben retten.

Ein Wachmann an der Tür beobachtete uns aufmerksam, als wir uns ihm näherten. Ich fühlte die unkomplizierte sexuelle Anziehung, die in ihm brannte. Aber er schaffte es, sie sowohl aus seinem Gesicht als auch seiner Stimme und seinem Körper herauszuhalten. »Guten Abend, Ladys«, sagte er. »Darf ich Ihre Einladungen sehen?«

Ich hob eine Augenbraue, warf ihm, wie ich hoffte, ein

verführerisches Lächeln zu und versuchte, meine Brust noch ein wenig herauszustrecken. Die Oberweite zu zeigen hatte immer funktioniert. »Sie brauchen unsere Einladungen nicht zu sehen.«

»Miss«, antwortete er, »ich fürchte, das muss ich doch.«

Andi trat neben mich und warf ihm ein Sexkätzchen-Lächeln zu, für das ich sie hasste, eine Sekunde lang. »Nein, brauchen Sie nicht.«

»Oh«, erwiderte er. »Ja. Doch.«

Justine trat an meiner anderen Seite vor. Sie wirkte eher süß als sexy. »Das ist sicher nur ein Missverständnis, Sir. Könnten Sie Ihren Vorgesetzten nicht fragen, ob wir zur Rezeption kommen können?«

Er musterte uns lange und zögernd. Dann griff er zu dem Funkgerät an seinem Gürtel und hielt es sich vor den Mund. Einen Augenblick später trat ein schlanker kleiner Mann in einem Seidenanzug aus dem Inneren des Gebäudes. Er betrachtete uns ausführlich.

Das Interesse, das ich bei dem Wachmann gespürt hatte, war ziemlich normal gewesen. Es war ein Funke, eine instinktive Reaktion jedes Mannes auf eine begehrenswerte Frau.

Was dieser Neuankömmling jedoch ausstrahlte ... das war die reinste Magnesiumfackel. Es brannte tausendmal heißer und heller, und es brannte unablässig. Ich hatte in den anderen Männern Lust und Begehren gespürt. Dies hier jedoch ging so viel tiefer und war so allumfassend, dass Lust meines Erachtens nicht das richtige Wort dafür war. Es war ein ... ein riesiges und unmenschliches Sehnen, durchmischt mit einer wilden und eifersüchtigen Liebe und gewürzt mit sexueller Anziehung und Verlangen. Es war, als würde ich neben einer winzigen Sonne stehen, und plötzlich begriff ich genau, was Tantchen Lea mir hatte erzählen wollen.

Feuer ist heiß. Wasser ist nass. Und Svartalfes stehen auf hübsche Mädchen. Sie konnten ihre Natur ebenso wenig ändern, wie sie den Lauf der Sterne hätten verändern können.

»Ladys«, sagte der Mann und lächelte uns an. Es war ein charmantes Lächeln, aber trotzdem hatte sein Gesicht einen distanzierten und beunruhigenden Ausdruck. »Bitte warten Sie einen Moment, bis ich meine anderen Mitarbeiter benachrichtigt habe. Es wäre mir ein Vergnügen, wenn Sie sich zu uns gesellen würden.« Er drehte sich um und ging hinein.

Justine warf mir einen Seitenblick zu.

»Die Oberweite kann auf die geistig Schwachen einen mächtigen Einfluss haben«, erklärte ich.

»Ich würde mich besser fühlen, wenn er nicht mit einem Darth-Vader-Zitat auf den Lippen verschwunden wäre«, meinte Andi leise. »Und er roch komisch. War er …?«

»Allerdings«, flüsterte ich. »Er war einer von ihnen.«

Der Mann in dem Seidenanzug tauchte wieder auf, immer noch lächelnd, und hielt uns die Tür auf. »Ladys«, sagte er. »Ich bin Mister Etri. Bitte, kommen Sie herein.«

Ich hatte noch nie in meinem Leben einen Ort gesehen, der opulenter war als das Innere des Stützpunktes der Svartalfes. Weder in Magazinen noch in Filmen. Nicht einmal in *Cribs*.

Überall war Granit und Marmor. Einige Abschnitte der Mauern waren mit kostbaren Edelsteinen und Halbedelsteinen verziert. Die Lampen schienen aus solidem Gold zu bestehen, und die Lichtschalter wirkten wie aus feinem Elfenbein gemacht. Alle acht bis zehn Meter stand ein Wachmann in Habtachthaltung wie diese Kerle vor dem Buckingham Palace, nur ohne die großen Mützen. Das Licht schien von überall zu kommen, wodurch es so gut wie keine Schatten gab, aber ohne dass es in den Augen geschmerzt hätte. Musik schwebte durch die Luft, irgendetwas Klassisches, nur Geigen, kein Beat.

Etri führte uns durch einige Korridore zu einem Ballsaal,

der eher einer gigantischen Kathedrale ähnelte. Ich war mir ziemlich sicher, dass dieser Raum eigentlich gar nicht in das Gebäude hätte passen dürfen, das wir gerade betreten hatten. In dem Saal drängten sich vornehm wirkende Leute in teuer aussehender Kleidung.

Wir blieben im Eingang stehen, während Etri mit einem anderen Wachmann sprach. Ich nutzte diesen Moment, um meinen Blick durch den Raum schweifen zu lassen. Der Saal war nicht einmal annähernd gefüllt, aber es waren sehr viele Leute dort. Ich bemerkte einige Berühmtheiten, Stars, deren Namen man kannte. Es waren auch einige Sidhe anwesend. Ihre normalerweise eher furchteinflößende körperliche Perfektion war hier zu rein exotischer Schönheit gedämpft. Ich erblickte Gentleman Johnnie Marcone, den Chef der Chicago-Mafia, mit seinem Gorilla Hendrix und seiner persönlichen Kriegshexe Gard, die in seiner Nähe schwebte. Bei einigen Gästen war ich mir sicher, dass es keine Menschen waren. Ich spürte, wie meine Wahrnehmung in ihrer Nähe verwischt wurde, als würden sie vor meinen Blicken durch einen dünnen Vorhang von Wasser abgeschirmt.

Nur Thomas sah ich nicht.

»Molly«, flüsterte Justine kaum wahrnehmbar. »Ist er...?«

Der Verfolgungszauber, den ich auf meine Lippen gebannt hatte, funktionierte noch. Das schwache Kribbeln sagte mir, dass Thomas in der Nähe war, vermutlich weiter im Inneren des Gebäudes. »Er lebt«, sagte ich. »Er ist hier.«

Justine erschauerte und holte tief Luft. Sie blinzelte einmal. Auf ihrem Gesicht war nichts zu erkennen, aber ich spürte eine Welle von Erleichterung und Entsetzen, eine plötzliche Explosion von Emotionen, die sie eigentlich hätten veranlassen müssen, zu schreien, zu kämpfen oder in Tränen auszubrechen. Sie tat jedoch nichts dergleichen, und ich wandte den Blick von ihr ab, um ihr die Illusion zu lassen, dass ich ihren Fast-Zusammenbruch nicht bemerkt hatte.

Mitten im Ballsaal befand sich eine kleine steinerne Plattform, zu der ein paar Stufen hinaufführten. Auf der Plattform war ein Podium aus dem gleichen Material errichtet. Auf diesem Podium lagen ein dickes Buch mit Papieren und eine penibel ausgerichtete Reihe von Füllfederhaltern. Die Art und Weise, wie all das auf dem Podium arrangiert worden war, strahlte etwas Feierliches und Zeremonielles aus.

Justine blickte ebenfalls dorthin. »Das muss er sein.«

»Der Vertrag?«

Sie nickte. »Die Svartalfes sind sehr methodisch, was Geschäfte angeht. Sie werden den Vertrag genau um Mitternacht unterzeichnen. Das tun sie immer.«

Andi tippte nachdenklich mit einem Finger auf ihre Hüfte. »Und was, wenn ihrem Vertrag zuvor etwas zustößt? Ich meine, wenn jemand ein Glas Wein darüberkippt oder so etwas? Das würde reichlich Aufmerksamkeit erregen, denke ich mir – und vielleicht zwei von uns die Chance geben, sich tiefer in das Gebäude hineinzuschleichen.«

Ich schüttelte den Kopf. »Nein. Wir sind hier Gäste. Verstehst du das?«

»Nicht wirklich.«

»Die Svartalfes sind altmodisch«, erklärte ich. »Ich meine, wirklich alte Schule. Wenn wir den Frieden brechen, nachdem sie uns auf ihr Territorium eingeladen haben, verletzen wir unser Gastrecht und verwehren ihnen den Respekt als Gastgeber. Und zwar ganz offen, vor der gesamten übernatürlichen Gemeinde. Sie würden ausgesprochen... unwirsch reagieren.«

Andi runzelte die Stirn. »Was ist dann unser nächster Zug?«

Warum fragen Leute mich das dauernd? Müssen das alle Magiertypen durchmachen? Wahrscheinlich habe ich Harry diese Frage Hunderte von Malen gestellt, aber mir ist nie klar gewesen, wie anstrengend es ist, wenn sie einem selbst permanent damit in den Ohren liegen. Nur wusste Harry immer, was als Nächstes zu tun war. Ich dagegen konnte bloß wild improvisieren und das Beste hoffen.

»Justine, kennst du einen von den wichtigen Leuten hier?«

Als Lara Raith' persönliche Assistentin kam Justine in Kontakt mit vielen Leuten und Nicht-ganz-Leuten. Lara hatte so viele Finger in so vielen Spielchen, dass man darüber nicht mal einen Witz machen konnte. Justine sah, hörte und dachte viel mehr, als ihr alle zutrauten. Das weißhaarige Mädchen ließ ihren Blick durch den Raum schweifen, und ihre dunklen Augen zuckten von Gesicht zu Gesicht. »Einige.«

»Also gut. Ich möchte, dass du ein bisschen herumschlenderst und versuchst, etwas herauszufinden«, sagte ich. »Halt die Augen offen. Wenn du siehst, dass sie uns die Rausschmeißer auf den Hals hetzen, dann schnapp dir den Kristall und warne uns.«

»Okay«, flüsterte Justine. »Seid vorsichtig.«

Etri kam wieder zurück und lächelte immer noch. Aber seine Augen blieben merkwürdig und beunruhigend ausdruckslos. Er winkte mit der Hand, und ein Mann in einem Smoking glitt zu uns und hielt uns ein Tablett mit Getränken hin. Wir bedienten uns, ebenso wie Etri. Er hob sein Glas. »Ladys, seien Sie willkommen. Auf die Schönheit.«

Wir wiederholten seinen Trinkspruch und nippten an dem Getränk. Ich berührte kaum die Flüssigkeit. Es war Champagner, wirklich guter Champagner. Er perlte, und ich konnte den Alkohol kaum schmecken. Ich machte mir keine Sorgen um Gift. Etri hatte uns zuvorkommend gestattet, uns ein Glas zu nehmen, bevor er selbst eines gewählt hatte.

Ich machte mir eher Sorgen darüber, dass ich aufgehört hatte, mir über eine mögliche Vergiftung Gedanken zu machen und Etris Aktionen aufmerksam zu beobachten, während er uns bediente. Es ist paranoid, sich über solche Dinge den Kopf zu zerbrechen? Damals erschien es mir durchaus vernünftig zu sein.

Mann, ich bin vielleicht verkorkster, als ich gedacht habe.

»Bitte, genießen Sie den Empfang«, sagte Etri. »Ich fürchte, ich muss darauf bestehen, mit jeder der entzückenden jungen Ladys zu tanzen, sobald meine Zeit und meine Pflichten es mir erlauben. Wer möchte die Erste sein?«

Justine warf ihm ein oberweitengestütztes Lächeln zu und hob die Hand. Wenn man mir den Arm umdrehte, würde ich zugeben, dass Justine eindeutig das hübscheste Mädchen unseres kleinen Trios war. Was Etri ganz offensichtlich ebenfalls so sah. Seine Augen erwärmten sich einen Moment, bevor er Justines Hand nahm und sie auf die Tanzfläche führte. Sie verschwanden in der wogenden Menge.

»Ich habe diesen Ballsaal-Mist ohnehin nicht drauf«, sagte Andi. »Hier wird nicht annähernd genug herumgehopst. Zeit für den nächsten Zug?«

»Zeit für den nächsten Zug«, bestätigte ich. »Komm mit.«

Ich drehte mich um, um dem Kribbeln auf meinen Lippen zu folgen, und wir gingen langsam zur Rückseite des Ballsaals. Dort befanden sich Türen, die tiefer in das Gebäude führten. Es standen keine Wachen an den Türen, aber als wir näher kamen, wurden Andis Schritte langsamer. Sie warf einen Blick zur Seite, wo die Tische mit den Erfrischungen aufgebaut waren, und ich sah, wie sie darauf zusteuern wollte.

Ich packte ihren Arm. »Moment. Wohin willst du?«

Sie runzelte die Stirn und nickte. »Dorthin?«

Ich tastete mich mit meinen Sinnen vor und spürte das subtile Netz von Magie in der Luft rund um die Türen. Es war so fein wie Spinnweben. Es war eine Art Schleier, der die Aufmerksamkeit von jeder Person, die sich den Türen näherte, von ihnen weg und auf irgendetwas anderes im Raum lenkte. Dadurch wirkte der Tisch mit den Erfrischungen plötzlich wesentlich verlockender. Und wenn Andi einen Kerl erblickt hätte, hätte er erheblich süßer ausgesehen, als er wirklich war.

Ich war fast ein Jahr lang in der Lehre einer mächtigen Feenzauberin, die mich mit Schleiern und Zaubern bombardiert und so meine mentalen Verteidigungswälle verstärkt hatte. Vor ein paar Monaten habe ich zwölf Runden im Boxring mit einem Schwergewichts-Nekromancer durchgestanden. Ich hatte nicht einmal bemerkt, wie die sanfte Magie meine mentalen Schilde berührt hatte.

»Das ist ein Zauber«, sagte ich zu ihr. »Lass dich nicht davon beeinflussen.«

»Was?«, erkundigte sie sich. »Ich fühle nichts. Ich bin einfach nur hungrig.«

»Natürlich fühlst du es nicht«, antwortete ich. »Genauso funktioniert es. Nimm meine Hand und schließ die Augen. Vertrau mir.«

»Wenn ich für jeden Abend, der mit so einem Satz angefangen hat und übel endete, einen Cent bekommen hätte ...«, murmelte sie. Aber sie gab mir ihre Hand und schloss die Augen.

Ich ging zu der Tür und fühlte, wie sie immer angespannter wurde, als wir uns ihr näherten. Dann traten wir hindurch, und sie stieß den Atem aus und öffnete blinzelnd die Augen. »Wow. Das hat sich angefühlt ... wie überhaupt nichts.«

»Daran erkennt man die gute Qualität von Zaubern«, erklärte ich. »Wenn du nicht weißt, dass er dich beeinflusst, kannst du ihn auch nicht bekämpfen.« Der Gang, in dem wir standen, sah aus wie jeder beliebige Gang in einem Bürogebäude. Ich drehte den Knopf an einer Tür. Sie war verschlossen. Die nächsten Türen ebenfalls, bis ich an die letzte kam, hinter der ein leeres Konferenzzimmer lag. Ich trat rasch ein.

Ich zog den Kristall aus meiner kleinen Tasche. »Bosley, können Sie mich hören?«

»Laut und deutlich, Engel«, antwortete Waldo. Keiner von uns benutzte echte Namen. Die Kristalle waren wahrscheinlich sicher, aber nachdem ich ein Jahr lang täglich Leas fiese kleine Tricks miterlebt hatte, hatte ich gelernt, auf voreilige Annahmen zu verzichten.

»Hast du den Grundriss des Gebäudes bekommen?«

»Vor etwa neunzig Sekunden. Die Besitzer des Gebäudes haben alles dreifach bei der Stadt eingereicht, einschließlich elektronischer Kopien, auf die ich jetzt gerade blicke, mit freundlichen Grüßen vom Schwarmdenken.«

»Vorteil: Computerfreaks«, antwortete ich. »Sagen Sie ihnen, dass sie ihre Sache gut gemacht haben, Boz.«

»Mach ich«, erwiderte Waldo. »Diese Leute, die ihr besucht, sind sehr gründlich, Engel. Seid vorsichtig.«

»Wann war ich schon mal nicht vorsichtig?«

Andi hatte an der Wand neben der Tür Stellung bezogen, wo sie jeden packen konnte, der sie öffnete. »An einer ehrlichen Antwort interessiert?«

Ich lächelte unwillkürlich. »Ich glaube, unser verirrtes Lämmchen ist in dem Gebäudeteil westlich von der Empfangshalle. Was befindet sich da?«

»Wie es aussieht Büroräume. Im ersten Stock noch mehr Büros. Im dritten Stock noch mehr Bür... Hallo.«

»Was hast du gefunden?«

»Ein Gewölbe«, antwortete Waldo. »Aus Bewehrungsstahl. Riesig.«

»Ha! Ein Gewölbe aus verstärktem Stahl? Ich wette zwanzig Mäuse, dass das ein Kerker ist. Da fangen wir an.«

»Was auch immer es ist, es befindet sich im Untergeschoss. Am Ende des Gangs, der aus der Empfangshalle führt, sollte eine Treppe dort hinunterführen.«

»Bingo«, erwiderte ich. »Bleiben Sie dran, Bosley.«

»Mach ich. Euer Wagen wartet.«

Ich legte den Kristall wieder in die Tasche und streifte meine Ringe über. Als ich fertig war, nahm ich meine Zauberstäbe, und da fiel mir auf, dass ich sie nicht in jeder Hand tragen und gleichzeitig die kleine Handtasche mitnehmen konnte. »Ich wusste, dass ich eine Kuriertasche hätte nehmen sollen«, murmelte ich.

»Mit diesem Kleid?«, erkundigte sich Andi. »Geht's noch?«

»Stimmt auch wieder.« Ich nahm den Kristall aus der Tasche und stopfte ihn in mein Dekolleté. Die beiden kleinen Zauberstäbe verbarg ich in der Handfläche, so dass sie nicht zu sehen waren, und nickte Andi zu. »Wenn es ein Gewölbe oder ein Kerker ist, werden dort Wachen stehen. Ich werde es ihnen schwer machen, uns zu sehen, aber wir müssen möglicherweise sehr schnell sein.«

Andi blickte auf ihre Schuhe und seufzte traurig. Dann streifte sie sie ab und zog sich auch das kleine schwarze Kleid aus. Sie hatte darunter nichts an. Sie schloss eine Sekunde die Augen, dann schien ihre Gestalt zu verwischen und zu schmelzen. Werwölfe unterziehen sich keiner dramatischen, schmerzhaften Transformation, außer ganz am Anfang, hatte man mir gesagt. Dies hier sah ebenso natürlich aus, als würde sich jemand einmal im Kreis drehen und dann hinsetzen. Eben noch stand Andi vor mir, und im nächsten Augenblick hockte an ihrer Stelle ein großer Werwolf mit einem roten Fell.

Das war wirklich coole Magie. Irgendwann musste ich herausfinden, wie man das machte.

»Veranstalte kein Massaker, außer wenn es absolut notwendig ist«, sagte ich und streifte meine schmerzenden Nagelschuhe ab. »Ich versuche, das hier schnell und schmerzlos über die Bühne zu bringen. Wenn es hart auf hart kommt, ist es auf lange Sicht gesehen besser für unser Verhältnis zu den Svartalfes, wenn wir niemanden töten.«

Andi gähnte mich an.

»Fertig?«

Andi nickte einmal knapp und entschlossen. Ich umschloss uns mit der Magie meines besten Schleiers, und die Lichter wurden plötzlich gedämpft, die Farben schienen auszubleichen. Es sollte fast unmöglich sein, uns zu sehen.

Und jeder, der sich uns innerhalb von fünfzehn oder zwanzig Metern näherte, wurde plötzlich von einem starken Verlangen nach Introspektion gepackt und verfiel darauf, seinen bisherigen Lebensweg so gründlich zu überdenken, dass praktisch keine Chance bestand, uns zu entdecken, solange wir still blieben.

Mit Andi an meiner Seite schlich ich in den Gang. Wir fanden die Treppe, von der Waldo uns erzählt hatte, und ich öffnete langsam die Tür. Ich ließ Andi den Vortritt. Man kann es kaum besser treffen, als einen Werwolf zum Führer zu haben, und ich hatte mit Andi und ihren Freunden im letzten Jahr schon so oft zusammengearbeitet, dass wir uns sehr routiniert bewegten.

Andi trat zuerst durch die Tür, vollkommen lautlos. Sie hatte die Ohren gespitzt, und ihre Nase zuckte. Wölfe haben einen unglaublich guten Geruchssinn. Und ein hervorragendes Gehör. Wenn jemand in der Nähe wäre, würde Andi ihn wittern. Nach angespannten zwanzig Sekunden gab sie mir das Zeichen, dass die Luft rein war, indem sie sich setzte. Ich trat vorsichtig neben sie und schickte meine Sinne aus, tastete nach irgendwelchen magischen Verteidigungen oder Zaubern. Es waren etwa ein halbes Dutzend im ersten Abschnitt der Treppe, einfache Zauber, das magische Äquivalent zu Stolperdrähten.

Glücklicherweise hatte Tantchen Lea mir gezeigt, wie man solche Zauber umging. Ich strengte meinen Willen an und modifizierte unseren Schleier. Dann nickte ich Andi zu, und wir gingen langsam die Treppe hinab. Wir glitten durch die unsichtbaren Felder der Magie, ohne sie zu aktivieren, und schlichen weiter in den Keller.

Ich drückte die Klinke an der Tür unten an der Treppe. Sie war nicht verschlossen.

»Das kommt mir zu einfach vor«, murmelte ich. »Wenn das ein Gefängnis ist, sollte das hier dann nicht abgeschlossen sein?«

Andi knurrte leise, und ich spürte ihre Zustimmung und ihren Argwohn.

Meine Lippen kribbelten immer noch ... und jetzt noch viel stärker. Thomas war in der Nähe. »Ich nehme an, wir haben keine große Wahl.« Ich öffnete die Tür, langsam und ruhig.

Die Tür öffnete sich nicht zu einem Kerker. Und sie zeigte uns auch kein Gewölbe. Stattdessen starrten Andi und ich in einen langen Gang, der genauso prachtvoll ausgestattet war wie die Flure oben. Große und reich verzierte Türen gingen in großem Abstand davon ab. Auf jeder Tür stand eine Zahl, die aus reinem Silber zu bestehen schien. Die indirekte Beleuchtung war strategisch über die Länge des Gangs verteilt und verbreitete ein behagliches Dämmerlicht, ohne dass es dunkel gewesen wäre.

Andis tiefes Grollen verwandelte sich in ein verwirrtes, leises Jaulen, und sie legte den Kopf schief.

»Ja«, sagte ich ziemlich verdutzt. »Es sieht aus wie ein ... Hotel. Hier ist sogar ein Schild an der Wand, das die Fluchtwege im Brandfall zeigt.«

Andi schüttelte leicht den Kopf, und ich spürte genug von ihren Emotionen, um zu begreifen, was sie meinte. *Was zur Hölle soll das?*

»Ich weiß«, sagte ich. »Wohnen hier vielleicht die Svartalfes? Oder sind es Gästezimmer?«

Andi sah zu mir hoch und zuckte mit den Ohren. *Warum fragst du mich das? Ich kann nicht einmal reden.*

»Ich weiß, dass du das nicht kannst. Ich habe nur laut gedacht.«

Andi blinzelte, ihre Ohren zuckten zu mir herum, und sie warf mir einen schiefen Seitenblick zu. *Du hast mich gehört?*

»Ich habe dich nicht direkt gehört, sondern einfach nur ... verstanden.«

Sie wich ein Stück vor mir zurück. *Und das in dem Moment, wo ich gerade dachte, du könntest nicht noch merkwürdiger und verstörender werden.*

Ich lächelte sie strahlend und boshaft an und bedachte sie mit diesem verrückten Blick, mit dem ich meine kleinen Brüder und Schwestern immer erschreckt hatte.

Andi schnaubte nur und hob dann die Schnauze, um zu wittern. Ich beobachtete sie scharf. Ihre Nackenhaare sträubten sich, und sie presste sich unwillkürlich an den Boden. *Hier sind irgendwelche Wesen. Es sind zu viele Gerüche, um sie auszusortieren. Etwas Vertrautes, aber nicht im guten Sinne.*

»Thomas ist in der Nähe. Komm weiter.« Wir gingen weiter, und ich folgte geradewegs der kribbelnden Signatur meines Verfolgungszaubers. Er orientierte sich allmählich nach rechts, und als wir vor der Tür von Zimmer Nummer sechs ankamen, verlagerte sich das Kribbeln in meinen Mundwinkel, so lange, bis ich das Gesicht direkt zur Tür wandte. »Hier, in Nummer sechs.«

Andi sah sich in dem Korridor um. Ihre Augen zuckten hin und her, und ihre Ohren rotierten in alle möglichen Richtungen. *Mir gefällt das alles nicht.*

»Es ist zu leicht«, flüsterte ich. »Das hier ist viel zu einfach.« Ich griff nach dem Türknauf, hielt dann jedoch inne. Mein Verstand sagte mir, dass diese Situation vollkommen verkehrt war. Meine Instinkte sagten mir dasselbe. Wenn Thomas ein Gefangener von Svartalfheim war, wo waren dann die Käfige, die Ketten, die Schlösser, die Gitter, die Wachen? Und wenn er nicht gegen seinen Willen hier festgehalten wurde ... was verdammt machte er dann hier?

Wenn man sich in einer Situation wiederfindet, die unlogisch ist, hat das für gewöhnlich einen Grund: Man hat fehlerhafte Informationen. Man kann fehlerhafte Informationen auf verschiedene Art und Weise bekommen. Manchmal liegt man einfach falsch mit dem, was man erfahren hat. Häufiger jedoch, und das ist auch gefährlicher, ist die Information, die man hat, schlecht, weil man von einer fehlerhaften Annahme ausgegangen ist.

Und der schlimmste Fall ist der, wenn jemand einem

diese falschen Informationen absichtlich gegeben hat und man selbst, wie ein Dummkopf, dieser Person vertraut und die Information ohne zu zögern aufsaugt.

»Tantchen!«, stieß ich hervor. »Sie hat mich reingelegt.« Lea hatte mich nicht in das Gebäude geschickt, um Thomas zu retten, oder zumindest nicht nur deshalb. Es war kein einfacher Zufall, warum sie mich gelehrt hatte, wie man die magischen Sicherheitsmaßnahmen umging, die die Svartalfes benutzten. Sie hatte einen ganz anderen Hintergedanken dabei, mich ausgerechnet in dieser Nacht hierherzubringen.

Ich ging unser Gespräch noch einmal durch und knurrte. Nichts von dem, was sie mir gesagt hatte, war gelogen gewesen. Aber alles war so angelegt, dass ich die falschen Schlussfolgerungen ziehen sollte. Nämlich dass Thomas gerettet werden musste und ich die Einzige war, die das konnte. Ich wusste nicht, warum die Leanansidhe mich ausgerechnet hierhin hatte manövrieren wollen, aber sie hatte jedenfalls dafür gesorgt, dass ich hier landete.

»Dieses hinterhältige, verräterische, tückische Miststück! Wenn ich sie erwische, werde ich...!«

Andi stieß plötzlich ein sehr tiefes Grollen aus, und ich verstummte augenblicklich.

Die Tür im Obergeschoss öffnete sich, und dieser Mistkerl Listen und etliche Rollkragenträger marschierten durch den Gang auf uns zu.

Listen war ein schlanker, fit aussehender, mittelgroßer Mann. Sein Haar war militärisch kurz geschnitten, er hatte blasse Haut, und seine dunklen Augen blickten hart und intelligent. Die Werwölfe und ich hatten schon ein halbes Dutzend Mal versucht, ihn zur Strecke zu bringen, aber er hatte es immer geschafft, entweder zu entkommen oder das Blatt zu wenden und uns dazu zu bringen, um unser Leben zu rennen.

Brutale böse Jungs sind schon schlimm genug. Brutale, erfindungsreiche, rücksichtslose, professionelle *intelligente* böse Jungs sind viel, viel schlimmer. Listen gehörte zu Letzteren, und ich hasste seinen verdammten fischigen Mumm.

Er und seine Kumpane trugen die Standarduniform der Lakaien der Fomori: schwarze Hose, schwarze Schuhe und einen schwarzen Rollkragenpullover. Der hohe Kragen des Rollkragenpullovers verdeckte die Kiemen an beiden Seiten ihres Halses, so dass sie als Normalsterbliche durchgehen konnten. Das waren sie aber nicht oder zumindest nicht mehr. Die Fomori hatten sie verändert, hatten sie stärker, schneller und nahezu immun gegen Schmerz gemacht. Ich hatte es noch nie geschafft, sie in einen erfolgreichen Hinterhalt zu locken, und jetzt fiel mir einer direkt in den Schoß. Mein Bedürfnis, mich für das Blut zu rächen, das ich heute früh von meiner Haut gewaschen hatte, schmerzte beinahe.

Aber die Lakaien hatten einen verdrehten Verstand, und sie wurden ständig schlimmer. Es war verdammt schwierig, in ihre Köpfe zu kommen, so wie ich es hätte tun müssen, und wenn dieser erste Angriff in einem so beengten Raum scheiterte, würde diese Bande Andi und mich in Stücke reißen.

Also biss ich die Zähne zusammen. Ich legte meine Hand auf Andis Hals und drückte sie leicht, während ich mich neben sie hockte und mich auf den Schleier konzentrierte. Ich musste den Introspektionsdrang dämpfen. Listen hätte mich vor ein paar Monaten fast getötet, als er bemerkt hatte, wie ein ähnlicher Zauber seinen Gedankengang veränderte. Das war verdammt unheimlich gewesen, aber seitdem hatte ich daran gearbeitet. Ich schloss die Augen und webte das leichteste, feinste Netz von Suggestion, das ich mit meinen Fähigkeiten weben konnte, während ich gleichzeitig den Schleier noch enger um uns zog. Das Licht im Flur wurde noch dunkler, und die Luft auf meiner Haut wurde merklich kälter.

Sie kamen näher. Listen ging voran, zielstrebig und lautlos. Der Hundesohn marschierte nur fünfzig Zentimeter an mir vorbei. Ich hätte meine Hand ausstrecken und ihn berühren können.

Keiner von ihnen blieb stehen.

Sie gingen durch den Korridor zu Zimmer acht, und Listen schob einen Schlüssel ins Schloss. Er öffnete die Tür, und seine Kumpane und er traten in das Zimmer.

Das war eine Gelegenheit, die ich nicht versäumen wollte. Trotz all der Schrecken, die die Fomori seit der Vernichtung des Roten Hofes in die Welt gebracht hatten, wussten wir immer noch nicht, warum sie taten, was sie taten. Wir wussten nicht, was sie wollten oder wie ihre derzeitigen Aktionen ihnen das beschaffen sollten.

Also bewegte ich mich so lautlos, wie ich es in diesem letzten Jahr auf die harte Tour gelernt hatte, und schlich mich ans Ende der Reihe von Lakaien, die in den Raum traten. Nach einer Schrecksekunde folgte mir Andi ebenso lautlos. Wir schafften es gerade noch, ins Zimmer zu schlüpfen, bevor die Tür geschlossen wurde. Niemand sah zu uns zurück, als wir in eine palastartige Suite traten. Sie war ebenso prunkvoll eingerichtet wie der Rest des Gebäudes. Außer dem halben Dutzend Rollkragenträgern, die Listen mitgebracht hatte, warteten bereits fünf andere Lakaien in dem Zimmer in Habtachtstellung. Sie standen stocksteif da, die Arme auf dem Rücken verschränkt.

»Wo ist er?«, fragte Listen einen Lakaien, der neben einer Tür stand. Der Mann war der größte Rollkragenträger im Raum. Er hatte einen Hals wie ein Hydrant.

»Da drin«, antwortete er.

»Es ist fast so weit«, sagte Listen. »Informiere ihn.«

»Er hat Befehl gegeben, dass er nicht gestört werden darf.«

Listen schien einen Moment darüber nachzudenken. »Ein Mangel an Pünktlichkeit«, sagte er dann, »wird den Vertrag wertlos und unsere Mission unmöglich machen. Informiere ihn.«

Der Aufpasser runzelte die Stirn. »Der Lord hat Befehl gegeben, dass ...«

Listens Oberkörper zuckte plötzlich vor, so schnell, dass ich nur eine schemenhafte Bewegung wahrnahm. Der große Lakai zischte, grunzte, und Blut spritzte in einer Fontäne aus seiner Kehle. Er taumelte einen Schritt zur Seite, drehte sich zu Listen herum und hob die Hand.

Dann erzitterte er und brach auf dem Boden zusammen. Das Blut pumpte in einem starken Strahl aus der riesigen, klaffenden Wunde in seinem Hals.

Listen ließ einen Klumpen Fleisch von der Größe eines Baseballs aus seinen nackten, blutigen Fingern fallen, bückte sich und wischte sie an dem Pullover des toten Lakaien ab. Auf dem Schwarz zeigte sich kein Blut. Dann richtete er sich wieder auf und klopfte an die Tür.

»Mylord. Es ist fast Mitternacht.«

Er wiederholte es genau sechzig Sekunden später.

Er wiederholte es noch dreimal, bevor eine undeutliche Stimme antwortete: »Ich habe Befehl gegeben, mich nicht zu stören.«

»Verzeiht, Mylord, aber die Zeit wird knapp. Wenn wir nicht handeln, sind alle unsere Bemühungen vergebens.«

»Es steht dir nicht zu zu entscheiden, welche Befehle ignoriert werden können und welche nicht«, erwiderte die Stimme. »Exekutiere den Narren, der zugelassen hat, dass mein Schlaf gestört wurde.«

»Das ist bereits geschehen, Mylord.«

Auf der anderen Seite der Tür hörte man ein besänftigtes Grunzen. Einen Augenblick später wurde sie geöffnet, und ich sah zum ersten Mal einen Lord der Fomori.

Er war groß, extrem hager und trotzdem irgendwie nicht dünn. Seine Hände und Füße waren viel zu groß, und sein Bauch wölbte sich vor, als hätte er einen Basketball verschluckt. Seine Kiefer waren ebenfalls übergroß und geschwollen, als hätte er Mumps. Seine Lippen waren zu groß und zu wulstig und sahen aus, als wären sie aus Gummi. Sein Haar klebte flach auf seinem Schädel, schlaff wie Seetang, der gerade an den Strand gespült worden war. Insgesamt sah er aus wie eine ungelenke, giftige Kröte. Er trug nur eine Decke, die er sich über die Schultern geworfen hatte. Igitt.

In dem Raum hinter ihm lagen drei nackte Frauen auf dem Boden und dem Bett. Tot. Jede von ihnen hatte dunkelviolette Striemen am Hals und glasige, starre Augen.

Die Rollkragenträger warfen sich ehrfürchtig auf den Boden, als der Fomor hereinkam. Listen allerdings ging nur auf ein Knie herab.

»Er ist hier?«, erkundigte sich der Fomor.

»Ja, Mylord«, antwortete Listen. »Zusammen mit seinen beiden Leibwächtern.«

Der Fomor lachte kurz und rieb sich die abgespreizten Hände. »Dieser sterbliche Emporkömmling. Schimpft sich Baron. Er wird für das zahlen, was er meinem Bruder angetan hat.«

»Gewiss, Mylord.«

»Niemandem ist es gestattet, meine Familie zu ermorden, außer mir selbst.«

»Selbstverständlich, Mylord.«

»Bring die Muschel.«

Listen verbeugte sich und nickte drei anderen Rollkragenträgern zu. Sie eilten zu einer anderen Tür, verschwanden in dem Raum, und als sie wieder auftauchten, schleppten sie eine Muschelschale herein, die mindestens eine halbe Tonne wiegen musste. Das Ding war monströs und von einer Korallenkruste oder einer Kruste von Muscheln überzogen oder wie auch immer diese Dinger heißen, die an Schiffshüllen wachsen. Sie hatte einen Durchmesser von etwa zwei Meter fünfzig. Die Lakaien stellten sie mitten in dem Zimmer auf den Boden.

Der Fomor ging zu der Muschel, berührte sie mit einer

Hand und murmelte etwas. Augenblicklich glühte Licht auf der Oberfläche auf und bildete gewundene Muster, die möglicherweise Buchstaben waren. Jedenfalls hatte ich so etwas noch nie zuvor gesehen. Der Fomor blieb eine Weile davor stehen, die Hand ausgestreckt, die hervorquellenden Augen zusammengezogen, und sagte etwas in einer zischenden, blubbernden Sprache.

Ich wusste nicht, was er da tat, aber was es auch war, er bewegte eine Menge Energie. Ich fühlte, wie sie die Kammer erfüllte und die Luft irgendwie zusammenpresste, es einem erschwerte zu atmen.

»Mylord?«, fragte Listen plötzlich. »Was macht Ihr da?«

»Ich bereite ein Geschenk für unsere neuen Verbündeten vor«, erwiderte der Fomor. »Ich kann schwerlich die Svartalfes zusammen mit allen anderen auslöschen. Noch nicht.«

»Dies entspricht nicht den Plänen der Kaiserin.«

»Die Kaiserin!«, spie der Fomor hervor. »Sie hat mir gesagt, ich solle unseren neuen Verbündeten nicht schaden. Sie hat nichts von dem jämmerlichen Abschaum gesagt, der an diesen Festlichkeiten teilnimmt.«

»Den Svartalfes geht ihre Ehre über alles«, erwiderte Listen. »Ihr werdet sie beschämen, wenn ihren Gästen etwas zustößt, während sie unter dem Schutz ihrer Gastfreundschaft stehen, Mylord. Es könnte sogar den Sinn dieser Allianz in Gefahr bringen.«

Der Fomor spie aus. Ein Klacks gelblicher Schleim spritzte neben Listens Füßen auf den Boden. Er zischte und knisterte auf dem Marmorboden. »Sobald der Vertrag unterzeichnet ist, ist es vorbei. Mein Geschenk wird ihnen unmittelbar danach überreicht: Ich werde ihr elendes Leben verschonen. Und sollte der Rest des Abschaums sich dann gegen die Svartalfes wenden, haben sie keine andere Wahl, als sich an *uns* zu wenden, um sich unserer Stärke zu versichern.« Er verzog das Gesicht. »Keine Sorge, Listen. Ich bin nicht so dumm, einen der besonderen Lieblinge der Kaiserin zu vernichten, nicht einmal durch einen Zufall. Du und deine Handlanger werdet überleben.«

Ich erkannte plötzlich die Art der Energie, die sich in der gigantischen Muschel auf dem Boden aufbaute, und mir wäre fast das Herz stehen geblieben.

Heilige Scheiße!

Lord Kröte bastelte da eine Bombe.

Direkt vor meiner Nase.

»Mein Leben gehört meinen Herren, die darüber nach ihrem Gutdünken verfügen können, Mylord«, erwiderte Listen. »Habt Ihr noch andere Instruktionen?«

»Nimm den Toten alles Kostbare, was du findest, bevor wir uns entfernen.«

Listen verneigte sich. »Wie wirkungsvoll ist Euer Geschenk Eurer Einschätzung nach?«

»Das Geschenk, das ich dem Roten Hof im Kongo gemacht habe, war ja wohl tödlich genug«, erwiderte Lord Kröte selbstgefällig.

Mein Herz hämmerte noch schneller. Während des Krieges mit dem Weißen Konzil hatte der Rote Hof eine Art von Nervengas in einem Krankenhaus eingesetzt, in dem verletzte Magier behandelt wurden. Die Waffe hatte Zehntausende Menschen in einer Stadt getötet, die weit kleiner und nicht so dicht bevölkert war wie Chicago.

Meine nackten Füße fühlten sich plötzlich winzig und eiskalt an.

Lord Kröte grunzte und wackelte mit den Fingern. Die Bombe verschwand, verborgen hinter einem Schleier, der ebenso gut war wie alles, was ich zustande brachte. Der Fomor-Lord ließ abrupt die Hand sinken und lächelte. »Bringt mir meine Roben.«

Die Rollkragenträger kleideten Lord Kröte hastig in etwas, was jeden Wettbewerb um die geschmackloseste Robe in der Geschichte der Roben gewonnen hätte. Etliche Farben waberten in einem Wellenmuster auf dem Stoff, als kräuselte sich Wasser, aber sie wirkten vollkommen beliebig und bissen sich miteinander. Die Robe war mit Perlen übersät, von denen einige die Größe von Gummibällen hatten. Danach setzten sie ihm einen kronenartigen Kopfreif auf, und anschließend marschierten Lord Kröte und seine Gefolgschaft hinaus.

Ich duckte mich weg, so gut ich konnte, verschwand fast unter der Minibar, während Andi sich neben mich kauerte, damit mein Schleier hielt. Lord Kröte fegte unmittelbar an mir vorbei, und die Rollkragenträger marschierten in zwei Reihen hinter ihm her. Ihre Bewegungen waren präzise und einheitlich, jedenfalls bis einer der letzten beiden Lakaien stehen blieb. Er hielt mit einer Hand die Tür offen.

Es war Listen.

Er sah sich langsam in dem Raum um und runzelte die Stirn.

»Was ist denn?«, erkundigte sich der andere Lakai.

»Riechst du das?«, erkundigte sich Listen.

»Was?«

»Parfüm.«

Oh, Mist!

Ich schloss die Augen und konzentrierte mich mit aller Kraft auf meine Suggestion, fügte einige Fäden von Besorgnis hinzu und bemühte mich, sie so fein zu spinnen, dass Listen sie nicht wahrnehmen konnte.

Nach einem Augenblick sagte der andere Rollkragenträger: »Ich habe Parfüm noch nie wirklich gemocht. Aber wir sollten uns nicht so weit vom Lord entfernen.«

Listen zögerte noch eine Sekunde, bevor er nickte und Anstalten machte, die Tür zufallen zu lassen.

»Molly!«, drang Justines Stimme klar und deutlich aus dem Kristall in meinem Dekolleté. »Miss Gard ist vor etwa zwei Minuten fast ausgeflippt und hat sich Marcone praktisch unter den Arm geklemmt und weggeschleppt. Der Sicherheitsdienst macht mobil.«

Manchmal glaube ich, dass sich in meinem ganzen Leben alles nur um schlechtes Timing dreht.

Listen wirbelte zu uns herum, aber Andi war schneller. Sie sprang mit einem Satz vom Boden hoch, segelte drei Meter durch die Luft und krachte gegen die Tür. Sie hämmerte sie mit dem gesamten Gewicht ihres Körpers zu. Im nächsten Augenblick war sie wieder ein nacktes, menschliches Mädchen, das sich gegen die Tür stemmte, während sie die Hand hob und die Schlösser vorlegte.

Ich fischte den Kristall aus meinem Kleid. »Es gibt eine Bombe auf dem Gelände, unten im Gästeflügel. Ich wiederhole, es ist eine Bombe im Gästeflügel, im Quartier des Botschafters der Fomori. Such Etri oder irgendeinen anderen Svartalf und sag ihnen, dass der Fomor vorhat, die Gäste der Svartalfes zu ermorden.«

»Oh mein Gott!«, keuchte Justine.

»Heilige Scheiße!«, stieß Butters hervor.

Etwas Schweres prallte mit hoher Geschwindigkeit von der anderen Seite gegen die Tür, und sie erzitterte in ihrem Rahmen. Andi wurde tatsächlich ein paar Zentimeter zurückgeschleudert, aber sie stemmte sofort wieder ihre Schultern dagegen. »Molly!«

Das war wieder eine dieser Situationen, in denen Panik einen leicht töten kann. Während ich also am liebsten kreischend im Kreis herumgerannt wäre, schloss ich stattdessen die Augen, ließ den Schleier los und holte tief Luft, während ich meine Gedanken ordnete.

Erstens: Wenn Kröte und die Rollkragenträger es schaffen, in den Raum zu kommen, würden sie uns töten. Es lagen bereits mindestens vier Leichen in der Suite herum. Was machten da schon zwei weitere aus? Also war die erste Priorität, sie aus dem Raum fernzuhalten, jedenfalls so lange, bis die Svartalfes wussten, was hier los war.

Zweitens: die Bombe. Wenn dieses Ding losging und es sich auch um diese Art Nervengas handelte, wie es der Rote

Hof in Afrika benutzt hatte, würde es Hunderttausende Tote geben, einschließlich Andi, Thomas und Justine sowie Butters und Marci, die draußen im Wagen warteten. Die Bombe musste also entweder entschärft oder irgendwohin gebracht werden, wo sie keinen Schaden anrichten konnte. Oh, und es war wahrscheinlich dafür auch notwendig, dass sie nicht unsichtbar war.

Drittens: Thomas' Rettung. Ich durfte die Mission nicht aus den Augen verlieren, ganz gleich wie kompliziert die Dinge wurden.

Wieder erzitterte die Tür.

»Molly!«, kreischte Andi. Vor Furcht klang ihre Stimme vibrierend und schrill.

»Verflucht«, grollte ich. »Was würde Harry tun?«

Wenn Harry hier wäre, würde er wahrscheinlich einfach diese blöde Tür zuhalten. Seine magischen Talente waren so stark wie die eines Superhelden gewesen, wenn es darum ging, gewaltige Mengen von Energie einzusetzen. Ich bin mir ziemlich sicher, dass er auch eine dahinrasende Lokomotive hätte anhalten können. Oder zumindest einen dahinrasenden Sattelschlepper. Meine Talente dagegen erstreckten sich nicht so sehr auf das Physische.

Harry hatte mir einmal gesagt, dass man wirklich ein Problem hatte, wenn man ein Problem hatte. Hatte man aber mehrere Probleme, hatte man möglicherweise gleichzeitig auch etliche Lösungen.

Ich stand auf, ließ die Zauberstäbe in meine Hände rutschen und umklammerte sie. Dann drehte ich mich zur Tür um. »Mach dich fertig.«

Andi warf mir einen scharfen Blick zu. »Wofür?«

»Die Tür zu öffnen«, sagte ich. »Und sofort wieder hinter mir zu schließen.«

»*Was?*«

»Schließ deine Augen. Auf drei«, fuhr ich fort und beugte sachte meine Knie. »Eins!«

Die Tür vibrierte erneut.

»Zwei!«

»Bist du wahnsinnig geworden?«, rief Andi.

»Drei!« Ich rannte zur Tür und hob beide Zauberstäbe. Andi presste ihre Augen fest zu und riss die Tür auf, und ich führte meinen Single-Frau-Rave auf.

Ich kanalisierte die Kraft meines Willens, während Licht und Geräusche aus den Enden der beiden Zauberstäbe sprühten. Damit meine ich nicht Licht wie von einer Taschenlampe, sondern eher wie von einer kleinen Kernexplosion. Das Geräusch hatte auch nicht die Lautstärke eines Schreis oder einer kleinen Explosion oder eines vorüberdonnernden Zuges. Sondern es war das Geräusch, als würde man an Deck eines dieser alten Schlachtschiffe aus dem Zweiten Weltkrieg stehen, wenn es seine großen Kanonen abfeuerte. Es war ein *Wumms*, der einen erwachsenen Mann betäuben und umhauen konnte.

Ich stürmte mit dieser Wand aus Klang und Licht vor, stürzte in den Korridor zwischen die Gestalten der erschreckten und benommenen Rollkragenträger.

Und dann wurde ich wirklich gemein.

Ein paar Sekunden später waren die durcheinandergewirbelten Lakaien wieder auf den Füßen, obwohl sie ein bisschen desorientiert wirkten und heftig blinzelten. Weiter unten im Flur half einer der Rollkragenträger gerade Lord Kröte hoch. Sein schlaffes Haar war zerzaust, und seine Roben waren durcheinandergeraten. Sein hässliches Gesicht war vor Wut verzerrt. »Was geht hier vor, Listen?«, verlangte er zu wissen. Er brüllte aus voller Kehle. Ich bezweifelte, dass seine Ohren besonders gut funktionierten.

»Mylord«, erwiderte Listen. »Ich glaube, das ist wieder die Handschrift der Lumpigen Lady.«

»Was? Sprich lauter, Narr!«

Ein Muskel zuckte in Listens Wange. Dann wiederholte er seine Worte schreiend.

Kröte gab ein Zischen von sich. »Dieses lästige Miststück«, schnarrte er. »Brich die verdammte Tür auf und bring mir ihr Herz.«

»Ja, Mylord«, antwortete Listen, und die Rollkragenträger bezogen vor der Tür mit der Nummer acht Stellung.

Sie benutzten keine Werkzeuge. Sie brauchten auch keine. Sie traten einfach nur gegen die Tür, drei von ihnen gleichzeitig, und nach drei Tritten bildeten sich Risse, und die Tür ächzte. Nach fünf Versuchen zerbrach sie und schwang locker in ihren Angeln.

»Tötet sie!«, schnarrte Lord Kröte und trat dichter zu der zerbrochenen Tür. »*Tötet sie!*«

Alle bis auf zwei Lakaien stürzten in den Raum.

Hinter meinem Schleier, den ich rasch wieder gewirkt hatte, kam ich zu dem Schluss, dass es der richtige Moment war, meine Illusion aufzulösen, als die Tür zurückschwang, nachdem sie hindurchgestürmt waren. Die silberne Nummer acht an der Tür schimmerte und schmolz wieder zurück zu der silbernen Nummer sechs.

Lord Krötes Augen weiteten sich, als er begriff.

Einer der Lakaien flog durch die Tür von Zimmer sechs und krachte gegen die Wand auf der gegenüberliegenden Seite. Er sackte wie eine Puppe zusammen und landete auf dem Boden. In dem Marmor zeichnete sich ein körperförmiger Umriss aus zerschmettertem Stein ab, der von Blutflecken gesprenkelt war.

Und auf der anderen Seite der zerbrochenen Tür ertönte die Stimme von Thomas Raith, dem Vampir. »Listen, richtig? Wow. Dass ihr Clowns auch immer im falschen Zimmer landen müsst.«

»Wir haben einen Fehler gemacht«, gab Listen zu.

»Oh ja, das habt ihr.«

Dann hörte man nur noch das Knacken von Knochen und ein dumpfes Krachen in dem Zimmer.

Lord Kröte zischte und drehte den riesigen Kopf auf seinem dürren Hals. »Zerlumptes Miststück!«, zischte er. »Ich weiß, dass du hier bist.«

Diesmal wusste ich ganz genau, was Harry tun würde. Ich hob meinen Klang-Zauberstab und schickte meine Stimme ans andere Ende des Korridors, hinter ihm. »Hallo, Kröte. Ist es so schwer, wie es aussieht, dieses Übeltäter-Klischee aufrechtzuerhalten, oder ist es bei dir angeboren?«

»Du wagst es, mich zu verspotten?« Der Fomor schleuderte dunkelgrüne Energie durch den Korridor, die sich wie ein Korkenzieher drehte. Sie zischte und hinterließ Brandflecken auf allem, was sie berührte, und endete an den Türen. Als sie sie traf, gab es ein lautes Knistern, und das grüne Licht breitete sich über die Oberfläche aus wie ein Fischernetz.

»Für einen Kerl mit einem Gesicht wie dem deinen ist es sicher schwierig, irgendetwas anderes zu tun als Böses«, sagte ich, diesmal direkt hinter ihm. »Hast du die Mädchen ermordet, oder haben sie sich freiwillig für den Tod entschieden, als sie dich ohne dein Hemd gesehen haben?«

Der Fomor schnarrte und schlug mit den Händen durch die Luft neben sich. Dann kniff er die Augen zusammen, murmelte etwas und wob mit seinen spachtelförmigen Fingern ein kompliziertes Muster in die Luft. Ich fühlte sofort die Energie, die er ausstrahlte, und wusste, was er vorhatte – er wollte meinen Schleier auflösen. Aber dieses Spielchen hatte ich monatelang mit Tantchen Lea gespielt.

Lord Kröte nicht.

Als die Fäden seiner Suchmagie sich ausdehnten, schickte ich selbst ein Flüstern meiner Macht aus, das sie einen nach dem anderen um die Stelle herumführte, die von meinem Schleier verborgen wurde. Ich konnte es mir nicht leisten, mich von ihm finden zu lassen. Jedenfalls nicht so. Aber ich durfte auch nicht zulassen, dass er aufgab und wegging, also benutzte ich erneut den Klangstab und diesmal direkt über seinem Kopf. »Das ist nichts für Amateure. Bist du sicher, dass du es nicht einfach aussitzen und es Listen überlassen solltest?«

Lord Kröte hob den Kopf und kniff die Augen zusammen. Er hob die Hand, zischte etwas, und Feuer sprang von seinen Fingern an die Decke über ihm.

Es dauerte etwa zwei Sekunden, bis der Feueralarm losging, und weitere zwei, bis das Sprinklersystem ansprang. Aber als das Wasser begann, meinen Schleier aufzulösen, war ich bereits wieder an der Tür zu Raum acht. Magie ist eine Art von Energie und folgt ihren eigenen Gesetzen. Eines dieser Gesetze lautet, dass Wasser aktive magische Konstrukte auslöscht, und mein Schleier schmolz, als wäre er aus Zuckerwatte.

»Ha!«, spie der Fomor, als er mich sah. Er feuerte einen Strahl von grünem Licht auf mich. Ich warf mich mit dem Gesicht auf den Boden, und der Strahl zischte über mich hinweg und krachte gegen die Tür. Dann drehte ich mich hastig auf den Rücken, gerade noch rechtzeitig, um einen Schild gegen den zweiten und dritten Feuerstrahl zu errichten. Meine physischen Schilde sind nicht besonders stark, aber der Zauber des Fomor war reine Energie, was es leichter für mich machte, damit umzugehen. Ich wehrte die beiden Strahlen nach links und rechts ab, die ziegelsteingroße Löcher in die Marmorwände schlugen, als sie trafen.

Lord Krötes Augen wurden noch größer und blitzten wütend, weil er vorbeigeschossen hatte. »Sterbliche Kuh!«

Also wirklich, das saß. Zugegeben, es war vielleicht ein bisschen oberflächlich und auch ein bisschen armselig und zeigte vielleicht auch einen Mangel an Charakter, dass Krötes Beleidigung gegen mein Äußeres mir weit effektiver unter die Haut ging als sein Versuch, mich umzubringen, aber trotzdem…

»*Kuh?*« Ich kochte vor Wut, als das Wasser des Sprinklersystems mich allmählich durchweichte. »In diesem Kleid bin ich der Hammer!«

Ich ließ einen meiner Zauberstäbe fallen und hielt meine Handfläche in seine Richtung. Ich schickte einen unsichtbaren Strahl reiner Erinnerung gegen ihn, konzentriert und fokussiert mit Magie, wie Licht, das durch ein Vergrößerungsglas fällt. Manchmal kann man sich an traumatische Verletzungen nicht wirklich erinnern, und meine Erinnerung daran, wie mir ins Bein geschossen wurde, war ziemlich verwaschen. Es hatte nicht besonders wehgetan, als ich tatsächlich angeschossen wurde, und außerdem war ich da gerade ziemlich abgelenkt gewesen. Aber als man diese Wunde später in dem Hubschrauber behandelte, das war vielleicht ein Schmerz! Sie hatten die Kugel mit einer Zange herausgepult, die Wunde mit irgendetwas gereinigt, was wie die Hölle brannte, und als sie den Druckverband angelegt und befestigt hatten, tat es so weh, dass ich glaubte, sterben zu müssen.

Und genau das feuerte ich auf Lord Kröte, mit aller Kraft, die ich aufbringen konnte.

Er errichtete einen Schild gegen den Angriff, aber ich vermute, dass er nicht sonderlich geübt darin war, so etwas Unfassliches wie eine Erinnerung zu bekämpfen. Obwohl das Wasser den Zauber schwächte, fühlte ich, wie er durch seine Verteidigung schlug und traf. Kröte stieß einen schrillen Schrei aus, taumelte und stürzte schwer gegen die Wand, wobei er sein Bein umklammerte.

»Tötet sie!« Seine Stimme klang zwei Oktaven höher als noch einen Moment zuvor. »Tötet sie, tötet sie, tötet sie!«

Die beiden letzten Lakaien im Gang stürzten sich auf mich. Die Welle der Erschöpfung von der Anstrengung der letzten Sekunden hätte mich fast am Boden festgehalten. Aber ich rappelte mich auf, sprang zur Tür von Raum acht und hämmerte mit der Faust dagegen. »Andi! Andi, ich bin's, Molly! Andi, lass mich…!«

Die Tür wurde aufgerissen, und ich fiel in das Zimmer. Ich zog meine Beine an, als ich mich zusammenrollte, und Andi schlug die Tür hinter mir zu und verriegelte sie.

»Was zur Hölle sollte das, Molly?«, wollte sie wissen. Andi war vollkommen durchnässt, ebenso wie alles andere in dem Raum. Einschließlich der Muschelbombe des Fomor.

Ich stand auf und schlurfte darauf zu. »Ich konnte den Schleier über der Bombe nicht von außen entfernen«, keuchte ich. »Und wir hatten nicht die Zeit, ein Feuer zu entfachen, und ich konnte nicht genug Energie sammeln, um selbst den Alarm auszulösen. Also musste ich Kröte dazu bringen, es für mich zu tun.«

Die Tür vibrierte unter den Schlägen der Rollkragenträger.

»Halt sie mir vom Leib!«, bat ich sie. »Ich entschärfe derweil die Bombe.«

»Kannst du das denn?«, wollte Andi wissen.

»Ein Kinderspiel«, log ich.

»Also gut.« Andi verzog das Gesicht. »Ich stinke bestimmt die ganze Nacht wie ein nasser Hund.«

Sie drehte sich zur Tür herum, als ich die gigantische Muschel erreichte. Ich zwang mich, nicht an die Feinde vor der Tür zu denken, sondern konzentrierte mich vollkommen auf die Muschel vor mir. Dann tastete ich mit meinen Sinnen danach und spürte die Energie auf, die durch die Bombe strömte.

Es war sehr viel Energie in diesem Ding, Macht, die darin gespeichert und bereit war zu explodieren. Eine dünne Schicht von Zauber lag auf der Außenseite der Muschel, eine Art magisches Äquivalent zu einem Kontrollbrett. Das Wasser erodierte es langsam, aber nicht schnell genug, um den Kernzauber aufzulösen und die aufgestaute Energie freizusetzen. Aber wenn ich mich nicht beeilte, würde das Wasser die oberflächliche Verzauberung auflösen und es *jedem* unmöglich machen, die Bombe zu entschärfen.

Ich schloss die Augen und legte eine Hand auf die Muschel, wie Kröte es getan hatte. Ich spürte, wie die Energie der Muschel nach meinen Fingern tastete, bereit zur Antwort, und machte mich daran, meine eigene Energie hineinzugießen, in dem Versuch, sie zu ertasten. Es war ein einfacher Zauber, nichts Kompliziertes, aber ich wusste nicht, was diese ganzen Vorrichtungen bewirkten. Als hätte ich eine Fernbedienung für das Fernsehen, auf der man vergessen hatte, die Knöpfe zu etikettieren. Ich konnte nicht einfach anfangen, willkürlich auf ihnen herumzudrücken.

Andererseits konnte ich es mir auch nicht leisten, es nicht zu tun.

Ich musste also wohlüberlegt raten.

Auf einer TV-Fernbedienung ist der An- und Aus-Knopf fast immer ein bisschen von den anderen getrennt oder liegt irgendwie zentral. Danach suchte ich, um die Bombe abzustellen. Ich begann, alle Teile des Zaubers zu eliminieren, die zu komplex oder zu klein waren, was meine Möglichkeiten Stück um Stück reduzierte. Am Schluss blieben noch zwei übrig. Wenn ich falsch riet...

Ich lachte nervös. »He, Andi. Blauer Draht oder roter Draht?«

Ein Rollkragenträger hämmerte mit seinem Fuß ein Loch in die Tür, und Andi fuhr mit ihrem Kopf zu mir herum, um mich ungläubig anzustarren. »Willst du mich verdammt noch mal verarschen?«, schrie sie. »Blau natürlich! Im Fernsehen schneiden sie immer den blauen durch!«

Die Hälfte der Tür krachte aus der Fassung und fiel zu Boden. Andi verwandelte sich in ihre Wolfsgestalt und griff an, zerfetzte den ersten Rollkragenträger, der versuchte, den Raum zu betreten.

Ich richtete meine Aufmerksamkeit wieder auf die Bombe und konzentrierte meinen Willen darauf. Es kostete mich ein paar Versuche, weil ich fürchterliche Angst hatte, und eine solche Scheißangst ist für gewöhnlich nicht förderlich für klare Gedanken.

»He, Gott«, flüsterte ich. »Ich weiß, dass ich in letzter Zeit nicht besonders häufig mit dir geplaudert habe, aber wenn du mir hier einen richtig guten Gefallen tun würdest, wäre das wirklich klasse für sehr viele Menschen. Bitte, lass mich das richtige Türchen nehmen.«

Ich durchtrennte den blauen Draht, sozusagen.

Nichts passierte.

Eine Woge von schwerer, fast paralysierender Erleichterung durchströmte mich – dann sprang Lord Kröte über die beiden Lakaien, die mit Andi kämpften, und prallte gegen mich.

Ich landete hart auf dem Marmorboden, und Kröte hockte sich auf mich, drückte mich mit seinem viel zu hageren Körper nieder. Er schlang die Finger einer Hand um meinen Hals und drückte zu. Er war grauenvoll stark. Ich bekam augenblicklich keine Luft mehr, es pochte wie verrückt in meinem Kopf, und mir wurde kurz schwarz vor Augen.

»Du dusselige Kuh!«, zischte er. Dann begann er, mich mit seiner anderen Faust zu schlagen. Die Hiebe landeten auf meinem linken Wangenknochen. Sie hätten schmerzen sollen, aber ich glaube, etwas stimmte mit meinem Kopf nicht. Ich registrierte zwar den Aufprall, aber alles andere wurde von der wachsenden Dunkelheit verschluckt. Ich spürte, wie ich mich wehrte, aber ich konnte nicht das Geringste ausrichten. Kröte war unglaublich viel stärker, als er aussah. Ich stellte fest, dass ich durch einen dunklen Tunnel auf eines der toten Mädchen auf dem Schlafzimmerboden starrte – und auf die dunkelviolette Haut an ihrem Hals.

Dann kräuselte sich der Boden etwa einen Meter von mir entfernt, und eine höchst sonderbar aussehende, graue Kreatur stieg daraus empor.

Der Svartalf war vielleicht einen Meter fünfzig groß und vollkommen nackt. Seine Haut war graugefleckt, seine Augen waren riesig und vollkommen schwarz. Sein Kopf war ein bisschen größer als der der meisten anderen Leute, und er war kahlköpfig, nur seine Augenbrauen schimmerten silbrig-weiß. Er wirkte tatsächlich ein bisschen wie ein

Rosweller, nur war er nicht superdürr, sondern gebaut wie ein professioneller Wrestler, sehnig und kräftig. In der Hand hielt er ein kurzes, schlichtes Schwert.

»Fomor«, sagte der Svartalf beherrscht. Ich erkannte Mister Etris Stimme. »Man schlägt keine Ladys.«

Kröte wollte etwas sagen, aber dann zuckte Etris Schwert einmal hin und her, und die Hand, die das Leben aus mir herauspresste, wurde glatt vom Handgelenk des Fomor abgetrennt. Kröte kreischte und fiel von mir herunter, während er irgendwas stammelte und versuchte, Macht zu sammeln, als er auf drei Gliedmaßen davonkroch.

»Du hast das Gastrecht verletzt«, fuhr Etri ebenso gemessen fort. Er machte eine Handbewegung, und der Marmorboden unter Lord Kröte verflüssigte sich plötzlich. Kröte sank etwa zehn Zentimeter ein, dann verhärtete sich der Boden um ihn herum wieder. Der Fomor kreischte.

»Du hast einen Gast angegriffen, der unter dem Schutz von Svartalfheim steht und unsere Gastfreundschaft genießt«, sagte er. Sein Tonfall änderte sich keine Nuance. Wieder zuckte das Schwert vor und operierte Kröte die Nase aus dem Gesicht. Eitrige Flüssigkeit spritzte durch die Gegend, und das Geheul verstärkte sich. Etri stand über dem wie am Boden festgewurzelten Fomor und betrachtete ihn vollkommen ausdruckslos. »Hast du irgendetwas zu deinen Gunsten vorzubringen?«

»Nein!«, kreischte Kröte. »Das darfst du nicht! Ich habe niemandem von deinem Volk etwas angetan!«

Die Wut, die wie ein Impuls von Etri ausstrahlte, war so heiß, dass ich schon glaubte, das Wasser aus der Sprinkleranlage müsste verdampfen, wenn es darauf traf. »Uns etwas angetan?« Etri klang immer noch ruhig. Er blickte mit abgrundtiefer Verachtung auf die Muschel und dann wieder auf Lord Kröte. »Du hättest unsere Allianz als einen Vorwand benutzt, um Tausende von Unschuldigen zu ermorden und uns zu Komplizen zu machen.« Er hockte sich hin, schob sein Gesicht dicht vor das von Kröte und sagte ruhig, leise und absolut erbarmungslos: »Du hast die Ehre von Svartalfheim beschmutzt.«

»Ich werde zahlen!«, rief Kröte. »Ihr werdet für Euren Schmerz entschädigt!«

»Es gibt nur einen Preis für dein Handeln, Fomor. Und der ist nicht verhandelbar.«

»Nein«, protestierte Kröte. »Nein. Nein!«

Etri wandte sich von ihm ab und musterte den Raum. Andi hatte immer noch ihre Wolfsgestalt. Einer der Rollkragenträger verblutete auf dem Marmorboden, und das Wasser vom Sprinklersystem verteilte das Blut in einer großen Pfütze. Der andere hockte in einer Ecke, die Arme um den Kopf geschlungen, und blutete aus etlichen Wunden. Andi hockte vor ihm, keuchend, während das Blut von ihren roten Reißzähnen tropfte und ein permanentes Grollen aus ihrer Kehle drang.

Etri drehte sich zu mir um und hielt mir die Hand hin. Ich dankte ihm und ließ mich in eine sitzende Position hochziehen. Meine Kehle tat weh. Mein Kopf schmerzte, mein Gesicht brannte. Es bringt mich noch um, nyuk, nyuk, nyuk. Komm her, du.

Man weiß spätestens dann, dass man windelweich geprügelt wurde, wenn man anfängt, in einem inneren Monolog eine Ein-Personen-Version einer Three-Stooges-Nummer aufzuführen.

»Ich entschuldige mich«, sagte Etri, »weil ich mich in Ihren Kampf eingemischt habe. Bitte nehmen Sie nicht an, dass ich es getan hätte, weil ich glaubte, Sie wären nicht in der Lage, sich selbst zu verteidigen.«

Meine Stimme klang krächzend. »Es ist Ihr Haus, und Ihre Ehre stand auf dem Spiel. Sie hatten das Recht dazu.«

Die Antwort schien ihn zu erfreuen, und er neigte leicht den Kopf. »Ich entschuldige mich weiterhin dafür, dass ich mich dieser Angelegenheit nicht selbst angenommen habe.

Es oblag nicht Ihrer Verantwortung, das Verhalten dieses Abschaums aufzudecken und geeignete Maßnahmen dagegen zu ergreifen.«

»Das war in der Tat ein wenig vermessen von mir«, gab ich zu. »Aber es gab nur sehr wenig Zeit zum Handeln.«

»Sie haben uns vor dieser Gefahr gewarnt. Sie haben nichts Unangemessenes getan. Svartalfheim dankt Ihnen für Ihre Hilfe in dieser Angelegenheit. Man schuldet Ihnen einen Gefallen.«

Ich wollte ihm gerade sagen, dass das nicht nötig wäre, verkniff es mir aber. Etri drosch keine höflichen Phrasen. Das hier war keine freundliche Plauderei. Es war eine Art Vorsprechen, eine Einschätzung. Also senkte ich nur den Kopf. »Danke, Mister Etri.«

»Gern geschehen, Miss Carpenter.«

Svartalfes in Uniformen des Sicherheitsdienstes und menschliche Sicherheitsbeamte strömten in den Raum. Etri trat zu ihnen und gab ihnen leise Instruktionen. Der Fomor und seine Lakaien wurden verschnürt und aus dem Zimmer gezerrt.

»Was wird mit ihnen passieren?«, fragte ich Etri.

»Wir werden an dem Fomor ein Exempel statuieren«, erklärte Etri.

»Was ist mit Ihrem Vertrag?«, erkundigte ich mich.

»Er wurde nicht unterzeichnet«, antwortete er. »Vor allem Ihretwegen, Miss Carpenter. Auch wenn Svartalfheim grundsätzlich keine Schulden bezahlt, die niemals gemacht wurden, schätzen wir Ihre Rolle in dieser Angelegenheit. Das wird in Zukunft berücksichtigt.«

»Die Fomor verdienen keinen redlichen Verbündeten.«

»Wie es aussieht, nicht«, bestätigte er.

»Was ist mit den Lakaien?«, wollte ich wissen.

»Was soll mit ihnen sein?«

»Werden Sie sie... erledigen?«

Etri sah mich an. »Warum sollten wir das tun?«

»Sie waren immerhin irgendwie daran beteiligt«, erklärte ich.

»Sie waren Werkzeuge«, erwiderte der Svartalf. »Wenn ein Mann Sie mit einem Hammer erschlägt, wird der Mann bestraft. Es gibt keinen Grund, deswegen den Hammer zu zerstören. Sie kümmern uns nicht.«

»Was ist mit denen da?« Ich deutete mit einem Nicken auf die toten Mädchen in der Kammer des Fomor. »Kümmert es Sie auch nicht, was ihnen widerfahren ist?«

Etri sah zu ihnen hin und seufzte. »Wunderschönes sollte nicht zerstört werden«, meinte er. »Aber sie waren nicht unsere Gäste. Wir können von niemandem für ihr Ende Rechenschaft fordern und werden auch keine Rechenschaft ablegen.«

»Sie haben einen Vampir in Ihrer Obhut«, sagte ich. »Stimmt das?«

Etri betrachtete mich einen Moment. »Ja.«

»Sie schulden mir einen Gefallen. Ich möchte seine Freilassung sicherstellen.«

Er hob eine Braue. Dann verbeugte er sich knapp. »Kommen Sie mit.«

Ich folgte Etri aus der Suite und durch den Gang zu Zimmer sechs. Obwohl die Tür zertrümmert war, blieb Etri respektvoll davor stehen und klopfte an. Einen Augenblick später antwortete eine weibliche Stimme: »Sie dürfen eintreten.«

Wir gingen hinein. Die Suite sah ganz ähnlich aus wie die des Fomor, nur waren hier viel mehr Kissen und Möbelstücke. Und sie war vollkommen verwüstet. Der Boden war im wahrsten Sinne des Wortes mit zertrümmerten Möbeln bedeckt, mit zerbrochenem Dekor und gebrochenen Rollkragenträgern. Die Sicherheitsleute der Svartalfes waren bereits dabei, die Lakaien zu fesseln und sie aus dem Zimmer zu schleppen.

Listen ging ohne Hilfe hinaus, die Hände auf dem Rücken gefesselt. Eines seiner Augen war halb zugeschwollen.

Er sah mich ruhig an, als er an mir vorbeiging, und sagte nichts.

Drecksack.

Etri drehte sich zu dem Vorhang herum, der vor der Schlafzimmertür der Suite hing.

»Die sterbliche Schülerin, die uns gewarnt hat, hat sich einen Gefallen verdient. Sie verlangt die Freilassung des Vampirs.«

»Unmöglich«, antwortete die weibliche Stimme. »Die Schuld wurde bereits beglichen.«

Etri drehte sich zu mir um und zuckte mit den Schultern. »Ich muss um Verzeihung bitten.«

»Warten Sie«, erwiderte ich rasch. »Kann ich mit ihm sprechen?«

»Einen Moment.«

Wir warteten. Thomas tauchte in dem Durchgang zum Schlafraum auf. Er trug einen schwarzen Frotteebademantel. Er war offensichtlich gerade aus der Dusche gekommen. Thomas fehlten vielleicht zwei Zentimeter zum Gardemaß, und es gab keinen einzigen Millimeter an seinem gesamten Körper, der nicht »Sexsymbol« schrie. Seine Augen waren von einem leuchtenden, kristallinen Dunkelblau, und die dunklen Haare reichten bis auf seine breiten Schultern. Mein Körper tat, was er immer in seiner Nähe tat, und forderte nachdrücklich und lautstark von mir, auf der Stelle mit ihm Babys zu machen. Ich ignorierte diesen Befehl. So gut ich konnte.

»Molly«, sagte er. »Geht es dir gut?«

»Mir fehlt nichts, was ein Eimer Aspirin nicht liefern könnte«, sagte ich. »Also ... geht es *dir* gut?«

Er blinzelte. »Warum sollte es mir nicht gut gehen?«

»Ich dachte ... na ja, du weißt schon. Du bist als Spion gefangen genommen worden.«

»Ja, klar.«

»Ich dachte, sie würden ... also ... ein Exempel an dir statuieren?«

Er blinzelte abermals. »Warum sollten sie das tun?«

Die Schlafzimmertür öffnete sich erneut, und eine weibliche Svartalf tauchte auf. Sie sah Etri sehr ähnlich, nur war sie zierlich und wunderschön und hatte langes silbernes Haar statt einer Glatze. Sie trug etwas, was möglicherweise Thomas' Hemd sein könnte. Es reichte ihr fast bis zu den Knöcheln. Und auf ihrer Miene hatte sie einen ganz entschieden ... selbstzufriedenen Ausdruck. Hinter ihr sah ich noch etliche weitere große, schimmernde dunkle Augenpaare in dem abgedunkelten Schlafgemach.

»Oh«, sagte ich. »Oooh. Du ... also ... du hast einen Deal ausgehandelt.«

Thomas verzog das Gesicht. »Spion zu sein ist ein harter, schmutziger Job ...«

»Und dieser hier ist noch nicht beendet«, erklärte die weibliche Svartalf. »Du gehörst uns bis zum Morgengrauen.«

Thomas blickte von mir zum Schlafzimmer und wieder zu mir zurück und spreizte die Hände. »Du weißt ja, wie es ist, Molly. Die Pflicht ruft.«

»Ja, also«, sagte ich. »Was soll ich Justine erzählen?«

Wieder warf er mir diesen nahezu verständnislosen Blick zu. »Die Wahrheit. Was sonst?«

»Oh, Gott sei Dank«, sagte Justine, als wir hinausgingen. »Ich hatte schon Angst, dass sie ihn ausgehungert hätten.«

Ich blinzelte. »Dein Freund bumst einen ganzen Raum voller Elfenmädchen, und du bist glücklich darüber?«

Justine legte den Kopf in den Nacken und lachte. »Wenn du einen Alb liebst, ändert das, denke ich jedenfalls, deine Sicht der Dinge ein wenig. Außerdem ist das nichts Neues. Ich weiß, was er für mich empfindet, und er muss fressen, um gesund zu bleiben. Also, was kann es schaden?« Sie feixte. »Außerdem ist er *immer* bereit für mehr.«

»Du bist eine wirklich schlimme Person, Justine.«

Andi schnaubte und stieß mich freundschaftlich mit der Schulter an. Dann holte sie ihr Kleid und die Schuhe, die sie so mochte. »Das musst du gerade sagen.«

Nachdem alle sicher zu Hause waren, ging ich von Waldos Wohnung zum nächsten Parkhaus. Ich suchte mir eine dunkle Ecke, setzte mich hin und wartete. Lea materialisierte etwa zwei Stunden später und hockte sich neben mich.

»Du hast mich reingelegt«, sagte ich. »Du hast mich blind da hineinlaufen lassen.«

»Allerdings. Genauso wie Lara es mit ihrem Bruder gemacht hat... Nur dass meine Agentin Erfolg hatte, während ihrer versagte.«

»Aber warum? Warum habt ihr uns dorthin geschickt?«

»Der Vertrag mit den Fomori durfte auf keinen Fall geschlossen werden«, sagte sie. »Wenn eine Nation einwilligt, Neutralität mit ihnen zu wahren, würden bald ein Dutzend weitere folgen. Die Fomori wären in der Lage, die anderen zu spalten und sich mit einer nach der anderen zu befassen. Diese Situation war ausgesprochen heikel. Die Anwesenheit aktiver Agenten sollte das Gleichgewicht stören – um das wahre Wesen der Fomori in einer Art Feuerprobe zutage zu fördern.«

»Warum hast du mir das nicht einfach gesagt?«

»Weil du mir ganz offensichtlich weder vertraut noch geglaubt hättest«, erwiderte Lea.

Ich sah sie finster an. »Du hättest es mir trotzdem sagen müssen.«

»Sei nicht albern, Kind.« Lea sog zischend Luft durch die Nase. »Wir hatten nicht genug Zeit, deine Zweifel und deinen Argwohn zu vertreiben, Theorien zu erörtern und endlose Fragen zu beantworten. Es war besser, dir ein einfaches Ziel vor die Nase zu halten, auf das du dich konzentrieren konntest – Thomas.«

»Woher wusstest du, dass ich die Bombe finden würde?«

Sie hob eine Braue. »Bombe?« Sie schüttelte den Kopf. »Ich wusste nicht genau, was dort passieren würde. Aber die Fomori sind Betrüger. Sie sind es schon immer gewesen und werden es immer sein. Die einzige Frage war, welche Form ihr Verrat annehmen würde. Das musste man den Svartalfes zeigen.«

»Woher wusstest du, dass ich es herausfinden würde?«

»Ich wusste es nicht. Aber ich kenne deinen Mentor. Wenn es darum geht, sich irgendwo einzumischen, seine Nase in etwas zu stecken, peinliche Wahrheiten auszugraben, hat er dich ausgesprochen gut unterwiesen.« Sie lächelte. »Du hast außerdem seine Fähigkeit erlernt, eine geordnete Situation in elementares Chaos zu verwandeln.«

»Soll heißen?«

Ihr Lächeln war unerträglich selbstgefällig. »Soll heißen, dass ich zuversichtlich war, dass, was auch immer passierte, ein ungestörter Abschluss des Vertrags nicht dazu zählen würde.«

»Aber du hättest alles selbst tun können, was ich getan habe.«

»Nein, Kind«, widersprach Lea. »Die Svartalfes hätten mich niemals als ihren Gast bei ihrem Empfang akzeptiert. Sie lieben Sorgfalt und Ordnung. Und sie hätten gewusst, dass meine Absichten keineswegs ordentlich gewesen wären.«

»Und das wussten sie von mir nicht?«

»Sie können andere nur nach ihren Taten beurteilen«, erklärte Lea. »Daher auch ihr Vertrag mit den Fomori, deren Pfade sie noch nie zuvor gekreuzt hatten. Meine Handlungen dagegen haben gezeigt, dass ich jemand bin, den man mit Vorsicht genießen muss. Du dagegen warst... ein unbeschriebenes Blatt bei ihnen. Und außerdem bist du wirklich eine verdammt heiße Braut. Alles ist gut, deine Stadt ist gerettet, und jetzt schuldet eine Gruppe sehr wohlhabender, fähiger und einflussreicher Wesen dir einen Gefallen.« Sie hielt einen Moment inne und beugte sich dann leicht zu mir. »Vielleicht wäre es angebracht, wenn du deine Dankbarkeit ausdrückst.«

»Du meinst, ich soll dir dankbar sein?«, fragte ich. »Dafür?«

»Ich denke, dein Abend ist ausgesprochen gut gelaufen«, sagte Lea und hob die Brauen. »Meine Güte, bist du ein schwieriges Kind. Wie er es schafft, deine Aufsässigkeit zu ertragen, wird mir immer ein Rätsel bleiben. Wahrscheinlich glaubst du, du hättest sogar eine Art von Belohnung von mir verdient.« Sie stand auf und wollte gehen.

»Warte!«, stieß ich hervor.

Sie hielt inne.

Ich glaube, mein Herz hatte tatsächlich kurz aufgehört zu schlagen. Ich fing an zu zittern am ganzen Körper. »Du hast gesagt, dass du Harry kennst. Nicht, dass du ihn kanntest. Du kennst ihn. Präsens.«

»Habe ich das?«

»Und du hast gesagt: ›Wie er es schafft, deine Aufsässigkeit zu ertragen‹. Nicht schaffte. Wie er es *schafft*. Das ist Präsens.«

»Habe ich das?«

»Tantchen«, ich konnte kaum flüstern. »Tantchen... ist Harry... lebt er noch?«

Lea drehte sich sehr langsam zu mir um, und in ihren grünen Augen glitzerte verfluchtes Wissen. »Ich habe nicht gesagt, dass er am Leben ist, Kind. Und das solltest du auch nicht tun. Noch nicht.«

Ich senkte den Kopf und fing an zu weinen. Oder lachte ich? Vielleicht beides. Ich konnte es nicht unterscheiden. Lea wartete nicht, bis ich es konnte. Die Zurschaustellung von Gefühlen bereitete ihr stets Unbehagen.

Harry. Er lebte.

Ich hatte ihn nicht umgebracht.

Das war die beste Belohnung aller Zeiten.

»Danke, Tantchen«, flüsterte ich. »Ich danke dir.«

CARRIE VAUGHN

Die *New-York-Times*-Bestseller-Autorin Carrie Vaughn ist Verfasserin der äußerst beliebten Serie von Romanen mit den Abenteuern von Kitty Norville, einer Radiomoderatorin, die außerdem auch ein Werwolf ist und in deren nächtlicher Radiosendung Anrufer, übernatürliche Kreaturen, Rat suchen können. Die Kitty-Bücher sind *Die Stunde der Wölfe, Die Stunde der Vampire, Die Stunde der Jäger, Die Stunde der Hexen, Die Stunde der Spieler, Die Stunde des Zwielichts, Kitty's House of Horrors, Kitty Goes to War* und *Kitty's Big Trouble*. Ihre anderen Romane sind *Voices of Dragons*, ihr erster Ausflug in das Genre Jugendbuch, und ein Fantasyroman, *Discord's Apple*. Vaughns Kurzgeschichten sind unter anderem in *Lightspeed, Asimov's Science Fiction, Subterranean, Inside Straight, Realms of Fantasy, Jim Baen's Universe, Paradox, Strange Horizons, Weird Tales* und *All-Star Zeppelin Adventure Stories* erschienen. Ihre neuesten Bücher sind die Romane *After the Golden Age* und *Steel;* eine Geschichtensammlung, *Straying from the Path;* ein neuer Kitty-Roman, *Kitty Steels the Show,* und eine Sammlung von Kitty-Geschichten, *Kitty's Greatest Hits*. Demnächst erscheint ein neuer Kitty-Roman, *Kitty Rocks the House*. Sie lebt in Colorado.

In der schillernden und fesselnden Geschichte, die jetzt folgt, nimmt sie uns mit an die Front in Russland während der finstersten Tage des Zweiten Weltkriegs und erzählt die Geschichte einer jungen Frau, die gefährliche Kampfeinsätze fliegt und entschlossen ist, ihre Pflicht als Soldatin zu tun und weiter zu fliegen, selbst wenn es sie umbringt – was sehr leicht passieren könnte.

RAISA STEPANOWA

Übersetzt von Wolfgang Thon

Mein lieber Davidja,
 wenn du das liest, bedeutet das, dass ich tot bin. Sehr wahrscheinlich bin ich im Kampf für unser glorreiches Vaterland gefallen. Jedenfalls hoffe ich das. Ich habe immer wieder diesen schrecklichen Albtraum, in dem ich getötet werde, aber nicht in einem Luftkampf gegen die Faschisten, sondern weil ein Propellerblatt abfällt, während ich unter der Nase meiner Jak hindurchgehe, und mir den Kopf abhackt. Die Leute würden so tun, als würden sie trauern, aber hinter meinem Rücken würden sie lachen. Allerdings hinter meinem toten Rücken, deshalb würde ich es nicht bemerken, aber trotzdem, das ist das Prinzip. Ganz sicher jedenfalls bekäme ich nicht die Uniform eines Helden der Sowjetunion, oder? Macht nichts, wir werden trotzdem weiter daran glauben, dass ich glorreich im Kampf falle.
 Bitte erzähle Mama und Papa das Übliche, dass ich glücklich bin, mein Leben bei der Verteidigung von dir und ihnen und Nina und dem Vaterland zu opfern, so wie wir alle, und dass ich, wenn ich schon sterben muss, sehr froh darüber bin, wenn ich es beim Fliegen tun kann. Sei nicht traurig meinetwegen. Ich liebe dich.
  Mit ganz herzlichen Grüßen, Raisa

»Raisa!«, rief Inna vor dem Unterstand. »Wir müssen los! Komm!«

»Nur eine Minute!« Sie kritzelte hastig die letzten Zeilen.

PS: Meine Flügelfrau, Inna, wird sich sehr aufregen, wenn ich getötet werde. Sie wird es für ihren Fehler halten, weil sie mich nicht ordentlich gedeckt hat. (Auch wenn das nicht stimmt, weil sie eine sehr gute Pilotin und Katschmarek ist.) Ich glaube, du solltest dich bemühen, sie bei der ersten Gelegenheit zu trösten. Sie hat rotes Haar. Du wirst sie mögen. Ich meine, du wirst sie sehr mögen. Ich habe ein Foto von dir in unserem Unterstand, und sie findet, dass du gut aussiehst. Sie wird an deiner Schulter weinen, und alles wird ganz romantisch sein, vertrau mir.

»Raisa!«
Raisa faltete die Seite viermal und stopfte sie unter die Decke auf ihrer Pritsche, wo man sie ganz bestimmt finden würde, falls sie nicht zurückkehrte. Davids Name und sein Regiment waren deutlich auf der Außenseite notiert, und Inna würde wissen, was zu tun war. Dann schnappte sie sich ihre Jacke und ihren Helm und rannte mit ihrer Flügelfrau auf das Flugfeld, wo ihre Flugzeuge bereits warteten.

Sie verließen Woronesch zu einem Routineflug und stießen auf feindliche Maschinen, noch bevor sie auch nur die Front erreicht hatten. Raisa atmete langsam, damit ihr Herz nicht so schnell hämmerte, und ließ die Ruhe in ihre Hände strömen, damit sie nicht am Steuerknüppel zitterten.
»Raisa, siehst du das? Auf zwei Uhr?« Innas Stimme knisterte im Funkgerät. Sie flog rechts hinter ihr – Raisa musste sich nicht einmal umsehen, um zu wissen, wo sie war.
»Ja.« Raisa sah mit zusammengekniffenen Augen durch das Kanzeldach und zählte. Während sie das tat, schienen noch mehr Maschinen aufzutauchen, dunkle Punkte unter dem nebligen Himmel. Eigentlich sollten sie nach deutschen Aufklärungsflugzeugen Ausschau halten, die für gewöhn-

lich nur vereinzelt oder höchstens zu zweit flogen. Dies hier jedoch, das war eine ganze Staffel.

Dann wurde das Profil der Maschinen deutlicher – zwei Propeller, die Kanzel oben, der lange Rumpf mit dem schwarzen Kreuz. »Das sind Junkers!«, funkte sie Inna. »Das ist eine Bomberstaffel!«

Sie zählte sechzehn Bomber. Ihr Ziel konnte jedes der Dutzend Lager sein, die Nachschubdepots oder die Bahnstationen an diesem Frontabschnitt. Wahrscheinlich erwarteten sie dort überhaupt keinen Angriff.

»Was machen wir?«, wollte Inna wissen.

Dies hier wurde nicht mehr von den Befehlen ihres Auftrags abgedeckt, und sie waren so unterlegen, dass es fast schon lächerlich war. Andererseits, was sollten sie sonst tun? Die Deutschen hätten ihre Bomben längst abgeworfen, bevor die 586ste mehr Maschinen in die Luft bringen konnte.

»Was glaubst du denn?«, erwiderte Raisa. »Wir halten sie auf!«

»Bin dabei!«

Raisa öffnete die Drosselklappe und schob den Steuerknüppel nach vorn. Die Maschine brummte, und die Kabine um sie herum vibrierte. Die Jak schoss nach vorn, und der Himmel über ihr verschwamm. Sie warf einen Blick über die Schulter. Innas Maschine war unmittelbar hinter ihr.

Sie hielt auf die Mitte des deutschen Geschwaders zu. Einzelne Bomber wurden schnell größer und schienen den Himmel vor ihr auszufüllen. Sie flog weiter wie ein Pfeil, bis Inna und sie in Reichweite kamen.

Die Bomber verteilten sich, als hätte ein Windstoß sie zerstreut. Die Maschinen am Rand der Formation drehten ab, und die in der Mitte stiegen und sanken völlig willkürlich. Sie hatten ganz offenbar nicht erwartet, dass zwei russische Jagdflugzeuge wie aus dem Nichts auf sie zukamen.

Raisa suchte sich die Maschine aus, die das Pech hatte, direkt in ihren Kurs auszuweichen, und nahm sie ins Visier.

Sie feuerte eine Salve aus der Zwanzig-Millimeter-Kanone, verfehlte den Bomber aber, als der sich mit einem schnellen Manöver außer Reichweite brachte. Sie fluchte.

Dann fegten Geschosse um ihre Kabine. Ein Bordschütze erwiderte das Feuer. Sie drehte hart rechts ab und stieg, während sie darauf achtete, nicht mit irgendjemandem zu kollidieren. Es war nicht einfach, zwischen all diesen Flugzeugen zu manövrieren. Die Jak war sehr schnell; sie hätte Kreise um die Junkers fliegen können, ohne sich große Sorgen darüber machen zu müssen, abgeschossen zu werden. Aber sie könnte leicht in eine von ihnen hineinfliegen, wenn sie nicht genau aufpasste. Alles, was Inna und sie tun mussten, war eigentlich nur, dieses Geschwader daran zu hindern, sein Ziel zu erreichen. Aber wenn sie in der Zwischenzeit ein oder zwei von ihnen abschießen konnte… Eins nach dem anderen, das war der einzige Weg, mit dieser Situation fertigzuwerden. Und am Leben zu bleiben, damit sie überhaupt etwas ausrichten konnte.

Der feindliche Bordschütze feuerte wieder auf sie, dann erkannte Raisa das Geräusch einer anderen Kanone. Im nächsten Moment breitete sich ein Feuerball am Rand ihres Blickfeldes aus – eine Junker, bei der ein Motor auseinanderbrach. Die Maschine ruckte heftig in der Luft, verlor die Balance und sank in einem Bogen, eine Rauchfahne hinter sich herziehend. Sie wackelte ein- oder zweimal in der Luft, als der Pilot versuchte, die Kontrolle wiederzuerlangen, aber dann begann der Bomber sich zu drehen, und alles war vorbei.

»Raisa!«, schrie Inna über Funk. »Ich habe ihn erwischt! Ich habe ihn erwischt!« Es war ihr erster Abschuss.

»Hervorragend! Nur noch fünfzehn!«

»Raisa Iwanowna, du bist einfach schrecklich!«

Der Kampf schien sich hinzuziehen, aber in Wirklichkeit waren nur wenige Sekunden vergangen, seit sie die Formation aufgescheucht hatten. Sie konnten nicht sehr viel länger kämpfen, bevor sie keine Munition mehr hatten, ganz zu schweigen davon, dass ihr Treibstoff knapp wurde. Das hieß, die letzten Schüsse mussten treffen, und dann mussten Inna und sie flüchten. *Nach* diesen letzten Schüssen.

Raisa suchte sich ein anderes Ziel und drehte hart ab, um ihm zu folgen. Der Bomber stieg, aber er war langsam, und sie setzte sich direkt dahinter. Mittlerweile waren ihre Nerven extrem angespannt, und sie agierte mehr aus Instinkt als mit Vernunft. Sie drückte auf den Auslöser, bevor die feindliche Maschine in ihrem Fadenkreuz war, aber es funktionierte, weil die Junker genau in ihr Feuer flog, als die Geschosse sie erreichten. Sie durchlöcherte den Flügel und den Motor, der erst Funken sprühte, bis schließlich schwarzer Rauch herausquoll. Das würde die Maschine niemals überstehen, und richtig, die Nase senkte sich, und das ganze Flugzeug stürzte unkontrolliert ab.

Inna jubelte über Funk, aber Raisa jagte bereits ihr nächstes Opfer. Es waren so viele, unter denen sie wählen konnte. Die beiden Jagdflugzeuge waren von feindlichen Bombern umringt, und Raisa hätte eigentlich Angst haben sollen, aber sie konnte nur daran denken, den nächsten Bomber abzuschießen. Und dann den nächsten.

Die Junkers versuchten, ihre Formation wieder einzunehmen. Das ganze Geschwader war etwa fünfhundert Meter von seiner ursprünglichen Höhe nach unten gesunken. Wenn die beiden Jagdflugzeuge die gesamte Formation auf den Boden hätten zwingen können, was wäre das für ein Triumph! Aber nein, sie flüchteten, bogen scharf von den Jagdflugzeugen ab und versuchten zu entkommen.

Bomben fielen aus dem Bauch der ersten Maschine, und die anderen folgten ihrem Beispiel. Die Bomben explodierten im Waldgebiet, und ihre Rauchwolken stiegen harmlos in die Luft. Sie hatten die Bomber dazu gebracht, ihre tödliche Fracht zu früh abzuwerfen.

Raisa lächelte, als sie das sah.

Da die Junkers nichts mehr in ihren Bombenschächten hatten, gab es auch keinen Grund für sie, weiter ihre Ziele anzufliegen. Sie drehten ab und nahmen Kurs nach Westen. Jetzt waren sie leichter und schneller und entsprechend schwerer für die Jagdflugzeuge einzuholen. Aber sie würden heute auch keine Russen mehr töten.

»Inna«, funkte Raisa, »verschwinden wir hier!«

»Verstanden.«

Mit Inna rechts hinter ihrem Flügel nahm sie mit ihrer Jak Kurs Richtung Osten, nach Hause.

»Das macht mittlerweile drei bestätigte Abschüsse, Stepanowa. Noch zwei, dann sind Sie ein Fliegerass.«

Raisa grinste so sehr, dass ihre Augen bloß noch kleine Schlitze waren. »Wir konnten nur schwer vorbeischießen, da wir so viele Ziele vor der Nase hatten«, erwiderte sie. Inna verdrehte ein bisschen die Augen, aber sie strahlte ebenfalls. Sie hatte ihren ersten Abschuss in der Tasche, und obwohl sie sich jetzt bemühte, bescheiden und würdevoll zu wirken, war sie unmittelbar nach der Landung und nachdem sie ihre Maschinen abgestellt hatten, kreischend auf Raisa zugerannt und hatte sie umgerissen, als sie sie umarmte. Ein Haufen toter Deutscher, und sie waren vollkommen unversehrt aus diesem Kampf herausgekommen. Viel erfolgreicher hätten sie nicht sein können.

Oberstleutnant Gridnew, ein ernsthafter junger Mann mit einem Gesicht wie ein Bär, überflog den getippten Bericht an seinem Schreibtisch im größten Unterstand auf dem Flugfeld der 101. Division. »Das Ziel dieses Geschwaders war eine Bahnstation. Dort wartete ein Bataillon Infanterie auf seinen Abtransport. Sie wären zweifellos getötet worden. Ihr habt sehr viele Leben gerettet.«

Noch besser. Großartig. Vielleicht war sogar Davidja dort gewesen, und sie hatte ihn gerettet. Damit konnte sie in ihrem nächsten Brief prahlen.

»Danke, Oberstleutnant.«

»Gut gemacht, Mädchen. Wegtreten.«

Nachdem sie das Büro des Oberstleutnants verlassen hatten, liefen sie zurück zu ihrem Unterstand. Sie stolperten in den viel zu großen Männeroveralls und Jacken und lachten.

Ein Dutzend Frauen teilte sich den Unterstand, der fast heimelig wirkte, wenn man die Augen in dem dämmrigen Licht ein wenig zukniff. Die Pritschen waren schmiedeeiserne Gitterbetten, das Bettzeug aus Wolle, die Wände waren weiß gekalkt, und auf den hölzernen Tischen standen ein paar Vasen mit Wildblumen. Allerdings verwelkten sie immer schnell, weil kein Sonnenlicht in die Unterstände fiel. Nachdem sie das ein Jahr lang gemacht hatten, die Umzüge von Basis zu Basis, von besseren Bedingungen zu schlechteren und wieder zu besseren, hatten sie sich an das Ungeziefer und die Ratten gewöhnt und die weit entfernten Bombenexplosionen. Man lernte, verwelkte Wildblumen zu schätzen und zu genießen, oder man wurde verrückt.

Das passierte manchmal auch.

Das Zweitbeste daran, ein Pilot zu sein – das Beste war natürlich das Fliegen selbst –, waren die bessere Unterbringung und Lebensmittelrationen. Und die Wodkazuteilung nach Kampfeinsätzen. Inna und Raisa zogen ihre Stühle dicht an den Ofen, um die Kälte aus den Knochen zu bekommen, die einen packte, wenn man in dieser Höhe flog. Dann stießen sie mit ihren Gläsern zu einem Toast an.

»Auf den Sieg«, sagte Inna, weil das Tradition war und Glück brachte.

»Auf das Fliegen«, erwiderte Raisa, weil sie es meinte.

Beim Abendessen, das aus ranzigem Eintopf und muffigem Brot bestand, das sie auf dem Ofen aufgewärmt hatten, wartete Raisa auf das Lob ihrer Kameraden und bereitete sich darauf vor, sich in ihrer Bewunderung zu sonnen. Noch zwei Abschüsse, dann war sie ein Fliegerass. Wer war ein besserer Kampfpilot oder ein besserer Schütze als sie? Aber es kam anders.

Katja und Tamara stolperten durch die Tür, wären fast gegen den Tisch gestoßen und hätten die Blumenvase umgekippt. Ihre Gesichter waren gerötet, und sie waren außer Atem, als wären sie gerannt.

»Ihr ratet nie, was passiert ist!«, rief Katja.

Tamara sprach gleichzeitig. »Wir kommen gerade aus der Funkbude; der Funker hat uns die Neuigkeiten erzählt!«

Raisas Augen weiteten sich, und sie hätte fast den Teller mit dem Brot fallen lassen. »Wir haben sie zurückgeschlagen? Sie ziehen sich zurück?«

»Was? Nein, natürlich nicht«, erwiderte Katja indigniert, als wunderte sie sich, wie jemand so dumm sein konnte.

»Liliia hat heute zwei Abschüsse geschafft!«, sagte Tamara. »Jetzt hat sie fünf. Sie ist ein Fliegerass!«

Liliia Litwiak. Die wunderschöne, wundervolle Liliia, die nie etwas falsch machte. Raisa erinnerte sich an ihren ersten Tag beim Bataillon, als Liliia auftauchte. Eine winzige Frau mit einem perfekten Gesicht und getöntem blondem Haar. Nachdem sie mehrere Wochen in verschiedenen Unterständen gelebt hatte, hatte sie immer noch ein perfektes Gesicht und getöntes blondes Haar und sah aus wie irgendein amerikanischer Filmstar. Sie war so klein, dass sie geglaubt hatten, sie könnte unmöglich eine Jak fliegen oder an der Front dienen. Dann stieg sie in ihr Flugzeug und flog. Besser als alle anderen. Das musste selbst Raisa zugeben, obwohl sie es nicht laut sagte.

Liliia hatte Blumen auf die Nase ihres Flugzeugs gemalt, aber anstatt sich darüber lustig zu machen, fanden das alle einfach nur süß.

Und jetzt war sie ein Fliegerass. Raisa starrte die beiden Frauen an. »Fünf Abschüsse! Wirklich?«

»Es ist unbestreitbar! Sie hat Zeugen; und die Nachricht spricht sich gerade überall herum. Ist das nicht wundervoll?«

Es war wundervoll, und Raisa bemühte sich nach Kräften, sich auch so zu verhalten; sie lächelte, brachte einen Toast auf Liliia aus und verfluchte die Faschisten. Sie aßen zu Abend, fragten sich, wann das Wetter sich endlich ändern würde, ob der Winter noch einmal seine eisigen Klauen heben würde oder ob das schon die kalte Feuchtigkeit des Frühlings war. Niemand sprach darüber, wann der Krieg vorbei sein würde, wenn überhaupt. Es war jetzt zwei Jahre her, seit die Deutschen einmarschiert waren. In den letzten Monaten waren sie allerdings nicht weitergekommen, und die Rote Armee hatte ihrerseits Fortschritte gemacht. Zum Beispiel hatten sie Woronesch zurückerobert und führten von hier aus Offensiven durch. Das war schon mal etwas.

Aber Inna kannte sie zu gut, um die Sache einfach auf sich beruhen zu lassen. »Du hast während des ganzen Abendessens eine finstere Miene gezogen«, sagte sie, als sie sich draußen im Dunkeln wuschen, bevor sie zu Bett gingen. »Du hast es nicht besonders gut verheimlicht.«

Raisa seufzte. »Hätte man mich nach Stalingrad geschickt, hätte ich genauso viele Abschüsse wie sie. Sogar mehr. Ich wäre schon vor Monaten ein Fliegerass geworden.«

»Hätte man dich nach Stalingrad geschickt, dann wärst du wahrscheinlich tot«, erwiderte Inna. »Mir ist es lieber, dass du hier bist und lebst.«

Raisa runzelte die Stirn. »Wir sind alle tot«, stieß sie abgehackt hervor. »Alle von uns an der Front, wir alle hier, werden sterben. Es ist nur die Frage, wann.«

Inna trug eine Strickmütze über ihrem kurzen Haar, das sich unter dem Rand nach oben lockte. Diese Frisur und die Sommersprossen auf ihren Wangen verliehen ihr das Aussehen einer Elfe. Sie hatte dunkle Augen und die Lippen grimmig zusammengepresst. Sie war immer ernst und düster. Und sie sagte Raisa immer, wann ihre Witze zu weit gingen. Inna würde niemals über irgendjemanden ein schlechtes Wort verlieren.

»Es wird schon bald vorbei sein«, sagte sie zu Raisa. Es war bewölkt, und nicht einmal eine schwache Laterne hellte die Dunkelheit auf, damit die deutschen Aufklärungsflugzeuge sie nicht fanden. »Es muss bald vorbei sein. Die Briten und Amerikaner schlagen auf die eine Seite ein und wir auf die andere, deshalb kann Deutschland nicht mehr lange durchhalten.«

Raisa nickte. »Du hast recht, natürlich hast du recht. Wir müssen einfach weitermachen, solange wir können.«

»Ja. Das ist richtig.«

Inna drückte ihren Arm und kehrte dann wieder zum Unterstand und der Pritsche mit den zu dünnen Decken und den umherhuschenden Ratten zurück. Manchmal sah sich Raisa um, nahm den Schmutz, die zerschrammten Stiefel und die müden Gesichter wahr, die spärlichen Lebensmittel, und glaubte, dass sie in diesem Umfeld den Rest ihres Lebens verbringen musste.

Raisa war unterwegs zum Kommandounterstand für eine Einsatzbesprechung, für einen Kampfeinsatz, wie sie hoffte, eine Chance für ihre nächsten beiden Abschüsse, aber einer der Funker zog sie beiseite, bevor sie den Unterstand betreten konnte.

Pavel und sie tauschten oft Informationen aus. Sie unterhielt ihn mit dem neuesten Tratsch aus der Staffel, und er gab ihr alle Informationen weiter, die er von anderen Regimentern aufgeschnappt hatte. Er hatte die verlässlichsten Informationen von der Frontlinie, verlässlicher sogar als das, was man vom Oberkommando bekam. Denn die offiziellen Berichte, die bis zu ihnen durchsickerten, waren gefiltert, geknetet und manipuliert worden, bis sie genau das besagten, was Soldaten wie sie nach Meinung der höheren Offiziere wissen sollten. Ganze Bataillone waren ausgelöscht worden, aber niemand erfuhr es, weil die Generäle die Moral nicht schwächen wollten.

Heute wirkte Pavel blass, und seine Miene war ernst.

»Was gibt es?« Sie starrte ihn an, denn er konnte nur schlechte Nachrichten überbringen. Sehr schlechte, wenn er deswegen extra zu ihr gekommen war. Natürlich dachte sie an David. Es musste um David gehen.

»Raisa Iwanowna«, begann er. »Ich habe Neuigkeiten... von deinem Bruder.«

Ihr wurde schwindlig, als würde sie eine Rolle fliegen, und die Welt schien um sie herum auf dem Kopf zu stehen. Aber sie blieb gerade stehen, ohne zu schwanken, fest entschlossen, die nächsten Augenblicke würdevoll hinter sich zu bringen. Sie konnte es, um ihres Bruders willen. Obwohl eigentlich sie zuerst hätte sterben sollen. Die Gefahren, denen sie sich stellen musste, wenn sie mit den Jaks, diesen Todesfallen, gegen die schnellen Messerschmitts antrat, waren so unverhältnismäßig viel größer. Sie war immer vollkommen überzeugt davon gewesen, dass sie sterben und Davidja derjenige sein würde, der es ertragen musste, die Nachricht zu erfahren.

»Sag es mir«, forderte sie. Ihre Stimme zitterte nicht.

»Sein Regiment ist in Gefechte verwickelt worden. Er... er wird vermisst.«

Sie blinzelte. Das hatte sie nicht erwartet. Aber... dieser Satz war nicht logisch. Wie sollte ein Soldat einfach verschwinden?, hätte sie gern gefragt. David war kein Ohrring oder ein Stück Papier, nach dem man das ganze Haus absuchte. Sie spürte, wie sie die Stirn runzelte und Pavel fragend ansah.

»Raisa, geht es dir gut?«, erkundigte er sich.

»Er wird vermisst?«, wiederholte sie. Allmählich sickerte die Information zu ihr durch – und was sie bedeutete.

»Ja«, erwiderte der Funker. Sein Ton war fast verzweifelt.

»Aber das ist... ich weiß nicht einmal, was ich dazu sagen soll.«

»Es tut mir so leid, Raisa. Ich werde Gridnew nichts davon sagen. Ich werde es niemandem erzählen, bis es offiziell bekannt gemacht wird. Vielleicht taucht dein Bruder bis dahin wieder auf, und die ganze Sache hat gar nichts zu bedeuten.«

Pavels niedergeschlagener, mitleidsvoller Blick war fast nicht zu ertragen. Als sie nicht antwortete, ging er davon, stapfte durch den Schlamm.

Sie wusste, was er dachte, was alle denken würden und was als Nächstes passieren würde. Niemand würde es laut aussprechen, das wagten sie nicht, aber sie wusste es. Vermisst; wie viel besser wäre es für alle gewesen, wenn er einfach nur gefallen wäre.

Genosse Stalin hatte den Befehl kurz nach Beginn des Krieges herausgegeben. »Wir haben keine Kriegsgefangenen, sondern nur Verräter an unserem Vaterland.«

Gefangen genommene Russen waren Kollaborateure, denn wären sie wahre Patrioten gewesen, wären sie eher gestorben, als sich gefangen nehmen zu lassen. Entsprechend galten Soldaten, die im Kampf vermisst wurden, als Deserteure. Falls David also nicht irgendwie wieder in der Roten Armee auftauchte, würde er zum Verräter erklärt werden, und seine Familie würde darunter leiden. Ihre Eltern und ihre jüngere Schwester würden weder Lebensmittelrationen noch Hilfe bekommen. Raisa würde höchstwahrscheinlich die Erlaubnis entzogen werden zu fliegen, mindestens. Sie würden alle leiden, obwohl David sehr wahrscheinlich tot irgendwo am Boden eines Sumpfes lag.

Sie kniff sich in die Nase, um die Tränen zurückzuhalten, und ging in den Unterstand, um sich die Befehle des Oberstleutnants für die Staffel anzuhören. Sie durfte sich nicht anmerken lassen, dass irgendetwas nicht stimmte. Aber an diesem Morgen fiel es ihr schwer zuzuhören.

David war kein Verräter, aber wie laut sie diese Wahrheit auch von jedem Gipfel heruntergeschrien hätte, es spielte keine Rolle. Wenn er nicht wiederauftauchte oder seine

Leiche gefunden wurde, mit sichtbaren Spuren, dass er im Kampf gefallen war, würde er für immer als Verräter gelten.

Es war schrecklich, sich zu wünschen, dass seine Leiche gefunden würde.

Sie hatte plötzlich das starke Bedürfnis, eine Waffe in die Hand zu nehmen und jemanden zu ermorden. Vielleicht Stalin.

Sollte jemand hier ihre Gedanken lesen oder hören, würde sie nicht mehr fliegen dürfen, sondern in ein Arbeitslager gesteckt werden, und das auch nur, falls sie nicht auf der Stelle exekutiert wurde. Dann wären ihre Eltern und ihre Schwester noch schlimmer dran, mit zwei Verrätern in der Familie. Also sollte sie nichts Schlechtes über Stalin denken. Sie sollte ihren Ärger auf den wahren Feind lenken, auf den Feind, der David tatsächlich getötet hatte. Falls er wirklich tot war. Vielleicht war er aber gar nicht tot, sondern nur vermisst, wie der Bericht sagte.

Inna saß neben ihr und packte ihren Arm. »Raisa, was ist los? Du siehst aus, als würdest du gleich explodieren.«

»Es ist nichts«, antwortete Raisa flüsternd.

Sie schrieb weiter Briefe an David, als wäre nichts geschehen. Das Schreiben beruhigte sie.

Lieber Davidja,
 habe ich schon erwähnt, dass ich jetzt drei Abschüsse habe? Drei. Wie viele Deutsche hast du getötet? Nein, antworte nicht darauf. Ich weiß, dass du es mir sagen würdest, und es wären sicher mehr, und ich weiß auch, dass es für dich viel schwerer ist, weil du dich ihnen mit Kugeln und einem Bajonett stellen musst, während mir meine wunderschöne Jak hilft. Trotzdem habe ich das Gefühl, als würde ich etwas Gutes tun. Ich habe das Leben deiner Infanteriegenossen gerettet. Inna und ich haben ein ganzes Bombergeschwader daran gehindert, ihre Bomben abzuwerfen, und darauf kann ich stolz sein.

Ich mach mir solche Sorgen um dich, Davidja. Ich versuche zwar, das nicht zu tun, aber es fällt mir schwer.

Noch zwei Abschüsse, dann bin ich ein Fliegerass. Aber ich bin nicht das erste weibliche Fliegerass. Das ist Liliia Litwiak. Die erstaunliche Liliia, die in Stalingrad kämpft. Ich missgönne es ihr überhaupt nicht. Sie ist eine sehr gute Pilotin, ich habe sie fliegen sehen. Ich könnte nicht einmal behaupten, dass ich besser wäre. Aber ich bin genauso gut, das weiß ich. Übrigens, solltest du ein Foto von der Litwiak in den Zeitungen sehen (ich habe gehört, dass die Zeitungen sie oft fotografieren, damit sie die Truppen inspirieren kann oder dergleichen), dann musst du wissen, dass Inna sehr viel hübscher ist. Das ist schwer zu glauben, ich weiß, aber es stimmt. Ich frage mich, ob nach meinen beiden nächsten Abschüssen auch ein Foto von mir in den Zeitungen erscheinen wird. Dann könntest du jedem erzählen, dass du mich kennst. Wenn dir deine mausgesichtige kleine Schwester nicht peinlich ist.

Ich habe einen Brief von Mama bekommen, und ich mache mir Sorgen, weil sie schreibt, dass Papa wieder krank ist. Ich dachte, es ginge ihm besser, aber er ist wirklich die ganze Zeit krank, hab ich recht? Und es gibt nicht genug zu essen. Wahrscheinlich gibt er alles Nina. Das würde ich jedenfalls tun. Und ich fürchte, dass Mama mir nicht alles erzählt, weil sie sich Sorgen macht, dass ich es nicht verarbeiten könnte. Aber du würdest mir doch alles erzählen, oder?

Man sollte glauben, dass ich genug andere Sorgen hätte und mir nicht auch noch über zu Hause den Kopf zerbreche. Sie können sicher auf sich selbst aufpassen. So wie ich auf mich aufpassen kann, also mach dir keine Sorgen um mich. Wir haben genug zu essen, und ich bekomme viel Schlaf. Das heißt, ich bekomme etwas Schlaf. Ich höre manchmal die Bomben, und es fällt mir schwer zu glauben, dass sie als Nächstes nicht hierherkommen. Aber das macht nichts.

Bis wir uns wiedersehen, Raisa

Wie Dutzend anderer Mädchen hatte Raisa einen Brief an die berühmte Pilotin Marina Raskowa geschickt und sie darin gefragt, wie sie als Pilotin im Krieg kämpfen könnte. Genossin Raskowa hatte zurückgeschrieben: *Ich stelle gerade ein Geschwader für Frauen zusammen. Komm her.*

Natürlich hatte Raisa das sofort gemacht.

Ihr Vater war wütend gewesen. Er wollte, dass sie zu Hause blieb und in einer Fabrik arbeitete. Das war gute, stolze und vornehme Arbeit, die die Kriegsbemühungen genauso gut unterstützte, wie eine Jak zu fliegen. Aber ihre Mutter hatte ihn nur angesehen und dann ruhig gesagt: »Lass ihr ihre Flügel, solange sie es kann.« Dagegen konnte Vater nichts einwenden. Ihr älterer Bruder David hatte ihr das Versprechen abgenommen, ihm jeden Tag zu schreiben, oder zumindest jede Woche, damit er sie im Auge behalten konnte. Das tat sie auch.

Raisa wurde dem Jagdgeschwader zugeteilt und traf zum ersten Mal andere Mädchen wie sie selbst, die sich einem örtlichen Fliegerclub hatten anschließen und um das Recht hatten kämpfen müssen, fliegen zu lernen. In ihrem Club war Raisa das einzige Mädchen gewesen. Die Männer nahmen sie zunächst nicht ernst und lachten, als sie auftauchte und den Unterricht besuchen wollte, um ihre Lizenz zu erwerben. Aber sie tauchte bei jeder Sitzung, jedem Treffen und jeder Klasse auf. Sie mussten sie mitmachen lassen. Sie nahmen sie nicht einmal ernst, nachdem sie allein geflogen war und ihren Navigationstest besser abgeschlossen hatte als alle Männer. Sie sagten es niemals laut, aber was Raisa besonders wütend machte, war ihre Heuchelei. Das große sowjetische Experiment mit seinen vornehmen, gleichmacherischen Prinzipien sollte Gleichheit für alle schaffen, auch zwischen Männern und Frauen. Und da waren Männer, die ihr sagten, sie solle nach Hause gehen und mit den anderen Frauen in einer Fabrik arbeiten, heiraten und Kinder kriegen, weil Frauen so etwas machten. Sie wären nicht dafür geschaffen zu fliegen. Sie könnten gar nicht fliegen. Raisa musste diese Männer immer wieder aufs Neue widerlegen.

Zum Glück gab es Marina Raskowa, die so viel für sie alle bewiesen hatte. Als sie starb, angeblich ein alberner Absturz bei schlechtem Wetter, fürchteten die weiblichen Piloten, dass ihre Einheiten aufgelöst und sie in Fabriken geschickt würden, um dort die Flugzeuge zu bauen, die sie eigentlich fliegen wollten. Raskowa und ihre Beziehungen zu den höchsten Ebenen, zu Stalin selbst, waren das Einzige gewesen, was den Frauen erlaubte, an der Front zu fliegen. Aber wie es schien, hatten die Frauen ihre Fähigkeiten unter Beweis gestellt, und ihre Staffeln wurden nicht aufgelöst. Sie flogen weiter, und sie kämpften weiter. Raisa heftete ein Foto von der Raskowa aus einer Zeitung an die Wand ihres Unterstandes. Die meisten Frauen blieben ab und zu davor stehen und lächelten oder betrachteten es mit trauriger Miene. Seit ihrem Tod hatten sich die Fotos von weiteren gefallenen Pilotinnen neben ihr aufgereiht.

»Ich will einen Kampfeinsatz und nicht Begleitschutz fliegen«, sagte Raisa zu Gridnew. Sie salutierte nicht und sagte auch nicht Oberstleutnant. Immerhin waren sie alle Genossen, gleichgestellte sowjetische Bürger, oder nicht?

Er hatte ihr den Auftrag für ihre nächste Mission vor dem Unterstand gegeben. Es wehte ein starker Wind, was Raisa jedoch kaum bemerkte. Sie sollten sich sofort zu ihren Flugzeugen begeben, aber sie war zurückgeblieben, um zu streiten. Inna drückte sich ein paar Schritte entfernt herum, nervös und besorgt.

»Stepanowa, ich brauche Piloten als Begleitschutz. Und das macht ihr.«

»Laut diesem Flugplan entfernen wir uns mehr als hundert Meilen von der Front. Dein hohes Tier braucht keine Eskorte, sondern einen Babysitter!«

»Dann wirst du eben babysitten.«

»Oberstleutnant, ich muss einfach diese beiden nächsten Abschüsse ...«

»Du musst deinem Vaterland so dienen, wie es das Vaterland für angemessen erachtet.«

»Aber ...«

»Es hat nichts mit dir zu tun. Ich brauche Piloten für einen Begleitschutz. Du bist Pilot. Jetzt geh.«

Gridnew ging davon, bevor sie es konnte. Sie sah ihm wütend nach und hätte am liebsten gebrüllt. Sie würde niemanden abschießen können, wenn sie als Eskorte flog.

Sie ging zum Flugfeld, wo die Flugzeuge geparkt waren. Inna lief hinterher. »Raisa, was ist in dich gefahren?«

Es kam ihr so vor, als hätte ihr ihre Flügelfrau diese Frage in den letzten vierundvierzig Stunden stündlich gestellt. Raisa konnte es nicht gut verbergen. Und wenn sie Inna nicht trauen konnte, konnte sie niemandem vertrauen.

»David wird vermisst«, sagte Raisa und ging weiter.

Inna öffnete den Mund, vollkommen schockiert und voller Mitgefühl, so wie Pavel. »Oh ... oh nein. Das tut mir so leid.«

»Schon gut. Jetzt muss ich doppelt so hart arbeiten, nicht wahr?«

Sie gingen schweigend weiter zu ihren Flugzeugen.

Raisa juckte es in den Fingern. Sie lagen leicht auf dem Steuerknüppel, und sie brauchte nicht viel zu tun, um ihn ruhig zu halten. Es wehte kaum Wind, und ihr Schwarm – Inna, Katja und Tamara waren die anderen Piloten – flog praktisch in einer geraden Linie. Aber sie wollte unbedingt etwas abschießen. Man hatte ihnen nicht gesagt, wer in der Li-2 saß, die sie bewachten, aber das spielte auch keine Rolle. Sie stellte sich trotzdem vor, es könnte Stalin sein. Sie fragte sich, ob sie den Mut haben würde, ihn anzufunken.

»Genosse, ich möchte dir etwas über meinen Bruder erzählen ...« Aber die hohen Tiere würden keinen Schwarm von weiblichen Piloten von der Front abziehen, um den Generalsekretär und Generalissimus zu beschützen. Also war er es nicht.

Nicht, dass dieses hohe Tier überhaupt eine Eskorte benötigt hätte. Hier draußen war das Gefährlichste, was ihr widerfahren konnte, die Möglichkeit, dass eine andere Pilotin aus der Formation ausscherte und mit ihr zusammenstieß. Das wäre allerdings äußerst peinlich.

Kurz bevor sie abgeflogen war, hatte der Funker ihr die Neuigkeit überbracht, dass Liliia noch eine Maschine abgeschossen hatte. Das waren jetzt sechs bestätigte Abschüsse. Die Deutschen schienen für das Privileg Schlange zu stehen, sich von der wunderschönen Liliia abschießen zu lassen. Und Raisa dümpelte hier herum, endlose Meilen von jedem Luftkampf entfernt, und spielte den Wachhund.

Wenn sie heroisch in der Schlacht starb, mit vielen Zeugen, und eine zweifelsfrei identifizierte Leiche hinterließ, half sie vielleicht, Davids Ruf wiederherzustellen. Und wenn sie eine Heldin war, ein Fliegerass sogar, dann konnte er doch kein Verräter sein, oder?

Sie streckte die Beine aus und kratzte sich unter ihrem Lederhelm das Haar. Noch zwei Stunden, dann würden sie landen und eine heiße Mahlzeit bekommen. Das war immerhin ein Trost. Sie flogen mit ihrem Mündel zu einer richtigen Luftwaffenbasis, wo es richtiges Essen gab, und man hatte ihnen eine Mahlzeit versprochen, bevor sie wieder nach Woronesch zurückfliegen mussten. Raisa fragte sich, ob sie vielleicht sogar etwas von dem Zeug einstecken und mitnehmen konnten.

Sie betrachtete den Himmel um sich herum, bis hin zum Horizont, und sah nicht einmal eine Wildgans. Die anderen Flugzeuge, die kugelförmigen Jaks und die große Lissunow mit ihren beiden Flügelpropellern und dem plumpen Rumpf, brummten in einer ziemlich feierlichen Formation um sie herum. Es verblüffte sie immer wieder, wie diese großen Bestien aus Stahl und Schmierfett durch die Luft schwebten und auf unmöglich scheinende Art der Schwerkraft trotzten. Die Welt breitete sich unter ihr aus, weite Ebenen aus Braun und Grün, gesäumt von Wäldern, durch die sich das gewundene Band eines Flusses zog. Sie konnte sich einreden, dass dort unten nichts existierte, dass es ein sauberes, neues Land und sie die Königin von allem war, was sie sehen konnte, Hunderte und Aberhunderte von Meilen weit. Sie segelte ohne Mühe darüber hinweg. Dann sah sie einen Bauernhof, Reihen von viereckigen Feldern, die eigentlich grün hätten sein sollen, weil das Getreide spross. Stattdessen waren dort schwarze Löcher und Wracks von zerstörten Panzern.

Wenn sie sich auf das Geräusch des Motors konzentrierte, das tröstende Rattern, das durch die Haut des Rumpfs um sie herum vibrierte, dann dachte sie nicht so viel an den Rest. Wenn sie den Kopf in den Nacken legte, konnte sie sehen, wie der blaue Himmel über ihr dahinzog, konnte in die Sonne blinzeln. Es war ein wunderschöner Tag, und sie hatte plötzlich das Verlangen, das Kabinendach zu öffnen und den Himmel in sich einzusaugen. Aber der eiskalte Wind würde in dieser Höhe auf sie einpeitschen, also widerstand sie der Versuchung. Im Cockpit war es warm und so sicher wie in einem Ei.

Dann fiel ihr etwas ins Auge. In weiter Ferne, jenseits der flachen Ebene, über die sie gerade flogen, dort, wo der Himmel auf die Erde traf – dort bewegten sich dunkle Flecken vor dem Blau. Sie waren unnatürlich; sie flogen zu gerade und zu ruhig, als dass sie Vögel hätten sein können. Und sie schienen noch sehr weit weg zu sein, was bedeutete, dass sie sehr groß sein mussten. Allerdings war das schwer zu erkennen, da sie keine Referenzpunkte hatte. Aber etliche dieser dunklen Punkte flogen in der unverkennbaren Art und Weise einer Formation von Flugzeugen.

Sie nahm das Funkgerät. »Hier spricht Stepanowa. Auf zehn Uhr, Richtung Horizont, siehst du das?«

Inna antwortete: »Ja, sind das Bomber?«

Es müssen Bomber sein, dachte Raisa. Sie wirkten irgendwie schwer, schienen eher behäbig durch die Luft zu dröhnen, als zu rasen. Die Formation kam näher, aber sie war immer noch nicht nah genug, als dass sie hätten erkennen können, ob sie Kreuze oder Sterne auf Rumpf und Flügeln hatten.

»Ihre oder unsere?«, wollte Katja wissen.

»Das werde ich herausfinden«, sagte Raisa, scherte aus der Formation aus und schob die Drosselklappe auf. Sie würde einen Blick riskieren, und wenn sie das schwarze Kreuz sah, würde sie feuern.

»Hier spricht Osipow«, ertönte eine männliche Stimme aus dem Lautsprecher. Der Pilot der Li-2. »Kommen Sie sofort zurück, Stepanowa!«

»Aber ...«

»Kehren Sie sofort in die Formation zurück!«

Die Flugzeuge waren direkt vor ihrer Nase. Es würde nur eine Sekunde dauern, um zu überprüfen, ob ...

Inna meldete sich fast flehentlich über Funk. »Raisa, du kannst sie nicht alleine angreifen!«

Aber sie konnte es zumindest versuchen ...

»Es wurde bereits eine Staffel benachrichtigt«, sagte Osipow, »die diese unbekannte Staffel abfangen wird. Wir fliegen weiter.«

Sie konnten sie nicht hindern ... Aber sie konnten sie wegen Befehlsverweigerung vor Gericht stellen, nachdem sie gelandet waren, und das würde niemandem helfen. Also flog sie eine Schleife und reihte sich wieder in die Formation ein. Wahrscheinlich würde Litwiak heute wieder jemanden abschießen. Raisa warf ihrer undeutlichen Reflexion in dem Glas der Kanzel einen finsteren Blick zu.

Lieber Davidja,

ich habe versprochen, dir jeden Tag zu schreiben, also mache ich das auch.

Wie geht es dir im Moment? Ich hoffe, es geht dir gut und du bist nicht krank oder hungrig. Wir haben angefangen, darüber zu reden, ob wir die Ratten essen sollten, die hier durch die Unterstände wimmeln, aber bis jetzt sind wir noch nicht so weit, dass wir es tatsächlich versucht hätten. Vor allem deshalb nicht, glaube ich, weil es viel zu viel Mühe für zu wenig Ertrag wäre. Diese schrecklichen Viecher sind genauso dürr wie wir. Aber ich will mich nicht beschweren. Wir haben ein paar Kisten mit Konserven bekommen, Früchten, Fleisch und Milch, die von einem amerikanischen Nachschubverband abgeworfen wurden, und genießen jetzt dieses »Fallobst«. Es ist wie ein Vorgeschmack auf das, wofür wir kämpfen und worauf wir uns freuen können, wenn dieser ganze Mist vorbei ist. Das hat Inna gesagt. Ein schöner Gedanke, nicht wahr? Sie ganz allein hält die gesamte Staffel bei Laune.

Aber ich sollte dich warnen. Ich habe dir einen Brief für den Fall geschrieben, dass ich falle. Es ist ziemlich grotesk, und jetzt wirst du wahrscheinlich Angst haben, dass jeder Brief, den du von mir bekommst, ebendieser letzte sein wird. Hast du das auch gemacht, mir einen Brief geschrieben, den ich nur zu lesen bekomme, wenn du stirbst? Ich habe noch keinen bekommen, was mir Hoffnung macht.

Ich bin sehr froh, dass Nina noch nicht alt genug ist, um mit uns an der Front zu kämpfen, sonst würde ich diese grotesken Briefe zweimal schreiben müssen. Ich habe einen Brief von ihr bekommen, in dem sie mir schreibt, was sie tun wird, wenn sie alt genug ist, um an die Front zu gehen. Sie will fliegen wie ich, und wenn sie keine Pilotin werden kann, dann will sie Mechanikerin werden, vielleicht sogar meine Mechanikerin. Sie war ganz aufgeregt bei der Vorstellung. Ich habe ihr noch am selben Tag zurückgeschrieben, dass der Krieg zu Ende sein wird, bevor sie alt genug ist, um darin mitzumachen. Ich hoffe, dass ich recht habe.

Liebe und Küsse, Raisa

Eine weitere Woche verstrich, ohne dass sie Nachricht von David bekommen hätte. Höchstwahrscheinlich war er tot. Er galt jetzt als Deserteur, und Raisa nahm an, dass sie in Betracht ziehen musste, er wäre tatsächlich desertiert. Nur war das überhaupt nicht logisch. Wohin sollte er gehen? Vielleicht hatte er sich auch einfach nur verirrt und es noch nicht zurück zu seinem Regiment geschafft. Sie wollte das glauben.

Gridnew rief sie zum Kommandounterstand, und sie nahm vor seinem Schreibtisch Haltung an. Neben ihm stand ein Mann, ein Fremder in einer frisch gestärkten Armeeuniform.

Die Miene des Luftwaffen-Oberstleutnants war grimmig und wie versteinert, als er sprach. »Stepanowa, das ist Hauptmann Sofin.« Dann verließ Gridnew den Raum.

Raisa wusste, was jetzt kam. Sofin legte einen Aktenordner auf den Schreibtisch und setzte sich dahinter. Er erlaubte ihr nicht, sich ebenfalls zu setzen.

Sie war nicht nervös, weil sie mit ihm reden musste, aber sie musste ihren langsam hochkochenden Ärger dämpfen.

»Ihr Bruder ist David Iwanowitsch Stepanow?«

»Ja.«

»Ist Ihnen bekannt, dass er als im Kampf vermisst gemeldet worden ist?«

Sie hätte es eigentlich nicht wissen dürfen, jedenfalls nicht offiziell, aber es war nicht klug, es zu verheimlichen. »Ja, das ist es.«

»Haben Sie Informationen, was seinen Aufenthaltsort angeht?«

Musst du nicht eigentlich in einem Krieg kämpfen?, dachte sie. »Ich gehe davon aus, dass er getötet worden ist. Es sind schließlich so viele gefallen.«

»Er hat keinen Versuch unternommen, sich bei Ihnen zu melden?«

Und wenn er jetzt all diese Briefe gefunden hatte, die sie ihm geschrieben hatte, und sie für real hielt? »Keinen.«

»Ich muss Ihnen sagen, dass es Ihre Pflicht ist, sofort Ihren Kommandeur zu unterrichten, sobald Sie etwas von ihm erfahren.«

»Jawohl, Genosse Hauptmann.«

»Wir werden Sie im Auge behalten, Raisa Stepanowa.«

Sie wäre am liebsten über diesen Tisch im Kommandounterstand gesprungen und hätte den kleinen Mann mit dem schmalen Schnurrbart gewürgt. Da das nicht ging, wollte sie weinen, tat es aber nicht. Ihr Bruder war tot, und sie hatten ihn ohne Beweise oder Prozess verurteilt.

Wofür kämpfte sie eigentlich? Für Nina und ihre Eltern und sogar Davidja. Ganz gewiss aber nicht für diesen Mann.

Er ließ sie wegtreten, ohne auch nur den Blick von dem Aktenordner zu heben. Sie verließ den Unterstand.

Gridnew stand direkt neben der Tür, drückte sich dort herum wie ein Schuljunge, wenn auch ein sehr ernster Schuljunge, der sich zu viel Sorgen machte. Zweifellos hatte er alles gehört. Sie sackte zusammen, errötete und hielt den Kopf gesenkt wie ein getretener Hund.

»Du hast immer einen Platz bei der 586sten, Stepanowa. Immer.«

Sie bedankte sich mit einem Lächeln, aber sie traute ihrer Stimme nicht, um etwas zu erwidern. Wie zum Beispiel, dass Gridnew in dieser Angelegenheit am Ende wenig zu sagen haben würde.

Nein, sie musste sich ihre Unschuld verdienen. Wenn sie genug Abschüsse sammelte, wenn sie ein Fliegerass wurde, dann konnten sie ihr nichts antun, ebenso wenig, wie sie den Ruf von Liliia Litwiak beschmutzen konnten. Wenn sie eine wirklich große Heldin wurde, dann konnte sie sogar Davids Ehre wiederherstellen.

Der Winter endete, aber das bedeutete nur, dass ganze Schwärme von Insekten aufstiegen, Moskitos und Bremsen, die ihnen übel zusetzten und ihre Nerven zum Zerreißen anspannten. Es gab Gerüchte, dass die alliierten Streitkräfte von Großbritannien und Amerika eine gewaltige Invasion planten und dass die Deutschen eine Geheimwaffe hätten, die sie benutzen wollten, um Moskau und London dem Erdboden gleichzumachen. Wenn man in einem Lager an der Front lebte, erhielt man nur sehr wenige Nachrichten. Sie bekamen Befehle, keine Neuigkeiten, und sie konnten diese Befehle nur befolgen.

Es ermüdete sie.

»Stepanowa, alles klar?«

Sie hatte ihre Maschine nach einem Patrouillenflug abgestellt, bei dem sie parallel zur Front geflogen war und nach unmittelbar bevorstehenden Angriffen und Marschkolonnen Ausschau gehalten hatte. Es war vollkommene Routine gewesen, und sie hatten keine Deutschen gesehen. Der Motor war zur Ruhe gekommen, und der Propeller hatte schon lange vorher aufgehört, sich zu drehen, aber sie war einfach in ihrem Cockpit sitzen geblieben. Der Gedanke, sich selbst, ihre sperrige Ausrüstung, den Fallschirm, das Logbuch, den Helm und den ganzen Rest aus dem Cockpit und auf den linken Flügel zu wuchten, erschöpfte sie. Sie machte das schon seit Monaten, und jetzt war sie sich einfach nicht mehr sicher, ob sie noch die Kraft dazu hatte. Sie konnte keine Zahlen mehr auf den Anzeigen erkennen, ganz gleich, wie sehr sie auch auf das Instrumentenbrett schielte und blinzelte.

»Stepanowa!« Martja, ihre Mechanikerin, rief sie erneut, und Raisa riss sich aus der Träumerei.

»Ja, schon gut, ich komme.« Sie schob das Kabinendach zurück, sammelte ihre Ausrüstung und wuchtete sich hinaus.

Martja wartete bereits neben dem Flügel auf sie, in Hemd und Overall, die Ärmel hochgekrempelt und ein Taschentuch auf dem Kopf. Sie konnte kaum älter sein als zwanzig, aber ihre Hände waren schon rau von den vielen Jahren Arbeit an Motoren.

»Du siehst schrecklich aus«, erklärte Martja.

»Nichts, was ein Schluck Wodka und ein Monat in einem Federbett nicht beheben könnten«, erwiderte Raisa, und ihre Mechanikerin lachte.

»Wie viel Sprit hast du noch?«

»Wenig. Glaubst du, dass sie mehr verbraucht, als sie sollte?«

»Das würde mich nicht überraschen. Sie wird ganz schön rangenommen. Ich sehe sie mal durch.«

»Du bist die Beste, Martja.« Die Mechanikerin half ihr vom Flügel, und Raisa umarmte sie.

»Bist du sicher, dass es dir gut geht?«, erkundigte sich Martja noch einmal.

Sie antwortete nicht.

»Raisa!« Das war Inna, die von ihrem eigenen Flugzeug zu ihr schlenderte und ihren Fallschirm an einem Arm hinter sich herzog, den Helm unter den anderen geklemmt. »Geht es dir gut?«

Sie wünschte sich wirklich, dass die Leute endlich aufhören würden, sie das zu fragen.

»Sie ist müde, glaube ich«, antwortete Martja an ihrer Stelle. »Weißt du, was wir brauchen? Eine Party oder eine Tanzveranstaltung oder so etwas. Es gibt hier genug gutaussehende Jungs, mit denen wir flirten könnten.« Sie hatte recht. Auf der Basis waren viele männliche Piloten, Mechaniker und auch Soldaten, und sie waren alle ziemlich forsch und gutaussehend. Auf jeden Fall sprach das Zahlenverhältnis eindeutig für die Frauen. Raisa hatte darüber noch nicht richtig nachgedacht.

Inna seufzte. »Es ist schwer, ans Flirten zu denken, wenn man ständig bombardiert und beschossen wird.«

Martja stützte sich auf den Flügel und blickte sehnsüchtig drein. »Nach dem Krieg können wir uns hübsch machen. Wir können unser Haar mit richtiger Seife waschen und tanzen gehen.«

»Nach dem Krieg, ja«, erwiderte Inna.

»Nachdem wir den Krieg gewonnen haben«, erklärte Raisa. »Wir werden nicht viel tanzen, wenn die Faschisten gewinnen.«

Sie verstummten, und Raisa bereute, dass sie das gesagt hatte. Es war eine unausgesprochene Selbstverständlichkeit, wenn die Leute von der Zeit »nach dem Krieg« redeten. Natürlich würden sie gewinnen. Wenn sie verloren, würde es überhaupt kein »nach« geben.

Allerdings erwartete Raisa nicht, dass sie so weit kommen würde.

Davidja,
ich habe beschlossen, den Versuch aufzugeben, ein Fliegerass zu werden, wenn das bedeutet, dass wir beide diesen Krieg lebend überstehen. Aber sag niemandem, dass ich dir das geschrieben habe. Ich würde meinen Ruf als wilde Fliegerin verlieren und dass ich so schrecklich eifersüchtig auf Liliia Litwiak bin. Wenn es einen Gott gibt, hört er mich vielleicht, und du kommst aus der Wildnis heraus, lebend und wohlbehalten. Nicht tot und nicht als Verräter. Wir werden nach Hause gehen, und Mama, Papa und Nina wird es gut gehen, und wir können vergessen, dass irgendetwas von dem hier überhaupt passiert ist. Das ist jetzt mein neuer Traum.

Ich habe diesen Brief immer noch, diesen schrecklichen Brief, den ich für dich geschrieben habe, falls ich sterbe. Ich sollte ihn verbrennen, weil Inna jetzt niemanden mehr hat, an den sie ihn schicken könnte.

Deine Schwester, Raisa

Im Morgengrauen schrillte der Alarm.

Von ihren Reflexen gesteuert, sprang sie von ihrer Pritsche, zog hastig Hose und Hemd an, Mantel und Stiefel, schnappte sich die Handschuhe und den Helm und stürmte aus dem Unterstand. Inna war neben ihr. Sie rannten zur Startbahn. Über ihnen brummten bereits Maschinen. Es waren Aufklärer, die von der Patrouille zurückkehrten.

Mechaniker und Waffenmeister machten sich bereits an den Maschinen zu schaffen, an allen. Sie tankten sie auf und schoben Patronengurte in die Behälter für die Bordkanonen und Maschinengewehre. Das hier war eine große Sache. Das war nicht nur ein einfacher Einsatz, sondern ein Luftkampf.

Oberstleutnant Gridnew hielt die Einsatzbesprechung direkt auf dem Flugfeld ab. Ihre Mission: Schwere deutsche Bomber hatten die Front überquert. Man alarmierte eiligst so viele Jagdflieger wie möglich, um sie abzufangen. Er würde dieses Mal selbst mitfliegen und die erste Staffel anführen. Sie würden in zehn Minuten starten und die Jagdflieger angreifen, die die Bomber als Begleitschutz eskortierten. Die zweite Staffel, die der Frauen, würde in fünfzehn Minuten starten und die Bomber aufhalten.

Die Luft füllte sich mit Jak-Kampfflugzeugen, und das Dröhnen ihrer Maschinen wirkte wie das Summen überdimensionaler Bienen.

Sie hatten keine Zeit mehr nachzudenken, sondern konnten nur reagieren, wie sie es schon Hunderte Male vorher gemacht hatten. Martja half Raisa ins Cockpit, klopfte zweimal auf das Kabinendach, nachdem sie es über ihr geschlossen hatte, sprang dann vom Flügel und riss die Bremsklötze unter den Reifen weg. Zwölf Jaks reihten sich auf, fuhren langsam vom Rollfeld vor und warteten, bis sie auf die Startbahn konnten. Eine nach der anderen hob ab ...

Schließlich war Raisa an der Reihe, und im nächsten Moment war sie in der Luft. Es war eine Erleichterung, wieder in den Wolken zu sein, wo sie etwas tun konnte. Wenn sie jemand hier oben angriff, konnte sie ausweichen. Nicht wie am Boden, wenn die Bomben fielen. Sie hatte lieber ihren Steuerknüppel in der Hand und den Daumen am Feuerknopf. Das fühlte sich irgendwie richtig an.

Raisa warf einen Blick durch das Kabinendach zurück und sah Inna rechts hinter ihrem Flügel, genau dort, wo sie sein sollte. Ihre Freundin winkte ihr zu, und Raisa erwiderte den Gruß. Sobald die ganze Staffel in der Luft war, nahmen sie Formation ein und folgten Gridnews Staffel vor ihnen. Sie waren alle schon mit Gridnews Männern geflogen und hatten Monate Zeit gehabt, sich aneinander zu gewöhnen. Es machte keinen Unterschied, ob ein Mann oder eine Frau am Knüppel saß, und die meisten Männer hatten das auch früher oder später begriffen. Was eine ziemliche Offenbarung war, wenn man sich die Zeit nahm, darüber nachzudenken. Aber niemand hatte Zeit, das zu tun. Sie brauchte nur zu wissen, dass Alexej Borisow gerne nach links abdrehte und einen Looping flog, wenn er in Schwierigkeiten geriet; Sofia Mironowa war eine sehr vorsichtige Pilotin und neigte dazu, sich ein wenig zurückhängen zu lassen; Valentina Guschina war schnell und sehr gut im Kampf; Fedor Baurin hatte die schärfsten Augen. Er würde ihr Ziel sehen, bevor irgendjemand anders das tat.

Die Jaks flogen in lockerer Formation, bereit, sie aufzulösen und anzugreifen, sobald das Ziel gesichtet wurde. Raisa streifte mit ihrem Blick den Himmel in alle Richtungen, nach oben und auch zurück über ihre Schulter. Der Oberstleutnant hatte die Koordinaten; er hatte geschätzt, dass sie in etwa zwanzig Minuten Feindkontakt haben würden. Sie müssten sie eigentlich jeden Augenblick sehen...

»Da!«, rief Baurin im Funk. »Auf ein Uhr!«

Gridnew meldete sich. »Ganz ruhig. Bleibt in Formation.«

Jetzt sahen sie den Feind. Das Sonnenlicht blitzte von Kabinendächern, während die Maschinen in der Luft hingen. Es war schwer zu sagen, wie schnell sie flogen und wie weit sie entfernt waren; ihre eigene Gruppe flog so schnell, dass die feindlichen Maschinen stillzustehen schienen. Aber sie näherten sich ihnen, rasch und unausweichlich.

Während die schweren Bomber unbeirrt weiterflogen, lösten sich eine Handvoll kleinerer Flugzeuge von der Hauptgruppe – eine Staffel Jagdflugzeuge, die sie eskortierten.

Das versprach interessant zu werden.

Auf Befehl des Oberstleutnants fächerten sie sich auf und bereiteten sich auf den Angriff vor. Raisa öffnete die Drosselklappe und gab Vollgas. Sie hatte vor, den Jagdflugzeugen auszuweichen, wollte stattdessen die Bomber daran hindern, ihr Ziel zu erreichen. Ihre Jak tauchte ab, schwenkte nach links, und die Maschine brüllte auf.

Ein Schwarm von Messerschmitts fegte über ihr hinweg. Maschinengewehrfeuer ertönte. Dann waren sie verschwunden.

Inna war ihr gefolgt, und die Bomber lagen vor ihnen, warteten auf sie. Sie hatten nur wenig Zeit, Schaden anzurichten, bevor die Messerschmitts wieder zurückkamen, ganz gleich, wie sehr die anderen sie beschäftigen konnten.

Sobald sie in Reichweite war, eröffnete sie das Feuer. Das Dröhnen der Bordkanone erschütterte den Rumpf. In der Nähe feuerte eine andere Kanone; Raisa verfolgte den Rauch der Geschosse, die aus ihrem Rücken auf die Junkers zuflogen: Inna hatte ebenfalls gefeuert.

Die Bomber fielen zurück. Und dann holten die Kampfflugzeuge Inna und sie ein. Chaos brach aus.

Sie suchte nach Sternen und Kreuzen auf den Rümpfen, die Freund und Feind unterschieden. Sie jagten sich gegenseitig in drei Dimensionen, bis es unmöglich war, alle Flugzeuge im Blick zu behalten. Sie begann, sich vor allem darauf zu konzentrieren, Kollisionen zu vermeiden. Die Messerschmitts waren torpedoförmig, schlank und sehr beweglich. Furchteinflößend. Und die Piloten auf beiden Seiten hatten zwei Kriegsjahre Zeit gehabt, Erfahrung zu sammeln. Der

Kampf würde erst enden, wenn entweder die eine oder die andere Seite keine Munition mehr hatte.

Sie mussten diese Bomber abschießen, das war das Wichtigste. Die anderen hatten dieselbe Idee, und der Oberstleutnant befahl ihnen, ihr wichtigstes Ziel zu verfolgen, so lange, bis die Bomber ihre Formation auflösten, um dem Luftkampf aus dem Weg zu gehen. Jetzt mussten die Messerschmitts aufpassen, dass sie nicht zufällig ihre eigenen Flugzeuge trafen. Dadurch mussten sie vorsichtiger sein, was den Jaks möglicherweise einen Vorteil verschaffte.

Das Dröhnen der Maschinen, der Propeller, wummerte in der Luft und schien den ganzen Himmel um sie herum zu erfüllen. Sie hatte noch nie so viele Flugzeuge gleichzeitig in der Luft gesehen, nicht einmal in ihrer Anfangszeit während ihrer Ausbildung im Club.

Sie schlug einen Bogen an den Rand des Kampfgeschehens und fand ein Ziel. Der Pilot des Jagdflugzeuges hatte eine Jak aufs Korn genommen – die Maschine von Katja, wenn sie richtig sah – und war so darauf konzentriert, sie zu erwischen, dass er gerade und ruhig flog. Das war der erste und schlimmste Fehler. Sie hatte ihn kurz darauf im Visier und hielt ihn dort eine Sekunde, lange genug, um zu feuern, bevor sie sank und abdrehte, bevor jemand anders sie aufs Korn nahm.

Ihre Geschosse schlugen in das Cockpit der feindlichen Maschine ein und durchbohrten den Piloten. Die Kanzel zerbarst, und überall war Blut. Sie glaubte sein Gesicht zu sehen, unter der Brille und der Fliegermütze, einen Moment nur – den Ausdruck ungläubigen Schocks, dann nichts mehr. Die ME-109 war außer Kontrolle, sank und stürzte dann in einer Spirale ab. Der Anblick, wie das abstürzende Flugzeug eine schwarze Rauchwolke hinter sich herzog, war beklemmend. Aber ihre eigene Flugbahn trug sie in einem Moment daran vorbei, und dann lag wieder blauer Himmel vor ihr.

»Vier!«, schrie Raisa. Vier Abschüsse. Ganz bestimmt konnte sie bei so vielen Zielen auch ihren fünften Abschuss erzielen. Beide für David.

Andere Flugzeuge stürzten ebenfalls ab. Einer der Bomber war getroffen worden, flog aber weiter, während Rauch aus einem Motor quoll. Die Maschine eines anderen Jagdfliegers stotterte, er fiel zurück und stürzte. Er zog eine Wolke aus Feuer und Rauch hinter sich her – Alexej, das war Alexej. Konnte er seine beschädigte Maschine wieder kontrollieren? Wenn nicht, hatte er dann genug Zeit, um auszusteigen? Aber sie sah kein Leben im Cockpit; das Glas war trübe. Statt zu trauern, biss sie die Zähne zusammen und suchte sich ein neues Ziel. Es waren so viele, dass sie kaum wusste, wohin sie zuerst sehen sollte.

Gridnew befahl über Funk den Rückzug. Sie hatten genug Schaden angerichtet; es wurde Zeit zu verschwinden, solange sie noch konnten. Aber sie hatten doch erst ein paar Minuten gekämpft. Der Motor ihrer Jak schien allerdings müde zu sein; der Propeller vor ihrer Scheibe schien zu stottern.

Die Messerschmitt stürzte sich wie ein Drache aus der Sonne über ihr.

Ein Regen aus Kugeln durchbohrte den Rumpf ihrer Jak. Es klang wie Hagel. Schmerz brannte in ihrem Oberschenkel, aber das war weit weniger besorgniserregend als das Knirschen und Kreischen der Maschine. Plötzlich quoll Rauch in einem dicken Strom aus der Nase ihres Flugzeugs. Die Maschine hustete; der Propeller hörte auf, sich zu drehen. Plötzlich war ihre wundervolle, stromlinienförmige Jak ein lebloser Stein, der jeden Moment vom Himmel fallen würde.

Sie hielt die Nase mit aller Kraft hoch, betätigte immer wieder die Starterklappe, aber die Maschine war tot. Sie trat auf die Pedale, aber das Seitenruder klemmte. Die Nase neigte sich und zerstörte damit jede Chance, sanft zur Erde hinabzugleiten und zu landen.

»Raisa, steig aus! Aussteigen!«, schrie Inna über Funk.

Ihren Posten verlassen? Nein, niemals! Besser in einem Feuerball zu sterben, denn als vermisst zu gelten.

Die Nase senkte sich noch weiter, und ihr linker Flügel hob sich – der Anfang eines Absturzes in einer Spirale. Jetzt oder nie, verflucht!

Ihr ganzes rechtes Bein pochte vor Schmerz, und sie hatte Blut auf ihrem Ärmel; Blut war gegen die Seite ihres Cockpits gespritzt, und sie wusste nicht, woher es kam. Vielleicht von dem Piloten, dessen Gesicht sie gesehen hatte, demjenigen, der ihren Blick mit toten Augen hinter seiner Brille erwidert hatte. Instinkt und Training übernahmen die Kontrolle. Sie hob die Hand und hämmerte auf die Taste, die das Kabinendach öffnete. Der Wind schlug wie eine Faust auf sie ein. Sie öffnete die Gurte, arbeitete sich aus ihrem Sitz; ihr Bein wollte sich nicht bewegen. Sie sprang nicht, sondern ließ die Jak einfach unter sich wegfallen. Dann schwebte sie. Nein, sie fiel. Sie zog die Reißleine, und der Fallschirm blähte sich über ihr auf. Eine cremefarbene Blume, die ihre Blüten spreizte. Die Luft fing sich darunter, und ihr Sturz wurde ruckartig gebremst. Sie hing in dem Harnisch wie totes Gewicht. Totes Gewicht, ha!

Ihr Flugzeug brannte lichterloh, ein brennender Komet, der sich zur Erde drehte und eine korkenzieherförmige Fahne aus schwarzem Rauch hinter sich herzog. Ihre arme Maschine. Sie hätte weinen wollen, aber sie hatte diesen ganzen Krieg kein einziges Mal geweint, trotz allem.

Der Luftkampf war weitergezogen. Sie verlor Innas Flugzeug aus den Augen, hörte jedoch in dem Dröhnen von Explosionen und Motoren das Knattern der Bordkanonen. Inna hatte ihre Flucht gedeckt, sie davor beschützt, an ihrem Fallschirm hängend erschossen zu werden. Nicht, dass das eine Tragödie gewesen wäre. Dann wäre sie wenigstens im Kampf gestorben. Jetzt wusste sie jedoch nicht, zu welcher Seite der Front die öden Felder unter ihr gehörten. Wer würde sie finden, die Russen oder die Nazis? *Es gibt keine Kriegsgefangenen, sondern nur Verräter ...*

Und das Schlimmste war, dass sie nicht in der Lage war, irgendetwas dagegen zu tun. Blut tropfte von ihrem Bein und wurde vom Wind verweht. Sie war angeschossen worden. Der Schwindel, der sie jetzt packte, konnte auf den Schock zurückzuführen sein oder auf Blutverlust. Vielleicht erreichte sie nicht einmal lebend den Boden. Würde ihre Leiche jemals gefunden werden?

Der Himmel war plötzlich sehr still geworden, die Jagdflugzeuge und Bomber schwärmten in der Ferne wie Krähen. Sie kniff die Augen zusammen, um sie besser sehen zu können.

Dann wurde sie ohnmächtig.

Als Raisa sehr viel später die Augen öffnete, sah sie eine niedrige Decke mit vielen hölzernen Dachbalken. Sie lag auf einer Pritsche, einer in einer ganzen Reihe von Pritschen. Es musste ein improvisiertes Feldlazarett sein, in dem viele Menschen hin und her liefen. Sie gingen durch die Reihen und die Gänge und hatten offenbar wichtige Dinge zu tun. Sie sprachen Russisch, was sie sehr erleichterte. Sie war gefunden worden. Sie war zu Hause.

Sie konnte sich nicht bewegen und merkte, dass sie auch keine besondere Lust dazu hatte. Ohne nachzudenken auf der Pritsche und den Decken zu liegen, weit weg von dem Schmerz, den sie eigentlich fühlen sollte, schien ihr der beste Weg zu sein zu existieren. Zumindest für die nächsten Minuten.

»Raisa! Du bist wach!«

Ein Stuhl rutschte dicht neben ihr über den Betonboden, und ein vertrautes Gesicht tauchte vor ihr auf: David. Er war glatt rasiert, das dunkle Haar sauber geschnitten, die Infanterieuniform gebügelt und zugeknöpft, als würde er auf eine Parade gehen und nicht seine Schwester im Krankenhaus besuchen. So wie er auf dem offiziellen Foto aussah, das er nach Hause geschickt hatte, direkt nachdem er sich zur Armee gemeldet hatte. Es musste ein Traum sein. Vielleicht war das gar kein Krankenhaus. Vielleicht war es der Himmel. Sie war sich nur nicht sicher, ob sie gut genug gewesen war, um dorthin zu kommen.

»Raisa, sag etwas, bitte«, verlangte er. Sein verzerrtes Gesicht wirkte viel zu besorgt, als dass sie im Himmel hätte sein können.

»Davidja!« Sie brauchte zwei Atemzüge, um das Wort herauszubekommen, und ihre Stimme klang schrecklich krächzend. Sie leckte sich die trockenen Lippen. »Du lebst! Was ist passiert?«

Er zuckte verlegen mit den Schultern. »Meine Abteilung hat sich verirrt. Wir haben mitten im Wald gegen eine Panzereinheit gekämpft, aber ein plötzlicher Schneesturm mitten im Frühling hat uns festgenagelt. Die Hälfte von uns hat Erfrierungen davongetragen und musste die andere Hälfte hinaustragen. Es hat Wochen gedauert, aber wir haben es geschafft.«

Die ganze Zeit… Und er hatte sich wirklich nur verirrt. Sie wünschte, Sofin wäre hier, damit sie ihm ins Gesicht schlagen könnte.

»Ich würde über all den Ärger lachen, den du verursacht hast, aber meine Brust tut weh«, erklärte sie.

Sein Lächeln erlosch, und sie konnte sich vorstellen, dass er ebenfalls ein Verhör mit einer Person wie Sofin hatte durchstehen müssen, nachdem er und seine Einheit nach Hause gehumpelt waren. Sie würde ihm nichts von ihrem Verhör verraten, und sie würde auch diese Briefe verbrennen, die sie ihm geschrieben hatte, sobald sie zurück auf dem Flugplatz war.

»Es tut so gut, dich wiederzusehen, Raisa.« Er packte ihre Hand, die Hand, die nicht bandagiert war, und sie drückte die seine, so fest sie konnte. Das war zwar nicht sehr fest, aber es genügte. »Dein Oberstleutnant Gridnew hat mich benachrichtigt, dass du verletzt worden bist, und ich konnte einen Tag Urlaub nehmen, um dich zu besuchen.«

Sie schluckte und antwortete langsam: »Ich wurde abgeschossen. Ich musste aussteigen. Ich weiß nicht, was danach passiert ist.«

»Dein Flügelmann konnte deine Position über Funk durchgeben. Bodentruppen sind ausgeschwärmt und haben dich gefunden. Sie haben erzählt, du wärst übel mitgenommen gewesen.«

»Aber ich habe meinen vierten Abschuss geschafft, haben sie dir das erzählt? Noch einer, dann bin ich auch ein Fliegerass.« Vielleicht war sie nicht die erste Frau, die ein Fliegerass wurde, oder noch nicht einmal die zweite. Aber sie wäre auch eines.

David lächelte nicht. Sie spürte, wie er sich zurückzog, wie der Druck auf ihre Hand nachließ.

Sie runzelte die Stirn. »Was ist denn?«

Er wollte es nicht sagen. Sein Gesicht verzerrte sich, seine Augen glitzerten, als wollte er gleich in Tränen ausbrechen. Da lag sie, das Mädchen, und sie hatte nicht ein einziges Mal geweint. Das heißt einmal doch, fast, um ihr Flugzeug.

»Raisa, du bist als Invalide aus der Armee entlassen«, erklärte er.

»Was? Nein! Es geht mir gut, ich werde wieder gesund...«

»Du hast dir beide Beine gebrochen, die Hälfte deiner Rippen ebenfalls, du hast dir die Schulter ausgerenkt, hast eine Gehirnerschütterung und bist zweimal angeschossen worden. Du kannst nicht mehr fliegen. Jedenfalls für eine lange Zeit nicht.«

Sie hätte wirklich nicht gedacht, dass sie so schwer verletzt worden war. Sie hätte doch wissen müssen, wenn es so schlimm gewesen war. Aber ihr Körper fühlte sich immer noch so weit entfernt an... Sie wusste gar nichts. »Ich werde bald wieder gesund...«

»Bitte, Raisa. Ruh dich aus. Ruh dich erst einmal eine Weile aus.«

Noch ein Abschuss. Sie brauchte nur noch einen einzigen Abschuss... »Davidja, wenn ich nicht fliegen kann, was soll ich dann tun?«

»Raisa!« Eine klare Stimme rief sie vom Ende der Bettenreihe.

»Inna!«, erwiderte Raisa, so laut ihre eigene Stimme das zuließ.

Ihre Katschmarek, ihre Flügelfrau, stürmte vor, und als sie keinen Stuhl fand, kniete sie sich neben die Pritsche. »Raisa. Oh, Raisa, sieh dich an, du bist verpackt wie eine Mumie.« Sie fummelte an der Decke herum, glättete eine Haarlocke, die aus dem Verband um Raisas Kopf lugte, und strich dann wieder die Decken glatt. Die gute, süße Inna.

»Inna, das ist mein Bruder David.«

Inna riss erschreckt die Augen auf, aber Raisa bekam nicht die Chance zu erklären, dass »vermisst« manchmal tatsächlich vermisst meinte, weil David hastig aufgestanden war und Inna seinen Stuhl anbot. Die lehnte kopfschüttelnd ab, so dass sie jetzt beide auf beiden Seiten der Pritsche standen und sich über Raisa hinweg ansahen. Dann schien Inna etwas einzufallen, und sie streckte die Hand aus. David wischte sich die Hand an seinem Hosenbein ab, bevor er ihre Hand schüttelte. Das war so typisch für ihn.

»Raisa hat mir viel über dich erzählt«, sagte Inna.

»Und sie hat mir von dir in ihren Briefen geschrieben.«

Inna errötete. Gut. Vielleicht hatte das alles ja doch noch etwas Gutes.

Sie sollte glücklich sein. Ihr Wunsch war ihr letzten Endes doch noch erfüllt worden.

Raisa stand auf dem Bahnsteig und wartete auf den Zug, der sie von Woronesch wegbringen würde. Sie hatte den Arm immer noch in der Schlinge und stützte sich schwer auf eine Krücke. Sie konnte ihren Kleidersack nicht selbst hochheben.

Raisa hatte mit der Militärführung wegen ihrer Entlassung gestritten. Sie hätten wissen müssen, dass sie nicht nachgeben würde. Sie verstanden einfach nicht, was sie hatte durchmachen müssen, um überhaupt in ein Cockpit kommen zu können. Das war der Trick: Sie hatte unablässig Briefe geschrieben, tauchte immer wieder auf, immer und immer wieder, und akzeptierte einfach kein Nein. Einen Augenblick dachte sie, ob es das gewesen war, was David nach Hause geführt hatte; dass sie nie aufgehört hatte, ihm Briefe zu schreiben. Also hatte er einfach nach Hause kommen müssen.

Als man ihr schließlich einen Kompromiss anbot, nämlich Navigation auf einem Übungsfeld in der Nähe von Moskau zu unterrichten, ergriff sie die Chance. Das bedeutete, dass sie selbst mit Krücke und Schlinge, auch wenn sie nicht richtig gehen oder ihre Ausrüstung tragen konnte, immer noch ihre Uniform trug, mit allen Medaillen und Bändern. Sie konnte immer noch hoch erhobenen Hauptes gehen.

Aber am Ende hatte auch sie einräumen müssen, dass sie nie wieder fliegen würde, jedenfalls nicht in einem Luftkampf.

»Bist du sicher, dass du das schaffst?« Inna war mit ihr zum Bahnhof gekommen, um sie zu verabschieden. David war zu seinem Regiment zurückgekehrt, aber sie hatte gehört, wie die beiden sich versprochen hatten, sich zu schreiben.

»Mir geht es gut, wirklich.«

Innas Augen schimmerten, als müsste sie gleich weinen. »Du bist so still geworden. Ich habe mich so daran gewöhnt zu sehen, wie du wie ein wütendes Küken herumrennst.«

Raisa lächelte, als sie sich das Bild vorstellte. »Schreibst du mir?«

»Selbstverständlich. Ganz oft. Ich werde dich über den ganzen Tratsch und Klatsch auf dem Laufenden halten.«

»Ja, ich will genau wissen, wie viele Flugzeuge Liliia Litwiak abschießt.«

»Sie wird den Krieg ganz allein gewinnen.«

In wenigen Monaten würde Raisa in der Zeitung lesen, dass Liliia als vermisst gemeldet wurde, abgeschossen über feindlichem Territorium. Weder ihr Flugzeug noch ihre Leiche wurden je gefunden. Sie war die erste Frau in der Roten Armee, die jemals ein Fliegerass geworden war, und statt zu einer Heldin wurde sie zur Deserteurin erklärt. Aber das wusste Raisa jetzt noch nicht.

Der Zug pfiff, immer noch weit weg, aber sie hörten, wie er näher kam, hörten das Klacken auf den Gleisen.

»Bist du wirklich sicher, dass du das schaffst?« In Innas Augen lag ein fast flehentlicher Ausdruck.

Raisa hatte vor sich hin gestarrt, etwas, das sie in letzter Zeit häufiger tat. Der Wind spielte mit ihrem dunklen Haar, und sie blickte über die Felder und die Ruinen der Stadt hinweg, wo der Flugplatz lag. Sie glaubte Flugzeuge über sich zu hören.

»Ich habe mir immer vorgestellt, bei einem schrecklichen Absturz zu sterben oder im Kampf abgeschossen zu werden«, sagte sie. »Ich dachte, ich würde entweder stolz aus diesem Krieg herausgehen oder bei irgendeiner glorreichen Heldentat sterben. Ich habe mir nie vorgestellt, dass ich ... verkrüppelt enden würde. Dass dieser Krieg ohne mich weitergehen würde.«

Inna berührte ihre Schulter. »Wir sind alle froh, dass du nicht gestorben bist. Vor allem David.«

»Ja, klar. Denn dann hätte er es meinen Eltern erzählen müssen.«

Ihre Freundin seufzte. »Du bist so schrecklich *morbide*.«

Der Zug fuhr ein, und ein Gepäckträger kam, um ihr bei ihrem Gepäck zu helfen. »Sei vorsichtig, Inna. Such dir einen guten Flügelmann, der dir am Leitwerk klebt.«

»Ich werde dich vermissen, Liebes.«

Sie umarmten sich fest, aber trotzdem behutsam, und Inna wartete, um sich zu überzeugen, dass Raisa ohne Schwierigkeiten in den Zug steigen und an ihren Platz humpeln konnte. Sie winkte Raisa vom Bahnsteig aus zu, bis sie nicht mehr zu sehen war.

Raisa saß im Zug und schaute aus dem Fenster, als ihr Blick auf die Flugzeuge fiel, nach denen sie Ausschau gehalten hatte: Eine Rotte Jaks flog über sie hinweg, unterwegs zum Flugplatz. Aber sie konnte das Dröhnen der Motoren der beiden Maschinen im Lärm des Zuges nicht hören.

Was wahrscheinlich ganz gut war.

JOE R. LANSDALE

Der produktive texanische Schriftsteller Joe R. Lansdale hat den Edgar Award gewonnen, den British Fantasy Award, den American Horror Award, den American Mystery Award, den International Crime Writer's Award und dazu sechs Bram Stoker Awards. Am bekanntesten sind wohl seine Horror- und Thriller-Romane: *Nightrunners*, *Bubba Ho-Tep*, *Der Gott der Klinge* und *Drive-In*. Aber er hat auch die sehr beliebte *Hap-Collins-&-Leonard-Pine*-Krimireihe geschrieben: *Wilder Winter*, *Texas Blues*, *Mambo mit zwei Bären*, *Schlechtes Chili*, *Rumble Tumble*, *Machos und Macheten*, sowie Westernromane, zum Beispiel *Texas Night Riders* und *Blood Dance*. Weiterhin zählen genreübergreifende Bücher zu seinem Werk, u. a. *Zeppelins West*, *The Magic Wagon* und *Flaming London*. Weitere Romane sind *Straße der Toten*, *Sturmwarnung*, *Kahlschlag*, *Akt der Liebe*, *Waltz of Shadows*, *The Drive-In 2: Not Just One of Them Sequels* und *Gluthitze/Gauklersommer*. Zudem hat er Romane zu Serien wie *Batman* und *Tarzan* beigesteuert. Seine zahlreichen Kurzgeschichten finden sich in: *By Bizarre Hands; Tight Little Stitches in a Dead Man's Back; The Shadows, Kith and Kin; The Long Ones; Stories by Mama Lansdale's Youngest Boy; Bestsellers Guaranteed; On The Far Side of the Cadillac Desert with Dead Folks; Electric Gumbo; Writer of the Purple Rage; A Fist Full of Stories; Steppin' Out; Summer, '68; Bumper Crop; The Good, the Bad and the Indifferent; For a Few Stories More; Mad Dog Summer and Other Stories; The King and Other Stories; Deadman's Road;* ein Sammelband: *Flaming Zeppelins; The Adventures of Ned the Seal;* und *High Cot-*

ton: Selected Stories of Joe R. Lansdale. Er hat folgende Anthologien herausgegeben: *The Best of the West; Retro Pulp Tales; Son of Retro Pulp Tales; Razored Saddles* (zusammen mit Pat LoBrutto), *Dark at Heart; All New Tales of Dark Suspense from Today's Masters* (mit seiner Frau Karen Lansdale), *The Horror Hall of Fame: The Stoker Winners* sowie die Anthologie *Cross Plains Universe: Texans celebrate Robert E. Howard* (zusammen mit Scott A. Cupp). *Lords of The Razor* ist eine Anthologie als Tribut für Lansdales Werk selbst. Und seine jüngsten Veröffentlichungen sind zwei neue *Hap-&-Leonard*-Romane: *Devil Red* und *Hyenas* sowie die Romane *Deranged by Choice* und *Dunkle Gewässer;* eine neue Geschichtensammlung, *Shadows West* (zusammen mit John L. Lansdale), und als Herausgeber zwei neue Anthologien: *Crucified Dreams* und *The Urban Fantasy Anthology* (mit Peter S. Beagle). Er lebt mit seiner Familie in Nacogdoches, Texas.

Hier stellt er uns das beste böse Mädchen aller Zeiten vor, eine Frau, die das *Mojo* hat, einen schwarzen *Hoodoo*, eine Art Hundepfeife für jeden Mann, den sie trifft; eine Frau wie ein leuchtend roter Apfel mit einem Wurm im Gehäuse, die einen Priester dazu bringen könnte, nach Hause zu gehen und sich die Kehle durchzuschneiden, wenn er ihr einfach nur auf der Straße begegnet. Kurz, ein Charakter, wie nur Lansdale ihn beschreiben kann.

RINGEN MIT JESUS

Übersetzt von Wolfgang Thon

Sie nahmen erst Marvins Lunchbeutel, dann sein Geld, und dann traten sie ihm in den Arsch. Letzteres spürte er deutlich, und hätte er auf einer Skala von eins bis zehn die Stärke angeben müssen, wäre es wahrscheinlich eine vierzehn gewesen. Allerdings musste Marvin auch sagen, dass die Prügel in gewisser Weise inkonsequent gewesen waren, weil einer seiner Angreifer eine Pause gemacht hatte, um sich eine Zigarette anzuzünden, und danach zwei von ihnen müde und ein wenig atemlos gewesen zu sein schienen.

Als er jetzt dalag und das Blut in seinem Mund schmeckte, zog er seinen Angreifern Punkte für ihre Darbietung ab, eben weil einer eine Rauchpause gemacht hatte und zwei andere Angreifer offensichtlich erschöpft gewesen waren. Also bekamen sie keine vierzehn Punkte, sondern höchstens neun oder zehn.

Diese Einschätzung half seinen Rippen jedoch kein bisschen, und sie konnte auch die dunklen Punkte nicht vertreiben, die vor seinen Augen schwammen, kurz bevor er vor Schmerz das Bewusstsein verlor. Er wurde von Ohrfeigen geweckt, weil die Schläger wissen wollten, ob er Goldzähne hatte. Er verneinte die Frage, aber der Bursche wollte selber nachsehen. Also öffnete Marvin den Mund, und der Räuber warf einen Blick hinein.

Enttäuscht drohte ihm der Kerl, ihm ins Maul zu pissen

oder ihn zu ficken, aber der Schläger und seine Bande waren entweder zu müde, nachdem sie ihn durchgeprügelt hatten, um ihn vögeln zu können, oder sie waren nicht in der Lage, Wasser zu lassen. Sie gingen jedenfalls einfach davon und teilten unterwegs sein Geld in vier Teile auf. Jeder von ihnen hatte etwa drei Dollar zwanzig Cent erbeutet, und sie hatten ihm aus seinem Rucksack ein ziemlich gutes Schinkensandwich und einen kleinen Becher Jell-O gestohlen. Für den sie aber nur einen Plastiklöffel hatten.

Marvin begann gerade, sich eins mit dem Beton zu fühlen, als er eine Stimme hörte. »Ihr kleinen Scheißkerle haltet euch wohl für etwas Besonderes, was?«

Marvin blinzelte. Der Sprecher war ein alter Mann, der etwas gebeugt dastand, krumme Beine, weißes Haar und ein Gesicht hatte, das aussah, als wäre es einmal auseinandergefallen und dann von einem Betrunkenen in einem dunklen Zimmer mit billigem Klebstoff wieder zusammengestückelt worden. Sein Ohr – Marvin konnte das rechte sehen – war so behaart, dass man einen kleinen Hundepullover davon hätte stricken können. Und es war das einzige sichtbare schwarze Haar an dem Mann. Sein Haupthaar hatte die Farbe eines Fischbauchs. Seine schlabberige Hose hielt er mit einer Hand am Bund fest. Seine Haut war dunkel wie eine Walnuss, und sein Gebiss wirkte irgendwie ein bisschen zu groß für seinen Mund. Eine seiner Hosentaschen beulte sich aus. Marvin überlegte, ob es seine Eier sein könnten: Vielleicht hatte er ja einen Leistenbruch.

Die Bande jedenfalls blieb wie angewurzelt stehen und drehte sich um. Es waren eklige Kerle mit breiten Schultern und vielen Muskeln. Einer von ihnen hatte einen ziemlich großen Bauch, aber er war sehr fest und muskulös, und Marvin wusste aus eigener Erfahrung, dass sie alle harte Fäuste und noch härtere Schuhe hatten. Der Alte würde morgen früh tot aufwachen.

Derjenige, der Marvin gefragt hatte, ob er Goldzähne

hätte, Eisenwampe, sah den alten Mann an. »Redest du mit uns, du alter Knacker?«, fragte er ihn, während er Marvins Rucksack fallen ließ.

»Ihr seid die einzigen Scheißkerle, die ich hier sehe«, erwiderte der Alte. »Du hältst dich wohl für einen echt bösen Jungen, hab ich recht? Jeder kann so eine Pussy wie diesen Burschen hier zusammenschlagen. Das würde selbst meine verkrüppelte Großmutter schaffen, und die ist schon seit zwanzig Jahren tot. Der Junge ist höchstens sechzehn; und wie alt seid ihr Wichser – zwanzig? Ihr seid ein Haufen Muschis ohne Haare am Schlitz.«

Marvin versuchte rückwärts zu kriechen, bis er nicht mehr zu sehen war, weil er ihr Interesse auf keinen Fall erneut auf sich lenken wollte. Vielleicht gelang es ihm ja zu entkommen, während sie den alten Mann umbrachten. Aber er war zu schwach, um zu kriechen. Eisenwampe stolzierte auf den alten Mann zu und grinste überheblich.

Als er noch zwei Meter entfernt war, sagte der Alte: »Willst du ganz allein gegen mich kämpfen, du kleines Stück Dreck? Brauchst du deine Handlanger nicht, damit sie mich festhalten?«

»Ich werde dir gleich deine letzten echten Zähne aus dem Maul treten, du alter Knacker«, entgegnete Eisenwampe.

»Ich hab keine echten mehr, also nur zu!«

Der Junge trat nach dem alten Mann, der das Bein mit seiner linken Hand zur Seite schlug, ohne mit der rechten seine Hose loszulassen. Dann schlug er ihm hart mit der linken Faust auf den Mund. Eisenwampe landete mit blutenden Lippen auf dem Boden. Als er versuchte, wieder aufzustehen, trat ihm der alte Mann mit voller Wucht gegen den Hals. Eisenwampe stürzte erneut zu Boden, würgte und hielt sich die Kehle.

»Was ist mit euch Mädchen? Wollt ihr auch Prügel, ihr kleinen Muschis?«

Die kleinen Muschis schüttelten den Kopf.

»Sehr gut«, erwiderte der Alte und zog eine Kette aus der Hosentasche. Von wegen Leistenbruch. Die Kette hatte sie ausgebeult. Mit der anderen Hand hielt er nach wie vor die Hose fest.

»Ich hab hier einen Gleichmacher. Ich werde diesen Motherfucker wie eine Ankerkette um eure Köpfe wickeln. Kommt her, schnappt euch Mister Arschloch und schafft ihn hier weg, und zwar schleunigst.«

Die drei Jungs zerrten Mister Arschloch alias Eisenwampe auf die Füße. Als er stand, schob der alte Mann sein Gesicht dicht vor das von Eisenwampe. »Lass dich hier nicht wieder blicken. Ich will dich hier nie wieder sehen.«

»Das wird dir noch leidtun, du alter Knacker«, erklärte Eisenwampe. Blut tropfte über seine Lippe und lief ihm das Kinn hinunter.

Der alte Mann ließ die Kette auf den Boden fallen und schlug Eisenwampe erneut die linke Faust ins Gesicht. Diesmal brach er ihm die Nase, und Blut spritzte über sein ganzes Gesicht.

»Was zum Teufel hast du in den Ohren?«, fuhr der Alte ihn an. »Schlamm? Was? Hast du Schlamm in den Ohren? Hörst du, was ich sage? Adios, Arschloch.«

Die drei Jungs und Eisenwampe, der etwas unsicher auf den Beinen war, verschwanden durch die Gasse.

Der Alte blickte auf Marvin herunter, der immer noch auf dem Beton lag.

»Ich bin von meiner Mutter schon schlimmer verprügelt worden als du, und die hatte nur einen Arm. Steh gefälligst auf, zum Teufel!«

Marvin schaffte es, sich aufzurappeln, eine Aufgabe, die seiner Meinung nach eine ähnliche Herausforderung war wie der Bau der Großen Pyramide. Und zwar allein.

»Was willst du hier?«, fragte der Alte. »Hier gibt es nichts anderes als solche Scheißkerle. Und du siehst aus wie ein Junge, der aus einer besseren Gegend kommt.«

Marvin schüttelte den Kopf. »Nein«, widersprach er. »Ich lebe hier.«

»Seit wann?«

»Seit einer Woche.«

»Ach was? Bist du absichtlich hierhergezogen, oder hast du nur deinen Stadtplan verloren?«

»Absichtlich.«

»Tja, Junge, dann solltest du dich vielleicht mit dem Gedanken anfreunden, wieder wegzuziehen.«

Marvin hätte nichts lieber getan als das, aber seine Mutter sagte: *Keine Chance*. Sie hatten kein Geld, seit sein Vater gestorben war. Das hatte sie in die Scheiße geritten, und zwar so richtig, diese ganze Sache mit dem Sterben. Marvins Dad hatte in der Fabrik ganz gut verdient, aber dann war er gestorben, und seitdem war es mit ihnen schneller den Bach runtergegangen, als Wasser bergab floss. Mom und er mussten bleiben, wo sie waren, da gab es nichts dran zu rütteln. Wenn sie noch eine Stufe weiter sanken, dann landeten sie in einem Pappkarton mit Aussicht. Eine Stufe drüber bedeutete, dass sie Einlagen in ihre Schuhe bekamen.

»Ich kann nicht wegziehen. Mama hat kein Geld dafür. Sie wäscht anderen Leuten die Wäsche.«

»Dann solltest du besser lernen, für dich einzustehen«, sagte der alte Mann. »Tust du das nicht, wachst du vielleicht irgendwann auf, mit der Hose in den Kniekehlen und einem Arschloch so weit wie ein Abflussrohr.«

»Machen sie das wirklich?«

»Wäre ihnen zuzutrauen«, erwiderte der Alte. »Jedenfalls solltest du lernen, dich zu wehren.«

»Kannst du mir das beibringen?«

»Was soll ich dir beibringen?«

»Kämpfen.«

»Kann ich nicht. Ich muss meine Hose festhalten. Besorg dir einfach einen Stock.«

»Du könntest es mir trotzdem beibringen.«

»Ich will es nicht, Junge. Ich habe schon genug damit zu tun, einfach nur zu atmen. Ich bin fast achtzig verdammte Jahre alt. Ich hätte schon vor fünf Jahren die Würmer füttern sollen. Hör zu. Du hältst dich hier fern, und wenn du das nicht kannst... dann viel Glück, Junge.«

Der Alte schlurfte davon, während er seine Hose mit einer Hand festhielt. Marvin sah ihm einen Moment nach, dann flüchtete er. Sein Plan sah vor, noch diese Woche zu überstehen, bis es Schulferien gab. Dann würde er einfach in der Wohnung bleiben und sie nicht verlassen, bis die Schule im Herbst wieder losging. Bis dahin konnte er sich vielleicht einen neuen Plan überlegen.

Er hoffte, dass in dieser Zeit die Jungs das Interesse verloren hatten, ihn zu verprügeln, oder vielleicht auf schreckliche Weise ermordet wurden oder selbst weggezogen waren. Vielleicht hatten sie ja sogar einen Job angenommen, obwohl er stark vermutete, dass sie bereits einen Beruf hatten – professionelle Schläger.

Seiner Mutter sagte er, er wäre hingefallen. Sie glaubte ihm. Sie war ohnehin zu beschäftigt mit dem Versuch, Essen auf den Tisch zu bringen, als dass sie an etwas anderes hatte denken können, und er wollte nicht, dass sie es wusste. Er wollte nicht, dass sie erfuhr, dass er nicht auf sich selbst aufpassen konnte und dass er ein wandelnder Sandsack war. Allerdings schenkte sie seinen Problemen ohnehin nicht viel Aufmerksamkeit. Sie hatte den Job und jetzt auch einen neuen Freund, einen Anstreicher. Der Anstreicher war groß und hager, kam abends vorbei, sah fern, trank Bier, und dann ging er mit seiner Mutter ins Bett. Manchmal, wenn Marvin auf der Couch schlief, hörte er die beiden im Schlafzimmer. Er konnte sich nicht daran erinnern, so etwas gehört zu haben, als sein Vater noch lebte, und er wusste nicht, was er davon halten sollte. Wenn es richtig laut wurde, wickelte er sein Kissen um seine Ohren und versuchte zu schlafen.

Während des Sommers sah er in einer Werbung, wie man seinen Körper trainieren konnte, und bestellte die DVD. Er machte Liegestütze, Sit-ups und eine Menge anderer Übungen. Er hatte kein Geld für die Gewichte, die man laut DVD kaufen sollte. Denn die DVD selbst hatte ihn sein ganzes Erspartes gekostet, das er mühsam zusammengekratzt hatte. Wechselgeld, das seine Mutter ihm gegeben hatte. Aber wenn sein Erspartes verhinderte, dass er in den Arsch gefickt wurde, war jeder Cent sinnvoll investiert.

Marvin ließ nicht locker, was sein Training anging. Er legte seine ganze Kraft hinein, und schon bald erwähnte seine Mutter, dass er irgendwie stärker aussah. Das fand Marvin ebenfalls. Seine Arme waren muskulöser geworden, sein Bauch war ziemlich flach, und auch der Umfang seiner Schenkel und Waden war gewachsen. Er konnte einen Jab und einen Cross schlagen. Er fand im Netz eine Seite, die beschrieb, wie man das machte. Als Nächstes wollte er an seinem Aufwärtshaken feilen, aber zurzeit beherrschte er immerhin den Jab und den Cross.

»Also gut«, sagte er zum Spiegel. »Sollen sie doch kommen. Ich bin bereit.«

Nach dem ersten Schultag im Herbst ging Marvin denselben Weg nach Hause, den er an jenem schicksalhaften Tag genommen hatte, als er verprügelt worden war. Er wusste nicht genau, was er von seinem Tun hielt. Einerseits hoffte er, dass er die Schläger niemals wiedersehen würde, auf der anderen Seite fühlte er sich stark und glaubte, dass er schon mit ihnen klarkommen würde.

Marvin tastete nach dem Geld in seiner Hosentasche. Es war nicht viel. Etwa ein Dollar in Kleingeld. Erspartes von dem, was ihm seine Mutter gab. Und er hatte seinen Rucksack auf dem Rücken. Vielleicht wollten sie den ja haben. Er musste daran denken, ihn abzulegen und wegzustellen, wenn er kämpfen musste. Nichts durfte ihn behindern.

Als er die Stelle erreichte, wo es passiert war, war niemand zu sehen. Als er nach Hause ging, war er ein wenig enttäuscht. Es hätte ihm gefallen, ihnen eine Abreibung zu verpassen.

Am dritten Schultag bekam er seine Chance.

Diesmal waren sie nur zu zweit: Eisenwampe und einer dieser heimtückischen Schleimer, das Wiesel, das auch beim letzten Mal bei ihm gewesen war. Als sie ihn sahen, grinste Eisenwampe und ging rasch auf Marvin zu; der Schleimer folgte ihm, als hoffte er auf Brosamen.

»Sieh an«, sagte Eisenwampe, als er näher kam. »Erinnerst du dich an mich?«

»Ja«, antwortete Marvin.

»Besonders schlau bist du nicht gerade, hab ich recht, Junge? Ich dachte, du hättest dich endlich verpisst. Dachte, ich bekäme keine Chance mehr, dich zu verprügeln. Dieser alte Knacker, das musst du wissen, der hat mich nur überrascht. Ich hätte ihn locker vermöbeln können.«

»Du kannst mich nicht verprügeln, ganz zu schweigen ihn.«

»Ah, dir sind also im Sommer Eier gewachsen.«

»Große Eier.«

»Große Eier, so. Ich wette, ich kann dir diesen Rucksack abnehmen und dich dazu bringen, meine Schuhe zu küssen. Ich schaffe es sogar, dass du meinen Arsch küsst.«

»Ich werde dir in den Hintern treten«, entgegnete Marvin.

Die Miene des Schlägers veränderte sich, und an das Folgende konnte Marvin sich nur vage erinnern.

Er kam erst wieder zu sich, als Eisenwampe sich bückte und zu ihm sagte: »Und jetzt küss ihn. Und spitz schön die Lippen. Ein bisschen Zunge wäre auch nett. Machst du das nicht, holt der gute Pogo hier sein Messer raus und schneidet dir den Schwanz ab. Kapiert?«

Marvin sah Eisenwampe an. Eisenwampe zog seine Hosen runter und bückte sich nach vorn, die Hände auf die Knie gestützt. Sein Arschloch schien Marvin zuzublinzeln. Das Wiesel durchsuchte währenddessen Marvins Rucksack und verteilte den Inhalt auf dem Boden.

»Lecken oder bluten«, sagte Eisenwampe.

Marvin hustete ein bisschen Blut und versuchte wegzukriechen.

»Leck ihn«, sagte Eisenberg. »Leck ihn, bis ich mich gut fühle. Komm schon, Junge. Schmeck ein bisschen Scheiße.«

Ein Fuß tauchte plötzlich aus dem Nichts auf und fuhr zwischen Eisenwampes Beine. Er traf seine Eier mit einem Geräusch, als schlüge ein Biberschwanz auf Wasser. Eisenwampe kreischte und stürzte mit dem Kopf voran auf den Beton, als wollte er einen Kopfstand machen.

»Mach so etwas niemals, Junge«, sagte jemand. »Es ist besser, sich die Kehle durchschneiden zu lassen.«

Es war der alte Mann. Er stand neben ihm, und diesmal hielt er sich nicht die Hose fest. Er trug einen Gürtel.

Pogo stürzte sich auf den Alten und wollte ihm einen Schwinger mit der rechten Faust versetzen. Der Alte schien sich nicht zu rühren, aber irgendwie gelang es ihm, unter dem Schlag abzutauchen, und als er wieder hochkam, versetzte er dem Wiesel einen Haken, eben den Haken, den Marvin noch nicht geübt hatte. Es war ein mustergültiger Schlag. Er traf Pogo unter dem Kinn, dass es knackte. Pogo, das Wiesel, schien einen Augenblick seinen Kopf zu verlieren; sein Nacken dehnte sich, als wäre er aus Gummi. Speichel flog aus Pogos Mund, und er brach in einem Haufen auf dem Beton zusammen.

Der alte Mann schlurfte zu Eisenwampe, der auf Händen und Knien am Boden hockte und versuchte aufzustehen. Seine Hose hing immer noch um seine Knöchel. Der alte Mann trat ihm mehrmals zwischen die Beine. Es waren keine schönen Tritte, aber dafür sehr feste. Eisenwampe spuckte Galle und fiel auf sein Gesicht.

»Du musst das aufwischen«, erklärte der alte Mann. Aber Eisenwampe hörte nicht zu. Er lag auf dem Beton und gab Geräusche von sich wie ein Lastwagen, dessen Anlasser kaputt war.

Der Alte drehte sich zu Marvin um.

»Ich habe gedacht, ich wäre so weit«, erklärte Marvin.

»Du bist nicht einmal annähernd so weit, Junge. Wenn du wieder laufen kannst, dann komm mit.«

Marvin konnte laufen, wenn auch nur mit Mühe.

»Immerhin hast du irgendwo Selbstbewusstsein getankt«, stellte der alte Mann fest. »Das habe ich sofort erkannt. Allerdings hast du nicht den geringsten Grund dazu.«

»Ich habe trainiert.«

»Wenn man auf dem Trockenen Schwimmen übt, ist das nicht dasselbe wie im Wasser. Es gibt Sachen, die man einfach so vor dem Spiegel übt, aber wenn du das mit einem Partner machst, ist das ein großer Unterschied; sonst bekommst du einfach kein Gefühl für die Sache. Wenn ich nicht vorbeigekommen wäre, hättest du irgendeinem Cracksüchtigen den Arsch geleckt und das eine Delikatesse genannt. Lass dir von mir sagen, Sohn, mach so was nie. Es sei denn, es ist der Hintern einer Lady und sie hat dich dazu eingeladen. Wenn jemand von dir verlangt, so was zu machen, solltest du lieber sterben. Denn wenn du so was einmal machst, hast du den Rest deines Lebens den Geschmack von Scheiße im Mund.«

»Immer noch besser, als tot zu sein«, erwiderte Marvin.

»Nein, ist es nicht. Glaub mir. Ich hatte mal einen kleinen Hund. Er war winzig, aber er hatte ein Herz so groß wie das eines Straßenköters. Ich bin oft mit ihm spazieren gegangen. Eines Tages spazierten wir also so dahin, nicht weit von hier entfernt, als wir auf einen Deutschen Schäferhund stießen, der in irgendwelchen Mülltonnen herumschnüffelte. Es war ein struppiger, alter Hund, und er hat sich auf mein kleines Hündchen gestürzt. Er hieß Mike. Es war ein höllischer Kampf. Mike hat nicht aufgegeben und bis zum Tod gekämpft.«

»Er wurde getötet?«

»Nein. Der Schäferhund ist gestorben.«

»Mike hat den Schäferhund totgebissen?«

»Nein, natürlich nicht. Ich verarsche dich nur. Ich habe den Schäferhund mit einem Brett erschlagen, das ich in die Finger bekommen habe. Aber die Lektion für dich lautet, dass du immer dein Bestes versuchen und manchmal einfach hoffen musst, dass jemand mit einem Brett in der Hand auf deiner Seite und in der Nähe ist.«

»Du willst sagen, ich bin Mike, und du bist der Kerl mit dem Brett?«

»Ich sage, dass du nicht die Bohne kämpfen kannst. Das sage ich.«

»Was ist mit Mike passiert?«

»Er wurde von einem Lastwagen überfahren, als er ihm nachjagte. Er war zäh und immer zu allem bereit, aber er hatte keinen Funken Verstand im Kopf. Ein bisschen wie du. Nur bist du nicht zäh. Ein weiterer Nachteil ist, du bist kein Hund. Außerdem habe ich dich zweimal gerettet, also schuldest du mir etwas.«

»Und was?«

»Du willst lernen, wie man kämpft, richtig?«

Marvin nickte.

»Gut, und ich brauche einen Sparringspartner.«

Der alte Mann lebte nicht weit vom Schauplatz des Kampfes entfernt. Es war ein großes, zweistöckiges Haus aus Beton. Die Fenster waren mit Brettern vernagelt. Als sie die Haustür erreichten, zog der Alte einen Schlüsselring mit etlichen Schlüsseln heraus und machte sich an den diversen Schlössern zu schaffen.

»Pass du schön auf«, sagte er dabei. »Ich bin ziemlich vorsichtig geworden, wenn ich das hier mache, weil immer irgendwo ein Arschloch herumlungert, das bei mir einbrechen will. Ich musste mehr als einmal einem von diesen Schwachköpfen richtig wehtun. Deshalb verwahre ich dieses Kantholz im Mülleimer.«

Marvin warf einen Blick auf die Mülltonne. In dem großen Behälter steckte tatsächlich ein Vierkantholz. Das war alles, was sich in dem Müllcontainer befand.

Der Alte schloss die Tür auf, und sie gingen hinein. Dann betätigte er ein paar Lichtschalter, und es wurde strahlend hell. Danach widmete er sich wieder den Schlössern und verriegelte die Tür. Sie gingen durch einen schmalen Korridor und kamen in eine große Halle. Eine sehr große Halle.

Auf der einen Seite der Halle standen ein Bett und eine Toilette offen im Raum, und an der gegenüberliegenden Wand befanden sich ein langer Tisch aus Bodendielen und ein paar Stühle. Auf dem Tisch stand ein Gaskocher, und dahinter hingen ein paar Regale an der Wand, auf denen Konserven gestapelt waren. Daneben stand ein uralter Kühlschrank, eines von diesen Geräten, die wie eine riesige Kugel aussahen. Er brummte laut wie ein Kind, das einen Dachschaden hatte. Neben dem Tisch befand sich eine Spüle an der Wand, und nicht weit davon entfernt war eine Dusche, um die ein einstmals grüner Duschvorhang an einem Metallgestell befestigt war. Unter ein paar Postern an der Wand war ein Fernsehgerät aufgebaut, und aus den schweren Sesseln davor rieselte bereits die Polsterfüllung heraus.

In der Mitte des Raumes war ein Boxring aufgebaut. Im Ring lag eine dicke Matte, die an unzähligen Stellen mit Klebeband geflickt war. Von der Sonne verblichene Poster zeigten Männer in engen Strumpfhosen in Boxhaltung oder in Wrestling-Posen. Auf einem Poster stand »Danny Bacca, X-Man«.

Marvin betrachtete das Poster. Es war an den Ecken bereits ein bisschen faltig und schlecht gerahmt, und das Glas war verstaubt.

»Das bin ich«, sagte der alte Mann.

Marvin drehte sich um, betrachtete den Alten und sah dann wieder auf das Poster.

»Das bin ich, vor meinen Falten und meinen kaputten Knien.«

»Du warst ein professioneller Wrestler?«, erkundigte sich Marvin.

»Nein, ich war Schuhverkäufer. Du bist ein bisschen langsam im Kopf, Junge. Ein Glück für dich, dass ich spazieren gegangen bin, sonst hätten die Fliegen dich zum Lunch verspeist.«

»Warum hat man dich X-Man genannt?«

»Weil man jeden von der Liste streichen konnte, der mit mir in den Ring gestiegen ist. Sie haben ein X durch deinen Namen gemacht. Scheiße, ich glaube jedenfalls, das war der Grund. Es ist schon so lange her, dass ich mir nicht mehr sicher bin. Wie ist überhaupt dein Name?«

»Marvin.«

»Also gut, Marvin. Gehen wir beide mal zum Ring.«

Der Alte duckte sich mühelos zwischen den Seilen hindurch. Marvin stellte fest, dass die Seile sehr straff gespannt waren. Es kostete ihn erheblich mehr Mühe, sich zwischen ihnen hindurchzuschieben, als er gedacht hatte. Sobald sie im Ring standen, drehte sich der alte Mann zu ihm um. »Also Folgendes: Ich werde dir jetzt eine erste Lektion erteilen, und du wirst mir zuhören.«

»Okay.«

»Ich will – und jetzt verarsche ich dich nicht –, dass du dich so hart auf mich stürzt, wie du kannst. Versuch, mich zu schlagen, mich zu Boden zu werfen, mir mein Ohr abzubeißen. Mach alles, was du willst.«

»Ich kann dir nicht wehtun.«

»Das weiß ich.«

»Ich will damit nicht sagen, dass ich es nicht wollte«,

erklärte Marvin. »Ich sage nur, ich weiß, dass ich es nicht schaffen werde. Du hast zweimal einen Kerl verprügelt, mit dem ich Ärger hatte, und dazu seine Freunde, und ich konnte nichts unternehmen, also weiß ich, dass ich dir nicht wehtun kann.«

»Da hast du recht, Junge. Aber ich will, dass du es versuchst. Es ist eine Lektion.«

»Du bringst mir bei, wie ich mich verteidigen kann?«

»Na klar.«

Marvin griff an, duckte sich tief und versuchte, die Füße des alten Mannes zu packen. Der hockte sich hin, setzte sich fast auf seinen Hintern und verpasste ihm einen heftigen Schlag.

Marvin träumte, er flöge. Dann stürzte er ab. Die Lichter in der Halle schienen plötzlich zu funkeln. Dann erloschen die Funken, und es herrschte nur gleißende Helligkeit. Marvin drehte sich auf der Matte herum und versuchte, sich aufzurichten. Sein Auge tat irgendwie schrecklich weh.

»Du hast mich geschlagen«, sagte er, als es ihm gelungen war, sich aufzusetzen.

Der Alte stand in der Ecke des Rings und lehnte in den Seilen. »Hör nicht auf die Scheiße, wenn dir einer erzählt, ›Komm und schlag mich‹. Das ist bescheuert. Das bringt dich nur in eine Lage, die dir nicht gefällt. Spiel dein eigenes Spiel.«

»Aber du hast mir gesagt, ich soll es tun.«

»Das stimmt, Kleiner, das habe ich. Und das ist deine erste Lektion. Benutz deinen Verstand und hör nicht darauf, wenn dir irgendein Trottel einen Rat gibt. Spiel, wie ich schon sagte, dein eigenes Spiel.«

»Ich habe kein Spiel«, sagte Marvin.

»Das wissen wir beide, Kleiner. Aber wir können es ändern.«

Marvin betastete vorsichtig sein Auge. »Du wirst mich also unterrichten?«

»Ja, und jetzt kommt die zweite Lektion. Von nun an wirst du auf jedes gottverdammte Wort hören, das ich dir sage.«

»Aber du hast eben gesagt...«

»Ich weiß, was ich gesagt habe, aber das ist ein Teil von Lektion zwei: Das Leben ist voller Widersprüche.«

Es war leicht, sich von zu Hause wegzuschleichen, um zum Training zu gehen. Aber es war nicht leicht, dorthin zu kommen. Marvin musste immer noch auf diese Schläger aufpassen. Er stand früh auf und ging los. Seiner Mutter erzählte er, dass er auf dem Sportplatz der Schule übte.

Das Haus des alten Mannes war, wie sich herausstellte, das Überbleibsel einer alten Tuberkuloseklinik, weshalb der Alte es billig hatte kaufen können, irgendwann am Ende der prähistorischen Jurazeit, schätzte Marvin.

Der Alte lehrte ihn, wie er sich bewegen, zuschlagen, wie er ringen und wie er Leute zu Boden werfen musste. Warf Marvin den X-Man, landete der locker auf dem Boden, stand rasch wieder auf und beschwerte sich darüber, wie schlecht Marvin den Wurf durchgeführt hatte. War das Training zu Ende, duschte Marvin in dem großen Raum hinter dem verblichenen Vorhang und machte sich dann auf den langen Heimweg, wobei er Ausschau nach den Schlägern hielt.

Nach einer Weile fing er an, sich sicher zu fühlen, weil er vermutete, dass auf dem Stundenplan dieser Schläger ganz gewiss nichts am frühen Morgen eingetragen war, und am frühen Abend schienen sie auch nicht unterwegs zu sein.

Als der Sommer zu Ende ging und die Schule wieder anfing, ging Marvin vor und nach der Schule zum Training. Er sagte seiner Mutter, dass er mit ein paar Jungs in der Schule Boxen übte. Damit war sie einverstanden. Sie hatte Arbeit und dachte nur an den Anstreicher. Der Kerl saß da, wenn Marvin am Abend nach Hause kam. Er saß da und sah fern und nickte Marvin nicht einmal zu, wenn der hereinkam. Manchmal saß er in dem gepolsterten Fernsehsessel, Marvins Mutter auf seinem Schoß und seinen Arm um ihre Taille gelegt. Sie kicherte wie ein Schulmädchen. Es war so eklig, dass selbst einer Made übel geworden wäre.

So eklig, dass Marvin keine Lust mehr hatte, zu Hause zu sein. Ihm gefiel das Haus des Alten. Ihm gefiel das Training. Er schlug linke und rechte Schwinger, Jabs und Uppercuts in einen großen Sack, den der alte Mann aufgehängt hatte. Er trainierte auch mit dem Alten selbst, der ihn einfach niederschlug, wenn er müde wurde, was trotz seines Alters ziemlich lange dauerte. Dann hängte er sich keuchend in die Seile und machte eine Atempause.

Eines Tages saßen sie nach dem Ende des Trainings auf den Stühlen neben dem Ring. »Und, helfe ich dir als Trainingspartner?«, erkundigte sich Marvin.

»Erstens bist du ein lebendiger Körper. Und zum anderen habe ich demnächst einen Kampf.«

»Einen Kampf?«

»Was bist du, ein Echo? Ja. Ich habe einen Kampf. Alle fünf Jahre kämpfen ich und *Jesus die Bombe* die Sache aus. An Heiligabend.«

Marvin sah ihn nur an.

Der alte Mann erwiderte seinen Blick. »Glaubst du, dass ich zu alt dafür bin? Wie alt bist du?«

»Siebzehn.«

»Und, kann ich dir den Arsch versohlen, Kleiner?«

»Jeder kann mir den Arsch versohlen.«

»Stimmt, da hast du recht«, gab der alte Mann zu.

»Warum alle fünf Jahre?«, erkundigte sich Marvin. »Und warum dieser Jesus-Kerl?«

»Vielleicht verrate ich dir das später«, erwiderte der Alte.

Zu Hause wurde es immer schlimmer.

Marvin hasste den Anstreicher, und der Anstreicher hasste ihn. Seine Mutter liebte den Anstreicher und hielt zu ihm. Ganz gleich, was Marvin auch versuchte, er wurde von dem Anstreicher schlechtgemacht. Er konnte den Müll nicht schnell genug rausbringen. Er war in der Schule nicht gut genug, jedenfalls für den Anstreicher – als ob der Kerl auch nur in den Kindergarten gegangen wäre. Nichts stellte ihn zufrieden, und wenn Marvin sich bei seiner Mutter beschwerte, hielt sie immer zum Anstreicher.

Der Anstreicher hatte so gar nichts von seinem Dad, gar nichts, und er hasste ihn. Eines Tages sagte er seiner Mutter, er hätte die Nase voll. Sie müsste sich zwischen ihm und dem Anstreicher entscheiden.

Sie entschied sich für den Anstreicher.

»Ich hoffe, dieser dreckige Hurensohn von Pinselschwinger macht dich glücklich«, sagte er.

»Wo hast du solche Ausdrücke her?«, wollte sie wissen.

Er hatte viel von dem alten Mann gelernt. »Vom Anstreicher«, behauptete er.

»Hast du nicht«, widersprach seine Mutter.

»Hab ich wohl.«

Marvin stopfte sein Zeug in einen Koffer, der dem Anstreicher gehörte, und verschwand. Er wartete darauf, dass seine Mutter ihm nachlief und ihn zur Rückkehr überredete, aber das tat sie nicht. Als er über die Straße ging, beugte sie sich aus dem Fenster und schrie ihm nach: »Du bist alt genug. Du schaffst das schon.«

Schließlich landete er vor dem Haus des alten Mannes.

Der Alte öffnete ihm die Tür, sah ihn an und deutete mit einem Nicken auf den Koffer. »Was hast du denn mit dem Scheiß da vor?«

»Ich bin zu Hause rausgeflogen«, antwortete Marvin. Das war zwar nicht ganz die Wahrheit, aber er hatte das Gefühl, es wäre nah genug dran.

»Du willst hierbleiben? Hast du das vor?«

»Nur so lange, bis ich wieder auf die Füße komme.«

»Auf die Füße?«, erwiderte der X-Man. »Du hast keinen Job. Du hast keine Eier. Du bist ein verfluchter Landstreicher.«

»Ja«, antwortete Marvin. »Tja, also gut.«
Er drehte sich um und überlegte, ob er nach Hause gehen und irgendjemandem den Arsch küssen sollte, ob er vielleicht dem Anstreicher sagen könnte, dass er ein super Typ wäre oder so etwas. Er kam bis zur Tür, als der Alte ihn aufhielt. »Wo zum Teufel willst du hin?«
»Ich gehe. Das wolltest du doch, oder etwa nicht?«
»Habe ich das gesagt? Habe ich irgendetwas Derartiges gesagt? Ich habe gesagt, du wärst ein Landstreicher. Ich habe nichts davon gesagt, dass du verschwinden sollst. Komm her. Gib mir diesen verfluchten Koffer.«
Bevor Marvin etwas tun konnte, nahm ihm X-Man den Koffer aus der Hand und marschierte durch den Flur in den großen Raum. Marvin beobachtete ihn: ein drahtiger, weißhaariger Mann mit spärlichem Haarwuchs und krummen Beinen, der ein bisschen humpelte.

Eines Nachts sahen sie sich eine Sendung über Wrestling im Fernsehen an. Nach einem Sixpack hielt der Alte es nicht mehr aus. »Das ist doch Scheiße. Die ganze Bande ist nur ein Scheißhaufen von muskelbepackten Akrobaten. Das hat mit Wrestling nichts zu tun. Boxen ist es auch nicht, und ganz bestimmt kämpfen sie nicht. Es ist irgendwie wie ein Film oder so. Wenn wir damals auf Messen oder Jahrmärkten gecatcht haben, dann haben wir wirklich gekämpft. Diese aufgeblasenen Wichser kennen doch nicht mal den Unterschied zwischen einem Schwitzkasten und jemandem einen runterzuholen. Sieh dir diese Scheiße an. Der Kerl wartet doch tatsächlich darauf, dass dieses Arschloch auf die Seile klettert und dann auf ihn draufspringt. Und was ist das für ein Treffer? Wäre das ein echter Treffer gewesen, wäre dieser Blödmann tot, wenn er so in der Kehle getroffen worden wäre. Er klatscht einfach nur dem Burschen mit der flachen Hand oben auf die Brust, das ist alles. Diese Schwanzlutscher.«

»Als du gekämpft hast, wo war das?«, erkundigte sich Marvin.
Der Alte schaltete das Fernsehgerät aus. »Ich kann diesen Mist nicht mehr ertragen... Wo ich gecatcht habe? Ich bin während der Großen Depression weit rumgekommen. Ich war zehn Jahre lang auf Tour, bin von Stadt zu Stadt gefahren und habe zugesehen, wie Burschen auf den Jahrmärkten gekämpft haben. Ich habe es mir abgeguckt. Als ich fünfzehn war, sagte ich ihnen, ich wäre achtzehn, und sie haben mir geglaubt, weil ich so hässlich war. Ich meine, wer glaubt schon, dass ein Kind so gottverdammt hässlich sein kann, weißt du? Also habe ich am Ende der Großen Depression im ganzen Land als Wrestler gearbeitet. Mal sehen, wir haben 1992, also mache ich das schon eine Weile. Als der Krieg kam, wollten sie mich nicht nehmen, weil ich einen Leistenbruch hatte. Also hab ich die Sache mit ein paar Tuchstreifen festgebunden und bin dann losgegangen und habe gecatcht. So verschnürt hätte ich auch gegen die Japsen kämpfen können, wenn sie mich gelassen hätten. Ich musste nur ab und zu mal eine Pause machen, wenn meine Nüsse durch den Riss gelugt haben. Dann habe ich meine Beine verschränkt, tief Luft geholt, die Nüsse wieder reingedrückt, neu verbunden und weitergemacht. Ich hätte das auch im Krieg machen können, aber da waren sie irgendwie empfindlich. Sie meinten, das wäre ein Problem. Also habe ich keine Japsen umgelegt. Aber ich hätte es machen können. Deutsche, Ungarn, Marsmänner. Ich hätte jeden umgelegt, den sie mir vor die Nase gestellt hätten. Auf der einen Seite bin ich natürlich froh, dass ich es nicht gemacht habe. Ist nicht gut, wenn man jemanden umbringt. Aber diese Hundesöhne haben ja förmlich danach geschrien. Also was die Ungarn und die Marsmenschen angeht, weiß ich es nicht genau, aber der Rest dieser Mistkerle hat es auf jeden Fall gemacht. Ich habe auf die harte Tour kämpfen gelernt. Ab und zu habe ich ein paar Typen getroffen, die ein paar richtig gute Sachen drauf-

hatten. Die habe ich mir von ihnen abgeschaut. Einige von diesen Japsen-Tricks und so. Ich hatte Verwandte unten in Mexiko. Als ich in den Zwanzigern war, bin ich runter und Profiwrestler geworden.«

»War das nicht auch ein Fake?« Der alte Mann warf Marvin einen Blick zu, der das Wasser in Marvins Körper zum Kochen brachte.

»Es gab natürlich welche, die nur auf Show machten, aber es gab auch uns. Mich, Jesus und Typen wie uns. Wir haben es auf die richtige Weise gemacht. Wir haben echt zugeschlagen, getreten, uns in den Schwitzkasten genommen und uns durch den Ring geschleudert. Sieh dir das an.« Der Alte riss einen Ärmel seines Sweatshirts hoch. Auf seinem Unterarm prangte eine Narbe, die aussah wie eine Reifenspur. »Da hat Jesus mich gebissen. Ich hatte ihn im Schwitzkasten, und er hat mich gebissen. Dieser verdammte Mistkerl. Natürlich hätte ich das Gleiche gemacht. Außerdem hat er deshalb verloren. Er hatte so eine bestimmte Technik – er nannte es die Bombe, daher hat er seinen Spitznamen. Er hat einen umarmt, mit beiden Armen, von vorn oder von hinten, hat dich hochgehoben, sich dann zurückfallen lassen und deinen Schädel in die Matte gegraben. Wenn man so was ein- oder zweimal mit dir macht, hast du das Gefühl, dass deine Ohren an deinem Arsch wackeln. Das war schon was. Ich hatte den Step-over-Toehold. Das war mein Move, und das ist er immer noch.«

»Hast du ihn bei Jesus benutzt?«

»Nein. Er hat die Bombe mit mir gemacht. Nach der Bombe habe ich geglaubt, ich wäre in Afrika und würde einen Gorilla ficken. Ich konnte meinen Schwanz nicht mehr von einem Docht unterscheiden.«

»Aber du kämpfst immer noch mit ihm?«

»Ich habe ihn bisher noch nie geschlagen. Ich habe alle Griffe an ihm ausprobiert, die es gibt, jeden Move und jeden psychologischen Trick, den ich kenne, nichts. Es ist diese

Frau. Felina Valdez. Sie hat den Mojo über mich, den Juju, den schwarzen Hoodoo, die Hundepfeife. Was auch immer es gibt, was einen blöd macht, sie setzt es gegen mich ein.«

Marvin konnte ihm zwar nicht ganz folgen, aber er sagte nichts. Er trank seinen Tee, während X-Man sich noch ein Bier genehmigte. Er wusste, dass der Alte irgendwann auf das Thema kommen würde. So funktionierte er.

»Ich erzähl dir was über Felina. Sie war eine schwarzäugige Schönheit mit glatter dunkler Haut. Wenn ein Priester ihr auf der Straße begegnete, ging er nach Hause und schnitt sich die Kehle durch. Als ich sie zum ersten Mal gesehen habe, steckte dieser Haufen Dynamit in einem so engen blauen Kleid, dass man die Härchen auf ihrem magischen Ding zählen konnte. Sie war unter den Zuschauern und sah den Wrestlern zu. Sie sitzt da in der ersten Reihe, schlägt die Beine übereinander, und ihr Kleid rutscht langsam wie eine Schlange über ihre Knie und erlaubt mir einen ziemlich guten Blick, verstehst du? Ich sehe zwar die mit Kletterpflanzen überwucherte Schlucht nicht, aber ich bin nah dran. Und während ich die Braut betrachte, werde ich von diesem Wrestler, Joey der Yankee, beinahe umgebracht. Der Kerl kam aus Maine. Er hat mir die Beine weggezogen und mich auf den Hintern gesetzt und mich in einen Armbar genommen. Ich habe mich nur mit Mühe befreien können, habe ihn gepackt, ihn auf den Boden geworfen und dann meinen Step-over-Toehold angesetzt. Ich werde ihn dir zeigen im Laufe der Zeit, Baby. Vergangenheit und Zukunft, und schließlich blickst du auf dein eigenes verfluchtes Grab. Jedenfalls hat er auf den Boden geklopft und aufgegeben. Und bevor ich michs versah, schleicht sich diese Puppe in dem blauen Kleid an mich heran, nimmt meinen Arm und, tja, Kleiner, von dem Moment an war ich verloren. Sie hatte mehr Tricks mit einem Schwanz drauf als ein Zauberer mit einem ganzen Kartenspiel. Ich dachte erst, sie würde mich umbringen, aber ich dachte auch, es wäre eine höllisch gute Art abzutreten. Verstehst du, was ich meine?«

»Jawohl, Sir«, antwortete Marvin.

»Das ist ziemlich schlimmes Gerede für einen so jungen Burschen, stimmt's?«

»Nein, Sir«, widersprach Marvin.

»Scheiß drauf. Du bist fast achtzehn. Mittlerweile müsstest du wissen, was eine Pussy ist.«

»Ich weiß, was das ist«, erwiderte Marvin.

»Nein, Kleiner. Du redest wie jemand, der weiß, *wo* sie ist, aber keine Ahnung hat, *was* sie ist. Ich für meinen Teil war vollkommen in diesem Ding verloren. Ich hätte auch zugelassen, wenn sie meine Nüsse in einen Schraubstock gespannt und ihn zugedreht hätte. Dann kam sie mit zu all meinen Kämpfen. Und ich bemerkte ziemlich schnell etwas: Lieferte ich eine großartige Vorstellung, gewann ich deutlich, war die Liebe großartig. War es ein mittelmäßiger Kampf, war der Sex danach auch mittelmäßig. Ich wusste jetzt, wie es lief. Sie liebte nicht mich, sondern einen guten Kampf und meinen finalen Move, den Step-over-Toehold. Sie hat mich dazu gebracht, ihn ihr zu zeigen. Ich erlaubte ihr einmal, ihn an mir auszuprobieren, und, Kleiner, ich sage dir, so wie sie ihn angesetzt hat, empfand ich plötzlich Mitleid für alle, bei denen ich ihn jemals angewendet hatte. Ich musste mich tatsächlich daraus befreien, als wäre ich bei einem Kampf, weil sie kein Pardon geben wollte. Allerdings habe ich den Preis gerne bezahlt für all diese verrückte Affenliebe, die ich bekam. Und dann fiel alles auseinander.

Jesus schlug mich. Er machte die Bombe mit mir. Als ich aufwachte, war ich draußen, raus aus dem Zirkus, lag im Gras, und die Ameisen bissen mich. Felina war verschwunden. Sie ist mit Jesus gegangen. Sie hat meine ganze Kohle mitgenommen und mir nur Ameisenbisse an meinen Eiern gelassen.«

»Klingt so, als wäre sie ziemlich oberflächlich.«

»Sie war so flach wie eine Untertasse, Kleiner. Aber nachdem sie mich mit diesem Hoodoo geschlagen hatte, konnte ich mich nicht mehr von ihr freimachen. Ich sage dir, es war so, als würde man mitten in der Nacht auf einem Bahngleis stehen, und man sieht, wie der Zug kommt, wie das Licht über die Gleise fällt, aber du kannst einfach nicht zur Seite treten. Du kannst nur dastehen und warten, bis er dich trifft. Einmal, als wir noch zusammen waren, gingen wir durch Mexico City, wo ich ein paar Kämpfe hatte. Da sieht sie einen Kerl mit einem eisernen Käfig voller Tauben, sechs oder sieben von den Viechern. Sie bringt mich dazu, sie alle zu kaufen, als wollte sie sie mit zurück in die Vereinigten Staaten nehmen. Stattdessen nimmt sie sie mit in unser Hotelzimmer. Wir mussten sie reinschmuggeln. Sie stellt den Käfig auf einen Couchtisch und betrachtet die Vögel. Ich gebe ihnen ein bisschen Brot, du weißt schon, weil sie etwas essen mussten, mache ihren Käfig sauber und denke: Dieses Mädchen ist eine verrückte Vogelliebhaberin. Dann gehe ich unter die Dusche und sage ihr, sie soll etwas zu essen bestellen. Ich lasse mir Zeit, scheiße und rasiere mich, genieße eine lange heiße Dusche. Als ich zurückkomme, sitzt sie an einem dieser kleinen Speisewagen, den der Zimmerservice immer hereinbringt, und schiebt sich Brathähnchen rein. Sie hat nicht auf mich gewartet und keinen Ton gesagt. So war sie. Es drehte sich alles nur um sie selbst. Aber ich erfuhr noch etwas anderes über sie. Ich warf einen Blick auf diesen Vogelkäfig. Die Tauben waren alle tot. Ich wollte wissen, was mit den Vögeln passiert war, und sie sagte: ›Ich hatte sie satt.‹ Ich ging hin und sah nach. Sie hatte ihnen die Hälse umgedreht.«

»Aber warum denn?«, erkundigte sich Marvin.

Der alte Mann lehnte sich zurück, trank einen Schluck Bier und ließ sich Zeit, bevor er antwortete. »Ich weiß es nicht, mein Junge. In diesem Moment hätte ich meinen ganzen Kram in eine Tasche stopfen und abhauen sollen. Hab ich aber nicht gemacht. Es war wie diese Sache auf den Gleisen, von der ich dir erzählt habe. Himmel, Kleiner. Du hättest sie sehen sollen. Sie war einfach unvergleichlich, und ich konnte sie nicht loslassen. Es ist, als würdest du den schönsten Fisch auf der ganzen Welt fangen, und dann sagt dir jemand, du sollst ihn ins Wasser zurückwerfen. Und du denkst bloß daran, dieses Ding zu braten und mit Reis zu servieren. Nur ist es nicht wirklich so. Man kann es einfach nicht beschreiben. Und dann, wie ich sagte, ist sie mit Jesus abgehauen, und jeden Tag, den ich aufwache, brennt mein Herz für sie. Mein Verstand sagt mir, dass ich verdammt viel Glück habe, sie los zu sein, aber mein Herz hört nicht zu. Ich gebe Jesus nicht mal die Schuld daran. Sie gehörte dem, der den anderen Kerl auf die Matte zwang. Er und ich, wir kämpfen jetzt gegen niemanden mehr, nur noch gegeneinander. Alle fünf Jahre. Wenn ich gewinne, bekomme ich sie zurück. Ich weiß das, und er weiß das. Und Felina weiß es auch. Er gewinnt, und er behält sie. Bis jetzt hat er sie behalten. Ist auch besser so. Ich sollte die Sache auf sich beruhen lassen, Kleiner, aber das kann ich einfach nicht.«

»Ist sie wirklich so schlimm?«

»Sie ist das beste schlimmste Mädchen aller Zeiten. Sie ist ein leuchtend roter Apfel mit einem Wurm im Gehäuse. Seit diese Frau mit Jesus zusammen ist, hat er seine Frau verlassen, zwei seiner Kinder sind gestorben, eines bei einem Wohnungsbrand, als er zufällig unterwegs war, und Felina hat zwei Babys geboren, die beide innerhalb einer Woche gestorben sind. So etwas passiert ab und zu. Krippentod nennt man das oder so. Außerdem fickt sie so ziemlich jeden außer vielleicht ein Pärchen von Eunuchen, aber sie bleibt bei Jesus, und er behält sie. Er behält sie, weil sie Macht hat, Kleiner. Sie bindet dich so fest an sich wie ein Geschwür. Man kommt von diesem Miststück einfach nicht weg. Auch wenn sie dich gehen lässt, willst du sie trotzdem, so wie du einen Drink willst, wenn du betrunken bist.«

»Als du das Feuer und Jesus' Kinder und die beiden Babys, die gestorben sind, erwähnt hast... da klangst du irgendwie wie...«

»Als würde ich nicht glauben, dass das Feuer ein Zufall war? Dass die Babys nicht auf natürliche Weise gestorben sind? Ja, Kleiner. Ich musste immer an diesen Käfig mit den Tauben denken. Ich habe immer daran gedacht, dass sie mir mal die Haare geschnitten hat und eine kleine Schachtel dabeihatte, die sie stets bei sich trug, in der Handtasche, ohne die sie nie wegging. Ich habe gesehen, wie sie Haare in Pfeifenreiniger geknotet hat. Zum Teufel! Du glaubst bestimmt, dass ich verrückt bin.«

Marvin schüttelte den Kopf. »Nein. Nein, das glaube ich nicht.«

»Also gut. Ich glaube, dass sie wirklich den *Hoodoo* über mich hatte. Ich hab irgendwo gelesen, dass mächtige Leute ein paar Haarsträhnen von dir nehmen und sie als einen Teil eines Zaubers benutzen können und dass dich das an sie bindet. Das habe ich gelesen.«

»Das bedeutet aber noch nicht, dass es auch stimmt«, sagte Martin.

»Das weiß ich, Junge. Ich weiß genau, wie ich klinge. Wenn es Mittag ist, glaube ich auch, dass das nur ein Haufen Blödsinn ist, aber wenn wir Nacht haben oder der Morgen allmählich graut, dann glaube ich es. Ich nehme an, dass ich immer daran geglaubt habe. Ich glaube, dass sie mich in ihren Bann geschlagen hat. Nichts anderes könnte erklären, warum ich dieses hinterhältige, betrügerische, taubentötende, brandstiftende, babymordende Miststück wiederhaben will. Das ist doch nicht logisch, hab ich recht?«

»Nein, Sir«, bestätigte Marvin und fuhr nach einem Moment fort: »Sie ist jetzt aber schon ziemlich alt, oder?«

»Selbstverständlich ist sie das. Glaubst du, dass die Zeit stillsteht? Sie ist nicht mehr dieselbe. Aber ich auch nicht und Jesus ebenso wenig. Es geht um mich und ihn, um den einen von uns, der das Mädchen bekommt, und bis jetzt hat immer er sie bekommen. Ich will nur eins, ich will sie zurückhaben, schnell sterben und dann auf griechische Art bestattet werden. Auf diese Weise würde ich zwar den Preis gewinnen, müsste aber nicht damit leben.«

»Was ist eine griechische Bestattung?«

»Helden wie Herkules haben sie gekriegt. Nachdem er gestorben war, hat man ihn auf einen Scheiterhaufen gelegt und ihn verbrannt, so dass sein Rauch in den Himmel emporgestiegen ist. Das ist besser, als im Boden begraben oder in irgendeinem Ofen verbrannt zu werden, wo man deine Asche in einen Sack schaufelt. Und es ist auch besser, als deine letzten Tage mit dieser Frau verbringen zu müssen, obwohl das genau das ist, was ich die ganze Zeit versuche.«

»Leben Jesus und Felina hier in der Stadt?«, fragte Marvin.

»Sie leben nirgendwo. Sie haben ein Wohnmobil und kriegen Rente. Genau wie ich. Jesus und ich haben neben dem Wrestling auch noch andere Jobs gehabt. Von dem, was man im Wrestling-Zirkus verdiente, konnte man nicht leben, schon gar nicht von den paar Kröten im Underground-Zirkus, also haben wir ein bisschen Sozialhilfe bekommen, Gott sei Dank. Sie fahren ständig irgendwohin. Er bildet Leute im Wresteln aus und kommt alle fünf Jahre zurück. Jedes Mal, wenn ich ihn sehe, hat er einen Ausdruck in den Augen, der besagt: ›Schlag mich diesmal und schaff mir dieses Miststück vom Hals.‹ Nur kämpft er immer wie ein Bär, und ich kann ihn nicht besiegen.«

»Wenn du gewinnst, geht sie ganz sicher mit dir mit?«

»Sie hat die Wahl zwischen ihm oder mir, mehr gibt es nicht. Es ist sonst niemand mehr da. Er oder ich. Sie hat sich entschieden, uns beide auszusaugen und ins Elend zu stürzen.«

»Kannst du sie nicht einfach vergessen?«

X-Man lachte. Es war ein finsteres Lachen wie das eines

Sterbenden, der plötzlich einen alten Witz begriff. »Ich wünschte wirklich, das könnte ich, Kleiner, denn wenn ich es könnte, würde ich es tun.«

Sie trainierten für den Kampf.

X-Man sagte: »Das hier macht Jesus die Bombe. Er greift dich an, und im nächsten Moment sitzt du auf dem Hintern, weil er dich so packt oder so. Und er kann von diesem Griff zu diesem Griff wechseln.« Und so weiter und so fort.

Marvin tat, was man ihm sagte. Er versuchte Jesus' Moves. Und jedes Mal verlor er. Entweder hebelte ihn der alte Mann aus, warf ihn zu Boden, nahm ihn in den Schwitzkasten, schlug ihn – leicht –, und selbst wenn Marvin das Gefühl hatte, er wäre gut, legte X-Man ihn am Ende herein und befreite sich aus einer Lage, aus der, wie Marvin glaubte, sich nicht einmal ein eingeöltes Wiesel hätte herauswinden können. War es vorbei, stand Marvin keuchend in einer Ecke, während X-Man sich nur mit einem Handtuch den Schweiß vom Gesicht wischte.

»So macht Jesus es?«, erkundigte sich Marvin, nachdem er alle Moves ausprobiert hatte, die der Alte ihn gelehrt hatte.

»Ja«, bestätigte der, »nur macht er es besser.«

Das ging monatelang, während der Tag, an dem sich X-Man und Jesus die Bombe messen wollten, immer näher rückte. Marvin war so auf das Training konzentriert, dass er die Schläger vollkommen vergaß.

Bis Marvin eines Tages allein aus dem Lebensmittelgeschäft kam, das zwei Blocks vom Haus des alten Mannes entfernt lag. Er hatte eine Tüte mit Milch und Vanillekeksen dabei, und da stand Eisenwampe vor ihm. Er sah Marvin und überquerte sofort die Straße, wobei er lächelnd die Hände aus den Taschen nahm.

»Sieh an«, sagte Eisenwampe, als er Marvin erreicht hatte. »Ich wette, du hast mich völlig vergessen, hab ich recht? Als ob ich mich nicht revanchieren würde. Und diesmal hast du dein Fossil nicht dabei, das dich beschützen kann.«

Marvin stellte die Tüte auf den Bürgersteig. »Ich will keinen Ärger.«

»Das bedeutet nicht, dass du keinen kriegst«, erwiderte Eisenwampe, der sich vor Marvin aufbaute. Marvin hatte nicht wirklich irgendetwas geplant, ja, er dachte nicht einmal darüber nach, aber als Eisenwampe näher kam, zuckte sein linker Jab heraus, und seine Faust traf ihn mitten auf die Nase. Eisenwampe stürzte wie von einem Baseballschläger getroffen zu Boden. Marvin konnte es nicht glauben, konnte nicht glauben, wie hart sein Schlag war, wie gut er war. Im selben Moment wusste er, dass die Geschichte zwischen ihm und Eisenwampe vorbei war, weil er keine Angst mehr hatte. Er nahm die Tüte und ging zum Haus des alten Mannes zurück. Eisenwampe ließ er schlummern.

Eines Abends in den Thanksgiving-Schulferien wachte Marvin auf. Er schlief im Boxring unter einer Decke und sah, dass am Bett des alten Mannes Licht brannte. Der Alte saß auf dem Rand, vornübergebeugt, und zog Kartons unter dem Bett hervor. Dann griff er in einen und holte ein Magazin heraus, dann noch eins. Er breitete die Magazine auf dem Bett aus und betrachtete sie.

Marvin stand auf, stieg aus dem Ring und ging zu ihm. Der alte Mann blickte hoch. »Verdammt, Kleiner. Hab ich dich geweckt?«

»Ich bin von allein wach geworden. Was machst du da?«

»Ich sehe mir die alten Magazine an. Es sind Underground-Wrestling-Magazine. Ich musste sie mir schicken lassen, weil ich sie nicht am Kiosk kaufen konnte.«

Marvin warf einen Blick auf die aufgeschlagenen Magazine. Es waren sehr viele Fotos darin. Durch das Poster an der Wand erkannte er auf den Fotos X-Man.

»Du warst berühmt«, sagte Marvin.

»In gewisser Weise ja«, erwiderte X-Man. »Wenn ich mir die Magazine ansehe, hasse ich es, alt zu werden. Ich war zwar nicht gerade eine Schönheit, aber ich war damals stark und sah besser aus als jetzt. Von meinem jüngeren Selbst ist nicht mehr viel übrig.«

»Ist Jesus auch darin?«

X-Man schlug eine Seite in einem der Magazine um, und man sah ein Foto eines untersetzten Mannes mit einem schwarzen Haarschopf. Die Brust des Mannes war fast ebenso behaart. Und er hatte Beine wie Baumstämme.

X-Man grinste. »Ich weiß, was du denkst: Mit zwei solchen Visagen wie der von mir und Jesus, was für Frauenmagnete können wir schon gewesen sein? Vielleicht ist Felina nicht die erstklassige Muschi, für die ich sie immer ausgebe?«

Der alte Mann ging zum Kopfende des Bettes und zog einen kleinen Karton darunter hervor. Er stellte ihn zwischen Marvin und sich auf das Bett, öffnete den Deckel und wühlte in einem Haufen vergilbter Fotos herum. Er zog eins heraus. Es war ein bisschen verblasst, aber immer noch deutlich genug zu erkennen. Die Frau, die darauf abgebildet war, musste etwa Mitte zwanzig sein. Es war eine Ganzkörperaufnahme, und sie war umwerfend. Schwarzes Haar, hohe Wangenknochen, volle Lippen und Augen so schwarz, dass sie fast aus dem Foto zu springen schienen und irgendwo in Marvins Hinterkopf landeten.

Es gab noch andere Fotos von ihr, und der Alte zeigte Marvin alle. Es waren Nahaufnahmen und Porträtaufnahmen, Schnappschüsse und heimliche Aufnahmen, auf denen ihr Hintern zu sehen war. Ein wirklich fabelhafter Anblick.

»Sie sieht jetzt natürlich nicht mehr so aus, aber irgendwie hat sie immer noch den Dreh raus. Ich hatte eigentlich vor, diese ganzen Fotos zu sammeln, sie aufzuschichten und zu verbrennen, Kleiner, und dann Jesus anzurufen und ihm zu sagen, dass er den Kampf vergessen könnte. Dass Felina bis zum Ende der Zeit ihm gehören würde. Aber das denke ich alle paar Jahre, und dann mache ich es doch nicht. Weißt du, was Jesus mir einmal gesagt hat? Er sagte, sie finge gern Fliegen. Sie nahm ein Trinkglas, fing sie, durchbohrte sie mit einer Nadel und fädelte sie auf. Ganz vorsichtig. Ganze Schwärme von ihnen. Dann knotete sie ein Ende zu, befestigte die Schnur mit den Fliegen mit einer Reißzwecke an der Wand und sah zu, wie sie versuchten wegzufliegen. Eine Fliege zu erschlagen ist eine Sache. Aber so etwas... Ich begreife es einfach nicht, Kleiner. Und da ich das weiß, sollte ich eigentlich nicht scharf darauf sein, sie zurückzubekommen. Aber leider funktioniert das so nicht... Ich sag dir was, geh ins Bett. Ich mache das Licht aus und leg mich auch hin.«

Marvin ging wieder zurück in den Ring und kroch unter seine Decke. Er stopfte das Kissen unter seinen Kopf. Als er zu dem alten Mann sah, hatte der immer noch das Licht an und den kleinen Karton mit den Fotos im Schoß. Er hielt ein Foto hoch und betrachtete es, als wäre es eine handgeschriebene Einladung zur Wiederkunft Christi.

Während Marvin langsam einschlief, dachte er nur an all die Fliegen an dem Faden.

Am nächsten Tag weckte der alte Mann ihn nicht für ihr Morgentraining, und als Marvin endlich die Augen öffnete, war es schon fast Mittag. Der Alte war nirgendwo zu sehen. Marvin stand auf und ging zum Kühlschrank, um sich etwas Milch zu holen. An der Tür klebte ein Zettel.

ISS NICHT ZU VIEL. ICH BRINGE ETWAS
ZU THANKSGIVING MIT.

Marvin hatte Thanksgiving nicht mit seiner Mutter und dem Anstreicher verbringen wollen, also hatte er nicht allzu viel über das Fest nachgedacht. Nachdem seine Mutter ihn einfach aus ihrem Gedächtnis gestrichen hatte, hatte er die Feiertage aus seinem gestrichen. Aber in dem Moment dachte er an die beiden und hoffte, dass der Anstreicher an einem Truthahnknochen erstickte.

Er schenkte sich ein Glas Milch ein und setzte sich auf einen Stuhl neben den Ring, während er trank.

Kurz danach kam der alte Mann mit einer Tüte Lebensmittel zurück. Marvin stand auf und ging zu ihm. »Entschuldige. Ich habe das Training verschlafen.«

»Du hast gar nichts verschlafen. Es ist ein Scheißfeiertag. Selbst jemand, der so viel Training braucht wie du, benötigt ab und zu mal einen freien Tag.«

Der Alte holte Sachen aus der Tüte. Truthahnfleisch, Scheibenkäse, einen Laib gutes Brot. Und dann noch eine Dose Cranberry-Soße.

»Es ist zwar nicht gerade ein richtiger Truthahn, aber es muss genügen«, erklärte der alte Mann.

Sie machten sich Sandwiches und setzten sich in die Fernsehsessel, mit einem kleinen Tisch zwischen ihnen. Sie stellten ihre Teller dort ab, der alte Mann schob ein Video in seinen uralten Videorecorder, und sie sahen sich einen Film an. Es war ein alter Schwarzweißfilm. Marvin liebte Farbfilme und war sich sicher, dass er den Film hassen würde. Er hieß: *Night and the City*. Es ging ums Wrestling. Marvin hasste den Film nicht. Er liebte ihn. Er aß sein Sandwich. Er sah den alten Mann an, der ohne Gebiss kaute. In dem Moment wusste Marvin, dass er ihn ebenso sehr liebte, als wäre er sein Vater.

Am nächsten Tag trainierten sie hart. Marvin hatte sich gesteigert und forderte den alten Mann mehr, aber besiegen konnte er ihn immer noch nicht.

Am Morgen des Kampfes mit Jesus stand Marvin auf und ging in das Geschäft. Er hatte jetzt etwas Geld, weil X-Man ihm ab und zu welches gab, da er sein Trainingspartner war.

Er kaufte ein paar Sachen und nahm sie mit nach Hause. Unter anderem hatte er eine Flasche Franzbranntwein erworben, und als er wieder daheim war, rieb er den Alten damit ein.

Als sie fertig waren, streckte sich der alte Mann auf dem Boden auf einer Matratze aus und schlief so schnell ein wie ein Kätzchen. Während er schlief, verzog sich Marvin mit dem Rest des Zeugs, das er gekauft hatte, hinter den Plastikvorhang der Dusche und traf seine Vorbereitungen. Dann nahm er die Tüte, faltete sie zusammen und stopfte sie in den Müll.

Erst jetzt erledigte er das, was der alte Mann ihm aufgetragen hatte. Er holte Klappstühle aus dem Schrank, fünfundzwanzig, und stellte sie in der Nähe des Rings auf. Einen stellte er vor die anderen, dichter an den Boxring.

Um Viertel nach vier weckte er behutsam den alten Mann.

Der Alte stand auf, duschte, zog eine rote Strumpfhose und ein T-Shirt an, mit einem Foto von seinem jüngeren Selbst darauf. Unter dem Foto standen die Worte: X-Man.

Es war Heiligabend.

Sie trudelten ab etwa neunzehn Uhr ein. Mit Krücken, in Rollstühlen und mit Rollatoren. Zwei von ihnen brauchten keine Gehhilfe. Sie kamen nacheinander an, und Marvin führte sie zu einem Stuhl. Der alte Mann hatte billigen Wein und Bier besorgt und sich sogar für ein paar Schachteln mit Crackern und einen verdächtig wirkenden Käse in Unkosten gestürzt. Er hatte alles auf einem langen Klapptisch links von den Stühlen arrangiert. Die alten Leute, meistens Männer, stürzten sich darauf wie Geier auf ein überfahrenes Tier auf der Straße. Marvin musste einigen von ihnen helfen, weil sie so alt und gebrechlich waren, dass sie nicht gleichzeitig einen Pappteller festhalten und gehen konnten.

Marvin sah niemanden, der Ähnlichkeit mit Jesus oder Felina hatte. Wenn eine der vier Frauen wirklich Felina war, dann hatte sie jeglichen Sexappeal ganz bestimmt schon lange verloren, und wenn einer von den Männern Jesus war, dann hatte X-Man den Kampf im Sack. Aber natürlich war keiner von ihnen einer der beiden.

Etwa gegen acht Uhr klopfte es energisch an der Tür, und Marvin öffnete. Davor stand Jesus. Er trug eine dunkle Robe mit rotem Saum. Sie war vorne offen, und Marvin sah, dass er eine schwarze Strumpfhose trug und kein Hemd. Das wenige Haar, das er noch auf dem Kopf hatte, war grau, und auf der Mitte seiner Brust spross ein dickes Büschel grauer Haare wie ein sorgfältig gebautes Vogelnest. Er hatte dieselbe affenartige Figur wie auf dem Foto. Jesus die Bombe sah locker zehn Jahre jünger aus, als er tatsächlich war, und bewegte sich agil und geschmeidig.

In seiner Begleitung war eine große Frau, und es war einfach, sie zu erkennen, selbst anhand der uralten Fotos. Ihr Haar war immer noch schwarz, obwohl die Farbe mit Sicherheit aus einer Flasche kam, und das Alter hatte es gut mit ihr gemeint. Ihre Haut spannte sich immer noch straff über ihren hohen Wangenknochen. Marvin vermutete, dass sie etwas hatte machen lassen. Sie sah aus wie ein Filmstar in den Fünfzigern, der immer noch wegen seiner Schönheit Arbeit bekam. Ihre Augen waren wie tiefe Brunnen, und Marvin musste aufpassen, dass er nicht hineinstürzte. Sie trug ein langes schwarzes Kleid und hatte einen schwarzen Mantel elegant über die Schultern geworfen. Er hatte einen Pelzkragen, der auf den ersten Blick noch ganz hübsch aussah. Erst auf den zweiten Blick enthüllte er Flecken des Verfalls wie ein schlafendes Tier, das die Räude hat.

»Ich bin hier, um zu catchen«, sagte Jesus.

»Ja, Sir«, erwiderte Marvin.

Die Frau lächelte Marvin an und zeigte ihre weißen, fantastischen Zähne. Sie sahen ebenso echt aus wie seine eigenen. Sie sagte zwar nichts, aber er wusste trotzdem, dass er ihren Mantel nehmen sollte, und das tat er. Dann folgte er ihr und Jesus, und als Marvin Felina gehen sah, bemerkte er, dass er sexuell erregt war. Sie war verdammt verblüffend, angesichts ihres Alters, und es erinnerte ihn an eine alte Geschichte, die er einmal über einen Sukkubus gelesen hatte, einen weiblichen Geist, der sich von Männern ernährte, sie sexuell aussaugte und ihnen die Seelen raubte.

Als Felina die Halle betrat und der alte Mann sie sah, veränderte er sich schlagartig. Sein Gesicht rötete sich, und er stand stocksteif da. Sie hatte ihn wirklich an den Eiern.

Marvin brachte Felinas Mantel weg, und als er ihn in den Schrank hängte, nahm er den Geruch wahr, den er verströmte, ein süßer, verführerischer Duft. Vermutlich war es Parfüm, aber er wusste, dass es hauptsächlich ihr Geruch war.

Jesus und X-Man gaben sich die Hand und lächelten sich an, aber X-Man konnte seine Augen nicht von Felina abwenden. Sie ging an beiden vorbei, als nähme sie ihre Gegenwart gar nicht wahr, und setzte sich unaufgefordert auf den Stuhl, der vor den anderen Stühlen stand.

Der alte Mann rief Marvin zu sich und stellte ihn Jesus vor. »Dieser Junge ist mein Protegé, Jesus. Er ist ziemlich gut. Vielleicht so gut wie ich, als ich angefangen habe, wenn ich damals ein gebrochenes Bein gehabt hätte.«

Sie lachten beide. Selbst Marvin lachte mit. Er hatte mittlerweile kapiert, dass das Wrestler-Humor war und man ihm in Wirklichkeit gerade ein großes Kompliment gemacht hatte.

»Glaubst du, dass du mich dieses Jahr schlagen kannst?«, erkundigte sich Jesus. »Manchmal glaube ich nicht, dass du es überhaupt versuchst.«

»Oh, ich versuche es wirklich«, antwortete X-Man.

Jesus lächelte immer noch, aber jetzt wirkte sein Lächeln etwas gequält, als er weitersprach. »Du weißt, dass sie mit dir geht, wenn du gewinnst?«

Der alte Mann nickte.

»Warum machen wir immer weiter?«, fragte Jesus.

X-Man schüttelte den Kopf.
»Also gut«, sagte Jesus. »Viel Glück. Ich meine es ernst. Aber ich werde dir einen harten Kampf liefern.«
»Weiß ich«, erwiderte X-Man.

Es war einundzwanzig Uhr, als X-Man und Jesus ihre Zähne herausnahmen und in den Ring stiegen. Sie nahmen sich Zeit für ihre Dehnübungen. Die Stühle im Publikum waren nur zur Hälfte besetzt, und die Sitzenden hatten sich wie die Punkte auf einem Dalmatinerfell verteilt. Marvin stand außerhalb des Rings in der Ecke des alten Mannes.

Der kam zu ihm und lehnte sich an die Seile. Einer der alten Leute unter den Zuschauern, der eine rote Hose trug, die er fast bis unter die Achseln hochgezogen hatte, schleppte seinen Stuhl an die Seite des Ringes. Die Beine kratzten über dem Boden. In seiner freien Hand hielt er eine Kuhglocke. Dann ließ er sich keuchend auf den Stuhl fallen und legte die Glocke auf seine Knie. Er zog eine große Taschenuhr aus der Hosentasche und legte sie auf das andere Knie. Er wirkte etwas schläfrig.

»Wenn wir das in fünf Jahren wieder machen«, sagte X-Man zu Marvin, »wird es irgendwo in der Hölle sein, und der Teufel wird die Zeit nehmen.«

»Also gut«, sagte der Schiedsrichter. »Hier sind die Greisenregeln. Die Runden dauern zwei Minuten. Drei Minuten Pause. Es dauert so lange, bis jemand zwei von drei Kämpfen gewonnen hat oder jemand aufgibt. Alle bereit?«

Beide Parteien signalisierten ihre Bereitschaft.

Marvin sah zu Felina. Sie saß da, die Hände im Schoß. Sie wirkte zuversichtlich und selbstgefällig wie eine Spinne, die geduldig auf eine Fliege wartet.

Der Schiedsrichter drückte die Uhr mit seinem linken Daumen und läutete die Glocke mit der rechten Hand. X-Man und Jesus stürzten sich mit einem lauten Klatschen aufeinander, griffen nach den Knien des anderen, um ihn zu Boden zu schleudern, und rangen miteinander. Dann tauchte X-Man plötzlich auf und schlug einen schnellen linken Haken. Zu Marvins Verblüffung ließ Jesus ihn über seine Schulter gleiten und hämmerte X-Man seinerseits einen Haken gegen die Rippen. Es war ein harter Schlag, und Marvin sah, dass X-Man ihn gespürt hatte. Der Alte tänzelte zurück, und ein Greis unter den Zuschauern buhte.

»Fick dich selbst!«, schrie X-Man.

Die beiden stürzten sich wieder aufeinander. Sie packten ihre Schultern, und Jesus versuchte, X-Man sein Knie in die Eier zu rammen. X-Man konnte sich so weit wegdrehen, dass er den Stoß mit dem Oberschenkel abfangen konnte, aber es war ein übler Pferdekuss. Sie wirbelten umher wie ein wütendes Liebespaar in einem Tanz.

Schließlich täuschte X-Man einen Angriff vor, stürzte sich auf Jesus' Knie und bekam es zu fassen. Aber Jesus drehte sich, hob ein Bein über den Kopf von X-Man, hakte es um seinen Hals und rollte sich auf den Boden. Dabei packte er X-Mans Arm, dehnte ihn und drückte seinen Unterkörper dagegen. Es gab ein Geräusch, als hätte jemand einen Stock über dem Knie zerbrochen, und X-Man schlug dreimal auf den Boden. Damit war die Runde zu Ende. Sie hatte nicht mal fünfundvierzig Sekunden gedauert.

X-Man schlurfte in seine Ecke und schonte seinen Arm ein wenig. Er lehnte sich in die Seile. Marvin schob ihm den Hocker hin.

»Nimm ihn wieder weg«, befahl der Alte. »Ich will nicht, dass sie glauben, ich wäre verletzt.«

Marvin nahm den Hocker weg. »Bist du verletzt?«

»Ja, aber dieses Knacken waren nur Luftblasen in meinen Gelenken. Es geht mir gut. Scheiß drauf. Stell den Hocker wieder hin.«

Marvin schob den Hocker in den Ring, und X-Man setzte sich. In der gegenüberliegenden Ecke kauerte Jesus ebenfalls auf seinem Hocker und ließ den Kopf hängen. Er und

X-Man sahen aus wie zwei Männer, die sich nicht dagegen gewehrt hätten, erschossen zu werden.

»Eines weiß ich«, sagte X-Man. »Das ist mein letzter Kampf. Wenn er zu Ende ist, bin ich erledigt. Ich fühle, wie das, was ich noch in mir habe, mir aus den Füßen rinnt.«

Marvin warf einen Blick auf Felina. Eine der Neonröhren über ihnen ging langsam kaputt. Sie flammte immer wieder auf und ging aus, und Marvin glaubte einen Augenblick, dass Felina im Schatten älter ausgesehen hatte und gefährlicher und dass ihr dichtes Haar fast wie ein Bündel Schlangen gewirkt hatte. Wenn er genauer hinsah, merkte er, dass es nur am Licht lag.

Die Kuhglocke läutete. Die beiden Männer hatten etwas Kraft gesammelt. Sie bewegten sich mit ausgestreckten Händen umeinander. Schließlich packten sie sich an den Händen und verschränkten ihre Finger. X-Man bog die Finger plötzlich auf eine Art und Weise vorwärts, die es ihm gestattete, Jesus' Finger nach hinten zu biegen und ihn auf den Boden zu pressen. Das bereitete dem Bomber eindeutig Schmerzen. Es war zwar ein einfacher Move, aber er brachte das Gesicht des Widersachers von X-Man direkt vor dessen Knie. X-Man hämmerte ihm das Knie mit solcher Wucht ins Gesicht, dass das Blut auf die Matte und auf X-Man spritzte.

Der Alte umklammerte Jesus' Finger immer noch, trat zurück und hockte sich hin. Dann befreite X-Man seine Finger, und als Jesus versuchte aufzustehen, trat X-Man ihm ins Gesicht. Es war ein harter Tritt. Jesus wurde ohnmächtig.

Die Kuhglocke schepperte. Der Schiedsrichter legte die Glocke zur Seite und schlurfte zum Ring. Er kletterte durch die Seile und humpelte langsam zu Jesus. Er brauchte fast genauso lange, wie ein Blinder benötigt hätte, um eine Nadel in einem Heuhaufen zu finden. Der Schiedsrichter ließ sich langsam auf ein Knie herunter. Jesus stöhnte und setzte sich langsam auf.

Sein Gesicht war blutüberströmt.

Der Schiedsrichter betrachtete ihn. »Kannst du noch?«, fragte er ihn.

»Zur Hölle, ja!«, erwiderte Jesus.

»Eins zu eins!«, rief der Schiedsrichter und unternahm seine langsame Pilgerreise zurück zu seinem Stuhl.

Jesus stand langsam auf und ging wieder in seine Ecke. Er versuchte, den Kopf hochzuhalten. X-Man saß auf seinem Hocker und atmete schwer. »Ich hoffe, dass ich diesem alten Schwanzlutscher nichts gebrochen habe«, sagte er. Dann schloss er die Augen und ruhte sich aus. Marvin blieb stumm. Er dachte, dass der Alte schlief. Drei Minuten später schepperte die Kuhglocke.

Jesus schnaufte laut, erhob sich mit knackenden Knochen vom Hocker und taumelte in die Mitte des Rings. X-Man schlurfte ihm langsam entgegen.

Sie tauschten ein paar Schläge aus, aber keiner war sonderlich gut platziert. Dann bekamen sie beide überraschenderweise noch einmal die zweite Luft. Sie warfen sich zu Boden, rollten sich herum, schlugen sich heftig, und wieder läutete die Kuhglocke.

Als X-Man auf seinem Hocker saß, sagte er: »Mein Herz fühlt sich an wie ein Vogel, der in meiner Brust herumflattert.«

»Du solltest aufhören«, erklärte Marvin. »Das hier ist keinen Herzinfarkt wert.«

»Es flattert nicht wegen des Kampfes, sondern weil ich Felina sehe.«

Marvin sah zu der Frau. Felina betrachtete X-Man, wie ein Welpe einen Hundekeks anstarrt.

»Fall nicht drauf rein«, sagte Marvin. »Sie ist böse. Gottverdammt böse.«

»Du glaubst mir also?«

»Das tue ich. Glaubst du, dass sie diese Pfeifenreiniger mit deinem Haar bei sich hat?«

»Woher soll ich das wissen?«

»Vielleicht in ihrem Mantel?«

»Ich frage dich noch mal, woher soll ich das wissen?« Dann begriff der alte Mann, worauf Marvin hinauswollte. »Du meinst, wenn sie sie hat und wenn du sie ihr ...?«

»Genau.«

Marvin ließ X-Man auf seinem Hocker sitzen und näherte sich auf Umwegen dem Schrank. Er öffnete die Tür und machte sich im Schrank zu schaffen, wobei er sich Mühe gab, so zu wirken, als wäre es ganz natürlich. Er warf einen Blick auf X-Man, der sich auf seinem Hocker umgedreht hatte und ihm zusah.

Die Kuhglocke bimmelte. Die beiden Gentlemen stürzten sich wieder in die Schlacht.

Es war ein wilder Kampf. Sie schlugen sich gegen den Kopf, auf die Rippen, in den Bauch. Sie umklammerten sich, rammten sich die Knie in die Eier. Jesus biss X-Man sogar ein Stück vom Ohrläppchen ab. Überall war Blut. Dieser Kampf wäre schon erstaunlich gewesen, wenn die beiden Athleten im Ring in den Zwanzigern und in Topform gewesen wären. Angesichts ihres Alters war es ein phänomenaler Kampf.

Marvin stand in der Ecke des alten Mannes und versuchte, den Blick von X-Man aufzufangen, ohne dabei allzu offensichtlich zu sein. Er wollte nicht, dass der Alte seine Konzentration verlor oder dass Jesus unter ihn kommen, ihn hochheben und den Kopf des alten Mannes wie einen Rasenspieß in die Matte bohren konnte.

Schließlich umklammerten sich die beiden und atmeten so laut wie Dampfmaschinen. Marvin fing endlich den Blick von X-Man auf. Dann hob er zwei zusammengeknotete Pfeifenreiniger hoch, in deren Knoten dunkles Haar steckte. Marvin entknotete die Pfeifenreiniger, das Haar fiel heraus wie eine Wolke von dunklen Schuppen und landete auf dem Boden.

X-Man atmete aus und schien sich zu entspannen.

Jesus stürzte sich auf ihn. Es war, als würde sich ein Falke auf eine Maus stürzen. Und bevor Marvin begriff, was passierte, hatte Jesus X-Mans Hüften mit beiden Armen umklammert und bog sich im gleichen Moment nach hinten, damit er X-Man über den Kopf schleudern und ihn in die Matte rammen konnte.

Aber als X-Man über ihn hinwegsegelte, duckte er seinen Kopf unter Jesus' Hintern hindurch und packte die Innenseiten von Jesus' Beinen. Der warf sich nach hinten, aber X-Man landete auf dem Rücken, nicht auf dem Kopf. Der lugte stattdessen zwischen Jesus' Beinen heraus, und er hatte seine zahnlosen Kiefer in Jesus' Schenkel vergraben und schnappte nach seinen Eiern wie mit einer geballten Faust. Die Zuschauer schrien auf.

Jesus kreischte. Es war ein Schrei, der es einem kalt über den Rücken laufen ließ, der einem bis ins Steißbein fuhr und daran zerrte. X-Man ließ nicht locker. Jesus wand sich, drehte sich, trat und schlug. Die Schläge trafen X-Man auf den Scheitel, aber er hielt fest. Als Jesus versuchte, sich mit einer Rolle zu befreien, rollte X-Man mit ihm und hielt seine Eier nach wie vor mit seinen zahnlosen Kiefern fest.

Einige Zuschauer waren aufgestanden und schrien vor Erregung. Felina hatte sich weder gerührt, noch hatte sich ihre Miene geändert.

Dann passierte es.

Jesus schlug mit beiden Händen auf die Matte und rief: »Auszeit.« Dann war es vorbei.

Die Zuschauer gingen. Alle, bis auf Jesus und Felina.

Jesus blieb lange hinter dem Duschvorhang. Als er herauskam, humpelte er. Die Vorderseite seiner Strumpfhose war aufgebläht und dunkel von Blut.

X-Man stand da, stützte sich mit einer Hand auf die Rückenlehne eines Stuhls und keuchte.

»Du hättest mir fast die Nüsse abgebissen, X-Man«, sagte

Jesus. »Ich hab mir eines von deinen Handtüchern genommen und es in die Hose gestopft, um die Blutung zu stoppen. Du hast verdammt harte zahnlose Kiefer, X-Man. Bei solchen Kiefern brauchst du keine Zähne.«

»Im Krieg und in der Liebe ist alles erlaubt«, erwiderte X-Man. »Außerdem, wieso brauchst du in deinem Alter noch deine Nüsse?«

»Das musst du gerade sagen«, erwiderte Jesus. Sein ganzes Verhalten war verändert. Er wirkte wie ein Vogel in einem Käfig, dessen Tür geöffnet wurde. Er war bereit davonzufliegen.

»Sie gehört dir«, sagte Jesus.

Wir alle sahen Felina an. Sie lächelte und nahm X-Mans Hand.

Der Alte drehte sich um und sah sie an. »Zum Teufel, ich will sie nicht«, sagte er und ließ ihre Hand los.

Auf Felinas Gesicht zeichnete sich Verblüffung ab.

»Du hast sie gewonnen«, erwiderte Jesus. »Das sind die Regeln.«

»Nein«, widersprach X-Man, »es gibt keine Regeln.«

»Nicht?«, erkundigte sich Jesus, und man konnte fast sehen, wie vor ihm die Käfigtür wieder zuschlug und verriegelt wurde.

»Nein«, sagte X-Man und sah Felina an. »Dieser Hoodoo mit den Pfeifenreinigern, den du gemacht hast... mein Junge hier hat ihn ungeschehen gemacht.«

»Wovon zum Teufel quatschst du da?«, erkundigte sich Felina.

Sie starrten sich gegenseitig lange an.

»Verschwindet«, sagte X-Man. »Und Jesus...? Wir machen das nicht noch einmal.«

»Du willst sie nicht?«

»Nein. Verschwinde und nimm dieses Miststück mit. Los, geht.«

Sie verließen die Halle. Als Felina um die Ecke im Gang

bog, blieb sie kurz stehen und sah zurück. Ihr Blick besagte: *Du hattest mich, und du hast mich gehen lassen, und du wirst es bedauern.*

X-Man grinste nur. »Verzieh dich, altes Miststück.«

Als sie weg waren, streckte sich der alte Mann auf seinem Bett aus und atmete keuchend. Marvin zog einen Stuhl heran und setzte sich neben ihn. Dann sah ihn der Alte an und lachte.

»Dieser Pfeifenreiniger und das Haar waren nicht in ihrem Mantel, hab ich recht?«

»Was meinst du?«, erkundigte sich Marvin.

»Ich meine diesen Ausdruck auf ihrem Gesicht, als ich es erwähnt habe. Sie wusste nicht, wovon ich rede. Sieh mich an, Junge. Sag mir die Wahrheit.«

Marvin ließ sich Zeit, bevor er antwortete. »Ich habe die Pfeifenreiniger und ein bisschen Schuhcreme gekauft. Dann habe ich mir ein paar Haare abgeschnitten, sie mit der Schuhcreme dunkel gefärbt und sie in die Pfeifenreiniger gewickelt.«

X-Man johlte. »Du hinterlistiger Hundesohn.«

»Tut mir leid«, sagte Marvin.

»Mir nicht.«

»Dir nicht?«

»Nein. Ich habe etwas Wichtiges gelernt. Ich bin ein Scheißtrottel. Sie hatte nie mehr Macht über mich als die, die ich ihr eingeräumt habe. Diese verfluchten Pfeifenreiniger und das Haar, zum Teufel, sie hat das ebenso schnell vergessen, wie sie es getan hat. Es war einfach nur eine Art und Weise für sie, sich die Zeit zu vertreiben, und ich hab daraus etwas Besonderes gemacht. Ich selbst war es, der einen Vorwand suchte, um jemanden zu lieben, der nicht mal das Schießpulver wert gewesen wäre, das man gebraucht hätte, um ihn in die Luft zu sprengen. Es hat ihr einfach gefallen, Macht über uns beide zu haben. Vielleicht kommt Jesus auch irgendwann dahinter. Vielleicht haben er und ich heute eine

Menge begriffen. Es ist schon gut, Kleiner. Das hast du gut gemacht. Zum Teufel, dabei war das nichts, was ich nicht tief in meinem Innersten schon immer gewusst hätte. Und jetzt habe ich keine Entschuldigung mehr und bin mit ihr durch. Es ist, als hätte jemand endlich meine Kehle losgelassen und als könnte ich wieder atmen. All diese Jahre, dieses ganze Ding mit Felina, das waren nur ich und mein eigener Blödsinn.«

Um sieben Uhr morgens weckte X-Man Marvin.

»Was ist los?«, fragte Marvin.

X-Man stand neben ihm und grinste ihn zahnlos an. »Gar nichts. Es ist Weihnachten. Fröhliche Weihnachten.«

»Dir auch.«

Der alte Mann hatte ein T-Shirt in der Hand und hielt es ihm mit beiden Händen hin. Es stand X-Man darauf, und sein Foto war drauf, genau wie auf dem T-Shirt, das er trug. »Ich möchte, dass du das annimmst. Ich möchte, dass du X-Man wirst.«

»Ich kann nicht X-Man sein. Das kann niemand.«

»Das weiß ich. Aber ich möchte, dass du es versuchst.«

Marvin hatte sich aufgesetzt und nahm das T-Shirt.

»Zieh es an«, sagte X-Man.

Marvin zog sein Hemd aus und, immer noch auf dem Boden sitzend, das X-Man-Shirt über den Kopf. Es passte. Er stand auf. »Aber ich habe nichts für dich.«

»Hast du wohl. Du hast mich befreit.«

Marvin nickte. »Wie sehe ich aus?«

»Wie X-Man. Weißt du, wenn ich jemals einen Sohn gehabt hätte, dann wäre ich verdammt glücklich gewesen, wenn er wie du gewesen wäre. Verdammt, ich wäre froh, wenn du mein Sohn wärst. Das bedeutet natürlich, dass ich deine Mutter hätte ficken müssen, und darüber wollen wir lieber nicht reden. Also gut, ich gehe wieder schlafen. Vielleicht können wir später ein Weihnachtsdinner veranstalten.«

Später am Tag stand Marvin auf, machte Kaffee, zwei Sandwiches und ging zu X-Man, um ihn zu wecken.
Der Alte wachte nicht auf. Er war kalt. Tot. Auf dem Bett neben ihm lagen Wrestling-Magazine.
»Verdammt«, sagte Marvin und setzte sich auf den Stuhl neben dem Bett. Dann nahm er die Hand des alten Mannes. Es war etwas darin: ein zerknülltes Foto von Felina. Marvin zog es heraus, warf es auf den Boden und hielt lange die Hand des alten Mannes.
Nach einer Weile zog Marvin eine Seite aus einem der Wrestling-Magazine, stand auf und legte sie auf den Gaskocher. Sie fing Feuer. Dann ging er zum Bett zurück und hielt die brennende Seite in einer Hand, während er mit der anderen eine Kiste mit den Magazinen herauszog. Er setzte sie in Brand und schob sie dann wieder unter das Bett. Flammen züngelten um den Rand des Bettes. Andere Kisten unter dem Bett fingen ebenfalls Feuer. Ebenso die Bettwäsche. Nach einem Moment brannte auch der alte Mann. Er roch wie gekochtes Schweinefleisch.
Wie Herkules, dachte Marvin. Er fährt zu den Göttern empor.
Marvin trug immer noch sein X-Man-T-Shirt und holte seinen Mantel aus dem Schrank. Der Raum füllte sich mit Rauch und dem Geruch von brennendem Fleisch. Er zog seinen Mantel an und schlenderte um die Ecke in den Gang. Kurz bevor er nach draußen trat, spürte er, wie die Hitze des Feuers seinen Rücken wärmte.

MEGAN LINDHOLM

Megan Lindholm ist Autorin der Fantasy-Romane *Wizard of the Pigeons, Der Fluch der Zigeunerin, Die versunkene Stadt, Der Lockruf der Steine, Das Glück der Räder, Wolfsbruder* und *Die Stunde des Fauns*. Außerdem hat sie den Science-Fiction-Roman *Alien Earth* und zusammen mit Steven Brust *The Gypsy* geschrieben. Lindholm schreibt auch unter dem Pseudonym der *New-York-Times*-Bestsellerautorin Robin Hobb, ist eine der beliebtesten Schriftstellerinnen der zeitgenössischen Fantasy und hat über eine Million Paperback-Ausgaben ihrer Werke verkauft. Als Robin Hobb ist sie vor allem wegen ihrer epischen Fantasy-Serie *Der Weitseher-Zyklus* berühmt, der die Bände *Der Adept des Assassinen / Der Weitseher, Des Königs Meuchelmörder / Der Schattenbote* und *Die Magie des Assassinen / Der Nachtmagier* umfasst. Außerdem hat sie die beiden Fantasy-Serien *Die Zauberschiffe* und *Die zweiten Chroniken von Fitz, dem Weitseher* mit den Bänden *Der lohfarbene Mann, Der goldene Narr* und *Der Weiße Prophet / Der wahre Drache* geschrieben. Ferner ist sie die Autorin der *Nevare-Trilogie*, die aus den Bänden *Die Schamanenbrücke, Im Bann der Magie* und *Die Stunde des Abtrünnigen* besteht. In jüngster Zeit hat sie als Robin Hobb eine neue Reihe begonnen, die *Regenwildnis-Saga*, mit den Bänden *Drachenhüter, Drachenkämpfer, City of Dragons* und *Blood of Dragons*. Ihr neuestes Buch als Megan Lindholm ist eine »gemeinsame« Geschichtensammlung mit Robin Hobb, *The Inheritance and Other Stories*.

In der herbstlichen und wunderschön gestalteten Geschichte, die jetzt folgt, zeigt sie uns, dass selbst ein uralter Hund mit grauer Schnauze und müden Beinen möglicherweise immer noch genug Mumm für einen letzten Biss in sich hat.

NACHBARN

Übersetzt von Wolfgang Thon

Linda Mason war wieder unterwegs.
Es war drei Uhr morgens, und Sarah konnte nicht mehr schlafen. Sie war in ihrem Morgenmantel in die Küche geschlurft, hatte den Kessel aufgesetzt und im Schrank gewühlt, bis sie eine Schachtel mit Teebeuteln gefunden hatte. Sie hatte eine Teetasse mit Untertasse herausgeholt und den Teebeutel in ihre »Tea for One«-Kanne gehängt, als sie hörte, wie draußen im Dunkeln jemand ihren Namen rief. »Sarah! Sarah Wilkins! Du musst dich beeilen! Es wird Zeit zu gehen!«
Ihr Herz schlug ihr fast bis zum Hals, wo es hängen zu bleiben schien und wie verrückt hämmerte. Sarah erkannte die schrille Stimme zwar nicht, aber der triumphierende, trotzige Ton war beunruhigend. Sie wollte nicht aus dem Fenster sehen. Für einen Augenblick war sie wieder acht Jahre alt. Schau nicht unter das Bett, öffne nachts nicht den Schrank. Solange du nicht hinsiehst, sind sie vielleicht nicht da. Schrödingers Buhmänner. Sie rief sich ins Gedächtnis, dass sie weit näher an achtundsechzig als an acht Jahren war, und zog den Vorhang zurück.
Nebelschwaden zogen über die Straße, ein Vorläufer des Herbstes, hier im pazifischen Nordwesten. Ihre Augen stellten sich allmählich auf die Dunkelheit ein. Sie sah die verrückte alte Linda, die draußen auf der Straße vor dem schmiedeeisernen Zaun stand, der Sarahs Garten umgab.

Sie trug einen rosafarbenen Trainingsanzug und Pantoffeln. In den Händen hielt sie einen Baseballschläger aus Aluminium, und auf dem Rücken hatte sie einen Hello-Kitty-Rucksack. Die beiden Gegenstände gehörten Lindas Enkelin, dessen war Sarah ziemlich sicher. Lindas Sohn und seine Frau wohnten bei der Alten. Sarah bedauerte die Schwiegertochter, der man die Rolle als Pflegerin für Robbies sonderliche Mutter aufs Auge gedrückt hatte. Die meisten Menschen nannten das, was Linda hatte, Alzheimer, aber »schlicht und einfach übergeschnappt« passte irgendwie auch.

Sarah kannte Linda seit zweiundzwanzig Jahren. Sie hatten ihre Söhne in Fahrgemeinschaften zu YMCA-Fußballspielen gefahren. Sie hatten bei einer Tasse Kaffee geplaudert, selbstgemachte Marmelade getauscht und überzählige Zucchini verschenkt, während ihrer Urlaube die Haustiere der jeweils anderen gefüttert, sich bei Safeway begrüßt und über die anderen Nachbarn getratscht. Sie waren vielleicht nicht beste Freundinnen, aber sie waren Nachbarschaftsmütter-Freundinnen, wie man das mit um die fünfzig eben war. Linda war eine der wenigen älteren Bewohnerinnen im Viertel. Die anderen Eltern, die Sarah gekannt hatte, waren schon längst weggezogen, in Eigentumswohnungen, lebten in wärmeren Gefilden oder waren von ihren Kindern in Altersheime verfrachtet worden. Die Häuser leerten sich, und dann zog der nächste Schwarm von jungen Familien ein. Außer Linda lebten von ihren alten Freunden nur noch Maureen und ihr Ehemann Hugh am anderen Ende der Straße. Aber die verbrachten die meiste Zeit in Seattle, wo Hugh behandelt wurde.

»Sarah! Beeil dich doch!«, schrie Linda erneut. Zwei Häuser weiter ging eine Schlafzimmerlampe an. Der Kessel pfiff. Sarah nahm ihn vom Herd, schnappte sich ihren Mantel vom Haken und öffnete die Hintertür. Das verdammte Verandalicht funktionierte nicht, weil die Birne letzte Woche durchgebrannt war. Aber es war zu mühsam, eine Trittleiter und eine neue Glühbirne zu holen und sie auszutauschen. Sie ging vorsichtig die Treppe hinab zum Zaun und hoffte, dass Sarge sein Geschäft nicht ausgerechnet dort erledigt hatte, wo sie hintrat.

»Linda, alles in Ordnung? Was ist denn los?« Sie versuchte mit ihrer alten Freundin zu reden, aber in Wahrheit flößte Linda ihr Angst ein. Manchmal war sie Linda, aber dann wurde sie vollkommen unvermittelt jemand Wildes, Fremdes oder Gemeines. Und sie machte sonderbare Dinge.

Vor ein paar Tagen, am frühen Morgen, war sie in ihren Vorgarten entkommen, hatte alle reifen Äpfel vom Baum des Nachbarn gepflückt und sie auf die Straße geworfen. »Besser, als sie einfach abfallen und verfaulen zu lassen wie letztes Jahr!«, schrie sie, als man sie dabei erwischte. »Ihr verschwendet sie ja nur! Ich sage, ernährt die Zukunft! Gebt sie denen, die sie zu schätzen wissen!« Als Robbies Frau sie am Arm gepackt und versucht hatte, sie wieder ins Haus zu ziehen, hatte Linda ihr eine Ohrfeige gegeben. Lindas Enkeltochter und ihre Spielkameraden hatten die ganze Sache mitbekommen, und das Kind hatte angefangen zu weinen. Sarah wusste allerdings nicht, ob aus Bestürzung, aus Angst oder einfach nur wegen der Demütigung, denn die halbe Nachbarschaft war herausgekommen und Zeuge des Dramas geworden, einschließlich der Nachbarin, der der Apfelbaum gehörte. Die Frau war wütend und sagte jedem, der ihr zuhören wollte, dass es Zeit würde, »diese verrückte alte Frau in ein Heim« zu stecken. Sie lebte schon seit ein paar Jahren im Viertel, aber Sarah kannte noch nicht einmal ihren Namen.

»Ich bin in meinem Heim!«, hatte Linda zurückgeschrien. »Warum lebst du in Marilyns Heim? Was gibt dir mehr Recht auf die Äpfel ihres Baumes als mir? Ich habe ihr schließlich sogar geholfen, dieses verdammte Ding zu pflanzen!«

»Glauben Sie etwa, wir würden sie nicht in ein Heim bringen, wenn wir uns das leisten könnten? Glauben Sie wirklich, es gefällt mir, so zu leben?« Robbies Frau hatte die Nachbarin angeschrien, war dann in Tränen ausgebrochen, und schließlich war es ihr gelungen, Linda wieder ins Haus zu zerren.

Und jetzt stand Linda draußen auf der nebligen Straße und starrte Sarah mit großen, wilden Augen an. Der Wind zerzauste ihr weißes Haar und wehte die Blätter auf dem Bürgersteig gegen sie. Sie trug diesen rosafarbenen Trainingsanzug und ihre Schlafzimmerpantoffeln. Außerdem hatte sie etwas auf dem Kopf, etwas, das sie an einer Wollmütze befestigt hatte. Sie trat an den Zaun und tippte mit dem Baseballschläger darauf. Es schepperte.

»Mach mir keine Beule in den Zaun!«, rief Sarah. »Bleib da, ich hole Hilfe.«

»Du brauchst Hilfe, nicht ich!«, schrie Linda und lachte wild. »›Kleines Kind, komm raus zum Spielen, der Mond scheint wie der helle Tag!‹ Nur scheint er nicht! Also nehme ich es mit. Das Mondlicht!«

»Linda, da draußen ist es kalt. Komm rein und erzähl es mir drinnen.« Das Telefon. Sie sollte unbedingt den Notruf wählen. Alex hatte ihr gesagt, sie solle sich ein Handy besorgen, aber sie konnte sich nicht noch eine monatliche Zahlung leisten. Sie konnte sich nicht einmal leisten, ihr altes schnurloses Telefon zu ersetzen, das nicht mehr richtig klingelte. »Dann trinken wir eine Tasse Tee und plaudern. So wie damals, als die Kinder noch klein waren.« Sie konnte sich plötzlich ganz genau daran erinnern. Wie sie, Maureen und Linda zusammengehockt und darauf gewartet hatten, dass ihre Kinder von einem Footballspiel nach Hause kamen. Wie sie geplaudert und gelacht hatten. Dann waren die Kinder älter geworden, und sie waren getrennte Wege gegangen. Sie hatten schon seit Jahren keinen Kaffee mehr zusammen getrunken.

»Nein, Sarah. Du kommst mit mir! Magie ist besser als Wahnsinn. Und Zeit ist der einzige Unterschied zwischen Magie und Wahnsinn. Bleibst du da drin, bist du verrückt. Kommst du mit mir, bist du magisch. Sieh hin!«

Sie machte irgendetwas, fummelte mit der Hand an ihrer Brust herum. Dann leuchtete sie plötzlich.»Solarenergie!«, schrie sie.»Das ist mein Ticket in die Zukunft!« Sarah sah die vielen winzigen LED-Leuchten und erkannte, was Linda da trug. Sie hatte sich in Weihnachtslichterketten eingewickelt. Und die kleinen Solarpaneele, die sie speisten, waren an ihrer Mütze befestigt.

»Linda, komm rein und zeig es mir hier. Da draußen ist es mir zu kalt!« Sie schrien. Aber warum blieb es in den Nachbarhäusern dunkel? Irgendjemand müsste sich doch von ihrem lauten Gespräch gestört fühlen. Irgendein Nachbarhund müsste doch längst kläffen.

»Die Zeit und die Gezeiten warten auf niemanden, Sarah! Ich gehe los und suche meine Zukunft. Letzte Chance! Kommst du mit?«

Im Haus musste Sarah Lindas Telefonnummer im Telefonbuch nachschlagen. Als sie dort anrief, ging niemand ran. Nach dem zehnten Klingeln sprang der Anrufbeantworter an. Sie legte auf, nahm das Telefon mit zum Fenster und wählte erneut. Draußen war jetzt keine Linda mehr zu sehen. Und die Fenster in Lindas Haus waren dunkel. Was sollte sie jetzt tun? Sollte sie hingehen und an die Tür hämmern? Vielleicht war Robbie ja längst rausgekommen, hatte seine Mutter gefunden und sie ins Haus geholt. Sollte sie die Polizei rufen? Sie ging wieder zur Tür, wobei sie das Telefon mitnahm.»Linda?«, rief sie in die neblige Dunkelheit. »Linda, wo bist du?«

Niemand antwortete. Der Nebel war dichter geworden, und es war jetzt im ganzen Viertel dunkel. Selbst die Straßenlaterne an der Ecke, die sie so hasste, weil sie in ihr Schlafzimmerfenster schien, hatte gerade diesen Moment gewählt, um zu erlöschen. Sie wählte Lindas Nummer noch einmal und hörte zu, wie es klingelte.

Dann ging sie ins Haus zurück und rief ihren eigenen

Sohn an. Nach dem siebten Klingeln hörte sie Alex' schläfriges »Was?«. Sie erzählte ihm ihre Geschichte. Er war nicht sonderlich beeindruckt. »Oh, Mom, das geht dich nichts an. Geh wieder ins Bett. Ich wette, sie ist direkt nach Hause gegangen und schläft jetzt wahrscheinlich schon. Was ich auch sehr gern tun würde.«

»Und wenn sie jetzt einfach durch die Nacht irrt? Du weißt, dass sie nicht ganz bei Verstand ist.«

»Da ist sie nicht die Einzige«, murmelte Alex. »Hör zu, Mom«, sagte er dann. »Es ist vier Uhr früh. Geh wieder ins Bett. Ich komme morgen auf dem Weg zur Arbeit bei dir vorbei, und dann gehen wir zusammen zu ihr und klopfen. Ich bin sicher, dass es ihr gut geht. Geh du jetzt wieder ins Bett.«

Das tat sie. Um sich dann nur unruhig herumzuwälzen und sich Sorgen zu machen.

Das Geräusch seines Schlüssels im Schloss weckte sie am nächsten Morgen um sieben Uhr. Allmächtiger! Da machte er ihretwegen diesen Umweg auf seiner Fahrt ins Büro, und sie war noch nicht einmal aufgestanden, damit sie zusammen bei Linda klopfen konnten. »Bin gleich unten!«, schrie sie die Treppe hinunter und zog sich hastig an. Es dauerte länger, als es hätte dauern sollen, vor allem, sich die Schuhe zuzubinden. »Der Boden ist jeden Tag ein Stück weiter entfernt«, murmelte sie. Das war ein alter Scherz zwischen ihr und Russ gewesen. Aber Russ war nicht mehr da, um ihr beizupflichten. Sarge schlief vor ihrer Schlafzimmertür. Sie schob den Beagle zur Seite, der aufstand und hinter ihr hertrottete.

Als sie die Küchentür öffnete, schlug ihr eine Hitzewelle entgegen. »Was machst du da?«, wollte sie wissen. Alex hatte die Hintertür des Hauses geöffnet und schwenkte sie hin und her. »Was ist das für ein Gestank?«

Er sah sie finster an. »Der Herd war an, als ich reingekommen bin! Du hast verdammtes Glück gehabt, dass du nicht das ganze Haus abgebrannt hast. Wieso hat dein Rauchmelder nicht angeschlagen?«

»Die Batterien müssen erschöpft sein«, log sie. Es hatte sie genervt, dass der Rauchmelder bei jedem Bagel, den sie auf dem alten Toaster getoastet hatte, angeschlagen hatte. Sie hatte daraufhin die Batterie in dem Gerät in der Küche gelockert. »Ich muss die Platte letzte Nacht angelassen haben, als Linda draußen war. Also hat sie nicht die ganze Nacht gebrannt, sondern nur drei oder vier Stunden.« Die Kochmulde knackte immer noch vor Hitze, und die weiße Keramik um den strapazierten Brenner war jetzt karamellbraun angelaufen. Sie wollte ihn berühren, zog dann jedoch die Hand zurück. »Mit ein bisschen Scheuerpulver geht das wieder weg. Zum Glück ist ja nichts passiert.«

»Es ist nichts passiert? Nur drei oder vier Stunden? Scheiße, Mom, begreifst du nicht, wie viel Glück du gehabt hast?« Zu ihrem Missfallen klappte er den Tritt auf und stieg hoch, um den Rauchmelder zu untersuchen. Er zog den Deckel ab, und die Batterie fiel auf den Boden.

»Siehst du, da ist das Problem«, bemerkte sie. »Sie muss sich gelockert haben.«

Er betrachtete sie skeptisch. »Muss sie wohl«, erwiderte er gepresst. Bevor sie sich bücken konnte, sprang er von dem Tritt, hob die Batterie auf und drückte sie wieder in die Halterung. Dann schloss er den Deckel.

»Möchtest du Kaffee?«, fragte sie, während sie sich zu der Kaffeemaschine umdrehte. Sie hatte sie bereits vorbereitet, wie sie es die letzten zwanzig Jahre gemacht hatte, damit sie sie nicht jeden Morgen erst auffüllen musste. Sie brauchte nur auf den Knopf zu drücken, konnte sich dann mit der Zeitung und im Pyjama an den Tisch setzen, bis die erste Tasse fertig war und Russ herunterkommen würde.

Oder eben nicht mehr.

»Nein danke. Ich muss los. Mom, du musst vorsichtiger sein.«

»Ich bin vorsichtig. Und das wäre nicht passiert, wenn die letzte Nacht nicht so merkwürdig gewesen wäre.«

»Und du hättest auch deine Kreditkarte letzte Woche nicht im Geldautomaten vergessen, wenn der Feuerwehrwagen nicht vorbeigefahren wäre, so dass du nicht gehört hast, wie der Automat piepte. Aber was war mit deinen Autoschlüsseln, die du im Wagen eingeschlossen hast? Und mit dem Rasensprenger, den du die ganze Nacht angelassen hast?«

»Das war vor Monaten!«

»Genau das meine ich ja! Diese ›Vergesslichkeit‹ hat schon vor Monaten angefangen! Es ist nur schlimmer geworden. Und teurer. Du erinnerst dich an die Wasserrechnung? Und an den Schlosser? Glücklicherweise hat der Geldautomat deine Karte verschluckt, und die Bank hat dich angerufen. Du hast ja nicht mal gemerkt, dass sie verschwunden war! Und jetzt haben wir eine kleine Spitze in der Energierechnung diesen Monat. Du musst zum Arzt gehen und dich untersuchen lassen. Vielleicht gibt es ja eine Pille dagegen.«

»Ich komme damit schon klar«, sagte sie. Jetzt klang ihre Stimme gepresst. Sie hasste es, wenn man sie so belehrte. »Du solltest lieber losfahren, bevor der Verkehr zu dicht wird. Willst du noch ein bisschen Kaffee in deinen Thermosbecher?«

Er betrachtete sie einen Moment und schien protestieren, irgendeine Art imaginäre Entscheidung erreichen zu wollen. Zum Glück hatte Alex nicht genug Zeit dafür. »Ja. Ich hole den Becher. Es sieht aus, als wäre bei den Masons alles in Ordnung. Da, Robbie geht zur Arbeit. Ich glaube nicht, dass er das machen würde, wenn seine Mutter verschwunden wäre.«

Alles, was sie darauf antworten konnte, würde sie noch verrückter wirken lassen. Als er mit seinem Thermosbecher zurückkam, griff sie nach der Kaffeekanne und sah, dass sie voll bräunlichem Wasser war. Sie hatte vergessen, den Kaffee in den Filter zu löffeln. Aber sie ließ sich nichts anmerken und holte den Instantkaffee heraus. »Ich mache mir selbst keine ganze Kanne mehr«, sagte sie, als sie den Pulverkaffee in seinen Thermosbecher löffelte und das heiße Wasser darauf goss. Er nahm es mit einem Seufzer hin. Als er weg war, füllte sie die Kaffeemaschine richtig und setzte sich mit ihrer Zeitung an den Tisch.

Es war elf Uhr, als die Polizei kam, und um ein Uhr am Nachmittag klopfte ein Officer an ihre Tür. Sie fühlte sich schrecklich, als er sorgfältig aufschrieb, was sie um vier Uhr früh beobachtet hatte. »Und Sie haben nicht die Polizei gerufen?« Die braunen Augen des jungen Mannes wirkten traurig wegen ihrer Dummheit.

»Ich habe zweimal bei ihr angerufen und dann meinen Sohn angerufen. Aber ich habe sie draußen nicht mehr gesehen, deshalb habe ich gedacht, sie wäre nach Hause gegangen.«

Er klappte sein Notizbuch mit einem Seufzer zu und schob es in seine Tasche. »Tja, das ist sie nicht«, sagte er bedeutungsvoll. »Die arme alte Lady läuft jetzt da draußen mit ihren Hausschuhen und einer Weihnachtsbeleuchtung herum. Ich bezweifle, dass sie damit weit gekommen ist. Wir finden sie schon.«

»Sie hat einen rosafarbenen Trainingsanzug getragen und Schlafzimmerpantoffeln.« Sie versuchte sich zu erinnern. »Und sie hatte einen Baseballschläger dabei und einen Hello-Kitty-Rucksack. Als wollte sie irgendwo hingehen.«

Er holte das Notizbuch wieder heraus, seufzte und trug die Informationen ein. »Ich wünschte wirklich, Sie hätten angerufen«, sagte er, als er es erneut wegsteckte.

»Ich auch. Aber mein Sohn meinte, sie wäre wahrscheinlich nach Hause gegangen. In meinem Alter zweifelt man sehr schnell an seinem Urteilsvermögen.«

»Das kann ich mir vorstellen. Guten Tag, Ma'am.«

Es war Donnerstag. Sie besuchte Richard im Pflegeheim. Sie nahm wie immer eines der Fotoalben aus ihrer Kindheit mit. Sie stellte den Wagen auf dem Parkplatz ab, ging über die Straße ins Café und kaufte einen großen Vanilla Latte. Sie trug ihn in das immer nach Urin stinkende Caring Manor, durch den »Salon« mit dem geblümten Sofa und den eingestaubten Plastikblumen und ging den Korridor hinunter, vorbei an den belegten Rollstühlen, die an den Wänden standen. Die gebeugten Rücken und faltigen Hälse der Patienten, die darin saßen, erinnerten sie an die Hälse von Schildkröten, die aus ihren Panzern lugten. Ein paar Patienten nickten ihr zu, als sie vorbeiging, aber die meisten starrten einfach nur vor sich hin. Blaue Augen, die zu einem blassen Leinenton verblichen waren, braune Augen, aus denen die Farbe in das Weiß der Augäpfel sickerte, Augen, hinter denen niemand mehr steckte. Es waren vertraute Gesichter, Bewohner des Heims, die mindestens ebenso lange hier waren wie die drei Jahre, die Richard hier jetzt schon lebte. Sie erinnerte sich an ihre Namen, aber sie wussten den ihren nicht mehr. Sie hockten zusammengesunken in ihren Rollstühlen und warteten auf nichts. Die Räder an den Stühlen wirkten wie ein Hohn für Menschen, die keinen Platz mehr hatten, an den sie hätten gehen können.

Am Empfang war eine neue Schwester. Schon wieder. Zuerst hatte Sarah noch versucht, jede Schwester und jeden Pfleger mit Namen zu begrüßen, wenn sie Richard besuchte. Aber die Aufgabe hatte sich als hoffnungslos erwiesen. Die Schwestern wechselten einfach zu häufig, und die Pfleger, die sich wirklich um die Bewohner des Heims kümmerten, wechselten noch öfter. Ebenso wie ihre Sprache. Einige waren nett und plauderten mit Richard, wenn sie sein Essenstablett abräumten oder sein Bettzeug wechselten. Andere dagegen erinnerten sie eher an Gefängniswärter mit ihren leeren Augen und ihrer Aversion gegen ihre Pflichten und die Bewohner. Sie brachte ihnen oft kleine Geschenke mit, Gläser mit Marmelade, Kürbis aus ihrem Garten, frische Tomaten und Peperoni. Sie hoffte, dass diese kleinen Gaben für sich sprachen, auch wenn sie nicht all ihre Worte verstanden, wenn sie sich bei ihnen bedankte, weil sie sich so gut um ihren Bruder kümmerten. Manchmal, wenn sie nachts wach lag, betete sie, dass diese Menschen geduldig und nett wären, oder zumindest nicht gehässig. Dass sie freundlich blieben, wenn sie ihm den Kot von den Beinen wischten, und ihn festhielten, wenn er duschte. Dass sie nett waren, während sie eine Aufgabe erledigen, die sie hassten, und das für ein Gehalt, von dem sie nicht leben konnten. Sie fragte sich oft, ob irgendjemand wirklich so nett sein konnte.

Richard war an diesem Donnerstag nicht da. Also blieb sie neben dem Mann sitzen, der in seinem Körper lebte, zeigte ihm Fotos von ihren gemeinsamen Campingausflügen, ihrem ersten Schultag und von ihren Eltern. Er nickte und lächelte und meinte, das wären entzückende Fotos. Das war das Schlimmste, dass er trotz seiner Verwirrung immer noch liebenswürdig und höflich blieb. Sie blieb die eine Stunde, die sie immer bei ihm blieb, ganz gleich, wie herzzerreißend es auch war. Wenn niemand hinsah, ließ sie ihn einen Schluck von ihrem Kaffee trinken. Richard durfte keine Flüssigkeiten mehr zu sich nehmen. Alles, was er aß, war püriert, und seine Getränke waren zu einem Schleim verdickt, damit er die Flüssigkeit nicht einatmete. Das war eines der Probleme bei Alzheimer: Die Schluckmuskeln im hinteren Teil des Halses wurden schwächer, oder die Leute vergaßen einfach, wie man sie benutzte. Deshalb hatten die Ärzte Richard verboten, Kaffee zu trinken. Sarah widersetzte sich diesem Verbot. Er hatte seine Bücher verloren, durfte keine Pfeife mehr rauchen und konnte nicht mehr alleine laufen. Sein Kaffee war seine letzte kleine Freude in seinem Leben, und sie klammerte sich um seinetwillen daran. Sie brachte ihm jede Woche einen Becher und half ihm verstohlen dabei, ihn zu trinken, solange er noch heiß war. Er liebte es. Durch den Kaffee rang sie der Kreatur, die einst ihr großer, starker Bruder gewesen war, ein Lächeln ab.

Wenn der Becher leer war, ging sie nach Hause.

Lindas Verschwinden stand am nächsten Tag in der *Tacoma News Tribune*. Sarah las den Artikel. Sie hatten ein älteres Foto von ihr benutzt, das eine ruhige und kompetente Frau in einem nüchternen Hosenanzug zeigte. Sie fragte sich, ob sie das nur gemacht hatten, weil sie keinen Schnappschuss von einer alten Frau mit wilden Haaren gehabt hatten. Andererseits hatte niemand Fotos von dem Grinsen gemacht, mit dem sie die zehn Jahre alten Thompson-Zwillinge mit ihrem Gartenschlauch nass gespritzt hatte, weil die ihre Katze mit diesen großen Wasserpistolen beschossen hatten. Ebenso wenig gab es Aufnahmen von ihrem leisen Kichern, als sie Sarah um zwei morgens geweckt hatte und sie beide draußen herumgeschlichen waren und die Luft aus allen Reifen der Autos vor Marty Sobins Haus gelassen hatten, wo ihr minderjähriger Sohn ein Saufgelage veranstaltet hatte, als Marty unterwegs gewesen war. »Jetzt können sie nicht mehr betrunken Auto fahren«, hatte Linda zufrieden geflüstert. Das war die Linda von früher. Sarah erinnerte sich daran, wie sie breitbeinig mitten auf der Straße gestanden hatte, die Zähne zusammengebissen, und Marsha Bates dazu gezwungen hatte, eine Vollbremsung zu machen, damit sie sie nicht mit dem Jeep ihres Dads überfuhr. »Du fährst zu schnell für diese Gegend. Das nächste Mal sage ich es deinen Eltern *und* den Cops.«

Es war die Linda, die ein Barbecue zur Feier des vierten Juli gegeben hatte und in deren Haus sich die Teenager freiwillig versammelt hatten. Ihre Weihnachtsbeleuchtung war immer die erste, die brannte, und die letzte, die abgebaut wurde, und ihre Halloween-Laternen waren die größten auf der ganzen Straße. Diese Linda hatte gewusst, wie man einen Generator für die Außenbeleuchtung beim Fußball-Picknick anlassen musste. Und nach dem großen Eissturm vor zwölf Jahren hatte sie ihre Kettensäge geholt und den Baum zersägt, der quer über die Straße gefallen war. Weil die Stadtverwaltung meinte, in den nächsten drei Tagen könne niemand kommen und ihnen helfen. Russ hatte die Fenster aufgerissen und geschrien: »Passt auf, Leute! Da kommt eine verrückte Norwegerin mit einer Kettensäge!« Sie hatten alle stolz gelacht. Sie waren so stolz, dass sie alleine zurechtkamen. Diese Linda und auch die sonderliche alte Frau, zu der sie geworden war, waren jetzt beide verschwunden.

Ihre Familie hängte überall Plakate auf. Die Polizei kam mit einem Spürhund. Robbie kam zu Besuch und fragte sie, was sie in dieser Nacht gesehen hatte. Es fiel ihr schwer, ihm in die Augen zu sehen und zu erklären, warum sie die Polizei nicht gerufen hatte. »Ich habe bei euch zu Hause angerufen. Zweimal. Ich habe das Telefon zwanzigmal klingeln lassen.«

»Wir stellen die Klingel nachts ab«, erwiderte er bedrückt. Er war schon ein recht korpulenter Junge gewesen, als er im Fußballteam den Torwart gespielt hatte. Jetzt war er einfach nur noch fett. Ein fetter, müder Mann mit einer problematischen Mutter, die jetzt zu einer verschwundenen Mutter geworden war. Irgendwie muss das fast eine Erleichterung für ihn sein, dachte Sarah und biss sich dann auf die Zunge, damit sie es nicht laut sagte.

Die Tage verstrichen, und die Nächte wurden kühler und regnerischer. Niemand hatte auch nur eine Spur von Linda gesehen. Sie konnte zu Fuß doch nicht sehr weit gekommen sein. Hatte jemand sie mitgenommen? Was konnte schon jemand von einer dementen alten Frau mit einem Baseballschläger wollen? Lag sie irgendwo tot in den Brombeeren irgendeines überwucherten Grundstücks? Oder trampte sie per Anhalter über den Highway 99? Hockte sie irgendwo hungrig und verfroren herum?

Wenn Sarah jetzt mitten in der Nacht aufwachte, hielten ihre Schuldgefühle sie bis zum Morgengrauen wach. Es war schrecklich, wach zu sein, bevor die Zeitung kam und bevor sie Kaffee aufbrühen konnte. Sie saß dann an ihrem Tisch und starrte in den Herbstmond. »Jungen und Mädchen, kommt heraus und spielt«, flüsterte sie sich zu. Dass sie um diese Zeit wach war, bekümmerte Sarge. Der pummelige Beagle saß neben ihrem Stuhl und beobachtete sie mit seinen melancholischen Hundeaugen. Er vermisste Russ. Er war Russ' Hund gewesen, und nachdem Russ gestorben war, war der Hund verdrießlich geworden. Sie hatte das Gefühl, als wartete er einfach nur darauf, ebenfalls zu sterben.

Tat sie das nicht auch?

Nein. Natürlich nicht! Sie hatte ihr Leben, ihre Termine. Sie hatte ihre Morgenzeitung, musste sich um ihren Garten kümmern, ihre Lebensmittel einkaufen und abends fernsehen. Sie hatte Alex und Sandy, selbst wenn Sandy auf der anderen Seite der Berge lebte. Sie hatte ihr Haus, ihren Garten, ihren Hund und andere wichtige Dinge.

Um Viertel nach vier an einem dunklen Septembermorgen fiel es ihr jedoch schwer, sich daran zu erinnern, was diese anderen wichtigen Dinge waren. Der unaufhörlich prasselnde Regen war Stille und Bodennebel gewichen. Sie hatte in der Zeitung vom Vortag gerade das Sudoku angefangen, ein dummes Rätsel, nur Logik und keine Schlauheit, als Sarge sich umdrehte und stumm zur Hintertür blickte.

Sie schaltete das Licht in der Küche aus und warf einen Blick durch das Fenster der Hintertür. Es war so dunkel auf der Straße! In keinem der Häuser brannte Licht. Sie betätigte den Schalter der Lampe auf der Veranda, aber die Birne war immer noch kaputt. Irgendjemand war dort draußen; sie hörte Stimmen. Sie legte die Hände um das Gesicht und schob es dichter ans Glas. Sie konnte immer noch nichts sehen. Leise öffnete sie die Tür und trat lautlos nach draußen.

Es waren fünf junge Männer. Drei von ihnen gingen nebeneinander voraus, zwei folgten. Sie kannte keinen von ihnen, aber sie sahen auch nicht so aus, als kämen sie aus ihrem Viertel. Die Teenager schlichen in schweren Mänteln und offenen Arbeitsstiefeln über die Straße wie ein Rudel

Hunde, während ihre Blicke von links nach rechts zuckten. Sie hatten Rucksäcke dabei. Der Anführer deutete auf einen alten Pick-up, der gegenüber parkte. Sie hielten darauf zu, warfen einen Blick auf die Ladepritsche und checkten, ob die Türen abgeschlossen waren. Einer warf einen Blick durch das Seitenfenster und sagte etwas. Ein anderer hob einen abgebrochenen Ast von der Straße und schlug damit gegen die Windschutzscheibe. Der morsche Ast zerbrach in mehrere Stücke und fiel auf die von Laub übersäte Straße. Die anderen lachten ihn aus und gingen weiter. Aber der junge Vandale war hartnäckig. Als er auf die Pritsche des Pick-ups kletterte, um die Heckscheibe einzutreten, starrte Hello Kitty auf seinem Rucksack sie an.

Ihr Herz schlug ihr bis zum Hals. Zufall, sagte sie sich. Er war einfach nur ein jugendlicher Macho, der aus Ironie einen Hello-Kitty-Rucksack trug. Es hatte nichts anderes zu bedeuten, nur das.

Doch, hatte es wohl.

Sie war froh, dass die Birne auf ihrer Veranda kaputt war und sie das Licht in der Küche gelöscht hatte. Sie ging leise wieder hinein, schob die Tür fest zu und holte ihr Telefon. Sie wählte 911 und zuckte bei jedem Piepton zusammen. Würde er sie hören? Es klingelte dreimal, bevor die Vermittlung den Anruf annahm. »Polizei oder Feuerwehr?«, wollte die Frau wissen.

»Polizei. Da versuchen Männer einen Pick-up aufzubrechen, der vor meinem Haus parkt. Und einer trägt einen pinkfarbenen Rucksack, wie ihn meine Freundin in der Nacht getragen hat, in der sie...«

»Immer langsam, Ma'am. Bitte erst Namen und Adresse.«

Sie ratterte beides herunter.

»Können Sie die Männer beschreiben?«

»Es ist dunkel, und das Licht auf meiner Veranda ist kaputt. Ich bin allein. Sie sollen nicht merken, dass ich sie beobachte und Sie anrufe.«

»Wie viele Männer sind es? Können Sie mir vielleicht eine ungefähre Beschreibung geben?«

»Kommt die Polizei?« Sie war plötzlich wütend über all diese nutzlosen Fragen.

»Ja. Ich habe jemanden losgeschickt. Also, bitte sagen Sie mir so viel über die Männer, wie Sie können.«

Sie ging zur Tür und warf einen Blick nach draußen. Er war fort. Dann sah sie sich auf der Straße um, aber es war zu neblig, um etwas zu erkennen. »Sie sind weg.«

»Sind Sie die Besitzerin des Fahrzeugs, das die Männer versucht haben aufzubrechen?«

»Nein. Aber das Wichtige ist, dass einer von ihnen einen pinkfarbenen Rucksack getragen hat, genauso einen wie den, den meine Freundin trug, als sie verschwunden ist.«

»Ich verstehe.« Sarah war sicher, dass die Frau in der Vermittlung ganz und gar nicht verstand. »Ma'am, es handelt sich hier nicht um einen akuten Notfall. Wir schicken Ihnen einen Officer, aber er kommt vielleicht nicht sofort...«

»Gut.« Sie legte auf. Wie dumm. Sie ging zur Tür und warf erneut einen Blick nach draußen. In der Kommode oben im Schlafzimmer lag unter Russ' Arbeitshemden eine Pistole, eine kleine schwarze .22er, mit der sie schon seit Jahren nicht mehr geschossen hatte. Statt sie zu holen, nahm sie ihre lange, schwere Taschenlampe aus der untersten Schublade und trat hinaus auf die Veranda. Sarge folgte ihr. Sie ging leise zum Zaun, schaltete die Taschenlampe an und richtete sie auf den alten Pick-up. Der Strahl reichte kaum bis dorthin. Dann leuchtete sie über die Straße, aber der Nebel verschluckte das Licht. Sie konnte nichts erkennen. Sie ging zusammen mit dem Hund ins Haus zurück, verschloss die Tür, ließ aber das Licht in der Küche an und ging dann wieder ins Bett. Schlafen konnte sie nicht.

Der Officer kam erst um halb elf. Das konnte sie verstehen. Tacoma war eine gewalttätige kleine Stadt; sie mussten zuerst auf die Anrufe reagieren, bei denen gemeldet wurde, dass Menschen tatsächlich in Gefahr waren. Der Beamte kam, nahm ihre Aussage auf und gab ihr eine Aktennummer. Der Pick-up war verschwunden. Nein, sie wusste nicht, wem er gehörte. Fünf junge Männer, um die zwanzig, vielleicht ein bisschen jünger, unordentlich gekleidet, und dann der eine mit dem pinkfarbenen Rucksack. Sie weigerte sich, ihre Größe oder ihre Hautfarbe zu schätzen. Es war zu dunkel gewesen. »Aber Sie haben den Rucksack deutlich erkannt?«

Das hatte sie. Und sie war sich auch sicher, dass es der gleiche Rucksack war wie der, den Linda getragen hatte.

Der Officer nickte und notierte es. Dann stützte er sich auf ihren Küchentisch und warf einen Blick aus dem Fenster. Er runzelte die Stirn. »Ma'am, Sie haben gesagt, er hätte auf das Fenster mit einem heruntergefallenen Ast eingeschlagen, der in mehrere Stücke zerbrochen ist?«

»Das stimmt. Aber ich glaube nicht, dass das Fenster kaputtgegangen ist.«

»Ma'am, da draußen liegen keine Äste. Und es liegen auch keine Holzstücke auf der Straße.« Er betrachtete sie mitleidig. »Ist es möglich, dass Sie das nur geträumt haben? Weil Sie sich um Ihre Freundin Sorgen gemacht haben?«

Sie hätte ihn am liebsten angespuckt. »Da ist die Taschenlampe, die ich benutzt habe. Sie liegt immer noch auf dem Tresen, wo ich sie hingelegt habe.«

Seine Brauen berührten sich fast. »Aber Sie sagten, es wäre dunkel gewesen und Sie hätten nichts sehen können.«

»Ich bin mit der Taschenlampe hinausgegangen, *nachdem* ich das Gespräch mit 911 beendet hatte. Um herauszufinden, ob ich sehen konnte, wohin sie gegangen waren.«

»Verstehe. Gut. Danke, dass Sie uns angerufen haben.«

Nachdem er verschwunden war, ging sie nach draußen. Sie überquerte die Straße und lief dorthin, wo der Pick-up geparkt hatte. Dort lagen keine Holzstücke auf dem Boden. Es lagen nicht einmal Blätter in der Gosse. Ihr neuer Nachbar hatte einen Tick, was seinen Rasen anging. Er war so gepflegt wie ein Kunstrasen auf einem Spielfeld. Die Gosse war so sauber, als hätte er dort gesaugt. Sie runzelte die Stirn. Noch gestern Nacht hatten dort Blätter geraschelt, als der Wind wehte, und es hatte eindeutig ein großer, schwerer, verfaulter Ast auf der Straße gelegen. Aber die jungen Apfelbäume auf seinem Pflanzbeet waren kaum größer als ein Besenstiel. Sie waren viel zu klein, als dass ihnen ein solcher Ast hätte wachsen, geschweige denn dass sie ihn hätten abwerfen können.

Sarah ging wieder zurück ins Haus. Sie weinte ein bisschen, machte sich dann eine Tasse Tee und war erleichtert, dass sie Alex deswegen nicht angerufen hatte. Dann machte sie eine Liste von Arbeiten, die sie noch erledigen konnte: Wäsche waschen, sie konnte die Rosen schneiden, die letzten grünen Tomaten pflücken und ein Chutney daraus machen. Schließlich ging sie nach oben und machte ein Nickerchen.

Nach drei Wochen redete keiner in der Nachbarschaft mehr über Linda. Ihr Gesicht lächelte immer noch von einem »Verschwunden«-Plakat herunter, das im Safeway neben dem Pharmazietresen hing. Dort traf Sarah Maureen, die Pillen für Hugh kaufte. Sie gingen in einen Coffee-Shop und überlegten, was wohl aus Linda geworden war. Dann redeten sie von früher, von den Fußballspielen, wie sie ihren Männern Smokings für die Proms geliehen hatten und wie Linda Hughs Lieferwagen kurzgeschlossen hatte, als niemand die Schlüssel finden konnte. Sie lachten viel und weinten ein bisschen und arbeiteten sich allmählich zur Gegenwart vor. Dann verkündete Maureen ihre Neuigkeiten. Hugh »hält sich wacker«. Wie Maureen es sagte, klang es, als wäre aufrecht in seinem Bett zu sitzen alles, was Hugh wollte. Maureen lud sie ein, die Äpfel von ihrem Baum im Garten zu pflücken. »Ich habe keine Zeit, irgendetwas damit zu machen, und es sind mehr, als wir essen können. Ich finde es schrecklich zuzusehen, wie sie herunterfallen und verfaulen.«

Es fühlte sich gut an, Kaffee zu trinken und sich zu unterhalten, und jetzt begriff Sarah, wie lange sie schon nicht mehr unter Menschen gegangen war. Sie dachte noch am nächsten Morgen darüber nach, als sie die Post auf ihrem Tisch durchsah. Eine Stromrechnung, eine Broschüre für eine Pflegeversicherung, eine Broschüre von der AARP, der amerikanischen Rentner-Vereinigung, und zwei Broschüren von Seniorenheimen. Sie legte die Rechnung auf die Seite und stopfte den Rest in die Morgenzeitung, um ihn zum Papiermüll zu bringen. Sie nahm einen Korb und wollte gerade losgehen, um Maureens Apfelbaum zu plündern, als Alex hereinkam. Er setzte sich an den Tisch, und sie machte den restlichen Kaffee für ihn in der Mikrowelle heiß.

»Ich musste wegen eines Seminars nach Tacoma und dachte, ich komme mal vorbei. Und ich wollte dich daran erinnern, dass die zweite Hälfte der Grundsteuer Ende dieses Monats fällig ist. Hast du sie schon bezahlt?«

»Nein. Aber sie liegt auf meinem Schreibtisch.« Das stimmte. Sie lag auf ihrem Schreibtisch. Irgendwo.

Sie sah, wie er einen Blick auf die Broschüren von den Altersheimen warf. »Das ist nur Werbung«, sagte sie. »Seit dein Dad uns bei der AARP eingetragen hat, bekommen wir solche Sachen.«

»Tatsächlich?« Er wirkte ein bisschen beschämt. »Ich dachte, du bekämst sie, weil ich sie gebeten hatte, sie dir zu schicken. Ich dachte, du würdest dir die Prospekte vielleicht ansehen und wir könnten darüber reden.«

»Worüber? Über Recycling?« Ihre Stimme klang härter, als sie beabsichtigt hatte. Alex hatte seine starrsinnige Miene aufgesetzt. *Ich will keinen Brokkoli essen – niemals!* Und er würde dieses Gespräch mit ihr führen, ganz gleich, was sie dazu sagte. Sie gab einen Löffel Zucker in ihren Kaffee und rührte um, während sie sich auf eine unerfreuliche halbe Stunde einrichtete.

»Mom, wir müssen den Tatsachen ins Gesicht sehen.« Er

faltete seine Hände auf dem Rand des Tisches. »Die Steuern sind fällig; die zweite Hälfte beläuft sich auf siebenhundert Dollar. Die Hausversicherung ist im November fällig. Die Ölpreise steigen, und wir müssen die Heizkostenabrechnung für den Winter zahlen. Dieses Haus ist nicht gerade besonders energieeffizient.« Er redete, als wäre sie ebenso dumm wie alt.

»Ich ziehe einen Pullover an und nehme den kleinen Heizstrahler mit in jedes Zimmer. So wie ich es letztes Jahr gemacht habe. Das ist die wirkungsvollste Art, ein Haus warm zu halten…« Sie trank einen Schluck Kaffee.

Er legte die Hände flach auf den Tisch. »Schön. So lange, bis wir im ganzen Haus Schimmel haben wegen der Feuchtigkeit, die aus dem unbeheizten Keller aufsteigt. Mom, das Haus hat drei Schlafzimmer und zwei Bäder, und du benutzt höchstens vier Räume. Die einzige Badewanne ist oben, und die Waschmaschine ist im Keller. Das heißt, du musst jeden Tag sehr viele Treppen steigen. Der Sicherungskasten hätte schon vor Jahren ausgetauscht werden müssen. Der Kühlschrank braucht eine neue Dichtung. Der Teppich im Wohnzimmer über den Fliesen ist vollkommen verschlissen.«

Das alles wusste sie selbst. Sie versuchte, möglichst beiläufig zu reagieren. »Und auf der hinteren Veranda ist die Birne durchgebrannt. Vergiss das nicht!«

Er sah sie scharf an. »Wenn die Birke ihre Blätter abwirft, müssen wir sie vom Rasen kehren und sie aus den Regenrinnen holen. Und nächstes Jahr braucht das Haus einen neuen Anstrich.«

Sie presste die Lippen zusammen. Das stimmte, es stimmte alles. »Ich werde die Probleme angehen, wenn sie sich stellen«, sagte sie, statt ihm zu empfehlen, sich gefälligst um seine eigenen Angelegenheiten zu kümmern.

Er stützte die Ellbogen auf den Tisch und legte seine Hand auf die Stirn. Er sah sie nicht an. »Mom, das bedeutet, dass du mich anrufen wirst, wenn du den Berg von Blättern nicht in die Grüntonne heben kannst. Oder wenn die Regenrinnen so verstopft sind, dass das Wasser über die Hauswände läuft. Du kannst dieses Haus nicht alleine erhalten. Ich will dir ja helfen. Aber irgendwie rufst du ausgerechnet immer dann an, wenn ich gerade eine Präsentation vorbereite oder mein eigenes Laub zusammenkehre.«

Sie starrte Alex bestürzt an. »Ich... Dann komm doch einfach nicht, wenn du so beschäftigt bist! Niemand stirbt an verstopften Regenrinnen oder Laub auf dem Rasen.« Erst schämte sie sich, dann wurde sie wütend. Wie konnte er es wagen, sich zum Märtyrer ihrer Bedürfnisse zu machen? Wie konnte er es wagen, sich zu benehmen, als wäre sie eine Bürde? Sie hatte ihn gefragt, ob er Zeit hatte, ihr zu helfen, sie hatte nicht von ihm verlangt, dass er kam.

»Du bist meine Mutter«, sagte er, als brächte das eine unwiderrufliche Pflicht mit sich, der niemand entkommen konnte. »Was sollen die Leute denken, wenn ich zulasse, dass das Haus um dich herum zusammenfällt? Außerdem ist dieses Haus dein wertvollster Besitz. Es muss erhalten werden. Und wenn wir es nicht erhalten können, müssen wir es verkaufen und dir etwas besorgen, mit dem du zurechtkommst. Eine Rentnerwohnung. Oder betreutes Wohnen.«

»Alex, das hier ist mein *Heim* und nicht mein wertvollster...«

Alex hob rasch die Hand. »Mom. Lass mich ausreden. Ich habe heute nicht viel Zeit. Ich möchte dir nur Folgendes sagen: Wir reden hier nicht über ein Pflegeheim. Ich weiß, wie sehr du es hasst, Onkel Richard zu besuchen. Nein, ich spreche von einem Platz, der dir gehört und eine Menge Vorzüge hat, ohne die Arbeit, die ein eigenes Haus macht. Das hier, zum Beispiel.« Er tippte mit dem Finger auf eine Broschüre und zog sie aus dem Stapel mit der Werbung. »Es liegt in Olympia. Auf dem Wasser. Sie haben einen eigenen Pier und Boote, die die Bewohner benutzen können. Du kannst dich mit anderen Menschen anfreunden und angeln gehen.«

Sie lächelte gezwungen und versuchte darüber zu scherzen. »Ich kann das Laub nicht zusammenrechen, aber du glaubst, ich könnte ein Boot rudern?«

»Du musst ja nicht fischen gehen.« Sie hatte ihn verärgert, den Traum platzen lassen, dass seine Mom glücklich in einem kleinen Terrarium am Wasser hockte. »Ich sage nur, dass du es tun könntest und dass diese Wohnanlage alle möglichen Vorzüge hat. Zum Beispiel einen Pool. Ein Gymnastikstudio. Und einen täglichen Shuttleservice zum Lebensmittelladen. Du könntest dein Leben wieder genießen.« Er war so ernst. »Das Badezimmer hat eine Sicherheitseinrichtung. Wenn du fällst, ziehst du an einer Schnur und wirst vierundzwanzig Stunden am Tag sofort mit jemandem verbunden, der dir hilft. Es gibt einen Speisesaal, so dass du nicht kochen musst, wenn du es mal nicht möchtest. Sie haben ein Activity-Center mit einem Kinosaal. Sie veranstalten Spielabende und Barbecues und …«

»Das klingt wie ein Sommercamp für alte Knacker«, unterbrach sie ihn.

Einen Moment war er sprachlos. »Ich wollte nur, dass du dich über die Möglichkeiten informierst«, sagte er steif. »Wenn dir das nicht gefällt, gut. Es gibt auch andere Orte, einfache Wohnungen, die für ältere Menschen geeignet sind. Da sind alle Räume auf einer Ebene, in den Badezimmern gibt es Haltestangen, und die Flure sind breit genug für Gehhilfen. Ich dachte nur, dass du vielleicht etwas Schöneres lieber hättest.«

»Ich habe etwas Schöneres. Mein eigenes Haus. Und außerdem könnte ich mir so einen Platz gar nicht leisten.«

»Wenn du dieses Haus verkaufen würdest …«

»Bei der jetzigen Marktlage? Ha!«

»Du könntest es vermieten.«

Sie warf ihm einen finsteren Blick zu.

»Es würde funktionieren. Eine Hausverwaltung würde es für einen geringen Prozentsatz übernehmen. Das machen ganz viele Leute. Hör zu, ich habe heute keine Zeit, lange mit dir zu diskutieren. Zum Teufel, ich habe eigentlich überhaupt keine Zeit, das mit dir zu diskutieren! Und genau das ist das Thema. Ich habe einfach nicht mehr die Zeit, jeden Tag hierherzukommen. Ich liebe dich, aber du musst es mir ermöglichen, dass ich mich um dich kümmern und trotzdem mein eigenes Leben führen kann! Ich habe eine Frau und Kinder; sie brauchen meine Zeit genauso wie du. Ich kann nicht arbeiten und gleichzeitig zwei Haushalte führen. Das kann ich einfach nicht.«

Er war jetzt wütend, was ihr nur zeigte, dass er kurz davor war zusammenzubrechen. Sie blickte auf den Boden. Sarge lag unter dem Tisch. Er sah sie mit seinen traurigen braunen Augen an. »Und Sarge?«, fragte sie leise.

Er seufzte. »Mom, er wird allmählich alt. Du solltest dir ernsthaft Gedanken darüber machen, was wohl das Beste für ihn wäre.«

An diesem Nachmittag holte sie die Trittleiter heraus und wechselte die Glühbirne in der Lampe der Veranda. Dann schleppte sie die Aluminiumleiter aus der Garage, stellte sie auf, holte den Gartenschlauch, kletterte auf das verfluchte Ding und spritzte die Regenrinnen an der Garagenfront sauber. Dann kehrte sie die nassen Blätter und den Abfall auf einer Plane zusammen, zerrte sie zum Rand ihres Gemüsebeets und leerte sie dort aus. Kompost. Das war einfacher, als mit der Grüntonne zu kämpfen.

Sie wachte am nächsten Morgen um zehn auf statt um sechs, und ihr ganzer Körper tat weh. Es war bewölkt. Sarges Jaulen hatte sie geweckt. Er musste raus. Es fiel ihr schwer, aus dem Bett zu steigen. Sie warf sich ihren Morgenmantel über und stützte sich schwer auf das Geländer, als sie die Treppe hinabging. Dann ließ sie Sarge hinaus in den nebligen Garten, suchte ihre Schmerztabletten und schaltete die

Kaffeemaschine an. »Ich werde das so lange machen, bis ich es nicht mehr kann«, erklärte sie entschlossen. »Ich verlasse mein Haus nicht.«

Die Zeitung lag auf der Matte vor der Tür. Als sie sich wieder aufrichtete, sah sie sich um und zuckte bei dem Anblick zusammen. Als Russ und sie hergezogen waren, war das hier ein lebhaftes, aufstrebendes Viertel gewesen mit grünen Rasenflächen, die den ganzen Sommer über gemäht wurden, wo die Häuser regelmäßig wie ein Uhrwerk neu gestrichen und die Blumenbeete sorgsam gepflegt wurden.

Jetzt blieben ihre Blicke an einer herunterhängenden Regenrinne an der Ecke des alten McPherson-Hauses hängen. Ein Stück weiter hing ein abgebrochener Ast von der Trauerweide, die Alice Carters ganzer Stolz gewesen war. Ihr Laub war vollkommen vertrocknet. Und ihr Rasen war auch tot. Auf der Sonnenseite des Hauses blätterte die Farbe ab. Wann war das hier alles so heruntergekommen? Sie atmete schneller. Das war nicht ihre Straße, so wie sie sich an sie erinnerte. Hatte Alex darüber geredet? War ihre Vergesslichkeit schon so weit fortgeschritten? Sie drückte die Zeitung an ihre Brust und ging zurück ins Haus.

Sarge kratzte an der Hintertür. Sie öffnete sie und blieb dann stehen, während sie über den Zaun hinwegblickte. Der Pick-up war wieder da. Rot und verrostet mit platten Reifen und Algen auf der Fensterscheibe. Die Stücke des zerbrochenen Astes lagen immer noch auf der Straße. Der Wind hatte das trockene Laub dagegen geweht. Langsam und mit hämmerndem Herzen hob sie den Blick zu den knorrigen Apfelbäumen, die aus den besenstielgroßen Setzlingen aus ihrer Erinnerung geworden waren. »Das kann nicht sein«, sagte sie zu dem Hund.

Sie humpelte steif die Stufen hinunter, gefolgt von Sarge. Dann ging sie zwischen ihren Rosen hindurch zum Zaun und spähte durch die Nebelschwaden. Nichts änderte sich.

Je genauer sie die ihr vertraute Nachbarschaft musterte, desto fremder erschien sie ihr. Zerbrochene Fenster. Schornsteine, an denen Ziegelsteine fehlten, vertrocknete Rasenflächen, ein zusammengebrochener Carport. Ein rhythmisches Geräusch veranlasste sie, den Kopf zu drehen. Der Mann schritt die Straße entlang, wirbelte mit seinen Stiefeln Laub auf und hatte einen pinkfarbenen Rucksack geschultert. Den Aluminium-Baseballschläger trug er quer vor dem Körper, die rechte Hand am Griff und mit der Linken das obere Ende umfassend. Sarge knurrte leise. Sarah brachte keinen Laut heraus.

Er sah sie nicht einmal an. Als er den Pick-up erreicht hatte, spreizte er die Beine und nahm Maß. Dann schlug er mit dem Schläger gegen das Fenster an der Fahrerseite. Das Glas hielt. Er schlug erneut zu, dann noch einmal, bis sich ein feines Netz aus Rissen zeigte, ein knisternder Vorhang aus Sicherheitsglas. Er drehte den Schläger herum und stieß mit dem Griff das Glas ins Innere des Wagens. Er griff hinein, öffnete die Tür und riss sie auf.

»Wo ist Linda? Was haben Sie mit ihr gemacht?«

Ganz sicher hatte jemand anders diese mutigen Worte gerufen. Der Mann erstarrte. Er hatte gerade angefangen, das Fahrerhaus zu durchsuchen. Er richtete sich auf und fuhr mit erhobenem Schläger herum. Sarah wurden die Knie weich, und sie umklammerte den Rand des Zauns, damit sie nicht zusammensackte. Der Mann, der sie da so finster ansah, war nicht mal zwanzig Jahre alt. Die Arbeitsstiefel hatten keine Schnürsenkel und schienen zu groß zu sein, ebenso wie die unförmige Segeltuchjacke, die er trug. Sein Haar und sein zotteliger Bart wirkten ungepflegt. Er sah sich auf der Straße um. Sein Blick glitt an ihr und ihrem knurrenden Hund vorbei, ohne innezuhalten, als er sich nach Zeugen umsah. Sie bemerkte, wie seine Brust sich hob und senkte; seine Muskeln waren angespannt.

Sie starrte ihn an und wartete darauf, dass er sie ansprach.

Ich hätte das Telefon mitnehmen sollen. Oder im Haus 911 anrufen sollen. Dummes altes Weib! Man wird mich tot in meinem Garten finden, und keiner wird wissen, was passiert ist.

Aber er sprach sie nicht an. Seine Schultern sanken langsam wieder herunter. Sie blieb stehen, wo sie war, aber er sah nicht einmal zu ihr hin. Offenbar war sie es nicht mal wert, dass er ihr seine Aufmerksamkeit schenkte. Er drehte sich wieder zu dem Fahrerhaus des Pick-ups um und beugte sich hinein.

»Sarge, komm rein, Junge. Komm mit.« Sie trat leise vom Zaun zurück. Der Hund blieb, wo er war, den Schwanz hoch in der Luft, mit steifen Beinen, vollkommen auf den Eindringling auf seiner Straße konzentriert. Die Sonne musste hinter einer dichten Wolkendecke verschwunden sein, denn es wurde grauer, und der Nebel wurde dichter, bis sie ihren Zaun kaum noch erkennen konnte. »Sarge!«, rief sie drängender. Als der Hund die Sorge in ihrer Stimme hörte, knurrte er noch lauter.

Der Dieb auf der Straße trat von dem Pick-up zurück. Er hielt eine Werkzeugtasche aus Segeltuch in der Hand. Er durchwühlte sie, und ein Schraubenschlüssel fiel heraus. Er landete mit einem metallischen Klirren auf dem Asphalt, und Sarge bellte plötzlich. Sein kurzes, drahtiges Haar sträubte sich auf seinem Rücken. Der Mann auf der Straße wirbelte herum und starrte den Hund direkt an. Dann runzelte er die Stirn, beugte sich vor und betrachtete ihn genauer. Der fette Beagle kläffte erneut, und als der Mann seinen Schläger hob, griff Sarge ihn knurrend an.

Der Zaun hielt ihn nicht auf.

Sarah beobachtete ungläubig, wie Sarge in dem wogenden Nebel verschwand, auf der Straße jenseits ihres Zauns auftauchte und wie verrückt kläffte. Der Mann bückte sich, hob ein Stück des verfaulten Astes auf und warf es nach Sarge. Sie glaubte nicht, dass das Holz ihn getroffen hatte, aber der Beagle wich jaulend zurück. »Lass meinen Hund in

Ruhe!«, schrie sie den Mann an. »Ich habe die Polizei gerufen! Sie sind unterwegs!«

Er hatte nur Augen für den Hund. Sarge bellte erneut, verteidigte lautstark sein Revier. Dann riss der Dieb einen Schraubenschlüssel aus dem Werkzeugbeutel und warf ihn. Diesmal hörte sie das dumpfe Geräusch, als das Metall den Hund traf. Sarges Jaulen, als er flüchtete, war das eines verletzten Tieres. »Sarge! Sarge, komm zurück! Du Mistkerl! Du verdammter Mistkerl, lass meinen Hund in Ruhe!« Der Mann verfolgte ihn, den Schläger hoch erhoben.

Sarah lief ins Haus, schnappte sich ihr Telefon, wählte den Notruf und lief wieder nach draußen. Es klingelte... »Sarge!«, schrie sie, während sie sich mit dem Schloss des Zauntors abmühte und auf die leere Straße trat.

Sie war leer.

Kein Pick-up. Keine heruntergefallenen Äste oder Blätter. Eine Nebelbank unter den Bäumen am Grüngürtel am Ende der Straße löste sich auf, als die Sonne durch die Wolken brach. Sie stand in einem ordentlichen, städtischen Vorort mit gemähten Rasenflächen und sauber gefegten Bürgersteigen. Nirgendwo war eine zerschmetterte Fensterscheibe oder ein schäbiger Dieb zu sehen. Sie drückte hastig die Austaste an ihrem Telefon. Ebenso wenig sah sie einen Beagle. »Sarge!«, rief sie erneut, und ihre Stimme brach, als sie den Namen ausstieß. Aber er war verschwunden, genauso wie alles andere, was sie gesehen hatte.

Das Telefon in ihrer Hand klingelte.

Ihre Stimme zitterte, als sie der Telefonistin in der Vermittlungszentrale der Polizei versicherte, dass alles in Ordnung wäre, dass sie das Telefon aus Versehen hätte fallen lassen und den Notruf ausgelöst hätte, als sie es wieder aufhob. Nein, es bräuchte niemand vorbeizukommen, es ginge ihr gut.

Sie setzte sich an den Küchentisch und starrte auf die Straße. Sie weinte zwei Stunden lang. Sie weinte, weil ihr

Verstand allmählich nachließ, sie weinte, weil Sarge gegangen war, sie weinte, weil ihr Leben ihr allmählich aus den Händen glitt. Sie weinte, weil sie in einer fremden Welt alleine war. Sie holte die Broschüren über das betreute Wohnen aus der Recyclingtonne, las sie und weinte, als sie sah, dass im Alzheimer-Flügel die Türen mit Alarmmeldern gesichert waren. »Alles, aber nur das nicht, Gott«, flehte sie und dachte dann an die Schlaftabletten, die der Arzt ihr verschrieben hatte, als Russ gestorben war. Sie hatte das Rezept nie eingelöst. Sie sah in ihrer Handtasche nach. Es war nicht mehr da.

Sie ging nach oben und öffnete die Schublade. Sie betrachtete die Pistole und erinnerte sich daran, als Russ ihr gezeigt hatte, wie der Hebel funktionierte und sie Munition in das Magazin füllen konnte. Sie hatten auf Blechdosen in einer Kiesgrube geschossen. Das war schon Jahre her. Aber die Pistole war immer noch da, und als sie den Hebel drückte, fiel ihr das Magazin in die Hand. Neben der Waffe lag eine bernsteingelbe Plastikschachtel mit Munition, die überraschend schwer war. Sie enthielt fünfzig Patronen. Sie betrachtete sie und dachte an Russ und daran, wie sehr sie spürte, dass er aus ihrem Leben verschwunden war.

Dann legte sie die Waffe wieder zurück, nahm ihren Korb und machte sich auf den Weg, um Maureens Äpfel zu pflücken. Wahrscheinlich waren Hugh und sie ohnehin nicht zu Hause, sondern im Krankenhaus in Seattle. Sarah füllte ihren Korb mit den schweren Äpfeln und schleppte ihn nach Hause. Sie überlegte, was sie daraus machen sollte. Gläser mit Apfelmus, Gläser mit Apfelringen, gewürzt und rot gefärbt mit Red Hots Sugar. Leere Einmachgläser warteten auf sie, Glas an Glas, direkt neben dem alten Einmachkocher aus Emaille und dem alten Dampfdruckkochtopf. Sie stand in der Küche, blickte zu den Gläsern hoch und dann auf die Äpfel auf dem Tresen. Für wen sollte sie sie einmachen? Wer würde schon noch irgendwelchen Lebensmitteln trauen, die sie einmachte? Genauso gut konnte sie die Äpfel einfach nur verschenken.

Sie schloss die Schränke. Es war vorbei. Einmachen war ebenso vorbei wie Tanzen, Sticken oder Sex. Es war sinnlos, darüber nachzugrübeln.

Sie wusch und polierte ein halbes Dutzend Äpfel, legte sie mit einer späten Dahlie in einen hübschen Korb und machte sich auf den Weg zu Richard. Sie ließ den Korb mit einem kleinen Dankschreiben an die Schwestern auf dem Tresen stehen und ging mit dem Becher Kaffee zu Richard. Sie ließ ihn daran nippen und erzählte ihm alles, vom Nebel, von Lindas Verschwinden und dem Mann mit ihrem Rucksack. Er beobachtete ihr Gesicht und hörte der Geschichte zu, die sie niemand anderem erzählen konnte. Ein Anflug von Leben huschte über sein Gesicht, als er ihr den besten Rat gab, den ein Bruder ihr geben konnte. »Erschieß diesen Hundesohn.« Er schüttelte den Kopf und hustete. »Der arme alte Hund«, meinte er dann. »Aber wenigstens ist es schnell gegangen, was? Besser als ein langsamer Tod.« Er deutete mit der knorrigen, von Altersflecken übersäten Hand um sich. »Besser als das hier, Sal. Viel besser als das.«

Sie blieb an diesem Tag eine Stunde länger bei ihm. Dann fuhr sie mit dem Bus nach Hause und ging direkt ins Bett. Als sie um zwei Uhr früh aufwachte, wischte sie den Boden, säuberte das Badezimmer und buk sich selbst einen besonders schönen Apfel im Ofen. Der Duft nach Apfel, Zimt und braunem Zucker brachte sie zum Weinen. Sie aß ihn, während ihr die Tränen über die Wangen liefen.

Von dem Tag an verlor sie jegliche Beziehung zur Zeit. Da Sarge nicht mehr da war und von ihr verlangte, um sechs Uhr aufzustehen und ihn zu füttern, spielte es keine Rolle, wann sie aufstand, wann sie kochte, aß oder Blätter zusammenfegte. Die Zeitung wartete auf sie, Safeway hatte vierundzwanzig Stunden geöffnet, und sie wusste nie, welcher Tag ihr einen angenehmen Herbstnachmittag in einem ruhigen Viertel gewährte und welcher ihr eine neblige Welt mit verfallenen Häusern und rostenden Autos zeigte. Warum sollte sie nicht um ein Uhr morgens Lebensmittel kaufen oder die Morgenzeitung um zwanzig Uhr lesen, während sie ihr Abendessen aus der Mikrowelle verspeiste? Zeit spielte keine Rolle mehr.

Das ist das Geheimnis, dachte sie. Sie fragte sich, ob das allen alten Menschen widerfuhr, sobald sie begriffen, dass Zeit ihnen nichts mehr bedeutete. Sie ging immer häufiger absichtlich an nebligen Tagen hinaus, um in diese schreckliche andere Welt zu starren. Drei Tage nachdem Sarge verschwunden war, sah sie ein zerlumptes kleines Mädchen, das die niedrigeren Zweige eines überwucherten Apfelbaums schüttelte, wohl in der Hoffnung, die letzten, wurmstichigen Äpfel herunterzuholen. Es fiel keiner, aber das Mädchen gab nicht auf. Sarah ging wieder ins Haus zurück und holte den Korb mit den Äpfeln von Maureens Baum. Sie blieb in ihrem hinteren Garten stehen und warf sie über den Zaun, einen nach dem anderen. Sie rollte sie eher, als sie zu werfen, so wie sie früher Softbälle für ihre Kinder geworfen hatte. Die ersten drei Äpfel verschwanden einfach im Nebel. Als der dichter wurde, landete einer auf dem vermoosten braunen Rasen neben dem Kind. Das Mädchen stürzte sich auf den Apfel, sichtlich in dem Glauben, es hätte ihn vom Baum geschüttelt. Sarah warf ein halbes Dutzend weitere dicke rote Äpfel dorthin. Sie waren gespritzt, gewässert und reif. Bei jedem Apfel wuchs das Entzücken des Kindes. Es setzte sich unter den Baum, zog die Knie an die Brust, um sich zu wärmen, und aß hungrig einen Apfel nach dem anderen. Sarah biss selbst ebenfalls in einen und aß ihn, während sie das Kind beobachtete. Als es fertig war, machte sich Sarah ein Spiel daraus, einen Apfel zu werfen, wenn das Kind den Baum schüttelte. Als es nicht mehr essen konnte, stopfte es die Äpfel in seinen zerlumpten Rucksack. Nachdem Sarah alle Äpfel geworfen hatte, ging sie ins Haus zurück, bereitete sich einen Tee zu und dachte nach, bis der Nebel sich auflöste und sie die ersten Äpfel sah, die sie geworfen hatte. Sie lagen auf der Straße. Sie lachte, bürstete sich das Haar, zog ihre Schuhe an und ging einkaufen.

Der Nebel kam drei Tage lang, aber das Kind tauchte nicht mehr auf. Sarah ließ sich nicht entmutigen. Als der Nebel das nächste Mal aufzog, war sie bereit. Sie hatte die pinkfarbenen Socken in Plastiktüten gepackt und mit Klebeband sicher verschlossen. Sie wusste ja nicht, wie lange sie dort liegen blieben, bevor das Kind zurückkam. Außerdem hatte sie zwei Sweatshirts, pinkfarben und mit Pailletten besetzt, eine warme Wollstrumpfhose und einen festen blauen Rucksack voller Müsliriegel gekauft. Sie warf eins nach dem anderen über den Zaun in den Nebel. Sie hörte, wie sie landeten, obwohl sie sie nicht sehen konnte. Als der Nebel sich verzog und nur noch ein Paar Socken auf der Straße lag, jubelte sie. Sie hoffte, dass das kleine Mädchen sie sehen würde, wenn es zurückkam und seine Geschenke fand. Als der Nebel das nächste Mal dünner wurde, sah sie ganz deutlich, dass all die Schätze verschwunden waren. »Es hat sie gefunden«, gratulierte sie sich selbst und machte sich sofort daran, neue Überraschungen zu planen.

Nur einfache Dinge. Ein Beutel mit getrockneten Aprikosen. Kekse mit Schokoladenstücken in einer festen Plastikverpackung. Sie warf sie über den Zaun in den Nebel. Sie sah, wie das Mädchen die Kekse fand. Der Ausdruck auf dem Gesicht des Kindes war unbezahlbar. Es wurde langsam kälter, und es drohte zu schneien. War es in dieser anderen Welt auch so kalt? Wo schlief das Kind? Hauste es in irgendwelchen Büschen oder in einer Höhle oder in einem der verlassenen Häuser? Sarah grub ihre Stricknadeln hervor und holte einen Haufen Strickwolle aus der Versenkung. Sie hatte diese Farben vollkommen vergessen, dieses Heidekrautviolett, Eichelbraun und Moosgrün. Sie packte ihre Nadeln und hantierte mit ihren steifen Fingern, geleitet von den Erinnerungen an Zeiten, in denen sie noch durch die herbstlichen Hügel gewandert war. Sie nahm ihr Strickzeug in einem Beutel mit, wenn sie Richard besuchte, und obwohl er sie nicht erkannte, konnte er sich daran erinnern, dass ihre Mutter niemals ohne ihr Strickzeug vor dem Fernseher saß. Sie lachten darüber und weinten auch ein bisschen. Sein Husten war schlimmer geworden. Sie ließ ihn an dem Kaffee nippen, damit sein Hals frei wurde, und als er sie mit der Stimme eines kleinen Jungen fragte, ob er die grüne Wollmütze behalten könnte, ließ sie sie ihm.

Sarah packte violette Handschuhe, eine passende Mütze und ein paar pinkfarbene Gummistiefel ein und legte impulsiv noch ein Bilderlexikon dazu. Sie verstaute die Dinge in verschließbare Plastikbeutel, und als der Nebel vom Winterwind herangeweht wurde, grinste sie, als sie sie über den Zaun schleuderte, mitten hinein in den Nebel. Anfang November warf sie einen Beutel mit Orangen und schwarzen Halloween-Süßigkeiten hinüber, Kürbisse und Katzen und Schweineohren aus Mais, die nach einem sehr enttäuschenden Besuch von »Süßes oder Saures«-Kindern an ihrer Tür übrig geblieben waren.

Als sie Richard besuchte, trug er die grüne Mütze im Bett. Sie erzählte ihm von dem kleinen Mädchen, von den Äpfeln und den Handschuhen. Er lachte sein altes Lachen und hustete, bis er rot im Gesicht war. Die Schwester kam, und als sie den Becher mit Kaffee verdächtig musterte, lächelte Sarah und trank ihn aus. »Sie sind eine nette Lady«, sagte Richard, als sie ging. »Sie erinnern mich an meine Schwester.«

Etliche Nächte später, mitten in der Nacht, wurde sie von einem Sturm geweckt und ging langsam die Treppe hinunter in die Küche. Draußen fegte der Wind heulend um den Schornstein, und die Äste der Bäume schabten übers Dach. Das würde auch die letzten Blätter von den Bäumen wehen, was bedeutete, dass sie morgen fegen musste. In dem Geheul des Windes hörte sie die Stimme eines Kindes, vielleicht die des Mädchens. Sie öffnete die Hintertür und trat auf die Veranda. Über ihrem Kopf schwankten die Zweige der Birken, und Blätter regneten herunter, aber über die Straße rollte eine dicke Nebelbank. Sie ging über den Rasen und griff nach dem oberen Rand ihres Zauns. Sie strengte sich an, etwas zu sehen oder zu hören, versuchte, den Nebel und die Dunkelheit zu durchdringen.

Fast wäre sie zu lange geblieben. Der Zaun schien unter ihrem Griff zu verschwinden. Sie trat zurück, als er sich im Nebel auflöste. Das Licht der Veranda schien plötzlich weit weg zu sein. Nebel rollte zwischen sie und die Stufen. Hinter sich hörte sie schwere Schritte auf der Straße. Das waren Männer, kein Kind. Sie ging durch den Nebel, als würde sie durch tiefes Wasser waten. Sie atmete schluchzend, als sie die Treppe hinaufstolperte. Die Schritte der Männer hinter ihr waren deutlich zu hören. Sie griff um die Tür herum, in das Haus, schaltete das Licht an der Veranda aus und blieb wie angewurzelt auf den Stufen stehen, während sie durch den Nebel und die Dunkelheit blickte.

Sie hatten das Mädchen. Einer hielt sie fest am Handgelenk. Sie deutete irgendwohin und sprach mit ihnen. Der Mann, der ihr Handgelenk festhielt, schüttelte den Kopf. Das Mädchen streckte wieder die Hand aus und deutete hartnäckig auf den Apfelbaum auf der anderen Straßenseite. Der Mann näherte sich ihm. Sarah sah zu, wie sie den Baum methodisch absuchten, dann den Boden unter dem Baum und dann den Pflanzstreifen und den Garten auf der anderen Straßenseite. Einer zog die schiefe Tür auf und verschwand im Haus. Kurz darauf tauchte er wieder auf und schüttelte den Kopf. Als sie in ihre Richtung blickten, fragte sich Sarah, was sie wohl sahen. Wie sah ihr Haus in ihrer Welt und in ihrer Zeit aus? War es verlassen mit zerbrochenen Fensterscheiben wie das Haus gegenüber? Oder ein ausgebranntes Skelett wie das Heim der Masons am Ende der Straße?

Was würde passieren, wenn der Nebel ihr Haus einhüllte? Der Mann mit Lindas Rucksack und dem Baseballschläger starrte aufmerksam auf ihre Veranda. Eine Nebelfahne folgte ihr, als sie sich in die Küche zurückzog. Sie wagte nicht, die Tür zu schließen, um ja kein Geräusch zu machen. Sie wusste, dass Geräusche von ihrer Welt in die Welt der anderen gelangten. Sie schob einen Stuhl zur Seite, erschrocken darüber, wie laut er über den Boden kratzte, und duckte sich, während sie über die Fensterbank spähte. Sie tastete nach dem Lichtschalter und löschte das Licht. So. Jetzt konnte sie besser sehen.

Der Mann mit dem Rucksack starrte auf ihr Fenster, als er die Straße überquerte. Er klatschte den Kopf des Baseballschlägers leicht in seine Hand, während er näher kam. Der Nebel hatte sich in ihrem Garten gesammelt. Sie sah, wie er auf ihr Grundstück trat, ungehindert von einem Eisenzaun, der in seiner Welt nicht existierte. Er stand in ihren Rosen unmittelbar unter ihrem Küchenfenster und starrte zu ihr hoch. Seine blassen Augen konzentrierten sich auf etwas hinter ihr. Er betrachtete ihr Fenster, dann legte er den Kopf in den Nacken und schrie: »Sarah!« Das Wort erreichte sie irgendwie, schwach, aber deutlich. Er trat zurück und blickte suchend durch ihr Fenster. Sie rührte sich nicht. *Er kann mich nicht sehen. Ich bin nicht in seiner Welt. Auch wenn er meinen Namen kennt, kann er mich nicht sehen.* Er hob den Blick, betrachtete die Fenster im ersten Stock ihres Hauses und schüttelte dann frustriert den Kopf. »Sarah!«, schrie er erneut. »Du bist da. Du kannst mich hören! Komm heraus!« Seine Kumpane hinter ihm nahmen den Ruf auf. »Sarah!«, riefen sie im Chor. »Komm raus, Sarah!« Die anderen traten näher und stellten sich neben den Mann mit dem Rucksack.

Sie kannten ihren Namen. Bevor sie Linda getötet hatten, hatten sie ihren Namen aus ihr herausbekommen. Und was noch? Das kleine Mädchen stimmte ebenfalls in den Ruf ein. Seine Stimme klang wie ein schwaches Echo. Es stand dicht bei dem Mann, der seine Hand hielt. Das Mädchen war nicht seine Gefangene. Er war sein Beschützer.

Sarah rutschte von ihrem Stuhl und hockte sich auf den Boden. Ihr Herz schlug so stark, dass sie kaum atmen konnte. Ihr kamen die Tränen, und sie kauerte sich unter den Tisch, zitternd, voller Angst, dass jeden Moment das Fenster unter seinem Schläger zerspringen oder er durch die offene Tür hereinkommen könnte. Wie dumm sie gewesen war! Natürlich gehörte das Mädchen zu ihrer Gruppe. Sie hatten bestimmt Jagdgründe, so wie jede Gruppe von Primaten. Die Geschenke, die sie auf die Straße geworfen hatte, aus Freundlichkeit für ein hungriges Kind, hatten sie angelockt. Der Mann da draußen war kein Narr. Er hatte gesehen, wie Sarge aus dem Nichts aufgetaucht war, und hatte den Hund wahrscheinlich wegen seines Fleisches erlegt. Er hatte gewusst, dass etwas an ihrem Haus mysteriös war. Hatte Linda ihm etwas erzählt, bevor sie ihre Freundin getötet und ihre Sachen geraubt hatten? Wenn ja, wie viel hatte sie erzählt? War sie von ihnen verfolgt worden, oder hatte sie sie hierhergeführt bei dem Versuch, wieder in diese Welt zu gelangen?

Viel zu viele Fragen. Sarah zitterte vor Entsetzen. Sie biss die Zähne zusammen, damit sie nicht klapperten, versuchte flach zu atmen, damit sie ihr Keuchen nicht hörten. Sie presste die Augen zu und versuchte, vollkommen ruhig zu sein. Sie hörte, wie die Tür in ihren Angeln quietschte. Der Wind frischte auf und drückte kalte Luft in den Raum, oder war es der Mann mit dem Baseballschläger? Sie rollte sich fester zusammen, legte die Hände über den Kopf und schloss die Augen. *Nicht bewegen*, sagte sie sich. *Bleib ganz ruhig, bis die Gefahr verschwunden ist.*

»Mom, was zum Teufel ist hier los? Geht es dir gut? Bist du gefallen? Warum hast du mich nicht angerufen?«

Alex kniete neben dem Tisch und betrachtete sie. Sein Gesicht war kreideweiß. »Kannst du dich bewegen? Kannst du sprechen? War es ein Schlaganfall?«

Sie blinzelte und versuchte, sich zu orientieren. Alex hatte seinen Mantel an. Auf seinen Schultern schmolzen Schneeflocken. Die Wollmütze hatte er bis über die Ohren gezogen. Und durch die offene Hintertür wehte kalte Luft in den Raum. »Ich glaube, ich bin hier einfach nur eingeschlafen«, sagte sie. Als er erschrocken die Augen aufriss, versuchte sie ihren Fehler auszubügeln. »Ich bin am Tisch eingeschlafen, als ich gelesen habe. Ich muss vom Stuhl gerutscht sein, ohne aufzuwachen.«

»Was hast du gelesen?«, wollte er argwöhnisch wissen.

Sie versuchte zu verbergen, wie weh es ihr tat, sich auf Hände und Knie zu rollen und unter dem Tisch hervorzukriechen. Sie musste sich an einem der Stühle festhalten, um sich vom Boden hochzuziehen, und setzte sich dann darauf. Der Küchentisch war leer. »Wirklich sonderbar!«, rief sie und zwang sich zu lächeln. »Was führt dich denn heute hierher?«

»Deine Nachbarn«, sagte er nachdrücklich. »Maureen hat angerufen. Sie war mit Hugh auf dem Weg zur Notaufnahme. Sie konnte nicht anhalten, aber sie sah, dass deine Hintertür offen stand, aber kein Licht in der Küche brannte. Sie hat auch keine Fußabdrücke im Schnee gesehen und sich Sorgen um dich gemacht. Also bin ich hergekommen.«

»Wie geht es Hugh?«

»Ich habe sie nicht gefragt, sondern bin sofort hierhergekommen.«

Sie blickte auf den Küchenboden. Ein Fleck von geschmolzenem Schnee zeigte ihr, bis wohin der Sturm ihn in ihre Küche geweht hatte. Sie hatte auf dem Boden zusammengerollt geschlafen, bei offener Tür in einem Schneesturm. Sie humpelte an ihm vorbei zur Kaffeemaschine, ohne ein Wort zu sagen. Sie wollte sie einschalten und sah die verbrannte Kruste von getrocknetem Kaffee auf dem Boden der Glaskanne. Sie bewegte sich methodisch, als sie die Kanne ausspülte, Wasser einfüllte und Kaffee in einen neuen Filter löffelte. Dann drückte sie auf den Knopf. Aber das Licht ging nicht an.

»Wahrscheinlich ist sie durchgebrannt«, sagte Alex mit schwerer Stimme. Er griff an ihr vorbei und zog den Stecker raus. Ohne sie anzusehen, nahm er die Kanne, warf den Kaffee aus dem Filter weg und goss das Wasser in den Abfluss. »Ich denke, du musst die Maschine sehr lange angelassen haben, wenn so viel Kaffee verdunstet ist.« Er zog ihren kleinen Mülleimer unter der Spüle heraus. Er war voll. Er versuchte vergeblich, die Kaffeemaschine hineinzustopfen, und ließ sie dann einfach obendrauf liegen.

Er sagte nichts, als er Wasser in zwei Becher füllte und sie in die Mikrowelle stellte. Sie holte den Besen und fegte den Schnee aus der Tür, und dann wischte sie das Wasser auf, das zurückgeblieben war. Das Bücken tat ihr weh, weil sie so steif war, aber sie wagte es nicht einmal zu stöhnen. Alex bereitete ihnen einen Instant-Kaffee zu, dann setzte er sich an den Tisch. Er deutete auf den Stuhl ihm gegenüber, und sie leistete ihm zögernd Gesellschaft.

»Weißt du, wer ich bin?«, fragte er sie.

Sie starrte ihn an. »Du bist mein Sohn Alex. Du bist zweiundvierzig Jahre alt und hattest letzten Monat Geburtstag. Deine Frau hat zwei Kinder. Und ich werde nicht verrückt.«

Er öffnete den Mund und schloss ihn wieder. »Welches Jahr haben wir?« Sein Ton war gebieterisch.

»2011. Und Barack Obama ist Präsident. Ich mag ihn ebenso wenig wie diese erzkonservativen Republikaner, die Tea Party. Willst du mir jetzt noch eine Handvoll Kleingeld geben und mich fragen, wie viel ich brauche, bis es ein Dollar ist? Ich habe nämlich dasselbe alberne ›Haben Ihre alten Eltern Alzheimer?‹-Quiz in der letzten Sonntagszeitung gelesen.«

»Das war kein Quiz. Es war eine Reihe von einfachen

Tests, mit der man die mentale Fitness überprüfen kann. Mom, vielleicht kannst du dein Kleingeld zählen und mir sagen, wer ich bin, aber du kannst mir nicht erklären, warum du bei geöffneter Tür auf dem Boden unter dem Tisch geschlafen hast. Oder warum du die Kaffeemaschine so lange angelassen hast, bis sämtlicher Kaffee in der Kanne verdunstet ist.« Er sah sich unvermittelt um. »Wo ist Sarge?«

Sie sagte ihm die Wahrheit. »Er ist weggelaufen. Ich habe ihn schon seit Tagen nicht mehr gesehen.«

Das Schweigen dehnte sich aus. Er sah schuldbewusst zu Boden, und als er sprach, klang seine Stimme barsch. »Du hättest mich anrufen sollen. Ich hätte das für dich getan.«

»Ich habe ihn nicht einschläfern lassen! Er ist weggelaufen, als ein Fremder ihn angeschrien hat.« Sie wandte den Blick ab. »Er war erst fünf Jahre alt. Das ist nicht alt für einen Hund.«

»Bobbie hat mich vor ein paar Nächten angerufen. Er sagte, er wäre spät von der Arbeit nach Hause gekommen und hätte gesehen, wie du um Mitternacht Lebensmitteltüten in dein Haus getragen hast.«

»Und?«

»Und warum hast du mitten in der Nacht Lebensmittel gekauft?«

»Weil ich keine heiße Schokolade mehr hatte. Und ich wollte mir eine machen, weil ich noch spät einen Film im Fernsehen sehen wollte, also bin ich zum Supermarkt gegangen. Und als ich dort war, dachte ich mir, ich könnte gleich auch ein paar andere Sachen besorgen, die ich noch brauchte.« Lüge auf Lüge auf Lüge. Sie würde ihm nicht sagen, dass die Uhrzeit für sie keine Rolle mehr spielte. Sie würde nicht verraten, dass sie sich nicht mehr von der Zeit beherrschen ließ. Der Heizlüfter ging aus. Sie hörte, wie er noch einmal tickte, und ihr wurde klar, dass er wahrscheinlich die ganze Zeit gelaufen war, seit sie wach geworden war. Wahrscheinlich war er die ganze Nacht an gewesen.

Alex glaubte ihr nicht. »Mom, du kannst nicht mehr alleine wohnen. Du machst verrückte Sachen. Und diese verrückten Sachen werden allmählich gefährlich.«

Sie starrte in ihren Becher. Seine Stimme hatte etwas Endgültiges. Es war bedrohlicher als ein Fremder mit einem Baseballschläger.

»Ich will dich nicht zum Arzt schleppen und die Diagnose bekommen, dass du nicht mehr zurechnungsfähig bist. Mir wäre es lieber, wir würden unsere Würde bewahren und all das vermeiden.« Er hielt inne und schluckte, und plötzlich begriff sie, dass er den Tränen nahe war. Sie wandte den Blick ab und sah aus dem Fenster. Es war ein ganz normaler Wintertag mit grauem Himmel und nassen Straßen. Alex schniefte und räusperte sich. »Ich rufe Sandy an und frage sie, ob sie ein paar Tage freimachen und bei dir bleiben kann. Wir müssen überlegen, wie wir das alles angehen. Ich wünschte, du hättest mich schon vor Monaten damit anfangen lassen.« Er rieb sich die Wangen, und sie hörte das Schaben seiner Bartstoppeln an seinen Handflächen. Er hatte das Haus offenbar in Panik verlassen. Maureens Anruf hatte ihm Angst gemacht. »Mom, wir müssen das Haus ausräumen und es zum Verkauf anbieten. Du kannst bei mir wohnen, oder vielleicht kann Sandy dir ein Zimmer freiräumen. Bis wir eine Unterbringung beim Betreuten Wohnen für dich finden.«

Unterbringung. Nicht, bis wir eine Wohnung oder ein Apartment finden können. Eine Unterbringung. Als würde man sie auf ein Regal stellen. »Nein«, sagte sie leise.

»Doch«, erwiderte er. Er seufzte, als wollte er sein Leben aushauchen. »Ich kann diesmal nicht nachgeben, Mom. Ich habe die Dinge schon viel zu lange schleifen lassen.« Er stand auf. »Als ich hereingekommen bin und dich gesehen habe, dachte ich, du wärst tot. Und mir ist durch den Kopf geschossen, dass ich Sandy erzählen muss, dass ich dich allein auf dem Boden habe sterben lassen. Weil ich nicht die Kraft hatte, dir zu helfen.« Er seufzte erneut. »Ich muss dich an einem sicheren Ort unterbringen, damit ich aufhören kann, mir Sorgen um dich zu machen.«

»Es tut mir leid, dass ich dir Angst gemacht habe.« Das meinte sie ehrlich. Was sie sonst noch zu sagen hatte, hielt sie zurück, zum Beispiel, dass sie kämpfend untergehen würde, dass weder er noch Sandy sie in einem Gästezimmer wie ein Meerschweinchen in einem Terrarium festhalten oder sie in einen Zwinger für alte Menschen stecken konnten.

Danach jedoch hörte sie nur noch zu. Er sagte ihr, dass er Sandy anrufen würde, dass er morgen oder spätestens am Donnerstag wiederkommen würde. Würde sie es bis dahin schaffen? Ja. Würde sie bitte im Haus bleiben? Ja. Er würde sie alle paar Stunden anrufen, und heute Nacht würde er sie zur Schlafenszeit anrufen. Also könnte sie bitte das Telefon in der Nähe haben, weil er hierherkäme, wenn sie nicht ranginge? Ja. Sie sagte zu allem ja und amen, nicht, weil sie zustimmte oder es ihm versprechen wollte, sondern weil ihn dieses Wörtchen »Ja« so weit beruhigen würde, dass er verschwand.

»Was ist mit Richard?«, fragte sie dann. »Morgen ist Donnerstag. Donnerstags besuche ich immer Richard.«

Er schwieg einen Moment. »Er weiß nicht, an welchem Tag du kommst«, sagte er schließlich. »Er weiß nicht einmal, dass du es bist. Selbst wenn du ihn nie mehr besuchen würdest, würde er dich nicht vermissen.«

»Aber ich würde *ihn* vermissen«, erwiderte sie nachdrücklich. »Ich gehe donnerstags morgens immer zu ihm. Und ich werde auch morgen zu ihm gehen.«

Er stand auf. »Mom, Donnerstag war gestern.«

Nachdem Alex endlich weggefahren war, machte sie sich einen heißen Tee, suchte die Ibuprofen und setzte sich hin, um nachzudenken. Sie erinnerte sich an die Männer, die letzte Nacht auf der Straße gestanden hatten, an den Mann mit dem Rucksack direkt vor ihrem Fenster, und es überlief sie kalt. Sie war in Gefahr. Und es gab absolut niemanden, den sie hätte um Rat fragen können, ohne dass sie sich in noch größere Gefahr gebracht hätte. Der Mann mit dem Rucksack konnte sie mit seinem Aluminium-Baseballschläger töten, aber ihre Familie hatte noch etwas viel Schlimmeres mit ihr vor. Der Tod durch einen Baseballschläger würde wenigstens nur einmal passieren. Wenn ihre Kinder sie aber an irgendeinen »sicheren« Ort schafften, würde sie dort Tag um Tag und Nacht um Nacht aufwachen. Für eine Frau, die sich von der Zeit gelöst hatte, bedeutete das eine Ewigkeit von Mahlzeiten in der Cafeteria und viel Zeit in einem spartanischen Zimmer. Allein. Weil Alex gewiss schon bald zu dem Schluss kommen würde, dass es keine Rolle spielte, ob er sie jemals besuchte. Das wusste sie ja jetzt.

In den nächsten Tagen ging sie stets prompt ans Telefon, wenn Alex anrief. Sie war fröhlich und munter und tat, als würde sie sich für Filme begeistern, deren Namen sie aus dem Fernsehprogramm abgeschrieben hatte. Sie ging zweimal zu Maureens Haus, aber sie war beide Male nicht zu Hause. Sarah entsorgte den langsam wachsenden Haufen von Zeitungen vor ihrer Haustür und vermutete, dass Hugh im Sterben lag.

Sarah stellte den Wecker, damit sie daran dachte, wann sie ins Bett gehen musste. Dort blieb sie, den Kopf auf dem Kissen, zugedeckt, bis ein anderer Wecker klingelte und ihr sagte, dass sie aufstehen musste. Vor zehn Uhr morgens oder nach siebzehn Uhr warf sie keinen Blick mehr aus dem Küchenfenster. An dem Tag, an dem sie eine Bewegung draußen wahrnahm und doch hinaussah, bemerkte sie das Mädchen, das mit seiner Mütze in der Farbe von frisch gefallenen Eicheln an ihrem Haus vorbeilief. Sie stand auf, ging in ihr Schlafzimmer, legte sich aufs Bett und sah sich die *Jerry Springer Show* an.

Das Pflegeheim rief an und sagte ihr, dass Richard eine Lungenentzündung hätte. An diesem Tag schlich sie sich aus dem Haus, nahm den Bus und verbrachte den ganzen Morgen bei ihm. Er erkannte sie nicht. Sie hatten ihm einen Sauerstoffschlauch in die Nase gelegt, und das leise Zischen erinnerte sie an einen Luftballon, der unaufhörlich Luft verlor. Sie versuchte, darüber zu reden, konnte es nicht und saß nur da und hielt seine Hand. Er starrte an die Wand. Und wartete.

Am nächsten Abend kam Sandy. Es erschreckte Sarah, als sie ohne anzuklopfen hereinkam, aber sie war froh, sie zu sehen. Sie hatte die Berge zusammen mit ihrer Freundin überquert, einer hageren, mürrischen Frau, die Zigaretten im Haus rauchte und ständig Entschuldigungen heraussprudelte, weil sie »vergaß«, dass sie das eigentlich nicht sollte. Sandy hatte aus Safeways Lebensmittelabteilung chinesisches Essen mitgebracht, und sie aßen es an Sarahs Küchentisch aus Styropor-Muscheln. Sandy und ihre Freundin unterhielten sich über die Scheidung ihrer Freundin von »Diesem Mistkerl« und über Sandys bevorstehende Scheidung von »Diesem Idioten«. Sarah hatte nicht gewusst, dass Sandy sich scheiden lassen wollte. Als sie freundlich nach dem Grund fragte, schluckte Sandy plötzlich, stieß hervor, dass es viel zu kompliziert wäre, um es zu erklären, und flüchtete aus dem Zimmer, während ihre Freundin ihr folgte. Sarah machte wie betäubt die Küche sauber und wartete darauf, dass sie wieder herunterkam. Als keine der beiden Frauen auftauchte, ging sie schließlich ins Bett.

Das war der erste Tag. Am nächsten Morgen standen Sandy und ihre Freundin auf und fingen an, die unbenutzten Schlafzimmer leerzuräumen, in denen sie und Alex als Kinder gelebt hatten. Sarah sah mit einer Mischung aus Erleichterung und Bedauern zu, wie sie endlich die Schränke und Kommoden von diesen »kostbaren Erinnerungsstücken« leerten, die Sarah und Russ schon vor Jahren selbst gerne weggeworfen hätten. »Wir werfen Ballast ab«, nannte es Sandy, als sie alte Kleidung, die Sportsachen von der Highschool, Schulbücher und uralte Magazine und Ringbücher wegwarfen. Sie trugen die dicken schwarzen Müllsäcke die Treppe hinunter und stapelten sie auf der hinteren Veranda. »Zeit, das Leben zu vereinfachen!«, gluckste Sandys Freundin jedes Mal, wenn sie einen neuen Sack herunterschleppte.

Mittags aßen sie Sandwiches, und zum Abendessen bestellten sie Pizza und Bier. Danach stürzten sie sich wieder in die Arbeit. Sandys Freundin lachte wie ein Esel. Sarah entkam ihrem Zigarettenrauch, indem sie in den dunklen Garten hinter dem Haus flüchtete. Es war regnerisch, aber wenn sie unter der Rotbuche stand, drang der Regen kaum bis zu ihr herunter. Sie starrte auf die Straße. Sie war leer. Sie war leer, und es gab keinen Nebel. Es war ein ruhiges Viertel mit gemähten Rasenflächen, gepflegten Häusern und glänzenden Autos. Sandy kam mit einem weiteren prallen Müllsack heraus. Sarah lächelte ihre Tochter wehmütig an. »Du solltest sie zubinden, Liebes. Der Regen wird die Kleidung ruinieren.«

»Das interessiert die Müllabfuhr nicht, Mom.«

»Die Müllabfuhr? Du bringst sie nicht zur Wohlfahrt?«

Sandy seufzte gequält. »Die Secondhandläden sind mittlerweile ziemlich wählerisch geworden. Sie werden nicht viel von diesem Zeug annehmen, und ich habe nicht genug Zeit, um es zu sortieren. Wenn ich all diese Beutel dorthin bringe, werden sie die Hälfte davon ablehnen, und ich muss trotzdem zum Müll. Also spare ich mir einen Weg und fahre damit direkt zum Müllplatz.«

Sarah holte Luft, um zu protestieren, aber Sandy hatte sich bereits umgedreht, um den nächsten Sack zu holen. Sie schüttelte den Kopf. Morgen würde sie die Sachen selbst sortieren und dann eine Wohlfahrtsorganisation anrufen, damit sie sie abholten. Sie konnte nicht zulassen, dass all diese nützliche Kleidung und all die Bücher einfach weggeworfen wurden. Als die Freundin einen weiteren Sack auf den Boden warf, platzte eine Naht, und ein Stück von einem Hemd quoll heraus, das Sarah erkannte. Sandy folgte ihrer Freundin mit einem anderen Sack.

»Warte! Das ist das Hemd deines Vaters, eines seiner guten Pendletons. War das in deinem Zimmer?« Die Vorstellung, dass ein Hemd, das Sandy sich vor so vielen Jahren »ausgeliehen« haben musste, immer noch in ihrem Zimmer war, amüsierte Sarah fast. Aber als sie lächelnd zu dem Sack trat, sah sie hinter dem einen Hemd ein anderes vertrautes Karomuster. »Was ist das?« Sie zog den Ärmel von Russ' Hemd heraus.

»Oh, Mom.« Sandy war ertappt worden, aber sie wirkte kein bisschen schuldbewusst. »Wir haben schon mit Dads Schrank angefangen. Entspann dich. Es ist alles nur Männerkleidung, nichts, was du benutzen könntest. Und es muss weg.«

»Es muss weg? Was redest du da?«

Sandy seufzte erneut. Sie stellte den Sack ab, den sie in der Hand hatte. »Das Haus muss leergeräumt werden«, erklärte sie sorgfältig, »damit der Immobilienmakler es auf dem Markt anbieten kann. Ich verspreche dir, dass in diesem Beutel nichts ist, was du mitnehmen könntest.« Sie schüttelte den Kopf, als sie den Schock auf dem Gesicht ihrer Mutter sah, und fuhr dann freundlicher fort: »Lass es los, Mom. Es gibt keinen Grund, noch länger an dieser Kleidung zu hängen. Das hier ist nicht Dad. Es ist nur sein alter Scheiß.«

Hätte sie ein anderes Wort benutzt, hätte Sarah vielleicht eher Trauer als Ärger verspürt. Irgendein anderes Wort, dann hätte sie vielleicht vernünftig reagiert. Aber »Scheiß«?

»Scheiß? Es ist sein ›Scheiß‹? Nein, Sandy, es ist nicht sein ›Scheiß‹. Das da ist seine Kleidung, die Kleidung und der Besitz eines Mannes, den ich geliebt habe. Du kannst mit deinen alten Sachen machen, was du willst. Aber das hier sind meine Sachen, und ich werde sie nicht einfach wegwerfen. Wenn es so weit ist, dass ich mich von ihnen trennen will, werde ich es wissen. Dann werden sie irgendwo landen, wo sie noch Gutes tun können. Und nicht auf der Müllkippe.«

Sandy schloss die Augen und schüttelte den Kopf. »Wir können das nicht länger aufschieben, Mom. Du weißt, dass ich deshalb gekommen bin. Ich habe nur dieses Wochenende Zeit, um das ganze Zeug rauszuräumen. Ich weiß, dass es hart ist, aber du musst es uns jetzt machen lassen. Wir haben einfach nicht die Zeit, dass du es dir jetzt noch mal anders überlegen könntest.«

Sarah bekam keine Luft mehr. Hatte sie alldem zugestimmt? Als Alex da gewesen war und unaufhörlich auf sie eingeredet hatte, hatte sie immer nur »Ja, ja« gesagt, aber das hatte doch nicht bedeutet, dass sie dem hier zustimmte, der Vernichtung ihres Lebens. Nein. Nicht so schnell und nicht auf diese Art und Weise! »Nein. Nein, Sandy.« Sie sprach nachdrücklich, als wäre Sandy immer noch ein Teenager. »Du wirst all meine Sachen wieder nach oben bringen. Hast du mich verstanden? Du hörst sofort damit auf!«

Die Freundin redete leise mit Sandy. »Dein Bruder hat dich genau davor gewarnt. Jetzt hast du sie aufgeregt.« Sie ließ ihre Zigarette fallen und trat sie auf der Stufe zur Veranda aus. Sie ließ die Kippe dort liegen. »Vielleicht solltest du deinen Bruder anrufen. Sie wirkt ziemlich verwirrt.«

Sarah fuhr zu der Freundin herum. »Ich stehe hier vor Ihnen!«, schrie sie. »Und Sie und Ihre stinkenden Zigaretten verschwinden sofort aus meinem Haus! Ich bin nicht ›verwirrt‹, ich bin wütend! Sandy, du solltest dich schämen, dass du einfach in den Sachen anderer Menschen wühlst. Du bist besser erzogen worden. Was ist mit dir los?«

Sandys Gesicht wurde weiß und lief dann rot an. Aber sie versuchte, ihren Ärger hinter einer mitfühlenden Miene zu verbergen. »Mom, es tut mir weh, dich so zu sehen. Ich will ehrlich sein. Dein Verstand lässt nach. Alex hat mich auf den neuesten Stand gebracht. Er hat mir gesagt, dass er mit dir darüber geredet hat und dass ihr euch zusammen die Broschüren angesehen und ein paar Heime ausgesucht habt, die dir gefallen. Kannst du dich denn überhaupt nicht daran erinnern?«

»Wir haben uns unterhalten, das war alles. Wir haben nichts entschieden! Gar nichts.«

Sandy schüttelte traurig den Kopf. »Das hat Alex anders erzählt. Er sagte, du hättest zugestimmt, aber er wollte es langsam angehen lassen. Nach dem letzten Vorfall mussten wir aber einfach reagieren. Kannst du dich noch daran erinnern, wie er dich gefunden hat? Du hast unter dem Tisch gelegen und die Hintertür während eines Schneesturms sperrangelweit offen gelassen!«

Ihre Freundin schüttelte bedauernd den Kopf. Sarah war entsetzt. Alex hatte es Sandy gesagt, und Sandy hatte es ihren Freunden weitererzählt. »Das geht dich nichts an!«, erwiderte sie steif.

Sandy hob die Hände und verdrehte die Augen. »Tatsächlich, Mom? Wirklich? Glaubst du denn, wir könnten hier einfach weggehen und sagen: ›Das ist nicht mein Problem‹? Das geht nicht. Wir lieben dich. Und wir wollen das Richtige tun. Alex hat mit einigen sehr schönen Altersheimen telefoniert, die ganz entzückend sind. Er hat alles genau ausgerechnet. Wenn wir deine Sozialversicherung und Dads Pension einrechnen, können Alex und ich wahrscheinlich genug zusammenkratzen, um dich an einem schönen Ort unterzubringen, bis das Haus verkauft wird. Danach ...«

»Nein.« Sarah sagte es ganz nüchtern. Dabei starrte sie Sandy entsetzt an. Wer war diese Frau? Wie konnte sie einfach hier hereinspazieren und sich anmaßen, über Sarahs Leben zu entscheiden? »Verschwinde«, sagte sie.

Sandy warf ihrer Freundin einen Blick zu. Die hatte sich nicht vom Fleck gerührt. Sie beobachtete die beiden, den Mund leicht geöffnet, wie eine Zuschauerin in der *Jerry Springer Show*. »Du solltest lieber gehen, Heidi«, sagte Sandy entschuldigend. »Ich muss meine Mom erst beruhigen. Warum fährst du nicht einfach ...?«

»*Du*, Sandy. Ich rede mit *dir*. Geh. Verschwinde!«

Sandys Gesicht wurde schlaff vor Schock. Ihre Augen waren das Erste, in das wieder Leben kam. Einen Moment lang sah sie aus, als wäre sie elf Jahre und Sarah hätte alles getan, um ihre Worte zurückzunehmen. Dann mischte sich ihre Freundin ein. Sie klang selbstgefällig. »Ich habe dir ja gesagt, du hättest deinen Bruder anrufen sollen.«

Sandy stieß verächtlich die Luft aus. »Du hast recht. Wir hätten erst die Vormundschaft regeln und sie hier wegschaffen sollen. Du hattest recht.«

Kälte breitete sich in Sarahs ganzem Körper aus. »Versucht das, Mädchen. Versucht das nur!«

Sandy liefen Tränen aus den Augen. Ihre Freundin trat zu ihr und legte ihr beschützend einen Arm um die Schulter. »Komm, Sandy, gehen wir. Wir trinken einen Kaffee und rufen deinen Bruder an.«

Selbst nachdem die Tür hinter ihnen zugefallen war und Sarah sie hastig verschlossen hatte, konnte sie sich nicht beruhigen. Sie ging rastlos auf und ab. Ihre Hände zitterten, als sie den Wasserkessel aufsetzte, um sich einen Tee zu machen. Dann stieg sie die Treppe hinauf und betrachtete das Chaos, das die beiden Frauen hinterlassen hatten.

In den Zimmern der Kinder standen sorgfältig zugeklebte Kartons, auf denen ihre Namen geschrieben waren. Auf der anderen Seite des Flurs, in dem Schlafzimmer, das sie und Russ sich einmal geteilt hatten, standen noch mehr Kartons und halbgefüllte Müllsäcke. Ihr Herz schlug schmerzhaft, als sie ihre alte Wanderjacke aus einem der Säcke lugen sah. Sie zog sie langsam heraus und betrachtete sie. Sie war immer noch gut; nichts war kaputt. Sie zog sie an und schloss den Reißverschluss. Sie war etwas enger um ihren Bauch als früher, aber sie passte noch. Sie gehörte ihr, nicht ihnen. Ihr Blick glitt langsam von den Säcken zu den fein säuberlich gestapelten Kartons von FedEx. Darauf stand »Sandy« oder »Alex«, aber einer war auch mit »Heidi« etikettiert. Sarah riss den Deckel ab und kippte den Inhalt auf dem Bett aus. Russ' Ski-Parka. Zwei seiner schweren Ledergürtel. Seine Meerschaumpfeife. Sein silbernes Zippo-Feuerzeug. Seine Tabakdose. Sie nahm den kleinen Holzzylinder und öffnete den Verschluss. Das Aroma von Old-Hickory-Tabak strömte heraus, und ihre Augen brannten vor Tränen.

Plötzlich kochte Wut in ihr hoch. Sie kippte sämtliche anderen Kisten und Beutel auf dem Boden aus. In Alex' Kiste lag Russ' Hirschfänger aus der Zeit, in der er noch auf die Jagd gegangen war. Dazu einige Wintersocken aus Wolle, teilweise noch mit Etikett. Die kleine .22er und die dazugehörige Munition fanden sich in einer von Sandys Kisten, zusammen mit Russ' 35-Millimeter-Kamera im Etui. Die zusätzlichen Objektive und das kleine Dreibein lagen daneben. Ebenso sein Taschenrechner von Texas Instruments, der erste, den er je besessen hatte, und der so teuer gewesen war, als sie ihn zu Weihnachten für ihn gekauft hatte. Dann noch zwei Schlipse und seine alte Timex-Armbanduhr. Sie sank auf den Boden und hielt die Uhr in der Hand. Sie hob sie an ihr Ohr, schüttelte sie und lauschte erneut. Stille. Ebenso still wie sein Herz. Sie stand langsam auf und sah sich in dem chaotischen Raum um. Dann ging sie hinaus und schloss leise die Tür hinter sich. Sie würde später sauber machen und alles wieder dorthin räumen, wo es hingehörte.

Auf der Hälfte der Treppe wurde ihr klar, dass sie das nicht tun würde. Es war sinnlos. In dem Punkt zumindest hatte Sandy recht gehabt. Was bedeuteten schon all diese Habseligkeiten, wenn der Mann nicht mehr da war, dem sie gehörten?

Der Kessel pfiff, und als sie ihn vom Ofen nahm, war das Wasser darin fast ganz verdampft. Das Telefon klingelte. Sie wollte den Anruf ignorieren. Die angezeigte Nummer verriet ihr, dass es Alex war. Sie redete, bevor er es konnte. »Sie haben das ganze Haus durchwühlt. Sie haben alle Sachen von deinem Vater in Säcke getan, um sie auf den Müll zu werfen. Wenn du mir auf diese Weise helfen willst, dann wäre ich lieber...« Plötzlich wusste sie nicht mehr, was sie noch sagen sollte, und legte den Hörer auf.

Es klingelte wieder, aber sie ging nicht ran und zählte mit, bis ihr Anrufbeantworter ansprang. Sie lauschte, wie Russ' Stimme den Anruf entgegennahm, und wartete auf Alex' wütenden Schrei. Stattdessen meldete sich eine bedauernde Stimme, die sagte, dass sie solche Nachrichten ungern auf dem Anrufbeantworter hinterlassen würde, aber dass sie den ganzen Tag erfolglos versucht hätten, sie zu erreichen. Richard war an diesem Morgen gestorben. Sie hatten das Beerdigungsinstitut verständigt, das auf seiner Rotkreuz-Karte eingetragen war, und seine Leiche war bereits abgeholt worden. Seine persönlichen Habseligkeiten waren in Kartons verpackt worden, die sie am Empfangstresen abholen konnte. Danach versicherte ihr die Stimme ihr aufrichtiges Beileid.

Sie stand da wie erstarrt, unfähig, zum Telefon zu gehen. Nachdem der Anrufbeantworter verstummte, breitete sich Stille im Raum aus. Als es erneut klingelte, nahm sie den Hörer ab, öffnete das kleine Fach auf der Rückseite und riss die Batterien heraus. Aber die kleine Dose an der Wand klingelte unaufhörlich weiter. Sie riss sie aus ihrer Befestigung und zog den Stecker heraus. Wieder kehrte Schweigen ein, aber jetzt füllten sich ihre Ohren mit einem anderen Klingeln. Was soll ich tun? Was soll ich tun? Eines oder beide ihrer Kinder waren bereits auf dem Weg hierher. Richard war tot. Seine Leiche war abtransportiert worden, und man hatte seine Habseligkeiten in einer Kiste verstaut. Russ war ebenfalls gegangen. Sie hatte keine Verbündeten mehr, niemanden, der sich daran erinnerte, wer sie einmal gewesen war. Die Leute, die sie am meisten liebten, waren auch diejenigen, die die größte Gefahr für sie darstellten. Und sie waren zu ihr unterwegs. Sie hatte fast keine Zeit mehr. Ihr blieb keine Zeit.

Sie machte sich einen Becher mit schwarzem Tee und nahm ihn mit nach draußen. Es hatte aufgehört zu regnen, und es war kalt. Plötzlich merkte sie, wie froh sie war, dass sie diese Wanderjacke trug. Sie beobachtete, wie sich der Nebel bildete; er schob sich zwischen die nassen Zweige der Bäume, löste sich davon, sank herab und vermischte sich mit dem feuchten Grau, das aus den tropfenden Gullys emporstieg. Sie trafen sich auf halber Höhe, vereinigten sich wirbelnd, und plötzlich erlosch die Straßenlaterne am Ende der Straße. Gleichzeitig erstarb auch der Straßenlärm. Sarah nippte an ihrem bitteren schwarzen Tee und wartete darauf, dass sich die andere Welt in dem Nebel formte.

Langsam nahm sie Gestalt an. Beleuchtete Fenster wurden schwarz, als das Grau über die Straße auf sie zurollte. Die Silhouetten der Häuser auf der anderen Seite veränderten sich, Dächer fielen zusammen, Schornsteine zerbröselten, während sich Schösslinge in rissige alte Bäume verwandelten. Der Nebel verdichtete sich zu einer fetten Nebelbank und wogte auf sie zu. Sie wartete, und plötzlich wusste sie, wie sie sich entscheiden würde. Als der Nebel den Zaun erreichte, nahm sie den Müllbeutel mit entsorgten Habseligkeiten, wirbelte ihn zweimal um die eigene Achse und schleuderte ihn hinaus. Er flog in den Nebel und tauchte auf diesem anderen Platz wieder auf, landete auf der von Laub übersäten Straße. Dann flog noch ein Beutel und dann noch einer. Nach dem vierten Beutel war ihr ein wenig schwindlig, weil sie sich immer um die eigene Achse drehte, aber die Beutel waren zu schwer, als dass sie sie auf eine andere Weise hätte werfen können. Sie zwang sich weiterzumachen, Beutel um Beutel, bis keiner mehr auf ihrem Rasen stand. Besser als auf die Müllkippe, sagte sie sich. Besser, als die Sachen einfach wegzuwerfen.

Schwindlig und atemlos stolperte sie die Stufen zu ihrer

Veranda hoch und ging ins Schlafzimmer. Sie zog die Jalousien an ihrem Schlafzimmerfenster hoch und sah hinaus. Der Nebel war mittlerweile in ihren Garten gezogen. Er wogte um ihr Haus wie Wellen gegen einen Pier. Gut. Sie öffnete das Fenster. Sie warf einen Beutel nach dem anderen, eine Kiste nach der anderen hinaus. Sandy und Alex würden nichts von ihr hier vorfinden. Nichts, was sie wegwerfen oder mitnehmen konnten. Nur die Pistole und die Plastikschachtel mit der Munition ließ sie auf dem Boden liegen.

Dann hob sie sie hoch. Das schwarze Metall der Waffe fühlte sich kalt an. Sie drückte den Hebel, und das leere Magazin fiel in ihre Hand. Dann setzte sie sich aufs Bett und öffnete die Plastikschachtel mit der Munition. Sie steckte eine kleine Patrone nach der anderen in das Magazin, bis es voll war. Als sie es wieder hineinschob, gab es ein Geräusch, als würde sich eine Tür schließen.

Nein. Es war die Haustür. Sie hatte sich geschlossen.

Sie stopfte die Schachtel mit der Munition in ihre Jackentasche und hielt die Pistole, wie Russ es sie gelehrt hatte, mit der Mündung nach unten, als sie die Treppe hinunterschlich. Sie waren im Wohnzimmer. Sie hörte, wie Alex ungeduldig etwas fragte. Sandy jammerte eine Entschuldigung. Ihre Freundin mischte sich ein. »Du warst ja auch nicht hier! Sandy hat ihr Möglichstes versucht!«

Sarah eilte durch den Flur und trat in die Küche. Ihr Herz hämmerte so heftig, dass sie die anderen kaum hören konnte, aber sie wusste, dass sie kamen. Sie öffnete die Küchentür und trat hinaus.

Der Nebel leckte an der untersten Stufe. Draußen auf der Straße hörte sie die Stimmen des Mannes mit dem Rucksack und seiner Aasgeier so deutlich wie noch nie. Sie hatten die Sachen gefunden, die sie hinausgeworfen hatte. »Stiefel!«, schrie ein Mann aufgeregt. Zwei andere stritten sich um Russ' alten Mantel. Der Mann mit dem Rucksack ging zielstrebig auf sie zu, vielleicht um den Mantel für sich selbst zu beanspruchen. Einer der beiden lief weg. Er schrie etwas von »die anderen«.

»Mom?« Das war Alex, der sie aus dem Haus rief.

»Mom?« Sie hörte Sandys schnelle Schritte in der Küche.

»Mom, wo bist du? Bitte. Wir sind nicht böse. Wir wollen nur mit dir reden.«

Der Nebel erreichte mittlerweile die zweite Stufe. Das Licht auf der Veranda wurde schwächer.

Der Mann mit dem Rucksack würde sie sehr wahrscheinlich umbringen. Ihre Kinder würden sie einfach wegsperren.

Die .22er lag kalt und schwer in ihrer Hand.

Sie trat von der Veranda. Die Zementstufen, die sie noch vor ein paar Tagen geschrubbt hatte, waren vollkommen mit Moos bewachsen und fühlten sich weich unter ihren Füßen an.

»Mom? Mom?«

»Alex, wir sollten die Polizei rufen.« Sandys Stimme klang schrill vor aufkeimender Hysterie. »Das Telefon ist aus der Wand gerissen!«

»Wir wollen nicht...« Bla, bla, bla – seine Stimme wurde undeutlich wie bei einem schlechten Radioempfang. Ihre besorgte Unterhaltung sank zu einem schwachen, summenden Rauschen herab.

Sie ging langsam weiter in den dunklen Garten. Der Boden war uneben. Sie watete durch hohe, feuchte Gräser. Die Rotbuche war immer noch da, und sie versteckte sich in ihrem dunklen Schatten. Auf der Straße sah sie die Silhouetten der Männer, die gierig die Beutel und Kisten durchwühlten. Sie sprachen leise und aufgeregt miteinander, während sie ihren Fund untersuchten. Andere kamen und leisteten ihnen Gesellschaft. In der Ferne hörte man ein sonderbares Krächzen, als kreische dort ein unbekannter Vogel. Sarah legte ihre Hände auf den Baumstamm, hielt sich im Schatten und beobachtete sie. Einige Ankömmlinge waren wahrscheinlich Frauen in unförmiger Kleidung. Das Mädchen war auch da, und dazu noch ein anderes, kleineres Kind. Sie wühlten in einer Kiste und betrachteten die Buchtitel im Mondlicht.

Zwei Männer näherten sich demselben Müllbeutel. Der eine ergriff ein Hemd, das aus einem Riss lugte, und zog daran, aber der andere Mann hatte bereits den Ärmel desselben Hemdes gepackt. Er schrie wütend, die beiden zerrten daran, und als einer schließlich das Hemd an sich brachte, griff der andere ihn an. Fäuste flogen, und einer der Männer ging mit einem heiseren Schrei zu Boden. Der Mann mit dem Rucksack verfluchte sie und schwang seinen Aluminium-Baseballschläger, als er auf sie zulief.

Sarah schätzte die Entfernung zur Küchentür. Die Fenster im Haus waren immer noch erleuchtet, aber das Licht war gräulich blau wie das verblassende Licht einer ersterbenden Coleman-Laterne. In der Küche sah sie die undeutlichen Konturen ihrer Kinder. Es war noch nicht zu spät. Sie konnte noch zurückgehen. Die Freundin zündete sich eine Zigarette an; sie sah, wie das Streichholz aufflammte, die Glut, als sie daran zog. Die Freundin wedelte mit der Hand, schien Sandy und Alex ihr Mitgefühl auszudrücken.

Sarah wandte sich von dem Fenster ab. Sie holte tief Luft; die Luft schmeckte kühl und feucht, angereichert mit dem Aroma von Humus und Fäulnis. Auf der Straße stand der Mann mit dem Rucksack zwischen den beiden Streithähnen. Er hielt das Hemd hoch in einer Hand und den Schläger in der anderen. »Daddy!«, rief das Mädchen und lief zu ihnen. Einer der Männer lag ausgestreckt auf der Straße, der andere stand da, geduckt und trotzig, immer noch einen Ärmel in der Faust. Das Mädchen lief zu ihm und schlang die Arme um ihn.

»Lass los!«, warnte der Mann mit dem Rucksack. Stille legte sich über den Stamm, als sie alle dastanden und das Urteil des Rucksackträgers erwarteten. Das ferne Quietschen wurde lauter. Der Mann mit dem Rucksack hob drohend den Schläger.

Sarah packte die Waffe mit beiden Händen, trat aus dem Schatten des Baumes und entsicherte die Pistole mit dem Daumen. Sie hatte nicht gewusst, dass sie sich noch daran erinnern konnte, wie das ging. Sie war keine besonders gute Schützin gewesen; seine Brust war das größte Ziel, und sie konnte sich keinen Warnschuss leisten. »Du da!«, schrie sie, als sie durch den niedrigen Nebel watete und in diese andere Welt trat. »Lass den Schläger fallen oder ich schieße! Was hast du mit Linda gemacht? Hast du sie ermordet? Wo ist sie?«

Der Mann mit dem Rucksack wirbelte zu ihr herum, den Schläger immer noch hoch in der Hand. Nicht nachdenken. Sie zielte und drückte ab. Die Kugel streifte den Baseballschläger und jaulte als Querschläger davon, bis sie mit einem satten Klatschen in das Haus der Murphys einschlug. Der Rucksackmann ließ den Schläger fallen und presste die Hand auf seine Brust. »Wo ist Linda?«, schrie sie ihn an. Sie ging näher, beide Hände fest am Griff der Waffe, und versuchte, weiterhin auf seine Brust zu zielen. Die anderen hatten ihre Beute fallen lassen und verschwanden langsam im Nebel.

»Ich bin hier! Verdammt, Sarah, du hast dir wirklich viel Zeit gelassen. Aber es sieht aus, als hättest du eine Menge mehr mitgebracht als ich!« Linda lachte wie eine Verrückte. »Hast du noch ein paar gute Socken mitgebracht?«

Das Quietschen kam von einer Schubkarre, die mit einer Kette von LEDs geschmückt war. Ein Heiligenschein aus Licht umgab sie, während Linda sie vor sich herschob. In der Schubkarre standen zwei große Kanister, und daneben lagen ein Schlauch aus transparentem Material und auch die Werkzeugtasche aus dem Pick-up. Drei weitere verbeulte Schubkarren, die ähnlich beleuchtet waren, folgten ihr wie in einer feierlichen Prozession. Während Sarah sich bemühte, die Zusammenhänge zu erfassen, hörte sie das Kratzen von Krallen auf dem Asphalt, und ein erheblich schlankerer Sarge lief auf sie zu. Sein ganzer Körper wackelte vor Aufregung, als er mit dem Schwanz wedelte. Sie waren nicht tot. Und sie war nicht allein. Sarah bückte sich und umarmte den aufgeregten Hund, ließ es zu, dass er ihr die Tränen von den Wangen leckte.

Linda gab ihr Zeit, sich etwas zu erholen, während sie dem Stamm Befehle zuschrie. »Benny, komm her und nimm das! Dreh die Kurbel fünfzig Mal, dann fängt sie an zu leuchten. Hector, du weißt, wie man Benzin abfüllt. Check den alten Pick-up. Wir brauchen jeden Tropfen, den wir bekommen können, um den Generator am Laufen zu halten. Carol, mach die Haube auf und hol dir die Batterie.«

Die Aasgeier kamen zu ihr und ließen sich die Benzinkanister und den Schlauch geben. Der Mann mit dem Rucksack verbeugte sich kurz vor ihr, bevor er die Akkulampe entgegennahm. Als er sich abwandte, lächelte Linda sie an. »Es sind gute Kinder. Sie sind noch ein bisschen ungehobelt, aber sie lernen schnell. Du hättest ihre Gesichter sehen sollen, als ich den Generator zum ersten Mal angelassen habe. Ich weiß, wo man dieses Zeug herbekommt. Es war im Keller dieser Klinik auf der Dreißigsten.«

Sarah war sprachlos. Sie betrachtete Linda. Wie der Beagle hatte auch sie Gewicht verloren und an Vitalität gewonnen. Sie humpelte auf den zerfetzten Resten ihrer Schlafzimmerpantoffeln zu Sarah und lachte bellend, als sie sah, wie Sarah auf ihre Füße starrte.

»Ja, ich weiß. Eine bekloppte Alte. Ich habe an so viele Dinge gedacht, an Solarlampen, eine handbetriebene Akku-Taschenlampe, an Aspirin, Zuckerwürfel und dergleichen... Und dann bin ich in meinen Pantoffeln hinausgegangen. Robbie hatte recht, ich war wirklich etwas neben der Spur. Aber auf dieser Seite hier spielt das keine so große Rolle. Nicht, wenn ohnehin keine Schienen mehr existieren, die einen zwingen könnten, in der Spur zu bleiben.«

»Russ' Wanderstiefel sind in einem dieser Beutel«, hörte Sarah sich sagen.

»Verdammt, du hast wirklich an alles gedacht. Klamotten gegen die Kälte, Bücher ... und eine Pistole! Das hätte ich nie von dir erwartet. Hast du zufällig auch etwas zu essen eingepackt?«

Sarah schüttelte wortlos den Kopf.

Linda warf einen Blick auf die Pistole und nickte wissend. »Hast nicht vorgehabt, lange zu bleiben, hab ich recht?«

»Ich könnte zurückgehen und etwas holen«, meinte Sarah. Aber als sie zu ihrem Haus blickte, verblassten die letzten Lichter der Vergangenheit. Ihr Haus war eine Ruine mit zerborstenen Fensterscheiben und einem eingefallenen Schornstein. Die Kletterpflanzen erstickten die Reste der kaputten Veranda.

»Du kannst nicht zurück«, bestätigte Linda ihre Vermutung. Dann schüttelte sie den Kopf. »Und ich will es auch gar nicht.« Sie sah sich unter den Angehörigen ihres Stammes um. »Petey, schnapp dir den Schläger. Sag den anderen, dass wir alles in die Klinik zurückschaffen und dort aufteilen. Nicht hier auf der Straße im Dunkeln. Und zerreißt die Beutel und die Pappkartons nicht; packt das Zeug wieder ein und lasst es uns nach Hause bringen.«

»Ja, Linda.« Der Rucksackmann verbeugte sich erneut vor ihr.

Um sie herum in der Dunkelheit gehorchten die anderen ihren Anweisungen. Das Mädchen war stehen geblieben und starrte die beiden Frauen an. Es hatte die Hände in den von Sarah gestrickten Handschuhen gefaltet. Linda drohte dem Kind mit einem knochigen Finger. »Such dir was zu tun, meine Kleine.« Dann winkte sie Sarah, näher zu kommen. »Was glaubst du?«, fragte sie. »Meinst du, dass Maureen auch bald so weit ist?«

LAWRENCE BLOCK

Übersetzt von Wolfgang Thon

Hier kommt ein Schocker über eine gefährliche Frau mit einem gefährlichen Plan und übelsten Absichten, die allerdings vielleicht etwas genauer über die ganze Angelegenheit hätte nachdenken sollen.

Der *New-York-Times*-Bestsellerautor Lawrence Block, einer der Könige des modernen Krimis, ist Großmeister der Mystery Writers of America, Gewinner von vier Edgar Awards, sechs Shamus Awards und hat außerdem den Nero Award, den Philip Marlowe Award, den Lifetime Achievement Award von den Private Eye Writers of America erhalten sowie einen Cartier Diamond Dagger für sein Lebenswerk von der Crime Writers' Association. Er hat mehr als fünfzig Bücher und zahllose Kurzgeschichten verfasst. Am bekanntesten machte Block vielleicht seine umfangreiche Reihe über Excop, Exalkoholiker und Privatdetektiv Matthew Scudder, den Protagonisten in Romanen wie *Mord unter vier Augen, In der Mitte des Todes, Alte Morde rosten nicht* und fünfzehn weiteren Bänden. Außerdem ist er Autor der vierbändigen Bestseller-Reihe über den Meuchelmörder Keller, *Hit Man, Hit List, Hit Parade* sowie *Hit and Run*. Er verfasste die achtbändige Reihe über den weltreisenden, unter Schlaflosigkeit leidenden Evan Tanner, zum Beispiel die Romane *The Thief Who Couldn't Sleep* und *The Canceled Czech*, und die elfbändige Reihe über den Einbrecher und Antiquar Bernie Rhodenbarr, unter anderem *Diebe nehmen, was sie kriegen,*

Frisch geklaut ist halb gemordet / *Der Dieb im Schrank* und *Wer immer klaut, dem glaubt man nicht* / *Der Dieb, der gern Kipling zitierte*. Des Weiteren verfasste er Romane wie *Small Town, Death Pulls a Doublecross* und sechzehn weitere Bücher und schrieb unter dem Pseudonym Chip Harrison, Jill Emerson und Paul Kavanagh. Seine vielen Kurzgeschichten erschienen in Anthologien wie *Sometimes They Bite, Like a Lamb to Slaughter, Some Days You Get the Bear, By the Dawn's Early Light, The Collected Mystery Stories, Death Wish and Other Stories, Enough Rope* sowie *One Night Stands and Lost Weekends*. Weiterhin hat er dreizehn Krimi-Anthologien herausgegeben, unter anderem *Murder on the Run, Blood on Their Hands, Speaking of Wrath* und zusammen mit Otto Penzler die *Best American Mystery Stories 2001*. Er hat sieben Sachbücher herausgegeben, zum Beispiel *Telling Lies for Fun & Profit*. Seine neuesten Werke sind der neue Matt-Scudder-Roman *A Drop of the Hard Stuff*, ein neuer Bernie-Rhodenbarr-Roman, *Like A Thief in the Night*, und unter dem Pseudonym Jill Emerson der Roman *Getting Off*. Er lebt in New York City.

ICH WEISS, WIE MAN SIE RAUSPICKT

Übersetzt von Wolfgang Thon

Ich weiß ganz genau, wie ich sie rauspicken kann.

Nur weiß ich nicht genau, ob man mir für die hier auch das Verdienst zuschreibt, weil ich Schwierigkeiten haben dürfte nachzuweisen, dass ich sie ausgesucht habe. Sie kam in dieses Rasthaus am Rande der Stadt und hatte das Drehbuch bereits perfekt in ihrem Kopf ausgearbeitet. Das Einzige, was noch zu tun blieb, war die Hauptrolle zu vergeben.

Die männliche Hauptrolle, meine ich. Denn was die tatsächliche Hauptrolle angeht, nun, die war für sie reserviert. Überflüssig, das zu erwähnen. Frauen wie sie sind immer der Star in all ihren Produktionen.

Natürlich hatten sie da eine Jukebox. Eine ziemlich laute. Wenn ich mich recht entsinne, spielte sie gerade *Be Nice*, als sie über die Schwelle trat, aber ich achtete nicht darauf. Weder auf die Musik noch auf die Person, die durch die Tür kam. Ich hatte ein Bier vor mir stehen – *Überraschung!* – und starrte hinein, als wollte es mir jede Sekunde ein Geheimnis verraten.

Klar doch. Das Einzige, was ein Bier jemals zu mir gesagt hat, war: *Sauf mich leer, Brauner. Ich mache alles besser, denn schlimmer kann ich es ganz bestimmt nicht machen.*

Es war eine Country-Jukebox, was man schon aufgrund der Parkplatzbelegung hätte erwarten können; die Pick-ups überwogen die Harleys im Verhältnis vier oder fünf zu eins. Also, ich kann zwar nicht sagen, was die Jukebox spielte, als sie reinkam, oder wann ich von meinem *Pabst Blue Ribbon* hochsah und einen Blick auf sie warf, aber ich kann sagen, was die Box nicht spielte.»*I Only Have Eyes for You.*«

Das spielte die Jukebox nicht. Aber sie hätte es spielen sollen.

Sie war eine Schönheit. Ihr Gesicht schien nur aus Wangenknochen und eleganten Linien zu bestehen, und selbst ein Mädchen, das einfach nur hübsch gewesen wäre, hätte neben ihr schlicht verbraucht ausgesehen. Dabei war sie selbst gar nicht hübsch, und ein flüchtiger erster Blick hätte einen vielleicht glauben machen, dass sie überhaupt nicht attraktiv war. Sah man aber noch einmal hin, verpuffte dieser erste Gedanke so schnell, dass man vergaß, ihn jemals gedacht zu haben. Es gibt Fotomodels mit so einem Gesicht. Und auch Filmschauspielerinnen, diejenigen, die auch mit vierzig oder fünfzig noch gute Rollen bekommen, wenn die hübschen Mädchen anfangen wie Vorstadtmütter und neugierige Nachbarinnen auszusehen.

Sie hatte nur Augen für mich. Große Augen, die weit genug auseinanderstanden, dunkelbraun, und ich schwöre, dass ich ihren Blick auf mir spürte, bevor ich ihre Präsenz mit meinen anderen Sinnen wahrnahm. Ich sah hoch und ertappte sie dabei, wie sie mich musterte. Sie bemerkte meinen Blick und schaute nicht weg.

Vermutlich war ich in dem Moment verloren.

Sie war blond mit einem Haarschnitt, der ihr Gesicht einrahmte und ihm schmeichelte. Und groß war sie, ich schätze eins siebzig, eins fünfundsiebzig. Sie trug eine Seidenbluse mit einem großen geometrischen Muster. Sie war zu hoch geknöpft, als dass sie viel Dekolleté gezeigt hätte, aber wenn sie sich bewegte, schmiegte sich der Stoff an ihre Haut und ließ einen erahnen, was sie nicht zeigte.

So wie ihre Jeans auf ihrem Körper saß, verstand man plötzlich, warum Leute viel Geld für Designer-Jeans ausgaben.

Der Schuppen war nicht sonderlich voll, es war noch früh, aber es standen etliche Leute zwischen ihr und mir. Sie glitt zwischen ihnen hindurch, und sie schmolzen förmlich. Die Frau hinter dem Tresen, ein hartes, altes Mädchen mit Schlangentätowierungen, beugte sich vor, um ihre Bestellung aufzunehmen.

Die Blondine dachte darüber nach. »Ich weiß nicht«, sagte sie zu mir. »Was soll ich nehmen?«

»Was Sie wollen.«

Sie legte ihre Hand auf meinen Arm. Ich trug ein langärmliges Hemd, so dass sich unsere Haut nicht berührte, aber es fühlte sich trotzdem fast so an.

»Suchen Sie etwas für mich aus«, sagte sie.

Ich warf einen Blick auf ihre Hand auf meinem Unterarm. Ihre Fingernägel waren mittellang, und der Nagellack hatte das helle Rot von Arterienblut.

Ich sollte einen Drink für sie aussuchen? Die Drinks, die mir in den Sinn schossen, waren zu raffiniert für diese Kneipe. Und es wäre eine Beleidigung gewesen, ihr einen Schnaps und ein Bier zu bestellen. Es musste ein Cocktail sein, aber einer, den die Schlangenfrau zubereiten konnte.

»Die Lady nimmt eine Cuervo Margarita«, sagte ich. Ihre Hand lag auf meinem rechten Arm, also tippte ich mit der linken Hand auf das Wechselgeld, das ich auf die Bar gelegt hatte, um anzuzeigen, dass die Margarita auf mich ging.

»Dasselbe für Sie? Oder noch ein Blue Ribbon?«

Ich schüttelte den Kopf. »Aber Sie könnten mir einen doppelten Joey C. geben, um ihm Gesellschaft zu leisten.«

»Danke«, sagte meine Blondine, während die Tresenfrau ihren Cocktail mixte. »Eine Margarita ist eine perfekte Wahl.«

Die Drinks kamen. Ihr Glas hatte einen gesalzenen Rand, und mein doppelter Tequila Cuervo kam in einem übergroßen Grappa-Glas. Sie ließ meinen Arm los, nahm ihr Glas in die Hand und hob es zu einem wortlosen Toast. Ich ließ meinen Cuervo stehen und erwiderte ihren Toast mit meinem Bier.

Sie kippte ihren Drink nicht wie ein Seemann, aber sie nippte auch nicht daran wie ein Baby. Sie trank einen Schluck, stellte das Glas auf die Bar und legte ihre Hand wieder auf meinen Arm.

Nett.

Kein Ehering. Das war mir sofort aufgefallen, und ich brauchte auch keinen zweiten Blick, um zu erkennen, dass ein Ring an diesem Finger gesteckt hatte und erst kürzlich abgenommen worden war. Auf der Haut zeigte sich nicht nur ein heller Streifen, wo der Ring die Sonne ferngehalten hatte, sondern auch eine Druckstelle. Dieser Finger erzählte sehr viel. Er erzählte, dass sie verheiratet war und dass sie den Ring absichtlich abgenommen hatte, bevor sie die Bar betrat.

He, habe ich es nicht gesagt? Ich weiß, wie man sie rauspickt.

Aber habe ich nicht auch gesagt, dass sie mich ebenfalls ausgesucht hat?

Aus demselben Grund hat sie diese schäbige Raststätte ausgesucht. Wenn sie nach Typen wie mir suchte, war das genau der richtige Ort.

Mein Typ heißt, na ja, eben groß. Gebaut wie ein Middle Linebacker oder vielleicht wie ein Tight End. Etwas über eins neunzig, zweihundertdreißig Pfund, breite Schultern, schmale Taille. Mehr Muskeln, als ein Mann braucht, es sei denn, er will einen Wagen aus einer Furche wuchten.

Was allerdings nicht meine Gewohnheit ist. Ich bin nicht sonderlich gut darin, mich selbst aus einer Grube zu ziehen, geschweige denn ein Auto.

Wenn ich mich rasiere, bin ich glatt rasiert; ich hatte mich gerade am Tag zuvor rasiert, als sie hereinkam und ihre Hand auf meinen Arm legte. Ich trage weder Bart noch

Schnurrbart. Mein Haar ist dunkel und glatt, und bis jetzt habe ich nichts davon verloren. Allerdings bin ich auch noch nicht vierzig, also, wer kann schon sagen, ob ich es wirklich behalte?

Mein Typ: großer Naturbursche mit mehr Muskeln als Hirn und mehr Lebenserfahrung als Bücherwissen. Jemand, dem wahrscheinlich nicht auffallen würde, dass man bis vor ein paar Minuten noch einen Ehering getragen hat.

Oder den es nicht kümmert, falls es ihm auffällt.

»Lust zu tanzen, kleine Lady?«

Ich hatte ihn schon vorher aus dem Augenwinkel bemerkt, Typ Cowboy, etwa meine Größe, vielleicht ein paar Zentimeter größer, aber erheblich leichter. Lang und schlank, mit dem Körperbau eines Wide Receivers neben meinem Tight End.

Und nein, ich habe nie Football gespielt. Ich habe es immer nur im Fernsehen gesehen, wenn zufällig in dem Raum, in dem ich mich aufhielt, ein Gerät stand. Sport hat mich nie interessiert, schon als Kind nicht. Ich hatte die richtige Größe, war schnell genug und hatte es satt, ständig zu hören, dass ich mich bei diesem Team melden sollte oder bei jenem.

Es war ein Spiel. Warum sollte ich meine Zeit auf ein Spiel verschwenden?

Jetzt hatten wir also diesen Wide Receiver, der eine Frau anmachte, die zu verstehen gegeben hatte, dass sie zu mir gehörte. Ihr Griff auf meinem Arm wurde fester, und ich vermutete, dass es ihr gefiel, wie sich die Geschichte entwickelte. Zwei Hengste, die die Sache draußen auf dem Parkplatz untereinander ausmachten, sich in Boxhaltung aufstellten und dann versuchten, sich gegenseitig umzubringen. Sie würde danebenstehen und zusehen, während das Blut in ihren Adern sang, bis die Sache geregelt war, und mit dem Sieger nach Hause gehen.

Keine Frage, dass er für dieses Spielchen bereit war. Er hatte mich schon vor einer halben Stunde abgecheckt, bevor sie überhaupt auf der Bildfläche erschienen war. Es gibt Typen, die genau das machen: Sie prüfen einen Raum, versuchen herauszufinden, mit wem sie möglicherweise aneinandergeraten und wie sie die Sache handhaben sollen. Ich hätte das auch selbst machen können, ihn einschätzen können, seine Schritte antizipieren und spekulieren, was am besten gegen ihn funktionieren würde.

Oder ich konnte einfach weggehen. Ich konnte beiden den Rücken zukehren, die Bar verlassen und mein Glück woanders versuchen. Es war nicht so schwer, einen Laden zu finden, der einem einen Tequila und ein Bier verkaufte.

Nur kehre ich solchen Sachen nicht einfach den Rücken zu. Zu wissen, dass ich es könnte, bedeutet nicht, dass ich es mache.

»Oh, das ist sehr nett von Ihnen«, sagte sie. »Aber wir wollten gerade gehen. Vielleicht ein andermal.«

Sie stand auf, als sie das sagte, und legte genau den richtigen Tonfall in ihre Stimme, damit klar war, dass sie es wirklich ernst meinte. Dabei war sie nicht kalt oder wies sie ihn einfach ab, aber sie war auch nicht im Entferntesten herzlich genug, um diesen Hurensohn zu ermutigen.

Sie machte es wirklich genau richtig.

Ich ließ mein Bier stehen, wo es war, und ließ auch mein Wechselgeld zurück, damit es nicht so allein war. Auf dem Weg nach draußen hielt sie meinen Arm fest. Uns folgten etliche Blicke, als wir hinausgingen, aber das waren wir wohl beide gewohnt.

Als wir den Parkplatz erreichten, war ich immer noch dabei, den Kampf zu planen. Es würde nicht dazu kommen, aber mein Verstand arbeitete trotzdem daran.

Ist schon komisch, wie so was in einem abläuft.

Man will diesen Kampf gewinnen, also sorgt man dafür, dass der erste Schlag sitzt. Bevor er ihn überhaupt kommen sieht. Zuerst bombardiert man Pearl Harbor, dann erklärt man den Krieg.

Soll er doch glauben, dass man kneift. *He, ich will nicht gegen dich kämpfen!* Und wenn er dann schon fürchtet, man zöge den Schwanz ein, versetzt man ihm den besten Schlag, den man draufhat. Man muss es genau timen, ihn überraschen, dann braucht man nicht mehr als einen Schlag.

Natürlich hätte das bei dem guten alten Lash LaRue hier nicht funktioniert. Nicht, weil der Schlag nicht gesessen hätte. Oh nein, der hätte hervorragend funktioniert, hätte ihn mit dem Gesicht nach unten in den Kies geschickt, mitsamt seiner Wranglers, seinem albernen Hemd mit den Druckknöpfen und seiner lächerlichen Pompadour-Tolle.

Aber das hätte sie um den Kampf betrogen, den sie zu sehen hoffte.

Deshalb spreizte ich meine Hände zu einer hilflosen Leider-können-wir-das-nicht-regeln-Geste, als wir rausgingen und uns aufmachten zu verschwinden. Ich überließ es ihm, den ersten Schlag zu versuchen. Natürlich wäre ich bereit gewesen, auch wenn ich nicht so aussah; ich hätte mich geduckt, wenn er zugeschlagen hätte. Es gibt immer solche Kopfjäger, solche Trottel wie ihn, und ich hätte mich geduckt, noch bevor er überhaupt richtig ausgeholt hätte, und hätte ihm die Faust zwischen Nabel und Eiern in den Leib gerammt.

Ich hätte die ganze Sache mit Körpertreffern erledigt. Warum sollte man sich die Hände an einem harten Kiefer aufschlagen? Bei seiner Größe gab es eine ganze Menge Körperfläche, und dort hätte ich ihm meine Fäuste hingehämmert. Schon der erste Schlag hätte ihm die Lust auf eine Prügelei ausgetrieben und auch die Wucht aus seinen Schlägen genommen, wenn er überhaupt noch dazu gekommen wäre, einen zweiten Schlag anzusetzen.

Ich hätte auf die linke Seite gezielt, auf seine Leber. Die sitzt rechts im Körper, ziemlich dicht über der Gürtellinie. Im Boxring ist das ein ganz legaler Schlag, also erst recht auf einem Parkplatz, und wenn man die richtige Stelle trifft, ist die ganze Sache mit diesem einen Schlag erledigt. Ich habe es zwar selbst noch nicht gemacht und auch noch nicht gesehen, aber ich glaube, dass man einen Mann mit einem Leberhaken sogar töten kann.

Aber ich verfasste gerade ein Skript für einen Kampf, zu dem es nicht kommen würde, weil meine Blondine ihr Drehbuch bereits fertig hatte. Wie sich herausstellte, gab es darin keine Kampfszene. Was in gewisser Weise schade war, weil es mir eine gewisse Befriedigung bereitet hätte, diesen Cowboy auseinanderzunehmen. So aber würde seine Leber noch ein bisschen auf einen Kampf warten müssen. Und sie würde nur durch die Schnäpse und Biere Schaden erleiden, mit denen er sie bombardierte, nicht durch meine Fäuste.

Irgendwie wäre es auch zu einfach gewesen, wenn sie nur hier aufgetaucht wäre, um zwei Rowdys dazu zu bringen, sich um sie zu prügeln. Sie hatte erheblich Übleres im Sinn.

»Ich hoffe, ich war nicht unverschämt«, sagte sie. »Weil ich uns da weggelotst habe. Aber ich hatte Angst.«

Besonders verängstigt hatte sie nicht gerade gewirkt.

»Dass Sie ihn verletzen könnten«, führte sie aus. »Oder vielleicht sogar umbringen.«

Sie fuhr einen Ford, das Modell, das einem die Autoverleiher gerne aufs Auge drückten. Er stand zwischen zwei Pick-ups, die beide verbeulte Kotflügel und viel Rost hatten. Sie drückte einen Knopf auf der Fernbedienung, um die Türen zu öffnen, und die Scheinwerfer blinkten kurz.

Ich spielte den Gentleman, ging auf ihre Seite und machte Anstalten, ihr die Fahrertür zu öffnen. Sie zögerte und drehte sich zu mir um. Es war wirklich nicht einfach, diesen Wink zu übersehen.

Ich nahm sie in die Arme und küsste sie.
Und ja, sie war da, die Chemie, die Biologie oder wie auch immer man das nennen will. Sie erwiderte den Kuss, schob ihre Hüften vor, versuchte sich zusammenzureißen, aber es gelang ihr nicht. Ich fühlte die Wärme ihres Körpers durch ihre und meine Jeans, und ich spielte mit dem Gedanken, es auf der Stelle zu machen, sie einfach auf den Boden zu werfen und sie hier auf dem Schotter zu nehmen, vor neugierigen Blicken durch die beiden Pick-ups geschützt. Ich würde sie ordentlich ficken, ihn rausziehen, aufstehen, während sie immer noch zitternd dalag, und verschwinden, bevor sie ihr Spielchen mit mir treiben konnte.
Leb wohl, kleine Lady, weil wir gerade das gemacht haben, weswegen wir hergekommen sind, also warum soll ich mir anhören, was du noch alles zu sagen hast?
Ich ließ sie los, und sie setzte sich rasch hinters Steuer. Ich ging um den Wagen herum und stieg auf den Beifahrersitz. Sie ließ den Motor an, legte aber nicht sofort den Gang ein.
»Ich heiße Claudia.«
Vielleicht stimmte es, vielleicht auch nicht.
»Gary«, sagte ich.
»Ich lebe nicht hier.«
Ich auch nicht. Eigentlich lebe ich nirgendwo. Oder, von einem anderen Standpunkt aus betrachtet, lebe ich überall.
»Mein Motel liegt direkt am Ende der Straße. Vielleicht eine halbe Meile entfernt.«
Sie wartete darauf, dass ich etwas sagte. Was sollte ich sagen? *Sind die Laken sauber? Haben sie HBO?*
Ich sagte gar nichts.
»Sollen wir etwas zu trinken holen? Ich habe nichts auf dem Zimmer.«
Ich meinte, ich bräuchte nichts. Sie nickte, wartete auf eine Lücke im Verkehr und fädelte sich ein.
Ich achtete darauf, wo wir hinfuhren, damit ich später zu meinem Wagen zurückfand. Wir waren etwa eine Viertel-

meile gefahren, als sie ihre rechte Hand vom Steuerrad nahm und sie auf meinen Schwanz legte. Dabei wandte sie die Augen nicht von der Straße ab. Nach einer weiteren Viertelmeile legte sie die Hand wieder an das Lenkrad.

Ich fragte mich unwillkürlich, was das sollte. Wollte sie sich überzeugen, dass ich genug für sie in der Hose hatte? Oder wollte sie verhindern, dass ich vergaß, warum wir ins Motel fuhren?

Vielleicht versuchte sie nur, mir zu zeigen, dass sie bis ins Mark eine Lady war.

Ich muss zugeben, dass ich immer das bekomme, wonach ich suche.

Denn, sehen wir den Tatsachen ins Auge, man sucht nicht Susie Hausfrau in einer schäbigen Raststätte, auf deren Parkplatz jede Menge Pick-ups und schwere Maschinen stehen. Wenn man in einen Raum kommt, in dem Kitty Wells gerade singt, dass nicht Gott die Honky-Tonk-Engel gemacht hat, was soll man da schon finden außer eben Honky-Tonk-Engel?

Wenn man eine treue Ehefrau sucht, eine, die das Haus hütet, muss man an anderen Orten jagen.

Schließlich bin ich nicht auf Methodistenabenden aufgetaucht oder habe in Volkshochschulkursen Poesie-Workshops belegt. Ich habe, und das ist ein anderer Song, immer an den falschen Orten nach Liebe gesucht, also warum sollte ich dem Schicksal zürnen, weil es mir eine Frau wie Claudia geschickt hatte?

Oder wie auch immer ihr Name war.

Das Motel war eine Bungalowanlage, die keiner Kette angehörte. Sie war einigermaßen präsentabel, aber trotzdem kein Ort, an dem eine Frau wie sie absteigen würde, wenn sie nur einen Schlafplatz suchte. Dann würde sie ein Ramada oder ein Hampton Inn aussuchen, aber wir waren hier in unserem einfachen, verschwiegenen Motel. Es war sauber und ordentlich in Schuss und lag ein Stück abseits der Straße, um Privatsphäre zu gewährleisten. Ihr Zimmer lag auf der Rückseite, so dass man den kleinen Ford von der Straße aus nicht sehen konnte. Falls es kein Mietwagen war, sondern ihr eigener, konnte niemand, der zufällig vorbeifuhr, ihr Kennzeichen notieren.

Als wenn das eine Rolle gespielt hätte.

Als wir drin waren, die Tür verschlossen und die Kette vorgelegt, drehte sie sich zu mir um und wirkte zum ersten Mal einen Hauch unsicher. Als würde sie überlegen, was sie sagen sollte, oder darauf warten, dass ich etwas sagte.

Zum Teufel damit. Sie hatte mir bereits im Wagen an den Schwanz gefasst, und das sollte genügen, um das Eis zu brechen. Ich packte sie, küsste sie, legte eine Hand auf ihren Arsch und zog sie fest an mich.

Ich hätte ihr diese Jeans vom Körper reißen, hätte ihr die feine Seidenbluse zerfetzen können. Lust darauf hätte ich gehabt.

Mehr noch, ich wollte ihr wehtun. Sie weich machen, mit einer Faust im Bauch, oder herausfinden, was ein Leberhaken bei ihr bewirken könnte.

Ich habe wirklich solche Gedanken. Sie kommen einfach, und immer wenn sie das tun, blitzt das Gesicht meiner Mutter vor mir auf. Blitzschnell, wie dieses Aufblitzen von Grün, das man manchmal erlebt, wenn man zusieht, wie die Sonne über dem Wasser untergeht. Es ist verschwunden, fast bevor man es bemerkt, und man kann hinterher nicht wirklich schwören, dass man es tatsächlich gesehen hat.

So ungefähr.

Ich war sanft zu ihr. Jedenfalls einigermaßen. Sie hatte mich nicht ausgesucht, weil sie zärtliche Worte und gehauchte Küsse wollte. Ich gab ihr das, was sie meiner Wahrnehmung nach wollte, aber ich trieb sie nicht weiter, als sie gehen wollte. Es war nicht schwer, ihren Rhythmus zu finden, und ebenso wenig fiel es mir schwer, ihre Erregung zu steigern, sie zurückzuhalten und sie dann kommen zu lassen, dabei die ganze Zeit bei ihr zu bleiben, auch noch das letzte Zittern aus der süßen Maschinerie ihres Körpers herauszukitzeln.

Das ist wirklich nicht schwer. Ich habe das in sehr jungen Jahren gelernt. Ich wusste, was ich tun musste und wie.

»Ich wusste, dass es gut sein würde.«

Ich lag mit geschlossenen Augen da. Ich weiß nicht, was ich gedacht habe. Manchmal schweifen meine Gedanken einfach ab, ganz von selbst, irgendwohin, und mein Verstand denkt seine eigenen Sachen. Dann plötzlich hat ein Auto eine Fehlzündung, oder irgendetwas verändert die Energie im Raum, und ich bin wieder da, wo ich war, und alles, was ich gedacht habe, ist spurlos verschwunden.

Ich nehme an, das geht jedem so. Es kann nicht sein, dass ich so besonders bin, ich und meine privatesten Gedanken.

Diesmal war es ihre Stimme, die mich ebenso sicher wie ein Donnerschlag in die Gegenwart zurückriss. Ich rollte mich herum. Sie saß neben mir im Bett, hatte das Kissen unter ihrem Hintern herausgezogen und es unter ihren Kopf und die Schultern an die Wand gelegt.

Sie wirkte wie eine Frau, die danach eine Zigarette rauchte, aber sie rauchte nicht, und es lagen auch keine Zigaretten herum. Aber trotzdem war es wie diese Zigarette hinterher, auch wenn keine Zigarette mit im Spiel war.

»Alles, was ich wollte«, sagte sie, »war, hierherzukommen, eine Tür zuzumachen und die Welt auszuschließen und dann die ganze Welt verschwinden zu lassen.«

»Hat es funktioniert?«

»Wie durch Magie«, sagte sie. »Du bist nicht gekommen.«

»Nein.«

»Hat es etwas mit mir …?«

»Manchmal halte ich mich zurück.«

»Oh.«

»Das macht das zweite Mal besser. Intensiver.«
»Das verstehe ich. Aber muss man dafür nicht eine bemerkenswerte Selbstbeherrschung haben?«
Ich hatte nicht versucht, mich zurückzuhalten. Ich hatte versucht, sie so zu ficken, dass sie es so schnell nicht vergessen würde, das war alles. Aber das musste ich ihr alles nicht erzählen.
»Wir können es doch noch einmal machen, oder? Du musst doch nicht weg?«
»Ich bin die ganze Nacht hier«, sagte sie. »Wir können sogar morgen frühstücken, wenn du willst.«
»Ich dachte, du müsstest vielleicht nach Hause zu deinem Ehemann.«
Ihre Hände bewegten sich. Mit den Fingern ihrer rechten Hand berührte sie ihren Ringfinger und überzeugte sich, dass kein Ehering da war.
»Es ist nicht der Ring«, sagte ich. »Sondern der Abdruck des Rings. Eine Vertiefung in der Haut, weil du ihn abgenommen haben musst, kurz bevor du in die Raststätte gekommen bist. Und die dünne weiße Linie, wo die Sonne deine Haut nicht gebräunt hat.«
»Sherlock Holmes«, meinte sie.
Sie wartete, damit ich etwas sagen konnte, aber warum hätte ich ihr aus der Verlegenheit helfen sollen? Ich wartete.
»Du bist nicht verheiratet.«
»Nein.«
»Warst du es mal?«
»Nein.«
Sie hob die Hand, die Handfläche nach außen, als betrachtete sie ihren Ring. Vermutlich musterte sie nur den Abdruck, wo er gesteckt hatte.
»Ich dachte, ich würde direkt nach der Highschool heiraten«, sagte sie. »Dort, wo ich aufgewachsen bin, macht man das, wenn man hübsch ist. Und auch wenn man nicht hübsch ist, aber irgendjemand einen geschwängert hat.«

»Du warst hübsch.«

Sie nickte. Warum hätte sie auch tun sollen, als wüsste sie das nicht? »Aber ich war nicht schwanger, und dann hatte meine Freundin die Idee, dass wir unsere Stadt verlassen, nach Chicago fahren und sehen sollten, was passierte. Also packte ich einfach eine Tasche, und wir fuhren los. Nach drei Wochen hatte sie Heimweh und fuhr zurück.«

»Aber du nicht.«

»Nein, ich mochte Chicago. Jedenfalls dachte ich das. Eigentlich mochte ich die Person, die ich in Chicago sein konnte, nicht, weil es Chicago war, sondern weil es nicht zu Hause war.«

»Also bist du geblieben.«

»Bis ich woanders hingezogen bin. In eine andere Stadt. Ich hatte Jobs, ich hatte Freunde, ich verbrachte Zeit zwischen Freunden, und alles war gut. Und ich dachte, na ja, es gibt Frauen, die eher Männer und Kinder haben, und Frauen, die das nicht haben, und wie es aussieht, bin ich eine von denen, die das nicht haben.«

Ich ließ sie reden, hörte ihr aber nicht sehr genau zu. Sie hatte diesen Mann getroffen, er wollte sie heiraten, sie dachte, es wäre ihre letzte Chance, sie wusste, dass es ein Fehler war, aber sie machte es trotzdem. Das war ihre Geschichte, auch wenn es nicht gerade eine einzigartige Geschichte war. Ich hatte sie schon oft genug gehört.

Ich nehme an, dass sie manchmal auch stimmte. Vielleicht stimmte sie diesmal, vielleicht auch nicht.

Als ich es satthatte, ihr zuzuhören, legte ich eine Hand auf ihren Bauch und streichelte sie. Sie schnappte nach Luft. Sie hatte diese Berührung nicht erwartet. Ich glitt mit der Hand tiefer, und sie machte erwartungsvoll die Beine breit. Ich legte meine Hand auf sie und streichelte sie mit den Fingern. Einfach nur so, ich lag einfach neben ihr und machte es ihr mit den Fingern. Sie schloss die Augen, und ich beobachtete ihr Gesicht, während meine Finger taten, was sie taten.

»Oh! Oh! *Oh!*«

Ich wurde hart, während ich das machte, aber ich hatte nicht das Bedürfnis, deshalb irgendetwas zu unternehmen. Nachdem sie gekommen war, blieb ich einfach liegen, wo ich war. Ich schloss die Augen, wurde wieder schlaff, lag da und hörte der Stille im Zimmer zu.

Mein Vater verließ uns, als ich noch in den Windeln lag. Jedenfalls hat man mir das erzählt. Ich kann mich nicht an ihn erinnern, und ich bin auch nicht wirklich überzeugt, dass er jemals da gewesen ist. Irgendjemand hatte sie geschwängert, und es war ganz sicher nicht der Heilige Geist. Aber – hatte derjenige es jemals erfahren? Kannte sie überhaupt seinen Nachnamen?

Also wurde ich von einer alleinerziehenden Mutter erzogen, obwohl ich mich nicht daran erinnern kann, dass ich damals diese Bezeichnung gehört hätte. Am Anfang hat sie noch Männer mit nach Hause gebracht, aber dann hörte sie damit auf. Sie kam vielleicht nach Hause und roch danach, wo sie gewesen war und was sie getan hatte, aber sie kam allein nach Hause.

Dann hörte auch das auf, und sie verbrachte ihre Abende vor dem Fernsehgerät.

Eines Nachts sahen wir irgendein Programm, ich habe vergessen, was. »Du bist jetzt alt genug«, sagte sie plötzlich. »Ich schlage vor, du machst es dir selbst.«

Ich wusste, was sie meinte. Was ich nicht wusste, war, wie ich reagieren sollte.

»Du brauchst dich nicht zu schämen«, sagte sie. »Alle machen das, das gehört dazu, wenn man heranwächst. Lass ihn mich sehen.« Vor Verwirrung war ich wie gelähmt. »Zieh deine Pyjamahose aus und zeig mir deinen Schwanz.«

Ich wollte es nicht. Und wollte es irgendwie doch. Ich war verlegen, ich war erregt, ich war …

»Er wird größer«, sagte sie. »Du wirst schon bald ein

Mann sein. Zeig mir, wie du dich berührst. Sieh nur, wie er wächst! Das ist viel besser als fernsehen. Woran denkst du, wenn du ihn anfasst?«

Ob ich etwas gesagt habe? Ich glaube nicht.

»Willst du Titten?« Sie öffnete ihren Bademantel. »Du hast an ihnen genuckelt, als du noch ein Baby warst. Erinnerst du dich noch daran?«

Ich wollte wegsehen. Wollte aufhören, mich zu berühren.

»Ich verrate dir ein Geheimnis. Es ist schön, seinen Schwanz zu berühren, aber es ist viel schöner, wenn jemand anders es für dich tut. Siehst du? Du kannst meine Titten berühren, während ich das für dich tue. Fühlt sich das nicht gut an? Na?«

Ich spritzte über ihre Hand. Ich dachte, sie wäre böse. Stattdessen hob sie ihre Hand vor ihr Gesicht und leckte sie ab. Dabei lächelte sie mich an.

»Ich weiß nicht«, sagte sie.

Claudia, meine Blondine. Ich fragte mich beiläufig, wie natürlich ihr blondes Haar war. Es blieb eine offene Frage, weil das Haar auf ihrem Kopf das einzige Haar an ihrem Körper war.

Ich fragte mich unwillkürlich, was meine Mutter davon gehalten hätte. Sich die Beine zu rasieren war ihre Konzession an die Weiblichkeit, und dazu eine, die sie nur widerwillig akzeptierte.

So widerwillig, dass sie es mich tun ließ. Sie kam aus dem Bad, ganz warm von der Badewanne, und ich trug den Rasierschaum auf und rasierte sie mit dem Rasierapparat. Sie sagte, dass mir in ein paar Jahren ein Bart wachsen würde. Also könnte ich ruhig ein bisschen üben, weil ich mich mein Leben lang würde rasieren müssen.

Ich fragte Claudia, was sie nicht wusste.

»Ich wollte nur ein Abenteuer«, antwortete sie.

»Die Welt außen vor lassen. Sie auf der anderen Seite dieser Tür lassen.«

»Aber du hast irgendwie Macht«, sagte sie. »Das hat mich an dir angezogen, hat mich durch den ganzen Raum dorthin gezogen, wo du gestanden hast – und das macht mir Angst.«

»Warum?«

Sie schloss die Augen und wählte ihre Worte mit Bedacht. »Was in diesem Raum passiert, bleibt in diesem Raum. So funktioniert es doch?«

»Du meinst wie in Las Vegas?«

Sie öffnete die Augen und sah mich direkt an. »Ich habe so etwas schon einmal gemacht«, gestand sie dann.

»Ich bin schockiert.«

»Nicht so oft, wie du vielleicht glaubst, aber ab und zu.«

»Immer bei Vollmond?«

»Und dann habe ich es hinter mir gelassen, wenn ich weggefahren bin. Wie eine Massage oder eine Behandlung im Spa.«

»Danach wieder ab nach Hause zum Göttergatten.«

»Wie hätte es ihn verletzen sollen? Er hat nie etwas erfahren. Und ich war ihm eine bessere Ehefrau, wenn ich mir ab und zu Luft machen konnte.«

Sie ließ sich Zeit, darauf zu sprechen zu kommen. Es war fast so, als beobachtete ich einen Pitcher beim Baseball dabei, wie er seine komplizierten Vorbereitungen traf. Das war ziemlich interessant, wenn man bereits wusste, welchen Curveball man erwarten konnte.

»Aber das hier fühlt sich nach mehr an, stimmt's?«

Sie warf mir einen langen Blick zu, als wollte sie ja sagen, zögerte aber, das Wort auszusprechen.

Oh, sie war wirklich gut.

»Du hast mit dem Gedanken gespielt, ihn zu verlassen.«

»Selbstverständlich. Aber ich habe ... wie soll ich das ausdrücken? Er bietet mir ein sehr behagliches Leben.«

»Für gewöhnlich bedeutet das Geld.«

»Seine Eltern waren sehr wohlhabend«, sagte sie. »Und er war ihr einziges Kind. Sie sind gestorben, und er hat alles geerbt.«
»Ich nehme an, der Ford ist ein Mietwagen.«
»Der Ford? Ach, du meinst den Wagen, den ich fahre. Ja. Ich habe ihn am Flughafen abgeholt. Warum fragst du... Oh, weil ich wahrscheinlich ein hübscheres Auto besitze? Hast du das gemeint?«
»So ungefähr.«
»Wir haben etliche Autos. Für gewöhnlich fahre ich einen Lexus, und er hat mir einen alten Sportwagen als Geschenk gekauft. Einen Aston Martin.«
»Sehr nett.«
»Schon. Zuerst habe ich es genossen, ihn zu fahren. Jetzt hole ich ihn kaum noch aus der Garage. Es ist nur ein kostspieliges Spielzeug. So wie ich.«
»Sein Spielzeug. Holt er dich denn oft heraus und spielt mit dir?«

Sie sagte nichts.

Ich legte meine Hand dorthin, wo sie keine Haare hatte. Ich streichelte sie nicht, sondern ließ sie dort liegen. Ich ergriff Besitz.

»Wenn du dich von ihm scheiden lässt...«
»Ich habe einen dieser Verträge unterschrieben.«
»Einen Ehevertrag.«
»Ja.«
»Wahrscheinlich darfst du das Spielzeug behalten.«
»Möglicherweise.«
»Aber das Luxusleben wäre vorbei.«

Sie nickte.

»Ich nehme an, er ist erheblich älter als du.«
»Nur ein paar Jahre. Er wirkt älter, ist einer der Männer, die sich älter benehmen, als sie wirklich an Jahren zählen, aber so alt ist er gar nicht.«
»Wie steht es um seine Gesundheit?«

»Sie ist gut. Er trainiert zwar nicht und hat erhebliches Übergewicht, aber er kommt bei seinen jährlichen Untersuchungen auf großartige Ergebnisse.«
»Trotzdem, jeder kann einen Schlaganfall bekommen oder einen Herzinfarkt. Oder ein betrunkener Autofahrer überfährt eine rote Ampel und trifft ihn volle Breitseite.«
»Über so etwas mag ich nicht einmal reden.«
»Weil das fast so wäre, als würde man es sich wünschen.«
»Ja.«
»Aber«, sagte ich, »es käme dennoch ausgesprochen gelegen, hab ich recht?«

Bei meiner Mutter war das nicht so. Kein Schlaganfall, Herzinfarkt oder ein betrunkener Fahrer. Einen Tag noch da, am nächsten weg.
   Es war ganz und gar nicht so.
   Etwa zwei bis drei Jahre, nachdem sie mir gezeigt hatte, wie viel schöner es war, wenn jemand anders einen berührte. Zwei bis drei Jahre, in denen ich morgens zur Schule ging, am Nachmittag sofort nach Hause kam, die Tür zumachte und die ganze Welt ausschloss.
   Sie zeigte mir alles, was sie kannte. Dazu Dinge, von denen sie gehört oder gelesen, die sie aber noch nie ausprobiert hatte.
   Sie sagte mir, wie ich mit Mädchen umgehen musste. »Es ist so, als wäre das ein Sport, und ich bin dein Coach«, meinte sie. Sie erklärte mir, was ich sagen musste, wie ich handeln musste und wie ich sie dazu bringen konnte, Dinge zu tun oder mich Dinge tun zu lassen.
   Danach kam ich nach Hause und erzählte ihr alles. Im Bett, wo wir es nachspielten und herumtollten.
   Zwei, drei Jahre. Dann verlor sie allmählich Gewicht und wurde blass. Mir muss das aufgefallen sein, aber ich sah sie jeden Tag, und es war mir niemals wirklich bewusst. Dann kam ich eines Tages nach Hause, und sie war nicht da. Aber

sie hatte mir einen Zettel geschrieben, dass sie bald nach Hause kommen würde. Eine Stunde später kam sie rein, ich sah etwas in ihrem Gesicht, und ich wusste es. Ich wusste nur nicht, was es war, bis sie es mir erzählte.

Eierstockkrebs. Die Metastasen hatten sich schon in ihrem ganzen Körper verteilt, und sie konnten nichts mehr für sie tun. Jedenfalls nichts, was funktionieren würde.

Wegen der Stelle, an der es angefangen hatte, fragte sie sich, ob es eine Strafe war. Für das, was wir taten.

»Aber das ist Scheiße, und ich weiß, dass es Scheiße ist. Ich wurde erzogen, an Gott zu glauben, aber dem bin ich entwachsen, und ich selber habe dich nie so erzogen. Und selbst wenn es einen Gott gäbe, würde er so nicht handeln. Was ist denn schon schlimm an dem, was wir tun? Tun wir jemandem weh?«

Ein wenig später meinte sie:»Das Einzige, was sie mir geben könnten, ist eine Chemotherapie. Die tut nur höllisch weh, mir fällt das Haar aus, und ich lebe vielleicht ein paar Monate länger. Mein süßer Baby-Junge, ich will nicht, dass du dich an eine gelbsüchtige alte Lady erinnerst, die Stückchen um Stückchen stirbt und vor Schmerz verrückt wird. Ich will nicht so lange bleiben, und du musst mir helfen, hier wegzukommen.«

Schule. Ich machte keinen Sport, ich war in keinem Club oder Verein, ich hatte keine Freunde. Aber ich wusste, wer Drogen verkaufte, das wussten alle. Und zwar alles, was man wollte. Was ich wollte, waren Beruhigungsmittel, und das war ganz leicht.

Sie wollte sie nehmen, wenn ich zur Schule ging, so dass ich nicht da war, wenn es passierte, aber das redete ich ihr aus. Sie nahm sie in der Nacht. Ich lag neben ihr und hielt ihre Hand, während sie einschlief. Ich blieb bei ihr, damit ich merkte, wann sie aufhörte zu atmen, aber ich konnte nicht wach bleiben. Ich schlief selbst ein, und als ich in der Morgendämmerung aufwachte, war sie gegangen.

Ich räumte auf, ging in mein Zimmer und sorgte dafür, dass es aussah, als hätte jemand in meinem Bett geschlafen. Dann ging ich zur Schule und hielt mich davon ab, irgendetwas zu denken. Ich ging nach Hause, schloss die Tür auf, und dann hatte ich eine Eingebung, erwartete, dass sie im Haus herumlief, wenn ich die Tür öffnete.

Na klar. Ich fand sie, wo ich sie zurückgelassen hatte. Ich rief den Doktor und sagte, ich wäre am Morgen zur Schule gegangen, weil ich sie nicht stören wollte. Er wusste, dass es die Pillen waren, ich merkte, dass er es wusste, aber er wollte es mir ersparen. Er sagte, ihr Herz hätte plötzlich versagt, meinte, es würde häufig bei Fällen wie ihrem passieren.

Wenn sie noch am Leben wäre, wenn sie niemals krank geworden wäre, würde ich immer noch dort leben. Wir beide in diesem Haus, und der Rest der Welt wäre ausgeschlossen.

»Ich kann nicht so tun, als hätte ich niemals daran gedacht«, sagte sie. »Aber ich habe es mir nie gewünscht. Er ist kein schlechter Mann. Er war gut zu mir.«

»Er kümmert sich gut um dich.«

»Er reinigt seine Golfschläger, wenn er eine Runde gespielt hat. Er hat ein Stück Flanelltuch dabei, mit dem er die Eisen abwischt. Er bringt die Autos zur Inspektion. Und ja, er kümmert sich gut um mich.«

»Vielleicht ist das ja alles, was du willst.«

»Ich war jedenfalls bereit, mich damit zu begnügen«, sagte sie.

»Das bist du jetzt nicht mehr?«

»Ich weiß nicht.« Sie nahm ihn in die Hand. Einen Moment war es eine andere Hand, eine kräftige, sanfte Hand, und ich war wieder ein Junge. Nur für einen Moment, dann war es vorbei.

Sie hielt ihn weiter fest, und sie sagte nichts, aber ich hörte ihre Stimme in meinem Kopf, ebenso klar, als hätte sie laut gesprochen. *Bereit, mich damit zu begnügen? Nicht mehr, Darling, weil ich dich getroffen habe und meine Welt sich für immer verändert hat. Wenn ihm irgendetwas zustieße und wir für immer zusammen sein könnten. Wenn nur...*

»Du willst, dass ich ihn umbringe«, erklärte ich.

»Oh mein Gott!«

»Wolltest du nicht darauf hinaus?«

Sie antwortete nicht, sondern atmete tief ein und aus. »Hast du jemals...?«, setzte sie dann an.

»Die Regierung steckt dich in eine Uniform, drückt dir ein Gewehr in die Hand und schickt dich um die halbe Welt. Am Ende tut ein Mann viele Dinge, die er sonst nicht tun würde.«

Das alles war sicherlich wahr, nehme ich jedenfalls an. Aber es hatte nicht allzu viel mit mir zu tun. Ich habe niemals gedient.

Ich bin einmal hingegangen, um mich einzuschreiben. Der Gehirnklempner von der Army hat mir einen ganzen Haufen Fragen gestellt und in meinen Antworten etwas gehört, was ihm nicht gefiel. Sie haben sich für meine Zeit bedankt und mich weggeschickt.

Ich muss zugeben, dass der Mann seinen Job verstand. Es hätte mir nicht gefallen, und ich glaube auch nicht, dass ich ihnen viel Freude bereitet hätte.

Sie redete über irgendetwas anderes, irgendeine sinnlose Geschichte über irgendeinen Nachbarn. Ich lag da und sah zu, wie sich ihre Lippen bewegten, ohne wirklich zu begreifen, was sie erzählte.

Warum sollte ich mir auch die Mühe machen? Viel wichtiger war das, was sie nicht erzählte.

Ich musste davon ausgehen, dass sie zufrieden mit sich war. Sie hatte geschafft zu bekommen, was sie wollte, ohne die Worte selbst auszusprechen. Sie hatte es so geschickt angestellt, dass ich sie für sie ausgesprochen hatte.

Allerdings bin ich dir zwei Schritte voraus, Mädchen. Ich wusste, worauf du hinauswolltest, habe gesehen, welchen Umweg du dir da zurechtgelegt hast, und bin zu dem Schluss gekommen, uns ein bisschen Zeit zu sparen.
Jetzt ist es besser, dich einfach nur anzusehen, ohne zuzuhören. Es war fast so, als hätte ich sie auch nicht hören können, selbst wenn ich es gewollt hätte. Alles, was ich hörte, war ihre Stimme in meinem Kopf, die mir sagte, was sie dachte. Dass wir für den Rest unseres Lebens zusammen sein könnten, dass ich alles wäre, was sie wollte und brauchte, dass wir ein luxuriöses, glamouröses Leben führen und viel reisen könnten. Ihre Stimme in meinem Kopf entwarf Bilder davon, wie sie sich meine Idee vom Paradies vorstellte.
Stimmen.
Sie bewegte sich, legte sich auf die Seite. Sie hörte auf zu reden, und ich hörte diese andere Stimme nicht mehr. Dann streichelte sie meinen Körper. Sie küsste mein Gesicht, meinen Hals und arbeitete sich langsam nach unten vor.
Na klar. Um mir einen Vorgeschmack von den wahnsinnigen Freuden zu geben, die im Angebot wären, sobald ihr Ehemann tot und begraben war. Denn das liebt doch jeder Mann, oder?
Das Ding ist, ich liebe das nicht. Nicht mehr, seit eine andere Frau die Pillen geschluckt hat, die ich ihr gebracht habe, und nicht mehr aufwachte.

Einmal hatte ich ein Date mit einem Mädchen aus meiner Klasse. Sie hat mich vorher gecoacht.
Du kannst sie dazu bringen, ihn zu blasen. Dann wäre sie immer noch eine Jungfrau und kann nicht schwanger werden, und sie macht dich glücklich. Außerdem will sie das in ihrem tiefsten Innern sowieso unbedingt machen. Und du wirst ihr helfen, wirst ihr sagen, wann sie irgendetwas falsch macht. Als wärst du ihr Coach, weißt du?

Dann ist sie gestorben, und seitdem mag ich es nicht, wenn irgendjemand das mit mir macht.

Dieser Army-Gehirnklempner? Ich glaube, er verstand sein Handwerk.

Trotzdem, sie schaffte es, ihn hart zu machen.

Er spielt nach seinen eigenen Regeln, stimmt's? Das Blut fließt dorthin oder nicht, und du kannst es nicht erzwingen oder es verhindern. Das bedeutete nicht, dass ich es genossen hätte oder dass ich wollte, dass sie weitermachte. Je mehr Mühe sie sich gab, desto weniger gefiel es mir.

Ich packte ihr Haar und zog ihren Kopf weg.

»Stimmt etwas nicht?«

»Ich bin dran«, sagte ich. Ich drückte sie rücklings aufs Bett, legte ihr ein Kissen unter den Hintern und schob ihr einen Finger hinein, um mich zu überzeugen, dass sie nass war. Dann steckte ich ihr den Finger in den Mund, damit sie sich selbst schmecken konnte.

Dann legte ich mich auf sie und ritt sie lange und hart, sehr lange und sehr hart. Sie hatte einen dieser rollenden Orgasmen, die nicht aufhörten, die unaufhörlich weitergingen, ein endloses Geschenk.

Ich weiß nicht, woran ich dachte, während das passierte. Ich war irgendwo anders, auf irgendetwas anderes eingestellt. Ich habe mir HBO angesehen, während sie sensationell gefickt wurde.

Als sie fertig war, blieb ich einfach dort, wo ich war, auf und in ihr. Ich sah ihr ins Gesicht, den schlaffen Kiefer, die geschlossenen Augen, und bemerkte, was ich vorher nicht gesehen hatte.

Sie sah aus wie ein Schwein. Sie hatte wirklich einen schweinischen Ausdruck auf dem Gesicht. So etwas hatte ich noch nie gesehen.

Komisch.

Sie öffnete die Augen. Ihr Mund setzte sich in Bewegung und sagte mir, dass es so noch nie gewesen war.

»Bist du ...?«
»Noch nicht.«
»Mein Gott, du bist immer noch hart! Gibt es irgendetwas, was ich ...?«
»Jetzt noch nicht«, sagte ich. »Ich würde gerne vorher etwas erfahren. Und zwar, als du in diese Bar gekommen bist.«
»Das ist schon eine Ewigkeit her«, erwiderte sie. Sie entspannte sich, weil sie glaubte, dass wir einen kleinen Spaziergang durch die Vergangenheit machen würden. Wie wir uns getroffen hatten, wie wir uns verliebt hatten, ohne dass wir auch nur ein Wort miteinander geredet hatten.
»Was ich mich gefragt habe«, sagte ich. »Woher wusstest du es?«
»Woher wusste ich was?«
»Woher hast du gewusst, dass ich der eine Mann in diesem Laden war, der bereit ist, deinen Ehemann für dich umzulegen?«
Ihre Augen waren riesig. Es hatte ihr die Sprache verschlagen.
»Was hast du gesehen? Was glaubst du, hast du gesehen?«
Meine Hüften setzten sich in Bewegung, langsam und mit kurzen, kräftigen Stößen.
»Du hast es dir schon alles genauestens im Kopf ausgemalt«, sagte ich. Ich setzte meine Ellbogen auf ihre Schultern, nagelte sie ans Bett und legte meine Hände um ihren Hals. »Du wärst nicht in der Stadt, würdest vielleicht irgendeinen anderen Glückspilz aufgabeln, um ein Alibi zu haben. Du hättest bestimmt Spaß mit ihm, weil du die ganze Zeit daran denken würdest, wie ich es gerade mache, wie ich deinen Ehemann umbringe. Du würdest dir vorstellen, wie ich es genau mache. Benutze ich eine Pistole, ein Messer, einen Baseballschläger? Du willst dir vorstellen, wie ich es mit meinen bloßen Händen mache, und das macht dich wirklich so richtig an, hab ich recht? Stimmt das nicht?«

Sie sagte irgendetwas, aber ich konnte sie nicht hören. Ich hätte nicht einmal einen Donnerschlag gehört oder das Ende der Welt.

»Du setzt mir jede Menge Gedanken von einem glücklichen Leben danach in den Kopf, aber sobald er weg ist, brauchst du mich nicht mehr, stimmt's? Du würdest dir vielleicht einen anderen Wichser suchen und den dazu bringen, mich auszulöschen.«

Ich stieß jetzt härter zu. Meine Hände schlossen sich fester um ihren Hals. Das Entsetzen in ihren Augen, Jesus, man konnte es schmecken.

Dann erlosch das Licht in ihren Augen, und sie war weg.

Noch drei, vier Stöße, und ich kam. Komisch ist nur, dass ich es nicht wirklich fühlen konnte. Die Maschinerie funktionierte, ich entleerte mich in sie, aber man konnte es nicht wirklich ein Gefühl nennen, weil, versteht ihr, es war nicht sehr viel Gefühl dabei. Es war eine Erleichterung, und es fühlte sich gut an, so wie es sich gut anfühlt zu pissen, wenn man mit einer vollen Blase herumläuft.

Genau genommen ist es öfter so als anders. Ich würde sagen, dieser Gehirnklempner von der Army könnte es erklären, aber wir wollen ihn auch nicht zu einem Genie verklären. Er wusste nur, dass die Army ohne mich besser dran war.

Die meisten sind ohne mich besser dran.

Und Claudia ganz bestimmt. Sie lag da, mit zerquetschter Kehle und glasigen Augen. In dem Moment, in dem ich sie gesehen hatte, wusste ich, dass sie das ganze Drehbuch in ihrem Kopf fertig hatte.

Woher sie es wusste? Wie sie mich ausgesucht hat?

Und wenn ich das alles wusste, wenn ich ihr Drehbuch lesen und mir ein anderes Ende vorstellen konnte als das, was sie im Kopf hatte, warum ich ihr dann einen Drink spendiert habe? Welche echte Wahl hatte ich letzten Endes schon in dieser Angelegenheit, nachdem sie zu mir gekommen war und ihre Hand auf meinen Arm gelegt hatte?

Es wird Zeit, die Stadt zu verlassen, aber wen wollte ich veralbern? Ich würde dasselbe in der nächsten Stadt finden und in der Stadt danach. Eine andere Raststätte, wo ich vielleicht mit einem Kerl kämpfen musste oder auch nicht, aber die ich auf jeden Fall mit einer Frau verlassen würde. Sie würde vielleicht nicht so gut aussehen wie die hier, und sie hätte vielleicht mehr Haare am Leib und nicht nur auf dem Kopf wie die hier, aber sie hätte dieselben Pläne für mich.

Wenn ich mich von solchen Bars fernhielt? Wenn ich zu Gemeindeabenden ging oder ähnlichen Dingen?

Könnte klappen, aber ich würde nicht darauf wetten. Bei meinem Glück würde ich letztlich am selben verdammten Platz landen.

Wie ich schon sagte, ich habe wirklich ein Händchen dafür, sie rauszupicken.

BRANDON SANDERSON

Ein anderer aufgehender Stern im Fantasy-Genre, zusammen mit Schriftstellern wie Joe Abercrombie, Patrick Rothfuss, Scott Lynch, Lev Grossman und K. J. Parker, ist der *New-York-Times*-Bestsellerautor Brandon Sanderson. Er wurde auserkoren, Robert Jordans berühmte *Rad-der-Zeit*-Reihe zu beenden, die nach Jordans Tod unvollendet geblieben war. Es war eine ungeheure Aufgabe, die Sanderson mit den Büchern *Der aufziehende Sturm, Die Macht des Lichts, Der Traum des Wolfs, Die Türme der Mitternacht, Die Schlacht der Schatten* und *Das Gedächtnis des Lichts* bewältigte. Außerdem ist er für eine andere Fantasy-Reihe berühmt, *Die Nebelgeborenen*, mit den Bänden *Kinder des Nebels, Krieger des Feuers, Herrscher des Lichts* und *Jäger der Macht*. Er hat die Fantasy-Jugendreihe *Alcatraz* geschrieben, die die Werke *Alcatraz und die dunkle Bibliothek, Alcatraz und das Pergament des Todes, Alcatraz und die Ritter von Crystallia* und *Alcatraz und die letzte Schlacht* umfasst. Zu seinen Werken zählen die Romane *Elantris, Warbreaker* und *Firstborn*. Die Serie *Die Sturmlicht-Chroniken* umfasst *Der Weg der Könige, Der Pfad der Winde, Die Worte des Lichts* und *Die Stürme des Zorns*. Er lebt in American Fork, Utah, und unterhält eine Website auf brandonsanderson.com.

Hier führt er uns tief in das bedrohliche Schweigen der Waldungen, um die Geschichte einer verzweifelten und gefährlichen Frau zu erzählen, die alles riskieren und alles tun würde, um ihre Familie zu retten, selbst an einem Ort, an dem unsichtbar hinter jedem Baum gierige Geister warten und eine falsche Bewegung den sofortigen Tod bedeutet...

SCHATTEN FÜR STILLE IN DEN WALDUNGEN DER HÖLLE

Übersetzt von Wolfgang Thon

»Vor allem musst du dich vor dem Weißen Fuchs hüten.« Daggon trank einen Schluck Bier. »Man sagt, er hätte dem Bösen selbst die Hand geschüttelt, hätte die Untergegangene Welt besucht und wäre mit seltsamer Macht ausgestattet zurückgekehrt. Er kann selbst in der tiefsten Nacht Feuer entzünden, und kein Schatten wagt sich auch nur in seine Nähe, um ihm die Seele zu rauben. Ja, der Weiße Fuchs. Er ist hier in der Gegend der mieseste Mistkerl, das ist mal sicher. Bete, dass sein Blick nicht auf dich fällt, Freund. Denn sieht er dich, bist du tot.«

Daggons Saufkumpan hatte einen Hals so dünn wie eine Weinflasche, auf die man quer eine dicke Kartoffel gelegt hatte – das war sein Kopf. Er quiekte, wenn er sprach, hatte einen starken Lastport-Akzent, und seine Stimme hallte in den Giebeln des Schankraums der Herberge. »Warum... warum sollte sein Blick auf mich fallen?«

»Kommt drauf an, Freund.« Daggon sah sich um, als ein paar übertrieben vornehm gekleidete Händler hereinschlenderten. Sie trugen schwarze Umhänge, aus der Brust ihrer Wämser lugten Spitzenrüschen hervor, und dazu trugen sie diese hohen Hüte mit den breiten Krempen, die das Festungsvolk bevorzugte. Die würden hier draußen in den Waldungen keine zwei Wochen überleben.

»Worauf kommt es an?«, hakte Daggons Tischnachbar nach.

»Auf vieles, Freund. Der Weiße Fuchs ist ein Kopfgeldjäger, weißt du? Welche Verbrechen hast du begangen? Was hast du verbrochen?«

»Nichts.« Die Stimme des Mannes klang wie ein rostiges Rad.

»Nichts? Männer kommen nicht hierher in die Waldungen, wenn sie ›nichts‹ tun, Freund.«

Sein Gefährte sah sich verstohlen um. Er hatte sich als »Earnest« vorgestellt. Andererseits hatte Daggon seinen Namen mit Amity angegeben. Namen bedeuteten hier in den Waldungen nicht viel. Vielleicht bedeuteten sie aber auch alles. Die richtigen Namen jedenfalls.

Earnest lehnte sich zurück und zog seinen dürren Hals ein, als versuchte er, in seinem Bier zu verschwinden. Er hatte angebissen. Die Leute hörten sich gern die Geschichten vom Weißen Fuchs an, und Daggon betrachtete sich diesbezüglich als Experten. Jedenfalls war er Experte darin, Geschichten zu erzählen, um schäbige Kerle wie Earnest dazu zu bringen, ihm seine Getränke zu zahlen.

Ich lasse ihn noch ein bisschen köcheln, dachte Daggon und lächelte. *Soll er sich doch den Kopf zerbrechen.* Earnest würde ihn schon bald wegen weiterer Informationen löchern.

Während er wartete, lehnte sich Daggon zurück und betrachtete den Schankraum. Die Händler benahmen sich sehr aufdringlich, riefen laut nach Speisen, erklärten, dass sie schon in einer Stunde weiter müssten. Was nur bewies, was für Narren sie waren. Sie wollten nachts durch die Waldungen reisen? Das machten vielleicht die braven Heimstätter, die hier lebten. Aber Leute wie die da…? Wahrscheinlich brauchten sie nicht einmal eine Stunde, um die einfachen Regeln zu verletzen und sich den Zorn der Schatten zuzuziehen. Daggon vergaß diese Idioten einfach.

Aber der Bursche in der Ecke da, ganz in Braun gekleidet und immer noch mit dem Hut auf dem Kopf, obwohl er im Haus war: Dieser Bursche sah wirklich gefährlich aus.

Ich frage mich, ob er es vielleicht ist, dachte Daggon. Soweit er wusste, hatte noch niemand den Weißen Fuchs gesehen und diese Begegnung überlebt. Seit zehn Jahren war er unterwegs und hatte über hundertmal das Kopfgeld kassiert. Ganz sicher musste doch irgendjemand seinen Namen kennen. Immerhin hatten die Autoritäten in den Forts ihm das Kopfgeld ausgezahlt.

Die Besitzerin der Herberge, Madame Stille, ging an seinem Tisch vorbei und knallte Daggon den Teller mit seiner Mahlzeit auf den Tisch. Stirnrunzelnd füllte sie seinen Bierkrug auf und vergoss dabei etwas von der klebrigen Brühe auf seine Hand, bevor sie weiterhumpelte. Sie war eine ziemlich stämmige Frau und zäh. Aber alle, die in den Waldungen lebten, waren zäh. Jedenfalls die, die überlebten.

Er wusste mittlerweile, dass Stilles finstere Miene ihre Art war, hallo zu sagen. Sie hatte ihm sogar eine Extraportion Eintopf serviert; das tat sie oft. Er redete sich gerne ein, dass sie ihn mochte. Vielleicht eines Tages...

Sei kein Narr, sagte er sich, als er sich auf das fetttriefende Essen stürzte. Es war besser, einen Stein zu heiraten als Stille Montane. Selbst ein Stein zeigte mehr Zuneigung. Sehr wahrscheinlich gab sie ihm die Extraportion nur, weil sie um den Wert eines Stammgastes wusste. In letzter Zeit kamen immer weniger Menschen hier vorbei. Es gab zu viele Schatten. Und dann war da ja auch noch Chesterton. Eine wirklich widerliche Angelegenheit.

»Also... er ist ein Kopfgeldjäger, dieser Fuchs?« Der Mann, der sich Earnest nannte, schien zu schwitzen.

Daggon lächelte. Der hier zappelte richtig schön am Haken. »Er ist nicht nur ein Kopfgeldjäger. Er ist der Kopfgeldjäger schlechthin. Allerdings kümmert sich der Weiße Fuchs nicht um die kleinen Fische. Und nichts für ungut, Freund, aber du scheinst ein ziemlich kleiner Fisch zu sein.«

Sein »Freund« wurde zusehends nervöser. Was hatte er wohl verbrochen? »Aber«, der Mann stammelte, »er würde sich doch nicht mit mir abgeben, das heißt, vorausgesetzt, ich hätte etwas angestellt, natürlich. Also er würde nicht einfach hier reinspazieren, hab ich recht? Ich meine, Madames Herberge ist geschützt. Das weiß jeder. Der Schatten ihres toten Ehemannes lauert hier. Ich habe einen Cousin, der ihn gesehen hat, wirklich.«

»Der Weiße Fuchs fürchtet keine Schatten«, sagte Daggon und beugte sich zu ihm. »Zugegeben, ich glaube nicht, dass er es riskiert hierherzukommen – aber nicht wegen irgendwelcher Schatten. Jeder weiß, dass das hier neutrales Gebiet ist. Man braucht irgendwelche sicheren Orte, selbst in den Waldungen. Aber ...«

Daggon lächelte Stille an, als sie auf dem Weg zur Küche an ihm vorbeiging. Diesmal sah sie ihn nicht finster an. Er klopfte sie allmählich weich, ganz sicher.

»Aber?«, quiekte Earnest.

»Na ja ...« Daggon zögerte. »Ich könnte dir ein paar Geschichten erzählen, wie der Weiße Fuchs Männer zur Strecke bringt, aber wie du siehst, ist mein Bierhumpen fast leer. Eine Schande. Denn ich denke, es würde dich bestimmt interessieren zu erfahren, wie der Weiße Fuchs Friedensreich Hapesire erwischt hat. Wirklich eine großartige Geschichte.«

Earnest rief quiekend nach Stille, noch ein Bier zu bringen, aber sie verschwand gerade in der Küche und hörte ihn nicht. Daggon runzelte die Stirn, aber Earnest legte eine Münze auf den Tisch, um zu zeigen, dass er noch ein Bier haben wollte, sobald Stille oder ihre Tochter zurückkam. Das genügte. Daggon lächelte und begann mit der Geschichte.

Stille Montane schloss die Tür zum Schankraum, drehte sich um und presste ihren Rücken dagegen. Sie versuchte ihr aufgeregt pochendes Herz zu beruhigen, indem sie tief ein- und ausatmete. Hatte sie sich mit irgendwelchen Anzeichen verraten? Wussten sie, dass sie sie erkannt hatte?

Williams Ann ging an ihr vorbei und wischte sich die Hände an einem Tuch ab. »Mutter?« Die junge Frau blieb stehen. »Mutter, ist alles ...?«

»Hol das Buch. Schnell, Kind!«

Williams Anns Gesicht wurde bleich, dann eilte sie rasch in die hintere Speisekammer. Stille knetete ihre Schürze, um ihre Nerven im Griff zu behalten, und trat dann rasch zu Williams Ann, als das Mädchen mit einer dicken Ledermappe wieder aus der Speisekammer kam. Der Einband und der Rücken waren mit Mehl aus dem Versteck überzogen.

Stille nahm die Mappe und öffnete sie auf dem hohen Küchentresen. Darin fand sich eine Sammlung von losen Blättern. Die meisten zeigten gezeichnete Gesichter. Während Stille hastig die Seiten durchblätterte, trat Williams Ann zur Tür und warf einen Blick durch das Guckloch in den Schankraum.

Eine Weile hörte Stille außer ihrem hämmernden Herzen nur das Rascheln der Seiten.

»Es ist der Mann mit dem langen Hals, hab ich recht?«, erkundigte sich Williams Ann. »Ich kann mich an sein Gesicht von einem der Steckbriefe erinnern.«

»Das ist nur Jammerlappen Wienbar, ein erbärmlicher Pferdedieb. Er ist nicht mal zwei Unzen Silber wert.«

»Wer dann? Der Mann ganz hinten, der mit dem Hut?«

Stille schüttelte den Kopf und kam schließlich zu einigen Blättern ganz unten in dem Stapel. *Gott im Himmel*, dachte sie. *Ich weiß nicht, ob ich froh bin, wenn sie es tatsächlich sind.* Wenigstens zitterten jetzt ihre Hände nicht mehr.

Williams Ann kam zu ihr zurück und reckte den Hals, um über Stilles Schulter zu blicken. Mit vierzehn war das Mädchen bereits größer als ihre Mutter. Kein einfaches Schicksal, wenn das Kind größer ist als man selbst. Obwohl Williams Ann murrte, weil sie so ungelenk und schlaksig war, verriet ihre schlanke Gestalt bereits, dass sie irgendwann eine Schönheit werden würde. Sie kam nach ihrem Vater.

»Oh, Gott im Himmel!« Williams Ann schlug die Hand vor den Mund. »Du meinst…!«

»Chesterton Davide«, sagte Stille. Die Form des Kinns, der Blick dieser Augen… er war es. »Er ist direkt in unsere Schänke marschiert, mit vier von seinen Männern.« Das Kopfgeld für diese fünf Männer würde genügen, um die Kosten für ihre Vorräte für ein Jahr zu decken, vielleicht sogar für zwei.

Ihr Blick glitt zu den Worten unter den Bildern, die in fetten Buchstaben gedruckt waren. **Extrem gefährlich. Gesucht wegen Mordes, Vergewaltigung und Folter.** Und, natürlich, das fettgedruckte Wort am Ende. **Attentäter.**

Stille hatte sich immer gefragt, ob Chesterton und seine Männer wirklich vorgehabt hatten, den Gouverneur der mächtigsten Stadt auf diesem Kontinent zu ermorden, oder ob es ein Unfall gewesen war. Ein einfacher Raub, der schiefgegangen war. Jedenfalls wusste Chesterton, was er getan hatte. Vor dem Zwischenfall war er ein ganz gewöhnlicher, wenn auch ziemlich perfekter Straßenräuber gewesen.

Jetzt war er etwas Größeres, etwas viel Gefährlicheres. Chesterton wusste, dass es keine Gnade für ihn geben würde, kein Pardon, wenn er gefangen wurde. Lastport hatte Chesterton zum Anarchisten erklärt, zu einer Bedrohung und zu einem Psychopathen.

Chesterton hatte keinen Grund mehr, sich zurückzuhalten. Also tat er es auch nicht.

Oh, grundgütiger Himmel, dachte Stille und betrachtete die Liste seiner Verbrechen auf dem nächsten Blatt.

Williams Ann neben ihr flüsterte, als spräche sie mit sich selbst. »Er sitzt da draußen im Schankraum?«, fragte sie. »Aber wo?«

»Die Kaufleute«, erwiderte Stille.

»Was?« Williams Ann eilte rasch wieder zu ihrem Guckloch zurück. Das Holz der Wand dort und auch in der übrigen Küche war so oft geschrubbt worden, dass es weiß verblichen wirkte. Sebruki hatte wieder sauber gemacht.

»Ich erkenne ihn nicht«, sagte Williams Ann.

»Sieh genauer hin.« Stille hatte ihn zuerst auch nicht erkannt, obwohl sie jede Nacht mit dem Buch verbrachte und sich die Gesichter einprägte.

Kurz darauf rang Williams Ann keuchend nach Luft und hob erneut die Hand zum Mund. »Aber das kommt mir so dumm von ihm vor. Warum läuft er hier ganz offen herum? Auch wenn er verkleidet ist.«

»Alle werden sich nur an irgendeine Gruppe dummer Kaufleute aus einem Fort erinnern, die glaubten, sie könnten den Waldungen trotzen. Es ist eine sehr raffinierte Verkleidung. Wenn sie in ein paar Tagen von den Wegen verschwunden sind, wird jeder, der sich die Mühe macht, darüber nachzudenken, annehmen, dass die Schatten sie erwischt haben. Außerdem kann Chesterton auf diese Art und Weise schnell und ganz offen reisen, er kann Herbergen aufsuchen und Informationen sammeln.«

War das die Art und Weise, wie Chesterton sich seine lohnenden Opfer aussuchte? Waren sie vielleicht schon früher in ihre Herberge gekommen? Bei diesem Gedanken drehte sich ihr fast der Magen um. Sie hatte schon oft Kriminelle verköstigt; einige von ihnen waren sogar Stammgäste. Wahrscheinlich war jeder Mann, der hier draußen in den Waldungen lebte, ein Verbrecher, und wenn auch nur, weil er die Steuern ignorierte, die von den Fortsleuten erhoben wurden.

Bei Chesterton und seinen Männern war das anders. Stille brauchte sich die Liste seiner Verbrechen nicht anzusehen, um zu wissen, wozu diese Leute fähig waren.

»Wo ist Sebruki?«, wollte Stille wissen.

Williams Ann schüttelte sich, als müsste sie sich aus einer Betäubung reißen. »Sie füttert die Schweine. Bei den Schatten! Du glaubst doch nicht, dass Chesterton sie erkannt hat, oder?«

»Nein«, erwiderte Stille. »Ich mache mir Sorgen, dass sie die Männer erkannt haben könnte.« Sebruki war zwar erst acht Jahre alt, hatte aber eine bestürzend gute Beobachtungsgabe.

Stille schloss das Buch mit den Steckbriefen und ließ ihre Hand auf dem Ledereinband liegen.

»Wir werden sie töten, ja?«, erkundigte sich Williams Ann.

»Ja.«

»Wie viel sind sie wert?«

»Manchmal, Kind, geht es nicht darum, was ein Mann wert ist.« Stille bemerkte selbst die Lüge ihrer Worte. Die Zeiten wurden immer schwieriger, und der Preis von Silber sowohl in Bastion Hill als auch in Lastport stieg ständig.

Zu manchen Zeiten mochte es tatsächlich so sein, dass es nicht darum ging, was ein Mann wert war. Aber dies hier waren nicht solche Zeiten.

»Ich hole das Gift.« Williams Ann trat vom Guckloch weg und ging durch den Raum.

»Etwas Leichtes, Mädchen«, warnte Stille sie. »Das da sind gefährliche Männer. Sie werden merken, wenn irgendetwas ungewöhnlich ist.«

»Ich bin keine Närrin, Mutter«, erwiderte Williams Ann trocken. »Ich benutze Farnkraut. Das schmecken sie in ihrem Bier nicht.«

»Aber nur die halbe Dosis. Ich will nicht, dass sie am Tisch zusammenbrechen.«

Williams Ann nickte und ging in den alten Lagerraum. Sie schloss die Tür hinter sich und hob die Bodendielen hoch, unter denen sie das Gift verwahrten. Farnkraut würde den Geist der Männer vernebeln und sie benommen machen, aber es würde sie nicht umbringen.

Stille wagte nicht, etwas Tödlicheres zu verwenden. Wenn jemals ein Verdacht auf ihre Herberge fiel, würden ihre Karriere und wahrscheinlich auch ihr Leben sehr rasch enden. Sie musste in den Augen der Reisenden die mürrische, aber gerechte Wirtin bleiben, die nicht zu viele Fragen stellte. Ihre Herberge war angeblich ein sicherer Ort, selbst für die übelsten Verbrecher. Sie legte sich jede Nacht hin, das Herz voller Furcht, dass irgendwann jemandem auffallen würde, dass eine verdächtig große Anzahl der Kriminellen, die der Weiße Fuchs zur Strecke brachte, vor ihrem Dahinscheiden in Stilles Herberge abgestiegen war.

Sie ging in die Speisekammer, um das Buch mit den Steckbriefen wegzupacken. Auch hier waren die Wände sauber geschrubbt, die Regale waren frisch mit Sand abgerieben, und es war Staub gewischt worden. Dieses Kind. Wer hatte je von einem Kind gehört, das lieber sauber machte als spielte? Natürlich, angesichts dessen, was Sebruki durchgemacht hatte...

Stille konnte nicht anders – sie stellte sich auf die Zehenspitzen und tastete nach der Armbrust, die sie auf dem obersten Regal verwahrte. Die Bolzen hatten silberne Spitzen. Sie hatte die Waffe für die Schatten dort liegen und sie bis jetzt noch nie auf einen Menschen gerichtet. Es war zu gefährlich, in den Waldungen Blut zu vergießen. Aber das Wissen tröstete sie, die Waffe im Notfall zur Hand zu haben.

Nachdem sie die Mappe wieder verstaut hatte, ging sie hinaus und sah nach Sebruki. Das Kind fütterte tatsächlich die Schweine. Stille hatte gern gesundes Vieh, obwohl sie die Schweine nicht hielt, um sie zu essen. Angeblich vertrieben Schweine die Schatten. Sie wollte jedes Mittel benutzen, um die Herberge sicherer zu machen.

Sebruki kniete in dem Schweinekoben. Das kleine Mädchen hatte dunkle Haut und langes schwarzes Haar. Niemand hätte es für Stilles Tochter gehalten, selbst wenn sie nichts von Sebrukis schrecklichem Schicksal gewusst hätten. Das Kind summte vor sich hin und schrubbte die Wand des Schweinestalls.

»Kind?«, fragte Stille.

Sebruki drehte sich zu ihr um und lächelte. Was für einen Unterschied ein einziges Jahr machte. Früher hätte Stille geschworen, dass dieses Kind nie wieder lächeln würde. Sebruki hatte die ersten drei Monate in der Herberge damit verbracht, ausdruckslos die Wände anzustarren. Ganz gleich, wo Stille sie auch hingesetzt hatte, das Kind war sofort an die nächste Wand gerückt, hatte sich hingehockt und sie den ganzen Tag angestarrt. Es hatte kein einziges Wort gesagt. Seine Augen waren so tot gewesen wie die eines Schattens ...

»Tante Stille?«, fragte Sebruki. »Geht es dir gut?«

»Mir geht es gut, Kind. Ich werde nur von Erinnerungen verfolgt. Du machst jetzt ... den Schweinestall sauber?«

»Die Wände müssen gründlich gescheuert werden«, erwiderte Sebruki. »Die Schweine machen das selbst auch, weil sie es gern sauber haben. Das heißt, Jarom und Ezekiel mögen es sauber. Die anderen scheint der Dreck nicht zu stören.«

»Du brauchst nicht so viel sauber zu machen, Kind.«

»Ich mache das gern«, erklärte Sebruki. »Es fühlt sich gut an. Und so kann ich etwas tun. Ich kann helfen.«

Jedenfalls war es besser, die Wände zu schrubben, als sie den ganzen Tag ausdruckslos anzustarren. Und heute war Stille glücklich über alles, was das Kind beschäftigte. Ihr war alles recht, solange das Mädchen nicht den Schankraum betrat.

»Ich glaube wirklich, die Schweine mögen es«, sagte Stille. »Dann bleib eine Weile hier und mach weiter.«

Sebruki betrachtete sie. »Stimmt etwas nicht?«

Bei den Schatten! Sie war so verdammt aufmerksam. »Im Schankraum sind ein paar Männer, die wüste Reden schwingen«, sagte Stille. »Ich möchte nicht, dass du ihre Flüche hörst.«

»Ich bin kein Kind, Tante Stille.«

»Doch, das bist du«, entgegnete Stille entschlossen. »Und du gehorchst. Glaub ja nicht, dass ich dir nicht den Hintern versohlen würde.«

Sebruki verdrehte die Augen, machte sich aber wieder an die Arbeit und begann kurz danach vor sich hin zu summen. Stille bediente sich ein bisschen des Verhaltens ihrer Großmutter, wenn sie mit Sebruki sprach. Das Kind reagierte sehr gut auf Strenge. Es schien sich sogar danach zu sehnen, vielleicht als Zeichen, dass jemand die Kontrolle hatte.

Stille wünschte sich, dass sie wirklich die Kontrolle hätte. Aber sie war nur eine Vorhut. Das war der Familienname, den ihre Großeltern und die anderen angenommen hatten, die Heimatland zuerst verlassen und diesen Kontinent erforscht hatten. Ja, sie war eine Vorhut, und sie wollte verdammt sein, wenn sie jemandem verriet, wie vollkommen ohnmächtig sie sich die meiste Zeit fühlte.

Stille ging über den Hof zurück zu der großen Herberge und sah, wie Williams Ann in der Küche eine Paste mischte, um sie im Bier aufzulösen. Stille ging an ihr vorbei in den Stall. Es war nicht sonderlich überraschend gewesen, dass Chesterton gesagt hatte, er würde nach der Mahlzeit weiterreiten. Viele Leute suchten zwar des Nachts die relative Sicherheit einer Herberge auf, Chesterton und seine Männer jedoch waren daran gewöhnt, in den Waldungen zu schlafen. Obwohl dort die Schatten hausten, würden sie sich in ihrem eigenen Deckenlager erheblich wohler fühlen als im Bett einer Herberge.

Dob, der alte Stallknecht, hatte gerade die Pferde fertig gestriegelt. Er hatte sie ganz gewiss noch nicht getränkt. Stille hatte angeordnet, dass dies stets ganz zuletzt kam.

»Gut gemacht, Dob«, sagte Stille. »Du kannst jetzt Pause machen.«

Er nickte und murmelte: »Danke, Mam.« Er würde zur Veranda gehen und Pfeife rauchen wie immer. Dob war alles andere als schlau, und er hatte nicht die geringste Ahnung, was sie hier in der Herberge tatsächlich machte. Aber er war schon bei ihr gewesen, lange bevor William gestorben war. Er war der loyalste Mann, den sie kannte.

Stille schloss hinter ihm die Tür und holte dann ein paar Beutel aus einem verschlossenen Schrank auf der Rückseite des Stalls. Sie überprüfte jeden einzelnen Beutel in dem gedämpften Licht und legte sie dann auf den Arbeitstisch, bevor sie den ersten Sattel wieder auf das Pferd wuchtete.

Sie war fast fertig, als die Tür leise aufging. Sie erstarrte und dachte sofort an die Beutel auf dem Tisch. Warum hatte sie sie nicht in ihre Schürze gestopft? Sie wurde nachlässig!

»Stille Vorhut«, sagte jemand von der Tür.

Stille unterdrückte ein Stöhnen und drehte sich zu ihrem Besucher. »Theopolis«, sagte sie. »Es ist unhöflich, im Haus einer Frau herumzuschleichen. Ich sollte dich wegen dieses Verstoßes hinauswerfen.«

»Na, na. Das wäre doch fast... als würde das Pferd den Mann treten, der es füttert, stimmt's?« Theopolis war ein schlanker Mann. Er lehnte sich gegen den Türrahmen und verschränkte die Arme. Er trug einfache Kleidung, und nichts verriet seine Position. Ein Steuereintreiber vom Fort wollte nicht, dass irgendwelche Leute wussten, welchen Beruf er ausübte. Er war glatt rasiert und lächelte stets ein wenig herablassend. Seine Kleidung war viel zu sauber und zu neu, als dass er in den Waldungen hätte leben können. Was nicht bedeutete, dass er ein Geck war, und ebenso wenig war er ein Narr. Theopolis war sehr gefährlich, nur auf eine andere Art als die meisten anderen Männer.

»Was willst du hier, Theopolis?« Sie wuchtete den letzten Sattel auf den Rücken eines leise schnaubenden braunen Wallachs.

»Warum komme ich immer zu dir, Stille? Wohl kaum wegen deiner fröhlichen Ausstrahlung, was?«

»Ich habe meine Steuern bezahlt.«

»Nur, weil du zum größten Teil von den Steuern befreit

bist«, erwiderte Theopolis. »Aber du hast mich noch nicht für meine Lieferung an Silber im letzten Monat bezahlt.«

»In letzter Zeit lief das Geschäft ein wenig zäh. Aber es wird besser.«

»Und die Bolzen für deine Armbrust?«, erkundigte sich Theopolis. »Man fragt sich wirklich, ob du versuchst, die Kosten für diese silbernen Pfeilspitzen zu vergessen, was? Und die Lieferung für den Ersatz deiner Schutzringe?«

Sie zuckte bei seinem jammernden Tonfall zusammen, während sie den Sattel festzurrte. Theopolis. Bei den Schatten, was für ein Tag!

»Sieh an.« Theopolis ging zu dem Werktisch und hob einen der Beutel hoch. »Was ist das denn? Sieht aus wie Schimmerharz. Ich habe gehört, es glüht in der Nacht, wenn das richtige Licht darauf fällt. Ist das eines der mysteriösen Geheimnisse des Weißen Fuchses?«

Sie riss ihm den Beutel aus der Hand. »Sprich diesen Namen nicht aus!«, zischte sie.

Er grinste. »Du hast eine neue Beute! Entzückend. Ich habe mich schon immer gefragt, wie du sie aufspürst. Wenn du ein kleines Loch in diesen Beutel bohrst und ihn unter dem Sattel befestigst, folgst du der tropfenden Spur, die das Schimmerharz hinterlässt? Du kannst sie wahrscheinlich sehr lange verfolgen und sie sehr weit von hier entfernt töten. Und so den Verdacht von deiner kleinen Herberge fernhalten ...«

Ja, Theopolis war gefährlich, aber sie brauchte jemanden, der ihre Opfer zu den Behörden brachte und ihr das Kopfgeld aushändigte. Theopolis war eine Ratte, und wie alle Ratten kannte er die besten Schlupflöcher, Fresströge und Schlupfwinkel. Er hatte gute Verbindungen in Lastport und es bisher stets geschafft, ihr das Geld im Namen des Weißen Fuchses zu geben, ohne ihre Identität zu verraten.

»In letzter Zeit war ich versucht, dich auszuliefern, weißt du das?«, sagte Theopolis. »Es gibt viele Gruppen, die hinsichtlich der Identität des berühmten Fuchses Wetten abschließen. Mit meinem Wissen könnte ich ein sehr reicher Mann werden, nicht wahr?«

»Du bist bereits ein sehr reicher Mann!«, fuhr sie ihn an. »Und darüber hinaus bist du noch vieles mehr, aber du bist kein Narr. Unsere Vereinbarung hat über ein Jahrzehnt lang sehr gut funktioniert. Jetzt sag mir nicht, dass du deinen Reichtum gegen ein bisschen Berühmtheit eintauschen willst.«

Er lächelte, aber er widersprach ihr nicht. Er behielt die Hälfte von jedem Kopfgeld, das sie einstrich. Für Theopolis war das eine hervorragende Vereinbarung. Er ging keine Risiken ein, genau so, wie er es mochte. Er war ein Beamter, kein Kopfgeldjäger. Sie hatte nur einmal gesehen, wie er jemanden ermordet hatte, und der Mann hatte sich nicht wehren können.

»Du kennst mich zu gut, Stille.« Theopolis lachte. »Wirklich viel zu gut. Meine Güte, ein neues Opfer! Ich frage mich, wer es wohl ist. Ich glaube, ich werde einen Blick in den Schankraum werfen.«

»Du tust nichts dergleichen. Bei den Schatten! Glaubst du vielleicht, dass das Gesicht eines Steuereintreibers sie nicht verscheuchen würde? Du gehst auf keinen Fall da rein und verdirbst alles!«

»Friede, Stille«, erwiderte er immer noch grinsend. »Ich gehorche deinen Regeln. Ich bin ohnehin darauf bedacht, mich hier nicht zu oft blicken zu lassen, und ich will keinen Verdacht auf dich lenken. Außerdem könnte ich heute sowieso nicht bleiben. Ich bin bloß gekommen, um dir etwas anzubieten. Nur wirst du meine Hilfe jetzt wahrscheinlich gar nicht benötigen! Wirklich sehr schade. Nach all der Mühe, die ich mir in deinem Namen gemacht habe, was?«

Es überlief sie kalt. »Welche Hilfe könntest du mir schon anbieten?«

Er zog ein Blatt Papier aus seinem Beutel und faltete es

mit seinen langen dünnen Fingern sorgfältig auf. Er wollte es hochhalten, aber sie riss es ihm aus den Händen.

»Was ist das?«

»Eine Möglichkeit, dich von deinen Schulden zu befreien, Stille! Und ein Weg zu verhindern, dass du dir jemals wieder Sorgen machen musst.«

Das Papier war eine Überschreibungsurkunde, eine Berechtigung, dass Stilles Gläubiger Theopolis ihren Besitz als Zahlung übernehmen konnte. Die Forts beanspruchten die Rechtsprechung über die Handelswege und das Land auf beiden Seiten davon. Sie schickten sogar Soldaten aus, die dort patrouillierten. Manchmal.

»Ich nehme meine Worte zurück, Theopolis!«, stieß sie hervor. »Du bist wirklich ein Narr! Du willst alles aufgeben, was wir haben, nur weil du gierig auf das Land bist?«

»Selbstverständlich nicht, Stille. Durch das Papier da würde gar nichts aufgegeben! Nein, es betrübt mich einfach sehr, dass du ständig in meiner Schuld stehst. Wäre es nicht wesentlich effizienter, wenn ich die Finanzierung der Herberge übernähme? Du könntest hierbleiben, arbeiten und deine Verbrecher jagen, wie du es immer schon getan hast. Nur würdest du dir deinen Kopf nicht mehr wegen deiner Schulden zerbrechen müssen ...«

Sie zerknüllte das Papier in ihrer Hand. »Du würdest mich und die meinen zu Sklaven machen, Theopolis.«

»Ach, sei nicht so dramatisch. Die Behörden von Lastport machen sich allmählich Sorgen, weil eine so bedeutungsvolle Herberge wie die hier sich im Besitz einer unbekannten Person befindet. Du erregst Aufmerksamkeit, Stille. Und das dürfte doch wohl das Letzte sein, was du willst.«

Stille zerknüllte das Papier weiter und ballte die Faust darum. Die Pferde bewegten sich unruhig in ihren Boxen. Theopolis grinste.

»Also gut«, sagte er. »Vielleicht wird es ja nicht gebraucht. Vielleicht hast du diesmal ein wirklich großes Opfer ausgesucht, was? Magst du mir vielleicht einen Hinweis geben, damit ich nicht den ganzen Tag herumsitze und darüber nachgrüble?«

»Verschwinde«, flüsterte sie.

»Liebe Stille«, sagte er. »Das Blut der Vorhut, dickköpfig bis zum letzten Atemzug. Man sagt, deine Großeltern wären die Allerersten gewesen. Die ersten Menschen, die diesen Kontinent erforscht hätten, die ersten, die in den Waldungen ihre Heimstatt gegründet hätten… die ersten, die sich in der Hölle breitgemacht hätten.«

»Nenne die Waldungen nicht so. Sie sind mein Heim.«

»So haben die Menschen dieses Land genannt, noch vor dem Bösen. Macht dich das nicht neugierig? Die Hölle, das Land der Verdammten, in dem die Schatten der Toten hausen. Ich habe mich schon immer gefragt, ob der Schatten deines verstorbenen Ehemannes tatsächlich diese Herberge bewacht oder ob das nur eine Geschichte ist, die du den Leuten auf die Nase bindest. Damit sie sich sicher fühlen, was? Du hast ein Vermögen in Silber ausgegeben. Das gewährt den wahren Schutz, und ich bin bisher nicht in der Lage gewesen, irgendwelche Unterlagen über deine Ehe zu finden. Wenn es keine gab, würde das bedeuten, die liebe Williams Ann wäre eine…«

»Geh jetzt!«

Er grinste, tippte aber grüßend an seinen Hut und verließ den Stall. Sie hörte, wie er in den Sattel stieg und davonritt. Es würde schon bald Nacht werden, aber es war wohl eine vergebliche Hoffnung, dass die Schatten Theopolis holen würden. Sie vermutete schon lange, dass er irgendwo in der Nähe ein Versteck hatte, wahrscheinlich eine Höhle, die er mit Silber gesäumt hatte.

Sie atmete langsam ein und aus und versuchte, sich zu beruhigen. Theopolis war vielleicht frustrierend, aber er wusste nicht alles. Sie konzentrierte sich wieder auf die Pferde und holte einen Eimer Wasser. Dann schüttelte sie den Inhalt der Beutel hinein und gab den Pferden eine große Portion davon zu trinken. Sie soffen durstig.

Hätte sie die Beutel mit dem Schimmerharz so präpariert, wie Theopolis vermutete, wäre das viel zu leicht zu entdecken gewesen. Was wäre passiert, wenn ihre Opfer in der Nacht die Sättel abgenommen und die Beutel mit dem Schimmerharz gefunden hätten? Sie hätten sofort gewusst, dass jemand hinter ihnen her war. Nein, sie musste es weit weniger offensichtlich angehen.

»Wie soll ich das alles schaffen?«, flüsterte sie, während ein Pferd aus dem Eimer soff. »Schatten. Sie greifen von allen Seiten nach mir.«

Bring Theopolis um. Das hätte wahrscheinlich ihre Großmutter gemacht. Sie überlegte.

Nein, dachte sie. *Ich werde nicht so. Ich will nicht so werden wie sie.* Theopolis war ein Halsabschneider und Halunke, aber er hatte weder Gesetze gebrochen, noch hatte er irgendjemandem Schaden zugefügt, jedenfalls keinem, den sie kannte. Es musste Regeln geben, auch hier draußen. Es musste eine Grenze geben. Vielleicht unterschied sie sich in dieser Hinsicht gar nicht so sehr von den Fortsleuten.

Sie würde einen anderen Weg finden. Theopolis hatte nur einen Schuldschein; er war gezwungen gewesen, ihn ihr zu zeigen. Das bedeutete, sie hatte noch ein oder zwei Tage Zeit, das Geld für ihn zusammenzukratzen. Sie würde alles sauber und ordentlich machen. In den befestigten Städten waren sie ja angeblich so stolz auf ihre Zivilisation. Und diese Regeln boten ihr eine Chance.

Sie verließ den Stall. Sie warf einen Blick durch das Fenster in den Schankraum. Williams Ann servierte gerade den »Kaufleuten« von Chestertons Bande die Getränke. Stille blieb stehen und sah zu.

Hinter ihr raschelten die Waldungen im Wind.

Stille lauschte und drehte sich dann zu ihnen um. Man konnte Fortsleute daran erkennen, dass sie sich weigerten, die Waldungen auch nur anzusehen. Sie mieden sie mit dem Blick, sahen nie tief hinein. Diese düsteren Bäume bedeckten fast jeden Zentimeter dieses Kontinents, und ihre Blätter beschatteten stets den Boden. Still und stumm. Dort draußen lebten Tiere, aber die wenigen Überlebenden aus den Forts, die sich in die Waldungen gewagt hatten, behaupteten, dass es keine Raubtiere wären. Die Schatten hätten sie schon vor langer Zeit geholt, angezogen vom Blutvergießen.

Wenn man in die Waldungen starrte, schien man sie zu zwingen, sich… zurückzuziehen. Die Dunkelheit in ihnen wich, die Stille wurde von dem Geräusch von Nagern gestört, die im Laub auf dem Boden nach Essbarem suchten. Eine Vorhut wusste genau, dass man die Waldungen ansehen musste. Eine Vorhut wusste auch, dass diese Überlebenden sich irrten. Es gab ein Raubtier da draußen. Die Waldungen selbst.

Stille drehte sich um und ging zur Küchentür. Diese Herberge zu behalten musste ihr erstes Ziel sein, also war sie gezwungen, die Belohnung auf Chestertons Kopf einzustreichen. Sie bezweifelte stark, dass die Dinge so blieben, wie sie waren, wenn sie Theopolis nicht auszahlen konnte. Dann hatte er sie im Würgegriff, weil sie die Herberge nicht verlassen konnte. Sie hatte kein Bürgerrecht in den Forts, und die Zeiten waren zu hart, als dass die ansässigen Heimstädter sie hätten aufnehmen können. Nein, dann musste sie bleiben und die Herberge für Theopolis führen. Er würde sie ausquetschen und immer größere Anteile des Kopfgelds für sich beanspruchen.

Sie stieß die Tür zur Küche auf. Das…

Sebruki saß am Küchentisch, die Armbrust auf dem Schoß.

»Gott im Himmel!«, stieß Stille hervor und zog die Küchentür hinter sich zu. »Kind, was hast du…?«

Sebruki sah zu ihr hoch. Sie hatte wieder diesen gehetzten Blick, Augen ohne Leben und Emotionen. Augen wie ein Schatten.

»Wir haben Besucher, Tante Stille«, sagte Sebruki. Ihre Stimme war kalt und monoton. Neben ihr lag die Kurbel der Armbrust. Sie hatte es geschafft, das Ding zu laden und zu spannen, ganz allein. »Ich habe die Spitze des Bolzens mit schwarzem Blut überzogen. Das habe ich doch richtig gemacht, oder? So wird das Gift ihn ganz bestimmt töten.«

»Kind...« Stille trat vor.

Sebruki drehte die Armbrust in ihrem Schoß und hielt sie schräg, um sie mit einer Hand zu stützen, während ihre andere kleine Hand am Abzug lag. Die Spitze war auf Stille gerichtet.

Sebruki starrte ausdruckslos geradeaus.

»Das wird nicht funktionieren, Sebruki«, sagte Stille streng. »Selbst wenn du in der Lage wärst, dieses Ding in den Schankraum zu schleppen, würdest du ihn nicht treffen... und auch wenn es dir tatsächlich gelänge, würden seine Männer uns alle aus Rache umbringen!«

»Das wäre mir egal«, sagte Sebruki leise. »Solange ich ihn töten kann. Solange, wie ich selbst abgedrückt habe.«

»Dir liegt nichts an uns?«, fuhr Stille sie an. »Ich habe dich aufgenommen, ich habe dir ein Heim geboten, und so zahlst du es mir zurück? Du stiehlst meine Waffe? Du bedrohst mich sogar damit?«

Das Mädchen blinzelte.

»Was ist mit dir los?«, fuhr Stille fort. »Du willst an diesem Zufluchtsort Blut vergießen? Du willst die Schatten auf uns hetzen, willst, dass sie uns angreifen? Wenn sie durchkommen, werden sie alle töten, die unter meinem Dach leben! Menschen, denen ich Sicherheit versprochen habe. Wie kannst du es wagen!«

Sebruki schüttelte sich, als würde sie aus einer Trance erwachen. Ihre Maske zerbrach, und sie ließ die Armbrust fallen. Stille hörte ein Schnappen, und der Haken löste sich. Sie spürte, wie der Bolzen um Haaresbreite an ihrer Wange vorbeizischte und dann das Fenster hinter ihr zerbrach.

Bei den Schatten! Hatte der Bolzen sie gestreift? Hatte Sebruki etwa ihr Blut vergossen? Stille hob zitternd die Hand, konnte jedoch zum Glück kein Blut auf ihrer Wange ertasten. Der Bolzen hatte sie nicht getroffen.

Einen Moment später lag Sebruki schluchzend in ihren Armen. Stille kniete sich hin und sah dem Kind ins Gesicht. »Schon gut, Liebes. Es ist schon gut. Alles ist gut.«

»Ich habe alles gehört«, flüsterte Sebruki. »Meine Mutter hat nicht einmal geschrien. Sie wusste, dass ich da war. Sie war stark, Tante Stille. Deshalb konnte ich auch stark sein, selbst als das Blut herabtropfte und mein Haar tränkte. Ich habe es gehört. Ich habe alles gehört.«

Stille schloss die Augen und hielt Sebruki fest. Sie war damals diejenige gewesen, die bereit gewesen war, den noch qualmenden Hof zu untersuchen. Sebrukis Vater hatte die Herberge gelegentlich besucht. Ein guter Mann. Jedenfalls soweit es noch gute Männer gab, nachdem das Böse Heimatland erobert hatte.

In den qualmenden Resten des kleinen Hofes hatte Stille die Leichen von einem Dutzend Menschen gefunden. Alle Familienangehörigen waren von Chesterton und seinen Männern abgeschlachtet worden, einschließlich der Kinder. Nur Sebruki hatte überlebt, das jüngste Kind, weil man sie in den schmalen Zwischenraum unter den Bodendielen des Schlafzimmers geschoben hatte.

Dort war sie noch gewesen, durchtränkt vom Blut ihrer Mutter und ohne einen Laut von sich zu geben, selbst als Stille sie gefunden hatte. Und das hatte sie nur, weil Chesterton so sorgfältig vorgegangen war. Er hatte den Raum mit Silberstaub gesichert, als Schutz gegen die Schatten, bevor er sich ans Töten machte. Stille hatte versucht, etwas von dem Staub zusammenzufegen, der zwischen den Bodenbrettern hindurchgerieselt war, und hatte dabei die Augen bemerkt, die sie durch die Schlitze anstarrten. Chesterton hatte dreizehn verschiedene Bauernhöfe allein im letzten Jahr niedergebrannt. Er hatte über fünfzig Menschen ermordet. Sebruki war die Einzige, die ihm entkommen war.

Das Mädchen zitterte vor Schluchzen am ganzen Körper.

»Warum ... warum?«

»Dafür gibt es keinen Grund. Es tut mir leid.« Was hätte sie sonst sagen können? Sollte sie irgendwelche dummen Aussprüche von sich geben oder versuchen, das Mädchen mit dem Gott im Jenseits zu trösten? Das hier waren die Waldungen. Hier überlebte man nicht mit dummen Sprüchen.

Stille hielt das Mädchen fest, bis es allmählich aufhörte zu weinen. Williams Ann trat ein und blieb neben dem Küchentisch stehen. Sie hatte ein Tablett mit leeren Bechern in den Händen. Ihr Blick zuckte zu der Armbrust am Boden und dann zu dem zerbrochenen Fenster.

»Du wirst ihn töten?«, flüsterte Sebruki. »Du wirst ihn der Gerechtigkeit überantworten?«

»Die Gerechtigkeit ist in Heimatland gestorben«, erwiderte Stille. »Aber ja, ich werde ihn töten. Das verspreche ich dir, Kind.«

Williams Ann ging vorsichtig weiter, bückte sich, hob die Armbrust hoch und drehte sie um, um Stille den zerbrochenen Bogen zu zeigen. Diese seufzte. Sie hätte die Waffe nicht an einer Stelle liegen lassen dürfen, an der Sebruki sie zu fassen bekam.

»Kümmere dich um die Gäste, Williams Ann«, sagte Stille. »Ich bringe Sebruki nach oben.«

Ihre Tochter nickte und warf einen Blick auf das zerbrochene Fenster.

»Es ist kein Blut vergossen worden«, sagte Stille. »Wir sind sicher. Aber wenn du einen Moment Zeit hast, dann versuche, den Bolzen zu finden. Der Kopf ist versilbert ...« In diesen Zeiten konnten sie sich schwerlich leisten, Geld zu verschwenden.

Williams Ann brachte die Armbrust wieder in die Speisekammer zurück, während Stille Sebruki vorsichtig auf einen

Küchenhocker setzte. Das Mädchen klammerte sich an ihr fest, wollte nicht loslassen, also gab Stille nach und hielt es noch eine Weile in den Armen.

Williams Ann holte ein paar Mal tief Luft, als müsste sie sich ebenfalls beruhigen, dann ging sie wieder in den Schankraum, um Getränke zu servieren.

Schließlich ließ Sebruki Stille lange genug los, damit sie ihr ein Getränk zubereiten konnte. Sie trug das Mädchen hinauf in die Dachkammer hoch über dem Schankraum, wo die Betten der drei standen. Dob schlief im Stall und die Gäste in den netteren Räumen im ersten Stock.

»Du gibst mir etwas, damit ich einschlafe«, sagte Sebruki mit einem Blick aus rotgeränderten Augen auf den Becher.

»Morgen früh sieht die Welt schon wieder ganz anders aus«, erwiderte Stille. *Und ich kann nicht riskieren, dass du dich heute Nacht herausschleichst und mir folgst.*

Das Mädchen nahm den Becher zögernd entgegen, trank ihn dann jedoch aus. »Es tut mir leid. Das mit der Armbrust.«

»Wir werden einen Weg finden, wie du die Kosten abarbeiten kannst, die die Reparatur verschlingen wird.«

Das schien Sebruki zu trösten. Sie war ein Bauernmädchen und in den Waldungen geboren. »Früher hast du mir immer etwas vorgesungen«, sagte Sebruki leise und schloss die Augen, während sie sich in die Kissen sinken ließ. »Als du mich hierhergebracht hast. Nachdem... nach...« Sie schluckte.

»Ich war mir nicht sicher, ob du es bemerkt hast.« Stille war sich damals nicht sicher gewesen, ob das Mädchen überhaupt etwas wahrgenommen hatte.

»Das habe ich.«

Stille setzte sich auf den Hocker neben Sebrukis Bett. Sie hatte keine Lust zu singen, also summte sie. Es war das Schlaflied, das sie Williams Ann während der schweren Zeiten direkt nach der Geburt vorgesungen hatte.

Schon bald jedoch kamen ungebeten die Worte über ihre Lippen: »Still jetzt, meine Liebe... hab keine Angst. Die Nacht zieht herauf, aber die Sonne wird sie vertreiben. Schlaf jetzt, meine Liebe... lass deine Tränen trocknen. Die Dunkelheit umringt uns, aber irgendwann werden wir wach...«
Sie hielt Sebrukis Hand fest, bis das Kind schlief. Vom Fenster neben ihrem Bett aus konnte sie den Hof überblicken. Deshalb bemerkte Stille, wie Dob die Pferde von Chesterton und seinen Männern herausführte. Die fünf Männer in ihren eleganten Kaufmannskleidern polterten die Stufen der Veranda hinunter und stiegen in die Sättel.

Dann ritten sie nacheinander auf die Straße hinaus, und schon bald hatten die Waldungen sie verschluckt.

Eine Stunde nach Anbruch der Dunkelheit packte Stille im Licht des Ofens ihren Rucksack.

Ihre Großmutter hatte die Flammen in diesem Herd entzündet, und seitdem hatten sie gebrannt. Es hatte sie fast das Leben gekostet, das Feuer zu entfachen, aber sie war nicht bereit gewesen, einen der Feuerhändler dafür zu bezahlen. Stille schüttelte den Kopf. Großmutter hatte immer den Konventionen getrotzt. Andererseits, war Stille auch nur einen Deut besser?

Entzünde kein Feuer, vergieße nicht das Blut eines anderen, laufe nicht in der Nacht. All diese Dinge ziehen die Schatten an. Es waren die Einfachen Regeln, nach denen alle Heimstättenbesitzer lebten. Sie hatte alle drei Regeln mehr als einmal gebrochen. Es war ein Wunder, dass sie nicht selbst schon längst zu einem Schatten geworden war.

Sie fühlte kaum die Wärme des Ofens, als sie sich darauf vorbereitete zu töten. Stille warf einen Blick auf den alten Schrein, der eigentlich mehr ein Schrank war und den sie stets abschloss. Die Flammen erinnerten sie an ihre Großmutter. Die hatte beidem getrotzt, den Schatten und den Forts, bis zum Ende. Stille hatte die Herberge von allen Erinnerungen an ihre Großmutter gereinigt, von allen bis auf den Schrein für den Gott im Jenseits. Er befand sich hinter der verschlossenen Tür neben der Speisekammer. Neben dieser Tür hatte einst der silberne Dolch ihrer Großmutter gehangen, das Symbol der alten Religion.

In den Dolch waren Symbole der Gottheit als Schutzzauber eingeätzt. Stille nahm ihn mit, nicht wegen der Schutzzauber, sondern weil er aus Silber war. In den Waldungen konnte man niemals genug Silber bei sich haben.

Sie packte den Rucksack sehr sorgfältig. Zuerst legte sie ihren Medizinbeutel hinein, dann einen großen Beutel mit Silberstaub, um das Verdorren zu heilen. Darauf legte sie zehn leere Säcke aus fester Jute, die innen mit Pech versiegelt waren, damit nichts daraus heraussickerte. Zum Schluss legte sie noch eine Öllampe darauf, obwohl sie sie nicht verwenden wollte, weil sie Feuer nicht traute. Feuer konnte Schatten anziehen. Aber sie hatte bei ihren früheren Ausflügen festgestellt, dass sie nützlich war, also nahm sie sie mit. Sie würde sie nur anzünden, wenn sie auf jemanden stieß, der bereits ein Feuer entzündet hatte.

Als sie fertig war, zögerte sie und ging dann noch einmal in die alte Vorratskammer. Sie hob die Bodenbretter ab und nahm das kleine, gegen Feuchtigkeit geschützte Fässchen heraus, das neben den Giften lag.

Schießpulver.

»Mutter?« Bei Williams Anns Stimme zuckte sie heftig zusammen. Sie hatte nicht gehört, wie ihre Tochter die Küche betreten hatte.

Vor Schreck hätte Stille beinahe das Fässchen fallen lassen, und dabei blieb ihr fast das Herz stehen. Dann schalt sie sich eine Närrin und klemmte sich das Fässchen unter den Arm. Ohne Feuer konnte es nicht explodieren. So viel wusste sie.

»Mutter!« Williams Ann warf einen Blick auf das Fässchen.

»Wahrscheinlich werde ich es nicht brauchen.«

»Aber ...«

»Ich weiß. Sei ruhig.« Sie ging an ihrer Tochter vorbei und legte das Fässchen in ihren Rucksack. An der Seite des Fässchens klemmte der Feueranzünder ihrer Großmutter. Wenn man Schießpulver abbrannte, zählte das als Entzünden von Flammen, jedenfalls in den Augen der Schatten. Es zog sie ebenso rasch an wie Blut, ob bei Tag oder Nacht. Die ersten Flüchtlinge aus Heimatland hatten das sehr rasch feststellen müssen.

In gewisser Weise war Blutvergießen einfacher zu vermeiden. Ein einfaches Nasenbluten oder blutiges Gewebe zog die Schatten nicht an; sie bemerkten es nicht einmal. Es musste das Blut eines anderen sein, das man vergoss. Und sie würden sich auch zuerst auf den stürzen, der das Blut vergossen hatte. Nachdem diese Person allerdings tot war, kümmerte es sie nicht mehr sonderlich, wen sie als Nächstes töteten. Waren die Schatten erst einmal erzürnt, waren sie für alle in ihrer Nähe eine Gefahr.

Erst nachdem Stille das Schießpulver eingepackt hatte, bemerkte sie, dass Williams Ann reisefertig in Hose und Stiefel gekleidet war. Und sie hatte einen Rucksack dabei, der genauso aussah wie der von Stille.

»Was hast du damit vor, Williams Ann?«

»Willst du etwa ganz allein fünf Männer töten, die nur eine halbe Dosis Farnkraut bekommen haben, Mutter?«

»Ich habe so etwas schon vorher gemacht. Ich habe gelernt, alleine zu arbeiten.«

»Aber nur, weil dir niemand jemals geholfen hat.« Williams Ann schulterte ihren Rucksack. »Das hat sich geändert.«

»Du bist noch zu jung. Geh wieder ins Bett und pass auf die Herberge auf, bis ich zurückkomme.«

Williams Ann gab nicht nach.

»Kind, ich habe dir gesagt ...«

»Mutter.« Williams Ann packte sie fest am Arm. »Du bist

kein junges Mädchen mehr! Glaubst du etwa, ich hätte nicht gesehen, dass du immer stärker humpelst? Du kannst nicht mehr alles alleine machen! Du musst endlich anfangen zuzulassen, dass ich dir manchmal helfe, verdammt!«

Stille betrachtete ihre Tochter. Woher hatte sie diese Wildheit? Es fiel ihr schwer, sich daran zu erinnern, dass Williams Ann ebenfalls eine Vorhut war. Ihre Großmutter wäre von ihr angewidert gewesen, was Stille stolz machte. Williams Ann hatte tatsächlich eine Kindheit gehabt. Sie war nicht schwach, sie war nur einfach... normal. Eine Frau konnte auch stark sein, ohne nur so viel Gefühl zu haben wie ein Ziegelstein.

»Fluche gefälligst nicht, wenn du mit deiner Mutter redest«, erklärte Stille schließlich.

Williams Ann hob eine Braue.

»Du kannst mitkommen«, sagte Stille und befreite ihren Arm aus dem Griff ihrer Tochter. »Aber du wirst genau das tun, was ich dir sage.«

Williams Ann atmete vernehmlich aus und nickte dann eifrig. »Ich sage Dob, dass wir weg sind.« Sie ging hinaus und verfiel dabei unwillkürlich in den langsamen Schritt eines Heimstädters, als sie in die Dunkelheit trat. Auch wenn sie noch innerhalb des Schutzes der silbernen Ringe war, befolgte sie die Einfachen Regeln. Wenn man sie ignorierte, solange man in Sicherheit war, vergaß man sie vielleicht, wenn man es nicht war.

Stille holte zwei Schüsseln heraus und mischte zwei unterschiedliche Arten von Glühpaste an. Als sie fertig war, goss sie sie in zwei Gläser, die sie ebenfalls in ihren Rucksack packte.

Dann trat sie hinaus in die Nacht. Es war frisch und kalt. Die Waldungen waren ruhig.

Natürlich, die Schatten waren unterwegs.

Ein paar von ihnen schlichen über das Gras. Man konnte sie an ihrem eigenen schwachen Schimmern erkennen. Die in der Nähe sahen ätherisch und durchsichtig aus, sehr alte Schatten. Sie hatten kaum noch die äußere Gestalt von Menschen. Ihre Köpfe verschwammen, die Gesichter bewegten sich wie Rauchringe. Sie zogen weiße Fahnen etwa eine Armlänge weit hinter sich her. Stille hatte das immer als die zerfetzten Überreste ihrer Kleidung betrachtet.

Keine Frau, nicht einmal eine Vorhut, konnte die Schatten betrachten, ohne eine gewisse Kälte in sich zu spüren. Die Schatten waren natürlich auch tagsüber da, nur konnte man sie dann nicht sehen. Aber wenn man Feuer entzündete oder Blut vergoss, stürzten sie sich auch zu dieser Zeit auf einen. In der Nacht jedoch waren sie anders. Sie reagierten schneller auf Verstöße, und in der Nacht reagierten sie auch auf schnellere Bewegungen, was sie tagsüber nie taten.

Stille nahm eines der Gläser mit Glühpaste aus ihrem Rucksack, deren Licht den Bereich um sie herum in einen schwachen grünlichen Schein tauchte. Die Beleuchtung war gedämpft, aber sie war gleichmäßig und ruhig, anders als Fackeln. Fackeln waren unzuverlässig, weil man sie nicht neu entzünden konnte, wenn sie ausgingen.

Williams Ann wartete mit Laternenstangen an der Vorderseite der Herberge. »Wir müssen möglichst leise sein«, sagte Stille zu ihr, während sie die Gläser an den Stangen befestigte. »Du kannst reden, aber flüstere nur. Ich sagte, dass du mir gehorchen musst. Das wirst du tun, und zwar in jeglicher Hinsicht, und zwar augenblicklich. Die Männer, die wir verfolgen... sie werden dich töten oder Schlimmeres mit dir machen, ohne sich dabei auch nur das Geringste zu denken.«

Williams Ann nickte.

»Du hast nicht genug Angst«, stellte Stille fest und schob eine schwarze Hülle über das Glas mit der helleren Glühpaste. Dadurch wurde es um sie herum finster, aber der Sternengürtel stand heute hoch am Himmel. Etwas von dem Licht würde durch die Blätter dringen, vor allem, wenn sie sich in der Nähe der Straße hielten.

»Ich...«, begann Williams Ann.

»Weißt du noch, wie Harolds Hund im letzten Frühling verrückt geworden ist?«, erkundigte sich Stille. »Erinnerst du dich an diesen Blick in den Augen des Hundes? Er erkannte niemanden mehr. Stattdessen lag nur die Lust zu töten in diesem Blick. Genau so sind diese Männer, Williams Ann. Tollwütige Hunde. Sie müssen zur Strecke gebracht werden, genauso wie dieser Hund. Sie werden dich nicht als eine Person betrachten. Sie sehen in dir nur Fleisch. Verstehst du das?«

Williams Ann nickte. Stille erkannte, dass sie eher aufgeregt als verängstigt war, aber dagegen konnte sie nichts tun. Stille gab ihrer Tochter die Stange mit der dunkleren Glühpaste. Sie schimmerte bläulich, erhellte die Umwelt jedoch nicht besonders. Stille legte sich die andere Stange auf eine Schulter, schlang den Rucksack über die andere und deutete dann mit einem Nicken auf die Straße.

In der Nähe schwebte ein Schatten auf die Grenze der Herberge zu. Als er die dünne Barriere aus Silber berührte, knisterte sie, Funken flogen und trieben den Schatten ruckartig zurück. Er schwebte in einer anderen Richtung weiter.

Jede Berührung wie diese kostete Stille Geld. Die Berührung durch einen Schatten ruinierte das Silber. Dafür bezahlten ihre Gäste: für eine Herberge, deren Grenze seit über hundert Jahren nicht verletzt worden war und mit einer langen Tradition, dass keine unerwünschten Schatten innerhalb der Grenze gefangen waren. Es war eine Art von Frieden. Das Beste, was in den Waldungen geboten wurde.

Williams Ann trat über die Grenze, die von den großen, silbernen Reifen markiert wurde, die aus dem Boden ragten. Sie waren mit Zement verankert, so dass man sie nicht einfach herausziehen konnte. Wenn man einen überlappenden Abschnitt von einem dieser Ringe ersetzen wollte – sie hatte drei konzentrische Ringe, die ihre Herberge umgaben –, musste man tief graben und den Abschnitt lösen. Es war viel

Arbeit, wie Stille aus eigener Erfahrung wusste. Es verging keine Woche, in der sie nicht den einen oder anderen Abschnitt verschieben oder ersetzen mussten.

Der Schatten in der Nähe trieb langsam davon. Er nahm sie nicht wahr. Stille wusste nicht, ob normale Menschen für die Schatten unsichtbar waren, solange sie keine Regeln verletzten, oder ob sie die Leute bis dahin einfach nur ihrer Aufmerksamkeit als nicht würdig erachteten.

Williams Ann und sie traten auf die dunkle Straße, die ein bisschen überwuchert war. Keine Straße in den Waldungen war in einem besonders guten Zustand. Vielleicht würde sich das ändern, wenn die Forts endlich ihre Versprechungen einlösten. Trotzdem gab es Reisende. Heimstädter, die zu dem einen oder anderen Fort reisten, um mit Lebensmitteln zu handeln. Das Getreide, das auf den Lichtungen der Waldungen wuchs, war schmackhafter als das, das in den Bergen produziert werden konnte. Und Kaninchen und Truthähne, die man entweder in Fallen fing oder in Käfigen züchtete, konnte man für gutes Silber verkaufen.

Aber sie handelten nicht mit Mastschweinen. Nur jemand in einem der Forts würde so grob sein, ein Schwein zu essen.

Jedenfalls gab es Handel, und man sah es den Straßen an, auch wenn die Bäume rechts und links davon die Tendenz hatten, mit ihren Zweigen weit hinabzureichen, fast als würden sie ihre Arme ausstrecken und versuchen, den Pfad zu bedecken. Ihn wieder in Besitz zu nehmen. Die Waldungen mochten es nicht, dass Menschen sie verseuchten.

Die beiden Frauen gingen vorsichtig und zielstrebig weiter. Sie machten keine schnellen Bewegungen. In diesem Tempo kam es ihnen wie eine Ewigkeit vor, bis etwas vor ihnen auf der Straße auftauchte.

»Da!«, flüsterte Williams Ann.

Stille atmete laut aus, um ihre Spannung zu lösen. Im Licht der Glühpaste schimmerte etwas blau auf der Straße. Theopolis' Vermutung, wie sie ihre Beute aufspürte, war zwar nicht schlecht gewesen, aber er hatte nicht ganz richtiggelegen. Ja, das Licht der bläulichen Paste, die man Abrahamsfeuer nannte, ließ die Tropfen von Schimmerharz leuchten. Zufälligerweise jedoch wirkte Schimmerharz auch stimulierend auf die Blase eines Pferdes.

Stille inspizierte die Spur aus schimmerndem Harz und Urin auf dem Boden. Sie hatte sich Sorgen gemacht, dass Chesterton und seine Männer sich möglicherweise sehr bald in die Waldungen schlagen würden, nachdem sie die Herberge verlassen hatten. Das war zwar nicht sehr wahrscheinlich gewesen, aber sie hatte sich trotzdem Sorgen gemacht.

Jetzt war sie sicher, dass sie die Spur gefunden hatte. Wenn Chesterton sich in die Waldungen schlagen würde, dann erst ein paar Stunden nachdem er die Herberge verlassen hatte. Weil er dann sicherer sein konnte, dass sein Geheimnis nicht gelüftet wurde. Sie schloss die Augen und atmete erleichtert aus, dann rasselte sie unwillkürlich ein Dankgebet herunter. Sie zögerte. Woher kannte sie das denn? Es war schon so lange her.

Sie schüttelte den Kopf, richtete sich auf und ging weiter. Da sie allen fünf Pferden Schimmerharz verabreicht hatte, hatte sie jetzt eine stetige Spur aus Markierungen vor sich, der sie mühelos folgen konnte.

Die Waldungen fühlten sich in dieser Nacht irgendwie ... dunkel an. Das Licht des Sternengürtels über ihnen schien nicht so gut durch die Zweige zu dringen, wie es eigentlich sollte. Und es schienen sich mehr Schatten herumzutreiben als gewöhnlich. Sie schlenderten zwischen den Baumstämmen umher und glühten schwach.

Williams Ann umklammerte ihren Laternenstiel. Das Kind war natürlich schon in der Nacht unterwegs gewesen. Kein Heimstädter machte das gern, aber es scheute auch keiner davor zurück. Man konnte nicht sein ganzes Leben in einem Gebäude eingesperrt verbringen, erstarrt in Furcht vor der Dunkelheit. Wenn man so lebte, dann ... dann war man nicht besser dran als die Menschen in den Forts. Das Leben in den Waldungen war hart und oft tödlich. Aber es war auch ein freies Leben.

»Mutter«, flüsterte Williams Ann. »Warum glaubst du nicht mehr an Gott?«

»Ist das jetzt wirklich der richtige Moment für ein solches Gespräch, Mädchen?«

Williams Ann blickte zu Boden, als sie an einer weiteren Spur aus bläulich schimmerndem Urin auf der Straße vorbeikamen. »Auf diese Frage antwortest du immer mit solchen Gegenfragen.«

»Ich versuche für gewöhnlich dieser Frage auszuweichen, wenn du sie mir stellst«, gab Stille zu. »Aber normalerweise gehe ich dabei nicht nachts durch die Waldungen.«

»Irgendwie kommt es mir einfach im Moment wichtig vor. Du irrst dich, wenn du glaubst, dass ich nicht genug Angst hätte. Ich kann kaum atmen vor Angst, aber ich weiß, welche Schwierigkeiten wir mit unserer Herberge haben. Du bist immer so wütend, nachdem Meister Theopolis uns besucht hat. Und du wechselst unser Grenzsilber nicht so oft, wie du es solltest. Und du isst nur jeden zweiten Tag Brot.«

»Und du glaubst, das hätte mit Gott zu tun? Warum?«

Williams Ann blickte weiter zu Boden.

Bei den Schatten, dachte Stille. *Sie glaubt, wir würden bestraft. Das dumme Mädchen. Sie ist genauso dumm wie ihr Vater.*

Sie überquerten die Alte Brücke und gingen über ihre baufälligen Planken. Wenn es heller war, konnte man immer noch die Hölzer der neuen Brücke tief unten im Abgrund sehen. Sie repräsentierten die Versprechungen der Forts und ihrer Geschenke, die zwar immer ganz hübsch aussahen, aber nie lange hielten. Sebrukis Vater war einer von denen gewesen, die gekommen waren, um die Alte Brücke wieder aufzubauen.

»Ich glaube an den Gott im Jenseits«, antwortete Stille, nachdem sie die andere Seite der Brücke erreicht hatten.

»Aber ...?«

»Ich bete ihn nicht an«, sagte Stille. »Das heißt nicht, dass ich nicht an ihn glaube. In den alten Büchern wird dieses Land der Hort der Verdammten genannt. Ich bezweifle, dass Beten etwas nützt, wenn du bereits verdammt bist. Das ist alles.«

Williams Ann antwortete nicht.

Sie gingen noch gut zwei Stunden. Stille spielte mit dem Gedanken, eine Abkürzung durch die Waldungen zu nehmen, aber das Risiko, die Spur zu verlieren und dann den ganzen Weg zurückgehen zu müssen, war zu groß. Außerdem waren diese Markierungen, die in dem unsichtbaren Licht der Glühpaste bläulich weiß schimmerten... diese Markierungen waren etwas Reales. Ein Rettungsanker aus Licht in den Schatten um sie herum. Diese Spuren bedeuteten Sicherheit für sie und ihre Tochter.

Sie zählten beide den Abstand zwischen den Urinmarkierungen, so dass sie die Stelle, an der die Männer in den Wald abgebogen waren, nur um wenige Schritte verpassten. Nachdem sie ein, zwei Minuten gegangen waren, ohne auf eine Markierung zu stoßen, machten sie wortlos kehrt und suchten die Seiten neben dem Pfad ab. Stille hatte Sorgen gehabt, dass dies der schwierigste Teil der Jagd sein könnte, aber sie fanden ohne Probleme die Stelle, an der die Männer sich in die Waldungen geschlagen hatten. Ein schimmernder Hufabdruck gab ihnen den Hinweis. Eines der Pferde war auf der Straße in den Urin eines anderen Pferdes getreten und hatte die leuchtende Spur in die Waldungen getragen.

Stille stellte ihren Rucksack auf den Boden und öffnete ihn, um ihre Garrotte herauszuholen. Dann legte sie einen Finger an die Lippen und bedeutete Williams Ann mit einer Handbewegung, neben der Straße zu warten. Das Mädchen nickte. Stille konnte ihre Gesichtszüge in der Dunkelheit kaum erkennen, aber sie hörte, dass ihre Tochter schneller atmete. Eine Heimstädterin und daran gewöhnt zu sein, in der Nacht nach draußen zu gehen war eine Sache. Aber ganz allein in den Waldungen zurückzubleiben ...

Stille nahm das Glas mit der blauen Glühpaste und legte ihr Taschentuch darüber. Dann zog sie ihre Schuhe und Strümpfe aus und kroch in die Nacht. Jedes Mal wenn sie das tat, fühlte sie sich in ihre Kindheit zurückversetzt, in der sie mit ihrem Großvater in die Waldungen gegangen war. Ihre Zehen gruben sich in die Erde, und sie suchte nach raschelnden Blättern oder Zweigen, die möglicherweise brechen und sie verraten könnten.

Sie hörte fast seine Stimme, wie er ihr Anweisungen gab, ihr sagte, wie sie den Wind einschätzen und das Geräusch der raschelnden Blätter nutzen konnte, um ihre eigenen Geräusche zu übertönen, wenn sie Stellen überquerten, an denen sie Lärm nicht vermeiden konnten. Er hatte die Waldungen geliebt, bis zu dem Tag, an dem sie ihn verschlungen hatten. *Nenne dieses Land niemals Hölle,* hatte er gesagt. *Respektiere dieses Land, wie du ein gefährliches Tier respektieren würdest, aber hasse es nicht.*

Schatten glitten zwischen den Bäumen in der Nähe hindurch, beinahe unsichtbar, jetzt, wo kein Licht auf sie fiel. Stille hielt Abstand zu ihnen, aber wenn sie sich umdrehte, sah sie trotzdem ab und zu, wie eines dieser Wesen hinter ihr vorbeiglitt. Wenn man gegen einen Schatten stieß, konnte das einen Menschen töten. Aber solche Zwischenfälle waren höchst selten. Solange sie nicht erzürnt wurden, wichen Schatten vor Menschen zurück, die ihnen zu nahe kamen, als würde ein sanfter Wind sie davonwehen. Solange man sich langsam bewegte, und das sollte man unbedingt tun, war alles in Ordnung.

Sie ließ ihr Taschentuch über dem Glas, außer wenn sie die Spuren in ihrer Nähe überprüfen wollte. Glühpaste ließ die Schatten leuchten, und Schatten, die zu hell leuchteten, würden ihr Kommen vielleicht verraten.

Jemand stöhnte in der Nähe. Stille erstarrte, und ihr Herz

schlug ihr bis zum Hals. Schatten machten keine Geräusche; das musste also ein Mann sein. Angespannt und lautlos durchsuchte sie die Dunkelheit, bis sie ihn erblickte. Er war in einem ausgehöhlten Baumstamm verborgen. Aber er bewegte sich und massierte sich die Schläfen. Er hatte Kopfschmerzen von Williams Anns Gift.

Stille überlegte, dann kroch sie zur Rückseite des Baumes. Sie hockte sich hin und wartete anstrengende fünf Minuten, bis er sich bewegte. Dann hob er wieder die Hände, und die Blätter raschelten.

Stille sprang vor und legte ihm die Garrotte um den Hals. Dann zog sie sie zusammen. Jemanden zu strangulieren war in den Waldungen nicht die beste Art zu töten. Es dauerte zu lange.

Der Wächter schlug um sich und griff mit den Fingern an seinen Hals. Die Schatten in der Nähe hielten inne.

Stille zog die Garrotte fester zu. Der Wächter war von dem Gift geschwächt, versuchte aber trotzdem, sie mit seinen Beinen von sich zu stoßen. Sie wich zurück, hielt die Garrotte fest und beobachtete dabei die Schatten. Sie sahen sich um wie Tiere, die in der Luft witterten. Ein paar von ihnen wurden dunkler, als ihr eigenes natürliches Schimmern verblasste und ihre Formen allmählich von weißlich zu schwarz wechselten.

Das war kein gutes Zeichen. Stilles Herz hämmerte wie Donner in ihrer Brust. *Stirb endlich, verflucht!*

Schließlich hörte der Mann auf, um sich zu schlagen, und seine Bewegungen wurden langsamer. Nachdem er ein letztes Mal gezittert hatte und sich schließlich nicht mehr rührte, wartete Stille eine schreckliche Ewigkeit neben ihm und hielt den Atem an. Schließlich leuchteten die Schatten in ihrer Nähe wieder heller und schwebten weiter auf ihren verschlungenen Pfaden.

Sie löste die Garrotte vom Hals des Mannes und stieß erleichtert den Atem aus. Sie nahm sich noch einen Moment, um sich zu orientieren, ließ dann den Leichnam liegen und kroch zu Williams Ann zurück.

Das Mädchen erfüllte sie mit Stolz; es hatte sich so gut versteckt, dass Stille es nicht sah, bis es flüsterte: »Mutter?«

»Ja«, erwiderte Stille.

»Dem Gott im Jenseits sei Dank!« Williams Ann kroch aus der Senke, in der sie unter Blättern versteckt gelegen hatte. Sie packte zitternd Stilles Arm. »Hast du sie gefunden?«

»Ich habe den Wachposten getötet«, erwiderte Stille und nickte. »Die vier anderen sollten schlafen. Jetzt brauche ich dich.«

»Ich bin bereit.«

»Dann folge mir.«

Sie gingen über den Pfad, den Stille vorhin bereits benutzt hatte. Als sie an dem Leichnam des Wächters vorbeikamen, untersuchte Williams Ann ihn kurz und ohne jedes Mitgefühl. »Es ist einer von ihnen«, flüsterte sie. »Ich erkenne ihn.«

»Natürlich ist es einer von ihnen.«

»Ich wollte nur sichergehen.«

Sie fanden das Lager nicht weit entfernt von dem Wachposten. Die vier Männer schlummerten in ihren Schlafdecken, wie nur wirkliche Waldungengeborene das wagen würden. Sie hatten ein kleines Glas mit Glühpaste in die Mitte des Lagers gestellt, und zwar in eine kleine Grube, damit es nicht zu hell leuchtete und sie verriet. Es war hell genug, um in seinem Licht die Pferde zu sehen, die ein paar Schritte entfernt auf der anderen Seite des Lagers angebunden waren. Außerdem zeigte das grüne Licht auch das Gesicht von Williams Ann. Stille erschrak, als sie keine Furcht, sondern intensive Wut auf der Miene des Mädchens erkannte. Ihre Tochter hatte sehr schnell ihre Rolle als beschützende ältere Schwester bei Sebruki übernommen. Und nach all dem, was sie erfahren hatte, war sie bereit zu töten.

Stille deutete auf den Mann ganz rechts, und Williams Ann nickte. Jetzt kam der gefährliche Teil. Da sie alle nur eine halbe Dosis des Giftes zu sich genommen hatten, könnte jeder dieser Männer durch die Geräusche geweckt werden, wenn ihre Gefährten starben.

Stille nahm einen der Jutesäcke aus ihrem Rucksack und gab ihn Williams Ann. Dann holte sie den Hammer heraus. Es war keine Kriegswaffe, sondern nur ein einfaches Werkzeug, um Nägel einzuschlagen. Oder andere Dinge.

Stille beugte sich über den ersten Mann. Als sie sein schlafendes Gesicht sah, erschauerte sie. Irgendein animalischer Teil in ihr wartete angespannt darauf, dass sich diese Augen unvermittelt öffneten.

Sie hob drei Finger vor Williams Anns Gesicht und zog dann einen nach dem anderen ein. Als der dritte Finger einklappte, schob Williams Ann den Sack über den Kopf des Mannes. Als er hochfuhr, schlug Stille ihm mit dem Hammer mit aller Kraft auf die Schläfe. Der Schädel brach, und der Kopf sank ein kleines bisschen herunter. Der Mann schlug noch einmal um sich und wurde dann schlaff.

Stille sah angespannt hoch und beobachtete die anderen Männer, während Williams Ann den Sack zuzog. Die Schatten in ihrer Nähe hielten inne, aber dieser Akt erregte ihre Aufmerksamkeit längst nicht so, wie die Strangulation es getan hatte. Solange die Pechschicht in dem Sack verhinderte, dass das Blut heraussickerte, waren sie in Sicherheit. Stille schlug dem Mann noch zweimal mit dem Hammer auf den Kopf und tastete dann nach einem Puls. Sie spürte keinen.

Dann erledigten sie sorgfältig den zweiten Mann in der Reihe. Es war sehr brutale Arbeit, als würde man ein Tier schlachten. Es half, wenn man sich vorstellte, dass diese Männer Kaninchen wären, wie sie es Williams Ann zuvor erzählt hatte. Was nicht half, war der Gedanke daran, was diese Männer Sebruki angetan hatten. Denn das machte sie wütend, und sie konnte es sich nicht leisten, wütend zu sein. Sie musste kalt, leise und effizient sein.

Bei dem zweiten Mann musste sie öfter zuschlagen, bis er

tot war, aber dafür wachte er langsamer auf als sein Freund. Farnkraut machte müde. Für ihre Zwecke war es eine hervorragende Droge. Es genügte völlig, wenn sie schläfrig und ein bisschen desorientiert waren. Und...

Der nächste Mann richtete sich unter seiner Decke auf. »Was...?« Seine Stimme klang undeutlich.

Stille stürzte sich auf ihn, packte seine Schultern und drückte ihn zu Boden. Die Schatten in der Nähe fuhren herum, als hätten sie ein lautes Geräusch gehört. Stille zog ihre Garrotte heraus, als der Mann sich wehrte und versuchte, sie zur Seite zu stoßen. Williams Ann keuchte vor Schreck.

Stille rollte sich herum und wickelte die Garrotte um den Hals des Mannes. Sie zog mit aller Kraft zu, während der Mann um sich schlug. Er war fast tot, als der letzte Mann seine Decken zurückwarf und aufsprang. Benommen und voller Angst entschied er sich wegzulaufen.

Bei den Schatten! Dieser letzte Mann war Chesterton. Wenn er die Schatten auf sich zog...

Stille ließ den letzten Mann keuchend zurück und schlug alle Vorsicht in den Wind. Sie rannte hinter Chesterton her. Wenn die Schatten ihn zu Staub verdorrten, hatte sie gar nichts. Wenn sie keine Leiche vorzeigen konnte, bedeutete das, dass sie kein Kopfgeld bekam.

Die Schatten rund um das Lager verblassten, als Stille Chesterton erreichte. Sie erwischte ihn am Rand des Lagers neben den Pferden. Verzweifelt stürzte sie sich auf seine Beine und schleuderte den benommenen Mann zu Boden.

»Du Miststück!« Seine Stimme klang undeutlich, und er trat nach ihr. »Du bist die Wirtin. Du hast mich vergiftet, du Miststück!«

Die Schatten waren vollkommen schwarz geworden. Plötzlich flammten grüne Augen auf, als sie ihre irdische Sicht öffneten. Aus ihren Augen sickerte schimmernder Nebel.

Stille schlug Chestertons Hände beiseite, als er sich wehrte.

»Ich bezahle!«, rief er, während er nach ihr schlug. »Ich bezahle dich...!«

Stille schlug mit dem Hammer auf seinen Arm, woraufhin er vor Schmerz schrie. Dann schlug sie ihm das Eisen ins Gesicht. Es knirschte. Sie riss sich ihren Pullover herunter, als er stöhnte und um sich schlug, und wickelte ihn um seinen Kopf und den Hammer.

»Williams Ann!«, schrie sie. »Ich brauche einen Sack! Einen Sack, Mädchen! Gib mir...!«

Williams Ann kniete neben ihr und zog Chesterton einen Sack über den Kopf, gerade als das Blut durch den Pullover sickerte. Stille tastete hastig auf dem Boden nach einem Stein, packte ihn und hämmerte ihn dem Mann auf den von dem Sack bedeckten Kopf. Der Pullover erstickte Chestertons Schreie, aber er dämpfte auch die Wucht des Steins. Sie musste immer und immer wieder zuschlagen.

Schließlich rührte er sich nicht mehr. Williams Ann hielt den Sack an seinem Hals zu, damit das Blut nicht herausströmte, und atmete stoßweise. »Oh, Gott im Jenseits! Oh, Gott...!«

Stille wagte es hochzusehen. Dutzende von grünen Augen schienen im Wald zu schweben und schimmerten wie kleine Feuer in der Dunkelheit. Williams Ann kniff die Augen zu und flüsterte ein Gebet, während ihr Tränen über die Wangen liefen.

Stille griff langsam in ihre Tasche und holte ihren silbernen Dolch heraus. Sie erinnerte sich an eine andere Nacht, an ein anderes Meer von glühenden grünen Augen. Die letzte Nacht ihrer Großmutter. *Lauf, Mädchen! Lauf!*

In jener Nacht hatte sie laufen müssen. Sie waren fast in Sicherheit gewesen. Trotzdem hatte Großmutter es nicht geschafft. Sie hätte es schaffen können, aber sie hatte es nicht.

Jene Nacht war der reinste Schrecken für Stille gewesen. Wegen dem, was Großmutter getan hatte. Und was Stille getan hatte... Heute Nacht hatte sie nur eine Hoffnung. Weglaufen würde sie nicht retten. Der sichere Zufluchtsort war zu weit entfernt.

Langsam und zu ihrer unendlichen Erleichterung verblassten die grünen Augen allmählich. Stille lehnte sich zurück und ließ den silbernen Dolch auf den Boden gleiten.

Williams Ann öffnete die Augen. »Oh, Gott im Himmel!«, sagte sie, als die Schatten wieder sichtbar wurden. »Ein Wunder!«

»Kein Wunder«, widersprach Stille. »Sondern einfach nur Glück. Wir haben ihn gerade noch rechtzeitig getötet. Eine Sekunde länger, und sie hätten sich erzürnt.«

Williams Ann schlang die Arme um ihren Körper. »Bei den Schatten! Bei den Schatten, ich dachte, wir wären tot. Bei den Schatten!«

Plötzlich fiel Stille etwas ein. Der dritte Mann! Sie hatte ihn nicht zu Ende strangulieren können, bevor Chesterton flüchtete. Sie rappelte sich hoch und wirbelte herum.

Er lag regungslos auf dem Boden.

»Ich habe ihn erledigt«, sagte Williams Ann. »Ich musste ihn mit den Händen erwürgen. Mit meinen bloßen Händen…«

Stille sah sie an. »Das hast du gut gemacht, Mädchen. Wahrscheinlich hast du uns damit das Leben gerettet. Wenn du nicht hier gewesen wärst, hätte ich Chesterton niemals töten können, ohne die Schatten zu erzürnen.«

Das Mädchen starrte immer noch in den Wald und beobachtete die friedlichen Schatten. »Was muss passieren?«, fragte sie. »Ich meine, dass du ein Wunder erkennst, statt nur einen Zufall zu sehen?«

»Nun, das würde ein Wunder erfordern«, erwiderte Stille. »Statt eines einfachen Zufalls. Komm. Lass uns diesen Burschen einen zweiten Sack über die Köpfe ziehen.«

Williams Ann half ihr, den Banditen Säcke über die Köpfe zu stülpen. Zwei Säcke über jeden, sicherheitshalber. Blut war die größte Gefahr. Wenn man rannte, zog das die Aufmerksamkeit der Schatten auf einen, aber nur langsam. Feuer erzürnte sie augenblicklich, aber es blendete und verwirrte sie auch.

Blut allerdings… Wenn man Blut im Zorn vergoss und es der Luft aussetzte – schon ein einzelner Tropfen konnte die Schatten dazu bringen, einen abzuschlachten, und danach jeden anderen, den sie sahen.

Stille kontrollierte den Puls von jedem Mann, nur zur Sicherheit, aber sie waren alle tot. Dann sattelten sie die Pferde, wuchteten die Leichen auf die Sättel und banden sie fest. Sie nahmen auch die Bettrollen und die restlichen Gegenstände mit. Sie hofften, dass die Männer ein bisschen Silber bei sich hatten. Die Gesetze der Kopfgeldjagd erlaubten Stille zu behalten, was sie fand, es sei denn, etwas Gestohlenes wurde besonders aufgeführt. In diesem Fall jedoch wollten die Forts einfach nur Chestertons Tod. Die Forts und alle anderen auch.

Stille zog eine Schnur straff und hielt dann plötzlich inne. »Mutter!« Williams Ann hatte dasselbe bemerkt. Das Rascheln von Laub in den Waldungen. Sie nahmen die Hülle von dem Glas mit grüner Glühpaste und stellten es zu dem der Banditen, so dass das kleine Lager gut erleuchtet war, als eine Gruppe von acht Männern und Frauen aus den Waldungen auf die Lichtung geritten kam.

Sie kamen von den Forts. Die gute Kleidung, die Art, wie sie immer wieder auf die Schatten in den Waldungen blickten… Das waren ganz gewiss Stadtleute. Stille trat vor und wünschte sich, sie hätte noch ihren Hammer in der Hand, um zumindest ein wenig bedrohlich zu wirken. Aber der steckte in dem Sack, der um Chestertons Kopf gewickelt war. Außerdem klebte Blut daran, so dass sie ihn nicht herausholen konnte, bis das Blut getrocknet war.

»Nun seht euch das an«, sagte der Mann an der Spitze der Neuankömmlinge. »Ich wollte nicht glauben, was Tobias mir erzählte, als er von seinem Erkundungsritt zurückkam, aber offenbar stimmt es. Alle fünf Männer von Chestertons Bande tot, getötet von zwei Heimstädtern der Waldungen?«

»Wer seid ihr?«, erkundigte sich Stille.

»Reed Jong«, antwortete der Mann und tippte sich an den Hut. »Ich verfolge diese Burschen seit vier Monaten. Ich kann dir gar nicht genug danken, dass du sie für mich erledigt hast.« Er gab einigen seiner Leute ein Zeichen, die darauf abstiegen.

»Mutter!«, zischte Williams Ann.

Stille musterte Reeds Augen. Er war mit einer Keule bewaffnet, und eine der Frauen hinter ihm hatte eine dieser neuen Armbrüste mit den stumpfen Bolzen dabei. Sie ließen sich schnell spannen und hatten eine große Wucht, aber sie verursachten keine blutigen Wunden.

»Tritt von den Pferden weg, Kind!«, befahl Stille.

»Aber ...«

»Tritt zurück!« Stille ließ den Strick des Pferdes fallen, das sie führte. Drei Fortsleute hoben die Stricke auf, und einer der Männer grinste Williams Ann lüstern an.

»Du bist klug«, sagte Reed, beugte sich nach unten und betrachtete Stille. Eine seiner Frauen ging an ihr vorbei und zog Chestertons Pferd hinter sich her, auf dessen Sattel der Leichnam des Mannes hing.

Stille trat vor und legte eine Hand auf Chestertons Sattel. Die Frau, die das Pferd hinter sich herzog, blieb stehen und sah ihren Herrn an. Stille zog unauffällig den Dolch aus der Scheide.

»Du gibst uns etwas ab«, sagte Stille zu Reed, der ihre Messerhand nicht sehen konnte. »Nach allem, was wir getan haben. Ein Viertel, und ich sage kein Wort.«

»Klar«, erwiderte er und tippte an seinen Hut. Er hatte ein falsches Lächeln aufgesetzt wie die Leute auf den Gemälden. »Ein Viertel. Abgemacht.«

Stille nickte. Sie drückte das Messer gegen eines der dünnen Seile, mit denen sie Chesterton auf dem Sattel festgebunden hatte. Als die Frau das Pferd wegzog, schnitt die Klinge ihres Messers in das Seil. Dann trat Stille zurück und legte ihre Hand auf Williams Anns Schulter, während sie das Messer geschickt wieder in die Scheide schob.

Reed tippte erneut an seinen Hut. Wenige Augenblicke später waren die Kopfgeldjäger zwischen den Bäumen verschwunden und ritten auf die Straße.

»Ein Viertel?«, zischte Williams Ann. »Glaubst du wirklich, dass er zahlen wird?«

»Wohl kaum«, antwortete Stille und nahm ihren Rucksack vom Boden. »Wir können von Glück reden, dass er uns nicht einfach ermordet hat. Und jetzt komm.« Sie ging in die Waldungen. Williams Ann ging neben ihr, als sie sich beide mit den langsamen Schritten bewegten, die die Waldungen verlangten. »Es dürfte an der Zeit sein, dass du wieder zur Herberge zurückkehrst, Williams Ann.«

»Und was hast du vor?«

»Ich hole uns unsere Beute zurück.« Sie war eine Vorhut, verdammt. Kein aufgeblasener Fortsmann würde sie bestehlen.

»Du hast vor, sie an der Weißen Flur abzufangen, nehme ich an. Aber was willst du tun? Wir können nicht gegen so viele kämpfen, Mutter.«

»Ich werde schon einen Weg finden.« Chestertons Leiche bedeutete Freiheit und *Leben* für ihre Töchter. Sie würde sie sich nicht einfach entgehen lassen, wie Rauch zwischen den Fingern entgleiten lassen. Sie gingen in die Dunkelheit, vorbei an den Schatten, die noch kurz zuvor bereit gewesen waren, sie zu verdörren. Jetzt schwebten die Geister davon, vollkommen uninteressiert an dem Fleisch neben ihnen.

Denk nach, Stille. Irgendetwas stimmt hier überhaupt nicht. Wie hatten diese Männer das Lager gefunden? Hatten sie gehört, wie Williams Ann und sie miteinander geredet hatten? Sie behaupteten, dass sie Chesterton schon seit Monaten verfolgten. Hätte sie dann nicht schon längst etwas von ihnen hören müssen? Diese Männer und Frauen sahen viel zu frisch aus, zu unerfahren, als dass sie monatelang ausgebildeten Mördern durch die Waldungen hätten nachjagen können.

Das führte zu einer Schlussfolgerung, die sie nicht gerne ziehen wollte. Ein Mann hatte gewusst, dass sie heute eine Beute verfolgte, und er hatte auch gesehen, wie sie diese Verfolgung geplant hatte. Und ebendieser Mann hatte Grund dafür zu sorgen, dass man ihr diese Beute wegnahm.

Theopolis, ich hoffe sehr, dass ich mich irre, dachte sie. *Denn wenn du dahinterstecken solltest...*

Stille und Williams Ann gingen durch die tiefste Waldung, wo das dichte Laubdach alles Licht abhielt und den Boden unfruchtbar machte. Schatten patrouillierten durch diese bewaldeten Gewölbe wie blinde Wächter. Reed und seine Kopfgeldjäger kamen aus den Forts. Sie würden sich an die Wege halten; das war Stilles Vorteil. Die Waldungen waren zwar kein Freund der Heimstädter, aber sie waren für sie nur so gefährlich, wie ein bekannter Abgrund gefährlich war, von dem man durchaus auch abstürzen konnte.

Stille war jedoch eine erfahrene Seglerin auf diesem Abgrund. Sie konnte seine Winde besser lesen als jeder Bewohner der Forts. Vielleicht war es Zeit, einen Sturm zu entfesseln.

Was die Heimstädter die »Weiße Flur« nannten, war ein Abschnitt der Straße, der von Pilzfeldern gesäumt war. Es dauerte etwa eine Stunde querfeldein durch die Waldungen, um die Flur zu erreichen, und Stille spürte den Tribut einer Nacht ohne Schlaf, als sie dort ankam. Aber sie ignorierte ihre Müdigkeit und marschierte durch das Pilzfeld, hielt ihr Glas mit grünem Licht hoch und tauchte die Bäume und Bodenwellen in einen befremdlichen Schein.

Die Straße wand sich durch die Waldungen und führte dann hier entlang. Wenn die Männer nach Lastport oder zu einem der anderen nahe gelegenen Forts unterwegs waren, mussten sie hier entlangkommen. »Geh du weiter«, sagte Stille zu Williams Ann. »Es ist nur eine Stunde Fußmarsch zurück zu Herberge. Sieh dort nach dem Rechten.«

»Ich lasse dich nicht allein, Mutter.«

»Du hast versprochen zu gehorchen. Willst du jetzt dein Wort brechen?«

»Und du hast versprochen, dass ich dir helfen darf. Willst du deines brechen?«

»Ich brauche dich dafür nicht«, entgegnete Stille. »Und es wird sehr gefährlich.«

»Was hast du vor?«

Stille blieb neben der Straße stehen, kniete sich hin und wühlte dann in ihrem Rucksack. Sie holte das kleine Fässchen Schießpulver heraus. Williams Ann wurde genauso bleich wie die Pilze.

»Mutter!«

Stille wickelte den Anzünder ihrer Großmutter aus. Sie wusste nicht sicher, ob er überhaupt noch funktionierte. Sie hatte es noch nie gewagt, die beiden Metallarme zusammenzudrücken, die wie Zangen aussahen. Wenn man sie zusammendrückte, rieben die Enden aneinander und erzeugten Funken. Eine Feder am anderen Ende trennte sie wieder.

Stille sah zu ihrer Tochter hoch und hob dann den Anzünder neben ihren Kopf. Williams Ann trat zurück und sah sich um, betrachtete die Schatten um sie herum.

»Steht es wirklich so schlimm?«, flüsterte das Mädchen. »Um uns, meine ich?«

Stille nickte.

»Also gut.«

Dummes Mädchen. Nun, Stille würde sie nicht wegschicken. In Wahrheit brauchte sie ihre Hilfe tatsächlich. Sie wollte unbedingt diesen Leichnam haben. Aber Leichen waren schwer, und es war unmöglich, ihnen einfach nur den Kopf abzuschneiden. Nicht hier draußen in den Waldungen, zwischen all den Schatten.

Sie griff wieder in ihren Rucksack und zog ihren kleinen Medizinbeutel heraus. Die Medikamente waren zwischen zwei schmalen Brettern befestigt, die als Schienen fungieren sollten. Es war nicht allzu schwierig, die beiden Bretter an jeweils einem Schenkel des Anzünders zu befestigen. Mit ihrer kleinen Handschaufel grub sie ein Loch in die weiche Erde der Straße, etwa von der Größe des Pulverfasses.

Dann zog sie den Stöpsel aus dem Fass und legte es in das Loch. Sie tränkte ihr Taschentuch mit Lampenöl, stopfte ein Ende in das Fass und legte den Anzünder mit den Brettern auf die Straße, mit dem Ende des Taschentuchs direkt an den funkenschlagenden Köpfen. Nachdem sie die ganze Sache mit Blättern zugedeckt hatte, war die improvisierte Trittfalle fertig. Wenn jemand auf das oberste Brett trat, würde er es zu Boden drücken und die Funken entzünden, die das Taschentuch entflammten. Hoffentlich.

Sie konnte es sich nicht leisten, das Feuer selbst anzuzünden. Die Schatten würden sich zuerst auf den stürzen, der das Feuer gemacht hatte.

»Was passiert, wenn sie nicht darauf treten?«, fragte Williams Ann.

»Dann gehen wir an eine andere Stelle der Straße und versuchen es erneut«, sagte Stille.

»Es könnte Blut fließen, das ist dir klar.«

Stille antwortete nicht. Wenn die Falle durch einen Fußtritt ausgelöst wurde, würden die Schatten nicht Stille als Verursacherin sehen. Sie würden sich auf die Person stürzen, die die Falle ausgelöst hatte. Aber wenn es zu Blutvergießen kam, würde sie das erzürnen. Und kurz danach würde es keine Rolle mehr spielen, wer dafür verantwortlich gewesen war. Sie wären alle in größter Gefahr.

»Wir haben noch viele Stunden Dunkelheit vor uns«, sagte Stille. »Deck deine Glühpaste zu.«

Williams Ann nickte und schob hastig die Hülle über ihr Glas. Stille inspizierte ihre Falle erneut, packte Williams Ann dann an der Schulter und zog sie auf die Seite der Straße. Hier war das Unterholz dichter, weil die Straße sich für gewöhnlich durch Lücken im Laubdach wand. Die Menschen suchten sich mit Vorliebe Plätze in den Waldungen, wo sie den Himmel sehen konnten.

Schließlich kamen die Kopfgeldjäger. Leise und jeder mit einem Glas Glühpaste ausgestattet. Forstleute redeten nicht in der Nacht. Sie kamen an der Falle vorbei, die Stille an der schmalsten Stelle der Straße aufgebaut hatte. Sie hielt den Atem an und beobachtete, wie die Pferde vorbeitrotteten. Mehrere verfehlten den Klumpen, der die Position des schmalen Bretts markierte. Williams Ann hielt sich die Ohren zu und kauerte sich am Boden zusammen.

Ein Huf traf die Falle. Nichts passierte. Stille stieß verärgert die Luft aus. Was sollte sie tun, wenn der Anzünder zerbrochen war? Konnte sie eine andere Möglichkeit finden, um...

Die Schockwelle der Explosion schüttelte ihren ganzen Körper durch. Schatten verschwanden in einem Lidschlag, und grüne Augen flammten auf. Die Pferde scheuten und wieherten schrill, und die Männer schrien.

Stille schüttelte ihre Betäubung ab, packte Williams Ann an den Schultern und zerrte sie aus dem Versteck. Ihre Falle hatte besser funktioniert, als sie vermutet hatte; der brennende Lumpen hatte dem Pferd, das sie ausgelöst hatte, erlaubt, noch ein paar Schritte zu gehen, bevor das Pulver explodierte. Es gab kein Blut, sondern nur einen Haufen von panischen Pferden und verwirrten Leuten. Das kleine Fässchen mit Schießpulver hatte längst nicht so viel Schaden angerichtet, wie sie vermutet hatte. Die Geschichten darüber, was Schießpulver bewirkte, waren vermutlich ebenso ausgeschmückt wie die Geschichten von Heimatland. Aber der Knall war tatsächlich unglaublich gewesen.

Er dröhnte Stille immer noch in den Ohren, als sie sich durch die verwirrten Männer kämpfte und fand, was sie zu finden gehofft hatte. Chestertons Leiche lag auf dem Boden. Er war von dem bockenden Pferd herumgeschleudert und wegen des angeschnittenen Seils abgeworfen worden. Sie packte den Leichnam unter den Armen, und Williams Ann nahm die Beine. Dann schlugen sie sich damit seitlich in die Waldungen.

»Idioten!«, brüllte Reed, der sich mitten im Getümmel befand. »Haltet sie auf! Es ist...!«

Er unterbrach sich, als die Schatten auf die Straße schwärmten und sich auf die Männer stürzten. Reed hatte sein Pferd unter Kontrolle halten können, aber jetzt musste er vor den Schatten zurückweichen. Sie waren erzürnt, vollkommen schwarz, obwohl der Blitz der Explosion und das Feuer sie benommen gemacht hatten. Sie flatterten herum wie Motten um eine Flamme. Mit grünen Augen. Ein kleiner Segen. Wenn diese Augen sich rot färbten...

Ein Kopfgeldjäger stand auf der Straße und drehte sich ständig um sich selbst. Er wurde getroffen. Er bog den Rücken durch, während schwarze Tentakeln ein Netz über seine Haut zu spannen schienen. Dann sank er auf die Knie und kreischte, als das Fleisch von seinem Gesicht zu schmelzen begann.

Stille drehte sich weg. Williams Ann beobachtete den Mann mit entsetzter Miene.

»Langsam, Kind«, sagte Stille mit, wie sie hoffte, tröstender Stimme. Aber ihr war nicht nach Trost zumute. »Vorsichtig. Wir können vor ihnen flüchten, Williams Ann. Sieh mich an.«

Das Mädchen drehte sich um und sah sie an.

»Sieh mir in die Augen. Bewege dich. So ist es richtig. Denk daran, die Schatten gehen erst zur Quelle des Feuers. Sie sind verwirrt und betäubt. Sie können Feuer nicht so riechen wie Blut, und sie werden nach der Feuerquelle die nächste Quelle von schneller Bewegung suchen. Also langsam und ruhig. Sollen die herumlaufenden Fortsleute sie doch ablenken.«

Sie gingen mit fast quälender Gemächlichkeit in die Waldungen. Angesichts des ganzen Chaos und der großen Gefahr fühlte es sich an, als schlichen sie. Reed organisierte den Widerstand. Schatten, die vom Feuer aufgewühlt waren, konnten bekämpft und vernichtet werden mit Silber. Es würden zwar immer mehr kommen, aber wenn die Männer klug waren und Glück hatten, vernichteten sie die Schatten in ihrer Nähe und konnten dann langsam von der Feuerquelle zurückweichen. Sie konnten sich verstecken und überleben. Vielleicht.

Es sei denn, einer von ihnen vergoss aus Zufall Blut.

Stille und Williams Ann gingen durch ein Feld von Pilzen, die wie die Schädel von Ratten glühten. Die Pilze zerbrachen mit einem leisen Puffen unter ihren Füßen. Sie hatten Glück, aber nicht ganz. Denn als die Schatten ihre Orientierungslosigkeit nach der Explosion abschütteln konnten, drehten sich zwei von ihnen am Rand des Gewühls um und folgten den beiden flüchtenden Frauen.

Williams Ann keuchte. Stille ließ Chestertons Schultern los und die Leiche langsam zu Boden gleiten, während sie ihren Dolch zog. »Geh weiter«, flüsterte sie. »Zieh ihn hier weg. Aber langsam, Mädchen. Ganz langsam.«

»Ich lasse dich nicht allein!«

»Ich hole dich wieder ein«, sagte Stille. »Für das hier bist du noch nicht bereit.«

Sie drehte sich nicht um, um zu überprüfen, ob Williams Ann gehorchte, denn die Schatten, pechschwarze Gestalten, die über den Boden mit den weißen Pilzen glitten, näherten sich ihr. Stärke war gegen Schatten bedeutungslos. Sie hatten keine echte Substanz. Nur zwei Dinge zählten. Man musste schnell handeln und durfte keine Angst haben.

Schatten waren in der Tat sehr gefährlich, aber solange man Silber hatte, konnte man sie bekämpfen. Viele Männer waren gestorben, weil sie weggelaufen waren und noch mehr Schatten auf sich gezogen hatten, statt sich zu verteidigen.

Stille schwang ihr Messer gegen die Schatten, als sie sie erreichten. *Ihr wollt meine Tochter, ihr Höllengeburten?*, dachte sie grimmig. *Ihr hättet euch mit den Fortsleuten begnügen sollen.*

Sie fuhr mit dem Messer durch den ersten Schatten, wie Großmutter es sie gelehrt hatte. *Du darfst nie zurückweichen und dich vor den Schatten ducken. Du bist vom Blut der Vorhut. Dir gehören die Waldungen. Du bist ebenso ihre Kreatur wie jeder andere auch. So wie ich ...*

Ihr Messer glitt ein wenig zäh durch den Schatten und erzeugte einen Regen aus weißen Funken, die aus dem Schatten heraussprizten. Der Schatten wich zurück, und seine schwarzen Tentakel schienen sich umeinander zu wickeln.

Stille fuhr zu dem anderen herum. Vor dem Hintergrund des pechschwarzen Himmels konnte sie nur die Augen des Wesens sehen, die von einem entsetzlichen Grün waren, als es nach ihr griff. Stille griff an.

Die geisterhaften Hände des Wesens berührten sie, und die eiskalten Finger packten ihren Arm unter dem Ellbogen. Sie fühlte es. Schattenfinger hatten Substanz; sie konnten einen packen, und nur Silber konnte sie vertreiben. Nur mit Silber konnte man kämpfen.

Sie rammte ihren Arm weiter in die Kreatur hinein. Funken stoben aus ihrem Rücken und verteilten sich wie Wasser auf dem Boden. Stille rang nach Luft, als eisiger, unerträglicher Schmerz sie durchströmte. Ihr Messer glitt aus ihren Fingern, die sie nicht mehr fühlte. Sie sackte nach vorn, sank auf die Knie, als der zweite Schatten nach hinten stürzte und sich dann wie in einer verrückten Spirale um sich selbst drehte. Der erste zappelte wie ein sterbender Fisch auf dem Boden. Er versuchte, sich zu erheben, aber seine obere Hälfte fiel immer wieder zurück.

Die Kälte auf ihrem Arm war unerträglich. Sie starrte auf ihren verwundeten Arm, beobachtete, wie die Haut und das Fleisch an ihrer Hand zu verwelken schienen, sich bis zum Knochen zurückzogen.

Sie hörte ein Weinen.

Du bleibst da stehen, Stille. Es war Großmutters Stimme. Erinnerungen an das erste Mal, als sie einen Schatten getötet hatte. *Du tust genau, was ich dir sage. Keine Tränen! Vorhuts weinen nicht! Vorhuts weinen nicht!*

An diesem Tag hatte sie gelernt, ihre Großmutter zu hassen. Sie war zehn Jahre alt, hielt ihr kleines Messer in der Hand, zitterte und weinte in der Nacht, als ihre Großmutter sie und einen schwebenden Schatten in einem Ring aus Silberstaub eingeschlossen hatte.

Großmutter war um den Kreis herumgelaufen und hatte den Schatten mit ihren Bewegungen erzürnt. Während Stille darin gefangen war. Mit dem Tod.

Es gibt nur eine Möglichkeit, es zu lernen, Stille, nämlich es zu tun. Und du wirst es lernen, so oder so!

»Mutter!«, sagte Williams Ann.

Stille blinzelte und tauchte aus ihren Erinnerungen auf, als ihre Tochter ihr Silberstaub auf den entblößten Arm streute. Das Verwelken ihres Fleisches hörte auf, als Williams Ann, schluchzend gegen ihre Tränen ankämpfend, den ganzen Beutel des Notfallsilbers auf den Arm kippte. Das Metall kehrte den Prozess um, und die Haut wurde wieder rosa. Das Schwarz schmolz in weißen Funken.

Zu viel, dachte Stille. Williams Ann hatte in ihrer Hast den ganzen Silberstaub benutzt, viel mehr, als diese eine Wunde benötigt hätte. Aber es fiel ihr schwer, sich zu ärgern, denn das Gefühl strömte in ihre Hand zurück, und die Eiseskälte verschwand.

»Mutter?«, fragte Williams Ann. »Ich bin zurückgegangen, wie du es gesagt hast. Aber er war so schwer, dass ich nicht weit gekommen bin. Also bin ich zu dir zurückgekommen. Es tut mir leid. Ich bin zu dir zurückgekommen!«

»Danke«, erwiderte Stille und holte tief Luft. »Das hast du gut gemacht.« Sie hob die Hand und drückte die Schulter ihrer Tochter, dann tastete sie mit der wiederhergestellten

Hand im Gras nach dem Messer ihrer Großmutter. Als sie es anhob, sah sie, dass die Klinge an einigen Stellen geschwärzt war, aber ansonsten war sie noch in Ordnung.

Die Fortsleute hatten auf der Straße einen Kreis gebildet und hielten die Schatten mit Speeren, deren Spitzen versilbert waren, in Schach. Die Pferde waren entweder geflüchtet oder verzehrt worden. Stille tastete über den Boden und kratzte eine Handvoll Silberstaub zusammen. Der Rest war für die Heilung verbraucht worden. Zu viel.

Sinnlos, sich jetzt darüber zu grämen, dachte sie und stopfte die Handvoll Silberstaub in die Tasche. »Komm«, sagte sie, während sie aufstand. »Es tut mir leid, dass ich dir nie gezeigt habe, wie man gegen sie kämpft.«

»Doch, das hast du«, widersprach Williams Ann und wischte sich die Tränen aus den Augen. »Du hast mir alles darüber erzählt.«

Ich habe es dir gesagt, aber dir nie gezeigt. Bei den Schatten, Großmutter! Ich weiß, dass ich dich enttäusche, aber ich werde ihr das nicht antun. Das kann ich nicht. Trotzdem bin ich eine gute Mutter. Ich werde sie beschützen.

Die beiden verließen das Pilzfeld, hoben ihre grausige Beute wieder an und gingen langsam durch die Waldungen. Auf dem Weg kamen ihnen noch mehr dunkle Schatten entgegen, die vom Kampf angezogen wurden. All diese Funken würden sie locken. Die Fortsleute waren so gut wie tot. Sie erregten zu viel Aufmerksamkeit, es gab zu harte Kämpfe. Noch bevor eine Stunde verstrichen war, würden sie es mit mehr als tausend Schatten zu tun haben.

Stille und Williams Ann bewegten sich langsam. Auch wenn die Kälte zum größten Teil aus Stilles Hand verschwunden war, war da noch etwas zurückgeblieben... irgendetwas. Ein tiefes Zittern in den Knochen. Ein Körperglied, das von den Schatten berührt worden war, fühlte sich viele Monate lang nicht mehr richtig an.

Dennoch war das erheblich besser als das, was ebenfalls

hätte passieren können. Ohne Williams Anns schnelle Reaktion hätte Stille ein Krüppel werden können. Denn war das Glied erst vollkommen ausgedörrt, was eine gewisse, von Fall zu Fall unterschiedliche Zeit erforderte, war der Prozess unumkehrbar.

Etwas raschelte in den Waldungen. Stille erstarrte, und auch Williams Ann blieb stehen und sah sich um.

»Mutter?«, flüsterte sie.

Stille runzelte die Stirn. Die Nacht war so dunkel, und sie waren gezwungen gewesen, ihre Gläser mit Glühpaste zurückzulassen. *Irgendetwas ist hier draußen*, dachte sie und versuchte, mit ihrem Blick die Finsternis zu durchdringen. *Was bist du?* Gott im Himmel mochte sie beschützen, wenn der Kampf einen der Dunkelsten angezogen hatte.

Doch das Geräusch wiederholte sich nicht. Zögernd ging Stille weiter. Sie marschierten eine gute Stunde, und in der Dunkelheit hatte Stille nicht bemerkt, dass sie sich der Straße wieder genähert hatten, bis sie darauf stießen.

Stille atmete aus, ließ ihre Last sinken und schüttelte ihre müden Arme in den Gelenken. Etwas Licht vom Sterngürtel schien bis zu ihnen herunter und beleuchtete so etwas wie einen großen Kieferknochen zu ihrer Linken. Die Alte Brücke. Sie waren fast zu Hause. Die Schatten hier waren nicht einmal erzürnt; sie bewegten sich mit ihren trägen, hüpfenden Schritten fast wie Schmetterlinge.

Ihre Arme taten so weh. Ihr Körper fühlte sich an, als würde er mit jedem Moment schwerer. Menschen war häufig nicht klar, wie schwer eine Leiche war. Stille setzte sich hin. Sie würden eine Weile ausruhen, bevor sie weitergingen. »Williams Ann, hast du noch etwas Wasser in deiner Feldflasche?«

Williams Ann wimmerte.

Stille zuckte zusammen und fuhr dann hastig hoch. Ihre Tochter stand neben der Brücke, und unmittelbar an ihrer Seite stand etwas Dunkles. Plötzlich erleuchtete ein grüner

Schein die Nacht, als die Gestalt eine kleine Phiole mit Glühpaste aus der Tasche zog. In dem widerlichen Licht erkannte Stille die Kreatur. Es war Reed.

Er hielt Williams Ann einen Dolch an die Kehle. Der Fortsmann hatte den Kampf nicht sonderlich gut überstanden. Ein Auge war milchig-weiß, die Hälfte seines Gesichts war geschwärzt, und seine Lippen waren so verdorrt, dass er sie permanent fletschte. Ein Schatten hatte ihm offenbar ins Gesicht geschlagen. Er konnte von Glück reden, dass er noch lebte.

»Ich habe mir gedacht, dass ihr diesen Weg nehmen würdet«, sagte er. Seine Worte klangen durch seine geschrumpften Lippen undeutlich. Speichel tropfte ihm vom Kinn. »Silber. Gebt mir euer Silber.«

Sein Messer ... es war gewöhnlicher Stahl.

»Sofort!«, schrie er und drückte das Messer fester gegen Williams Anns Hals. Wenn er ihre Haut auch nur ritzte, würden sich die Schatten in wenigen Herzschlägen auf sie stürzen.

»Ich habe nur das Messer«, log Stille, holte es aus der Scheide und warf es ihm vor die Füße. »Für dein Gesicht ist es zu spät, Reed. Das Welken hat bereits eingesetzt.«

»Das kümmert mich nicht«, zischte er. »Und jetzt die Leiche. Geh weg von ihr, Weib. Weg da!«

Stille trat zur Seite. Konnte sie ihn ausschalten, bevor er Williams Ann tötete? Er musste das Messer aufheben. Wenn sie im richtigen Moment angriff ...

»Du hast meine Männer umgebracht«, knurrte Reed. »Sie sind tot, alle. Bei Gott, wenn ich mich nicht in diese Senke gerollt hätte ... aber ich musste es mir anhören. Ich musste zuhören, wie sie alle abgeschlachtet wurden ...«

»Du warst der einzige Kluge von ihnen«, antwortete sie. »Du hättest sie nicht retten können, Reed.«

»Miststück! Du hast sie umgebracht.«

»Sie haben sich selbst umgebracht«, flüsterte sie. »Du

kommst in meine Waldungen und nimmst dir, was mir gehört? Es war die Wahl zwischen deinen Männern oder meinen Kindern, Reed.«

»Wenn du willst, dass dein Kind das überlebt, dann solltest du dich nicht rühren. Mädchen, heb das Messer auf.«

Wimmernd kniete sich Williams Ann hin. Reed äffte sie nach, während er hinter ihr stehen blieb und Stille beobachtete. Er hielt das Messer stoßbereit. Williams Ann hob den silbernen Dolch mit zitternden Fingern auf.

Reed nahm ihr die Waffe ab und behielt sie in einer Hand, während er das gewöhnliche Messer weiterhin an ihren Hals drückte. »Jetzt wird das Mädchen den Leichnam tragen, und du wirst dort stehen bleiben. Ich will nicht, dass du näher kommst.«

»Natürlich«, erwiderte Stille, während sie bereits plante. Sie konnte nicht riskieren, jetzt zuzuschlagen. Er war zu vorsichtig. Sie würde ihm durch die Waldungen folgen, neben der Straße, und auf einen Moment der Schwäche warten. Dann würde sie angreifen.

Reed spie aus.

Im nächsten Moment zischte ein stumpfer Armbrustbolzen durch die Luft und erwischte ihn an der Schulter. Der Aufprall riss ihn herum. Sein Messer glitt über Williams Anns Hals und ritzte ihre Haut. Ein Blutstropfen quoll heraus. Das Mädchen riss die Augen vor Entsetzen auf, obwohl es nur ein winziger Schnitt war. Aber die Gefahr für ihre Kehle war nicht das Entscheidende.

Sondern das Blut.

Reed taumelte zurück, keuchte und drückte seine Hand auf seine Schulter. Ein paar Blutstropfen schimmerten auf seiner Klinge. Die Schatten in den Waldungen um sie herum wurden schlagartig schwarz. Glühende grüne Augen flammten auf und wurden dann tiefrot.

Rote Augen in der Nacht. Blut in der Luft.

»Zur Hölle!«, kreischte Reed. »Zur Hölle!« Rote Augen

umschwärmten ihn. Diesmal gab es kein Zögern, keine Verwirrung. Sie stürzten sich sofort auf den, der die blutige Wunde geschlagen hatte.

Stille griff nach Williams Ann, als die Schatten angriffen. Reed packte das Mädchen um die Hüfte und stieß sie durch einen Schatten, in dem Versuch, ihn aufzuhalten. Dann wirbelte er herum und stürzte in die andere Richtung davon.

Williams Ann fiel durch den Schatten. Ihr Gesicht verwelkte, die Haut am Kinn und um die Augen verdorrte. Sie stolperte durch den Schatten und sank in Stilles Arme.

Eine nahezu überwältigende Panik stieg in Stille hoch.

»Nein! Kind, nein! Nein...!«

Williams Ann wollte etwas sagen, brachte jedoch nur ein ersticktes Würgen heraus, als sich ihre Lippen über ihre Zähne zogen und ihre Augen sich weit öffneten, als die Haut immer straffer wurde und ihre Augenlider schrumpften.

Silber. Ich brauche Silber. Ich kann sie noch retten! Stille hob den Kopf, während sie Williams Ann umklammerte. Reed rannte über die Straße und schlug mit dem silbernen Dolch um sich. Funken und Licht stoben durch die Dunkelheit. Er war von Schatten umringt, von Hunderten von Schatten, die ihn wie Raben ihren Schlafplatz umflatterten.

Dort konnten sie nicht entlang. Die Schatten würden ihn bald erledigt haben und dann nach weiterem Fleisch suchen – ganz gleich, welchem. Williams Ann hatte immer noch Blut an ihrem Hals. Sie würden sich als Nächstes auf sie stürzen. Und auch ohne diese drohende Gefahr verwelkte das Mädchen zusehends.

Der Dolch würde Williams Ann nicht retten können. Stille brauchte Staub, Silberstaub, den ihre Tochter schlucken musste. Sie grub in ihrer Tasche und holte die kleine Menge Silberstaub heraus, die sie dort verstaut hatte.

Zu wenig. Sie *wusste*, dass es zu wenig sein würde. Aber die Ausbildung ihrer Großmutter beruhigte sie, und dann wusste sie plötzlich, was sie zu tun hatte.

Die Herberge war nicht weit weg. Dort hatte sie mehr Silber.

»M... Mutter...«

Stille nahm Williams Ann in ihre Arme. Sie war so leicht, weil ihr Fleisch weiterhin verdorrte. Sie drehte sich um und rannte so schnell sie konnte zur Brücke.

Ihre Arme schmerzten, geschwächt, weil sie die Leiche so weit hatte schleppen müssen. Die Leiche... sie durfte sie auf keinen Fall verlieren!

Nein. Darüber durfte sie jetzt nicht nachdenken. Die Schatten würden sie verzehren, weil der Körper immer noch warm war, und zwar kurz nachdem sie Reed erledigt hatten. Es würde keine Beute geben. Sie musste sich auf Williams Ann konzentrieren.

Stilles Tränen fühlten sich kalt auf ihrem Gesicht an, als sie so schnell rannte, wie sie konnte, und der Wind sie voranzutreiben schien. Ihre Tochter zitterte und schüttelte sich in ihren Armen, verkrampfte sich, während sie gegen den Tod kämpfte. Sie würde ebenfalls ein Schatten werden, wenn sie so starb.

»Ich will dich nicht verlieren!«, sagte Stille in die Nacht. »Bitte. Ich will dich nicht verlieren...«

Hinter ihr stieß Reed einen langen, gequälten Schrei aus, der unvermittelt abbrach, als die Schatten ihn erledigten. In ihrer Nähe hielten andere Schatten inne. Sie öffneten die Augen, die tiefrot leuchteten.

Blut in der Luft. Blutrote Augen.

»Ich hasse dich«, flüsterte Stille, während sie lief. Jeder Schritt war eine Qual. Sie wurde tatsächlich alt. »Ich hasse dich! Für das, was du mir angetan hast! Was du uns angetan hast!«

Sie wusste nicht, ob sie zu ihrer Großmutter sprach oder zum Gott im Jenseits. In ihrem Kopf waren sie so oft dieselben. War ihr das vorher schon einmal aufgefallen?

Sie stürmte weiter durch den Wald, und die Zweige schlugen ihr ins Gesicht. War das da ein Licht vor ihr? Lag dort die Herberge?

Hunderte und Aberhunderte von roten Augen öffneten sich vor ihr. Sie stolperte und landete auf dem Boden, erschöpft, während Williams Ann wie ein schweres Bündel Zweige in ihren Armen lag. Das Mädchen zitterte und verdrehte die Augen.

Stille hob die Hand mit dem bisschen Silberstaub, den sie zuvor vom Boden aufgeklaubt hatte. Sie hätte ihn gern auf Williams Ann gestreut, ihr ein wenig Schmerz erspart, aber sie wusste, dass das eine Verschwendung wäre. Sie blickte hinab, weinte und streute dann das Quäntchen Silberstaub in einem engen Kreis um sie beide herum. Was hätte sie sonst tun können?

Williams Ann wurde von einem Krampf gepackt, während sie rasselnd atmete und gegen Stilles Arme schlug. Die Schatten kamen in Dutzenden, kauerten sich um sie herum, witterten das Blut. Das Fleisch.

Stille zog ihre Tochter an sich. Sie hätte nach ihrem Messer greifen sollen; auch wenn das Williams Ann nicht geheilt hätte, hätte sie zumindest damit kämpfen können.

Ohne das, ohne irgendein Werkzeug, würde sie scheitern. Großmutter hatte die ganze Zeit recht gehabt.

»Leise jetzt, Liebes...« Stille flüsterte und kniff die Augen zusammen. »Hab keine Angst.«

Die Schatten stürzten sich gegen ihre schwache Barriere, funkenstiebend, so das Stille die Augen wieder aufriss. Dann wichen sie zurück, wurden von anderen ersetzt, warfen sich gegen das Silber, während die roten Augen ihre sich windenden schwarzen Gestalten in ihren rötlichen Schein tauchten.

»Die Nacht zieht herauf«, flüsterte Stille, würgte die Worte erstickt heraus, »aber die Sonne wird sie vertreiben.«

Williams Ann bog sich in ihren Armen, dann bewegte sie sich nicht mehr.

»Schlaf jetzt... Liebes... lass deine Tränen trocknen. Die

Dunkelheit umringt uns, aber irgendwann… werden wir wach…«

Sie war so müde. *Ich hätte sie nicht mitnehmen sollen.*

Aber hätte sie das nicht getan, wäre Chesterton ihr entkommen, und sie wäre dann wahrscheinlich von den Schatten getötet worden. Williams Ann und Sebruki wären Theopolis' Sklaven geworden – oder gar Schlimmeres.

Sie hatte keine Wahl. Und es gab keinen Ausweg.

»Warum hast du uns hierhergeschickt?«, schrie sie plötzlich und starrte zu den Hunderten von glühenden roten Augen empor. »Welchen Sinn hat das?«

Es gab keine Antwort. Sie bekam nie eine Antwort.

Ja, dort vor ihr war Licht; sie sah es durch die niedrigen Zweige direkt vor ihren Augen. Sie war nur ein paar Meter von der Herberge entfernt. Sie würde nur wenige Schritte von ihrem Heim entfernt sterben, genau wie Großmutter.

Sie blinzelte und nahm Williams Ann in die Arme, als die winzige, silberne Barriere schließlich zusammenbrach.

Aber dieser… dieser Zweig direkt vor ihr. Er hatte eine sonderbare Form. Lang, dünn, keine Blätter. Es war gar kein Zweig. Stattdessen sah es aus wie…

Wie ein Armbrustbolzen.

Er hatte sich in den Baum gegraben, nachdem er zuvor aus der Herberge abgefeuert worden war. Sie erinnerte sich daran, dass sie erst heute früh auf diesen Bolzen geblickt hatte, auf sein spiegelndes Ende.

Silber.

Stille Montane stürmte durch die Hintertür der Herberge und zerrte einen vertrockneten Körper hinter sich her. Sie stolperte in die Küche, kaum in der Lage zu laufen, und ließ den versilberten Armbrustbolzen aus ihrer verwelkten Hand fallen.

Ihre Haut zog sich unaufhörlich zusammen, ihr ganzer Körper schrumpfte. Sie war nicht in der Lage gewesen, dieses Ausdörren zu vermeiden, da sie gegen so viele Schatten hatte kämpfen müssen. Der Armbrustbolzen hatte ihr nur den Weg frei gemacht, ihr erlaubt, den Ring aus Schatten in einem letzten verzweifelten Angriff zu durchbrechen.

Sie konnte kaum sehen. Tränen strömten ihr aus den verschleierten Augen. Trotz der Tränen fühlten sich ihre Augen so trocken an, als hätte sie eine Stunde lang im Wind gestanden und sie weit offen gehalten. Ihre Lider wollten nicht mehr blinzeln, und sie konnte ihre Lippen nicht bewegen.

Sie hatte doch... Pulver. Das hatte sie doch?

Denk nach. Was?

Sie bewegte sich, ohne nachzudenken. Das Glas auf dem Fensterbrett. Für den Notfall, wenn der Kreis durchbrochen wurde. Sie schraubte den Deckel auf. Ihre Finger waren wie Zweige. Als sie sie sah, reagierte ein ferner Teil in ihrem Verstand entsetzt.

Sterben. Ich sterbe.

Sie tauchte das Glas mit Silberpulver in die Zisterne mit Wasser und holte es heraus, stolperte zu Williams Ann. Sie fiel neben dem Mädchen auf die Knie, wobei sie viel Wasser verschüttete. Den Rest kippte sie mit zitternden Armen auf das Gesicht ihrer Tochter.

Bitte. Bitte.

Dunkelheit.

»Wir wurden hierhergeschickt, um stark zu sein«, sagte Großmutter, während sie auf der Klippe stand, von der aus sie die Wasser überblicken konnten. Ihr weißes lockiges Haar flatterte im Wind wie die Fetzen eines Schattens.

Sie drehte sich wieder zu Stille herum, und ihr Gesicht war feucht von der Gischt der Brandung unter ihnen. »Der Gott im Jenseits hat uns hierhergeschickt. Es ist ein Teil des Plans.«

»Das zu sagen macht es immer sehr einfach, hab ich

recht?«, stieß Stille hervor. »Du kannst alles in diesen nebulösen Plan packen. Selbst die Zerstörung der Welt.«

»Ich werde mir von dir keine Blasphemien anhören, Kind.« Sie hatte eine Stimme, als ginge man in Stiefeln über Schotter. Sie trat zu Stille. »Du magst gegen den Gott im Jenseits wüten, aber das wird nichts ändern. William war ein Narr und ein Idiot. Du bist ohne ihn besser dran. Wir sind *Vorhuts*. Wir überleben. Und wir werden diejenigen sein, die das Böse besiegen, irgendwann.« Sie ging an Stille vorbei.

Stille hatte noch nie gesehen, dass Großmutter lächelte, nicht mehr seit dem Tod ihres Ehemannes. Lächeln war verschwendete Energie. Und Liebe... Liebe war etwas für die Leute im Heimatland. Für die Leute, die dem Bösen zum Opfer gefallen waren.

»Ich bin schwanger«, sagte Stille.

Großmutter blieb stehen. »Von William?«

»Von wem sonst?«

Großmutter ging weiter.

»Keine Verdammnis?«, fragte Stille, drehte sich um und verschränkte die Arme.

»Es ist passiert«, sagte Großmutter. »Wir sind Vorhuts. Wenn wir so weitermachen müssen, dann werden wir das tun. Ich mache mir mehr Sorgen um die Herberge und darum, wie wir unsere Zahlungen an diese verdammten Forts zusammenkratzen.«

Was das angeht, habe ich eine Idee, dachte Stille und ging im Kopf die Liste mit Steckbriefen durch, die sie angefangen hatte zu sammeln. *Und zwar etwas, was selbst du nicht wagen würdest. Etwas Gefährliches. Etwas Undenkbares.*

Großmutter hatte die Waldungen erreicht, sah finster zu Stille zurück, setzte ihren Hut auf und trat zwischen die Bäume.

»Ich werde nicht zulassen, dass du dich zwischen mich und mein Kind stellst!«, rief Stille hinter ihr her. »Ich werde die meinen so erziehen, wie ich das will!«

Großmutter verschwand in den Schatten.
Bitte. Bitte.
»*Das werde ich tun!*«
Ich will dich nicht verlieren. Ich will nicht...

Stille rang keuchend nach Luft, als sie wach wurde, presste die Hände gegen die Bodenbretter und blickte hoch.
Lebendig. Sie war am Leben!
Dob, der Stallknecht, kniete neben ihr und hielt das Glas mit Silberpulver in der Hand. Sie hustete, hob die Finger, dicke Finger, mit Fleisch und Haut, an ihren Hals. Er war ebenfalls fleischig, wenn auch wund vom Silberpulver, das sie hatte schlucken müssen. Ihre Haut war mit schwarzen Flocken von zerstörtem Silber übersät.
»Williams Ann!« Sie drehte sich herum.
Das Kind lag auf dem Boden neben der Tür. Williams Anns linke Seite, wo sie den Schatten zuerst berührt hatte, war geschwärzt. Ihr Gesicht war nicht so übel mitgenommen, aber ihre Hand war ein verdorrtes Skelett. Die Hand würden sie ihr abnehmen müssen. Ihr Bein sah auch schlimm aus. Stille konnte nicht genau erkennen, wie schlimm es war, ohne die Verletzungen zu untersuchen.
»Oh, Kind...« Stille kniete sich neben sie.
Das Mädchen atmete. Das war genug, in Anbetracht dessen, was geschehen war.
»Ich habe es versucht«, sagte Dob. »Aber du hattest schon getan, was möglich war.«
»Danke«, erwiderte Stille. Sie drehte sich zu dem alten Mann um mit seiner hohen Stirn und den müden Augen.
»Hast du ihn erwischt?«
»Wen?«
»Den Gesuchten.«
»Ich... ja, ich habe ihn erwischt. Aber ich musste ihn zurücklassen.«
»Du wirst einen anderen finden«, erwiderte Dob mono-

ton und stand auf. »Der Fuchs findet immer einen anderen.«

»Wie lange weißt du es schon?«

»Ich bin einfältig, Mam«, antwortete er. »Aber kein Narr.« Er nickte ihr zu und ging davon, vornübergebeugt wie immer.

Stille stand auf, stöhnte und hob dann Williams Ann vom Boden hoch. Sie trug ihre Tochter ins Zimmer im Obergeschoss und kümmerte sich um sie.

Das Bein war nicht so schlimm mitgenommen, wie Stille befürchtet hatte. Ein paar Zehen würden wohl verloren gehen, aber der Fuß selbst war gesund. Die gesamte linke Seite von Williams Anns Körper war geschwärzt wie von einer Verbrennung. Das würde mit der Zeit zu Grau verblassen.

Jeder, der sie sah, würde genau wissen, was passiert war. Viele Männer würden sie niemals berühren wollen, weil sie diesen Makel fürchteten. Möglicherweise würde sie das zu einem einsamen Leben verurteilen.

Über ein solches Leben weiß ich selbst so einiges, dachte Stille, tauchte ein Tuch in die Schüssel und wusch Williams Anns Gesicht. Sie würde heute den ganzen Tag schlafen. Sie war dem Tod sehr nahe gekommen, war fast selbst ein Schatten geworden. Von so etwas erholte sich ein Körper nicht so schnell.

Allerdings war Stille diesem Schicksal ebenfalls recht nahe gewesen. Aber sie hatte so etwas schon einmal erlebt. Eine weitere Vorbereitung ihrer Großmutter. Oh, wie sie diese Frau hasste! Dass Stille die Person war, die sie heute war, verdankte sie der Tatsache, wie dieses Training sie abgehärtet hatte. Konnte sie ihrer Großmutter gleichzeitig dankbar sein und sie hassen? Stille wusch Williams Ann, zog ihr dann ein weiches Nachthemd an und ließ sie in ihrem Bett liegen. Sebruki schlief immer noch, betäubt von dem Trank, den Stille ihr verabreicht hatte.

Sie ging wieder in die Küche, um auf andere Gedanken zu

kommen. Sie hatte die Beute verloren. Die Schatten hatten sich dieses Leichnams bemächtigt: Die Haut war zu Staub zerfallen, der Schädel zerstört und schwarz. Sie hatte keine Möglichkeit zu beweisen, dass sie Chesterton zur Strecke gebracht hatte.

Sie setzte sich an den Küchentisch und legte ihre Hände auf die Platte. Sie hätte gerne Whisky getrunken, um den Schrecken der Nacht zu lindern.

Sie dachte stundenlang nach. Konnte sie Theopolis irgendwie auszahlen? Sich etwas von jemand anderem leihen? Von wem? Vielleicht, wenn sie einen anderen Gesuchten fand. Aber zurzeit kamen so wenig Menschen in die Herberge. Theopolis hatte ihr bereits mit diesem Erlass eine Warnung erteilt. Er würde höchstens ein oder zwei Tage auf die Zahlung warten, bevor er die Herberge für sich beanspruchte.

Hatte sie wirklich so viel durchgemacht, um dann doch alles zu verlieren?

Die Sonne schien auf ihr Gesicht, und ein Windhauch aus dem zerbrochenen Fenster kitzelte ihre Wange und weckte sie aus ihrem Schlummer. Stille blinzelte und streckte sich. Ihre Glieder protestierten. Dann seufzte sie und trat an den Küchentresen. Sie hatte alle Materialien von den Vorbereitungen gestern Nacht stehen lassen, ihre irdenen Schüsseln mit der Glühpaste, die immer noch schwach leuchtete. Der versilberte Armbrustbolzen lag immer noch neben der Hintertür. Sie musste sauber machen und das Frühstück für ihre wenigen Gäste vorbereiten. Und dann musste sie sich eine Möglichkeit ausdenken, wie sie...

Die Hintertür öffnete sich, und jemand kam herein.

...mit Theopolis umgehen sollte. Sie atmete leise aus und sah ihn an, mit seiner sauberen Kleidung und seinem herablassenden Lächeln. Er hinterließ Schlammspuren auf ihrem Boden, als er hereinkam. »Stille Montane. Schöner Morgen, was?«

Bei den Schatten, dachte sie. *Ich habe nicht mehr genug Willenskraft, um mich jetzt mit ihm abzugeben.*

Er trat zu den Fensterläden und schloss sie.

»Was machst du da?«, wollte sie wissen.

»Was? Hast du mich nicht zuvor gewarnt, dass es dir nicht lieb ist, wenn die Leute uns zusammen sehen? Dass sie möglicherweise ahnen könnten, dass du mir steckbrieflich Gesuchte bringst? Ich versuche nur, dich zu beschützen. Ist etwas passiert? Du siehst ziemlich schrecklich aus.«

»Ich weiß, was du getan hast.«

»Tatsächlich? Weißt du, ich mache viele Dinge. Was genau meinst du?«

Oh, wie gern hätte sie ihm dieses Grinsen aus dem Gesicht gewischt und ihm die Kehle durchgeschnitten, ihm diesen herablassenden Lastport-Akzent herausgeprügelt. Aber sie konnte es nicht. Er war einfach so verflucht gut darin, so zu tun, als ob. Sie hatte Vermutungen, wahrscheinlich sogar richtige. Aber sie hatte keine Beweise.

Großmutter hätte ihn trotzdem auf der Stelle getötet. Aber war sie so verzweifelt, dass sie alles aufs Spiel setzen würde, nur um ihm zu beweisen, dass er sich irrte?

»Du warst in den Waldungen«, sagte Stille. »Als Reed mich an der Brücke überrascht hat, habe ich angenommen, dass er es gewesen ist, den ich gehört habe, das Rascheln in der Finsternis. Das war er nicht. Er hat indirekt zugegeben, dass er an der Brücke auf uns gewartet hat. Dieses Wesen in der Dunkelheit warst du. Du hast mit der Armbrust auf ihn geschossen, um ihn zu irritieren, damit er Blut vergoss. Warum, Theopolis?«

»Blut?«, fragte Theopolis. »Mitten in der Nacht? Und du hast überlebt? Du hast ziemlich viel Glück, würde ich sagen. Bemerkenswert. Was ist sonst noch passiert?«

Sie sagte nichts.

»Ich bin hier, um die Zahlung einer Schuld einzutreiben«, fuhr Theopolis fort. »Du hast also keinen Gesuchten, für den du die Belohnung einstreichen könntest, was? Vielleicht brauchen wir mein Dokument doch noch. Wie klug von mir, dass ich eine Kopie mitgebracht habe. Diese Sache wird wirklich ganz wundervoll für uns beide sein. Stimmst du mir nicht zu?«

»Deine Füße schimmern.«

Theopolis zögerte und sah dann hinunter. Die Schlammspuren, die er hinterlassen hatte, schimmerten schwach blau im Licht der Reste der Glühpaste.

»Du bist mir gefolgt«, sagte sie. »Du warst letzte Nacht da.«

Er sah sie gelassen und vollkommen unbesorgt an. »Und?« Er machte einen Schritt auf sie zu.

Stille wich zurück und stieß mit dem Absatz gegen die Wand hinter ihr. Sie tastete über die Wand, nahm den Schlüssel und öffnete die Tür hinter sich. Theopolis packte ihren Arm und riss sie weg, als sie die Tür aufzog.

»Willst du eine von deinen versteckten Waffen holen?«, fragte er höhnisch. »Vielleicht die Armbrust, die du auf dem Regal in der Speisekammer versteckt hast? Ja, ich weiß davon. Ich bin sehr enttäuscht, Stille. Können wir nicht zivilisiert miteinander umgehen?«

»Ich werde dieses Dokument niemals unterschreiben, Theopolis«, sagte sie und spuckte ihm vor die Füße. »Lieber würde ich sterben, eher würde ich mich von Haus und Hof vertreiben lassen. Du kannst mir die Herberge mit Gewalt wegnehmen, aber ich werde dir nicht dienen. Was mich angeht, sollst du verdammt sein, du Mistkerl. Du…«

Er schlug ihr ins Gesicht. Ein schneller, aber vollkommen emotionsloser Schlag. »Ach, halt den Mund.«

Sie stolperte zurück.

»Wie dramatisch, Stille. Ich bin wohl nicht der Einzige, der sich wünschte, du würdest deinem Namen Ehre machen, was?«

Sie leckte sich die Lippen und fühlte den Schmerz seines

Schlages. Dann hob sie die Hand und fuhr sich übers Gesicht. Ein Blutstropfen hing an ihrer Fingerspitze, als sie sie sinken ließ.

»Willst du mir damit Angst einjagen?«, erkundigte sich Theopolis. »Ich weiß, dass wir hier sicher sind.«

»Du Fortsnarr«, flüsterte sie und schnippte den Blutstropfen auf ihn. Er traf ihn auf der Wange. »Befolge immer die Einfachen Regeln. Selbst wenn du glaubst, dass du es nicht musst. Und ich habe nicht die Speisekammer geöffnet, wie du dachtest.«

Theopolis runzelte die Stirn und warf einen Blick in den Raum hinter der Tür, die sie geöffnet hatte. Es war die Tür zu dem alten, kleinen Schrein. Dem Schrein ihrer Großmutter für den Gott im Jenseits.

Die Schwelle der Tür war mit Silber gesäumt.

Rote Augen öffneten sich in der Luft hinter Theopolis, und eine pechschwarze Gestalt nahm in dem dunklen Raum Form an. Theopolis zögerte und drehte sich um.

Er kam nicht einmal dazu zu schreien, als der Schatten seinen Kopf in seine Hände nahm und das Leben aus ihm heraussaugte. Es war ein neuerer Schatten, dessen Form trotz der wabernden Schwärze seiner Kleidung noch zu erkennen war. Es war der Schatten einer großen Frau mit harten Gesichtszügen und lockigem Haar. Theopolis öffnete den Mund, doch dann verdorrte sein Gesicht, sanken ihm die Augen in den Kopf.

»Du hättest weglaufen sollen, Theopolis«, sagte Stille.

Sein Kopf begann zu zerbröseln. Seine Leiche fiel zu Boden.

»Versteck dich vor den grünen Augen, lauf vor den roten weg«, sagte Stille und holte ihren silbernen Dolch heraus. »Deine Regeln, Großmutter.«

Der Schatten drehte sich zu ihr um. Stille erschauerte, als sie in die toten, glasigen Augen einer Matriarchin blickte, die sie gleichzeitig verachtete und liebte.

»Ich hasse dich«, sagte Stille. »Danke, dass du mich dazu bringst, dich zu hassen.« Sie nahm den versilberten Armbrustbolzen und hielt ihn vor sich, aber der Schatten griff sie nicht an. Stille ging Schritt um Schritt vor und zwang den Schatten in die Kammer zurück. Er schwebte von ihr weg, wieder in den Schrein, dessen drei Wände ebenfalls mit Silber gesäumt waren und in dem Stille ihn seit vielen Jahren gefangen hielt.

Ihr Herz hämmerte heftig, als Stille die Tür und damit den silbernen Kreis schloss. Dann verriegelte sie sie. Ganz gleich, was passierte, dieser Schatten ließ Stille in Ruhe. Fast, als würde er sich erinnern. Beinahe hatte Stille ein schlechtes Gewissen, dass sie diese Seele all die Jahre in diesem kleinen Schrank eingesperrt hatte.

Stille fand Theopolis' Versteck, nachdem sie sechs Stunden danach gesucht hatte.

Es befand sich in etwa da, wo sie es erwartet hatte, in den Hügeln nicht weit von der Alten Brücke. Es war mit einer silbernen Barriere gesichert. Die konnte sie ebenfalls ernten. Das gab gutes Geld.

In der kleinen Höhle fand sie Chestertons Leiche, die Theopolis in die Höhle geschleppt hatte, während die Schatten Reed getötet hatten. Dann hatte er Stille gejagt. *Dieses eine Mal bin ich froh, dass du so ein gieriger Mann warst, Theopolis.*

Sie würde jemand anderen finden, der die Gesuchten gegen das Kopfgeld eintauschte. Das würde nicht leicht, schon gar nicht so kurzfristig. Sie zerrte die Leiche aus der Höhle und wuchtete sie auf den Rücken von Theopolis' Pferd. Kurz darauf war sie wieder auf der Straße, wo sie innehielt und dann Reeds Leiche entdeckte, die nur noch aus Knochen und Kleidung bestand.

Sie fischte den Dolch ihrer Großmutter aus den Resten, der von dem Kampf geschwärzt war. Dann trottete sie erschöpft zur Herberge und versteckte Chestertons Leiche in dem Kühlkeller hinter dem Stall und legte Theopolis' Kadaver daneben. Dann ging sie zurück in die Küche. Neben die Tür des Schreins, wo einst der silberne Dolch ihrer Großmutter gehangen hatte, hatte sie den silbernen Armbrustbolzen gehängt, den Sebruki ihr unwissentlich wie ein Geschenk vom Himmel geschickt hatte.

Was würden die Forts-Autoritäten sagen, wenn sie ihnen Theopolis' Tod erklärte? Vielleicht konnte sie ja behaupten, dass sie ihn so gefunden hatte...

Sie hielt plötzlich inne und lächelte.

»Sieht aus, als hättest du Glück gehabt, Freund«, sagte Daggon und trank einen Schluck Bier. »Der Weiße Fuchs wird nicht so bald nach dir suchen.«

Der dürre Mann, der immer noch darauf bestand, dass sein Name Earnest war, duckte sich ein kleines Stück tiefer in seinen Stuhl.

»Wieso bist du noch hier?«, erkundigte sich Daggon. »Ich bin bis nach Lastport gereist. Ich hatte wirklich nicht erwartet, dich auf dem Rückweg noch hier anzutreffen.«

»Ich habe auf einem Hof in der Nähe Arbeit gefunden«, erwiderte der Mann mit dem dünnen Hals. »Ehrliche Arbeit, natürlich. Gute Arbeit.«

»Und du zahlst jede Nacht, um hierzubleiben?«

»Es gefällt mir. Es fühlt sich friedlich an. Die Heimstädter haben keinen allzu guten Silberschutz. Sie lassen einfach... sie lassen die Schatten umherwandern. Sogar in ihren Häusern.« Der Mann schüttelte sich.

Daggon zuckte mit den Schultern und hob seinen Krug, als Stille Montane vorbeihumpelte. Ja, sie war eine gesunde, propere Frau. Er sollte ihr irgendwann den Hof machen. Sie erwiderte sein Lächeln mit einem Stirnrunzeln und knallte ihm den Teller vor die Nase.

»Ich glaube wirklich, allmählich mache ich sie mürbe«, murmelte Daggon wie zu sich selbst, als sie weiterging.

»Dann musst du dich aber ins Zeug legen«, merkte Earnest an. »Allein im letzten Monat haben sieben Männer um ihre Hand angehalten.«

»Was?«

»Die Belohnung!«, erklärte der dünne Mann. »Die sie bekommen hat, weil sie Chesterton und seine Bande zur Strecke gebracht hat. Sie ist wirklich eine glückliche Frau, diese Stille Montane, dass sie einfach so über die Höhle des Weißen Fuchses gestolpert ist.«

Daggon widmete sich seinem Essen. Es gefiel ihm nicht, wie sich die Dinge entwickelt hatten. Dieser Geck Theopolis war die ganze Zeit der Weiße Fuchs gewesen? Die arme Stille. Wie musste es wohl für sie gewesen sein, in seine Höhle zu stolpern und ihn vorzufinden, vollkommen ausgedörrt?

»Man sagt, dass dieser Theopolis Chesterton mit letzter Kraft getötet«, erklärte Earnest, »und ihn in den Bau geschleppt hat. Aber Theopolis ist verdorrt, bevor er an sein Silberpulver gelangen konnte. Das sieht dem Weißen Fuchs sehr ähnlich, immer fest entschlossen, seine Beute zur Strecke zu bringen, koste es, was es wolle. Einen Kopfgeldjäger wie ihn werden wir so schnell nicht wieder erleben.«

»Wahrscheinlich nicht«, räumte Daggon ein, obwohl es ihm erheblich lieber gewesen wäre, wenn der Mann nicht vom Fleisch gefallen wäre. Über wen sollte Daggon jetzt seine Geschichten fabulieren? Er hatte keine große Lust, sein Bier selbst zu bezahlen.

Am Nebentisch erhob sich ein schmieriger Bursche von seiner Mahlzeit und schlurfte zum Eingang. Er schien bereits stark angetrunken zu sein, obwohl es erst Mittag war.

Es gibt vielleicht Leute. Daggon schüttelte den Kopf. »Auf den Weißen Fuchs«, sagte er und hob seinen Krug.

Earnest stieß mit ihm an. »Auf den Weißen Fuchs, den gemeinsten Mistkerl, den die Waldungen jemals gesehen haben.«

»Möge seine Seele Frieden finden«, sagte Daggon, »und danken wir dem Gott im Jenseits, dass er niemals auf die Idee gekommen ist, dass wir seiner Aufmerksamkeit würdig wären.«

»Amen«, antwortete Earnest.

»Allerdings«, fuhr Daggon dann fort, »gibt es da natürlich immer noch Bluthund Kennit. Und das ist nun wirklich ein widerlicher Bursche. Du solltest hoffen, dass er nicht auf dich aufmerksam wird, Freund. Und sieh mich nicht so unschuldig an. Das hier sind die Waldungen. Jeder hier hat irgendetwas verbrochen, ab und zu, von dem er nicht will, dass andere es erfahren...«

SHARON KAY PENMAN

Die *New-York-Times*-Bestsellerautorin Sharon Kay Penman wurde vom *Publishers Weekly* als »eine herausragende Schriftstellerin historischer Romane« gelobt. Ihr Debütroman, *The Sunne in Splendour* über Richard III., war ein Welterfolg, und ihre hochgelobte Trilogie über die Waliser Prinzen – *Here Be Dragons, Falls the Shadow* und *The Reckoning* – war ähnlich erfolgreich. Weiterhin hat sie eine Reihe über Eleonore von Aquitanien – *When Christ and His Saints Slept, Time and Chance* und *Devil's Brood* – sowie die Justin-de-Quinc-Serie mit historischen Kriminalromanen – *The Queen's Man, Cruel as the Grave, Dragon's Lair* und *Prince of Darkness* – verfasst. Ihr neuestes Werk ist ein Roman über Richard Löwenherz, *Lionheart*. Sie lebt in Mays Landing, New Jersey. Sie können sie auf ihrer Website besuchen: sharonkaypenman.com.

In dieser Geschichte versetzt sie uns zurück ins zwölfte Jahrhundert nach Sizilien, um uns zu zeigen, dass auch eine Königin im Exil immer noch eine Königin ist – und außerdem eine wahrhaftig sehr gefährliche Frau.

KÖNIGIN IM EXIL

Übersetzt von Wolfgang Thon

DEZEMBER 1189
Hagenau, Deutschland

Konstanze de Hauteville zitterte, obwohl sie so dicht am Kamin stand, wie es ging, ohne ihre Röcke zu versengen. Nächsten Monat würde sie ihren vierten Hochzeitstag feiern, aber sie hatte sich immer noch nicht an die deutschen Winter gewöhnt. Allerdings gab sie sich nicht häufig Erinnerungen an ihre Heimat Sizilien hin; warum Salz in offene Wunden streuen? In Nächten jedoch, wenn Schneematsch und der eiskalte Wind sie bis ins Mark auskühlten, konnte sie ihre Sehnsucht nach Palmen, Olivenhainen und dem warmen, sonnigen Palermo nicht leugnen, nach den königlichen Palästen, die die Stadt wie eine Kette strahlender Perlen umgaben, mit ihren Marmorböden, ihren bunten Mosaiken, den prachtvollen Springbrunnen, den üppigen Gärten und den silbrig schimmernden Becken.

»Herrin?« Eine ihrer Hofdamen hielt ihr einen Becher mit heißem, gewürztem Wein hin, und Konstanze nahm ihn mit einem Lächeln entgegen. Aber ihr unruhiger Geist bestand darauf, die Vergangenheit heraufzubeschwören und sich an die verschwenderischen Feiern der letzten Weihnachtsfeste zu erinnern, die ihr Neffe William und Johanna, seine junge englische Königin, gegeben hatten. Königliche Heiraten waren natürlich keine Liebesehen, sondern wurden aus

Gründen der Staatsräson geschlossen. Hatte das Paar jedoch Glück, dann entwickelten sie möglicherweise einen aufrichtigen Respekt und Zuneigung füreinander. Auf Konstanze hatte die Ehe von William und Johanna immer recht liebevoll gewirkt, und als sie mit Heinrich von Hohenstaufen vermählt wurde, dem römisch-deutschen König und Erbe des Heiligen Römischen Reiches, hatte sie gehofft, eine gewisse Zufriedenheit in ihrer Vereinigung zu finden. Zwar hatte er sich bereits mit einundzwanzig Jahren den Ruf erworben, rücksichtslos und starrsinnig zu sein, aber er war auch ein recht begabter Poet, sprach flüssig etliche Sprachen, und sie versuchte sich einzureden, dass er eine weichere Seite habe, die er nur der Familie zeigte. Stattdessen jedoch traf sie auf einen Mann, der ebenso kalt und hart war wie die Lande, die er regierte. Es war ein Mann, der keinerlei Sinn für Leidenschaft, Ausgelassenheit und Lebensfreude besaß, die Eigenschaften, die Sizilien zu einem solch irdischen Paradies machten.

Sie leerte den Becher und drehte sich dann zögernd vom Feuer weg. »Ich bin bereit für das Schlafgemach«, sagte sie und zitterte, als die Zofen ihr Gewand öffneten und die kalte Luft in der Kammer über ihre Haut strich; sie saß auf einem Hocker, immer noch in ihrem Hemd, die Schultern mit einer Robe bedeckt, als sie ihr den Schleier abnahmen und die Nadeln aus ihrem Haar zogen. Es fiel bis zur Taille herab, dieses im Mondlicht blasse Gold, das von den Minnesängern so gepriesen wurde. Früher einmal war sie sehr stolz darauf gewesen, von Stolz erfüllt über ihr gutes Aussehen, ein Erbe der de Hautevilles, und ihren hellen Teint. Aber als sie jetzt in den elfenbeinernen Handspiegel blickte, kam ihr die Frau, die sie daraus ansah, wie eine argwöhnische Fremde vor, zu dünn und zu müde, der man jedes einzelne ihrer fünfunddreißig Jahre ansah.

Nachdem eine Zofe ihr das Haar ausgebürstet hatte, machte die andere sich daran, es zu einem Zopf zu flechten. In dem Moment flog die Tür auf, und Konstanzes Ehemann trat in ihr Gemach. Ihre Zofen versanken in einem unterwürfigen Knicks, während Konstanze hastig aufstand. Sie hatte ihn nicht erwartet, denn er hatte gerade erst zwei Nächte zuvor ihr Schlafgemach aufgesucht, um seine, wie er sagte, »eheliche Schuld« zu begleichen. Es war einer seiner seltenen Scherze, denn wenn er einen Sinn für Humor hatte, hatte er ihn bisher sehr gut vor ihr verborgen. Unmittelbar nach ihrer Hochzeit war sie gerührt gewesen, dass er immer zu ihr kam, statt sie in sein Schlafgemach zu rufen. Sie hielt es für ein unerwartetes Feingefühl. Jetzt jedoch wusste sie es besser. Wenn sie in ihrem Bett miteinander verkehrten, konnte er anschließend in sein Gemach zurückkehren, was er immer tat; sie konnte die Male, die sie gemeinsam in einem Bett aufgewacht waren, an einer Hand abzählen.

Heinrich würdigte ihre Hofdamen nicht einmal eines Blickes. »Lasst uns allein«, sagte er. Sie gehorchten hastig, so schnell, dass ihr Rückzug nahezu wie eine Flucht wirkte.

»Mein Herr Gemahl«, murmelte Konstanze, als sich die Tür hinter der letzten Hofdame schloss. Seinem Gesicht konnte sie nichts entnehmen. Er beherrschte schon seit langer Zeit die königliche Kunst, seine innersten Gedanken hinter einer gleichgültigen, höfischen Maske zu verbergen. Doch als sie ihn genauer betrachtete, bemerkte sie die subtilen Anzeichen seiner Stimmung – ein fast unmerklicher Schwung seines Mundwinkels und die schwache Rötung seines ansonsten so bleichen Gesichts. Zudem hatte er die sonderbarste Augenfarbe, die sie je gesehen hatte, grau und kalt wie ein Himmel im Winter. Aber jetzt schien sich das Kerzenlicht darin zu spiegeln, und sie glänzten mit unnatürlicher Helligkeit.

»Es gibt neue Kunde aus Sizilien. Ihr König ist tot.«

Konstanze starrte ihn an und zweifelte plötzlich an ihrer Kenntnis der deutschen Sprache. Sie konnte doch nicht recht gehört haben?»William?« Ihre Stimme klang heiser vor Unglauben.

Heinrich hob eine Braue. »Gibt es da noch einen anderen König von Sizilien, von dem ich nichts weiß? Selbstverständlich meine ich William.«

»Was... was ist passiert? Wie...?«

Er zuckte beiläufig mit den Schultern. »Ich nehme an, irgendeine dieser widerlichen sizilianischen Pestilenzen. Weiß Gott, diese Insel wird von so viel Fiebern, Seuchen und Krankheiten heimgesucht, dass es reicht, die halbe Christenheit auszulöschen. Ich weiß nur, dass er im November starb, eine Woche nach dem Martinstag, so dass seine Krone jetzt uns zufällt.«

Konstanzes Knie wurden weich, und sie stolperte zum Bett. Wie konnte William tot sein? Er war nur ein Jahr älter als sie; sie waren mehr wie Bruder und Schwester gewesen denn wie Neffe und Tante. Sie hatten eine idyllische Kindheit verbracht, und später hatte sie seine kleine Braut unter ihre Fittiche genommen, eine heimwehkranke Elfjährige, die längst noch nicht alt genug war, um eine Ehefrau zu sein. Und nun war Johanna mit ihren zwanzig Jahren Witwe. Was würde ihr jetzt widerfahren? Was würde ohne William mit Sizilien geschehen?

Sie wurde sich wieder Heinrichs Gegenwart gewahr und blickte hoch. Er stand neben dem Bett und starrte auf sie herab. Sie holte tief Luft, um Kraft zu schöpfen, und stand auf. Sie war groß für eine Frau, ebenso groß wie Heinrich, und dass sie ihm direkt in die Augen blicken konnte, verlieh ihr Selbstbewusstsein. Sein Äußeres war alles andere als königlich. Er hatte dünnes blondes Haar, einen spärlichen Bartwuchs und war eher zierlich gebaut. In einem besonders unerfreulichen Augenblick hatte sie einmal gedacht, dass er sie an einen Pilz erinnerte, der nie das Tageslicht gesehen hatte. Er hätte seinem charismatischen, überschwänglichen und robusten Vater, Kaiser Friedrich Barbarossa, nicht weniger ähneln können. Letzterer walzte durch den kaiserlichen Hof wie ein Koloss. Und doch war es Heinrich, der Furcht bei seinen Untertanen auslöste, nicht Friedrich. Diese eisgrauen Augen konnten einen Mann ebenso sicher durchbohren wie ein Schwert. Selbst Konstanze war gegen ihre durchdringende Macht nicht immun, obwohl sie Himmel und Hölle in Bewegung gesetzt hätte, um zu verhindern, dass er es herausfand.

»Ist dir klar, was das bedeutet, Konstanze? Williams Königin war unfruchtbar, so dass du die legitime und einzige Erbin des Throns von Sizilien bist. Und doch sitzt du hier, als hätte ich dir gerade Kunde von etwas Unerfreulichem überbracht.«

Konstanze zuckte zusammen, denn sie wusste, was die Leute hinter ihrem Rücken flüsterten. Sie musste Heinrich zugutehalten, dass er sie noch nie unfruchtbar genannt hatte, jedenfalls bis jetzt noch nicht. Aber er musste es glauben, denn sie waren nun fast vier Jahre verheiratet, und sie hatte noch nicht empfangen. Bis jetzt hatte sie in der bedeutungsvollsten Pflicht einer Königin versagt. Manchmal fragte sie sich, was Heinrich wohl von dieser Eheschließung hielt, die sein Vater für ihn arrangiert hatte. Eine fremde Frau, dazu noch elf Jahre älter als er selbst. Hatte er ebenso gezögert, diese Verbindung einzugehen, wie sie selbst? Oder war er bereit gewesen, das Risiko einzugehen, damit dieses mangelhafte Weib ihm eines Tages vielleicht Sizilien bringen würde, das reichste Königreich der Christenheit?

»Johanna war nicht unfruchtbar«, presste sie hervor. »Sie hat einen Sohn zur Welt gebracht.«

»Der nicht lange gelebt hat. Und danach hat sie nie wieder ein Kind empfangen. Warum glaubst du, dass William seine Fürsten dazu gebracht hat zu geloben, dein Recht auf die Krone anzuerkennen, falls er ohne einen leiblichen Nachfolger stirbt? Er wollte die Thronfolge sichern.«

Konstanze wusste es besser. William hatte niemals bezweifelt, dass er und Johanna eines Tages ein zweites Kind bekommen würden; sie waren jung, und er war von Natur aus optimistisch. Und weil er sich dessen so sicher war, hatte er sich von dem Aufruhr nicht beirren lassen, den ihre Eheschließung ausgelöst hatte. Was spielte es schon für eine Rolle, dass seine Untertanen von der Aussicht entsetzt waren, dass ein Deutscher über sie herrschte, wenn das doch niemals passieren würde? Aber jetzt war er mit sechsunddreißig Jahren gestorben, und die Ängste seines Volkes waren plötzlich wahr geworden.

»Es ist vielleicht nicht ganz so einfach, wie du glaubst, Heinrich.« Sie wählte ihre Worte mit Bedacht. »Unsere Heirat wurde nicht sehr wohlwollend aufgenommen. Die Sizilianer werden einen deutschen König nicht willkommen heißen.«

Er zeigte sich ebenso gleichgültig den Wünschen der Sizilianer gegenüber, wie William es gewesen war. »Sie haben keine Wahl«, sagte er kühl.

»Dessen bin ich mir nicht so sicher. Sie könnten sich an Williams Cousin Tankred wenden.« Sie wollte ihm gerade erklären, wer genau Tankred war, aber das war nicht nötig. Heinrich vergaß nie etwas, was mit seinen eigenen Interessen zu tun hatte.

»Der Graf von Lecce? Er ist von niedrigem Stand!«

Sie wollte etwas erwidern, überlegte es sich dann jedoch anders. Es würde zu nichts führen, wenn sie einwandte, dass die Sizilianer sogar einen Mann von niedrigem Stand und unehelicher Herkunft Heinrich vorziehen würden. Aber sie wusste, dass es stimmte. Sie würden Konstanzes unehelichen Cousin lieber als König sehen, als ihren deutschen Ehemann zu akzeptieren.

Heinrich betrachtete sie nachdenklich. »Willst du die Krone, Konstanze?«, sagte er schließlich. Empörung flammte kurz in ihr auf, dass es ihm nicht einmal in den Sinn kam, dass sie um William trauern könnte, den Letzten ihrer Familie, also nickte sie nur. Aber diese stumme Erwiderung schien ihn zu befriedigen. »Ich schicke deine Zofen wieder zu dir«, sagte er. »Schlaf gut. Schon bald kannst du eine weitere Krone zu deiner Sammlung hinzufügen.«

Sobald sich die Tür geschlossen hatte, sank Konstanze auf das Bett. Nach einem Augenblick streifte sie ihre Schuhe ab und vergrub sich unter die Decken. Sie zitterte wieder. Dennoch genoss sie diesen raren Moment von Ungestörtheit, bevor ihre Zofen zurückkamen. Sie schloss die Augen und betete für Williams unsterbliche Seele. Sie würde morgen für ihn eine Messe lesen lassen, beschloss sie, was sie ein wenig tröstete. Sie würde auch für Johanna beten in dieser Zeit der Not. Dann stützte sie sich auf die Daunenkissen und versuchte, die widerstreitenden Gefühle zu begreifen, die Williams vorzeitiger Tod in ihr ausgelöst hatte.

Sie hatte es nicht erwartet, hatte immer gedacht, dass William eine lange, blühende Regentschaft genießen und er sehr bald einen Sohn bekommen würde, der ihm nachfolgte. Sie waren arrogant gewesen, sie und auch William, weil sie davon ausgegangen waren, den Willen des Allmächtigen zu kennen. Sie hätten sich an ihre Lektüre der Bibel erinnern sollen: *Das Herz eines Mannes leitet seinen Weg, aber der Herr leitet seine Schritte.* Dennoch hatte Heinrich recht. Sie war die rechtmäßige Thronfolgerin von Sizilien. Nicht Tankred. Und sie wollte die Krone. Es war ihr Geburtsrecht. Sizilien gehörte ihr, schon durch ihre Abstammung, und war das Land, das sie liebte. Warum fühlte sie sich dann so zerrissen? Als sie sich in ihren Kissen wälzte, fiel ihr Blick auf das einzige Schmuckstück, das sie trug, einen Reif aus gehämmertem Gold, der mit Smaragden besetzt war – ihr Hochzeitsring. Sosehr sie Sizilien auch wollte, sie wollte das Land Heinrich nicht in die Hände spielen. Sie wollte nicht diejenige sein, die die Schlange im Garten Eden aussetzte.

Konstanzes Vorahnungen, was Tankred von Lecce anging, sollten sich als begründet erweisen. Die Sizilianer scharten sich um ihn, und er wurde im Januar des Jahres 1190 zum König gekrönt. Konstanze stimmte pflichtschuldigst in Heinrichs Wut ein, obwohl sie genau das hatte kommen sehen. Sie war nicht einmal überrascht, als sie erfuhr, dass Tankred auch den Landbesitz, den Johanna als Mitgift in die Ehe eingebracht hatte, für sich beanspruchte. Denn die Ländereien hatten eine große strategische Bedeutung, und Tankred wusste sehr genau, dass ein deutsches Heer seinen Anspruch auf die Krone infrage stellen würde. Aber sie war vollkommen entsetzt, als Tankred Johanna außerdem auch gefangen nahm und sie in Palermo festhielt. Er fürchtete offenbar, dass Johanna ihre Beliebtheit bei der Bevölkerung zugunsten von Konstanze einsetzen könnte. Heinrich wollte schnell und hart gegen den Mann vorgehen, der den Thron seiner Frau usurpiert hatte. Aber die Vergeltung musste warten, weil sein Vater das Kreuz genommen hatte und beabsichtigte, sich dem Kreuzzug anzuschließen, um Jerusalem vom Sultan von Ägypten zu befreien, dem Sarazenen Salah ad-Din, den die Kreuzfahrer Saladin nannten. Heinrich musste in seiner Abwesenheit das römisch-deutsche Reich regieren.

Friedrich Barbarossa brach im Frühjahr des Jahres 1190 ins Heilige Land auf. Die deutsche Streitmacht, die Heinrich nach Sizilien schickte, wurde von Tankred besiegt. Es war ihm gelungen, seine Macht zu festigen, und er hatte auch einen gewissen Erfolg am päpstlichen Hof, denn der Papst betrachtete das Heilige Römische Reich als größere Bedrohung denn Tankreds Illegitimität. Im September wurde Johannas Gefangenschaft durch die Ankunft des neuen englischen Königs in Sizilien beendet, ihres Bruders Richard, den Freund und Feind als Richard Löwenherz kannten. Wie schon Friedrich war er ebenfalls unterwegs ins Heilige Land und führte ein großes Heer an. Als er von der Notlage seiner Schwester erfuhr, geriet er in Wut und verlangte, dass sie sofort freigelassen und die ihr gehörenden Ländereien zurückgegeben wurden. Tankred stimmte klugerweise zu, denn Richard kannte den Krieg wie ein Priester sein Vaterunser. Für Konstanze war das der einzige Lichtblick in einem düsteren, trüben Jahr. Im Dezember erfuhren sie dann, dass Heinrichs Vater gestorben war. Friedrich hatte das Heilige Land niemals erreicht, sondern war bei der Überquerung eines Flusses in Armenien ertrunken. Heinrich verschwendete keine Zeit. Er riskierte es, die Alpen im Januar zu überqueren, und führte mit Konstanze eine Armee nach Italien. In Rom machten sie Zwischenstation, wo er sich vom Papst krönen ließ, dann ritten sie nach Süden. Der Krieg um Sizilien hatte begonnen.

Salerno glühte unter der Augustsonne. Normalerweise machte die Seeluft die Hitze erträglich, aber dieser Sommer war einer der heißesten und trockensten in der jüngsten Geschichte. Es stand kein Wölkchen am Himmel, der von einem blassen, bleichen Blau war und sich um die Mittagszeit zu einem knöchernen Weiß verfärbte. Höfe und Gärten boten nur wenig Schatten, und der gewöhnliche Lärm in der Stadt wirkte gedämpft, weil die Straßen so gut wie verlassen waren. Konstanze stand auf dem Balkon des Königspalastes und hätte gern geglaubt, dass die Einwohner durch die Hitze in ihre Häuser getrieben wurden. Aber sie wusste, dass eine weit mächtigere Kraft hier am Werke war – Furcht.

Das Königreich von Sizilien erstreckte sich sowohl über das Festland südlich von Rom als auch über die Insel selbst, und während das deutsche Heer über die Halbinsel marschierte, öffnete eine Stadt nach der anderen ihre Tore für Heinrich. Die Bürger von Salerno hatten ihn sogar selbst aufgesucht. Obwohl ihr Erzbischof fest im Lager von Tankred stand, gelobten die Bürger Heinrich ihre Treue und luden Konstanze ein, in ihrer Stadt zu bleiben, während er Neapel belagerte.

Zuerst hatte Konstanze ihren Aufenthalt in Salerno genossen. Es war wundervoll, wieder auf heimischem Boden zu sein. Und sie genoss ihre luxuriöse Residenz. Der Königspalast war von ihrem Vater, dem großen König Roger, errichtet worden. Sie genoss die köstlichen Mahlzeiten, die an ihrer Tafel serviert wurden, Köstlichkeiten, die nördlich der Alpen nur selten erhältlich waren. Melonen, Granatäpfel, Orangen, gezuckerte Mandeln, Reis, Garnelen, Austern und Fisch. Der war noch am Morgen im blauen Mittelmeer geschwommen und brutzelte am Nachmittag bereits in den Pfannen der Palastküche. Das Beste jedoch war, dass sie die besten Ärzte, die in der Christenheit zu bekommen waren, wegen ihrer ausbleibenden Empfängnis aufsuchen konnte. Eine so intime Angelegenheit hätte sie niemals mit einem männlichen Arzt besprechen können. Aber in Salerno war es Frauen gestattet, die berühmte Medizinschule aufzusuchen und Medizin zu praktizieren. Sie fand schon sehr bald Dame Martina, deren Konsultation eine wahre Offenbarung für sie war.

Konstanze hatte die Schuld für ihre kinderlose Ehe stets auf sich genommen; allgemein glaubte man zu wissen, dass es immer die Schuld der Frau war. Dies wäre nicht so, widersprach Martina nachdrücklich. Ebenso, wie eine Frau einen Defekt an ihrer Gebärmutter haben konnte, konnte auch ein Mann fehlerhaften Samen haben. Zudem gab es Möglichkeiten herauszufinden, wer von beiden das Problem darstellte. Man sollte einen kleinen Topf mit dem Urin der Frau und einen anderen mit dem ihres Ehemannes füllen. Dann wurde Weizenkleie in beide gegeben, und die Töpfe wurden neun Tage lang stehen gelassen. Tauchten Würmer im Urin des Mannes auf, lag der Makel bei ihm. Dasselbe galt für den Urin der Frau.

»Ich bezweifle, dass mein Herr Gemahl einem solchen Unterfangen zustimmen würde«, hatte Konstanze spöttisch erwidert. Sie stellte sich Heinrichs ungläubige und empörte

Reaktion vor, sollte sie auch nur andeuten, dass die Schuld an ihrer Kinderlosigkeit bei ihm liegen könnte. Aber sie machte den Test selbst, und als sich herausstellte, dass ihr Urin auch nach dem neunten Tag noch wurmfrei war, verbesserte sich ihre Gemütslage schlagartig. Auch wenn niemand anders es wusste, war ihr jetzt wenigstens klar, dass ihre Gebärmutter keinen Mangel aufwies. Ihr war nicht das Schicksal der traurigsten aller Kreaturen beschieden, das einer unfruchtbaren Königin.

Martina machte ihr auch noch Hoffnung, als sie erklärte, dass manchmal weder der Ehemann noch seine Frau die Schuld trug und sein Same dennoch keine Wurzeln in ihrem Leib schlug. Aber dagegen konnte man etwas tun, versicherte sie Konstanze. Sie musste die Hoden eines Ebers trocknen, ein Pulver daraus zubereiten und es mit einem guten Wein trinken. Um die Geburt eines männlichen Nachfolgers zu sichern, mussten Konstanze und Heinrich die Gebärmutter einer Häsin trocknen, pulverisieren und sie mit Wein zu sich nehmen. Konstanze verzog bei diesem Vorschlag das Gesicht, froh darüber, dass ihr ein derartig unappetitliches Gebräu erspart blieb, bis Heinrich und sie wieder vereint waren. Aber wie sollte sie ihn dazu bringen zu kooperieren? Sie musste eine Möglichkeit finden, das Pulver unentdeckt in seinen Wein zu mischen, wenn er sie nachts in ihrem Schlafgemach besuchte. Sie war Martina so dankbar, dass sie der älteren Frau eine große Summe Geldes bot, wenn sie ihre Leibärztin würde. Martina akzeptierte mit Freuden, ebenso von den materiellen Vorteilen wie auch vom Prestige verlockt, das es mit sich brachte, einer Kaiserin zu dienen.

Doch dann drangen die ersten Berichte von der Belagerung von Neapel nach Salerno. Zum ersten Mal begegnete Heinrich entschlossenem Widerstand, angeführt von Tankreds Schwager, dem Grafen von Acerra, und Salernos Erzbischof. Heinrich hatte sich Schiffe von Pisa geliehen, aber nicht genügend, um den Hafen zu blockieren. Deshalb konnte er Neapel nicht aushungern und so die Bevölkerung zur Aufgabe zwingen. Tankred hatte sich entschlossen, sich ihm auf Sizilien zu stellen, weil er wusste, dass seine gefährlichste Waffe der heiße, stickige Sommer war. Heinrichs deutsche Soldaten waren an diese drückende Hitze nicht gewöhnt und wurden rasch krank. Heereslager waren besonders anfällig für tödliche Seuchen wie den Blutfluss, auch die rote Ruhr genannt; man hatte Konstanze erzählt, dass im Heiligen Land mehr Kreuzfahrer an dieser Krankheit starben als durch die Schwerter der Sarazenen.

Sie hatte gehofft, dass die Salernitaner nichts von den Rückschlägen erfuhren, die Heinrich hinnehmen musste, aber das war eine sehr unrealistische Hoffnung. Schließlich lag Neapel kaum dreißig Meilen nördlich von Salerno. Sie wusste genau, wann die Nachricht allmählich durchsickerte, denn die Menschen, denen sie auf der Piazza begegnete, waren bedrückt oder mürrisch, und selbst die Diener im Palast konnten ihre Bestürzung nicht verbergen. Sogar Martina hatte sich beunruhigt erkundigt, ob Konstanze wirklich sicher war, dass Heinrich siegen würde, und schien ihren Versicherungen nicht gänzlich zu glauben. Salerno hatte angenommen, dass Tankred dem gewaltigen deutschen Heer nichts entgegenzusetzen hatte, so dass ihr Selbsterhaltungstrieb die Oberhand über ihre Loyalität dem sizilianischen König gegenüber gewonnen hatte. Jetzt jedoch machte sich die Furcht unter ihnen breit, dass sie auf das falsche Pferd gesetzt haben könnten.

Nachdem fast zwei Wochen vergingen, ohne dass Neuigkeiten von Heinrich kamen, schickte Konstanze Ritter Baldwin nach Neapel, den Anführer der Ritter ihres Haushalts. Er sollte herausfinden, wie schlimm es wirklich stand. Jetzt befand sie sich auf dem Balkon des Palastes, beschattete ihre Augen mit der Hand vor der brennenden Mittagssonne und fragte sich, ob Baldwin heute zurückkehren würde. Sie hätte es zwar niemals zugegeben, aber sie wollte, dass er so lange wie möglich fernblieb, so sicher war sie, dass er mit schlechten Nachrichten zurückkehrte.

»Majestät?« Hildegund stand neben der Tür. Die meisten Bediensteten von Konstanze waren Sizilianer, einschließlich Dame Adela, die seit ihrer Kindheit bei ihr war, und auch Michaele, der sarazenische Eunuch, der so viel Aufmerksamkeit an Heinrichs Hof erregt hatte. Die Deutschen waren schockiert, dass man Sarazenen erlaubte, frei in einem christlichen Land zu leben, und entsetzt darüber, dass sich William bei der Regentschaft seines Königreiches auf die Männer verlassen hatte, die man »Palasteunuchen« nannte. Konstanze hatte wohlweislich darauf verzichtet zu erwähnen, dass William Arabisch sprach und es eine der offiziellen Amtssprachen auf Sizilien war. Sie hatte darauf bestanden, dass Michaele zum wahren Glauben konvertierte, obwohl sie wusste, dass viele Eunuchen nur pro forma zum Christentum überwechselten. Wie hätte sie jemals Heinrich oder seinen Untertanen das komplexe Mosaik der sizilianischen Gesellschaft begreiflich machen können? Hildegund war eine ihrer wenigen deutschen Hofdamen, eine beherrschte, ruhige Witwe, die Konstanze eine große Hilfe bei ihrem Kampf gewesen war, Deutsch zu lernen. Jetzt schenkte sie ihr ein freundliches Lächeln und nickte, als die Hofdame sie daran erinnerte, dass es Zeit für ihre tägliche Hauptmahlzeit war.

Die Mahlzeiten waren jetzt ganz anders als am Anfang ihres Aufenthalts in Salerno. Damals hatten die einheimischen Adligen um eine Einladung der Kaiserin gewetteifert, und die große Speisehalle war für gewöhnlich mit elegant gekleideten Gästen gefüllt gewesen, die ihre Seide und ihre Juwelen zeigten, während sie versuchten, Konstanzes Gunst zu erringen. Seit über einer Woche jedoch waren ihre Einladungen mit fadenscheinigen Entschuldigungen abgelehnt worden, und an diesem Sonntagmittag saßen nur Angehörige ihres eigenen Hofes an ihrem Tisch.

Die Köche des Palastes hatten zahlreiche köstliche Speisen

zubereitet, aber Konstanze aß nur spärlich von ihrem gerösteten Kapaun. Als sie sich umsah, bemerkte sie, dass auch die anderen Gäste kaum Appetit zu haben schienen. Sie rief sich in Erinnerung, dass sie ein Vorbild für ihren Haushalt sein sollte, und begann eine lebhafte Konversation mit Martina und ihrem Kaplan, als Schreie durch das offene Fenster ins Innere drangen. Reiter waren gekommen. Konstanze stellte ihren Weinbecher ab und stand langsam auf, als Baldwin in die Halle geführt wurde. Ein Blick auf sein Gesicht sagte ihr alles, was sie wissen musste oder wollte, aber sie ließ sich trotzdem den Brief geben, den er ihr reichte, als er vor ihr niederkniete.

Sie bedeutete ihm aufzustehen, brach das Siegel ihres Ehemanns und überflog rasch den Inhalt des Briefes. Natürlich war es nicht Heinrichs Handschrift, da er seine Briefe immer einem Schreiber diktierte, denn er schickte ihr nie eine Nachricht, die nicht jeder andere ebenfalls hätte sehen können. Ein leises Murmeln lief durch den Speisesaal, als diejenigen, die sie beobachteten, bemerkten, wie sie blass wurde. Die Farbe wich ihr so stark aus den Wangen, dass sie fast durchscheinend wirkten. Doch als sie hochblickte, klang ihre Stimme gelassen und verriet nichts von ihrem inneren Aufruhr. »Ich will euch nicht in die Irre führen«, sagte sie. »Es sind keine guten Neuigkeiten. Viele Männer sind am Blutfluss gestorben, und auch der Kaiser selbst leidet unter dieser schrecklichen Krankheit. Er erachtet es für besser, die Belagerung abzubrechen. Gestern hat sein Heer begonnen, sich von Neapel zurückzuziehen.«

Die Anwesenden keuchten oder stießen entsetzte, leise Schreie aus, und einige ihrer Ritter murmelten Obszönitäten. »Was wird aus uns, Majestät?«, platzte ein junges Mädchen heraus. »Was soll aus uns werden?«

»Der Kaiser möchte, dass wir in Salerno bleiben. Er sagt, meine Anwesenheit hier soll Beweis sein, dass er vorhat zurückzukehren und dass der Krieg nicht vorbei ist.«

Es herrschte bestürztes Schweigen. Sie nutzte es, winkte Baldwin zu sich und ging mit ihm hinaus in den Hof. Die Sonne schien grell, und als sie sich auf den Rand des Marmorbrunnens setzte, fühlte sie die Hitze durch ihr seidenes Gewand. »Wie krank ist er, Baldwin?« Sie stellte die Frage so leise, dass sie sich genötigt sah, sie zu wiederholen. Sie schluckte, bis sie genug Speichel hatte, um zu sprechen.

Er kniete sich neben sie und sah ihr eindringlich ins Gesicht. »Sehr krank, Majestät. Seine Ärzte sagten, er würde sterben, wenn er bliebe. Ich fürchte, dass sein Fieber seinen Verstand trübt, denn er scheint die Gefahr nicht zu erkennen, in der Ihr schwebt, jetzt, nachdem er abgereist ist.«

Konstanze glaubte nicht, dass es am Fieber lag, sondern eher an Heinrichs bodenloser Überheblichkeit. Er begriff einfach nicht, dass die Furcht der Salernitaner vor ihm allein durch seine Präsenz erzeugt wurde. Sprach sich erst herum, dass sein Heer sich zurückzog, würden die Leute es als eine Niederlage betrachten und anfangen, Tankred wieder mehr zu fürchten als Heinrich. Denn sie hatten ihn hintergangen, als sie Heinrich in ihre Stadt eingeladen hatten. Sie spürte, dass sie Kopfschmerzen bekam, und rieb sich die Schläfen, um sie abzuwehren. Vergeblich. Der Zorn eines Königs war allerdings etwas, das man fürchten sollte. Heinrichs Vater hatte Mailand als Bestrafung für einen Verrat dem Erdboden gleichgemacht, und ihr Bruder, Williams Vater, hatte die Stadt Bari als eine brutale Warnung an Möchtegern-Rebellen zerstört. War Tankred ebenfalls zu solch rücksichtsloser Vergeltung fähig? Das glaubte sie zwar nicht, aber woher sollten die verängstigten Bewohner von Salerno das wissen?

»Majestät… ich glaube, wir sollten diese Stadt noch heute verlassen. Ein gesundes Heer reist am Tag weniger als zehn Meilen, und seine Truppen sind geschlagen und ausgeblutet. Wenn wir uns beeilen, können wir sie überholen.«

Konstanze biss sich auf die Lippen. Sie stimmte mit Baldwin überein, dass sie hier nicht sicher war, jetzt nicht mehr.

Aber ihr Stolz rebellierte bei dem Gedanken, dass sie wie ein Dieb in der Nacht flüchten sollte. Wie sollten die Sizilianer sie als würdige Königin erachten, wenn sie wie eine dumme, verzagte Frau ihren Ängsten nachgab? Ihr Vater wäre nicht weggelaufen. Und Heinrich würde ihr niemals vergeben, wenn sie ihm den Gehorsam verweigerte und aus Salerno flüchtete. In seinem Brief hatte er eindeutig erklärt, dass ihre Gegenwart als ein Gelöbnis an seine Anhänger von Bedeutung war und als Warnung an seine Feinde – ein Unterpfand für seine Rückkehr. Sie hatte Heinrich nicht als Ehemann gewollt, noch weniger jedoch wollte sie ihn als Feind. Wie sollte sie mit einem Mann leben, der sie hasste? Und das würde er, denn ihre Flucht würde es ihm unmöglich machen, so zu tun, als hätte er keine demütigende Niederlage erlitten.

»Das kann ich nicht, Baldwin«, sagte sie. »Es ist der Wunsch meines Ehemannes, dass ich ihn hier in Salerno erwarte. Selbst wenn das Schlimmste geschieht und Tankred kommt, um diese Stadt zu belagern – Heinrich wird Truppen schicken, um sie zu verteidigen... die Stadt und uns.«

»Selbstverständlich, Majestät.« Baldwin legte so viel Zuversicht in seine Worte, wie er konnte. »Alles wird gut.« Aber er glaubte es nicht, und er bezweifelte, dass Konstanze es glaubte.

Es dauerte zwei Tage, bis die Nachricht von dem Rückzug des deutschen Heeres Salerno erreichte. Kurz darauf wimmelten die Straßen von panischen Frauen und Männern, die versuchten, sich zu überzeugen, dass sie keinen tödlichen Fehler gemacht hatten. Konstanze schickte Herolde aus, die öffentlich verkündeten, dass Heinrich bald zurückkehren würde. Aber als die Dunkelheit heranbrach, kursierte ein neues und furchteinflößendes Gerücht in der Stadt. Der deutsche Kaiser war angeblich an der Ruhr gestorben. Und das war der Funke, der in den Heuhaufen fiel und einen Flächenbrand auslöste.

Konstanze und ihr Hof hatten gerade ihr Abendessen beendet, als sie ein sonderbares Geräusch hörten, ein fernes, dumpfes Grollen, das immer lauter wurde. Sie schickte einige ihrer Ritter los, um diese Angelegenheit zu untersuchen, und sie kehrten schon bald mit beunruhigenden Neuigkeiten zurück. Vor den Toren des Palastes versammelte sich eine riesige Menschenmenge. Viele waren betrunken, und fast alle waren wahnsinnig vor Angst wegen dem, was sie da auf sich herabbeschworen hatten.

Baldwin und seine Ritter versicherten Konstanze und den Frauen, dass der Mob sich auch mit Gewalt keinen Zugang zum Gelände des Palastes verschaffen konnte, und gingen dann zu den Männern, die die Mauern bewachten. Kurz danach kamen sie in den großen Speisesaal zurückgerannt. »Wir wurden verraten!«, keuchte Baldwin. »Diese feigen Hurensöhne haben ihnen die Tore geöffnet!« Er verriegelte die dicken Eichentüren, und dann schlossen sie hastig die Fensterläden, während Baldwin Männer ausschickte, die sämtliche anderen Eingänge zum Palast sichern sollten. Konstanzes Hofdamen scharten sich um sie, so wie Küken sich um ihre Mutterhenne drängten, wenn der Schatten eines Habichts die Sonne verdunkelte. Als sie merkte, dass die Hofdamen sie alle hilfesuchend ansahen, straffte sie sich und fand den Mut, den sie brauchte, um sich dieser unerwarteten Krise zu stellen. Sie hatte zwar befürchtet, dass Salerno schon bald von dem Heer belagert werden würde, das Tankred zur Verteidigung von Neapel entsandt hatte, aber ihr war nicht klar gewesen, dass die größte Gefahr von innen kam.

Sie beruhigte ihre Höflinge so gut sie konnte und erklärte nachdrücklich, dass die Einwohner der Stadt sich wieder zerstreuen würden, sobald ihnen klar wäre, dass sie nicht in den Palast selbst hineinkämen. Ihre Worte klangen in ihren eigenen Ohren hohl, denn die Wut des Mobs schien keineswegs abzuklingen. Die Menschen hatten zunächst einfach nur spontan und panisch reagiert, und sie waren schlecht auf einen Angriff vorbereitet gewesen. Jetzt jedoch hörten sie im Speisesaal, wie die ersten nach Äxten oder einem Mauerbrecher schrien. Als Konstanze wahrnahm, dass vereinzelte Männer auch nach Kienspan und Fackeln brüllten, wurde ihr klar, dass sie nicht darauf warten konnte, dass sich die Besonneneren durchsetzen oder die feigen Stadtoberen eingreifen würden.

Sie rief Baldwin und zog ihn zu sich auf das Podest. »Ich muss mit ihnen reden«, sagte sie leise. »Vielleicht nehmen sie dann ja Vernunft an.«

Er war entsetzt. »Majestät, diese Menschen sind fast wahnsinnig vor Angst. Mit solchen Leuten kann man nicht vernünftig reden.«

Sie vermutete zwar, dass er damit recht hatte, aber was sollte sie sonst tun? »Ich muss es trotzdem versuchen.« Ihre Stimme klang weit zuversichtlicher, als sie sich fühlte. »Begleitet mich zu dem Sonnenzimmer über dem Speisesaal. Ich kann dort vom Balkon zu ihnen sprechen.«

Er versuchte ihr das auszureden, wenn auch halbherzig, denn auch er wusste nicht, was sie sonst hätten tun können. Als sie zur Treppe ging, folgte er ihr. Das Sonnenzimmer war dunkel, weil niemand dort Öllampen angezündet hatte. Die stickige Hitze war erdrückend. Konstanze wartete, während Baldwin die Tür öffnete, die zu dem kleinen Balkon führte. Sie spürte, wie ihr der Schweiß über die Rippen rann, und ihr Herz schlug so schnell, dass ihr fast schwindelte.

Die Szenerie unter ihr war unheimlich. Die Dunkelheit war von flackernden Fackeln erhellt, und die Gesichter, auf die ihr Schein fiel, waren vor Wut und Furcht verzerrt. Sie sah auch Frauen in der wogenden Masse und sogar einige Kinder, die am Rand der Menge hin und her liefen, als wäre es die Feier eines Festtages. Einige reichten Weinschläuche weiter, aber die meisten bezogen ihren Mut aus ihrer Verzweiflung. Sie riefen immer noch nach Feuerholz und bedrängten all jene, die näher an den Straßen standen, etwas herbeizuschaffen, das brannte. Sie brauchten eine Weile, bis sie die Frau bemerkten, die regungslos über ihnen stand und sich am Geländer des Balkons festhielt, als wäre das ihr Rettungsanker.

»Ihr guten Leute von Salerno!« Konstanze schluckte mühsam, weil sie fürchtete, dass man sie nicht hörte. Doch bevor sie weitersprechen konnte, deuteten einige Leute auf sie und schrien. Sie hörte ihren Namen, hörte Rufe wie »Miststück!« und »Hexe!« und dann auch »Deutsche Schlampe!«.

»Ich bin keine Deutsche!« Jetzt musste sie sich keine Sorgen mehr machen, nicht gehört zu werden. Ihre Stimme hallte laut über den Hof, durchtränkt von Ärger. »Ich bin auf Sizilien geboren und aufgewachsen! Ich bin die Tochter König Rogers, gesegnet sei sein Andenken. Dies hier ist meine Heimat, so wie es auch eure ist.«

Sie wusste nicht genau, ob die Erwähnung des Namens ihres verehrten Vaters der Grund war, aber die Menge verstummte. »Ich weiß, dass ihr verwirrt und verängstigt seid. Aber ihr hört auf falsche Gerüchte. Kaiser Heinrich ist nicht tot! Im Gegenteil, er ist bereits auf dem Weg der Besserung. Ich habe erst heute Morgen einen Brief von ihm erhalten, in dem er schreibt, dass er schon sehr bald zurückkehren wird.« Sie machte eine Pause, um Atem zu schöpfen. »Ihr kennt meinen Herrn Gemahl! Er vergisst nicht, wer ihm gut gedient hat. Wenn er sein Heer wieder nach Salerno führt, wird er euch dafür danken, dass ihr seine Frau beschützt habt. Er wird euch für eure Loyalität belohnen.« Sie machte wieder eine Pause, diesmal absichtlich. »Aber ihr solltet etwas anderes ebenfalls nicht vergessen. Kaiser Heinrich vergisst niemals ein Unrecht, das man ihm angetan hat. Wenn ihr sein Vertrauen missbraucht, wenn ihr mir oder den meinen etwas antut, wird er euch nicht verzeihen. Er wird eine qualmende Ruine an der Stelle hinterlassen, wo einst eure Stadt stand. Wagt es einer von euch, das abzustreiten?

In euren Herzen wisst ihr, dass ich die Wahrheit sage. Ihr habt weit mehr vom Kaiser zu befürchten, wenn ihr seinen Zorn auf euch zieht, als ihr jemals von diesem Usurpator in Palermo zu fürchten hättet.«

Sie glaubte, sie hätte sie überzeugt, sah, wie etliche Köpfe nickten, sah, wie Männer ihre Knüppel und Bögen sinken ließen, als sie sprach. Aber die Erwähnung Tankreds war ein taktischer Fehler. Denn das erinnerte die Menschen daran, dass seine Anhänger nur dreißig Meilen entfernt in Neapel standen, während Heinrichs Armee von der Ruhr dezimiert war und mit eingezogenem Schwanz flüchtete. Der Bann brach, die Menge begann zu murmeln. Dann schrie ein gut gekleideter junger Mann mit einem Schwert an der Hüfte: »Sie lügt! Dieses deutsche Schwein hat am Tag nach seiner Flucht seinen letzten Atemzug getan. Schickt sie zu ihm in die Hölle!«

Kaum hatte er die Worte ausgestoßen, als einer seiner Begleiter seinen Bogen hob, zielte und einen Pfeil auf den Balkon abschoss. Er hatte gut gezielt, aber Baldwin hatte alle Bewaffneten beobachtet, und kaum hatte sich der Bogenschütze bewegt, war er aus dem Schatten gesprungen und hatte Konstanze zu Boden geschleudert. Einen Moment lang herrschte schockiertes Schweigen, dann schrie eine Frau: »Heilige Mutter Gottes, du hast sie getötet!« Jemand anders erwiderte, dass sie jetzt nichts mehr zu verlieren hätten, dann flogen die Pfeile. Konstanze und Baldwin krochen auf Händen und Knien zurück in das Sonnenzimmer und setzten sich dort auf den Boden. Sie keuchten, während er hastig die Türen schloss. Mehrere dumpfe Schläge verrieten ihnen, dass die Pfeile ihr Ziel gefunden hatten.

Nachdem Konstanze wieder zu Atem kam, streckte sie die Hand aus und ließ sich von Baldwin auf die Füße helfen. »Danke«, sagte sie, und Tränen brannten ihr in den Augen, als er schwor, dass er sie so lange verteidigen würde, wie er einen Tropfen Blut im Leib hätte. Ihr war klar, dass das keine leeren Prahlereien waren. Er würde hier im Palast von Salerno sterben. Sie alle würden sterben, es sei denn, der Allmächtige wirkte für sie ein Wunder, und zwar schnell. Sie bestand darauf, dass er sie in den Speisesaal zurückbegleitete, denn zumindest das konnte sie für ihre Getreuen tun. Sie würde bis zuletzt zu ihnen stehen.

Sie hatte Hysterie erwartet, aber ihre Hofdamen wirkten eher wie betäubt. Konstanze befahl, Wein zu servieren, denn was hätten sie sonst tun sollen? Sie hörten die Geräusche des Mobs, der versuchte in den Palast zu gelangen, und sie wussten, dass es nur eine Frage der Zeit war, bis die Portale nachgeben würden. Als der Lärm anschwoll, zog Martina Konstanze beiseite. Sie zeigte ihr verstohlen Kräuter, die sie in der Hand hielt. »Sie wirken sehr schnell«, murmelte sie. Sie hätte sie in Konstanzes Weinbecher fallen lassen, hätte die ihn nicht weggezogen.

»Um Himmels willen, Martina! Selbstmord ist eine Todsünde!«

»Es ist ein sehr viel besseres Schicksal als das, welches uns erwartet, Majestät. Sie sind vollkommen wahnsinnig, und keiner befehligt sie. Was glaubt Ihr, werden sie tun, sobald sie im Palast sind? Morgen früh werden sie zweifellos entsetzt über das sein, was sie in dieser Nacht angerichtet haben. Aber all ihr Bedauern und ihre Schuldgefühle werden nichts ändern!«

Konstanze konnte nicht verhindern, dass sie ein Schauer überlief, aber sie schüttelte dennoch den Kopf. »Das kann ich nicht tun«, flüsterte sie, »und du auch nicht, Martina. Wir würden für immer in der Hölle brennen, wenn wir das täten.«

Martina sagte nichts, sondern schob die Kräuter in einen Beutel, der an ihrem Gürtel hing. Sie blieb bei Konstanze und warf der jungen Frau gelegentlich einen vielsagenden Blick zu, um sie daran zu erinnern, dass immer noch Zeit war, ihre Meinung zu ändern. Konstanze stieg die Stufen zum Podest hinauf und hob dann die Hand, um Ruhe zu gebieten. »Wir müssen zum allmächtigen Gott beten, dass Sein Wille geschehe«, sagte sie. Sie war überrascht, wie ruhig ihre Stimme klang. Einige der Frauen schluchzten erstickt, aber als sich Konstanze hinkniete, folgten sie ihrem Beispiel. Ebenso die Männer, nachdem sie ihre Waffen sorgfältig in Reichweite abgelegt hatten. Diejenigen, die noch nicht von ihren Sünden freigesprochen waren, suchten Konstanzes Beichtvater auf und folgten ihm hinter den reich verzierten hölzernen Wandschirm, den er als provisorischen Beichtstuhl nutzte.

Michaele hatte sich nicht denen zugesellt, die beichten gingen, und bestätigte dadurch Konstanzes Verdacht, dass seine Konvertierung zum Christentum nur Heuchelei gewesen war. Er war aber ein guter Mann, und sie hoffte, dass der Allmächtige ihm gnädig sein würde. Der Eunuch war in einem Erkerfenster stehen geblieben und hatte die Angreifer beobachtet und den Geräuschen der Kämpfe gelauscht, die durch die Gänge bis zu ihnen drangen. »Majestät!«, rief er plötzlich. »Irgendetwas geht da vor!« Bevor ihn jemand hindern konnte, öffnete er die Fensterläden und spähte in die Dunkelheit hinaus. Dann riss er die Läden weit auf.

Mittlerweile hörten sie alle die Schreie. Baldwin eilte ans Fenster. »Der Mob wird von Berittenen vertrieben, Herrin! Gott hat unsere Gebete erhört!«

Die Menge zerstreute sich, als die Ritter zwischen sie galoppierten. Schon bald befanden sich nur noch die Reiter und die Leichen derjenigen im Innenhof, die zu langsam oder zu eigensinnig gewesen waren. Nachdem Konstanze dem Tod so nahe gewesen war, zögerte sie zu glauben, dass dies die Erlösung war, jedenfalls so lange, bis sie es mit eigenen Augen sah. Sie kniete sich auf die Fensterbank und beobachtete, wie die letzten Aufständischen flüchteten. Aber ihr war nicht die Zeit vergönnt, ihre Rettung zu genießen, denn im selben Moment erkannte sie den Anführer der Ritter. Als würde er ihren Blick spüren, hob er den Kopf und blickte zu ihr hinauf. Sofort begrüßte er sie mit einer galanten Geste, die nur das blutüberströmte Schwert in seiner Hand ein wenig ruinierte.

»Lieber Gott«, flüsterte Konstanze und lehnte sich auf der Fensterbank zurück. Martina war neben sie geeilt, und als sie fragte, um wen es sich handelte, rang sich Konstanze ein schwaches, humorloses Lächeln ab. »Sein Name ist Elias von Gesualdo, und er ist sowohl meine Rettung als auch mein Untergang. Er ist gerade noch rechtzeitig aufgetaucht, um unsere Leben zu retten, aber morgen wird er uns seinem Onkel übergeben, Tankred von Lecce.«

Die folgenden vier Monate waren schwierig für Konstanze. Sie kannte Tankred gut genug, um zu wissen, dass er sie gut behandeln würde, und das tat er auch. Tankred und seine Königin Sibylla taten, als wäre sie ein Ehrengast, nicht eine Gefangene, allerdings ein Ehrengast, der unter ständiger, diskreter Beobachtung stand. Es demütigte sie jedoch, so vollkommen von der Gnade des Mannes abhängig zu sein, der ihren Thron unrechtmäßig in Besitz genommen hatte, und sie konnte nicht aufhören, ihre Kinderlosigkeit mit Sybillas Fruchtbarkeit zu vergleichen, die zwei Söhnen und drei Töchtern das Leben geschenkt hatte. Noch mehr gedemütigt fühlte sie sich, als sich Heinrich nachdrücklich weigerte, irgendwelche Zugeständnisse zu machen, um ihre Freiheit zu erkaufen. Es sollte nicht ihr Ehemann sein, der am Ende die Tür ihres vergoldeten Gefängnisses aufstieß. Papst Coelestin stimmte schließlich zu, Tankred das zu geben, was er am meisten begehrte, die päpstliche Anerkennung seines Königtums. Dafür wollte der Papst jedoch, dass Konstanze in seine Obhut überführt wurde. Tankred stimmte zögernd zu, und an einem Januartag des Jahres 1192 machte sich Konstanze in Begleitung von drei Kardinälen und einer bewaffneten Eskorte auf den Weg nach Rom.

Doch in Rom würde sie keine Freiheit erwarten, denn der Papst sah sie als ein wertvolles Unterpfand bei seinen Verhandlungen mit Heinrich. Aber wenigstens müsste sie nicht im selben Palast leben wie Tankred und seine Königin. Zudem war ihr ein längerer Aufenthalt in Rom nicht gänzlich unwillkommen, denn sie war nicht besonders erpicht darauf, mit dem Mann wieder vereint zu werden, der sie erst in eine solche Gefahr gebracht und dann nichts getan hatte, um sie aus der Notlage, für die er verantwortlich war, zu retten.

Die Kardinäle schienen sich in ihrer Rolle als Aufpasser nicht besonders wohlzufühlen und schlugen ein gemächliches Tempo an, das Konstanze und ihren Hofdamen angenehm war. Es waren jetzt nur noch drei, Adela, Hildegund und Dame Martina, denn die sizilianischen Hofdamen hatten beschlossen, in ihrer Heimat zu bleiben. Nach den Schrecken, die sie in Salerno erlebt hatten, konnte Konstanze es ihnen nicht verdenken. Sie waren schon etliche Stunden unterwegs, als Konstanze sah, wie ihr Vorreiter zu der Gruppe zurückgaloppierte. Seine Miene war grimmig. Sie trieb ihre Stute zu den Kardinälen, während die sich mit dem Mann besprachen. Als sie ihr Pferd neben ihnen zügelte, zwangen sich die Männer zu einem Lächeln und erklärten ihr, dass eine Gruppe von verdächtig wirkenden Männern auf dem Weg vor ihnen wartete. Es könnte sich durchaus um Strauchdiebe handeln. Sie hielten es für besser, abzubiegen und eine Konfrontation zu vermeiden.

Konstanze stimmte ihnen zu, dass dies sicher das Beste wäre. Ihre Miene verriet nichts. Die Kardinäle hatten vergessen, dass Latein eine der Amtssprachen auf Sizilien war, und obwohl sie es nicht so fließend beherrschte wie Heinrich, hatte sie zwei Worte in dem Gespräch aufgeschnappt, das abrupt geendet hatte, als sie in Hörweite kam. *Praesidium Imperatoris.* Es waren keine Banditen, die sie fürchteten. Die Männer vor ihnen waren Angehörige von Heinrichs Elitesoldaten, der kaiserlichen Garde.

Konstanze wusste nicht, wie es diese Männer hierher verschlagen hatte, aber das spielte auch keine Rolle. Sie nahm ihre Frauen zur Seite und sagte ihnen leise, sie sollten bereit sein zu reagieren, wenn sie es tat. Sie konnte die Reiter jetzt selbst in der Ferne sehen. Als die Kardinäle und ihre Männer von der Hauptstraße auf einen Feldweg abbogen, der vom Fluss Liri wegführte, folgte Konstanze ihnen. Sie wartete, bis der Soldat, der neben ihr ritt, ihre Stute überholt hatte, dann schlug sie plötzlich mit der Peitsche auf die Hinterhand des Pferdes. Das erschreckte Tier schoss davon, als wäre es von einer Armbrust abgefeuert worden, und sie war bereits etliche Meter entfernt, bevor die Kardinäle und ihre Eskorte begriffen, was da passierte. Sie hörte Schreie, und als sie zurücksah, bemerkte sie, dass etliche Soldaten der Kardinäle sie verfolgten. Ihre Hengste waren schnell genug, um ihre Stute einzuholen. Aber inzwischen galoppierten ihr die Soldaten der kaiserlichen Garde entgegen. Sie schlug die Kapuze ihres Umhangs zurück, damit es keinen Zweifel gab. »Ich bin eure Kaiserin!«, schrie sie. »Ich stelle mich unter euren Schutz!«

Die Kardinäle bemühten sich nach Kräften und warnten die Deutschen wütend, dass sie den Zorn des Heiligen Vaters auf sich herabbeschwören würden, wenn sie sich einmischten, und behaupteten, die Kaiserin wäre sicher in der Obhut des Papstes. Die Soldaten der kaiserlichen Leibwache lachten sie aus, und Konstanze und ihre Hofdamen ritten kurz darauf mit ihren neuen Beschützern davon. Die Ritter waren begeistert über diesen Zufall. Sie wussten, dass sie damit ihr Glück gemacht hatten. Konstanzes Hofdamen waren ebenfalls erleichtert. Aber auch wenn Konstanze selbst eine grimmige Befriedigung empfand, konnte sie ihren Jubel nicht teilen. Sie war immer noch eine Geisel. Daran änderte auch eine kaiserliche Krone nichts.

Zwei Jahre nachdem Konstanze zufällig von Heinrichs kaiserlicher Garde befreit worden war, starb Tankred in seinem Palast in Palermo. Es war ein bitteres Ende, denn auch sein neunzehnjähriger Sohn war im September plötzlich gestorben. Er hinterließ nur seinen vierjährigen Sohn als Erben, und Tankred wusste bei seinem Tod, dass die Furcht vor dem Kaiser des Heiligen Römischen Reiches die Loyalität einem Kind gegenüber überwiegen würde. Sobald Heinrich von Tankreds Ableben erfuhr, führte er ein neues Heer über die Alpen nach Italien.

Nach ihrer Ankunft in Mailand, im Mai, war Konstanze zu Bett gegangen und hatte erklärt, sie müsse sich ausruhen, bevor sie auf das Fest gehen konnte, das am Abend ihnen zu Ehren vom Bischof von Mailand ausgerichtet wurde. Adela hatte sich bereits mehrere Wochen Sorgen um ihre Herrin gemacht, aber als Konstanze so offen ihre Erschöpfung zugab, was ihr so gar nicht ähnlich sah, machte sie sich auf die Suche nach Dame Martina. Sobald sie eine Nische gefunden hatte, in der sie vor Lauschern sicher waren, gestand sie der Ärztin ihre Furcht, dass die Kaiserin krank wäre. Martina war nicht überrascht, denn auch sie hatte Konstanzes Erschöpfung, ihre Blässe und ihren mangelnden Appetit bemerkt.

»Ich habe mit ihr gesprochen«, gab sie zu. »Sie beharrte darauf, dass es ihr gut geht. Ich fürchte, dass ihre Niedergeschlagenheit ihre Gesundheit beeinträchtigt...« Sie ließ den Satz unvollendet, sicher, dass Adela sie verstehen würde. Sie wussten beide, welche Sorgen sich Konstanze darüber machte, was die Zukunft für Sizilien und sein Volk bereithielt. Sie hatte es zwar nie gesagt, aber es war auch unnötig, ihre unausgesprochenen Ängste in Worte zu fassen. Denn die beiden Frauen kannten den Mann, den sie geheiratet hatte. »Ich werde nach den Feierlichkeiten heute Abend mit ihr sprechen«, sagte Martina, und damit musste sich Adela begnügen.

Als die Hofdame in Konstanzes Kammer zurückkehrte, stellte sie erleichtert fest, dass die Kaiserin aufgestanden war und sich ankleidete. So fiel es ihr leichter zu glauben, dass sie nicht krank war, sondern nur müde. Als sie schließlich angekleidet und bereit war, in den Saal zu gehen, wo Heinrich und der Bischof von Mailand bereits auf sie warteten, bewunderten die Hofdamen die Schönheit ihres Kleides. Es war aus Seidenbrokat in den Farben eines sizilianischen Sonnenaufgangs, und die Juwelen, die sie trug, wogen das Lösegeld für einen König auf. Aber Konstanze fühlte sich nur wie ein reich verziertes Geschenk, das innen hohl war.

Heinrich wartete bereits ungeduldig. »Du kommst spät«, murmelte er, als er ihren Arm nahm. Sie hatten vor zwei Wochen einen der schlimmsten Zwiste ihrer Ehe erlebt, und die Anspannung war immer noch fühlbar. Sie hatten zwar Frieden geschlossen und benahmen sich sowohl in der Öffentlichkeit als auch privat zivilisiert, aber geändert hatte sich nichts. Sie waren immer noch unterschiedlicher Meinung, was Salerno anging. Konstanze war zwar ebenfalls der Ansicht, dass die Salernitaner eine Bestrafung verdienten, aber sie hätte sich damit begnügt, die Stadtmauern zu schleifen und den Einwohnern eine hohe Geldstrafe aufzuerlegen. Denn sie hatten aus Entsetzen reagiert, nicht aus Heimtücke. Heinrich sah das anders. Er war der Meinung, dass sie ihm eine Blutschuld schuldig waren, und er hatte vor, sie einzutreiben. Konstanze war der Meinung, dass sein unerbittlicher Hass auf die Frauen und Männer von Salerno ein Feuer war, das von seinem Wissen gespeist wurde, dass er einen großen Fehler gemacht hatte. Einen Fehler, den er jedoch niemals eingestehen würde. Trotz ihrer Wut hatte sie jedoch nicht zu diesem Argument gegriffen, weil sie wusste, dass es auf sie zurückfallen würde. Als sie ihn jetzt aus dem Augenwinkel beobachtete, spürte sie das Flackern argwöhnischer Ablehnung, doch dann rang sie sich zu einem Lächeln für den Mann durch, der sich ihnen näherte.

Sie hatte Bischof Milo vor zwei Jahren in Lodi getroffen, und es fiel ihr leicht, die Erinnerung an diese Begegnung für eine höfliche Konversation heraufzubeschwören. Sie war daran gewöhnt, solche gesellschaftlichen Plaudereien zu treiben. Doch diesmal sollte es anders sein. Kaum hatte sie die Möglichkeit, seine blumige Begrüßung zu erwidern, als sich plötzlich der Boden unter ihren Füßen zu bewegen schien und sie den Eindruck hatte, sie stände an Bord eines Schiffes auf hoher See. Sie wollte gerade sagen, dass sie sich setzen müsse, aber es war bereits zu spät. Sie versank in Dunkelheit.

Konstanze lehnte sich in die Kissen zurück und beobachtete, wie Martina eine gläserne Phiole mit ihrem Urin betrachtete. Sie hatte während der Untersuchung der Ärztin keine Fragen gestellt, weil sie nicht wusste, ob sie die Antworten hören mochte. Sie hatte bereits seit einiger Zeit vermutet, dass sie ernsthaft krank sein könnte. Sie wollte gerade einen Becher Wein verlangen, als die Tür aufging und ihr Ehemann eintrat. Ihm folgte ein zweiter Mann, dessen ungebetenes Auftauchen im Gemach der Kaiserin ihre Hofdamen zutiefst schockierte.

»Ich will, dass mein Leibarzt dich untersucht«, verkündete Heinrich ohne Einleitung. »Du bist offensichtlich krank und brauchst eine Pflege, die dieses Weib dir nicht geben kann.«

Konstanze richtete sich auf. »›Dieses Weib‹ ist eine zugelassene Ärztin, Heinrich. Ich will, dass sie mich behandelt.« Sie konnte sich einen kleinen Seitenhieb nicht verkneifen. »Sie hat in Salerno studiert und war während des Angriffs auf den Palast bei mir. Sie hat dort sowohl Courage als auch Loyalität gezeigt. Ich vertraue ihrem Urteil.«

Er schenkte ihr ein Lächeln, das seine Augen jedoch nicht erreichte. »Ich bin sicher, dass sie sehr fähig ist, was weibliche Unpässlichkeiten angeht. Trotzdem will ich, dass Meister Konrad deine Behandlung übernimmt. Ich muss darauf bestehen, meine Liebe, denn deine Gesundheit ist mir sehr wichtig.«

Daran zweifelte Konstanze nicht. Es wäre sehr unangenehm für ihn, wenn sie starb, bevor er zum König von Sizilien gekrönt wurde. Denn dann hätte er keinen anderen Anspruch auf den Thron als das Nachfolgerecht. »Nein«, erwiderte sie nachdrücklich und sah, wie ein Muskel in seiner Wange zuckte und er die Augen zu Schlitzen zusammenzog. Martina wählte genau diesen Moment, um sich einzumischen.

»Auch wenn ich sehr dankbar für das Vertrauen bin, das die Kaiserin in meine Fähigkeiten setzt«, sagte sie höflich, »bin ich doch sicher, dass Meister Konrad ein hochangesehener Arzt ist. Aber es ist unnötig, eine zweite Meinung einzuholen, da ich bereits weiß, was für die Ohnmacht der Kaiserin verantwortlich ist.«

Heinrich gab sich keine Mühe, seine Skepsis zu verbergen. »Weißt du das tatsächlich?«

Martina betrachtete ihn ruhig. »Allerdings, Majestät. Die Kaiserin ist mit einer Leibesfrucht gesegnet.«

Konstanze keuchte vor Überraschung und riss die Augen auf.

Heinrich war nicht weniger verblüfft. Er packte Martinas Arm. »Bist du sicher? Gott stehe dir bei, wenn du lügst!«

»Heinrich!« Konstanzes Protest verhallte ungehört.

Martina erwiderte Heinrichs Blick ungerührt, und nach einem Moment ließ er ihren Arm los.

»Ich bin sehr sicher«, erwiderte Martina zuversichtlich. Diesmal richtete sie ihre Worte an Konstanze. »Meinen Berechnungen zufolge werdet Ihr Mutter sein, noch bevor das Jahr zu Ende geht.«

Konstanze ließ sich in die Kissen zurücksinken und schloss die Augen. Als sie sie wieder öffnete, hatte sich Heinrich über das Bett gebeugt. »Du musst jetzt ruhen«, sagte er. »Du darfst nichts tun, was das Kind gefährden könnte.«

»Du wirst wohl ohne mich weiterreiten müssen, Heinrich, denn ich kann jetzt gewiss nur noch sehr langsam reisen.« Er pflichtete ihr so rasch bei, dass ihr klar war, dass sie jetzt ein Druckmittel gegen ihn in der Hand hatte, zum ersten Mal in ihrer Ehe. Er beugte sich noch weiter vor, streifte mit seinen Lippen ihre Wange, und als er sich wieder aufrichtete, sagte er Martina, dass seine Gemahlin bekäme, was sie wollte, und dass man ihren Befehlen augenblicklich gehorchen sollte, als hätte er selbst sie gegeben. Dann winkte er Meister Konrad, der verlegen von einem Fuß auf den anderen getreten war, und ging zur Tür. Dort blieb er stehen, sah zu Konstanze zurück und lachte. Das tat er so selten, dass die Frauen zusammenfuhren, als hätten sie einen Donner an einem klaren, wolkenlosen Himmel gehört.

»Gott hat mich wirklich gesegnet«, sagte er aufgeräumt. »Wer kann jetzt noch bezweifeln, dass mein Sieg in Sizilien vorherbestimmt ist?«

Sobald sich die Tür hinter ihm schloss, packte Konstanze Martinas Hand und umklammerte ihre Finger. »Bist du sicher?« Sie wiederholte Heinrichs Worte. Doch während seine eine Drohung gewesen waren, waren ihre sowohl ein Flehen als auch ein Gebet.

»Ich bin sicher, Majestät. Ihr habt mir gesagt, dass Eure letzte Blutung im März gewesen ist. Habt Ihr niemals daran gedacht...?«

»Nein... Meine Blutungen waren in den letzten beiden Jahren ziemlich unregelmäßig. Ich dachte... ich fürchtete, ich hätte bereits das Alter erreicht, in dem eine Frau nicht mehr empfangen kann.« Doch das war noch nicht alles. Sie hatte nicht mehr geglaubt, schwanger werden zu können, weil sie keine Hoffnung mehr gehegt hatte.

Adela weinte und nannte sie »mein Lämmchen«, als wäre sie wieder in der Kinderstube. Hildegund war auf die Knie gesunken und dankte dem Allmächtigen, und Katerina, die jüngste ihrer Hofdamen, tanzte durch die Kammer, so leicht auf den Füßen wie ein Blatt im Wind. Konstanze hätte auch gern geweint, gebetet und getanzt. Stattdessen jedoch lachte sie, das Gelächter eines sorgenfreien Mädchens, das sie einst gewesen war, damals in ihrer Jugend, als ihre Welt voll hellem Sonnenschein gewesen war und sie sich niemals das Schicksal hätte ausmalen können, das sie schließlich ereilt hatte – ein Exil in einem kalten, fremden Land und eine Ehe, die ebenso freudlos war wie ihr Leib fruchtlos.

Sie schickte die anderen zurück auf das Fest, weil sie nur Adela und Martina bei sich haben wollte, legte dann die Hand auf ihren Bauch und versuchte sich das winzige Wesen vorzustellen, mit dem sie sich jetzt ihren Körper teilte. Sie freute sich so sehr, dass sie endlich die Wahrheit laut aussprechen konnte. »Ich habe Tankreds Tod nicht bejubelt«, gestand sie den beiden Frauen. »Das konnte ich nicht, denn ich wusste, was es für Sizilien bedeutete. Das Land würde nur ein weiteres Anhängsel des Heiligen Römischen Reiches werden, seine Reichtümer würden ausgebeutet werden, es würde seine Unabhängigkeit und auch seine Identität verlieren. Aber jetzt... jetzt werde ich es meinem Sohn hinterlassen. Er wird Sizilien regieren, wie mein Vater und mein Neffe es vor ihm taten. Er wird mehr sein als ein König. Er wird sein Retter werden.«

Bei ihren Worten fing Adela heftig an zu weinen, und Martina lächelte unter Tränen. »Ihr solltet zumindest in Betracht ziehen, Majestät, dass Ihr eine Tochter bekommen könntet.«

Konstanze lachte erneut. »Und ich hätte sie willkommen geheißen, Martina. Aber dieses Kind wird ein Junge werden. Der Allmächtige hat uns mit einem Wunder gesegnet. Wie sonst sollte ich nach einer achtjährigen kinderlosen Ehe in meinem einundvierzigsten Lebensjahr schwanger werden? Es ist Gottes Wille, dass ich einen Sohn gebäre.«

Trotz ihrer Euphorie war sich Konstanze sehr wohl bewusst, dass ihre Chancen nicht gut standen; in ihrem Alter stellte eine erste Geburt ein nicht unbeträchtliches Risiko dar, und Fehlgeburt und Totgeburt waren eine durchaus reale Gefahr. Sie entschied sich, die heikelsten Monate ihrer Schwangerschaft in einem Nonnenkloster der Benediktiner in Meda zu verbringen, nördlich von Mailand. Als sie ihre Reise fortsetzte, legte sie jeweils nur kurze Etappen zurück. Sie hatte für ihre Niederkunft die italienische Stadt Jesi erwählt. Sie lag auf dem Kamm eines Hügels, von dem aus man den Esino sehen konnte, hatte befestigte Mauern und war dem Heiligen Römischen Reich freundlich gesinnt. Heinrich hatte ihr zwar seine kaiserliche Leibgarde zur Verfügung gestellt, aber Konstanze wollte nicht das Risiko eines weiteren Salerno eingehen.

Obwohl ihr die morgendliche Übelkeit erspart blieb, unter der so viele Frauen litten, war ihre Schwangerschaft keineswegs leicht. Ihre Knöchel und Füße waren schrecklich angeschwollen, ihre Brüste wund und empfindlich, und sie war die ganze Zeit erschöpft. Sie litt unter Rückenschmerzen, Sodbrennen, Atemlosigkeit und plötzlichen Stimmungsschwankungen. Aber nach ihrer Ankunft in Jesi linderte sich ihre Besorgnis ein wenig, denn Martina hatte ihr versichert, dass eine Fehlgeburt in den letzten Monaten der Schwangerschaft weniger wahrscheinlich wäre. Zudem ermutigte sie die Freundlichkeit der Bürger von Jesi, die sich offenbar wirklich freuten, dass sie ihre Stadt auserwählt hatte, um ihr Kind zur Welt zu bringen. Als der November allmählich in den Dezember überging, war sie ruhiger als zu irgendeiner anderen Zeit ihrer Schwangerschaft.

Heinrichs Heer war nur auf sehr wenig Widerstand gestoßen, und die Aufgabe von Neapel im August löste einen allgemeinen Abfall der Truppen von Tankreds heftig bedrängter Königin und ihrem Sohn aus. Konstanze hatte mit Besorgnis erfahren, welch blutige Rache Heinrich im September an Salerno geübt hatte. Aber sie beherzigte Martinas Ermahnung, dass zu viel Aufregung ihrem Baby schaden könnte, und versuchte, die Bilder von brennenden Häusern, Leichen, trauernden Witwen und verängstigten Kindern aus ihren Gedanken zu verbannen. Im November wurde sie zu ihrem Entzücken von der Ankunft Baldwins, Michaeles und etlicher anderer Ritter ihres Hofes überrascht. Als Heinrich Salerno einnahm, waren sie aus der Gefangenschaft befreit und von ihm nach Jesi geschickt worden. Konstanze meinte scherzhaft zu Martina, dass ihre Ehe sehr viel glücklicher gewesen wäre, wenn sie nur die ganze Zeit schwanger gewesen wäre. Mittlerweile war ihr Verhältnis weit über das von Ärztin und Patientin hinausgegangen. Sie teilten die Strapazen ihrer Schwangerschaft ebenso, wie sie die Gefahren in Salerno geteilt hatten.

Im Dezember erfuhr Konstanze, dass Heinrich in Palermo empfangen worden war. Sybilla hatte auf sein Versprechen hin, dass ihre Familie in Sicherheit wäre und ihr Sohn Tankreds Ländereien in Lecce bekommen würde, aufgegeben. Konstanze konnte nicht verhindern, dass sie Mitgefühl für Sybilla empfand, und war angenehm überrascht, dass Heinrichs Bedingungen so milde gewesen waren. Sie hielt sich zurzeit im Palast des Bischofs von Jesi auf, und sie feierten Heinrichs bevorstehende Krönung mit einem Fest, so prachtvoll, wie die Adventszeit es erlaubte. Später an diesem Tag verlockte das milde Wetter sie, in den Gärten spazieren zu gehen.

Begleitet von Hildegund und Katerina saß sie in einem geschützten Laubengang, als Leute am Ende des Gartens auftauchten. Mehrere junge Männer kamen in den Garten und warfen einen Ball aus Schweinehaut hin und her. Konstanze erkannte sie. Es waren ein Schreiber des Bischofs und zwei Ritter von Heinrichs Leibgarde. Sie waren von ihm beauftragt worden, ihr die Nachricht von seinem Triumph zu überbringen. Sie legte ihre Stickerei zur Seite und lächelte über die Verspieltheit der jungen Männer, während sie darüber nachdachte, dass eines Tages auch ihr Sohn mit seinen Freunden Ball spielen würde.

»Der Kaiser ist dieses Jahr wahrhaftig von Gott gesegnet.« Konstanze konnte die Männer zwar nicht sehen, aber sie erkannte ihre Stimmen. Der Sprecher war Pietro, der Schreiber, der die rhetorische Frage stellte, wie viele Männer wohl in einem Jahr sowohl eine Krone als auch einen Erben gewannen. »Gott gebe«, fügte er fromm hinzu, »dass die Kaiserin einen Sohn gebären möge.« Heinrichs Ritter lachten schallend, und als Pietro erneut sprach, klang er verblüfft. »Warum lacht ihr? Immerhin liegt das in der Hand des Allmächtigen.«

»Du bist wirklich naiv.« Das war die Stimme von Johann, dem älteren der Ritter. »Glaubst du wirklich, dass der Kaiser sich so viel Mühe machen würde, einen Erben zu zeugen, und dann der Welt ein Mädchen präsentierte? Nie im Leben!«

Konstanzes Kopf ruckte hoch, und sie hob gebieterisch die Hand, als Katerina etwas sagen wollte.

»Ich weiß nicht, was du damit sagen willst«, entgegnete Pietro. Seine Stimme klang argwöhnisch.

»Doch, tust du. Du magst es nur nicht laut aussprechen. Nach acht Jahren wusste Kaiser Heinrich sehr genau, dass er mit einer unfruchtbaren Frau geschlagen war. Und plötzlich, siehe da, diese wundersame Schwangerschaft. Warum glaubst du wohl, hat die Kaiserin ausgerechnet diese gottverlassene, abgelegene Stadt ausgesucht, um zu entbinden? In Neapel oder Palermo wäre es viel schwieriger gewesen, weil zu viele argwöhnische Augen sie beobachtet hätten. Hier dagegen ist es einfach. Man wird verbreiten, dass ihre Wehen begonnen haben, und im Schutz der Nacht wird dann das Baby hereingeschmuggelt, vielleicht sogar eines von Heinrichs unehelichen Bälgern. Dann werden die Kirchenglocken freudig verkünden, dass der Kaiser einen gesunden, kräftigen Sohn bekommen hat.«

Konstanze rang nach Luft, und ihre Hand umklammerte die Stickerei. Sie merkte nicht einmal, dass die Nadel sich in ihre Handfläche grub. Katerina half ihr aufzustehen, aber sie wich zurück, als Hildegund ihr die Hand auf den Arm legte und sie zurückhielt.

»Du hast ganz eindeutig zu viel Wein beim Abendessen getrunken«, erwiderte Pietro, was noch mehr Gelächter der beiden jungen Ritter hervorrief. Mittlerweile jedoch war Konstanze auf den Füßen. Als sie aus dem Laubengang trat, sah Pietro sie zuerst und verbeugte sich tief. »Majestät!«

Alles Blut wich aus Johanns Gesicht, und er wirkte weißer als eine Totenkerze. »Ma... Majestät«, stammelte er. »Ich... Es tut mir unendlich leid! Es war nur ein Scherz. Wie... wie Pietro sagte, ich habe zu viel Wein getrunken.« Seine Worte klangen undeutlich, weil er so schnell sprach, seine Stimme war schrill und zitterte. »Wahrhaftig, ich muss betrunken gewesen sein, um einen solch schlechten Scherz zu machen...«

Konstanzes Stimme klang wie Eis, wenn Eis jemanden hätte verbrennen können. »Ich frage mich, ob mein Gemahl deinen Scherz ebenso amüsant finden wird wie du.«

Johann gab einen erstickten Laut von sich und fiel auf die Knie. »Majestät... bitte«, flehte er. »Bitte... ich flehe Euch an, erzählt es ihm nicht...«

Konstanze starrte ihn an, bis er anfing zu schluchzen, dann drehte sie sich um und ging davon. Johann brach auf dem Boden zusammen, während Pietro und der andere Ritter wie angewurzelt stehen blieben. Hildegund warf dem weinenden Ritter einen finsteren Blick zu und eilte dann hinter Konstanze her. Katerina folgte ihr. »Wird sie es dem Kaiser erzählen?«, flüsterte sie. Sie spürte gegen ihren Willen Mitgefühl angesichts von Johanns blankem Entsetzen.

»Ich glaube nicht«, antwortete Hildegund sehr leise und schüttelte den Kopf. Dann spie sie aus. »Verdammt soll er sein, dieser uneheliche, unerfahrene Schwachkopf, auf ewig verdammt für das, was er sagte! Dass unsere Herrin ausgerechnet das hören musste, wo jetzt ihre Zeit der Niederkunft naht...«

»Mein Lämmchen, welche Rolle spielt es schon, was ein Narr wie er denkt?«
Konstanze achtete nicht auf Adelas Worte. Sie ging unruhig hin und her, siedend vor Wut, und stieß Flüche aus, zu denen ihre Hofdamen sie niemals für fähig gehalten hätten. Aber als sie erbleichte und anfing zu keuchen, legte Martina einen Arm um ihre Schultern und führte sie zu einem Stuhl. Ein paar Sekunden später kam sie mit einem Becher Wein zurück und drückte ihn Konstanze in die Hand. »Trinkt das, Herrin. Es wird Eure Nerven beruhigen. Adela hat recht. Ihr regt Euch vollkommen umsonst auf. Ganz sicher wusstet Ihr doch, dass es solch übelwollende Rede gibt, dass Männer nur zu gern das Schlimmste vom Kaiser glauben?«
Konstanze stellte den Becher so abrupt hin, dass Wein auf ihren Ärmel spritzte. »Natürlich wusste ich das, Martina! Heinrich hat mehr Feinde als Rom Priester. Aber begreift ihr denn nicht? Das waren seine eigenen Ritter, Männer, die geschworen haben, für ihn zu sterben, wenn es nötig sein sollte. Wenn selbst solche Männer meine Schwangerschaft anzweifeln...«
Adela kniete sich neben den Stuhl und zuckte zusammen, als ihre alten Knochen protestierten. »Das spielt keine Rolle«, wiederholte sie entschieden. »Das ist das Gerede von Schwätzern, nichts weiter.«
Konstanzes Empörung war Verzweiflung gewichen. »Es spielt sehr wohl eine Rolle! Mein Sohn wird zur Welt kommen und zeitlebens unter einem Schatten stehen, unter Verdacht. Die Leute werden nicht glauben, dass er wirklich Fleisch von meinem Fleisch ist, der rechtmäßige Erbe der Krone Siziliens. Er wird sein ganzes Leben gegen Verleumdungen und üble Nachrede ankämpfen müssen. Rebellen könnten es als Vorwand für einen Aufstand gegen ihn be-

nutzen. Ein feindselig gesinnter Papst könnte ihn sogar zu einem illegitimen Kind erklären. Er wird niemals frei von diesem Getuschel sein, von den Zweifeln ...« Sie schloss die Augen, und Tränen quollen zwischen ihren Wimpern hindurch. »Und was passiert, wenn er anfängt, selbst die Gerüchte zu glauben ...?«

Adela begann ebenfalls zu weinen. Martina griff nach Konstanzes Arm und zog sie sanft, aber bestimmt auf die Füße. »Wie ich schon sagte, dies führt zu nichts. Selbst wenn Ihr recht habt und Eure Ängste berechtigt wären, könnt Ihr nichts tun, um diesen Tratsch zu verhindern. Und jetzt will ich, dass Ihr Euch hinlegt und Euch ausruht. Ihr müsst an das Wohlergehen Eures Sohnes denken, solange er in Eurem Leib ist, nicht daran, was er sich in den kommenden Jahren stellen muss.«

Konstanze widersprach nicht und ließ sich ins Bett bringen. Aber sie schlief nicht, sondern lag wach, während der Himmel dunkler wurde und sich dann allmählich wieder der erste Silberstreif zeigte. Sie hörte die ganze Zeit Johanns Stimme, als er schon allein die Idee verhöhnte, dass Heinrichs alte, unfruchtbare Frau empfangen könnte.

Baldwin fühlte sich unbehaglich. Es gehörte sich nicht, dass er in die Privatgemächer seiner Herrin gerufen wurde; er war sicher, dass Heinrich das nicht gutheißen würde. »Ihr habt nach mir geschickt, Majestät?«, fragte er und versuchte, seine Bestürzung über das ausgezehrte, bleiche Aussehen seiner Kaiserin zu verbergen.

»Ich habe eine Aufgabe für dich, edler Baldwin.« Konstanze saß auf einem Stuhl und hatte die Finger so fest verschränkt, dass ihr Ring sich in ihre Haut grub. »Ich möchte, dass du einen Pavillon auf der Piazza aufstellst. Und dann möchte ich, dass du Herolde auf die Straßen schickst, die den Leuten sagen, dass ich meine Niederkunft dort haben werde, in diesem Zelt. Alle Matronen und Jungfrauen von

Jesi sind eingeladen, bei der Geburt meines Kindes Zeuge zu sein.«

Baldwin sackte das Kinn herunter. Selbst bei seinem Leben hätte er nicht gewusst, was er darauf sagen sollte. Konstanzes Hofdamen jedoch waren nicht sprachlos. Sie protestierten aufgebracht. Konstanze wartete, bis sie fertig waren, und befahl dann Baldwin, dafür zu sorgen, dass ihr Befehl befolgt wurde. Er hatte diese Miene schon einmal auf ihrem Gesicht gesehen, als sie sich anschickte, in Salerno auf diesen Balkon zu treten. Er kniete sich hin und küsste ihre Hand. »Wie Ihr wünscht, Majestät.«

Adela, Hildegund und Katerina waren verstummt und starrten sie schockiert an. Martina beugte sich über den Stuhl. »Seid Ihr wirklich sicher«, murmelte sie, »dass Ihr das tun wollt, Majestät?«

Konstanze stieß zischend den Atem aus. »Heiliger Jesus am Kreuz, Martina! Natürlich will ich das nicht tun!« Sie hob den Kopf. »Aber ich werde es tun!«, fuhr sie dann fort. »Ich tue es für meinen Sohn.«

Am Tag nach Weihnachten war die Piazza so belebt wie an einem Markttag. Es herrschte eine sehr feierliche Atmosphäre, denn die Stadtbewohner wussten, dass sie Zeuge von etwas sehr Außergewöhnlichem werden würden. Oder zumindest die Ehefrauen. Gelegentlich tauchte eine von ihnen aus dem Zelt auf, um zu berichten, dass alles so verlief, wie es sollte, und verschwand dann wieder im Inneren. Die Männer scherzten und tratschten und schlossen Wetten über das Geschlecht des Kindes ab, das darum kämpfte, das Licht der Welt zu erblicken. Im Zelt war die Stimmung ganz anders. Zuerst waren die Frauen von Jesi aufgeregt gewesen und hatten miteinander getuschelt, weil sie sich wie Zuschauer bei einem Krippenspiel gefühlt hatten. Aber fast alle hatten ihre eigenen Erfahrungen im Geburtszimmer gemacht, hatten erduldet, was Konstanze jetzt durchlitt, und als sie sahen, wie sie sich auf dem Geburtsstuhl wand, ihre Haut vollkommen verschwitzt, ihr Gesicht vor Schmerz verzerrt, begannen sie, sich mit ihr zu identifizieren, vergaßen, dass sie eine Kaiserin war, hochgeboren, wohlhabend und privilegierter, als sie sich selbst in ihren kühnsten Träumen hätten vorstellen können. Man hatte sie damit geehrt, Zeuge von einem solch historischen Ereignis zu werden. Und jetzt begannen sie, Konstanze zu ermutigen, als wäre sie eine von ihnen. Denn sie alle waren Töchter von Eva und steckten, wenn es um Geburten ging, letzten Endes als Schwestern alle in der gleichen Haut.

Martina beriet sich mit zwei Hebammen aus der Stadt. Sie redeten leise, und ihre Gesichter waren angespannt. Adela forderte Konstanze auf, einen Löffel Honig zu schlucken, und sagte, es würde ihr Kraft geben. Sie zwang sich, den Honig in den Mund zu nehmen. Sie wusste, warum sie alle so besorgt waren. Als ihre Fruchtblase geplatzt war, bedeutete das, dass die Geburt kurz bevorstand, aber ihre Wehen gingen weiter, wurden immer stärker, und es machte nicht den Eindruck, als gäbe es Fortschritte. »Ich will Martina«, murmelte sie. Als die Ärztin zu ihr eilte, packte sie die andere Frau am Handgelenk. »Denk daran… wenn du uns nicht beide retten kannst, dann rette das Kind…« Ihre Worte waren leise und schwach, aber ihre Augen glühten so wild, dass Martina den Blick nicht abwenden konnte. »Versprich es mir«, sagte die Kaiserin. »Versprich es!« Die andere Frau nickte, weil sie ihrer Stimme nicht traute.

Zeit hatte keine Bedeutung mehr für Konstanze. Es gab keine Welt jenseits der erdrückenden Grenzen dieses Zeltes. Sie verabreichten ihr Wein, in den geriebene Borke der Röhren-Kassie gemischt war, hoben ihr nasses Hemd an, um ihren Bauch zu massieren, ölten ihre Vagina mit heißem Thymianöl ein, und als sie sich weiter mühte, verließen einige Frauen das Zelt und beteten für sie in der Kirche in der Nähe der Piazza. Martina jedoch erklärte immer wieder, dass es schon bald so weit wäre, dass ihr Muttermund sich weitete, und hielt die Hoffnung hoch wie eine Kerze, um die Finsternis zu bannen. Nach einer Ewigkeit hörte Konstanze, wie Martina rief, dass sie den Kopf des Babys sehen konnte. Sie presste ein weiteres Mal, und die Schultern ihres Kindes kamen heraus. »Noch mal!«, drängte Martina, und dann rutschte ein kleiner Körper mit roter, faltiger Haut in einem Schwall von Blut und Schleim in die wartenden Hände der Hebamme.

Konstanze sank zurück und hielt den Atem an, bis sie es hörte, das leise Wimmern, das bewies, dass ihr Kind lebte. Martina lächelte so strahlend wie ein Sonnenaufgang. »Ein Junge, Majestät! Ihr habt einen Sohn!«

»Gib ihn mir...«, sagte Konstanze schwach.

Es gab noch so viel zu tun. Die Nabelschnur musste abgebunden und zerschnitten werden. Das Baby musste gesäubert und mit Salz eingerieben werden, bevor man es wickelte. Die Nachgeburt musste ausgetrieben und vergraben werden, um keine Dämonen anzuziehen. Aber Martina wusste auch, dass all das warten konnte. Sie nahm das Baby und legte den kleinen Jungen in die Arme seiner Mutter. Als die Frauen Zeuge wurden, wie Konstanze ihren Sohn zum ersten Mal hielt, hatten nur wenige von ihnen keine Tränen in den Augen.

Als sich sechs Tage später herumsprach, dass die Kaiserin ihren Sohn in der Öffentlichkeit zeigen würde, war die Piazza schon Stunden, bevor sie ankommen würde, von Menschen überfüllt. Die Männer hatten die Geschichten ihrer Frauen von der Geburt gehört und waren begierig darauf, das wundersame Kind selbst zu sehen. Er war immerhin in Jesi geboren, scherzten sie, war also einer von ihnen. Die Menge bildete eine Gasse, als Konstanzes Sänfte den Platz erreichte, und applaudierte höflich, als man ihr hinaushalf und sie langsam zu ihrem Thron führte. Nachdem sie saß, gab sie ein Zeichen, und Martina reichte ihr eine kleine, in Decken gehüllte Gestalt. Konstanze schlug die Decke zurück und zeigte einen Kopf mit flaumigem, rötlichem Haar. Als das Baby mit seinen winzigen Fäusten winkte, hob sie es hoch, damit alle es sehen konnten. »Mein Sohn Friedrich«, sagte sie mit lauter, klarer Stimme. »Der eines Tages König von Sizilien sein wird.« Die Menschen applaudierten erneut und lächelten, als Friedrich plötzlich vor Vergnügen jauchzte. Konstanze lächelte ebenfalls. »Ich glaube, er hat Hunger«, sagte sie. Die Mütter in der Menge nickten wissend und sahen sich nach der Amme um. Hochwohlgeborene Adlige wie Konstanze gaben ihren Kindern nicht selbst die Brust. Was dann geschah, überraschte sie vollkommen. Die Hofdamen der Kaiserin traten vor und verbargen sie kurz vor den Blicken der Zuschauer. Als sie wieder zur Seite traten, keuchte die Menge auf, denn Konstanze hatte ihren Mantel geöffnet, ihr Mieder verschoben und stillte ihren Sohn. Als die Bewohner der Stadt begriffen, was sie da tat, dass sie nämlich einen letzten, unanfechtbaren öffentlichen Beweis lieferte, dass dies ihr Kind war, von ihrem Fleisch und Blut, begannen sie laut zu jubeln. Selbst jene, die Konstanzes deutschem Gemahl feindlich gesinnt waren, stimmten in diesen Jubel ein, denn dieser Mut verdiente es, anerkannt, geehrt zu werden, und sie alle wussten, dass sie einem Akt von trotziger Courage beiwohnten, dem ultimativen Ausdruck von Mutterliebe.

ANMERKUNGEN DER AUTORIN:

Konstanze war ganz offenkundig eine mutige Frau, aber war sie auch gefährlich? Die Ereignisse, die auf Friedrichs Geburt folgten, geben uns darauf eine Antwort. Heinrichs großzügige Friedensbedingungen waren nur der Köder für eine Falle gewesen. Er zeigte seine wahre Absicht während seiner

Krönung zu Weihnachten, als er die Leichen von Tankred und seinem Sohn aus ihren königlichen Gräbern zerren ließ. Vier Tage später behauptete er, er hätte eine Verschwörung gegen sich aufgedeckt, und befahl, dass Sybilla, ihre Kinder und die führenden Adligen von Sizilien verhaftet und nach Deutschland gebracht wurden. Sybilla und ihre Töchter konnten schließlich entkommen, aber ihr fünf Jahre alter Sohn starb, kurz nachdem er in ein Kloster geschickt worden war. Angeblich war er vor seinem Tod geblendet und kastriert worden. Heinrichs brutale Regentschaft provozierte im Jahr 1197 eine Rebellion, und es gibt durchaus konkrete Anhaltspunkte, dass Konstanze in diese Verschwörung verwickelt war. Heinrich jedenfalls war ganz offensichtlich dieser Meinung, denn er zwang sie dazu zuzusehen, wie er den Rädelsführer exekutieren ließ, indem er ihm eine glühend heiße Krone auf den Kopf nageln ließ. Im September 1197 verstarb Heinrich unerwartet in Messina. Konstanze übernahm sofort die Herrschaft über Sizilien, umgab sich mit sizilianischen Ratgebern und vertrieb alle Deutschen. Aber sie sollte Heinrich nur um etwas mehr als ein Jahr überleben. In diesem Jahr jedoch arbeitete sie fieberhaft daran, ihren Sohn zu beschützen. Sie ließ ihn krönen und schloss dann eine Allianz mit dem neuen Papst, Innozenz III. Sie bestellte ihn zu Friedrichs Vormund, kurz vor ihrem Tod mit vierundvierzig Jahren im November 1198. Friedrich sollte sich zu einem der brillantesten, umstrittensten und bemerkenswertesten Herrscher des Mittelalters entwickeln; er war König von Sizilien, Kaiser des Heiligen Römischen Reiches, ja sogar König von Jerusalem. Und Konstanze? Dante versetzte sie in seiner *Göttlichen Komödie* ins Paradies.

LEV GROSSMAN

Lev Grossman ist als Romancier und Journalist ein erfahrener Schriftsteller und Buchkritiker für *Time* und Coautor des TIME.com-Blogs *TechLand*. 2009 war sein eigenwilliger Fantasy-Roman *Fillory – Die Zauberer* eine phänomenale internationale Sensation. Das Buch landete sowohl auf der Bestsellerliste der *New York Times* als auch in der Liste Best Book 2009 des *New Yorker*. Dem Folgeband *Fillory – Der König der Zauberer*, 2011 veröffentlicht, wurde ähnliches Lob zuteil. *The Magician's Land* erschien 2014. Weitere Romane von Grossman sind *Warp* und *Die Macht des Codex*. Er lebt in Brooklyn, New York, und man findet Informationen über ihn auf seiner Website levgrossman.com.

In dieser Geschichte nimmt er uns mit in eine uralte, ehrwürdige Schule für Hexer, die von einer tausendjährigen Tradition und von Geistern einer anderen Art heimgesucht wird, um uns zu zeigen, dass selbst die unschuldigsten Streiche sehr gefährliche und sogar tödliche Konsequenzen haben können.

DAS MÄDCHEN IM SPIEGEL

Übersetzt von Wolfgang Thon

Man könnte sagen, alles begann als unschuldiger Streich, aber das entspräche nicht ganz der Wahrheit. Denn ganz so unschuldig war es nicht. Nur hatte Wharton sich eben schlecht benommen und musste deshalb nach den Gesetzen der Liga bestraft werden. Vielleicht benahm er sich dann weniger schlecht oder hörte ganz damit auf, aber zumindest genoss die Liga die Befriedigung, dafür gesorgt zu haben, dass Wharton litt. Und das war schon was. Eigentlich war das sogar sehr viel.

Also konnte man die Sache nicht unschuldig nennen. Trotzdem war es irgendwie verständlich. Außerdem, gibt es so etwas wie einen unschuldigen Streich überhaupt?

Plum war Vorsitzende der Liga, ungewählt und unangefochten und zudem ihre Gründerin. Als sie die anderen rekrutierte, hatte sie diese Liga als eine glorreiche, uralte Tradition von Brakebills dargestellt, was sie wahrscheinlich gar nicht gewesen war. Da jedoch das College bereits seit etwa vierhundert Jahren existierte, kam es Plum naheliegend vor, dass es zu irgendeinem Zeitpunkt in der Vergangenheit irgendeine Liga oder zumindest irgendetwas anderes Derartiges gegeben haben musste, und das konnte man folglich als einen historischen Vorgänger betrachten. Jedenfalls war die Möglichkeit nicht auszuschließen. Obwohl ihr die Idee dazu in Wirklichkeit durch eine Geschichte von P. G. Wodehouse gekommen war.

Sie trafen sich nach Ende des Unterrichts in einem sonderbaren, winzigen, trapezförmigen Arbeitszimmer im Westturm, das, soweit sie es beurteilen konnten, offenbar durch das Raster des magischen Sicherheitssystems der Fakultät gefallen war. Also war es ziemlich ungefährlich, hier die Sperrstunde zu umgehen. Plum lag der Länge nach auf dem Boden, ihre gewöhnliche Position, von der aus sie die Belange der Liga leitete. Der Rest der Mädchen lümmelte auf Couches und Sesseln herum, die im Raum verteilt waren wie übrig gebliebenes Konfetti von einer erfolgreichen, aber ziemlich anstrengenden Party, die jetzt Gott sei Dank endlich fast vorbei war.

Plum sorgte mittels eines kleinen Zaubers für Ruhe, der sämtliche Geräusche in einem Umkreis von etwa zehn Metern verschluckte, und sofort konzentrierte sich die Aufmerksamkeit der Anwesenden auf sie. Wenn Plum einen magischen Trick zum Besten gab, bekam das jeder mit. Sofort.

»Stimmen wir ab«, sagte sie feierlich. »Alle, die dafür sind, Wharton einen Streich zu spielen, sagen ja.«

Die Jas erklangen in einer ganzen Bandbreite von Intonationen, angefangen bei selbstgerecht-eifrig über ironisch-gleichgültig bis hin zu schläfrig-gefügig. Sich nach dem Unterricht heimlich zu treffen und Pläne zu schmieden konnte einem schon seinen Schlafrhythmus versauen. Das musste Plum zugeben. Und es war zudem ein wenig unfair den anderen gegenüber, denn Plum hatte eine rasche Auffassungsgabe und erledigte ihre Hausaufgaben im Handumdrehen. Ihr war klar, dass das längst nicht allen so leichtfiel. Jetzt lag sie auf dem Boden, die Augen geschlossen, das lange braune Haar wie ein Fächer auf dem Teppich ausgebreitet. Der war einmal weich und wollig gewesen, aber im Laufe der Zeit von vielen Füßen zu einem glänzend harten Grau niedergetrampelt worden. Von ihrer Position aus klang das Ergebnis mehr oder weniger einstimmig.

Jedenfalls gab es eine offenkundige Mehrheit, deshalb verzichtete sie auf die Erhebung der Nein-Stimmen.

»Es ist zum Wahnsinnigwerden«, sagte Emma in dem folgenden Schweigen. Als wollte sie der ganzen Sache noch etwas Würze verleihen. »Absolut zum Wahnsinnigwerden.« Natürlich war das übertrieben, aber die Anwesenden ließen es durchgehen. Schließlich stellte Whartons Verstoß keine Angelegenheit von Leben und Tod dar. Aber man musste ihm Einhalt gebieten. Das hatte die Liga geschworen.

Darcy saß auf der Couch gegenüber dem langen Spiegel mit dem zerschrammten weißen Rahmen, der an einer Wand lehnte. Sie spielte mit ihrem Spiegelbild. Mit ihren langen, eleganten Fingern wirkte sie einen Bann, der ihre Reflexion dehnte, zusammendrückte, dann wieder dehnte und wieder zusammendrückte. Die Technik war Plum ein Rätsel, aber Spiegelmagie war schließlich Darcys Spezialgebiet. Es war zwar ein bisschen angeberisch, was sie da machte, aber man konnte es ihr nicht verübeln. Darcy bekam nur sehr wenige Gelegenheiten, diese Magie zu nutzen.

Die Fakten des Wharton-Falles lauteten wie folgt: In Brakebills mussten die Schüler des Ersten Jahrgangs beim Abendessen den höheren Jahrgängen auftragen und aßen dann hinterher separat. Die Tradition wollte aber auch, dass einer aus dem Vierten Jahrgang ausgewählt wurde, um als Weinkellner zu fungieren. Er war für die Wahl der Weine, das Einschenken und dergleichen zuständig. Wharton war diese Ehre überantwortet worden, und zwar aus gutem Grund. Er wusste sehr viel über Wein oder konnte sich zumindest an die Namen sehr vieler unterschiedlicher Regionen und Appellationen erinnern und an alles andere, was damit zusammenhing. Genau genommen war eine andere Schülerin aus dem Vierten Jahrgang – sie trug den unabsichtlich komischen Namen Claire Bier – als Weinkellnerin ausgelost worden. Wharton hatte sie gedemütigt, cool und öffentlich, indem er mit verbundenen Augen bei einer Verkostung einen Gigondas von einem Vacqueyras unterschieden hatte.

Nach dem Urteilsspruch der Liga hatte Wharton jedoch gegen die Pflichten seines Amtes verstoßen, und zwar sehr gravierend, da er systematisch zu wenig Wein ausschenkte, vor allem dem Fünften Jahrgang, denen zwei Gläser beim Abendessen erlaubt waren. Er hatte die Gläser höchstens zu Dreivierteln gefüllt. Darin waren sich alle einig. Ein solches Vergehen verdiente keine Nachsicht.

»Was glaubt ihr, hat er mit dem ganzen Zeug gemacht?«, wollte Emma wissen.

»Was hat er womit gemacht?«

»Mit dem abgezweigten Wein. Er muss ihn sich aufgespart haben. Ich wette, dass er jeden Abend eine Flasche übrig behalten hat.«

Der Liga gehörten acht Mädchen an, von denen heute Abend sechs anwesend waren. Emma war die jüngste von ihnen und die einzige Schülerin aus dem Zweiten Jahr, aber sie ließ sich von den Älteren nicht einschüchtern. Eigentlich war sie, Plums Meinung nach jedenfalls, ein bisschen zu scharf auf die Liga und ihre Rolle darin. Sie hätte sich ruhig ab und zu ein bisschen anmerken lassen können, dass sie eben doch eingeschüchtert war. Aber gut, das war ja nur Plums Meinung.

»Ich weiß es nicht«, erwiderte Plum. »Ich nehme an, er trinkt ihn.«

»Er schafft niemals eine Flasche pro Nacht«, merkte Darcy an. Sie trug eine große, wilde Afrofrisur aus den Siebzigern. Es ragte sogar eine afrikanische Haarnadel aus der Mähne hervor.

»Dann trinken den Wein eben er und sein Freund. Wie war noch mal sein Name? Irgendwas Griechisches.«

»Epiphano«, sagten Darcy und Chelsea gleichzeitig.

Chelsea lag auf der Couch Darcy gegenüber. Den Kopf mit ihrem honigblonden Haar hatte sie auf die Armlehne gelegt, die Knie angezogen, und sie versuchte träge, Darcys Spiegeltricks zu stören. Darcys Zauber waren Wunder an Komplexität und Präzision, aber es war um vieles einfacher, die Zaubersprüche von jemand anderem zu stören, als selber einen zu wirken. Das war eine der vielen kleinen Ungerechtigkeiten bei der Magie.

Darcy runzelte die Stirn und konzentrierte sich, als sie sich wehrte. Die Störung erzeugte ein hörbares Summen, und unter dem Stress verdrehte sich Darcys Spiegelbild und wickelte sich sonderbar um sich selbst.

»Hör auf«, sagte sie. »Du zerbrichst ihn sonst noch.«

»Wahrscheinlich hat er irgendeinen Zauber gewirkt, der den Wein verschlingt«, spekulierte Emma. »Und er muss ihn einmal am Tag mit Wein füttern. Bestimmt irgendein Potenzmittel.«

»Na klar. Woran sonst solltest du auch denken?«, sagte Plum.

»Also...« Emma lief puterrot an. Erwischt. »Du weißt schon, er ist so... so männlich.«

Chelsea nutzte den Augenblick und ließ Darcys Spiegelbild in sich zusammenfallen. Es war unheimlich, so als wäre es von einem schwarzen Loch aufgesaugt worden und dann vollkommen verschwunden. Im Spiegel machte es den Eindruck, als wäre sie nicht mehr da. Ihr Platz auf der Couch war leer, obwohl das Sitzpolster leicht eingedrückt war.

»Ha!«, triumphierte Chelsea.

»Männlich bedeutet nicht potent.«

Das war Lucy, eine sehr ernste, philosophisch interessierte Fünfte. In ihrem Tonfall schwang ein Hauch Verbitterung mit, der sich möglicherweise aus persönlicher Erfahrung speiste. Lucy war pummelig, blass, Koreanerin und schwebte mit gekreuzten Beinen in einer der schrägen oberen Ecken des Raums. Ihr dunkles glattes Haar war offen und so lang, dass es bis über ihren Hintern herunterhing.

»Ich wette, er gibt es dem Geist«, fuhr Lucy fort.

»Es gibt keinen Geist«, erklärte Darcy.

Irgendjemand sagte immer, dass Brakebills einen Geist beherbergte. Es war in etwa so wie Plums Behauptung, es hätte eine Liga gegeben; man konnte weder das eine noch das andere beweisen.

»Wo wir gerade davon sprechen«, sagte Chelsea, die ihren Sieg über Darcy im Spiegel damit besiegelte, dass sie ihre Füße in Darcys Schoß fallen ließ. »Was genau bedeutet ›männlich‹ eigentlich?«

»Das bedeutet, dass er mächtig Druck auf dem Schlauch hat«, erklärte Darcy.

»Mädchen, bitte!« Plum versuchte, das Gespräch wieder in geordnete Bahnen zu lenken. »Weder Whartons Druck noch sein Schlauch sind hier Thema. Die Frage ist, was unternehmen wir wegen des abgezweigten Weins? Wer hat einen Plan?«

»Du hast einen Plan«, erwiderten Darcy und Chelsea erneut unisono. Die beiden benahmen sich wie Zwillinge auf der Bühne.

»Ich habe tatsächlich einen Plan.«

»Plum hat einen Plan«, ließ sich die winzige, fröhliche Holly aus einem der wirklich bequemen Lehnsessel vernehmen.

Plum hatte tatsächlich einen Plan, sie konnte nichts dagegen tun. Ihr Gehirn schien ganz natürlich Pläne abzusondern. Und dieser Plan sah vor, sich dessen zu bemächtigen, was sie als Whartons Achillesferse betrachtete, nämlich seine Bleistifte. Er benutzte nicht die Bleistifte, die die Schule stellte und die, soweit es Plum anging, vollkommen funktional und bis heute vollkommen ausreichend waren. Sie hatten das tiefe Blau von Brakebills mit der Aufschrift »Brakebills« in Goldbuchstaben auf der Seite. Wharton mochte sie nicht. Er sagte, sie wären zu dick, er könne es nicht leiden, wie sie in der Hand lägen, und das Blei wäre zu weich. Wharton brachte stattdessen seine eigenen Bleistifte von zu Hause mit.

Whartons Bleistifte waren tatsächlich bemerkenswert. Sie waren olivgrün und bestanden aus irgendeinem öligen, aromatischen Holz, das ein wächsernes Aroma ausstrahlte, ähnlich wie exotische Regenwaldbäume. Gott allein mochte wissen, woher er sie bezog. Die Radiergummis waren in einem Ring aus mattem, grauem Stahl eingelassen, der eigentlich zu massiv und hochwertig aussah, als dass er sich auf die Aufgabe beschränken könnte, einfach nur einen Radiergummi festzuhalten. Die wiederum bestanden nicht aus dem üblichen fleischigen Rosa, sondern waren mattschwarz. Wharton verwahrte seine Bleistifte in einem flachen Etui aus Silber auf, das auch ein scharfes kleines Messer enthielt, in einem Fach aus zerknittertem Samt. Mit dem Messer hielt er die Bleistifte extrem spitz.

Aber das war noch nicht alles. Welches Leben Wharton auch immer geführt haben mochte, bevor er Zauberlehrling in Brakebills wurde, es musste irgendeinen akademischen Zehnkampf oder Diskussionsgruppen oder Ähnliches eingeschlossen haben. Denn er hatte ein ganzes Arsenal von Bleistifttricks auf Lager, mit denen er sie durch die Luft sausen und wirbeln ließ, Tricks, die Leute normalerweise benutzen, um Konkurrenten bei den Mathletic-Denkspielen zu verunsichern. Er machte diese Tricks ständig, unbewusst und scheinbar unwillkürlich. Das war ebenfalls nervig, zusätzlich zu der bereits erwähnten Sache mit dem Wein.

Plum hatte vor, die Bleistifte zu stehlen und dafür ein Lösegeld zu verlangen. Dieses Lösegeld sollte eine Erklärung sein, was zum Teufel Wharton mit all dem Wein anfing, und außerdem sollte er geloben, damit aufzuhören, ihn abzuzweigen. Um halb zwölf Uhr nachts begann die ganze Liga zu gähnen, Darcy und Chelsea hatten mittlerweile Darcys Spiegelbild wieder neu erzeugt und fingen abermals an, damit herumzuspielen. Plum hatte ihren Plan jedoch bereits in allen Details erklärt, er war akzeptiert, verbessert und dann überflüssig verkompliziert worden. Man hatte grausame kleine Haken hinzugefügt, und sämtliche Rollen waren verteilt. Es war eine ziemlich übertriebene Bestrafung, aber irgendjemand musste die Ordnung in Brakebills durchsetzen, und wenn die Fakultät selbst das nicht konnte, waren die vielen Hände der Liga gezwungen einzuschreiten. Die Fakultät mochte ein Auge zudrücken, wenn sie wollte, aber die vielen Augen der Liga waren scharf und blinzelten nicht.

Darcys Spiegelbild zitterte und verschwamm.

»Hör auf damit!« Darcy war jetzt wirklich verärgert. »Ich habe dir doch gesagt, dass du den Spiegel...«

Sie hatte es ihr gesagt, und prompt passierte es. Der Spiegel zerbrach. Ein lautes, scharfes Ticken ertönte, und in der unteren rechten Ecke tauchte ein weißer Stern im Glas auf, von dem sich dünne Risse ausbreiteten, als wäre ein winziges, unsichtbares Projektil dort eingeschlagen. Plum dachte an Tennyson: *Der Spiegel zerbarst von einer Seite zur anderen...*

»Oh, Scheiße!« Chelsea schlug die Hände vor den Mund. »Ich hoffe, der war jetzt kein superteures Teil...«

Im selben Moment, als der Spiegel zersprang, wurde auch seine Fläche dunkel und reflektierte nichts mehr aus dem Raum. Wenn sich der Gegenstand so benahm, konnte er kein einfacher Spiegel gewesen sein, sondern irgendein magisches Gerät. Zuerst glaubte Plum, die Glasfläche wäre vollkommen schwarz geworden, doch dann sah sie dort einige dunkle Umrisse: ein Sofa und Sessel. Der Spiegel, oder was auch immer es sein mochte, zeigte ihnen denselben Raum, in dem sie sich befanden, aber er war leer und dunkel. War es die Vergangenheit? Oder die Zukunft? Jedenfalls war irgendetwas daran sehr unheimlich, als wäre noch vor wenigen Augenblicken jemand dort gewesen und hätte das Zimmer gerade verlassen und auf dem Weg hinaus das Licht ausgemacht.

Plum stand am nächsten Morgen um Punkt acht Uhr auf, ziemlich spät nach ihren Maßstäben. Aber statt ihr Gehirn zu erfrischen hatte der längere Schlaf sie nur benommen gemacht. Sie hatte damit gerechnet, wegen des bevorstehenden Streichs vor Energie nur so zu sprühen, stattdessen schlurfte sie langsam unter die Dusche, trocknete sich ab, zog sich an und ging nach unten, zu ihrem ersten Seminar. Sie hatte schon oft bemerkt, dass ihr Verstand wie eine Linse funktionierte, die zwischen tödlich scharfer Fokussierung und nutzloser, kraftloser Verschwommenheit hin und her schwankte, und zwar offenbar ohne dass sie in dieser Angelegenheit ein Mitspracherecht hatte. Ihr Verstand hatte seinen eigenen Willen. Und heute Morgen war er in seinem schlaffen Verschwommenheits-Modus.

Als Schülerin des Fünften Jahrgangs, die bereits alle erforderlichen Grundkurse absolviert hatte, hatte Plum in diesem Semester sämtliche Seminare belegt. Ihre erste Klasse war ein kleines Kolloquium über periodische Magie im Deutschland des fünfzehnten Jahrhunderts. Jede Menge grundlegendes Zeug und sonderbare Wahrsagerei-Techniken und Johannes Hartlieb. Die kleine Holly saß ihr gegenüber am Tisch, und Plum war so kraftlos und benommen, dass Holly ihre spitze kleine Nase vielsagend zweimal berühren musste, bevor Plum wieder einfiel, dass dieses Zeichen signalisierte, Stufe eins und zwei des Plans wären bereits erfolgreich abgeschlossen. Sie schaltete in den Fokussierungsmodus.

Stufe eins lautete: »Einfach, aber effektiv.« Ein paar Stunden zuvor hatte Chelseas Freund sie in den Jungens-Turm geschmuggelt, unter dem Vorwand, noch vor Sonnenaufgang ein bisschen herumzuknutschen, was für die beiden nicht ungewöhnlich war. Nachdem die Natur ihren Lauf genommen hatte, hatte sich Chelsea aus den Armen ihres Geliebten befreit, war hinaus und in Whartons Zimmer gegangen. Sie hatte den Rücken gegen die Tür gedrückt, sich die honigblonden Locken in einer automatischen Geste aus der Stirn gestrichen und seinen Raum in einem zartsilbrigen Astral-Zustand betreten. Sie hatte sein Zimmer nach dem Etui mit den Bleistiften durchsucht und sie dann mit ihren beiden kaum körperlichen Händen ergriffen. Sie konnte zwar das Etui in diesem Zustand nicht aus dem Zimmer schaffen, aber das musste sie auch nicht. Sie brauchte es nur an das Fenster zu halten.

Wharton selbst hatte den ganzen Vorgang vielleicht beobachtet oder auch nicht, das kam darauf an, ob er auf seiner makellosen Couch schlief oder nicht. Aber das spielte auch keine Rolle. *Sollte er es ruhig sehen.*

Denn sobald Chelsea das Etui vor das Fenster hielt, hatte die ernste Lucy einen ungehinderten Blick darauf, und zwar aus einem Fenster in einem leeren Vorlesungssaal, der auf der anderen Seite des Hofs Whartons Zimmer gegenüberlag. Das bedeutete, sie konnte das Bleistiftetui in diese Richtung teleportieren, aus Whartons Zimmer etwa einen Meter nach draußen. Das war zwar nicht viel, aber es genügte.

Denn dann würde das Etui etwa fünfzehn Meter in die Tiefe fallen, wo die eifrige Emma an dem kalten Februarmorgen zitternd in den Büschen wartete, um es in einer Decke aufzufangen. Dafür brauchte man keine Magie.

Effektiv? Unbestreitbar. Überflüssig komplex? Vielleicht. Aber überflüssige Komplexität war das Merkmal der Liga. So funktionierte sie eben.

War das erledigt, setzte Stufe zwei ein. »Das Frühstück der Helden.« Wharton würde erst spät herunterkommen, nachdem er den ganzen Morgen sein Zimmer völlig panisch nach seinen Bleistiften abgesucht hatte, vergeblich. Benebelt vor Angst würde er kaum bemerken, dass ihm sein Müsli an diesem Morgen nicht von irgendeinem anonymen Ersten Jahrgang vorgesetzt wurde, sondern von der als Jährling verkleideten kleinen Holly. Schon der erste Bissen würde ihm sonderbar vorkommen, so dass er innehalten und sein morgendliches Müsli genauer betrachten würde.

Es war nicht mit dem üblichen braunen Zucker garniert, sondern mit einem dünnen Puder aus aromatischen, olivgrünen Bleistiftspänen. Mit freundlichen Grüßen der Liga.

Während der Tag verstrich, vertiefte sich Plum immer mehr in den Streich. Ihr Stundenplan ging weiter, verhackstückte den Tag in großen Bissen, wie eine Anakonda ein Gnu verschlingen würde. Fortgeschrittene Beschleunigungskinetik; Quantenzauberei; Tandem-Magie mit verschränkten Händen; Pflanzenmanipulation auf Zellebene. Alles guter, sauberer amerikanischer Spaß. Plums Seminarprogramm hätte selbst einen Doktoranden gefordert, wahrscheinlich sogar etliche Doktoranden, aber Plum hatte schon bei ihrer Ankunft in Brakebills mehr magische Theorien und Praktiken im Kopf gehabt als die meisten Leute nach ihrem Abschluss. Sie war keiner von diesen Kaltstartern, die erst einmal warm werden mussten und in ihrem ersten Jahr mit schmerzenden Händen und Sternen vor den Augen herumliefen. Plum war vorbereitet hierhergekommen.

Brakebills war eine extrem geheime und höchst exklusive Institution. Es war das einzige zugelassene College für Magie auf dem nordamerikanischen Kontinent und hatte folglich einen sehr großen Bewerberpool, aus dem es auswählen konnte. Und es soff diesen Pool förmlich aus. Obwohl sich niemand tatsächlich bei Brakebills bewarb: Fogg ging einfach die Creme der passenden Abschlussklassen der Highschool durch, genauer, die Creme der Creme, nämlich die Sonderfälle, die extremen Fälle von frühreifen Genies, Jugendliche mit fast schon besessener Motivation, die sowohl den Verstand als auch die ungeheure Schmerztoleranz besaßen, die notwendig waren, um mit den intellektuellen und körperlichen Strapazen fertigzuwerden, die das Studium der Magie von ihnen verlangte.

Überflüssig zu erwähnen, dass folglich die Studenten von Brakebills eine Art psychologische Menagerie darstellten.

So viele kognitive Fähigkeiten mit sich herumzuschleppen führte gewöhnlich zu einer Verzerrung der Persönlichkeit. Und wenn man wirklich so hart arbeiten wollte, musste man zumindest ein kleines bisschen durchgeknallt sein.

Plum war ein kleines bisschen durchgeknallt, aber nicht so durchgeknallt, dass sie durchgeknallt gewirkt hätte. Sie präsentierte sich als eine amüsante und selbstsichere junge Frau. Als sie nach Brakebills kam, rollte sie die Ärmel hoch, ließ die Knöchel knacken, präsentierte noch andere Zeichen angemessen selbstbewusster Körpersprache und stürzte sich ins Getümmel. Viele der Jährlinge hatten sie für eine Oberschichttussi aus den höheren Jahrgängen gehalten, bis sie sie in ihrem eigenen Kurs sahen.

Aber Plum vermied auch, so gut zu sein, dass sie zum Beispiel früher ihren Abschluss machte. Sie hatte es überhaupt nicht eilig. Sie mochte Brakebills. Eigentlich liebte sie es. Nein, sie brauchte es sogar. Hier fühlte sie sich sicher. Sie war nämlich keineswegs so selbstbewusst, dass sie sich nicht auch gelegentlich in den Schlaf getröstet hatte, indem sie sich vorstellte, Padma Patil zu sein – vor allem wegen deren Zugehörigkeit zum Haus Ravenclaw. Plum war eine heimliche Romantikerin wie die meisten Studenten, und Brakebills war ein Traum für jeden Romantiker. Denn was waren Magier anderes als Romantiker, Träumer, die so leidenschaftlich und zwanghaft und mit gebrochenem Herzen träumten, dass die Realität selbst es nicht ertragen konnte und unter der Anspannung wie ein alter Spiegel zersprang?

Plum war in Brakebills auf alles vorbereitet eingetroffen, dazu mit der festen Absicht, es allen zu zeigen. Als die Leute sie fragten, was für eine Kindheit sie denn gehabt hätte, hier derartig aufgedreht hereinzuschneien, erzählte sie ihnen die Wahrheit. Die Wahrheit, dass sie in Seattle aufgewachsen war, einzige Tochter eines gemischten Paares, einer Hexe und eines Nintendo-Freaks, der zwar über die Existenz von Magie im Bilde war, selbst aber nie besonders viel Talent dafür gezeigt hatte. Die beiden hatten sie zu Hause unterrichtet und ihren Verstand geschärft. Und es war ein verdammt scharfer Verstand. Im Grunde wusste sie bereits sehr viel über Magie, weil sie früh damit angefangen hatte, Talent dafür besaß und ihr niemand Steine in den Weg gelegt hatte. Das war die Wahrheit. Aber wenn sie zum Ende der wahren Geschichte kam, dann erzählte sie allen Lügen, um den Teil zu überspringen, über den sie nicht gern redete und noch nicht einmal gern nachdachte. Plum war eine mysteriöse Frau, und das gefiel ihr. So fühlte sie sich sicher. Niemand würde jemals die ganze Wahrheit über Plum erfahren. Schon gar nicht Plum.

Aber wenn sie nicht über die Wahrheit nachdenken wollte, erforderte das ein gewisses Maß an Ablenkung. Das erklärte die Fortgeschrittene Beschleunigungskinetik und die Quantenzauberei und all ihre anderen magischen Hardcore-Fächer. Und nicht zuletzt die Liga.

Schließlich erlebte Plum einen ziemlich guten Tag. Jedenfalls war er erheblich besser als der von Wharton. In seinem ersten Seminar fand er noch mehr Bleistiftspäne auf der Sitzfläche seines Stuhls. Als er zum Mittagessen ging, fanden sich Reste von pechschwarzem Radiergummi in seinen Taschen. Es war der reinste Horrorfilm. Seine kostbaren Bleistifte starben einen langsamen Tod, Minute um Minute, und er war nicht in der Lage, sie zu retten! Er würde seine Verfehlungen beim Weinausschenken bereuen, ganz bestimmt würde er das.

Als sie Wharton zufällig in einem Innenhof über den Weg lief, ließ Plum ihren Blick mit einem schwachen, befriedigten Lächeln über sein Gesicht gleiten. Er wirkte gehetzt, nur noch ein Abklatsch seines früheren Selbst. Die Gedankenblase über seinem Kopf sagte, frei nach Milton: Welche neue Hölle ist das?

Schließlich, und das war Plums persönlicher Touch, den sie insgeheim für den raffiniertesten hielt, musste Wharton in seinem vierten Seminar feststellen, einem Praktikum, wie man magische Energien in einem Diagramm darstellte, dass die Bleistifte von Brakebills, die er nun benutzte, nicht nur schlecht in der Hand lagen, sondern dass er damit auch nicht zeichnen konnte, was er wollte. Welchen Zauber er auch wirkte, um ein Diagramm zu zeichnen, welche Punkte, Strahlen und Vektoren er zu skizzieren suchte, sie bildeten unausweichlich eine Reihe von Buchstaben.

Und diese Buchstaben ergaben stets die Worte: MIT FREUNDLICHEN GRÜSSEN VON DER LIGA.

Nun war Plum aber kein schlechter Mensch, und sie vermutete, dass Wharton wahrscheinlich auch kein schlechter Mensch war. Ehrlich gesagt hatte sein Anblick auf dem Hof ihr einen Stich versetzt. Denn sie war während ihres Zweiten Jahres in diesen muskulösen, klugen und wahrscheinlich recht männlichen Wharton verknallt gewesen, bevor er sein Coming-out hatte. In aller psychoanalytischen Fairness konnte sie auch die Möglichkeit nicht völlig ausschließen, dass dieser ganze Streich zum Teil ein passiv-aggressiver Ausdruck dieses besagten, ehemaligen Verknalltseins sein könnte. Jedenfalls war sie erleichtert, dass die letzte Stufe, Stufe neun, auch wenn sie sich insgeheim fragte, ob das vielleicht zu viele Stufen waren, heute Nacht beim Abendessen stattfand und das ganze Ding danach nicht weitergehen würde. Sie hatten letztlich nur zwei von Whartons besonderen, kostbaren Bleistiften vernichten müssen. Und der zweite war noch nicht einmal ganz zerstört worden.

Das Abendessen wurde in Brakebills mit hübschem, formellem Pomp inszeniert; wenn einer bei einem der Ehemaligentreffen von einem traurigen, nostalgischen Brakebills-Absolventen in die Enge getrieben wurde, der im College vor sich hin kränkelte, kamen sie früher oder später immer auf sentimentale Reminiszenzen an die Abende in dem alten Speisesaal zu sprechen. Es war ein langer, dunkler und schmaler Saal, der mit dunklem Holz vertäfelt war und an dessen Wänden düstere Ölgemälde von früheren Dekanen in den Gewändern ihrer verschiedenen Epochen hingen – auch wenn Plum der Meinung war, dass die Porträts aus der Mitte des zwanzigsten Jahrhunderts, die kubistischen und später in Pop-Art gestalteten, den allgemein etwas gravitätisch wirkenden Effekt ein wenig auflockerten. Licht spendeten hässliche, klobige und krumme alte Silberkandelaber, die alle drei Meter auf den Tischen aufgebaut waren. Die Kerzenflammen flackerten oder erloschen oder veränderten unter dem Einfluss irgendeines verirrten Zaubers ständig ihre Farbe. Alle Studenten trugen die gleiche Brakebills-Uniform. Ihre Namen standen an den ihnen zugewiesenen Plätzen direkt auf dem Tisch geschrieben, aber die Sitzordnung änderte sich jeden Abend, offenbar nach Lust und Laune des Tisches. Die Gespräche verliefen in einem leisen Murmeln. Einige Leute, zu denen Plum allerdings nicht gehörte, kamen immer zu spät, woraufhin man ihnen die Stühle wegnahm und sie im Stehen essen mussten.

Plum aß den ersten Gang, zwei eher uninspirierende Krabbenpfannkuchen, doch dann entschuldigte sie sich, um auf die Toilette zu gehen. Als Plum hinter Darcy vorbeikam, hielt die diskret das silberne Bleistiftetui hinter ihrem Rücken, das Plum in die Tasche schob. Natürlich hatte sie nicht vor, auf die Toilette zu gehen. Das heißt schon, aber nur, weil sie tatsächlich pinkeln musste. Danach würde sie jedoch nicht in den Speisesaal zurückkehren.

Plum ging zügig durch die Halle zum Gemeinschaftsraum der Doktoranden und des Lehrpersonals. Die Fakultät machte sich nur selten die Mühe, ihn abzuschließen, weil sie fest davon überzeugt war, dass kein Student es wagen würde, die Schwelle zu übertreten. Plum natürlich wagte es.

Sie schloss leise die Tür hinter sich. Es war genauso, wie sie es sich ausgemalt hatte. Der Gemeinschaftsraum war eine höhlenartige, stille und L-förmige Kammer mit einer hohen

Gewölbedecke, gesäumt von Buchregalen und mit glänzenden Sofas aus rotem Leder und schweren Tischen aus recyceltem Altholz eingerichtet, die aussahen, als hätte man das Holz vom Wahren Kreuz genommen. Er war leer, jedenfalls fast. Die einzige Person, die sich hier aufhielt, war Professor Kaltwasser, und der zählte wohl kaum.

Sie hatte bereits vermutet, dass er hier sein könnte. Der größte Teil des Lehrkörpers war jetzt beim Essen, aber laut Stundenplan war Professor Kaltwasser eingeteilt, später mit den Jährlingen zu essen. Das war kein Problem, weil Professor Kaltwasser berüchtigt dafür war, dass er – wie sollte sie es ausdrücken? – irgendwie ein wenig neben der Spur war.

Das heißt, er war nicht direkt neben der Spur, sondern er war stets irgendwie in Gedanken. Seine Aufmerksamkeit schien immer irgendwo anders zu sein, außer wenn er unterrichtete. Er lief stets mit gerunzelter Stirn herum, fuhr mit der Hand durch seine weiße Mähne und wirkte dabei kleine, knallende und zischende Zauber mit einer Hand, während er vor sich hin murmelte, als würde er ein Mathematikproblem lösen. Was er sehr wahrscheinlich auch tat, denn wenn er sie nicht in seinem Kopf löste, dann löste er sie auf der Tafel, einem Whiteboard, auf Servietten oder mit den Fingern in der Luft vor seinem Gesicht.

Die Studenten konnten nie ganz entscheiden, ob er jetzt romantisch, mysteriös oder nur unfreiwillig komisch war. Seine tatsächlichen Studenten, diejenigen, die sein Seminar über physikalische Magie besuchten, begegneten ihm mit einer nahezu kultischen Verehrung, aber die anderen Fakultäten schienen auf ihn herabzusehen. Er war für einen Professor noch recht jung, vielleicht dreißig, das war aufgrund seines weißen Haares schwer zu sagen; er war zumindest der jüngste Lehrer an der Schule. Deshalb bekam er ständig die Aufgaben, die kein anderer wollte, zum Beispiel die, mit den Jährlingen des Ersten Jahres zu essen. Ihn schien das nicht zu stören. Vielleicht fiel es ihm auch einfach nicht auf.

Jetzt jedenfalls stand Professor Kaltwasser am anderen Ende des Raumes und kehrte ihr den Rücken zu. Er war groß und dünn und stand kerzengerade da, während er auf das Buchregal vor sich starrte, ohne jedoch ein Buch herauszunehmen. Plum betete lautlos zu dem Heiligen, der über geistesabwesende Professoren wachte, dieser möge dafür sorgen, dass Kaltwasser weiterhin geistesabwesend blieb. Sie glitt lautlos über die dicken orientalischen Teppiche und bog dann rasch in den kurzen Teil des L-förmigen Raumes ab, wo Professor Kaltwasser sie nicht sehen konnte. Selbst wenn er sie gesehen hätte, bezweifelte sie, dass er sich die Mühe gemacht hätte, sie zu melden. Im schlimmsten Fall hätte er sie einfach aus dem Gemeinschaftsraum hinausgeworfen. Jedenfalls war es das Risiko wert.

Denn nun wurde es Zeit für die große Enthüllung. Wharton würde jetzt das Weinkabinett öffnen, das eigentlich ein Raum von der Größe einer Einzimmerwohnung war. Dort würde Plum bereits auf ihn warten, nachdem sie ihn raffinierterweise durch einen Geheimgang betreten hatte. Sie würde ihm die Forderungen der Liga präsentieren und endlich die Wahrheit über diese ganze Angelegenheit erfahren.

Das war auch der riskanteste Teil des Plans, weil die Existenz dieses Geheimganges reine Spekulation war. Falls es nicht funktionieren sollte, würde sie einfach auf normalem und weniger dramatischem Weg hereinkommen. Außerdem beruhte diese Spekulation durchaus auf vernünftigen Annahmen. Plum war fast sicher, dass es den Geheimgang gab. Er verband, oder hatte das zumindest einmal getan, den Gemeinschaftsraum für Doktoranden und Lehrkörper und das Weinkabinett, so dass der Lehrkörper sich nach Belieben die besten Flaschen für den persönlichen Gebrauch aussuchen konnte. Der genaue Ort war ihr von der ältlichen Professorin Desante verraten worden, der Tutorin für die Unteren Klassen, als Plum selbst noch ein Frischling war. Das war ganz normal. Professorin Desante war eine Frau, die gerne trank, allerdings bevorzugte sie härtere Sachen als Wein. Plum hatte diese Information für genau eine solche Gelegenheit gespeichert.

Professorin Desante hatte außerdem gesagt, dass kaum noch jemand diesen Gang benutzte – obwohl Plum nicht begreifen konnte, warum niemand eine offensichtlich so nützliche Passage nutzen sollte. Aber sie vermutete, dass sie diesen Gang öffnen konnte, selbst wenn er versiegelt worden war. Schließlich war sie im Auftrag der Liga unterwegs, und die Liga schreckte vor nichts zurück.

Plum warf einen kurzen Blick über ihre Schulter. Kaltwasser war immer noch nicht zu sehen und offenbar anderweitig beschäftigt. Dann kniete sie sich neben die Täfelung. Das dritte Paneel von links. Das Paneel am Ende war nur ein halbes, und sie wusste nicht genau, ob sie es mitzählen sollte. Sie würde eben beides versuchen. Sie zeichnete ein Wort mit dem Finger und buchstabierte es im alten Runenalphabet, dem Alten Futhark, während sie alles aus ihrem Verstand bannte bis auf den Geschmack eines Chardonnay aus einem echten Barrique mit einem Hauch von warmem, gebuttertem Toast.

Zitronensaft. Sie fühlte, wie der Schutzzauber sich löste, noch bevor das Paneel auf bis dahin unsichtbaren Angeln nach außen schwang. Es war eine Tür, wenn auch eine kleine, eher für einen Hobbit geeignete Tür. Sie war etwa zwei Drittel so hoch wie ein Mensch. Jeder Professor, der sie benutzte, müsste sich bücken und seinen würdigen Kopf einziehen. Aber wahrscheinlich war ein guter, kostenloser Wein eine solch unwürdige Haltung wert.

Ärgerlich war nur, dass der Gang tatsächlich verbarrikadiert worden war. Man hatte ihn zugemauert, etwa einen Meter nach der Tür, und die Ziegelsteine waren auf eine Art und Weise vermauert worden, dass sie ein Muster bildeten, in dem Plum sofort einen absolut brutalen Verstärkungszauber erkannte. Es war nicht nur ein Zauber, sondern zudem noch ein sehr mächtiger. Das war kein Anfängerzeugs. Irgendein Professor hatte sich die Mühe gemacht, diesen Zauber zu wirken, und er hatte viel Zeit darauf verwendet. Plum spitzte die Lippen und atmete schnaubend durch die Nase.

Sie starrte das Muster etwa fünf Minuten an, in dem dämmrigen kleinen Gang, vollkommen davon gebannt. In ihrem Verstand löste sich das Muster der Steine von der Wand und hing vor ihr, allein, rein, abstrakt und glänzend. Ihre Welt schien zu schrumpfen und sich zu fokussieren. Sie betrat das Muster mit ihrem Geist, machte sich darin breit, stieß von innen dagegen, tastete nach fehlerhaften Verbindungen oder einem subtilen Ungleichgewicht.

Es musste irgendetwas geben. Komm schon, Plum. Es ist einfacher, Magie zu stören, als sie zu erschaffen. Das weißt du doch. Chaos ist einfacher als Ordnung. Wer auch immer dieses Siegel gemacht hatte, war klug. Aber war die Person auch klüger als Plum?

Irgendetwas stimmte mit den Winkeln nicht. Bei der Essenz eines Symbols wie diesem ging es nicht um die Winkel, sondern um die Topologie. Man konnte sie ziemlich weit verbiegen, ohne dass sie an Macht verloren, solange die essenziellen geometrischen Verhältnisse unversehrt blieben. Die Winkel der Verbindungen waren bis zu einem gewissen Punkt willkürlich. Aber das Komische an den Winkeln dieser Verbindungen war, dass sie komisch waren. Sie waren erheblich spitzer als nötig. Das war keineswegs willkürlich. Sie hatten ein Muster. Ein Muster im Muster.

Siebzehn Grad. Elf Grad. Siebzehn und elf. Zwei hier, zwei da, und das waren die einzigen, die doppelt auftauchten. Sie schnaubte, als sie es sah. Ein einfacher alphabetischer Code. Ein schwachsinnig einfacher alphabetischer Code. Siebzehn und elf. Q und K. Quentin Kaltwasser.

Es war eine Signatur. Ein Wasserzeichen. Ein Kaltwasserzeichen. Professor Kaltwasser hatte seinen Stempel hinterlassen. Als sie das sah, sah sie alles. Vielleicht hatte er es absichtlich gemacht, vielleicht wollte er einen schwachen Punkt einbauen, einen Schlüssel, falls er den Zauber später unwirksam machen musste. Jedenfalls war seine kleine eitle Signatur der Makel in dem Muster. Sie zog das kleine Messer aus Whartons Bleistiftetui und schob es in den krümelnden Mörtel rund um einen Ziegelstein. Sie fuhr damit einmal um den ganzen Stein herum, dann übte sie Druck auf das Muster aus. Sie konnte es nicht einfach ungeschehen machen, aber sie konnte Druck ausüben, konnte an den angespannten Saiten zupfen, so dass es erklang. Es erklang so hart, dass einer dieser Ziegelsteine vibrierend aus der Mauer rutschte. Er fiel auf die andere Seite.

Nachdem die Mauer dieses Steins beraubt worden war – und folglich auch der Integrität ihres magischen Musters –, gab sie ihren Geist auf und stürzte zusammen. Komisch, dass ausgerechnet er es gewesen sein sollte – alle wussten, dass Kaltwasser ein Weinliebhaber war. Plum zog den Kopf ein, trat über die Schwelle und zog das Paneel hinter sich zu. Es war dunkel in dem Gang und kalt, erheblich kälter als in dem behaglichen Gemeinschaftsraum. Die Wände waren uralt, unbehandelte Bretter auf Stein.

Sie schätzte, dass es etwa hundert Meter vom Gemeinschaftsraum bis zur Rückseite des Weinkabinetts waren, aber sie hatte kaum zwanzig Schritte gemacht, als sie an eine Tür kam. Die war unverschlossen und unversiegelt. Sie schloss sie hinter sich. Wieder ein Stück Gang, dann die nächste Tür. Sonderbar. Man konnte nie genau sagen, was man an diesem Ort fand, selbst nachdem man hier viereinhalb Jahre gelebt hatte. Brakebills war alt, wirklich alt. Es war erbaut und dann von vielen Leuten in vielen Epochen immer wieder umgebaut worden.

Noch mehr Türen lagen vor ihr, bis die vierte oder fünfte schließlich nach draußen führte. Auf einen kleinen Hof, den sie noch nie zuvor gesehen hatte. Fast überall war Gras, und ein Baum stand dort, irgendein Obstbaum. Er stand an einem Spalier an einer hohen Steinmauer. Spaliere waren Plum schon immer etwas unheimlich gewesen. Es kam ihr vor, als hätte jemand den armen Baum gekreuzigt.

Außerdem hätte heute Nacht kein Mond am Himmel stehen sollen. Gut, aber das spielte nicht wirklich eine Rolle. Sie eilte durch den Hof zur nächsten Tür, aber die war verschlossen.

Sie betätigte vorsichtig den Türknauf und untersuchte ihn auf magische Siegel. Wow! Jemand erheblich Klügeres als sie und Professor Kaltwasser zusammen hatte die Tür mit Magie verbarrikadiert.

»Also, das ist doch nicht zu fassen!«, sagte sie.

Ihr inneres GPS sagte ihr, dass sie eigentlich geradeaus durch diese Tür gehen sollte, aber zum Glück führte noch eine weitere Tür vom Hof, eine schwere Holztür, die in einer anderen Wand saß. Sie ging dorthin. Das Portal war zwar sehr schwer, ließ sich aber mit Leichtigkeit öffnen.

Sie hatte es schon vermutet, jetzt jedoch war sie sicher, dass sie hier durch auf magische Weise verbundene, aber eigentlich nicht aneinandergrenzende Räume ging. Denn diese Tür öffnete sich direkt zum Obergeschoss der Bibliothek. So etwas war nicht unmöglich, vielmehr, es war unmöglich, aber es war eine dieser möglichen Unmöglichkeiten. Es war zwar grotesk und ein bisschen unheimlich, aber es war magisch nicht ganz unmöglich.

Die Bibliothek von Brakebills lag in den oberen Stockwerken eines Turms, der sich nach oben hin verjüngte. Sie musste sich auf einem der winzigen, allerobersten Stockwerke befinden, die Plum bisher nur von weit unten gesehen hatte und von denen sie, wenn sie ehrlich war, immer angenommen hatte, dass sie nur der Show dienten. Sie hätte nie gedacht, dass dort tatsächlich Bücher standen. Warum zum Teufel sollte man sie hier oben verstauen?

Von unten wirkten die Stockwerke winzig, und jetzt erst begriff sie, dass diese oberen Stockwerke in einer falschen

Perspektive gebaut worden sein mussten, um den Turm größer aussehen zu lassen, als er war. Denn der Raum war tatsächlich sehr winzig, nicht einmal so hoch wie ein Podest. Wie eines dieser mittelalterlichen Narrenhäuser, die die Könige für ihre königlichen Zwerge errichtet hatten. Sie musste auf Händen und Knien umherkriechen. Die Bücher sahen allerdings echt aus. Ihre braunen Lederrücken blätterten ab wie die Kruste von Hefeteilchen, und die Buchstaben waren mit Gold geprägt. Irgendwelche endlosen Abhandlungen über Geister.

Und wie etliche Bücher in der Bibliothek von Brakebills waren sie weder still noch leblos. Sie rückten auf ihren Regalbrettern ein Stück vor, als sie vorbeikroch, als würden sie sie einladen, sie aufzuschlagen und zu lesen, oder sie herausfordern oder anflehen. Ein paar von ihnen stießen ihr sogar in die Rippen. Offenbar bekamen sie nicht viele Besucher. Wahrscheinlich war es genauso, wenn man das Tierheim besuchte und alle jungen Hunde herumsprangen und gestreichelt werden wollten.

Nein danke. Ihr gefiel es besser, wenn ihre Bücher warteten, hübsch und geduldig, bis sie eines aussuchte, das sie lesen wollte. Es war eine Erleichterung, durch die winzige Tür am Ende der Empore zu kriechen, fast eine Katzenklappe, und in einem normalen Korridor zu landen. Es dauerte zwar alles etwas lange, aber noch war es nicht zu spät. Mittlerweile dürfte das Hauptgericht halb vorbei sein, aber es gab noch eine Nachspeise, und wenn sie sich nicht irrte, gab es danach heute sogar noch eine Käseplatte. Sie konnte es immer noch schaffen, wenn sie sich beeilte.

Der Gang war sehr eng, fast wie ein Geheimgang. Es war tatsächlich einer. Soweit sie sagen konnte, befand sie sich in einer der Mauern von Brakebills. Und zwar in der Wand des Speisesaals. Sie hörte das Summen der Stimmen und das Klappern von Besteck und konnte sogar durch ein paar Gemälde sehen. Offenbar waren Löcher in den Augen, wie in den alten Filmen über Spukhäuser. Sie servierten gerade erst das Hauptgericht, ein schmackhaftes Lammfilet, gewürzt mit Rosmarin. Der Anblick machte sie hungrig. Sie hatte das Gefühl, als wäre sie eine Million Meilen weit weg, obwohl sie direkt daneben stand. Fast empfand sie so etwas wie Nostalgie, so wie einer dieser weinerlichen Ehemaligen, als sie an die Zeit dachte, wie sie vor knapp einer halben Stunde mit ihrem geschmacklosen Krabbenpfannkuchen am Tisch gesessen hatte. Da hatte sie noch genau gewusst, wo sie sich befand.

Und da war Wharton, der langsam und sparsam Rotwein in die Gläser goss, vollkommen uneinsichtig sein Vergehen betreffend. Sein Anblick machte ihr Mut. Deshalb war sie hier. Für die Liga.

Aber Gott, wie lange sollte das dauern? Durch die nächste Tür gelangte sie aufs Dach. Es war eisig kalt. Sie war nicht mehr hier gewesen, seit Professor Sunderland sie alle in Gänse verwandelt hatte und sie bis in die Antarktis geflogen waren. Hier oben war es einsam und still nach dem Lärm im Speisesaal. Sie war sehr weit oben, viel höher als die kahlen Zweige der größten Bäume. Sie musste auf Händen und Knien weiterkriechen, weil das Dach sehr schräg war und die Schindeln sich unter ihren Handflächen körnig anfühlten. Sie konnte den Hudson sehen, ein langes, geschlängeltes, silbernes Band. Sie fröstelte schon bei dem Anblick.

Wohin sollte sie gehen? Es gab keinen offenkundigen Weg. Sie verlor allmählich den Faden. Schließlich knackte Plum einfach den Riegel des nächsten Dachbodenfensters und schob sich hinein.

Sie war im Zimmer eines Studenten. Hätte sie raten müssen, dann würde sie es für Whartons Zimmer halten, obwohl sie es nie gesehen hatte: Ihre Verliebtheit war rein theoretisch geblieben. Aber wie groß war schon die Wahrscheinlichkeit, dass so etwas passierte? Die Orte waren nicht nur nicht zusammenhängend, und sie hatte langsam den Verdacht, dass irgendjemand in Brakebills, vielleicht sogar Brakebills selbst, sie verarschte.

»Oh mein Gott!«, sagte sie laut. »Welche Ironie.«

Also gut, dachte sie, dann verarscht mich nur weiter, wir werden schon sehen, wer wen als Letztes verarscht. Sie glaubte fast, sie wäre in ein magisches Duell mit Wharton selbst gestolpert, nur konnte der so etwas nie im Leben durchziehen. Vielleicht hatte er Hilfe – vielleicht gehörte er zu einer düsteren Anti-Liga-Liga, die sich dem Ziel gewidmet hatte, die Ziele der Liga zu vereiteln! Irgendwie wäre das ziemlich cool.

Der Raum war ein reines Chaos, was sie irgendwie liebenswürdig fand, weil sie Wharton immer für einen Kontrollfreak gehalten hatte. Und es roch gut. Sie beschloss, sich nicht gegen die Traumlogik dessen, was da passierte, zu wehren. Sie würde einfach mitspielen. Sie würde in der Spur bleiben. Wenn sie durch die Vordertür hinausging, würde sie den Traumzauber brechen, also öffnete sie Whartons Schranktür, irgendwie überzeugt, dass... Ja, genau, da war eine kleine Tür an der Rückwand.

Allerdings konnte sie auch nicht umhin zu bemerken, dass sein Schrank gerammelt voll war mit Schachteln von diesen Bleistiften. Warum genau hatte sie geglaubt, dass er wegen des Verlustes von zwei Bleistiften in Panik geraten würde? Hier drin mussten etwa fünftausend von ihnen sein. Das Aroma des tropischen Holzes war erstickend. Sie öffnete die Tür und trat hindurch.

Von jetzt an verlief ihre Reise ausschließlich auf Traumpfaden. Die Tür an der Rückwand von Whartons Schrank brachte sie auf einen anderen Hof, aber jetzt war helllichter Tag. Sie verloren nicht nur den räumlichen Zusammenhang, die Verbindung, sondern auch den zeitlichen. Es war früher am Tag, denn da sah sie sich selbst, Plum, die über das mit Raureif bedeckte Gras ging und Wharton begegnete, und da war der kurze Seitenblick. Es war ein sonderbarer Anblick.

Aber Plums Toleranz für das Absonderliche war in dieser letzten halben Stunde erheblich gewachsen.

Sie beobachtete, wie sie den Hof verließ. Das bin ich selbst in einer Nussschale, dachte Plum. Sie stand da und sah zu, wie ihr Leben an ihr vorbeiging. Sie fragte sich, ob sie sich hören würde, wenn sie schrie und mit den Armen winkte, oder ob das eher so etwas wie ein Durchsichtiges-Spiegel-Ding war. Sie runzelte die Stirn. Plötzlich schien sich die ganze Logik zu verwirren. Eines jedoch war klar: Wenn ihr Hintern von hinten tatsächlich so aussah, dann musste sie sagen: Hey, nicht schlecht. Damit konnte sie sehr gut leben.

Die nächste Tür war zeitlich noch weniger zusammenhängend, denn sie brachte sie in ein vollkommen anderes Brakebills, ein sonderbar reduziertes Brakebills. Es war ein kleineres, dunkleres Brakebills. Die Decken waren niedriger, die Gänge schmaler, und die Luft roch nach Holzfeuer. Sie kam an einer offenen Tür vorbei und sah eine Gruppe von Mädchen, die sich auf einem riesigen Bett zusammenkauerten. Sie trugen weiße Nachthemden, hatten langes glattes Haar und schlechte Zähne.

Plum begriff, was sie da sah. Das war Brakebills von vor langer Zeit. Der Geist von Brakebills' Vergangenheit. Die Mädchen blickten kurz hoch, absolut nicht neugierig, als sie vorbeiging. Es war keine Frage, dass sie etwas vorhatten.

»Eine andere Liga«, sagte sie zu sich selbst. »Ich wusste doch, dass es eine gegeben haben muss.«

Dann öffnete sich die nächste Tür in einen Raum, den sie zu kennen glaubte. Nein, sie wusste es, sie wusste es genau, aber sie wollte einfach nicht daran denken. Sie war hier gewesen, vor langer Zeit. Der Raum war jetzt leer, aber etwas kam, es war unterwegs, und wenn es hier eintraf, dann würde die Hölle losbrechen. Das war das Ding, das Ding, über das sie nicht nachdenken konnte und auch nicht nachdenken wollte. Sie hatte all dies bereits geschehen sehen, und sie war nicht in der Lage gewesen, es zu verhindern. Jetzt wusste sie, dass es kam und dass es auf jeden Fall passieren würde.

Sie musste raus, sie musste sofort hier weg, bevor der Horror von vorne anfing.

»Nein!«, sagte Plum. »Nein, nein! Nein, nein, nein!«

Sie rannte. Sie versuchte zurückzulaufen, das erste Mal, dass sie das versuchte, aber die Tür hinter ihr war verschlossen. Also rannte sie blindlings weiter und stürzte durch die nächste Tür. Als sie die Augen wieder öffnete, befand sie sich in dem kleinen, trapezförmigen Raum, wo die Liga ihre Treffen abhielt.

Oh. Oh, Gott sei Dank. Sie keuchte und schluchzte einmal. Es war nicht real. Es war nicht wirklich. Oder vielleicht war es das doch, aber es war vorbei. Es kümmerte sie nicht, denn sie war auf jeden Fall in Sicherheit. Diese ganze verfluchte Magical-Mystery-Tour war zu Ende. Sie würde nicht zurückgehen, und sie würde auch nicht weitergehen. Hier war sie sicher. Sie würde nicht darüber nachdenken. Niemand musste es wissen.

Plum sank auf die verschlissene Couch und sackte zusammen. Sie war so weich, dass sie sie fast verschluckt hätte. Plum hatte das Gefühl, dass sie auf der Stelle hätte einschlafen können. Sie fragte sich fast, ob sie tatsächlich eingeschlafen war, als sie die Augen wieder öffnete und in den langen Spiegel sah, den Darcy und Chelsea zuvor zerbrochen hatten. Natürlich zeigte er ihre Reflexion nicht. Es war ein magischer Spiegel. Richtig. Plum war erleichtert, dass sie im Augenblick nicht ihr eigenes Gesicht sehen musste. Dann jedoch verflog ihre Erleichterung.

Denn statt ihr stand jetzt ein anderes Mädchen in dem Spiegel. Oder zumindest hatte es die Form eines Mädchens. Das Wesen war blau und nackt, und seine Haut strahlte ein unwirkliches Licht aus. Selbst seine Zähne waren blau. Und seine Augen wirkten vollkommen verrückt.

Das war eine ganz andere Art von Entsetzen. Ein ganz neues Entsetzen.

»Du«, flüsterte die Geisterfrau Plum zu.

Es war sie: der Geist von Brakebills. Sie war real. Um Himmels willen, diese Geisterfrau hatte sie verarscht. Sie war die Spinne in der Mitte des Netzes.

Plum stand auf, aber dann rührte sie sich nicht mehr. Jede Bewegung war verboten. Denn wenn sie sich bewegte, würde sie nicht mehr lange leben. Sie hatte genug Zeit mit Magie verbracht, um instinktiv wahrzunehmen, dass sie sich in der Gegenwart von etwas Primitivem und Mächtigem befand, das sie in nur einem Herzschlag auslöschen konnte, wenn es sie berührte. Dieses blaue Mädchen war wie eine heruntergefallene Überlandleitung. Die Isolierung war von der Welt abgefallen, und reine, nackte, magische Ströme knisterten vor ihr.

Es war jenseits allen Horrors: Plum fühlte sich ruhig, fast unbeteiligt. Sie war im Getriebe von etwas viel Größerem, als sie es war, gefangen, und das würde sie zermalmen, wenn es das wollte. Die Zahnräder hatten sich bereits in Bewegung gesetzt. Sie konnte nichts tun. Ein Teil von ihr wollte, dass sie das taten. Sie hatte schon so lange darauf gewartet, dass ihr Untergang sie endlich einholte.

Dann ertönte ein dumpfes Geräusch. Es kam aus der Wand links neben ihr. Es klang, als wäre etwas von der anderen Seite dagegen gelaufen. Ein Stück Putz fiel herunter. Dem Geräusch folgte eine männliche Stimme, die so etwas wie einen schmerzhaften, überraschten Laut ausstieß. Plum sah hin.

Der Geist im Spiegel nicht.

»Ich weiß es«, sagte der Geist. »Ich habe es gesehen.«

Die Wand explodierte, Putz flog in alle Richtungen, und ein mit weißem Mörtelstaub bedeckter Mann krachte hindurch. Professor Kaltwasser. Er schüttelte sich wie ein nasser Hund, um etwas von dem Staub loszuwerden. Weiße Magie sprühte wie Wunderkerzen aus seinen Händen, so hell, dass Plum rote Punkte vor den Augen tanzten.

Er hielt eine Hand auf den blauen Geist gerichtet und ging auf Plum zu, bis er zwischen ihr und dem Spiegel stand.

»Vorsichtig«, sagte er über die Schulter zu ihr. Angesichts der Umstände wirkte er ziemlich gelassen.

Er holte mit seinem langen Bein aus und trat gegen den Spiegel. Er brauchte drei Tritte, weil das Glas zuerst nur Risse bekam, aber beim dritten Mal brach sein Fuß hindurch. Es hakte ein bisschen, als er versuchte, ihn herauszuziehen.

Es zeigte, wie geschockt Plum war, weil ihre erste Reaktion war: *Ich muss Chelsea sagen, dass sie sich keine Sorgen zu machen braucht, dass sie den Spiegel ersetzen muss.*

Doch den Spiegel zu zerbrechen hatte den Geist nicht vertrieben. Er beobachtete sie immer noch, obwohl er jetzt um die Ecke des Lochs blicken musste. Professor Kaltwasser drehte sich zu der Wand hinter Plum um und verschränkte die Hände.

»Runter!«, befahl er.

Die Luft schimmerte und kräuselte sich um sie herum. Dann legte sie rasch ihren Unterarm über die Augen, und ihr Haar knisterte von einer so großen elektrischen Spannung, dass ihr die Kopfhaut brannte. Die ganze Welt schien von Licht erfüllt zu sein. Sie konnte es nicht sehen, aber sie hörte und fühlte, wie die Tür hinter ihr aus dem Rahmen flog.

»Lauf!«, befahl Professor Kaltwasser. »Lauf nur, ich bin direkt hinter dir.«

Das tat sie. Sie flankte über die Couch wie eine Hürdenläuferin und spürte eine Schockwelle, als Professor Kaltwasser einen letzten Zauber auf den Geist schleuderte. Seine Wucht hob Plum von den Füßen, und sie taumelte, aber sie rannte weiter.

Zurückzukommen ging erheblich schneller. Sie schien mit Siebenmeilenstiefeln unterwegs zu sein, was sie zuerst für ihr Adrenalin hielt, bis ihr klar wurde, dass es sich um Magie handelte. Ein Schritt brachte sie durch das Höllenzimmer, mit dem nächsten befand sie sich im kolonialen Brakebills, dann war sie wieder in Whartons Zimmer, auf dem Dach, in dem schmalen Geheimgang, der Bibliothek, dem Hof mit dem unheimlichen Obstbaum, einem Birnbaum, und dem Gang. Das Geräusch der Türen, die hinter ihr zuschlugen, hörte sich an, als hätte jemand ein Band mit Knallfröschen angezündet.

Sie blieben schweratmend unmittelbar vor dem Gemeinschaftsraum der Doktoranden und des Lehrkörpers stehen. Kaltwasser war direkt hinter ihr, wie er gesagt hatte. Sie fragte sich, ob er gerade ihr Leben gerettet hatte; auf jeden Fall fühlte sie sich schrecklich, weil sie sich hinter seinem Rücken über ihn lustig gemacht hatte. Er versiegelte den Gang hinter sich. Sie sah ihm zu, benommen und doch fasziniert. Er bewegte sich rasend schnell, seine Arme flogen wie verrückt, als würde ein Film schneller abgespult. In etwa fünf Sekunden errichtete er eine Ziegelmauer mit einem komplizierten Muster.

Ihr fiel auf, dass er das Resonanzmuster bemerkte, mit dem sie das letzte Siegel gebrochen hatte, und es korrigierte.

Dann standen sie allein im Gemeinschaftsraum. Es hätte alles ein Traum sein können, bis auf den Mörtelstaub auf den Schultern von Professor Kaltwassers Blazer.

»Was hat sie zu dir gesagt?«, fragte er.

»Sie?«, erkundigte sich Plum. »Ach, der Geist. Nichts. Sie sagte ›Du‹, und dann sagte sie nichts mehr.«

»›Du‹«, wiederholte er. Er starrte über ihre Schulter, offenbar bereits wieder geistesabwesend. An einem seiner Finger knisterte immer noch ein bisschen weißes Feuer. Er schüttelte die Hand, und die Funken erloschen. »Nun. Willst du immer noch zu dem Weinkabinett? Danach hast du doch gesucht, richtig?«

Plum lachte unwillkürlich. Das Weinkabinett. Sie hatte das vollkommen vergessen. Sie hatte immer noch Whartons blödes Bleistiftetui in ihrer blöden Tasche. Es schien sinnlos zu sein, damit weiterzumachen. Alles war jetzt irgendwie zu traurig und zu sonderbar.

Aber irgendwie, dachte sie, ist es noch trauriger, die Sache nicht zu Ende zu bringen.

»Na klar.« Sie bemühte sich, unbeschwert und lustig zu klingen, und hätte es fast geschafft. »Warum nicht? Also gibt es tatsächlich einen Geheimgang dorthin?«

»Natürlich. Ich stehle ständig irgendwelche Flaschen.«

Er zeichnete die Rune auf das Paneel neben dem, das sie benutzt hatte.

»Du hast das halbe Paneel nicht mitgezählt«, sagte er.

Aha. Die Tür öffnete sich. Genau wie sie gedacht hatte: ein Kinderspiel, nicht mal hundert Meter, höchstens fünfundsiebzig.

Sie straffte die Schultern und warf einen kurzen Blick in einen Pfeilerspiegel. Ihr Haar war ein wenig zerzaust, aber das würde wahrscheinlich den Überraschungseffekt verstärken. Sie war verblüfft und fast ein bisschen enttäuscht, dass ihr eigenes Gesicht ihr aus dem Spiegel entgegensah. Sie fragte sich, wessen Geist dieser Geist wohl war und wie sie gestorben war und warum sie noch dort war. Wahrscheinlich nicht aus Spaß. Wahrscheinlich war sie auch keine nostalgische Ehemalige, die Brakebills wegen des Geistes der Schule unsicher machte. Wahrscheinlich brauchte sie etwas. Und hoffentlich bestand dieses Etwas nicht darin, na ja, Plum zu töten.

Wenn es das gewesen wäre, dann hätte sie es getan, richtig? Hatte sie aber nicht. Plum war kein Geist. Es war tatsächlich gut, sich das selbst zu sagen. Nachdem sie einen echten Geist gesehen hatte – und sie hatte nicht einmal geglaubt, dass es welche gab, aber man lernt eben nie aus –, kannte sie jetzt den Unterschied, kannte ihn tatsächlich. Ich bin vorhin nicht gestorben, dachte sie, und ich bin auch nicht in diesem Raum gestorben. Es fühlte sich so an, als wäre ich gestorben, ich wollte sterben, aber ich bin nicht gestorben, denn wenn ich gestorben wäre, dann wäre ich *gestorben*. Und ich will kein Geist sein. Ich will nicht in meinem eigenen Leben herumgeistern.

Sie hatte die Geheimtür zum Weinkabinett kaum hinter sich geschlossen – sie war hinter einem beweglichen Weinregal verborgen –, als Wharton durch die Vordertür hereinkam. Das Stimmengemurmel und der Duft des Käses folgten ihm. Ihr Timing war perfekt. Es war alles sehr »Liga«.

Wharton erstarrte, eine frisch entkorkte Flasche in der einen und zwei Weingläser mit dem Kelch nach unten in den Fingern der anderen Hand. Plum betrachtete ihn ruhig.

»Du hast dem Fünften Jahrgang zu wenig Wein ausgeschenkt«, erklärte sie.

»Ja«, erwiderte er. »Und du hast meine Bleistifte.«

Sie betrachtete ihn. Einen Teil von Whartons Charme machte sein asymmetrisches Gesicht aus. Er hatte eine Hasenscharte, die irgendwann einmal korrigiert worden war. Die Operation war hervorragend ausgeführt worden. Das Einzige, was geblieben war, war eine winzige Narbe, die ihm das Aussehen eines harten Kerls verlieh, als hätte er irgendwann einen Schlag mitten ins Gesicht bekommen und trotzdem weitergemacht.

Außerdem hatte er unglaublich tolle Geheimratsecken. Es gab Kerle, die einfach vom Glück begünstigt waren.

»Die Bleistifte sind mir nicht so wichtig«, sagte er, »sondern das Etui. Und das Messer. Sie sind beide aus altem Silber von Smith und Sharp. So etwas findet man heute nicht mehr.«

Sie zog das Etui aus ihrer Tasche.

»Warum hast du dem Fünften zu wenig Wein ausgeschenkt?«

»Weil ich den Wein brauchte.«

»Okay, aber wofür brauchst du ihn?«, hakte Plum nach. »Ich gebe dir die Bleistifte und all das zurück. Ich will es einfach nur wissen.«

»Wofür, glaubst du wohl, brauche ich den Wein?«, erkundigte sich Wharton. »Ich gebe ihn diesem Scheißgeist. Dieses Ding macht mir eine Heidenangst.«

»Du bist ein Idiot«, sagte Plum. »Der Geist macht sich nichts aus Wein.« Aus irgendeinem Grund empfand sie sich als Autorität in der Frage, aus was sich dieser Geist etwas machte und woraus nicht. »Und der Geist macht sich auch nichts aus dir. Wenn doch, könntest du nichts dagegen tun. Ganz gewiss jedenfalls könntest du ihn nicht damit besänftigen, ihm Wein zu geben.« Sie reichte ihm das Etui. »Die Bleistifte sind drin. Und das Messer auch.«

»Danke.«

Er schob beides beiläufig in seine Schürzentasche und stellte die beiden leeren Weingläser auf ein Regal.

»Ein Schlückchen Wein?«, erkundigte er sich.

»Danke«, antwortete Plum. »Liebend gern.«

NANCY KRESS

Nancy Kress veröffentlicht seit Mitte der siebziger Jahre ihre eleganten und scharfsinnigen Geschichten und arbeitet seitdem regelmäßig für *Asimov's Science Fiction, The Magazine of Fantasy & Science Fiction, Omni, Sci Fiction* und für andere Anthologien. Ihre Bibliothek enthält die Romanversion der Geschichte, die ihr den *Hugo* und den *Nebula Award* gebracht hat, *Bettler in Spanien*, sowie den Folgeband *Bettler und Sucher* als auch *Der Weg zum Herz der Welt, Der Goldene Hain, Schalmeienklänge, Fremdes Licht, Schädelrose, Verico Target, Mosquito, In grellem Licht, Kontakt, Nothing Human, Feuerprobe, Hundewahn, Steal Across the Sky* und *Probability Space*. Ihre Kurzgeschichten erschienen in *Trinity and Other Stories, The Aliens of Earth, Beaker's Dozen* und *Nano Comes to Clifford Falls and Other Stories*. Ihre neuesten Bücher sind ein neuer Roman, *After the Fall, Before the Fall, During the Fall*, und zwei neue Sammelbände, *Fountain of Age* und *Five Stories*. Außer für *Bettler in Spanien* gewann sie auch Nebula Awards für ihre Geschichten »Out of All Them Bright Stars« und »The Flowers of Aulit Prison«; 2003 erhielt sie den John W. Campbell Memorial Award für den Roman *Probability Space* und einen weiteren Hugo im Jahre 2009 für »The Erdmann Nexus«. Sie lebt in Seattle, Washington, mit ihrem Ehemann, dem Schriftsteller Jack Skillingstead.

Hier versetzt sie uns in ein zerstörtes, zukünftiges Amerika, um die Frage zu stellen, ob in einer Welt, in der es nur noch ums primitive, brutale Überleben geht, noch Platz für Schönheit ist. Und ob man bereit wäre, für sie zu töten.

ZWEITE ARABESQUE, SEHR LANGSAM

Übersetzt von Wolfgang Thon

Als wir den neuen Platz erreichten, war es bereits Nacht, und ich konnte nichts sehen. Es sah Mike gar nicht ähnlich, uns nach Einbruch der Dunkelheit noch woandershin zu führen. Aber unser Rudel hatte für den Weg nach Süden länger gebraucht, als er erwartet hatte, oder jedenfalls länger, als die Scouts vorhergesagt hatten. Das war zum Teil meine Schuld. Ich kann nicht mehr so schnell oder so lange marschieren wie früher. Und Pretty auch nicht, denn wie sich herausstellte, war dieser Tag ihre *Erweckung*.

»Mein Bauch tut weh, wirklich«, stöhnte das Mädchen.

»Ein kleines Stückchen noch«, erwiderte ich und hoffte, dass es stimmte. Und dass ich sie nicht bedrohen musste. Pretty konnte sehr hässlich werden, wenn sie sich schlecht fühlte, und beschwerte sich in der übrigen Zeit unablässig, allerdings niemals in Mikes Gegenwart. »Noch ein kleines Stück, und morgen bekommst du dann deine Zeremonie.«

»Mit Süßigkeiten?«

»Mit Süßigkeiten.«

Also trottete Pretty mit mir und den anderen sechs Mädchen hinter einer schaukelnden Laterne durch die düsteren, zerstörten und von Trümmern übersäten Straßen. Für Juli war die Nacht recht kalt. Die Männer um uns herum, obwohl ich Fünfzehnjährige eigentlich keine Männer nennen möchte, auch wenn Mike das tut, gingen gebückt unter der Last unserer Habseligkeiten. Die Männer am Rand unserer

Gruppe waren bewaffnet. Die Gefahr drohte zum Teil von anderen Rudeln, die auf diesem Territorium plündern wollten. Doch es gab mittlerweile weit weniger Feuergefechte um die Reviere als in meiner Jugend. Trotzdem, wir hatten immerhin begehrenswerte Kostbarkeiten: sieben junge Frauen, von denen wenigstens zwei fruchtbar waren, drei Kinder und ich. Eine andere Gefahr waren die Hunde. Es wimmelt in den Städten von verwilderten Hunden.

Ich konnte sie hören, wie sie in der Ferne heulten. Als die Entfernung immer geringer zu werden schien und Mike uns trotzdem durch das fahle Licht des Mondes und einer Laterne weiterführte, übergab ich die Mädchen in Bonnies Obhut und machte mich auf, Mike zu suchen.

»Was willst du hier?«, fuhr er mich an, den Blick und sein Gewehr nach außen gerichtet. »Geh zurück zu den Mädchen!«

»Genau um die mache ich mir Sorgen. Wie weit gehen wir noch?«

»Geh zu ihnen zurück, Schwester!«

»Ich frage nur, weil Pretty Schmerzen hat. Sie ist kurz vor ihrem Erwecken.«

Das lenkte seine Aufmerksamkeit von den Gefahren ab, die im Dunkeln lauern mochten. »Bist du sicher?«

»Ja«, erwiderte ich, obwohl ich nicht sicher war.

Mike lächelte, was selten vorkam. Er war kein schlechter Rudelführer. Er war groß, stark und Analphabet. Na ja, das waren sie alle, und ich sorgte dafür, dass es so blieb. Er kümmerte sich um seine Leute und war nicht brutaler zu uns, als die Disziplin es verlangte. Im Vergleich zu Lew, unserem vorherigen Anführer, war er sogar eine sehr große Verbesserung. Und manchmal überkamen Mike tatsächlich Anfälle von Anstand, so wie jetzt. »Geht es ihr gut?«

»Ja.« Jedenfalls hatte sie nichts, was das *Erwecken*, der Beginn ihrer Monatsblutungen, und ein paar Süßigkeiten nicht hätten kurieren können.

»Geht es dir auch gut, Schwester?« So viel Mitgefühl war noch überraschender.
»Ja.«
»Wie alt bist du jetzt?«
»Sechzig.« Ich unterschlug die letzten vier Jahre. Ich machte mir keinerlei Illusionen, was Mike tun würde, sobald ich nicht mehr mit dem Rudel Schritt halten konnte. Bonnie hatte bereits die Hälfte von dem gelernt, was ich ihr beibringen konnte. Nicht einmal einer Krankenschwester wurde erlaubt, die nomadischen Wanderungen zu behindern, die Nahrung bedeuteten.

Wir waren weitergegangen, während wir uns unterhielten. »Ich bin der Erste bei Pretty«, sagte Mike dann.
»Das weiß sie.«
Er grunzte, fragte aber nicht, was sie dazu dachte. Sobald Pretty empfangen konnte, musste sie mit einem fruchtbaren Mann gepaart werden, aber keiner wusste, welcher Mann aus dem Rudel fruchtbar war. Wir hatten ebenso wenig den leisesten Schimmer, wie wir es herausfinden sollten. Also würde sich Pretty, wie schon Junie und Lula vorher, mit allen Männern nacheinander paaren. Pretty, der das Flirten im Blut lag, wenn sie gerade nicht maulte, spielte bereits mit ihrem langen blonden Haar und zeigte den Männern ihre wohlgeformten Beine.

Die Hunde waren näher gekommen, und Mike schenkte mir keine Beachtung mehr. Ich blieb stehen und wartete darauf, dass der Hauptteil des Rudels mich erreichte, so dass ich mich wieder um meine Mündel kümmern konnte.

Als wir unseren neuen Platz erreichten, war der Mond hinter den Wolken verschwunden, es hatte angefangen zu regnen, und ich konnte nichts mehr sehen. Die Männer führten uns an einigen großen Gebäuden vorbei und durch eine Metalltür. Die Stadt war voller großer Gebäude, von denen die meisten zerstört waren, vor allem im Inneren. Stufen führten nach unten. Es war feucht und kalt. Ein kahler Korridor. Trotzdem, dieser Platz war leicht zu verteidigen, da er unter der Erde lag und so gut wie keine Fenster hatte. Die Scouts hatten den Raum für die Frauen vorbereitet, der ein kleines Fenster hatte, durch das sie das Abzugsrohr unseres Gasofens geschoben hatten. Es war warm im Raum, und er war mit Decken ausgelegt. Junie und Lula legten ihre Kinder auf den Boden. Sie schliefen schon fast. Genauso wie die Mädchen. Ich blieb noch so lange wach, dass ich Pretty einen heißen Schleimtrank zubereiten konnte, mit Kräutern, nicht mit Drogen, um ihre Krämpfe zu lindern. Dann schlief ich ein.

Am nächsten Morgen wachte ich zuerst auf und ging hinaus, um zu pinkeln. Die Wache, ein freundlicher Sechzehnjähriger namens Guy, nickte mir zu.»Morgen, Schwester.«

»Dir auch einen guten Morgen, Sir«, erwiderte ich. Guy grinste. Er war einer der wenigen Männer, die an Wissen interessiert waren, an Geschichte, Literatur, wovon ich manchmal etwas aufblitzen ließ. Er konnte sogar lesen. Ich brachte es ihm bei.»Wo ist die Pissgrube?«

Er zeigte mir den Weg. Ich ging weiter an der Seite des Gebäudes entlang und blinzelte in dem hellen Sonnenschein, bis ich um eine Ecke bog. Dann blieb ich wie angewurzelt stehen.

Ich kannte diesen Ort. Ich war zwar noch nie hier gewesen, aber ich kannte ihn.

Drei große Gebäude, die einen riesigen Platz von mittlerweile geborstenen und von Unkraut überwucherten Steinen säumten, mit einer breiten Treppe am gegenüberliegenden Ende, die auf eine verlassene Straße führte. Von dem größten Gebäude blickten fünf breite, hohe Bögen auf ein Meer aus zertrümmertem Glas. Die Glasfronten der beiden anderen Gebäude waren ebenfalls zerschmettert, aber sie hatten unzählige Balkone, in Marmor eingefasst, auf denen Skulpturen standen, die zu groß und zu schwer waren, um sie zu zerbrechen oder wegzuschleppen. In den Räumen sah man immer noch die Reste von uraltem, zerfetztem Teppichboden.

»Das Lincoln Center«, sagte ich laut. Der Perimeter-Wächter, der mit seinem Gewehr über den Beinen auf dem Rand eines Brunnens saß, war zu weit weg, um mich zu hören. Aber ich sprach auch nicht mit ihm. Ich redete mit meiner Großmutter.

»Meine beste Arbeit, Susan«, sagte sie zu mir, »war bei der Putzkolonne im Lincoln Center.«

»Erzähl es mir«, sagte ich, obwohl ich die Geschichte schon so oft gehört hatte, dass ich sie auswendig kannte. Aber ich wurde ihrer nie überdrüssig.

»Ich war noch jung, damals, bevor ich zur Schwesternschule ging. Wir hatten das Metropolitan Opera House in den letzten zwei Augustwochen gründlich gereinigt, weil es in dieser Zeit keine Vorstellungen gab«, begann sie wie immer. »Es war sehr lange vor der Unfruchtbarkeitsseuche, weißt du?«

Das wusste ich. Meine Großmutter war damals schon sehr alt, älter als ich jetzt bin, und lag im Sterben. Ich war zwölf. Großmutter unterwies mich so gut sie konnte in den Kenntnissen einer Krankenschwester, für den Fall, dass ich ebenfalls unfruchtbar sein sollte, was sich im darauffolgenden Jahr auch zeigte. Rudel, die nicht dringend Bettgenossinnen brauchen, haben keine Verwendung für unfruchtbare Frauen, es sei denn, ein Mädchen erweist sich als Kämpferin. Ich war keine Kämpferin.

»Wir haben alle einundzwanzig elektrischen Kronleuchter in der Met heruntergelassen, einundzwanzig, stell dir das mal vor, Susan! Und wir haben jeden einzelnen Kristalltropfen gereinigt. Jedes zweite Jahr wurde der gesamte rote Teppich ersetzt. Das kostete insgesamt siebenhunderttausend Dollar. Ich meine Dollars im Jahr 1990. Alle fünf Jahre wurden die Sitze im New York State Theater ersetzt, so wurde das damals genannt. Sie haben den Namen später noch einmal geändert, aber ich habe vergessen, in was. Fünf Fensterputzer arbeiteten dort jeden Tag im Jahr, um die Fenster ständig sauber zu halten. Wenn in der Nacht alle Gebäude beleuchtet wurden, strömte das Licht aus ihnen wie flüssiges Gold auf die Plaza. Die Leute lachten und redeten und stellten sich zu Hunderten an, um Opern zu hören, Balletts zu genießen, Theaterstücke zu sehen und Konzerten zu lauschen. Und ich habe so prächtige Aufführungen erlebt... du kannst es dir nicht vorstellen!«

Jetzt gab es kein flüssiges Gold mehr, keine Vorstellungen, keine Elektrizität, weder Opern noch Ballett noch Theaterstücke oder Konzerte. Großmutter hatte über eine Zeit geredet, die lange vergangen war, als ich geboren wurde, und jetzt war ich alt.

Ich ging wieder hinein. Pretty war aufgewacht, und ihre großen blauen Augen strahlten vor Ehrfurcht über sich selbst. »Schwester! Es hat angefangen – meine Blutung! Ich habe mein Erwecken!«

»Gratuliere«, erwiderte ich. »Dann feiern wir heute deine Zeremonie.«

»Ich bin jetzt eine Frau«, sagte sie mit Stolz in der Stimme. Ich betrachtete ihr rundes, kindliches und schlichtes Gesicht, ihre dünnen Arme und Beine, ihren flachen Bauch, der noch nicht einmal von Wassereinlagerungen aufgebläht war. Sie war dreizehn Jahre alt, ein frühes Erwecken für unsere Mädchen. Kara war ein Jahr älter und machte keine Anzeichen, dass sie ihre Monatsblutungen bekam. »Ja, Pretty«, sagte ich liebevoll. »Du bist jetzt eine Frau. Du kannst dem Rudel ein Kind gebären.«

»Ihr anderen Kinderlosen«, sagte Pretty gebieterisch, »ihr müsst mir jetzt gehorchen!«

Die jüngeren Mädchen, Seela und Tiny, sahen sie böse an.

Meine Großmutter hat mich noch viel mehr gelehrt, als nur Krankenschwester zu sein. Und ich habe gelesen. Zwar mochten viele Bibliotheken die verheerenden Zerstörungen und die schwachsinnigen Aufstände überstanden haben, als die Welt begriff, dass neunundneunzig Prozent ihrer Frauen sich einen Virus zugezogen hatten, der ihre Eierstöcke vernichtete. Die meisten Bücher jedoch hatten die Zeit, die Feuchtigkeit, Ratten und Insekten nicht gut überstanden. Aber einige schon.

Wie viele Menschen es noch auf der Welt gab? Unmöglich zu sagen. Volkszählungsorganisationen, Radio und Fernsehstationen, zentralistische Regierungen, all das ist schon vor Jahrzehnten verschwunden. Es waren zu wenig Menschen übrig, um das am Leben zu halten. Die Welt jetzt, oder zumindest unser Teil davon, besteht aus Allmenden und Rudeln. Die Allmenden leben außerhalb der Städte und bauen Lebensmittel an. Ich habe noch nie eine gesehen. Ich wurde in einem Rudel geboren, nicht in diesem hier, in dem meine Mutter und meine Großmutter Gefangene waren. Die Rudel bevorzugen eine Existenz als Jäger und Sammler im städtischen Umfeld. Wir jagen Fleisch, Kaninchen, Rotwild, Hunde, und sammeln Konserven. Es ist nicht so primitiv wie in der Steinzeit, und wir kommen klar. Ab und zu dringen Gerüchte über Gebiete zu uns, die angeblich etwas zivilisierter sind. Gewöhnlich fallen die Namen von kleineren Städten im Norden und Westen, »Endicott«, »Bath«, »Ithaca«. Aber darüber weiß ich nichts.

Wie sich herausstellte, fand sich unter allen Menschen, die noch auf dieser Welt lebten, auch ein Rudel, das nur ein paar Blocks von uns entfernt sein Quartier hatte. In einem alten Hotel auf einer Straße namens »Central Park South«. Mike war stinksauer auf seine Scouts. »Ihr habt das nicht herausgefunden?«

Die Männer ließen die Köpfe hängen.

»Wir haben uns in Gefahr gebracht, weil ihr das nicht ausfindig gemacht habt? Ich kümmere mich später um euch. Jetzt gehen wir und verhandeln.«

Ich war verblüfft. Verhandeln, nicht weiterziehen? Später erklärte mir Guy, nachdem er dienstfrei hatte und seine Waffen säuberte, worum es ging. »Das hier ist ein großer Wald, Schwester, mit sehr viel Wild. Mike will bleiben.«

Also machte sich Mike mit der Hälfte seines Rudels auf den Weg, um mit dem anderen Rudel über Jagdrechte zu verhandeln. Sie waren alle schwer bewaffnet. Mittlerweile suchten Bonnie und ich, bewacht von Guy und seinem Freund Jemmy, nach einem guten Platz, an dem wir Prettys Zeremonie abhalten konnten.

Es war nicht klar, ob Bonnie, meine Schülerin, eine gute Schwester werden würde, wenn ich nicht mehr länger mit dem Rudel mithalten konnte. Sie war klug und stark und wusste bereits mehr, als ich Mike merken ließ. Sie konnte unsere immer geringer werdenden Vorräte von Medizin nutzen, die aus der Zeit vor der Seuche stammten und deren Herstellungsverfahren für uns verloren waren. Wichtiger noch, sie konnte Pflanzenwirkstoffe finden, zubereiten und anwenden, auf die wir uns jetzt verlassen mussten: Blaubeeren gegen Diarrhöe, Schachtelhalm, um Blutungen zu stoppen, Holunderbeere gegen Fieber und Schlüsselblumen gegen Ausschlag. Sie konnte Knochen richten, Kugeln herausoperieren und Wunden mit Maden säubern.

Aber Bonnie strahlte weder Wärme noch diese forsche Zuversicht aus, die Männern genauso Heilung bringt wie die Medizin. Bonnie war wie ein Stein. Ich hatte sie nie lächeln sehen, hörte sie nur selten reden, außer wenn sie auf eine Frage antwortete; sie zeigte nie überraschtes Interesse oder ließ sich Entzücken anmerken. Sie war groß, ungelenk, schrecklich unscheinbar mit farblosem Haar und einem fliehenden Kinn. Ich glaube, sie hatte eine schreckliche Zeit, als sie ihr Erwecken hatte. Damals war ich noch nicht in dem Rudel. Ihre Schenkel und Brüste wiesen fürchterliche Narben auf. Lew hätte sie wahrscheinlich erschossen, als man sie für unfruchtbar erklärte, nur wurde er zu dieser Zeit bei einem Rudelkrieg getötet. Ich überredete Mike, mir Bonnie als Schülerin zu lassen. Das rettete sie auch vor der Sexliste, denn Schwestern, auch Lernschwestern, waren die einzigen Frauen, die Männer in ihr Bett einladen durften. Was Bonnie niemals tat.

Auch jetzt blieb sie stumm, als sie mit mir, Guy und Jemmy in die zerstörten Gebäude des ehemaligen Lincoln Center ging. Ich erkannte sie alle anhand von Großmutters Beschreibungen. Über uns, im New York State Theater, sahen wir die zerborstenen Sitze, auf denen einst Leute mit ihren Ärschen hockten, während sie den Tänzern zugesehen hatten. Unser Quartier im Keller war wahrscheinlich einmal ein Übungsraum gewesen. Im Metropolitan Opera House, dem Gebäude mit den fünf hohen Bögen, hatten einst Opernsänger auf der längst eingefallenen Bühne gestanden. Hier, in dieser Wie-auch-immer-Halle – meine Erinnerung war nicht mehr das, was sie einmal gewesen war –, hatten Orchester Musik gespielt. Die Musiker trugen alle Schwarz, die Frauen waren in lange, funkelnde Roben gekleidet. Großmutter hatte mir das erzählt. Im Vivian Beaumont Theater neben der Met hatte das mittlerweile eingefallene Dach Schauspieler beherbergt, die Theaterstücke aufführten. Die kleine Bibliothek neben der Met war ausgebrannt und von Unkraut, Blumen und jungen Bäumen überwuchert.

Wir fanden es unter dem Vivian Beaumont, im Souterrain und hinter zwei verschlossenen Türen, deren Schlösser Guy mit seinem Gewehrkolben öffnete. Ich hatte eine Laterne mitgebracht, die ich jetzt anzündete, obwohl wir beide Türen aufgelassen hatten, damit wir etwas sehen konnten. Die erste Tür führte zu einer sanft abfallenden Betonrampe und die zweite in ein kleines Theater, dessen Sitze in acht Reihen im Halbkreis angeordnet waren. Der Raum hatte kein Fenster und war unberührt, außer durch die Zeit und von Ratten. Keine Plünderer hatten die Sitze zerstört, kein Regen hatte die hölzerne Bühne verrotten lassen, und keine Wildhunde hatten in den winzigen Räumen dahinter ihren Bau eingerichtet.

Jemmy stieß einen begeisterten Schrei aus, schwang sich auf die Bühne und verschwand in einer Nische an der Rückseite. Wahrscheinlich hoffte er, eine nicht zerstörte Maschinerie zu finden, und sein zweiter Schrei verriet uns, dass er tatsächlich eine gefunden hatte. Ein schwacher Schein leuchtete in der Nische auf.

»Jemmy!«, schrie ich. »Wenn du Kerzen verschwendest, wird Mike dich eigenhändig auspeitschen!«

Er antwortete nicht, und das Licht erlosch ebenfalls nicht. Guy zuckte mit den Schultern und lachte. »Du kennst doch Jemmy.«

»Hilf mir auf die Bühne!«, befahl ich ihm.

Er gehorchte und sprang dann geschickt hinauf, neben mich. Die Laterne stand zu unseren Füßen. Ich blickte über die dunklen Sitze hinweg. Wie musste es sich angefühlt haben, hier als Schauspieler, Musiker oder Tänzer zu stehen? Vor Leuten aufzutreten, die einem entzückt zusahen? Was gab es einem, ein Publikum zu beherrschen?

»*Und ich habe so prächtige Aufführungen erlebt... du kannst es dir nicht vorstellen.*«

Stiefel knallten im Gang, dann ertönte eine Stimme in der Dunkelheit. »Schwester? Schaff deinen Arsch wieder zu den Mädchen zurück! Pretty wartet!«

»Bist du das, Karl?«

»Ja.«

»Wage es nicht, noch einmal in diesem Ton mit mir zu sprechen, junger Mann. Sonst sage ich Mike, dass du eine Schwester respektlos behandelst, und du landest ganz unten auf der Sexliste, falls du überhaupt darauf bleibst!«

Schweigen. Dann ein mürrisches »Ja, Ma'am«.

»Und jetzt bringst du die Mädchen alle hierher. Wir werden hier Prettys Zeremonie abhalten, und zwar sofort.«
»Hier? Jetzt?«
»Du hast mich verstanden.«
»Ja, Ma'am.« Pause. »Wirst du Mike sagen, dass ich dich respektlos behandelt habe?«
»Nicht, wenn du die Mädchen sofort herbeischaffst.«
Karl galoppierte davon, und seine Stiefel knallten laut auf der Betonrampe. Guy grinste mich an. Dann blickte er in die Dunkelheit hinaus, und ich sah, dass er genau dasselbe gemacht hatte wie ich: Er hatte sich als Darsteller in einer lange verschwundenen Zeit imaginiert. Plötzlich packte er mich um die Hüfte und tanzte mit mir.

Ich war niemals eine Tänzerin, und ich war alt. Ich stolperte, und Guy ließ mich los. Er tanzte alleine weiter, was er niemals getan hätte, wenn noch jemand anders hier gewesen wäre außer mir und seinem Freund Jemmy, der wahrscheinlich nicht einmal den Blick von seiner kostbaren Maschinerie hob. Ich sah zu, wie sich Guy elegant zu den Schritten des Two-Steps bewegte, den die Rudel bei ihren seltenen Versammlungen tanzten. Trauer überkam mich, weil Guy niemals etwas anderes als ein einfacher Rudelsoldat sein würde. Er war viel zu freundlich und verträumt, um jemals ein Anführer wie Mike zu werden, und viel zu männlich, um jemals so wichtig zu sein wie ein fruchtbares Mädchen.

Bonnie sah uns mit unbewegtem Gesicht zu, bevor sie sich abwandte.

Prettys Zeremonie wurde von dreizehn Kerzen beleuchtet, eine für jedes ihrer Jahre, wie es Sitte war. Natürlich waren keine Männer dabei anwesend, nicht einmal die beiden männlichen Kinder, der einjährige Davey und der achtjährige Rick. Dessen Mutter Emma war letztes Jahr gestorben, als sie eine Totgeburt hatte, ein Mädchen. Trotz all meiner Versuche hatte ich keiner der beiden retten können, und wäre

Lew damals noch der Anführer des Rudels gewesen, wäre ich wohl auf der Stelle erschossen worden.

Die beiden anderen Mütter, Junie und Lula, saßen auf Stühlen. Letztere hatte ihr Baby Jaden auf dem Schoß. Jaden wurde unruhig, und Lula gab ihr die Brust. Bonnie war meine Schülerin, aber auch eine unfruchtbare Frau, und stand hinter den Müttern. Die Mädchen, die noch nicht ihr Erwecken gehabt hatten, saßen etwas abseits auf dem Boden, die Hände voller Wildblumen. Seela und Tiny, zehn und neun Jahre alt, sahen interessiert zu. Karas Miene, deren eigenes Erwecken nur noch ein paar Monate entfernt sein konnte, jedenfalls ihren knospenden Brüsten nach zu urteilen, konnte ich nicht entschlüsseln.

Pretty, die jetzt weder Kind noch Mutter war, saß in der Mitte des Kreises auf einer Art Thron aus einem Stuhl mit einer Decke darüber, auf der wiederum Handtücher ausgebreitet waren. Es waren alte Handtücher, verblichen wie alles, was wir aus verlassenen Gebäuden erbeuteten. Sie waren einmal sonnengelb gewesen. Pretty hatte die Beine weit gespreizt, und die Schenkel waren von ihrem neuen Blut verschmiert, auf das sie so stolz war. Eins nach dem anderen legten die Unerweckten Mädchen Blumen zwischen Prettys Beine.

»Mögest du mit Kindern gesegnet sein«, sagte Tiny aufgeregt.

»Mögest du mit Kindern gesegnet sein.« Auf Seelas dünnem Gesicht zeichnete sich Eifersucht ab.

»Mögest du ... mit Kindern ... gesegnet sein.« Kara bekam die Worte kaum über die Lippen. Ihr Gesicht war verzerrt, und ihre Finger zitterten.

Pretty sah sie erstaunt an. »Was hast du denn?«

Bonnie trat sofort vor. »Bist du krank, Kara? Was für Symptome hast du?«

»Ich bin nicht krank! Lass mich in Ruhe!«

»Komm her, Kara!«, sagte ich in dem Ton, dem alle Mädchen und die meisten der jüngeren Männer sofort gehorchten. Ich war für diese Mädchen verantwortlich, seit das Rudel sie erworben hatte, und Kara kannte ich bereits, seit sie vier Jahre alt war. Sie kam zu mir. Sie war immer kompliziert gewesen, von einem freundlichen Wesen und fleißig, anders als die faule Pretty, aber viel zu leicht erregbar. Der Tod bestürzte sie zu sehr, Fröhlichkeit begeisterte sie zu sehr, und Schönheit entzückte sie zu sehr. Ich hatte schon gesehen, wie sie wegen eines Sonnenuntergangs in Tränen ausbrach.

»Verdirb Prettys Zeremonie nicht«, sagte ich leise zu ihr. Sie fügte sich.

Danach führte ich Kara von der Bühne, in den hinteren Teil des Theaters, während die beiden Mütter Pretty beiseitenahmen, um ihr die üblichen Sex-Instruktionen zu geben, die nur selten nötig waren. Die Unerweckten Mädchen spielten mit Jaden.

»Setz dich«, befahl ich.

»Ja, Schwester. Was ist das hier für ein Ort?«

»Es war ein Theater. Kara, was bekümmert dich?«

Sie sah weg, zu Boden, sah überallhin, nur nicht in meine Augen, bis ich ihr Kinn zwischen zwei Finger nahm und sie dazu zwang. »Ich will das nicht!«, platzte sie heraus.

»Was willst du nicht?«

»Alles! Erwecken, eine Zeremonie haben, mit Mike und allen anderen ins Bett gehen! Ein Baby haben – ich will das nicht!«

»Viele Mädchen haben zuerst Angst davor.« Ich erinnerte mich an mein erstes Mal mit einem Rudelführer, der weit weniger sanft war, als Mike meiner Vermutung nach sein würde. Es war schon so lange her. Aber ich hatte allmählich Gefallen an Sex gefunden, und bis vor ein paar Jahren hatte ich manchmal mit Buddy heimlich Sex, bis er von einem wilden Hund getötet wurde.

»Ich habe Angst, ja. Aber ich will es auch nicht!«

»Gibt es etwas, was du stattdessen tun möchtest?« Ich

hatte schon Angst, sie würde Schwester werden wollen. Denn ich hatte bereits Bonnie, und selbst wenn Kara unfruchtbar war, würde sie niemals eine Schwester sein. Sie mochte noch so hart arbeiten, ihren Mangel an Stabilität und Intelligenz konnte sie damit nicht ausgleichen.
»Nein.«
»Was dann?« Für Mädchen gab es nur entweder Mutter, Schwester oder unfruchtbare Bettgefährtin. Aus Letzterer wurden Lagerarbeiterinnen, die nur sehr wenig Respekt genossen. Falls das Rudel überhaupt unfruchtbare Frauen behielt. Unsere letzte Arbeiterin, Daisy, war weggelaufen. Ich wollte mir nicht vorstellen, was aus ihr geworden war. Kara wusste das alles.
»Ich weiß es nicht!« Ihr Schrei war pure Angst. Ich hatte keine Zeit für so etwas, für ein selbstbezogenes Mädchen, das kein Ziel hatte und nur ablehnte, was notwendig war. Eine Frau tat, was sie zu tun hatte, genauso wie die Männer. Ich ließ sie in dem verschlissenen Samtstuhl sitzen und ging zu Pretty zurück. Es war schließlich ihr Tag, nicht der von Kara.

Bonnie stand immer noch mit versteinertem Gesicht neben Prettys blumengeschmücktem Stuhl.

Mike kehrte ziemlich erfreut von den Verhandlungen zurück, was bei ihm recht selten vorkam. Das andere Rudel, kleiner als unseres, war nicht nur nicht bereit, wegen des städtischen Waldes einen Krieg zu führen, sondern darüber hinaus an Handel interessiert, möglicherweise sogar an gemeinsamer Jagd und Nahrungssuche. Man musste mir nicht sagen, dass Mike insgeheim hoffte, die beiden Rudel irgendwann zu vereinigen und Anführer von beiden zu werden. Die Männer brachten Geschenke von dem anderen Rudel mit. Offenbar hatten sie in ihrer Basis Dinge gefunden, die in Plastik verpackt gewesen waren, Decken, Kissen, sogar Kleidung, so dass keine Ratten herangekommen waren. Sie sahen fast neu aus. Jedes der Mädchen bekam einen weichen, weißen Bademantel, auf den der Name »St. Regis Hotel« gestickt war.

»Können wir nicht in ein Hotel ziehen?« Lula drehte sich in ihrem Bademantel im Kreis.

»Das ist schwerer zu verteidigen«, antwortete Karl. Er packte Lula und zog sie auf seinen Schoß. Sie kicherte. Lula hatte Karl immer gemocht; sie behauptete ständig, sie »wüsste«, dass er Jaden gezeugt hätte. Immerhin hatte Jaden seine strahlend blauen Augen.

Wir waren alle bei Prettys Zeremonie im Aufenthaltsraum, einem unterirdischen Saal im – wie meine Großmutter sich erinnerte – New York State Theater. Dieser Aufenthaltsraum hatte einen Holzboden, und über drei Wände lief ein sonderbares hölzernes Geländer. In einer Ecke stand ein zerstörtes, unbrauchbares Klavier. Die Jungs hatten gestern die zahlreichen Spiegelscherben weggeräumt, die überall herumlagen. Junie hatte für das Fest Decken auf dem Boden verteilt, und das Essen schmeckte wunderbar. Ein erst heute Morgen geschossener Hase, mit wilden Zwiebeln über einem offenen Feuer geröstet, das wir auf der Steinterrasse vor dem Vivian Beaumont angezündet hatten. Erik hatte von seiner Nahrungsmittelsuche Dosen mit Bohnen mitgebracht. Ein Salat aus Löwenzahnblättern und die Süßigkeiten, die Pretty so liebte und die ich seit dem Winter gesammelt hatte. Ahornsirup mit Nüssen. Alle Laternen, die wir besaßen, wurden angezündet und verliehen dem Raum einen romantischen Schimmer.

Mike betrachtete Pretty, die errötete und ihm verstohlen Seitenblicke zuwarf. Die jüngeren Männer betrachteten sie eifersüchtig. Ich hatte nicht viel Sympathie für sie. Sie standen ganz unten auf der Sexliste, natürlich, und bekamen nur selten Gelegenheit. Pech. Sie hätten Bonnie besser behandeln sollen, als sie sie gehabt hatten.

Außer Bonnie schienen auch zwei junge Männer den berauschenden Duft von Sex nicht wahrzunehmen, der den Raum erfüllte. Guy und Jemmy warfen mir bedeutungsvolle Blicke zu. Schließlich stand ich von meinem Essen auf und ging zu ihnen. »Braucht ihr mich?«

»Ich habe Schmerzen«, sagte Jemmy so laut, dass Mike es hörte. Jemmy war ein schrecklicher Schauspieler. Seine Augen glänzten, und jeder Muskel in seinem Körper vibrierte vor Aufregung. Ich hatte noch nie jemanden gesehen, der weniger Schmerzen gehabt hatte.

Ich ging zu Mike. »Jemmy ist krank. Ich nehme ihn mit auf die Krankenstube, um ihn zu untersuchen, falls es ansteckend ist.«

Mike nickte, zu sehr mit Pretty beschäftigt, um sonderlich auf mich zu achten.

Jemmy und ich gingen hinaus. Guy folgte uns mit einer Laterne. Sobald wir außer Hörweite des Wächters waren, der mürrisch war, weil er das Festmahl verpasste, drehte ich mich zu Jemmy um. »Und?«

»Wir wollen dir etwas zeigen. Bitte komm mit, Schwester!«

Das Rudel hatte Jemmy aufgezogen, seit er sechs und seine Mutter gestorben war. Er hatte eine lebhafte Neugier, aber anders als Guy hatte Jemmy nie gelernt zu lesen, obwohl er die übliche Verachtung der Männer für die Kunst des Lesens und Schreibens nicht teilte, die das für überflüssig und Weiberkram hielten. Jemmy sagte, dass die Buchstaben vor seinen Augen tanzten und die Plätze tauschten. Das erschien zwar nicht sonderlich sinnvoll, aber es stimmte wohl, weil er ansonsten ziemlich intelligent war. Er war viel zu zierlich, um Mike besonders nützlich zu sein, konnte aber jeden mechanischen Apparat reparieren und funktionsfähig machen. Es war Jemmy gewesen, der herausgefunden hatte, wie man die Generatoren, die wir manchmal fanden, mit dem Benzin betreiben konnte, das wir ebenfalls manchmal fanden. Die Generatoren hielten zwar nie lange, und die meisten Maschinen, die mit Strom liefen, waren entweder zu zerfallen oder zu verrostet, um noch zu funktionieren. Aber ab und zu hatten wir Glück. Jedenfalls, bis uns der Sprit ausging.

»Wieder ein Generator?«, erkundigte ich mich.

»Halb richtig!«, antwortete Jemmy.

»Nein«, setzte Guy geheimnisvoll hinzu. »Es stimmt nur zu einem Drittel.«

Aber diese Arithmetik war zu viel für Jemmy, dessen Instinkte, was Maschinen anging, genau das waren: Instinkte. Er ignorierte Guy und zog mich mit sich.

Wir verließen das Gebäude und gingen über den Platz zum Vivian Beaumont, auf die Rückseite des Gebäudes. Es war dunkel, und es regnete ein wenig, aber die Jungs ignorierten es. Ich hatte keine Wahl, als ihnen zu folgen. In dem kleinen, unterirdischen Theater spendete eine einsame Laterne ein gedämpftes Licht.

»Kletter hier hoch«, sagte Jemmy, der auf die Nische deutete, die sich in halber Höhe der Wand befand. »Die Treppe ist weg, aber ich habe eine Leiter gefunden.«

»Ich steige keine Leiter hinauf«, protestierte ich, aber natürlich tat ich es doch. Ihre Aufregung war ansteckend. Und besorgniserregend. Das war nicht die Art und Weise, wie sich das Rudel Mikes Meinung nach verhalten sollte. Mike glaubte, dass Kämpfer wenig Worte machten und noch weniger Gefühle zeigten.

Ich war weder jung noch besonders beweglich, deshalb war die Leiter wirklich eine Herausforderung. Aber Guy stieg voraus und leuchtete mir mit der Laterne den Weg, also wuchtete ich mich in den kleinen Raum am Ende der Sprossen. Das Erste, was ich sah, war ein Stapel mit Büchern.

»Oh!«

»Die kommen gleich«, sagte Guy gut gelaunt und hinderte mich daran, eines der Bücher zu packen. »Erst das andere!«

»Lass sofort das Buch los!«, sagte ich.

Jemmy huschte die Leiter hoch wie ein dürres Eichhörnchen. »Das andere kommt zuerst!«, wiederholte er.

»Wo habt ihr diese Bücher gefunden?«, wollte ich von Guy wissen.

»Hier.«

Es wurde laut in dem kleinen Raum: wieder einer von Jemmys Generatoren. Ich interessierte mich viel mehr für die Bücher.

»Ich kann nicht glauben, dass es immer noch funktioniert!«, erklärte Jemmy. »Es war offenbar schon fertig angeschlossen, oder ich habe einfach zufällig das Richtige gemacht. Sieh hin!«

Ein flaches Fenster stand auf einem Tisch, flackerte und glühte dann auf. Einen Moment lang war ich überrascht, dann fiel mir das Wort ein: *TeeVee*. Großmutter hatte mir davon erzählt. Ich hatte noch nie eines gesehen, und als ich ein Kind war, verwechselte ich immer die Worte *TeeVee* und *TeePee* und dachte, dass winzige Leute in diesem Fenster lebten, weil wir manchmal in Tipis wohnten, wenn wir im Sommer auf Nahrungsmittelsuche gingen.

Und das stimmte auch.

Sie fing alleine auf einer Bühne an, bis auf die Worte, die kurz unter ihr auftauchten.

PAS DE DEUX AUS DEN VIER TEMPERAMENTEN
MUSIK VON PAUL HINDEMITH
CHOREOGRAFIE VON GEORGE BALANCHINE

Das Mädchen trug ein eng anliegendes Trikot, was Mike bei seinen Frauen niemals zugelassen hätte: Das war viel zu anregend für Männer, die weit unten auf der Sexliste standen. An ihren Füßen trug sie dünne, rosafarbene Schuhe mit rosafarbenen Bändern und eckigen Spitzen. Die junge Frau bog einen Arm über ihren Kopf und stellte dann ihren Körper auf die Spitzen dieser rosafarbenen Schuhe. Wie schaffte sie das? Die Musik fing an. Sie begann zu tanzen.

Ich hörte, wie ich keuchte.

Ein Mann tauchte auf dem Bildschirm auf, und sie bewegten sich aufeinander zu. Sie drehte sich von ihm weg, zurück, dann zu ihm hin. Er hob sie an, bis zur Höhe seiner Taille, und trug sie so über die Bühne, dass sie zu schweben schien, die Beine in einem wunderbaren Bogen gestreckt. Sie tanzten zusammen. Ihre Bewegungen waren leicht, präzise und schnell, so schnell! Es war fast schmerzhaft schön. Sie umschlangen sich, das Mädchen hob das Bein über ihren Kopf, während sie mit dem anderen Bein auf den Zehenspitzen stand. Sie glitten von einer eleganten Pose zur nächsten und schienen der Schwerkraft zu trotzen. Ich hatte noch nie etwas so Fragiles und Bewegendes gesehen. Noch nie.

Es dauerte nicht lange. Dann wurde das TeeVee wieder schwarz.

»Ich kann nicht glauben, dass dieser Würfel noch funktioniert!«, erklärte Jemmy fröhlich. »Willst du auch den anderen sehen?«

Aber Guy sagte nichts. Im Spiel von Licht und Schatten von seiner Laterne wirkte sein Gesicht viel älter, fast als hätte er Schmerzen. »Was ist das? Wie heißt das?«

»Ballett«, sagte ich.

Schweigend gab er mir den Stapel mit Büchern. Es waren insgesamt fünf. Auf dem obersten stand auf dem Deckel in goldenen Buchstaben: *Die Geschichte von Giselle*. Die anderen waren: *Ein Ballettführer: Die Freude des klassischen Tanzes; Grundlegende Ballettpositionen; Tanzen für Mister B*. Und ein sehr kleines Buch, *2016 – Tourplan*.

Guy erschauerte. Jemmy hatte jedoch nur Augen für sein mechanisches Wunder. »Das andere ist länger. Seht ihr, diese Boxen passen in diesen Schlitz. Aber es funktionieren nur noch zwei von diesen Plastikboxen.«

Auf dem schwarzen Schirm tauchten weiße Worte auf.

Videoaufnahme der Klasse. Dann sah man einen ganzen Raum voller Frauen und Männer, die an den – ah! – hölzernen Geländern vor Spiegeln standen. Das könnte unser Gemeinschaftsraum sein, vor langer Zeit. Musik von einem Piano ertönte, und dann sagte eine weibliche Stimme: »Plié... Und eins zwei drei vier. Martin, weniger Spannung in deiner Hand. Carolyn, atme mit der Bewegung...«

Sie standen nicht auf den Zehenspitzen, jedenfalls nicht am Anfang der »Klasse«. Und bevor es dazu kam, gab die unsichtbare Frau sonderbare Befehle: *Battement tendu, rond de jambe par terre, port de bras.* Nachdem sie sich auf ihre Zehenspitzen erhoben hatten – nur die Frauen, wie ich bemerkte –, kamen weitere Befehle. »Jorge, deine Hand sieht aus wie ein totes Küken – lass die Finger locker! Nein, nein, Terry, du machst *das*, und du sollst *dies* machen.« Dann erschien die Frau selbst, und sie sah so alt aus wie ich, vielleicht sogar älter. Aber sie war erheblich schlanker.

»Und jetzt arbeitet am Zentrum... Nein, das ist zu langsam, John, und eins und eins und eins... Gut. Jetzt eine *arabesque penchée*... Atmet dabei, langsam, sachte...«

In dem TeeVee stellten die Tänzer unmögliche und verzaubernde Dinge mit ihren Körpern an.

»Noch mal... Timon, bitte fang direkt vor der Arabesque an...«

Ein ganzer Raum voller Tänzer, jeder mit einem Bein, das er langsam hinter sich ausstreckte, die Arme nach vorne gebogen, um auf einem Fuß zu balancieren und mit dem Körper eine Linie zu formen, die so fantastisch war, dass meine Augen tränten und mein Blick verschwamm.

Das TeeVee wurde wieder schwarz. »Lasst es uns nicht noch einmal abspielen«, sagte Jemmy. »Ich will Brennstoff sparen.« Guy kniete sich zu meiner Überraschung vor mich hin, als würde er vor Mike Buße tun.

»Schwester, ich brauche deine Hilfe«, sagte er.

»Steh auf, du junger Idiot!«

»Ich brauche deine Hilfe«, wiederholte er. »Ich will Kara hierherbringen, und das kann ich nicht ohne deine Hilfe.«

Kara. Sofort fielen mir die spekulativen Blicke ein, die er ihr zugeworfen hatte. Ich stieß ihn empört von mir. »Guy! Du kannst nicht mit Kara ins Bett gehen! Sie hatte noch keine Erweckung, und selbst wenn, würde Mike dich dafür töten!«

»Ich will nicht mit ihr ins Bett!« Er stand auf. Er sah zwar immer noch verzweifelt aus, aber auch viel entschlossener. »Ich will mit ihr tanzen.«

»Mit ihr tanzen!«

»Genau so!« Er deutete auf das schwarze TeeVee und sprach sein neues Wort ehrfürchtig aus. »Ballett.«

Selbst Jemmy wirkte schockiert. »Guy – das kannst du nicht machen!«

»Ich kann es lernen. Und Kara auch.«

Ich sagte das Erste, was mir in den Sinn kam, was wie die meisten ersten Ideen, die man hatte, ziemlich idiotisch war. »Die Schwester im TeeVee hat gesagt, es würde Jahre Arbeit kosten, um ein Tänzer zu werden!«

»Das weiß ich«, sagte Guy. »Es wird Jahre dauern, so zu werden wie sie. Aber wir könnten *etwas* lernen, Kara und ich, und vielleicht für das Rudel tanzen. Mike würde das vielleicht sogar gefallen.«

»Es würde Mike gefallen, dass ein Mädchen, das noch kein Erwecken hat, von dir angefasst wird? Du bist verrückt, Guy!«

»Ich muss tanzen«, erwiderte er hartnäckig. »Ballett. Mit Kara. Sie ist die Einzige, mit der das möglich ist!«

In dem Punkt hatte er recht. Pretty war verwöhnt und konventionell, und sie würde niemals die schwierigen Dinge lernen, die die Tanzschwester von ihren Schülern verlangt hatte. Tiny und Seela waren zu jung. Lula und Junie waren mit ihren Kindern beschäftigt, Bonnie war groß und ungelenk... Die ganze Sache war nicht nur lächerlich, sondern gefährlich.

»Schlag dir das mit dem Ballett aus dem Kopf«, sagte ich streng. »Wenn du es nicht tust, erzähle ich es Mike.« Ich kletterte mühsam die Leiter herunter und ging allein durch das kleine, dunkle Theater zur Tür. Aber ich hatte die fünf Bücher mitgenommen, und in meinem kahlen Raum im Untergeschoss des David H. Koch Theater – ich hatte endlich ein verblasstes Schild mit dem richtigen Namen gefunden – verschwendete ich eine kostbare Kerze, während ich fast die ganze Nacht las.

Zwei Tage später erwiderte der Anführer des Rudels vom St. Regis Mikes Besuch. Er ging ein Risiko ein, weil er nur zwei Leutnants mitbrachte. Es war eine klare Geste der Kooperation, nicht der Feindseligkeit, und alle waren bester Laune. Wir aßen unter einem strahlenden Sommerhimmel auf einer nicht allzu zerstörten Terrasse zu Mittag, neben einem langen, flachen Becken, das sowohl mit Trümmern als auch mit zwei riesigen Steinbrocken gefüllt war, die, wenn man sie aus einem bestimmten Winkel betrachtete, eine liegende Person sein konnten. Ein Satz meiner Großmutter kam mir wieder ins Gedächtnis: »Jeden Herbst hatten sie Schwierigkeiten mit den Blättern im Reflexionsbecken des Vivian Beaumont.«

Meine Mädchen entzündeten Feuer und kochten den ganzen Morgen. Natürlich waren sie bei dem Essen selbst nicht dabei; Mike ließ niemanden außer den eingeschworenen Rudelmitgliedern sehen, wie viele Frauen das Rudel besaß und welche möglicherweise fruchtbar sein könnten. Aber ich war da und servierte die Speisen, und ich war die Einzige, die nicht fröhlich war.

Mike hatte einen schweren Fehler gemacht.

Das war mir klar, als der Anführer des anderen Rudels, Keither, anfing zu reden. Nein, schon vorher, als ich ihn beobachtete, während er Mike studierte, unser Rudel studierte, sich genau ansah, wie die Wachen aufgestellt waren, alles in sich aufsog, was er sehen konnte. Keither hatte ein langes, intelligentes Gesicht, und seine Augen zuckten unablässig umher. Er redete sehr flüssig, und ich hätte meinen Medizinbeutel darauf verwettet, dass dieser Mann lesen konnte und es auch tat. Außerdem besaß er die Fähigkeit, Dinge zu sagen, die gut aufgenommen wurden, ohne dabei in Schmeicheleien abzugleiten. Mike hatte ein schlichtes Gemüt und bemerkte nichts davon. Er hatte zwar als Anführer eine Nase für Verrat, aber nicht für Subtilität. Er begriff nicht, dass Keither, trotz seines kleineren und schwächer bewaffneten Rudels, die Führerschaft auch unseres Rudels anstrebte. Es würde Ärger geben. Noch nicht, vielleicht nicht einmal bald, aber es war unausweichlich.

Natürlich würde es nichts nützen, Mike das zu sagen. Er würde mir nicht zuhören. Ich war zwar Schwester, aber ich war eine Frau.

»Ich habe dir ein Geschenk mitgebracht«, sagte Keither, als das Essen verzehrt und gelobt worden war. Er zog eine Flasche Jack Daniel's aus seinem Rucksack. Mike wusste natürlich, dass er sie dabeihatte, denn kein Rucksack konnte auf unser Gebiet gebracht werden, ohne dass er vorher untersucht worden wäre. Doch auch wenn die Männer nicht überrascht waren, waren sie dennoch erfreut. Becher wurden verteilt, man brachte Trinksprüche aus und machte Witze. Die jüngeren Männer tranken zu viel. Aber weder Mike noch Keither tranken mehr als einen höflichen Schluck.

Trotzdem verlängerte der Schnaps das Treffen. Die Gespräche wurden lauter. Die Männer beschlossen, eine gemeinsame Jagdexpedition zu unternehmen, die gleich am nächsten Morgen aufbrechen sollte. Beide Anführer würden mitgehen, was für das andere Rudel ein weit größeres Risiko bedeutete als für unseres, da ihr Rudel so viel kleiner war. Und wir würden doppelt so viele Männer mit auf die Expedition schicken wie sie, so dass unser Risiko noch weiter gemindert wurde. Keither war bereits seit Monaten in

Manhattan und bot an, Mike die guten und schlechten Gebiete für Nahrungssuche zu zeigen, die Grenzen von anderen Rudelterritorien, und ihm weitere nützliche Informationen zu geben.

»Wir haben keine Schwester«, sagte Keither. »Willst du deine einhandeln? Oder hat sie vielleicht eine Schülerin, die wir eintauschen könnten?«

»Nein«, antwortete Mike höflich, aber ohne weitere Erklärung. Keither kam nicht mehr darauf zurück.

Ich war müde. Sechzehn Männer zu bedienen und stundenlang mit gekreuzten Beinen auf einer betonierten Terrasse zu sitzen ist für einen so alten Körper wie meinen anstrengend. Als die Sonne allmählich unterging, fing ich Mikes Blick auf. Er nickte und ließ mich gehen.

Im Frauenraum scharten sich die Mädchen um mich.

»Wie sind sie so?«

»Haben sie noch mehr Geschenke mitgebracht?«

»Hast du herausgefunden, wie viele Frauen sie haben?«

Die Mädchen klangen viel zu eindringlich, drängten sich zu dicht um mich. Sie verbargen etwas.

»Bist du müde, Schwester? Vielleicht willst du ja in dein Zimmer gehen und dich ausruhen?«

Ich scheuchte die Woge aus weißen Morgenmänteln zurück. »Wo ist Kara?«

Sie saß alleine in einer Ecke. Aber als sie den Kopf hob und ihr vor Begeisterung leuchtendes Gesicht zeigte, wusste ich es. Vielleicht hatte ich es auch schon die ganze Zeit gewusst. Immerhin hätte ich das Festmahl bereits Stunden früher verlassen können, hatte es aber nicht getan.

Auf diese Weise blieb ich unschuldig. Bis jetzt.

Meine vorgetäuschte Unschuld überdauerte den nächsten Nachmittag nicht. Mike und neun andere Männer waren zur Jagd gegangen, und er hatte seinem Ersten Leutnant, Joe, das Kommando übertragen. Joe schickte mich mit einer Wache von drei Männern in die Ruinen einer nahe gelegenen Drogerie, um zu überprüfen, ob dort noch Medizin war, die wir gebrauchen konnten. Natürlich war keine mehr da; das Geschäft war schon vor langer Zeit ausgeräumt worden. Die meiste Medizin, die ich hatte, stammte aus Privathäusern, hatte in zerstörten Badezimmern gelegen, in Schubladen neben Betten, in denen Ungeziefer nistete. Das Verfallsdatum der Medizin war schon lange verstrichen. Aber eine überraschend große Menge wirkte immer noch, und Skalpelle, Scheren, Gaze und Wattebäusche hatten kein Verfallsdatum.

Als sie zurückkamen, war es Nachmittag. Es war ein wundervoller Julitag. Die Männer saßen im Sonnenschein herum, die Waffen auf ihren Knien, redeten und lachten. Lula und Junie hatten ihre Babys auf Decken in die Sonne gelegt, und sie strampelten mit ihren fetten Beinchen. Pretty saß da und kämmte sich das Haar, in direkter Sichtweite der Männer. Sex war für sie so natürlich wie Bäume für ein Eichhörnchen, und da Mike unterwegs war, war sie jetzt offen für Abwechslung.

Ich fragte niemanden, wo die anderen Mädchen waren. Tiny und Seela würden miteinander spielen, unter der Erde. Bonnie würde medizinische Pflanzen vorbereiten, Blätter stampfen, Borke kochen und Beeren trocknen. Ich schlich auf die Rückseite des Vivian Beaumont und stieß die Tür zu dem unterirdischen Korridor auf. Dann ging ich langsam im Dunkeln zum Theater. Die Tür war versperrt. Ich klopfte dagegen, und schließlich machte Jemmy sie auf.

»Schwester...«

Ich gab ihm eine Ohrfeige und ging zwischen den Stuhlreihen hindurch.

Sie waren auf der Bühne und hatten mich wegen der Musik nicht einmal gehört. Wegen ihrer intensiven Konzentration. Wegen des Staunens, das auf beiden Gesichtern leuchtete.

Guy bemerkte mich zuerst. »Schwester!«

Kara wurde aschfahl und umklammerte eine Stange, die, wie ich jetzt wusste, *Barre* hieß. Die Jungs mussten sie aus dem Untergeschoss hierhergeschleppt haben. Es war ein massives Stück Holz, das nicht an die Wand montiert war wie im Gemeinschaftsraum, sondern an beiden Enden von zwei schweren Metallpfosten mit schweren Füßen gehalten wurde. Sie hatten den Generator und das TeeVee aus der Nische heruntergeschleppt – ich konnte mir nicht vorstellen, wie sie das geschafft hatten – und beides auf der Bühne installiert. Im TeeVee hörte die Musik abrupt auf. »Nein, nein – lass deine rechte Schulter unten, Alicia!«, sagte die ältere Frau.

Kara ließ ihre rechte Schulter sinken.

Guys Gesicht schien zu versteinern. Es war eine so gute Imitation von Mike, dass ich fast erschrak. »Was macht ihr da?«, wollte ich wissen.

»Wir nehmen Unterricht.«

Wir nehmen Unterricht. Sie folgten den Bewegungen der Tänzer auf dem Bildschirm. Sofort wurde meine Wut von Mitleid überschwemmt. Sie waren noch so jung und mussten in einer so öden Welt aufwachsen. Ich erinnerte mich an die Worte meiner Großmutter: *Und ich habe so prächtige Aufführungen erlebt.* Sie hatten nicht gewusst, wie öde die Welt tatsächlich war. Jetzt jedoch wussten sie es und dachten, sie könnten es ändern.

»Kinder, das könnt ihr nicht machen. Wenn Mike jemals herausfindet, dass du ein Mädchen angefasst hast, das noch keine Erweckung hatte…«

»Ich habe sie nicht angefasst!«, sagte Guy.

»…würde er dich sofort erschießen lassen, das weißt du. Auf der Stelle. Guy, denk nach!«

Er trat an den Rand der Bühne und kniete sich dorthin. Er sah zu mir herunter. »Schwester, ich muss das tun. Ich muss es einfach. Und ich kann nicht alleine tanzen. ›Das Ballett ist eine Frau.‹«

Genau dasselbe hatte ich gestern gelesen. Es war ein Zitat irgendeines berühmten Ballettleiters, dessen Name ich noch nie gehört hatte. »Du hast meine Bücher gestohlen«, sagte ich.

»Ich habe mir eines geborgt. Darin sind Fotos, die... Schwester, ich muss es tun.«

»Ich auch«, sagte Kara.

»Kara, du kommst augenblicklich mit.«

»Nein«, sagte sie. Ihr Trotz schockierte mich mehr als die verrückte Idee der beiden, dass sie sich selbst beibringen könnten, wie man Ballett tanzt.

Ich drehte mich zu Jemmy um. »Und was ist mit dir? Ist diese wahnsinnige Liebe zu Maschinen es wert, sich erschießen zu lassen?«

Ich sah an seiner Miene, dass Jemmy niemals darüber nachgedacht hatte. Er blickte von mir zu Guy, dann wieder zu mir zurück, dann auf den Boden. Ich hatte ihn.

»Geh, Jemmy. Sofort. Keiner von uns wird jemals irgendjemandem sagen, dass du hier gewesen bist.«

Er huschte durch den Gang wie ein Kaninchen, das von Hunden verfolgt wurde. Ein fehlgeleiteter Idiot weniger.

»Wenn Mike jemals herausfindet, dass du mit ihr alleine hier gewesen bist...«

»Wir sind nicht allein!«, unterbrach mich Kara. »Wir haben einen Aufpasser dabei!«

»Wen denn? Solltest du Jemmy meinen...«

»Mich«, sagte Bonnie und trat aus dem Schatten an der Seite der Bühne.

War Karas Anblick schon ein Schock für mich gewesen, traf mich Bonnies Anwesenheit wie ein Erdbeben. Bonnie, die keine Regeln brach und die Kara immer mit leichter Verachtung behandelt hatte. Wegen ihrer Launenhaftigkeit, ihrer fragilen Schönheit. Bonnie hatte zwar keine Macht über Guy, aber sie besaß eine von mir geborgte Autorität über Kara.

»Bonnie? Du hast das erlaubt?«

Bonnie sagte nichts. Ich konnte auf der dämmrigen Bühne ihr Gesicht nicht erkennen.

»Schwester«, wiederholte Guy, »wir müssen es tun.«

»Nein, müsst ihr nicht. Kara, du kommst jetzt mit.«

»Nein.« Und dann sprudelte es förmlich aus ihr heraus. »Ich will nicht so sein wie Pretty! Ich will mich nicht von Männern berühren lassen und Sex mit ihnen haben und zulassen, dass sie sich in mich hineinstecken, bis ich angeschwollen und schwanger bin und vielleicht so sterbe wie Emma! Das will ich nicht, das will ich nicht, *das will ich nicht!*« Ihre Stimme wurde lauter und schriller, was selbst Guy überraschte. Kara hatte soeben die wichtigste Regel des Rudels gebrochen: Loyalität. Man folgte dem Anführer, man gehorchte denen, die über einem standen, und man machte keinen Ärger. Und man behielt seine Angst für sich.

Ich redete so beruhigend auf sie ein, wie ich konnte. »Kara, du hast gehört, was die Frau in dem TeeVee gesagt hat. Es dauert Jahre, bis man ein richtiger Tänzer wird. Jahre. Es ist einfach nicht möglich, mein Liebes.«

»Das wissen wir«, erwiderte Guy. »Wir sind nicht so dumm zu glauben, wir könnten alles tun, was sie tun. Aber wir können etwas machen.«

»Und dieses Etwas ist es wert, dafür zu sterben?«

»Niemand wird sterben, wenn du sagst, du würdest uns hier im Lesen unterrichten. Alle wissen, dass Kara und ich von dir lesen lernen!«

»Nein«, wiederholte ich. »Das Risiko ist zu groß und dann auch noch für nichts!«

Dann ergriff Bonnie, ausgerechnet Bonnie, das Wort. »Es ist nicht für nichts, Schwester. Sieh dir zuerst das Tanzen an.«

Guy griff sofort nach dieser Chance. »Ja! Sieh einmal zu! Es ist so wunderschön!«

Kara und Guy nahmen ihre Plätze neben dem Geländer

ein, und dann stellte er Jemmys TeeVee an. Die Frau sagte: »*Battement tendu*«, und Guy und Kara schwangen ihre Beine nach vorn, nach unten, zur Seite, nach unten, nach hinten und wieder nach unten. Ihre Beine erreichten weder die Höhe noch die Reinheit der Linie der Tänzer auf dem Bildschirm, aber sie waren auch nicht ganz ohne Grazie. Guy zeigte eine Flexibilität und Kraft, die ich nicht erwartet hatte, und Kara eine fließende Zierlichkeit. Nicht, dass dies irgendetwas geändert hätte.

Sie machten noch ein paar Schritte, dann schaltete Guy das Gerät aus. »Wir müssen so viel lernen, wie wir können, bevor der Generator kein Benzin mehr hat. Aber wir haben auch die Bücher. Und später wird in der Klasse eine Kombination von Schritten gezeigt!«

Fünf Fensterputzer arbeiteten dort jeden Tag im Jahr, um die Fenster ständig sauber zu halten. Wenn in der Nacht alle Gebäude beleuchtet wurden, strömte das Licht aus ihnen wie flüssiges Gold auf die Plaza. So wenig in diesem harten Leben war sauber und strahlend, und nichts war flüssiges Gold. Dennoch – nicht wenn unser Leben auf dem Spiel stand.

»Nein«, sagte ich.

Zwei Tage später stürzte ich im Wald. Ich hatte auf einer alten Karte gelesen, dass er »Central Park« genannt wurde. Ich zog mir an einem spitzen Stein eine blutende Wunde am Knie zu.

Der Schmerz war scharf und schnell, aber er war nicht so schlimm wie meine Angst. Ich war alt. Wenn ich nicht laufen konnte, sobald das Rudel weiterzog, war ich erledigt.

Bonnie war sofort neben mir. »Schwester?«

Ich versuchte aufzustehen, schaffte es nicht, wurde von ihren kräftigen Armen gehalten. Ich unterdrückte die Tränen, als wir beide den weißen Knochen anstarrten, der unter meiner ledrigen Haut zu sehen war.

Dann wurde ich ohnmächtig.

Das Krankenzimmer unter dem New York State Theater, dunkel und leer, war kaum größer als ein großer Schrank. Lula saß neben mir, während sie Jaden die Brust gab, wie die Madonna und das Jesuskind, neben einer einzelnen, qualmenden Kerze. »Großmutter...«, flüsterte ich. Vielleicht war es auch ein anderes Wort, ich war nicht sicher. Alles war irgendwie verschwommen, als hätte ich meine Augen unter Wasser geöffnet.

»Schwester?« Lula legte das Baby hin, das sofort anfing zu schreien, und nahm einen Becher hoch. »Hier, trink das jetzt, du musst schlafen...«

Es roch nach Minze und hatte einen bitteren Geschmack unter dem süßen Honig. Ich schlief.

Ich war immer noch im Krankenzimmer und lag allein im Bett. Es war vollkommen dunkel. Ich tastete nach meinem Bein und spürte die dicken Bandagen, die hölzerne Schiene über dem Knie. Ich spürte dumpfen Schmerz. Wie lange lag ich schon hier?

Stunden verstrichen, bis Bonnie mit dem Frühstück kam, mit heißem Tee und ihrem versteinerten, undurchdringlichen Gesicht.

»Wie schlimm ist es, Bonnie? Werde ich wieder gehen können?«

»Das kann ich erst sagen, wenn du wieder stehen kannst.«

»Ist Mike schon zurück?«

»Noch nicht. Trink das.«

»Was ist...?«

»Tee.«

Ich brauchte mehr als nur Tee. Ich musste wieder gehen können.

»Schwester? Schwester, hörst du mich?«

Ich hörte; ich kam aus großer Entfernung, oder vielleicht war es auch Pretty, die weit weg war. Nur war sie das gar nicht. Sie hockte neben mir, bloß dass es jetzt zwei von ihr waren, dann drei. Wie konnte das sein? Eine Pretty war vollkommen genug. Es sei denn, sie wäre fruchtbar gewesen und hätte sich selbst immer und immer wieder geboren...

»Ich bin schwanger!«, schrie eine der Prettys triumphierend. Und dann sagte sie: »Kann sie mich hören?«

»Ich weiß es nicht«, erwiderte Bonnie.

»Es ist von Mike! Ich weiß es genau! Bonnie, kann sie mich verstehen?«

»Das weiß ich nicht.«

Und dann, ganz plötzlich, konnte ich sie nicht mehr hören.

Ich war Großmutter, ging durch das Lincoln Center, beobachtete, wie das Licht durch die hohen, gebogenen Fenster strömte – wie flüssiges Gold. Ich nahm einundzwanzig Kristalllüster herunter und polierte jeden einzelnen Kristalltropfen so hell, dass er in meiner Hand brannte. Das Brennen erstreckte sich auf die Bibliothek der darstellenden Künste und brannte sie bis auf die Grundmauern nieder. Fenster zerplatzten, und Splitter durchbohrten mich. »Lincoln Kirstein wird das nicht gefallen!«, rief meine Großmutter. »Er hat ein Vermögen ausgegeben, um das hier zu erbauen!« Ich lachte und nagelte weiter roten Teppich fest.

Schließlich kehrte die Klarheit zurück. Ich wusste, wer ich war, wo ich war, und es war nicht Bonnie, die neben meiner Schlafdecke stand, sondern Joe, Mikes Leutnant, der das Kommando hatte, seit... Wie lange schon?

»Wie geht es dir, Schwester?«, erkundigte sich Joe etwas verlegen.

Ich kannte Joe, seit er zehn Jahre alt gewesen war. Er war ein wilder Kämpfer, loyal und sehr umsichtig, wenn es darum ging, unser Lager zu bewachen, aber sehr locker mit allem, was innerhalb dieses Kreises passierte. Jetzt jedoch sah er nicht besonders locker aus.

»Mein Kopf ist wieder klar«, sagte ich.

Er war ganz offensichtlich nicht an meinem Kopf interessiert. »Kannst du gehen?«

»Das weiß ich nicht.«

»Finde es raus.« Er verschwand, abrupt und ohne zu lächeln. Mir lief es kalt über den Rücken.

Junie kam ein paar Minuten später herein, atemlos, weil sie gelaufen war, und mit Davey auf dem Arm. »Oh, Schwester, geht es dir besser?«

»Ja. Schick Bonnie zu mir.«

»Ich weiß nicht, wo sie steckt! Ich wollte vor einiger Zeit, dass sie Jaden etwas gegen ihr Zahnen gibt, weil sie solche Schmerzen hat, und Lulu sagte, dass Bonnie ihr vielleicht etwas geben könnte, um sie zu beruhigen, aber ...«

Junie plapperte weiter, während ich eine Handfläche gegen die Wand presste und versuchte aufzustehen. Es gelang mir, aber nur mit Mühe.

»Junie, wie lange habe ich hier gelegen?«

»Das muss ... lass mich nachdenken ... Etwa einen Monat? Oder etwas mehr?«

Mehr als einen Monat. Mehr als einen Monat lang betäubt, gegen den Schmerz einer gebrochenen Kniescheibe.

»Such Bonnie und schick sie zu mir«, sagte ich.

»Das mache ich. Aber, Schwester, Joe sagt ... Nein, Tony, er sagt, er wird zurückkommen, und er ...«

»Tony?« Tony war mit Mike und Keithers Rudel auf die Jagd gegangen. Ich betrachtete Junie genauer und bemerkte jetzt die Furcht auf ihrem Gesicht. Davey spürte sie ebenfalls, denn er klammerte sich mit seinen dicken kleinen Händen an ihrem Körper fest. »Ist Mike tot?«, erkundigte ich mich.

»Tony sagt, dass er es noch nicht war, als er weggelaufen ist. Tony ist entkommen. Sie wurden nach zwei Tagen in einen Hinterhalt gelockt – Schwester, Keithers Rudel ist groß, er hat gelogen, die meisten von ihnen waren nicht im

Hotel, als unsere Männer dort hingingen. Sie wollen Mike gegen jemanden eintauschen, ich habe vergessen, gegen wen oder warum, und Tony ist entkommen, und Joe sagt, dass wir morgen früh aufbrechen! Es ist hier nicht mehr sicher. Oh, Schwester, kannst du gehen?«

»Such Jemmy. Sag ihm, er soll mir einen Stock zurechtschneiden, und zwar genau so lang, dass ich mich darauf stützen kann. Sag ihm, ich will ihn sofort haben.«

»Aber du hast mir eben gesagt, ich sollte Bonnie suchen und ...«

»Nicht Bonnie. Jemmy. Sofort.«

Als er mit dem Stock kam, hatte ich mein Gewicht auf mein kaputtes Bein gestützt, war gefallen und hatte herausgefunden, dass die Schiene hielt. Ich war wieder aufgestanden. Bonnies Schiene war schwer, aber die Krücke konnte sie ausbalancieren. Ich stützte mich auf Jemmys Schulter und schaffte es bis in den Korridor, ohne mich weiter zu verletzen. Im Frauenzimmer arbeiteten die Mädchen wie verrückt, obwohl das Rudel erst im Morgengrauen aufbrechen würde und sie nur wenig zusammenzupacken hatten. Alles, was sie mitnahmen, musste getragen werden. Jedes Mädchen hatte einen Rucksack, und die Mütter hatten Tragetücher für die Babys. Die Taschen der Wintermäntel waren mit Lebensmitteln vollgestopft. Die Mäntel selber mussten angezogen werden, ganz gleich, wie heiß es war, weil wir es uns nicht leisten konnten, sie zu verlieren. Am Morgen würden die Decken mit den Kochutensilien zusammengerollt und Rick auf die Schultern geschnallt werden, der acht Jahre alt war und noch nicht kämpfen konnte, und auch auf die Schultern der anderen Männer, die Joe aussuchte.

Vor dem Gebäude schimmerten die ersten Sterne schwach an einem dunkelblauen Himmel, obwohl sich am westlichen Horizont Wolken auftürmten. Es roch nach Regen, und die Bäume schwankten. Die Met hob sich dunkel gegen den kobaltblauen Himmel ab. *Wenn in der Nacht alle Gebäude be-*

leuchtet wurden, strömte das Licht aus ihnen wie flüssiges Gold auf die Plaza. Die Leute lachten und redeten und stellten sich zu Hunderten an, um Opern zu hören, Balletts zu genießen, Theaterstücke zu sehen und Konzerten zu lauschen.

Irgendwo kläffte ein Hund, dann noch einer. Ein Rudel auf der Jagd.

»Bring mich zu ihnen«, sagte ich zu Jemmy.

Überall waren Schatten, neben dem Vivian Beaumont, auf der unterirdischen Rampe. Jemmy klemmte einen Stein zwischen die Tür, so dass ich hören konnte, wenn die Wachen anfingen zu schießen. Im Theater waren noch mehr Schatten.

Sie sahen mich nicht. Sie hatten die *Barre* auf die Rückseite der Bühne geschoben, damit sie nicht im Weg war. Guy war barfuß und hatte den Oberkörper entblößt. Kara war ebenfalls barfuß, trug eine weiße Strumpfhose und etwas Schimmerndes, Hautenges, das von Löchern übersät war. Sie hatten es wohl aus irgendeinem uralten Lager ausgegraben. Musik spielte. Es war nicht die dünne, etwas blecherne Musik des Pianos, das für die »Klasse« spielte. Dies war der volle, glorreiche Klang der Musik von der anderen Aufnahme, *Die vier Temperamente*. Ich begriff, was Guy getan hatte.

Während er die Schritte und die Kombinationen für sich und Kara arrangiert hatte, hatte er die ganze Zeit Paul Hindemiths Musik im Kopf gehabt. Sie tanzten perfekt zur Musik, vermischten sich damit, sie waren die Musik. In dieser Mischung wurde Guys und Karas Unerfahrenheit weniger bedeutungsvoll, teilweise deshalb, weil er Bewegungen ausgesucht hatte, die sie elegant ausführen konnten. Von meinem Studium der Ballettbücher konnte ich sogar einige ihrer Figuren bezeichnen: *Bourrées, Pas de chat, Battements*.

Aber die Namen waren nicht wichtig. Wichtig war nur der Tanz. Sie berührten sich nie, aber Karas junger Körper, auf halber Spitze, bog sich traurig zu seinem hinüber, Verlust signalisierend, sehnsüchtig, ohne ihn jemals zu erreichen. Er sehnte sich auch nach ihr, obwohl ich wusste, dass er nicht sie begehrte, ebenso wenig wie sie ihn. Ihre Trauer galt dem Tanz selbst, den sie so kurz erleben durften und morgen verlieren würden. Es war der Verlust aller Schönheit, die sie einst hätten haben können, damals, als die Welt noch anders war. Guy hob das Bein, streckte den Arm aus und balancierte in einer perfekten Arabesque. Im sanften Schein des Laternenlichts wirkten die tanzenden Gestalten wie flüssiges Gold, und sie erleuchteten die nackte Bühne mit herzzerreißender Trauer über die verschwundene Schönheit.

Aber es war Bonnie, die mich wirklich verblüffte.

Sie stand auf der Seite der Bühne: Anstandsdame, Wache und noch mehr. Ich hätte mir niemals ausgemalt, dass ihr reizloses Gesicht einmal so aussehen könnte. Sie war nicht nur lebendig, sie strahlte förmlich, mit der Wildheit des Engels, der den Eingang zum Paradies bewachte. Ich hatte es nicht gewusst, nicht einmal vermutet.

»Bonnie«, sagte ich. Es war ein Flüstern, das nur Jemmy hörte. Bevor ich jedoch lauter weiterreden konnte, wurde die Tür hinter mir aufgerissen.

»Was zur Hölle ist das?«, brüllte ein Mann.

Mike.

Ich drehte mich um. Getrocknetes Blut bedeckte eine Seite seines Gesichts und verfilzte seinen Bart. Sein linker Arm lag in einer improvisierten Schlinge. Hinter ihm drängten sich drei oder vier Männer in den Raum. Mike schob sich an mir vorbei und eilte zur Bühne.

Ich folgte ihm, so schnell ich konnte, biss die Zähne zusammen wegen des Schmerzes in meinem Knie. »Warte! Warte! Mach nichts…!«

Die Männer schoben sich an mir vorbei. Mike stand vor der Bühne, auf der Kara und Guy erstarrt waren.

»…Überstürztes!«, schrie ich. »Bonnie war die ganze Zeit dabei, sie waren nie allein!«

Einer der anderen Männer, er stand mit dem Rücken zu mir, deshalb konnte ich nicht erkennen, wer es war, hob eine Laterne neben Mike hoch in die Luft, und ich sah, was auch Mike sah. Das Blut auf Karas Schenkeln, leuchtend rot auf der weißen Strumpfhose. Sie hatte ihr Erwecken.

Ich packte Mikes gesunden Arm. »Sie waren nie allein! Verstehst du mich, sie waren niemals allein! Er hat sie nie berührt!«

Wäre es Joe gewesen, er hätte Guy auf der Bühne erschossen. Lew hätte beide erschossen. Mike dagegen warf Guy einen zutiefst angewiderten Blick zu, seiner nackten Brust, der Arabesque, die Mike so rüde unterbrochen hatte, einen Blick, der allem an Guy galt, was Mike niemals verstehen würde. Mike knurrte mich an, offenbar ohne mein verletztes Bein zu bemerken. »Schaff die Frauen dorthin, wohin sie gehören.«

Jemand schoss auf das TeeVee, und die Musik hörte auf.

Bonnie antwortete auf keine meiner Fragen. Sie saß stumm und hölzern im Krankenzimmer, bis Mike Zeit fand, nach ihr zu schicken. »Was hast du mir gegeben?«, wollte ich von ihr wissen. »In welcher Dosis? Und, Bonnie… warum?«

Sie sagte nichts.

Lincoln Kirstein, hatte Großmutter mir einmal erzählt, hat diesen Ort erbaut. Er hat sein eigenes Geld dafür benutzt und andere dazu gebracht, Geld zu spenden, und hat eine große Ballettgesellschaft gegründet. Er war weder ein Tänzer noch ein Choreograf noch ein Musiker. Er machte kein Ballett, aber er sorgte dafür, dass Ballett gemacht wurde.

Kara war nicht bei uns. Sie war ins Frauenzimmer geschickt worden. In ungefähr einer Woche, wenn sie aufhörte zu bluten, würde sie in Mikes Bett geschickt werden oder in das von Joe oder das von Karl, in das Bett von jedem Mann, der beweisen konnte, dass sie fruchtbar war. Sie würde dorthin geschickt werden, auch wenn sie noch so kreischte.

Ein paar Stunden später schickte Mike nach mir. Zwei Männer schleppten mich in ein Zimmer am Ende des Korridors. Es war ein kleines Zimmer mit Betonwänden, und es standen immer noch die verbogenen und verrosteten Reste dieser großen Maschinen darin, die einmal gegen ein paar Münzen Essen und Getränke ausgespuckt hatten. Es gab ein uraltes Sofa, in dem Ratten genistet hatten, dazu einen wackligen Tisch und ein paar Sessel. Ich konnte mir vorstellen, wie die Tänzer aus ihrem Übungsraum hierherkamen, sich auf das Sofa und die Sessel warfen und einen Moment ausruhten, mit einem Süßigkeitenriegel oder einer Limonade.

Mikes Männer setzten mich in einen einigermaßen intakten Sessel. »Warum, Schwester?«, fragte er mich.

Dieselbe Frage hatte ich Bonnie gestellt. Jetzt jedoch war meine Sorge nur, sie so gut zu beschützen, wie ich konnte. »Sie wollten tanzen, Mike, das ist alles. Sie waren nie allein, und er hat sie nie...«

»Das kannst du nicht wissen. Du warst die ganze Zeit bewusstlos.« Er betrachtete mein Bein. Jemand hatte das Blut aus seinem Gesicht, seinem Auge und seinem Bart entfernt.

»Das stimmt zwar, aber wenn Bonnie sagt, dass sie immer bei ihnen war, dann war sie das auch. Sie hat nur Befehlen gehorcht, Mike. Ich habe ihr gesagt, dass ich Kara und Guy die Erlaubnis gegeben hätte zu tanzen und dass sie die ganze Zeit bei ihnen bleiben müsste.«

»Du? Du hast es ihnen erlaubt?«

»Ja, ich. Ich meine, du kennst Bonnie – kommt sie dir wie eine Person vor, die sich für Tanz interessiert?«

Mike runzelte die Stirn. Er war nicht daran gewöhnt, darüber nachzudenken, was für eine Person eine Frau sein könnte. »Du hast es getan, Schwester? Nicht Bonnie?«

»Nein, nicht Bonnie. Und sie ist eine gute Schwester,

Mike. Sie kann Medizin genauso gut machen wie ich. Und alles andere auch.«

Schließlich glitt sein Blick von meinem bandagierten Knie zu meinem Gesicht. »Willst du erschossen oder zurückgelassen werden?«, fragte er schlicht.

Erschießen wäre die gütigere Lösung. »Lass mich zurück«, sagte ich jedoch.

Er zuckte mit den Schultern und verlor das Interesse. Er hatte eine Schwester, Kara war nicht berührt worden, und er musste über eine Kampftaktik nachdenken.

Mitten in diese Gleichgültigkeit hinein wagte ich zu fragen: »Guy?«

Mike runzelte die Stirn. »Bringt sie dorthin, wohin sie will«, sagte er zu seinen Männern, »und dann bringt mir die neue Schwester.« Er verließ den Raum und hatte mich bereits vergessen.

Mikes Männer ließen mich im Untergeschoss des Vivian Beaumont zurück, unmittelbar hinter der ersten Tür. Ich suchte im Dunkeln in meiner Tasche nach der Kerze und den Streichhölzern. Es war nicht leicht, mich mit einer Hand an der Wand abzustützen und die Kerze und die Krücke in der anderen zu halten, während ich voller Schmerzen durch den Gang und die Rampe hinab durch die zweite Tür humpelte. Als ich die flachen Stufen am Ende der Bühne erreichte, kroch ich förmlich.

Meine fünf Ballettbücher lagen fein säuberlich gestapelt in einer Ecke, wo Guy sie all die Nächte studiert hatte, die ich betäubt im Krankenzimmer gelegen hatte, und Kara ihren Körper gedehnt, auf Zehenspitzen gestanden und von Ballettschuhen geträumt hatte. Ich öffnete *Die Geschichte von Giselle* und schlug die Seiten im Kerzenlicht um, bis ich das Foto einer Tänzerin in einem langen, dünnen Rock fand, die von ihrem Partner unglaublich hoch in die Luft gehoben wurde und in einem exquisiten Bogen über ihm zu schweben schien. Es gibt einen schlimmeren Tod als den, der einen bei der Betrachtung der Schönheit ereilt. Ich holte mein Paket mit destillierten Eisenhutblättern heraus. Sie wirkten sehr schnell und nicht besonders qualvoll.

Irgendetwas stöhnte irgendwo hinter mir.

Sie hatten ihn blutig geprügelt und ihn an einen Betonpfeiler in einem der winzigen Umkleidezimmer hinter der Bühne gekettet. Guy atmete, als litte er starke Schmerzen, aber ich konnte keine gebrochenen Knochen ertasten. Mike hatte nicht gewollt, dass er zu schnell starb. Hier würde er entweder verhungern oder von Keithers Rudel gefunden werden, wenn sie kamen, um Rache zu nehmen, uns unsere Frauen zu rauben oder einfach nur um Krieg zu führen.

»Guy?«

Er stöhnte erneut. Ich suchte den Raum ab, fand aber keine Schlüssel für seine Ketten. Dann setzte ich mich neben ihn, hielt in einer Hand das Paket mit Eisenhut, das nicht für uns beide reichte, und in der anderen Hand *Die Geschichte von Giselle*. Und dann, weil ich alt war, eine gebrochene Kniescheibe hatte und über einen Monat lang betäubt gewesen war, während Guy und Kara die Gefahren des Balletts neu erfunden hatten, schlief ich ein.

»Schwester? Schwester?« Pause. »Susan!«

Die Kerze war erloschen. Aber die Garderobe wurde von einer Laterne erhellt, von zwei Laternen. Bonnie und Kara standen da, in Männerkleidung und mit Rucksäcken, und beide waren mit Maschinenpistolen bewaffnet. An Kara sah die Waffe aus, als hätte sich ein Schmetterling mit einer Machete ausstaffiert. In dem Licht öffnete Guy mit flatternden Lidern die Augen.

»Oh!« Kara schlug die Hand vor den Mund. Die Waffe wackelte.

Bonnie fauchte sie an. »Komm ja nicht auf die Idee, hysterisch zu werden!« Ich erschrak bei ihrem Tonfall, der wie

mein eigener war. Wie mein eigener gewesen war.«»Und Schwester, kannst du...?«
»Nein«, fiel ich ihr ins Wort.
Bonnie widersprach nicht. Sie ging in die Knie und untersuchte Guy nüchtern.
»Das habe ich schon gemacht«, sagte ich. »Es ist nichts gebrochen.«
»Dann kann er gehen. Kara, bring die Schwester hier weg, auf die Bühne. Guy, geh so weit von dem Pfeiler weg, wie du kannst.«
Er gehorchte und schloss seine geschwollenen und blutverkrusteten Augen. Kara zerrte mich weg. Selbst auf der Bühne war der Lärm von Bonnies Pistole – sie benutzte nicht die Maschinenpistole – ziemlich laut, als sie die Kette durchschoss. Die Abpraller, die zweifellos gefährlich waren, klingelten mir in den Ohren. Ein paar Augenblicke später tauchten Guy und Bonnie auf. Er stützte sich auf sie und zog Stücke der Kette an seinem Knöchel hinter sich her. Aber er war in der Lage, sich zu bücken und sie vom Boden aufzuheben. Ich packte Bonnies Knie.
»Bonnie, wie...?«
»In ihrem Eintopf. Kara und ich haben serviert.«
»Tot?«
»Ich weiß es nicht. Einige vielleicht.«
»Was hast du benutzt? Kermesbeere? Wasserschierling? Wasserdost?«
»Herbstzeitlose. Den Samen.«
»Aber natürlich nicht bei den anderen Mädchen«, sagte Kara plötzlich. »Das würden wir nicht tun.« Und dann fuhr sie fort: »Aber ich gehe mit niemandem ins Bett!«
»Und du musst tanzen«, sagte Bonnie.
Ich sah sie erstaunt an. Kara wollte tanzen, Guy wollte tanzen, aber es war *Bonnie*, die entschied, dass sie tanzen würden. »Wohin geht ihr?«, fragte ich.
»Nach Norden. Weg von der Stadt. Es wird sehr stark

regnen, das wird unsere Spuren verwischen, bevor sich das Rudel erholt.«

»Versucht eine landwirtschaftliche Allmende zu finden. Oder, wenn ihr könnt, Orte wie ›Ithaca‹, ›Endicott‹ oder ›Bath‹. Ich bin nicht sicher, ob sie tatsächlich existieren, aber es könnte sein. Habt ihr die Karte, die ich gefunden habe? Und meinen Arzneibeutel?«

»Ja. Hast du ...?«

»Ja.«

»Wir müssen jetzt gehen, Schwester. Jemmy kommt ebenfalls mit.«

Jemmy. Vielleicht würden sie ja einen Generator finden. Bonnie nahm die beiden Kassetten aus dem zerschossenen TeeVee, *Die vier Temperamente* und *Videoaufnahme der Klasse*. Kara half Guy, sich einen warmen Mantel, Stiefel und einen Regenponcho anzuziehen. Er schwankte zwar, hielt sich jedoch auf den Beinen. Dann gab sie ihm ihr Gewehr, was ihn tatsächlich zu kräftigen schien. Kara drehte sich zu mir um. Ihre Lippen zitterten.

»Nicht«, sagte ich so barsch ich konnte. Kara verstand mich nicht und wirkte verletzt. Aber Bonnie wusste, warum.

»Leb wohl, Schwester«, sagte sie ohne schmerzliche Sentimentalität und packte die beiden anderen an der Hand, um sie wegzuführen.

Ich wartete, bis ich ihre Schritte auf der Bühne hörte, hörte, wie sich die Tür zum Theater schloss, wartete, bis genug Zeit verstrichen war, das Lager zu verlassen. Dann kroch ich aus dem Vivian Beaumont. Es hatte gerade angefangen zu regnen, und der Boden duftete süß in der Sommernacht. Die Kochfeuer auf der Plaza zischten und knisterten. Daneben lagen die Männer. Etwas weiter entfernt war der Perimeter mit den Männern, die nach ihrem herzhaften Abendessen auf ihre Außenposten gegangen waren, auf Straßen in der Nähe oder auf Dächer.

Zwei Männer am Feuer waren bereits tot. Ich vermutete,

dass die meisten anderen, einschließlich Mike, sich wahrscheinlich wieder erholen würden, aber die Samen der Herbstzeitlosen sind heikel. Es hängt viel davon ab, wie sie getrocknet, gemahlen, gebleicht und gelagert werden. Bonnie wusste viel, aber nicht so viel wie ich. Ich sammelte die Waffen der Männer ein, stapelte sie unter einem Regenponcho und setzte mich unter einem anderen Poncho daneben, eine geladene Halbautomatik neben mir.

Es gab verschiedene Möglichkeiten. Wenn Keithers Rudel auftauchte, wäre es wohl das Gnädigste, wenn ich Mike und die anderen erschoss, bevor sie wieder zu sich kamen. Keithers Rudel würde die Mädchen für sich beanspruchen. Es würde ihnen weder besser noch schlechter gehen als jetzt. Fruchtbare Frauen waren kostbar.

Wenn Mike und die anderen zu sich kamen, nachdem Bonnie meiner Meinung nach bereits weit genug weg war, würde ich mein Paket Eisenhut schlucken und es Mike überlassen, sich mit Keither auseinanderzusetzen.

Aber ... vergiftet mit dem Samen von Herbstzeitlosen hätten mehr von diesen Männern eigentlich vor ihrer Lähmung erbrechen sollen. Sollte Bonnie ihre Vorbereitungen oder ihre Dosierung falsch eingeschätzt haben, und das Rudel würde zu sich und zu Kräften kommen, um ihr noch folgen zu können, würde ich tun, was notwendig war.

»Wir haben alle einundzwanzig elektrischen Kronleuchter in der Met heruntergelassen, einundzwanzig, stell dir das vor, Susan! Und wir haben jeden einzelnen Kristalltropfen gereinigt. Jedes zweite Jahr wurde der gesamte rote Teppich ersetzt, was insgesamt siebenhunderttausend Dollar kostete. Alle fünf Jahre wurden die Sitze ersetzt. Fünf Fensterputzer arbeiteten dort jeden Tag im Jahr, um die Fenster ständig sauber zu halten. Wenn in der Nacht alle Gebäude beleuchtet wurden, strömte das Licht aus ihnen wie flüssiges Gold auf die Plaza. Die Leute lachten und redeten und stellten sich zu Hunderten an, um Opern zu hören, Balletts zu genießen, Theaterstücke zu sehen und Konzerten zu* *lauschen. Und ich habe so prächtige Aufführungen erlebt... du kannst es dir nicht vorstellen!«*

Nein, das konnte ich nicht. Ebenso wenig wie ich mir vorstellen konnte, was mit Guy und Kara passieren würde... und dem Ballett. Und ich hätte mir nicht vorstellen können, dass Bonnie von einem Zauber gefangen würde, den sie niemals erwartet hätte: dem Zauber der verlorenen Vergangenheit, der wie ein Tänzer in einer Arabesque aus den Ruinen erstand. Hatte dieser Sturm schon die ganze Zeit in ihr geschlummert und nur etwas gebraucht, was er leidenschaftlich lieben konnte?

Es gibt unendlich viele Arten von Stürmen und alle möglichen Formen von Aufführungen. Unter dem Poncho hielt ich meine Waffe fest, lauschte dem Regen, der auf das Lincoln Center klatschte, und wartete.

DIANA ROWLAND

Die Hölle kennt keine Wut wie die einer verschmähten Frau…

Diana Rowland hat als Barmixerin, Kartengeberin beim Blackjack, Pit Boss, Streifenpolizistin, Kriminalbeamtin, Spezialistin für Computerforensik, bei der Spurensicherung und im Leichenschauhaus gearbeitet. Sie gewann in ihrer Klasse auf der Polizeischule den Marksmanship Award, besitzt einen schwarzen Gürtel in Hapkido und hatte mit zahlreichen Leichen in verschiedenen Stadien der Verwesung zu tun. Sie ist Absolventin des Clarion West Writers Workshop, und ihre Romane umfassen *Vom Dämon gezeichnet*, *Vom Dämon versucht*, *Secrets of the Demon*, *Sins of the Demon* und *My Life as a White Trash Zombie*. Ihre neuesten Bücher sind *Touch of the Demon* und *Even White Trash Zombies Get the Blues*. Sie lebt schon ihr ganzes Leben unterhalb der Mason-Dixon-Linie und ist zutiefst dankbar für die Erfindung der Klimaanlage.

STADTLAZARUS

Übersetzt von Karin König

Eine graue Dämmerung und Niedrigwasser offenbarten den Leichnam am Rande des Wassers, der mit dem Gesicht nach unten teilweise im Schlick vergraben war. Ein Arm trieb auf der trägen Strömung, da der Fluss daran zog. Ein übler Geruch wehte zu den Leuten, die auf dem Deich standen, obwohl der Gestank wohl eher mit illegaler Abwasserentsorgung als mit dem Leichnam zu tun hatte.

Regen fiel in einzelnen Tropfen, während sich das Flachboot dem Leichnam näherte, ein dickes Seil hinter sich herziehend, das von Arbeitern auf festerem Boden gehalten wurde. Captain Danny Faciane beobachtete es von seinem Aussichtspunkt auf dem Deich aus und runzelte unter der Kapuze seines Regenmantels die Stirn. Er begriff, warum das Vorankommen durch den Schlick nur langsam vonstattenging, aber er ärgerte sich dennoch darüber. Die Flut würde nicht darauf warten, dass sie ihre Aufgabe erledigt hätten, obwohl ihn im Moment eher die frühe Stunde und der Mangel an Kaffee in seinem Körper frustrierten. Man musste mit diesem Fluss einfach vorsichtig umgehen. Seit dem Einsturz der Old River Control Structure war er vielleicht nicht mehr so wild wie einst, aber er beherrschte immer noch einige Tricks.

Dannys Aufmerksamkeit wurde von etwas zu seiner Rechten abgelenkt, in Richtung der beiden Brücken über den Fluss. Nur auf einer der Brücken waren Autoscheinwerfer zu sehen. Es herrschte nicht mehr genug Verkehr, um die Benutzung beider zu rechtfertigen. Auf der anderen Seite des Flusses lag ein auf Grund gelaufenes Schiff im Schlick. Lichter flackerten an einem Dutzend Stellen, während sich Arbeiter mit Schneidbrennern darum bemühten, so viel wie möglich von dem festsitzenden Schiff zu retten. Danny fragte sich, ob die Leute des Bergungstrupps als Nächstes über die Brücke herfallen würden wie von Holz angezogene Termiten.

»Ich muss lernen, wie man schweißt«, brummte ein Detective hinter ihm. Danny blickte sich um und sah, dass Farbers Aufmerksamkeit ebenfalls von den umherschweifenden Lichtern auf dem stillgelegten Schiff angezogen worden war.

Danny schüttelte den Kopf. »Sie werden gehen, sobald sie fertig sind. Es sind nur noch wenige Schiffe zum Ausschlachten geblieben. Sie werden wahrscheinlich nicht mal mehr ein Jahr lang Arbeit haben.«

»Vielleicht, aber in diesem Jahr verdienen diese Arschlöcher wahrscheinlich dreimal so viel wie wir. Außerdem denke ich immer noch, dass die Stadt ihnen Arbeit geben wird. New Orleans wird es schon hinbekommen.«

Danny schnaubte. Er hegte kaum Zweifel daran, dass die Schweißer mehr verdienten als Farber, aber er wusste auch verdammt gut, dass sie nicht annähernd an seine eigenen Einnahmen herankamen. Und er teilte, so sicher wie die Hölle, nicht Farbers blauäugigen Optimismus bezüglich der Zukunft der Stadt. »Eine schmutzige Arbeit«, sagte er »Und gefährlich.«

»Was *wir* tun, ist gefährlich«, widersprach Farber.

Danny sah ihn mit gewölbter Augenbraue an und lachte leise. »Nur wenn du es falsch machst«, sagte er und zog dann die Schultern gegen den Windstoß hoch, der ihm den Regen ins Gesicht peitschen wollte. »Wie das hier. Verdammte morgendliche Scheiße.«

Die gemurmelten Befehle und Flüche der Männer auf dem Flachboot, als sie den Leichnam erreichten, trieben zu ihm heran. Sie kämpften gegen den Sog des zähen Schlicks an, während der Fluss seine Beute festhielt, aber schließlich gelang es ihnen, den Leichnam aus seinem Grab zu befreien. Er plumpste auf den Boden des Bootes, ein schlickbedeckter Fuß noch immer am Ufer, während die Arbeiter an Land das Flachboot zurückzogen.

Danny ging hinüber, als die Männer den Leichnam aus dem Boot zerrten und auf den Boden legten. »Könnt ihr sein Gesicht waschen?«, fragte er niemand Bestimmten und wartete, bis jemand eine Flasche Wasser nahm und sie dem Opfer übers Gesicht goss. Danny runzelte die Stirn, als er sich neben den Leichnam hockte, und das nur teilweise wegen des üblen Schlickgeruchs. »Es ist Jimmy Ernst.«

»Verdammt«, murmelte einer der Männer auf dem Flachboot. »Für diesen Mistkerl sind wir über den stinkenden Schlick gekrochen?«

Danny verzog zustimmend den Mund, während er den Leichnam mit geübtem Auge betrachtete. Die Kriminaltechnikerin zog ein Paar Handschuhe aus der Seitentasche ihrer Hose und hielt sie Danny hin, aber er schüttelte den Kopf. Er hatte nicht die Absicht, den Leichnam zu berühren und es zu riskieren, sich schmutzig zu machen. Die Rechtsmediziner würden es übernehmen, ihn vom Schlick zu säubern, bevor sie sich der Autopsie zuwandten.

»Nun, das ist verdammt interessant«, sagte er und neigte den Kopf.

»Was haben Sie?«, fragte Farber und kauerte sich neben ihn.

»Er wurde ermordet.« Danny deutete auf die beiden Brandmale am Hals des Toten. Vielleicht gab es noch weitere, unter dem Schmutz verborgen, aber allein diese hätten schon genügt. Die neueste Generation von Taser-Waffen hinterließ solche Male. Sie besaßen ausreichende Schlagkraft, um jemanden ungefähr eine halbe Minute lang zu lähmen. Lange genug, um einem Täter Handschellen anzulegen.

Danny richtete sich auf und ließ den Blick über das schweifen, was vom Mississippi noch übrig war. Dies war nicht der erste Leichnam, der aus dem saugenden Schlick gezogen werden musste, und es würde nicht der letzte sein. Die Ufer waren ein Sumpf aus Erdlöchern und unberechenbaren Strömungen. Man konnte dort leicht sterben, besonders nach ein paar Stößen von einem Taser.

»Ich habe genug gesehen«, sagte er zu der Kriminaltechnikerin, während sie auf ziellose, flüchtige Art ihre Fotos schoss. Ihr lag an Jimmy Ernst genauso wenig wie ihm.

»Wir sehen uns im Präsidium«, sagte Farber.

Danny nickte, wandte sich ab und lief über die Felsen des jetzt nutzlosen Deiches, über die von Unkraut überwucherten Eisenbahnschienen und zur Straße hinauf. Der Regen hatte kurzzeitig aufgehört, und ein Blick zum Himmel sagte ihm, dass er noch genug Zeit hätte, um einen Kaffee zu trinken und richtig wach zu werden, bevor die Wolkendecke wieder aufbrach. Es war nicht dringend notwendig, dass er zum Präsidium zurückkehrte. Bei *diesem* Fall bestand, so sicher wie die Hölle, keine Eile, ihn rasch abzuschließen. Er gab ihm ungefähr eine Woche, dann würde er aus Mangel an Beweisen geschlossen werden.

Das Café du Monde hatte geöffnet und bewirtete bereits einige wenige Touristen, aber Danny ging vorbei und die North Peters hinauf, wobei seine Schritte von den vielen stummen Ladenfronten widerhallten. Vor drei Jahren, bevor der Fluss seinen Lauf änderte, hätte in dem Viertel bereits Hochbetrieb geherrscht, mit Lieferanten, die Waren ausluden, Ladenbesitzern, die Bürgersteige abspritzten, und Müllmännern, die einander etwas zuriefen, während sich die Trucks rumpelnd ihren Weg durch die engen Straßen bahnten.

Er wechselte in der Nähe des French Market zur Decatur Street hinüber und ging zum Coffee-Shop an der Ecke der St. Peters. Er zückte seine Marke, um einen Kaffee und ein Croissant umsonst zu bekommen, und setzte sich dann draußen unter der grün-weiß gestreiften Markise an einen Tisch.

Ein abgemagerter Hund, der nach Nässe, Jauche und Verzweiflung roch, schlich den Bürgersteig entlang auf ihn zu. Er war grau mit einem schwarzen Ohr, und Hoffnung flackerte in seinen Augen auf, dass Danny ihm ein Stück seines Croissants zuwerfen oder zumindest einen Krümel fallen lassen würde. Er hatte wahrscheinlich früher jemandem gehört. Viele Tiere waren nach der Veränderung zurückgelassen worden, als ihre Besitzer ihre Häuser aufgegeben hatten und verzweifelt geflohen waren, um anderswo neu anzufangen, da jegliche Industrie in New Orleans von dem versiegten Fluss abhing.

Der Hund winselte und setzte sich ungefähr einen halben Meter von Danny entfernt hin. »Geh weg«, brummte Danny und schob den Hund bedächtig mit dem Fuß fort. Ärgerlicherweise schien die Berührung den Hund nur zu ermutigen. Er kam zurück und legte dieses Mal eine Pfote auf Dannys Knie. Danny fluchte, zog das Bein weg und betrachtete säuerlich einen ausgedehnten Fleck von Wer-zum-Teufel-wusste-was. »Du verdammter Köter!« Er streckte erneut den Fuß aus. Es war kein harter Tritt, aber er versicherte sich, dass er stark genug war, um zu vermitteln, was er ausdrücken wollte. Der Köter stieß ein hohes Jaulen aus, fiel nach hinten und kauerte sich dann hin, den Blick auf Danny gerichtet. Danny fragte sich einen kurzen Moment, ob der Hund ihn angreifen würde. Es gab viele verzweifelte Tiere in der Stadt, und wenn man klug war, blieb man wachsam. Seine Hand zuckte zu seiner Pistole. Er war mehr als bereit, das Tier zu erschießen, wenn es ihn angriff, aber der Hund senkte nach wenigen Sekunden den Kopf und lief verunsichert davon, wobei er seinen Geruch mit sich nahm.

Danny seufzte erleichtert, während er Servietten nahm und über den Fleck auf seiner Hose rieb. Hätte er den Hund hier erschossen, hätte er nur Aufmerksamkeit auf sich gezogen. Es hätte nicht gezählt, wenn der Hund ihn angegriffen hätte. Viele Leute hätten ihm angesichts einer solchen Entscheidung nur allzu gerne besserwisserisch erklärt, wie er weniger Gewalt hätte anwenden oder einen Weg finden können, um absolut sicher zu sein, dass der Hund ihm Schaden zufügen wollte. Es hätte sogar jene gegeben, die darauf beharrt hätten, dass er als Polizeibeamter bereitwillig einen Biss hätte ertragen müssen und zu schnell zu tödlicher Gewalt gegriffen hätte.

Scheiß drauf, dachte Danny grimmig. Du hast getan, was du tun musstest, um zu überleben, besonders in dieser Stadt. Du hast dich um dich selbst gekümmert, weil das niemand sonst für dich getan hätte.

Er ließ die schmutzigen Servietten auf den Tisch fallen und erhob sich, während er stirnrunzelnd den verbliebenen Fleck betrachtete. Er nahm seinen Kaffee und das Croissant und wollte die Straße überqueren, blieb aber beim Anblick einer Frau an der gegenüberliegenden Ecke stehen, die einen zusammengefalteten roten Regenschirm in der Hand hielt.

Sie war wunderschön mit dunklem Haar und strahlenden Augen sowie einer hellbraunen Haut, die ihn sich fragen ließ, ob sie von einem ihrer Vorfahren einen Hauch kreolisches Blut geerbt hatte. Sie trug Shorts und Sandalen sowie ein schwarzes, ärmelloses Top, das eine geschmeidige und wohlgeformte Figur umspielte, die Kurven an allen richtigen Stellen aufwies. Jung – vielleicht Anfang zwanzig. Nicht reich. Das konnte man nur allzu leicht erkennen. Die Reichen, die sich im Hintergrund hielten, waren *obszön* reich und hatten Möglichkeiten gefunden, aus der Veränderung des Flusses noch mehr Profit zu schlagen. Sie dachten sich absolut nichts dabei, mit diesem Reichtum und Einfluss zu protzen. War sie vielleicht Kellnerin? Eine Stripperin? Ihr Körper sprach eindeutig dafür.

Aber sie fiel Danny nicht nur wegen ihres Aussehens auf. Es war eher die Tatsache, dass sie nicht wie alle anderen Frauen den Blick gesenkt hielt, die Augen verzweifelt abwandte, als suchte sie nach einem Fluchtweg aus diesem beschissenen Gerippe von Stadt. Sie schien ruhig, vielleicht mit einem Hauch Sorge oder Traurigkeit in den Augen, als sich ihre Blicke begegneten. Dann lächelte sie, und er erkannte, dass sie für ihn lächelte. Gewagt und scheu gleichzeitig, mit einem Hauch Belustigung in den Gesichtszügen, bevor sie den Blickkontakt abbrach, sich abwandte und weiter die Straße hinab von ihm wegging.

Er tat einen Schritt, um ihr zu folgen, hielt aber dann inne, als sein Handy in vertrautem Rhythmus summte. Er stieß einen Fluch aus, riss es von seinem Gürtel und überflog den Text.

Dann steckte er das Handy wieder in die Halterung und sah dem Mädchen nach, bis es um eine Ecke bog. Schließlich wandte er sich jäh um und ging in die andere Richtung, um die SMS zu beantworten.

»Du und ich, Danny«, sagte Peter Bennett, während er über die kümmerlichen Reste des Flusses hinwegblickte. Regen prasselte gegen das breite Fenster der Eigentumswohnung und ließ den Blick auf den verwaisten Riverwalk und die leeren Kais streifig werden. »Wir sind uns sehr ähnlich.« Er warf einen Blick zu dem Cop zurück. »Wir wissen, wie man mit Veränderungen zurechtkommt, und finden Möglichkeiten, sie für uns zu nutzen.«

Danny saß auf dem schwarzen Ledersofa, die Hände in den Taschen, während er dem schmächtigen Mann zulächelte. »Ich sehe das, was getan werden muss, locker«, erwiderte er. Nachdem die Old River Control Structure unter dem Gewicht der Frühjahrsüberschwemmungen und wegen mangelnder Förderung eingestürzt war, war Peter einer derjenigen sehr Reichen, die nicht nur in der Stadt blieben, sondern denen es auch gelang, noch reicher zu werden. Geschickte Investitionen im Atchafalaya Basin hatten sich bezahlt gemacht, als der Fluss seinen Lauf änderte, aber das wahre Geld hatte Peter durch seine verblüffende Fähigkeit verdient, Clean-up-Verträge an Land zu ziehen. Eine dreifache Steigerung der Wassermenge, die den Atchafalaya River hinabfloss, zog ziemlich viel Zerstörung nach sich, und der Mann wusste, dass es während unheilvoller Zeiten viel zu gewinnen gab. Es gab viele Leute wie Peter, die nach Katrina ihr Glück gemacht hatten.

»Und das ist der Trick bei alledem«, sagte Peter und nickte nachdrücklich. »Zu viele Leute umklammern ihre Habe, sorgen sich um den Wiederaufbau und wollen alles so zurückbekommen, wie es einmal war.« Er schnaubte. »Wusstest du, dass der Stadtrat dem Gouverneur noch immer sein Leid klagt, dass der Fluss ausgebaggert werden sollte, damit der Schiffsverkehr wiederaufgenommen werden kann?« Er wartete nicht auf eine Antwort. »Zeitverschwendung. Es ist an der Zeit, das alte New Orleans sterben zu lassen. Dieser Fluss ist jetzt, verglichen mit dem harten Miststück, das er früher war, eine zahnlose Hure, aber man kann mit dieser Stadt immer noch eine Menge anfangen. Sie muss sich den Zeiten nur anpassen.«

»Das stimmt«, erwiderte Danny. Er äußerte nicht das Erste, was ihm in den Sinn kam, nämlich dass einem auch eine zahnlose Hure immer noch ein Messer in den Körper rammen konnte. Jimmy Ernst könnte das bestätigen. Aber Peter wollte so etwas nicht hören, und Danny wusste genau, wann er den Mund halten musste. »Also, du hast etwas, was getan werden muss?« So hatte der Text der SMS gelautet: *Du musst etwas für mich tun.*

Peter wandte sich von der trostlosen Aussicht ab, nahm seinen Kaffeebecher vom Tisch am Fenster und trank einen

Schluck. »Kalt.« Er verzog das Gesicht. »Hol mir einen neuen, ja, Danny? Und bring dir auch einen mit.« Er lächelte großmütig.

Danny nickte, erhob sich vom Sofa und eilte in die gepflegte schwarze, mit Chrom ausgestattete Küche. »Gern. Dein Kaffee ist verdammt gut.« Er wusste, wo die Becher waren, und wusste, wie der Mann seinen Kaffee trank.

»Es ist eine Sache der freien Marktwirtschaft, verstehst du?«, sagte Peter, während Danny eingoss und rührte. »Unten an der Dumaine Street im Quarter gibt es einen Laden. Ich habe ihn vor ungefähr einem Jahr gekauft und einem Typen verpachtet, der alte Bücher und ähnlichen Kram verkauft. Ich weiß nicht, wie er davon leben kann, aber er bezahlt seine Pacht.« Er runzelte bei den letzten Worten die Stirn, während er den Becher entgegennahm, den Danny ihm reichte.

»Willst du ihn raushaben?«

Peter trank einen Schluck. Blickte lächelnd auf den Kaffee. »Der ist verdammt gut.« Schaute wieder zu Danny hoch. »Ich habe Pläne für dieses Objekt. Der Stadtrat wird bezüglich des Pokerraums für mich entscheiden. Dessen habe ich mich versichert.« Er lächelte breiter. »*Du* hast das sichergestellt.«

Danny lachte leise. Das war seine bisher leichteste Festnahme wegen Trunkenheit am Steuer gewesen. Dabei hatte geholfen, dass Peter ihm einen Tipp gegeben hatte, als Stadtrat Walker das Weinlokal gerade verließ, um die eineinhalb Blocks bis zu seinem Haus zu fahren.

»Es steht eine Kleinigkeit im Pachtvertrag des Typen, die besagt, dass ich ihn zwangsräumen lassen kann, wenn ihm kriminelle Machenschaften nachgewiesen werden«, fuhr Peter fort.

Danny nickte und nahm einen Schluck aus seinem Becher. Der Kaffee war bitter, für seinen Geschmack zu dunkel geröstet, und er bevorzugte ihn mit viel Sahne darin.

Aber Peter trank seinen schwarz, und Danny wollte nicht meckern. »Ich kann bestimmt etwas daran drehen«, sagte er.

Die Tür des Schlafzimmers öffnete sich. Eine junge Frau mit vom Schlaf zerzaustem Haar, die nur Unterwäsche trug, spähte hervor. Ihr Blick nahm Danny wahr, blendete ihn aus und richtete sich dann auf Peter. Ihre vollen Lippen verzogen sich zu einem Schmollmund, oder zumindest glaubte Danny, dass sie diesen Ausdruck versuchte. Sie besaß zu wenig Selbstvertrauen, um es zustande zu bringen, und er dachte unwillkürlich, dass das Mädchen an der Ecke es gekonnt hätte und es gleichzeitig verführerisch und amüsant hätte wirken lassen.

»Hey, Babe«, sagte sie zu Peter und lehnte sich in bemüht aufreizender Haltung an den Türrahmen. »Komm wieder ins Bett. Ich brauche mein Morgentraining.«

Danny nahm einen Schluck Kaffee, um sein Grinsen angesichts der traurigen Darbietung zu verbergen. Er hatte das schon ein Dutzend Mal beobachtet, hatte Peters Mädchen-des-Monats sich anpreisen sehen, um sein Interesse zurückzugewinnen, und es jedes Mal scheitern sehen. Peter mochte das Neue und Strahlende und entledigte sich alles Abgenutzten. Dabei war unwichtig, dass er derjenige war, der es vermasselt hatte. Er war ein gut aussehender Mann – blaue Augen, dunkle Haare, eine athletische Figur – und außerdem einer der reichsten Männer der Stadt. Es stand immer Neues und Strahlendes zur Verfügung, mehr Mädchen, die davon überzeugt waren, die nächste Mrs. Bennett zu werden.

Peter winkte ab, während er die vom Regen gestreifte Aussicht betrachtete. »Ich bin beschäftigt.«

Ihr Schmollen vertiefte sich. »Aber ich bin jetzt bereit, Süßer.«

Nun sah Peter in ihre Richtung. Er nahm ihren Gesichtsausdruck und die Tatsache in sich auf, dass sie nur spärlich bekleidet war. Sein Gesicht drückte kurzzeitig Verärgerung statt des Verlangens aus, das sie bestimmt erwartete, aber dann wurde Belustigung daraus, während Peter mit dem Kopf auf Danny deutete.

»Lass ihn«, sagte er, den Blick auf sie gerichtet. Sie wirkte schockiert, aber nur einen Moment. Sie wandte ihr schmollendes Lächeln mit ausdruckslosen Augen Danny zu. Sie hatte nichts zu verlieren, auch wenn das bedeutete, sich nur noch ein paar Tage in Peters Obhut zu erkaufen. Danny wusste, dass es das für sie wert war. Er stellte seinen Becher ab, trat zu ihr und schob sie sacht vor sich ins Schlafzimmer.

Als er wieder herauskam, schloss er die Tür hinter sich. Sie heulte wenigstens nicht. Dennoch wäre sie am nächsten Tag wahrscheinlich fort, und Peter würde einer anderen Frau hinterherjagen, die er benutzen und dann wegwerfen konnte.

»Das hat nicht lange gedauert«, sagte Peter, ohne von seinem Laptop aufzublicken.

»Ich habe nicht versucht, sie glücklich zu machen«, erwiderte Danny. Er band sich seine Krawatte wieder um und schlang rasch einen Knoten.

Ein Lächeln spielte um Peters Lippen, während er auf einen Umschlag auf dem Tisch tippte. Danny nahm ihn und steckte ihn in seine Tasche. Er machte sich nicht die Mühe nachzuzählen.

»Ich denke, ich werde jetzt einen Buchladen aufsuchen«, sagte er grinsend.

»Erzähl es mir, wenn du etwas Schmutziges findest.«

Der Geruch nach Schweiß und schalem Kaffee begrüßte Danny, als er das Revier mit seinem Gefangenen betrat. Er umschloss mit einer Hand den Oberarm des in Handschellen gelegten Mannes und führte ihn um den anderen Abschaum und die übrigen Cops herum.

»Das können Sie nicht machen!«, sagte der Typ immer wieder, als hoffte er, dass es wahr würde, wenn er es oft genug sagte, dass ein Cop nicht einfach in seinen Buchladen spazieren und Drogen finden konnte, die vorher nicht da waren. »Bitte. Bitte! Ich habe eine Familie. Das können Sie nicht machen. Diese Drogen gehören mir nicht. Sie...«

Danny versetzte ihm einen heftigen Stoß, so dass er aus dem Gleichgewicht geriet. Der Typ schrie auf, während er um Halt rang und dann auf ein Knie fiel. Danny hockte sich hin und half ihm bewusst auffällig wieder auf die Füße, während er sich nahe ans Ohr des Mannes beugte.

»Du musst dich verdammt noch mal zusammenreißen und brav sein«, sagte er mit ruhiger, leiser Stimme. »Das hier wird passieren, ob du dich benimmst oder nicht. Du willst, dass es schlimmer wird?« Er sah dem Typ in die Augen. »Es kann schlimmer werden.«

Schweiß lief dem Mann die Wange entlang. Danny beobachtete, wie in seinen Augen ein Funken Rebellion aufleuchtete.

»So eine Verhaftung bedeutet viel Papierkram«, fuhr Danny samtweich fort. »Einiges davon könnte verloren gehen. Vielleicht ist es der Teil, in dem die Beweismittel beschrieben werden. Oder vielleicht ist es der Teil, in dem steht, dass du eingebuchtet wurdest und gefesselt werden musstest. Du willst, dass der Fall abgewiesen wird, bevor er vor Gericht geht? Oder möchtest du eine zusätzliche Woche im Central Lockup verbringen?«

Der Funken Rebellion erlosch. Der Mann senkte den Kopf.

»So ist es gut«, sagte Danny und half seinem Opfer wieder auf die Füße. »Wenn du ein braver Junge bist, wird das alles bald vorbei sein.«

Danny buchtete ihn ein, legte die ersten Unterlagen ab und war auf dem Weg den Flur hinab zu seinem Büro, als er sie in einem Befragungsraum sitzen sah. Das Mädchen von der Ecke. Sie trug jetzt eine Jeans und eine bordeauxrote Bluse, aber er hätte sie auf jeden Fall erkannt, egal was sie getragen hätte. Sie wirkte auf dem Metallstuhl klein und verängstigt, ihre Hände um einen Pappbecher Kaffee verkrampft und den Blick auf Detective Farber auf dem Stuhl ihr gegenüber gerichtet.

Danny trat in den offenen Eingang und klopfte an den Türpfosten. Sie sah jäh zu ihm hoch. Ein Hauch von einem Lächeln berührte ihren Mund, und er dachte, dass sie jetzt vielleicht nicht mehr so verängstigt wirkte. »Was haben Sie?«, fragte er Farber, ohne den Blick von ihr abzuwenden.

»Sie hat letzte Nacht spät mit Jimmy Ernst gesprochen«, erklärte der Detective. »War vielleicht die Letzte, die ihn lebend gesehen hat. Wir fangen gerade erst an.«

»Ich übernehme«, sagte Danny und betrat den Raum. Sein Blick wanderte zu Farber.

Der andere Mann zögerte, warf dann rasch einen Blick auf das Mädchen und verbarg ein Grinsen. »Ja, sicher.« Er stand auf und nahm seine Sachen. »Übrigens, Ernst hatte eine Pistole dabei. Sie wurde ins Labor geschickt.« Ballistiktests waren Routine. Vielleicht könnten sie Ernst ein paar alte Fälle zuordnen und ihre Statistiken verbessern. Farbers Blick zuckte zu dem Mädchen, dann wieder zu Danny. »Lass es mich wissen, wenn du etwas bekommst«, fügte er leicht doppeldeutig hinzu.

Danny wartete, bis er gegangen war, schloss die Tür und setzte sich dann auf den leeren Stuhl. »Ich bin Captain Danny Faciane«, erklärte er der jungen Frau. »Ich möchte Ihnen einige Fragen stellen.«

»Okay.« Sie hielt inne. »Ich bin Delia«, sagte sie und löste ihren Griff um den Pappbecher.

»Nachname?«

Sie lehnte sich zurück. »Rochon. Delia Rochon. Ich habe gestern Abend mit Jimmy gesprochen. Vermutlich ungefähr um Mitternacht. Er kam häufig in den Klub.« Ihre Miene zeigte flüchtig Widerwillen.

Er schrieb ihren Namen auf seinen Block. »Welcher Klub?«

»Freddy-Z's.« Sie senkte den Blick auf die Hände in ihrem Schoß. »Ich bin Tänzerin.«

Eine Stripperin. Freddy-Z's war einer der besten Klubs, die es in der Stadt noch gab. Danny notierte die Information. Nicht weil sie für den Fall wichtig war, sondern weil er sie glauben lassen wollte, dass sie es war und dass es ihm nicht einfach nur darum ging zu wissen, wo er sie wiederfinden konnte.

Er machte weiter, fragte sie nach ihrer Unterhaltung mit Jimmy Ernst. Sie beschrieb ihm die Begegnung in klaren, knappen Worten. Jimmy hatte sie nach einem Mädchen gefragt, das in dem Klub gearbeitet hatte, und wollte wissen, wo es jetzt war. Delia hatte ihm nichts erzählt. Nicht allzu aufregend.

Sie mochte das Opfer nicht. Sie sagte es nie laut, aber es war an ihrer Haltung deutlich ablesbar, am Härterwerden der Augen, wenn sie von ihm sprach. Andererseits wusste Danny, dass es ihm schwerfallen würde, jemanden zu finden, der ihn mochte. Jimmy war ein Zuhälter, der sich auf Mädchen spezialisiert hatte, die *wirklich* jung aussahen.

Schließlich legte Danny den Stift auf den Block.

Sie betrachtete den Stift und sah dann zu ihm. »Bin ich verhaftet?«, fragte sie mit leiser, aber fester Stimme.

Er schnaubte. »Wegen Jimmy? Nein! Er kümmert uns überhaupt nicht.« Für diesen Mord würde niemals jemand ins Gefängnis wandern. Es sei denn, er käme aufs Revier und würde ein umfassendes Geständnis ablegen – und das galt für die meisten Morde in dieser Stadt, nicht nur bei Abschaum wie Ernst. Danny und seine Kollegen unternahmen nur so viel, dass sie nicht wegen gesetzwidrigen Verhaltens angeklagt werden konnten.

Die Cops in dieser Stadt wussten, wie man überlebte.

Und ein paar Gerissene wie er wussten, wie man vorankam.

Er führte die junge Frau hinaus und bot ihr an, sie von einem Kollegen nach Hause fahren zu lassen, aber sie lächelte nur und schüttelte den Kopf. Es regnete wieder, ein beständiger Platzregen, der allen Abfall auf die Straßen spülen und die Abflüsse verstopfen würde, aber sie öffnete einfach ihren Schirm und spazierte ohne Zögern hinaus. Er beobachtete, wie der rote Schirm in der Ferne kleiner wurde, bis er im grauen Regenschleier verschwand.

Danny sprach an diesem Tag mit dem Barkeeper bei Freddy-Z's und fand heraus, dass Delia dort vor ungefähr einem Monat angefangen hatte. Niemand wusste viel über sie. Andererseits kümmerte es, laut dem Barkeeper, auch niemanden wirklich. Das Privatleben der Mädchen interessierte sie nicht, solange sie rechtzeitig auftauchten und jegliche Schwierigkeiten, in denen sie steckten, vom Klub fernhielten. Delia tat beides.

Sie arbeitete heute Abend. Er nahm sich vor, dass er dort sein konnte, um sie zu treffen. Er versuchte nicht einmal, sich selbst davon zu überzeugen, dass er eine mögliche Zeugin überprüfte. Er wusste verdammt gut, dass er mehr von ihr sehen wollte, nicht nur einfach das, was offenbart würde, wenn sie ihre Kleidung ablegte.

Neonlicht flackerte im Rhythmus der dumpfen Bassschläge auf. Die Gerüche nach Schweiß und Sex, Geld und Elend wirbelten um die Tänzerinnen und die Männer herum, die zu ihnen hinaufblickten. Delia arbeitete mit einer geschmeidigen Anmut und Sicherheit an der Stange, die von jahrelangem Training zeugten, und Danny fragte sich, ob sie in ferner Vergangenheit vielleicht eine ganz andere Art Tänzerin gewesen war. Und doch strahlte sie, trotz ihrer Kraft und Beherrschung, eine sexuell aufgeladene Sinnlichkeit aus, die sie wohl nicht in einer Ballettklasse gelernt hatte.

Sie sah ihn nur ein Mal an, eine zögerliche Liebkosung, gepaart mit einem scheuen Lächeln, ganz anders als die glutvollen Blicke, die sie den übrigen Gästen zuwarf. Und weil es seltsam oder grob erschienen wäre, es nicht zu tun, hielt er einen Fünf-Dollar-Schein hoch, schob ihn unter ihren String-Tanga, als sie vor ihm stehen blieb, und fühlte sich schmutzig, weil er das bei diesem Mädchen getan hatte.

»Sie ist ein verdammt heißer Feger«, sagte eine vertraute Stimme. Danny wandte den Kopf und zwang sich für Peter zu einem Lächeln. Der andere Mann betrachtete Delia. Bewundernd. Hungrig.

»Sie ist eine Zeugin in einem meiner Fälle«, hörte Danny sich sagen. Vielleicht würde Peter das abschrecken. Er war normalerweise sehr vorsichtig damit, sich mit Kriminellen einzulassen. Dafür hatte er schließlich Danny.

Aber Peter lächelte nur und hielt den Blick auf Delia gerichtet.

Danny wusste, was als Nächstes käme. Peter würde sie anmachen und dann ein Séparée bezahlen. Möglicherweise würde er Danny einladen, ihn zu begleiten, und bei jedem anderen Mädchen wäre er mitgegangen und hätte sich amüsiert.

Danny erhob sich, gab vor, noch einen Drink holen zu wollen, und trat zur Bar. Der Umschlag in seiner Jacke raschelte, und er runzelte die Stirn. Er war so in Gedanken versunken gewesen, dass er vergessen hatte, ihn herauszunehmen und an einem sicheren Ort zu platzieren. Aber nun verspürte er Erleichterung. Er dachte nicht einmal darüber nach, als er den Manager zu sich rief und das Geld für ein Séparée mit Delia sowie ein weiteres für Peter mit einer anderen Tänzerin bezahlte. Ein Teil von ihm wusste, dass dies sehr wahrscheinlich misslingen würde. Peter hatte Geld und Einfluss und war es gewohnt zu bekommen, was er wollte. Aber Danny hatte seine eigene Art Einfluss. Er schob dem Manager einen Hunderter hin und vereinbarte zudem mit ihm, ihm herauszuhelfen, wann immer er in die Art Schwierigkeiten geriete, bei denen Danny helfen konnte. Wenige Minuten später näherte sich die zweithübscheste Tänzerin des Klubs dem Tisch, an dem Peter saß.

Peter hob eine Augenbraue, als die Blonde sich um seine Schulter drapierte und leise lachte, während sie ihre Brüste an seinem Nacken rieb. Sein Blick suchte Delia im Raum, und dann stellte er dem blonden Mädchen eine Frage. Sie zuckte die Achseln und deutete mit dem Kopf in Dannys Richtung. Er setzte ein Lächeln auf und hob seinen Drink, als Peter in seine Richtung schaute, versuchte es so aussehen zu lassen, als hätte er das Mädchen nur für Peter gekauft, weil es cool war, wenn ein Typ das für einen anderen tat.

Der Blickkontakt zwischen den beiden Männern wurde unterbrochen, als die blonde Tänzerin Peters Hand nahm, um ihn ins Hinterzimmer zu führen. Er stand auf und folgte ihr, blieb aber stehen, als sie sich der Bar näherten.

Er beugte sich zu Danny. »Ich habe gesehen, was du getan hast«, sagte Peter mit vor Belustigung verzogenem Mund, was sich aber in seinen Augen nicht widerspiegelte. »Ich finde es putzig, dass du das Mädchen so sehr magst, dass du bereit bist, etwas so Riskantes zu tun.« Er hielt inne. »Vermassle mir die Tour nie wieder so.« Er wandte sich um, ohne auf eine Antwort zu warten, und trat durch die Vorhänge ins Séparée.

Danny blieb, wo er war, die Hände in den Jackentaschen zu Fäusten geballt, und sagte sich, dass er sich beherrschen musste, um Peter nicht zu folgen und ihm dieses selbstgefällige, überlegene Grinsen aus dem Gesicht zu schlagen, wusste aber, dass er viel eher die üble Erkenntnis bekämpfte, dass er und Peter vielleicht aus demselben Holz geschnitzt, aber sicher keine Gleichgestellten und keine Partner waren. Und sosehr er Peter in diesem Moment auch hasste, wusste er doch, dass er hingehen würde, wenn der Mann ihn rief, und tun würde, was ihm gesagt wurde, wie ein verdammter dressierter Hund. Er hatte zu viel zu verlieren, wenn er es nicht tat.

Und er wusste auch, dass er mit Delia nicht in ein Séparée gehen wollte. Er wandte sich wieder dem Barkeeper zu. »Dieser Rotschopf unten bei der linken Bühne. Mögen die Mädchen ihn?«

Der Barkeeper nickte. »Er kommt ein paar Mal die Woche her. Hat noch nie Ärger gemacht.«

»Gib ihm mein Séparée. Wünsch ihm einen verdammt schönen Geburtstag.« Er zählte weitere hundert als Trinkgeld ab. »Und sag ihm, wenn er sich bei Delia schlecht benimmt, dreh ich ihm den verdammten Hals um.«

Er verließ den Klub und wartete dann in der Bar auf der anderen Straßenseite darauf, dass sie ihre Schicht beendete. Als er sie schließlich aus der Hintertür kommen sah, bezahlte er mit einem Zwanziger und ging ihr entgegen.

Sie war mit zwei anderen Frauen zusammen: einem zierlichen, farblosen Ding, das erfolglos die »sexy Bibliothekarin« zu geben versuchte, und einer kurvenreichen Latina mit großen Titten und langen Beinen. Als er sich näherte, unterbrachen sie ihre leise Unterhaltung. Delias Blick zeigte leichte Unsicherheit, aber die beiden anderen betrachteten ihn mit der Wachsamkeit eines Hasen, der einen Fuchs beobachtet.

Er wollte die beiden Hasen anknurren, sie sollten verschwinden, wollte sie davonrennen sehen, aber stattdessen fragte er Delia nur: »Darf ich Ihnen einen Kaffee spendieren?«

Sie wandte sich an die anderen Mädchen, als hätte sie ihn nicht gehört. »Ich sehe euch morgen Abend«, sagte sie zu ihnen und umarmte sie kurz. Die beiden hatten sich erst ein kurzes Stück entfernt, als sie ihre Aufmerksamkeit auf Danny richtete. Ihr Mund war zu einer festen, dünnen Linie zusammengepresst. »Ich bin keine Hure«, erklärte sie tonlos.

Danny merkte, dass er lächelte. »Ich weiß. Ich verspreche, dass ich Ihnen nur einen Kaffee spendieren will.«

Sie sah ihn abschätzend und zweifelnd an. Er fragte sich, ob sie wusste, was er in dem Klub getan hatte, und ob sie, wenn dem so wäre, möglicherweise verstanden hatte, warum. Andererseits verstand er es selbst nicht ganz.

»Drüben an der Decatur gibt es ein Café«, sagte sie schließlich. »Es ist wirklich gut, aber ich mag dort nachts nicht allein hingehen.«

»Ich werde Sie beschützen«, erwiderte er.

Sie mochte ihren Kaffee süß und stark und fügte genug Sahne hinzu, dass der Kaffee das helle Mokkabraun ihrer Haut annahm. Sie teilte ihr Croissant in kleine Bissen, bevor sie es zwischen schnellen Schlucken Kaffee und der Unterhaltung aß.

Sie redeten, wie jeder andere in der Stadt, zunächst darüber, warum sie nach der Veränderung noch immer da waren, warum sie die Stadt nicht genauso verlassen hatten wie der Fluss. Immerhin war jeder, der dazu in der Lage war, gegangen, so dass nur die ganz Armen geblieben waren, die Reichen, die wussten, wie sie von der Katastrophe profitieren konnten, sowie die wenigen Leute, die jene Reichen brauchten, um noch reicher zu werden und es weiterhin bequem zu haben.

»Viele Cops sind nach Morgan City gegangen«, erzählte Danny ihr. »Dort gibt es viel Arbeit. Aber ... ich weiß nicht, ich wollte nicht gehen, und ich war weit genug gekommen, um die Entlassung zu vermeiden.« Er hatte eine Menge Gefallen eingefordert, um sicherzugehen, dass er nicht nur bleiben würde, sondern auch, dass diejenigen, die eigentlich vor ihm befördert werden sollten, stattdessen entlassen wurden. Keine sechs Monate später war er Captain geworden.

»Dies ist mein Zuhause«, sagte sie als Erklärung, warum sie geblieben war. »Ich liebe diese Stadt.«

»Selbst jetzt?«, fragte er ungläubig.

»Besonders jetzt«, erwiderte sie und lächelte sanft.

Er dachte einen Moment darüber nach, während er seinen Café au lait trank. Der Nachtwind trug den abgestandenen Geruch des Flusses heran, vermischt mit den Gerüchen nach Bier und Pisse auf der Straße. Selbst Stunden vor der Dämmerung umgab sie die schwüle Luft mit warmen Ranken und versprach einen gnadenlosen Sommer. Aber diese Stadt lag ihm, lag seiner Persönlichkeit. Die Veränderung war das Beste gewesen, was ihm jemals passiert war.

»Ich auch«, sagte er schließlich, weil er wusste, dass sie es erwartete, und verdrängte den seltsamen Anflug von Traurigkeit, der von der Erkenntnis herrührte, dass er die Stadt aus vollkommen anderen Gründen liebte als sie.

Obwohl er den Klub nie wieder betrat, wartete er jede Nacht auf sie und führte sie ins Café. In der dritten Nacht schob sie ihren Arm durch seinen, während sie zum Café gingen. In der vierten Nacht begrüßte sie ihn mit einem Kuss und einem Lächeln.

In der siebten Nacht fragte sie: »Hast du zu Hause eine Kaffeemaschine?«

Er lebte in einer Wohnung südlich des Quarter, ein durchaus annehmbarer Ort, wo er dank eines verzweifelten Vermieters umsonst wohnte, der ihm zugestimmt hatte, dass besser ein Cop in der Wohnung lebte, als dass Hausbesetzer sie übernähmen. Bei so vielen leerstehenden Wohnungen und Apartments in der Stadt zahlte wohl kaum ein Cop Miete.

Die Wohnung war fast eine Meile vom Café entfernt, aber sie beharrte darauf, dass es ihr nichts ausmache zu laufen.

Sein Zuhause war nicht übermäßig unordentlich, aber es war auch kein hübscher Ort, um jemanden dorthin mitzunehmen. Die Vorhänge waren von den vorigen Mietern dagelassen worden und wahrscheinlich damals schon alt gewesen. Die Dekoration beschränkte sich auf einen Stapel Zeitschriften mit nur knapp bekleideten Frauen auf dem Cover, eine Menge leerer Bierflaschen auf dem Couchtisch und einen gerahmten Zeitungsartikel von vor mehreren Jahren mit der Überschrift: *Zeuge widerruft Aussage. Polizisten des New Orleans Police Department räumten Fehlverhalten ein.*

Er brachte nie Mädchen mit hierher, hatte nie darüber nachgedacht, wie es durch die Augen einer Frau wirken würde. Er wollte sich schon, seltsam beschämt, entschuldigen, aber sie hielt ihn lächelnd auf. »Es ist in Ordnung. Es ist okay. Du bist ein guter Mensch.« Was seine Beschämung nur noch verstärkte, weil er wusste, dass er das nicht war, obwohl ihm das noch nie zuvor wichtig gewesen war.

Er schlang die Arme um ihre Taille und zog sie fest an sich. Sie quiekte überrascht auf. »Nein, ich bin ein böser Junge«, sagte er, bemüht, es flapsig klingen zu lassen, aber es fühlte sich an wie ein Geständnis. Er fand es augenblicklich albern, das gesagt zu haben. Er wollte nicht, dass dieses Mädchen so über ihn dachte. Er wollte nicht, dass sie zu den Frauen gehörte, die sich nur von Arschlöchern und Scheißkerlen angezogen fühlten.

Aber sie lächelte lediglich und legte eine Hand an seine Wange. »Das stimmt nicht«, sagte sie mit leiser, heiserer Stimme. »Du bist mein guter Junge.«

Danny wusste, wie man vögelte, wie er bekam, was er wollte. Er hatte aufgehört zu zählen, wie oft er gegen gewerbsmäßige Unzucht »vorgegangen« war – gegen Mädchen, die ihre Strafe mit ihrem Mund oder der Fotze direkt an ihn bezahlten. Es war sehr lange her, seit er sich in irgendeiner Weise Gedanken um das Vergnügen seiner Partnerin gemacht hatte, und er fühlte sich, als er Delia berührte, wie eine linkische Jungfrau, beschämt und entsetzt, als sich seine Unsicherheit in einem Verrat seiner eigenen Männlichkeit manifestierte.

Aber sie verspottete ihn nicht und war auch nicht gekränkt. Sie senkte den Kopf und animierte ihn langsam wieder, entspannte ihn, erregte ihn. Dann veranlasste er sie, sich auf den Rücken zu legen, und erwiderte die Aufmerksamkeit. Sie schmeckte süß und wild, und als sie die Hände ins Laken krallte und aufschrie, verspürte er unwillkürlich eine Lust, die ihrer beinahe gleichkam. Als sie schließlich erschöpft und zitternd dalag, schob er sich hoch und fand ebenfalls Erleichterung und freute sich unendlich, als sie ihre Arme und Beine um ihn schlang und seinen Namen schrie.

Er hielt sie danach fest und streichelte ihr Haar, während ihr Atem seine Brust wärmte, und genoss die beinahe fremde Empfindung, sich ganz zu fühlen, sicher. Glücklich.

In der nächsten Nacht wanderten sie zu dem hinaus, was vom Mississippi übrig geblieben war, liefen flussaufwärts und dann auf einen Kai, an dem nur drei Jahre zuvor die Canal-Street-Fähre Tausende von Autos und Menschen ein- und ausgeladen hatte. Der Fluss war hier aufgrund der Biegung und der Art der Schlickablagerung etwas lebhafter. Die Strömung strudelte jenseits des Schlicks, aber Danny kam sie wie eine ältere Frau vor, die zu beweisen versuchte, dass sie jung und attraktiv war. Er bildete sich ein, den Fluss sagen zu hören: *Sieh mich an. Ich kann es immer noch. Ich bin immer noch ein böses Mädchen.* In wenigen weiteren Jahren würde sich der Schlick noch weiter aufbauen, und der Fluss würde verebben, murrend, verdrossen und verletzt, so wenig gewürdigt zu werden.

»Als ich ein Kind war, nahm mich meine Mom fast jeden Sonntagnachmittag mit hier heraus zum Deich«, erzählte Danny Delia. »Wir saßen da, beobachteten, wie die Schiffe und Lastkähne den Fluss hinauf- und hinabfuhren, und erfanden Geschichten über ihre Ladung und ihr Ziel.«

»Das klingt schön«, sagte sie und neigte den Kopf, um ihn anzusehen.

»Ja. Es war cool. Sie hatte Sandwiches und Chips eingepackt, und wir machten ein Picknick daraus.«

Sie lehnte sich gegen ihn. »Leben deine Eltern noch hier?«

»Dad verließ uns, als ich ungefähr sechs Jahre alt war«, sagte er. »Mom starb vor zehn Jahren. An Krebs.« Er zuckte die Achseln, um ihr zu zeigen, wie wenig ihn das noch beeinträchtigte. Er wollte ihr erzählen, dass er die Asche seiner Mutter im Fluss oder auf dem Deich oder an irgendeiner anderen bedeutungsvollen Stelle verstreut hatte, aber die Wahrheit war, dass er sie nie vom Bestattungsinstitut abgeholt hatte. Es kümmerte ihn nicht, was mit ihrer Asche geschah – nicht weil er seine Mutter nicht geliebt hätte, sondern weil er das Gefühl hatte, dass dies nur ein weiteres törichtes, sentimentales Detail war, das die Leute für so wichtig erachteten.

Er blickte zum Gerippe eines Schiffes hinaus, das von den Schweißern beinahe ausgeschlachtet worden war. So ist es, dachte er. Niemanden kümmert es, was letztendlich mit dem Metall geschieht. Dieses Schiff würde sich nie wieder in Bewegung setzen.

»Erinnerst du dich, wo du warst, als es geschah?«, fragte sie ihn, und er dachte einen Moment, sie meine den Tod seiner Mutter.

»Du meinst die Veränderung?«, fragte er, um sicherzugehen. Sie nickte. »Sicher«, sagte er und dachte rasch nach. Die Wahrheit war, dass er sich nicht genau erinnerte. Er war wahrscheinlich bei der Arbeit gewesen. Oder vielleicht zu Hause. Erst ungefähr eine Woche später wurde den Menschen klar, dass nichts je wieder wie vorher sein würde, aber er erinnerte sich nicht, in dem Moment selbst bestürzt oder verärgert gewesen zu sein. Das launische Miststück von Fluss war davongelaufen, es würde nie zurückkommen, und mehr war dazu nicht zu sagen. »Ich wurde zu einem Fall von häuslicher Gewalt gerufen«, entschloss er sich zu sagen. »Ich hatte einem Typen gerade Handschellen angelegt, weil er seine Frau geschlagen hatte, als mein Partner mir sagte, dass das Wehr eingestürzt sei und der Fluss seinen Lauf verändere.«

Sie sah ihn an, als erwartete sie, dass er weitersprach. Er fragte sich, ob er vielleicht noch mehr Mist erfinden sollte, noch ein paar Details hinzufügen und ihr sagen sollte, dass der Typ auf einem Schiff gearbeitet hatte, dann nach Hause gekommen war und herausgefunden hatte, dass seine Frau mit jemand anderem gevögelt hatte. Ob er ihr vielleicht erzählen sollte, dass der Typ seine Frau vor den Augen ihres sechsjährigen Sohnes geschlagen hatte und dass er, sobald er durch Kaution freikam, auf einem anderen Schiff anheuerte und niemals zurückkehrte.

Nein, entschied Danny. Er sollte es besser so belassen, wie es war. Etwas, was er von den Tätern, die er verhaftet hatte, gelernt hatte, war, dass die meisten sich in ihren zu komplizierten Lügen verfingen. Gestalte sie einfach und kurz. So kam man leichter durch. »Und wo warst du?«, fragte er sie.

Delia blinzelte und schürzte die Lippen. »Ich war mit einer Nachbarin von mir in der Notaufnahme. Sie ... war gestürzt und hatte sich das Handgelenk gebrochen. Ich hatte gerade im Wartezimmer mit ihrer Tochter gespielt, als es im Fernsehen kam.« Sie wandte sich wieder dem Wasser zu und rieb sich gegen den leichten Wind die Arme. »Ich frage mich, wie sie ihn nennen werden.«

Er legte einen Arm um sie, zog sie zu sich und lächelte, als sie sich an ihn schmiegte. »Es erscheint mir falsch, ihn nicht mehr Mississippi zu nennen.«

Sie schüttelte den Kopf. »Aber er ist fort. Hat uns zurückgelassen. Atchafalaya hat ihn jetzt.«

»Du meinst, die Stadt muss darüber hinwegkommen und weitermachen?«, fragte er gutmütig lächelnd.

Sie lächelte leicht. »Er wird niemals zurückkommen. New Orleans muss aufhören, die trübselige Verflossene zu sein.

Es muss sich duschen und neue Dates eingehen. Es kann besser werden, als es zuvor war.«

Er lachte leise und drückte sie an sich, aber seine Gedanken waren bei Männern wie Peter und deren Plänen für die Stadt. Sie würde nicht gesäubert, würde nicht besser werden, zumindest nicht für die Menschen, die nichts zu sagen hatten. Das Einzige, was der Stadt noch geblieben war, war der Tourismus, aber es bestand keine Absicht, die Stadt »familienfreundlich« zu machen oder Ähnliches.

Der Stadtrat würde letztendlich unter Druck nachgeben. New Orleans würde sich verkaufen und mit Casinos und noch mehr Bars und Prostituierten füllen. Das machte ihn traurig, was ihn überraschte. Ein solcher Ort würde zu ihm und seinem Temperament passen.

»New Orleans wird die Hure werden«, sagte er mehr zu sich selbst als zu ihr.

»Nicht wenn ich etwas dazu zu sagen habe«, murmelte sie, seufzte dann und lehnte den Kopf erneut an ihn.

Danny fragte sich, ob sie wusste, dass sie nichts dagegen tun konnte, nichts, was verhindern könnte, dass die Stadt der totalen Ausschweifung und Korruption verfiel. Ihr standen zu viele Spieler gegenüber. Sein Magen verkrampfte sich, weil er nicht nur einer von ihnen, sondern zudem nicht wusste, ob er etwas anderes tun könnte.

Eine Woche später traf er sie wie üblich, aber ihr Begrüßungskuss schien zerfahren, und ihr Lächeln wirkte gezwungen. Er fragte sie, ob etwas nicht stimme, aber sie schüttelte nur den Kopf. »Es ist nichts«, erklärte sie. »Nur ein Typ, der mich nach etwas gefragt hat, was ich nicht tue.« Bevor er sich zur gerechten Verteidigung seiner Frau aufplustern konnte, legte sie eine Hand an seine Brust und gewährte ihm das Lächeln, das stets einen Ort tief in ihm berührte und ihm sagte, dass er für diese Frau, wenn auch für niemanden sonst, besonders und stark war.

»Es ist in Ordnung«, versicherte sie ihm, obwohl ein Hauch von Zweifel in ihren Mundwinkeln lauerte.

Der Zweifel blieb, verdunkelte ihre Augen und ließ ihre Schultern herabsinken. Zeitweise glaubte er, sie wäre den Tränen nahe. Er brauchte mehrere weitere Tage, um es ihr zu entlocken, indem er das Leugnen, das falsche Lächeln und die Behauptung, dass alles gut wäre, aushielt. Er war nicht der ehrlichste Polizist, aber er konnte noch immer die Wahrheit aufspüren.

»Es ist dieser eine Typ«, gestand sie schließlich, als sie verschlungen in seinen Laken lagen und sie den Kopf auf seine Brust gelegt hatte. Ein Schauer durchlief sie. »Er ist reich und mächtig, was der Grund dafür ist, dass die Inhaber ihn nicht hinauswerfen.« Sie hob den Kopf und begegnete seinem Blick. »Er ist nicht gemein oder ein Trottel. Aber er *will* mich.« Sie schluckte und lachte dann leise. »Klingt das nicht lächerlich selbstgefällig?«

Er lächelte und strich ihr das Haar aus dem Gesicht. »Nicht für mich. Ich kann es vollkommen verstehen, wenn jemand dich will.«

Delia ließ den Kopf wieder auf seine Brust sinken und schmiegte sich enger an ihn. »Er will, dass ich seine Freundin werde. Ich sagte ihm, ich sei nicht interessiert.« Sie seufzte. »Ich bin mir sicher, dass das alles vorbeigehen wird, aber im Moment ist er entsetzlich aufdringlich. Und er ist... igitt.«

»Ekelhaft?«

»Nein, das nicht. Er ist adrett und sieht annehmbar aus. Aber es ist... es ist die Art, wie er andere Leute sieht. Wie Gegenstände, die man benutzen kann. Er ist nicht nett.«

Er schlang die Arme um sie, zog sie an sich und küsste sie auf den Kopf, während Anspannung seine Eingeweide verkrampfte. »Wer ist dieser Typ?«, fragte er, obwohl er das Gefühl hatte, dass er es bereits wusste. »Ich werde mich darum kümmern.«

Sie hob erneut den Kopf und runzelte die Stirn. »Ich will nicht, dass du für mich jemanden verletzt.«
»Das werde ich nicht«, log er. Er wusste verdammt genau, wie man seine Spuren verwischte. Solange es nicht Peter war. »Sag mir seinen Namen. Ich werde ihm klarmachen, dass du tabu bist. Nett und freundlich.«

Peter öffnete auf ein Klopfen hin die Tür seiner Eigentumswohnung, und ein belustigtes Lächeln verzog seinen Mund, als er Danny auf der Schwelle stehen sah. »Was für eine nette Überraschung. Komm rein.«
Danny nickte dem Mann kurz zu und trat ein. »Ich muss mit dir reden.«
»Für einen Freund bin ich immer da«, sagte Peter und schloss die Tür. »Übrigens bin ich nie dazu gekommen, dir dafür zu danken, dass du dich um das Geschäft mit dem Buchladenpächter gekümmert hast.« Er ging in die Küche und nahm zwei Becher aus dem Schrank. »Ich weiß nicht, was du zu ihm gesagt hast, aber er akzeptierte die Räumung fast ohne mit der Wimper zu zucken.« Er goss sich Kaffee ein und warf dann einen Blick auf Danny. »Es ist so angenehm, wenn Leute tun, was man ihnen sagt. Macht das Leben aller um so vieles erfreulicher. Kaffee?«
Danny nickte knapp. Peter wusste, warum er hier war. Er hatte ihn erwartet. Er nahm den Kaffee von dem Mann entgegen und zwang sich, an der bitteren Flüssigkeit zu nippen.
»Ich habe viel für dich getan«, begann er und hielt dann inne. Nichts davon machte in dieser Situation einen Unterschied. Danny hatte sich Worte zurechtgelegt, eine »Lass die Finger von meiner Frau«-Tirade, aber ein Blick in Peters Augen sagte ihm, dass das der falsche Weg war, dass es zwecklos wäre. Er schluckte, um den bitteren Geschmack aus seinem Mund zu bekommen, und atmete dann tief ein.
»Sieh mal, es gibt ein Mädchen, das ich wirklich mag. Delia. Sie, äh, sagte, dass du sie eingeladen hast, und ich wollte

von Mann zu Mann mit dir darüber reden und dich bitten, sie in Ruhe zu lassen.« Er hasste sich, sobald die Worte gesagt waren. Dies war kein Mann-zu-Mann-Gespräch. Hier knurrte der Hund den Herrn an.

Peter betrachtete stirnrunzelnd seinen Kaffeebecher. »Delia? Ist das die Stripperin, nach der du dich gesehnt hast?«

»Wir haben uns getroffen«, antwortete Danny mit angespanntem Kiefer.

Der andere Mann sah ihn mit gewölbter Augenbraue an. »Ist das so? Sie war im Klub sehr freundlich zu mir.« Dann lachte er leise und schüttelte den Kopf. »Aber das ist ihr Job, oder? Ich muss sagen, sie ist recht gut. Ich könnte beinahe glauben, dass sie wirklich froh ist, mich jeden Abend zu sehen.«

»Ja«, presste Danny hervor. »Sie ist gut. Wir sind gut... gemeinsam. Ich bitte dich, äh, auszusteigen.« Er hatte nicht gewusst, dass Peter so oft in den Klub ging. Wie oft war er mit Delia in einem Séparée gewesen, während Danny in der gegenüberliegenden Bar wie ein eifriger Welpe wartete?

»Für dich, natürlich«, sagte Peter großmütig nickend. »Ich wünsche euch beiden das Beste.« Nahm einen Schluck Kaffee und trat zum Fenster, um über die dreckige Schneise hinwegzublicken, die jetzt eher ein Sumpf als ein Fluss war. »Natürlich hoffe ich um deinetwillen, dass sie kein besseres Angebot bekommt.« Er blickte zu Danny zurück. »Oder zumindest, dass sie es, wenn sie eines bekommt, nicht annimmt.«

»Danke«, sagte Danny. »Ich weiß dein Verständnis zu schätzen.«

Peter stellte den Becher auf den Tisch am Fenster. »Übrigens, die Schlussabstimmung wegen des Pokerzimmers ist übermorgen. Du musst Stadtrat Nagle unter Druck setzen. Erwische ihn bei irgendetwas.« Er lächelte breiter. »Vielleicht kann deine Delia dir dabei aushelfen.« Dann zuckte er

die Achseln.«Oder auch nicht. Man sollte Geschäft und Vergnügen besser trennen, richtig?«
»Richtig«, wiederholte Danny. Es war eine Herausforderung, ein Machtspiel. Peter wollte wissen, wie weit er ihm vertrauen konnte. Wollte wissen, wie weit Danny gehen würde, um den Einfluss zu behalten, der ihn so lange geschützt hatte.
Und doch wusste Danny, dass es nicht zählte. Es war bereits zu spät. Danny hatte versucht, die Zähne zu zeigen. Von nun an würde Peter sich schützen und auf den Moment warten, in dem er Danny den Wölfen vorwerfen konnte, ohne sich die Hände schmutzig zu machen.
Danny musste schlicht einen Weg finden, Peter dasselbe zuerst anzutun.
Er nickte knapp.»Verstanden. Ich werde mich darum kümmern.«
Peters Lächeln wurde noch breiter.»Du bist ein guter Freund. Grüß Delia von mir.«

Die nächste Woche verlief ruhig und friedlich. Danny bereitete sich auf den nächsten Anruf von Peter vor, bereit, das Gespräch aufzuzeichnen oder was auch immer er sonst tun konnte, aber sein Telefon blieb stumm. Delia verbrachte jede Nacht in seinem Apartment und kehrte nur in ihre Wohnung zurück, um die Kleidung zu wechseln und die Pflanzen zu gießen. Sie erzählte ihm, dass Peter nicht mehr in den Klub kam, und wollte wissen, was Danny gemacht hatte. Er lächelte nur und erklärte:»Es ist besser, wenn du das nicht weißt.« Er konnte ihr nicht sagen, dass er nichts anderes getan hatte, als zu katzbuckeln, und dass der einzige Grund, warum Peter sie in Ruhe ließ, war, dass es ihm gerade so passte.
Und es hielt, wie Danny befürchtet hatte, nicht lange an.
»Er ist in meine Wohnung gekommen!«, sagte sie, nachdem er seine Tür geöffnet und sie auf der Schwelle hatte ste-

hen sehen. Ihre Unterlippe zitterte, und ihre Augen waren vom Weinen gerötet. Er zog sie rasch herein, führte sie zur Couch und hielt sie fest, während sie alles erzählte.

Peter hatte ihr ein Ultimatum gestellt – mit ihm zu gehen, oder er würde sie nicht nur zwangsräumen, sondern auch sicherstellen, dass sie in dieser Stadt nie wieder Arbeit fände.

»Ich weiß nicht, was ich tun soll«, sagte sie zu ihm und wirkte geschlagener und niedergedrückter, als er es sich bei ihr je hätte vorstellen können. »Ich kann… ich *werde* New Orleans nicht verlassen. Es ist für mich etwas Besonderes.« Delia sah ihm in die Augen. »Leute wie er zerstören diese Stadt. Ich hasse es. Ich hasse sie alle!« Ihre Stimme brach beim letzten Wort.

Schweiß überzog Dannys Handflächen. Er könnte Peter umbringen. Es gab hundert verschiedene Arten, wie er es tun und wie einen Unfall oder Selbstmord aussehen lassen könnte. Oder vielleicht würde Danny die Bundesbehörden einschalten und ihnen alles sagen, was er über Peters Geschäfte wusste.

»Ich werde mich darum kümmern«, sagte er und küsste sie. Er erhob sich, aber sie hielt ihn an der Hand fest.

»Ich will nicht, dass du in Schwierigkeiten gerätst«, sagte sie mit angstgeweiteten Augen.

»Alles wird gut. Ich verspreche es dir.« Er entzog sich sanft ihrem Griff. »Du kannst auf mich zählen.«

Danny ging die Chartres Street entlang zur Dumaine, eilte zum Jackson Square und sah Tauben um einen Penner mit einer Tüte altbackenem Brot herumschwärmen. Eine Handvoll Straßenverkäufer zeigten mutig ihre Waren, warfen den vereinzelten Touristen, die vorübergingen, verzweifelt ein Lächeln zu und ignorierten Danny, da er offensichtlich ein Ortsansässiger und es nicht wert war, die Energie falscher Freundlichkeit an ihn zu verschwenden.

Er würde Peter Bennett töten, sagte sich Danny. Das war der einzige Ausweg. Zum FBI zu gehen war keine Option. Alles, was Danny ihnen erzählen könnte, würde ihn genauso gründlich reinreißen wie Peter, und er hatte, außer seiner Aussage, keinerlei Beweise.

Der späte Nachmittag wurde zur Dämmerung, als er im Park auf einer Bank saß und über seine Optionen nachdachte, seine weiteren Schritte plante. Als die Dunkelheit einsetzte, eilte er die Decatur hinab, machte in einem schäbigen T-Shirt-Shop voller Touristenkram Halt und kaufte sich eine Kappe. Danach lief er zum Riverwalk, betrat Peters Gebäude und nahm den Fahrstuhl zu seinem Stockwerk, wobei er die Kappe tief ins Gesicht gezogen hielt, um nicht von irgendwelchen Kameras erfasst zu werden.

Peter öffnete die Tür und hob aufgrund von Dannys Anwesenheit milde überrascht eine Augenbraue. Sein Blick zuckte zu der Kappe und dann wieder zu Dannys Gesicht. »Bist du okay? Du wirkst aufgebracht.«

»Ja«, erwiderte er. »Ein bisschen. Kann ich reinkommen?«

»Sicher.« Peter trat beiseite und schloss die Tür hinter ihm.

Danny ließ den Blick durch die Eigentumswohnung schweifen. Niemand sonst hier. Und was das betraf, auch niemand sonst in diesem Stockwerk. Niemand hatte ihn hereinkommen sehen. Er hatte es so geplant. Einen zusammenfaltbaren Schlagstock in der Tasche, um Peter niederzustrecken und es dann wie einen unglücklichen Sturz in der Dusche aussehen zu lassen. Es war zweifelhaft, ob es als Mord erkannt würde, selbst wenn es eine richtige Untersuchung gäbe.

Peter lehnte am Tresen und beobachtete Danny gelassen. Vielleicht wusste er, warum der Cop hier war. Tatsächlich war das wahrscheinlich. Er hatte wissen müssen, dass es hierzu kommen würde.

»Fast hätte ich es vergessen«, sagte Peter plötzlich, stieß sich vom Tresen ab und trat zu seinem Schreibtisch. »Ich wollte dir dieses, äh, Darlehen geben, um das du gebeten hast.«

Schweiß prickelte auf Dannys Rücken, und seine Hand wanderte langsam zu seinem Revolver. Das war perfekt. Peter würde eine Pistole aus dieser Schublade ziehen, und dann könnte Danny ihn in Notwehr erschießen.

Aber es war nur ein dicker Umschlag, den Peter aus der Schublade nahm. Danny ließ die Hand sinken, bevor Peter es sehen konnte, und sein Herz schlug heftig. Der Mann bezahlte ihn dafür, dass er Stadtrat Nagle zuvor mit einer Prostituierten hatte auffliegen lassen. Nagle hatte lieber zugesagt, für Peter zu stimmen, als eine schmachvolle Festnahme zu riskieren, und der Pokerraum wurde genehmigt, zweifellos der erste von vielen.

Peter hielt ihm den Umschlag hin. »Ich denke, damit wirst du zufrieden sein. Ich weiß, dass ich es bin. Das war gute Arbeit.«

Danny rührte sich mehrere Sekunden lang nicht, trat schließlich vor und nahm den Umschlag entgegen. Öffnete ihn und sah, dass er mindestens zehn Riesen enthielt.

Danny schloss den Umschlag wieder und steckte ihn in seine Jackentasche. »Ich weiß es zu schätzen«, sagte er mit rauer Stimme. Er musste Peter nicht töten. Er hatte andere Möglichkeiten. Er könnte Delia von hier fortbringen. Er könnte sie überzeugen fortzugehen. Sie könnten irgendwo anders neu anfangen. Fern von dieser beschissenen Stadt. Fern von Peter.

»Komm nächste Woche vorbei«, sagte Peter. »Wir werden reden.« Er hielt inne. »Du solltest Delia irgendwann mal mitbringen. Es sei denn, ihr beiden seid schon auseinander?« Er nahm eine Wasserflasche und trank, ohne den Blick von Danny abzuwenden.

»Nein«, erwiderte Danny, spürte die Bedeutung der Frage.

Der Mann grinste. »Das ist wirklich nett. Was glaubst du, wie lange es halten wird?«

Er sprach nicht über Delia, wie Danny wusste. Peter spielte mit ihm, wollte wissen, wie lange dieses trotzige Aufflackern weitergehen würde, bevor sich Danny beruhigte und sich wieder benahm.

Wie der Hund im Café, der davongeschlichen war, statt anzugreifen. Dieser Hund war jetzt wahrscheinlich tot, dachte Danny, oder zumindest noch immer hungrig, schlich durch die Stadt, bereit, ein paar Tritte zu riskieren, um ein oder zwei Krümel zu erhaschen.

Kein Schleichen mehr. Keine Krümel mehr.

»Für immer«, erwiderte er. Er zog mit geübter Handbewegung den Schlagstock aus der Tasche und ließ ihn aufschnappen. Er entblößte die Zähne, während er auf Peter zutrat. Er weidete sich an dem Schock und der Angst auf dem Gesicht des Mannes, als sich der Hund schließlich gegen seinen Herrn wandte.

Er rief sie vom Aufzug aus an und bat sie, ihn an der Canal-Street-Fähre zu treffen. Als er am Kai eintraf, sah er sie am unteren Ende am Geländer stehen und über den Fluss und die blinkenden Lichter der Autos hinwegblicken, welche die Brücke überquerten.

Eine Anspannung, deren er sich nicht einmal bewusst gewesen war, fiel von ihm ab. Ein Teil von ihm war sich nicht sicher gewesen, dass sie kommen würde, aus Angst, dass sie der Sache ein Ende gemacht und ihn zurückgelassen hätte. Aber nun erkannte er, dass sie gewusst hatte, wo er hingegangen war, und in der Nähe auf ihn gewartet hatte.

Sie wandte sich beim Klang seiner eiligen Schritte um und beobachtete ihn, während er sich ihr näherte.

»Danny...?«, fragte sie und streckte sich, um sein Gesicht zu berühren. »Was ist los?«

Er hielt ihre Hand fest und küsste sie. »Ich liebe dich, Baby. Ich werde dich für immer beschützen, das verspreche ich dir.«

Sie hielt den Atem an. »Oh Gott. Was hast du getan?«

»Alles in Ordnung«, sagte er. »Ich schwöre es. Es... es ist alles gut.«

Sie biss sich auf die Lippen, schloss dann die Augen und schlang die Arme um ihn. »Ja, das ist es.«

Er senkte den Kopf und atmete ihren Duft ein. »Gehen wir«, sagte er. »Verlassen wir diesen Ort für immer und fangen irgendwo anders neu an.« Er wollte nicht bleiben, aber er wusste auch, dass er sie nicht zurücklassen konnte. Sie würde ebenso geschlagen und zerbrochen enden wie jene anderen Mädchen... und doch wusste er, während er das dachte, dass es eine Ausrede war, wusste, dass er nicht stark genug war, ohne sie zu gehen. Aber wenn sie *beide* gingen, neu anfingen... vielleicht könnte *er* dann heilen.

Sie zog sich zurück, und Schock und Enttäuschung blitzten in ihren Zügen auf. »Du willst, dass ich gehe? Das kann ich nicht!«

»Es ist nur eine Stadt, Baby«, sagte er und hielt ihr Gesicht in beiden Händen. »Nur ein Haufen Gebäude, Straßen, Dreck und Arschlöcher.«

»Nein. Sie ist so viel *mehr* als das.« Sie schüttelte leicht den Kopf. »Dieser Ort hat eine Seele, prächtig und wunderschön. Wir haben Katrina überlebt, und wir werden dies überleben. Wir... ich... muss bleiben. Warum kannst du das nicht erkennen?« Sie zog seine Hände von ihrem Gesicht, hielt sie aber weiterhin fest. »Oh, Danny«, hauchte sie. »Peter ist jetzt fort. Du musst nicht mehr der sein, der du warst.«

Sie wusste Bescheid, erkannte er, als seine letzte Anspannung wich. Sie *wusste*, dass er Peter getötet hatte, begriff, was er alles für sie tun würde... und hasste ihn nicht dafür. »Nein. Ich kann besser sein«, beharrte er. »Ich *kann* es... wenn ich mit dir zusammen bin.« Er drückte ihre Hände. »Aber nicht hier. Hier kann es nicht funktionieren. New Orleans ist gestorben, als der Flusslauf sich verändert hat. Es wird immer Typen wie Peter geben, die aus den Trümmern Profit ziehen wollen. Sie werden diese Stadt zerstören, und es wird sie einen Scheißdreck kümmern, wer dabei auf der Strecke bleibt.«

Er konnte ihren Gesichtsausdruck in der Dunkelheit nicht erkennen, aber ein resigniertes Seufzen war zu hören. Vielleicht begann sie die Dinge auf seine Art zu sehen?

»Ich habe Geld«, sagte er. »Wir können nach Lafayette gehen. Neu anfangen. Wir werden zusammen sein.« Sein Handy klingelte, und er fluchte, zog es hervor und sah, dass es Detective Farber war. Sein Magen verkrampfte sich. War Peter bereits gefunden worden? »Denk darüber nach«, flüsterte er Delia zu, bevor er zurücktrat und den Anruf annahm.

»Halten Sie sich fest«, sagte Farber ohne große Vorrede. »Ernsts Pistole passt zu den in Jack-Ds Körper gefundenen Projektilen.« Jack-D, ein noch schmierigerer Zuhälter als Ernst, der sich auf Mädchen spezialisiert hatte, die nicht nur sehr jung *aussahen*, sondern auch wirklich jung *waren*. Er war am Tag, bevor Ernst im Schlick schwamm, unten an der Basin Street gefunden worden. »Ich wette, dass einer von Jack-Ds Jungs Ernst aus Rache umgebracht hat«, fuhr der Detective fort. »Auf jeden Fall haben wir jetzt genug in der Hand, um beide Fälle abzuschließen.«

»Ja«, sagte Danny. »Das ist gut. Tun Sie das.« Er schaltete das Handy aus, blickte über den Fluss hinweg und runzelte die Stirn. Es ergab keinen Sinn, dass ein Weichei wie Jimmy Jack-D angreifen würde. Es ergab keinen Sinn, dass es irgendjemanden auch nur im Geringsten kümmern würde, Jimmy aus Rache zu töten. Leichtes Unbehagen ließ die Härchen in seinem Nacken sich aufrichten. Delia hatte gewusst, dass Peter tot war. Hatte sie gewollt, dass Danny ihn tötete?

Er wollte sich zu Delia umwenden, als er nur einen Augenblick, bevor ein heißer Blitz durch seinen Körper zuckte, zwei Enden aus kaltem Metall an seiner Kehle spürte. Er stürzte auf den Beton des Kais, während Schmerzen durch seine

Nervenenden schossen und er um die Kontrolle über seine Muskeln rang.

Sie beugte sich herab und ließ den Taser in ihre Tasche zurückgleiten, zog ihn in eine aufrechte Position und lehnte ihn an das Geländer. Sie war stark – diese Tänzerinnenmuskeln dienten ihr gut, während sie ihn über das Geländer in den unten wartenden Schlick kippte.

Er landete flach auf dem Rücken. Der Aufprall nahm ihm den Atem, aber der Schlick gab unter seinem Gewicht rasch nach. Sie beugte sich über das Geländer und begegnete seinem Blick, während er versank.

Delia sah auf ihre Uhr und wartete, während der Fluss mit zufriedenem, erleichtertem Seufzen an seinen Ufern entlangglitt. In der Ferne ächzte Metall, als ein Schiff mit dem Wechsel der Gezeiten krängte. Mondlicht tauchte den Fluss in ein sanftes Grau, eine elegante Dame, die sich an den bequemen Ruhestand gewöhnte.

Sie blickte in den Schlick unter ihr hinab. Kaum eine Kräuselung zeigte noch, dass etwas die Oberfläche bewegt hatte. Ihr entrang sich ein bedauerndes Seufzen. »Du warst ein netter Kerl, Danny«, murmelte sie mit einem traurigen Lächeln. »Bisher der Beste.«

Delia führte ihre Finger an die Lippen, blies dem Schlick unter ihr einen zärtlichen Abschiedskuss zu, wandte sich dann um und eilte zurück ins Stadtzentrum.

DIANA GABALDON

Diana Gabaldons Romane haben die Bestsellerlisten von der *New York Times* bis hin zum *Spiegel* im Sturm erobert. Zu ihren vierzehn Büchern zählt die legendäre *Highland-Saga*, von Salon.com beschrieben als »das intelligenteste historisch-romantische Sci-Fi-Abenteuer, das je aus der Feder einer Wissenschaftlerin mit einer Vorgeschichte als ›Donald Duck‹-Comicautorin gekommen ist«. Sie wurde unter anderem mit einem *Quill Award* und der *Corine* ausgezeichnet, und die *Highland-Saga* wird derzeit aufwendig als TV-Serie verfilmt.

»Unschuldsengel« wirft einen Blick auf die Vorgeschichte von *Feuer und Stein*, dem ersten Roman der *Highland-Saga*, und handelt von den Abenteuern, die deren Held Jamie Fraser 1740 als junger schottischer Söldner in Frankreich erlebt.

UNSCHULDSENGEL

Übersetzt von Barbara Schnell

OKTOBER 1740
in der Nähe von Bordeaux

Sobald er das Gesicht seines besten Freundes sah, wusste Ian Murray, dass etwas Schreckliches geschehen war. Davon zeugte allein schon die Tatsache, *dass* er überhaupt Jamie Fraser sah, ganz gleich, was für einen Eindruck er auf ihn machte.

Jamie stand neben dem Wagen des Waffenmeisters, die Arme voll mit den einzelnen Teilen, die Armand ihm gerade gegeben hatte. Er war weiß wie Milch und schwankte hin und her wie ein Schilfhalm am Loch Awe. Ian war mit drei Schritten bei ihm und nahm ihn beim Arm, ehe er umfallen konnte.

»Ian.« Jamie schien so erleichtert, ihn zu sehen, dass Ian dachte, er würde in Tränen ausbrechen. »Gott, Ian.«

Ian umarmte Jamie, spürte ihn aber gleichzeitig erstarren und zitternd einatmen. Im selben Moment bemerkte er die Verbände unter Jamies Hemd.

»Himmel!«, begann er erschrocken, doch dann hüstelte er und sagte: »Himmel, Mann, schön, dich zu sehen.« Er klopfte Jamie sacht auf den Rücken und ließ los. »Du brauchst bestimmt etwas zu essen, aye? Komm erst mal mit mir.«

Es lag auf der Hand, dass sie jetzt nicht reden konnten, doch er nickte Jamie verstohlen zu, nahm ihm die Hälfte der

Ausrüstung ab und brachte ihn zum Feuer, um ihn den anderen Männern vorzustellen.

Jamie hatte sich eine gute Tageszeit für sein Auftauchen ausgesucht, dachte Ian. Alle waren müde, aber froh zu sitzen. Sie freuten sich auf ihr Abendessen und die tägliche Ration Alkohol, ganz gleich, was es sein mochte. Alle waren gern bereit, sich von einem Neuling unterhalten zu lassen, verfügten aber nicht mehr über die Energie, die für Raufereien nötig gewesen wäre.

»Das dort drüben ist Georges der Riese«, erklärte Ian. Er ließ Jamies Ausrüstung fallen und zeigte zur anderen Seite des Feuers. »Und der Kleine mit den Warzen neben ihm ist Juanito; spricht nicht viel Französisch und überhaupt kein Englisch.«

»*Spricht* denn hier jemand Englisch?« Auch Jamie ließ seine Ausrüstung fallen, plumpste schwerfällig auf seinen rasch ausgebreiteten Schlafsack und steckte sich geistesabwesend den Kilt zwischen die Knie. Sein Blick huschte durch den Kreis, und er nickte allen mit einem schüchternen kleinen Lächeln zu.

»Ich«, der Hauptmann beugte sich vor und hielt Jamie an seinem Nebenmann vorbei die Hand hin, »ich bin *le capitaine* – Richard D'Eglise. Du nennst mich Hauptmann. Du siehst kräftig genug aus, um dich nützlich zu machen – dein Freund sagt, du heißt Fraser?«

»Jamie Fraser, aye.« Ian war froh zu sehen, dass Jamie die Geistesgegenwart besaß, den Blick des Hauptmanns offen zu erwidern, und dass er die Kraft für einen ordentlichen Händedruck aufgebracht hatte.

»Kannst du mit einem Schwert umgehen?«

»Ja. Und mit einem Bogen natürlich.« Jamie warf einen Blick auf den unbespannten Bogen, der zu seinen Füßen lag, und auf die Axt mit dem kurzen Griff daneben. »Mit einer Axt habe ich jedoch noch nicht viel anderes gemacht, als Holz zu hacken.«

»Das ist gut«, meldete sich einer der anderen Männer auf Französisch zu Wort. »Genau dazu wirst du sie brauchen.« Einige der anderen lachten, was darauf schließen ließ, dass sie Englisch zumindest verstanden, ob sie die Sprache nun benutzten oder nicht.

»Bin ich denn hier bei den Soldaten oder bei den Köhlern?«, fragte Jamie und zog die Augenbrauen hoch. Er sagte es auf Französisch – und zwar sehr gutem Französisch mit schwachem Pariser Akzent –, und diverse Augenpaare wurden groß. Ian senkte den Kopf, um verstohlen zu lächeln, trotz seines unguten Gefühls. Möglich, dass der Junge jeden Moment kopfüber ins Feuer kippte, aber er war entschlossen, sich nichts anmerken zu lassen, und wenn es ihn umbrachte.

Doch Ian wusste Bescheid und hielt den Blick heimlich auf Jamie gerichtet, drückte ihm Brot in die Hand, damit die anderen sie nicht zittern sahen, und saß dicht genug neben ihm, um ihn aufzufangen, falls er tatsächlich in Ohnmacht fiel. Das Licht verblasste jetzt allmählich zu Grau, und die rosa geränderten Wolken hingen tief. Wahrscheinlich würde es am Morgen regnen. Er merkte, wie Jamie nur für eine Sekunde die Augen schloss, sah die Bewegung seiner Kehle, als er schluckte, und spürte Jamies Oberschenkel neben dem seinen beben.

Was zum Teufel ist passiert?, dachte er sorgenvoll. *Warum bist du hier?*

ERST ALS SICH alle für die Nacht niedergelassen hatten, bekam Ian eine Antwort.

»Ich lege dir deine Sachen zurecht«, flüsterte er Jamie zu und erhob sich. »Bleib solange noch am Feuer – ruh dich aus, aye?« Das Feuer warf zwar ein rötliches Licht auf Jamies Gesicht, doch er hatte den Eindruck, dass sein Freund immer noch weiß wie ein Leintuch war; er hatte zudem nicht viel gegessen.

Als er zurückkam, sah er die dunklen Flecken auf dem Rücken von Jamies Hemd; frisches Blut war durch die Verbände gesickert. Der Anblick erfüllte ihn mit Wut und Qual. Er sah das nicht zum ersten Mal; der Junge war ausgepeitscht worden. Heftig – und vor kurzem. *Wer? Wie? Warum?*

»Na, dann komm«, wies er Jamie an. Er bückte sich, schob Jamie den Arm wie spielerisch unter die Achsel, stellte ihn damit sicher auf die Beine und führte ihn fort vom Feuer und von den anderen. Alarmiert spürte er Jamies feuchtkalte Hände und vernahm seine flache Atmung.

»Was?«, wollte er wissen, sobald sie außer Hörweite waren. »Was ist passiert?«

Jamie setzte sich abrupt hin.

»Ich dachte, man geht zu den Söldnern, weil sie einem dort keine Fragen stellen.«

Eine andere Antwort als ein verächtliches Prusten hatte dieser Satz nicht verdient, und Ian war erleichtert, als er darauf ein leises, wenn auch ziemlich bemühtes Lachen hörte.

»Idiot«, sagte er. »Brauchst du einen Schluck? Ich habe eine Flasche in meinem Sack.«

»Schlecht wär's nicht«, murmelte Jamie.

Ihr Lager befand sich am Rand eines Dörfchens, und D'Eglise hatte dafür gesorgt, dass sie den einen oder anderen Kuhstall benutzen konnten, aber es war ja nicht kalt, und die meisten Männer schliefen lieber am Feuer oder auf dem freien Feld. Ian hatte ihre Ausrüstung ein Stück abseits abgelegt, im Schutz einer Platane am Rand eines Feldes – für den Fall, dass es regnete.

Ian zog den Korken aus der Whiskyflasche – der Inhalt war zwar nicht sonderlich gut, aber es *war* Whisky – und hielt sie seinem Freund unter die Nase. Doch als Jamie die Hand danach ausstreckte, zog er sie fort.

»Keinen Schluck bekommst du, ehe du es mir nicht erzählst«, verlangte er entschlossen. »Und du *erzählst* es mir genau jetzt, *a charaid.*«

Jamie saß zusammengesunken da, ein bleicher Fleck am Boden, und schwieg. Als die Worte schließlich kamen, sprach er so leise, dass Ian im ersten Moment glaubte, er hätte sie gar nicht gehört.

»Mein Vater ist tot.«

Er versuchte zu glauben, er *hätte* es nicht gehört, doch sein Herz hatte es gehört; es gefror ihm in der Brust.

»O Himmel«, flüsterte er. »O Gott, Jamie.« Dann war er auf den Knien und drückte Jamies Kopf fest an seine Schulter, während er sich bemühte, den verletzten Rücken nicht zu berühren. Seine Gedanken überschlugen sich zwar völlig konfus, aber eines war ihm klar: Brian Fraser war eindeutig keines natürlichen Todes gestorben. Wenn es so gewesen wäre, wäre Jamie in Lallybroch – und nicht hier und ganz gewiss nicht in diesem Zustand.

»Wer?«, fragte er heiser und lockerte seinen Griff ein wenig. »Wer hat ihn umgebracht?«

Wieder Schweigen, dann schnappte Jamie so heftig nach Luft, dass es klang, als würde ein Stück Stoff zerrissen.

»Ich war es«, keuchte er. Er begann zu weinen, und lautlose, harte Schluchzer schüttelten ihn.

ES DAUERTE EINE WEILE, Jamie die Einzelheiten zu entlocken – kein Wunder, dachte Ian. Er hätte auch nicht gern über so etwas geredet ... oder überhaupt nur daran gedacht. An die englischen Dragoner, die in Lallybroch aufgetaucht waren, um zu rauben und zu plündern, die Jamie gefangen genommen und verschleppt hatten, als er sich gewehrt hatte. Und daran, was sie ihm dann angetan hatten in Fort William.

»Hundert Hiebe?«, wiederholte Ian zugleich ungläubig als auch völlig entsetzt. »Weil du *Haus und Hof* verteidigt hast?«

»Beim ersten Mal nur sechzig.« Jamie wischte sich die Nase am Ärmel ab. »Weil ich geflohen bin.«

»Beim *ersten* Ma... Himmel, Gott, Mann! Was... wie...?«
»Würdest du bitte meinen Arm loslassen, Ian? Ich habe schon genug blaue Flecken, mehr brauch ich wirklich nicht.« Jamie stieß ein kurzes, gebrochenes Lachen aus, und Ian ließ ihn hastig los, doch er hatte nicht vor, sich ablenken zu lassen.
»Warum?«, fragte er leise und mit wachsender Wut. Jamie wischte sich noch einmal die Nase ab und schniefte, doch seine Stimme klang jetzt fester.
»Es war meine Schuld«, flüsterte er gepeinigt. »Es – was ich vorhin gesagt habe. Über meinen...« Er musste innehalten und schwer schlucken, fuhr aber fort, beeilte sich, die Worte hinauszupressen, ehe sie ihm die Kehle verätzen konnten. »Ich habe mich dem Kommandeur widersetzt. In der Garnison. Er – ach, das spielt keine Rolle. Es war das, was ich zu ihm gesagt habe, das ihn dazu getrieben hat, mich noch einmal auspeitschen zu lassen, und Pa... er... er war da. In Fort William, um zu versuchen, mich freizubekommen, doch es ist ihm nicht gelungen, und er... er war dabei, als sie... es getan haben.«
Ian konnte am belegten Klang seiner Stimme erkennen, dass Jamie wieder weinte, aber versuchte, es zu unterdrücken. Er legte dem Jungen eine Hand auf das Knie und drückte zu, nicht fest, nur so, dass Jamie wusste, dass er da war und zuhörte.
Jamie holte tief, tief Luft und brachte den Rest heraus.
»Es war... schlimm. Ich habe nicht geschrien oder sie spüren lassen, dass ich Angst hatte, aber ich konnte nicht auf den Beinen bleiben. Nach der Hälfte sind sie mir weggesackt, und ich... habe in den Seilen gehangen, und das Blut... ist mir über die Beine gelaufen. Zuerst dachten sie, ich wäre tot... und Pa muss das ebenfalls gedacht haben. Sie haben mir erzählt, er hätte in dem Moment die Hand an den Kopf gelegt und ein kleines Geräusch ausgestoßen, und dann... ist er zu Boden gefallen. Apoplexie, haben sie es genannt.«

»Maria, Mutter Gottes, gnade uns«, flüsterte Ian geschockt. »Er ist... gleich dort gestorben?«

»Ich weiß nicht, ob er schon tot war, als sie ihn aufgehoben haben, oder ob er noch eine Weile gelebt hat.« Jamies Stimme klang trostlos. »Ich wusste überhaupt nichts mehr; niemand hat mir etwas gesagt, bis mich Onkel Dougal ein paar Tage danach herausgeholt hat.« Er hustete und wischte sich abermals mit dem Ärmel über das Gesicht. »Ian... würdest du mein Knie loslassen?«

»Nein«, sagte Ian leise, zog die Hand aber dennoch fort. Jedoch nur, um Jamie sacht in die Arme nehmen zu können. »Nein. Ich lasse nicht los, Jamie. Warte. Warte nur.«

JAMIE ERWACHTE mit trockenem Mund und dickem Kopf, die Augen von Mückenstichen halb zugeschwollen. Außerdem regnete es; ein feiner feuchter Nebel, der über ihm durch die Blätter nieselte. Trotzdem fühlte er sich so gut wie in den letzten zwei Wochen nicht mehr, obwohl er sich nicht sofort erinnerte, warum das so war – oder wo er war.

»Hier.« Ein Stück halb verkohltes, mit Knoblauch eingeriebenes Brot wurde ihm unter die Nase gehalten. Er setzte sich hin und griff gierig danach.

Ian. Der Anblick seines Freundes bot ihm einen Anker, das Essen in seinem Magen ebenso. Er kaute jetzt langsam und sah sich um. Männer erhoben sich, stolperten zum Pinkeln davon, stießen leise Knurrgeräusche aus, rieben sich die Köpfe und gähnten.

»Wo sind wir?«, fragte er. Ian betrachtete ihn strafend.

»Wie zum Teufel hast du uns denn gefunden, wenn du überhaupt nicht weißt, wo du bist?«

»Murtagh hat mich hergebracht«, murmelte er. Das Brot in seinem Mund wurde zu Kleister, als die Erinnerung zurückkehrte; er konnte nicht schlucken und spuckte den halb gekauten Bissen aus. Jetzt fiel ihm alles wieder ein, und er wünschte, es wäre nicht so. »Er war es, der die Söldner gefunden hat, ist dann aber gegangen. Er meinte, es sieht besser aus, wenn ich hier allein ankomme.«

Tatsächlich hatte sein Pate gesagt: »*Der junge Murray wird sich jetzt um dich kümmern. Bleib ja bei ihm – komm nicht nach Schottland zurück! Komm nicht zurück, hörst du mich?*« Er hatte Murtagh zwar gehört. Das bedeutete aber nicht, dass er auch vorhatte, *auf* ihn zu hören.

»Oh, aye. Hatte mich schon gefragt, wie du es geschafft hast, so weit zu laufen.« Ian beobachtete jetzt das Geschehen am anderen Ende des Lagers, wo gerade zwei kräftige Pferde in das Geschirr eines mit Segeltuch bedeckten Wagens geführt wurden. »Meinst du, du *kannst* laufen?«

»Natürlich. Mir fehlt nichts«, antwortete Jamie nun gereizt. Erneut bedachte ihn Ian mit diesem besorgten Gesichtsausdruck. Diesmal kniff er die Augen allerdings noch schärfer zusammen als beim letzten Mal.

»Aye, natürlich«, stimmte er ihm im Tonfall blanken Unglaubens zu. »Nun ja. Wir sind etwa zwanzig Meilen von Bordeaux entfernt; das ist unser Ziel. Wir bringen den Wagen dort zu einem jüdischen Geldverleiher.«

»Dann ist er voller Geld?« Jamie warf einen neugierigen Blick auf das schwere Gefährt.

»Nein«, sagte Ian. »Es gibt eine kleine Truhe, die sehr schwer ist, also ist es möglicherweise Gold, und ein paar klimpernde Beutel, die vielleicht voll Silber sind, aber das meiste sind Teppiche.«

»Teppiche?« Jamie betrachtete Ian erstaunt. »Was denn für Teppiche?«

Ian zuckte mit den Schultern.

»Kann ich nicht sagen. Juanito sagt, es sind türkische Teppiche, sehr wertvoll, aber ich weiß nicht, ob er sich wirklich damit auskennt. Er ist auch Jude«, fügte Ian hinzu. »Juden sind …« Seine flache Hand vollführte eine zweideutige Geste. »Aber eigentlich macht man in Frankreich keine Jagd auf sie oder schickt sie ins Exil. Und der Hauptmann sagt, sie werden nicht einmal eingesperrt, solange sie sich still verhalten.«

»Und solange sie den Männern der Regierung weiter Geld leihen«, vollendete Jamie zynisch. Ian sah ihn überrascht an, und Jamie warf ihm seinen neunmalklugen »*Ich war auf der Université in Paris und weiß mehr als du*«-Blick zu. Das traute er sich, weil er sich ziemlich sicher war, dass ihn Ian nicht schlagen würde, nachdem er ja schließlich verletzt war.

Ian wirkte allerdings so, als hätte er genau das am liebsten getan – ihm nämlich herzlich gerne eine tüchtige Abreibung verabreicht. Doch er war so klug, Jamie stattdessen nur den »*Ich bin älter als du, und du weißt genau, dass du noch nicht trocken hinter den Ohren bist, also blas dich nicht auf*«-Blick zuzuwerfen. Jamie lachte erleichtert und fühlte sich besser.

»Aye, nun gut«, sagte er und beugte sich vor. »Ist mein Hemd sehr blutig?«

Ian nickte und legte sich den Schwertgürtel um. Jamie seufzte und ergriff das Lederwams, das ihm der Waffenmeister gegeben hatte. Es würde zwar scheuern, aber er wollte keine Aufmerksamkeit erregen.

IRGENDWIE HIELT ER DURCH. Der Trupp schlug zwar ein anständiges Tempo an, jedoch nicht so, dass es problematisch für einen Highlander gewesen wäre, der es gewohnt war, über die Hügel zu wandern und gelegentlich mit dem Rotwild um die Wette zu rennen. Schön, manchmal wurde ihm ein bisschen schwindelig; hin und wieder bekam er Herzrasen, und Hitzewellen liefen über ihn hinweg – doch er schwankte auch nicht schlimmer als einige der Männer, die ihr Frühstück mit zu viel Alkohol angereichert hatten.

Er nahm zwar kaum etwas von der Landschaft wahr, aber er war sich bewusst, dass Ian neben ihm ging, und er gab sich Mühe, seinem Freund hin und wieder zuzunicken, damit sich dessen nach wie vor sorgenvolle Miene entspannte. Sie befanden sich beide in der Nähe des Wagens, hauptsächlich zwar, weil er nicht unangenehm auffallen wollte, indem er am Ende hinterherhinkte, doch gleichzeitig auch, weil er und Ian den Rest der Truppe um mindestens einen Kopf überragten und ihre weiten Schritte die anderen in den Hintergrund drängten ... was ihn mit einem Hauch von Stolz erfüllte. Auf den Gedanken, dass die anderen womöglich nicht in der Nähe des Wagens sein *wollten*, kam er nicht.

Ein Ausruf des Kutschers war der erste Hinweis, dass etwas nicht stimmte. Jamie war mit halb geschlossenen Augen dahergeschlurft und hatte sich ganz darauf konzentriert, einen Fuß vor den anderen zu setzen, doch Alarmgebrüll und ein plötzlicher lauter Knall rissen ihn aus seiner Trance. Ein Reiter kam aus dem Dickicht der Bäume am Straßenrand geprescht, stoppte abrupt und feuerte noch einmal auf den Fahrer.

»Was ...« Jamie griff nach dem Schwert an seinem Gürtel, halb benommen, aber schon im Angriff; die Pferde wieherten und warfen sich gegen das Geschirr. Der Kutscher, der unverletzt war, fluchte und zerrte verbissen an den Leinen, nachdem die völlig verängstigten Pferde stehen geblieben waren. Mehrere Söldner rannten auf den fremden Reiter zu, der seinerseits das Schwert zog, zwischen ihnen hindurchpreschte und dabei rechts und links um sich hieb. Ian packte Jamies Arm und riss ihn herum.

»Nicht da. Dort hinten!« Jamie folgte Ian im Laufschritt, und richtig, der Hauptmann steckte am hinteren Ende der Truppe in einem Scharmützel, denn ein Dutzend Fremde griffen dort brüllend mit Knüppeln und Schwertern an.

»*Caisteal DHUUN!*«, brüllte Ian. Er schwang das Schwert über dem Kopf und ließ es flach auf den Kopf eines Angreifers niedersausen. Es traf den Mann zwar nur oberflächlich, doch er schwankte und fiel auf die Knie, wo ihn Georges der Riese an den Haaren packte und ihm mit aller Kraft das Knie ins Gesicht rammte.

»*Caisteal DHUUN!*«, rief Jamie so laut er konnte. Ian

wandte für eine Sekunde den Kopf, und ein breites Grinsen blitzte auf.

Es erinnerte ein wenig an einen Viehraub in den Highlands, dauerte aber länger. Es war nicht damit getan, fest zuzuschlagen und sich davonzumachen; Jamie war zudem noch nie der Angegriffene gewesen und fand sich nur schwer damit zurecht. Die Angreifer waren jedoch in der Unterzahl und begannen zurückzuweichen. Einige sahen sich bereits hastig um und wären wohl am liebsten in den Wald zurückgerannt.

Schließlich begann jedoch die Flucht, und Jamie blieb keuchend und schweißtriefend stehen, das Schwert ein Zentnergewicht in seiner Hand. Doch er richtete sich kerzengerade auf und erspähte dabei eine Bewegung.

»*Dhuuun!*«, rief er alarmiert und lief mit rasselndem Atem los. Neben dem Wagen war eine weitere Gruppe von Männern aufgetaucht. Sie zogen den zwischenzeitlich getroffenen, leblosen Kutscher unauffällig von seinem Bock, während einer von ihnen nach dem Zaumzeug der stampfenden Pferde griff und ihnen die Köpfe nach unten zog. Zwei weitere hatten das Segeltuch losgebunden und zerrten eine lange Rolle hervor, vermutlich einen der Teppiche.

Er erreichte sie gerade so rechtzeitig, dass er einen Mann packen konnte, der auf den Wagen zu klettern versuchte. Mit aller ihm verbliebenen Kraft zerrte er ihn zurück auf die Straße. Der Mann wand sich im Fallen und landete wie eine Katze auf den Beinen, das Messer in der Hand. Die Klinge blitzte auf, prallte am Leder seiner Weste ab und fuhr dicht vor seinem Gesicht nach oben. Jamie drehte sich rückwärts und hätte dabei fast das Gleichgewicht verloren. In dem Moment gingen zwei weitere der Mistkerle auf ihn los.

»Rechts von dir, Mann!«, erklang plötzlich Ians Stimme neben seiner rechten Seite, und ohne zu zögern wandte er sich dem Angreifer auf seiner Linken zu, während er hörte, wie auch Ian mit aller Kraft um sich hieb.

Dann veränderte sich etwas; er konnte nicht sagen, was, aber plötzlich war der Kampf vorbei. Die Angreifer zogen sich zurück und ließen zwei ihrer Männer auf der Straße liegen.

Der Kutscher war nicht tot; Jamie sah, wie er sich auf den Rücken wälzte, einen Arm vor dem Gesicht. Dann saß er unvermittelt selbst im Staub, und schwarze Punkte tanzten ihm vor den Augen. Ian beugte sich atemlos über ihn, die Hände auf die Knie gestützt. Der Schweiß tropfte ihm vom Kinn und landete als schwarze Flecken im Staub, die sich mit den surrenden Pünktchen mischten, die Jamies Gesichtsfeld verdunkelten.

»Alles... gut?«, keuchte Ian.

Er öffnete den Mund, um ja zu sagen, doch das Tosen in seinen Ohren übertönte seine Worte, und die Flecken verschmolzen plötzlich zu einer einzigen schwarzen Fläche.

ALS ER ERWACHTE, kniete ein Priester über ihm und intonierte das Vaterunser auf Latein. Ohne innezuhalten, ergriff der Priester ein Fläschchen und goss sich ein wenig Öl auf die Handfläche, dann tauchte er den Daumen in die kleine Pfütze und zeichnete ein rasches Kreuzzeichen auf Jamies Stirn.

»Ich bin nicht tot, aye?«, protestierte Jamie schwach, dann wiederholte er seinen Satz auf Französisch. Der Priester beugte sich dichter über ihn und blinzelte ihn kurzsichtig an.

»Im Sterben?«, fragte er.

»Auch nicht.« Der Priester stieß ein kurzes, angewidert klingendes Geräusch aus, fuhr dann aber fort und malte Jamie Kreuze auf die Handflächen, die Augenlider und die Lippen.

»*Ego te absolvo*«, sagte er und vollführte ein letztes rasches Kreuzzeichen über Jamies flach am Boden liegenden Körper. »Nur für den Fall, dass Ihr jemanden getötet habt.« Dann erhob er sich eilig und verschwand mit wehenden schwarzen Gewändern hinter dem Wagen.

»Alles gut?« Ian hielt ihm die Hand hinunter und zog ihn zum Sitzen hoch.

»Aye, mehr oder weniger. Wer war denn das?« Er wies kopfnickend in die Richtung, in der der Priester verschwunden war.

»Père Renault. Diese Truppe ist sehr gut ausgerüstet«, sagte Ian und half ihm auf die Beine. »Wir haben unseren eigenen Priester, der uns vor der Schlacht die Beichte abnimmt und uns hinterher die Letzte Ölung verabreicht.«

»Das habe ich gemerkt. Ein bisschen übereifrig, wie?«

»Er ist fast so blind wie ein Maulwurf«, erklärte Ian und wandte den Kopf, um sicherzugehen, dass der Priester außer Hörweite war. »Denkt wahrscheinlich, lieber einmal zu viel als einmal zu wenig, aye?«

»Habt ihr auch einen Arzt?«, fragte Jamie mit einem Blick auf die beiden Angreifer, die zu Boden gegangen waren. Man hatte sie an den Straßenrand gezogen; der eine war eindeutig tot, doch der andere begann, sich stöhnend zu regen.

»Ah«, antwortete Ian nachdenklich. »Das ist dann wohl auch der Priester.«

»Wenn ich also im Kampf verwundet werde, versuche ich besser, daran zu sterben. Ist es das, was du damit ausdrücken willst?«

»Ja, genau. Komm, lass uns Wasser suchen.«

SIE FANDEN EINEN mit Steinen gesäumten Bewässerungsgraben, der abseits der Straße zwischen zwei Feldern entlanglief. Ian dirigierte Jamie in den Schatten eines Baumes, kramte in seinem Rucksack und fand ein Ersatzhemd, das er seinem Freund in die Hände drückte.

»Zieh das an«, ordnete er leise an. »Dann kannst du deins waschen; sie werden glauben, das Blut daran stammt von unserem Kampf.« Jamie sah überrascht, aber dankbar aus.

Er nickte, schlüpfte aus dem Lederwams und pellte sich vorsichtig das verschwitzte, fleckige Hemd vom Rücken. Ian verzog das Gesicht; die Verbände waren schmutzig und lösten sich auf, außer dort, wo sie an Jamies Haut klebten, schwarz verkrustet mit altem Blut und getrocknetem Eiter.

»Soll ich den Verband abreißen?«, murmelte er Jamie ins Ohr. »Ich mach's schnell.«

Jamie zog verneinend die Schultern hoch und schüttelte den Kopf.

»Nein, dann blutet es nur wieder, und das noch mehr.«

Sie hatten keine Zeit zu diskutieren; sie bekamen jetzt Gesellschaft. Jamie schob den Kopf hastig in das saubere Hemd und kniete sich hin, um sich Wasser ins Gesicht zu spritzen.

»He da, Schotte!«, rief Alexandre Jamie zu. »Was war das, was ihr beide euch zugerufen habt?« Er hob die Hände an den Mund und rief mit tiefer, dröhnender Stimme »Guuuun!«, so dass die anderen lachten.

»Hast du denn noch nie einen Kriegsruf gehört?«, fragte Jamie und schüttelte den Kopf über solches Unwissen. »Man benutzt ihn im Kampf, um seine Verwandten, seinen Clan zu sich zu rufen.«

»Hat es eine Bedeutung?«, wollte Petit Phillipe neugierig wissen.

»Aye, mehr oder weniger«, erklärte Ian. »Burg Dhuni ist der Wohnsitz des Clanshäuptlings der Frasers von Lovat. *Caisteal Dhuin* heißt es auf *Gàidhlig* – das ist unsere Sprache.«

»Und das ist unser Clan«, führte Jamie weiter aus. »Clan Fraser, aber er hat mehr als eine Sippe, und jede hat ihren eigenen Kriegsruf und ihr eigenes Motto.« Er fischte sein Hemd aus dem kalten Wasser und wrang es aus; die Blutflecken waren zwar noch sichtbar, doch es waren nur noch bräunliche Verfärbungen, wie Ian zufrieden registrierte. Dann sah er, wie Jamie den Mund öffnete, um in seiner Erklärung fortzufahren.

Sag's nicht!, dachte er, doch wie üblich war Jamie für seine Gedanken taub, und Ian schloss resigniert die Augen, denn er wusste, was jetzt kommen würde.

»Aber unser Clanmotto ist französisch«, sagte Jamie mit einem Anflug von Stolz. *»Je suis prest.«*

Das bedeutete »Ich bin bereit«, und wie Ian es vorausgesehen hatte, wurde es nicht nur mit Lachsalven quittiert, sondern obendrein mit diversen Spekulationen, wozu genau die jungen Schotten wohl bereit sein mochten. Nach dem Kampf hatten die Männer gute Laune, und so flogen die Mutmaßungen eine Weile hin und her. Ian zuckte zwar mit den Schultern und lächelte, aber er konnte sehen, wie Jamie rote Ohren bekam.

»Wo ist denn der Rest von deiner Schlange, Georges?«, wollte Petit Phillipe wissen, als er sah, wie sich Georges der Riese nach dem Pinkeln schüttelte. »Hat sie dir etwa jemand gestutzt?«

»Deine Frau hat sie mir abgebissen«, erwiderte Georges in gelassenem Ton, der darauf schließen ließ, dass solche Spötteleien üblich waren. »Hat einen Mund wie ein Milchferkel. Und eine *cramouille* wie ein ...«

Das hatte weitere Unflätigkeiten zur Folge, doch an den Seitenblicken der Männer konnte man erkennen, dass es zum Großteil nur Schau für die beiden Schotten war. Ian ignorierte das Geplänkel, doch Jamie kullerten fast die Augen aus dem Kopf; Ian war sich nicht sicher, ob sein Freund das Wort *Cramouille* schon einmal gehört hatte. Aber selbst wenn nicht, konnte er sich wahrscheinlich leicht zusammenreimen, was es bedeutete.

Ehe Jamie sie in weitere Schwierigkeiten bringen konnte, wurde das Gespräch am Fluss durch einen erstickten Schrei jenseits der Bäume unterbrochen.

»Der Gefangene«, murmelte Alexandre nach kurzem unbehaglichem Schweigen.

Ian kniete sich neben Jamie und schöpfte mit tropfenden

Händen Wasser in sein Gesicht. Er wusste, was an der Straße vorging; es ballte ihm den Magen zusammen. Schließlich richtete er sich auf und wischte sich die Hände an den Oberschenkeln ab.

»Der Hauptmann«, informierte er Jamie leise. »Er... muss wissen, wer sie waren. Woher sie gekommen sind.«

»Aye.« Jamies Lippen pressten sich fest aufeinander, als jetzt gedämpfte Stimmen erklangen, ein plötzliches fleischiges Klatschen und lautes Stöhnen. »Ich weiß.« Er spritzte sich nun ebenfalls Wasser ins Gesicht.

Die Witze waren verstummt. Es wurde kaum noch gesprochen, obwohl Alexandre und der Elsässer-Josef ein belangloses Streitgespräch begannen, um die schrecklichen Geräusche von der Straße zu übertönen. Die meisten der Männer wuschen sich oder tranken schweigend zu Ende und saßen dann mit vornübergezogenen Schultern im Schatten.

»Père Renault!«, erhob sich die Stimme des Hauptmanns und beorderte damit den Priester zu sich. Père Renault hatte seine Waschungen in diskretem Abstand von den Männern vollzogen, doch bei diesem Ruf erhob er sich und wischte sich das Gesicht am Saum seiner Robe ab. Er bekreuzigte sich und hielt auf die Straße zu, blieb auf dem Weg dahin jedoch kurz bei Ian stehen und wies auf seinen Trinkbecher.

»Darf ich ihn von dir ausborgen, mein Sohn? Nur für einen Moment.«

»Aye, natürlich, Vater«, sagte Ian verblüfft. Der Priester nickte, bückte sich, um den Becher voll mit Wasser zu schöpfen, und ging davon. Jamie sah ihm hinterher, dann richtete er den Blick mit hochgezogenen Augenbrauen auf Ian.

»Sie sagen, er ist Jude«, erklärte Juanito in der Nähe ganz leise. »Sie wollen ihn erst taufen.« Er kniete am Wasser, die Fäuste auf den Oberschenkeln fest geballt.

Trotz der Hitze spürte Ian, wie ihm ein Speer aus Eis durch die Brust fuhr. Er erhob sich hastig und machte Anstalten, dem Priester zu folgen, doch Georges der Riese erwischte ihn mit ausgestreckter Hand an der Schulter.

»Lass gut sein«, sagte er. Auch er sprach leise, doch seine Finger bohrten sich fest in Ians Haut. Er wich nicht zurück, sondern blieb stehen und sah Georges unverwandt an. Er spürte, wie Jamie eine schnelle, impulsive Bewegung machte, doch er flüsterte: »Nein!«, und Jamie hielt inne.

Sie konnten französische Flüche von der Straße hören, unter die sich Père Renaults Stimme mischte. »*In nomine Patris et Filii...*« Dann Gerangel, Gestotter und Geschrei, und der Gefangene, der Hauptmann und Mathieu – und selbst der Priester – benutzten Worte, bei denen Jamie große Augen bekam. Ian hätte am liebsten gelacht, wäre das Grauen nicht gewesen, das selbst den letzten Mann am Wasser erstarren ließ.

»Nein!«, schrie der Gefangene, lauter als alle anderen, und seine Wut verlor sich in Schrecken. »Nein, bitte! Ich habe Euch alles gesagt, was ich...« Ein leises Geräusch, ein hohler Klang wie ein Tritt gegen eine Melone, und die Stimme verstummte.

»Ein Geizkragen, unser Hauptmann«, flüsterte Georges der Riese kaum hörbar. »Warum eine Kugel verschwenden?« Er hob die Hand von Ians Schulter, schüttelte den Kopf und kniete sich hin, um sich die Hände zu waschen.

UNTER DEN BÄUMEN herrschte gespenstische Stille. Von der Straße konnten sie leise Stimmen hören – der Hauptmann sprach mit Mathieu, und etwas lauter war Père Renault zu vernehmen, der jetzt sein »*In nomine Patris et Filii...*« in völlig anderem Ton wiederholte. Ian sah, wie sich die Härchen auf Jamies Armen aufstellten und er sich die Handflächen an seinem Kilt rieb, vielleicht, weil sie noch glitschig vom Chrisam des Priesters waren.

Nachdem Jamie das wohl alles zu sehr an die Nieren ging, wandte er sich wahllos an Georges den Riesen.

»›Schlange‹?«, sagte er mit hochgezogener Augenbraue. »So nennt man das hier also, ja?«

Georges der Riese brachte ein schiefes Lächeln zuwege.

»Und wie nennt ihr es? In eurer Sprache?«

»*Bot*«, sagte Ian achselzuckend. Es gab zwar noch andere Worte, aber er hatte nicht vor, ihnen etwas wie *clipeachd* zuzumuten.

»Meistens einfach ›Schwanz‹«, sagte Jamie und zuckte ebenfalls mit den Achseln.

»Oder ›Penis‹, wenn man's lieber englisch hat«, warf Ian ein.

Inzwischen hatten sie einige Zuhörer, die mehr als bereit waren, sich jeder beliebigen Unterhaltung anzuschließen, um das Echo des letzten Schreis abzuschütteln, das immer noch in der Luft hing wie unheilverkündender Nebel.

»Ha«, sagte Jamie. »Penis ist doch gar kein englisches Wort, du kleiner Ignorant. Es ist Latein. Und selbst auf Latein ist damit nicht des Mannes bester Freund gemeint – es bedeutet ›Rute‹.«

Ian warf ihm einen langen, gelassenen Blick zu.

»Rute? Du kannst also nicht einmal deinen Schwanz von deinem Hinterteil unterscheiden und hältst mir eine Predigt über *Latein*?«

Die Männer brüllten. Jamies Gesicht wurde auf der Stelle puterrot, und Ian lachte und stieß ihn deftig mit der Schulter an. Jamie prustete nun, stieß Ian seinerseits an und lachte dann ebenfalls, wenn auch zögernd.

»Aye, also schön.« Er wirkte verlegen; normalerweise zog er Ian wahrhaftig nicht mit seiner Schulbildung auf. Ian nahm es ihm jedoch nicht übel; er war selbst während der ersten Tage bei der Truppe ins Schwimmen geraten, und das war es nun einmal, was man dann machte; man versuchte, festen Boden unter die Füße zu bekommen, indem man demonstrierte, was man gut konnte. Wenn Jamie allerdings Mathieu oder Georges dem Riesen sein Latein unter die

Nase rieb, würde er sich mit den Fäusten behaupten müssen, und zwar auf der Stelle. Doch vorerst sah er so aus, als könnte er nicht mal ein Kaninchen besiegen.

Das Gemurmel verstummte augenblicklich, als Mathieu zwischen den Bäumen auftauchte. Mathieu war ein kräftiger Kerl, wenn auch eher breit als hochgewachsen, mit einem Gesicht wie ein wild gewordener Eber und einem Charakter, der dazu passte. Doch *in* dieses Gesicht sagte niemand »Schweinefresse«.

»Du da, Milchgesicht – geh das Dreckstück beerdigen«, befahl er Jamie. Dann kniff er die rot geränderten Augen zusammen und fügte hinzu: »Weit hinten im Wald. Los, ehe ich dir mit dem Stiefel Beine mache. Bewegung!«

Jamie erhob sich – langsam – und betrachtete Mathieu auf eine Weise, die Ian gar nicht gefiel. Er trat rasch neben Jamie und packte ihn am Arm.

»Ich helfe mit«, sagte er. »Gehen wir.«

»WARUM WOLLEN SIE ihn denn beerdigen?«, murmelte Jamie Ian zu. »Ein *christliches* Begräbnis?« Er stieß einen der Spaten, die Armand ihnen geliehen hatte, so heftig in das weiche Laub, dass Ian spätestens jetzt gemerkt hätte, wie aufgewühlt sein Freund war, wenn es ihm nicht ohnehin schon klar gewesen wäre.

»Du hast doch gewusst, dass es kein besonders zivilisiertes Leben ist, *a charaid*«, sagte Ian. Er selbst fühlte sich unter diesen Umständen schließlich auch nicht besser, und sein Ton war scharf. »Nicht wie die *Université*.«

Das Blut schoss Jamie den Hals hinauf wie Zunder, der Feuer fängt, und Ian streckte die Handfläche aus, um ihn zu beruhigen. Er wollte keinen Streit, und Jamie konnte keinen aushalten.

»Wir begraben ihn, weil D'Eglise meint, seine Freunde könnten zurückkehren, um nach ihm zu suchen. Und es ist besser, wenn sie nicht sehen, was ihm angetan wurde, aye?

Dem anderen Kerl kann man ansehen, dass er im Kampf gestorben ist. Das ist Alltag und eine Sache. Rache ist eine andere.«

Jamies Kiefer mahlten zwar noch einen Moment, doch allmählich ließ seine Röte nach, und er hielt die Schaufel weniger krampfhaft umklammert.

»Aye«, murmelte er und grub weiter. Binnen weniger Minuten rann ihm der Schweiß über den Hals, und er atmete schwer. Ian schubste ihn mit dem Ellbogen beiseite und grub zu Ende. Schweigend nahmen sie den Toten bei den Achseln und Knöcheln und zerrten ihn in die flache Grube.

»Meinst du, D'Eglise hat etwas aus ihm herausbekommen?«, fragte Jamie, während sie abschließend verklumptes altes Laub über die nackte Erde breiteten.

»Ich hoffe es«, erwiderte Ian, den Blick auf seine Arbeit gerichtet. »Ich würde nicht gern denken, dass sie das hier umsonst getan haben.«

Er richtete sich auf, und einen Moment lang standen sie verlegen da, ohne einander anzusehen. Es schien falsch, ein Grab ohne ein Wort des Gebetes zurückzulassen, selbst das Grab eines Fremden und Juden. Doch noch schlimmer schien es, ein christliches Gebet über dem Mann zu sprechen – mehr Beleidigung als Segnung unter den Umständen.

Schließlich verzog Jamie das Gesicht und bückte sich. Er grub im Laub und brachte zwei kleine Steine zum Vorschein. Einen davon gab er Ian, und einer nach dem anderen hockten sie sich hin, um die Steine auf das Grab zu legen. Es war zwar ein erbärmlicher Grabhügel, aber er war besser als nichts.

ES WAR NICHT DIE ART des Hauptmanns, seinen Männern Erklärungen zu geben oder ihnen mehr als kurze, ausdrückliche Befehle zu erteilen. Er war am Abend ins Lager zurückgekehrt, das Gesicht finster und die Lippen fest aufeinandergepresst. Doch es gab ja noch drei andere Männer, die das Verhör des jüdischen Fremden mit angehört hatten, und dank der üblichen metaphysischen Prozesse, die sich an Lagerfeuern abspielen, wusste am nächsten Morgen jeder in der Truppe, was er gesagt hatte.

»Ephraim bar-Sefer«, sagte Ian zu Jamie, der spät ans Feuer zurückgekehrt war, nachdem er sich in aller Stille entfernt hatte, um sein Hemd noch einmal zu waschen. »Das war sein Name.« Ian machte sich Sorgen um den Jungen. Seine Wunden heilten nicht so, wie sie sollten, und dass er so in Ohnmacht gefallen war … Jetzt hatte er Fieber; Ian konnte die Hitze spüren, die von seiner Haut ausging, während er gleichzeitig hin und wieder erschauerte, obwohl die Nacht nicht kalt war.

»Ist es besser, das zu wissen?«, fragte Jamie trostlos.

»Wir können mit seinem Namen für ihn beten«, meinte Ian. »Das ist doch besser, oder nicht?«

Jamie zog zwar die Stirn in Falten, aber kurz darauf nickte er.

»Aye, das ist es. Was hat er denn noch gesagt?«

Ian verdrehte die Augen. Ephraim bar-Sefer hatte gestanden, dass die Bande der Angreifer aus professionellen Dieben bestand, zum Großteil Juden, die …

»Juden?«, unterbrach Jamie. »Jüdische *Banditen*?« Aus irgendeinem Grund schien er das komisch zu finden, doch Ian lachte nicht.

»Warum denn nicht?«, fragte er stirnrunzelnd und berichtete dann weiter, ohne eine Antwort abzuwarten. Die Männer erfuhren im Voraus von wertvollen Lieferungen und lauerten ihnen auf, um sie zu überfallen und zu berauben.

»Es sind zum Großteil andere Juden, die sie ausrauben, deshalb besteht keine große Gefahr, dass ihnen die Franzosenarmee oder ein örtlicher Richter nachstellt.«

»Oh. Und dieses Wissen, das sie im Voraus haben – ist vermutlich leichter zu erlangen, wenn die Leute, die sie ausrauben, ebenfalls Juden sind. Juden leben in Gruppen dicht beieinander«, erklärte er, als er Ians überraschte Miene sah. »Aber sie können alle lesen und schreiben, und sie schreiben sich häufig Briefe. Die Gruppen tauschen damit ständig irgendwelche Informationen aus. Es ist also bestimmt nicht gerade schwer zu erfahren, wer die Geldverleiher und Kaufleute sind, um dann gezielt ihre Korrespondenz abzufangen, nicht wahr?«

»Das könnte sein«, sagte Ian und warf Jamie einen respektvollen Blick zu. »Bar-Sefer hat gesagt, sie wären von jemandem benachrichtigt worden – er selbst wusste nicht, wer es war –, der viel über das Kommen und Gehen von Wertsachen wusste. Diese Person gehörte aber nicht zu ihrer Bande; es war jemand von außerhalb, der einen Anteil am Gewinn bekam.«

Das jedoch war alles, was bar-Sefer preisgegeben hatte. Er hatte sich geweigert, die Namen seiner Mitstreiter zu verraten – was D'Eglise gar nicht passte –, und er hatte noch im Sterben stur darauf beharrt, dass er nichts von künftigen geplanten Überfällen wusste.

»Meinst du, es ist vielleicht einer von unseren gewesen?«, fragte Jamie mit leiser Stimme.

»Einer von – oh, du meinst, von unseren Juden?« Ian runzelte die Stirn bei diesem Gedanken. D'Eglise hatte drei Juden in seiner Truppe: Juanito, Georges den Riesen und Raoul, doch alle drei waren gute Männer, die bei ihren Kameraden beliebt waren. »Ich bezweifle es. Sie haben alle drei bis aufs Blut gekämpft. Soweit ich es mitbekommen habe«, fügte er der Vollständigkeit halber hinzu.

»Was ich gern wüsste, ist, wie es den Dieben gelungen ist, mit diesem Teppich davonzukommen«, sagte Jamie nachdenklich. »Muss mächtig was gewogen haben – einen Zentner?«

»Mindestens«, bestätigte Ian und zog die Schultern hoch, als er daran dachte. »Ich habe mitgeholfen, die verflixten

Dinger aufzuladen. Sie müssen wohl einen Wagen zum Transport für ihre Beute in der Nähe gehabt haben. Warum?«
»Nun ja, aber... *Teppiche*? Wer stiehlt denn Teppiche? Selbst wenn sie wertvoll sind. Und wenn sie im Voraus wussten, dass und wann wir auftauchen, dann wussten sie doch wohl ebenso, was wir dabeihatten.«
»Du vergisst das Gold und das Silber«, rief ihm Ian ins Gedächtnis. »Es war vorn im Wagen, unter den Teppichen. Sie mussten die Teppiche herausziehen, um daranzukommen.«
»Mmpfm.« Jamie wirkte mit dieser Erklärung absolut nicht zufrieden – und es stimmte ja, dass sich die Diebe die Mühe gemacht hatten, den Teppich mitzunehmen. Doch es führte zu nichts, sich weiter den Kopf darüber zu zerbrechen, und als Ian sagte, er wäre reif für eine Mütze Schlaf, folgte ihm Jamie ohne Widerrede.

Sie ließen sich in einem Nest aus hohem gelben Gras nieder und wickelten sich in ihre Plaids, aber Ian war zu aufgewühlt, um sofort einzuschlafen. Er war mit blauen Flecken übersät und furchtbar müde, doch die Aufregungen des Tages hingen ihm hartnäckig nach. Er lag eine Weile da und blickte zu den Sternen auf, während er sich an einige Dinge erinnerte und andere mit aller Kraft zu vergessen versuchte – zum Beispiel den Anblick von Ephraim bar-Sefers Kopf. Vielleicht hatte Jamie ja recht, und es wäre besser gewesen, seinen richtigen Namen nicht zu kennen.

Er lenkte sich intensiv mit anderen Gedanken ab und war geradezu überrascht, als sich Jamie plötzlich bewegte und dann leise fluchte, weil ihn die Bewegung schmerzte.

»Hast du es schon einmal getan?«, fragte Ian aus einem plötzlichen Bedürfnis heraus.

Es raschelte leise, als Jamie es sich bequemer machte.

»Habe ich *was* je getan?«, fragte er. Seine Stimme klang ein wenig heiser, aber nicht besorgniserregend. »Jemanden getötet? Nein.«

»Nein, mit einem Mädchen geschlafen.«
»Oh, das.«
»Aye, *das*. Trottel.« Ian drehte sich zu Jamie um und zielte mit der Faust scherzhaft auf seinen Bauch. Trotz der Dunkelheit fing Jamie sein Handgelenk ab, ehe der Schlag traf.
»Du denn?«
»Oh, du also nicht.« Ian löste sich ohne Schwierigkeiten aus seinem Griff. »Ich dachte damals, du würdest in Paris nichts als Huren und Dichterinnen um dich haben.«
»Dichterinnen?« Allmählich klang Jamie belustigt. »Wie kommst du denn darauf, dass Frauen Gedichte schreiben? Oder dass eine Frau, die Gedichte schreibt, liederlich sein könnte?«
»Nun, natürlich ist das so. Das weiß doch jeder. Die Worte steigen ihnen zu Kopf und treiben sie zum Wahnsinn, und sie gehen auf die Suche nach dem erstbesten Mann, der ...«
»Du warst mit einer Dichterin im Bett?« Jamies Faust traf ihn nun begeistert mitten in die Brust. »Weiß deine Mutter das?«
»Erzähl meiner Mutter ja nichts von Dichterinnen«, verbot ihm Ian mit Nachdruck. »Nein, ich war mit einer Dichterin noch nie im Bett, aber Georges der Riese hat es getan, und er hat allen von ihr erzählt. Eine Frau, der er in Marseille begegnet ist. Er hat ein Buch mit ihren Gedichten, und ein paar davon hat er vorgelesen.«
»Taugen sie etwas?«
»Woher soll ich das wissen? Da wurde viel gewankt und geschwollen und geborsten, doch es schien zum Großteil um Blumen zu gehen. Aber einmal ging es auch um eine Hummel, die es mit einer Sonnenblume getrieben hat. Also auf sie eingestochert hat, meine ich. Mit ihrem Rüssel.«
Es herrschte kurzes Schweigen, während Jamie dieses Bild auf sich wirken ließ.
»Vielleicht klingt so was ja auf Französisch besser«, prustete er erheitert.

»ICH HELFE DIR«, sagte Ian plötzlich in einem Ton, der Jamie bis ins Mark fuhr.
»Du hilfst mir ...?«
»Diesen Hauptmann Randall umzubringen.«
Einen Moment lag Jamie schweigend da und spürte, wie es ihm den Atem verschlug.
»Himmel, Ian«, flüsterte er schließlich. Er lag ein paar stumme Minuten da, den Blick auf die Schatten der Baumwurzeln neben seinem Gesicht gerichtet.
»Nein«, sagte er schließlich. »Das kannst und sollst du nicht. Aber du musst etwas anderes für mich tun, Ian. Du musst für mich nach Hause gehen.«
»Nach Hause? Was ...«
»Du musst für mich nach Hause gehen und dich um Lallybroch kümmern – und um meine Schwester. Ich ... ich kann nicht gehen. Noch nicht.« Er biss sich fest auf die Unterlippe.
»Du hast doch genug Pächter und Freunde dort«, protestierte Ian. »Du brauchst mich hier, Mann. Ich lasse dich nicht allein, aye? Und wenn du dann zurückgehst, gehen wir zusammen.« Er wandte sich in sein Plaid gewickelt ab und signalisierte, dass jeglicher Widerspruch zwecklos war.

Jamie lag mit geschlossenen Augen da, ohne die Lieder und Unterhaltungen am Feuer zu beachten, die Schönheit des Nachthimmels oder seinen unablässig schmerzenden Rücken. Vielleicht sollte er ja für die Seele des toten Juden beten, doch dazu hatte er im Grunde keine Zeit. Denn ihm war es weitaus wichtiger, seinen Vater zu finden.

Brian Frasers Seele musste noch existieren, und er war sich völlig sicher, dass sein Vater im Himmel war. Aber es musste eine Möglichkeit geben, ihn zu finden, ihn zu spüren. Als Jamie das erste Mal von zu Hause fort gewesen war, als Ziehsohn bei Dougal in Beannachd, war er einsam und heimwehkrank gewesen. Das hatte Pa ihm jedoch vorher prophezeit und dass er sich dann nicht zu viele Gedanken darüber machen sollte.

»Denk an mich, Jamie, und an Jenny und Lallybroch. Du wirst uns zwar nicht sehen, aber wir werden trotzdem da sein und an dich denken. Schau in der Nacht nach oben, und wenn du die Sterne siehst, weißt du, dass wir sie genauso sehen.«

Er öffnete die Augen einen Spalt, doch das Leuchten der Sterne verschwamm. Er kniff die Augen wieder zu und spürte, wie ihm eine Träne heiß über die Schläfe glitt. Er konnte nicht an Jenny denken. Oder an Lallybroch. Das Heimweh bei Dougal hatte irgendwann aufgehört. Das Gefühl der Fremde in Paris hatte irgendwann nachgelassen. Dieses traurige Gefühl jetzt würde nicht aufhören, er würde allerdings trotzdem weiterleben müssen.

Wo bist du, Pa?, dachte er gequält. *Pa, es tut mir so leid.*

AM NÄCHSTEN TAG betete er im Gehen, arbeitete sich hartnäckig von einem »Gegrüßet seist du, Maria« zum nächsten vor und benutzte seine Finger, um den Rosenkranz mitzuzählen. Eine Weile lenkte ihn das vom Denken ab, und es schenkte ihm ein wenig Frieden. Doch schließlich stahlen sich die peinigenden Gedanken wieder in seinen Kopf, und kurze Erinnerungen blitzten auf, blitzschnell wie Sonne auf dem Wasser. Manche kämpfte er nieder... Hauptmann Randalls raue Stimme, spielerisch und voll gehässiger Vorfreude, als er die neunschwänzige Katze in die Hand genommen hatte... das angstvolle Prickeln der Haare auf seiner Haut im kalten Wind... das demütigende Gefühl, als sie ihm das Hemd heruntergerissen... die Worte des Arztes *»Er hat dich ja übel zugerichtet, Junge...«.*

An anderen Erinnerungen klammerte er sich jedoch fest, so schmerzvoll sie auch waren. Die festen Hände seines Vaters auf seinen Armen, die ihn aufrecht hielten. Die Wachen hatten ihn irgendwohin gebracht; er wusste nicht mehr, wohin, und es spielte auch keine Rolle. Doch dann stand sein Vater plötzlich vor ihm auf dem Gefängnishof und trat vor, als er Jamie sah, eine glückliche, erwartungsfrohe Miene im Gesicht, die im nächsten Moment in Erschrecken zersprang, als er sah, was sie ihm angetan hatten.

»*Ist es sehr schlimm, Jamie?*«

»*Nein, Pa, das wird schon wieder.*«

Eine Minute lang hatte er exakt das jetzt gefühlt. Es hatte so gutgetan, seinen Vater zu sehen; er war sich so sicher gewesen, dass alles gut werden würde – und dann fiel ihm Jenny ein, die diesen Mistkerl zwangsweise mit ins Haus genommen hatte, sich opferte für ...

Angestrengt würgte er diesen Gedanken ab und betete so laut »Gegrüßet seist du, Maria, voll der Gnade, der Herr ist mit dir!«, dass er Petit Philippe aufschreckte, der auf seinen kurzen O-Beinen neben ihm herhoppelte. »Gebenedeit bist du unter den Frauen«, stimmte Philippe pflichtschuldigst ein. »Bitte für uns Sünder, jetzt und in der Stunde unseres Todes, Amen!«

»Gegrüßet seist du, Maria«, fiel Père Renaults tiefe Stimme hinter ihnen ein, und innerhalb von Sekunden beteten sie zu siebt oder acht, ernst im Rhythmus ihrer marschierenden Füße, und dann noch ein paar ... Jamie selbst verstummte unbemerkt. Doch er fühlte das Gebet wie eine Barrikade zwischen sich und den hinterlistigen Gedanken, und als er kurz die Augen schloss, spürte er seinen Vater an seiner Seite gehen, spürte Brian Frasers letzten Kuss sanft wie den Wind auf seiner Wange.

SIE ERREICHTEN BORDEAUX kurz vor Sonnenuntergang, und D'Eglise nahm den Wagen und eine kleine Mannschaft mit, die die kostbare Fracht bis zum nächsten Morgen bewachen sollten. Den anderen Männern stand es frei, die Freuden der Stadt zu erkunden – obwohl ihr Entdeckungsdrang durch die Tatsache gedämpft wurde, dass sie ihren Sold noch nicht erhalten hatten. Sie würden ihr Geld erst am nächsten Tag bekommen, wenn die Ware abgeliefert war.

Ian, der schon einmal in Bordeaux gewesen war, führte sie zu einem großen, lauten Wirtshaus mit trinkbarem Wein und ordentlichen Portionen.

»Außerdem sind die Serviermädchen hübsch«, stellte er fest, während er beobachtete, wie sich eines dieser Geschöpfe geschickt zwischen einer Menge grabschender Hände hindurchwand.

»Ist hier im ersten Stock ein Bordell?«, fragte Jamie neugierig, denn er hatte einige dementsprechende Geschichten gehört.

»Das weiß ich nicht«, sagte Ian nicht ohne Bedauern, obwohl Jamie wusste, dass er vermutlich noch nie in einem Bordell gewesen war, teils aus Geldmangel und teils, weil er Angst hatte, sich eine Krankheit zu holen. »Möchtest du es nachher herausfinden?«

Jamie zögerte.

»Ich ... äh. Nein, ich glaube nicht.« Er wandte Ian das Gesicht zu und sagte ganz leise: »Ich habe Pa damals versprochen, dass ich in Paris nicht zu Huren gehe. Und jetzt ... könnte ich es nicht ... ohne an ihn zu denken, verstehst du?«

Ian nickte, und seine Miene war gleichermaßen erleichtert und enttäuscht.

»Dazu ist ein andermal noch Zeit«, beschloss er philosophisch und winkte nach einem neuen Bier. Doch das Serviermädchen sah ihn nicht, und Jamie streckte seinen langen Arm aus und zupfte an ihrer Schürze. Sie fuhr mit finsterer Miene herum, aber als sie Jamies Gesicht sah, das sein schönstes blauäugiges Lächeln trug, lächelte sie tatsächlich zurück und nahm die Bestellung auf.

Es waren noch mehr Männer aus D'Eglises Truppe in dem Wirtshaus, und dieses Zwischenspiel blieb nicht unbemerkt.

Juanito machte Jamie vom Nebentisch her eine obszöne Handbewegung und zog verächtlich die Augenbraue hoch. Dann sagte er etwas zu Raoul in dem jüdischen Spanisch, das sie Ladino nannten. Beide Männer lachten.

»Weißt du, was der Grund für Warzen ist, mein Freund?«, sagte Jamie daraufhin freundlich – in biblischem Hebräisch. »Dämonen im Inneren eines Menschen, die versuchen, durch seine Haut hervorzukommen.« Er sprach langsam, damit Ian ihm folgen konnte, und dieser brach herzhaft in Gelächter aus, sowohl über die Mienen der beiden Juden als auch über Jamies Bemerkung.

Juanitos verkratertes Gesicht verfinsterte sich, und Raoul warf einen scharfen Blick auf Ian, erst auf sein Gesicht, dann ganz unverhohlen auf seinen Schritt. Ian schüttelte immer noch grinsend den Kopf, und Raoul rollte zwar angriffslustig mit den Schultern, erwiderte das Lächeln aber. Dann nahm er kurz entschlossen Juanito beim Arm, stand auf und zog ihn in Richtung des Hinterzimmers davon, wo die Würfelspieler zugange waren.

»Was habt Ihr denn zu ihm gesagt?«, fragte die Bedienung, die zuerst den beiden Männern nachschaute und ihre großen Augen dann erstaunt auf Jamie richtete. »Und in welcher Sprache?«

Jamie war froh, ihr für die Antwort in die ausdrucksvollen braunen Augen schauen zu können; es war nämlich ziemlich anstrengend für seinen Hals, den Kopf zu verhindern, dass der sich eigenständig senkte und sich sein Blick dabei intensiv mit ihrem vielversprechenden Dekolleté beschäftigte. Die hübsche Mulde zwischen ihren Brüsten zog ihn geradezu magisch an ...

»Oh, es war nur ein kleiner Scherz«, antwortete er nun also gefasst und grinste sie an. »Auf Hebräisch.« Er wollte sie beeindrucken, und das tat er auch, allerdings keineswegs so, wie er es beabsichtigt hatte. Ihr kleines Lächeln verschwand, und sie wich ein wenig zurück.

»Oh«, sagte sie. »Verzeihung, Sir, ich werde gebraucht ...« Und mit einer vage entschuldigenden Geste verschwand sie im Gedränge der Gäste, den Krug in der Hand.

»Idiot«, sagte Ian und klopfte sich an die Stirn. »Warum

hast du ihr denn *das* gesagt? Jetzt hält sie dich für einen Juden.«

Jamie stand vor Schreck der Mund offen. »Was, mich? Wieso denn?«, wollte er wissen und blickte an sich hinunter. Er meinte zwar seine Highlandkleidung, aber Ian sah ihn kritisch an und schüttelte den Kopf.

»Du hast die lange Nase und das rote Haar«, argumentierte er. »Die Hälfte der spanischen Juden, die ich kenne, sieht so aus, und ein paar von den Männern sind auch ziemlich groß. Woher soll das Mädchen also wissen, ob du das Plaid nicht von jemandem gestohlen hast, den du umgebracht hast?«

Jamie war eher verblüfft als entrüstet. Und ziemlich gekränkt.

»Und was, wenn ich Jude wäre?«, wollte er wissen. »Was für eine Rolle sollte das spielen? Ich habe schließlich nicht um ihre Hand angehalten, oder? Ich habe mich doch nur mit ihr unterhalten, zum Kuckuck!«

Ian warf ihm diesen ärgerlich-toleranten Blick zu. Er sollte sich nicht daran stören, das wusste er; er hatte Ian ja ebenfalls schon oft genug spüren lassen, wenn er etwas wusste und Ian nicht. Doch es störte ihn. Außerdem war das geborgte Hemd zu klein und scheuerte ihn unter den Armen, und seine Handgelenke ragten aus den Ärmeln, knochig und wund. Er sah zwar nicht aus wie ein Jude, aber er sah aus wie eine Vogelscheuche, das war ihm klar. Und es verdarb ihm massiv die Laune.

»Die meisten Französinnen – die Christinnen meine ich – gehen nicht gern mit Juden. Nicht, weil sie Jesus umgebracht haben, sondern wegen ihrer... äh...« Ian senkte den Blick und wies mit einer diskreten Geste auf Jamies Schritt. »Sie finden, es sieht komisch aus.«

»So groß ist der Unterschied doch nicht.«

»Na, aber!«

»Nun ja, aye, wenn er... aber wenn er – ich meine, wenn

er in dem Zustand ist, in dem ein Mädchen ihn zu sehen bekäme, ist er doch...« Er sah, wie Ian den Mund öffnete, um zu fragen, woher er wusste, wie ein erigierter, beschnittener Penis aussah. »Vergiss es«, beendete er das Gespräch schroff, stand auf und quetschte sich an seinem Freund vorbei. »Lass uns auf die Straße gehen.«

IM MORGENGRAUEN sammelte sich die Truppe vor dem Gasthaus, wo D'Eglise bereits mit dem Wagen wartete, um ihn durch die Straßen zu seinem Ziel zu eskortieren – einem Lagerhaus am Ufer der Garonne. Jamie bemerkte, dass der Hauptmann seinen Sonntagsstaat angelegt hatte, einschließlich seines Federhuts, genau wie die vier Männer – die zu den kräftigsten der Truppe zählten –, die den Wagen in der Nacht bewacht hatten. Sie waren alle bis an die Zähne bewaffnet, und Jamie fragte sich, ob er damit nur Eindruck schinden wollte oder ob D'Eglise sie in seinem Rücken haben wollte, während er erklärte, warum ein Teppich in der Lieferung fehlte, damit sich der Kaufmann, der die Ware in Empfang nahm, nicht beschwerte.

Er genoss den Fußmarsch durch die Stadt, obwohl er wie angewiesen die Augen offen hielt, um auf Hinterhalte aus einer Gasse vorbereitet zu sein oder darauf, dass sich Diebe von einem Dach oder Balkon auf den Wagen fallen ließen. Die zweite Möglichkeit hielt er zwar eher für unwahrscheinlich, doch er hob pflichtbewusst hin und wieder den Blick. Als er ihn nach einer dieser Inspektionen wieder senkte, stellte er fest, dass der Hauptmann ein Stück zurückgefallen war und jetzt auf seinem kräftigen Schimmelwallach neben ihm herritt.

»Juanito sagt, du sprichst Hebräisch«, sagte D'Eglise und sah von seiner Höhe auf ihn hinunter, als wären ihm plötzlich Hörner gewachsen. »Ist das wahr?«

»Aye«, sagte er vorsichtig. »Obwohl es eher so ist, dass ich die Bibel auf Hebräisch lesen kann – ein bisschen –, denn es gibt ja in den Highlands nicht so viele Juden, mit denen man sich unterhalten könnte.« In Paris hatte es einige gegeben, doch er war nicht so dumm, die *Université* und seine Studien der Philosophen wie Maimonides zu erwähnen. Die Männer würden ihm noch vor dem Abendessen johlend das Fell über die Ohren ziehen.

Der Hauptmann grunzte zwar, schien jedoch nicht unzufrieden mit dieser Information zu sein. Er ritt eine Weile schweigend weiter, hielt aber sein Pferd im Schritt an Jamies Seite. Das machte Jamie nervös, und nach einigen Minuten wies er mit dem Kopf hinter sich und sagte: »Ian kann es auch. Hebräisch lesen, meine ich.«

D'Eglise starrte ihn erneut völlig verblüfft an und drehte sich dann um. Ian war deutlich zu sehen, da er die drei Männer, mit denen er sich im Gehen unterhielt, um einen Kopf überragte.

»Nehmen die Wunder denn gar kein Ende?«, murmelte der Hauptmann wie zu sich selbst. Die Wunder schienen ihm allerdings zu reichen, denn er trieb sein Pferd jetzt zum Trab an und ließ Jamie in einer Staubwolke zurück.

ERST AM NÄCHSTEN Nachmittag bekam Jamie die Nachwirkungen dieser Unterhaltung zu spüren. Sie hatten die Teppiche, das Gold und das Silber in dem Lagerhaus am Fluss abgeliefert, und D'Eglise hatte seine Bezahlung erhalten. Daraufhin hatten sich die Männer in einer Seitengasse verteilt, die mit billigen Speise- und Trinklokalen gefüllt war. Von denen hatten viele oben oder im rückwärtigen Teil ein Extrazimmer, in dem ein Mann sein Geld zusätzlich auf andere, etwas speziellere Weise ausgeben konnte.

Weder Jamie noch Ian sprachen noch einmal über Bordelle, doch Jamie stellte fest, dass seine Gedanken unablässig um das hübsche Serviermädchen kreisten. Er trug inzwischen sein eigenes Hemd, und er war versucht zurückzugehen, um ihr mitzuteilen, dass er kein Jude war.

Doch er hatte natürlich keine Ahnung, was sie mit dieser Information anfangen würde, und das Wirtshaus befand sich obendrein am anderen Ende der Stadt.

»Meinst du, wir erhalten bald einen neuen Auftrag?«, fragte er, ebenso sehr, um Ians Schweigen zu brechen, wie um seinen eigenen Gedanken zu entkommen. Sie hatten sich am Lagerfeuer über die verschiedensten Aussichten unterhalten; offenbar gab es im Moment keine profitablen Kriege, obwohl Gerüchte kursierten, dass der König von Preußen in Schlesien Männer zu sammeln begann.

»Ich hoffe es«, antwortete Ian mürrisch. »Kann's nicht ertragen, untätig zu sein.« Seine langen Finger trommelten unzufrieden auf die Tischplatte. »Ich muss in Bewegung bleiben.«

»Deshalb bist du also aus Schottland fort?« Er wollte eigentlich nur Konversation betreiben und war überrascht, als ihm Ian einen argwöhnischen Blick zuwarf.

»Wollte nicht auf dem Hof arbeiten, war nicht besonders viel zu tun. Ich verdiene hier gutes Geld. *Und* schicke das meiste nach Hause«, informierte er ihn kurz angebunden.

»Trotzdem kann ich mir nicht vorstellen, dass sich dein Pa gefreut hat.« Ian war der einzige Sohn. Der alte John kochte wahrscheinlich über den Entschluss immer noch vor Wut, selbst wenn er darüber Jamie gegenüber kaum etwas hatte verlauten lassen – während der kurzen Zeit, die er zu Hause verbracht hatte, bevor die Rotröcke …

»Meine Schwester ist verheiratet. Ihr Mann kommt schon zurecht, falls ich nicht mehr …« Ian verfiel in trübsinniges Schweigen.

Ehe Jamie sich entscheiden konnte, ob er Ian aufmunternd anstoßen sollte oder nicht, tauchte der Hauptmann überraschend an ihrem Tisch auf.

Einen Moment stand D'Eglise stumm da und betrachtete sie beide. Schließlich seufzte er und sagte: »Also schön. Kommt mit mir, ihr beide.«

Ian schob sich sein letztes Stück Brot mit Käse in den Mund und stand kauend auf. Jamie war im Begriff, das Gleiche zu tun, als ihn der Hauptmann stirnrunzelnd musterte.

»Ist dein Hemd sauber?«

Er spürte, wie ihm das Blut in die Wangen stieg. So dicht war noch niemand daran gewesen, seinen Rücken zu erwähnen – und es war ihm eindeutig zu dicht. Die meisten Wunden waren längst verkrustet, doch die schlimmsten waren immer noch entzündet; sie brachen auf, weil die Verbände scheuerten oder wenn er sich zu plötzlich bückte. Er hatte sein Hemd jeden Abend waschen müssen – es war ständig feucht, was absolut nicht gerade hilfreich war –, und ihm war klar, dass die gesamte Truppe Bescheid wusste. Bis jetzt hatte jedoch niemand ein Wort darüber verloren.

»Ja«, erwiderte er knapp und richtete sich zu seiner vollen Größe auf, so dass er D'Eglise um einiges überragte, der aber einfach nur unbeeindruckt sagte: »Dann ist es ja gut. Kommt mit.«

DER POTENTIELLE NEUE KLIENT war ein Arzt namens Dr. Hasdi, von dem es hieß, dass er großen Einfluss bei den Juden von Bordeaux besaß. Die Empfehlung verdankte D'Eglise dem letzten Klienten. Also war es D'Eglise offenbar gelungen, die Angelegenheit mit dem fehlenden Teppich sehr geschickt zu erklären oder gar zu überspielen.

Dr. Hasdis Haus verbarg sich diskret in einer anständigen, aber bescheidenen Seitenstraße hinter einer Stuckmauer und verschlossenen Toren. Ian läutete die Glocke, und sofort erschien ein Mann, der wie ein Gärtner gekleidet war, um sie einzulassen. Er wies sie mit einer Geste an, den Weg zur Haustür zu nehmen. Offenbar erwartete man sie dort.

»Sie prahlen nicht mit ihrem Reichtum, die Juden«, murmelte D'Eglise Jamie aus dem Mundwinkel zu. »Doch sie besitzen ihn.«

Diese Juden auf jeden Fall, dachte Jamie beeindruckt.

Ein Bediensteter begrüßte sie in einem schlichten gefliesten Foyer, doch dann öffnete er die Tür zu einem Zimmer, das die Sinne ins Schwimmen brachte. Es war mit Büchern in dunklen Regalen gesäumt und mit dicken Teppichen ausgelegt. Das bisschen Wandfläche, das nicht mit Büchern bedeckt war, war mit kleinen, kostbar wirkenden Wandteppichen und gerahmten Fliesen geschmückt, von denen Jamie vermutete, dass sie maurischen Ursprungs waren. Doch vor allem dieser Duft! Er sog die Luft so tief in seine Lunge ein, dass er sich schon fast berauscht fühlte. Und als er nach der Quelle für diesen Duft suchte, erspähte er endlich den Besitzer dieses irdischen Paradieses, der hinter einem Schreibtisch saß und ... ihn anstarrte.

Instinktiv richtete er sich auf und verbeugte sich.

»Wir grüßen dich, Herr«, sagte er auf Hebräisch, so wie er es sorgfältig geübt hatte. »Friede mit deinem Haus.« Dem Mann klappte der Mund auf – unübersehbar; er hatte einen ausladenden, buschigen dunklen Bart, der um den Mund herum weiß wurde. Ein undefinierbarer Ausdruck – es war doch wohl keine Belustigung? – überlief den sichtbaren Teil seines Gesichtes.

Ein unterdrücktes Geräusch, das mit Gewissheit Belustigung *war*, lenkte sein Augenmerk auf die Seite. Eine kleine Messingschale stand auf einem runden Tisch, dessen Platte aus Fliesen bestand, und Rauch stieg träge aus der Schale durch einen Strahl der späten Nachmittagssonne auf. Jenseits von Sonne und Rauch konnte er gerade eben die Gestalt einer Frau ausmachen, die im Schatten stand. Sie trat aus dem Zwielicht hervor, so dass er sie sehen konnte, und sein Herz tat einen Satz.

Sie neigte den Soldaten ernst den Kopf zu und sprach sie dann unbefangen an.

»Ich bin Rebekah bat-Leah Hauberger. Mein Großvater bittet mich, euch in unserem Heim willkommen zu heißen«, sagte sie in perfektem Französisch, obwohl der alte Herr stumm geblieben war. Jamie atmete erleichtert auf; er würde ihr Anliegen also doch nicht auf Hebräisch erklären müssen. Dabei atmete er jedoch so tief ein, dass er husten musste, weil ihn der parfümierte Rauch in der Brust kitzelte.

Er konnte spüren, wie sein Gesicht rot wurde, während er versuchte, den Husten zu unterdrücken, und Ian warf ihm einen prüfend-besorgten Seitenblick zu. Das Mädchen – ja, sie war jung, vielleicht in seinem Alter – griff rasch nach einem Deckel und legte ihn auf die Schale, dann läutete sie eine Glocke und sagte etwas zu dem Bediensteten, das wie Spanisch klang. *Ladino?*, dachte er.

»Setzt euch bitte, meine Herren«, forderte sie die drei auf und wies anmutig auf einen Stuhl vor dem Schreibtisch, dann wandte sie sich ab, um einen weiteren Stuhl zu holen, der an der Wand stand.

»Gestattet, Mademoiselle!« Ian sprang auf sie zu, um ihr zu helfen. Jamie, der sich immer noch bemühte, so dezent wie möglich zu husten, folgte seinem Beispiel.

Sie hatte dunkles Haar, sehr lockig, das zwar mit einem rosenfarbigen Band zusammengehalten war, ihr aber lose über den Rücken fiel, fast bis zur Taille. Er hatte die Hand schon erhoben, um es fasziniert zu streicheln, ehe er sich in letzter Sekunde zusammenriss. In dem Moment drehte sie sich um. Blasse Haut, große dunkle Augen, die ihn mit seltsam wissendem Blick ansahen – was sie sehr unverblümt tat, als er den dritten zusätzlichen Stuhl vor sie hinstellte.

Annalise. Er schluckte krampfhaft und räusperte sich. Eine schwindelerregende Hitzewelle überspülte ihn, und er wünschte plötzlich, sie würde ein Fenster öffnen.

D'Eglise war sichtlich erleichtert, einen verlässlicheren Dolmetscher als Jamie zu haben, und begann sogleich, sich mit blumigen Worten vorzustellen, wobei er sich mehrfach abwechselnd vor dem Mädchen und ihrem Großvater verbeugte.

Jamie achtete nicht auf das, was gesprochen wurde; er

hatte nur Augen für Rebekah. Es war ihre flüchtige Ähnlichkeit mit Annalise de Marillac, der jungen Frau, die er in Paris geliebt hatte, was seine Aufmerksamkeit derart erregt hatte. Doch jetzt, da er Gelegenheit bekam, sie in Ruhe zu betrachten, stellte er die vielen Unterschiede fest.

Sie sah wirklich ganz anders aus. Annalise war winzig gewesen und zart wie ein junges Kätzchen. Dieses Mädchen war zwar auch klein – er hatte festgestellt, dass sie ihm kaum mehr als bis zum Ellbogen reichte –, doch sie hatte weder etwas Zartes noch etwas Hilfloses an sich. Sie hatte gemerkt, dass er sie beobachtete, und jetzt beobachtete sie *ihn*. Ihr roter Mund verzog sich dabei schwach, aber amüsiert, so dass ihm das Blut in die Wangen stieg. Er hüstelte und senkte den Blick.

»Was ist denn?«, murmelte Ian aus dem Mundwinkel. »Du siehst ja aus, als hättest du eine Klette zwischen den Glocken stecken.«

Jamie zuckte gereizt, dann erstarrte er, weil er spürte, wie eine der empfindlicheren Wunden auf seinem Rücken aufbrach. Er konnte die Stelle spüren, wie sie sich rasch abkühlte, die langsam heraussickernde Flüssigkeit – Eiter oder Blut –, und er saß kerzengerade da und bemühte sich, nicht tief zu atmen, in der Hoffnung, dass der Verband die Flüssigkeit aufsaugen würde, ehe sie an sein Hemd gelangte.

Diese nagende Sorge hatte ihn immerhin von Rebekah bat-Leah Hauberger abgelenkt, und um sich nun von der Sorge um seinen übrigen Rücken abzulenken, wandte er sich mit aller Aufmerksamkeit der Unterhaltung zwischen D'Eglise und den Juden zu.

Der Hauptmann schwitzte stark, vom heißen Tee oder von der Anstrengung seiner Überredungskunst. Doch er sprach gelassen und wies gelegentlich auf seine beiden Hebräisch sprechenden schottischen Hünen hin, dann wieder auf das Fenster und die Außenwelt, wo ganze Legionen ähnlicher Krieger nur darauf warteten, Dr. Hasdis Wünsche zu erfüllen.

Der Arzt beobachtete D'Eglise genau. Gelegentlich richtete er leise brummend einige unverständliche Worte an seine Enkeltochter. Es klang eher wie das Ladino, das Juanito sprach, jedenfalls nicht wie das Hebräisch, das man Jamie in Paris beigebracht hatte.

Schließlich ließ der alte Jude den Blick über die drei Söldner hinwegschweifen, schürzte nachdenklich die Lippen und nickte dann. Er erhob sich und trat zu einer großen Truhe, die unter dem Fenster stand. Dort kniete er sich hin und ergriff vorsichtig eine lange, schwere Rolle, die in Öltuch gewickelt war. Jamie konnte sehen, dass sie erstaunlich schwer für ihre Größe war, weil sich der alte Mann extrem langsam damit erhob, und sein erster Gedanke war, dass es eine Goldstatue sein musste. Sein zweiter Gedanke war, dass Rebekah nach Rosenblättern und Vanilleschoten duftete. Er atmete ein, ganz sacht, denn er spürte, wie ihm das Hemd am Rücken klebte.

Der Gegenstand – was immer es war – klingelte und klirrte leise, während er bewegt wurde. Eine jüdische Uhr? Dr. Hasdi trug die Rolle zu seinem Schreibtisch und legte sie ab. Dann lud er die drei Soldaten mit abgekrümmt winkendem Finger zum Nähertreten ein.

Langsam und feierlich ausgewickelt, kam der Gegenstand aus seinen Hüllen aus Leinen, Segel- und Öltuch zum Vorschein. Er *war* aus Gold, zumindest zum Teil, und einem Kunstwerk ähnlich, doch er war aus Holz gefertigt und wie ein Prisma geformt, mit einer Art Krone an einem Ende. Während sich Jamie noch fragte, was zum Teufel das sein mochte, berührten die Finger des Arztes einen kleinen Verschluss, und die Schatulle öffnete sich. Weitere Stofflagen kamen zum Vorschein, aus denen ein anderer würziger Duft aufstieg. Die drei Soldaten atmeten gleichzeitig tief ein, und wieder stieß Rebekah diesen kleinen Laut der Belustigung aus.

»Die Schatulle ist aus Zedernholz«, erklärte sie. »Aus dem Libanon.«

»Oh«, sagte D'Eglise respektvoll. »Natürlich!«

Das Bündel im Inneren war in Samt und bestickte Seide gekleidet – es gab kein anderes Wort dafür; es trug eine Art Umhang und einen Gürtel mitsamt einer Miniaturschnalle. Am einen Ende ragten zwei massivgoldene Finiale hervor wie Zwillingsköpfe. Sie waren fein zisiliert und sahen aus wie Türme, deren Fenster und Unterkanten mit winzigen Glöckchen verziert waren.

»Das ist eine *sehr* alte Thorarolle«, erklärte Rebekah, die sich in respektvollem Abstand hielt. »Aus Spanien.«

»Gewiss von unschätzbarem Wert«, sagte D'Eglise beeindruckt und beugte sich dichter darüber.

»Nur für die, deren Heilige Schrift es ist. Für jeden anderen hat sie einen offensichtlichen und natürlich sehr verlockenden Preis. Wenn das nicht so wäre, bedürfte ich Eurer Dienste nicht.« Der Arzt warf einen vielsagenden Blick auf Jamie und Ian. »Ein respektabler Mann – ein Jude – wird die Thora transportieren. Sie darf nicht berührt werden. Doch Ihr werdet sie bewachen – und dazu meine Enkeltochter.«

»Gewiss, Euer Ehren.« D'Eglise war zwar ein wenig rot geworden, doch er war zu erfreut, um verlegen oder gar ärgerlich zu werden. »Ich bin zutiefst geehrt durch Euer Vertrauen, Sir, und ich versichere Euch...« Doch Rebekah unterbrach ihn, indem sie in dem Moment erneut ihre Glocke läutete und der Bedienstete sofort mit dem Wein hereinkam.

Der angebotene Auftrag war simpel. Rebekah sollte den Sohn des Hauptrabbiners der Pariser Synagoge heiraten. Die antike Thora war Teil ihrer Mitgift, ebenso wie eine Geldsumme, die D'Eglises Augen aufglänzen ließ. Der Arzt wollte D'Eglise verpflichten, um alles drei – das Mädchen, die Rolle und das Geld – unversehrt nach Paris zu bringen. Der Arzt selbst würde zwar zur Hochzeit dorthin reisen, jedoch erst später im Monat, da er noch geschäftlich in Bordeaux aufgehalten wurde. Das Einzige, was zu entscheiden war, war der Preis für D'Eglises Dienste, der Zeitraum, in dem er den Transport durchführen würde, und die Garantien, die D'Eglise bieten konnte.

Bei Letzterem verkniff der Arzt den Mund; sein Freund Ackerman, der ihm D'Eglise empfohlen hatte, war nicht übermäßig glücklich gewesen, dass einer seiner kostbaren Teppiche unterwegs geraubt worden war, und der Arzt wünschte die Gewissheit, dass nichts von *seinem* kostbaren Besitz – Jamie sah Rebekahs sanften Mund zucken, als sie das übersetzte – auf dem Weg von Bordeaux nach Paris verloren ging. Der Hauptmann warf Ian und Jamie einen strengen Blick zu, den er in aufrechten Ernst verwandelte, als er dem Arzt versicherte, dass es keine Schwierigkeiten geben würde. Seine besten Männer würden die Aufgabe übernehmen, und er würde dem Arzt jede verlangte Garantie geben. Auf seiner Oberlippe standen kleine Schweißperlen.

Die Wärme des Feuers und der heiße Tee brachten auch Jamie ins Schwitzen, und er hätte ein Glas kühlen Wein gut brauchen können. Doch der alte Herr erhob sich nun abrupt, verneigte sich höflich vor D'Eglise und kam hinter seinem Schreibtisch hervor. Ohne zu fragen, nahm er Jamie beim Arm, zog ihn hoch und schob ihn sacht auf eine Tür zu.

Jamie duckte sich gerade noch rechtzeitig, um sich den Kopf nicht an einem niedrigen Torbogen zu stoßen, und fand sich in einem kleinen, schlichten Zimmer wieder, an dessen Deckenbalken bündelweise trocknende Kräuter hingen. Was...

Ehe er jedoch nur irgendeine Frage formulieren konnte, hatte der Mann sein Hemd gepackt und zog es ihm aus dem Plaid. Er versuchte zurückzuweichen, doch es war kein Platz, und so fand er sich ohne sein Zutun und ohne sein Hemd auf einem Hocker sitzend wieder, während die schwieligen Finger des Alten seine Verbände lösten. Der Arzt stieß einen tiefen Laut der Missbilligung aus, dann rief er etwas durch die Tür, worin die Worte *agua caliente* klar zu verstehen waren.

Er wagte es nicht aufzuspringen und die Flucht zu ergreifen – und damit womöglich D'Eglises Arrangement zu gefährden. Also blieb er brennend vor Verlegenheit sitzen, während ihn der Arzt probierend betastete und ihm – nachdem von einem Bediensteten eine Schüssel heißes Wasser gebracht worden war – mit etwas schmerzhaft Rauem den Rücken schrubbte. Doch nichts von alldem beschäftigte Jamie so sehr wie Rebekah, die jetzt mit hochgezogenen Augenbrauen in der Tür erschien.

»Mein Großvater sagt, Euer Rücken ist übel zugerichtet worden«, übersetzte sie ihm eine Bemerkung des alten Mannes.

»Danke. Das wusste ich noch gar nicht«, murmelte er auf Englisch, wiederholte es dann aber höflicher auf Französisch. Seine Wangen brannten vor Verlegenheit, aber in seinem Herzen hallte ein leises, kaltes Echo wider. »*Er hat dich ja übel zugerichtet, Junge.*«

Das hatte der Armeearzt in Fort William gesagt, als die Soldaten Jamie nach dem ersten Auspeitschen zu ihm geschleppt hatten, weil seine Beine zu weich waren, um ihn zu tragen. Der Arzt hatte recht gehabt, genau wie Dr. Hasdi, was allerdings nicht bedeutete, dass Jamie diese Feststellung gerne ein weiteres Mal hätte hören wollen.

Rebekah, die offenbar neugierig war, was ihr Großvater meinte, trat hinter Jamie. Er erstarrte, und der Arzt stieß ihm den Finger in den Nacken, damit er sich wieder vorbeugte. Großvater und Enkeltochter unterhielten sich in sachlichem Ton über den Anblick; er spürte, wie die zierlichen, sanften Finger des Mädchens eine Linie zwischen seinen Rippen nachzeichneten, und wäre fast vom Hocker hochgeschossen, so sehr erschauerte er.

»Jamie?«, kam Ians Stimme von der Tür her. Er klang besorgt. »Geht es dir gut?«

»Aye!«, brachte er halb erstickt heraus. »Nicht – du brauchst nicht hereinzukommen.«

»Euer Name ist Jamie?« Rebekah stand jetzt vor ihm und beugte sich etwas herunter, um ihm ins Gesicht sehen zu können. Ihre Miene war voll ehrlichem Interesse und Mitgefühl. »James?«

»Aye. James.« Er biss die Zähne zusammen, als der Arzt ein wenig fester zudrückte und dabei mit der Zunge schnalzte.

»Diego«, sagte sie und lächelte ihn an. »Das wäre es auf Spanisch – oder Ladino. Und Euer Freund?«

»Er heißt Ian. Das heißt...« Einen Moment überlegte er krampfhaft, dann fand er die englische Entsprechung. »John. Das wäre...«

»Juan. Diego und Juan.« Sie berührte ihn sanft an der nackten Schulter. »Ihr seid Freunde? Brüder? Ich kann auf jeden Fall erkennen, dass Ihr aus derselben Gegend kommt – wo ist das?«

»Freunde. Aus... Schottland. Die... die... Highlands. Ein Ort namens Lallybroch.« Er hatte es gesagt, ohne nachzudenken, und Schmerz durchfuhr ihn bei dem Namen, schärfer als der Gegenstand, mit dem ihm der Arzt über den Rücken schabte. Er wandte das Gesicht ab; das Mädchen war ihm zu nahe; er wollte nicht, dass sie ihm seine Gefühle anmerkte.

Sie wich nicht zurück. Stattdessen hockte sie sich anmutig neben ihn und nahm seine Hand. Die ihre war sehr schmal und warm, und die Haare auf seinem Handgelenk stellten sich elektrisiert auf, trotz allem, was der Arzt seinem Rücken antat.

»Es ist gleich vorbei«, versprach sie. »Er säubert die entzündeten Stellen; er sagt, sie werden sich jetzt sauber verkrusten und keine Flüssigkeit mehr absondern.« Eine schroffe Frage des Arztes unterbrach sie. »Er fragt, habt Ihr nachts Fieber? Schlechte Träume?«

Verblüfft richtete er die Augen wieder auf sie, doch ihr Gesicht zeigte lediglich Mitgefühl. Ihre Hand legte sich fester auf die seine, um ihn zu beruhigen.

»Ich ... ja. Manchmal.«

Ein Grunzen des Arztes, mehr unverständliche Worte, und Rebekah ließ seine Hand mit einem kurzen Tätscheln los und ging mit raschelnden Röcken hinaus. Er schloss die Augen und versuchte, ihren Duft im Gedächtnis zu behalten – in der Nase konnte er ihn nicht behalten, weil der Arzt ihn jetzt mit etwas Übelriechendem einrieb. Außerdem konnte er sich selbst riechen, und seine Wangen kribbelten vor Verlegenheit; er roch nach altem Schweiß, Lagerfeuerrauch und frischem Blut.

Er konnte D'Eglise und Ian im Nebenzimmer hören, wo sie sich leise darüber unterhielten, ob sie ihm zu Hilfe kommen sollten. Er hätte ihnen gern etwas zugerufen, doch er konnte die Vorstellung nicht ertragen, dass der Hauptmann sah ... Er presste die Lippen fest aufeinander. Aye, nun ja, es war tatsächlich fast vorbei; er konnte es an den Bewegungen des Arztes erkennen, die jetzt langsamer wurden, fast sanft.

»Rebekah!«, rief der Arzt ungeduldig, und im nächsten Moment erschien das Mädchen mit einem kleinen Stoffbündel in der Hand. Der Arzt stieß einen kurzen Wortschwall aus, dann legte er Jamie ein dünnes Stoffstück über den Rücken, das an der unangenehmen Salbe kleben blieb.

»Großvater sagt, das Tuch wird Euer Hemd schützen, bis die Salbe absorbiert wurde«, informierte sie ihn. »Wenn es abfällt – zieht es auf keinen Fall ab, lasst es sich selbst lösen –, dann sollten die Wunden verkrustet sein, aber die Krusten sollten danach weich sein und nicht mehr aufbrechen.«

Der Arzt nahm Jamie die Hand von der Schulter, und Jamie sprang hoch und sah sich nach seinem Hemd um. Rebekah reichte es ihm. Ihr Blick war auf seine nackte Brust geheftet, und zum ersten Mal im Leben war er verlegen, dass er Brustwarzen besaß. Ein außerordentlich starkes, jedoch nicht unangenehmes Kribbeln ließ ihm alle Körperhaare zu Berge stehen.

»Danke – äh, ich meine… *gracias, Señor.*« Sein Gesicht brannte zwar, doch er verbeugte sich vor dem Arzt, so gefasst er konnte. »*Muchas gracias.*«

»*De nada*«, entgegnete der alte Mann knapp und wedelte mit einer Geste ab. Er zeigte auf das kleine Bündel in der Hand seiner Enkeltochter. »Trinkt. Kein Fieber. Kein Traum.« Überraschend für Jamie lächelte er nun.

»Shalom«, sagte er und entließ Jamie mit einer auffordernden Handbewegung.

D'EGLISE, DER SEHR ZUFRIEDEN über den neuen Auftrag wirkte, trennte sich vor einem großen Wirtshaus namens Le Poulet Gai von Ian und Jamie. Dort amüsierten sich bereits einige der anderen Söldner – auf verschiedenste Weisen. Das »Fröhliche Huhn« hatte in der Tat ganz offiziell ein Bordell im ersten Stock, und käufliche Frauen in unterschiedlichen Stadien der Entkleidung wanderten aufreizend durch die unteren Räume, wo sie potentielle Kunden ansprachen, sie von sich überzeugten und schließlich mit ihnen nach oben verschwanden.

Die beiden hochgewachsenen jungen Schotten erregten zwar einiges Interesse bei den Frauen, doch als Ian mit ernster, bedauernder Miene seine leere Börse vor ihnen nach außen stülpte – nachdem er sein Geld in seinem Hemd in Sicherheit gebracht hatte –, ließen sie die beiden Jungen in Ruhe.

»Ich kann doch jetzt keine von ihnen ansehen, geschweige denn anfassen«, sagte Ian. Er kehrte den Huren den Rücken zu und widmete sich seinem Ale. »Nicht, nachdem ich die kleine Jüdin aus der Nähe erlebt habe. Ist dir so etwas schon einmal begegnet?«

Jamie, der seinerseits in sein Bier vertieft war, schüttelte den Kopf. Das Getränk war sauer und frisch und lief ihm wie eine Wohltat durch die Kehle, die nach der Prozedur in Dr. Hasdis Behandlungszimmer wie ausgetrocknet gewesen

war. Selbst jetzt konnte er Rebekahs Duft noch riechen, Vanille und Rosen, eine flüchtige Essenz unter den Gerüchen des Wirtshauses. Er kramte in seinem Sporran und holte das kleine Stoffbündel hervor, das Rebekah ihm gegeben hatte.
»Sie – nun ja, der Arzt – hat gesagt, ich soll das trinken. Was meinst du, wie?« Das Bündel enthielt eine Mischung aus zerbröselten Blättern, kleinen Stöckchen und einem groben Pulver, und es roch kräftig nach etwas, das er noch nie gerochen hatte. Nicht schlecht, nur seltsam. Ian richtete stirnrunzelnd den Blick darauf.
»Nun ja ... ich vermute, du kochst am besten einen Tee daraus«, schlug er vor. »Wie denn sonst?«
»Ich habe doch nichts, worin ich ihn kochen könnte«, wandte Jamie ein. »Ich dachte ... vielleicht gebe ich es in das Bier?«
»Ja, gute Idee – warum nicht?«

IAN BEACHTETE IHN NUN KAUM. Stattdessen beobachtete er Mathieu Schweinefresse, der an einer Wand stand und die vorübergehenden Huren rief, um sie von oben bis unten zu betrachten und hin und wieder die Ware zu befingern, ehe er sie mit einem Klaps auf den Hintern wieder davonschickte.
Er war zwar nicht ernsthaft in Versuchung – wenn er ehrlich war, machten ihm die Frauen Angst –, doch er war neugierig. Wenn er es je tun *sollte* ... wie fing er es an? Einfach zufassen, wie Mathieu es tat? Oder musste man erst nach dem Preis fragen, um sicher zu sein, dass man es sich tatsächlich leisten konnte? Und war es in Ordnung zu handeln – so wie man es bei einem Brotlaib oder einem Stück Schinken tat –, oder trat einem die Frau daraufhin in die Weichteile und suchte sich jemanden, der weniger geizig war?
Er warf einen raschen Blick auf Jamie, der sein selbst gemischtes Kräuter-Ale nach einigen krächzenden Hustern zum Teil hinuntergeschluckt hatte und nun etwas glasig

dreinblickte. Er glaubte zwar, dass Jamie es ebenfalls nicht wusste, aber er traute sich gleichzeitig genauso wenig zu fragen, falls er es möglicherweise doch tat.

»Ich gehe zum Abort«, verkündete Jamie abrupt und stand auf. Er sah blass aus.

»Hast du die Scheißerei?«

»Noch nicht.« Mit dieser ominösen Bemerkung war er fort, so hastig, dass er gegen ein paar Tische stieß. Ian folgte ihm spontan, hielt aber dann inne und kehrte zurück, um nach seinem eigenen Bier noch den Rest aus Jamies Glas zu leeren. So etwas konnte man unmöglich verkommen lassen.

Mathieu hatte zwischenzeitlich eine gefunden, die ihm gefiel; er schnitt Ian eine Fratze und sagte in seine Richtung irgendetwas Boshaftes, während er seine Wahl zur Treppe schob. Ian lächelte freundlich und entgegnete etwas weitaus Schlimmeres auf *Gàidhlig*.

Als Ian sich schließlich in den Hinterhof des Wirtshauses trollte, um nach Jamie zu suchen, war der spurlos verschwunden. Nachdem er jedoch davon ausging, dass Jamie wieder auftauchen würde, sobald er sich von dem befreit hatte, was ihn plagte, lehnte sich Ian träge an die Rückwand des Gebäudes, wo er die kühle Nachtluft genoss und die Menschen im Hof beobachtete.

Im Boden steckten ein paar brennende Fackeln, und es sah ein wenig aus wie ein Gemälde des Jüngsten Tags, das er einmal gesehen hatte – auf der einen Seite die Engel, die ihre Trompeten bliesen, auf der anderen die Sünder, die in einem Gewirr aus nackten Gliedmaßen und schlechten Sitten zur Hölle fuhren. Hier draußen drängten sich zum Großteil eindeutig Sünder, obwohl er glaubte, hin und wieder aus dem Augenwinkel einen Engel vorüberschweben zu sehen. Er leckte sich nachdenklich die Lippen und fragte sich, was wohl in dem Mittel war, das Dr. Hasdi Jamie mitgegeben hatte.

Dieser kam gerade aus den Tiefen der Abort-Abteilung am anderen Ende des Hofs hervor und sah jetzt ein wenig besser aus. Als er Ian erspähte, bahnte er sich seinen Weg zwischen den Grüppchen der Trinker hindurch, von denen einige singend und grölend am Boden saßen, und den anderen, die hin und her wanderten und vage lächelten, während sie nach etwas Ausschau hielten, von dem sie wohl selbst nicht wussten, was es sein sollte.

Ian wurde von plötzlichem Ekel gepackt, beinahe Grauen; von der Angst, dass er Schottland nie wiedersehen würde, dass er hier sterben würde, unter Fremden.

»Wir sollten nach Hause gehen«, sagte er übergangslos, sobald Jamie in Hörweite war. »Sobald wir diesen Auftrag erledigt haben.«

»Nach Hause?« Jamie sah Ian seltsam an, als spräche er eine unverständliche Sprache.

»Du wirst dort gebraucht und ich auch. Wir...«

Ein Aufschrei und der klirrende Knall eines umstürzenden Tisches voller Geschirr unterbrachen ihr Gespräch. Die Hintertür des Gasthauses flog auf, und eine Frau kam herausgerannt. Sie schrie in einem Französisch, das Ian zwar nicht verstand, doch er erkannte an ihrem Ton, dass es Flüche waren. Ähnliche Worte erklangen von einer lauten Männerstimme – die von Mathieu stammte, der ihr auf dem Fuße folgte.

Er erwischte sie an der Schulter, wirbelte sie herum und klatschte ihr mit dem fleischigen Handrücken ins Gesicht. Das Geräusch ließ Ian zusammenzucken, und Jamie packte ihn am Handgelenk.

»Was...«, begann Jamie, doch dann erstarrte er.

»*Putain de... merde... tu fais... chier*«, keuchte Mathieu und ohrfeigte sie bei jedem Wort. Sie versuchte kreischend zu entfliehen, doch er hatte ihren Arm, und jetzt riss er sie herum und versetzte ihr einen Stoß in den Rücken, so dass sie – sich wütend aufbäumend – in die Knie ging.

Jamies Griff lockerte sich, und Ian packte ihn nun seinerseits fest beim Arm.

»Nicht«, warnte er knapp und zog Jamie mit einem Ruck in den Schatten.

»Ich wollte doch gar nicht…«, protestierte Jamie, jedoch leise und unkonzentriert, denn sein Blick war genauso wie Ians fest auf das Schauspiel gerichtet.

Das Licht aus der Tür ergoss sich über die Frau und glühte auf ihren nackten Brüsten, die im zerrissenen Ausschnitt ihres Hemdes schaukelten, und auf ihren entblößten Gesäßbacken; Mathieu hatte ihr die Röcke bis zur Taille hochgeschlagen und stand jetzt hinter ihr. Er zerrte mit einer Hand an seinem Hosenlatz, die andere hatte er in ihr Haar gekrallt und zerrte ihr den Kopf nach hinten, so dass ihre Kehle überdehnt wurde und ihre Augen weiß aufleuchteten wie bei einem verängstigten Pferd.

»*Pute!*«, brüllte er und klatschte ihr mit der offenen Hand laut auf den Hintern. »Niemand sagt nein zu mir!« In dem Moment hatte er seinen Schwanz in der Hand und stieß ihn so brutal in die Frau, dass ihre Brüste heftig wackelten und sich Ian von den Knien bis zum Hals verkrampfte.

»*Merde*«, sagte Jamie immer noch im Flüsterton. Ein paar andere Männer und Frauen waren vom Innern des Hauses in den Hof hinausgerannt und standen mit den anderen im Kreis, um das Spektakel zu genießen, während sich Mathieu geschäftig ans Werk machte. Er ließ das Haar der Frau los, um sie bei den Hüften zu packen, und ihr Haar hing herunter und verbarg ihr Gesicht. Sie grunzte bei jedem Stoß und keuchte pausenlos Schimpfwörter, die die Zuschauer zum Lachen brachten.

Ian war schockiert – und zwar genauso sehr über seine eigene Erregung wie über das, was Mathieu tat. Er hatte noch nie ein Paar bei dieser Tätigkeit derart offen gesehen, nur kichernde Bewegungen unter einer Decke und hier und da ein Stückchen nackte Haut. Das hier… er hätte den Blick abwenden sollen, das wusste er genau. Doch er tat es nicht, er konnte es nicht.

Jamie holte tief Luft, doch es war nicht zu erkennen, ob er etwas sagen wollte oder er nur nach Atem rang. Mathieu warf jetzt seinen kräftigen Kopf zurück und heulte wie ein Wolf, und die Zuschauer brachen in Beifallsrufe aus. Dann verzerrte sich sein Gesicht, seine lückenhaften Zähne grinsten wie aus einem Totenschädel, und er stieß ein Geräusch aus wie ein Schwein, wenn man ihm den Schädel einschlägt – und abrupt brach er auf der Hure zusammen.

Die Hure wand sich mit aller Kraft unter seinem massigen Körper hervor und fluchte weiterhin laut zeternd auf ihn ein. Ian verstand nun, was sie sagte, und er wäre erneut schockiert gewesen, wenn er dazu noch imstande gewesen wäre. Sie rappelte sich hastig hoch, offensichtlich unverletzt, und trat Mathieu voller Wucht erst einmal in die Rippen und dann mit kurzem Anlauf und aller Kraft noch einmal. Doch da sie keine Schuhe trug, war ihr Wutausbruch für ihn kaum spürbar. Sie grabschte sich seine Geldbörse, die er immer noch an der Taille trug, steckte die Hand hinein und packte eine Handvoll Münzen. Abschließend trat sie ihn noch einmal und stapfte ins Haus davon. Dabei hielt sie sich laut weiterschimpfend den Halsausschnitt zu. Mathieu lag auf dem Boden, alle viere von sich gestreckt, die Hose auf den Oberschenkeln, und lachte keuchend.

Ian hörte Jamie schlucken und begriff, dass er ihn immer noch am Arm gepackt hielt. Jamie schien es gar nicht gemerkt zu haben. Ian ließ los. Sein Gesicht brannte bis hinunter auf seine Brust, und er glaubte auch nicht, dass Jamie allein vom Fackelschein rot war.

»Lass uns… irgendwo anders hingehen«, drängte er heiser.

»ICH WÜNSCHTE, WIR hätten… etwas getan«, entfuhr es Jamie. Seit ihrem Aufbruch hatten sie kein Wort mehr gesprochen. Sie waren geradewegs zum Ende der Straße und eine Seitengasse entlanggegangen, bis sie schließlich in einem kleinen, einigermaßen friedlichen Gasthaus zur Ruhe kamen. Dort saßen zwar Juanito und Raoul, die mit ein paar Ortsansässigen würfelten, doch sie hatten nicht mehr als einen flüchtigen Blick für Jamie und Ian übrig, was denen sehr recht war.

»Mir ist nicht klar, was wir hätten tun *können*«, wandte Ian in aller Logik ein. »Ich meine, vielleicht hätten wir es ja gemeinsam mit Mathieu aufnehmen können und wären nur mit ein paar Blessuren davongekommen. Aber dann hätte es eine große Keilerei mit all den anderen gegeben.« Er zögerte und warf Jamie einen raschen Blick zu, ehe er wieder in seinen Becher schaute. »Und ... sie *war* eine Hure. Ich meine, sie war keine ...«

»Ich weiß, was du meinst«, schnitt ihm Jamie das Wort ab. »Aye, du hast recht. Und sie war es ja, die freiwillig mit ihm gegangen ist. Weiß Gott, was er getan hat, um sie derart gegen sich aufzubringen, aber da ist die Auswahl vermutlich groß. Ich wünschte – ach, verdammt. Möchtest du etwas essen?«

Ian schüttelte den Kopf. Das Serviermädchen brachte ihnen einen Krug Wein, betrachtete sie kurz und tat sie dann als unbedeutend ab. Es war kräftiger Wein, der einem den Mund zusammenzog, aber jenseits der Harzdüfte verbarg sich ein anständiger Geschmack, und er war nicht zu sehr verwässert. Jamie trank in tiefen Zügen, schneller, als er es normalerweise tat; er fühlte sich unwohl in seiner Haut und wollte, dass das Gefühl verschwand.

Es waren auch ein paar Frauen da, aber nicht viele. Jamie vermutete, dass die Hurerei nicht unbedingt ein lohnendes Geschäft war, so erbärmlich wie die meisten der armen Dinger aussahen, schäbig und halb zahnlos. Vielleicht laugte es sie ja aus, wenn sie ... Er wandte sich von dem Gedanken ab, und da er feststellte, dass der Krug leer war, winkte er der Bedienung zu, um noch einen zu bestellen.

Juanito stieß gerade einen Freudenschrei aus und rief

etwas auf Ladino. Als Jamie in seine Richtung blickte, sah er, wie eine der Huren, die im Schatten gewartet hatten, in dem Moment zielsicher auf ihn zuglitt und sich über Juanito beugte, um ihm mit einem Kuss zu gratulieren, als er seinen Gewinn einkassierte. Jamie schnaubte, um seine Nase von ihrem Geruch zu befreien. Sie war so dicht an ihm vorbeigestrichen, dass er eine deftige Brise abbekommen hatte: einen Gestank nach ranzigem Schweiß und totem Fisch. Alexandre hatte ihm gesagt, es käme von ihrer unsauberen Scham, und er glaubte es sofort.

Erneut widmete er sich dem frischen Wein. Ian hielt mit ihm mit, Becher für Becher, und das vermutlich aus den gleichen Gründen. Sein Freund war nur selten schlecht gelaunt, doch wenn er es war, dauerte das oft bis zum nächsten Morgen. Sein mürrisches Gemüt verschwand dann, wenn er gut geschlafen hatte, aber bis dahin reizte man ihn besser nicht.

Er warf Ian einen vorsichtigen Seitenblick zu. Er konnte Ian das mit Jenny nicht erzählen. Er konnte es... einfach nicht. Doch er konnte auch nicht an sie denken, allein in Lallybroch... vielleicht schw...

»O Gott«, murmelte er. »Nein. Bitte nicht.«

»*Komm nicht zurück*«, hatte Murtagh gesagt und es eindeutig genauso gemeint. Nun, er *würde* zurückgehen – allerdings vorerst nicht. Es würde seiner Schwester nicht helfen, wenn er jetzt heimkäme und Randall und die Rotröcke geradewegs zu ihr holen würde wie Fliegen zu einem frisch getöteten Hirsch... Erschrocken löschte er dieses Bild hastig aus seinem Kopf. Die Wahrheit war, dass ihm übel wurde vor lauter schlechtem Gewissen, wenn er an Jenny dachte, und er versuchte, es nicht zu tun – und dann schämte er sich noch mehr, weil es ihm weitgehend gelang.

Ian hatte seine Augen auf eine der anderen Huren gerichtet. Sie war alt, mindestens Anfang dreißig, aber sie hatte noch fast alle Zähne und wirkte sauberer als die meisten anderen. Sie flirtete ebenfalls mit Juanito und Raoul, und Jamie fragte sich, ob es ihr wohl etwas ausmachen würde, wenn sie herausfand, dass die beiden Juden waren. Möglicherweise konnte sie es sich ja nicht erlauben, wählerisch zu sein.

Seine verräterischen Gedanken bescherten ihm augenblicklich abermals ein Bild seiner Schwester, und zwar jenes, dass sie selbst gezwungen wäre, diesen Lebensweg zu gehen, jeden Mann zu nehmen, der… Mutter Gottes, was würden ihr die Leute, die Pächter, die Dienstboten antun, wenn sie herausfanden, was geschehen war? Das Gerede…
Er kniff fest die Augen zu, in der Hoffnung, diese Vorstellung auszusperren oder – noch besser – überhaupt ganz zu löschen.

»Die da ist gar nicht so schlecht«, sagte Ian gerade nachdenklich, und Jamie öffnete die Augen. Die besser aussehende Hure hatte sich über Juanito gebeugt und rieb ihm bewusst die Brust über das warzige Ohr. »Wenn sie nichts gegen einen Juden hat, würde sie ja vielleicht…«

Das Blut stieg Jamie ins Gesicht.

»Wenn du auch nur einen Gedanken an meine Schwester hegst, wirst du dich nicht… mit einer französischen Hure beschmutzen!«

Ians Gesicht verlor jeden Ausdruck, dann lief es ebenfalls knallrot an.

»Oh, aye? Und wenn ich sagen würde, deine Schwester ist es nicht wert?«

Jamies Faust traf ihn ins Auge, und er flog rückwärts, so dass die Bank umstürzte und er gegen den nächsten Tisch prallte. Jamie nahm kaum Notiz davon, denn der Schmerz in seiner Hand schoss ihm von den gequetschten Knöcheln in den Unterarm. Er wiegte sich vor und zurück, klemmte sich die verletzte Hand zwischen die Oberschenkel und fluchte hemmungslos in drei Sprachen.

Ian saß vornübergebeugt auf dem Boden, hielt sich das Auge und atmete stoßartig keuchend durch den Mund. Nach einer Minute richtete er sich auf. Sein Auge schwoll bereits an, und ungewollte Tränen liefen ihm über die hagere Wange. Er stand auf, schüttelte langsam den Kopf und stellte die Bank wieder hin. Dann setzte er sich, ergriff seinen Becher, trank einen tiefen Schluck, stellte ihn hin und atmete pustend durch die Lippen aus. Er nahm das Taschentuch, das ihm Jamie hinhielt, und betupfte sein Auge.

»Entschuldige«, brachte Jamie heiser heraus. Der Schmerz in seiner Hand begann zwar nachzulassen, doch die Qual in seinem Herzen nicht.

»Aye«, sagte Ian leise, ohne ihn direkt anzusehen. »Ich wünschte auch, wir hätten etwas getan. Wollen wir uns eine Schale Eintopf teilen?«

ZWEI TAGE SPÄTER brachen sie nach Paris auf. Nach einiger Überlegung hatte D'Eglise beschlossen, dass Rebekah und ihre Zofe per Kutsche reisen und von Jamie und Ian eskortiert werden würden. D'Eglise und der Rest der Truppe würden das Geld übernehmen und einige Männer in kleinen Gruppen vorausschicken und dann jeweils an einem vorher ausgemachten Treffpunkt warten lassen. Diese Männer würden die Straße vor ihnen kontrollieren und es ihnen ermöglichen, in Schichten zu reiten, ohne unterwegs anzuhalten. Die Frauen würden zwar natürlich Pausen einlegen müssen, doch wenn sie nichts Wertvolles dabeihatten, würden sie auch nicht in Gefahr sein.

Erst als sie Dr. Hasdis Haus aufsuchten, um die Frauen abzuholen, erfuhren sie, dass Rebekah von der Thora und ihrem Hüter begleitet werden würde, einem Mann in den mittleren Jahren, den man ihnen als Monsieur Peretz vorstellte. »Ich vertraue euch meine größten Schätze an, meine Herren«, sagte der Arzt mittels seiner Enkeltochter zu ihnen und verneigte sich förmlich vor ihnen.

»Ich hoffe, wir werden uns dieses Vertrauens würdig erweisen«, brachte Jamie in stockendem Hebräisch heraus, und Ian verneigte sich mit großem Ernst, die Hand auf dem

Herzen. Dr. Hasdi blickte vom einen zum anderen, nickte knapp und trat dann vor, um Rebekah auf die Stirn zu küssen.

»Geh mit Gott, Kind«, flüsterte er in einer Sprache, die dem Spanischen so weit ähnelte, dass Jamie sie verstand.

AM ERSTEN TAG ging alles gut und in der ersten Nacht. Das Herbstwetter blieb schön; es lag nicht mehr als eine angenehme Kühle in der Luft, und die Pferde waren gesund. Dr. Hasdi hatte Jamie mit einer Geldbörse ausgestattet, um die Reisekosten zu zahlen, und sie aßen alle anständig und schliefen in einem sehr respektablen Gasthaus – nachdem sie Ian vorausgeschickt hatten, um das Haus zu inspizieren und sie vor unliebsamen Überraschungen zu schützen.

Der nächste Tag dämmerte zwar bewölkt, doch dann kam Wind auf und blies die Wolken noch vor der Mittagsstunde fort. Sie hinterließen einen leuchtend blauen Himmel über ihnen. Jamie ritt abwechselnd vor und neben der Kutsche her, Ian bildete die Nachhut, und das klobige Gefährt kam trotz der gewundenen, zerfurchten Straße gut voran. Als sie jedoch die Spitze einer kleinen Anhöhe erreichten, brachte Jamie sein Pferd plötzlich zum Stehen, hob die Hand, damit die Kutsche anhielt, und Ian ritt neben ihn. Ein kleiner Bach war weit unten in der Talmulde über das Straßenbett gelaufen und hatte eine etwa drei Meter breite sumpfige Stelle auf der Straße hinterlassen.

»Was…«, begann er, doch er wurde unterbrochen. Der Kutscher hatte sein Gespann zwar wie gewünscht angehalten, doch auf einen gebieterischen Ruf aus dem Inneren hin hieb er den Pferden die Leinen über den Rücken, und die Kutsche setzte sich so ruckartig in Bewegung, dass sie Jamies Pferd nur knapp verfehlte. Es scheute heftig und warf dabei seinen Reiter ins Gebüsch.

»Jamie! Ist dir etwas zugestoßen?« Hin- und hergerissen zwischen der Sorge um seinen Freund und seiner Pflicht, die

Kutsche zu beschützen, hielt Ian sein Pferd zurück und sah sich um.

»Halt sie auf! Hinterher! *Ifrinn!*« Jamie krabbelte seitwärts aus dem Gestrüpp, das Gesicht zerkratzt und leuchtend rot vor Wut.

Ian wartete nicht, sondern gab seinem Pferd die Fersen und raste der schweren Kutsche nach, die jetzt gefährlich hin und her schwankte, als sie in die sumpfige Mulde fuhr. Die jetzt protestierenden Frauenschreie aus dem Inneren wurden von den »*Ladrones!*«-Rufen des Fahrers übertönt.

Das war ein spanisches Wort, das er kannte – »Räuber«.

Einer der *Ladrones* kletterte schon wie eine Spinne über die Seitenwand der Kutsche, und der Kutscher sprang prompt vom Bock, landete am Boden und ergriff sofort die Flucht.

»Feigling!«, brüllte Ian und stieß einen Highlandschrei aus, der die Kutschpferde tänzeln ließ. Sie warfen panisch die Köpfe hin und her, so dass der Möchtegernentführer die Leinen kaum halten konnte. Er zwang sein eigenes Pferd – dem das Geschrei ganz offensichtlich auch nicht lieber war als den Kutschpferden – durch den schmalen Spalt zwischen dem Gebüsch und der Kutsche, und als er auf einer Höhe mit dem Kutschbock war, zog er seine Pistole. Er zielte auf den neuen Kutscher – einen jungen Kerl mit langem blondem Haar – und schrie ihn an zu halten.

Der Mann sah ihn nur kurz an, duckte sich und schlug den Pferden die Leinen auf die Kruppe, während er sie mit eherner Stimme anbrüllte. Ian feuerte und traf daneben – doch durch die Verzögerung hatte Jamie sie eingeholt. Ian sah Jamies roten Kopf auftauchen, als dieser von hinten so gelenkig wie ein Affe auf die Kutsche kletterte, und hörte erneutes Geschrei aus dem Inneren, als Jamie über das Dach polterte und sich auf den flachshaarigen Kutscher stürzte.

Weil Jamie damit bestimmt allein fertigwerden konnte, gab Ian seinem Pferd die Fersen, um vor die wild schwankende Kutsche zu kommen und die Zügel zu packen. Doch einer der Räuber war schneller gewesen, rannte neben den Pferden her und zerrte dem ersten Pferd bereits den Kopf nach unten. Aye, nun ja, es hatte ja schon einmal funktioniert. Ian blies sich die Lunge auf, so weit es ging, und brüllte los.

Die Kutschpferde rasten davon, dass der Schlamm nur so spritzte. Jamie und der blonde Kutscher fielen vom Bock, und der andere Hurensohn, der sich vor den Pferden auf der Straße befunden hatte, war verschwunden, womöglich in den Matsch getrampelt. Ian hoffte es. Mit blutvernebeltem Blick brachte er sein aufgeregtes Pferd zum Stehen, dirigierte es in die richtige Richtung, zog sein Schwert und raste in irrwitzigem Tempo quer über die Straße. Dabei kreischte er wie ein *ban-sidhe* und hieb wild um sich, um weitere zwei der dort stehenden Räuber kampfunfähig zu machen. Die zwei starrten erst mit offenen Mündern erschreckt zu ihm auf, dann rannten sie los und flüchteten.

Er folgte ihnen ein Stück weit ins Gebüsch, doch das Terrain war zu schwierig für sein Pferd, und als er sich zurückwandte, sah er Jamie, wie der sich mit dem gelbhaarigen Jungen auf der Straße wälzte und mit aller Kraft auf ihn einhämmerte. Ian zögerte – half er ihm oder sah er besser nach der Kutsche? Ein lauter Knall und furchtbares Geschrei nahmen ihm die Entscheidung ab, und er galoppierte die Straße entlang.

Die führerlose Kutsche war auf die sumpfige Stelle getroffen, von der Straße weggeschlingert und seitlich in einen Graben gekippt. Dem Getöse aus dem Inneren nach vermutete er, dass den Frauen wohl nichts zugestoßen war. Er schwang sich vom Pferd, schlang die Zügel hastig um einen Baum und rannte zu den Kutschpferden, um sich um sie zu kümmern, ehe sie sich umbrachten.

Es dauerte eine ganze Weile, das Durcheinander zu entwirren – zum Glück war es den Pferden gelungen, sich nicht ernsthaft zu verletzen. Doch es wurde absolut nicht entspannter, weil nun zwei erregte, mitgenommene Frauen aus der Kutsche krabbelten, die in einer unverständlichen Mischung aus Französisch und Ladino vor sich hin lärmten.

Macht nichts, dachte er und winkte ihnen vage mit der Hand zu, auf die er im Moment nicht gut verzichten konnte. *Es würde mir auch nicht helfen zu hören, was sie sagen.* Dann schnappte er das Wort »tot« auf und änderte seine Meinung.

Monsieur Peretz war normalerweise schon so schweigsam, dass Ian seine Existenz in dem Tohuwabohu des Geschehens tatsächlich vergessen hatte. Ab sofort würde er noch schweigsamer sein, wie Ian erfuhr, denn er hatte sich den Hals gebrochen, als die Kutsche umstürzte.

»O Himmel«, schnaufte er und lief hinüber, um sich Gewissheit über das Unglück zu verschaffen. Doch der Mann war unleugbar tot. Zu allem Überfluss waren die Pferde nach wie vor außer sich und rutschten stampfend im Schlamm der aufgeweichten Straße umher. Zunächst war er viel zu beschäftigt, um sich Sorgen um Jamie zu machen, aber als er das zweite Pferd von der Kutsche getrennt und heil an einen Baum gebunden hatte, fragte er sich doch allmählich, wo der Junge blieb.

Er hielt es nicht für ungefährlich, die Frauen allein zurückzulassen; es war ja möglich, dass die Banditen sie nach wie vor beobachteten und die Gelegenheit nutzten. Dann würde er, Ian, wie ein gigantischer Dummkopf dastehen. Von ihrem feigen Kutscher war weit und breit nichts zu sehen; offenbar hatte er sie in seiner Panik endgültig im Stich gelassen.

Ian entschied sich, zuerst mal zu warten, und wies die Frauen an, sich unter eine Platane zu setzen. Er gab ihnen seine Feldflasche zum Trinken, und nach einer Weile hörten sie glücklicherweise auf, derart aufgeregt und schnell miteinander zu sprechen.

»Wo ist Diego?«, fragte Rebekah gut verständlich.

»Oh, der kommt gleich«, sagte Ian und hoffte, dass das wirklich stimmte. Allmählich machte er sich selber Sorgen.

»Vielleicht ist er ja ebenfalls umgekommen«, sagte die Zofe, die einen gereizten Blick auf ihre Herrin warf. »Wie würdet Ihr Euch dann fühlen?«

»Er kann doch gewiss nicht... ich meine, er ist nicht tot. Da bin ich mir sicher«, wiederholte Rebekah, die ganz und gar nicht so sicher klang.

Doch sie hatte recht; kaum hatte Ian beschlossen, gemeinsam mit den Frauen auf der Straße zurückzugehen, um die Situation zu überprüfen, kam Jamie schon um die Kurve gewankt. Er schaffte den kurzen Weg zu ihnen noch, ließ sich erschöpft ins trockene Gras sinken und schloss die Augen.

»Geht es Euch gut?«, fragte Rebekah besorgt und beugte sich nervös über ihn, um ihn unter der Krempe ihres Strohhuts hervor aufmerksam zu betrachten. Er sah nicht besonders munter aus, dachte Ian.

»Aye, bestens.« Jamie fasste sich an den Hinterkopf und zuckte leicht zusammen. »Nur ein kleiner Rumms auf den Schädel. Der Kerl, der von den Pferden übertrampelt wurde, lag zwar auf der Straße«, erklärte er Ian und schloss erneut die Augen, »doch er war eindeutig nicht schwer verletzt, denn er hat wenig später von hinten auf mich eingeschlagen. Bin zwar nicht ohnmächtig geworden, war aber eine Weile abgelenkt, und als ich meine Gedanken wieder beisammenhatte, waren sie beide fort – der Kerl, der mich erwischt hat, und der, auf den ich eingeprügelt habe.«

»Mmpfm«, machte Ian. Er hockte sich vor seinen Freund, hob mit dem Daumen eins von Jamies Augenlidern und blickte konzentriert in das blutunterlaufene Auge. Er hatte zwar keine Ahnung, wonach er suchen sollte, doch er hatte gesehen, wie Père Renault es so machte, um danach normalerweise Blutegel irgendwo anzusetzen. Doch sowohl dieses als auch das andere Auge kamen ihm völlig normal vor – was gut war, da er sowieso keine Blutegel hatte. Er reichte Jamie die Feldflasche und ging, um die Pferde zu inspizieren.

»Zwei von ihnen sind unversehrt«, berichtete er, als er zurückkam. »Der Hellbraune ist lahm. Haben die Banditen dein Pferd? Und was ist mit dem Kutscher?«
Jamies Miene war überrascht.
»Ich habe ganz vergessen, dass ich ein Pferd hatte«, gab er zu. »Was mit dem Kutscher ist, weiß ich auch nicht – habe ihn zumindest nicht auf der Straße liegen sehen.« Er sah sich vage um. »Wo ist denn Monsieur Gurke?«
»Tot. Bleib, wo du bist, aye?«
Ian seufzte, stand auf und lief erneut zurück die Straße entlang, fand aber keine Spur von ihrem Kutscher, obwohl er eine Weile auf und ab ging und nach ihm rief. Glücklicherweise fand er Jamies Pferd, das friedlich am Straßenrand graste. Er ritt auf ihm zurück und beobachtete bereits aus der Ferne die Frauen, die sich nun im Stehen unterhielten. Sie besprachen sich leise, blickten hin und wieder die Straße entlang oder bemühten sich vergeblich, auf den Zehenspitzen balancierend irgendetwas durch die Bäume zu erspähen.
Jamie saß nach wie vor auf dem Boden, die Augen zwar geschlossen – aber immerhin aufrecht.
»Kannst du reiten, Mann?«, fragte Ian leise und hockte sich vor seinen Freund. Zu seiner Erleichterung öffnete Jamie sofort die Augen.
»Oh, aye. Du meinst, wir sollten nach Saint-Aubaye reiten und jemanden zurückschicken, der sich um die Kutsche und Peretz kümmert?«
»Was können wir denn sonst tun?«
»Nichts, was mir einfiele. Ich denke nicht, dass wir ihn mitnehmen können.« Jamie stand auf. Er schwankte zwar ein wenig, brauchte sich aber nicht an dem Baum festzuhalten. »Meinst du, die Frauen können reiten?«
Wie sich herausstellte, konnte Marie es – zumindest ein wenig. Rebekah hatte allerdings noch nie auf einem Pferd gesessen. Nachdem sie die Sache viel länger, genauer und

ausgiebiger durchgesprochen hatten, als Ian so was jemals für möglich gehalten hätte, bahrte er den verstorbenen Monsieur Peretz würdevoll auf dem Sitz der Kutsche auf und legte ihm zum Schutz vor den Fliegen ein Taschentuch über das Gesicht. Dann stiegen sie endlich auf. Jamie schwang sich auf sein Pferd, die Thora in ihrer Leinenhülle hinter den Sattel gebunden. Vor die Wahl gestellt, sie durch die Berührung eines Nichtjuden zu entweihen oder sie in der Kutsche zurückzulassen, wo sie jeder finden konnte, hatten die Frauen widerstrebend der ersten Alternative zugestimmt. Die Zofe setzte sich auf eins der Kutschpferde, mit zwei improvisierten Satteltaschen aus den Bezügen der Sitze in der Kutsche, die sie mit allem gefüllt hatten, was sie vom Gepäck der Frauen hineinstopfen konnten, und Ian nahm Rebekah vor sich auf den Sattel.

Rebekah sah zwar wie ein zierliches Püppchen aus, doch sie war überraschend schwer, wie er herausfand, als sie den Fuß in seine Hände stellte und er sie in den Sattel hievte. Es gelang ihr nicht, ein Bein über den Pferderücken zu schwingen. Stattdessen blieb sie quer über dem Sattel liegen wie ein toter Hirsch und ruderte unglücklich mit Armen und Beinen. Sie zum Sitzen hochzubringen und sich selbst hinter sie zu klemmen trieb ihm weitaus mehr Röte ins Gesicht und Schweiß auf die Haut als sein Kampf mit den Pferden.

Jamie betrachtete das Schauspiel mit hochgezogener Augenbraue, ein Blick, der mindestens so sehr von Eifersucht wie von Belustigung geprägt war und den Ian mit zusammengekniffenen Augen erwiderte. Dann legte er Rebekah den Arm um die Taille, damit sie sich anlehnen konnte, und hoffte, dass er nicht allzu sehr stank.

ES WAR SCHON DUNKEL, als sie Saint-Aubaye erreichten und ein Wirtshaus fanden, das ihnen zwei Zimmer zur Verfügung stellen konnte. Ian sprach mit dem Wirt und sorgte dafür, dass am Morgen jemand Monsieur Peretz' Leiche holen und ihn begraben würde. Die Frauen waren zwar nicht glücklich darüber, dass die Leiche nicht anständig präpariert werden konnte, doch da sie darauf bestanden, dass er vor dem nächsten Sonnenuntergang begraben sein musste, konnte man nicht viel mehr tun. Dann überprüfte er das Zimmer der Frauen, schaute unter die Betten, gab sich selbstbewusst, als er sicherheitshalber an den Fensterläden klapperte, und wünschte ihnen eine gute Nacht. Sie wirkten beide nun doch ein wenig verstört und sehr mitgenommen.

Als er in das andere Zimmer zurückkehrte, hörte er ein helles Klingeln und fand Jamie auf den Knien vor, weil er gerade das Bündel mit der Thora unter das Bett schob.

»Das sollte reichen«, beschied er und richtete sich mit einem Seufzer in die Hocke auf. Er sah beinahe genauso aufgelöst aus wie die Frauen, dachte Ian, sprach es aber nicht laut aus.

»Ich lasse uns etwas zu essen bringen«, sagte er. »Ich habe da unten einen Braten gerochen. Etwas davon und vielleicht...«

»Ganz egal, was sie haben«, unterbrach Jamie ihn inbrünstig. »Sie sollen alles bringen.«

DIE KLEINE REISEGRUPPE SPEISTE mit großem Appetit getrennt in ihren Zimmern. Gerade wurde Jamie von dem Gefühl beschlichen, dass das zweite Stück Apfelkuchen mit Sahne ein Fehler gewesen war, als Rebekah in das Zimmer der Männer trat, gefolgt von ihrer Zofe, die ein schmales Tablett mit einem aromatisch dampfenden Krug auf den Händen trug. Jamie setzte sich aufrecht hin und verkniff sich einen Aufschrei, als der Schmerz seinen Kopf durchfuhr. Rebekah betrachtete ihn stirnrunzelnd, und ihre Augenbrauen senkten sich wie Möwenflügel.

»Habt Ihr große Kopfschmerzen, Diego?«
»Nein, es geht schon. Es war doch nur ein leichter Schlag auf den Schädel.« Er schwitzte, und in seinem Magen ru-

morte es, aber er legte die Hände flach auf den kleinen Tisch und war sich sicher, dass er standfest und gesund aussah. Sie schien das nicht zu finden und kam näher, um sich vorzubeugen und ihm forschend in die Augen zu blicken.

»Das glaube ich nicht«, widersprach sie. »Ihr seht... klamm aus.«

»Oh. Aye?«, sagte er, diesmal schwach.

»Wenn sie damit meint, dass du aussiehst wie eine frisch geschälte Auster, dann, aye, tust du das«, teilte Ian ihm nüchtern mit. »Erschüttert, blass und feucht und...«

»Ich weiß, was ›klamm‹ bedeutet, aye?« Er funkelte Ian an, der ihn mit einem halben Grinsen bedachte. Verdammt, er musste furchtbar aussehen; Ian machte sich tatsächlich Sorgen. Er schluckte und suchte nach einer schlagfertigen Antwort, um seinen Freund zu beruhigen, doch plötzlich kam ihm die Galle hoch, und er musste Mund und Augen fest zusammenkneifen und sich mit aller Kraft konzentrieren, um sie wieder hinunterzuzwingen.

»Tee«, sagte Rebekah entschlossen. Sie nahm ihrer Zofe den Krug ab und goss einen Becher voll, dann schloss sie Jamies Hände darum, hielt sie mit den ihren fest und führte ihm den Becher an den Mund. »Trinkt das. Es wird Euch helfen.«

Er trank, und es half. Zumindest war ihm auf der Stelle weniger schwindelig. Er erkannte den Geschmack des Tees, obwohl er den Eindruck hatte, dass dieser Becher zusätzlich noch ein paar andere Dinge enthielt.

»Noch einmal.« Ein weiterer Becher wurde ihm hingehalten; es gelang ihm diesmal, ohne Hilfe zu trinken, und als er den Tee komplett geschluckt hatte, fühlte er sich um einiges besser. Sein Kopf dröhnte zwar immer noch im Rhythmus seines Herzschlags, doch der Schmerz schien irgendwie ein wenig außerhalb von ihm zu stehen.

»Man sollte Euch eine Weile nicht allein lassen«, sagte Rebekah zu ihm und setzte sich, wobei sie sich die Röcke elegant um die Knöchel drapierte. Er öffnete den Mund, um zu sagen, dass er nicht allein war; Ian war ja da – doch dann fing er Ians Blick auf und hielt inne.

»Die Banditen«, sagte sie jetzt zu Ian, die hübsche Stirn gerunzelt, »was glaubt Ihr, wer sie waren?«

»Äh... das kommt darauf an. Wenn sie wussten, wer Ihr wart, und sie Euch entführen wollten, ist das eine Sache. Aber es kann auch sein, dass es nur gewöhnliche Diebe waren, die die Kutsche gesehen haben und dachten, sie riskieren es einfach. Ihr habt aber keinen von ihnen erkannt, oder?«

Ihre Augen wurden groß. Sie hatten doch eine etwas andere Farbe als Annalises, dachte Jamie benommen. Ein sanfteres Braun... wie die Brustfedern eines Rebhuhns.

»Wussten, wer ich war?«, flüsterte sie. »Mich entführen wollten?« Sie schluckte. »Ihr... meint, das ist möglich?« Sie erschauerte sacht.

»Nun, das weiß ich natürlich nicht. Hier, *a nighean*, Ihr solltet auch einen Schluck Tee trinken, glaube ich.« Ian streckte den langen Arm nach dem Krug aus, doch sie schob ihn von sich und schüttelte den Kopf.

»Nein, das ist Medizin – und Diego braucht sie. Nicht wahr?«, sagte sie und beugte sich ein wenig vor, um Jamie ernst in die Augen zu sehen. Sie hatte zwar den Hut abgesetzt, hatte aber ihr Haar – zum Großteil – unter ein weißes Spitzenhäubchen mit einem rosa Bändchen gesteckt. Er nickte gehorsam.

»Marie, hol bitte Brandy. Der Schock...« Sie schluckte noch einmal und schlang die Arme einen Moment um sich selbst. Jamie entging nicht, wie sich ihre Brüste dabei hochschoben, so dass sie ihr ein wenig über das Korsett quollen. Er fand noch ein wenig Tee in seinem Becher, den er automatisch trank.

Marie kam mit dem Brandy und goss Rebekah ein Glas ein – dann auf Rebekahs Geste eins für Ian, und als Jamie einen kleinen, höflichen Kehllaut ausstieß, füllte sie seinen Becher zur Hälfte und goss darauf noch weiteren Tee. Es schmeckte zwar merkwürdig, doch das störte ihn nicht. Der Schmerz hatte sich ans andere Ende des Zimmers begeben; er konnte ihn dort sitzen sehen, ein kleines drohendes rotes Wesen mit finsterer Miene. Er lachte es an, und Ian runzelte die Stirn.

»Worüber kicherst du denn so?«

Jamie wusste nicht, wie er das Schmerzwesen beschreiben sollte, also schüttelte er nur den Kopf, was sich als Fehler erwies – der Schmerz schaute plötzlich schadenfroh drein und schoss ihm erneut in den Kopf, begleitet von einem Geräusch wie zerreißender Stoff. Das Zimmer drehte sich, und er klammerte sich mit beiden Händen an den Tisch.

»Diego!« Stühle schabten über den Boden, und es folgte einiges Durcheinander, das er nicht beachtete. Das Nächste, was ihm bewusst wurde, war, dass er auf dem Bett lag und die Deckenbalken betrachtete. Einer davon schien sich langsam zu winden wie eine wachsende Schlingpflanze.

»...und er hat dem Hauptmann erzählt, dass unter den Juden jemand war, der sich auskannte mit...« Ians Stimme klang beruhigend, ernst und langsam, damit ihn Rebekah gut verstand – obwohl Jamie das Gefühl hatte, dass sie vielleicht mehr verstand, als sie zugab. Aus dem gewundenen Balken sprossen jetzt langsam kleine grüne Blätter. Zwar hatte er das dumpfe Gefühl, dass das ungewöhnlich war, aber es hatte sich ein solcher Friede über ihn gelegt, dass es ihn nicht im Geringsten störte.

Rebekah sagte in dem Moment etwas mit sanfter, besorgter Stimme, und mit einiger Anstrengung wandte er den Kopf, um sie anzusehen. Sie hatte sich über den Tisch zu Ian hinübergebeugt, und er hatte seine großen Hände um die ihren gelegt und versicherte ihr, dass er und Jamie nicht zulassen würden, dass ihr etwas zustieß.

Ein anderes Gesicht tauchte plötzlich auf; die Zofe, Marie,

die stirnrunzelnd auf ihn hinunterblickte. Sie zog ihm unsanft das Augenlid zurück und starrte ihm ins Auge, so nah, dass er ihren Knoblauchatem riechen konnte. Er kniff fest die Augen zu, und sie ließ mit einem kaum hörbaren »Hmpf!« los. Dann wandte sie sich ab, um etwas zu Rebekah zu sagen, die schnell auf Ladino antwortete. Die Zofe schüttelte zwar skeptisch den Kopf, verließ aber das Zimmer.

Doch ihr Gesicht ging nicht mit ihr. Er konnte immer noch sehen, wie es stirnrunzelnd von oben auf ihn hinunterblickte. Es war nun an dem belaubten Balken befestigt, und jetzt stellte er fest, dass dort oben eine Schlange war, eine Schlange mit einem Frauenkopf und einem Apfel im Mund – das konnte nicht richtig sein, es hätte doch wohl ein Schwein sein müssen? –, und sie glitt jetzt die Wand hinunter über seine Brust, um ihm den Apfel vor das Gesicht zu drücken. Er duftete herrlich, und er hätte gern hineingebissen, doch ehe er dazu kam, fühlte er, wie sich das Gewicht der Schlange änderte und sie weich und schwer wurde, und er bäumte den Rücken ein wenig auf, weil er die unverwechselbare Berührung großer runder Brüste spürte, die sich an ihn pressten. Das Ende der Schlange – sie hatte merkwürdigerweise fast vollständig Frauengestalt angenommen, doch ihr Ende schien immer noch schlangenhaft zu sein – strich ihm sanft über die Innenseite des Oberschenkels.

Er stieß ein schrilles Geräusch aus, und Ian kam zu seinem Bett geeilt.

»Fehlt dir etwas, Mann?«

»Ich... oh. Oh! O Himmel, mach das noch einmal.«

»*Was* soll ich...«, begann Ian, als Rebekah erschien und ihm die Hand auf den Arm legte.

»Keine Sorge«, sagte sie, während sie Jamie genau betrachtete. »Ihm fehlt nichts. Die Arznei – man bekommt seltsame Träume davon.«

»Er sieht aber gar nicht so aus, als würde er schlafen«, wandte Ian skeptisch ein. Tatsächlich wand sich Jamie ja auch auf dem Bett – zumindest glaubte er, das zu tun –, um das untere Ende der Schlange zu überreden, sich auch noch zu verwandeln. Auf jeden Fall keuchte er; er konnte sich hören.

»Es ist ein Wachtraum«, erklärte Rebekah beruhigend. »Lass ihn nur. Er schläft gleich ein, du wirst schon sehen.«

Jamie hatte zwar nicht das Gefühl, dass er geschlafen hatte, doch es war offensichtlich einige Zeit später, als er aus der bemerkenswerten Umarmung der Schlangendämonin auftauchte – ihm war zwar nicht klar, woher er wusste, dass sie ein Dämon war, aber das war sie eindeutig –, die zwar ihren Unterkörper nicht verwandelt hatte, die aber einen sehr fraulichen Mund besaß, und dazu einige ihrer Freundinnen, die kleine weibliche Dämonen waren und ihm mit großer Hingabe die Ohren – und andere Körperteile – leckten.

Er wandte den Kopf auf dem Kissen zur Seite, um einem dieser Wesen besseren Zugang zu gewähren, und sah ohne jede Überraschung, wie Ian Rebekah küsste. Die Brandyflasche war umgefallen, leer, und er schien den Geist ihres Aromas wie Rauch durch die Luft schweben zu sehen, bis er die beiden in eine Nebelwolke voller Regenbogen hüllte.

Er schloss die Augen wieder, um sich besser auf die Schlangenfrau zu konzentrieren, die jetzt von neuen interessanten Gefährtinnen begleitet wurde. Als er sie einige Zeit später öffnete, waren Ian und Rebekah fort.

Irgendwann hörte er, wie Ian einen erstickten Aufschrei ausstieß, und fragte sich dumpf, was geschehen war, doch es schien nicht wichtig zu sein, und der Gedanke driftete davon. Er schlief ein.

ALS ER EINIGE ZEIT SPÄTER erwachte, fühlte er sich schlapp wie ein Kohlblatt, das der Frost erwischt hat, doch seine Kopfschmerzen waren fort. Eine Weile lag er einfach nur da und genoss das Gefühl. Es war dunkel im Zimmer, und es dauerte eine Weile, ehe er am Brandygeruch erkannte, dass Ian neben ihm lag.

Sein Erinnerungsvermögen kehrte zurück. Er brauchte zwar eine Weile, um die echten und die geträumten Erinnerungen zu entwirren, doch er war sich absolut sicher, dass er gesehen hatte, wie Ian Rebekah umarmte – und sie ihn. Was zum Teufel war *da* passiert?

Ian schlief nicht; das konnte er spüren. Sein Freund lag stocksteif da wie eine der Grabfiguren von St. Denis, und seine Atmung war schnell und bebend, als wäre er gerade eine Meile bergauf gerannt. Jamie räusperte sich, und Ian fuhr zusammen wie mit einer Nadel gestochen.

»Aye, und?«, flüsterte er, und Ian hörte abrupt auf zu atmen. Er schluckte hörbar.

»Wenn du auch nur ein Wort darüber zu deiner Schwester sagst«, flüsterte er inbrünstig, »ersteche ich dich im Schlaf, schneide dir den Kopf ab und trete ihn bis nach Arles und zurück.«

Jamie wollte nicht an seine Schwester denken, und er wollte nichts von Rebekah hören, also wiederholte er nur: »Aye, und?«

Ian stieß einen kleinen Grunzlaut aus, als überlegte er, wie er am besten anfangen sollte, dann drehte er sich in seinem Plaid zu Jamie um.

»Aye, nun ja. Du hast von den nackten Dämoninnen gefaselt, mit denen du es getrieben hast, und ich dachte, die Kleine sollte so etwas nicht hören müssen, also habe ich gesagt, wir sollten in das andere Zimmer gehen, und …«

»War das, ehe du angefangen hast, sie zu küssen, oder hinterher?«, bohrte Jamie nach. Ian holte kräftig durch die Nase Luft.

»Hinterher«, sagte er angespannt. »Und sie hat mich zurückgeküsst, aye?«

»Aye. Das ist mir aufgefallen. Und dann …?« Er konnte spüren, wie sich Ian langsam wand wie ein Wurm am

Haken, doch er wartete. Ian brauchte oft ein wenig Zeit, um Worte zu finden, doch meistens lohnte es sich, darauf zu warten. Diesmal gewiss.

Er war etwas schockiert – und offen gestanden neidisch. Außerdem fragte er sich, was wohl geschehen würde, wenn der Verlobte des Mädchens feststellte, dass sie keine Jungfrau mehr war. Doch vielleicht fand er es ja gar nicht heraus; sie schien sehr schlau zu sein. Aber möglicherweise würde es klug sein, sich von D'Eglises Truppe zu trennen und nach Süden zu ziehen, nur vorsichtshalber ...

»Meinst du, es tut sehr weh, wenn man beschnitten wird?«, fragte Ian plötzlich.

»Ja. Warum sollte so was nicht wehtun?« Seine Hand tastete nach seinem eigenen Glied und rieb schützend mit dem Daumen über die fragliche Stelle. Es war zwar keine sehr große Stelle, aber ...

»Nun, sie machen es mit Neugeborenen«, erklärte Ian, »dann kann es doch nicht so schlimm sein, oder?«

»Mpfm«, sagte Jamie wenig überzeugt, obwohl er aufrichtigerweise hinzufügen musste: »Aye, nun ja, und mit Christus haben sie es ebenso gemacht.«

»Aye?« Ian klang verblüfft. »Aye, vermutlich ... darüber habe ich noch gar nicht nachgedacht.«

»Nun, man stellt Ihn sich ja auch nicht als Juden vor, oder? Aber das war Er am Anfang.«

Es folgte eine kurze, meditative Pause, ehe Ian weitersprach.

»Meinst du, Jesus hat es je getan? Mit einem Mädchen, meine ich, ehe er das Predigen angefangen hat?«

»Ich glaube, Père Renault bekommt dich noch wegen Blasphemie zu fassen.«

Ian zuckte zusammen, als hätte er Angst, dass der Priester in der Finsternis lauerte.

»Père Renault ist Gott sei Dank nicht in der Nähe.«

»Aye, aber du wirst ihm doch alles beichten müssen, oder?«

Ian fuhr kerzengerade auf und hielt das Plaid an sich geklammert.

»Was?!«

»Sonst fährst du zur Hölle, wenn du stirbst«, eröffnete Jamie ihm und fühlte sich ziemlich überlegen. Mondlicht fiel durch das Fenster, und er konnte Ians nervös verzogenes Gesicht sehen – seine tief liegenden Augen huschten hin und her von Scylla zu Charybdis. Plötzlich wandte Ian den Kopf zu Jamie um, weil ihm anscheinend ein Schlupfloch zwischen Père Renault und der nicht minder bedrohlichen Hölle eingefallen war.

»Ich würde doch nur zur Hölle fahren, wenn es eine Todsünde wäre«, sagte er. »Für eine lässliche Sünde müsste ich nur tausend Jahre im Fegefeuer verbringen. Das wäre nicht so schlimm.«

»Natürlich ist es eine Todsünde«, verbesserte Jamie ihn gereizt. »Jeder weiß doch, dass Fleischeslust eine Todsünde ist, Dummkopf.«

»Aye, aber ...« Ian bat sich mit einer Handbewegung Wartezeit aus, während er überlegte. »Aber damit es eine *Tod*sünde ist, muss man doch drei Voraussetzungen erfüllen.« Er hob den Zeigefinger. »Es muss ernstlich falsch sein.« Mittelfinger. »Man muss sich *bewusst* sein, dass es ernstlich falsch ist.« Ringfinger. »Und es muss mit voller Zustimmung geschehen. So ist es doch, aye?« Er ließ die Hand sinken und musterte Jamie mit hochgezogenen Augenbrauen.

»Aye, und was davon hast du ausgelassen? Die volle Zustimmung? Hat sie dich etwa vergewaltigt?« Es war nur Spott, doch Ian wandte das Gesicht auf eine Weise ab, die ihn plötzlich mit Zweifel erfüllte. »Ian?«

»Nein ...«, sagte sein Freund, doch auch er klang zweifelnd. »So ist es nicht gewesen ... nicht ganz. Ich habe eher das mit dem ›ernstlich falsch‹ gemeint. Ich hatte nicht das Gefühl ...«

Jamie wälzte sich herum und stützte sich auf den Ellbogen.

»Ian«, sagte er mit Stahl in der Stimme. »Was hast du mit dem Mädchen *gemacht*? Wenn du sie entjungfert hast, ist es ernstlich falsch. Vor allem, da sie verlobt ist. Oh...« Ihm kam ein Gedanke, und er rückte noch ein wenig näher an Ian heran und senkte die Stimme. »War sie etwa keine Jungfrau mehr? Vielleicht wird das dann ja etwas anders bewertet.« Wenn das Mädchen durch und durch verrucht war, eventuell... Vielleicht schrieb sie ja sogar seltsame Gedichte...

Ian hatte jetzt die Arme um seine angezogenen Knie verschränkt und die Stirn darauf gelegt, so dass seine Stimme gedämpft aus den Falten seines Plaids drang.

»Weiß nicht...«, krächzte er erstickt.

Jamie streckte die Hand aus und bohrte Ian die Finger derart schmerzhaft in die Wade, dass sein Freund mit einem solch erschrockenen Ausruf auffuhr, dass der einen Schläfer in einem anderen Zimmer ächzen ließ.

»Wie meinst du das, du weißt es nicht? Wie konnte dir denn so etwas entgehen?«, zischte er.

»Äh... nun ja... sie... ähm... sie hat es mit der Hand getan«, entfuhr es Ian. »Ehe ich... nun ja.«

»Oh.« Jamie wälzte sich auf den Rücken, gedanklich ernüchtert, wenn auch nicht körperlich. Sein Schwanz schien immer noch dringend die Einzelheiten hören zu wollen.

»Ist das ernstlich falsch?«, fragte Ian und wandte Jamie das Gesicht wieder zu. »Oder... nun ja, ich kann nicht sagen, dass sie meine *volle* Zustimmung hatte, weil ich es ja eigentlich gar nicht vorhatte, aber...«

»Ich glaube, du steuerst geradewegs auf den Abgrund zu«, versicherte ihm Jamie. »Du hattest es vor, ob es dir nun gelungen ist oder nicht. Und wie ist es eigentlich gekommen? Hat sie dich... einfach nur angefasst?«

Ian stieß einen langen, langen Seufzer aus und ließ den

Kopf in seine Hände sinken. Er sah aus, als hätte er Schmerzen.

»Nun, wir haben uns eine Weile geküsst, und dann gab es mehr Brandy... eine Menge mehr. Sie... äh... hat einen Schluck genommen und mich geküsst und, äh... ihn mir in den Mund gegeben, und...«

»*Ifrinn!*«

»Könntest du damit aufhören, ständig auf diese Weise ›Hölle‹ zu sagen, bitte? Ich möchte nicht daran denken.«

»Entschuldige. Erzähl weiter. Durftest du ihre Brüste anfassen?«

»Nur ein bisschen. Sie wollte das Korsett nicht ausziehen, aber ich konnte ihre Brustwarzen durch ihr Hemd spüren – hast du etwas gesagt?«

»Nein«, quetschte Jamie bemüht heraus. »Was dann?«

»Nun, sie hat ihre Hand unter meinen Kilt geschoben und sie dann wieder hervorgezogen, als hätte sie eine Schlange berührt.«

»Und hat sie das?«

»Das hat sie, aye. Sie war erschrocken. Könntest du bitte nicht so prusten«, sagte Ian verärgert. »Du weckst ja noch das ganze Haus. Es war, weil er nicht beschnitten war.«

»Oh. Ist das der Grund, warum sie... es nicht auf die übliche Weise tun wollte?«

»Das hat sie nicht gesagt, aber vielleicht war es so. Nach einer Weile wollte sie ihn sich jedoch ansehen, und dann... nun ja.«

»Mmpfm.« Nackte Dämonen gegen die Möglichkeit ewiger Verdammnis oder nicht. Jamie fand, dass Ian an diesem Abend das bessere Los gezogen hatte. Ihm kam ein Gedanke. »Warum hast du denn gefragt, ob es wehtut, wenn man beschnitten wird? Du hast doch wohl nicht darüber nachgedacht, es zu tun, oder? Für sie, meine ich?«

»Ich würde nicht sagen, dass mir der Gedanke nicht gekommen ist«, gab Ian zu. »Ich meine... ich dachte, ich sollte sie vielleicht heiraten, unter den Umständen. Aber ich glaube, ich könnte kein Jude werden, selbst wenn ich den Mut aufbrächte, mich beschneiden zu lassen – meine Mutter würde mir den Kopf abreißen, wenn ich das täte.«

»Da hast du recht«, stimmte Jamie inbrünstig zu. »Das würde sie. *Und* du würdest zur Hölle fahren.« Die Vorstellung, wie die aparte, zierliche Rebekah im Hof einer Highlandkate Butter rührte oder mit bloßen Füßen uringetränkte Wolle walkte, war zwar noch ein bisschen lächerlicher als der Gedanke an Ian mit Backenbart und Yarmulke – aber nicht sehr viel. »Außerdem hast du doch gar kein Geld, oder?«

»Ein bisschen«, sagte Ian nachdenklich. »Allerdings nicht genug, um nach Timbuktu zu ziehen, und so weit müsste ich mindestens fort.«

Jamie seufzte und räkelte sich. Intensives Schweigen senkte sich über sie, während Ian zweifellos über das Verderben nachdachte und Jamie die besseren Stellen seiner Opiumträume noch einmal durchlebte, nur dass die Schlangenfrau diesmal Rebekahs Gesicht trug. Schließlich brach er das Schweigen und wandte sich an seinen Freund.

»Und ... war es das Risiko wert, zur Hölle zu fahren?«

Ian seufzte noch einmal lang und tief, doch es war der Seufzer eines Mannes, der mit sich im Reinen ist.

»Oh, aye.«

ALS JAMIE IM MORGENGRAUEN erwachte, fühlte er sich wieder gut, und auch sein Kopf war viel klarer. Eine freundliche Seele hatte ihm einen Krug saures Ale samt Brot und Käse auf den Tisch gestellt. Er stillte dankbar seinen Durst und Hunger damit, während er sich in aller Ruhe ankleidete und dabei über die Aufgaben des kommenden Tages nachdachte.

Er würde ein paar Männer auftreiben müssen, die ihn zum Unglücksort begleiten und sich dann mit ihm um die Kutsche kümmern konnten. Am besten brachte man Monsieur Peretz wohl *in* der Kutsche hierher und erkundigte sich danach, ob es in der Nachbarschaft Juden gab, die man bitten könnte, ihn zu beerdigen. Die Frauen beharrten ja darauf, dass er vor Sonnenuntergang begraben sein musste. Falls nicht... Nun, mit diesem Problem würde er sich befassen, wenn es sich stellte.

Er hatte nach seiner gestrigen kurzen Prüfung den Eindruck, dass die Kutsche nicht schwer beschädigt war. Es war also vielleicht möglich, dass sie ihren Weg bereits gegen Mittag fortsetzen konnten. Wie weit war es schätzungsweise nach Bonnes? Das war der nächste Ort mit einem Gasthaus. Wenn es zu weit war, die Kutsche wider Erwarten doch zu schwer beschädigt war oder er Monsieur Peretz nicht auf anständige Weise loswerden konnte, würden sie die Nacht erneut hier verbringen müssen. Er befühlte prüfend seine Geldbörse, glaubte aber, dass er noch genug für eine weitere Übernachtung und die Bezahlung der Männer hatte; der Arzt war großzügig gewesen.

Allmählich fragte er sich, wieso er noch immer alleine war und wodurch Ian und die Frauen aufgehalten wurden. Obwohl – er wusste ja, dass Frauen für alles länger brauchten als ein Mann, erst recht zum Ankleiden. Schließlich mussten sie sich mit solchen Dingen wie Korsett und Ähnlichem abplagen... Er nippte an seinem Bier und dachte dabei meditativ an Rebekahs Korsett und beschwor damit die äußerst lebhaften Bilder herauf, die sein Kopf nicht aufhörte zu produzieren, seit ihm Ian sein Zusammensein mit der Kleinen beschrieben hatte. Er konnte ihre Brustwarzen durch den dünnen Stoff ihres Hemds hindurch geradezu sehen, glatt und rund wie Kiesel und...

Ian stürzte zur Tür herein, die Augen weit aufgerissen, und die Haare standen ihm zu Berge.

»Sie sind fort!«

Jamie verschluckte sich an seinem Ale und röchelte: »Was?! Wie?!«

Ian verstand, was er meinte, und lief, während er Jamie informierte, an ihm vorbei direkt zum Bett, um darunterzuspähen.

»Sie sind nicht entführt worden. Es gibt keine Spur von einem Kampf, ihr Gepäck ist fort. Das Fenster ist offen, und die Läden sind nicht beschädigt.«

Blitzschnell war Jamie neben Ian auf den Knien und schob erst die Hände, dann Kopf und Schultern unter das Bett. Dort befand sich nach wie vor das in Segeltuch gewickelte Bündel, und im ersten Moment überspülte ihn Erleichterung – die im selben Moment verschwand, als Ian das Bündel ans Licht zog. Es machte zwar ein Geräusch, doch es war nicht das leise Klingeln goldener Glöckchen. Es klapperte, und als Jamie den Rand des Segeltuchs packte und es auseinanderrollte, entpuppte sich der Inhalt als Stöckchen und Steine, die hastig in einen Frauenunterrock gewickelt worden waren, um dem Bündel die nötige Masse zu verleihen.

»*Cramouille!*«, fluchte er, denn das war das schlimmste Wort, das ihm auf Anhieb einfiel. Außerdem war es angemessen, wenn das, was er dachte, tatsächlich geschehen war. Er wandte sich zu Ian um.

»Sie hat mich betäubt und dich verführt, und ihre verflixte Zofe hat sich hier hereingeschlichen und das Ding gestohlen, während du mit deinem blöden Dickschädel ihre ... äh ...«

»... Reize bewundertе«, vollendete Ian treffsicher und warf ihm trotz allem ein kurzes, schadenfrohes Grinsen zu. »Du bist doch nur eifersüchtig. Also – was meinst du, wohin sie sind?«

Seine Feststellung war natürlich die pure Wahrheit, und Jamie verkniff sich daher jeden weiteren Vorwurf. Entschlossen legte er seinen Gürtel an, um rasch Dolch, Schwert und Axt daran zu befestigen.

»Ich vermute, nicht nach Paris. Komm, wir fragen den Stallknecht.«

Der Stallknecht versicherte, keine Ahnung zu haben; er hatte betrunken im Heuschober gelegen, behauptete er, und falls jemand zwei Pferde aus dem Stall geholt hatte, war er davon nicht wach geworden.

»Aye, also gut«, knurrte Jamie ungeduldig, packte den Mann am Hemd, hob ihn hoch und donnerte ihn mit dem Oberkörper gegen die Gasthauswand. Der Kopf des Mannes prallte dumpf von der Steinwand ab, und er erschlaffte in Jamies Griff, zwar noch bei Bewusstsein, aber benommen. Jamie zog mit der Linken den Dolch und presste dem Mann die Schneide an die faltige Kehle.

»Versucht es noch einmal«, forderte er ihn freundlich auf. »Ich interessiere mich nicht für das Geld, das sie Euch gegeben haben – behaltet es. Ich will wissen, in welche Richtung sie gegangen sind und wann sie aufgebrochen sind.«

Der Mann versuchte zu schlucken und gab den Versuch auf, weil sein Adamsapfel dabei unangenehm die Schneide des Dolches berührte.

»Etwa drei Stunden nach Mondaufgang«, keuchte er heiser. »Sie wollten nach Bonnes. Etwa drei Meilen von hier ist eine Straßenkreuzung«, fügte er hinzu und brannte jetzt förmlich darauf zu helfen.

Jamie ließ ihn mit einem Ächzlaut los.

»Aye, schön«, sagte er angewidert. »Ian – oh, du hast sie schon.« Denn Ian war geradewegs zu ihren eigenen Pferden gegangen, während sich Jamie mit dem Stallknecht befasst hatte, und er kam jetzt mit dem ersten ihrer Pferde heraus. Es war bereits aufgezäumt, und den Sattel trug er über dem Arm. »Gut, dann bezahle ich nur schnell noch unsere Zeche.«

Die Frauen hatten sich zumindest nicht mit seiner Geldbörse davongemacht, das war immerhin etwas. Entweder besaß Rebekah bat-Leah Hauberger doch die Spur eines Gewissens – was er sehr bezweifelte –, oder sie hatte einfach nicht daran gedacht.

ES WAR KURZ nach Tagesanbruch; die Frauen hatten etwa sechs Stunden Vorsprung.

»Glauben wir dem Stallknecht?«, fragte Ian und machte es sich im Sattel bequem.

Jamie grub in seiner Geldbörse, holte einen Kupferpenny hervor und warf ihn in die Luft, um ihn mit dem Handrücken aufzufangen.

»Zahl ja, Kopf nein?« Er zog die Hand fort und blinzelte die Münze an. »Kopf.«

»Aye, aber der Rückweg führt geradewegs durch Yvrac«, sagte Ian. »Und es sind nur drei Meilen bis zu der Kreuzung, hat er gesagt. Was auch immer man über das Mädchen sagen möchte, ein Dummkopf ist sie wahrhaftig nicht.«

Jamie überlegte einen Moment, dann nickte er. Rebekah hatte sich ja nicht sicher sein können, wie viel Vorsprung sie gewinnen würde – und wenn sie in Bezug auf ihre Reitkünste nicht gelogen hatte (was er ihr durchaus zugetraut hätte, doch so etwas war schwer vorzutäuschen, denn sie war wirklich ungeschickt im Sattel), musste sie eine Stelle erreichen, wo sich ihre Spuren verlieren würden, ehe ihre Verfolger sie einholen konnten. Außerdem war der Boden noch taufeucht; vielleicht konnten sie…

»Aye, dann komm.«

SIE HATTEN DAS GLÜCK auf ihrer Seite. Während der späten Nachtstunden war niemand an dem Wirtshaus vorübergeritten. Die Straße war zwar mit Hufspuren übersät, doch die frischen Hufabdrücke der Pferde der Frauen waren deutlich zu erkennen, weil ihre Kanten in der feuchten Erde noch bröckelten. Sobald sie sicher waren, in welche Richtung die Frauen die Straße genommen hatten, hielten sie im gestreckten Galopp auf die Kreuzung zu, weil sie hofften, dort anzukommen, ehe andere Reisende die Abdrücke unauffindbar machten.

Diesmal hatten sie Pech. Die Bauernwagen mit ihrem

Gemüse waren bereits nach Parcoul oder La Roche-Chalais unterwegs, und die Kreuzung war ein einziges Labyrinth aus Furchen und Hufabdrücken. Doch Jamie hatte die schlaue Idee, Ian in Richtung Parcoul zu schicken, während er der Straße Richtung La Roche-Chalais folgte, um die entgegenkommenden Wagen anzuhalten und die Kutscher zu befragen. Innerhalb einer Stunde hatte Ian ihn wieder eingeholt und kam mit der Nachricht zurück, dass die Frauen in bedächtiger Geschwindigkeit und lauthals fluchend auf dem Weg nach Parcoul gesichtet worden waren.

»Und *das*«, sagte er und schnappte keuchend nach Luft, »ist noch nicht alles.«

»Aye? Erzähle es mir unterwegs.«

Das tat Ian. Er war schon im Eiltempo auf dem Rückweg zu Jamie gewesen, als er kurz vor der Kreuzung auf den Elsässer-Josef stieß, der auf der Suche nach ihnen war.

»D'Eglise ist in der Nähe von Poitiers in einen Hinterhalt geraten«, rief Ian Jamie während ihres Sturmritts zu. »Dieselbe Bande, die uns in Marmande überfallen hat – Alexandre und Raoul haben ein paar von ihnen erkannt. Jüdische Banditen.«

Jamie schnappte entsetzt nach Luft und ritt einen Moment langsamer, um Ian aufholen zu lassen.

»Haben sie die Mitgift erbeutet?«

»Nein, aber sie haben hart gekämpft. Drei Männer sind so schwer verwundet, dass sie einen Arzt brauchten, und Paul Martan hat zwei Finger seiner linken Hand verloren. D'Eglise hat sie in Poitiers einquartiert und Josef losgeschickt, um sich zu erkundigen, ob bei uns alles zum Besten steht.«

Jamie hüpfte das Herz schmerzhaft in die Kehle. »Himmel. Hast du ihm erzählt, was passiert ist?«

»Nein«, entgegnete Ian gereizt. »Ich habe ihm gesagt, die Kutsche hätte einen Unfall gehabt und du wärst mit den Frauen vorausgeritten; ich müsste etwas holen, was sie vergessen hätten.«

»Aye, gut.« Jamies Herz rutschte fürs Erste erleichtert wieder in seine normale Position. Das Letzte, was er wollte, war, dem Hauptmann beibringen zu müssen, dass sie das Mädchen und die Thora verloren hätten. Der Teufel sollte ihn holen, wenn es tatsächlich dazu kam.

SIE KAMEN SCHNELL VORAN und hielten nur hin und wieder an, um den Entgegenkommenden eine Frage nach den beiden Frauen zu stellen. Als sie in das Dorf Aubeterre-sur-Dronne galoppierten, waren sie sicher, dass sich die Gesuchten nicht mehr als eine Stunde vor ihnen befanden – falls sie das Dorf überhaupt schon verlassen hatten.

»Oh, die beiden?«, sagte eine Frau, die gerade ihre Eingangstreppe schrubbte. Sie erhob sich langsam und dehnte ihren Rücken. »Ja, ich habe sie gesehen. Sie sind an mir vorbeigeritten und dort in den Weg eingebogen.« Sie zeigte mit dem Finger darauf.

»Ich danke Euch, Madame«, sagte Jamie in seinem besten Pariser Französisch. »Wohin führt dieser Weg, bitte?«

Sie sah überrascht aus, dass sie das nicht wussten, und runzelte darüber missmutig die Stirn.

»Nun, zum *Château* des Vicomte Beaumont natürlich!«

»Natürlich«, wiederholte Jamie und lächelte sie an, und Ian sah, wie als Erwiderung auf ihrer Wange ein Grübchen erschien. »*Merci beaucoup, madame!*«

»WAS ZUM TEUFEL...?«, murmelte Ian. Jamie brachte sein Pferd neben ihm zum Stehen, um das *Château* zu betrachten. Es war ein kleines Herrenhaus, etwas heruntergekommen, aber eigentlich hübsch. Und der letzte Ort, an dem jemand eine entlaufene Jüdin suchen würde, das musste er zugeben.

»Und was sollen wir jetzt tun?«, fragte er leicht ratlos. Jamie zuckte mit den Achseln und setzte sein Pferd wieder in Bewegung.

»Ich denke, wir klopfen an und fragen.« Er stieg ab und

band sein Pferd an einem Holzpfosten fest, worauf Ian seinem Freund zögernd folgte. Er war extrem befangen wegen seiner schmutzigen Kleider, seiner Bartstoppeln und seiner ausgesprochen abgerissenen Gesamterscheinung. Doch derlei Bedenken verschwanden, als Jamies lautstarkes Pochen beantwortet wurde.

»Guten Tag, die Herren!«, begrüßte sie der gelbhaarige Kerl, den er zuletzt tags zuvor im Kampf mit Jamie zappelnd umschlungen auf der Straße gesehen hatte. Der Mann lächelte sie breit an, fröhlich trotz eines unübersehbaren blauen Auges und einer frisch aufgeplatzten Lippe. Er war – ganz auf der Höhe der Mode – mit einem pflaumenfarbigen Anzug bekleidet, sein Haar war in Locken gelegt und gepudert, und sein gelber Bart war ordentlich gestutzt. »Ich hatte schon gehofft, dass wir euch wiedersehen würden. Willkommen in meinem Heim!«, sagte er. Er trat zurück und hob die Hand zu einer einladenden Geste.

»Ich danke Euch, Monsieur…?«, erwiderte Jamie langsam und warf Ian einen fragenden Seitenblick zu. Ian zuckte kaum merklich mit der Schulter. Hatten sie eine andere Wahl?

Der gelbhaarige Kerl verbeugte sich. »Pierre Robert Heriveaux d'Anton, Vicomte Beaumont, so Gott will, noch etwas länger als nur für einen Tag. Und ihr, meine Herren?«

»James Alexander Malcolm MacKenzie Fraser«, antwortete Jamie, der sich redlich Mühe gab, die Grandezza des anderen nachzuahmen. Jemand anderem als Ian wären das schwache Zögern und das leise Beben seiner Stimme nicht aufgefallen, als er »Herr von Broch Tuarach« hinzufügte.

»Ian Alastair Robert MacLeod Murray«, stellte Ian sich seinerseits mit einem knappen Nicken vor und richtete sich dabei kerzengerade auf. »Sein… äh… Gefolgsmann.«

»Kommt herein, bitte, meine Herren.« Der Blick des gelben Kerls zuckte kaum merklich zur Seite, und Ian hörte den Kies hinter ihnen knirschen, eine Sekunde bevor er eine

Dolchspitze im Kreuz spürte. Nein, sie hatten keine andere Wahl.

Innen wurden ihnen die Waffen abgenommen, dann führte man sie durch einen breiten Flur in einen geräumigen Salon. Die Tapete war verblichen, und die Möbel waren zwar gut, aber abgenutzt. Im Kontrast dazu leuchtete der große türkische Teppich auf dem Boden, als wäre er aus Juwelen gewebt. Ein großes rundes Ornament in der Mitte war grün, golden und rot, und konzentrische Kreise mit ausgefransten Rändern umringten es mit Wogen aus Blau, Rot und Creme, die von einem sanften Dunkelrot umrandet wurden, und das Ganze war derart mit ungewöhnlichen Mustern übersät, dass man einen Tag gebraucht hätte, um sie alle zu betrachten. Als er den Teppich zum ersten Mal gesehen hatte, war er davon so fasziniert gewesen, dass er eine Viertelstunde damit zugebracht hatte, die Muster zu bestaunen, ehe ihn Georges der Riese dabei erwischte und ihn angebrüllt hatte, gefälligst den Teppich sofort aufzurollen, sie hätten nicht den ganzen Tag Zeit.

»Woher habt Ihr den?«, platzte Ian abrupt heraus und unterbrach damit den Vicomte, der gerade etwas zu den beiden grob gekleideten Männern sagte, die ihnen die Waffen abgenommen hatten.

»Was? Oh, den Teppich! Ja, ist der nicht herrlich?« Der Vicomte strahlte ihn völlig unbefangen an und winkte die beiden Grobiane zur Wand. »Er gehört zur Mitgift meiner Frau.«

»Eurer Frau«, wiederholte Jamie sorgfältig. Er warf einen Seitenblick auf Ian, der den Hinweis verstand.

»Das ist dann wohl Mademoiselle Hauberger, nicht wahr?«, fragte er. Der Vicomte errötete – er wurde doch tatsächlich rot –, und Ian begriff, dass der Mann auch nicht älter war als er und Jamie.

»Nun. Es ... wir ... wir sind schon eine ganze Weile verlobt, und nach jüdischer Sitte kommt das fast einer Ehe gleich.«

»Verlobt«, wiederholte Jamie erneut. »Seit... wann genau?«

Der Vicomte nagte an seiner Unterlippe und musterte sie beide. Doch seine Vorsicht ging in etwas unter, das sichtlich große Euphorie war.

»Vier Jahre«, platzte er heraus. Und da er nicht an sich halten konnte, winkte er sie zu einem Schreibtisch am Fenster und zeigte ihnen stolz ein prunkvolles Dokument, das mit bunten Schnörkeln übersät und in einer seltsamen Sprache verfasst war, die nur aus Querstrichen und schrägen Linien bestand.

»Das ist unsere Ketubba«, erklärte er und sprach das Wort sehr sorgfältig aus. »Unser Ehevertrag.«

Jamie beugte sich darüber, um das Dokument genau zu betrachten.

»Aye, sehr schön«, lobte er höflich. »Wie ich sehe, ist der Vertrag nicht unterzeichnet. Die Hochzeit hat also noch nicht stattgefunden?«

Ian sah Jamies Blick über den Schreibtisch huschen, und er konnte klar erkennen, wie er in seinem Kopf die Möglichkeiten durchging: den Brieföffner vom Tisch packen und den Vicomte als Geisel nehmen? Dann die durchtriebene kleine Hexe suchen, sie in einen der kleineren Teppiche wickeln und sie nach Paris schleppen? Das würde dann wohl seine Aufgabe sein, dachte Ian resigniert.

In dem Moment nahm er eine kleine Bewegung wahr, als einer der Grobiane das Gewicht verlagerte, und er dachte in Jamies Richtung: *Tu's nicht, Idiot*, so angestrengt er konnte. Diesmal schien seine Gedankenübertragung tatsächlich zu funktionieren und die Botschaft anzukommen; Jamies Schultern entspannten sich ein wenig, und er richtete sich zu voller Größe auf.

»Ihr wisst aber vielleicht, dass das Mädchen einem anderen versprochen ist?«, fragte er unverblümt. »Ich traue es ihr zu, dass sie Euch das nicht gesagt hat.«

Das Gesicht des Vicomte verfärbte sich zu einem tiefleuchtenden Rot.

»Natürlich weiß ich das!«, fuhr er Jamie an. »Mir wurde sie jedoch zuerst versprochen von ihrem Vater.«

»Wie lange seid Ihr denn schon Jude?«, fragte Jamie vorsichtig und stahl sich um den Tisch herum. »Ich glaube nicht, dass Ihr als Jude geboren seid. Ich meine – Ihr *seid* doch jetzt Jude, aye? Denn ich habe in Paris ein paar Juden kennengelernt, und ich habe es so verstanden, dass sie niemanden heiraten, der nicht jüdisch ist.« Sein Blick huschte durch das gediegene, hübsche Zimmer. »Außerdem habe ich es so verstanden, dass Aristokraten unter ihnen selten sind.«

Der Vicomte war inzwischen puterrot. Mit einem scharfen Wort schickte er die Grobiane hinaus – obwohl sie ihm heftig widersprachen. Während ihres kurzen Wortwechsels trat Ian dichter an Jamie heran und erzählte ihm im Flüsterton auf *Gàidhlig* hastig von dem Teppich.

»Großer Gott«, murmelte Jamie in derselben Sprache. »Ich habe weder ihn noch die beiden in Marmande gesehen. Du?«

Ian hatte keine Zeit zu antworten und schüttelte nur den Kopf, als die Grobiane jetzt widerstrebend den gebieterischen Worten des Vicomte Folge leisteten und aus dem Zimmer schlurften, nicht ohne Ian und Jamie finster zu mustern. Einer von ihnen hatte Jamies Dolch in der Hand und zog ihn sich beim Gehen mit einer vielsagenden Geste imaginär über die Kehle.

Aye, mit ihnen dürfte im Kampf zu rechnen sein, dachte er und erwiderte gelassen den funkelnden Blick, *aber mit dem kleinen Trottel nicht*. Hauptmann D'Eglise hätte den Vicomte nie genommen, und eine Räuberbande hätte das genauso wenig getan, Jude hin oder her.

»Also schön«, sagte der Vicomte entschlossen und stützte die Fäuste auf dem Tisch auf. »Ich erzähle es Euch.«

Und das tat er. Rebekahs Mutter, Dr. Hasdis Tochter, hatte

sich in einen Christen verliebt und war mit ihm davongelaufen. Der Arzt hatte seine Tochter für tot erklärt, wie es in einer solchen Situation üblich war, und hatte formell um sie getrauert. Er hatte allerdings dafür gesorgt, dass man ihm regelmäßig Informationen über diese Ehe zutrug, und er wusste von Rebekahs Geburt.

»Dann ist ihre Mutter gestorben. Da bin ich Rebekah begegnet – etwa um diese Zeit, meine ich. Ihr Vater war Richter und mit meinem Vater bekannt. Sie war vierzehn und ich sechzehn; ich habe mich in sie verliebt. Und sie sich in mich«, fügte er hinzu und sah die Schotten trotzig an, als verbäte er sich, dass sie ihm nicht glaubten. »Wir wurden verlobt mit dem Segen ihres Vaters. Doch dann ist ihr Vater an der Ruhr erkrankt und innerhalb von zwei Tagen gestorben. Und...«

»Und ihr Großvater hat sie gnädig aufgenommen«, führte Jamie die Rede zu Ende. »Und sie ist Jüdin geworden?«

»Dem jüdischen Glauben nach ist sie als Jüdin zur Welt gekommen; es wird über die mütterliche Linie weitergegeben. Und... ihre Mutter hatte ihr insgeheim von ihrem verlorenen Erbe erzählt. Das hat sie natürlich mit offenen Armen angenommen, sobald sie zu ihrem Großvater gezogen war.«

Ian bewegte sich und zog zynisch die Augenbraue hoch. »Aye? Warum seid Ihr denn damals nicht konvertiert, wenn Ihr doch jetzt dazu bereit seid?«

»Ich habe gesagt, ich würde es tun!« Der Vicomte hielt die Faust um seinen Brieföffner gekrallt, als wollte er ihn erwürgen. »Der elende alte Kerl hat gesagt, er glaubt mir nicht. Er meinte, ich würde mein... mein... dieses Leben hier nicht aufgeben.« Er wies mit der Hand deutend durch das Zimmer und meinte damit vermutlich seinen Titel und seinen Besitz, denn die Regierung würde beides konfiszieren, sobald seine Konversion bekannt wurde.

»Er hat gesagt, ich würde die Konversion nur vortäuschen, und sobald ich Rebekah hätte, würde ich wieder

Christ werden und sie zwingen, ebenfalls Christin zu werden. Wie ihr Vater das mit ihrer Mutter gemacht hätte«, fügte er verdrossen hinzu.

Trotz ihrer Lage bekam Ian allmählich Mitgefühl mit dem kleinen Fatzke. Es war eine sehr romantische Geschichte, und er hatte eine Schwäche für so etwas. Jamie dagegen war noch nicht zu einem Urteil gelangt. Er zeigte auf den Teppich unter ihren Füßen.

»Ihre Mitgift habt Ihr gesagt?«

»Ja«, antwortete der Vicomte, jetzt allerdings weniger selbstsicher. »Sie sagt, er hat ihrer Mutter gehört. Sie hat ihn letzte Woche durch einige Männer herbringen lassen, zusammen mit einer Truhe und ein paar anderen Dingen. Jedenfalls«, fuhr er mit neu erstarktem Selbstbewusstsein fort und betrachtete sie finster, »als der alte Schuft ihre Ehe mit diesem Kerl in Paris arrangiert hat, habe ich den Entschluss gefasst, sie ... sie ...«

»... zu entführen. In Absprache mit ihr, aye? Mmpfm«, beendete Jamie den Satz, und das Geräusch drückte die Meinung aus, die er über das kriminelle Talent des Vicomte hegte. Er zog die Augenbraue hoch und warf einen scharfen Blick auf Pierres blaues Auge, verzichtete jedoch Gott sei Dank auf weitere Bemerkungen. Ian hatte nicht vergessen, dass sie Gefangene waren, Jamie womöglich schon.

»Dürfen wir mit Mademoiselle Hauberger sprechen?«, fragte Ian höflich. »Nur um sicherzugehen, dass sie aus freien Stücken hier ist, aye?«

»Das liegt doch klar auf der Hand. Ihr seid schließlich diejenigen, die ihr gefolgt sind.« Jamies Kehllaut hatte dem Vicomte gar nicht gefallen. »Also nein, das dürft ihr nicht. Sie hat zu tun.« Er hob die Hände und klatschte laut, und die Grobiane kamen wieder herein, gefolgt von etwa einem halben Dutzend Dienstboten als Verstärkung, angeführt von einem hochgewachsenen, streng aussehenden Butler, der mit einem stabilen Gehstock bewaffnet war.

»Geht mit Ecrivisse, meine Herren. Er wird sich um euer Quartier kümmern.«

WIE SICH HERAUSSTELLTE, war das »Quartier« der Weinkeller des *Château*, in dem es zwar herrlich duftete, aber eiskalt war. Und dunkel. Die Gastfreundschaft des Vicomte reichte nicht so weit, dass man ihnen eine Kerze mitgegeben hätte.

»Wenn er vorhätte, uns umzubringen, hätte er das schon längst getan«, sagte Ian logisch.

»Mmpfm.« Jamie saß auf der Treppe, das Plaid zum Schutz gegen die Kälte um die Schultern gezogen. Irgendwo im Freien erklang Musik: leise Geigenklänge und das Klopfen einer kleinen Handtrommel. Es begann, hielt inne, dann begann es erneut.

Ian wanderte unruhig hin und her; es war kein sehr großer Keller. Wenn er sie nicht umbringen wollte, was hatte der Vicomte dann mit ihnen vor?

»Er wartet auf irgendetwas«, sagte Jamie plötzlich als Antwort auf seinen Gedanken. »Vermutlich hat es mit dem Mädchen zu tun.«

»Aye, kann sein.« Ian setzte sich auf die Treppe und schubste Jamie dabei etwas zur Seite. »*A Dhia*, ist das kalt!«

»Mm«, sagte Jamie geistesabwesend. »Vielleicht wollen sie davonlaufen. Falls ja, hoffe ich, er lässt jemanden zurück, der uns hier rauslässt, und will uns nicht womöglich dem Hungertod ausliefern.«

»Wir würden nicht verhungern«, stellte Ian klar. »Wir könnten eine ganze Zeit von dem Wein leben. Irgendjemand würde schon kommen, ehe er zur Neige geht.« Er hielt einen Moment inne und versuchte, sich auszumalen, wie es wohl wäre, wochenlang betrunken zu sein.

»Gute Idee.« Jamie stand auf, etwas steif von der Kälte, und ging zu den Regalen, um darin herumzustöbern. Es gab nicht viel Licht außer dem bisschen, das durch den schmalen

Spalt unter der Kellertür hervorkam, doch Ian konnte hören, wie Jamie Flaschen herauszog und an den Korken schnupperte.

Kurz darauf kam er mit einer Flasche zurück, setzte sich wieder, zog den Korken mit den Zähnen heraus und spuckte ihn zur Seite. Er trank ein Schlückchen, dann noch eins, dann hob er die Flasche zu einem ordentlichen Zug und reichte sie Ian.

»Nicht schlecht«, lobte er.

Das stimmte. Erst einmal beschäftigten sie sich nun intensiv mit der Flasche und unterhielten sich kaum noch.

Schließlich jedoch stellte Jamie die leere Flasche auf den Boden, rülpste leise und sagte im Brustton der Überzeugung: »Sie ist es.«

»Sie? Rebekah meinst du? Natürlich.« Und kurz darauf nach angestrengtem Nachdenken: »Was ist sie?«

»Sie ist es«, wiederholte Jamie. »Weißt du noch, was der Jude gesagt hat – Ephraim bar-Sefer? Dass seine Bande wusste, wo sie zuschlagen musste, weil es einen Informanten gab? Sie ist es. Sie hat ihnen diesen Hinweis gegeben.«

Jamie klang so überzeugt, dass Ian im ersten Moment völlig verdattert war, doch dann konzentrierte er sich.

»Die Kleine? Zugegeben, uns hat sie überlistet – und sie hat mit Sicherheit gewusst, dass Pierre sie entführen wollte, aber...«

Jamie prustete.

»Aye, Pierre. Kommt dir dieser Wicht etwa wie ein Krimineller oder ein großer Ränkeschmied vor?«

»Nein, aber...«

»Sie denn?«

»Nun ja...«

»Genau.«

Jamie stand auf und wanderte erneut zu den Regalen hinüber. Diesmal kam er mit etwas zurück, das für Ian nach einem der sehr guten Rotweine dieser Gegend roch. Es war, als tränke er die Erdbeermarmelade seiner Mutter auf Toast mit einer kräftigen Tasse Tee, dachte er beifällig.

»Außerdem«, fuhr Jamie fort, als wäre er nie in seinen Gedankengängen unterbrochen worden, »weißt du noch, was die Zofe zu ihr gesagt hat, als mir fast der Schädel eingeschlagen wurde? ›Vielleicht ist er ja auch umgekommen. Wie würdet Ihr Euch dann fühlen?‹ Du hast es mir doch selbst erzählt. Nein, sie hat das alles geplant – dass Pierre und seine Männer die Kutsche anhalten und sich mit den Frauen und der Thora davonmachen und eigentlich wohl auch mit Monsieur Peretz. Aber ...«, fügte er hinzu und hob direkt vor Ians Nase den Finger, um nicht unterbrochen zu werden, »dann erzählt dir der Elsässer-Josef, dass der Trupp mit der Mitgift von Dieben angegriffen wurde – und zwar *denselben* Dieben wie zuvor oder zumindest einigen davon. Du weißt genau, dass das nicht Pierre gewesen sein kann. Sie muss diejenige sein, die die Leute mit diesen Informationen versorgt hat.«

Ian musste zugeben, dass das logisch klang. Pierre war zwar mit Feuereifer bei der Sache, aber man konnte ihn wirklich nicht als ernsthaften Räuber bezeichnen.

»Aber ein Mädchen ...«, sagte er hilflos. »Wie konnte sie denn ...«

Jamie grunzte.

»D'Eglise sagt, Dr. Hasdi genießt unter den Juden von Bordeaux großen Respekt. Und man kennt ihn offenbar sogar in Paris, denn wie hat er sonst die Heirat seiner Enkeltochter eingefädelt? Aber er spricht kein Französisch. Wollen wir wetten, dass sie seine Korrespondenz für ihn geführt hat?«

»Nein«, sagte Ian und trank noch einen Schluck. »Mmpfm.«

Ein paar Minuten später sagte er: »Dieser Teppich. Und die anderen Gegenstände, von denen Monsieur le Vicomte gesprochen hat – ihre *Mitgift*?«

Jamie stieß einen bejahenden Laut aus.

»Aye. Oder wohl eher ihr Anteil an der Beute. Man kann ja sehen, dass der gute Pierre nicht viel Geld hat, und er würde seinen gesamten Besitz verlieren, wenn er konvertiert. Sie hat ihnen wohl das Nest ausgepolstert – dafür gesorgt, dass sie genug zum Leben haben würden. Genug, um *gut* zu leben.«

»Nun denn«, sagte Ian nach kurzem Schweigen. »So ist es dann wohl.«

DER NACHMITTAG ZOG sich in die Länge. Nach der zweiten Flasche beschlossen sie, vorerst nichts mehr zu trinken, falls sich die Tür irgendwann doch öffnete und sie einen klaren Kopf brauchten. Abgesehen davon, dass sie hin und wieder aufstanden, um hinter die am weitesten entfernten Weinregale zu pinkeln, verharrten sie nebeneinander zusammengekauert auf der Treppe.

Jamie sang leise die schwache Geigenmelodie mit, als sich die Tür tatsächlich öffnete. Er hielt abrupt inne und sprang so ungeschickt auf, dass er beinahe hingefallen wäre, weil seine Knie steif gefroren waren.

»*Messieurs*«, sagte der Butler, der auf sie scharf hinunterblickte. »Wenn ihr bitte so freundlich wärt, mir zu folgen?«

Zu ihrer Überraschung führte sie der Butler geradewegs aus dem Haus, und sie schritten über einen kleinen Weg in die Richtung der fernen Musik. Die Luft im Freien war frisch und herrlich nach den Ausdünstungen des Kellers, und während sich Jamie die Lunge damit vollsog, fragte er sich, was zum Teufel…?

Dann machte der Weg eine Biegung, und sie sahen eine Gartenterrasse vor sich, beleuchtet von Fackeln, die im Boden steckten. Ein wenig zugewuchert, doch in der Mitte plätscherte ein Springbrunnen – und gleich daneben stand eine Art Baldachin, dessen Stoff hell in der Abenddämmerung schimmerte. Eine Gruppe von Menschen stand bei dem Baldachin und plauderte, und als der Butler jetzt stehen blieb und sie gebieterisch mit einer Geste zurückhielt, löste sich Vicomte Pierre aus der Gruppe und kam lächelnd auf sie zu.

»Bitte entschuldigt die Unannehmlichkeiten, meine Herren«, sagte er mit einem breiten Grinsen. Er sah zwar aus, als wäre er betrunken, doch Jamie glaubte nicht, dass er es war – es war kein Alkohol zu riechen. »Rebekah musste sich bereitmachen. Und wir wollten warten, bis es dunkel wird.«

»Wofür denn?«, fragte Ian argwöhnisch, und der Vicomte kicherte. Jamie wollte dem Mann gewiss nichts Böses, doch es war ein Kichern. Er sah Ian sowohl fragend als auch vielsagend an, und dieser erwiderte seinen Blick. Aye, es war ein Kichern.

»Für die Hochzeit«, sagte Pierre, und seine Stimme war zwar immer noch voller Lebensfreude, doch er sprach die Worte mit solch tiefer Ehrfurcht, dass es Jamie im Innersten berührte. Pierre drehte sich um und wies mit der Hand zum Himmel, der sich allmählich verdunkelte und an dem die Sterne zu blinken und glitzern begannen. »Das bringt Glück – auf dass unsere Nachkommen so zahlreich werden wie die Sterne.«

»Mmpfm«, machte Jamie höflich.

»Aber kommt doch bitte mit mir.« Pierre war bereits auf dem Rückweg zu der Gruppe der... nun, Jamie vermutete, dass es Hochzeitsgäste sein mussten... und winkte den Schotten, ihm zu folgen.

Marie, die Zofe, war da, zusammen mit einigen anderen Frauen; sie warf Jamie und Ian einen argwöhnischen Blick zu. Doch es waren die Männer, denen das Interesse des Vicomtes galt. Er sprach ein paar Worte mit seinen Gästen, und drei Männer kamen mit ihm zurück, allesamt formell, wenn auch ein wenig seltsam gekleidet, mit kleinen, perlenverzierten Yarmulken und enormen Bärten.

»Darf ich euch Monsieur Gershom Ackerman und Monsieur Levi Champfleur vorstellen? Unsere Trauzeugen. Und Reb Cohen, der die Zeremonie vollziehen wird.«

Die Männer tauschten Händedrücke und Höflichkeiten aus. Ian und Jamie wechselten einen Blick. Warum waren *sie* hier?

Der Vicomte bemerkte den Blick und deutete ihn richtig.

»Ich wünsche, dass ihr zu Doktor Hasdi zurückkehrt«, sagte er, und der Überschwang in seiner Stimme wich vorübergehend einem stählernen Ton, »und ihm sagt, dass alles – alles! – im Einvernehmen mit Sitte und Gesetz geschehen ist. Diese Ehe kann und wird nicht für ungültig erklärt werden. Durch niemanden.«

»Mmpfm«, sagte Ian schon weniger höflich.

Und so kam es, dass sie sich ein paar Minuten später inmitten der männlichen Hochzeitsgäste wiederfanden – die Frauen standen auf der anderen Seite des Baldachins – und zusahen, wie Rebekah unter leisem Klingeln den Weg entlangkam. Sie trug ein Kleid aus dunkelroter Seide; Jamie konnte sehen, wie sich der Fackelschein in den Falten spiegelte, während sie sich bewegte. Sie trug Goldarmbänder an beiden Handgelenken und hatte einen Schleier über Kopf und Gesicht gelegt, mit einem kleinen Kopfputz aus Goldketten, die ihr über die Stirn hingen und an denen kleine Medaillons und Glöckchen befestigt waren – daher kamen die Klingelgeräusche. Das erinnerte ihn an die Thorarolle, und *der* Gedanke jagte ihm keine guten Erinnerungen über den Rücken.

Pierre stand mit dem Rabbi unter dem Baldachin; als sie näher kam, trat er beiseite, und sie ging zu ihm. Sie berührte ihn jedoch nicht, sondern ging weiter, um ihn herum. Und noch einmal und noch einmal. Siebenmal umkreiste sie ihn, und Jamies Nackenhaare sträubten sich leicht; es hatte einen Hauch von Magie an sich... oder von Hexerei. Was sie tat, fesselte nicht nur ihren zukünftigen Mann.

Bei jeder Umrundung kam sie an Jamie vorbei; sie musste

ihn im Fackelschein zwar sehen, doch ihr Blick war starr geradeaus gerichtet; sie nahm von niemandem Notiz – nicht einmal von Pierre.

Doch dann war sie fertig, und sie stellte sich an seine Seite. Der Rabbi sprach ein paar Begrüßungsworte zu den Gästen, dann wandte er sich Braut und Bräutigam zu, goss ein Glas mit Wein voll und sprach einige Worte darüber, die anscheinend ein hebräischer Segen waren. Jamie konnte den Anfang ausmachen, »…gesegnet bist du, Adonai, unser Gott…«, doch dann verlor er den Faden.

Pierre griff in seine Tasche, als Reb Cohen aufhörte zu sprechen, zog einen kleinen Gegenstand hervor – eindeutig ein Ring –, ergriff Rebekahs Hand und steckte ihn ihr an den Zeigefinger der rechten Hand. Dabei lächelte er ihr mit einer Zärtlichkeit ins Gesicht, die Jamie trotz allem sehr ans Herz ging. Dann hob Pierre ihren Schleier, und in der Sekunde, ehe ihr Mann sie küsste, entdeckte er dieselbe Zärtlichkeit in Rebekahs Gesicht.

Die Gemeinde seufzte wie aus einem Munde.

Der Rabbi nahm ein Stück Pergament von einem kleinen Tisch. Es war das Papier, das Pierre Ketubba genannt hatte, wie Jamie sah – der Ehevertrag.

Der Rabbi las den Vertrag vor, erst in einer Sprache, die Jamie nicht erkannte, dann noch einmal auf Französisch. Er unterschied sich kaum von anderen Eheverträgen, die er kannte, beschrieb die Eigentumsverteilung und das, was der Braut zustand… obwohl Jamie missbilligend feststellte, dass er die Möglichkeit einer Scheidung in Betracht zog. Dann begann sein Blick ein wenig zu wandern; Rebekahs Gesicht leuchtete im Kerzenschein wie Perlmutt und Elfenbein, und ihr runder Busen war deutlich zu sehen, wenn sie atmete. Trotz allem, was er jetzt über sie zu wissen glaubte, empfand er eine Sekunde lang Neid auf Pierre.

Nachdem er den Vertrag vorgelesen und sorgfältig beiseitegelegt hatte, intonierte der Rabbi eine Reihe von Segenssprüchen; das erkannte Jamie, weil sich die Worte »... gesegnet bist du, Adonai...« immer und immer wiederholten, obwohl die Segnungen alles von den Anwesenden bis hin zu Jerusalem anzusprechen schienen, soweit er das verstehen konnte. Braut und Bräutigam tranken noch einen Schluck Wein.

Dann eine Pause, und Jamie erwartete ein offizielles Wort des Rabbis, das die Verbindung von Mann und Frau für gültig erklärte, doch es kam keines. Stattdessen nahm einer der Trauzeugen das Weinglas, wickelte es in eine Leinenserviette und legte es vor Pierre auf den Boden. Zum Erstaunen der Schotten trat dieser kräftig darauf – und die Menge brach in Applaus aus.

Ein paar Minuten war dann alles ganz wie bei einer Hochzeit auf dem Lande, und alle drängten sich um das glückliche Paar, um ihm zu gratulieren. Doch kurz darauf begab sich ebendieses Paar zum Haus, während die Gäste auf die Tische zuhielten, die am Ende des Gartens standen und mit Speisen und Getränken beladen waren.

»Komm mit«, murmelte Jamie und nahm Ian beim Arm. Während sie dem frisch vermählten Paar hinterherhasteten, verlangte Ian zu wissen, was zum Teufel er da eigentlich tat.

»ICH WILL MIT IHR sprechen – allein. Du hältst ihn auf, verwickelst ihn in ein Gespräch, so lange du kannst.«

»Ich – wie denn?«

»Woher soll ich das wissen? Dir fällt schon etwas ein.« Sie hatten das Haus erreicht, und als sie Pierre dicht auf den Fersen hineinfolgten, sah Jamie, dass der Mann zum Glück in der kleinen Halle angehalten hatte, um offensichtlich einem Bediensteten eine Anweisung zu geben. Rebekah verschwand gerade in dem rechts von der Halle abzweigenden Flur; er sah, wie sie die Hand an eine Tür legte.

»Alles Gute, Mann!«, sagte er und klopfte Pierre so herzhaft auf die Schulter, dass der Bräutigam stolperte. Ehe er sich erholen konnte, trat Ian vor – nachdem er seine Seele mit ergebener Miene in Gottes Hand gelegt hatte – und packte ihn bei der Hand, die er heftig schüttelte, während er Jamie mit einem durchdringenden Blick zur Eile mahnte.

Grinsend rannte Jamie durch den Flur zu der Tür, hinter der er Rebekah hatte verschwinden sehen. Doch das Grinsen verschwand, als er den Türknauf berührte, und das Gesicht, das er ihr zeigte, als er eintrat, war so grimmig, wie er es nur zuwege brachte.

Bei seinem Anblick bekam sie vor Schreck und Bestürzung große Augen.

»Was macht *Ihr* denn hier? Hier hat eigentlich niemand Zutritt außer mir und meinem Mann!«

»Er ist unterwegs«, versicherte Jamie ihr. »Die Frage ist – wird er hier ankommen?«

Ihre kleine Faust ballte sich auf eine Weise, die komisch gewesen wäre, wenn er nicht so viel über sie gewusst hätte.

»Ist das eine Drohung?«, sagte sie in einem Ton, der so ungläubig wie bedrohlich war. »Hier? Ihr wagt es, mir *hier* zu drohen?«

»Aye, das tue ich. Ich will diese Rolle.«

»Ihr bekommt sie aber nicht«, gab sie kategorisch zurück. Er sah, wie ihr Blick zum Tisch hinüberhuschte, vermutlich auf der Suche nach einer Glocke, um Hilfe zu rufen, oder einem Gegenstand, den sie ihm über den Schädel schlagen konnte, doch auf dem Tisch stand nur eine Platte mit Gebäck und exotischen Süßigkeiten. *Und* eine Flasche Wein, und er sah, wie ihr Blick berechnend daran haften blieb, doch er streckte seinen langen Arm danach aus und bekam die Flasche vor ihr zu fassen.

»Ich will sie ja nicht für mich haben«, sagte er. »Ich will sie Eurem Großvater zurückbringen.«

»Ihm?« Ihre Miene verhärtete sich. »Nein. Sie ist ihm doch mehr wert, als *ich* es bin«, fügte sie bitter hinzu. »Was auch seine Vorteile hat, denn das bedeutet immerhin, dass ich sie zu meinem Schutz benutzen kann. Solange ich sie habe, wird er nicht versuchen, Pierre etwas anzutun oder mich zurückzuschleifen, aus Angst, dass ich sie zerstören könnte. Ich behalte sie.«

»Ich glaube, dass er sich ohne Euch um einiges besser fühlt, und das wisst Ihr zweifellos auch«, teilte Jamie ihr mit und musste sich zusammenreißen, so verletzt sah sie auf einmal aus. Vermutlich hatten ja sogar Spinnen Gefühle, doch darum ging es jetzt nicht.

»Wo ist Pierre?«, wollte sie wissen und erhob sich. »Wenn Ihr ihm auch nur ein Haar gekrümmt habt, werde ich…«

»Ich würde den armen Trottel niemals anrühren und Ian genauso wenig – also Juan, meine ich. Als ich gesagt habe, die Frage ist, ob er zu Euch kommt oder nicht, habe ich gemeint, ob er es sich vielleicht anders überlegt.«

»Was?« Er hatte das Gefühl, dass sie ein wenig erbleichte, doch das war schwer zu sagen.

»Ihr gebt mir die Rolle, damit ich sie Eurem Großvater zurückbringe – ein kleiner Entschuldigungsbrief dazu wäre nicht schlecht, aber ich werde nicht darauf bestehen –, sonst nehmen Ian und ich uns Pierre beiseite und wechseln ein paar offene Worte über seine neue Frau mit ihm.«

»Erzählt ihm doch, was Ihr wollt!«, fuhr sie ihn an. »Er würde Eure Märchen doch nicht glauben!«

»Oh, aye? Und wenn ich ihm erzähle, was genau mit Ephraim bar-Sefer geschehen ist? Und warum?«

»Mit wem?«, sagte sie, doch jetzt war sie tatsächlich bleich um die Lippen geworden und streckte die Hand aus, um sich am Tisch abzustützen.

»Wisst Ihr denn überhaupt, was mit ihm geschehen ist? Nein? Nun, dann werde ich es Euch erzählen.« Und das tat er mit derart wortkarger Brutalität, dass sie sich plötzlich hinsetzte und rings um die goldenen Medaillons, die auf ihrer Stirn hingen, kleine Schweißperlen erschienen.

»Pierre weiß zumindest schon ein bisschen über Eure

kleine Bande, denke ich – vielleicht aber nicht, was für ein rücksichtsloses, gieriges kleines Stück Ihr tatsächlich seid.«
»Ich war es doch nicht! Ich habe ihn nicht umgebracht!«
»Ohne Euch wäre er aber nicht tot, und ich vermute, dass Pierre das begreifen würde. Ich kann ihm sagen, wo die Leiche ist«, fügte er hinzu, vorsichtiger jetzt. »Ich habe den Mann selbst begraben.«
Ihre Lippen waren so fest aufeinandergepresst, dass nur eine gerade weiße Linie zu sehen war.
»Ihr habt nicht mehr lange Zeit zum Überlegen«, sagte er leise, doch ohne den Blick von ihren Augen zu lösen. »Ian kann ihn bestimmt nicht mehr länger aufhalten, und wenn er kommt... erzähle ich ihm alles – vor Euren Augen und Ohren –, und dann tut, was Ihr könnt, um ihn zu überzeugen, dass ich ein Lügner bin.«
Sie stand so abrupt auf, dass ihre Ketten und Armbänder klirrten, und stampfte auf die Tür zu, die zu einem nebenan liegenden Zimmer führte. Sie stieß sie auf, und Marie fuhr erschrocken zurück.
Rebekah sagte etwas auf Ladino zu ihr, scharf, und die Zofe schnappte nach Luft und huschte davon.
»Also *schön*«, brachte Rebekah hinter zusammengebissenen Zähnen heraus und wandte sich wieder zu ihm um. »Nimm sie mit und fahr zu Hölle, du *Hund*.«
»Das werde ich tun, du verflixtes kleines Biest«, erwiderte er mit großer Höflichkeit. Ihre Hand schloss sich um eine gefüllte Brotrolle, doch statt damit nach ihm zu werfen, zerdrückte sie sie nur mit mühsam gezügeltem Zorn zu matschiger Paste und Krümeln und klatschte die Überreste mit einem frustrierten Ausruf der Wut wieder auf das Tablett.
Das liebliche Klingeln der Thorarolle kündete von Maries hastiger Rückkehr, den kostbaren Gegenstand fest in die Arme geschlossen. Sie richtete den Blick auf ihre Herrin, und auf Rebekahs knappes Nicken hin übergab sie ihn mit aller-

größtem Widerstreben in die Arme dieses unreinen Christenhundes.

Jamie verneigte sich, erst vor der Zofe, dann vor der Herrin und hielt rückwärts auf die Tür zu.

»Shalom«, sagte er und schloss die Tür in der Sekunde, bevor das Silbertablett empört scheppernd von der anderen Seite aus dagegentraf.

»HAT ES SEHR WEHGETAN?«, fragte Ian Pierre neugierig, als Jamie wieder zu ihnen stieß.

»Mein Gott, Ihr habt ja keine Ahnung«, erwiderte Pierre mit Inbrunst. »Aber die Sache war es wert.« Er lächelte Ian und Jamie gleichermaßen strahlend an und verneigte sich vor ihnen, ohne die geringste Notiz von dem in Segeltuch geschlagenen Bündel in Jamies Armen zu nehmen. »Ihr müsst mich entschuldigen, meine Herren, meine Braut erwartet mich!«

»Hat *was* sehr wehgetan?«, erkundigte sich Jamie, während er hastig durch eine schmale Seitentür Richtung Garten vorausging. Ihm lag absolut nichts daran, Aufmerksamkeit zu erregen.

»Er ist doch als Christ geboren, ist aber konvertiert, um die kleine Hexe zu heiraten«, sagte Ian. »Also musste er beschnitten werden.« Er bekreuzigte sich bei dem Gedanken daran, und Jamie lachte.

»Wie nennt man noch gleich dieses Stöckcheninsekt, wo das Weibchen dem Männchen den Kopf abbeißt, sobald es zur Sache kommt?«, fragte er und schubste mit dem Hintern die letzte Tür auf, die ins Freie führte.

Ian runzelte kurz die Stirn.

»Gottesanbeterin, glaube ich. Warum?«

»Ich glaube, unser kleiner Freund Pierre hat vielleicht eine interessantere Hochzeitsnacht vor sich, als er erwartet. Gehen wir.«

BORDEAUX

ES WAR ZWAR NICHT DAS Schlimmste, was er je hatte tun müssen, doch seine Vorfreude hielt sich in engen Grenzen. Jamie blieb vor dem Tor zu Dr. Hasdis Haus stehen, die eingewickelte Thorarolle in den Armen. Ian sah ein wenig mitgenommen aus, und Jamie glaubte, den Grund zu kennen. Dem Arzt erzählen zu müssen, was aus seiner Enkeltochter geworden war, war eine Sache; es ihm ins Gesicht zu sagen, während man noch frisch im Gedächtnis... oder in der Hand... hatte, wie sich die Brustwarzen besagter Enkeltochter anfühlten... natürlich eine ganz andere.

»Du brauchst wirklich nicht mitzukommen, Mann«, sagte er zu Ian. »Ich kann das allein.«

Ians Mund zuckte zwar, doch er schüttelte den Kopf und trat an Jamies Seite.

»Zu deiner Rechten, Mann«, sagte er schlicht. Jamie lächelte. Als er fünf Jahre alt war, hatte Ians Vater, der Alte John, seinen Vater, Brian, überredet, Jamie sein Schwert mit links führen zu lassen, wie es seine Angewohnheit war. »Und du, Junge«, hatte er sehr ernst zu Ian gesagt, »deine Aufgabe ist es, deinem Herrn zur Rechten zu stehen und seine schwache Seite zu schützen.«

»Aye«, sagte Jamie. »Also gut.« Und läutete die Glocke.

DANACH WANDERTEN sie langsam durch die Straßen von Bordeaux, ohne besonderes Ziel, ohne viel zu sagen.

Dr. Hasdi hatte sie höflich empfangen, auch wenn sich Entsetzen und Nervosität in seiner Miene mischten, als er die Rolle sah. Dies war der Erleichterung gewichen, als er hörte – der Bedienstete sprach genug Französisch, um für sie zu dolmetschen –, dass seine Enkeltochter in Sicherheit war, dann Schreck über die geschehenen Ereignisse und schließlich eine gefasste Miene, die Jamie nicht interpretieren konnte. War es Wut, Traurigkeit, Resignation?

Als Jamie zu Ende erzählt hatte, saßen sie beklommen da, unsicher, was sie als Nächstes tun sollten. Dr. Hasdi saß mit gesenktem Kopf an seinem Schreibtisch, und seine Hände ruhten sanft auf der Rolle. Schließlich hob er den Kopf und nickte ihnen beiden zu, erst dem einen, dann dem anderen. Sein Gesicht war jetzt ruhig und verriet nichts.
»Danke«, sagte er auf Französisch mit deutlichem Akzent. »Shalom.«

»HAST DU HUNGER?« Ian wies auf eine kleine *Boulangerie*, deren Regale gefüllte Brötchen und große, duftende runde Laibe trugen. Er selbst war kurz vor dem Verhungern, obwohl sein Magen noch vor einer halben Stunde wie verknotet gewesen war.

»Aye, vielleicht.« Doch Jamie blieb nicht stehen, und Ian zuckte mit den Schultern und folgte ihm.

»Was meinst du, was der Hauptmann tun wird, wenn wir es ihm erzählen?« Doch Ian machte sich keine allzu großen Gedanken. Es gab immer Arbeit für einen kräftigen Mann, der wusste, wie man mit einem Schwert umgeht. Und er besaß seine eigenen Waffen. Jamie würden sie allerdings ein Schwert kaufen müssen. Alles, was er trug, von den Pistolen bis zu seiner Axt, gehörte D'Eglise.

Er war so damit beschäftigt, sich auszurechnen, was noch von ihrem Sold übrig war und was ein anständiges Schwert kostete, dass ihm gar nicht auffiel, dass Jamie ihm nicht antwortete. Allerdings bemerkte er, dass sein Freund jetzt schneller ging, und als er sich beeilte, um ihn einzuholen, sah er, wohin sie unterwegs waren. Zu dem Gasthaus, wo das hübsche braunhaarige Serviermädchen Jamie für einen Juden gehalten hatte.

Oh, so ist das also, wie?, dachte er und grinste verstohlen. Aye, nun ja, eine Methode gab es immerhin, wie der Junge ihr unzweifelhaft beweisen konnte, dass er kein Jude war.

Im Schankraum rumorte es, als sie eintraten, und zwar

bedrohlich; Ian spürte es sofort. Es waren Soldaten hier, Armeesoldaten und andere Berufskrieger, dazu Söldner wie sie selbst, und es herrschte eindeutig keine große Sympathie zwischen den beiden Gruppen. Man hätte die Luft mit einem Messer schneiden können, und dem halb getrockneten Blutfleck auf dem Boden nach zu urteilen, hatte genau das schon jemand an irgendeinem der Männer versucht.

Auch Frauen waren da, doch nicht so viele wie beim letzten Mal, und die Bedienungen hielten die Blicke auf ihre Tabletts gerichtet. Heute Abend wurde nicht geschäkert.

Jamie nahm keine Notiz von der Atmosphäre; Ian konnte sehen, wie er sich nach ihr umsah, doch die kleine Braunhaarige war nicht hier. Sie hätten ja gerne nach ihr gefragt – wenn sie ihren Namen gekannt hätten.

»Oben vielleicht?«, rief Ian halb zu Jamie hinübergebeugt in sein Ohr. Jamie nickte und begann, sich durch die Menge zu schieben. Ian folgte in seinem Kielwasser und hoffte, dass sie das Mädchen schnell finden würden, damit er endlich essen konnte, während Jamie anderweitig zugange war.

AUF DER TREPPE drängten sich Männer – die alle auf dem Weg nach unten waren. Irgendetwas stimmte dort oben nicht, und Jamie schubste irgendjemanden rabiat gegen die Wand, um sich vorbeizudrängen. Eine namenlose Erregung lief ihm über den Rücken, und er war schon halb zum Kampf bereit, ehe er sich am Kopf der Treppe zwischen einer kleinen Gruppe von Zuschauern hindurchschob – und sie sah, Mathieu und das braunhaarige Mädchen.

Hier oben war ein großer, offener Raum mit ein paar Tischen und Stühlen eingerichtet, von dem aus ein mit kleinen Verschlägen gesäumter Flur weiterführte; Mathieu hatte das Mädchen am Arm gepackt und schob sie trotz ihrer angstvollen Protestrufe mit einer Hand auf ihrem Hintern auf den Flur zu.

»Lass sie los!«, sagte Jamie. Er rief die Worte nicht, sondern erhob nur die Stimme so, dass man ihn überall hätte hören können. Mathieu allerdings nahm keinerlei Notiz von ihm, doch alle anderen Gesichter wandten sich verblüfft zu Jamie um.

Hinter sich hörte er Ian »Joseph, Maria und Bride, beschützt uns« murmeln, achtete aber nicht darauf. Er war mit drei Schritten bei Mathieu und trat ihn mit aller Wucht in den Hintern.

Danach duckte er sich reflexartig, doch Mathieu drehte sich nur um und sah ihn aufgebracht an, ohne die Anfeuerungsrufe und Spötteleien der Zuschauer zu beachten.

»Später, Kleiner«, knurrte er. »Jetzt bin ich beschäftigt.«

Er zog die junge Frau in seine kräftigen Arme, küsste sie nachlässig und schrappte ihr seine harten Bartstoppeln brutal durch das Gesicht, so dass sie kreischte und versuchte, ihn von sich zu stoßen.

Jamie zog die Pistole aus seinem Gürtel.

»Ich sagte, lass sie los!« Der Lärm verstummte plötzlich, doch er bemerkte es kaum, so rauschte ihm das Blut in den Ohren.

Mathieu wandte ungläubig den Kopf. Dann schnaubte er verächtlich, grinste unangenehm und stieß das Mädchen so gegen die Wand, dass ihr Kopf dagegenprallte, und hielt sie mit seiner Körpermasse dort gefangen.

Die Pistole war geladen.

»*Salop!*«, brüllte Jamie. »Rühr sie nicht an! Lass sie los!« Er biss die Zähne zusammen und zielte mit beiden Händen, denn seine Hände zitterten vor Wut und Angst.

Mathieu würdigte ihn nicht mal eines Blicks. Der kräftige Kerl wandte sich ab, eine Hand beiläufig auf ihrer Brust. Sie heulte auf, als er ihr den Arm verdrehte, und Jamie feuerte warnend in die Luft. Mathieu fuhr herum, die Pistole, die in seinem Gürtel versteckt gewesen war, jetzt ebenfalls in der Hand, und die Luft explodierte in Lärm und weißem Qualm.

Die Leute stießen alarmierte und panische Ausrufe aus – und eine dritte Pistole ging los, irgendwo hinter Jamie. *Ian?*, dachte er dumpf. Doch nein, Ian preschte gerade auf Mathieu zu und hatte dessen Arm im Visier, der sich hob, um auf Jamie zu zielen, wobei der Lauf seiner zweiten Pistole Kreise beschrieb. Sie ging los, und die Kugel traf eine der Laternen auf den Tischen, die mit einem *Wuff* und einer rasch wachsenden Flamme explodierte.

Jamie hatte seine Pistole umgedreht und hämmerte mit dem Kolben auf Mathieus Schädel ein, ehe ihm überhaupt bewusst wurde, was er tat. Mathieus wilde Eberaugen waren fast unsichtbar, kleine Schlitze aus mörderischer Kampflust, und der plötzliche Vorhang aus Blut, der über sein Gesicht fiel, betonte noch sein grässliches Grinsen, bei dem ihm das Blut zwischen den Zähnen entlanglief. Er schüttelte Ian so heftig ab, dass dieser gegen die Wand donnerte, dann schlang er den Arm beinahe beiläufig um Jamies Körper und rammte ihm abrupt den Schädel ins Gesicht.

Jamie hatte reflexartig den Kopf abgewandt und war so einer gebrochenen Nase entgangen, doch der Zusammenprall hämmerte ihm die Wange zwischen die Zähne, und sein Mund füllte sich mit Blut. Ihm war schwindelig von der Wucht des Hiebs, doch es gelang ihm, Mathieu die Hand unter das Kinn zu schieben, und er rammte sie jetzt mit aller Kraft aufwärts, um dem Mann den Hals zu brechen. Doch seine Hand rutschte an der verschwitzten Haut ab, und Mathieu ließ ihn los und versuchte, Jamie in die Eier zu treten. Ein Knie wie eine Kanonenkugel betäubte ihm den Oberschenkel, während er versuchte, sich frei zu winden. Dabei stolperte er, packte aber Mathieus Arm im selben Moment, als Ian von der Seite angeschossen kam und den anderen ergriff. Doch ohne eine Sekunde zu zögern, verdrehte Mathieu seine gewaltigen Unterarme, packte die beiden Schotten am Genick und ließ ihre Köpfe gegeneinanderkrachen.

Jamie konnte nichts sehen, und er konnte sich kaum bewegen, doch er bewegte sich trotzdem und tastete sich blindlings vor. Er war auf dem Boden, konnte Dielen spüren, Feuchtigkeit ... seine suchende Hand traf auf Haut, und er fuhr nach vorn und biss Mathieu in die Wade, so fest er konnte. Frisches Blut füllte seinen Mund, heißer noch als das seine, und er würgte zwar, doch seine Zähne blieben in die behaarte Haut gekrallt, und er klammerte sich hartnäckig fest, während das Bein, an dem er hing, in Rage um sich trat. Seine Ohren summten; ihm war vage bewusst, dass Schreie und Rufe erschollen, aber das war nicht wichtig.

Etwas war über ihn gekommen, und nichts war mehr wichtig. Ein kleiner Überrest seines Bewusstseins registrierte Überraschung, und dann war auch das verschwunden. Kein Schmerz, kein Gedanke. Er war ein rotes Wesen, und er sah zwar Gegenstände, Gesichter, Blut, Teile des Zimmers, doch sie waren nicht wichtig. Das Blut nahm ihn mit sich, und als er wieder ein wenig zu sich kam, kniete er rittlings auf dem Mann, die Hände um seinen Hals gekrallt, und in seinen Händen dröhnte ein donnernder Puls, der seine oder der des Opfers, nicht zu sagen.

Er. Er. Er hatte den Namen des Mannes vergessen. Seine Augen quollen hervor, der verletzte Mund geiferte und klaffte, und dann ertönte ein leises, wunderbares *Krack*, als unter Jamies Daumen etwas brach. Er drückte zu, so fest er konnte, drückte und drückte und spürte, wie der massige Körper unter ihm seltsam schlaff wurde.

Er drückte weiter, konnte nicht aufhören, bis ihn eine Hand am Arm packte und ihn heftig schüttelte.

»Hör auf«, krächzte ihm eine Stimme heiß in das Ohr. »Jamie. Hör auf.«

Er blinzelte in das bleiche, hagere Gesicht auf, konnte ihm keinen Namen zuordnen. Holte dann Luft – zum ersten Mal seit einer ganzen Weile, soweit er sich erinnerte –, und damit kam kräftiger Gestank, Blut und Scheiße und stinkender

Schweiß, und plötzlich wurde ihm bewusst, wie grauenhaft schwammig sich der Körper anfühlte, auf dem er saß. Er krabbelte ungeschickt hinunter und streckte alle viere von sich, während seine Muskeln krampfhaft zitterten.

Dann sah er sie. Sie lag zusammengesunken an der Wand, ihr braunes Haar über die Dielen gebreitet. Er rappelte sich auf die Knie hoch und kroch auf sie zu.

Er stieß ein leises Wimmern aus, versuchte zu reden, fand keine Worte. Schaffte es bis zur Wand und nahm sie in die Arme, erschlafft, und ihr Kopf rollte ihm an die Schulter, ihr Haar weich in seinem Gesicht, und sie roch nach Rauch und nach ihrem eigenen, lieblichen Körper.

»*A nighean*«, brachte er heraus. »Himmel, *a nighean*. Bist du …«

»Großer Gott«, sagte eine Stimme an seiner Seite, und er spürte den Boden vibrieren, als Ian – Gott sei Dank, da war der Name wieder, natürlich war es Ian – neben ihm zusammensank. Sein Freund hatte seinen blutfleckigen Dolch noch in der Hand. »Großer Gott, Jamie.«

Er blickte auf, verwundert, verzweifelt, und dann senkte er den Blick, als ihm der Körper des Mädchens entglitt und ihm mit unmöglicher anmutiger Biegsamkeit über die Knie fiel, das kleine dunkle Loch in ihrer Brust kaum merklich mit Blut befleckt. Es war wirklich kaum zu sehen.

ER HATTE JAMIE dazu gebracht, ihn zur Kathedrale St. André zu begleiten, und darauf bestanden, dass Jamie zur Beichte ging. Beide hatten nach dieser brutalen Auseinandersetzung keine nennenswerten Verletzungen davongetragen, was alleine schon an ein Wunder grenzte. Sie sahen zwar reichlich ramponiert aus, aber das fiel im Gedränge der Leute kaum auf. Jamie jedoch hatte sich geweigert – keine große Überraschung.

»Nein. Das kann ich nicht.«

»Wir gehen zusammen.« Ian hatte ihn fest beim Arm genommen und ihn buchstäblich über die Schwelle gezerrt. Wenn sie erst einmal drinnen waren, so baute er darauf, dass die Atmosphäre der Kirche Jamie gefangen nehmen würde.

Sein Freund blieb stocksteif stehen, und das Weiße seiner Augen war zu sehen, als er sich argwöhnisch umsah. Das steinerne Deckengewölbe verschwand weit über ihnen in der Dunkelheit, doch die Sonne hinter den bleiverglasten Fenstern warf bunt schimmernde Lichtflecke auf die abgenutzten Steinplatten des Mittelgangs.

»Ich sollte hier nicht sein«, murmelte Jamie.

»Wo denn sonst, du Idiot? Komm schon«, murmelte Ian zurück und zog Jamie durch den Seitengang zur Kapelle Saint Estèphe. Die meisten der Seitenkapellen waren reich ausgestattet, Monumente der Bedeutung reicher Familien. Diese war ein kleiner, schmuckloser Steinalkoven, der wenig mehr enthielt als einen Altar, einen ausgebleichten Wandteppich mit einem gesichtslosen Heiligen und einen kleinen Ständer, auf den man Kerzen stellen konnte.

»Bleib hier.« Ian stellte Jamie mitten vor den Altar und verließ die Kapelle, um bei der alten Frau am Hauptportal eine Kerze zu kaufen. Was den Versuch betraf, Jamie zur Beichte zu überreden, so hatte er es sich anders überlegt; er wusste genau, wann man einen Fraser zu etwas bringen konnte und wann nicht.

Er sorgte sich ein wenig, dass Jamie verschwinden könnte, und hastete zu der Kapelle zurück, doch Jamie war noch da. Mitten in dem kleinen Raum stand er mit gesenktem Kopf da und starrte zu Boden.

»Hier, bitte«, sagte Ian und zog ihn zum Altar. Er stellte die Kerze – sie war teuer, groß und aus Bienenwachs – auf den Ständer, zog den Papierdocht, den die Alte ihm gegeben hatte, aus dem Ärmel und reichte ihn Jamie. »Zünde sie an. Wir sprechen ein Gebet für deinen Pa. Und … und für sie.«

Er konnte Tränen auf Jamies Wimpern beben sehen, glitzernd im roten Leuchten des ewigen Lichts, das über dem Altar hing, doch Jamie kniff die Augen zu und biss die Zähne zusammen.

»Also schön«, sagte er leise, doch er zögerte. Ian seufzte, nahm ihm den Docht aus der Hand, stellte sich auf die Zehenspitzen und entzündete ihn am ewigen Licht.

»Mach schon«, flüsterte er und reichte ihn Jamie, »sonst bekommst du eins in die Nieren, hier und jetzt.«

Jamie stieß einen Laut aus, der der Hauch eines Lachens hätte sein können, und senkte den Docht an die Kerze. Feuer stieg auf, eine reine, hohe Flamme mit einem blauen Herzen, die dann zur Ruhe kam, als Jamie den Anzünder fortzog und schüttelnd in einem Rauchwölkchen löschte.

Eine Weile standen sie da, die Hände lose gefaltet, und sahen der brennenden Kerze zu. Ian betete murmelnd für seine Eltern, seine Schwester und ihre Kinder... etwas zögernd (gehörte es sich, für einen Juden zu beten?) für Rebekah bat-Leah, und nachdem er sich mit einem Seitenblick vergewissert hatte, dass ihm Jamie keine Notiz schenkte, für Jenny Fraser. Dann für Brian Frasers Seele... und dann, die Augen fest geschlossen, für den Freund an seiner Seite.

Die Geräusche der Kirche verstummten, die flüsternden Steine und die Echos aus Holz, das Schlurfen der Füße und das gurrende Plappern der Tauben auf dem Dach. Ian hatte sein leises Murmeln eingestellt und betete stattdessen still weiter. Und dann hörte auch das auf, und es gab nur noch Frieden und das leise Schlagen seines Herzens.

Einige Zeit später hörte er Jamie seufzen, tief aus seinem Inneren heraus, und Ian öffnete die Augen. Ohne ein Wort verließen sie die Seitenkapelle, in der die tröstliche, wachende Kerze weiter für sie brannte.

»Hattest du nicht vorgehabt, zur Beichte zu gehen?«, fragte Jamie und blieb kurz vor dem Ausgang am Hauptportal stehen. Im Beichtstuhl saß ein Priester; zwei oder drei Menschen standen in diskretem Abstand vor dem mit Schnitzereien verzierten Holzgestühl und warteten.

»Das hat Zeit«, sagte Ian und zuckte mit den Schultern. »Wenn du zur Hölle fährst, kann ich dich genauso gut begleiten. Der Himmel weiß, dass du dort allein niemals zurechtkommst.«

Jamie lächelte – eine Spur eines Lächelns, doch immerhin – und drückte die Tür in die Sonne auf.

Eine Weile schlenderten sie ziellos umher, ohne zu reden, und fanden sich schließlich am Flussufer wieder, wo sie zusahen, wie das dunkle Wasser der Garonne vorüberfloss und Trümmer eines kürzlichen Sturms mit sich trug.

»Es bedeutet ›Friede‹«, sagte Jamie schließlich. »Was er zu mir gesagt hat. Der Arzt. ›Shalom.‹« Das wusste Ian auch.

»Aye«, sagte er. »Aber Friede ist jetzt nicht unsere Aufgabe, oder? Wir sind Soldaten.« Er wies mit dem Kinn auf den nahen Pier, wo ein Postschiff vor Anker lag. »Ich höre, der König von Preußen braucht noch ein paar gute Männer.«

»Das tut er«, sagte Jamie und richtete sich auf. »Gehen wir also.«

ANMERKUNG DER AUTORIN

Ich möchte mich gern bei mehreren Personen für ihre Hilfe bei der Recherche jüdischer Geschichte, Gesetzgebung und Sitte für diese Story bedanken: Elle Druskin (Autorenkollegin), Sarah Meyer (lizenzierte Hebamme), Carol Krenz, Celia K. und ihrer Mutter (Rabbinerin) und vor allem Darlene Marshall (Autorin von *Samt und Säbel*). Außerdem gilt mein Dank Rabbi Joseph Telushkins hilfreichem Buch *Jewish Literacy*. Eventuelle Irrtümer habe ich selbst verursacht.

SHERRILYN KENYON

Achte auf das, was du suchst – denn du könntest es finden.

Die *New-York-Times*-Bestsellerautorin Sherrilyn Kenyon ist einer der Superstars auf dem Gebiet der paranormalen Romanze. Am bekanntesten ist sie vermutlich durch die zwanzig Bände umfassende Dark-Hunter-Reihe, einschließlich solcher Titel wie *Im Herzen der Nacht*, *Prinz der Nacht*, *Geliebte der Finsternis* und *Bad Moon Rising*, und sie verfasst Mangas und Kurzgeschichten ebenso wie Romane, aber sie schreibt auch die League-Reihe, einschließlich *Born of Night*, *Born of Fire*, *Born of Ice* und *Born of Shadows*, sowie die Chroniken der Nick-Serie, die *Infinity* und *Invincible* umfasst. Sie hat auch die vier Bände umfassende B.A.D. (Bureau of American Defense)-Reihe herausgebracht, von der drei zusammen mit Dianna Love geschrieben wurden, einschließlich *Silent Truth*, *Whispered Lies*, *Phantom in the Night* sowie die Sammlung *Born to be BAD*, und die dreibändige Belador-Code-Reihe, erneut gemeinsam mit Dianna Love. Ihre neuesten Romane sind *Born of Silence*, ein League-Roman, und *Infamous*, Teil der Chroniken der Nick-Serie. Es gibt ein Kompendium zur Dark-Hunter-Reihe, *The Dark-Hunter Companion*, verfasst von Kenyon und Alethea Kontis, und Kenyon hat außerdem Sachbücher wie *The Writer's Guide to Everyday Life in the Middle Ages* und *The Writer's Digest Character Naming Sourcebook* geschrieben. Sie lebt in Spring Hill, Tennessee, und unterhält eine Webseite unter www.sherrilynkenyon.com.

DIE HÖLLE KENNT KEINEN ZORN

Nach einer wahren Legende

Übersetzt von Karin König

»Ich denke, wir sollten nicht hier sein.«
»Ach komm schon, Cait, beruhige dich. Alles ist gut. Wir lassen die Ausrüstung aufstellen und...«
»Ich habe das Gefühl, dass mich jemand beobachtet.« Cait Irwin wandte sich langsam um und ließ den Blick wachsam durch den Wald schweifen, der jetzt, da die Sonne unterging, noch unheimlicher erschien. Die Bäume breiteten sich in alle Richtungen aus, so dicht und zahlreich, dass sie nicht einmal sehen konnte, wo sie ihr Auto geparkt hatten, ganz zu schweigen vom Highway, der so weit entfernt lag, dass nichts davon zu hören war.

Wir könnten hier sterben, und niemand würde es erfahren...

Anne, seit der Kindheit ihre beste Freundin, schob keck eine Hüfte vor, während sie ihre Wärmebildkamera senkte, um Cait schmunzelnd anzusehen. »Ich hoffe, dass dich *tatsächlich* jemand beobachtet... In welche Richtung soll ich fotografieren?«

Cait schüttelte angesichts des Vergnügens ihrer Freundin den Kopf. Anne liebte nichts mehr als eine Geistersichtung. »Anne, ich mache keinen Spaß. Da ist etwas.« Sie warf ihr einen finsteren Blick zu. »Du hast mich mitgenommen, weil ich übernatürliche Kräfte habe, richtig?«

»Ja.«

»Dann vertrau mir. Das hier« – Cait rieb sich die Kälte aus den Armen – »fühlt sich nicht richtig an.«

»Was ist los?« Brandon stellte seine große Kamerakiste neben Caits Füßen ab, als er sich wieder zu ihnen gesellte. Er und Jamie waren losgezogen, um ihre digitalen Videokameras für die Nacht aufzustellen.

Während sie und Anne von zierlicher Gestalt waren, waren Brandon und Jamie ziemlich kompakt, Brandon eher vom Bier und vom Zappen durch die Fernsehprogramme, Jamie von den Stunden, die er im Fitnessstudio verbrachte. Dennoch sah Brandon mit seinem blonden Haar und den blauen Augen auf Pfadfinderart recht gut aus. Aber Jamie hatte diese düstere, grüblerische, sexy finstere Art, die die meisten Frauen dahinschmelzen und kichern ließ, wann immer er in ihre Richtung blickte.

Anne deutete mit dem Kinn auf sie. »Unser Wunderkind hat bereits etwas gespürt.«

Brandons Augen weiteten sich. »Tatsächlich? Da bin ich aber gespannt.«

Cait erschauderte, als eine weitere Woge der Angst sie erfasste. Diese war sogar noch stärker als die vorherige. »Wessen brillante Idee war das hier überhaupt?«

Anne deutete auf Brandon, der stolz strahlte.

Er zwinkerte ihr zu. »Komm schon, Cait. Es ist eine Geisterstadt. Wir bekommen nicht jeden Tag die Gelegenheit, eine zu erforschen. Du wirst doch jetzt nicht wie ein kleines Mädchen in einem Horrorfilm ausflippen.«

»Buh!«

Cait schrie auf, als Jamie sie von hinten packte.

Er trat lachend um sie herum, nahm dann seinen Alienware-Rucksack ab und stellte ihn neben die Kamerakiste.

Sie sah den wandernden Berg finster an. »Verdammt, Jamie! Du bist nicht witzig!«

»Nein, aber *du*. Ich wusste nicht, dass du so hoch springen kannst. Ich bin beeindruckt.«

Sie stieß einen Zischlaut aus wie eine Wildkatze und ließ die Fingernägel in seine Richtung schnellen. »Würde ich nicht glauben, dass es auf mich zurückfiele, würde ich dich verhexen.«

Er warf ihr dieses schalkhafte Lächeln zu, das von so tiefen Grübchen begleitet wurde, dass sie Monde in seine beiden Wangen schnitten. »Ah, Baby, du kannst mich verhexen, wann immer du willst!«

Cait unterdrückte das Bedürfnis, ihn zu erwürgen. Wenn man allen Ärger beiseiteließ, könnte ein Kampfsport-Ausbilder, der wie Rambo gebaut war, vielleicht eines Tages von Nutzen sein. Und ihr Gespür warnte sie davor, dass dieser Tag vielleicht nicht mehr allzu fern war.

»Wir sollten nicht hier sein.« Sie biss sich auf die Unterlippe, während sie sich umsah und herauszufinden versuchte, was sie so durcheinanderbrachte.

»Niemand sollte das«, sagte Brandon in gespenstischem Tonfall. »Dieser Boden ist verflucht. Uu-huuuuuu...«

Sie ignorierte ihn. Aber er hatte recht. Randolph County war früher der reichste Bezirk von ganz Alabama gewesen. Bis die Ortsansässigen eine indianische Geschäftsinhaberin gezwungen hatten, ihren Laden zu verlassen und den Pfad der Tränen zu beschreiten.

»*Louina*...«

Cait fuhr herum, als sie das schwache Flüstern des Namens der Frau hörte. Es war derselbe Name wie der der Geisterstadt, in der sie sich befanden. Ziemlich gefühllos, eine Stadt nach der Frau zu benennen, die grundlos daraus vertrieben worden war.

»*Louina*«, wiederholte die Stimme noch beharrlicher als zuvor.

»Habt ihr das gehört?«, fragte sie die anderen.

»Was gehört?« Jamie überprüfte gerade eine Videokamera. »Ich kriege nicht alles mit.«

Etwas traf Cait hart an der Brust und zwang sie, einen

Schritt zurückzuweichen. Ihre Freunde und der Wald verschwanden. Sie fand sich plötzlich in einem alten Handelsposten wieder. Der Geruch der Wände und Böden aus Kiefernholz vermischte sich mit dem nach Gewürzen und Mehl. Aber am stärksten dufteten die Seifen auf dem Tresen vor ihr.

Eine ältere Indianerin, die ihr Haar geflochten und um den Kopf gewunden trug, richtete die Gefäße auf der Theke aus, während eine jüngere, schwangere Frau mit ähnlichen Zügen am entgegengesetzten Ende lehnte.

Cait schockierte vor allem, wie ähnlich sie der älteren Frau sah. Bis zu dem schwarzen Haar und den hohen Augenbrauen.

Die jüngere Frau – Elizabeth, Cait wusste nicht, woher sie den Namen kannte, aber sie kannte ihn – griff in eines der Glasgefäße und nahm ein Stück Lakritz heraus. »Sie werden dich vertreiben, Lou. Ich habe es zufällig aufgeschnappt, als sie darüber sprachen.«

Louina wischte die Warnung ihrer Schwester mit einer Handbewegung beiseite, bevor sie den Deckel schloss und ihr das Gefäß entzog. »Unsere Leute waren lange vor ihnen hier, und wir werden noch lange nach ihnen hier sein. Merk dir meine Worte, Lizzie.«

Elizabeth schluckte ihr Stück Lakritz hinunter. »Hast du nicht gehört, was sie den Cherokee in Georgia angetan haben?«

»Doch, das habe ich. Aber die Cherokee sind nicht die Creek. Unser Volk ist stark.«

Elizabeth zuckte zusammen und legte dann eine Hand an der Stelle auf ihren stark gewölbten Bauch, wo das Baby trat. »Er gerät jedes Mal in helle Aufregung, wenn ich darüber nachdenke, dass du vertrieben werden sollst.«

»Dann denk nicht darüber nach. Es wird nicht geschehen. Nicht solange ich hier bin.«

»Cait!«

Cait erschrak, als Jamie ihr ins Gesicht brüllte.»W... was?«

»Bist du bei uns? Du hast dich einen Moment ausgeklinkt.«

Sie schüttelte blinzelnd den Kopf, um die Bilder zu vertreiben, die so real gewirkt hatten, dass sie glaubte, Elizabeth' Lakritz schmecken zu können.»Wo war dieser ursprüngliche Handelsposten, den ihr Jungs erwähnt habt?«

Brandon zuckte die Achseln.»Keine Ahnung. Wir konnten keinerlei Informationen darüber finden, außer dass er der Indianerin gehörte, nach der die Stadt benannt wurde. Warum?«

Weil sie das unangenehme Gefühl hatte, dass sie darauf standen. Aber es gab nichts, womit sie das hätte untermauern können. Nichts anderes als ein unangenehmes Gefühl in der Magengrube.

Tatsächlich war von der einst blühenden Stadt nichts weiter übrig geblieben als Reihen von Kreuzen auf einem vergessenen Friedhof sowie ein Schild, auf dem Louina, Alabama, stand.

Sie hatte diesen Gedanken kaum zu Ende gedacht, als sie im Geiste erneut Louina sah. Sie stand nur wenige Schritte entfernt, links von Cait, mit einem so hoch mit Geld und Vorräten beladenen Wagen, wie dieser nur tragen konnte. Sie spie zornig auf den Boden und sprach dann in der Creek-Sprache zu den Männern, die gekommen waren, um ihr Heim und ihren Laden zu beschlagnahmen und sie zu vertreiben.

Cait wusste, dass es Creek war, eine Sprache, die sie überhaupt nicht kannte, und doch verstand sie die Worte so deutlich, als würden sie auf Englisch gesprochen.

»Ich verfluche diesen Boden und alle, die hier leben. Wegen dem, was ihr mir angetan habt... wegen der Grausamkeit, die ihr anderen gegenüber gezeigt habt, wird niemand mein Geschäft zum Blühen bringen, und wenn meine Schwester von dieser Existenz in die nächste übertritt, also

757

von heute ab in zehn Jahren, wird außer Grabsteinen nichts mehr von dieser Stadt übrig sein.«

Der Sheriff und seine Deputys, die geschickt worden waren, um sie von ihrem Heim fortzubringen, lachten ihr ins Gesicht. »Nun hab dich nicht so, Louina. Das hier geht nicht gegen dich persönlich.«

»Nein, aber es geht gegen *euch* persönlich.« Sie bedachte sie alle mit einem vernichtenden Blick. »Niemand wird sich daran erinnern, dass irgendjemand von euch je geatmet hat, aber sie werden sich an meinen Namen, Louina, und die Grausamkeit erinnern, die ihr mir angetan habt.«

Einer der Deputys trat mit ernst gerunzelter Stirn hinter dem Wagen hervor. »Louina? Das kann nicht alles sein, was dir gehört.«

Ein grausames Lächeln verzog ihre Lippen. »Ich konnte nicht mein ganzes Gold tragen.«

Das weckte das Interesse der Deputys.

»Wo hast du es gelassen?«, fragte der Sheriff.

»Am sichersten Ort, den ich kenne. In den Armen meines geliebten Ehemanns.«

Der Sheriff rieb sich mit dem Daumen über die Lippen. »Ja, aber niemand weiß, wo du ihn begraben hast.«

»Ich weiß es, und ich werde es nicht vergessen...« Sie ließ einen frostigen Blick über sie alle schweifen. »Nichts.« Und damit stieg sie auf ihren Wagen und fuhr los, ohne zurückzuschauen. Aber die selbstzufriedene Genugtuung in ihren Augen war unverkennbar.

Sie ließ mehr als nur ihren Laden zurück.

Cait konnte Louinas Häme hören, als wären es ihre eigenen Gedanken. *Sie werden einander bei der Suche nach dem Gold zerfleischen, das mein Mann niemals loslassen wird...*

Das war Louinas abschließende Rache, was durch die gespenstischen Reihen mit Kreuzen versehener Gräber auf dem alten Liberty-Missionary-Baptist-Church-Friedhof verdeutlicht wurde.

Die Schwäche unseres Feindes ist unsere Stärke.
Mache meine Feinde tapfer, klug und stark, so dass ich nicht beschämt sein muss, falls ich besiegt werde.

Cait spürte Louina bei sich wie ihren eigenen Schatten. Es war ein Teil von ihr, den sie nur sehen konnte, wenn das Licht genau richtig darauf fiel.

Louina flüsterte ihr ins Ohr, aber dieses Mal verstand Cait die Worte nicht. Unmissverständlich war jedoch das Gefühl alles durchdringender Furcht, das nicht weichen wollte, gleichgültig, was sie versuchte.

Sie seufzte, bevor sie ihre Gruppe noch einmal beschwor. »Wir müssen gehen.«

Alle drei sperrten sich.

»Wir haben gerade erst die Ausrüstung aufgestellt.«

»Was? Jetzt? Wir sind schon den ganzen Tag hier!«

»Also ehrlich, Cait, was denkst du dir?«

Sie sprachen alle gleichzeitig, aber jede einzelne Stimme klang ebenso deutlich wie Louinas. »Wir sollten nicht hier sein«, beharrte sie. »Das Land selbst sagt mir, dass wir gehen müssen. Vergesst die Ausrüstung, sie ist versichert.«

»Nein!« Brandon weigerte sich hartnäckig.

Da begriff sie, warum sie stur waren, da Brandon doch schon immer gesagt hatte, dass man, wenn man an einen heimtückischen Spuk geriete, diesen Ort verlassen müsste, weil nichts das Risiko wert sei, besessen zu werden.

Nur eines würde ihn und Jamie von ihrem Glauben abbringen.

Habgier.

»Ihr seid nicht wegen der Geister hier. Ihr seid wegen des *Schatzes* hier.«

Jamie und Brandon wechselten nervös einen Blick.

»Sie *hat* übernatürliche Fähigkeiten«, erinnerte Anne sie.

Brandon fluchte. »Wer hat dir von dem Schatz erzählt?«

»Louina.«

»Kann sie dir sagen, wo er ist?«, fragte Jamie hoffnungsvoll.

Cait sah ihn an und verzog das Gesicht. »Interessiert dich wirklich nur das?«

»Nun ... nicht *nur*. Wir sind *wirklich* aus wissenschaftlichen Gründen hier. Aus natürlicher Neugier. Aber seien wir realistisch, die Ausrüstung ist nicht billig, und ein wenig Ausgleich wäre nicht schlecht.«

Seine Wortwahl verstärkte ihre Sorge noch.

»Kannst du den Zorn hier wirklich nicht spüren?« Sie deutete in Richtung des Friedhofs, wo sie ihre Ausrüstung zuerst aufgestellt hatten und wo ihr ungutes Gefühl begonnen hatte. »Er ist so deutlich, dass ich ihn sogar riechen kann.«

»Ich spüre Feuchtigkeit.«

Brandon sagte: »Seht mal, es ist nur für eine Nacht. Ich und Jamie werden ein wenig mit der Wünschelrute suchen, um einen Platz zu finden, an dem wir graben können.«

Wie konnte er bezüglich ihrer Pläne so vergnügt sein?

»Ihr werdet ein Grab ausheben müssen.«

Sie erstarrten.

»Was?«, fragte Brandon.

Cait nickte. »Der Schatz ist bei Louinas Ehemann, William, begraben, der einer der Anführer des Red Stick War war.«

Jamie kniff misstrauisch die Augen zusammen. »Woher weißt du das alles?«

»Ich sagte es euch. Louina. Sie spricht immer noch zu mir.«

Brandon schnaubte. »Ich wette, das hast du gegoogelt. Netter Versuch, C. Du weißt wahrscheinlich, wo das Geld ist, und versuchst uns abzuschrecken. Keine Chance, Schwester. Ich will einen Anteil.«

Jamie schlug ihm lachend auf den Rücken und ging dann zur Kühlbox, um sich ein Bier zu holen.

Anne trat näher zu ihr. »Meinst du das ernst?«

Cait nickte. »Ich wünschte, sie würden mir glauben. Aber

ja. Wir sollten nicht hier sein. Dieses Land ist von Niedertracht durchdrungen. Es ist wie ein unterirdischer Fluss.«

Und mit diesen Worten verlor sie Annes Unterstützung. »Land kann nicht böse oder verflucht sein. Das weißt du.« Sie trat zu den Männern.

Cait wusste es besser. Selbst zum Teil eine Creek, war sie mit dem Glauben ihrer Mutter aufgewachsen, dass jemand, wenn er *genug* hasste, diesen Hass in Gegenstände und in die Erde übertragen konnte. Beide waren wie Schwämme – sie konnten Hass generationenlang weitertragen.

Louina war dort draußen, und sie war zornig.

Vor allem war sie auf Rache bedacht.

Und sie will uns holen.

Cait fühlte sich wie eine Aussätzige, während sie allein am Feuer saß und ihren Proteinriegel aß. Die anderen waren in die Wälder gegangen und versuchten, genau das Wesen heraufzubeschwören, das, wie Cait wusste, bei ihr war.

»Louina?«, rief Jamie, und seine tiefe Stimme hallte durch die Wälder. »Wenn du mich hören kannst, gib mir ein Zeichen.«

Obwohl es eine gängige Floskel war, störte es sie heute Abend aus einem unbestimmten Grund. Sie verspottete ihn insgeheim, während sie das Papier ihres Proteinriegels weiter hinunterzog.

Plötzlich erklang ein Schrei.

Cait sprang auf und lauschte aufmerksam. Wer war es, und wo waren sie? Das Herz pochte ihr in den Ohren.

»Brandon!«, rief Anne, und auch ihre Stimme hallte durch die Wälder.

Cait rannte auf sie zu, so schnell sie konnte.

Als sie sie fand, lag Brandon auf dem Rücken. Ein Zweig hatte seinen Arm komplett durchbohrt.

»*Er sagte, er wolle einen Anteil...*«

Sie fuhr herum und versuchte die Stimme zu lokalisieren,

761

die laut und deutlich gesprochen hatte. »Habt ihr das gehört?«, fragte sie die anderen.

»Ich höre nur Brandon jammern. Hör schon auf, Mann. Verdammt. Wenn du nicht damit aufhörst, kaufe ich dir einen BH.«

»Leck mich!«, schnauzte Brandon Jamie an. »Lass mich dich mit einem Stock stechen und sehen, wie du dich fühlst. Du Arschloch!«

»Jungs!« Cait stellte sich zwischen sie. »Was ist passiert?«

»Ich weiß es nicht«, zischte Brandon, als Anne sich die Wunde anzusehen versuchte. »Ich bin gelaufen, während ich mir das Wärmebild noch einmal angesehen habe, als ich plötzlich gestolpert und gegen einen Baum gefallen bin. Das Nächste, was ich bemerkt habe, war ... das hier!« Er hielt ihr den Arm hin.

Cait wandte den Blick schaudernd von der grässlichen Wunde ab. »Wir müssen ihn ins Krankenhaus bringen.«

»Nie im Leben«, knurrte Brandon. »Das wird schon.«

»Ich nehme es zurück. Du jammerst nicht. Du bist verrückt. Sieh dir diese Wunde an. Ich gebe Cait nur ungern recht, und ich bezweifle, dass es hier in der Nähe ein Krankenhaus gibt, aber du brauchst Hilfe.«

»Es ist eine Fleischwunde.«

Cait schüttelte den Kopf. »Anne, du hättest ihn nie Monty Python sehen lassen sollen.«

»Ich hätte ihn nicht einmal allein ins Bad gehen lassen sollen«, sagte Anne an ihn gerichtet. »Sie haben recht. Du musst zu einem Arzt. Du könntest Tollwut oder so was bekommen.«

Ja, denn Tollwutbäume waren hier in Alabama ein *großes* Problem. Cait konnte ein Lachen kaum unterdrücken. Anne hasste es, ausgelacht zu werden.

»Ich gehe erst, wenn ich diesen Schatz gefunden habe.«

Habgier, Stolz und Dummheit. Die drei verhängnisvollsten Wesenszüge, die ein Mensch haben konnte.

Plötzlich kam rund um sie herum Wind auf. Dieses Mal hörte Cait nicht als einzige das Lachen, das er mit sich trug.

»Was war das?«, fragte Jamie.

»Louina.«

»Würdest du mit diesem Mist aufhören?«, fauchte Brandon durch zusammengebissene Zähne. »Du gehst mir wirklich auf die Nerven.«

Und sie gingen ihr auf die Nerven. Gut. Wie auch immer. Sie würde nicht mehr streiten. Es war deren Leben. Seine Wunde. Wer war sie, dass sie ihn in Sicherheit wissen wollte, wenn er selbst offensichtlich kein Interesse daran hatte?

Jamie seufzte, die Hände in die Hüften gestemmt. »Was glaubst du, wie groß die Chance ist, dass das Gold, wenn Cait recht hat und Louinas Ehemann es in seinem Grab hat, auf dem Friedhof ist? Sind nicht die meisten der Indianer in diesem Gebiet zum Baptismus konvertiert?«

Cait schüttelte den Kopf. »Es wird nicht da sein.«

»Warum sagst du das?«

»Wenn es so leicht zu finden wäre, wäre es schon vor langer Zeit gefunden worden.«

»Ja, ein gutes Argument. Also sind wir wieder am Nullpunkt angelangt.« Jamie schaute zu Brandon zurück. »Bist du wegen des Arztes sicher?«

»Absolut.«

»In Ordnung. Ich gehe wieder raus. Cait? Kommst du mit?«

»Du kannst nicht allein gehen.« Sie folgte ihm, als er seine Taschenlampe einschaltete und zu dem elektromagnetischen Strahlungsdetektor und dem Air Ion Counter zurückging.

»Willst du das nehmen?« Er hielt ihr seinen Vollspektrum-Camcorder hin.

»Sicher.« Sie öffnete ihn und schaltete ihn wieder ein, so dass sie die Welt durch den Rahmen des kleinen Bildschirms sehen konnte.

Jamie hielt nach wenigen Minuten inne. »Glaubst du wirklich irgendetwas von dem Mist, den du erzählt hast?«

»Du kennst mich, James. Habe ich jemals Mist erzählt?«

»Nein. Das ist es ja, was mir Sorgen macht.« Er sah sie mit zusammengekniffenen Augen an. »Habe ich dir je erzählt, dass meine Urgroßmutter eine Cherokee war?«

»Nein, hast du nicht.«

Er nickte. »Sie starb, als ich sechs war, aber ich erinnere mich noch gut an sie, und etwas, was sie immer gesagt hat, hallt ständig in meinen Gedanken nach.«

»Was?«

»Hör zu, sonst wird dich deine Zunge taub machen.«

Cait wollte gerade die Weisheit der Urgroßmutter loben, als sie auf den Bildschirm hinabschaute.

Heilige Mutter ...

Sie ließ die Kamera keuchend fallen und sprang zurück.

»Was ist?« Jamie wandte sich um, um zu sehen, ob in der Nähe etwas war.

Cait konnte, verängstigt und zitternd, nicht sprechen. Sie bekam das Bild nicht aus dem Kopf. Sie deutete auf die Kamera.

Jamie hob sie mit einem Stirnrunzeln auf und spulte zurück. Sie konnte selbst in der Dunkelheit den Moment erkennen, als er sah, was ihr die Sprache geraubt hatte. Er wurde totenbleich.

Unmittelbar bevor er über seine Cherokee-Urgroßmutter gesprochen hatte, hatte sich ein riesiges ... Etwas mit Fängen auf ihn stürzen wollen. Seelenlose schwarze Augen hatten nach unten geblickt, während es das Maul öffnete, um Jamie zu verschlingen. Dann hatte es sich, in dem Moment, in dem Jamie das Zitat wiederholte, zurückgezogen und war verschwunden.

Er schluckte mit geweiteten Augen. »Wir müssen gehen.«

Sie nickte, denn sie konnte immer noch nicht sprechen. Jamie nahm sanft ihren Arm und führte sie durch den Wald zu der Stelle zurück, wo sie Anne und Brandon zurückgelassen hatten.

Sie waren bereits fort. Jamie fluchte frustriert. »Brandon!«, rief er. »Anne.«

Nur Stille antwortete ihnen.

»*Alle, die verweilen, werden bezahlen* ...« Louinas Stimme klang jetzt beharrlicher. »*Aber ich habe jene verletzt, die ich nicht hätte verfluchen sollen.*«

Cait zuckte zusammen, als sie ein Bild von Elizabeth als alter Frau in einer schlichten, von Hand errichteten Hütte sah. Ihr graues Haar war zu einem Knoten geschlungen. Sie zündete eine Kerze an und stellte sie ins Fenster, während sie ein Creek-Gebet flüsterte.

Oh, Großer Geist, dessen Stimme ich im Wind höre ...

Dessen Atem die ganze Welt zum Leben erweckt und an dessen Seite zu gehen ich mein Leben lang versucht habe.

Höre mich an. Ich brauche deine Kraft und Weisheit.

Lass mich in Schönheit wandeln, und lass meine Augen für immer den prächtigen Sonnenuntergang schauen, den du geschaffen hast.

Lass meine Hände die Dinge respektieren, die du gemacht hast, und meine Ohren deine Stimme deutlich hören, auch wenn sie nur ein schwaches Flüstern ist.

Schenke mir Weisheit, damit ich die Dinge verstehen möge, die du mein Volk gelehrt hast, und damit ich begreifen möge, warum du mir Dinge genommen hast, die mich schmerzten.

Hilf mir, angesichts all dessen, was auf mich zukommt, ruhig und stark zu bleiben. Gegenüber meinen Feinden und denjenigen, die mir übel wollen.

Lass mich die Lektionen lernen, die du in jedem Blatt und Stein verborgen hast. In der Freude des Strömens. Im Licht von Mond und Sonne.

Hilf mir, mich um reine Gedanken zu bemühen und mit der Absicht zu handeln, nur anderen und niemals mir selbst zu helfen.

Hilf mir, Barmherzigkeit zu entwickeln, ohne dass mich das Mitgefühl überwältigt.
Ich suche Kraft, nicht um bedeutender zu sein als mein Bruder, sondern um meinen ärgsten Feind zu bekämpfen...
Mich.
Verleihe mir die Fähigkeit, stets mit leeren Händen und offenem Blick zu dir zu kommen. So dass mein Geist, wenn mein Leben ebenso schwindet wie der schwindende Sonnenuntergang, unbefangen zu dir kommen kann.
Und vor allem anderen, Urgroßvater, sorge dafür, dass meine Söhne es sicher und warm haben, wo immer sie auch sein mögen.

Elizabeth beugte sich vor und küsste die alten Fotografien zweier junger Männer in Kavallerieuniform, die sie jeden Abend neben die angezündete Kerze ins Fenster stellte – nur für den Fall, dass sie letztendlich den Weg nach Hause fänden. Es war ein Ritual, das sie während der letzten zweiundfünfzig Jahre jeden einzelnen Abend durchgeführt hatte. Seit der Krieg geendet hatte und ihre Jungen nicht nach Hause zurückgekehrt waren, um sich um die Ernte zu kümmern.

Sie weigerte sich zu glauben, dass sie tot waren. Genauso wie sie sich weigerte zu sterben und den Fluch ihrer Schwester der Stadt Schaden zufügen zu lassen, in der sie beide geboren waren.

Sie zog mit wehem Herzen zwei brüchige Briefe aus ihrer Tasche, welche die Jungen ihr geschrieben hatten, und setzte sich an den Tisch. Das Alter hatte ihr Sehvermögen getrübt, so dass sie die Worte nicht mehr lesen konnte, nicht einmal mit ihrer Brille. Aber das war unwichtig. Sie hatte sie schon vor langer Zeit ihrem Herzen überantwortet.

Ich träume nur davon, nach Hause zurückzukehren, um Annabelle zu heiraten. Grüße sie von mir, Mutter. Ich werde euch beide bald wiedersehen.

Robert

Er war erst neunzehn gewesen, als er ihr Haus mit seinem älteren Bruder John verlassen hatte, als sie eingezogen wurden, um in einem Krieg zu kämpfen, der nichts mit ihnen zu tun hatte. John, der achtzehn Monate älter war, hatte geschworen, auf Robert aufzupassen und ihn nach Hause zurückzubringen.

»Bei meinem Leben, ich werde ihn heil zurückbringen.«

Und ich werde jeden Tag nach euch Ausschau halten, und ich werde jede Nacht eine Kerze anzünden, um euch zu helfen, den Weg zu meiner Tür zu finden.

Ihre Augen schwammen in Tränen, die aber nicht fielen. Sie war stärker als das. Stattdessen griff sie nach dem alten handgeschnitzten Horn, das ihr Vater ihr geschenkt hatte, als sie ein Kind gewesen war. »Nimm das, Lizzie. Sollte jemand an unsere Tür kommen, während deine Brüder und ich auf dem Feld sind, dann blase es laut, um uns Bescheid zu geben, und versteck dich dann mit deiner Mutter und deinen Schwestern, bis wir euch holen können.«

So vieles hatte sich verändert. Sie hatte es bis zu diesem Tag nicht bereut, ihren Ehemann geheiratet zu haben. Sie hatte ihren John mehr als alles andere geliebt. Aber er hatte sie viel zu früh verlassen. Sie hatte ihn an einem kalten Februarmorgen zu Grabe getragen, als Robert kaum sieben Jahre alt war. Da ihre Brüder gezwungen gewesen waren, zusammen mit ihrer Schwester Lou zu gehen, hatte sie die Jungen, gemeinsam mit ihrer Tochter Mary, allein aufgezogen.

Es gibt keinen Tod, nur einen Wechsel der Welten.

Bald würde auch sie hinüberwechseln. Sie konnte den Großen Geist immer mehr bei sich spüren.

Trauere nicht um das Vergangene oder um das, was du nicht verhindern kannst.

»Ich werde euch bald wiedersehen, meine Söhne.« Und sie wäre bei ihrem John...

Cait zuckte zusammen, als sie Louinas Schmerz spürte.

Ihr müsst euer Leben vom Anfang bis zum Ende leben. Niemand kann es für euch tun. Aber seid vorsichtig, wenn ihr einander vernichten wollt. Denn es ist eure Seele, die vernichtet werden wird, und ihr werdet diejenigen sein, die weinen. Lasst niemals zu, dass Zorn und Hass euch vergiften.

»Ich bin Gift...«

Diese Worte hallten in Caits Kopf wider, während sie Jamie auf seiner Suche nach ihren Freunden folgte.

»Vielleicht sind sie doch zum Krankenhaus gegangen.« Das hatte sie gehofft, bis sie zu den Zelten kamen, die sie zuvor aufgestellt hatten.

Zelte, die jetzt zerfetzt waren und verstreut auf dem Boden lagen. Jamie lief voraus und blieb dann jäh stehen. Er wandte sich mit einem Fluch um und fing sie ab, bevor sie zu nahe herankommen konnte.

»Du willst es nicht wissen.«

»W...was?«

Er legte mit gequältem Blick fest die Arme um sie. »Vertrau mir, Cait. Du willst sie nicht sehen. Wir müssen die Behörden informieren.«

Tränen traten in ihre Augen. »Anne?«

Er schüttelte den Kopf. »Es sieht nach einem Angriff von Tieren aus.

»Warum?«

»Ich weiß es nicht.«

Aber ihre Frage war nicht an Jamie gerichtet. Sondern an Louina.

Im Zorn gesprochene Worte besitzen große Macht, und sie können nicht ungeschehen gemacht werden. Jenen, die Glück haben, können sie beizeiten vergeben werden. Aber anderen...

Es sind stets unsere eigenen Worte und Taten, die uns verdammen. Niemals die Absicht oder Wünsche unserer Feinde.

Befasse dich nicht mit dem, was du nicht verstehst. Es gibt einige Türen, die aus ihren Scharnieren gesprengt werden, wenn man sie öffnet. Türen, die nie wieder verschlossen werden.

»Willkommen in meiner Hölle.«

Sie zuckten beide zusammen, als die Stimme neben ihnen erklang.

Dort in der Dunkelheit stand Louina. Ihr graues Haar lag um ihre Schultern. Ihr altes Baumwollkleid wirkte durch eine weiße Schürze verblasst.

»Meine Schwester beschützt euch. Dafür solltet ihr dankbar sein. Nun geht und kommt nie wieder hierher.«

Aber so einfach war es nicht.

»Ich werde nicht gehen und zulassen, dass du weiterhin andere verletzt.«

Louina lachte. »Du kannst mich nicht aufhalten.«

Cait verstand zum ersten Mal in ihrem Leben den Teil ihrer Blutlinie, der bisher stets geheimnisvoll und unbestimmt gewesen war. Sie war die Ururenkelin von Elizabeth.

Plötzlich fügte sich in ihrem Geist alles zusammen. Ihre Großmutter hatte ihr die Geschichte von Elizabeth erzählt, die gestorben war, als ihre Hütte Feuer fing, während sie schlief. Etwas hatte die Kerze hinuntergestoßen, die sie für ihre Söhne am Fenster entzündet hatte.

»Du hast sie getötet!«, klagte Cait sie an.

»Sie wollte sterben. Sie war müde.«

Aber das stimmte nicht, und sie wusste es. Ja, Elizabeth war müde gewesen. Sie war fast hundertzehn Jahre alt. Und doch war sie so entschlossen gewesen, den Fluch ihrer Schwester in Schach zu halten, dass sie sich dem Tod jedes Mal, wenn er Anspruch auf sie zu erheben versuchte, verweigerte.

Bis Louina eingeschritten war.

In diesem Moment spürte Cait eine Verbindung zu Elizabeth. Eine, die sie willkommen hieß.

Jamie ließ sie los. »Was machst du?«

Cait blickte an sich hinab und sah das Glühen, das sie umhüllte. Warm und süß, roch es nach Sonnenschein. Es war Elizabeth.

»Es endet hier, Louina. Wie du bereits sagtest, bist du das Gift, das entfernt werden muss.«

Louina ging schreiend auf sie los.

Cait hielt, getreu ihrem Kriegererbe, stand. Sie würde nicht zurückweichen. Nicht bei dieser Sache.

Louinas Geist prallte so heftig gegen Cait, dass sie zu Boden stürzte. Sie stöhnte, als sie von Schmerz erfüllt wurde. Dennoch erhob sie sich wieder und schloss die Augen. »Du wirst mich nicht besiegen. Es ist an der Zeit, dass du ruhst. Du hast denjenigen, die auf dieser Erde weilen, keinen Respekt erwiesen.«

»Mir haben sie auch keinen erwiesen!«

»Und du hast zugelassen, dass sie dich vom Großen Geist abwandten, der uns alle liebt. Du hast Dinge getan, von denen du wusstest, dass sie nicht richtig waren!«

»Sie haben mir ins Gesicht gespuckt!«

»Du hast ihren Hass mit weiterem Hass erwidert.« Cait streckte die Hand nach Louina aus. »Du bist ebenso müde wie Elizabeth. Nichts ist erschöpfender, als die Feuer des Hasses weiterhin zu schüren.«

»Du wirst mich nicht bekämpfen?«

Cait schüttelte den Kopf. »Ich will dich besänftigen. Es ist an der Zeit loszulassen, Louina. Den Hass loszulassen.« Und dann hörte sie Elizabeth, die ihr mitteilte, was sie sagen sollte. »Erinnere dich an die Worte von Crazy Horse. Nach endlosem Leiden wird unser Volk wiederauferstehen, und es wird für eine kranke Welt ein Segen sein. Eine Welt voller gebrochener Versprechen, Selbstsucht und Einsamkeit. Eine Welt, die sich wieder nach Licht sehnt. Ich sehe eine Zeit der Sieben Generationen, in der sich alle Farben der Menschheit unter dem heiligen Baum des Lebens versammeln werden und die gesamte Erde wieder ein Kreis werden wird. In jener Zeit wird es diejenigen unter den Lakota geben, die das Wissen und das Verständnis der Einheit zu allen lebenden Wesen bringen werden, und die jungen Weißen werden zu jenen meines Volkes kommen und ihre Weisheit erbitten. Ich grüße das Licht in deinen Augen, wo das gesamte Universum wohnt. Denn wenn du in diesem Zentrum in dir bist und ich an jenem Ort in mir bin, werden wir eins sein.«

Louina wich zurück, als sie diese Worte hörte. »Wir sind eins«, wiederholte sie.

Elizabeth zog sich von Cait zurück und streckte eine Hand nach Louina aus. »Ich habe meine Schwester vermisst.«

»Und ich habe meine vermisst.«

Jamie legte die Hände auf Caits Schultern. »Bist du okay?«

Sie war sich nicht sicher. »Hast du irgendetwas davon gesehen?«

»Ja, aber ich werde es leugnen, wenn du mich das jemals vor anderen fragst.«

Tränen traten in ihre Augen, als sie an Anne und Brandon dachte. »Warum sind wir an diesem Wochenende hierhergekommen?«

»*Wir* kamen aus Habgier. Du kamst, um einer Freundin zu helfen.«

Plötzlich erklang ein leises Stöhnen.

»Ruf Hilfe!«, sagte Jamie. Er ließ sie los und rannte zu ihrem Lager zurück.

Sie wählte 911 und hoffte, dass jemand drangehen würde.

»Anne atmet noch.« Jamie zog seine Jacke aus und legte sie über sie.

»Was ist mit Brandon?«

Er sah nach, während das Telefon klingelte.

»Er hat einen schwachen Puls, aber ja ... Ich denke, er lebt auch.«

Cait betete um ein Wunder, das ihr hoffentlich gewährt würde.

EPILOG

Cait saß neben Annes Bett, während die Krankenpflegerin ihre Vitalfunktionen überprüfte. Sie sprach erst, nachdem die Frau sie allein gelassen hatte.

»Schade, dass wir nichts hatten, was wir euch hätten zeigen können.«

Anne schüttelte den Kopf. »Wen kümmert es? Ich bin einfach froh, dass ich lebe. Aber...«

»Aber was?«

»Werdet du und Jamie uns jemals erzählen, was wirklich passiert ist?«

Cait hob die Hand zu dem schmalen Goldring, den sie auf ihrem Autositz gefunden hatte, als sie sich zur Straße begab, um die Sanitäter zu Brandon und Anne zu bringen. In dem Ring waren die Namen John und Elizabeth eingraviert. Es war das einzige Gold, das in Louina zu finden gewesen war.

Der Schatz, den so viele gesucht hatten, war vor über einem Jahrhundert zur Gründung einer Schule und einer Kirche genutzt worden.

Jahre, nachdem ihre Schwester ihr das Gold gegeben hatte, um sich und ihre Kinder über Wasser zu halten, hatte Elizabeth den letzten Rest davon genommen und zu diesem Ring formen lassen.

Cait begegnete lächelnd Annes Blick. »Vielleicht eines Tages.«

»Und was ist mit dem Schatz?«

»Anne, hast du noch nicht gelernt, dass nicht das Gold wertvoll ist? Es sind die Menschen. Und du bist der größte Schatz meines Lebens. Ich bin froh, dass ich meine beste Freundin immer noch habe.«

Anne nahm ihre Hand und hielt sie fest. »Ich bin dankbar, hier zu sein, und ich bin wirklich dankbar für dich. Aber...«

»Es gibt kein Aber.«

Sie nickte. »Du hast recht, Cait. Ich habe das aus den Augen verloren, was mein Großvater immer sagte.«

»Und das war?«

»Erst wenn der letzte Baum gerodet, der letzte Fluss vergiftet, der letzte Fisch gefangen ist, werdet ihr feststellen, dass man Geld nicht essen kann.«

Jamie lachte und zog damit ihre Aufmerksamkeit zur Tür, wo er mit einem Strauß Luftballons für Anne stand.

»Was ist so lustig?«, fragte Cait.

»Ich denke, wir haben aus dem Wochenende jeder eine andere Lektion gelernt.«

Cait wölbte die Augenbrauen. »Und die wäre?«

»Anne hat ihre gerade genannt. Du hast gelernt, dass Rache nicht der richtige Weg ist. Brandon hat gelernt, den Mund zu halten und Hilfe zu holen, wenn er verletzt ist.«

»Und du?«, fragte Anne.

»Ich habe zwei Dinge gelernt. Zum einen, dass der gefährlichste Platz, an dem ein Mann sich aufhalten kann, der zwischen zwei kämpfenden Frauen ist. Und zum anderen, dass – gleichgültig welche Spezies – das tödlichste Geschlecht immer das weibliche ist. Männer kämpfen, bis sie sterben. Frauen nehmen ihren Zorn mit ins Grab und finden dann einen Weg *zurückzukehren*.«

S. M. STIRLING

Wenn zwischen dir und dem totalen Zusammenbruch der Zivilisation nur noch das Gesetz steht, dann braucht es jemanden, der hart genug ist, es durchzusetzen, ganz gleich, was es kostet.

Von manchen wird er als Erbe von Harry Turtledoves Titel des Königs des Alternativen Geschichtsromans betrachtet, der kometenhaft aufsteigende Science-Fiction-Star S. M. Stirling. Bestsellerautor und Verfasser etlicher Buchreihen, unter anderem der *Island-in-the-Sea-of-Time*-Reihe (*Island in the Sea of Time*, *Against the Tide of Years* und *On the Oceans of Eternity*). Hier fällt Nantucket aus der Zeit und wird ins Jahr 1250 nach Christus zurückversetzt. Er schrieb die *Draka*-Serie (*Marching Through Georgia*, *Under the Yoke*, *The Stone Dogs* und *Drakon*) und hat eine Anthologie von Draka-Geschichten anderer Autoren herausgegeben, *Drakas!*. Darin fliehen viele Loyalisten vor der Amerikanischen Revolution nach Südafrika, errichten dort eine Militärdiktatur und erobern schließlich den größten Teil der Erde. Außerdem schrieb er die *Dies-the-Fire*-Serie (*Dies the Fire*, *The Protector's War*, *A Meeting at Corvallis*) sowie die fünfbändige *Fifth-Millenium*-Serie und die siebenbändige Reihe *The General* (zusammen mit David Drake). Er hat Einzeltitel wie *Conquistador* und *The Peshawar Lancers* verfasst. Stirling hat außerdem zusammen mit Raymond E. Feist, Jerry Pournelle, Holly Lisle, Shirley Meier, Karen Wehrstein und dem *Star-Trek*-Schauspieler James Doohan (»Scotty«) Bücher geschrieben und an den Serien *Babylon 5*, *T2*, *Brainchip*, *War World* und

The Man-Kzin Wars mitgeschrieben. Seine Kurzgeschichten erschienen in *Ice, Iron and Gold*. Stirlings neueste Serien sind die *Change*-Reihe (*The Sunrise Lands*, *The Scourge of God*, *The Sword of the Lady*, *The High King of Montival*, *The Tears of the Sun* und *Lords of Mountains*) sowie die *Lords-of-Creation*-Reihe (*The Sky People* und *In The Courts of the Crimson Kings*). In jüngster Zeit hat er eine neue Reihe begonnen, *Shadowspawn*, von der bis jetzt die Bände *A Taint in the Blood*, *Council of Shadows* und *Shadows of Falling Night* erschienen sind. Sein neuestes Buch ist ein weiterer Band der *Change*-Reihe, *The Given Sacrifice*. Geboren in Frankreich, aufgewachsen in Europa, Afrika und Kanada, lebt Stirling jetzt mit seiner Familie in Santa Fe, New Mexico.

VERKÜNDER DER STRAFE

Übersetzt von Wolfgang Thon

DUN CARSON
(Ost-Zentral-Willamette-Valley)

DÙTHCHAS DES CLANS MACKENZIE
(Ehemals Westliches Oregon)
5. August, Change Jahr 1 / 1999 n. Chr.

Ich reite, um einen Übeltäter seiner Strafe zuzuführen, dachte Juniper Mackenzie. *Das gehört vielleicht zu den Aufgaben einer Anführerin, aber mir gefiel das Dasein einer Folkmusikerin sehr viel besser! Die alten Geschichten waren als Lieder erheblich weniger anstrengend als im richtigen Leben.*

»Du kriegst bald was zu saufen, Riona«, sagte sie zu ihrem Pferd. Die Stute drehte die Ohren nach hinten.

Der Gestank nach Pferdeschweiß von den zwölf Gäulen ihrer Gruppe war durchdringend, obwohl sie schon aus der Zeit vor dem Change daran gewöhnt gewesen war. Ein großer Wohnwagen, der von Pferden gezogen wurde, war Teil ihres Lebens gewesen. Heute war ein heißer Tag nach einer trockenen Woche, perfektes Erntewetter, was wichtiger war als Bequemlichkeit. Für gewöhnlich regnete es im Sommer nicht, was nicht bedeutete, dass es völlig ausgeschlossen war.

In der alten Welt, bevor die Maschinen aufhörten zu funktionieren, wäre der Regen lästig gewesen. Jetzt jedoch, in der neuen Welt, wo man seine Nahrung zu Fuß erreichte oder gar nicht, wäre Regen ein Desaster gewesen. Also waren die Hitze und die Sonne, die ihre sommersprossige Haut – sie war ein Rotschopf – bedrohte, gut, und der Schweiß und das Kribbeln sollten verdammt sein. Wenigstens hing weniger Rauch in der Luft als letzten Sommer, im ersten Jahr des Change.

Ihre Lippen wurden schmaler, als sie sich daran erinnerte; damals hatten die Städte gebrannt, und Waldbrände hatten in Forsten gewütet, wo Generationen von Menschen trockenes Holz gesammelt hatten, um das Übergreifen der Flammen zu verhindern. Der Rauchschleier hatte wie Smog über ganz Willamette-Country gelegen, gefangen in dem großen Talkessel zwischen den Cascades und dem Coast Range, bis die Herbstregen ihn schließlich weggespült hatten.

Man hatte immer einen etwas bitteren Geschmack im Mund, den Geschmack einer Welt, die in Flammen und Entsetzen untergegangen war. Es erinnerte einen ständig daran, was passierte, wenn man sich zu weit von seinem Zufluchtsort entfernte.

Sie zwang sich routiniert, sich wieder auf die Gegenwart zu konzentrieren, auf das gemächliche Klopfen der Hufe auf dem Asphalt, das Knarren des Leders zwischen ihren Schenkeln und das schlafende Gesicht ihres Sohnes, der in der leichten Tragewiege vor ihr quer über dem Sattel lag. Die Schatten der Bäume fielen in regelmäßigen Abständen wie ein langsames Flackern über ihr Gesicht, während die Pferde weiterschaukelten.

Man musste lernen, seine Erinnerungen zu kontrollieren, sonst trieben sie einen in den Wahnsinn. Viele waren tatsächlich wahnsinnig geworden, angesichts dessen, was sie gesehen, getan und ertragen hatten, nachdem die Maschinen aufhörten zu funktionieren, in kreischenden Anfällen, polternd und jaulend oder einfach nur apathisch, was einen ebenso töten konnte wie ein Messer oder ein Seil oder *Yersinia pestis* in der Lunge. Darunter waren viele Menschen gewesen, die anderenfalls vielleicht überlebt hätten. Selbst jetzt noch blieb kaum etwas für jene übrig, die nicht in der Lage waren, sich selbst zu ernähren, obwohl die Definition von geistig gesund mittlerweile sehr viel dehnbarer geworden war.

Sämtlicher Überschuss musste für die Kinder aufgespart werden; sie hatten so viele Waisen gerettet, wie sie konnten. Wenn ein kleines Kind wieder lernte zu lachen, gab einem das Zuversicht, dass die Welt weiterbestehen würde.

Und du hast das ganze Jahr noch kein Feuer gerochen. Genieß es. Denk an die Kinder, die in einer Welt aufwachsen, die du liebenswert für sie machen musst; denk an deine Kinder und an die der anderen. Denk nicht an das Übrige. Denk vor allem nicht daran, wie diese Massengräber in den Flüchtlingslagern rund um Salem gestunken haben, wo der Schwarze Tod zugeschlagen hat.

Sie war bei diesem Erkundungstrip nicht einmal sonderlich nahe herangekommen, aber es war nah genug gewesen, um...

Nein!

Sie roch den Staub, den subtil anderen Duft von der Sonne gebackenen Grases, der Bäume und des Getreides, die leicht staubige Süße von geschnittenen Halmen. Die Felder um Dun Carson herum waren zum größten Teil abgeerntet, waren flache Rechtecke aus braunen Stoppeln, die sich in größeren Abständen mit Weiden und saftig-grünen Douglas-Fichten und Garry-Eichen abwechselten oder an Bäche grenzten, die jetzt im Sommer nur wenig Wasser führten und sacht vor sich hin murmelten.

Ein Schnitter, gezogen von zwei dieser kostbaren Quarter Horses, die sie von den landwirtschaftlichen Gebieten im Osten der Cascades eingetauscht hatten, beendete gerade, als sie vorüberritten, seine Arbeit. Sie hatten diese primitive Maschine aus Holz und Draht im Winter nach einem Modell gebaut, das sie aus einem Museum gerettet hatten. Der Drehkorb schnitt durch die letzten Halme eines wogenden, gelbblonden Feldes, und der klappernde Gürtel hinter der Schnittklinge hinterließ ein Band aus geschnittenem Getreide. Die Frau auf dem Bock blickte hoch, winkte kurz und widmete sich dann wieder ihrer Arbeit.

Letztes Jahr hatten sie Sensen aus den Gartengeschäften benutzt, sie von Wänden genommen, wo sie als Souvenirs einer längst vergangenen Epoche gehangen hatten. Sie hatten mit improvisierten Sensen, Brotmessern und den bloßen Händen von schrecklich unerfahrenen Flüchtlingen geschuftet, bis sie umgefallen waren. Auf diese Weise Landwirtschaft zu betreiben war extrem anstrengende Arbeit, selbst wenn man wusste, was man tat, und das wussten nur sehr wenige. Zum Glück gab es einige, die die anderen anleiten und sie unterweisen konnten, einige echte Bauern, einige Hobbygärtner und ein paar unvergleichlich wertvolle Amish, die vor den Wellen der hungernden Flüchtlinge aus ihren Siedlungen geflohen oder von den Entführungskommandos Norman Armingers, des nördlichen Warlords, gekidnappt worden waren.

Wir haben das meiste von dem, was wir letztes Jahr gesät haben, geerntet; jetzt müssen wir uns um die brachliegenden Felder kümmern.

Auf sehr viel Land, dem meisten, auf dem vor dem Change Getreide angebaut worden war, hatten die Pflanzen so lange dagestanden, bis die Körner aus den Ähren gefallen waren. Es lag am Chaos und den Kämpfen, als die Menschen in Scharen aus den Städten geflüchtet waren, die nach dem Ausfall von Elektrizität und Maschinen unbewohnbar geworden waren. Den Rest besorgten Krankheiten, Banditen und einfach der Mangel an Werkzeug und Wissen. Ein Feld, das man auf diese Art und Weise sich selbst überließ, säte dennoch genug aus, um eine zweite Ernte hervorzubringen, dünn zwar, unregelmäßig und von viel Unkraut überwuchert, aber dennoch tausendmal wertvoller als Gold.

Das Sonnenlicht blitzte auf den Speeren der Garbenbinder, die dem Schnitter folgten. Sie hoben das Werkzeug jedes Mal hoch, wenn sie Anstalten machten, erneut zwei Armvoll Getreide zu Garben zu binden und sie fein säuberlich zu jeweils dreien zusammenzustellen. Sie blinzelte, als das scharfe Metall das Licht reflektierte und erinnerte sich...

...*an das Kichern des kleinen Mädchens, das die Fresser als Köder benutzten, daran, wie sie das Messer herausholten und ihm die Kehle durchschnitten, an den Geruch wie von gebratenem Schweinefleisch, der aus den verrammelten Gebäuden hinter ihr drang...*

»Konzentriere dich!«, sagte Judy Barstow Mackenzie auf ihrer anderen Seite.

Und wir helfen einander, zu... nicht direkt zu vergessen, aber... es zu unterdrücken. Ist denn einer von uns noch vollkommen geistig gesund? Gibt es irgendjemanden, der nicht unter einem... wie nannte man das noch gleich, posttraumatischen Stresssyndrom leidet? Ganz sicher geht es denen, die am wenigsten in der Welt-wie-sie-einmal-war verankert waren, seit dem Change am besten. Der Rest klammert sich an uns.

»Danke«, sagte Juniper.

»Wofür ist eine Jungfer sonst da?«, fragte Judy gelassen. »Wenn nicht, um ihre Hohepriesterin auf Kurs zu halten?«

Sie sagte es beiläufig, aber Juniper beugte sich aus dem Sattel und berührte ihre Schulter.

»Freunde«, sagte sie. »Freunde tun das auch.«

Sie kannten sich schon seit Teenagerzeiten, seit mittlerweile anderthalb Jahrzehnten, und hatten das Handwerk zusammen entdeckt. Sie waren so unterschiedlich: Juniper war klein, zierlich und hatte Augen so grün wie Weinblätter. Judy dagegen hatte kühne Gesichtszüge, schwere Knochen und olivfarbene Haut. Sie hatte rabenschwarzes Haar und hatte in der alten Zeit ein wenig zu Fülligkeit geneigt.

»Das auch, klar, und das ist auch gut so!« Judy antwortete mit einem gekünstelten irischen Akzent, den sie über ihren normalerweise unüberhörbaren New Yorker Slang legte, und zwinkerte. »Ich würde niemals etwas anderes denken.«

Juniper zuckte bei den Worten leicht zusammen. Sie konnte so reden und klang, als wäre es echt. Ihre Mutter war eine echte Irin gewesen und hatte einen jungen amerikanischen Piloten in einem Londoner Pub kennengelernt, in dem sie arbeitete. Er hatte gerade Urlaub. Sie kam aus Achill Island im Westen von Country Mayo, wo sie mit der gälischen Sprache aufgewachsen war. Dieser melodische Singsang färbte Junipers amerikanisches Englisch nur leicht, außer wenn sie ihn absichtlich betonte, zum Beispiel während ihrer Auftritte. Vor dem Change war sie Sängerin gewesen und auf Mittelaltermessen, Folkkonzerten und Ausstellungen aufgetreten.

Heutzutage nutzte sie den Dialekt immer öfter, vor allem bei öffentlichen Gelegenheiten. Wenn andere Leute ihn benutzten, sollten sie dieser Sprache zumindest ein bisschen mehr Respekt entgegenbringen, als einfach nur verblassende Erinnerungen an schlechte Filme zu imitieren.

»Es wird sehr unerfreulich, aber es ist eine klare Sache«, sagte Judy plötzlich ernst. »Ich habe die Untersuchung durchgeführt, und es kann keinen Zweifel geben. Er ist schuldig, und er verdient es.«

»Ich weiß.« Juniper holte tief Luft. »Ich weiß nur nicht, warum ich mich so ... so ohnmächtig fühle«, sagte sie. »Das ist wirklich so. Es ist ...« Sie blickte hoch in einen Himmel, an dem nur ein paar hauchzarte Federwolken standen. »Es ist, als würde ein Gewitter kommen, aber es kommt keins.«

Die Dun-Juniper-Prozession bog um eine Ecke, und Juniper seufzte beim Anblick der Planen, die neben der Kreuzung zwischen den Fichten und den lombardischen Pappeln gespannt worden waren. Zum Teil hatte man das gemacht, um Schatten zu haben, zum Teil ...

Die Finger ihrer Tochter zuckten rasend schnell; Eilir war seit ihrer Geburt taub.

Warum dieser frustrierte Seufzer, Große Mutter?, erkundigte sie sich. *Sie haben nur getan, was du verlangt hast.*

Juniper warf ihr einen kurzen, gereizten Blick zu. Eilir sah so müde aus, wie ihre Mutter sich fühlte, obwohl sie vierzehn Jahre alt war und kerngesund. Sie war groß, schon ein paar Zentimeter größer als ihre Mutter, kräftig und geschmeidig wie ein Reh. Ihr prachtvoller Körper war das Vermächtnis ihres Vaters, der ein Athlet und Footballspieler gewesen war.

Und ein rücksichtsloser, egoistischer Mistkerl, der einen Teenager beim ersten Mal geschwängert hat, und das auch noch auf dem Rücksitz seines Wagens. Aber Eilirs Verstand und ihr Herz stammen von der Seite der Mackenzies, denke ich.

Juniper sog tief die Luft ein und ließ das kurze Aufflammen von Wut mit dem Atem heraus. Diese Technik hatte sie schon vor langer Zeit erlernt.

Fühlst du es?, erwiderte sie in Gebärdensprache. *Es liegt Ärger in der Luft. Im Boden, in den Dingen, wie eine lauernde Bedrohung.*

Eilir zog ihre hellblauen Augen zusammen und schien einen Augenblick abwesend zu sein.

Ich glaube auch, Unheimliche Mutter, antwortete sie nach einem Augenblick. *Ja, ein bisschen.*

Sie sahen Judy an, die den Kopf schüttelte und mit den Schultern zuckte.

»Frag mich nicht. Ihr seid die Mystikerinnen. Ich habe nur dafür gesorgt, dass wir saubere Roben und genug Kerzen für die Austreibung haben.«

Die Erde ist die Mutter, signalisierte ihr Eilir. Diesmal war ihr Gesicht vollkommen sachlich. *Vielleicht spüren wir ihren Ärger.*

Sie blieben in der Mitte der Kreuzung stehen. Juniper reichte Melissa Aylward Mackenzie ihren neun Monate alten Sohn Rudy vom Sattel herunter. Melissa hatte ebenfalls einen dicken Bauch von ihrer Schwangerschaft.

»Ich spüre es auch«, sagte die jüngere Frau ernst. Sie war noch nicht lange bei der Alten Religion, wie so viele andere, aber sie war bereits Hohepriesterin des Dun Fairfax und sollte hier bei der Organisation des Ritus helfen.

»Hoffen wir, dass wir in ihren Augen das Richtige tun«, erwiderte Juniper. »Nimmst du die Kleinen unter deine Fittiche, Mellie? Es wird hart für sie.«

Die andere Frau nickte ernst, dann lächelte sie und hob Rudy geschickt hoch. Juniper schüttelte den Kopf und reckte sich. Das Sattelleder knarrte. Nach dem langen Ritt schmerzte ihr Rücken. Beiläufig registrierte sie, wie selbstverständlich die Leute bereits mitten auf Kreuzungen stehen blieben, jetzt, da Autos und Lastwagen nur noch verblassende Erinnerungen waren.

Wir haben Besseres zu tun als das hier, signalisierte sie ihrer Tochter. Ihre Finger und Hände tanzten. Sie beherrschte die Gebärdensprache ebenso flüssig wie die gesprochene Sprache. *Es ist Erntezeit, und niemand hat Zeit zu verschenken. Den größten Teil des gestrigen Tages und der letzten Nacht darauf zu verwenden, das Ritual auszuarbeiten, war hart, selbst mit zehn Geistern, die sich zusammengeschlossen haben. Ich hasse es, so etwas improvisieren zu müssen, vor allem, wenn man damit einen Präzedenzfall schafft. Aber was sollten wir sonst tun?*

Eilir zuckte mit den Schultern. *Ihn einsperren wie früher, bis es besser passt?*

Juniper machte sich nicht die Mühe zu antworten. Die Bemerkung war auch nicht ernst gemeint gewesen. Sie konnten keine Leute dazu abstellen, die Arbeit eines Kriminellen zu beaufsichtigen, nicht einmal, wenn sie dazu bereit gewesen wären, was sie zweifellos nicht waren.

Sam Aylward, ihr Oberster Bewaffneter, hielt ihren Steigbügel, als sie abstieg. Sie streckte sich erneut, als ihre Stiefel den Asphalt berührten, und rückte das Tuch, das an ihrer Schulter befestigt war, zurecht. Das Dun-Juniper-Kontingent trug das gleiche schottische Tartan. Es hatte als Scherz angefangen, aber dann hatte es sich rasch verbreitet, weil es so bequem war. Sie alle trugen dasselbe Schottenmuster aus Dunkelgrün, Hellbraun und einem matten Orange, das sie einem Lagerhaus aus geretteten Decken verdankten, nicht etwa Schottland.

Etwa ein Drittel der Dun-Fairfax-Leute trug ebenfalls Kilts, und der Rest zeigte mit seinen zerrissenen, ungepflegten und zerfetzten Lumpen, warum die Prä-Change-Kleidung so rasend schnell verschwand. Sie war nicht dafür gedacht gewesen, täglicher Belastung und harter Arbeit im Freien standzuhalten, die heutzutage nahezu jeder erledigen musste. Und mehr aus den unverbrannten Vierteln der Städte zu bergen wurde immer gefährlicher und außerdem sehr arbeitsintensiv, da die Städte in der Nähe alle geplündert worden waren. Nur große und gut bewaffnete Gruppen vermochten das überhaupt noch, da überall Banditen und kleine Warlords aus dem Boden schossen und der schleichende Terror der Fresserbanden in den Ruinen lauerte, vertieft in ihr grauenvolles Spiel aus Verfolgen und Fressen.

Eine Notiz aus dem riesigen mentalen Aktenschrank, den sie zurzeit mit sich herumschleppen musste, drängte sich nach vorn in ihr Bewusstsein.

Überprüfe die Projekte mit Flachs- und Wollspinnrädern, wenn wir die Ernte hinter uns haben. Wir müssen uns zwar noch nicht unsere eigene Kleidung machen, aber wir müssen die Grundlage dafür legen, Werkzeuge und Fähigkeiten vorbereiten, wenn denn die Zeit dafür kommt.

Sie selbst war vor dem Change eine geschickte Freizeitweberin gewesen und hatte im Winter Kurse organisiert. Glücklicherweise war das etwas, was man zurückstellen und später wieder aufgreifen konnte.

Melissa verließ ihre Gruppe und ging zu der lang gestreckten Plane aus Zeltbahn im Südwestlichen Quadranten der Kreuzung, wo die Kinder und die stillenden Mütter saßen. Rudy gluckste und winkte mit seinen pummeligen

Ärmchen. Sein Blick und sein entzücktes, zahnloses Lächeln blieben auf ihr Gesicht gerichtet.

Herrn und Herrin sei Dank, dass er ein gutes Baby ist. Eilir hat erheblich mehr Ärger bereitet. Natürlich hatte ich damals auch weniger Ahnung und vor allem viel weniger Hilfe. Für ein Baby braucht man wirklich ein ganzes Dorf... das macht die Sache viel einfacher.

»Sie stellen Fahnen für alle Duns her«, sagte Juniper zu Chuck Barstow. »Das ist bestimmt eine gute Idee. Die Menschen brauchen Symbole.«

»Dennie hatte trotzdem recht, als er auf der grünen Fahne bestanden hat«, antwortete Chuck. »Wir brauchen auch ein Symbol für den ganzen Clan. Wo soll ich sie aufpflanzen?«

Juniper spitzte die Lippen. Sie hatte das alte Symbol des Hexensabbats des Singenden Mondes zu einer Fahne umgestaltet: ein dunkles Geweih und ein silberner Halbmond auf grüner Seide. Stickerei war eine andere ihrer Fähigkeiten gewesen, die vom Hobby zu einem kostbaren Rettungsanker geworden war. Die Windstille des Spätsommers sorgte dafür, dass ihre Fahne und die aller anderen rund um die schützenden Zeltbahnen schlaff herunterhingen, als warteten sie darauf, dass irgendjemand Luft holte. Zum Glück hing ihre Flagge an einem Querbalken an der Stange, so dass man das Symbol darauf erkennen konnte.

»Neben die von Dun Carson, bitte.«

Dun Carsons silberne Doppelaxt auf blutrotem Grund war direkt vor der nordwestlichen Plane aufgestellt. Chuck rammte die Spitze der Stange mit einem Stoß und einer Drehung in den Boden. Brian Carson stand mit der Witwe seines Bruders und seiner Nichte und seinem Neffen, beides Halbwaisen, neben den zwei Tischen, die sie in der Mitte hatten aufstellen lassen. Seine Frau Rebekah stand auf der anderen Seite neben ihm. Sie wirkte ein wenig steif.

Melissa und ihre Helfer übernahmen die Aufgabe, sich um die Kleinen zu kümmern. Im südöstlichen Quadranten hielten sich die Vertreter von anderen Duns innerhalb eines Radius von fünfzehn Meilen auf; Freiwillige kamen und nahmen die Pferde entgegen, sattelten sie ab, legten ihnen Fußfesseln an, damit sie nicht zu weit weglaufen konnten, tränkten sie und ließen sie dann auf eine Weide.

Wie der Change uns begrenzt hat, dachte Juniper. *Fünfzehn Meilen sind wieder eine weite Entfernung! Das hier wird aufgezeichnet und im Sonnenkreis verteilt. Dass etliche Leute es bezeugen, ist eine gute Idee, aber das Ganze in einen Jahrmarkt zu verwandeln, nicht.*

Es hielten sich mehr als fünfzig Erwachsene unter der Urteilsplane auf und wahrscheinlich zehn oder fünfzehn Teenager…

Eòghann, dachte Juniper. *Wir werden sie* Eòghann *nennen.*

Das bedeutete in ihrer Muttersprache *Jugendlicher* oder *Helfer*.

Wir brauchen einen Namen für die Teenager, die bereit sind, die Pflichten und Verantwortung eines Erwachsenen zu übernehmen, aber noch keine Stimme besitzen. Eòghann *wird passen, da offenbar jeder entschlossen zu sein scheint, Kelte zu spielen.*

Juniper schüttelte sich leicht. Das tiefe Schweigen wurde nur von dem gelegentlichen Weinen eines der Babys gestört, vom Hufgeklapper eines Pferdes, das sein Gewicht verlagerte, oder von einem lauten Husten. Das Jaulen und Rauschen von Maschinenlärm im Hintergrund war vollkommen verschwunden. Diese Stille, die anders war als alles, was sie früher erlebt hatte, außer auf einer Wanderung in der Wildnis, erschreckte sie manchmal. Sie machte selbst vertraute Plätze fremd.

Sie stand hinter dem großen Klapptisch. Dort hatte man einen hohen Stuhl für sie vorbereitet…

Ein Barhocker!, dachte sie. *Das ist in vielerlei Hinsicht einfach zu absurd. Ich kann das heute einfach nicht mehr ertragen.*

Die meisten Leute saßen in ordentlichen Reihen auf Kisten und Körben, ganz anders als die übliche lockere Ordnung der Clans. Ganz vorn und in der Mitte saß der Mann, der heute im Mittelpunkt des Prozesses stand; er war von ihnen durch die weiße Plane unter seinem Stuhl und den Kreis der Ablehnung getrennt.

Rechts und links neben ihm standen Männer vom Dun. Sie hatten Messer im Gürtel, aber das war einfach ein Handwerkszeug, das mittlerweile jeder mit sich herumtrug. Doch der eine der beiden hatte zusätzlich eine Spitzhacke in der Hand und der andere einen Baseballschläger.

Und beides wird wohl auch gebraucht, dachte Juniper, als sie den Mann musterte und das Gesicht verzog. *Oh ja, bei dem hier wird es sicherlich gebraucht.*

Es war ein kräftiger Mann, mittelgroß und muskulös, mit markanten Gesichtszügen und lockigem schwarzem Haar, das er ziemlich kurz trug. Es war ein Mann, der vor unterdrücktem Ärger auf die Welt zitterte und für den alles, was sich seinem Willen widersetzte, ein elementarer Affront war.

Er hat nicht wirklich Angst, dachte sie. Sie war immer schon gut darin gewesen, in Leuten zu lesen. *Was bedeutet, dass er nicht nur schlecht ist, sondern auch arrogant, dumm oder beides.*

Während sie ihn beobachtete, warf er einen kurzen Blick über seine Schulter. Auf seiner Miene zeichnete sich fast so etwas wie Triumph ab, was er jedoch sofort wieder unterdrückte, als er nach vorn blickte.

»Bewaffnete, nehmt den Gefangenen in Gewahrsam«, sagte sie kühl und sah, wie ein Ausdruck des Zweifels über sein Gesicht zuckte.

Die Männer des Duns traten zur Seite, damit Sam und Chuck ihre Plätze einnehmen konnten. Sie setzten sich zu den anderen. Ihren Mienen nach zu urteilen waren sie froh darüber, dass sie diese Aufgabe uniformierten Offiziellen übergeben konnten, und sie waren nicht die einzigen.

Abgesehen von ihren Kilts trugen die beiden Männer die Kriegsausrüstung der Mackenzies, obwohl noch nicht Zeit genug gewesen war, für alle so etwas herzustellen. Ein gepanzertes Hemd aus zwei Schichten grünen Leders, zwischen denen kleine Stahlplatten eingearbeitet waren. Bewaffnet waren sie mit Köchern und Eibenholzbögen, die sie über die Schulter geschlungen hatten, Kurzschwertern und langen Knüppeln sowie suppentellergroßen Faustschilden an ihren Gürteln. In ihren Stiefeln steckte ein kleines, gefährliches Sgian-Messer. Die einfachen Topfhelme mit den Rabenfedern über der Stirn verliehen ihnen irgendwie ein weniger menschliches Aussehen, eher das von wandelnden Symbolen.

Chuck Barstow trug neben seinem Kriegsharnisch auch einen Speer. Der Gefangene wäre wahrscheinlich weniger selbstsicher gewesen, hätte er gewusst, was er bedeutete. Chuck war nicht nur der Hohepriester des Hexensabbats des Singenden Mondes, sondern auch stellvertretender Befehlshaber ihrer Miliz. Der zwei Meter lange glänzende Schaft des Speers bestand aus *Rudha-an*, das gleiche seltene Eschenholz, das man auch für Amtsstäbe benutzte. Die Spitze war ein etwa dreißig Zentimeter langes Stück Eisen, das man aus der Blattfeder eines Fahrzeugs geschnitten hatte. Es war zu einer mörderischen, zweischneidigen Klinge gehämmert und noch weiß glühend an dem Holz befestigt worden, bevor man es in ein Bad aus Lake, Blut und bestimmten Kräutern getaucht hatte.

Es waren Ogham-Runen darauf eingraviert, dieselben Runen, die sich immer wieder gezeigt hatten, wenn sie die Eibenholzstücke bei den Prophezeiungen auf das mit Symbolen versehene Tuch des *Bríatharogam* geworfen hatte. Es waren nur zwei:

Úath. Schrecken.

Die bildliche Umschreibung des Begriffs bedeutete bánad gnúise, das Erbleichen der Gesichter. Aus Angst und Schrecken vor den Hunden von Anwyn.

Gétal, Tod, war die andere Rune.

Deren Bedeutung war *tosach n-échto*, der Anfang des Gemetzels. Das stand für das Töten und das Opfern.

Juniper holte tief Luft und schloss einen Moment die Augen, damit sie glauben konnte, dass sie wirklich hier war und es sich nicht einbildete. Die dumpfe Hitze, die sie vorhin empfunden hatte, kam wieder, vielfach verstärkt, als würde die Erde unter ihren Füßen vor Wut kochen.

»Führt ihn vor mich.«

Sie schrak beim Klang ihrer Stimme zusammen, obwohl es für eine professionelle Sängerin ganz natürlich war, ihre ausgebildete Sopranstimme erschallen zu lassen. Aber jetzt klang sie fast wie das Metall auf der Schneide eines Messers.

»Du hast Herrin Juniper gehört, Scheißkerl«, sagte Sam. Er sprach gerade so laut, dass sie es hören konnte.

Die Hand, die er dem Mann auf die Schulter legte, um ihn nach vorne zu schieben, hätte aus der Entfernung fast freundlich wirken können. Juniper jedoch sah, wie sich das Handgelenk und der vernarbte, muskulöse Unterarm anspannten und wie der Gefangene kurz die Augen aufriss, als sich die Finger mit zermalmender Präzision in sein Fleisch gruben. Sam war auf einem kleinen englischen Bauernhof geboren und aufgewachsen. Er hatte die Hälfte seiner zweiundvierzig Jahre einen besonderen militärischen Beruf ausgeübt, bevor die Weber ihn unmittelbar nach dem Change gefangen hatten und verletzt im Wald in der Nähe ihrer Heimstatt zurückließen.

Sein Hobby bestand darin, die Langbögen seiner Vorfahren herzustellen und zu benutzen. Er war stämmig und mittelgroß, aber mit seinen dicken, fast schaufelgroßen Händen konnte er Walnüsse zwischen Daumen und zwei anderen Fingern knacken. Zufällig wusste sie, dass er Männer wie den hier mit einer glühenden und tödlichen Leidenschaft hasste.

Chuck Barstow wirkte noch grimmiger. Er war Kämpfer für die Gesellschaft gewesen, Gärtner und Mitglied im Singenden Mond und kein echter Krieger von Berufs wegen – obwohl sie alle in den letzten achtzehn Monaten genug Tod und Kämpfe gesehen und erlebt hatten. Aber er war genauso entschlossen, als er jetzt vortrat und den Gefangenen festhielt. Seine starren Augen, die das Weiße um die blaue Iris zeigten, verrieten, dass er ebenfalls etwas spürte, abgesehen von der Bedeutung des Augenblicks, was ihm überhaupt nicht gefiel.

Judy Barstow saß am äußersten rechten Ende des Tisches neben einer Frau, die stocksteif auf ihrem Stuhl hockte. Ihr bleiches Gesicht verriet ihre Angst, und sie achtete sorgfältig darauf, dass ihr Blick nicht fokussiert war.

Unser wichtigstes Beweisstück, dachte Juniper. *Obwohl ich Rudy gerade erst gestillt habe, schmerzen meine prallen Brüste schon wieder. Aber warum fällt es mir so schwer zu atmen?*

Eilir war an den kleineren, kürzeren Tisch getreten, der im rechten Winkel gegen den größeren gestellt worden war. Jetzt drehte sie sich um, und ihre Finger zuckten. *Soll ich dir einen Becher mit kaltem Tee bringen?*

Ja, danke.

Sie trank gierig den lauwarmen Kamillentee, während ihre Tochter ein neues Buch aus der Satteltasche holte. Eis im Sommer war ebenfalls nur noch eine Erinnerung und vielleicht eines Tages auch eine Möglichkeit, wenn sie Zeit fanden, Kühlhäuser zu bauen. Aber man konnte sich ein wenig Kühlung verschaffen, indem man dickes Porzellan benutzte.

Das Buch war in schwarzes Leder eingeschlagen, in das sorgfältig die Worte *Die Prozesse des Clans Mackenzie, zweites Jahr des Change* eingraviert waren.

Darunter stand:

Gewaltverbrechen.

Eilir schlug eine neue Seite auf, zog ein Tintenfass heran und eine Schreibfeder mit einer Stahlspitze, die man aus einem Antiquitätengeschäft in Sutterdown aus ihrem wohlverdienten Ruhestand geholt hatte. Niemand hielt es für sonderbar, dass eine Vierzehnjährige als Gerichtsschreiberin fungierte. Die Maßstäbe hatten sich geändert.

Die ersten Seiten des Buchs enthielten die Rituale, die sie in der letzten Nacht ersonnen hatten, nachdem sie die rechtliche und moralische Basis festgelegt hatten, um in diesem Fall Recht sprechen zu können. All das stand auf den ersten Seiten des Buches, aufgeschrieben in Eilirs fein säuberlicher Handschrift.

Juniper warf einen Blick auf die Zeugen des Duns Carson, die im südöstlichen Quadranten saßen. Alle schwiegen, und ihre konzentrierte Aufmerksamkeit hatte etwas von einer Aufführung... und dann auch wieder nicht.

»Ich wurde hierhergerufen, um den Urteilsspruch des Duns gegen Billy Peers Mackenzie anzuhören...«

»He!«, schrie der Mann. »Ich habe nie irgendetwas von Mackenzie gesagt. Das wart ihr. Ich bin William Robert Peers.«

Juniper zögerte und drehte dann den Kopf zu ihm herum. »Ich sage das nur einmal, Mr. Peers. Sie werden den Mund halten, bis ich Ihnen erlaube zu sprechen. Wenn Sie noch einmal sprechen, ohne aufgefordert zu sein, wird Ihre Wache Sie knebeln. Knebel sind sehr ungemütlich. Ich rate Ihnen, ruhig zu sein.«

»Aber das können Sie nicht machen! Das ist nicht legal.«

Sams Hand bewegte sich kurz. Der Mann verstummte mit weit aufgerissenem Mund. Dann griff Sam in seine Felltasche, holte den Knebel heraus und stopfte ihn sachlich und geschickt in den Mund des Mannes. Er überzeugte sich sorgfältig davon, dass der Knebel nicht so groß war, dass der Mann nicht mehr schlucken konnte. Die Lumpen, die er um den Holzkern gewickelt hatte, waren in Kamille und Fencheltee getunkt und dann getrocknet worden, damit sie nicht zu eklig schmeckten. Riemen um den Kopf hielten den Knebel fest, ohne dass sie in die Mundwinkel schnitten. Der Mann wehrte sich, aber es war ebenso wirkungslos, als wenn sich ein Welpe in den Händen eines Mannes wehren würde.

»Ich sagte, ich würde das nur einmal sagen. Sie alle sollten das beachten. Wenn ich eine Konsequenz androhe, erfolgt sie. Die Idee der zweiten Chance gehört in die Zeit vor dem Change, als wir noch reich genug waren, um Zeit mit Streitigkeiten zu verschwenden. Sie haben eine Minute, um sich zu beruhigen.«

Sie warf einen Blick auf ihre Uhr.

Leidenschaftslos betrachtete sie den Mann, der sich wehrte und versuchte, den sorgfältig konstruierten Knebel auszuspucken. Dann begann sie, die Sekunden laut herunterzuzählen. Nach zehn Sekunden wurde Peers auf sie aufmerksam. Nach der zwanzigsten Sekunde hörte er auf, sich zu wehren.

»Schon besser. Unterbrechen Sie noch einmal, wird man Sie bewusstlos schlagen. Ich habe jetzt keine Zeit zu verschwenden, mitten in der Ernte.«

Peers zuckte zusammen und wollte sich wieder wehren, als er eine Bewegung aus dem Augenwinkel sah. Sam hob eine Hand, die Finger wie zu einer Klinge versteift. Der Mann zuckte zusammen und ergab sich in sein Schicksal. Juniper wartete und drehte sich dann wieder zur nördlichen Achse der Kreuzung um. Sie hob die Arme, und Judy legte ihr den Amtsstab in die Hände. Auf seiner Spitze steckte der Tripelmond, zunehmend, voll und abnehmend, über zwei silbernen Raben. Der Schaft selbst war aus Bergesche.

»Ich wurde von dem Óenach von Dun Carson und von dem Ollam von Dun Carson hierhergerufen; Sharon Carson, Herrin des Herdes, Cynthia Carson, Priesterin und Erste Bewaffnete von Dun Carson, Ray Carson, der Zweite Bewaffnete und Herr des Herdes in Ausbildung, und Brian Carson, Herr des Herdes und der Ernte, vorläufig, und seine Frau, Rebekah Carson, die Gerberin. Ich bin Juniper Mackenzie, Anführerin des Clans Mackenzie. Ich bin Ollam Brithem, Hohe Richterin über unser Volk.«

Juniper zuckte zusammen, als sie diese Macht beschwor. *Aber man braucht mich als Anführerin, also muss ich diese Bürde auf mich nehmen. Dreier, alles in Dreiern. Mach weiter, Frau, bring es hinter dich.*

»Ich wurde hierhergerufen von Óenach, Ollam und den Göttern, um zu hören, zu urteilen und zu verkünden. Bestreitet einer mein Recht, meine Pflicht oder meine Berufung? Sprecht jetzt oder schweigt für immer, denn dieser Ort und diese Zeit sind von unserer Versammlung geweiht. Alles, was wir hier tun, ist heilig – und rechtmäßig.«

Sie merkte, dass Peers erneut versuchte, sich zu wehren, aber sofort aufhörte, als Sam seinen Nacken packte.

Ein langes Schweigen setzte ein, und sie fuhr fort, während sie das Gesicht zur Sonne hob und die Augen vor dem grellen Licht schloss:

»Lass uns gesegnet sein!

Manawyddan – Rastloses Meer, spüle über mich hinweg.«

Ein grüner Zweig spritzte Salzwasser über sie. Sie schmeckte das Salz auf ihren Lippen. Es schmeckte wie Tränen. Vier Priesterinnen kamen mit grünen Zweigen, und jeder folgte ein Kind mit einer Schüssel Salzwasser. Jede von ihnen säuberte die Menschen in einem der Quadranten. Das letzte Paar säuberte sorgfältig den leeren, nordöstlichen Quadranten.

»*Manawyddan – Rastloses Meer!,* reinige und säubere mich! Ich mache mich zu einem Gefäß; um zu lauschen und zu hören!

Rhiannon – Weiße Mähre, steh mir bei und laufe mit mir, trage mich! So dass das Land und ich eins sein können, eins in der Weisheit der Erde.«

Sie bückte sich und hob mit zwei Fingern trockenen Staub von der Erde auf, den sie vor sich verstreute. Die Leute von Dun Carson taten das Gleiche, ebenso wie die Zeugen.

»*Rhiannon – Weiße Mähre,* erde mich.

Arianrhod – Sternengeschmückte Herrin; tanze durch unsere

Herzen, unseren Verstand und durch unsere Augen, bringe Dein Licht zu uns.«

Sie ließ sich von Eilir eine Fackel geben und zündete sie an. Das harzgetränkte Holz flammte auf. Eilir ging damit zu den vier Ecken der Kreuzung und entzündete die Fackeln, die dort standen.

»*Arianrhod – Sternengeschmückte Herrin;* bring Dein Licht zu mir, zu uns, in die Welt.

Meer und Land und Himmel, ich rufe euch an:
Hört und sehet und bezeugt dies,
Alles, was wir sagen
Alles, was wir beschließen
Alles, was wir zusammen tun.
Zur Ehre unserer Götter! Mögen sie
Unsere Schwüre
Unsere Wahrheiten
erkennen.«

Dann redete sie formell weiter: »Auf dass wir alle hier in Wahrheit, mit Ehre und Pflichtgefühl handeln, auf dass Gerechtigkeit, Sicherheit und Schutz für diesen unseren Clan gewährleistet seien und auf dass Ogma von der Honigzunge uns Seine Eloquenz gewähren möge, um zur Wahrheit zu gelangen.

Dieses Dun Óenach hat begonnen! Wir sind gebunden durch das, was wir entscheiden, all unsere Seelen und unser Volk gemeinsam.«

Sie drehte sich im Kreis, streifte alle Versammelten mit ihrem Blick und tippte dann mit dem Ende ihres Stabs auf den Boden.

»Ich bin hier, wir sind hier, die Götter sind hier. So sei es!«

»*So sei es!*«, antworteten die Stimmen der Versammelten.

Ihr fiel auf, dass auch Rebekah die Worte sagte, und sie war froh. Sie war nicht wirklich religiös, und es bedeutete, dass sie an der Arbeit des Clans teilnahm, statt sich zurückzuhalten und sich damit von der Religion zu distanzieren.

Sie ging zum Stuhl und setzte sich darauf. Sie registrierte, wie Chuck sich hinter ihr aufbaute und den Speer als Symbol ihrer Rechtsprechung senkrecht hielt.

Die Morgensonne brannte auf die Planen, und sie fühlte die Hitze und den Schweiß, der ihr über den Rücken und zwischen ihren Brüsten hinablief. Der Kilt war recht gemütlich gewesen, als sie durch den Wald zu der Kreuzung geritten war. Jetzt jedoch klebte die weiche Wolle an ihren Beinen, und ihre Haut unter den Kniestrümpfen juckte.

Nun, wenigstens bin ich nicht die Einzige, der in vielerlei Hinsicht unbehaglich ist.

Juniper tippte mit den Fingern auf den Tisch und nahm das kleine Hämmerchen, das Sam noch gestern Abend für sie gedrechselt hatte, als sie ihr Prozedere durchgesprochen hatten. Sie schlug einmal damit auf den Holzblock und sprach formell weiter:

»Wir haben uns hier versammelt, um eine Entscheidung zu treffen angesichts der Angelegenheit des sexuellen Übergriffes, dessen Opfer Debbie Meijer geworden ist. Begangen von William Robert Peers, den wir als Billy Peers Mackenzie kennen und der bestreitet, dass er den Namen oder den Clan Mackenzie akzeptiert hat.« Sie runzelte die Stirn und hob die Hand, um einen weiteren Schlag gegen den sich wehrenden Billy aufzuhalten. »Man wird Ihnen die Gelegenheit geben, zur angemessenen Zeit zu sprechen.«

Er schüttelte den Kopf, und sein Blick wirkte wütend und verzweifelt. Sie spitzte die Lippen und schüttelte den Kopf, während sie auf die Faust von Sam deutete. Der Mann lenkte ein, aber seine Miene blieb finster.

»Zuerst werde ich auf das wichtigere Thema zu sprechen kommen. Welches Recht haben wir, die Mitglieder unserer Gemeinschaft und jene, die auf unserem Land leben, zu verurteilen, zu bestrafen und diese Strafen auch zu vollstrecken? Mehr als ein Jahr sind wir jetzt von Fall zu Fall geeilt und haben dabei die Regeln festgeschrieben…«

Gelächter unterbrach sie. Diese Anklage war oft gegen die Hexerei der Naturreligion des Prä-Change erhoben worden: *Sie haben sich das Ritual aus den Fingern gesogen.*
»Aber jedes gerechte Gesetz gründet auf den Bedürfnissen und der Tradition und dem Willen des Volkes. Nicht viel davon stammt von dem Rechtssystem, das die Bedürfnisse einer städtischen, komplexen Gesellschaft abdeckte, die Hunderte von Millionen Menschen zählte und reich genug war, um Zeit für die langsame und sorgfältige Durchsicht von Anklage und Verteidigung zu erübrigen. Wir leben nicht mehr in der alten Welt von Städten und Bürokratien. Wir leben in kleinen, isolierten Dörfern, wo die Frage der Schuld häufig leicht festzustellen ist, und wir haben keine wirkliche Notwendigkeit für den komplizierten, gerichtsmedizinischen Apparat, der früher benutzt wurde, um die über jeden Zweifel erhabenen Kriterien zu bestätigen, an denen man sich damals orientierte.«

Sie erwiderte Billys wütenden Blick. »Wir sind auf eine andere Art vorgegangen und werden auch in Zukunft so vorgehen, bis wir die Notwendigkeit für etwas anderes erkennen. Unsere Methoden und ihr Erfolg oder ihr Scheitern werden von mir und meinen Ratgebern diskutiert und abgewogen. Wir haben die vergangenen siebzehn Monate vieles in den Duns überprüft und die Ergebnisse kodifiziert.« Sie deutete auf das Buch, auf das Eilir ihre Hände gelegt hatte. »Der Clan Mackenzie ist eine Vereinigung unabhängiger Siedlungen, die um Aufnahme in den Clan gebeten und die Mitgliedschaft erhalten haben. Auf dass wir uns gegenseitig unterstützen und verteidigen können, in einer Welt, in der niemand allein und auch kein einzelner Familienclan überleben kann. Dies sind die Mittel, die wir gefunden haben, um zusammen zu leben – und anständig zu leben. Und es hat funktioniert. Wir leben noch, während Millionen, Hunderte von Millionen und wahrscheinlich sogar Milliarden gestorben sind.«

Ein leises Murmeln lief durch die Gruppe, als sie sich umsah und ihnen der Reihe nach in die Augen blickte. Aus genau diesem Grund waren so viele der Gruppe beigetreten, die sie mit ein paar Freunden und Mitgliedern des Hexensabbats auf ihrem Landsitz gegründet hatte. Das war es, was sie am ersten Tag gemeint hatte, als sie es ihnen erzählte…
»Wir müssen ein Clan sein, wie es sie früher gab, wenn wir überhaupt überleben wollen.«
Ein dunkles, zustimmendes Gemurmel antwortete ihr. Diese Worte waren bereits Legende. Vielleicht war das ganze Drum und Dran, das diesen Gedanken begleitete, nicht notwendig, war nur Nebenprodukt der Besessenheit und Vergangenheit dieser Gruppe aus der Zeit vor dem Change… Aber die ganze Sache hatte funktioniert, dagegen konnte niemand etwas einwenden. Sie selbst am allerwenigsten.

Sie sprach weiter: »*Salus populi suprema lex*. Das Gute für das Volk ist das oberste Gesetz. Wenn eine Person in einem Dun des Clans lebt, ist sie ein Mitglied dieses Duns und folglich den Regeln, dem Nutzen und den Verpflichtungen der Gruppe unterworfen. Niemand zwingt sie zu bleiben, aber wenn sie es tut, dann nur zu den festgelegten Bedingungen der Gruppe. Das schließt die Realität von Arbeit ein, von gemeinsamer Verteidigung und auch die Verpflichtung, andere zu respektieren. Ollam und Óenach eines Duns haben das Recht, Verfehlungen innerhalb ihrer Territorien zu richten. Wer wählt den Ollam? Das Volk des Duns. Dun Carson wurde von John und Sharon Carson Mackenzie geführt, bis er beim Kampf gegen die Leute des Protektors starb, als diese letztes Jahr versuchten, Sutterdown einzunehmen. Dun Carson wird jetzt von einem Ollam aus fünf Personen geführt. Sie haben gemeinsam darum ersucht, dass der Anführer des Clans die Strafe in dieser Angelegenheit verkündet und dass dies von so vielen glaubwürdigen Mitgliedern der anderen Duns wie nur möglich bezeugt werden soll. Aus diesem Grund sind wir heute hier.«

Zwei Leute hielten ihre Worte in Kurzschrift fest. Juniper sprach langsamer, um es ihrer Tochter und Gerichtsschreiberin einfacher zu machen, von ihren Lippen abzulesen.

»Ich werde zuerst Debbie Meijer anhören, die ebenfalls in Dun Carson lebt, aber den Namen Mackenzie nicht angenommen hat.«

Sie beobachtete, wie der Blick der verletzten Frau sich auf sie richtete, als wäre sie aus irgendeinem inneren Gefängnis gerissen worden, das gleichzeitig ein Schutz war. Heutzutage sahen alle schlank, kräftig und wettergegerbt aus, aber ihr Gesicht hatte einen sanften und schmerzlichen Ausdruck. Sie hatte blaugrüne Augen und braunes Haar, das sie mit einem Kopftuch verhüllte. Etwa eine Minute lang schien sie zusammengesunken sitzen zu bleiben, dann jedoch erhob sie sich, als Judy sie leise anstieß, und trat vor. Juniper sah, wie sie schluckte und die Zähne zusammenbiss. Sie machte eine kleine Handbewegung, und Debbies Gesicht verzerrte sich. Sie zitterte kurz, dann drehte sie sich zu den Angehörigen der Duns um.

»Ich bin Debbie Meijer. Ich habe mit euch im Dun Carson gelebt, seit... seit uns die Männer des Protektors aus Lebanon geraubt haben und ich... entkommen konnte. Ich habe weder den Clan akzeptiert noch den Namen angenommen, weil ich darauf gewartet habe, dass mein Ehemann, Mark, zurückkäme. Ihr hier alle wisst, dass die Umherziehenden nach Kunde von den Menschen geforscht haben, die aus Lebanon geraubt wurden, aber man hat nicht viel von ihnen gehört. Ich... ich habe mein Bestes getan, um mich anzupassen und nützlich zu sein. Es war schwer. Ich habe gelernt, gelernt und gelernt, länger als ein Jahr. Ich habe mich von einer unabhängigen, fähigen Bürgerin zu einem abhängigen, dummen Mitglied einer landwirtschaftlichen Gemeinschaft entwickelt.«

Eine Welle von Emotionen packte die Carsons. Rebekah trat rasch vor und streckte den grünen Zweig aus.

»Ich lasse Rebekah Carson sprechen.« Juniper lächelte Debbie an und hob sanft die Hand, um ihr zu bedeuten, einen Moment zu warten.

»Debbie ist eine gute, harte Arbeiterin«, sagte Rebekah, »die mit der Trauer gekämpft hat, die sie wegen des Verlustes ihres Ehemanns und ihrer Familie empfunden hat. Sie alle waren an der Ostküste. Wir alle mochten sie und haben sie unterstützt.«

Juniper zögerte und unterdrückte einen Anflug von Ärger. Diese Unterstützung ließ in mancherlei Hinsicht viel zu wünschen übrig. Sie hatte gesagt, dass sie sich wie ein Clan benehmen sollten, was bedeutete, dass jeder den anderen beschützen musste.

Darüber muss noch gesprochen werden, aber später. Jetzt muss Debbie zu Ende reden.

Sie blickte hoch. Peers lümmelte auf seinem Stuhl und sah so überheblich aus, wie ein Mann nur aussehen konnte, während er geknebelt war und sich in Sam Aylwards Gewalt befand. Er drehte den Kopf, begegnete Debbies Blick und bewegte seine Hüften. Nur wenig, aber es war unmissverständlich.

Juniper zeigte mit dem Finger auf ihn. Sam Aylward achtete sorgfältig darauf, nicht zu lächeln.

Es krachte.

Sams Hand landete im Gesicht des Mannes mit einem Geräusch, als würde Leder auf ein Brett klatschen, und in einer Geschwindigkeit, die täuschte, weil seine Bewegung vollkommen ohne Hast gewesen war. Der Kopf des Mannes auf dem Stuhl ruckte herum, und er schwankte. Blut trat auf seine Lippen und lief aus seiner Nase, und er riss vor Schreck die Augen auf.

»Sie werden Respekt zeigen«, erklärte Juniper sachlich. »Bitte fahren Sie fort, Debbie. Sagen Sie uns, was passiert ist.«

Debbie biss sich auf die Lippen und erwiderte Junipers

Blick. Ihre defensive Haltung veränderte sich, sie straffte sich, und ihre Stimme wurde kräftiger.

»Es hat nicht gestern angefangen. Sondern es hat gestern geendet. Ich bin seit August letzten Jahres hier. Billy Bob kam im März oder im April...«

»April!«, rief jemand von den Versammelten.

Debbie nickte. »Es fing sofort an. Er stand beim Abendessen hinter mir in der Schlange und rieb sich an mir. Cynthia hat es gesehen und ihn vor allen zusammengestaucht. Er sagte, dass er nur versucht hätte, freundlich zu sein, dass ich ein kaltes Miststück wäre und Cynthia ein vorlautes Gör.«

Juniper spürte, wie sie die Lippen zusammenpresste. Sie sah das Mädchen der Carsons an. Cynthia nickte, sagte aber nichts.

»Danach«, fuhr Debbie fort, »achtete er mehr darauf, dass ihn niemand dabei beobachten konnte. Er ist mir gefolgt, wenn er konnte, hat mich gepackt und mich berührt, wann immer es ging. Dieses Ding mit der Hüfte, was er gerade gemacht hatte... Er hat es so oft getan wie möglich, wenn wir alle zusammen waren. Ray hat ihn ein paar Mal dabei erwischt und ihm gesagt, er solle damit aufhören, und Brian auch. Aber das hat ihn nur vorsichtiger gemacht. Er hat versucht... Er hat an meine Tür geklopft... Ich glaube, es war Ende April, spät in der Nacht. Ich habe nicht einmal an die Gefahr gedacht. Ich habe einfach nur die Tür aufgemacht, dann hat er sie aufgestoßen und versucht hereinzukommen. Er hat mir ins Gesicht geschlagen, auf meine Brüste, hat mich verletzt, und ich habe geschrien, und alle kamen heraus. Er hat behauptet, ich hätte ihn eingeladen, aber niemand hat ihm geglaubt. Danach musste ich meine Tür abschließen. Im Mai hat er versucht, durch das Fenster hereinzukommen, und ich habe es ihm auf die Finger gehauen. Danach musste ich auch mein Fenster abschließen und die Hitze ertragen. Ray und Brian waren wütend, weil er sagte, er hätte sich die Finger in einer Tür eingeklemmt, nicht am

Fenster, und er hätte nichts gemacht. Aber Tammy hat ihn an diesem Tag herunterfallen sehen, und dann haben sie mir geglaubt. Sie haben ihn von mir ferngehalten, indem sie dafür gesorgt haben, dass er weit weg vom Haus arbeitete und ich in der Nähe. Sharon und Rebekah haben mir geraten, vorsichtig zu sein und nichts zu tun, was ihn noch mehr erregen oder provozieren könnte. Dabei habe ich gar nichts gemacht. Es lag nur an ihm… Gestern haben wir nach der Ernte gegessen, und ich bin in mein Zimmer gegangen, um mein Hemd zu wechseln. Ich bin froh über die Kilts. Hosen wären in dieser Hitze viel zu heiß, und ich mag keine Shorts. Aber ich brauchte ein leichteres Hemd, weil ich schwitzte. Er hatte sich hinter der Tür meines Zimmers versteckt, hat mir in den Rücken geschlagen, und ich bin gestolpert. Ich habe mich umgedreht, geschrien, und da hat er mir in den Bauch geschlagen, mich auf den Boden geworfen und mir die Kleidung heruntergerissen…«

Juniper fing Judys Blick auf, und diese rückte dichter an die Frau heran, die ganz steif geworden war und mit tonloser Stimme und ausdruckslosem Gesicht weitersprach.

»Er hat mich vergewaltigt… Ich konnte wegen des Schlags in den Bauch nicht atmen. Dann hat er mich herumgedreht und halb über das Bett geschleudert und es von hinten gemacht und in meinen Hintern. Dann hat er mich mit meinem Hemd geknebelt und mir in die Brüste gebissen und mich wieder geschlagen und mich dann dort zurückgelassen. Cynthia hat mich später gefunden.«

»Nicht sehr viel später«, erklärte Cynthia. »Als sie nicht heruntergekommen ist, bin ich hochgegangen. Es war höchstens zehn oder fünfzehn Minuten später.«

Juniper nickte und deutete auf Brian. »Wie ist es ihm gelungen, eure Wachsamkeit zu umgehen?«

Der Mann wirkte grimmig. »Gar nicht. Er ist nur so ein Faulenzer, dass ich mir nichts dabei gedacht habe. Ich dachte, er wäre irgendwo hingegangen und hätte ein Schläfchen gehalten. Ray wollte nach ihm suchen, aber ich sagte ihm, wir hätten zu viel zu tun. Ich hätte ihn nicht ignorieren sollen.«

»Von wegen Schläfchen!«, rief Debbie, der plötzlich Tränen über die rot glühenden Wangen liefen.

Judy führte sie weg und legte ihr behutsam einen Arm um die Schultern.

Juniper nickte und spürte den Ärger auf ihrem Gesicht. Sie wusste, dass sie Brian Carson Angst machte.

»Judy?«, fragte sie.

Judy Barstow trat wieder vor. Alle wussten, dass sie vor dem Change eine ausgebildete Krankenschwester und Hebamme gewesen war, und seitdem war sie für die Gesundheit des Clans zuständig. Sie war nicht so beliebt wie Juniper, denn ihre brüske, sachliche Art wirkte ein wenig abweisend, aber niemand zweifelte an ihrer Kompetenz.

»Ich habe gestern Abend die Untersuchung durchgeführt. Debbie wurde geschlagen. Sie hat eine Prellung auf dem Rücken, zwischen den Schulterblättern. Außerdem ist dort auch eine Wunde, vielleicht durch einen Ring an der Faust. Man hat ihr auch in den Solarplexus geschlagen. Das weiche Gewebe dort zeigt nicht so schnell Prellungen, aber es fanden sich dort zwei Male, die dem Ringabdruck auf ihrem Rücken ähnlich sehen. Ich nehme an, dass sie morgen einen großen blauen Fleck auf ihrer Brust haben wird. Außerdem glaube ich auch, dass sie innere Verletzungen davongetragen hat, wahrscheinlich sogar an ihrer Milz. Ich hoffe, dass die Verletzung heilt, aber bis dahin kann sie nur leichte Arbeiten verrichten und muss viel ruhen. Sie wurde darüber hinaus eindeutig vergewaltigt, sowohl vaginal als auch anal. Es gibt beträchtliche Traumata und Verletzungen im Umkreis der Körperöffnungen und auch Risse und Wunden von Fingernägeln. An beiden Stellen wurde Sperma gefunden.«

Juniper nickte, während sich ihr Magen verkrampfte. *Ich wünschte, Eilir müsste das nicht hören! Oder die Kinder der*

Clans. Bedauerlicherweise müssen sie es alle hören, laut und deutlich.

»Ein letzter Punkt noch«, sagte Juniper, »bevor ich als Ollam und Brithem spreche. Brian hat für Billy Bob und Debbie Sühnegeld-Aufstellungen gemacht.« Sie senkte den Blick und zog eine Grimasse. »Die von Billy Bob dürfte niemanden sonderlich überraschen. Er ist mit leeren Händen auf einem Fahrrad Ende April diesen Jahres angekommen, bis auf ein Gürtelmesser und eine Axt. Aber er war nicht hungrig. Er behauptete, er wäre vom Fluss Hood gekommen, wo die Portland-Protektions-Gemeinschaft in Person eines gewissen Conrad Renfrew, der sich jetzt selbst *Fürst* Conrad Renfrew nennt, die Macht übernommen hat. Er wurde in Dun Carson aufgenommen. Seitdem hat er sich einen Namen als Faulenzer und Unruhestifter gemacht. Brian glaubt, dass er noch nicht einmal genug gearbeitet hat, um auch nur sein Zimmer und seine Verpflegung zu rechtfertigen. Er hat außerdem seinen Wachdienst verkürzt, hat betrogen und ist zweimal gar nicht erst gekommen, bevor er von der Liste des Wachdienstes gestrichen wurde. Ich werde einen Berater zu allen Duns schicken. Wir haben jetzt Nachrichten vom Fluss Hood. Die Portland-Protektions-Gemeinschaft hat dort zwar die Kontrolle übernommen, aber die Leute vom Fluss sind dafür sogar dankbar.«

Was eine überraschte Reaktion unter den Anwesenden auslöste. Der Lordprotektor der PPG war, gelinde gesagt, ein Psychopath, wenn auch ein sehr kompetenter und überraschend weitsichtiger. Unter seinen Gefolgsleuten fanden sich extrem harte Männer bis hin zu brutalen Schlägern. Aber es gab Zeiten, in denen die Leute die härteste Hand akzeptierten, wenn das ihr Leben sicherte und ihnen genug Frieden gab, um zu säen und zu ernten. Die Gemeinschaft versuchte tatsächlich mit aller Kraft, die Landwirtschaft in ihrem Territorium wieder anzukurbeln. Und sie tolerierten keine Überfälle von Plünderern…

Wenn auch nur, weil das Konkurrenz bedeutete, dachte sie sarkastisch und sprach weiter:
»Sie hatten ein hausgemachtes Verbrecherproblem, und zwar ein ziemlich schlimmes. Jeder Dun, der in der Zeit von März bis Ende April Leute vom Fluss Hood aufgenommen hat, muss sie sich sehr genau ansehen. Es könnten die Banditen selbst sein, diejenigen, die Renfrew nicht gehängt oder geköpft hat. Und ich vermute, dass das auch hier der Fall ist ... Fahren wir fort. Debbies Sühnegeld zeigt, dass sie mit dem Anspruch auf siebzig Morgen Land außerhalb von Lebanon und weiteren hundert Morgen oben in Silverton hier angekommen ist. Die hat sie dem Clan im November übertragen, als die Kyklos nach Ansprüchen auf die Ländereien fragte, die sie im September in Besitz genommen hatten. Wir haben eine große Sendung von Waren als Entschädigung dafür erhalten und etliche andere Eigentumstitel. Debbie hat einen entsprechenden Wert dieser Lieferung angeschrieben bekommen. Debbie arbeitet hart, hat sehr viel Gemeinsinn und ist sehr umgänglich. Sie hat viele Fähigkeiten gelernt, die sie in unserer Change-Welt benötigt, kümmert sich um das Milchvieh, macht Butter und Käse, sät und konserviert Nahrung und hat darüber hinaus die normalen Aufgaben erledigt.«

Juniper faltete die Hände über ihren Unterlagen und blickte in die herausfordernden braunen Augen des geknebelten Mannes vor ihr.

»Bevor ich irgendetwas zu diesem besonderen Fall sage, möchte ich etwas feststellen, was an alle Clan-Territorien weitergesendet wird. *Dun Carson hat versagt, Debbie Meijer zu beschützen.*«

Sie hielt inne, damit Eilir ihr folgen und sich zusammenreißen konnte. Dann fing sie den Blick von Brian und den von Rebekah auf. Beide schlugen die Augen nieder und erröteten vor Scham.

»Belästigung, Misshandlung, Folterung, psychische Grausamkeit ... Nichts von alldem kann man als Verhalten in einer Welt akzeptieren, in der alle aufeinander angewiesen sind und niemand einfach wegziehen kann. Kindern wird das durch Ermahnungen und Vorbild beigebracht, weil sie es nicht besser wissen. Von Erwachsenen dagegen wird erwartet, dass sie zuhören und verstehen und sich entsprechend verhalten. Wir dürfen nicht zulassen, dass sich chronische Probleme festsetzen und verbreiten. Wir vom Clan müssen in der Lage sein, uns gegenseitig zu vertrauen, denn unser Leben hängt davon ab.«

Juniper trommelte mit den Fingern auf dem Tisch und betrachtete finster das finstere Gesicht des geknebelten Mannes. »Billy Bob hat die Legalität unseres Handelns infrage gestellt. Darauf will ich zuerst zu sprechen kommen.«

Es bereitete ihr grimmige Befriedigung zu sehen, wie sehr es dieser Mann hasste, dass sie den Spitznamen verwendete, den er benutzt hatte, als er auf dem Territorium des Clans Mackenzie angekommen war.

»Clan Mackenzie ist ein souveräner Staat. Wir sind weder an das Rechtssystem der alten Vereinigten Staaten von Amerika gebunden, noch folgen wir ihm, denn das ist in dieser neuen Welt, in der wir uns befinden, vollkommen ungenügend. Folglich sind Sie nicht mehr in Kansas, Mr. Peers, und wir werden Ihnen nicht erlauben, rechtliche Kniffe anzuwenden, um sich vor Ihrer gerechten Strafe zu drücken. Nein, das werden wir nicht akzeptieren! Jetzt können Sie sprechen. Wenn ich Ihnen befehle, nicht mehr zu sprechen, werden Sie den Mund halten und nicht mehr sprechen. Wenn ich Ihnen eine Frage stelle, werden Sie sie sofort beantworten. Sie werden nichts anderes sagen, als auf die Frage zu antworten, die ich Ihnen stelle, bis ich Ihnen erlaube, frei zu sprechen. Haben Sie das verstanden?«

Sie sah den gerissenen Ausdruck in seinem Blick, als er nickte, und erwiderte die Geste.

»Akzeptieren Sie, nur die Fragen zu beantworten, die ich Ihnen stelle, und zu schweigen, wenn ich es befehle?«

Er nickte langsam, als müsste er seinen Kopf zwingen, sich trotz seiner angespannten Muskeln zu bewegen.

»Wenn nötig, werden wir den Knebel benutzen. Ich will Sie vorwarnen, dass jeder Versuch, die Schuld Ihrem Opfer zuzuschieben, mit Knebelung beantwortet wird. Vergewaltigung ist eine Beleidigung gegen die Göttin selbst und eine Beleidigung des Gehörnten Herrn, ihres Gemahls und Liebhabers. Es ist eine widerliche Verspottung des Großen Ritus, durch den sie beide die Welt erschufen und erhielten, und so etwas ungestraft zu lassen bedeutet, ihren Ärger heraufzubeschwören. Wir haben hier Religionsfreiheit; Sie werden für Ihr Verbrechen an Debbie Meijer bestraft, nicht für Ihre Verfehlung gegen die Mächte, die die Welt erschufen und formten. Aber unsere Moral zu beleidigen ist Blasphemie und wird mit einer harten Strafe geahndet. Und Sie... Nun, Sie sind ein Vergewaltiger.«

Sie nickte Sam zu, der den Knebel löste. Billy Bob spie den mit Tuch umwickelten Holzklumpen aus und holte tief Luft. Er erstarrte, als er ihrem Blick begegnete. Sie hielt seinen Blick, bis er ausatmete und schwach zusammensackte.

»Schon besser«, meinte sie anerkennend. »Haben Sie Debbie Meijer vergewaltigt?«

Wieder holte er tief Luft, sah ihr in die Augen und... zögerte. »Das können Sie nicht beweisen!«, antwortete er herausfordernd.

»Warum nicht? Sind Sie sich so sicher, dass niemand Sie gesehen hat?«

»Natürlich... Niemand hat mich gesehen. Denn ich war ja nicht da!«

Juniper verzog das Gesicht.

Gute Erwiderung, dachte sie. *Ich werde nicht zulassen, dass er anfängt wie* Perry Mason *zu argumentieren.*

Juniper nickte. »Wir sind nicht darauf angewiesen, dass man Sie gesehen hat. Beweise, wie Sie das nennen, sind eine Frage von Glauben. Alle im Óenach des Duns glauben, dass

Sie getan haben, wessen man Sie beschuldigt, und zwar beruhend auf Beobachtungen, Ihrem Verhalten und dem Wissen, wer und was Sie sind. Ihre Schuld wurde bereits zur Befriedigung des Duns festgestellt, und das habe ich akzeptiert. Debbies Wort und der Zustand ihres Körpers sind uns Beweis genug, dass sie vergewaltigt wurde. Der Kampf gegen Ihre ständige Belästigung genügt, um Sie in den Augen der Gemeinschaft zu verurteilen. Der Abdruck Ihres Ringes auf ihrem Körper, an drei verschiedenen Stellen, ist ebenfalls sehr vielsagend. Denken Sie daran, dass man mich nicht gebeten hat, hierherzukommen und zu entscheiden, ob Sie schuldig sind. Das wurde bereits gestern Nachmittag festgestellt, als Sie eingesperrt wurden und Judy Barstow Mackenzie Debbie untersucht hat. Sie sind der Mann, der sie vergewaltigt hat. Meine Aufgabe besteht darin zu entscheiden, was wir mit Ihnen machen. Unser leitendes Prinzip im Clan Mackenzie ist das Prinzip des Sühnegeldes, der Entschädigung. Wenn man Eigentum beschädigt oder seinen Anteil nicht erbringt, dann wird man zu Arbeit verurteilt oder muss Güter beibringen, die den Schaden begleichen, den man angerichtet hat. Für wiederholte Verstöße wird man auf Beschluss der Gemeinschaft ausgestoßen. Bei körperlichen Angriffen ist die einzige entscheidende Frage, wie gefährlich der Übeltäter ist. Wir tragen Verantwortung. Wir können keine gefährliche Person in die Welt hinausschicken, wenn wir ernsthaft annehmen müssen, dass er oder sie eine andere Person verletzen könnte. Bei Mord müssen die Umstände des Todes von einem Leichenbeschauer überprüft werden, der vom Ollam des Duns beauftragt wird. Die Entscheidungen werden auf diesen Erkenntnissen beruhen und auf dem gemeinsamen Entschluss mit dem Ollam und dem Óenach.«

Sie sah, dass sich Billy Bob entspannte. Er zuckte mit den Schultern.

Nach ein paar Sekunden Pause nickte sie ihm zu. »Ich

habe eine Entscheidung getroffen. Haben Sie noch etwas zu sagen?«

»Na klar!« Er richtete sich wieder auf. »Geben Sie mir mein Fahrrad zurück, packen Sie genug Nahrungsmittel in die Satteltaschen, dann verschwinde ich nach Norden, noch bevor die Tür das Hinterrad treffen kann!«

Die Angehörigen von Dun Carson reagierten empört. Auf ihren Gesichtern zeichnete sich Wut ab, und einige schrien laut vor Zorn oder Wut. Juniper wartete, bis sie sich beruhigten. Billy Bob wollte sich umdrehen, aber Sam hielt immer noch seine Schulter fest, und er konnte den Griff ebenso wenig abschütteln wie die stählernen Backen eines Schraubstocks.

»Was den Dun angeht, haben Sie noch nicht genug Arbeit geleistet, um auch nur abzuarbeiten, was Sie in den vier Monaten hier verbraucht haben. Sie sind mit nichts anderem als einem alten Fahrrad angekommen, das längst auseinandergenommen und als Ersatzteillager benutzt wurde.«

»Scheiße!«, schrie Billy Bob. »Das war *mein* Fahrrad, und jetzt schulden Sie *mir* was!«

»Nein«, antwortete Juniper. »Sie schulden dem Clan vier Monate Unterbringung und Logis. Die Unterbringung wird mit einem Pfund Weizen pro Tag berechnet und Verpflegung mit anderthalb Kilogramm Weizen pro Tag. Insgesamt waren es hundertsechsundzwanzig Tage, das entspricht etwas mehr als fünf Scheffeln Weizen.«

»Sie sind verrückt!« Er starrte sie an. »Wie soll ich Weizen beschaffen?«

»Im Schweiße deines Angesichts!«, warf Brian ein. Seine Stimme klang gepresst vor Wut.

Billy Bob fuhr herum, aber Juniper sprach weiter. Ihre Stimme war so hart wie Diamant. »Halt. Das hier ist hinfällig; das Zufügen einer körperlichen Verletzung überwiegt alles andere.« Einen Moment herrschte Schweigen, dann sprach sie weiter: »Hat irgendjemand vom Óenach etwas zu der Möglichkeit zu sagen, ob Billy Bob möglicherweise andere Frauen vergewaltigen würde, wenn er ausgestoßen wird?«

Eines der älteren Kinder – der *eóghann*, rief sie sich in Erinnerung – hob die Hand. »Darf ich sprechen?«, fragte der Junge. Juniper runzelte die Stirn, als die Mutter des Jungen ihre Hand ausstreckte und wieder zurückzog.

»Ja. Du hast eine Stimme, aber du bist nicht stimmberechtigt.«

»Er… gestern früh und auch schon davor hat er neben mir gearbeitet. Ich habe versucht zu tauschen, aber Brian meinte, es würde die Moral verletzen, und ich sollte in der Lage sein, ihn zu ignorieren. Aber er hat immer geredet. Er hat wirklich hässliche Sachen über Debbie gesagt. Er hat immer von ihr geredet. Manchmal hat er auch über andere Frauen geredet, die nicht von hier kamen und auch nicht alle vom Fluss Hood stammten. Er hat gelacht und gekichert… als wäre es… als würde es ihm Vergnügen bereiten, mir das zu erzählen. Ich habe ihn angeschrien, den Mund zu halten, wegen der schlimmen Sachen, die er mir erzählt hat.«

Juniper ließ weder den Kopf auf den Tisch sinken, noch schrie sie oder sprang auf vor Wut. Aber den Impuls dazu spürte sie ganz deutlich.

»Hat noch jemand eine ähnliche Geschichte zu erzählen?«

Sie zuckte zusammen, so wie alle anderen vom Óenach. Denn alle Hände, die gehoben wurden, gehörten *eóghann*, und selbst im Abschnitt der Kinder hoben sich vereinzelte Hände.

Brians gerötetes Gesicht wurde kalkweiß, und er schlang unwillkürlich den Arm um Rebekah. Denn auch die Hand ihrer dreizehnjährigen Tochter winkte in der Luft.

Juniper zählte. »Euer Versagen, dieses Thema ordnungsgemäß anzusprechen, hat eure Kinder einem Vergewaltiger ausgeliefert. Und er hat euren Leichtsinn ausgenutzt. Neun *eóghann* und drei Kinder wurden belästigt, körperlich oder verbal. Bevor ich fortfahre, Dun Carson Óenach, stelle ich fest, dass euer Ollam seine Pflicht euch gegenüber nicht erfüllt hat. Möchtet ihr einen neuen Ollam wählen?«

Der Óenach brodelte, als die Leute sich zusammenscharten und miteinander redeten. Cynthia und Ray standen dicht bei ihrer Mutter. Alle drei weinten. Rebekah und Brian hatten ihre Arme für Sara ausgebreitet, die zu ihnen rannte, während ihr Tränen über die Wangen liefen.

»Sie haben Debbie gesagt, sie solle nicht zu viel Aufhebens machen oder ihn provozieren...«

Eilir drehte sich mit der Feder in der Hand um. Ihr Gesicht war grimmig.

Was für ein Nest aus Würmern, oh Meine Mutter.

Juniper nickte. *Ich denke immer wieder, dass wir den Change verstanden haben und auch die vielen kleinen Changes. Aber immer wieder beißt er uns in den Hintern.*

Ein Mann stand auf, drehte sich um und musterte den Rest des Óenachs, während er seine Mütze in den Händen drehte. Die anderen nickten und schoben ihn aufmunternd nach vorn.

»Ich bin Josh Heathrow. Ich habe mich vor dem Change einen Heiden genannt. Es ist mir leichtgefallen, die Göttin zu akzeptieren, aber ich wollte nie die ganze Priesterschaft auf mich nehmen. Trotzdem hat der Óenach mich gebeten, für sie alle zu sprechen. Kurz gesagt, wir glauben nicht, dass einer von uns es besser gemacht hätte. Und es widerstrebt uns, jemanden hinauszuwerfen, damit er verhungert... oder von den Fressern erwischt wird, und das würde passieren. Die Dinge haben sich geändert. Wir müssen damit zurechtkommen, und es ist nicht leicht, das zu verstehen. Als etwas Konkretes passiert ist, hat Brian etwas unternommen und auch schnell reagiert. Ich nehme an, wir alle glauben, dass dies eine der Lektionen ist, die wir lernen müssen, um sicherzugehen, dass wir nicht noch einmal denselben Fehler machen. Aber niemand scheint zu wollen, dass wir die

Carsons hinauswerfen. Sie sind gute Leute und ziemlich gewissenhaft, und außerdem war das hier seit Generationen ihr Land. Vielleicht wird es den, also, den Feldern, Sie wissen schon, vielleicht mögen sie es nicht, wenn wir das verändern.«

Er sah sich um und setzte sich abrupt wieder hin. Juniper hatte die Gesichter der anderen beobachtet, während er sprach.

»Das ist Konsens?«, erkundigte sie sich.

»Ja!«, schallte es ihr entgegen.

»Also gut. Brian, du und Rebekah, ihr müsst zur Halle kommen. Ich nehme an, dass ich dort ebenfalls hinkommen werde. Wir werden uns Zeit nehmen, unterschiedliche Situationen zu untersuchen und mögliche Strategien zu entwerfen. Sharon, Cynthia und Ray werden zusätzliche Stunden mit Judy verbringen und ihre zukünftigen Verantwortlichkeiten besprechen. Und nun werde ich die Strafe verkünden.«

»He! Moment! Bis jetzt hat man mich noch nicht schuldig gesprochen oder verurteilt!« Peers traten vor Entsetzen die Augen aus den Höhlen, als seine Illusionen endgültig zerplatzten.

»Haben Sie nicht gehört, dass ich Ihnen gesagt habe, dass ich nicht dafür zuständig bin, Ihre Schuld zu beurteilen? Ich bin nur hier, um Ihre Strafe zu verkünden.«

Billy Bob legte los, schrie Obszönitäten, leugnete alles, und Sam zwang ihm mit Gewalt den Knebel in den Mund. Ein kurzer Tritt gegen sein Bein warf den Mann auf die Knie. Er atmete pfeifend durch die Nase, und der Bewaffnete packte sein Haar.

Juniper stand auf und erhob ihren Stab. »Hört den Spruch des Ollam Brithem vom Clan Mackenzie!«

Es wurde still, bis auf das rasselnde Keuchen des Geknebelten und das entfernte Wiehern eines Pferdes.

»Dun Carson wird zwei ausgebildete Priesterinnen und

einen Priester im Dun akzeptieren, die denen helfen, die im Herzen von den Taten dieses Mannes verletzt wurden. Sie werden keine Angehörigen des Duns werden, aber sie werden hier arbeiten wie wir alle. Debbie hat sechs Monate Zeit, um sich zu entscheiden, ob sie im Dun Carson bleiben, sich einem anderen Dun anschließen oder eine Gruppe nach Norden führen will, um ihr Land in der Nähe von Lebanon wieder in Besitz zu nehmen und selbst ein Ollam-Anführer zu werden. Sollte sie Dun Carson verlassen, wird Dun Carson ihr die Güter mitgeben, die sie für ihre harte Arbeit entschädigen, die Brian Carson in diesem Blatt aufgeführt hat. Dun Juniper wird ihr Unterstützung gewähren, gegen die Summe, die ihre Abtretung des Titels auf die Morgen in Silverton dem Clan gebracht hat. Dun Carson wird ein Sühnegeld von einem extra Fünftel hinzufügen, weil er zugelassen hat, dass sie vier Monate lang sexuelle Belästigungen erdulden musste, und wird sich formell bei ihr entschuldigen.«

Juniper ließ sich von Chuck den Speer geben. Sie richtete ihn auf den am Boden liegenden Billy Bob. Das Sonnenlicht blitzte auf der Spitze und flackerte in den eingravierten Ogham-Symbolen.

»Dieser Mann ist ein tollwütiger Hund. Er greift die Jungen an und zerstört ebenso den Ruf seiner Opfer wie ihre Ehre und Integrität. Wenn wir ihn verstoßen, wird uns das nicht vor ihm schützen. Er könnte jederzeit zurückkehren, sich verstecken, uns und die unseren angreifen und bestehlen, weil er unsere Verteidigungsmaßnahmen kennt. Oder aber er sucht sich andere, die er berauben kann. Wir müssen ihn von dem Kreis der Welt entfernen, denn wir sind verantwortlich. Wir haben ihn in unserem Nest gefunden, auf unserem Land, wo er unser Volk ausgeplündert hat. Letzte Nacht haben meine Ratgeber und ich die möglichen Umsetzungen diskutiert. Wir haben ein Ritual ersonnen und werden dadurch die Todesstrafe ausführen. Sollen die Wächter am Nördlichen Tor ihn richten; soll er Sühne tun und sich selbst im Land des Sommers erkennen. Der Tod ist eine schreckliche Sache, und alle von uns wurden im letzten Jahr mit dem Tod und der Furcht vor dem Tod konfrontiert. Ich habe einen Mann nur wenige Stunden nach dem Change getötet, um einen anderen zu retten. Aber wir dürfen dadurch nicht abstumpfen; ebenso wenig dürfen wir es verdrängen und aus unserem Verstand verbannen. Also wird Dun Carson die Strafe ausführen. Wir werden uns nicht vor dem verbergen, was wir beschlossen haben zu tun, und auch niemand anderem diese Bürde übertragen.«

Billy trat um sich und versuchte verzweifelt, sich aufzurichten. Seine Schreie klangen erstickt, aber er kämpfte, bis er sich blutig scheuerte.

Sam trat ihm mit dem Stiefel in den Bauch. »Ich würde eine Pause machen, wenn ich du wäre, Kerl. Sonst tut es noch mehr weh.«

Chuck hob einen Topf hoch. »In dieser Urne befinden sich dreiundfünfzig Murmeln. Sechs grüne, vier rote, eine schwarze und zweiundvierzig blaue. Jeder Erwachsene wird eine Murmel nehmen. Die sechs Personen, die eine grüne Murmel ziehen, werden das Grab ausheben, zwei Meter tief, zwei Meter lang und neunzig Zentimeter breit.« Chuck deutete auf das freie nordöstliche Feld der Kreuzung, wo drei Schaufeln im Dreck steckten. »Die vier roten Murmeln sind für die Leute, die ihn zu seiner Exekutionsstätte eskortieren und ihn dort festhalten. Die schwarze Murmel ist für den Henker. Alle über sechzehn Jahre werden Zeugen sein. Die Eltern können Kindern im Alter von vierzehn bis sechzehn erlauben, ebenfalls anwesend zu sein. Die jüngeren müssen zum Dun zurückgebracht werden, damit sie von der Exekution weder etwas sehen noch hören.«

Billy Bob warf sich wie von Sinnen auf dem Boden herum. Plötzlich stank es, als sein Schließmuskel versagte und er ohnmächtig wurde. Judy winkte einige der Zeugen von den anderen Duns heran. Sie zogen den Bewusstlosen aus, wischten ihn mit Lumpen sauber und legten ihm einen alten Bademantel aus Polyester an. Dabei schnitten sie angewiderte Grimassen.

Sam Aylward schnaubte. »Ich hätte ihn gezwungen, sein Grab selbst zu schaufeln«, bemerkte er.

Die Urne wurde im Óenach herumgereicht. Einige griffen rasch nach den Murmeln, andere zögerten, wieder andere hielten sie hoch, und dann gab es etliche, die sie in ihrer Handfläche betrachteten, bevor sie die Finger öffneten. Ein oder zwei schluchzten vor Erleichterung, als sie ihre blaue Murmel sahen. Einer nach dem anderen gingen sechs Leute zu den Schaufeln und machten sich daran, das Grab abzumessen und zu graben. Sie schaufelten die Erde auf die Planen. Vier Leute, drei Männer und eine Frau, kamen heran und stellten sich neben den am Boden liegenden Mann. Dann gellte ein Schrei durch den Pavillon, und eine Frau, die Juniper nicht kannte, ging zu dem Mann und öffnete ihre Hand. Die schwarze Murmel fiel auf sein Hemd.

»Das passt«, sagte Brian. »Sie hat versucht, uns dazu zu bringen, etwas gegen diesen Mann zu unternehmen, und uns gedroht, es ansonsten selbst zu machen.«

Juniper verzog das Gesicht. »Nun, falls sie keine eiskalte Mörderin ist, wird sie genau die Lektion lernen, die ich den ganzen Dun und auch einen Teil des Clans Mackenzie lehren wollte, nämlich was Bezahlen und Strafen angeht.«

»Herrin«, sagte Brian. »Sara ist erst dreizehn, aber sie möchte gern bleiben... Und Rebekah und ich sind der Meinung, sie sollte es auch.«

Juniper griff nach Rudy, öffnete ihre Bluse und schob das Tuch zur Seite, so dass sie das unruhige Baby stillen konnte. Sie zögerte, während sie sich darauf konzentrierte, dass Rudy ihre Brustwarze fand. Normalerweise war das nicht schwierig, aber sie stillte ihn üblicherweise nicht unter einem Schal.

Was werden wir tun, wenn die Stillbüstenhalter auseinanderfallen? Bleiben... Au!

Als Rudy anfing zu trinken, sah sie Sara in die Augen. »Warum?«, fragte sie schlicht.

Das Mädchen schien gleichzeitig den Tränen nahe und wütend zu sein. »Er... er hat gedroht, mich zu töten. Er sagte, also, er hat gesagt, er hätte Bunny FooFoo umgebracht, und er würde mit mir das Gleiche machen.«

Das Mädchen wirkte elend, und Juniper musste sich zwingen, Brian mit erhobener Braue anzusehen. Der massige Mann schüttelte finster den Kopf.

»Du weißt es, Herrin. Ich war nicht an deiner Religion interessiert. Aber wie es scheint, habe ich einen mächtigen Schlag auf den Kopf bekommen, weil ich so leichtsinnig gewesen bin. Ja, das Kaninchen wurde getötet. Ich habe versucht ihr einzureden, es wäre ein Kojote gewesen, aber selbst ich habe es nicht geglaubt und sie ganz sicher nicht. Aber sie hat mir nicht widersprochen. Wir haben das Kaninchen wirklich gebraucht; es war ein französisches Angorakaninchen, und wir hatten gehofft, damit eine Zucht für besondere Wolle zu gründen. Sara muss selbst sehen, dass er wirklich stirbt. Und ich auch. Ich wünschte nur, dass er zehnmal sterben könnte.«

Juniper schüttelte den Kopf und wiegte das Baby leicht. »Es ist einfach und ganz normal, dass du das Bedürfnis hast, ihn bestrafen zu wollen. Und andere wie ihn damit abschrecken willst. Aber so funktioniert das nicht. Du musst es dir so vorstellen, als würdest du minderwertige Tiere aus der Herde aussortieren. Das hier ist eine Schutzmaßnahme, und wir werden sie so schnell wie möglich hinter uns bringen.« Sie legte das Baby an die andere Brust an. »Ich will nicht, dass du zusiehst«, sagte sie zu Sara. »Ich verstehe, warum du das willst, aber ich glaube nicht, dass es gesund ist.« Dann sah sie Brian und Rebekah an. »Habt ihr einen besseren Grund dafür, dass sie zusehen sollte? Denn es wird keinen Zweifel daran geben, dass er tot ist.«

Brian schüttelte den Kopf und zögerte. »Weißt du, Herrin,

es steht in der Bibel: *Der Tod ist der Sünde Sold.* Aber es ist schon sehr, sehr lange her, dass wir diese Worte wirklich ernst gemeint haben. Wir alle konzentrieren uns auf das Geschenk des Lebens von Gott. Wie viele Leute versuchen, nach heiligen Worten zu leben, wie ihr Mackenzies es tut, und was hat das für die Gerechtigkeit zu bedeuten?«

Chuck stand neben ihnen und schüttelte den Kopf. »Wenn ihr glaubt, dass wir in der alten Welt wahre, reine und unbefleckte Gerechtigkeit gehabt hätten...«

»Nein«, fiel ihm Rebekah ins Wort. »Sie war fehlerhaft, und viele Leute sind ungeschoren davongekommen. Aber das bedeutet nicht, dass die alten Sitten besser waren. Das Gesetz war grausam und hart. Musste das wirklich so sein?« Sie schüttelte den Kopf und sah dann auf ihre Tochter. »Ist das der Grund? Du hast Angst, dass wir ihn davonkommen lassen, wie sie den Lehrer haben gehen lassen, nachdem Melly sich über ihn beschwert hat?«

Sara nickte mit Tränen in den Augen. Die vier Erwachsenen schüttelten die Köpfe. Rebekah drehte ihre Tochter sanft an den Schultern herum und schob sie in Richtung der Gruppe der Kinder.

»Geh. Er wird sterben. Und wenn er entkommt, in diesem verschlissenen Bademantel deines Onkels, dann sage ich es dir, das verspreche ich.«

Sara zögerte, ging dann jedoch wieder zu der Gruppe von jüngeren Menschen zurück. Rebekah runzelte die Stirn und zuckte zusammen, als Brian ihr eine Hand auf die Schulter legte.

»Was hast du, Liebes?«

Sie schüttelte den Kopf. »Ich hatte einen Gedanken. Über den wir reden müssen, später.«

Die Totengräber kletterten aus der Grube und zogen die Leiter hinter sich her. Sie wischten sich die Stirn. Einer blieb stehen und warf einen Blick auf den Schweiß auf seinen Handflächen, als schockierte es ihn, dass es der gleiche Schweiß war wie bei jeder anderen Arbeit. Die anderen scharten sich um das Loch, hielten aber genug Abstand, um die bröckeligen Wände nicht zum Einsturz zu bringen. Die Begleiter ohrfeigten Billy Bob, bis er wach wurde, und hoben ihn dann hoch. Er wehrte sich, aber die vier hielten ihn fest.

Aber er kämpfte zu stark, als dass sie ihn auch in die kühle, lehmige Grube hätten legen können. Juniper trat vor und stellte sich an das Nordende des Grabes. Als die Begleiter sie Hilfe suchend ansahen, weil sie nicht wussten, was sie tun sollten, spreizte sie die Hände.

»Das ist die Bürde, die die Mächte euch auferlegt haben, meine Freunde«, sagte sie leise. Ihre Stimme übertönte gerade das erstickte Grunzen. »Und es ist eure Bürde.«

Sie hielten ihn in der Mitte fest und sahen sich an. Einer bedeutete, die Leiter an das andere Ende zu stellen. Die Frau und einer der Männer ließen den Mann los und stiegen hinab. Dann packten die beiden anderen Männer Peers vollkommen unvermittelt an Armen und Händen, schwangen ihn über das Grab und ließen ihn dann los. Er fiel herab, und die beiden im Grab packten ihn und zogen ihn hinunter auf den Boden. Er war feucht und braun-grau, und aus einem Klumpen kroch ein dicker Regenwurm. Der Duft der dunklen Erde war lehmig und fruchtbar. Sie vermittelte ein Gefühl von *Richtigkeit*.

Der Mann wurde mit Seilen und Stöcken an Füßen, Armen und Schultern auf dem Boden festgebunden.

»Herrin? Nehmen wir ihm den Knebel ab?«, fragte einer, gerade als Judy mit der lehmigen Plane, seiner Kleidung und ein paar Lumpen herankam.

»Frage ihn. Und fragt euch selbst. Bedrückt es euch, wenn er stumm in den Tod geht? Möchtet ihr lieber seine letzten Schreie hören? Womit wollt ihr leben?«

Sie stiegen alle heraus, alle bis auf einen. »Also?«, fragte er. Juniper stand da, und ihre Arme schmerzten, weil sie ihren schweren, neun Monate alten Jungen festhalten musste. Aber sie weigerte sich, ihn Melissa zurückzugeben. Der Óenach murmelte, die Leute traten unruhig hin und her, flüsterten, und ihre Kleidung raschelte.

Schließlich trat Josh Heathrow wieder vor und stellte sich vorsichtig an den Rand des Grabes. Dann blickte er hinunter. »Was willst du? Sollen wir dir den Knebel herausnehmen, bevor du getötet wirst, oder lassen wir ihn drin?«

Juniper hörte einen Rums. Der Mann auf der Leiter stieß einen ungeduldigen Laut aus und sprang wieder ins Grab hinunter. »Er will ihn natürlich heraus haben, aber es ist eindeutig, dass er dann wieder unflätig wird!«, rief er nach oben.

»Keine Klasse«, sagte Chuck mit gespieltem Bedauern. »Nicht wie in der großen alten Tradition der englischen Strauchdiebe, die stolz ihre kühnen Taten noch am Galgen verkündet haben.«

Juniper seufzte und trat ihm sanft gegen das Schienbein.

Josh besprach sich wieder mit dem Óenach und Ollam. Schließlich beugte er sich vor. »Wir brauchen seine Flüche nicht, und wir wollen ihm keine weitere Gelegenheit geben, Schaden anzurichten. Und wir brauchen auch keinen weiteren Grund für Albträume. Wir lassen den Knebel drin.«

Judy ließ das Bündel mit schmutziger Kleidung in das Fußende des Grabes fallen.

Brian trat vor, begleitet von Ray, mit weißem Gesicht und zitternd, aber er holte tief Luft, als sein Onkel das Wort ergriff.

»Óenach und Ollam sind sich einig, dass dieser Mann«, er blickte kurz zu Juniper hinüber, »den Großen Ritus und die kostbaren Mysterien der Liebe geschändet hat, als er gestern eine Frau des Duns vergewaltigt hat. Sein Verstoß gegen die Mächte ist seine Sache, unsere aber ist das Recht, ihn für sein Vergehen gegen unsere Schwester zu verurteilen. Wir haben seitdem erfahren, dass er auch versucht hat, einige unserer Kinder zu verderben. Tollwütige Hunde wie dieser müssen sterben. Es gibt kein Heilmittel, das den Preis wert wäre, den wir zahlen müssten. Mairead, bist du bereit?«

Die Frau, die die schwarze Murmel gezogen hatte, trat vor. Wie bei vielen anderen war auch ihr Gesicht kalkweiß, als ihr klar wurde, was sie gleich tun würde.

Dies hier geschieht nicht in der Hitze der Schlacht, wenn man blind vor Wut und Furcht zuschlägt, dachte Juniper. *Das ist nicht das heiße Blut eines Streites. Sondern wir tun dies überlegt und mit gewisser Zeremonie. Wir haben unsere Zweifel, aber wir verbergen sie. Wir berufen uns auf die Mächte; wir sagen, das Gesetz will es; wir sagen, wir sind das Volk; wir sagen, wir sind der Staat. Aber was wir tun, tun wir trotzdem als menschliche Seelen.*

Die Anführerin trat vor; Chuck und sie packten den Speer, um ihn der Auserwählten zu überreichen. Juniper keuchte und fühlte, wie sich die Hand des Hohepriesters neben ihr auf dem Eberschenholz versteifte. Der Stich, der sie durchfuhr, war heiß und wütend, aber es war die Anspannung, bevor der Blitz zuschlug, und es war noch etwas anderes darin, ein Ruf...

»Dieser Mann war einst ein Kind«, sagte sie, und es war, als würden die Worte aus ihrer tiefsten Seele emporsteigen. »Die Mutter hat ihn erschaffen, und seine Mutter hat ihn geliebt. Er hat großartige Gaben mitbekommen, einen starken, gesunden Körper, einen scharfen Verstand, eine geschickte Zunge und einen starken Lebenswillen, sonst hätte er nicht so lange überleben können. Ihm wurde ein Leben geschenkt, und er hat daraus einen solch traurigen Schandfleck für sich selbst und für andere gemacht.«

Sie alle blickten sie an, angespannt und konzentriert. Sie hob die Stimme.

»Könnt ihr nicht die Wut der Mächte fühlen über das, was er getan hat, was er geschändet hat? Die Entweihung des Mysteriums, das sie uns gaben, zu unserer Freude und dafür, dass wir mit ihnen Leben erzeugten?«

Es klang wie ein Windhauch, als die Leute nickten.

»Und doch helfen wir ihm jetzt zu sühnen; und gleichzeitig besänftigen wir sie mit diesem Opfer. Aber selbst im Ärger der Dunklen Mutter liegt Liebe. Der Hüter der Gesetze ist streng, aber gerecht. Jenseits des Tores zum Land des Sommers steht die Wahrheit nackt da, und er wird sich erkennen. Er selbst wird entscheiden, wie er sich wieder heilen und durch den Hexenkessel von ihr, der Mutter-von-Allem, neu in das Leben geboren werden kann, das er will. So sei es!«

»*So sei es!*«

Mairead zitterte, als die Hohepriesterin und der Hohepriester ihr ernst den Speer reichten.

»Dieser Speer wurde allein zu diesem Zweck gemacht«, erklärte Juniper. »Er ist dafür gesegnet und geweiht.«

Der Schaft wackelte gefährlich in den Händen der Frau, und Sam sprang ihr eilig zu Hilfe.

»Hier«, sagte er. »Halt fest, Mädchen. Warte, ich drehe ihn herum. So, jetzt schiebe ihn über den Rand. Du, Danny, setzt ihn dort auf, wo ich es dir sage. Da. Und jetzt, beide Hände an den Schaft ... Siehst du, da, wo ich Tierfell drumgewickelt habe, damit man nicht abrutscht. Ein harter Stoß. Lasst ihn nicht leiden. Das ist jetzt der richtige Winkel. Die Klinge geht in sein Herz, sauber und schnell. *Jetzt!*«

Es gelang Juniper nur mit viel Willenskraft, äußerlich ruhig zu bleiben. *Habe ich zu viel verlangt? Sollte ich eine Tradition mit schwarz maskierten Henkern einführen? Nein! Das ist* unsere *Gerechtigkeit, und wir müssen sie auch in der Hand behalten.*

Mairead zitterte. Brian trat auf ihre linke und Josh auf ihre rechte Seite. Sie legten ihre Hände auf den Schaft, über und unter ihr.

»Komm«, sagte Josh. »Du musst es tun. Aber wir werden dir dabei helfen. Es geht schnell.«

Noch während Mairead schluckte und den Schaft fester umklammerte, traten Sharon und Rebekah vor und legten ihr die Hände auf die Schultern. Juniper sah, wie sie die Augen schloss... Aber nicht, um nichts zu sehen, sondern um die Position des Schafts zu fühlen. Dann stieß sie zu, plötzlich und hart.

Die rasiermesserscharfe Spitze drang in Billy Bobs Brustkorb ein und durch sein Herz. Sein Körper zuckte noch einmal zusammen, dann lag er ruhig da. Der Mann im Grab und die anderen stießen zusammen noch etwas fester zu und gruben die Spitze des Speers tief in die Erde unter dem Körper.

Dann schien etwas zu schnappen. Die glühende Wut, die von ihren Füßen aufgestiegen war, war verschwunden, und nur noch ein kurzer Windstoß von Trauer war zu spüren. Dann war der Tag plötzlich wieder ein ganz normaler Tag, und es gab Arbeit zu tun.

Juniper drückte Rudy Eilir in die Arme und drehte sich um. Sie nahm eine Schaufel mit Graberde.

»Ich stoße dich aus«, sagte sie deutlich und schaufelte die Erde sorgfältig in das Grab.

Der letzte Mann kletterte heraus, gezogen von seinen Freunden. Dann griffen willige Hände nach den Schaufeln und begannen, die Erde in das Grab zu füllen.

»Ich stoße dich aus.«

»Ich beschütze die Kinder.«

»Ich weise deine Blasphemie zurück.«

»Ich beschütze mich selbst.«

Juniper trat ein Stück zurück. Mairead zitterte immer noch. Leute kamen und umarmten sie, aber die Atmosphäre blieb ernst. Juniper nickte, als sie Rudy wieder zurücknahm. Ihre Hände machten Zeichen, kleine Zeichen, behindert von dem Kind.

Ja. Auf diese Weise bestimmen wir über unser Leben.

Das Grab füllte sich rasch. Der lange Schaft des Speers ragte aus der Erde. Rote und schwarze Bänder wurden darum gebunden, und Juniper drehte sich wieder nach Norden, spürte den heißen Sonnenschein des Nachmittags jetzt auf ihrer linken Seite. Eilir griff nach Rudy, und Juniper ließ ihn los.

Sharon trat zu ihrer Linken, und zu ihrer Überraschung trat nicht Cynthia, sondern Rebekah auf ihre rechte Seite. Sie hob die Arme.

»*Manawyddan – Rastloses Meer*, säubere und reinige uns! Wir haben zur Verteidigung unseres Volkes gehandelt. Wir nehmen diese Handlungen nicht leicht. Rastloses Meer, reinige uns!

Rhiannon – Weiße Mähre, behalte ihn tief in der Erde, auf dass er Zeit haben möge zu lernen und wiedergeboren wird, um es erneut zu versuchen.

Arianrhod – Sternengeschmückte Herrin, bringe dein Licht zu uns, das Licht der Vernunft. Beschütze uns vor der Angst der Nacht; schenke uns Augen, auf dass wir sehen, um jene zu beschützen, die wir lieben, bevor ihnen Schaden widerfährt.

Diese Versammlung des Duns, um die Gerechtigkeit zu erfüllen, ist vorbei. Wir haben uns voller Trauer getroffen, haben voller Schmerzen diskutiert und gehen voller Entschlossenheit auseinander. So sei es!«

»So sei es!«, rief der Óenach, während die Leute ihre Kisten und Körbe nahmen, die Planen herunterzogen, zusammenwickelten und ihren Nachbarn ihre Gastfreundschaft anboten.

Juniper nickte anerkennend, als die Zeugen *Namaste* machten und die leisen Worte der Unterstützung und Hilfsangebote ablehnten, bevor sie sich auf den Weg zu ihren Heimen und der Arbeit machten, die nicht warten würde und nicht warten konnte.

»Herrin, was sollen wir jetzt tun?«, fragte Cynthia Carson.

»Wir sollten Totenwache halten, denke ich«, erwiderte Juniper. »Ihr müsst das improvisieren. Aber ich glaube, die nächsten ein bis zwei Tage sollten darauf fokussiert sein, all die kleinen Aufgaben zu erledigen. Ihr alle seid aufgewühlt, und da können Fehler schneller passieren.«

Brian, Ray und Sharon nickten. Sie hoben die Bündel mit Planen auf, die die anderen zurückgelassen hatten, und machten sich auf den Weg zurück zum Dun.

Juniper seufzte. »Und auch für uns heißt es jetzt, nach Hause zu gehen. Wir kommen dort vielleicht noch vor Sonnenuntergang an, das könnten wir tatsächlich.« Sie rieb sich verärgert die Stirn. »Ich wünschte, wir wären bei unserer ersten Verkündigung zu einem Gewaltverbrechen nicht ausgerechnet mit etwas so Entsetzlichem konfrontiert worden.«

Sam zuckte mit den Schultern und zog Melissa an sich. »Wenn nicht das, wäre es etwas anderes gewesen, Herrin. Was auch immer es gewesen wäre, es hätte sich für uns auf jeden Fall wie das Schlimmste angefühlt.«

Juniper seufzte und zuckte ebenfalls mit den Schultern. *Ich will nach Hause und zu meiner Familie. Ich glaube, wir werden heute Nacht auch wach bleiben.*

SAM SYKES

Manchmal sollte man besser so genau wie möglich zuhören, wenn man überleben will ...

Samuel Sykes ist ein relativ neuer Autor. Seine bisherigen Romane umfassen *Die Tore zur Unterwelt 1 (Das Buch des Dämons)*, *Die Tore zur Unterwelt 2 (Dunkler Ruhm)* und *Die Tore zur Unterwelt 3 (Verräterische Freunde)*. Geboren in Phoenix, Arizona, lebt er heute in Flagstaff, Arizona.

BENENNE DIE BESTIE

Übersetzt von Karin König

Als die Feuer des Lagers erloschen waren und die Krähen sich in den Ästen des Waldes niedergelassen hatten, konnte sie alles hören, was ihr Mann sagte.
»*Und das Kind?*«, hatte Rokuda sie gefragt. Er sprach in dem Moment, in dem das Wasser auf die Flammen traf. Seine Worte schwebten auf dem Wasserdampf: genauso leicht, genauso leer.
Sie sprachen nur nachts. Sie sprachen nur, wenn die Feuer gelöscht waren.
»*Sie schläft*«, hatte Kalindris erwidert. Ihre Worte wogen in der Dunkelheit schwerer.
»*Gut. Sie wird ihre Ruhe brauchen.*« Die Dunkelheit hatte noch nie ausgereicht, um das Schimmern seiner grünen Augen zu unterdrücken. »*Das gilt auch für dich. Ich möchte dich fröhlich und fürsorglich sehen.*«
Sie hatte nicht aufgeblickt, während sie ihr Messer schärfte. Genauso wie sie beschlossen hatte, ihn nicht damit zu erstechen, weil er auf diese Weise mit ihr sprach. Ein fairer Handel, hatte sie überlegt. Sie strich mit dem Finger über die Klinge und spürte, dass sie sauber schnitt. Sie ließ das Messer in die Scheide gleiten, bevor sie nach ihren Stiefeln an ihrem üblichen Platz griff.
»*Sie kann sich ausruhen. Sie kann hierbleiben und sich ausruhen. Ich werde vor der Morgendämmerung aufbrechen und vor der Abenddämmerung zurück sein. Sie muss es nicht erfahren.*«

»Nein.«

Ihre Ohren richteten sich angriffslustig auf, scharf und spitz wie ihr Messer. Sie legten sich flach an ihrem Kopf an. Rokuda hatte es nicht gesehen. Und selbst wenn, überlegte sie, würde es ihn nicht kümmern. Er war eben so.

»*Ich habe keine Frage gestellt*«, hatte sie erwidert.

»*Was soll ich ihr also sagen?*«, hatte Rokuda gefragt.

»*Was immer du willst. Ich bin ohne sie gegangen. Die Bestie war zu nahe. Der Stamm war in Gefahr. Ich konnte nicht auf sie warten.*« Sie hatte ihre Stiefel angezogen. »*Ich brauche deine Worte nicht. Du kannst sie ihr geben.*«

»*Nein.*«

»*Sag dieses Wort nicht zu mir.*«

»*Sie muss es lernen. Sie muss lernen, die Bestie zu jagen, die Bestie zu hassen. Sie zu töten.*«

»*Warum?*«

»*Weil wir Shicts sind. Unsere Stämme kamen aus dem Dunklen Wald in diese Welt – vor den Talwaren, bevor irgendein Affe lernte, auf zwei Beinen zu gehen, waren wir hier. Und wir werden noch lange nach ihnen hier sein. Denn um dieses Land zu beschützen, müssen sie alle sterben.*«

Seine Reden begeisterten sie nicht mehr. Sie spürte jetzt nur noch Kälte in seinen Worten.

»*Sie muss lernen, wie ein Shict zu sein*«, hatte Rokuda gesagt. »*Sie muss unser Vermächtnis lernen.*«

»*Deines.*«

Kalindris spürte ihn in der Dunkelheit, wie er sich neben ihr niederließ. Sie spürte seine Hand, noch bevor er sie berührt hatte. Durch ihre Gänsehaut, durch das kalte Gewicht in ihrer Magengrube. Ihr Körper erstarrte. Sie spürte jeden Knochen eines jeden Fingers, als er seine Hand auf die Haut ihrer Flanke presste.

Als gehörte sie dorthin.

»*Sei vernünftig, was das hier angeht …*« Seine Stimme hatte wie Honig geklungen, der Baumrinde hinabläuft.

»Fass mich nicht an.«
»Die anderen Stammesangehörigen werden sie nicht ansehen. Sie werden ihr nicht zuhören. Sie starren sie an und fragen sich, von welchen Geschöpfen sie abstammt. Was ihre Eltern waren, dass... sie sie aufziehen konnten. Du musst sie in den Wald bringen. Du wirst ihr zeigen, wie man es macht.«
»Ich muss gar nichts tun. Und du kannst nicht alles ändern, was du nicht magst.«
»Doch, das kann ich.«

Seine Stimme klang wie Borke, die sich in Streifen abschält. Er spannte seine Finger an. Sie spürte jedes Haar auf jedem Zentimeter ihrer Haut sich aufrichten. Sie spürte das Messer an ihrem Gürtel. Sie hörte es in seiner Scheide. Sie hörte ihre eigene Stimme.

Dampf in der Dunkelheit. Leicht. Leer.

»Fass mich nicht an.«

Sie konnte zwischen dem durch die Zweige über ihr dringenden Sonnenlicht den Wald hören.

Der Huf eines Hirsches kratzte am Moos eines umgestürzten Baumstamms. Ein Zweig erzitterte, als ein Vogel sich abstieß und in den Himmel flog. Eine so dichte Reihe Ameisen, dass man vergessen konnte, dass sie Individuen waren, marschierte über eine abgestorbene Wurzel.

Klänge des Lebens. Zu weit entfernt. Ihre Ohren richteten sich auf. Kalindris lauschte angestrengter.

Eine Motte bemühte sich um Reglosigkeit, während ein Dachs um den herabgestürzten Ast, auf dem sie saß, herumschnüffelte. Ein Baum ächzte, während er darauf wartete, dass die Fäulnis seinen Stamm hinabkroch und seine Wurzeln erreichte. Das Rascheln abgestorbenen Laubs unter einem Körper, als sich ein Keiler, von Krankheit und Apathie gezeichnet, zum Sterben niederließ.

Näher. Sie atmete ein, ließ sich von der Luft ausfüllen, atmete wieder aus.

Luft entströmte trockenen Mündern. Salzige Tropfen fielen auf harte Erde. Ein wimmerndes, lautes Flehen ohne Worte.

Und sie hörte es.

Das Geheul sagte Kalindris, wer sterben musste.

»Das dauert ewig.«

Ihre Ohren legten sich an. Sie runzelte die Stirn.

Das Kind.

Es redet.

Wieder.

»Du hast die Spuren bereits *gefunden*«, beschwerte sich das Kind. »Vor zwei *Stunden*. Wir hätten die Bestie inzwischen finden können. Stattdessen habe ich eine halbe Stunde mit Warten verbracht, eine halbe Stunde nach weiteren Spuren gesucht, eine halbe Stunde Pfeile durch die Lücke dort drüben geschossen und mich eine halbe Stunde lang gefragt, wie ich mich mit meinem eigenen Bogen am besten erschießen könnte, um der Langeweile das Vergnügen zu verwehren, mich zu töten.«

Das Geheul verließ sie, rasch und leicht, wie es gekommen war. Die Shicts baten ihre Göttin, Riffid, um nichts. Ihre Aufmerksamkeit auf sich zu ziehen hieße, ihren Zorn auf sich zu ziehen. Sie hatte ihnen nur das Leben gegeben und das Heulen und entschwand dann in den Dunklen Wald. Sie hatten es generationenlang geschliffen, den wichtigsten Sinn, die Stimme des Lebens und des Todes.

Und irgendwie konnte das Jammern des Kindes es im Handumdrehen vertreiben.

»Wann treffen wir auf die *Jagd*?«

Es spielte keine Rolle. Das Heulen hatte Kalindris genug gezeigt. Die anderen Klänge von Leben und Tod waren nicht wichtig. Sie hielt sich nur an dieses Letzte, dasjenige, das zwischen den beiden taumelte. Der Klang der Unsicherheit. Der Klang, der darauf wartete, dass sie die Dunkelheit wählte.

Kalindris erhob sich. Die Blätter fielen von ihrer ledernen

Jagdkleidung, als sie sich den Bogen und den Köcher um die Schulter schlang. Das Leder schmiegte sich in eine vertraute Furche auf der bloßen Haut ihrer Halsbeuge, die einzige andere Gegenwart, die sie jemals so nahe an ihre Kehle herangelassen hatte. Und die einzige, die sie jemals wieder heranlassen würde, dachte sie, während sie über eine Narbe an ihrem Schlüsselbein rieb. Sie konnte es noch immer spüren, während ihre Hand über die vernarbte Haut strich. Jeden Knochen von jedem Finger, der in ihre Haut einsank.

Kalindris sprang, ohne einen Blick hinter sich zu werfen, von dem Felsen und ging dem Geräusch nach. Der Wald stieg in unnahbaren Säulen um sie herum auf. Nicht wie die vertraute Nähe der inneren Wälder, die keinen Raum für Sonnenlicht ließen. Hier am Rande des Meeres von Bäumen gab es zu viel Licht, zu viel zu sehen, nicht genug zu hören. Das Heulen sprach hier nicht deutlich. Sie musste die Ohren offen halten.

Sie stiegen wie Speere auf, und sie lauschte. Blätterrascheln, ein erboster Schrei, hastiger Atem.

Das Kind.

Es folgt mir.

Stille.

»He! Behandle mich nicht wie eine Idiotin«, protestierte das Kind und eilte hinter ihr her. »Wenn du mich zu verlassen versuchst, dann mach es wenigstens nicht ganz so offensichtlich. Dann hätte ich vielleicht die Gelegenheit, dir zu folgen und heute wenigstens *etwas* zu schaffen.«

Fürs Verlassen war mehr nötig, als sie zu geben hatte. Das brauchte Bosheit und Zorn, und sie konnte keines von beiden für das Kind erübrigen. Sie waren für jemand anderen, zusammen mit ihren Pfeilen, ihrem Messer und diesem Tag.

»Warum willst du nicht mit mir reden?«, fragte das Kind. »Ich habe alles richtig gemacht. Ich bin den Spuren gefolgt, wie du es mir gezeigt hast. Ich habe alles getan, was du mir befohlen hast. Was habe ich falsch gemacht?«

Das Kind sprach zu viel. Darum sprach Kalindris nicht, das Kind benutzte alle Wörter. Das machte sie falsch. Sie sollte nicht annähernd so viele brauchen, wie sie benutzte. Sie sollte *keine* brauchen. Das Heulen war die Sprache der Shict, diejenige, die mit dem Atem und dem Wimmern kam, wenn sie geboren wurden.

Und das Kind konnte es nicht hören. Das Kind konnte es nicht benutzen. Sie konnte nur atmen. Sie konnte nur wimmern.

Es schmerzte in Kalindris' Ohren.

»Gehen wir zumindest in die richtige Richtung?«, fragte das Kind. »Ich kann erst zurückkommen, wenn die Bestie tot ist. Wenn ich vorher käme, erhielte ich meine Federn nicht. Ich werde nicht akzeptiert werden.« Das Kind senkte die Stimme. »Hat Vater gesagt.«

Sie blieb stehen und erschauderte.

Rokuda sagte viele Dinge. Rokuda sprach Dinge aus, als wären sie Tatsachen, als wäre nur sein Wort wichtig. Alle, die anderer Meinung waren, sahen jene strahlenden grünen Augen und das breite, scharfsinnige Lächeln und hörten seine honigsüße Stimme, während er ihnen sagte, dass sie sich irrten.

Kalindris' Rücken schmerzte, bevor sie sich dessen bewusst wurde. Ihr Rückgrat war starr wie ein Schwert und unter ihrer Haut zu sehen. Sie wandte sich um, die Ohren seitlich am Kopf flach angelegt, die Zähne entblößt.

Das Kind stand da. Das Haar war zu hell, wie goldenes Gesträuch geschnitten, und die Federn in ihren Locken standen in allen möglichen Winkeln ab. Der Bogen um ihre mageren Schultern war bespannt und falsch bespannt, die knochigen Arme waren zu klein, um den Pfeil zurückzuziehen. Und ihre Ohren standen seltsam ab, eines nach oben und eines nach unten gerichtet, lang und ohne Kerben darin. Sie bemühten sich stets, auf etwas zu lauschen, was sie nicht hören konnten.

Ihre Augen waren viel zu grün.
»Dein Vater«, sagte sie, »hat nicht immer recht.«
»Wenn das stimmte, würden ihm nicht alle zuhören, wenn er spricht«, protestierte das Kind. »Wenn Vater spricht, hören die Leute zu. Wenn er ihnen sagt, sie sollen etwas tun, dann *tun* sie es.«

Worte. Bedeutsame Worte, die das Kind äußerte. Als glaubte sie sie.

Kalindris brauchte einen qualvollen Moment der Konzentration, um jeden Knochen von jedem Finger ihrer Faust zu öffnen. Sie musste sich abwenden und ihre Augen und Ohren vor dem Kind verschließen. Sie hob ihren Köcher und folgte durch die Bäume weiterhin dem Geräusch.

»Wir hätten nicht hierherkommen sollen. Wir hätten darauf hören sollen.«

»Wir hatten keine Wahl. Geh einfach weiter. Geh *weiter*.«

Mutter und Vater stritten wieder.

»Es hat Eadne erwischt. Dieses *Ding* hat meine Eadne erwischt. Und wir haben sie verlassen. Und wir liefen davon. Von unserem eigenen Land!«

»Götter, wirst du wohl einfach *den Mund halten* und mich nachdenken lassen?«

Mutter und Vater hatten keine Angst, weil sie stritten. Und daher auch Senny nicht.

Wann immer sie Angst bekam, schaute sie zu Mutter und Vater. Mutter würde Vater ansehen und böse werden. Vater würde Mutter ansehen und zu schreien beginnen. Und sie würden zu heftig streiten, um Angst zu haben. Daher hielt sie sich an dem kleinen Messer fest, das in ihrem Gürtel steckte, und sie war bereit zu kämpfen, und sie hatte ebenfalls keine Angst.

Egal wie schnell sie liefen. Egal wie energisch Mutter an ihrem Arm zog.

»Es hat sie *getötet* und in einem Baum zurückgelassen. Wir

hätten bleiben sollen. Wir hätten sie begraben sollen. Wir hätten nicht davonlaufen sollen.«

»Wir hatten keine Wahl, du *Dummkopf*. Es wollte uns als Nächste holen. Es will uns *jetzt* holen. Denk an sie.«

Senny wusste, über wen sie sprachen. Vater nannte sie Ungeheuer. Sie waren zu ihrem kleinen Haus gekommen und befahlen ihm zu gehen. Sie sagten, es sei ihr Wald. Er erklärte ihnen, dass er das nicht tun würde. Also nahmen sie Eadne.

Der Name der Ungeheuer klang wie ein zorniges Wort.

Vater streckte die Hand nach unten aus und nahm Sennys andere Hand. Er zerrte ebenfalls daran. Vielleicht um Mutter zu zeigen, dass er fester ziehen konnte, weil er nicht so ängstlich war. Sie zog ihre Hand zurück, so dass sie das kleine Messer ergreifen und Vater zeigen konnte, dass auch sie keine Angst hatte.

Aber er bemerkte es nicht.

Er blickte nach vorn. Mutter schaute zurück. Sie sagten, Eadne sei dort hinten, aber Eadne kam nicht mit ihnen. Sie sprachen nicht über Eadne. Vielleicht wollten sie nicht, dass sie Angst empfand. Sie wusste es jedoch schon. Sie hatte Eadne oben in dem Baum gesehen, wo die Zweige und die Blätter und ihre Beine im Wind alle in dieselbe Richtung wehten.

Mutter wollte zurückgehen, aber sie bewegte sich mit Vater weiter vorwärts. Durch die Bäume, zu ihrem kleinen Haus am Bach zurück.

Es war ein gutes Haus. Sie wusste das, auch wenn Vater das nicht so gesagt hatte, als er ihrer Mutter erklärte, sie würden dort hinziehen. Sträucher voller Beeren, die reif waren, wuchsen am Bach. Und man konnte Fallen aufstellen und Kaninchen fangen, und Mutter hatte ihr gezeigt, wie man Eintopf zubereitete. Der Wald wirkte furchteinflößend, aber Vater hatte ihr das kleine Messer gegeben. Sie sagten ihr, sie solle niemals dort hineingehen.

Sie blickte am Arm ihrer Mutter vorbei auf die Bäume. Als sie hierhergekommen waren, wirkten sie düster und unheimlich, aber sie war mit dem kleinen Messer dort hineingegangen. Sie wusste, dass es dort Orte gab, an denen sie sich vor der Bestie verstecken konnten, vor diesem *Ding*, das Eadne erwischt hatte.

»Vater«, sagte sie.

»Geh weiter«, sagte Vater.

»Aber, Vater, der Wald ...«

»Ich weiß, ich weiß, ich weiß.«

Senny hielt das kleine Messer hoch. »Es gibt Orte, und es gibt Beeren, und wir könnten dorthin gehen, und ich bin nicht ...«

»Gottverdammt, nicht *jetzt*, du kleines Miststück!«

Er sagte dieses Wort in ihrer Nähe nicht oft, aber er hatte es verwendet, als die Leute mit den Federn im Haar kamen und ihm sagten, er solle fortgehen. Sein Name für sie war dieses Wort. Sie wusste, was es bedeutete.

Und er benutzte es weitaus häufiger, wenn er Angst hatte.

»Es kümmert mich nicht, ob diese Miststücke wütend sind!«

Mutter schwieg.

Vielleicht hatte Mutter auch Angst.

Sie hielt sich an ihrem kleinen Messer fest. Und sie hielt sich an der Hand ihrer Mutter fest.

Als der Mond über dem Meer der Bäume zu sinken begann und die darbenden Eulen hungrig in ihre Höhlen flogen, bemühte sie sich, ihn nicht zu hören.

»*Eines noch.*«

Rokuda sprach nur in der Dunkelheit zu ihr. Nur wenn er nicht sehen konnte, wie sie ihn zu ignorieren versuchte, wenn sie sich nicht mit einer anderen Aufgabe beschäftigen und eine Weile vorgeben konnte, dass er nicht zu ihr gehörte. Nur wenn er nicht sehen konnte, wie sie mit ihren Fingern die Narbe an ihrem Schlüsselbein nachzog.

»*Ich möchte, dass du einen Beweis zurückbringst*«, hatte er gesagt.

»*Einen Beweis*«, hatte Kalindris wiederholt.

»*Eine Trophäe. Etwas, was dem Stamm zeigt, dass sie es getan hat. Ich möchte, dass du dich versicherst, dass sie Blut an ihren Händen hat.*«

»*Du willst, dass ich es zu dir zurückbringe.*«

»*Ja. Nimm es und drücke es ihr in die Hände, wenn es sein muss. Sage ihr, dass es mich stolz machen wird. Dann wird sie es tun.*«

»*Sie kann nicht schießen*«, hatte Kalindris gesagt. »*Sie kann den Bogen nicht weit genug zurückziehen, und sie kann Beute nicht nachstellen. Sie ist laut. Wie du.*« Kalindris schnürte weiterhin ihre Stiefel zu. »*Sie kann es nicht tun.*«

»*Sie muss.*«

Kalindris erstarrte, als sich Rokuda auf die Felle neben ihr setzte. Die Felle, die seit Jahren kalt geblieben waren. Sie schlief niemals darin, es sei denn, der Winter war zu kalt. Aber wenn sie neben ihm lag, spürte sie die beißende Kälte des Winters nicht. Sie fühlte sich verschwitzt, klamm. Elend.

Wie jetzt.

»*Sie sehen sie an, als wäre sie keine von ihnen. Ich kann das nicht ausstehen. Und deshalb muss sie erfahren, was es heißt, eine Shict zu sein.*«

Er sprach diesen Namen zu mühelos aus. Als wäre er nur ein Wort. Shict war mehr als das. Es hätte nicht in der Dunkelheit ausgesprochen werden sollen, hatte Kalindris gedacht.

»*Sie sollte das bereits wissen*«, hatte Kalindris erwidert, während sie die Schnürbänder festzog.

»*Niemand hat es ihr beigebracht.*« Rokuda war näher herangerückt.

»*Niemand sollte es ihr beibringen müssen. Wir werden mit dem Wissen geboren, wer wir sind. Das Heulen sagt es uns.*«

»*Für sie gilt das nicht. Du musst es sie lehren.*«

Kalindris hatte geschwiegen, während sie sich erhob und

zu ihrem Bogen trat. Er war nie weit von ihr entfernt, bis auf jene Zeiten, wenn er ihn wegstellte. Sie wusste ihn in der Dunkelheit lieber in der Nähe.

Aber als sie sich erhob, streckte er die Hand aus. Er umfasste ihr Handgelenk, und sie spürte, wie sie erstarrte. Es wurde wieder kalt, so kalt wie ihr gemeinsames Bett.

»*Du musst es ihr zeigen*«, hatte Rokuda beharrt.

»*Ich muss gar nichts*«, hatte sie zu sagen versucht. Aber ihre Worte wurden in der Dunkelheit erstickt.

Er verstärkte seinen Griff um ihr Handgelenk, und sie fror am ganzen Körper. Sie spürte jede Stelle, die er jemals berührt hatte, und ein Tropfen kalten Schweißes bildete sich überall, wo seine Finger auf ihrer Haut verweilt hatten. Sie wurde still, starr. Und als er sprach, war seine Stimme ein Eiszapfen, der an einem Wintertag brach.

»*Du wirst es tun.*«

Sie blickte über die Lichtung hinweg und sprach leise, um die Blätter vor ihr nicht zu erschüttern.

»Weißt du, warum?«

Kalindris' eigene Stimme.

In ihrem eigenen Mund seltsam und unangenehm.

Aber das Kind blickte zu ihr hoch. Das Kind hielt den Bogen in den Händen, einen Pfeil an der Sehne.

Kalindris deutete zu dem Baumstamm. Der Hirsch kratzte mit einem Huf am Moos, zog grüne Streifen von dem Holz und nahm sie schmatzend vom Boden auf. Er verschwendete beim Fressen viele Geräusche: mahlte mit den Zähnen, brummte zufrieden, riss geräuschvoll schmatzend das Grün ab. Er konnte nicht hören, wie sie dem Kind im Unterholz Dinge zuflüsterte.

»Warum muss er sterben?«, wiederholte Kalindris.

Das Kind blickte heftig blinzelnd zu dem Hirsch. Sie konnte die Gedanken des Kindes beinahe hören, stellte sie sich als lärmende, durcheinandergeworfene Dinge vor. Das

Heulen war nicht da, um ihnen Klarheit und Konzentration zu verschaffen.
»Als Nahrung?«, fragte das Kind.
»Nein.«
»Ich weiß nicht. Ein Wettstreit? Entweder wir töten ihn, oder wir werden getötet?«
»Von einem Hirsch?«
»Er hat Hörner!«, protestierte das Kind.
Der Hirsch blickte bei dem plötzlichen Lärm auf. Kalindris und das Kind verstummten. Der Hirsch war zu hungrig, um zu fliehen. Er nagte weiter und verursachte weiterhin Geräusche.
»Warum muss er sterben?«, fragte Kalindris.
Das Kind dachte sorgfältig nach und zuckte bei der Erkenntnis zusammen. »Weil wir nur wissen können, wer wir sind, wenn wir wissen, wer die anderen sind. Wir können nur wissen, was es bedeutet, wir zu sein, wenn wir wissen, dass wir nicht die anderen sind. Und so töten wir sie, um das zu wissen, um zu wissen, wer wir sind und warum wir hier sind und warum Riffid uns das Leben geschenkt hat und nichts anderes. Wir töten. Und weil wir die Mörder sind, sind wir, wer wir sind.«
Sie spürte, wie sich ihre Ohren seitlich am Kopf anlegten. Die Worte ihres Vaters. Die Worte ihres Vaters, vor eintausend Leuten wiederholt, die niemals die Stimme gegen ihn erheben würden, sich ihm niemals verweigern würden. Sie hatte sich ihm auch nicht verweigert. Nicht, als sie es zum ersten Mal gehört hatte. Nicht, bis es zu spät war.
»Nein«, sagte sie.
»Aber Vater sagte...«
»Nein.« Sie sprach energischer. »Sieh ihn dir an. Warum muss er sterben?«
Und das Kind betrachtete den Hirsch. Und dann sah das Kind sie an.
»Muss er das?«, fragte sie.

Der Klang sich aufrichtender Ohren. Der Klang von sich weit öffnenden Lidern. Der Klang eines kurz werdenden Atems. Erkenntnis. Anerkennung. Verzicht. Leid.
Das Kind.
Zuhören.
Stumm.
»Warum muss er sterben?«, fragte Kalindris erneut.
»Weil«, sagte das Kind, »ich ihn töten muss.«
Kalindris nickte. Kein Lächeln. Keine Zustimmung. Keine Laute.
Das Kind wölbte eine Augenbraue, zog den Pfeil zurück und hielt ihn fest. Sie vertraute nur ihren Augen. Sie überprüfte ihr Ziel ein Mal, dann ein zweites Mal, dann ein drittes Mal. Beim vierten Mal, als ihre Hände von der Anstrengung zu zittern begannen, schoss sie.
Der Pfeil traf den Hirsch in den weichen Teil zwischen Bein und Genitalien. Dort vibrierte er und durchtrennte etwas, was der Hirsch brauchte. Das Tier stieß ein Stöhnen aus, sein Atem wie ein feiner Schleier. Er schwankte auf seinen Hufen und wandte sich zur Flucht. Aber seine Beine erinnerten sich an nichts mehr vor dem Pfeil. Er schleppte sich blutend auf den Wald zu.
Das Kind legte einen weiteren Pfeil an die Sehne und schoss erneut. Sie vertraute jetzt nur ihrem Herzen. Der Pfeil flog zu weit. Sie schrie auf, ihre Stimme in Panik, und schoss erneut. Worte beschmutzten die Luft, und der Pfeil sank, schwer mit ihrer Angst beladen, in die Erde.
Der Hirsch tat noch einen Schritt, bevor er stürzte. Der letzte Pfeil ragte vibrierend aus dem Hals des Hirsches hervor, das Tier lag auf der Seite, atmete schwer und vergoss Atem und Blut auf die Erde.
Kalindris näherte sich ihm, das Kind hinter ihr. Sie griff rückwärts, packte das Kind und schob es vor sich. Das Kind betrachtete die Augen des Hirsches, betrachtete in dem großen braunen Spiegel seines Blickes ihr eigenes Spiegelbild.

Das Kind sah sie an.
Kalindris griff in ihren Gürtel und zog das Messer hervor. Sie hielt es dem Kind hin. Das Kind betrachtete es, als wäre es etwas, das gar nicht da sein sollte. Etwas, das nur an der Zeltwand ihres Vaters hängen sollte.
Kalindris schob den Griff auf das Kind zu.
»Warum?«, fragte sie das Kind.
Das Kind blickte zu ihr hoch. Kalindris sah große und flehende Augen. Sie sah Feindseligkeit. Sie sah Angst, Hass und Enttäuschung, weil sie das Kind dazu zwang.
Aber keine Worte.
Das Kind nahm das Messer und kniete sich neben den Hirsch. Sie presste es an seine Kehle, zuckte kurz zusammen und schnitt dann durch das Fell, die Haut und die Sehnen bis zur Wirbelsäule des Hirschhalses.
Sie öffnete ihn, und das Blut ergoss sich auf sie. Es floss über ihre Hände und auf ihre Arme. Und das Kind schnitt schweigend weiter.

Sie versuchte, mit ihren Eltern Schritt zu halten, während der Bach neben ihnen dahinplätscherte.
»Hast du Angst, Liebes?«
Senny hatte keine Angst. Sie bemühte sich jedenfalls sehr, nicht ängstlich zu sein. Sie schüttelte den Kopf und hielt ihr kleines Messer in die Höhe. Vater schien es nicht zu bemerken.
»Du brauchst keine Angst zu haben«, sagte er. »Nicht, wenn ich hier bin. Wir werden das hier durchstehen, in Ordnung?«
Sie nickte. Sie hatte keine Angst.
»Es tut mir leid, was ich zuvor gesagt habe, Liebes. Ich war einfach sehr angespannt. Deine Mutter hat so laut geschrien.«
Mutter schien nicht einmal zu bemerken, dass sie über sie sprachen. Mutter hielt weiterhin ihre Hand fest und zog

sie auf die Hütte zu. Der Bach war in der Nähe, strömte geräuschvoll vor sich hin. Beerenranken wuchsen nahebei, reif und glänzend im Sonnenlicht.

Vielleicht könnten sie in den Wald gehen, um die Bestie zu meiden. Sie könnten dorthin laufen und dort gemeinsam leben. Die Hütte war hübsch, und sie würde sie vermissen, und sie würde Eadne vermissen, und sie bemühte sich sehr, nicht an Eadne zu denken, denn wann immer sie es tat, fühlte sie sich, als müsste sie sich übergeben, und dann würde Mutter weinen.

»Liebes, alles wird gut werden«, sagte Vater. Er sah sie jedoch nicht an. »Alles wird in Ordnung kommen. Mach dir keine Sorgen.«

»Ich mache mir keine Sorgen, Vater«, sagte sie. »Ich habe keine Angst. Ich habe immer noch das Messer, das du mir geschenkt hast. Schau.«

»Es wird gut werden, Liebes.«

»Vater, wir könnten tiefer in den Wald gehen. Wir könnten der Bestie dort entkommen und zurückkehren, wenn sie fort ist. Ich war schon dort, Vater. Er ist nicht so dunkel, wie er aussieht. Es gibt Beeren und andere Nahrung, und wir könnten dorthin gehen anstatt zu der Hütte.«

»Ja, Liebes. Der Wald.«

»Vater, Mutter hat Angst. Sie hält sich so sehr an meiner Hand fest, dass es wehtut. Vater?«

Vater sagte dasselbe wieder. Immer wieder. Immer »Liebes« und »Hm-hm« und »Alles wird gut«. Sie verstummte. Vater hörte nicht zu. Denn wenn Vater zugehört hätte, hätte er gehört, dass ihre Stimme fast zu klingen begann, wie es immer der Fall war, wenn sich ihre Kehle merkwürdig anfühlte und sie weinen wollte.

Und dann hätte er Angst. Und dann hätte Mutter noch mehr Angst.

Er musste seine Worte aussprechen, damit er sie nicht hören konnte. Und sie musste still bleiben. Und Mutter musste ihre Hand festhalten, bis es wehtat. Und sie durfte sich nicht erbrechen oder weinen oder irgendetwas von dem tun, was ein ängstliches kleines Kind tun würde.

Vielleicht könnte sie das tun, wenn Eadne da war.

Aber Eadne war tot.

Als sich die Sonne düster über ihr Zelt erhob und die ersten Wölfe zur Jagd erschienen, hasste sie sich selbst, wie sie ihn hasste.

»*Ich möchte dich etwas fragen*«, hatte Rokuda gesagt.

»*Nein*«, hatte Kalindris erwidert.

Es war ein Geräusch, das Rokuda nur von ihr hörte. Er hatte keine Ahnung, was es bedeutete. »*Warum beunruhigt dich das nicht?*«, hatte er unbeirrt gefragt.

»*Was?*«

»*Die Tatsache, wie sie sie ansehen, die Tatsache, dass sie sie nicht für eine von uns halten. Nicht für eine Shict.*« Er zwang schwierige Worte durch ein Knurren. »*Nicht für meine ... Erbin.*«

»*Ich achte nicht auf das, was sie tut.*«

»*Warum nicht? Hast du nicht gemerkt, wie sie über sie denken? Wie sie sie ansehen?*«

»*Nein.*«

»*Sie sehen sie an, als ... als wäre sie ... als wäre sie nicht ...*«

Ihm waren die Worte ausgegangen, und er hatte zu knurren begonnen. Er hasste es, wenn ihm die Worte nicht gehorchen wollten, denn wenn seine Worte nicht funktionierten, würde auch das Heulen nicht für ihn sprechen. Und wenn er nicht sprechen konnte, begann er zu knurren, weil die Leute ihm nicht zustimmen konnten. Die Leute konnten sich ihm verweigern.

Und das war der Zeitpunkt, ab dem er sich Narben zuzufügen begann.

»*Sie streckt die Hand aus, um zu versuchen, sich an deiner Hand festzuhalten, wenn sie Angst hat. Sie ... sie fragt sie Dinge, anstatt zu erkennen, was das Heulen ihr sagt.*« Sie hörte, wie

er die Krallen durchs Fell zog, hörte, wie sich Haarsträhnen von seiner Kopfhaut lösten, als er daran zog. *»Sie weint, wenn sie verletzt wird. Sie knurrt, wenn sie zornig wird.«*
»Kinder tun das.«
»Nicht meine Erbin.«
»Deine Erbin ist ein Kind.«
»Nicht eines unserer *Kinder.* Nicht eines von unserem Volk. Wir tun ... das nicht.«
»Sie schon.«
»Und dich kümmert es nicht einmal! Du siehst sie nicht einmal an. Weißt du nicht, was sie über uns sagen? Wie sie uns ansehen?«
»Es kümmert mich nicht.«
»Es hat dich früher gekümmert.«
»Aber jetzt nicht mehr.«
Und sie hatte es gehört. Stille vor einem Donnerschlag. Erdkrümel, die herabfielen, nachdem ein Regentropfen sie aufgewirbelt hatte. Das Raunen des Windes über die Berghänge. Der Moment, bevor er einatmete, bevor er mit der Absicht sprach, gehört zu werden.

»Du hast immer mit mir vor ihnen gestanden, erinnerst du dich? Du und dein Bogen, die stolze Jägerin neben mir, so stark und mutig. Sie haben zu uns aufgeschaut, während ich sprach. Sie haben mir zugehört, und mich kümmerte nur, ob du mich hörtest.«

Honig, der in einem Strang fermentiert. Löwenzahnschirmchen, die auf dem Wind schweben. Die Worte, die er sprach, die sie zum Zuhören bewegten, die Worte, die er sprach, die ihm Macht verliehen, die Worte, die er sprach, als er Rokuda und sie Kalindris gewesen waren und sie keine Worte brauchten.

»Sie haben meinen Worten immer zugehört, du hast immer genickt, wenn sie nickten, und gejubelt, wenn sie jubelten. Und wenn ich fertig war und über all diese lächelnden Leute hinwegblickte, schaute ich neben mich, und deines war immer das strahlendste Lächeln und das beste.«

»Du hattest viele Worte«, hatte Kalindris gesagt.

»Die habe ich immer noch. Ich habe noch immer alles. Alles bis auf diese stolze Jägerin, die neben mir stand. Wo ist sie hingegangen?«
 Kalindris hatte am Zelteingang gewartet. Als sie ihn dem kalten Licht der Dämmerung öffnete, war die Welt still. Sie schaute kurz über ihre Schulter und sah seine Augen, so weit und grün. Aus dem Augenwinkel erhaschte sie nur einen flüchtigen Blick darauf. Aber die Narbe an ihrem Schlüsselbein, diejenige, die er ihr beigebracht hatte, war noch immer da.
 »Sie hat sich in jemand Stillen und Sanften verliebt. Sie liefen davon und starben irgendwo weit in den Wäldern und ließen dich und mich zurück.«
 Sie hatte knapp gesprochen. Und dann war sie gegangen.

»Du machst es nicht richtig. Du *machst* es nicht richtig. Du sollst mit mir reden. Du sollst in der Lage sein, das zu tun.« Krallen gruben nach etwas in der Erde, was nicht da war. »Hör auf. *Hör auf.* Hör auf und tu es schon.« Ein Bein in einer Falle, das abgenagt wurde.
 Das Kind.
 Sprach mit der Erde.
 Ruhig.
 Sie beobachtete mit verschränkten Armen, wie das Kind über das Flussufer kroch, einer verdrehten Linie durch den Schlamm folgte. Das Kind folgte ihr am Ufer entlang, durch die Ebbe, um Bäume herum, wieder zum Ausgangspunkt zurück. Das Kind fluchte darüber, stellte Ansprüche, jammerte und spie jetzt einfach Worte aus, an die Spuren gerichtet, an die Erde gerichtet, an sich selbst gerichtet.
 Die Hände des Kindes waren voller Schlamm, der Bauch damit beschmiert, das Gesicht braun gesprenkelt, wo es frustriert den Kopf umklammert hatte. Und sie kroch auf Händen auf dem Boden umher, als könnte sie der Erde Antworten entreißen.

Die Erde wollte nicht zu ihr sprechen.
Das Kind wollte alles. Das Kind wollte, dass die Spuren zu ihm sprachen, ohne dass es ihnen zuhörte. Das Kind wollte, dass sich ihm das Land beugte, wollte es so sehr. Das Kind wollte. Das Kind sprach. Das Kind jammerte und forderte und hörte niemals zu.

Wie ihr Vater.

Kalindris war überrascht, als sie merkte, dass sie die Hände an der Seite zu Fäusten geballt hatte.

»Er sagte, es sollte leicht sein«, jammerte das Kind. »Es soll leicht sein. Warum hat er nicht...« Sie schlug sich mit dem Handballen an die Stirn. Ein Schlammfleck blieb zurück. »Nein, *nein*. Es liegt an dir, nicht an ihm. Du machst etwas falsch. Du bist es, *du* bist der Fehler, *darum* hassen sie dich.«

Seine Erbin. Im Schlamm. Sie schlug sich gegen den Kopf.

Kalindris versuchte sich in irgendeinem stummen Teil ihres Selbst davon zu überzeugen, dass das Kind dies verdiente. Das Kind, das nicht zuhören konnte, das Kind, das immer sprach, sein Kind gehörte in den Schlamm.

Kalindris war überrascht, ihre eigene Stimme zu hören.

»Es ist eine Metapher. Die Erde spricht nicht wirklich zu dir.« Das Kind berührte sie weiterhin und flehte sie weiterhin an. »Schau. Du hast die Spuren verwischt. Wir können anfangen...«

»Halt den Mund!«

Das Kind.

Fletschte die Zähne.

Knurrte.

»Ich will einfach die Bestie finden und sie töten und zurückbringen und ihm zeigen, und dann wird er mit mir sprechen, und weder du noch sonst jemand braucht mit mir zu reden, wenn Vater es tun wird, so dass ich dich nie wiedersehen muss!«

Das Kind war flüssig. Weiße Speichelflecke sammelten

sich um ihren Mund. Tränen sprudelten aus ihren Augenwinkeln. Zähflüssiger Schleim tropfte aus ihren Nasenlöchern. Das Kind schmolz, zitterte sich in den Tod. Das Kind wandte sich ab, blickte wieder in die schweigende Erde.

»Ich habe nicht geschlafen.«

Und Kalindris hatte keine Worte für das Kind. Das Kind, das gerade so zu ihr gesprochen hatte, als wäre es *ihr* Fehler, dass die Ohren des Kindes nicht hören konnten. Das Kind, das sich anmaßte, *sie* wegzuschicken. Das Kind, das handelte, als wären es *ihr* Fehler, *ihr* Problem und *ihr* Makel, die diesen Moment aus Schlamm, Tränen und Speichel geschaffen hatten.

Wie ihr Vater. In jeder Beziehung.

Sie war überrascht, Tränen in ihren Augen zu spüren.

Und auch sie wandte sich um. Zu ihr sprach die Erde jedoch. Sagte ihr, wo die Bestie hingegangen war. Sagte ihr, wie sie das Kind zurückweisen konnte und wie es Sinn ergab, dass sie einem Kind gegenüber zornige Rachegedanken hegen sollte.

Das Kind.

Das weinte.

Und sie verschloss ihre Ohren und ging davon.

Mutter hatte Angst. Und Vater hatte Angst.

Senny wusste das, weil niemand mehr schrie.

Mutter legte ihre Hände fest um sie und hielt sie in der Ecke ihrer Hütte dicht bei sich. Vater stand mit seiner Axt in der Hand da und spähte durch die Fenster. Mutter hatte sie. Vater hatte seine Axt. Und sie hatten beide immer noch Angst.

Sie jedoch nicht. Sie hatte ihr kleines Messer. Vater hatte es ihr geschenkt, damit sie keine Angst hatte. Sie konnte mit dem kleinen Messer keine Angst haben, auch wenn Vater Angst hatte.

Sie dachte darüber nach, es Vater zu geben, um zu sehen, ob es helfen würde. Aber sie zog es wieder zurück, als sie eine Stimme hörte, auch wenn es Vaters Stimme war.

»Ich werde dort hinausgehen.«

»Was? Warum solltest du das tun?«

»Um nach diesem Ding zu suchen. Es ist vielleicht nicht einmal in der Nähe. Wir haben es nicht gesehen, als wir ...«

»Nein. Geh nicht dort hinaus«, sagte Mutter. »Es hat bereits Eadne geholt. Du kannst nicht zulassen, dass es auch deine Tochter und mich holt – du *musst* hierbleiben.«

»Ich muss euch beschützen«, sagte Vater. »Wir können so nicht leben. Wir können nicht zulassen, dass uns diese Bestie verjagt. Wir müssen ...«

Keine Angst haben, wollte Senny sagen. Wir müssen tapfer sein.

»Ich gehe«, sagte Vater. »Nicht weit weg. Nicht lange. Bleibt einfach hier. Ich komme zurück.«

Senny nickte. Sie hielt ihr kleines Messer fest umklammert. Mutter hielt sie fest umklammert, weil Mutter kein kleines Messer hatte.

Vater stieß die Tür auf. Draußen sangen Vögel. Die Sonne schien mit diesem orangefarbenen Licht, das sie zeigte, wenn sie hinter den Bäumen unterzugehen begann. Der Bach draußen murmelte, sprach dann laut und fragte sich, wo das kleine Mädchen war, das ihm antwortete. Vater entfernte sich draußen zwei Schritte vom Eingang und blickte sich mit der Axt in der Hand um.

Die Vögel sangen weiterhin. Der Bach murmelte weiterhin. Die Sonne schien weiterhin.

Und Vater war tot.

Sie wusste es. Sie sah den Pfeil in seiner Schulter, der ihn an die Tür der Hütte nagelte. Sie sah einen weiteren heranfliegen und sein Handgelenk treffen. Er ließ seine Axt fallen. Mutter schrie. Vater schrie. Die ganze Tür war von Vaters Blut bedeckt. Und Senny umklammerte ihr kleines Messer.

Die Bestie kam heran. Die Bestie war eine Frau. Ihr Haar war lang und wirr, und sie trug schmutzige Kleidung, und ihre Ohren waren riesig, und sie hatte große Zähne und eine Narbe an ihrem Hals. Ihr Messer war groß. Ihr Messer funkelte. Und sie hob es an Vaters Hals und schlitzte ihn auf, und sein Blut ergoss sich über sie.

Und die Vögel sangen einfach weiter, obwohl Vater tot war.

Als die Vögel weitersangen und die Frau nicht aufhören wollte zu weinen, betrachtete sie die Bestie.

Es gab viele Bezeichnungen für sie: Eindringling, Mensch, Affe. *Kou'ru*. Rokuda hatte damit begonnen, sie Bestien zu nennen, um sie zu einer Bedrohung anstatt zu einem Volk zu machen, zu einem Wort anstatt zu einem Wesen, das Kinder hatte. Daraufhin hatte der Stamm anerkennend genickt und gemurmelt, dass sie Bestien seien, diese Wesen, die kamen und das Land der Shicts bedrohten.

Sie hatte bereits eine getötet und den Leichnam als Warnung für die anderen in einem Baum zurückgelassen. Aber sie hatte, selbst da, gewusst, dass sie auch sie töten musste. Sie hatte viele getötet.

Sie hatte sie getötet, noch bevor Rokuda ihnen einen neuen Namen gab. Sie waren der Feind, sie waren die Krankheit. Zu töten machte einen Shict aus. Und diese Tötungen waren für das Kind bestimmt. Das Blut, das von Kalindris' Händen lief, hätte von den Händen des Kindes laufen sollen. Sie hätte mit roten Händen und geschlossenen Augen zum Stamm zurückkehren sollen, und der Stamm hätte gewusst, dass sie eine von ihnen und ihr Vater stolz auf seine Erbin war.

Das kleine Menschenmädchen stand vor ihrer kauernden Mutter und hielt ein kleines Messer hoch, als könnte es mit der breiten, roten Klinge in Kalindris' Händen mithalten. Sie schaute zu Kalindris hoch und bemühte sich sehr, keine

Angst zu zeigen. Kalindris blickte auf sie hinab, versuchte zu entscheiden, wie sie das hier am besten rasch beenden könnte. Ein Stich ins Herz, dachte sie, um es rasch zu Ende zu bringen.

Sauber und schnell.

Sobald das Kind aufhörte, sie anzusehen.

Als schuldete sie ihr eine Erklärung.

»Weißt du, warum?« Bedrückend, erstickt, schwach. Kalindris' Worte.

Das Menschenkind schwieg. Die Mutter schlang die Arme um die winzige Gestalt des Kindes, das sein Messer nicht senken wollte.

»Warum ich dich töten muss?«, fragte sie erneut.

Das Kind schwieg. Kalindris öffnete den Mund, um es ihr zu sagen. Keine Worte kamen heraus.

»Dein Messer ist zu klein«, sagte Kalindris schließlich. Sie hielt ihre eigene Klinge hoch, dicht mit Rot beschmiert.

»Du kannst damit nichts anfangen. Du solltest es nicht in der Hand halten. Leg es hin.«

Das Kind legte es nicht hin. Kalindris trat einen Schritt vor, als wollte sie um das Kind herumgehen. Das Kind trat ebenfalls vor und stieß ihr kleines Messer in Richtung Kalindris, als würde das etwas bewirken. Als hätte sie keine Angst.

Kalindris zögerte. Sie blickte über die Schulter, als erwartete sie, dass das Kind – ihr Kind – dort wäre.

»Du musst hier nicht sterben«, sagte sie, ohne das Kind anzusehen – das Menschenkind. »Dein ... dein Vater ist nicht du. Deine Mutter ist nicht du. Ich nehme sie. Du kannst davonlaufen.« Sie betrachtete das Kind und das kleine Messer.

»Geh. Lauf fort.«

Das Kind lief nicht fort. Das Kind rührte sich nicht.

»Warum läufst du nicht davon?«

»Ich kann nicht.« Das Kind sprach mit erschreckter Stimme.

»Warum nicht?«

»Weil sie meine Mutter ist.«
Die Seiten eines Buches, das aus einem Regal gefallen ist, blättern sich um. Asche in einem lange erloschenen Kamin rieselt unter verkohlte Scheite. Eine weinende Mutter. Singende Vögel. Aus einer Öffnung in einer Kehle auf den Boden platschendes Blut, Tropfen für Tropfen.
Leise Geräusche.
Ruhige Geräusche.
Voller Nichts.
Kalindris konnte das Flüstern des Leders hören, als sie die Klinge in die Scheide zurückgleiten ließ. Kalindris konnte den Klang ihrer Stiefel auf dem Boden hören, als sie sich umwandte und die Hütte verließ. Kalindris konnte hören, wie das Menschenmädchen zu Boden sank und weinte.
Sie konnte es auf dem gesamten Weg in den Wald zurück hören.
Und ihr Kind.

Ein dahinströmender Fluss. Wind, der durch die Blätter fegt.
Ein heulender Wolf.
Und singende Vögel.
Gleichgültig wie sehr sie es versuchte, wie sie ihre Ohren stellte, wie sie sich anstrengte, um etwas anderes zu hören, etwas Bedeutungsvolles, war dies alles, was sie hören konnte. Diese Geräusche, alltäglich und nutzlos, die Dinge, die jedes Lebewesen hören konnte.
Das Heulen sprach nicht zu ihr.
»Wo warst du?«
Das Kind.
Das fragt.
Das besorgt ist.
Sie betrat die Lichtung, den Bogen auf dem Rücken und das Messer in ihrem Gürtel. Das Kind hockte sich auf die Fersen und blickte zu ihr hoch, als sie vorbeiging.
»Du hast dich gewaschen«, bemerkte das Kind und be-

trachtete ihre sauberen, blutlosen Hände: »Wann? Was hast du getan?«

Sie erwiderte den Blick des Kindes nicht, als sie sich setzte. Sie ließ die Beine über eine schmale Felskante hängen, über einem sterbenden Bach baumeln, dessen Sprudeln zu einem poetischen Murmeln geworden war, als er zu einem dünnen Rinnsal wurde. Sie blickte nach rechts und sah die Füße des Kindes in den kleinen Stiefeln, schlammbespritzt, vom Blut des toten Hirsches befleckt.

Nur ein paar Tröpfchen. Der Rest mit dem Schlamm vermischt. Es schien zu viel, um es anzusehen.

»Warum töten wir, Kind?«, fragte sie abwesend.

»Das hast du mich bereits gefragt.«

»Ich weiß. Sag es mir noch einmal.«

Das Kind trat leicht mit einem Fuß. Ein paar Schlammspritzer lösten sich. Nicht das Blut.

»Ich weiß es vermutlich nicht«, sagte das Kind.

Sie schwieg.

Sie blickten gemeinsam in den Wald. Ihre Ohren richteten sich auf, lauschten den Geräuschen. Vögel sangen weiterhin, ein weiterer Tag, den sie mit geräuschvollem Geplapper erfüllten. Der Wind blies weiterhin, genauso wie er es immer getan hatte. Irgendwo weit entfernt stieß ein weiterer Hirsch ein langes, kehliges Röhren aus.

»Hast du die Bestie getötet?«, fragte das Kind.

Sie schwieg.

»Ich sollte es tun.«

»Ich habe es nicht getan.«

Das Kind sah sie an. »Ich bin kein Dummkopf.«

»Nein.«

Sie streckte einen Arm aus, legte ihn um das Kind und zog es nahe zu sich heran. Ein Herzschlag; aufgeregt. Ein scharf eingesogener Atemzug; zitternd. Ein den Körper durchlaufendes Schaudern; verängstigt. Sie zog das Kind noch näher an sich.

»Aber lass mich eine kleine Weile vorgeben, dass du es wärst.«

Kein Lärm mehr. Keine Geräusche. Keine fernen Schreie und kein nahes Heulen. Nur Worte. Nur die Stimme des Kindes.

»Ich sollte sie töten. Sagte Vater.«
»Dein Vater hat nicht immer recht.«
»Du denn?«
»Nein.«
»Warum sollte ich dir dann glauben?«
»Weil.«
»Das ist kein guter Grund.«
Sie blickte zu dem Kind hinab und lächelte. »Ich werde mir später einen ausdenken, in Ordnung?«

Das Kind erwiderte ihren Blick. Ihr Lächeln kam zögerlicher, nervöser, als befürchtete sie, es würde ihr jeden Moment aus dem Mund geschlagen. Kalindris machte sich selbst für diesen Blick verantwortlich, für diese Worte, die schwerwiegend und langsam hervordrangen. Sie würde lernen, wie sie sie besser benutzen konnte.

Dafür wäre Zeit. Ohne so viel Blut und kalte Nächte. Ohne so viele Gedanken an Rokuda und seine Worte. Sie würde es von allein lernen. Sie würde es dem Kind sagen.

Ihrem Kind.

Ihrer Tochter.

Die lächelte.

Es wäre Zeit genug, ihrer Tochter in die Augen zu sehen, viel später, und zu wissen, was es bedeutete, keine Worte zu brauchen. Es käme eine Zeit, in der sie ihrer Tochter in die Augen sehen und es einfach wissen würde.

Im Moment hatte sie nur den Klang des Lächelns ihrer Tochter. Für immer.

PAT CADIGAN

Jedermann weiß, womit der Weg zur Hölle gepflastert ist, oder?

Pat Cadigan wurde in Schenectady, New York, geboren und lebt heute mit ihrer Familie in London. Ihr erstes Buch als Autorin hat sie 1980 verkauft, und sie wird seitdem als eine der besten neuen Schriftstellerinnen ihrer Generation angesehen. Ihre Erzählung »Pretty Boy Crossover« erschien in mehreren Kritikerlisten unter den besten Science-Fiction-Storys des Jahres 1980, und ihre Erzählung »Angel« war im Finale für den Hugo Award, den Nebula Award *und* den World Fantasy Award (eine der wenigen Erzählungen, welcher diese eher ungewöhnliche Auszeichnung zuteilwurde). Ihre Kurzgeschichten – die unter anderem in *Asimov's Science Fiction Magazine* und *The Magazine of Fantasy & Science Fiction* erschienen – wurden in die Sammlungen *Patterns* und *Dirty Work* aufgenommen. Ihr erster Roman, *Bewusstseinsspiele*, wurde 1987 herausgegeben und erhielt ausgezeichnete Kritiken, und ihr zweiter Roman, *Synder*, 1991 erschienen, errang den Arthur C. Clarke Award als bester Science-Fiction-Roman des Jahres, wie auch ihr dritter Roman, *Fools*, was sie zur einzigen Autorin machte, die den Clarke Award zwei Mal errang. Ihre weiteren Bücher umfassen die Romane *Dervish Is Digital*, *Tea from an Empty Cup* und *Reality Used to Be a Friend of Mine* sowie als Herausgeberin die Anthologie *The Ultimate Cyberpunk*, wie auch zwei Making-of-Filmbücher und vier Media-tie-in-Romane. Ihr neuestes Werk ist ein Roman, *Cellular*.

KÜMMERER

Übersetzt von Karin König

»Hey, Val«, sagte meine Schwester Gloria, »hast du dich jemals gefragt, warum es keine weiblichen Serienmörder gibt?«

Wir sahen uns gerade im Prime Crime Network eine weitere Dokumentation an. Wir hatten in dem Monat, seit sie eingezogen war, viele solcher Dokumentationen gesehen. Zusammen mit zwei Koffern, einer mit Spezialprodukten für lockiges braunes Haar, und einer Mülltüte mit teurer Bettwäsche hatte meine kleine Schwester auch ihre Faszination für entsetzliche und schaurig-spektakuläre Ereignisse mitgebracht – das Gegenteil teurer Bettlaken in einer Mülltüte, könnte man sagen.

»Was ist mit Aileen Wie-heißt-sie-noch-mal?«, fragte ich.

»Eine einzige, und sie haben sie ziemlich schnell hingerichtet. So schnell, dass man sich nicht einmal mehr an ihren Nachnamen erinnern kann.«

»Ich kann mich daran erinnern«, sagte ich. »Ich kann ihn nur nicht aussprechen. Und es war nicht *so* schnell – mindestens zehn Jahre, nachdem sie sie erwischt hatten. Sie haben auch Bundy recht schnell hingerichtet, oder? In Florida. Sie auch, wo ich jetzt so darüber nachdenke.«

Gloria lachte überrascht auf. »Ich hatte keine Ahnung, dass du solch eine Expertin für Serienmörder bist.«

»Wir haben genug Fernsehsendungen darüber gesehen«, sagte ich, während ich in die Küche ging, um mehr Eistee zu holen. Die Sendungen waren so formelhaft, dass ich mir manchmal nicht sicher war, bei welchen es sich um Wiederholungen handelte. Es machte mir allerdings nichts aus, Gloria nachzugeben. Sie war fünfzehn Jahre jünger, so dass ich es gewohnt war, Rücksicht zu nehmen, und, wie bei Lastern üblich, war wahres Crime-TV eher unbedeutend. Wichtiger war, dass Gloria Mom zuverlässig jeden Tag im Pflegeheim besuchte. Ich hatte erwartet, dass sie nach den ersten zwei Wochen nicht mehr so häufig hingehen würde, aber sie verbrachte immer noch jeden Nachmittag mit Kartenspielen oder Vorlesen oder »nur Herumhängen« bei Mom. Ich musste ihr das zugutehalten, auch wenn ich mir ziemlich sicher war, dass sie es so vermeiden wollte, sich einen bezahlten Job suchen zu müssen.

Als ich zurückkam, war Gloria mit meinem iPad beschäftigt. »Erzähl mir nicht, dass es eine App für Serienmörder gibt«, sagte ich ein wenig nervös.

»Ich habe sie gegoogelt, und du hast recht – Aileen Wuornos und Ted Bundy starben beide im Staatsgefängnis von Florida. Dazwischen lagen über zwanzig Jahre – er kam auf den Stuhl, sie erhielt eine tödliche Injektion. Aber dennoch.« Sie blickte zu mir hoch. »Denkst du, das hat was mit Florida zu tun?«

»Ich weiß es nicht, aber ich wünschte wirklich, du hättest das nicht auf meinem iPad gemacht«, sagte ich und nahm es an mich. »Google kann nichts für sich behalten. Jetzt bekomme ich wahrscheinlich eine Flut von blutrünstigem Tatortfoto-Spam.«

Ich konnte praktisch sehen, wie sie, wie ein Terrier, die Ohren spitzte. »Du kannst dieses Zeug bekommen?«

»*Nein.*« Ich brachte das iPad außerhalb ihrer Reichweite. »Ich will es nicht bekommen. Begnüge dich mit den pornographischen Krimis im Kabelfernsehen.«

»Spielverderberin.«

»Das höre ich oft.« Ich lachte leise. Im Fernsehen lief gerade der Nachspann, und zu sehen war die alte Fotografie eines starr wirkenden Mannes, wahrscheinlich ein Serienkiller. Am unteren Rand des Bildschirms wurde die nächste Sendung angekündigt: *Deadlier Than the Male – Killer Ladies.*

Ich sah meine Schwester, die mit der Fernbedienung herumfuchtelte und dabei wie eine Killer Lady grinste, mit verzogenem Gesicht an. »Komm schon, läuft nicht auf einem der Filmkanäle *Die rote Flut*?« Ich ballte die Hände fest zu Fäusten. »*Wolverine: Weg des Kriegers?*«

Gloria verdrehte die Augen. »Wie wäre es mit etwas, was wir nicht bereits eine Fantastilliarde Mal gesehen haben?«

»Wie viel genau *ist* eine Fantastilliarde?«, fragte ich.

»Das weiß, wie die genaue Größe des Universums oder die Antwort auf die Frage, wie viele Male du *Die rote Flut* gesehen hast, niemand.« Sie deutete mit dem Kopf auf das iPad auf meinem Schoß. »Machst du dir keine Sorgen mehr über Tatort-Spam?«

Ich errötete. »Ich habe im Autopilot-Modus gesurft«, sagte ich, was entweder die halbe Wahrheit oder eine halbe Lüge war, je nachdem.

»Ja, *du hast* kein wirkliches Interesse an irgendetwas von diesem blutrünstigen Zeug.«

»Das Mindeste, was du tun könntest, wäre, uns etwas Popcorn zu machen«, sagte ich. »Es ist noch mindestens eine Tüte im Schrank.«

Sie wand sich in gespieltem Entsetzen. »Tötet dieses Zeug nicht deinen Appetit?«

»Wenn ich ein paar Hinweise aufschnappe, könnte ich *dich* vielleicht töten.«

Die Werbepause dauerte wie immer lange genug, dass Gloria mit einer großen Schüssel filmreif gebuttertem Popcorn zurück war, bevor der Vorspann zu Ende war. Dem Programm nach war dies ein *Killer-Ladies*-Marathon, mehrere Folgen hintereinander, bis in die frühen Morgenstunden. Nach einer Teleshopping-Pause von vier bis sechs Uhr früh konnten Frühaufsteher mit *Deadly Duos – Killer Couples* frühstücken.

Killer Ladies folgte dem üblichen Schema, betonte aber das Melodramatische. Die fraglichen Ladys waren alle gestört, böse, verdreht, unnatürlich, kalt, verschlagen und reuelos, während die meisten ihrer Opfer herzlich, unbeschwert, vertrauensvoll, großzügig, offen, ehrlich, beliebt, bodenständig und der beste Freund waren, den man sich jemals wünschen konnte, bis auf einige wenige merkwürdige Typen, die schlecht erzogen, töricht, unreif, unruhig, leichtsinnig, selbstzerstörerisch oder ständig unglücklich waren, und den gelegentlichen Exhäftling mit einem langen Strafregister (niemand hatte je ein kurzes Strafregister).

Zwischen eindringlichen Berichten von Kriminalbeamten, die alle dasselbe aussagten, gab es ein paar interessante Informationen, die mir neu waren. Natürlich hatte ich zu Anfang nicht viel gewusst – die einzige notorische Killer Lady, die mir außer Aileen Wuornos einfiel, war Lizzie Borden. Killer Ladies waren weitaus interessanter als ihre männlichen Gegenstücke. Anders als Männer, die sich anscheinend hauptsächlich an ihren Allmachtsfantasien berauschten, gelang es Killer Ladies beinahe, damit durchzukommen: Sie planten sorgfältig, taxierten ihre Opfer und deren Situationen und warteten auf den richtigen Zeitpunkt.

Sie waren auch Meister – oder Meisterinnen – der Täuschung, mit der unwissentlichen Hilfe einer Gesellschaft, die Frauen immer noch als Erzieherinnen und nicht als Mörderinnen ansieht. Wenn sie nicht gerade jemanden töteten, waren die Killer Ladies Krankenpflegerinnen, Therapeutinnen, Babysitterinnen, Assistentinnen, sogar Lehrerinnen (wenn ich mich an einige erinnerte, die ich hatte, konnte ich das durchaus glauben).

Schließlich döste ich ein und erwachte bei einer Wiederholung der ersten Folge, die wir bereits gesehen hatten. Gloria war überhaupt nicht wach zu bekommen, so dass ich eine von Moms selbstgemachten Häkeldecken über sie breitete. Dann ritt mich der Teufel – ich steckte ein Kissen unter ihre Arme mit der Nachricht: *Dies ist das Kissen, mit dem ich dich nicht erstickt habe. Guten Morgen!*, bevor ich ins Bett taumelte. Die Nachricht, die ich auf meinem eigenen Kissen fand, als ich aufwachte, lautete: *Lebst du noch? Falls dem so ist: Wir brauchen neue Cornflakes.*

Der Ausdruck auf Glorias Gesicht, als ich mich zum Frühstück hinsetzte, ließ mich zusammenzucken. »O nein, nicht *noch ein* Haftbefehl wegen Parkscheinen.«

»Nein, natürlich nicht. Ich habe mich darum gekümmert. *Du* hast dich darum gekümmert«, fügte sie rasch hinzu. »Ich habe nicht allzu gut geschlafen.«

»Ich habe versucht, dich aufzuwecken, damit du in einem richtigen Bett schlafen kannst. Du bist doch nicht die ganze Nacht aufgeblieben, oder?« Die ganze Nacht aufzubleiben und dann den ganzen Tag zu schlafen war etwas, wofür Gloria anfällig war. Ich hatte sie gewarnt, dass das bei mir nicht funktionieren würde.

»Nein. All diese Killer Ladies haben mir schlechte Träume beschert.«

Ich dachte einen Moment, sie würde scherzen, aber sie zeigte den leicht gehetzten Ausdruck einer Person, die etwas sehr Unangenehmes in ihrem Kopf gefunden und noch nicht aufgehört hatte, es zu sehen. »Jesus, Glühwürmchen, es tut mir leid. Ich hätte diese Nachricht nicht hinterlegen sollen.«

»Oh, nein, *das* war witzig«, sagte Gloria mit zögerlichem Lachen. »Hast du meine auch gefunden?«

»Ja. Deine war witziger, weil sie stimmt.«

»Ich werde mich daran erinnern, dass du das gesagt hast.« Sie blickte auf die Schüssel vor sich hinab. »Du kannst es haben«, sagte sie und schob mir die Schüssel zu. »Ich habe keinen Hunger. Ich habe die ganze Nacht von Todesengeln geträumt. Weißt du, die heimtückischen.«

»Sie waren alle heimtückisch«, sagte ich gähnend. »Frauen können besser unter dem Radar bleiben, erinnerst du dich?«

»Ja, aber diejenigen, die sich um Menschen kümmerten, wie Krankenpflegerinnen und Hebammen – das waren die heimtückischsten.« Pause. »Ich kann nicht aufhören, an Mom zu denken. Wie viel weißt du über die Einrichtung, in der sie ist?«

Ich schüttelte den Kopf. »Du siehst durch dieses Trash-TV Gespenster. Schwör den Krimikanälen mal eine Weile ab.«

»Komm schon, Val, hat dir dieses ganze Zeug über Todesengel keine Angst gemacht?«

»Du bist der hartgesottene Krimifan«, sagte ich ruhig. »*Ich* will mein MTV. Oder, wenn das nicht geht, *Wolverine: Weg des Kriegers*.«

»Gestern Abend wolltest du das nicht«, sagte sie mit einem kurzen, humorlosen Lachen.

»Erwischt. Aber genug ist genug. Heute Abend ist DVD-Box-Zeit, eines dieser bizarren Teile, in denen sogar die Besetzung nicht wusste, was geschah – *Lost Heroes of Alcatraz* oder *4400 Events in 24 Hours*. Was meinst du?«

Meine schlecht gewählten Vorschläge bewirkten nicht einmal ein Verdrehen der Augen, so dass ich mir die Morgennachrichten auf dem iPad ansah, während ich ihre Cornflakes aß. Vielleicht würde es sie in einen besseren Gemütszustand versetzen, wenn sie ihr eigenes iPad bekäme, dachte ich. Sie würde die Spiele lieben. Ganz zu schweigen von der Kamera – obwohl ich ihr das schriftliche Versprechen würde abnehmen müssen, nicht heimtückisch heimliche Fotos ins Netz zu stellen.

»Val?«, sagte sie nach einiger Zeit. »Selbst wenn ich tatsächlich schreckhaft bin, lass mir einen Moment meinen Willen. Wie fandest du das Heim?«

Die einzige Möglichkeit, Schatten zu beseitigen, war,

alle Lichter einzuschalten. Ich dachte resigniert: Dafür sind große Schwestern da, obwohl ich mir nie vorgestellt hatte, dass das mit dreiundfünfzig immer noch so sein würde. »Es ist ein hübscher Ort, oder?« Sie nickte. »Es wandern keine verwirrten Bewohner umher oder sind an ihre Betten gefesselt und liegen in ihrem eigenen...«

»*Val*.« Sie sah mich wieder mit gewölbter Augenbraue an. »Du beantwortest meine Frage nicht.«

»Okay, okay. Ich habe es nicht ausgesucht – Mom hat es ausgesucht. Sie und Dad hatten bei Stillman Saw and Steel ein Versicherungskonzept...«

»Aber Stillman ist vor zwanzig Jahren pleitegegangen!«

»Lass mich zu Ende reden, ja? Stillman ist pleitegegangen, aber die Versicherungsgesellschaft nicht. Mom und Dad behielten die Police, und Mom hat sie auch nach Dads Tod weiter behalten. Sie wusste, dass sie uns nicht das zumuten wollte, was sie mit Grandma durchgemacht hatte, was das Gleiche war, was Grandma wiederum mit *ihrer* Mutter durchgemacht hatte. Du warst noch ein Baby, als Grandma starb, so dass du es nicht mitbekommen hast. Aber ich.«

Gloria wirkte skeptisch. »Ich habe Freunde, deren Eltern ein Vermögen für Policen ausgeben, die ihnen nie etwas eingebracht haben.«

»Mom hat es mir vor einigen Jahren gezeigt. Es ist offensichtlich alles ehrlich und rechtmäßig abgelaufen – ansonsten hätte sie sich diesen Platz nicht leisten können.« Ich beschloss, nicht zu erwähnen, dass Mom, obwohl sie auf mich damals vollkommen gesund wirkte, schon zu entgleiten begonnen hatte. »Die Police deckt ungefähr die Hälfte der Kosten ab, ihre Pension und die Einkünfte aus dem Verkauf ihres Hauses decken den Rest.«

»Und wenn das Geld vom Haus verbraucht ist?«

»Dann sind wir dran, kleine Schwester. Was sonst?«

Ihre Augen weiteten sich. »Aber ich bin abgebrannt. Ich habe nicht einmal etwas, was ich verkaufen könnte.«

»Nun, wenn du nicht in der Lotterie gewinnst, wirst du Plan B in Angriff nehmen und dir einen Job suchen müssen«, sagte ich gutgelaunt. Gloria wirkte so bestürzt, dass ich nicht sicher war, ob ich lachen oder ihr eine Ohrfeige verpassen sollte. »Aber wir werden diese Brücke erst überqueren, wenn es so weit ist. Nun ja, falls es dazu kommt...«

»Was meinst du damit?«

Das war etwas, was ich bis zu dem Zeitpunkt zu vermeiden gehofft hatte, an dem es erörtert werden müsste. »Mom hat eine Patientenverfügung gemacht. Sie will keine Wiederbelebung. Keinen Defibrillator, keine Schläuche, keine Beatmung, keine außergewöhnlichen Maßnahmen. Ihr Körper geht, abgesehen von nützlichen Organen oder Teilen, zur hiesigen medizinischen Fakultät. »*Ihre* Entscheidung«, fügte ich als Antwort auf Glorias halb entsetzte, halb angewiderte Miene hinzu. »Du kennst Mom – nichts verschwenden, wenn jemand anders froh wäre, diese Leber zu bekommen.«

Gloria lachte wider Willen kurz auf. »Okay, aber *Moms* Leber? Sie ist vierundachtzig. Nehmen sie überhaupt etwas von so alten Menschen?«

Ich zuckte die Achseln. »Keine Ahnung. Wenn nicht, dann ist das eher für die Medizinstudenten gedacht.«

»Das klingt nicht sehr respektvoll.«

»Im Gegenteil, Glühwürmchen – tatsächlich halten sie zwei Mal im Jahr Gedenkgottesdienste für all die Menschen ab, die ihre Überreste der Fakultät vermacht haben. Sie laden die Familien ein, verlesen die Namen aller Verstorbenen und danken ihnen für ihren Beitrag zur Zukunft der Medizin.«

Sie wirkte nun etwas weniger angewidert, aber nicht glücklicher. »Was geschieht danach, äh, du weißt schon, wenn sie... wenn sie fertig sind?«

»Sie bieten eine Einäscherung an. Obwohl Mom sagte, sie würde den Kompost vorziehen. Es gibt eine Organisation, die Bäume und blühende Büsche setzt...«

»Hör auf!«

»Sorry, Sis, vielleicht hätte ich dir den Teil ersparen sollen. Aber es ist das, was Mom will.«

»Ja, aber sie hat Alzheimer.«

»Sie war vollkommen klar, als sie das aufgesetzt hat.« Gloria schien mit der eher alternativen Herangehensweise unserer Mutter an den Tod nicht zurechtzukommen. Sie hätte wahrscheinlich eher eine Wikingerbestattung akzeptiert. Ich war mir aufgrund der verschiedenen Bemerkungen, die sie von sich gab, nicht sicher, ob sie sich schuldig fühlte, weil sie die ewig abwesende Tochter war, oder ob sie verletzt war, weil niemand es für notwendig befunden hatte, sie um Rat zu fragen. Vielleicht war es ein wenig von beidem.

Oder vieles von beidem. Der Altersunterschied hatte es mir immer erschwert, die Dinge aus ihrer Perspektive zu sehen. Ich hatte gedacht, es würde leichter, wenn wir älter wären, aber das war nicht der Fall, wahrscheinlich weil Gloria noch immer auf dem gleichen Stand war wie mit fünfundzwanzig.

»Tut mir leid, Glühwürmchen«, sagte ich schließlich und sammelte das Frühstücksgeschirr ein. »Wir führen diese Debatte auf Kosten meiner Arbeit.«

»Ich weiß nicht, wie du das machst«, erwiderte sie, während sie mir zusah, wie ich die Schüsseln abspülte und in den Geschirrspüler stellte.

»Wie ich was mache – meinen Lebensunterhalt verdienen?«

»Wach zu bleiben, während du Tabellen betrachtest.«

»Es hilft, all die kleinen Zahlen mit den Dollarzeichen zu sehen«, belehrte ich sie. »Ich bin mir sicher, dass du auch etwas finden kannst, was dir die Augen offen hält.« Aber wahrscheinlich noch nicht Plan B, dachte ich, während ich mich in mein Büro verzog und den Computer einschaltete.

Es ist nicht die aufregendste Arbeit, anderer Leute Steuern

zu bearbeiten, aber sie ist sicher und körperlich weniger anstrengend, als Toiletten zu reinigen. Es ist wirklich nicht so schwer, wenn man erst einmal weiß, wie es geht – obwohl es schwierig sein kann, sich dieses Wissen anzueignen. Ich schloss bei jeder dritten Veränderung der Bestimmungen eine weitere Festplatte an, um meine Backups zu sichern. Es gab nicht mehr so viel Papier wie früher, was eine Erleichterung war. Aber ich konnte mich nicht dazu überwinden, mich vollständig auf die Speicherung in der Cloud zu verlassen.

In den zehn Jahren, seit Lee und ich vernünftig geworden waren und uns getrennt hatten, entdeckte ich, dass es mir zusagte, allein zu leben. Aber das war jetzt vorbei. Gloria hatte zunächst vage verkündet, nach einer eigenen Wohnung suchen zu wollen, wenn sie sich wieder gefasst hätte – was auch immer das bedeutete –, aber ich machte mir nichts vor. Meine Schwester war dauerhaft hier. Selbst ein Freund würde daran wahrscheinlich nichts ändern. Die Art Männer, die Gloria anzog, wollten ausnahmslos zu ihr ziehen und nicht umgekehrt, weil sie es üblicherweise mussten.

Ich hörte das Auto draußen in der Einfahrt, gerade als ich eine Mittagspause machen wollte; die übliche Zeit, zu der Gloria zu Mom fuhr. Um Moms Appetit war es derzeit schlecht bestellt, aber Gloria konnte sie meist zu ein paar Extrabissen überreden. Das war einer der Gründe, warum das Personal so von ihr angetan war.

»Ich wünschte, die Familien aller Menschen wären wie sie«, hatte eine junge Krankenpflegerin namens Jill Franklyn mir bei meinem letzten Besuch gestanden. »Sie behandelt das Personal nicht wie Dienstboten, und sie redet nicht die ganze Zeit, die sie hier ist, und telefoniert auch nicht dauernd. Und auch wenn die meisten Leute Zeit hätten, jeden Tag zu kommen, wäre das bei ihnen wahrscheinlich nicht so.«

Ich konnte nicht umhin, mich leicht in der Defensive zu

fühlen. Zwei Besuche pro Woche waren das mir selbst auferlegte Minimum, obwohl ich versuchte, drei Mal anstatt nur zwei Mal zu kommen. Es gelang mir nicht immer, etwas, weswegen mich schuldig zu fühlen ich normalerweise zu müde war. Derweil sagte Mom immer, ich sollte weniger über Besuche zwei Mal pro Woche als über eine oder zwei Wochen Karibik nachdenken.

Verführerisch, aber das Netz sagte mir, dass meine Arbeit mir folgen könnte und wahrscheinlich auch würde. Als ich das letzte Mal verreist war, war ein fünftägiger Aufenthalt in einer Waldhütte zu einem halben Tag geschrumpft, als ich eine panische Nachricht von einem Klienten bekam, dessen Haus bis auf die Grundmauern niedergebrannt war, kurz bevor er zu einem Firmenaudit bestellt wurde.

Es war schon seltsam, dass ich, seit Gloria hier war, wieder angefangen hatte, über eine Auszeit nachzudenken. Sie hatte also keinen Job und würde wahrscheinlich, außer mit vorgehaltener Waffe, auch keinen bekommen – aber sie hatte meine Last von Anfang an erleichtert. Wenn sie das aufrechterhielt, könnte ich vielleicht sogar mein fast eingeschlafenes gesellschaftliches Leben wieder aufleben lassen – Freunde anrufen, shoppen, essen gehen. Im Kino einen neuen Film ansehen. Es hob meine Stimmung schon, nur darüber nachzudenken.

Gloria war um fünf Uhr immer noch nicht zu Hause, so dass ich eine weitere Stunde an meinem Schreibtisch verbrachte und meine Arbeit beendete, die ich ansonsten am nächsten Morgen hätte erledigen müssen. Als sie um sechs Uhr jedoch immer noch nicht da war, wurde ich langsam nervös. Meine Schwester war, trotz all ihrer Fehler, eine hervorragende Fahrerin, aber das machte sie nicht immun gegen schlechte Fahrer oder, noch schlimmer, böse Absichten. Ich fragte mich, ob es etwas kostete, einen Sicherheitsschutz zu aktivieren, oder musste das Auto erst als gestohlen gemeldet werden? Oder könnte ich es selbst tun? Ich erinnerte mich vage, dass ich mir die Navigations-Software angesehen hatte – gab es da eine Finde-mein-Auto-App wie Finde mein iPad?

Glücklicherweise hörte ich sie in die Einfahrt einbiegen, bevor ich etwas Törichtes versuchen konnte. »Ist jemand zu Hause?«, rief Gloria, während sie durch die Küche hereinkam. »Wenn du ein Einbrecher bist, dann verschwinde.«

»Kein Einbrecher, nur ich«, rief ich zurück.

Sie stürmte herein, wobei ihre Locken vor glücklicher Aufregung tanzten, und hielt eine Tüte von Wok On the Wild Side hoch. »Du wirst nie erraten, was ich gemacht habe.«

»Du hast recht«, sagte ich und schaffte auf dem Kaffeetisch Platz. »Also solltest du es mir besser einfach erzählen.«

»Ich habe einen *Job* an Land gezogen.«

Mein Kinn sank herab, alle Hoffnung darauf, auch nur ein langes Wochenende außerhalb der Stadt zu verbringen, verpuffte, während sich mein gesellschaftliches Leben umdrehte und wieder einschlief. »Du... hast... einen... Job?«

Sie war eifrig damit beschäftigt, kleine weiße Kartons aus der Tüte zu nehmen und sie auf den Tisch zu stellen. »Was, du hast nicht gedacht, dass das möglich wäre?«

»Nein, es ist nur – ich wusste nicht, dass du auf Jobsuche warst.«

»Entspann dich, große Schwester«, sagte sie lachend. »Es ist kein *richtiger* Job.«

Ich sah sie blinzelnd an. »Du hast einen imaginären Job an Land gezogen?«

»Was? Nein, natürlich nicht. Ich bin jetzt offizielle ehrenamtliche Helferin in Moms Heim!«

»Offiziell – ernsthaft?« Ich war mir nicht sicher, ob ich richtig gehört hatte. »Bist du qualifiziert?«

»Tatsächlich, große Schwester, bin ich das.«

Das war wahrscheinlich das Erstaunlichste, was sie in den letzten zwei Minuten geäußert hatte. Oder vielleicht jemals –

qualifiziert war kein Wort, das ich mit meiner Schwester in Verbindung brachte. »Wie?«, fragte ich schwach.

»Hast du *wirklich* vergessen, dass ich fast jeden Sommer während der Highschool Lebensretterin war?«, fragte sie mit überlegenem Lächeln. Damals war ich schon von zu Hause ausgezogen, und ich erinnerte mich überwiegend daran, dass Gloria praktisch von Mai bis September in einem Badeanzug lebte. Und daran, dass ich, auch wenn ich in einem Badeanzug immer noch gut aussah, nie *so* gut ausgesehen hatte. »Nach dem Schulabschluss habe ich im YMCA und fürs Rote Kreuz Schwimmunterricht gegeben«, sagte sie gerade, »und ich war jahrelang hin und wieder Rettungsschwimmerin.«

Ich konnte es immer noch nicht begreifen. »Die Leute im Pflegeheim gehen viel schwimmen?«

Sie verdrehte die Augen. »Ich kann wiederbeleben, du Dummkopf.«

Ich errötete stark. Ich fühlte mich wie *zwei* Dummköpfe.

Gloria lachte erneut. »Du wirst doch wohl nicht ohnmächtig werden. Ich war mir einen Moment lang nicht ganz sicher.« Sie ging in die Küche, um Teller zu holen, während ich auf der Couch saß und mich schlecht und töricht fühlte. »Ich kann auch Wasser-Aerobic lehren«, sagte sie im Plauderton und deponierte einen Teller auf meinen Knien. »Nun, tatsächlich müsste ich meine Aerobic-Bescheinigung erneuern lassen, aber mein Nachweis zur Wiederbelebung ist aktuell. Es ist so frustrierend, wenn ein Schwimmbad jemanden braucht, dich aber nicht einstellen kann, weil deine Bescheinigung für die Herz-Lungen-Wiederbelebung abgelaufen ist.« Sie tat mir aus drei verschiedenen Kartons auf und nahm ein Paar Essstäbchen. »Soll ich dir die auseinanderbrechen? Oder möchtest du lieber eine Gabel haben?«

»Ich bin für Essstäbchen immer noch *qualifiziert*, danke«, sagte ich. Sie reichte sie mir grinsend herüber. So weit war ich noch nicht. »Also ... was? Du bist heute Morgen aufgestanden und hast beschlossen, offizielle Ehrenamtliche zu werden? Oder hat dich eine der Krankenpflegerinnen über deine Sommer als Lebensretterin reden hören und gesagt: ›He, Sie beherrschen doch Wiederbelebung. Wollen Sie als Ehrenamtliche arbeiten?‹«

Ihr Lächeln wurde ein wenig durchtrieben, als sie mich und dann sich selbst bediente. »Tatsächlich habe ich den Schriftkram schon vor zwei Wochen erledigt.«

Eine weitere Überraschung. »Das hast du mir gegenüber nie erwähnt«, sagte ich.

»Es gab bis jetzt keinen Grund dazu. Ich meine, wenn ich nicht als Ehrenamtliche hätte arbeiten können, gäbe es ohnehin nichts, worüber wir hätten reden können. Außerdem, erwähnst *du* mir gegenüber jeden einzelnen Gedanken, der dir in den Sinn kommt?« Nun wirkte ihr strahlendes Lächeln so unschuldig, dass ich mir tatsächlich nicht sicher war, ob das ein Seitenhieb gewesen war oder nicht. »Natürlich nicht«, fuhr sie fort. »Wer würde das schon tun?«

Ich aß schweigend und sann über das Konzept meiner Schwester nach, der qualifizierten Ehrenamtlichen mit den verrückten Wiederbelebungs-Kenntnissen. Ich selbst hatte keine, was mir nun, wo ich darüber nachdachte, recht kurzsichtig erschien. Auch wenn keiner meiner Klienten jemals einen Herzinfarkt gehabt hatte, nachdem sie gesehen hatten, was sie der Regierung schuldeten, war es nicht unmöglich. Gloria ließ sich inzwischen weiter darüber aus, wie man die Zeichen eines Schlaganfalls erkannte, wie man das Heimlich-Manöver richtig ausführte und dass Wiederbelebungskurse dafür geeignet waren, gutaussehende Feuerwehrmänner zu treffen.

Endlich die Gloria, die ich kannte und liebte, dachte ich erleichtert. »Weißt du, ich glaube nicht, dass du in dem Heim viele gutaussehende Feuerwehrmänner kennenlernen wirst«, sagte ich, als sie innehielt, um Luft zu holen.

»Es sei denn, es brennt ab. Das war *Spaß*!«, fügte sie hinzu und wurde dann fast ebenso schnell wieder ernst. »Das soll ich dort verhindern.«

Ich war erneut verblüfft. »Nur du kannst Feuer in Pflegeheimen verhindern?«

»Ich stelle sicher, dass kein Todesengel etwas versucht.«

Ich wartete darauf, dass sie lachen würde, aber das tat sie nicht. »Du meinst es ernst.«

»So ernst wie einen Herzinfarkt, Schwester.« Sie spießte einen Shrimp auf, der ihr heruntergefallen war, und steckte ihn sich in den Mund.

Ein weiterer Grund, froh zu sein, dass sie qualifiziert war, dachte ich mit einem unwirklichen Gefühl. »Mir war nicht klar, dass du vierundzwanzig Stunden am Tag dort sein wirst.«

Sie sah mich mit gewölbter Augenbraue an. »Wovon redest du?«

»Die meisten Todesengel kommen, wenn alle schlafen«, sagte ich. »Erinnerst du dich? Oder hast du diesen Teil des *Killer-Ladies*-Marathons verschlafen?«

»Nein, ich erinnere mich. Ich kann natürlich nicht sieben Tage in der Woche vierundzwanzig Stunden am Tag dort sein, aber ich werde klarstellen, dass ich genau hinsehe. Ich werde, sobald ich anfange, jeden Tag die Runde machen, mit allen reden und sehen, wie es ihnen geht. Sicherstellen, dass sie die richtige Medizin in den richtigen Mengen bekommen...«

»Machen das nicht die Ärzte und Krankenpflegerinnen?«, fragte ich.

»Ich werde nur genau nachprüfen, wenn etwas nicht richtig scheint«, erwiderte Gloria. »Ehrenamtliche verabreichen keine Medikamente. Wir sollen nicht einmal unsere eigenen Medikamente dabeihaben, wenn wir Dienst haben. Nicht mal ein Aspirin.«

Ich hörte sie kaum, denn mir fiel etwas anderes ein. »Bedeutet die Arbeit als offizielle Ehrenamtliche nicht weniger Besuchszeit bei Mom?«

»Sie wird immer noch wissen, dass ich in der Nähe bin.«
Das würde interessant werden, dachte ich, aber wahrscheinlich nicht auf eine gute Weise.
Ich wusste gar nichts – es war bereits so.

Der Zustand meiner Mutter besserte sich in den nächsten Tagen sichtbar. Sie war glücklicher und längere Zeit geistig wach, und sogar ihr Appetit besserte sich. Ich war froh, wusste aber gleichzeitig aus Gesprächen mit der Ärztin, dass es nicht dauerhaft sein würde und der unausweichliche Verfall schleichend oder akut kommen konnte.

»Viele Leute halten Demenz-Patienten dank Fernsehen und Filmen für verrückte alte Menschen, die über Dinge lächeln, die nicht da sind, und nicht wissen, welcher Tag heute ist«, hatte mir Dr. Li erklärt, wobei ihre normalerweise freundliche Miene ein wenig betrübt wirkte. »Menschen mit Demenz werden ängstlich und zornig und schlagen auf unerwartete und uncharakteristische Art um sich. Menschen, die niemals im Zorn die Hand erhoben haben, verletzen plötzlich eine Krankenpflegerin – oder einen Verwandten. Oder sie beißen – und anders als früher haben die meisten noch ausreichend viele Zähne, dass es blutet. Oder sie werden lüstern und gierig. Ich habe einmal eine Nonne behandelt, eine frühere Professorin für Altertumswissenschaft, die sechs Sprachen beherrschte. Sie fluchte in allen sechs wie ein Rocker und entwickelte eine Leidenschaft für – nun, schon gut.«

Es kam noch eine Menge mehr, was noch schwerer zu akzeptieren war, aber ich ging aus dem Gespräch mit dem Gefühl heraus – nun, nicht wirklich vorbereitet zu sein, weil ich nicht glaubte, für gewisse Verhaltensweisen jemals wahrhaft vorbereitet zu sein, gleichgültig wie realistisch ich zu sein versuchte, sondern vielleicht einfach ein kleines bisschen weniger unvorbereitet. Meine Mutter war bisher weitgehend sie selbst, auch wenn sie sich nicht daran erinnern konnte, warum sie nicht mehr im alten Haus lebte oder wie alt ich war.

Moms gute Phase hielt ungefähr eineinhalb Monate an. Sie sagte mir bei jedem Besuch, ich solle in Urlaub fahren. Es dauerte nicht lange, und ich sah mir mit wahrer Entschlossenheit und ohne Rücksicht auf die Arbeit Reiseportale im Internet an. Im Hinterkopf hatte ich jedoch die nagende Sorge, wie eine Veränderung wie meine Abwesenheit die Stabilität meiner Mutter beeinflussen würde.

Ich beschloss, es mit ihr zu besprechen, bevor ich etwas unternahm... oder auch nicht unternahm. Sie würde mir wahrscheinlich einfach sagen, ich solle zum Mittagessen nach Jamaika fliegen – Jamaika war ihre neueste Vorstellung von einem Traumziel –, aber, was zum Teufel, dachte ich, als ich zu meinem üblichen Donnerstagnachmittag-Besuch eintraf. Meine Mutter war draußen auf der Terrasse und genoss das wunderschöne Wetter, wie mir die Hilfskraft sagte, und ob es mir etwas ausmachen würde, ihr ein Glas Cranberrysaft zu bringen.

Ich fand sie in ihrem Rollstuhl an einem der mit Sonnenschirmen versehenen Tische, abseits der Handvoll anderer Bewohner, die ebenfalls draußen waren. Das wunderschöne Wetter nahm sie gar nicht wahr. Sie blickte finster in ein Buch mit Sudokus und hielt einen dicken Drehbleistift wie einen Dolch in der Faust. Der Rollstuhl bedeutete, dass sie Schwindelanfälle hatte, zweifellos, weil sie wieder Bade-Otitis hatte. Das konnte bei Menschen mit zwei Hörgeräten chronisch werden. Als ich näher kam, sah ich, dass sie heute nur eines trug. Daher das Sudoku, das sie nur machte, wenn sie allein sein wollte.

»Nun, Sie lassen sich alle Zeit der Welt«, sagte sie, als ich mich neben sie setzte und den Cranberrysaft auf den Tisch stellte. »Ich habe schon vor Stunden darum gebeten.«

»Mom, ich bin's, Valerie«, sagte ich und hoffte, nicht mutlos zu klingen.

»Oh, um Gottes willen, ich *weiß*, wer du bist.« Meine Mutter sah mich an, als könnte sie nicht glauben, wie dumm ich sei. »Du *sagtest*, du würdest mir Cranberrysaft bringen, und ich habe *ewig* gewartet. Haben sie dich die Cranberrys selbst pflücken lassen?«

»Tut mir leid, dass du warten musstest, Mom«, sagte ich sanft. »Aber ich bin gerade erst hergekommen. Es ist Donnerstag. Mein letzter Besuch war am Sonntag.«

Sie wollte etwas sagen, hielt dann aber inne. Sie legte den Stift auf den Tisch und sah sich um – auf der Terrasse, zu dem Sonnenschirm über ihr, zu der Hilfskraft und zu dem älteren Mann im hellblauen Trainingsanzug, der langsam den Weg vom Garten vor uns heraufkam –, auf der Suche nach irgendeiner einzelnen Sache, die sich nicht, wie der Rest der Verräterwelt, plötzlich geändert hatte. Die Miene meiner Mutter wirkte erst verwirrt und ängstlich und dann misstrauisch, bis sie sich schließlich zurücksinken ließ und ihre Augen mit der Hand bedeckte.

»Es ist in Ordnung, Mom«, sagte ich und legte einen Arm um sie. Sie war inzwischen kaum noch mehr als Haut und Knochen, aber sie schien in diesen drei Tagen noch weiter abgenommen zu haben.

»*Da* bist du!« Gloria tauchte an Moms anderer Seite auf. »Warum hast du mir nicht gesagt, dass du hier bist?« Ihr zu strahlendes Lächeln schwand, als Mom sie mit kritischem Stirnrunzeln betrachtete und sich über einen Fleck auf ihrem marineblauen Kittel entrüstete. »Was ist los? Was hast du zu ihr gesagt?«

»Nichts. Ich bin erst zwei Minuten hier.«

Gloria wollte gerade antworten, als Mom beide Hände hob. »*Streitet* euch nicht«, sagte sie. »Ich kann es nicht *ertragen*, wenn Frauen streiten. Schikanieren – *Schikane, Schikane, Schikane!* Wie Krähen, die sich mit Möwen streiten. Ist heute Donnerstag?«

Der schnelle Themenwechsel war tatsächlich nicht ungewöhnlich. Meine Mutter dachte, Überleitungen wären etwas für Politiker und Gameshow-Kandidaten.»Den ganzen Tag«, sagte ich.

Sie schob Buch und Stift beiseite.»Ich schreibe nicht gerne draußen. Ich habe es ihnen gesagt, aber sie vergessen es immer. Vielleicht ist Alzheimer ansteckend. Bringt mich rein.«

Ich wollte schon gehorchen, aber Gloria kam mir so schnell zuvor, dass es seltsam verzweifelt wirkte.»Dafür bin ich hier«, belehrte sie mich, als ob das etwas oder alles erklärte.

Meine Mutter wollte ein Weilchen schlafen, so dass Gloria und ich ihr ins Bett halfen, ihre Kissen aufschüttelten und versprachen, keine *Schikane-Schikane-Schikane* auszuüben, auch wenn sie uns nicht hören konnte. Ich ließ mich in dem Sessel an ihrem Bett nieder und beabsichtigte, einen Blick in einen der Romane auf meinem iPad zu werfen, aber sobald Mom einschlief, beharrte Gloria darauf, dass ich wieder mit ihr hinausginge.

»Wird das lange dauern?«, fragte ich.

»Es ist *wichtig*.«

Ich folgte Gloria von der jetzt leeren Terrasse den Weg zu einer Bank unter einem großen Ahornbaum hinunter.»Fass dich kurz«, sagte ich.»Ich wäre gerne zurück, bevor Mom aufwacht.«

»Nicht so laut.« Sie beugte sich vor und sprach beinahe im Flüsterton.»Als Hilfskraft sehe und höre ich weitaus mehr als zu meiner Besucherzeit. Ich denke, da geht etwas Komisches vor. Und ich meine nicht komisch im Sinne von lustig.«

Endlich die Gloria, die ich kannte und liebte.»Warum? Ist etwas Besonderes passiert?« Als sie nicht sofort antwortete, fügte ich hinzu:»Oder hat dir jemand einen bösen Blick zugeworfen?«

Sie wich zurück und wirkte wie versteinert, als sie ihre Arme kreuzte.»Ich hätte wissen müssen, dass du mich nicht ernst nimmst. Das hast du nie getan.«

»Das stimmt nicht«, erwiderte ich prompt, aber ich konnte die Lüge in meiner Stimme selbst hören.

»Du denkst, es wäre nur meine Einbildung, weil ich die kleine Schwester bin. Die *Baby*schwester. Ich werde für dich nie mehr als ein Kind sein. Du hast keine Ahnung, wie es war, mit euch drei Erwachsenen groß zu werden. Dad, Mom und Mom junior. Ihr wusstet alles besser und habt euch so verhalten, als wolltet ihr nicht, dass ich erwachsen werde. Wie Mom versucht hat, mich auf Santas Schoß zu setzen, als ich *acht* war ...«

»Nur für das Foto«, sagte ich, was der Wahrheit entsprach.

»Ich weiß es, ich war da. Sie wollte, dass ich mich auf sein anderes Knie setzte, aber der Typ sagte, er würde kündigen, wenn ich es versuchte.« Auch das entsprach der Wahrheit – der Bastard.

Gloria musste bei der Erinnerung fast lächeln, fing sich dann aber wieder. »Du tust es schon *wieder* – du versuchst mich zu beschwichtigen. Hör mir nur ein Mal zu, ja? Hier stimmt etwas nicht.«

»Ich frage nur, warum du das denkst«, sagte ich und bemühte mich, äußerst vernünftig zu klingen. »Es ist eine faire Frage. Wäre es umgekehrt, würdest du mich dasselbe fragen. Besonders wenn dies das erste Mal wäre, dass du etwas darüber gehört hättest, dass etwas auch nur ein kleines bisschen nicht stimmt, obwohl ich seit Wochen jeden Tag hierherkomme.«

»Ich *sagte* es dir, dies ist nicht wie die normalen Besuche«, bemerkte sie. »Du weißt es nicht, du hast nicht beides getan.«

Eine Bewegung hinter Gloria erweckte meine Aufmerksamkeit, eine Hilfskraft, die sich auf der Terrasse umsah. Sie nahm das vergessene Sudoku-Buch meiner Mutter an sich, steckte es in die große Vordertasche ihres Kittels und hielt dann inne, als sie uns bemerkte. Ich lächelte und winkte.

Gloria drehte sich um und sah ebenfalls hin. Als sie sich

wieder mir zuwandte, war sie erneut verärgert. »Schön. Dann glaub mir eben nicht. Ich werde es *beweisen*. Dann kannst du nicht mehr behaupten, ich würde voreilige Schlüsse ziehen.« Sie erhob sich und ging davon. Mir kam ungebeten die Erinnerung daran, wie sie das Gleiche als Kleinkind zu einem Zeitpunkt getan hatte, den Mom als eine ihrer rechthaberischen Phasen bezeichnete. Ich unterdrückte ein Lächeln, nur für den Fall, dass sie zurückblickte, aber das tat sie nicht. Sie hatte es damals auch nicht getan.

Danach herrschte zwischen uns dicke Luft. Meine Versuche, eine Unterhaltung zustande zu bringen, schlugen fehl. Wenn sie überhaupt antwortete, war es üblicherweise nur ein wortloses Schnauben, das mich wissen ließ, dass sie nicht taub geworden war. Bis Montag taute sie ein wenig auf und sprach mich gelegentlich als Erste an. Ich schlug vor, dass wir shoppen gehen und uns einen Film ansehen sollten, in einem richtigen Kino, auf meine Kosten, einschließlich Popcorn. Sie lehnte höflich ab und sagte, ihre Füße würden schmerzen. Wenn man bedachte, dass sie stets sofort badete, wenn sie nach Hause kam, schmerzten sie wahrscheinlich bis zu den Hüften.

Ich dachte, vielleicht würde es sie noch milder stimmen, wenn sie ein vorbereitetes Bad vorfände, wenn sie nach Hause kam. Das erste Mal überraschte sie vollkommen. Sie dankte mir unbeholfen, verbrachte den ganzen Abend mit mir Filme anschauend im Wohnzimmer und bereitete sogar eine Schüssel Popcorn zu, ohne darum gebeten worden zu sein. Beim zweiten Mal war sie nicht mehr ganz so überrascht. Beim dritten Mal fragte sie mich, was ich wollte.

»Was glaubst du, was ich will?«, erwiderte ich, ein halbes Pastrami auf Pumpernickel in der Hand. Ich hatte heute Morgen an der Ladentheke des Deli verschwenderisch viel Geld ausgegeben, eine Belohnung für die zusätzliche Arbeit, die ich in eine neue Abrechnung investieren musste.

»Ich möchte, dass wir wieder Freundinnen sind. Ich möchte, dass wir wieder *Schwestern* sind. Du verhältst dich, als schuldete ich dir Geld *und* hätte mit deinem Freund geschlafen.«

Sie blickte ausdruckslos auf mich herab. »Du nimmst einfach *gar nichts* ernst, oder?«

»Oh, um Himmels willen.« Ich seufzte. »Ich versuche, das Eis zwischen uns zu brechen, bevor es zu Dauerfrost wird.« Sie verzog kurz die Mundwinkel, und ich spürte jäh Ärger aufsteigen. »Tut mir leid – noch immer nicht ernst genug?«

»Mach dir nicht die Mühe, noch weitere Bäder vorzubereiten«, erklärte sie mir. »Ich habe im Heim einen Badeanzug, so dass ich den Jacuzzi benutzen kann. Manchmal gehen Mom und ich zusammen hin.«

Ich verkniff mir eine schlaue Bemerkung über eine Lebensretterin im Whirlpool und schämte mich dann allein für den Gedanken. Vielleicht hatte ich ihr *tatsächlich* ihr ganzes Leben lang das Gefühl vermittelt, klein zu sein, und es nie erkannt.

»Ich habe nur versucht, dir etwas Gutes zu tun«, sagte ich. »Ich habe gesehen, wie hart du arbeitest ...«

»Wie nett von dir, das zu bemerken«, erwiderte sie steif. »Aber da ich bereits erwachsen bin, kann ich mir mein Bad auch selbst zubereiten.« Damit machte sie auf dem Absatz kehrt und spazierte hinaus.

»Gut«, sagte ich zu ihrem Rücken, während mein Wohlwollen schwand. Wenn meine Schwester ernst genommen werden wollte – wie eine Erwachsene, nicht weniger –, sollte sie sich verdammt noch mal auch wie eine verhalten anstatt wie ein dreizehnjähriges Mädchen, das ihre Regel hat.

O nein, das hast du nicht gedacht, sagte mein Gehirn.

Mein Gesicht brannte, obwohl ich allein war. Okay, vielleicht hatte Gloria ihre Regel. Ich war damals während der Periode auch kein Sonnenschein. Inzwischen gewöhnte ich mich an das Einsetzen der Menopause, was mir dank der

Hormone recht gut gelang, aber nicht jeder Tag war ein Picknick und ich auch nicht.

Meine Gedanken jagten einander im Kreis. War ich wirklich ihr ganzes Leben lang schrecklich zu Gloria gewesen? Oder waren wir dazu verdammt, bei welchem Thema auch immer, ständig aus dem Takt zu geraten? Wir entstammten immerhin verschiedenen Generationen. Wir sprachen praktisch unterschiedliche Sprachen. Dennoch – hätte ich so gehandelt, nachdem sie mir ein Bad eingelassen hätte, wäre ich jahrelang von meinem Gewissen gequält worden. Das war natürlich Ich-die-ältere-Schwester. Konnte ich die Dinge so sehen, als wäre ich die jüngere Schwester? Et cetera et cetera und so weiter und so fort. Als ich schließlich daran dachte, das Sandwich zu essen, auf das ich mich den ganzen Tag gefreut hatte, lag es mir wie ein Hockey-Puck im Magen.

Meine Magenverstimmung schwand später, als ich Gloria wieder wegfahren hörte, anstatt ihre wunden Füße hochzulegen. Sie ließ es nicht zu, dass die Probleme zwischen uns ihre Beziehung zu meinem Auto beeinträchtigten.

Gloria arbeitete weiterhin ehrenamtlich, mit einer Ernsthaftigkeit, wie sie sie bei bezahlter Beschäftigung nie gezeigt hatte oder zumindest bei keiner, die nicht das Tragen eines Badeanzugs umfasste. Ich fragte mich gelegentlich, ob ihre offensichtliche Hingabe vielleicht in Wahrheit eine ungesunde Besessenheit davon war, einen Hinweis zu finden, der nicht existierte, um etwas zu beweisen, was nicht stimmte.

Nur dass sie, wenn ich sie während meiner Besuche sah, nicht besessen wirkte. Sie wirkte ruhig und zufrieden, so wie es bei Menschen ist, die mit ihrer Arbeit glücklich sind. Gloria hatte sich gefunden, hatte entdeckt, dass Pflege Lebensrettung in Straßenkleidung war – unwahrscheinlich, aber nicht unmöglich. Dass sie zu überrascht war, um das zu sagen, war auch nicht unmöglich, aber noch unwahrscheinlicher.

Es sei denn, sie glaubte immer noch, dass etwas nicht stimmte, und schauspielerte besser, als Marlon Brando es jemals getan hatte, während sie beobachtete und darauf wartete, dass etwas geschah. Ich konnte es wirklich nicht sagen. Obwohl sie mir gegenüber keine offene Feindseligkeit zeigte, war sie noch immer distanziert und hatte wenig anderes als das Neueste über Mom zu erzählen.

Vielleicht sah *ich* jetzt Gespenster. Nach einem Leben als Grashüpfer in einer Familie von Ameisen war Gloria jetzt persönlich betroffen von der Realität von Moms Verfall. Damit fertigzuwerden würde jeden überfordern. Ich wünschte mir sehr, sie würde mit mir darüber reden, aber wenn sie wirklich das Gefühl hatte, dass ich sie stets bevormundet hatte, durfte es mich kaum überraschen, dass sie Abstand hielt. Und ich konnte es ihr auch nicht vorwerfen.

Schließlich erwärmte sie sich wieder ausreichend für mich, dass wir uns gelegentlich einen Film ansahen oder zusammen essen gingen, aber die Mauer zwischen uns blieb. Sosehr ich es auch wollte, ich drängte sie nicht. Teilweise, weil ich befürchtete, dass sie böse werden und mich wieder ausschließen würde. Aber ich entwickelte auch diese ziemlich verrückte, abergläubische Vorstellung, dass es ihre neu entdeckte Selbstdisziplin irgendwie verderben könnte, wenn ich sie zu genau betrachtete. Sie würde aufhören, ehrenamtlich zu arbeiten, oder Mom nicht öfter als ein Mal im Monat besuchen. Schließlich würde sie, trotz der Regeln, die ich aufgestellt hatte, wieder dazu übergehen, den ganzen Tag zu schlafen und die Nacht über aufzubleiben. Ich hatte das schon früher erlebt. Ungeachtet dessen, was ihre Zielstrebigkeit beflügelte, wollte ich nicht, dass sie sie verlor. Auch wenn das bedeutete, dass wir uns den Rest unseres Lebens nichts Tiefgründigeres mehr zu sagen hätten als: *Es wird regnen* oder *Rat mal, was im Fernsehen kommt? Wolverine: Weg des Kriegers!*

Gloria hielt für die Dauer von *Die rote Flut* still und machte sogar Popcorn. Aber sie schlug nie mehr weitere Sendungen mit wahren Kriminalfällen vor. Das war für mich in Ordnung, obwohl ich mir nicht sicher war, was es bedeutete. Wenn es überhaupt etwas bedeutete.

Eineinhalb Monate nach Glorias Wutausbruch suchten mich Mr. Santos und seine Tochter Lola auf, um mir zu erzählen, dass meine Schwester eine Heldin sei. Mr. Santos war ein drahtiger kleiner Mann Ende siebzig, der die Begeisterung meiner Mutter für Puzzles und Kartenspiele teilte. Ich wusste, dass Lola das guthieß, aber sie und ihr Vater hatten Gloria auf besondere Art kennengelernt.

»Ich habe im wahren Leben noch nie so etwas gesehen«, sagte Lola Santos und blickte mich mit großen dunklen Augen an, als wäre die Tatsache, dass ich Glorias ältere Schwester war, eine Leistung an sich. »Ich war ungefähr zwei Minuten im Bad. Gloria hatte ihm etwas Saft gebracht...«

»Und wenn sie es nicht getan hätte, wäre ich jetzt nicht hier.« Mr. Santos schlug sich mit einer knochigen Faust zweimal auf die Brust, bevor seine Tochter seine Hand festhielt.

»Nicht, Popi, du hast noch immer Prellungen.«

»Gut. Die Prellungen erinnern mich an die Heldin mit dem lockigen braunen Haar und dem Grübchen am Kinn, die mir das Leben gerettet hat.« Er deutete mit dem Zeigefinger auf mich. »Sie ist ein wundervolles Mädchen, Ihre Schwester. Ich weiß nicht, was wir ohne sie tun würden. Sie ist unsere Heldin. Sie ist *meine* persönliche Heldin.«

»Und meine«, fügte Lola hinzu.

Ich hatte keine Ahnung, was ich dazu sagen sollte, so dass ich nur lächelte und ihnen dafür dankte, dass sie es mir erzählt hatten. Ich versuchte später zu Hause mit Gloria darüber zu reden, aber sie war nicht sehr entgegenkommend. Als sie gereizt zu wirken begann, ließ ich es sein. Am nächsten Tag änderte ich meinen Terminplan und versuchte erneut, mehr herauszufinden, aber ich hätte mich ebenso gut auch nicht darum kümmern können. Ich konnte nicht mehr aus Mr. Santos herausbekommen, als er mir bereits erzählt hatte. Meine Mutter behauptete abwechselnd, geschlafen oder im Garten gesessen zu haben. Auch die wenigen anderen Bewohner, mit denen ich sprach, hatten nichts Neues oder Nützliches hinzuzufügen. Selbst die normalerweise schwatzhafte Jill Franklyn wirkte bei diesem Thema wortkarg. Nachdem sie Glorias Wiederbelebungskünste und ihre Fähigkeit, in einer Krise die Ruhe zu bewahren, gelobt hatte, wies sie sehr betont auf die Privatsphäre der Patienten sowie auf die Vertraulichkeit der Krankenakten hin. Ich akzeptierte den Hinweis und verbrachte den Rest des Tages mit Mom, die durch meine Besuche in Folge ein wenig in Verwirrung geriet.

Ich steigerte meine Besuche wieder auf drei Mal in der Woche, mit der Begründung, dass es Mom glücklich machte, und nicht, weil ich immer noch mehr über Glorias großen heroischen Moment herausfinden wollte. Denn das wäre sinnlos gewesen, wenn man bedachte, dass ich von Mr. Santos und Lola einen ausführlichen Bericht bekommen hatte. Ein Happy End, alle lächelten – was konnte möglicherweise mehr an der Geschichte sein? Wenn ich jetzt Gespenster sah, waren es Schatten, die ich nicht einmal benennen konnte. Vielleicht ging mir diese ganze *Sie ist eine Heldin*-Angelegenheit auf die Nerven. Sie war noch Wochen danach im Gespräch.

Sehr eifersüchtig?, fragte diese ruhige, kleine Stimme in meinem Geist.

Ich war mir ziemlich sicher, dass ich nicht derart neurotisch geworden war. Aber wenn ich es wäre – ich war es nicht, aber wenn ich es wäre –, sagte ich mir, dass es immer noch nur eine Möglichkeit gab, die Gespenster zu töten. Mom würde von den zusätzlichen Besuchen profitieren und ich auch – niemand wusste, wie viel länger sie noch sie selbst sein würde. Wenn gute Dinge manchmal aus törichten Gründen getan wurden, machte sie das nicht weniger gut. Oder?

»Warst du nicht gestern hier?«, fragte meine Mutter, als ich mich neben sie an den Tisch mit dem Sonnenschirm setzte. Sie schien, zu meiner Überraschung, vage gereizt. »Nein, ich war am Dienstag hier, und heute ist Samstag. Was ist los, bist du es leid, dass ich komme?«

»Ich verstehe nicht, warum du es nicht ausnutzt, dass Gloria hier ist«, sagte sie, »und wegfährst, wenigstens für ein langes Wochenende. Stattdessen kommst du öfter hierher. Was ist los mit dir? Hast du kein Leben?«

»Nein«, antwortete ich ehrlich.

»Was ist mit deinen Freunden?«

»Sie haben auch kein Leben. Es ist rau dort draußen. Ich dachte darüber nach, hierher zu dir zu ziehen.«

Meine Mutter lachte grimmig auf. »Du solltest besser zuerst in der Lotterie gewinnen. Sie werden nicht zulassen, dass du die Ausgaben sprengst.« Sie sah sich um. »Wo ist das Ding? Du weißt schon, mit all den Büchern darinnen und dem Bildschirm. Ich hätte schwören können, dass ich es hatte. Sieh mal nach, ob ich es in meinem Zimmer gelassen habe, ja? Da du ohnehin hier bist.«

Die Zimmertür meiner Mutter stand offen. Eine Hilfskraft stand mit dem Rücken zu mir im Zimmer, die etwas auf dem Tabletttisch neben dem Bett meiner Mutter richtete. Zu ihrer Linken befand sich ein Rollwagen, der voller Wasserkannen war.

»Oh, hi«, sagte ich munter, und sie zuckte zusammen. Die Wasserkanne, die sie in der Hand hielt, entfiel ihr und vergoss Wasser übers Bett, bevor sie auf dem Boden landete. »Oh, verdammt, das tut mir so leid.« Ich eilte ihr zu Hilfe.

»Nicht, ist schon gut. Ich kann mich darum kümmern, ist okay...« Die Hilfskraft klang beinahe verzweifelt, als sie mich zu verscheuchen versuchte, die Wasserkanne aufhob und mehrere kleine weiße Tabletten auf einmal aufhob. »Es ist nur Wasser, kein Plutonium. Ich schaffe das, wirklich, ich kann das.«

»Sicher, aber lassen Sie mich dennoch helfen«, sagte ich schuldbewusst, während ich mich hinkniete. Die Wasserkanne war zerbrochen, und der Deckel war unters Bett gerollt. Ich benutzte ihn, um mehrere kleine weiße Tabletten aufzuheben.

»Ich wollte gerade etwas gegen Kopfschmerzen nehmen«, sagte die Hilfskraft, hob die Tabletten auf und steckte sie in die vordere Tasche ihres Kittels, wobei sie die kleinen Wollmäuse daran ignorierte. »Ich habe Cluster-Kopfschmerzen, sie sind mörderisch.«

»Wie schrecklich.« Ich hatte keine Ahnung, was Cluster-Kopfschmerzen waren, aber nach dem zu urteilen, wie angeschlagen sie wirkte, übertrieb sie nicht sehr. Ihr olivfarbener Teint war fast aschfarben geworden. Ich streckte den Wasserkannendeckel noch einmal aus für den Fall, dass ich irgendwelche Tabletten übersehen hatte, bevor ich mich erhob. »Es tut mir wirklich leid. Ich wollte mich nicht an Sie heranschleichen. Ich sollte das Bett frisch ...«

»*Nein*, absolut *nein*, Sie kommen nicht hierher, um Haushaltspflichten zu übernehmen. Ich werde mich darum kümmern.« Sie sprach so rasch, dass sie fast stammelte. »Ich werde mich darum kümmern, und Sie brauchen sich keine Gedanken zu machen, *bitte* verschwenden Sie keine Zeit Ihres Besuchs, aber wenn ...« Sie brach jäh ab. Ihr Teint hatte sich ein wenig erholt, aber nun wirkte sie, als würde sie gleich weinen.

»Was ist los? Sind es Ihre Kopfschmerzen?«, fragte ich.

Ich wollte gerade vorschlagen, dass sie sich hinsetzen und etwas Wasser trinken sollte, als sie sagte: »Es ist nichts. Bitte, führen Sie Ihren Besuch einfach fort. Ich komme zurecht.«

»Sehen Sie, Sie wollen mich nicht einmal helfen lassen, das Bett frisch zu beziehen, so dass Sie mir einfach sagen müssen, was ich sonst tun kann, um wiedergutzumachen, dass ich Sie zu Tode erschreckt habe.«

Sie senkte verlegen den Blick. »Das ist irgendwie töricht.«

»Irgendwie töricht – das sagt mir nichts«, erwiderte ich. Das brachte mir ein Lächeln ein.

»Okay, es ist so, dass... ich habe nur...« Sie zog jäh das Bett ab. »Nein, ich kann nicht. Ich *wollte* Sie gerade fragen, ob es Ihnen etwas ausmachen würde, Ihrer Mutter nichts hiervon zu sagen, aber vergessen Sie es.« Sie ließ ein Bündel nasse Bettwäsche auf den Boden fallen und begann, den gefütterten Matratzenüberzug abzuziehen. »Es ist nur, weil ich mich so *ungeschickt* fühle. Aber es steht mir nicht zu, Sie um etwas zu bit...«

»Abgemacht«, sagte ich und hob die Hand. »Ich kann mir ohnehin keinen Grund denken, warum ich es überhaupt erwähnen sollte.«

»Aber...«

»Vergessen Sie es. Ich werde nichts sagen, und Sie können mich nicht dazu bewegen.«

Sie lachte kurz nervös auf.

»Ich bin eigentlich nur hier reingekommen, um ihren E-Reader zu holen...« Ich sah ihn auf dem Nachttisch liegen und zeigte hin. Die Hilfskraft reichte ihn mir, wobei sie irgendwie gleichzeitig dankbar, verlegen und erleichtert wirkte. Ihr Namensschild wies sie als Lily R. aus. »Danke. Wofür steht das *R*?«

Sie sah mich verwirrt an.

»Lily R.« Ich deutete mit dem Kopf auf ihr Namensschild. »*R* für...?«

»Romano«, sagte sie und verdrehte die Augen. »Sie müssen mich für einen wahren Tollpatsch halten.«

»Wohl kaum.« Während ich wieder nach draußen zu meiner Mutter ging, fühlte ich mich unwillkürlich ein wenig schuldig, weil ich *Lily R-für-Romano* mit dem Bettbeziehen allein gelassen hatte. Dann bat mich Mom, ihr etwas vorzulesen, und ich verdrängte die Schuldgefühle. Ich hätte vielleicht überhaupt nicht mehr daran gedacht, wenn ich dann nicht in der Sohle eines meiner teuren Sportschuhe eine Tablette gefunden hätte.

Ich trug diese Schuhe nicht, weil ich besonders sportlich war, sondern weil es sich so gut anfühlte, darin zu laufen. Und es gab sie in leuchtenden, auffallenden Farben, die ich in meinem fortgeschrittenen Alter zu schätzen gelernt hatte. Und was sollte es – wenn ich mich jemals entschließen sollte, meinem fortgeschrittenen Alter zu trotzen und einen Marathon zu laufen, dann wäre ich bereit.

Einen Marathon zu laufen war wahrscheinlich das Einzige, was meinen Gedanken noch ferner lag als Lily R., als ich etwas in der Sohle meines Schuhs stecken spürte. Als ich an der Küchentür vorbeigelangte, zog ich den Schuh aus, bevor ich den Fliesenboden noch dauerhaft zerkratzte. Ein kleiner Stein – ich benutzte einen Eispick, um ihn aus der offenen Tür zu befördern, und sah dann vorsichtshalber auch bei dem anderen Schuh nach. Die Tablette war ungefähr genauso groß wie der Stein, hatte sich aber tiefer eingedrückt. Vielleicht war das der Grund, warum sie noch heil war, dachte ich und löste sie vorsichtig. Obwohl ich keine Ahnung hatte, warum mich das störte, würde ich sie kaum Lily Romano zurückgeben, wenn ich sie das nächste Mal sah. *Hey, Freundin, das habe ich in meiner Schuhsohle gefunden und dachte, Sie wollten sie vielleicht zurückhaben. Wer ist jetzt hier töricht?*

Ich legte sie in ein leeres Schmuckkästchen in meinem Büro. Wie Mom immer sagte: nichts verschwenden. Sollten sich Cluster-Kopfschmerzen melden, wäre ich froh, dass ich sie aufbewahrt hatte.

Eine Woche später rief Jill Franklyn mitten am Nachmittag an und entschuldigte sich so wortreich, dass ich nichts einwerfen konnte. Dann hörte ich sie etwas darüber sagen, dass

der Tod für einige Leute härter wäre, besonders der erste Tod.
»Der *erste* Tod?«, unterbrach ich sie. »Sprechen Sie über meine Mutter?«
»Oh, nein, nein, nein, Ihrer Mutter geht es gut!«, sagte sie rasch. »Es geht um Ihre Schwester...«
»Meine *Schwester*?« Meine Magengrube füllte sich jäh mit Eiswasser. »Ist *Gloria* etwas passiert?«
»Nein, nein, nein, es geht ihr gut«, sagte Jill Franklyn. »Nun, nicht wirklich *gut*...«
»Lebt sie noch?«, verlangte ich zu wissen.
»Ja, *natürlich* lebt sie noch.« Verwirrung schlich sich in ihren entschuldigenden Tonfall. »Aber... nun... Sie müssen herkommen und sie abholen. Sie sollte nicht nach Hause fahren.«

Ich sagte, ich sei unterwegs, und legte auf, ohne ihr zu erklären, dass es ein wenig länger dauern würde, als es uns allen lieb wäre, weil ich ein Taxi nehmen müsste, und obwohl hier weder mitten im Nichts noch düsterster Vorort war, war es auch nicht Manhattan. Eine halbe Stunde später traf ich ein, was tatsächlich früher war, als ich erwartet hatte.

Jill Franklyn wartete am Empfang auf mich und wirkte ein wenig durcheinander. »Ich bin so froh, dass Sie da sind«, erklärte sie mir lächelnd, aber ich konnte den Tadel in ihrer Stimme hören. Die Empfangsdame gab vor, nicht zu lauschen, indem sie angestrengt etwas auf ihrem Tresen betrachtete.

»Tut mir leid, aber ich musste ein Taxi nehmen.« Ich bemühte mich, zerknirscht oder wenigstens kleinlaut zu wirken. »Ich bin mir nicht sicher, ob ich verstanden habe, was los ist. Sie sagten, meiner Mutter gehe es gut...«

»Ja, wirklich gut.« Jill Franklyn nickte energisch, während sie mich durch den Eingang und den Flur hinab drängte, der unmittelbar zum Zimmer meiner Mutter führte. »Gloria ist im Moment bei ihr.«

Ich fand die beiden nebeneinander auf Moms Bett sitzend vor. Mom hatte einen Arm um meine Schwester gelegt, die offensichtlich geweint hatte. Lily Romano war auch da und wirkte besorgt und unruhig. Sie ging, sobald ich hereinkam, und nickte zum Gruß schweigend, während sie vorbeirauschte. Ich runzelte die Stirn und wünschte, sie würde bleiben, aber ich hatte keine Chance, sie darum zu bitten, und auch keinen guten Grund, es zu tun.

»Was hat dich aufgehalten?«, fragte meine Mutter ein wenig ungeduldig.

»Wir drei haben nur ein Auto«, sagte ich, »und im Moment hat es Gloria. Ich brauche es normalerweise nicht. Was ist los, Glühwürmchen?«

Gloria blickte zu mir hoch, und ich dachte, sie würde wütend, weil ich ihren Kinder-Spitznamen so öffentlich benutzte. Dann erhob sie sich, schlang die Arme um mich und schluchzte.

Als wir zum Wagen gelangten, hatte sie sich beruhigt und blieb den ganzen Heimweg über still, wofür ich dankbar war. Der Berufsverkehr hatte eingesetzt, und ich wollte nicht zum Klang von Glorias untröstlichen Schluchzern dagegen ankämpfen müssen. Vor einem Dutzend Jahren war der Wunsch, nie wieder im Berufsverkehr fahren zu müssen, ein weiterer guter Grund dafür gewesen, die Steuerfirma zugunsten von Heimarbeit zu verlassen. Nun entschied ich, dass es der beste Grund gewesen war.

Wir kamen lebend nach Hause. Anstatt vor Dankbarkeit den Boden zu küssen, schob ich eine Pizza in den Ofen und gesellte mich im Wohnzimmer zu Gloria. Ich fand sie in die entfernte Ecke des Sofas gequetscht, die Knie bis an die Brust gezogen, als wollte sie sich so klein wie möglich machen.

»Ich weiß nicht, was heute passiert ist«, sagte ich nach einer Weile. »Jill Franklyn hatte keine Gelegenheit, es mir zu erzählen, und ich dachte, es wäre besser, dich einfach nach Hause zu bringen, anstatt dort herumzuhängen.«

Sie warf mir einen kurzen Blick zu, schwieg aber und regte sich auch nicht. Ich wartete noch ein wenig und ging dann in die Küche, um nach der Pizza zu sehen. Ich nahm sie gerade aus dem Ofen, als ich Gloria sagen hörte: »Ich konnte sie nicht retten.«

Ich wandte mich um und sah sie am Tisch sitzen. Ich schnitt die Pizza in acht Stücke, griff mir zwei Teller und stellte den Servierteller auf eine Heizplatte in müheloser Reichweite, bevor ich mich zu Glorias Rechter hinsetzte.

»Sie gaben mir Kaffee mit ungefähr sechs Stück Zucker.« Sie betrachtete stirnrunzelnd den Teller vor ihr, als sähe sie etwas anderes als eine Winterszene in Blau und Weiß im Currier-and-Ives-Stil. Wir waren mit diesen Tellern aufgewachsen und hatten in dreißig oder mehr Jahren nur zwei verloren. »Sie sagten, das sei gut gegen den Schock. Ich glaubte nicht, einen Schock zu haben, aber es war vermutlich doch so.« Sie hob das Gesicht zu mir. »Ich hätte mir *niemals* vorstellen können, wie es sein würde, jemanden wiederzubeleben und es nicht... nicht zu...« Sie schluckte schwer. »Es nicht zu schaffen.«

»Oh, Sis, das tut mir so leid.« Ich stand auf und legte meine Arme um sie. Sie saß eine Weile regungslos da. Dann spürte ich, wie sie sich langsam bewegte, um die Umarmung zu erwidern. »Ich kann es mir auch nicht vorstellen.«

»Das hätte nicht geschehen sollen. Mrs. Boudreau sollte in diesem Moment mit ihrem Sohn und ihren Freunden Bridge spielen. Sich heute Abend einen Film ansehen. Morgen früh zum Frühstück aufstehen und dann... einfach... ein paar weitere Jahre glücklich sein. Wie Mr. Santos und die Übrigen.«

Die letzten drei Worte prallten auf mein Ohr, aber ich war zu sehr mit dem Versuch beschäftigt, mich an die tote Frau zu erinnern. Ich hielt noch immer ihre Hände fest, als ich mich nach einer Weile wieder hinsetzte und sagte: »Es tut mir leid, Gloria, aber ich kann sie nicht zuordnen. Die Frau, die gestorben ist. Mrs. Boudreau?«

Meine Schwester nickte traurig. »Sie ist erst vor zwei Wochen eingezogen. Ich glaube nicht, dass du sie je gesehen hast.« Sie atmete zitternd ein. »Ich hatte ihrem Sohn versprochen, mich um sie zu kümmern. Ich hatte *ihr* versprochen, mich um sie zu kümmern. Und dann musste ihr Sohn zusehen, wie ich dieses Versprechen brach.«

»Du bist ein guter Mensch, Sis.« Meine Gedanken wirbelten umher wie Puzzleteile auf der Suche nach ihrem Platz. »Du *hast* dich um sie gekümmert, so gut du konntest. Aber gleichgültig wie gut du es machst, die Wiederbelebung ist keine Freikarte, um dem Tod zu entgehen.«

Ich hätte mich treten können, sobald ich die Worte geäußert hatte. Gloria runzelte die Stirn, und ich wartete darauf, dass sie mich erneut wegen dummer Scherze rügen würde. Stattdessen sagte sie: »Du verstehst nicht. Mrs. Boudreau *sollte wirklich nicht tot sein*. Sie war nicht einmal eine dauerhafte Bewohnerin. Sie sollte nur bis Ende des Monats dort sein«, fügte sie als Antwort auf meinen fragenden Blick hinzu. »Dann sollte sie zu ihrem Sohn und seiner Familie ziehen. Sie bauen an ihrem Haus gerade noch ein Zimmer für sie an. Es ist noch nicht fertig. Und jetzt werden sie einfach ein zusätzliches Zimmer haben, ohne dass jemand darin wohnt.«

Ich kitzelte die Geschichte nach und nach aus ihr heraus. Es ging wieder sehr viel um Mr. Santos, mit einer etwas anderen Besetzung und ohne Happy End, was selbst ein tragbarer Defibrillator nicht ändern konnte. »Der Defib ist die letzte der letzten Zuflüchten«, sagte Gloria, während sie ein Stück Pizza zu essen begann. Das musste ein gutes Zeichen sein, dachte ich. »Man kann es zu leicht vermasseln, selbst wenn man ausgebildet ist. Ich bin am Defibrillator ausgebildet worden, aber ich habe ihn nie eingesetzt.« Sie hielt inne, den Kopf mir zugeneigt. »Gott, wie ich mich anhöre. ›Ich bin am Defibrillator ausgebildet worden, aber ich habe ihn nie eingesetzt.‹ Als wäre es Routine. Ich hatte, bevor ich angefangen habe, ehrenamtlich zu arbeiten, nie Wiederbelebung gemacht. Nicht ein einziges Mal.«

Ich suchte gerade nach Worten, als sie das Stück Pizza fallen ließ, das sie in der Hand gehalten hatte, und die Hand zum Mund führte. »Und ich habe niemals auch nur daran gedacht, dass tatsächlich jemand *sterben* könnte. Mr. Santos und seine Tochter nannten mich eine Heldin, und die Oberschwester legte einen Brief in meine Akte. Im Mitteilungsblatt des Most Valuable Volunteer stand diesen Monat mein Name. Ich habe nicht gedacht: *Was ist, wenn jemand stirbt?*, weil niemand gestorben war. Und so habe ich nicht eine Sekunde geglaubt, dass Mrs. Boudreau sterben könnte. Ich wartete einfach darauf, dass die Krankenschwestern sagen würden, sie hätte einen Puls.«

Ich runzelte die Stirn. Hatte Gloria die Wiederbelebung außer bei Mr. Santos noch bei jemand anderem angewendet?

»Gloria, wie oft...«

Sie hörte mich nicht. »Selbst nachdem sie sie mit Elektroschock behandelt hatten, wartete ich immer noch darauf, dass jemand sagen würde, sie sei zurück.« Sie hob erneut eine Hand zum Mund. »O mein Gott, tief im Inneren warte ich immer noch darauf, dass Jill anruft und sagt, jemand im Krankenhaus hätte beschlossen, noch einen letzten Versuch zu starten, und hätte Mrs. Boudreau doch noch zurückgebracht.«

Und ich wartete darauf, dass sie erneut in Tränen ausbrechen oder sich übergeben würde. Stattdessen aß Gloria das Stück Pizza zu Ende und griff nach einem weiteren. Gut zu sehen, dass sie sich von der Erfahrung erholte, dachte ich. Mein Appetit war allerdings passé.

Die Oberschwester, die am nächsten Morgen anrief, um sich nach Gloria zu erkundigen, war neu. Celeste Akintola hatte diese freundliche, aber sachliche Stimme, die alle Notfallkrankenschwestern zu haben scheinen. Na ja, Jill Franklyn hatte sie nicht, und ich konnte mir auch nicht vorstellen, dass es jemals so sein würde. Ich verbannte den Gedanken und konzentrierte mich darauf, mich mit der neuen Oberschwester bekannt zu machen. Genauer gesagt, auf den Versuch herauszufinden, wie oft Gloria ihre wahnsinnigen Wiederbelebungskünste angewandt hatte, aber ohne Neugier zu zeigen. Oder den Eindruck zu vermitteln, als müsste ich es tun.

Celeste Akintola kommentierte freundlich, aber sachlich die Patienten-Verschwiegenheit und fügte hinzu, dass sie erwartete, dass der gesamte Mitarbeiterstab, einschließlich der Ehrenamtlichen, die Privatsphäre der Bewohner respektierte. Ich gab es auf, reichte das Telefon an Gloria weiter und erhob mich, während ich aufdringlich lauschte. Ich hörte nur *ja* und *okay*. Gloria sagte, nachdem sie aufgelegt hatte, sie hätte strikte Anweisung, mindestens zwei Wochen frei zu nehmen, bevor sie auch nur daran dachte zurückzukommen. Meine Schwester hatte nichts dagegen, sich damit einverstanden zu erklären, was eine Erleichterung war. Und auch ein wenig erstaunlich – oder vielleicht auch nicht. Sie war kleinlaut und offensichtlich tief in Gedanken.

Um ehrlich zu sein, musste ich mich selbst erst einmal daran gewöhnen, Gloria ernst zu nehmen. Als die ältere und vermeintlich weisere Schwester hatte ich noch nie ein Leben gerettet oder unmittelbar einen Tod erlebt. Gloria hatte im Zeitraum von wenigen Wochen einen Menschen gerettet und einen anderen praktisch in ihren Armen sterben sehen. Leben und Tod – ernster ging es nicht.

Ich wollte ihr das sagen, wusste aber nicht, wie ich anfangen sollte. Was auch immer ich sagte, klang irgendwie abgedroschen. Gloria besaß dagegen eine neue Beredsamkeit. Oder vielleicht war sie nur mir neu.

»Ich hatte Angst vor dem, was du sagen würdest«, erzählte sie mir später. »Es lief so gut, weißt du? Alle brauchten mich – *mich* persönlich. Mich *im Besonderen*. Und dann geschah *dies*. Ich brauchte es so sehr, dass du kamst und Mom junior warst, aber gleichzeitig dachte ich, wie erbärmlich es war, mit achtunddreißig so daneben zu sein. Dann kamst du herein, und ich…« Sie zuckte die Achseln. »Du hast dich um mich gekümmert. Und ich erkannte, dass es nur einen Menschen auf der ganzen Welt gibt, der immer kommen wird, egal wie elend mir zumute ist. Du hast dich nicht verhalten, als hätte ich mich zum Narren gemacht.« Sie hielt inne. »Obwohl diese Sache mit der Freikarte, um dem Tod zu entgehen, cool war.«

»Manche Leute machen sich zum Narren, wenn sie nervös sind«, sagte ich.

»Ja, das begreife ich jetzt«, sagte sie. »Siehst du? Ich werde erwachsen.«

Aber, wie ich hoffte, nicht so sehr, dass sie erkannte, wie vollständig sie gegen ihre große Schwester gewonnen hatte.

Es waren schöne zwei Wochen. Ich nahm mir einige Zeit frei und ließ mich von Gloria in die skurrile Welt der Hardcore-Flohmärkte einführen, einschließlich Lektionen im Feilschen. Sie brachte mich sogar dazu zuzugeben, dass es Spaß machte, was stimmte, obwohl ich mir nicht vorstellen konnte, es ohne sie zu tun. Sie sagte, mit *Die rote Flut* ginge es ihr ebenso.

Ich besuchte Mom allein und lernte schnell, morgens zu kommen, wenn sie aufgeweckter, fröhlicher und viel mehr ihr altes Selbst war. Nach der Mittagszeit ließ ihre Energie nach, und sie konnte sich schwer konzentrieren, ob sie nach dem Mittagessen ruhte oder nicht. Jill Franklyn sagte, man nenne dies abendliche Verwirrtheit. Ihre mitfühlende

Miene wirkte nicht oberflächlich, hatte aber etwas *Professionelles*, fast Einstudiertes an sich. Vielleicht lag das an ihrer Übung darin, wie man diese Dinge mit einer Familie bespricht.

Oder vielleicht, dachte ich plötzlich beschämt, war es die Wiederholung. Wie viele Male hatte sie dies besorgten Verwandten erklärt? Ich musste wirklich daran arbeiten, dort Anerkennung zu zollen, wo es angemessen war, dachte ich.

Gloria war nach ihrer zweiwöchigen Auszeit bereit, wieder zur Arbeit zu gehen, und ich ließ es gerne zu, obwohl ich versucht war, Bemerkungen darüber zu machen, wie es wäre, sich einen bezahlten Job zu suchen. Dann dachte ich an Mom. Gloria um sich zu haben wäre wahrscheinlich gut für sie, selbst wenn es nicht so oft war wie vorher.

Nach der ersten Woche verkündete Gloria, sie würde wieder jeden Tag hingehen. »Akintola sagte, ich kann nur drei Tage die Woche ehrenamtlich arbeiten«, sagte sie, als ich sie fragte. »Also gut. Die restliche Zeit werde ich einfach Mom besuchen.« Sie lächelte, als hätte sie gerade mit einer stumpfen Schere den gordischen Knoten durchtrennt.

»Ich will nicht älter, weiser oder aufgeweckter erscheinen als du«, sagte ich und zuckte zusammen, »aber ich bin mir ziemlich sicher, dass das gegen die Abmachungen ist.«

»Sie will nicht, dass ich ehrenamtlich arbeite, ich werde nicht ehrenamtlich arbeiten«, sagte Gloria eigensinnig. »Ich werde vier von sieben Tagen wie eine Müßiggängerin herumsitzen.«

»Ich denke nicht, dass du sieben Tage hintereinander hingehen solltest...«

Gloria schnaubte ungeduldig. »Hast du Mom in letzter Zeit gesehen?«

Mir sank der Mut. »Ich weiß, was du...«

»Du gehst immer morgens hin, richtig? Wer hat dir von der abendlichen Verwirrtheit erzählt – war es Jill?« Ich wollte etwas sagen, aber sie fuhr mir über den Mund. »Das ist ein Code dafür, dass es Mom tagtäglich schlechter geht. Ja, es stimmt, es geht ihr morgens *besser* – das ist aber nicht dasselbe wie gut.«

Ich sah sie leicht ehrfürchtig an, versuchte es jedoch zu verbergen, indem ich das Erste sagte, was mir in den Sinn kam. »Ich dachte, du würdest heute nicht ehrenamtlich arbeiten.«

Sie runzelte die Stirn. »Das tue ich auch nicht.«

»Wenn also Mr. Santos einen weiteren Herzinfarkt hat – oder jemand anders Probleme mit den Herzkranzgefäßen bekommt –, siehst du tatenlos zu, wie die Profis das handhaben?«

»Bist du verrückt?«, brauste sie auf. »Du denkst, ich würde jemandem einfach beim Sterben zusehen, nur weil es mein freier Tag ist?«

»Nein, nur wenn sie nicht wiederbelebt werden wollen. Wie Mom.«

Sie wirkte so getroffen, dass ich mir am liebsten die Zunge abgebissen hätte. »Wenn du es nicht sicher weißt, nimmst du zunächst mal an, dass sie leben wollen«, sagte sie mit starrer kleiner Stimme, und ich hätte schwören können, dass sie versuchte, Celeste Akintolas Sachlichkeit nachzuahmen.

»Und wenn es *anders* ist?«, fragte ich, bemüht, nicht streitsüchtig zu klingen.

Sie antwortete nicht.

»Du weißt, dass du in große Schwierigkeiten geraten kannst, wenn du Wiederbelebung anwendest, obwohl du es nicht tun solltest? Nicht nur du, sondern auch die Ärzte und Schwestern und jeder andere, der dort arbeitet, einschließlich der übrigen Ehrenamtlichen.« Ich war mir nicht ganz sicher, inwieweit das stimmte, aber es war keine vollständige Lüge. »Du könntest sogar wegen Körperverletzung eingesperrt werden, und ich glaube nicht, dass die Familie warten muss, bis du aus dem Gefängnis kommst, um dich zu verklagen.«

Gloria sah mich mit hochgewölbter Augenbraue an. »Die DVD-Box *Law & Order* beinhaltet kein rechtswissenschaftliches Diplom. Ich tue das, wovon ich weiß, dass es richtig ist.«

»Ich habe nur gefragt, was wäre, wenn du sicher wüsstest...«

»Wie *Mom*?«, fragte sie und spie das Wort förmlich aus. »Komm schon, sag es: *Mom*. Was ist los, dass du nicht sagen kannst, wen du wirklich meinst? Warum? Werden die Dinge für dich plötzlich zu grausam? Oder befürchtest du wirklich, Mom würde mich verklagen? Anzeige erstatten? Beides?«

Gloria lachte kurz schnaubend auf. »Habe ich dich um Kaution gebeten? *In letzter Zeit?*«, fügte sie hinzu. »Nein, habe ich nicht. Fall erledigt.«

»Also... hast du immer richtig vermutet?« Ich runzelte die Stirn. »Wie oft *war* das?«

Sie zögerte. »Mr. Santos und Mrs. Boudreau mitgerechnet? Fünf Mal.«

Mein Kinn sank herab. »Warum hast du mir das nicht gesagt?«

»Ich war wütend auf dich.«

»Warum hat dann *Mom* – nein, streich das. Warum hat es mir nicht *irgendjemand* gesagt?«

»Vielleicht dachten sie, du wüsstest es.« Sie zuckte die Achseln. »Ich meine, sie haben mich ständig eine Heldin genannt.«

Ich wünschte mir einen Tisch, um meinen Kopf daraufzuschlagen. »Glaubst du nicht, dass ich etwas gesagt hätte, wenn ich es *gewusst hätte*?«

»Ich war wütend auf dich«, wiederholte sie. »Erinnerst du dich?«

»Ja. Ich erinnere mich auch, warum. Ich fragte dich, warum du glaubtest, in dem Heim stimme etwas nicht.« Ich sah

sie von der Seite an. »Bedeutet das, dass du deine Meinung darüber geändert hast?«
Sie verlagerte ihr Gewicht von einem Fuß auf den anderen und schnaubte. »Musst du *wirklich* eine große Sache daraus machen?«
»Hey, es war *dein* Gedanke«, rief ich ihr nach, als sie ging.

Wenn Gloria ihre Meinung geändert hatte, so hatte ich das auch, obwohl ich es nicht sofort erkannte. Es wurde mir wie in kalter Zeitlupe bewusst. Meine Besuche steigerten sich von drei Mal in der Woche bis zu täglich. Ich dachte, es hätte mit Vergänglichkeit zu tun – besonders mit der meiner Mutter –, durch die Offenbarung entstanden, wie oft Gloria ihre Wiederbelebungskünste angewandt hatte. Nein, verbesserte ich mich: *Wie oft Gloria die Wiederbelebung in einer Notfallsituation angewandt hatte.* Sie ernst zu nehmen bedeutete, witzigen Ausdrücken über Angelegenheiten von Leben und Tod abzuschwören.
Ich war sogar bereit zuzugeben, dass ich Angst hatte, nur dass sie gar nicht fragte. Was rätselhaft war – sie wunderte sich doch gewiss, warum ich meinen Zeitplan so drastisch geändert hatte... oder nicht? Ich wartete, aber sie versuchte während der Besuche oder zu Hause, wo ich mich nun allein durch die Abendstunden quälte, die wir zuvor zusammen verbracht hatten, nicht mit mir zu reden.
Nach einer Woche konnte ich es nicht mehr aushalten und rief einen meiner Zeitarbeiter an. Gloria wölbte die Augenbrauen, aber sie fragte nicht. Tatsächlich sagte sie auf der Hinfahrt kein Wort.
»Holst du mich ab, oder soll ich mit Lily fahren?«, fragte sie, als ich auf einen freien Platz auf dem Besucherparkplatz fuhr.
Ich stieß einen gereizten Laut aus. »Du machst mich wahnsinnig«, sagte ich, und der starke Drang, ihr eine zu kleben, muss offensichtlich gewesen sein.

»Komm schon«, erwiderte sie. »Du bist diejenige, die merkwürdig geworden ist und die ganze Nacht arbeitet, damit du jeden Tag hier sein kannst...«

»Und du hast mich nie gefragt, warum. Bist du nicht einmal ein kleines bisschen neugierig?«

»Nun, doch«, sagte sie, als hätte sie nie eine dümmere Frage gehört. »Aber ich vermutete, dass ich nur meinen Atem verschwenden würde. Du erzählst mir verdammt gar nichts, bis dir danach ist. Wenn du es jemals tust.«

Ich spürte, wie ich errötete.

»Was ist los?«, fragte sie, jetzt ein wenig ungeduldig. »Es stimmt doch, oder?«

Ich gab auf. »Okay, okay. Ich bin wegen Mom beunruhigt. Herauszufinden, wie häufig du Wiederbelebung angewendet hast, hat mich irgendwie...« Ich zuckte die Achseln. »Es hat mich vermutlich irgendwie erschreckt.«

»Wirklich?« Meine Schwester sah mich wieder mit skeptisch gewölbter Augenbraue an. »Wann? Nachdem du die rechtlichen Auswirkungen meiner möglichen Wiederbelebung Moms bedacht hast?«

»Ich habe nie jemanden wiederbelebt – ich weiß nicht einmal, wie das geht –, so dass es eine Weile gedauert hat, bis ich wirklich begriffen habe, dass Mom... du weißt schon. Sterben könnte.« Es kostete mich Mühe, nicht an dem Wort zu ersticken.

Meine Schwester stieß einen langen Atemzug aus und starrte durch die Windschutzscheibe. Dann: »Wenn du dich dadurch besser fühlst – es ist eher unwahrscheinlich, dass Mom in nächster Zeit einen Herzanfall bekommt. Ihr Herz ist in recht guter Verfassung. Um ehrlich zu sein, habe ich mir wegen ihrer Stürze mehr Sorgen gemacht, wegen der Schwindelanfälle. Glücklicherweise wehrt sie sich nicht dagegen, so oft wie möglich den Rollstuhl zu benutzen, so dass man sich jetzt weniger sorgen muss als bisher. Aber wenn du weiterhin jeden Tag kommen willst, werde ich dich nicht

davon abhalten«, fügte sie mit jähem Lächeln hinzu. »Weil es ihr anscheinend wirklich hilft, klar zu bleiben.«
»Was ist mit der abendlichen Verwirrtheit?«
»Das meine ich.« Glorias Lächeln vertiefte sich. »An manchen Tagen ist sie kaum erkennbar.«
»Neue Medikation?«, fragte ich.
»Nein, dasselbe Medikament, dieselbe Dosierung. Einige der anderen Bewohner nehmen weitaus mehr, und es geht ihnen nicht so gut.«
»Kommt es vielleicht daher, dass sie besser isst?«, fragte ich.
Gloria zuckte die Achseln. »Es schadet zumindest nicht. Nun, gehen wir hinein, oder willst du hier sitzen bleiben und dich – wie Mom sagt, wenn sie denkt, dass niemand zuhört – den ganzen Tag quälen wie Sau?«
Sie hatte recht – Mom ging es *tatsächlich* besser. Aber Dr. Li hatte mich gewarnt, dass diese Zeitspannen annähernder Genesung, wenn Patienten den Nebel abzuschütteln schienen, der sie vereinnahmen wollte, kein Zeichen wirklicher Besserung waren, sondern sich darin nur die unberechenbare Natur der Krankheit zeigte – eine der besonderen Grausamkeiten der Demenz.

Aber das machte Mom in keiner Weise weniger klar. Sie wollte mir erneut erzählen, ich solle in Urlaub fahren, und war enttäuscht, als ich mich wieder weigerte, ja, sie regte sich gelegentlich so über mich auf, dass ich gehen musste, damit sie sich wieder beruhigte.

»Wenn Sie die Wahrheit wissen wollen«, sagte Lily Romano, als sie mich eines Nachmittags hinausbegleitete, »macht es ihr ein wenig Angst, dass Sie jeden Tag kommen. Sie fürchtet, es könnte bedeuten, dass sie stirbt und der Arzt es ihr nicht sagen will.«

»Wirklich?« Ich war schockiert. »Daran habe ich nicht gedacht. Gloria hat nie etwas gesagt.«

Lily Romano zuckte die Achseln. »Sie weiß es nicht. Be-

wohner erzählen ihren Familien nicht immer alles. Manchmal ist es für sie leichter, sich jemandem anzuvertrauen, dem sie nicht so nahestehen, besonders wenn...«
»Wenn...?«, fragte ich nach einem Moment.
Sie zuckte zusammen. »Wenn es etwas ist, wovon sie glauben, dass ihre Familie sie deswegen, sagen wir, töricht oder paranoid nennt.«
Wenn die Familie sie nicht ernst nimmt, dachte ich und zuckte auch selbst leicht zusammen. »Also vertraut sich meine Mutter häufig Ihnen an?« Sie wirkte so unangenehm berührt, dass ich rasch fortfuhr: »Vergessen Sie, dass ich gefragt habe, es ist nicht wichtig. Was machen Ihre Kopfschmerzen?«
Ihr Gesicht wirkte einen Moment ausdruckslos. »Oh, ja, gut – ich hatte schon eine Weile keine mehr.«
Ich hätte nur so zum Spaß erwähnen können, dass ich die Tablette in meinem Schuh gefunden hatte, aber wir waren fast am Eingang, und sie meinte, sie müsse zurück zur Arbeit. Ich merkte mir im Geiste, später mit Gloria über Moms mögliche Ängste zu reden. Dann hatte ich jedoch derart viel zu tun, dass ich es wieder vergaß.
Erst sehr viel später, nach mehreren Stunden am Computer, kehrte es zu mir zurück. Mein Arbeitsethos sagte mir, es könne eigentlich warten. Dennoch öffnete ich die Tür und sah Gloria mit erhobener Hand dort stehen, die gerade anklopfen wollte. »Es tut mir leid, ich weiß, dass ich dich nicht stören soll...«
»Ist schon in Ordnung«, erwiderte ich. »Ich habe heute Nacht frei. Was ist los?«
»Ich stecke in einem Dilemma«, sagte sie mit besorgter Miene, »und ich brauche einen Rat.«
»Ich hole den Shiraz, du hältst mir einen Platz auf der Couch frei.«
»Du findest es wahrscheinlich albern«, sagte sie, während ich Wein in ihr Glas goss.

»Das kursiert anscheinend. Macht nichts«, fügte ich hinzu, als sie verwirrt wirkte. »Erzähl es mir einfach. Wir werden später entscheiden, ob es albern ist.«

Sie zögerte und sah mich unsicher an. Dann atmete sie tief ein. »Okay. Es gibt gewisse Dinge in Brightside, an die sich alle halten müssen – ich meine, gewisse Regeln, dass jeder parieren muss, egal um was es geht, oder gekündigt wird. Sogar die Krankenpflegerinnen. Selbst die Hausmeister. Und die Gärtner.«

Ich nickte.

»Das sind die strengsten Regeln, und wenn du einen *Verstoß* bemerkst« – sie verzog bei dem Wort das Gesicht –, »sollst du es melden. Was so ist, als ...« Sie verdrehte die Augen. »Wer will schon eine Petze sein? Ich meine, wenn ich jemals sähe, wie jemand einen Bewohner verletzt, würde ich lauthals schreien. Aber ...«

»Hast du etwas bemerkt?«, fragte ich behutsam.

Sie nickte. »Es war eines jener Dinge, mit denen man tatsächlich durchkommen kann, wenn man vorsichtig ist. Und wahrscheinlich hat es schon jeder mindestens ein Mal getan, aber sie würden dich dafür auf der Stelle feuern.«

Ich schüttelte den Kopf. »Was ist dieses unglaublich Schlimme?«

»Während seiner Schicht nicht verordnete Medikamente bei sich zu haben.« Sie runzelte die Stirn. »Ich dachte, das hätte ich dir gesagt. Wir dürfen nicht einmal ein Aspirin in der Hosentasche haben.«

»Warum nicht?«, fragte ich.

»Weil es für die Bewohner gefährlich ist.«

»Nur wenn sie in eure Hosentaschen greifen«, sagte ich und lachte leise.

»Das kümmert sie nicht.« Gloria schüttelte den Kopf. »Null Toleranz. Die einzige Möglichkeit, absolut sicher zu sein, dass ein Bewohner nicht alles Mögliche einnimmt, was er nicht einnehmen soll, ist, wenn nichts *da* ist.«

»Das ist ja noch strenger als im Krankenhaus, oder?«, fragte ich, laut denkend.

»Keine Ahnung. Und es ist ohnehin unwichtig – es ist ihre Strategie.«

»Also, du hast jemanden gesehen...« Ich brach ab, da ich bereits wusste, wer es war.

»Lily Romano«, sagte sie schwermütig seufzend. »Ich habe sie dermaßen in flagranti erwischt, dass ich nicht einmal vorgeben konnte, nichts gesehen zu haben. Sie machte gerade die Runde mit den Wasserkannen...«

Ich hob die Hand. »Das kommt mir bekannt vor, Sis.«

»Wovon redest du?«, fragte sie, erneut verunsichert und kurz davor, böse zu werden.

»Ich habe Lily Romano mit Tabletten ertappt«, sagte ich traurig. Ich beschrieb ihr rasch die Begegnung in Moms Zimmer und fügte hinzu: »Ich kann mich nicht erinnern, ob du mir von der Keine-Medikamenten-Regel erzählt hast. Wenn dem so war, hatte ich es an jenem Tag vergessen.«

»Hat sie dich gebeten, es nicht zu erzählen?«, fragte Gloria, noch immer unglücklich.

»Ja, aber nicht deswegen.« Ich erzählte ihr den Rest.

»Das ist merkwürdig. Warum sollte sie dich bitten, darüber zu schweigen, dass sie das Bett frisch beziehen musste, aber nicht über die Tabletten?«

Ich dachte einen Moment nach. »Weil sie erkannte, dass ich nichts von der Regel wusste, und sie mich nicht darauf bringen wollte. Mich in dem Glauben zu wiegen, dass ich ihr gerade einige Verlegenheit ersparte, war ziemlich clever. Wirklich clever.«

»Sie ist jedoch ein Risiko eingegangen«, sagte Gloria.

Ich schüttelte den Kopf. »Ich habe es nicht einmal *dir* erzählt, oder?«

Gloria seufzte erneut. »Sie brachte mich dazu, mit ihr zu ihrem Spind zu gehen und zuzusehen, wie sie die Tabletten in ihre Handtasche steckte, wobei sie mich unentwegt bat, es niemandem zu sagen, und versprach, dass sie es niemals wieder tun würde. Sie tat mir leid. Cluster-Kopfschmerzen sind wirklich mörderisch...«

»Ja, das hat sie mir auch erzählt«, bestätigte ich. »Aber als ich sie heute Nachmittag danach fragte, erklärte sie, sie hätte in letzter Zeit keine mehr gehabt.« Ich holte die Tablette aus meinem Zimmer. »Diese steckte in meinem Schuh«, erklärte ich und streckte sie auf einer Fingerspitze zu ihr aus. »Ist es die gleiche, die du gesehen hast?«

»Ich habe die Tabletten eigentlich nicht gesehen, sondern nur die Flasche«, sagte sie und nahm meine Tablette zwischen Daumen und Zeigefinger. »Das ist keine Kopfschmerztablette. Es ist Methylphenidat.«

Ich runzelte die Stirn. »Ist das Meth wie in *Meth*, also Drogen?«, fragte ich, jetzt beunruhigt.

»Methylphenidat wie in Ritalin«, sagte sie. »Du weißt schon, ADHS? Nein, weißt du nicht. Entschuldige, dass ich das sage, Val, aber du bist zu alt. Du bist aufgewachsen, bevor sie versucht haben, Kindheit zu heilen. Mindestens die Hälfte der Kinder, mit denen ich zur Schule ging, nahm Ritalin oder Adderall oder was auch immer.«

Ich war entsetzt. »Haben Mom und Dad...«

»Oh, Himmel, nein.« Gloria lachte. »Aber viele Kids bessern ihr Taschengeld auf, indem sie alles, was sie nicht brauchten, an Kinder ohne Rezept verscherbelten. Diese kauften es, um abzunehmen oder um vor einer Prüfung die ganze Nacht zu lernen, und ich hörte, dass jemand aus der sechsten Klasse einige Lehrer versorgte.« Sie runzelte die Stirn. »Das hier würde man nie gegen Kopfschmerzen nehmen. Es *verschafft* dir welche.«

»Okay, stellen wir das Offensichtliche fest: Lily Romano ist kein Schulkind. Warum würde sie es also nehmen?«, fragte ich.

»Vermutlich Erwachsenen-ADHS?«

»Schon gut, ich denke, wir sollten jetzt besser zum Heim

zurückgehen und mit demjenigen reden, der gerade Dienst hat.«

Gloria ergriff meinen Arm, als ich aufstand. »Okay, aber was sagen wir ihnen?«

»Wir werden mit dem anfangen, was wir wissen, und sie es dann herausfinden lassen.«

Gloria war ebenso überrascht wie ich, Jill Franklyn in der Nachtschicht vorzufinden. Ich vermutete, dass es passte: unauffällig, aber kompetent genug, dass niemand um den Schlaf gebracht würde. Jill Franklyn war noch weitaus überraschter, uns zu sehen. Wir eilten gerade den Hauptflur im Wohnbereich auf die Pflegerinnenstation zu, als sich zur Linken plötzlich, aber sehr leise, eine Tür öffnete und sie in den halbdunklen Flur trat. Sie wandte uns den Rücken zu, aber ich erkannte diese schmale Silhouette und die tänzerische Haltung. Sie blieb mit dem Rücken zu uns stehen. Gloria und ich hielten ebenfalls jäh inne und sahen uns an. Ich zuckte die Achseln und räusperte mich dann.

Jill Franklyn wirbelte herum, schaltete ihre Taschenlampe ein und blendete uns beide. »O mein Gott!« Es klang wie ein kreischendes Flüstern. Sie schaltete die Taschenlampe wieder aus, und Gloria und ich blieben nicht weniger blind zurück, während Jill auf uns zukam, wobei ihre Schuhe leise, quietschende Geräusche verursachten. »Was *tun* Sie beide zu dieser Zeit hier? Es muss nach Mitternacht sein. Haben Sie sich verlaufen?«

»Welche Frage sollen wir zuerst beantworten?« Ich lachte nervös, und Jill Franklyn bedeutete mir zu schweigen. Sie drängte uns den Flur hinab auf die Pflegerinnenstation zu, eilig und mit einer Kraft, die ich diesen mageren Ballerina-Armen niemals zugetraut hätte. Gloria schien gleichermaßen erstaunt. Sie rieb sich den Oberarm.

»Tut mir leid«, sagte Jill Franklyn, klang aber nicht sehr reumütig. »Wenn Sie sonst jemand sieht, wird derjenige

Akintola rufen, und dann stecken wir alle in Schwierigkeiten. Was machen Sie hier?«

Ich blinzelte rasch, um meine Sicht zu klären, und sah, dass wir in Celeste Akintolas Büro waren. Jill Franklyn überraschte mich damit, dass sie sich hinter ihren Schreibtisch setzte und uns bedeutete, die Stühle auf der anderen Seite einzunehmen. Gloria und ich wechselten Blicke, während wir uns hinsetzten. Sie signalisierte mir mit einem Kopfnicken, dass ich anfangen sollte.

Jill Franklyn richtete sich auf ihrem hochlehnigen Stuhl kerzengerade auf, hörte mir mit besorgter Miene zu und nickte hin und wieder, schwieg aber. Ich beendete meinen Bericht und wandte mich an Gloria, die zögerte und auf eine Art Reaktion wartete, aber die Pflegerin schwieg weiterhin und sah meine Schwester nicht einmal an.

Gloria sprach mit leiser, unsicherer Stimme und hielt gelegentlich inne, um zu mir zu blicken. Ich vollführte jedes Mal eine kleine aufmunternde Geste. Sie fuhr fort, aber jegliches Selbstvertrauen, das sie gehabt hatte, war geschwunden, und ich hatte keine Ahnung, warum. Vielleicht war es für sie allgemein schwer zu petzen, dachte ich. Obwohl es hier nicht einfach nur darum ging, mit einer Lehrerin zu plaudern – Lily Romano trug mehr Tabletten mit sich herum, als sie brauchte. *Viel* mehr.

Als Gloria geendet hatte, beugte ich mich auf meinem Stuhl vor und fragte: »Was würde passieren, wenn jemand das Zeug hier einem Patienten verabreichte?«

Jill Franklyn sah mir in die Augen. »Das käme auf den Patienten an«, sagte sie und klang ruhig und logisch, als diskutierten wir über die Koffeinmenge in einer Tasse Kaffee. »Und auf die Dosierung. Und natürlich darauf, welche anderen Medikamente zu dem Zeitpunkt verabreicht würden. Jemand, der, zum Beispiel, Vasopressin nimmt, wäre vielleicht weniger schläfrig. Abhängig von der Dosis. Es müssten wahrscheinlich zwanzig oder dreißig Milligramm sein, denke ich. Demenzpatienten reagieren jedoch am besten. Ich meine, im frühen Stadium. Dexedrin ist wesentlich besser als Methylphenidat, aber man muss mit dem arbeiten, was man hat.« Sie seufzte. »Ich vermute nicht, dass jemand von Ihnen Zugang zu Dexedrin hat? Es ist heutzutage praktisch unmöglich zu bekommen.«

Gloria und ich sahen einander an. »Haben Sie irgendetwas von dem gehört, was wir Ihnen gerade erzählt haben?«, fragte ich.

Jill Franklyn rümpfte die Nase. »Ja, Lily Romano ist in Schwierigkeiten. Und ich auch, richtig?« Sie beugte sich vor und legte die Arme auf den Schreibtisch. »Sie könnten jedoch, anstatt sich als Pfadfinderinnen zu betätigen, Teil einer fortschreitenden Medizin werden und das Leben der Demenzpatienten weltweit verbessern.«

»Wie?«, fragte ich und wunderte mich, dass ich keine Verrücktheit in ihren Augen bemerkte.

»Indem Sie nach Hause gehen und Ihren Schlaf nachholen, und wenn Sie morgen früh aufstehen, machen wir einfach alle weiter wie bisher. Sie«, sie deutete mit einer Hand auf Gloria, »können ehrenamtlich arbeiten, so viel Sie wollen, wann immer Sie wollen. Ich werde es von Akintola absegnen lassen. Ich sehe nicht, warum Sie es nicht tun sollten. Und Sie…« Sie deutete auf mich und runzelte die Stirn. »Ich kann mich nicht daran erinnern, was Sie tun, aber ich erinnere mich, dass Ihre Mutter stets davon spricht, dass Sie nie Urlaub machen. Also machen Sie Urlaub. Sie wird schon nicht den Boden unter den Füßen verlieren, während Sie fort sind.«

»Wie viele Leute sind in die Sache verwickelt?«, fragte ich ungläubig.

Jill Franklyn blickte einen Moment auf. »Schwer zu sagen. Hier sind es nur ich und Lily.«

»Wollen Sie damit sagen, dies sei eine… eine Verschwörung?« Die Stimme meiner Schwester überschlug sich bei dem letzten Wort praktisch.

»Was für eine Verschwörung?« Jill Franklyn sah uns an, als wären wir verrückt. »Wenn Sie im Internet sind, bedeutet das dann, dass Sie Teil einer Verschwörung sind?« Sie blickte von mir zu Gloria und wieder zurück und erhob sich dann abrupt. »Ich hätte wissen müssen, dass Sie da nicht mitmachen würden.« Sie begab sich zur Tür. »Sie beide sind wahrscheinlich – wie die meisten Frauen mittleren Alters – nicht allzu kräftig. Ich weiß, ich sehe nicht so aus, aber ich habe Pflegerinnenmuskeln – ich kann fast jeden Bewohner hier ohne Hilfe hochheben. Oder sie überwältigen, wenn sie gewalttätig werden. Also werde ich hier jetzt einfach meine Zelte abbrechen, und Sie können die Polizei...«

Ich hatte nicht einmal bemerkt, dass Gloria sich geregt hatte. Schon öffnete Jill Franklyn die Tür. Ich spürte etwas an mir vorbeistreichen. Ein gerahmtes Foto von Celeste Akintolas Kindern rutschte vom Schreibtisch auf meinen Schoß. Ich hatte kaum Zeit zu erkennen, dass Gloria auf dem Schreibtisch kauerte, als sie bereits lossprang und auf Jill Franklyn landete, die durch die geöffnete Tür in den Flur fiel.

Im nächsten Moment herrschte Chaos. Jill Franklyn lag auf dem Bauch, schrie vor Zorn und rief um Hilfe, während Gloria auf ihrem Rücken saß und ihren Arm festhielt, so dass sie sich nicht bewegen konnte, ohne ihn sich zu brechen. Ich stand im Eingang und blickte blinzelnd auf sie hinab.

»Ich rufe die Polizei!«, schrie eine Frau, wahrscheinlich Deirdre, aus Richtung der Pflegerinnenstation.

»Sagen Sie ihnen, sie sollen sich beeilen«, rief Gloria zurück. »Sind denn keine Wachleute da?«

»Kostensenkung«, knurrte Jill Franklyn. »Sehen Sie, wie sicher Ihre Mutter ist? Keine hauseigenen Sicherheitsleute...«

»Halten Sie den Mund«, sagte Gloria und verdrehte ihr leicht den Arm. »Ich werde Ihnen zeigen, wer mittleren Alters ist, Sie Miststück.«

Nun würde ich gerne sagen, dass Gloria Jill Franklyn bändigte, bis die Hüter des Gesetzes eintrafen, und sie, nachdem sie gehört hatten, was wir ihnen zu sagen hatten, sofort einen Wagen schickten, um auch Lily Romano abzuholen, dass sie angeklagt und zu langen Gefängnisstrafen verurteilt wurden und so weiter und so fort. Aber Deirdre – ja, es war Deirdre – sah nur, dass meine Schwester gegen eine andere Pflegerin tätlich geworden war, und unternahm etwas dagegen, nachdem sie über die Sprechanlage weitere Mitarbeiter herbeigerufen hatte. Deirdre war eher in meinem Alter, aber ihre Pflegerinnenmuskeln waren besser entwickelt und geübter. Sie schlug mich einfach nieder, als ich ihr in den Weg treten wollte. Ich hätte vielleicht immer noch eine Chance gehabt, nur dass wir nun natürlich alle anderen aufgeweckt hatten und sie herauskamen, um zu sehen, was vor sich ging.

Aber es war nicht nur ein Haufen halb verschlafener Menschen, die ihre Türen öffneten, um zu sehen, woher all der Lärm kam – es war ein Haufen sehr desorientierter älterer Menschen, die nicht mehr richtig sehen oder hören konnten, alle gegeneinanderliefen, auf mich traten, über Gloria und Jill Franklyn fielen und vor Schmerz oder Panik oder beidem laut schrien. Bei all der Verwirrung gelang es Jill Franklyn zu entwischen, mehrere Minuten, bevor die Polizei eintraf.

Natürlich wurden Gloria und ich verhaftet.

Wir endeten zwar nicht im Gefängnis, aber es war sehr nahe daran. Glücklicherweise glaubte uns Celeste Akintola.

Es gab nur wenige Beweise – Methylphenidat verlässt den Körper relativ schnell. Celeste Akintola bezeichnete es wohl als wirksam verstoffwechseln. Als sie einen Arzt holte, um Bluttests anzuordnen, war es bereits zu spät. Ich übergab der Polizei Lily Romanos Tablette, konnte aber nicht beweisen, dass es ihre war. Als ich die Polizistin bat, meine Aussage aufzunehmen, wie ich daran gekommen war, schüttelte sie nur den Kopf. Sinnlos zu erwähnen, dass sowohl Lily als auch Jill längst fort waren. Celeste Akintola kündigte.

Ich musste eine zweite Hypothek auf das Haus aufnehmen, um unsere Gerichtskosten zu decken, und fühlte mich dennoch immer noch unwohl dabei, wenn ich Gloria sagte, sie müsse sich einen Job suchen. Sie begann mit der Suche, was in ihrem Fall bedeutete, ihren ein wenig aufgepolsterten Lebenslauf auf einige wenige Jobhunter-Webseiten hochzuladen und ihre E-Mails zu checken, bevor sie zu Mom ging. Sie arbeitete nicht mehr als Ehrenamtliche, aber sie besuchte immer noch jeden Tag unsere Mutter.

Interessant war, dass das Unternehmen, dem das Pflegeheim gehörte, es für angemessen hielt, mir eine hübsche Zahlpause einzuräumen – anscheinend hatte ihre Rechtsabteilung sie informiert, dass das Verschwinden beider mutmaßlicher Missetäter, trotz des Mangels an schlüssigen Beweisen, vielleicht für ein Zivilverfahren reichen würde. Ich unterschrieb glücklich alle Papiere, einschließlich der Verschwiegenheitsvereinbarung. Da ich eine zweite Hypothek abtragen musste, war ich knapp bei Kasse.

Es war unleugbar, dass Mom sich verändert hatte, wenn auch nicht so dramatisch, wie ich befürchtet hatte. Sie beklagte sich darüber, dass sie keine Energie hätte, sich träge fühlte. Andere Bewohner empfanden anscheinend ähnlich, einschließlich einiger, die, wie ich wusste, keine Demenzpatienten waren.

Eines Abends fragte ich Gloria, ob es irgendwelche neuen Helden oder Heldinnen im Heim gäbe, nun wo sie wieder Zivilistin war. Sie sagte, sie hätte nichts gehört. »Aber andererseits würde ich es wahrscheinlich auch nicht hören«, fügte sie hinzu. »Die meisten Mitarbeiter und alle Ehrenamtlichen wurden ausgetauscht. Ich bin draußen.«

Gloria fand ein Fitnesscenter, das eine Aqua-Aerobic-Lehrerin brauchte, schaffte es aber dennoch, fast täglich einen Besuch bei Mom dazwischenzuquetschen. Aerobic im Wasser war anscheinend weniger anstrengend als die Variante auf dem Trockenen. Oder vielleicht wirkte die Bewegung einfach Energie spendend – ich erinnerte mich nicht, mit Ende dreißig noch so aktiv gewesen zu sein.

Erst sechs Monate später machte ich mir erneut Gedanken darüber. Moms Verfall hatte einen weiteren seiner periodischen Höhepunkte erreicht, aber sie hatte immer noch etwas mehr gute als schlechte Tage, oder zumindest dachte ich das. Oder ich wollte es denken. Und dann begann ich schließlich über Gloria und ihren dynamischen Lebensstil nachzudenken.

Es war eine törichte Idee, entschied ich, was der Grund dafür war, warum es mir nicht schon viel früher eingefallen war. Aber dennoch, eine kleine Stimme in meinem Kopf bestand darauf, dass es mir nun mal eingefallen war und ich mich bisher bewusst geweigert hatte, darüber nachzudenken. So hatte es in der hintersten Ecke meines Geistes geschmort, bis ich bereit war, Gespenster zu sehen.

Was mich daran denken ließ, wie Gloria auf Celeste Akintolas Schreibtisch und von dort durch den halben Raum gesprungen war, um auf Jill Franklyn zu landen. Ich hatte sie mit meinen eigenen Augen auf Jill Franklyns Rücken sitzen und ihren Arm in knochenbrecherischem Griff festhalten sehen. Alles Folgende hatten wir beide durchlitten. Wie konnte ich glauben, dass Gloria das alles mit mir gemeinsam durchstehen würde, nur um sich dann umzudrehen und das Gleiche zu tun?

Nicht *das Gleiche*, nörgelte diese mentale Stimme. *Glorias Messias-Komplex ist strikt beschränkt – nur auf sie und Mom, auf niemanden sonst, nicht einmal auf dich. Jedenfalls noch nicht.*

Die einzige Möglichkeit, Schatten zu töten, bestand darin, alle Lichter einzuschalten. Es gelang mir, die Tür zu ihrem Zimmer zu öffnen, aber ich konnte nicht weitergehen. Ich bin mir nicht sicher, wovor ich mehr Angst hatte – davor, dass ich *tatsächlich* Ritalin oder Adderall oder sogar

Dexedrin finden würde, oder davor, dass ich es nicht finden würde. Wenn ich es fände, wüsste ich, was ich tun sollte – ich wusste nur einfach nicht, ob ich es könnte.

Aber wenn ich es nicht fände, müsste es niemals jemand erfahren... außer *mir* natürlich. Denn das wäre es, was ich stattdessen fände. Ich beschloss, mich lieber wegen meiner Schwester zu wundern, als meinetwegen sicher zu sein, und schloss die Tür wieder.

Es ist seitdem jede Nacht seit eineinhalb Jahren dasselbe. Ich weiß vom Verstand her, dass ich ebenso gut aufhören könnte, weil ich nichts weiter unternehmen würde. Aber vom Gefühl her wage ich es nicht. Ich fürchte das, was geschehen könnte, wenn ich nicht dort stehen und bewusst entscheiden würde, keine schlechte, hinterlistige, gefährliche Frau zu sein.

CAROLINE SPECTOR

Caroline Spector war während der letzten fünfundzwanzig Jahre Redakteurin und Schriftstellerin im Bereich Science-Fiction, Fantasy und Spiele. Sie ist die Autorin dreier Romane: *Narben, Kleine Schätze* und *Die endlosen Welten*, und ihre Kurzgeschichten sind in den Wild-Cards-Sammlungen *Inside Straight* und *Busted Flush* erschienen. Im Spielebereich hat sie mehrere Abenteuer-Module geschrieben und herausgegeben sowie Quellensammlungen für mehrere TSR-Gamelines, vor allem Top Secret/S.I. und das weiterentwickelte Marvel-Superheroes-Rollenspiel, beide allein oder mit ihrem Ehemann als Koautor, der Spielelegende Warren Spector.

Hier präsentiert sie uns ein tödliches Katz-und-Maus-Spiel zwischen einer Frau mit übermenschlichen Fähigkeiten und einem konturenlosen, rätselhaften Feind, der in der Lage sein könnte, ihre eigenen Kräfte gegen sie zu verwenden, ein Spiel, das zu verlieren sie sich nicht leisten kann und bei dem die höchsten aller Einsätze auf dem Tisch liegen und auf das nächste Umdrehen einer Karte warten.

LÜGEN, DIE MEINE MUTTER MIR ERZÄHLT HAT

Übersetzt von Karin König

Zombiegehirne flogen durch die Luft und hinterließen eine Blutspur und faulendes Fleisch auf dem Thronpodest von Michelles Paradewagen. Sie lächelte, als sich in ihrer Hand eine weitere Blase bildete. Diese war größer und schwerer – vom Umfang eines Baseballs. Sie ließ sie fliegen, und sie erwischte den Zombie an der Brust und explodierte. Der Zombie fiel rückwärts vom Wagen und wurde von der panischen Menge zertrampelt.

Michelle sah weitere Zombies auf sich zukommen. Sie kletterten über die Paradewagen vor ihrem und stießen Menschen beiseite, während sie die Straße hinaufströmten. Ein weiterer Zombie kroch auf ihren Wagen, benutzte den Balken aus Pappmaché als Halt. Der Balken löste sich, und Michelle beobachtete bestürzt, wie das Schild mit der Aufschrift »Die Unglaubliche Bubbles, Retterin von New Orleans« abbrach und auf die Straße fiel. Ihre Tochter Adesina, die sich unter Michelles Thron versteckt hatte, stieß einen ängstlichen, durchdringenden Schrei aus. Michelle ließ die Blase los, wohl wissend, dass sie unfehlbar dahin fliegen würde, wohin sie sie haben wollte. Wenn sie traf, würde sie explodieren und einen großen, klebrigen Zombiefleck auf dem Festschmuck hinterlassen. Ihr wunderschöner Paradewagen wäre ruiniert, und das machte sie wirklich wütend.

Es gab drei Dinge, die Michelle am Mardi Gras hasste: den

Geruch, den Lärm und die Leute. Wenn noch ein Zombie-Angriff dazukam, konnte ihr das die Teilnahme an Paraden gänzlich verleiden.

Um sicherzugehen, dass sie während der Parade so viele Blasen wie nötig heraufbeschwören konnte, hatte sie den Vormittag damit verbracht, sich vom Balkon ihres Hotelzimmers zu stürzen, bis der Hotelmanager heraufkam und es ihr untersagte.

»Aber ich nehme an der Bacchus-Parade teil«, hatte sie erklärt. »Wenn ich kein Fett ansetze, werde ich während der Parade keine Blasen treiben können. Die einzige Möglichkeit, das zu verhindern, besteht darin, mir Schaden zuzufügen. Erheblichen Schaden. Ein Sturz aus einem vierten Stock ist gut, aber nicht großartig.«

An diesem Punkt zeigte der Manager eine interessante Grünfärbung.

»Schauen Sie, Miss Pond«, sagte er. »Wir sind Ihnen alle dankbar, dass Sie uns vor drei Jahren vor der nuklearen Explosion gerettet haben, aber Sie jagen den übrigen Gästen allmählich Angst ein. Es ist einfach nicht normal.«

Michelle sah ihn verblüfft an. *Natürlich ist es nicht normal*, dachte sie. *Wäre es normal, wäre New Orleans ein radioaktives Loch im Boden, und Sie wären ein schwarzer Schatten vor irgendeiner Wand. Ich habe hierum nicht gebeten. Niemand von uns Wild Carders hat darum gebeten.*

»Nun«, sagte sie und dachte, wenn sie es ihm einfach erklärte, wäre er weniger erschrocken. »Es ist nicht so, als würde es mich verletzen, wenn ich getroffen werde, auf dem Boden aufpralle oder eine solche Explosion neutralisiere. Ich habe jegliche Energie einfach in Fett umgewandelt. Das fühlt sich eigentlich sogar ziemlich gut an.« *Manchmal zu gut*, dachte sie. »Sie brauchen sich also keine Sorgen darüber zu machen, dass ich Schmerzen empfinden würde oder Ähnliches.«

Aber seine Miene sagte ihr, dass er in Wahrheit gar nichts über ihre Wild-Carder-Fähigkeit hören wollte. Er wollte einfach, dass sie damit aufhörte. Also beendete sie ihre Erklärung und sagte: »Es tut mir leid, wenn ich den übrigen Gästen Angst eingejagt habe. Es wird nicht wieder vorkommen.« Das bedeutete, dass sie nicht so viel Fett ansammeln konnte, wie sie wollte, aber es würde dennoch funktionieren.

Adesina sah noch immer fern, als Michelle die Tür schloss, nachdem sie mit dem Manager gesprochen hatte. Sie kauerte am Fußende ihres Bettes, ihre irisierenden Flügel auf dem Rücken eingefaltet und das Kinn auf ihren Vorderfuß gestützt. Adesina nur zu sehen ließ Michelle schon lächeln. Sie hatte das Kind von dem Moment an geliebt, als sie es vor eineinhalb Jahren aus einer Leichengrube im People's Paradise of Africa herausgezogen hatte.

Michelle konnte immer noch nicht glauben, dass Adesina die Infektion mit dem Wild-Card-Virus überlebt hatte, und noch weniger, dass sie mit toten und sterbenden Kindern in eine Grube geworfen worden war, als ihre Wild Card sie in einen Joker anstatt in ein Ass verwandelt hatte. Sie schüttelte den Kopf, um ihn zu klären. Die Erinnerung an die Rettung der Kinder, an denen in diesem Lager in Afrika Experimente durchgeführt worden waren, war zu frisch und zu hart. Und ihr persönliches Versagen, sie alle zu retten, verfolgte sie.

Michelle war sich nicht sicher, wie sich Adesina entwickeln würde. Im Moment war sie klein – so wie ein mittelgroßer Hund. Ihr wunderschönes Mädchengesicht saß auf einem Insektenkörper. Aber man konnte nicht sagen, ob sie für immer in dieser Gestalt bleiben würde. Sie hatte sich verpuppt, nachdem sich ihre Karte gewendet hatte, und kam in ihrem gegenwärtigen Zustand daraus hervor. Es war möglich, dass sie sich vielleicht erneut verändern würde – das hing alles davon ab, inwieweit der Virus sie beeinträchtigt hatte.

»Was um alles in der Welt siehst du dir da an?«, fragte Michelle.

»*Sexiest and Ugliest Wild Cards*«, erwiderte Adesina. »Du stehst auf beiden Listen. Einmal dafür, wenn du fett bist, und einmal dafür, wenn du dünn bist.«

Jesus, dachte Michelle. *Ich habe eine komplette Stadt gerettet, und sie beurteilen mich allen Ernstes danach, wie »heiß« ich bin?*

»Weißt du, diese Listen sind wirklich dumm«, erklärte Michelle. »Jeder mag etwas anderes.«

Adesina zuckte die Achseln. »Vermutlich«, erwiderte sie. »Aber du bist *tatsächlich* hübscher, wenn du dünn bist. Sie wollen immer, dass du dich fotografieren lässt, wenn du dünn bist.«

Mist, dachte Michelle. *Das hat nicht lange gedauert. Wir sind seit einem Jahr in den Staaten, und sie denkt schon darüber nach, wer hübscher ist. Und wer fett oder dünn ist.*

»Glaubst du, dass mich jemals ein Junge mögen wird?«, fragte Adesina. Sie wandte den Kopf und sah Michelle mit ernster Miene an. *O Gott*, dachte Michelle. *Es ist zu früh für diese Unterhaltung. Ich bin nicht bereit für diese Unterhaltung.*

»Nun«, begann sie, während sie sich neben Adesina setzte. Die Bettfedern ächzten unglücklich unter ihrem Gewicht. »Ich ... ich ... ich weiß es nicht.« *Oh, großartig. Das lief ja richtig gut.* »Aber ich sehe keinen Grund, warum nicht. Du bist wunderschön.«

»Das musst du sagen«, bemerkte Adesina. »Du bist meine Mutter.« Sie rieb ihre Hinterbeine aneinander und verursachte so eine Art Zwitschern.

»Nun, niemand verliebt sich nur wegen deines Aussehens in dich«, sagte Michelle.

Adesina wandte sich wieder dem Fernseher zu. »Sei nicht dumm, Momma. Jeder liebt die hübschen Mädchen.«

In Michelles Kehle bildete sich ein Klumpen. Sie schluckte schwer, weigerte sich aber zu weinen. Sie durfte das keinesfalls ignorieren. Jede Fernsehshow, jede Zeitschrift, jede Plakatwand und jede Webseite zeigten hübsche, junge, dünne, halbnackte Mädchen, die etwas verkauften. Und bis vor ein paar Jahren war eines dieser Mädchen Michelle gewesen – aber das war, bevor sich ihre Karte gewendet hatte. Und nun sorgte sich Adesina über diesen Mist. Michelle war ratlos.

Sie starrte auf den Fernseher. Nach der Werbepause blitzte eine rasche Folge von Bildern auf. Da war Filmmaterial von verschiedenen Staffeln von *American Hero*. Da waren einige, noch immer schwarz-weiße Fotos aus den Vierzigern, als der Wild-Card-Virus das erste Mal zugeschlagen hatte. Und dann waren da Bilder von Golden Boy, wie er vor dem House Un-American Activities Committee aussagte. Fotos von Peregrine auf dem Höhepunkt ihrer Modelkarriere, wo sie wie die ultimative Disco-Tussi aussah – mit Flügeln. *Natürlich haben sie Bilder von ihr*, dachte Michelle. *Sie ist fantastisch.*

»Sie wandeln schon seit 1946 unter uns, als die außerirdische Bombe mit dem Wild-Card-Virus über Manhattan explodierte«, begann der Hintergrundkommentar. »Die wenigen glücklichen Asse und die abscheulich entstellten Joker. Aber wen kümmert das? Wir sind hier, um über den heißesten der heißen und den krassesten der krassen Wild-Card-Stile zu entscheiden!«

Michelle griff nach der Fernbedienung. »Okay, das war's«, sagte sie und schaltete den Fernseher aus. »Schau, Liebes, Amerika ist manchmal ein törichter Ort. Wir werden alle mit unwichtigem Schrott wie dieser Show belästigt und vergessen das, was wirklich wichtig ist. Und ich tue mich gerade mit diesem Mom-Zeug schwer. Die Wahrheit ist, dass die Welt manchmal unfreundlich sein wird, weil du anders bist. Aber das hat nichts mit dir zu tun, Liebes. Es ist nur so, dass die Welt voller Dummköpfe ist.«

Adesina kroch auf Michelles Schoß – wie sie es auch tat,

wenn sie Blasen trieb –, legte ihre Vorderfüße zu beiden Seiten von Michelles Gesicht und schob Michelles langes silbriges Haar beiseite. »Oh, Momma«, sagte sie. »Das *wusste* ich bereits. Ich habe nur manchmal Angst.«
Michelle küsste Adesina auf den Kopf. »Ich weiß, Süße. Ich auch.«

Es war gar nicht so schlecht auf dem Paradewagen. Viele *Sichtlinien*, dachte Michelle. *Das ist gut und schlecht.* Gut, weil sie alles kommen sehen konnte, und schlecht, weil es Adesina in Gefahr brachte. Aber Michelles Tochter zu sein würde Adesina in jedem Fall in Gefahr bringen.

In diesem Abschnitt der Paraderoute war die Menge besonders ausgelassen. Vielleicht kam das, weil die Leute mehr Zeit gehabt hatten zu trinken. Die Parade war schon einige Stunden unterwegs, und nun hielt sie aufs French Quarter zu.

Michelles Wagen war in Silber und Grün dekoriert. Hinten befand sich ein Podium mit einem Thron, und eine wunderschöne Laube aus Pappmaché-Blumen wölbte sich darüber. Adesina hatte den Thron in Beschlag genommen, während Michelle draußen auf der unteren Plattform blieb, um Perlenketten zu werfen, zu winken und Blasen zu treiben. Michelle fand, dass Adesina in ihrem hell lavendelfarbenen Kleid hinreißend aussah – auch wenn es sechs Ausschnitte für ihre Beine und zwei weitere für ihre Flügel hatte. Michelles Kleid hatte dieselbe Farbe, war aber aus einem Elasthan-Gemisch gefertigt. Das Kleid würde mit ihr schrumpfen, während sie Fettblasen trieb.

Zwei betrunkene Blonde schrien ihr zu: »Bubbles! He, Bubbles! Wirf uns ein paar Perlenketten zu!« Sie zogen ihre Tops hoch und offenbarten kecke Brüste. Michelle blieb unbeeindruckt, kam ihrer Aufforderung aber nach.

»Momma«, sagte Adesina. »Warum machen sie das immer?«

»Da bin ich überfragt«, erwiderte Michelle. »Sie denken vermutlich, dass sie so mehr Perlenketten bekämen.«

»Das ist dumm.«

Michelle warf weitere Perlenketten und begann dann, weiche, schwammige Blasen zu treiben, die sie in die Menge schweben ließ. »Du sagst es. Aber es scheint traurigerweise zu funktionieren. Ich habe ihnen gerade selbst welche zugeworfen.«

Auf der Paraderoute vor ihnen entstand ein Tumult. Michelle hörte auf, Blasen zu treiben, und versuchte zu sehen, was geschah. Die Menge geriet in Panik – Menschen drängelten, andere wurden dazwischen gefangen und konnten sich nicht mehr rühren.

Der Tumult bewegte sich wie eine Gezeitenwoge auf Michelles Wagen zu. Einige aus der Menge strömten von den Bürgersteigen auf die Straße, rissen die Absperrungen nieder und fingen dann an, auf die Paradewagen vor ihr zu klettern. Polizisten versuchten, die Menge zu beruhigen, und begannen Menschen von den Wagen zu ziehen, aber sie wurden bald überwältigt.

Und dann sah sie sie: Zombies, die gerade die Straße heraufkamen.

Joey, dachte sie. *Was zum Teufel machst du?*

Dann sah sie, wie ein Zombie einen Typ in einem T-Shirt der Laserabtasteinheit packte und ihm das Genick brach. Michelle war entsetzt. Aber sie verdrängte dieses Gefühl sofort gewaltsam. Sie konnte ihm nicht helfen – sie hatte einen Job zu erledigen.

Als sie die Menge musterte, sah sie die Zombies jeden in ihrem Weg brutal attackieren. Zwei Polizisten versuchten, einen der Zombies aufzuhalten, und beiden wurde wegen ihres Einschreitens ein Arm gebrochen, bevor Michelle das Wesen vernichtete. Und dann erkannte sie, dass die Zombies auf ihren Wagen zueilten.

»Momma!« Adesinas verängstigte Stimme erklang hinter

Michelle. Sie fuhr herum und sah einen rotgesichtigen, dicklichen Mann und einen magereren Kerl in einem gestreiften Polo-Shirt auf den Wagen klettern.

»He!«, schrie Michelle sie an. »Hier ist es nicht sicher. Sie wollen mich holen.«

»Hinter Ihnen ist im Moment der sicherste Aufenthaltsort«, sagte der Dickliche. »Wir gehen nicht.«

Michelle seufzte. »Dann lasst ihr mir keine andere Wahl, Jungs.« In ihren Händen bildeten sich bereits Blasen, und sie ließ sie fliegen. Die Blasen – so groß wie Medizinbälle und ebenso schwer – warfen die Männer vom Wagen. Michelle hörte sie fluchen. »He!«, rief sie. »Achtet auf eure Worte! Hier ist ein Kind!« Sie hob Adesina hoch und nahm sie unter ihren linken Arm.

»Momma«, beschwerte sich Adesina, »du blamierst mich.«

»Tut mir leid, Süße«, erwiderte Michelle. »Und nun benimm dich, während ich Tante Joeys Zombies ausschalte.«

Michelle ließ eine kleine, etwa kugelgroße Blase auf den nächsten Zombie fliegen. Sein Kopf explodierte, und Hirn, Schädelknochen und faulendes Fleisch flogen in die Luft. Es war ungeheuer befriedigend. Leider versetzte das einige Leute in der Menge noch mehr in Panik. Und jetzt konnte Michelle spüren, wie ihr Kleid lockerer wurde. *Verdammt*, dachte sie. *Ich wusste, dass ich mehr Fett brauchen würde.*

Michelle erblickte einen weiteren Zombie und ließ eine neue Blase los. Mehr Schreie erklangen, als sein Hirn und Stücke seines Schädels überallhin spritzten. Der Wagen schaukelte, als die Menge dagegendrängte, und Michelle rang um ihr Gleichgewicht.

»Momma, bitte, setz mich ab!«

»Bei deinem Leben nicht«, erwiderte Michelle und schrie, um über den Tumult hinweg gehört zu werden. »Zombies und in Panik geratene Nats sind keine gute Kombination. Es wäre zu gefährlich.«

Adesina seufzte gereizt. »Du bist gemein«, sagte sie.

Michelle vernichtete einen weiteren Zombie. Sie spürte ihr Kleid noch ein wenig lockerer werden. Die Zombies kamen nun rascher heran, und die Blasen nur mit einer Hand auszulösen genügte nicht mehr. »Oh, verdammt«, sagte sie und setzte Adesina ab. »Versteck dich unter dem Thron. Und lass es mich wissen, wenn jemand – etwas – hier heraufzukommen versucht.«

Wenn es etwas gab, was Dan Turnbull lieber mochte, als bei einem Ego-Shooter etwas in die Luft zu sprengen, dann war es, ein Chaos zu verursachen, das jemand anders in Ordnung bringen musste. Seine Mutter hatte seinen Vater vor sechs Monaten verlassen, und seitdem war sie fort. Keiner von ihnen hatte irgendetwas in Ordnung gebracht. Stapel schmutziger Wäsche türmten sich wie indianische Grabhügel in verschiedenen Teilen des Hauses auf. Eine Vielzahl von Schimmelpilzen wuchs auf Tellern in der Küche – und im Kühlschrank hatten Salatköpfe nun die Größe von Limonen. Verdorbenes, schmieriges Wasser füllte das Spülbecken, und Dan war sich nicht sicher, ob das Spülbecken nicht mehr ablief oder ob lediglich der Stöpsel am Boden gezogen werden müsste. Er wusste nur, dass er nicht mit der Hand dort hinunterlangen würde, um es herauszufinden.

Aber hier oben auf dem Dach des St. Louis Hotel zu liegen und auf das Chaos hinunterzublicken, das er soeben angerichtet hatte, *das* machte ihn ernsthaft glücklich. Zombies vernichteten die Bacchus-Parade, und diese Bubbles-Tusse versuchte es aufzuhalten.

Er sah sie den Freak hochnehmen, den sie ihre Tochter nannte, während sie gleichzeitig methodisch die Zombies vernichtete. Und er empfand widerwillig Bewunderung dafür, wie cool sie angesichts der Situation blieb. Sie wurde nicht hysterisch oder flüchtete, wie es die meisten Frauen täten. Nein, sie schaltete die Zombies einfach aus, ohne jemals einen einzigen Zivilisten zu treffen. Und er fragte sich, wie es wäre, wenn er Zugriff auf ihre Fähigkeit hätte.

Es war rasch passiert, als er Zugriff auf Hoodoo Mamas Fähigkeit bekam. Natürlich hatte er bis dahin nur die Fähigkeit eines anderen Asses genommen, und das war versehentlich geschehen.

Er war die Straße hinabgelaufen und gegen ein Mädchen im Teenageralter gestoßen. Er hatte instinktiv ihren Arm gepackt, um sich aufrecht zu halten. Der Ausdruck auf ihrem Gesicht, als seine Berührung ihr die Fähigkeit genommen hatte, war saukomisch. Er war so überrascht gewesen, dass sie überhaupt eine Fähigkeit besaß, dass er sie benutzt hatte, ohne nachzudenken, und sich über die Straße teleportiert hatte, wo er gegen eine Mauer prallte, als er sich materialisierte.

Als Dan erkannte, dass er sich beinahe *in* die Mauer teleportiert hätte, begann er zu zittern. Wenige Momente später, als der Adrenalinschub aus Angst verging, sah er sich nach dem Mädchen um. Aber sie war verschwunden. *Natürlich war sie verschwunden*, dachte er. *Was sollte sie sonst tun?*

Anders als die Fähigkeit des teleportierenden Mädchens hatte ihm Hoodoo Mamas Fähigkeit fast den Schädel weggesprengt. Aber er bekäme nur eine Chance, sie zu benutzen, bevor sie an Hoodoo Mama zurückfiel, und er hatte den Befehl, ein Chaos anzurichten. Was da draußen auf der Straße geschah, war megacool. Er hatte seinen Job gut gemacht.

Alle örtlichen Nachrichtensender filmten die Parade, aber dies war die Aufnahme, die er wollte. Eine hübsche, lange Einstellung der gesamten Szene. Er hatte dafür eine Videokamera mitgebracht, aber er wusste, dass auch viele Zivilisten Aufnahmen machen würden. Diese würden noch vor Ende des Tages auf YouTube zu sehen sein. Wichtig war, viele Videos der gesamten ausbrechenden Hölle zu haben. Und dasjenige, das alles in perfekten Einzelheiten zeigte, wäre das Sahnehäubchen auf dem Kuchen.

Es war für Dan unwichtig, warum seine Arbeitgeber das Chaos wollten. Für 5K und eine Stunde Arbeit war das ein Selbstläufer. Es hatte ihn nicht einmal gekümmert, woher sie von seiner Fähigkeit wussten. Sein Vater forderte inzwischen Miete, und Dan hatte keinen Job. Und er hatte nicht die Absicht, seinen Status als Meisterschütze auf seinem Server aufzugeben. Es war ein langer Weg für ihn gewesen, dorthin zu gelangen, und sein Team brauchte ihn. Ein Job würde dem einfach im Weg stehen.

Die Videokamera in der Tasche seiner ausgebeulten Jeans, stieg er die Feuerleiter hinunter und lief dann die Hintergasse hinab. Zwei Versprengte von der Parade eilten auf ihn zu. Als sie näher kamen, sah er, dass es Mädchen waren. Sie wollten rennen, aber so betrunken, wie sie waren, geriet das eher zu einem beschleunigten Torkeln.

»O mein Gott«, sagte eine von ihnen zu ihm. Sie trug etwas, was wie ein Pfund Perlen aussah. Langes dunkles Haar umrahmte ihr Gesicht, und er fragte sich, ob sie betrunken genug war, um ihn zu ficken. »Hast du gesehen, was da hinten passiert ist?«

Er zuckte die Achseln. »Sah aus wie ein Haufen betrunkener Arschlöcher. Wie bei jedem Mardi Gras.«

Sie starrten ihn verwirrt an. »Nein«, sagte die andere. Sie war nicht so hübsch wie ihre Begleiterin. *Es sind meistens eine unattraktive Schreckschraube und eine Hübsche*, dachte er. »Ich meine Bubbles. Sie war so unglaublich. Sie hat diese Zombies einfach vernichtet. Oh, Scheiße, ich habe etwas von einem Zombie an mir.« Sie wischte über ihre Bluse.

»Sah für mich so aus, als hätte sie ein ganz schönes Chaos angerichtet«, erwiderte Dan. Keines der Mädchen hatte ihn auch nur halbwegs interessiert angesehen, und das ärgerte ihn. Er war derjenige, der alles durcheinandergebracht hatte, nicht Bubbles. Diese Tussis waren betrunken und dumm. Er wollte an ihnen vorbeigehen, packte aber dann impulsiv diejenige mit dem dunklen Haar am Arm.

»Arschloch!«, kreischte sie und riss sich von ihm los. Aber er hatte sie nicht begrabschen, sondern nur prüfen wollen, ob sie eine Fähigkeit besaß. Aber da war nichts. Sie war eine leere Batterie. Das machte ihn traurig – und dieses Gefühl hasste er mehr als alles andere.

»Penner!«, fauchte die Hässlichere ihn an und wirkte, als wollte sie tatsächlich etwas unternehmen.

Aber dann hob er die Hand und benutzte die universelle Geste für eine Knarre. Er blickte an seinem Finger entlang zu den Mädchen.

»Peng«, sagte er.

Die Zombies waren jetzt nur noch Haufen toten Fleisches. Zombie-Glibber war überall hingespritzt, aber daran war nichts zu ändern. Du tötest Zombies, und das verursacht nun mal eine Sauerei, dachte Michelle.

Die Parade hatte angehalten, und einige aus der Menge, die auf die Wagen geklettert waren, um sich vor den Zombies in Sicherheit zu bringen, machten nun keinerlei Anstalten, wieder von dort hinabzusteigen. Die restliche Menge war auf die Straße geströmt und umringte die Paradewagen ebenfalls. Es herrschte vollkommener Stillstand. Menschen saßen weinend auf dem Boden. Einige von ihnen waren verletzt.

Adesina kroch unter dem Thron hervor, und Michelle hob sie hoch. »Bist du okay?«, fragte Michelle und küsste sie auf den Kopf. Adesina nickte. »Magst du dich auf den Thron setzen?«

»Ja«, erwiderte Adesina. »Aber da versuchen einige Männer heraufzukommen.« Michelle setzte Adesina auf dem Thron ab und fuhr dann herum. Zwei fremde Männer zogen sich gerade hoch.

»Jungs, andere Leute werden diesen Platz brauchen«, sagte sie und ließ eine Blase in ihrer Hand wachsen. Sie hatte während der Parade und dem Zombiekampf den größten

Teil ihres Fettes verloren, aber sie hatte noch genug, um mit zwei betrunkenen Mistkerlen fertigzuwerden.

»He, hier unten ist es wirklich voll«, beschwerte sich einer von ihnen.

Michelle zuckte die Achseln. »Das kümmert mich nicht«, sagte sie. »Hier herrscht im Moment keine Demokratie. Ich bin die Königin dieses Wagens, und ich verweigere euch den Zutritt.«

»Miststück.«

»Es heißt Königin Miststück, und hier ist ein Kind. Also achte auf deine Worte. Außerdem brauchen die Leute, die verletzt sind, den Platz hier oben nötiger als ihr.« Die Männer grummelten, ließen sich aber wieder hinabfallen und drängten sich durch die Menge. Die Polizisten versuchten, die Ordnung wiederherzustellen. Michelle rief ihnen etwas zu, und sie begannen die Verletzten auf ihren Paradewagen zu bringen. Einer von ihnen blieb und sichtete die Lage. Dann hörte Michelle Sirenen, und eine Woge der Erleichterung durchströmte sie. Explosionen auszulösen und Schaden zuzufügen waren die Dinge, bei denen sie glänzte. Aber die Nachwirkungen waren stets schwieriger und chaotischer, als ihr lieb war.

Nun, wo sich allmählich alles beruhigte, gelangte einer der Leute, die die Parade durchführten, zum Lautsprecher des Wagens vor ihrem und ermunterte die Leute, die Straße zu verlassen und zurück auf die Bürgersteige zu gehen. Ein paar Jungen im Teenageralter halfen der Polizei, die Absperrungen wieder aufzustellen.

Michelle nahm das Handy aus der Tasche ihres Kleides, während sie sich von den Verletzten entfernte. Michelle hasste Handtaschen, und weil ihre Kleidung speziell angefertigt wurde, ließ sie stets Taschen anbringen. Es war ihr ein Rätsel, warum Frauenkleidung nie Taschen hatte. Sie sah ihre Favoriten durch und drückte dann die Taste für Joeys Telefonnummer.

»Was zum Teufel ist los mit dir?«, zischte Michelle, als Joey abnahm. »Hast du eine Ahnung, was für ein verdammtes Chaos du hier heute angerichtet hast?«

Am anderen Ende der Leitung entstand ein langes Schweigen. Dann: »Wovon redest du?«

Ein zarter roter Vorhang des Zorns senkte sich auf Michelle. »Ich rede von den Zombies, die die Parade angegriffen haben«, flüsterte sie. »Die Menschen in der Menge getötet haben – und sie wollten auch Adesina und mich angreifen.«

»Du denkst wirklich, ich würde so etwas tun, Bubbles?« Joeys Stimme bebte. Sie klang schlimmer als zu dem Zeitpunkt, als sie im People's Paradise of Africa gewesen waren und Joey vierzig Grad Fieber hatte. Die Haare auf Michelles Armen richteten sich auf.

»Willst du damit sagen, es gibt noch einen anderen Wild Carder, der Tote wiederauferstehen lassen kann? Werde ich mit zweien von euch zu tun haben?« Der rote Schleier hob sich gerade lange genug, dass ein weiterer entsetzlicher Gedanke hindurchgelangte. Was, wenn das nur die erste Welle gewesen war? *Ehrlich*, dachte sie. *Ich habe bereits genug von den gottverdammten Zombies.*

Das Lachen, das durch die Leitung kam, klang hohl und freudlos. »Du bist für ein schlaues Mädchen verdammt töricht. Wir müssen offensichtlich reden. Wann kannst du zu mir kommen?«

»Ich stecke hier fest«, erwiderte Michelle. Sie sah sich zu den Verletzten auf dem Wagen und zu den Polizisten um, die die Menge zu zerstreuen versuchten. Überall auf den Bürgersteigen klebte Zombie-Masse, und Michelle hätte Joey wirklich am liebsten geohrfeigt. »Ich bin ziemlich beschäftigt.«

»Komm einfach so schnell wie möglich hierher.«

Die Verbindung wurde unterbrochen. Michelle starrte auf das leere Display.

»Gehen wir jetzt zu Tante Joey?«, fragte Adesina und zog an Michelles Kleid.
»Bald«, erwiderte Michelle und blickte über die ruinierte Parade hinweg. »Bald.«

Wenn Joey eines hasste, dann waren das neugierige Schwanzlutscher, die überall bei ihr herumschnüffelten. Nicht, dass Bubbles normalerweise eine neugierige Schwanzlutscherin war. Wenn sie bedachte, was laut ihr bei der Parade passiert war, konnte Joey sogar verstehen, dass sie verdammt sauer war. Nur musste sie nun erklären, was mit ihren Kindern vor sich ging.

Das Problem war, dass sie keine Ahnung hatte.

Im einen Moment war sie auf dem Rückweg von der Bäckerei die Straße hinauf – früh, weil Mardi Gras war und ansonsten Tonnen von Touristen-Arschlöchern da wären –, und das Nächste, was sie wusste, war, dass sie sich so fühlte, als wäre in ihrem Kopf gerade ein Licht ausgegangen. Normalerweise wusste sie, wo im Umkreis von Meilen die toten Körper lagen, und sie ließ oft Zombie-Käfer und -Vögel auf alles aufpassen. Und heute war es nicht anders gewesen – bis die Lichter ausgingen.

Sie war für ein paar Stunden »blind« gewesen, und dann kehrte ihre Fähigkeit ebenso abrupt zurück. Um die Wahrheit zu sagen, war sie außer sich, während ihre Fähigkeit fort war. Und sie hatte Angst gehabt. Richtige Angst. Sie konnte sich nicht erinnern, wann sie das letzte Mal so verängstigt gewesen war. *Doch, du kannst dich daran erinnern*, flüsterte eine Stimme in ihrem Hinterkopf. Aber Joey verdrängte diesen Gedanken unnachgiebig und schnell – oder versuchte es zumindest. *Was hat deine Mutter über das Lügen gesagt?*, beharrte die Stimme. *Nun, sie hat auch gelogen*, erinnerte sich Joey. Ihre Mutter hatte gelogen und Joey alleingelassen, und was danach geschehen war...

Dann war Bubbles auf ihrer Anruferkennung erschienen,

und Joey war erleichtert gewesen. Bubbles war der stärkste Mensch, den sie kannte. Bubbles würde sie beschützen.

Als Joey den Anruf jedoch annahm, begann Bubbles sie zu beschimpfen. Aber Joey wusste nicht, was geschehen war. Und wenn sie sich selbst gegenüber ehrlich war, hatte sie Angst. Was wäre, wenn sie ihre Fähigkeit verlor?

Sie war ohne ihre Kinder nicht sicher. Ohne sie war sie nur Joey Hebert, nicht Hoodoo Mama. Ohne Hoodoo Mama konnte niemand, nicht einmal Bubbles, sie beschützen.

Und wenn sie darüber nachdachte, was es bedeuten würde, nicht mehr Hoodoo Mama zu sein, begann sie zu zittern.

Es gab nicht viel, was Adesina nicht mochte. Sie mochte amerikanische Eiscreme, amerikanisches Fernsehen und amerikanische Betten. Seit Momma sie nach Amerika gebracht hatte, hatte Adesina eine Liste all der Dinge aufgestellt, die sie mochte.

Sie mochte Hello Kitty, den Zeichentricksender und Unterricht von einem Hauslehrer zu bekommen (obwohl sie es manchmal vermisste, mit anderen Kindern in der Schule zu sein). Sie mochte sogar den Anblick der Städte. Sie waren so groß und glänzend, und alle redeten so schnell und liefen umher, als wollten sie eilig zu einem wichtigen Ereignis gelangen. Selbst wenn es nur darum ging, zum Lebensmittelladen zu gehen.

Und sie mochte Mommas Freunde. Tante Joey (obwohl sie zusammen im PPA gewohnt hatten, schrie Momma Tante Joey immer noch wegen ihrer Wortwahl an), Tante Juliette, Drake (auch wenn er jetzt ein Gott war und sie ihn nicht mehr sahen) und Niobe. Manchmal wurden sie zu *American-Hero*-Ereignissen eingeladen, und sie durfte noch mehr Wild Carder kennenlernen. Aber Joker Town mochte sie am liebsten, weil sich dort nie jemand umwandte und sie anstarrte.

Und sie hatte es gemocht, mit Momma bei der Joker-Town-Halloween-Parade dabei zu sein, aber jetzt mochte sie diese Parade überhaupt nicht mehr. Tante Joeys Zombies hatten angegriffen, und Menschen waren verletzt worden. Also gingen sie zu Tante Joey, und Adesina wusste, dass ihre Momma wütend war. Sie hatte sich nicht in Mommas Geist einschalten müssen, um das zu wissen. Es war recht offensichtlich.

Einmal hatten sie und Momma sich über ihre Fähigkeit unterhalten, in Mommas Geist zu gehen. Momma hatte ihr das Versprechen abgenommen, es nicht mehr zu tun, aber es war schwer zu kontrollieren. Wenn sie einmal in den Geist eines Menschen eingedrungen war, wurde es leichter. Sie konnte nicht in den Geist der Nats eindringen – nur bei Menschen, deren Karte sich gewendet hatte. Das hatte sie entdeckt, als sie noch im PPA waren.

Und sie würde Momma nicht sagen, dass sie bereits in die Geister von mehr Menschen eingedrungen war, als Momma wusste. Manchmal geschah es einfach, wenn sie träumte, aber überwiegend passierte es, wenn sie jemanden mochte: Sie merkte plötzlich, dass sie in dessen Gedanken geschlüpft war.

Polizei und Krankenwagen kamen. Die Krankenwagen brachten die Verletzten weg, und die Polizei vertrieb die Menge, damit die Parade zur Lagerstätte zurückkehren konnte. Es erklang keine weitere Musik, es wurden keine weiteren Perlenketten und auch keine Blasen mehr geworfen.

Adesina wollte es nicht, aber sie fand sich jäh in Mommas Geist wieder. Momma war besorgt. Besorgt über Tante Joey und das, was sie ihr antun müsste, wenn Tante Joey ihre Zombies wirklich hatte angreifen lassen. Sie machte sich Sorgen um Adesina und darum, wie viel Gewalt sie miterlebte. Und sie sorgte sich um die Menschen, die bei der Parade verletzt worden waren.

Adesina wollte ihr sagen, dass Zombies nicht so schlimm waren, wie es war, in der Leichengrube zu sein. Und dass das nicht so schlimm war wie das, was ihr passiert war, nachdem sie mit dem Virus infiziert wurde und sich ihre Karte gewendet hatte. Auch wenn Adesinas Geist vor dieser Erinnerung flüchten wollte, stieg sie dennoch auf. Sie konnte nicht – würde nicht – vergessen, was geschehen war.

Die Ärzte hatten sie gepackt und mit braunen Lederriemen, die an manchen Stellen fast schwarz verfärbt waren, an den Tisch gebunden. Dann stachen sie eine Nadel mit dem Wild-Card-Virus in ihren Arm. Sie hatte fortgeschaut und zu den romantischen Märchenbildern geblickt, die sie an die nackten weißen Wände gehängt hatten. Aber die Mädchen auf den Bildern waren alle blass, überhaupt nicht wie Adesina.

Der Virus brannte, während er durch ihre Adern schoss. Sie wandte den Blick von den lächelnden Kindern auf den Bildern ab und starrte an die Decke. Dort sah sie rötlich braune Spritzflecken. Dann vereinnahmte sie greller Schmerz, und sie wurde von Krämpfen geschüttelt. Ihr Körper bäumte sich vom Tisch auf. Sie versuchte es zu unterdrücken, aber sie schrie und schrie und schrie. Und dann waren da Dunkelheit und Erleichterung, als sie sich verpuppt hatte.

Die Ärzte wollten keine Joker, sie wollten nur Asse, und daher warfen sie ihren Körper zu den anderen toten und sterbenden Kindern in die Grube. Aber sie lag nicht im Sterben. Sie verwandelte sich. Und während sie in ihrem Kokon geborgen war, merkte sie, dass sie in den Geist anderer Leute gleiten konnte, die mit dem Virus infiziert waren.

So hatte sie Momma gefunden. Sie beide trieben in einem Meer der Dunkelheit. Adesina war jedoch nicht mehr allein, jetzt wo sie Momma hatte.

Aber wenn sie irgendetwas über diese Zeit sagte, würde Momma wissen, dass sie in ihrem Geist war. Also ergriff sie

Momma, ließ sie sich auf den Thron setzen und rollte sich auf ihrem Schoß zusammen, bis die Parade endgültig vorüber war.

Kugeln flogen über die qualmende Landschaft, an den verkohlten und verbrannten Wracks von Panzern und Jeeps vorbei. Eine Granate explodierte neben Dan, und er erlitt erheblichen Schaden. Sein Lebensbalken blinkte rot, und er hatte kein Verbandszeug mehr.

»Mann, RocketPac, du solltest diese Schlampe mit dem Granatwerfer erledigen«, knurrte Dan in sein Mikro. Er hatte sich sofort eingeloggt, als er von der Parade nach Hause kam. »Du verdammte Schwuchtel.«

»Leck mich, CF«, erwiderte Rocket. Die Rückkoppelung kreischte in Dans Kopfhörer. »Hättest du mir das Unterstützungsfeuer gegeben, hätte ich nahe genug herangehen können, um einen Schuss abzugeben. Hau bloß ab, du Arschloch.«

»Schalt dein verdammtes Außenmikro aus, Mistkerl«, sagte Teninchrecord zu Rocket. »Und deine verdammten Lautsprecher, du großer Homo. CF, erzähl mir noch mal, warum zum Teufel wir diesen unfähigen Amateur ins Team gelassen haben.«

Dan wich zurück. Er hatte ein ausgebombtes Gebäude als Deckung gewählt, aber es war klar, dass es ihm nichts nützen würde. Und er musste Verbandszeug finden. Wenn sie es hier herausschafften, ohne zu verlieren, würde er diesen unfähigen POS aus dem Team werfen. Er konnte sich nicht vorstellen, dass dieses Team, von dem er nie gehört hatte, sie besiegte. Besonders da sie den absoluten Schwuchtel-Teamnamen trugen. Wir Wissen Was Jungs Wollen.

Ein Schatten zog vor dem Fernseher vorbei. Dan erschrak und ließ die Fernbedienung fallen. »Was zum Teufel...!«

»Mr. Turnbull, wir müssen reden«, sagte Mr. Jones, während er die Fernbedienung aufhob und sie Dan reichte. Er trug einen schnittigen dunkelgrauen Anzug, ein weißes Hemd und eine schwarze Krawatte. Niemand, den Dan kannte, trug jemals etwas Ähnliches. Dan war sich sicher, dass Jones nicht sein richtiger Name war, aber er konnte verstehen, wenn jemand nicht wollte, dass jeder wusste, wer er war. Und Dan wollte nicht mehr Informationen über Mr. Jones als nötig.

Er hatte Angst vor Mr. Jones, weil Mr. Jones aussah, als könnte er Dan das Genick brechen, ohne mit der Wimper zu zucken. Er erinnerte Dan an eine zusammengerollte Klapperschlange.

Dan riss seine Kopfhörer herunter und zog die Kopfhörerbuchse ruckartig aus dem Computer. »Das ist ein sprachgesteuertes Mikro«, fauchte er, aber seine Hände zitterten. »Ich will nicht, dass diese Vollidioten wissen, wer ich im wahren Leben bin. Und ich habe meinem Dad gesagt, dass niemand hier herunterkommen soll, wenn das Schild leuchtet.«

Mr. Jones zuckte die Achseln. »Ihr Vater ist nicht zu Hause, und Ihr kleines Spiel kümmert mich nicht«, sagte er.

»Ich habe das getan, worum Sie mich gebeten haben«, sagte Dan abwehrender, als er wollte. »Ich habe das Video hier auf dem USB-Stick.« Er erhob sich und suchte in seiner Tasche herum, bis er den verstaubten Stick fand.

Mr. Jones nahm ihn Dan aus der Hand und blies den Staub angewidert weg. »Ich bezweifle, dass wir ihn brauchen werden«, sagte Mr. Jones und steckte den Stick in die Brusttasche seines Anzugs. »Es wurden bereits mehr als fünfzig YouTube-Videos eingestellt. Und jede Minute werden weitere hochgeladen. Und die Lokalnachrichten unterbrachen ihr Programm, um darüber zu berichten. Bei CNN und Fox laufen Sondermeldungs-Ticker, und wir wissen, dass sie sich ihre eigene Meinung darüber bilden. Sie haben das gut gemacht.«

Dan wusste nicht, was er sagen sollte. Er fühlte sich geschmeichelt, war aber auch verängstigt. »Äh, danke«, erwiderte er und steckte die Hände in die Taschen. Er sah aus den Augenwinkeln, dass sein CntrlFreak-Avatar abgestürzt war. *Mist.*

»Wir brauchen Sie vielleicht noch für eine andere Aufgabe«, sagte Mr. Jones. Er hielt Dan einen dicken Manila-Umschlag hin. »Die Bezahlung. Und ein kleiner Bonus.«

Ein Kribbeln schlich Dans Rückgrat hinauf, als er den Umschlag nahm. Er dachte daran, Mr. Jones' Finger zu berühren, um zu sehen, ob er ein Ass war, aber es kam ihm zum ersten Mal in den Sinn, dass er überfordert sein könnte.

»Sicher, Mann, was auch immer«, sagte er. »Aber zu mir nach Hause zu kommen – äh, könnten wir uns vielleicht woanders treffen?«

Mr. Jones' Lächeln wirkte auf seiner dunklen Haut erschreckend blass. »Sieht so aus, als hätte Ihr Team verloren«, sagte er und deutete mit dem Kopf auf den Bildschirm. »Kampf beendet«, flackerte dort auf. »Ich finde selbst hinaus.«

Dan atmete lang und zitternd ein, als er hörte, wie die Eingangstür geschlossen wurde. Dann öffnete er den Umschlag und begann zu zählen.

Das Taxi hielt vor Joeys Haus. Michelle bezahlte den Fahrer, und sie und Adesina stiegen aus. Das viktorianische Haus war heruntergekommen, mit abblätternder Farbe und einem überwucherten, von einem schmiedeeisernen Zaun umgebenen Garten. Tote Vögel nisteten in den Bäumen und kauerten auf den Versorgungsleitungen. Sie alle neigten den Kopf gleichzeitig nach links.

»Nimm sie herunter, Joey«, sagte Michelle, während sie das Tor öffnete. Es quietschte klagend. *Hat sie noch nie von WD-40 gehört? Sogar ich weiß davon.* »Heb sie für die Touristen auf.«

»Kräh«, sagte einer der Vögel.

»Idiot«, murrte Michelle.

Ein relativ neuer weiblicher Zombie antwortete auf ihr Klingeln. Sie trug ein fröhliches Kleid mit Blumendruck und war weniger schmutzig als die meisten von Joeys Leichen. *Tote machen sich nicht zurecht,* dachte Michelle. *Sie sind so widerlich.*

»Folgen Sie mir«, sagte der weibliche Zombie. Aber es war Joeys Stimme, die Michelle hörte. Alle Zombies hatten Joeys Stimme, und das war okay, wenn der Zombie eine Frau war. Aber es war völlig gruselig, wenn sie von einem sechs Fuß großen früheren Linebacker kam, wie es manchmal geschah.

»Verdammt noch mal, Joey«, sagte Michelle. »Ich kenne jeden Zentimeter dieses Hauses. Bist du im Wohnzimmer?«

Der Zombie nickte, und Michelle drängte an ihm vorbei. Adesina flog auf Michelles Schulter. »Momma, sei nicht zu wütend«, flüsterte sie.

»Ich bin gerade im richtigen Maß wütend«, erwiderte Michelle. Dann seufzte sie, hielt inne und versuchte, ihre Stimmung unter Kontrolle zu bringen. Adesina hatte recht. Joey reagierte bei zornigen Konfrontationen nie gut. Zorn war Joeys Handwerkszeug.

Das Wohnzimmer war fast leer. Es gab zerschlissene Vorhänge an den Fenstern und ein durchgesessenes Sofa an einer Wand. Neu war in dem Raum ein großer Flachbildfernseher. Gegenüber davon stand Joeys Hoodoo-Mama-Thron, auf dem Joey kauerte. Sie hatte eine schlanke Figur und trug ein ausgebeultes Joker-Plague-T-Shirt und eine hautenge Jeans. Ein Streifen Rot war in ihrem braunen Haar zu sehen, und ihre Haut war wunderschön karamellfarben. Ein Zombiehund lag zu ihren Füßen, und zwei große männliche Zombies flankierten ihren Thron.

Michelle und Adesina ließen sich auf das Sofa fallen. Joey runzelte die Stirn, aber Michelle ignorierte es. »Du willst also erklären, was passiert ist?«

Die Zombies grollten, und Joey sagte: »Ich hatte rein gar nichts damit zu tun.« Ihre Hände umklammerten die Lehnen ihres Throns, und ihre Knöchel wurden weiß. »Ich kann nicht glauben, dass du denkst, ich würde so etwas tun.«

»Willst du damit sagen, es gibt noch jemanden, dessen Karte sich gewendet hat, der in New Orleans lebt und der die Toten genauso wiedererwecken kann wie du?« Michelle gewährte Joey ihren allerbesten »Ehrlich, was zum Teufel«-Blick. »Das sind eine Menge Zufälle, Joey.«

»Nein, es gibt keine verdammte neue Wild Card, die Zombies kontrollieren kann«, sagte Joey und beugte sich auf ihrem Thron vor. »Es gibt jemanden, der verflucht gut Fähigkeiten rauben kann.«

»Jesus, Joey, deine Wortwahl.« Michelle schaute zu Adesina, aber sie wurde vollkommen von einem Spiel auf dem iPad vereinnahmt.

»Ach, leck mich, Bubbles«, sagte Joey. »Adesina hat das und mehr längst gehört. Oder, Mäuschen?«

Adesina schaute auf und zuckte die Achseln. »Ja. Du fluchst. Viel. Aber ich werde das nicht tun.«

Joey wirkte einen Moment verletzt. »Michelle, gibst du meinem Mädchen da verrückte Ideen ein?«

»Nein, nur normale.«

»Das ist bei einem Joker verdammt vergebliche Mühe.«

Michelle sah Joey finster an. »Zurück zu deiner mysteriösen Wild Card«, sagte sie. »Was lässt dich glauben, dass deine Fähigkeiten geraubt wurden? Vielleicht hast du einfach die Kontrolle verloren.«

Die beiden großen männlichen Zombies kamen durch den Raum auf Michelle zu. Sie fertigte sie mit ein paar kleinen, explosiven Blasen an den Kopf ab. Das verbrauchte zwar ihre letzten Fettreserven, aber sie würde Joeys aggressiven Zombie-Mist nicht mehr dulden.

»Miststück! Gottverdammt, Bubbles, sieh dir dieses verfickte Chaos an! Jesus!« Der weibliche Zombie kam herein und begann, die Überreste aufzuräumen. »Es geht mir verdammt gut«, fuhr Joey fort. »Was passiert ist, war nicht mein verdammter Fehler. Ich ging raus, um in der Bäckerei etwas Gebäck zu besorgen. Auf dem Heimweg stieß ich mit jemandem zusammen, und dann *peng*, schwanden meine Fähigkeiten einfach, und ich konnte keines meiner Kinder mehr sehen.«

Sie verstummte und wirkte so traurig und verstört, dass Michelle ihr glaubte. Michelle wusste, dass Joeys Karte gewendet wurde, weil sie vergewaltigt worden war. Aber sie kannte keine Einzelheiten und wollte sie auch nicht wirklich wissen. Sie stellte sich vor, dass sich Joey jetzt ebenso hilflos fühlen musste wie damals.

»Erinnerst du dich an irgendetwas Bestimmtes, wie deine Fähigkeiten gestohlen wurden?«, fragte Michelle. Eine Wild Card, die Fähigkeiten rauben konnte, war eine erschreckende Vorstellung. Sie mussten herausfinden, wer es war. Aber noch wichtiger war, Joey davor zu beschützen, dass ihre Fähigkeiten erneut gestohlen würden. Joey war emotional noch nie besonders stabil gewesen – Michelle erinnerte sich daran, dass viele der Wild Carder, die sie kannte, einen permanenten Wohnsitz in Crazytown vermieden –, aber jetzt Joeys Reaktion zu sehen beunruhigte Michelle. Was auch immer der Diebstahl ihrer Fähigkeiten in Joey ausgelöst hatte, war schlimm. Und Michelle hielt es allmählich für wichtiger, Joey dabei zu helfen, damit umzugehen, als denjenigen zu erwischen, der ihr ihre Fähigkeiten entrissen hatte.

Joey schüttelte den Kopf. »Verdammt, ich habe es versucht. Aber ich erinnere mich nur daran, dass ich angerempelt wurde, dann ... nichts.«

Adesina zog an Michelles Arm. »Momma, schau«, sagte sie und deutete auf den Fernseher.

Dort war eine Totale der Bacchus-Parade während des Angriffs der Zombies zu sehen. Das Bild zoomte Michelle heran, als sie begann, Zombies zu töten. Joey schaltete den Fernseher lauter.

»... Angriff auf die heutige Bacchus-Parade. Michelle

Pond, die Unglaubliche Bubbles, war auf ihrem Wagen das offensichtliche Ziel des Zombie-Angriffs. Furchtbar war, dass Miss Pond ihre siebenjährige Tochter bei sich hatte. Obwohl Miss Pond den Angriff aufhalten konnte, ist es beunruhigend, dass ihre Tochter bei einem Ereignis dabei war, bei dem sie solchen Anblicken ausgesetzt war – wo Frauen für Perlenketten ihre nackten Brüste zeigten. Dies ist nicht das erste Mal, dass eine öffentliche Veranstaltung, bei der Miss Pond mitwirkte, gewalttätig wurde. Da fragt man sich, wo ihre Prioritäten liegen.«

Michelle sprang vom Sofa auf. »Was zum Teufel!«, schrie sie.

»Achte auf deine Worte«, sagte Joey.

Adesina war besorgt. Momma sah sich auf ihrem Laptop die Videos der Parade an. Tante Joey hatte den Fernseher nach dem Nachrichtenbericht ausgeschaltet, aber Momma hatte ihren Laptop aus ihrer Tasche genommen und angefangen, nach weiteren Online-Berichten zu suchen.

Sie hatte viele gefunden. Und obwohl sich Adesina bemühte, es nicht zu tun, glitt sie unwillkürlich in Mommas Geist. Und was sie dort sah, war Angst – Angst, Zorn und Sorge.

Also glitt sie wieder hinaus und begann, auf ihrem iPad erneut Ocelot Nine zu spielen. Organza Sweetie Ocelot aus den Fängen der Cherry Witch zu befreien war leichter, als die Mechanismen der Erwachsenenwelt zu verstehen.

Michelles Handy klingelte. Es hatte schon seit dem Angriff auf die Parade geklingelt. Aber sie hatte die Anrufe ignoriert – sie wusste bereits, dass alles verkorkst war. Der alte Spruch »Es gibt keine schlechte Publicity« war, ihrer Erfahrung nach, kompletter Unsinn.

Aber sie hatte nicht erkannt, wie schlimm es war, bis sie den Nachrichtenbericht in Joeys Haus sah. Und dann war sie auf die Internetseite von YouTube gegangen und hatte all die Amateurvideos gesehen.

Das machte sie krank. *Natürlich werden überall Videos sein, Dummkopf. Es war Mardi Gras. Himmel, so liegen die Dinge nun einmal. Keinen Moment unbeobachtet.*

Und da war noch immer das Thema, wie Joey ihre Fähigkeiten verloren hatte. Genauer gesagt, ließ Joeys Reaktion auf den Verlust Michelles Geist keine Ruhe. Sie konnte Joey in diesem Zustand nicht allein lassen. Michelle beschloss, dass sie und Adesina heute Nacht bei ihr bleiben und versuchen würden herauszufinden, was geschehen war. Sosehr sie es hasste, auch nur darüber nachzudenken, Michelle glaubte, dass sie Adesina eventuell um Hilfe bitten musste. Aber, Gott, das wollte sie nicht. Sie wollte ihr Baby nicht in Joeys Geist schicken. Es gab Dinge, die Adesina in ihrem Alter nicht sehen sollte – oder in jedem anderen Alter, soweit es Michelle betraf.

Da Michelle beschlossen hatte, Joey nicht einmal eine Stunde allein zu lassen, ließen sie drei sich zu Michelles Hotel zurückbringen. Sowohl Joey als auch Adesina hatten Hunger, so dass Michelle sie im Café des Hotels zurückließ, während sie ins Zimmer hinaufging, um eine Tasche zu packen.

Sie zog ihr Kleid aus und warf es aufs Bett. Dann zog sie eine schlabberige Hose mit Kordelzug und ein T-Shirt an. Sie musste dicker werden – sich von Joeys Dach zu stürzen hatte nicht viel gebracht –, und ihre Kleidung musste mit einer Vielzahl von Größen zurechtkommen.

Während sie eine Übernachtungstasche packte, klingelte erneut ihr Handy. Sie nahm es vom Bett und schaute auf die Nummer. Sie wirkte vertraut, so dass sie den Anruf mit den Worten annahm: »Michelle hier.« Sie warf Unterwäsche, ausgebeulte Hosen und T-Shirts für sich in die Tasche und legte dann noch Adesinas Lieblingskleid und Nachthemd dazu.

Am anderen Ende der Leitung entstand eine Pause. »Hey,

Michelle. Ich bin's.« Michelles Magen rebellierte einen Moment. Es war Juliette. Sie hatten nicht mehr oft miteinander gesprochen, seit Juliette den PPA verlassen hatte. Und wenn sie miteinander gesprochen hatten, waren es schwierige Gespräche. Mit Joey zu schlafen hatte Michelles Beziehung zu Juliette zerstört. Und gleichgültig wie sehr sie es auch versuchte, Michelle wusste, dass einige Fehler niemals vergeben werden konnten. »Ich habe online einen Teil der Bilder von der Parade gesehen«, sagte Juliette.

Michelles Hände begannen zu zittern. *Mist, Mist, Mist,* dachte sie. *Dies ist nicht der richtige Zeitpunkt, um emotional zu werden.*

»Ja, es, äh, war heftig.«

»War es wirklich Joey?«

Michelle ging ins Bad und begann, ihren Kulturbeutel zu packen. »Sie sagt nein, und ich glaube ihr«, antwortete Michelle. »Das ist einfach nicht ihr Stil. Sie sagt, jemand hätte ihre Fähigkeiten geraubt, und direkt nach dem Angriff kamen sie zurück.«

Eine weitere lange Pause entstand. »Also siehst du sie, während du dort bist?«

Mist, dachte Michelle erneut, während sie ihren Kulturbeutel packte. Dann entließ sie einen Strom weicher Blasen in die Badewanne. Zwei federten heraus und rollten auf dem Badezimmerboden herum. Michelle trat dagegen, und sie prallten von der Wand ab. Eine traf sie hart am Oberschenkel.

»Ja, ich habe sie besucht«, erwiderte Michelle und rieb sich automatisch das Bein. *Blöde Blasen.* »Hallo? Zombie-Angriff. Wen werde ich wohl sonst besuchen?« Sie trat zum Spiegel und blickte hinein. *Törichtes Mädchen.* »Wir ficken nicht, wenn du das wissen willst. Und wir haben es seit dem einen Mal auch nicht mehr getan. Und du hast mit mir Schluss gemacht, so dass ich mir ziemlich sicher bin, dass ich sehen kann, wen ich will. Und es tut mir wirklich leid.«

Mist.
»Bist du fertig?«, fragte Juliette.
»Ja«, sagte Michelle kleinlaut.
»Ich bin froh, dass du sie besucht hast. Die Sache ist für euch beide ein PR-Desaster.«
Das verblüffte Michelle. »Ich dachte, nun, ich meine...«
»Schau, Michelle, hier geht es nicht um dich, Joey und mich. Hier geht es um Adesina. Du bist ihr eine gute Mutter. Und ich hasse den Gedanken wirklich, dass jemand ein politisches Spiel spielt, das sich auf Adesinas Leben auswirken wird.«
Michelle rutschte an der Badezimmerwand herab und setzte sich auf den Boden. Die Fliesen fühlten sich an ihrem Gesäß kalt an.
»Ich bin mir nicht sicher, was du meinst. Warum sollte sich dies auf Adesina auswirken?«
Ein genervtes Seufzen, nicht anders als das, welches Adesina manchmal ausstieß, entschlüpfte Juliette. »Wie kannst du immer noch so naiv sein? Du hast zu starke Fähigkeiten und bist zu verdammt bekannt. An den Fähigkeiten können sie nicht viel ändern, aber sie werden die Zuneigung, welche die Menschen für dich empfinden, nur allzu gerne zunichtemachen. Sie müssen dich ausgrenzen.«
Michelle öffnete ihre linke Handfläche und schuf eine kleine Blase. Sie ließ sie los, und sie schwebte im Badezimmer umher. »Nun, wer würde das tun? Und warum Joey benutzen?«
»Oh, das könnten viele Leute sein: die NSA, die CIA und das PPA, um nur einige zu nennen. Auch das Komitee könnte involviert sein, obwohl das weniger wahrscheinlich ist. Es könnte sogar eine völlig neue Gruppierung mit ihrer eigenen Geschäftsordnung sein. Es ist schwierig, dich direkt anzugehen, aber es durch Menschen zu tun, die du liebst...«
»Ich liebe Joey nicht«, erklärte Michelle nachdrücklich.

Was sie sagen wollte, war: »Ich liebe dich. Bitte komm zurück.« Stattdessen sagte sie: »Ich war fast ein Jahr lang von der Bildfläche verschwunden. Das ergibt keinen Sinn.« Michelle rieb sich mit dem Mittelfinger die Stelle zwischen ihren Augenbrauen.

»Aber jetzt bist du zurück und nimmst bereits an Paraden teil, was die Leute daran erinnert, wie du New Orleans gerettet hast. Ganz zu schweigen davon, dass du Adesina adoptiert hast, die ungefähr der hinreißendste Joker auf der Welt ist.«

Michelle lächelte. »Ja, sie ist absolut hinreißend, oder? Ich denke, dass sie auch ein cremig-schokoladiges Inneres hat.«

Juliette lachte, und Michelle dachte, es würde ihr das Herz brechen. »Ich werde dir per E-Mail einen Link zu etwas schicken«, sagte Juliette. »Es geht darum, was auf dem Spiel steht und wie weit sie bereit sind, dich auszugrenzen.«

Wird dieser Mist niemals aufhören?, dachte Michelle. *Ich versuche einfach zu leben.* »Danke für die Hilfe, Juliette. Und... es tut mir leid. Ich weiß, das genügt nicht, aber es tut mir wirklich leid.«

Eine weitere lange Pause entstand. »Ja, ich weiß«, sagte Juliette. Dann war die Leitung tot.

Großartig, dachte Michelle und rieb ihre Tränen weg. *Einfach großartig. Du wirst ihr die Sache mit Joey niemals klarmachen können, also hör auf, es zu versuchen. Du hast Glück, dass sie überhaupt angerufen hat.*

Aber Michelle wusste auch, dass Juliette nicht ihretwegen angerufen hatte. Sie stand auf, ließ kaltes Wasser über einen Waschlappen laufen und drückte ihn ein paar Minuten auf ihr Gesicht. Das Letzte, was sie brauchte, war, dass Adesina sah, dass sie geweint hatte. Ihre Tochter sah bereits zu viel.

Obwohl ihre Fähigkeiten zurück waren, empfand Joey immer noch Dankbarkeit dafür, dass Michelle die Nacht über bei ihr blieb. Sie hatte natürlich ihre Kinder. Aber nun war da die nagende Angst, dass jeden Moment wieder jemand ihre Fähigkeiten rauben könnte.

Adesina saß auf dem Sofa und spielte dieses alberne Spiel. *Was zum Teufel waren überhaupt Ocelots?*, dachte Joey, während sie sich neben sie setzte. »Du magst dieses Spiel also wirklich?«, fragte Joey. Sie war kein Fan von Videospielen, obwohl sie hin und wieder auch welche gespielt hatte.

Adesina nickte. »Die Ocelots sind wirklich niedlich, und Organza Sweetie Ocelot ist verblüffend. Sie hat diese coolen Fähigkeiten und verfolgt die Cherry Witch, die allen Ocelots Nahrung und Land wegnehmen will...«

Joey hörte Adesina nicht mehr zu. Das tat sie gelegentlich: Sie hörte einfach auf zuzuhören und ließ sich in ihre Kinder gleiten. Da waren tote Hunde und Katzen. Tote Menschen. Tote Insekten. Sie bewegte sich in ihnen allen, sah durch ihre toten Augen. Ihre Kinder waren der Grund, warum sie sicher war. Niemand konnte den Toten entkommen. Sie waren überall in der Nähe.

Aber es war entsetzlich gewesen, ein paar Stunden lang ihre Fähigkeiten zu verlieren. Sie versuchte, die Erinnerung an den Kontrollverlust zu verdrängen – aber dadurch kam eine andere, düsterere Erinnerung an die Oberfläche. Galle stieg in ihrer Kehle hoch, und Schweiß brach auf ihrem Rücken aus. Nein, sie würde nicht zulassen, dass es zurückkam. Sie war Hoodoo Mama. Sie hatte dieses Arschloch bereits getötet. Das war vorbei und erledigt – er konnte sie nicht mehr anrühren.

»Tante Joey! Tante Joey!«

Joey öffnete die Augen. Es dauerte einen Moment, bis sie aus der Erinnerung zurückkehrte. Adesina saß auf ihrem Schoß, und ihre Vorderfüße lagen an Joeys Gesicht. Tränen strömten Adesinas Wangen hinab. »Tante Joey, bitte hör auf!«, rief sie.

»Was zum Teufel...?«, sagte Joey. »Was tust du, Mäuschen?«

»Du hast nicht mehr geantwortet«, erwiderte Adesina. Sie glitt von Joeys Schoß und wischte sich mit ihren Füßen die Tränen und die laufende Nase ab, so wie sich vielleicht eine Gottesanbeterin putzte.

Joey erhob sich. »Ich hole dir ein Kleenex«, sagte sie und lief ins Badezimmer. Sie nahm die Packung hinten aus der Kommode, eilte ins Wohnzimmer zurück und sah Michelle von der anderen Seite her eilig den Raum betreten.

»Was zum Teufel geht hier vor?«, fragte Michelle. »Ich konnte Adesina von oben weinen hören.

Was, zur ewig verdammten Hölle, dachte Joey. *Verliere ich es wirklich? Verdammt!*

Michelle tröstete Adesina. Joey streckte unbeholfen die Kleenex-Packung aus. Michelle gewährte Joey nur einen vernichtenden Blick, während sie Taschentücher hervorzog und Adesinas Gesicht abtupfte.

»Willst du mir erzählen, was geschehen ist?«, fragte Michelle Adesina.

Aber Adesina wollte nicht antworten. Sie rollte sich nur auf Michelles Schoß zusammen und schloss die Augen.

Als Michelle aufblickte, wünschte sich Joey, sie wäre nicht das Ziel dieses Blickes – und sie trat wider Willen einen Schritt zurück. *Was ist passiert?*, formulierte Michelle lautlos. Joey zuckte die Achseln und schüttelte den Kopf. Und dann wurde Joey zornig. Michelle *wusste*, dass sie niemals etwas täte, was Adesina verletzen könnte.

»Adesina«, sagte Michelle sanft. »Sieh mich an.«

Adesina lag einen Moment nur da, öffnete dann aber langsam die Augen. Auf Michelles Gesicht lag ein strenger Ausdruck, und auf Joey wirkte er böse.

»Adesina«, fuhr Michelle fort. »Bist du unerlaubt in Tante Joeys Geist gegangen?«

»Von was zum Teufel redest du, Bubbles?«, fragte Joey. Es gab zu viele Dinge, von denen niemand wissen und die das Mäuschen noch viel weniger sehen sollte.

»Adesina kann in den Geist der Menschen gehen, die den Virus haben«, sagte Michelle. »Und ich weiß, dass sie schon früher in deinem Geist war. Adesina, ich habe dir etwas dazu gesagt, das zu tun, oder?«

Adesina nickte, und eine Träne lief ihre Wange hinab. »Es tut mir leid, Momma«, sagte sie mit zitternder Stimme.

»Es gibt Erwachsenendinge, die du nicht sehen solltest. Außerdem ist es ein Eindringen in die Privatsphäre eines anderen Menschen. Du möchtest ja auch nicht, dass ich ohne zu fragen dein Zimmer betrete.«

Daraufhin brach Adesina in Tränen aus.

Michelle umarmte sie. »Ist schon gut, du musst nur einfach vorsichtiger sein, Liebes.« Sie sah zu Joey hoch. »Ich denke, ich bringe Adesina ins Bett. Es war ein langer Tag.«

»Ja«, sagte Joey. »Ja, das war es wirklich.«

Nachdem Michelle Adesina ins Bett gebracht hatte, ging sie wieder nach unten, um mit Joey zu reden. Sie fand sie in der Küche, wo sie gerade Bierflaschen aus dem Kühlschrank nahm.

»Willst du mir erzählen, warum zum Teufel du nie erwähnt hast, dass Adesina in meinen verfluchten Geist gehen kann?«, forderte Joey zu wissen und reichte Michelle ein Bier.

Michelle öffnete die Flasche, schnippte den Kronkorken in den Mülleimer und nahm dann einen langen Schluck. »Sie weiß, dass sie das nicht tun soll. Und das eine Mal zuvor, als sie in deinen Geist gelangte, regte sie das so sehr auf, dass sie mir schwor, es nie wieder zu tun.« Was Michelle Joey damit sagen wollte, war, dass der Besuch in ihrem Geist Adesina sehr krank gemacht hatte. Dass der Mist, den Joey mit sich herumtrug, Gift für Adesina und höchstwahrscheinlich auch für Joey war. Aber Michelle wusste, dass es keinen Sinn hatte, Joey etwas darüber zu sagen.

Ein weiterer langer Schluck von ihrem Bier ließ Michelles

Kopf ein wenig schwimmen. Abgesehen von dem Sprung von Joeys Dach, bevor sie zum Hotel zurückgingen, hatte Michelle nichts unternommen, um wieder zuzunehmen, auch wenn sie es gewollt hatte. Sie war jetzt dünner, noch dünner als ein Model. Das bedeutete, dass sie sich weitaus schneller aufregte. Und das fühlte sich im Moment überhaupt nicht schlecht an.

»Hat sie dir gesagt, was sie gesehen hat?«, fragte Joey.

Michelle schüttelte den Kopf. »Ich habe ihr nicht wirklich viele Fragen darüber gestellt. Sie ist erst sieben. Aber ehrlich, wie viel von dem, was in deinem Kopf ist, muss sie sehen?« Es waren grausame Worte, aber das kümmerte Michelle nicht allzu sehr. Nein, das stimmte nicht. Sie war nur erschöpft.

»Ich möchte nicht, dass das Mäuschen... Dinge sieht.« Joey trank ihr Bier in einem Zug aus, knallte die leere Flasche auf die Arbeitsplatte, trat dann zu einem der Schränke und nahm eine Flasche Jack Daniel's heraus. »Das ist die verdammt beste Möglichkeit, die mir einfällt, um vergessen zu können. Willst du einen Schluck?«

Michelle schüttelte den Kopf und trank dann den Rest ihres Biers. Goldene Wärme umhüllte sie. Ihre Lippen wurden ein wenig taub. »Das wird uns nicht helfen herauszufinden, was mit dir passiert ist. Ich hatte tatsächlich daran gedacht, Adesina in deinen Geist schlüpfen zu lassen, um es herauszufinden. Aber das ist offensichtlich eine grausame Idee.« Michelle nahm noch ein Bier aus dem Kühlschrank. *Scheiß drauf*, dachte sie. *Dann werde ich eben betrunken. Mein Leben geht rasant den Bach runter.* »Oh, und ich habe mit Juliette gesprochen, als wir im Hotel waren. Und dann hat sie mir ein paar Links geschickt. Die neue Nachricht da draußen ist, dass ich eine schreckliche Mutter bin, die das Leben ihres Kindes routinemäßig gefährdet.«

Dan steckte schmutzige Wäsche in die Waschmaschine und kippte dann Waschmittel darauf. Wäre seine Mutter nicht gegangen, wäre das Haus sauber, der Kühlschrank gefüllt, Essen stünde auf dem Tisch, und er hätte saubere Kleidung, wenn er sie brauchte. Stattdessen trug er in irgendeiner schäbigen Jeans keine Unterwäsche (und er hasste diesen Mist), und sein T-Shirt stank dermaßen, dass es ihn anwiderte.

Aber der Tag würde kein vollständiger Verlust sein. Er und Teninchrecord hatten RocketPac aus dem Team gekickt, und sie würden in einer Stunde Ersatzleute interviewen. Er wusste, dass sie jemanden Gutes brauchten, und die Spreu vom Weizen zu trennen würde umwerfend komisch sein. Nachdem er die Waschmaschine eingeschaltet hatte, eilte er in den Keller zurück. Er hatte sein altes Sofa durch einen abgenutzten Gaming Chair ersetzt, wozu er einen Teil des Geldes benutzt hatte, das er für das Rauben von Hoodoo Mamas Fähigkeiten bekommen hatte. Der Sessel hatte eingebaute Lautsprecher und ein ergonomisches Design in schwarzem Leder, das seinen Hintern perfekt umschloss. Sein Dad war bei der Arbeit, und Dan freute sich darauf, sich für eine hübsche, lange Spiel-Session darin niederzulassen.

Nur dass er, als er unten an der Treppe ankam, sah, dass Mr. Jones bereits in seinem Sessel saß. *Hurensohn*, dachte Dan. »Die meisten Leute würden zunächst einmal an der Haustür klopfen.«

Mr. Jones lächelte, und das gefiel Dan überhaupt nicht. »Dan, Sie erinnern sich vielleicht daran, dass ich Ihnen sagte, dass wir Sie möglicherweise irgendwann wieder brauchen würden. Anscheinend brauchen wir Sie früher, als wir erwartet hatten.«

Dan dachte einen Moment darüber nach, dieses Mal mehr Geld zu verlangen. Aber Mr. Jones' hartnäckiges Lächeln machte ihn misstrauisch. »Wonach suchen Sie? Nach mehr von demselben? Es passiert jede Menge rund um den Mardi Gras.«

Mr. Jones hatte Dans Fernbedienung in der Hand. Er drückte auf die Start-Taste, und Dan wünschte sich, er könnte ihn einfach umbringen. Die Passwort-Seite erschien, und Mr. Jones gab Dans Passwort ein.

»Was zum Teufel...?«, murrte Dan.

»Glauben Sie im Ernst, wir wüssten nicht alles, was es über Sie zu wissen gibt, Dan? Ihr Passwort ist ein Klacks. Der Aufenthaltsort Ihrer Mutter? Das war auch einfach. Tatsächlich sind Sie, Dan, mit Ausnahme Ihrer Fähigkeit, einfach nicht so kompliziert.«

Mr. Jones prüfte Dans CntrlFreak-Avatar auf Herz und Nieren. Und er verteilte jede Menge Arschtritte. Dan fühlte sich elend.

»Warum soll ich nicht einfach Bubbles' Fähigkeit rauben und sie dann töten?«, fragte Dan.

»Weil wir sie in der Zukunft vielleicht noch brauchen«, erwiderte Mr. Jones. »In Ihrem Szenario könnten Sie ihre Fähigkeit ein Mal benutzen – und wenn sie dann tot wäre, wäre die Fähigkeit vergangen, und Sie könnten sie nicht erneut rauben. Eine einzigartige Ressource wäre verloren.«

Mr. Jones führte mit CntrlFreak einen perfekten Sprung aus und tötete dann mit einem einzigen Kopfschuss zwei Kämpfer. »Perfekt!«, blitzte auf dem Bildschirm auf.

»Nicht jeder ist so unkompliziert wie Sie, Dan«, fuhr Mr. Jones fort. »Nehmen Sie nur zum Beispiel die unglaubliche Miss Pond. Sie hat irrsinnig viele Fähigkeiten, und doch kümmert sie das wenig. Aber ihre Freunde, nun, sie sind ihr wichtig. Ich hätte Sie ihre Fähigkeit rauben lassen können, aber das wäre ihr unwichtig gewesen. Und wir wollen keine Menschen vernichten. Wir wollen sie nur manipulieren.«

Während Dan Mr. Jones beim Spielen beobachtete, wäre er am liebsten aus der Haut gefahren. Und es kümmerte ihn wirklich nicht im Geringsten, warum Mr. Jones all das tat, was er tat – oder warum er Dan bat, etwas zu tun. Solange er ihn nur bezahlte. Aber er wollte unbedingt, dass Mr. Jones die Fernbedienung aus der Hand gab, aus Dans neuem Sessel aufstand und ihm sagte, was zum Teufel er dieses Mal wollte. Der Rest war, soweit es Dan betraf, unwichtig.

»Aber ihre Freundin zu quälen«, sagte Mr. Jones glückselig lächelnd, »nun, das ist eine andere Geschichte. Das wird sie die Lektion lehren, die sie lernen soll. Dass niemand, den sie liebt, sicher ist. Dass sie sie nicht beschützen kann. Es gibt jetzt viele Menschen mit extremen Fähigkeiten auf der Welt, Dan. Sie werden nicht immer aus persönlichen Gefahrengründen kontrolliert. Es geht eher darum, ihnen die Grenzen ihrer Fähigkeiten zu erklären. Die Welt mag sich durch den Virus verändern, aber die Menschen, nun, die sind immer noch dieselben.«

Mr. Jones ließ CntrlFreak einen weiteren Sprung über mehrere Leichen ausführen, rollte sich dann in eine perfekte, kniende Position, die Waffe ausgestreckt, und gab einen einzigen tödlichen Schuss ab.

»Wir werden Sie morgen brauchen«, sagte Mr. Jones, während er eine weitere Kugel im Kopf des Avatars eines anderen Spielers versenkte. »Ich werde einen Van schicken, der Sie um sechs Uhr abholt.«

»Sieger!«, blitzte es auf dem Bildschirm auf. Mr. Jones erhob sich aus Dans Sessel und warf ihm die Fernbedienung zu. »Viel Spaß beim Spielen«, sagte er.

Michelle wachte benommen auf. Sie hatte nur zwei Bier getrunken, aber das hatte sie bei ihrem derzeitigen Gewicht wie ein Mack Truck getroffen. Tatsächlich war es nicht so schlimm. Sie war schon von mehreren Mack Trucks getroffen worden. Und ein Mal sogar von einem Bus. Es war frustrierend, dass im Moment kein großes Fahrzeug griffbereit war. Sie würde damit zurechtkommen müssen, dass Joeys Zombies eine Weile auf sie einschlugen, damit sie fett wurde.

Sie drehte sich um und sah Adesina mitten auf dem zusätzlichen Kissen eingerollt. Michelle lächelte. Sie streckte die Hand aus und berührte Adesinas neue Zöpfe. Sie hatten mit verschiedenen Frisuren experimentiert und versucht, eine Frisur zu finden, die Adesina gefiel. Aber Michelle hatte den Verdacht, dass Adesina es einfach genoss, wenn man ihr die Haare gestaltete.

»Hör auf, mit meinen Zöpfen zu spielen, Momma«, sagte Adesina.

Michelle zog sie an sich und sagte: »Aber sie sind so toll! Ich bin eifersüchtig!«

Adesina kicherte und öffnete die Augen. »Wir könnten dein Haar auch flechten. Es ist lang genug.«

»Ja, aber es würde am nächsten Tag schrecklich aussehen, und deines sieht erstaunlich aus. Lass uns hinuntergehen und nachsehen, ob Tante Joey zum Frühstück noch etwas anderes als Bier im Kühlschrank hat.«

Aber als sie nach unten kamen, war Joey fort. Es waren keine Zombies im Wohnzimmer und keine in der Küche. Und als Michelle nach draußen ging, war auch keine einzige tote Taube in Sicht.

Verdammt, dachte Michelle, während sie das Tor öffnete, den Hof verließ und die Straße hinab- und hinaufblickte. *Ich habe ihr gesagt, sie soll nicht allein fortgehen. Und jetzt muss ich etwas tun, was ich wirklich nicht tun will. Ich werde ihr einen Arschtritt versetzen, wenn wir sie finden.*

»Adesina«, sagte Michelle. »Ich weiß, ich habe dir gesagt, du sollst nicht in Tante Joeys Geist gehen, aber wir müssen sie schnell finden.«

»Ist schon in Ordnung, Momma«, erwiderte Adesina und flog in Michelles Arme. Als Michelle sie umfing, schloss Adesina die Augen.

Eine Minute später öffnete sie sie ruckartig wieder. Sie entwand sich Michelles Armen und glitt zu Boden. Dann lief sie los. Adesina konnte nur kurze Strecken fliegen, aber sie lief schnell. Michelle folgte ihr, wobei sie sich erneut wünschte, sie hätte etwas Fett angesetzt.

Adesina lief die Straße hinab, wandte sich erst nach rechts und dann nach links. Einen Moment später betrat sie eine Gasse. Der Gestank nach Erbrochenem und verfaulendem Gemüse traf Michelle wie ein Schlag. Ein großer Müllcontainer stand am Ende der Gasse. Adesina verlangsamte ihren Schritt, als sie ihn erreichte, und Michelle hörte ein Schluchzen. Sie blieb stehen und näherte sich dann zögernd dem Container.

Joey saß mit dem Rücken an der Ziegelsteinmauer des Gebäudes auf dem Boden. Sie hatte die Arme um ihre Beine geschlungen und hielt sie fest an ihren Körper gepresst.

»Joey«, sagte Michelle sanft, während sie sachte vorwärtsging. *O Gott*, dachte sie. *Ich hätte für sie da sein sollen.* »Joey, Süße, ich bin's. Michelle.«

Joeys Schultern bebten, und dann sah sie zu Michelle hoch. »Oh, Bubbles«, sagte sie, und ihre Stimme klang vom Weinen abgehackt. »Ich hätte nicht allein hier herauskommen sollen. Sie haben mir wieder meine Fähigkeit genommen. Ich kann keines meiner Kinder mehr sehen.«

Adesina flog auf Joeys Schulter, gab ihr einen raschen Kuss auf die Wange und sprang dann wieder zu Boden. »Es ist schon gut, Tante Joey, wir sind jetzt hier«, sagte sie.

»Ich wollte nur ein wenig Gebäck zum Frühstück holen«, erklärte Joey und wischte sich die Nase am Ärmel ab. »Croissants, vielleicht ein paar Teigtaschen. Ich weiß, dass das Mäuschen Teigtaschen mag. Ich wollte bloß etwas zum Frühstück holen. Und dann wurde alles dunkel.«

Michelle streckte die Hände aus und ergriff Joeys. Sie zitterten und waren kalt. »Komm schon«, sagte sie und zog Joey auf die Füße. »Gehen wir nach Hause.«

»Aber ich habe das gottverdammte Gebäck nicht geholt«, sagte Joey eigensinnig. »Es ist nichts zum Frühstück da. Das Mäuschen braucht Frühstück.«

»Wir können später frühstücken, Joey«, sagte Michelle, während sie Joey sanft die Gasse hinabzog. »Adesina wird es auch noch eine Weile ohne Frühstück gut gehen, oder, Süße?«

Adesina flog wieder hoch und in Joeys Arme. Joey fing sie instinktiv auf. »Ich habe überhaupt keinen Hunger, Tante Joey.«

»Aber du musst etwas essen«, beharrte Joey. »Ich wollte Gebäck holen.« Joey spielte mit Adesinas Zöpfen. »Meine Mutter hat mein Haar immer geflochten.«

Heilige Hölle, dachte Michelle. *Sie verliert den Halt. Wir müssen denjenigen finden, der ihre Fähigkeit raubt. Und, abgesehen davon, eine Möglichkeit für sie finden, mit dem Verlust umzugehen. Und warum sollte jemand Joeys Fähigkeit stehlen? Warum nicht meine?* Sie hatte sich selten so hilflos gefühlt. Sie konnte keine Möglichkeit erkennen, um Joey zu helfen, und sie konnte die Person nicht aufhalten, die Joeys Fähigkeit stahl. Es machte sie wütend. *Wenn ich denjenigen finde, der Joey das antut, werde ich dem Ganzen ein Ende setzen.* Aber sie wusste, dass das eine Lüge war. Sie würde es aufgeben, ihn zu suchen, wenn sie Joey nur beschützen könnte.

»Wir könnten auf dem Heimweg anhalten und ein paar Teigtaschen besorgen«, sagte Joey. Sie umarmte Adesina fest. »Möchtest du etwas zum Frühstück haben, Mäuschen?« Adesina blickte zu Michelle.

»Wir sollten dich nach Hause bringen«, sagte Michelle. »Ich werde später einkaufen gehen.«

Joey nahm Adesina in einen Arm und ergriff dann Michelles Handgelenk. »Nein«, sagte sie. »Du kannst mich nicht allein lassen. Bitte. Nicht solange meine Kinder fort sind.«

»Ist in Ordnung«, sagte Michelle und zog Joeys Hand sanft fort. »Ich werde nirgendwohin gehen, wenn du das nicht möchtest.« Michelle legte ihren Arm um Joey und führte sie nach Hause.

»Wo soll ich die Zombies also einsetzen?«, fragte Dan. Er saß mit Mr. Jones und irgendeinem anderen Kerl, der fuhr, in dem vertäfelten Van. Es fühlte sich so an, als würde ihm bald der Kopf abfallen. Hoodoo Mamas Fähigkeit schoss in seinem Schädel umher und ließ seine Knochen klappern. Sie sang in seinem Blut. Sie wollte *handeln*.

»Dan«, sagte Mr. Jones mit gelangweilter Stimme. »Seien Sie nicht ungeduldig.«

Dan kratzte sich die Arme. Die Fähigkeit fühlte sich dieses Mal anders an. Zorniger. Dies war das erste Mal, dass er die starke Fähigkeit eines Asses mehr als einmal ergriffen hatte. Er hatte angenommen, es würde dasselbe sein, aber das war es nicht. Es fühlte sich wie ein eigenes Dasein an. Als hätte er eine Schüssel voller Bienen verschluckt.

»Mr. Jones«, sagte er. »Ich fühle mich nicht besonders gut.«

Jones wandte sich um und sah Dan an. »Würde es Ihnen etwas ausmachen, das ein wenig genauer zu erklären?«, fragte er mit tonloser Stimme.

»Ich… ich… ich bin mir nicht sicher«, brachte Dan stotternd heraus. »Hoodoo Mamas Fähigkeit fühlt sich dieses Mal anders an. Es fällt mir schwer, sie aufrechtzuerhalten. Ich habe noch nie eine Fähigkeit wie ihre mehr als ein Mal ergriffen.« Er wollte nicht, dass Mr. Jones erfuhr, wie seltsam sich die Fähigkeit dieses Mal anfühlte.

Mr. Jones' kalte dunkle Augen musterten ihn abschätzig. Das hätte Dan normalerweise Angst gemacht, aber die Fähigkeit fühlte sich böse an und wurde mit jeder Sekunde böser.

»Wie ärgerlich«, sagte Mr. Jones. »Wir hatten nicht angenommen, dass Ihre Fähigkeit so… widersprüchlich wäre.« Er wandte sich wieder um und sagte dann zu dem Fahrer: »Es ist früh, aber wir sollten handeln.«

Der Van ruckte vorwärts. Dans Kopf prallte gegen das Seitenfenster. »Au«, sagte er, aber weder Mr. Jones noch der Fahrer reagierten.

Wenige Minuten später hielt der Van an. Dan blickte sich um. Viktorianische Häuser säumten die Straße. Die meisten sahen schäbig und heruntergekommen aus.

»Bringen Sie mir einen Zombie«, sagte Mr. Jones, während er einen Umschlag aus seiner Brusttasche zog.

Dan streckte sich dankbar aus und fand rundum eine Fülle von Toten. »Was wollen Sie?«, fragte er. »Ratten, Hunde, Katzen?«

Mr. Jones blickte mit einem Ausdruck der Verachtung über seine Schulter. »Bringen Sie mir einen toten Menschen, Dan.«

Dan holte den nächstbesten, den er finden konnte. Es war eine Erleichterung, die Fähigkeit zu benutzen. Er konnte sie aus sich entweichen spüren. Das Schwirren verklang zu einem dumpfen Summen. »Wo wollen Sie ihn hinhaben?«, fragte Dan.

»Bringen Sie ihn hierher, lassen Sie ihn diesen Zettel nehmen und schicken Sie ihn dann zu dem Haus zwei Türen die Straße hinab. Lassen Sie ihn läuten und demjenigen, der die Tür öffnet, den Zettel geben.«

»Das Haus mit dem schmiedeeisernen Zaun?« Dan fragte nur, um sicher zu sein. Er wollte Mr. Jones nicht verärgern.

»Ja.«

Dan folgte der Anweisung.

Die Klingel läutete. Joey erschrak, und Michelle streckte die Hand aus und tätschelte ihren Arm. Es half nicht. Sie spürte, wie Joey zitterte.

Ein Zombie stand auf der Veranda, als Michelle an die Tür ging. Er streckte einen Umschlag aus. Michelle nahm den Umschlag, und dann fiel der Zombie in sich zusammen.

Der Umschlag war an Michelle adressiert. *Okay*, dachte sie argwöhnisch. *Das ist überhaupt nicht sonderbar.*

In dem Umschlag befand sich ein einzelner Bogen Papier.

Miss Pond,

wir wurden einander nicht vorgestellt, aber meine Auftraggeber sind große Fans von Ihnen. Sie bewundern Ihre vielen guten Werke nun schon seit Jahren. Ihrer Meinung nach sind Sie recht gut vorangekommen, aber nun wäre es vielleicht an der Zeit, dass Sie sich zurückziehen und einen langen Urlaub von der Öffentlichkeit nehmen.

Die Vorkommnisse mit Joey Hebert sind nur ein kleines Beispiel für das, was wir mit Menschen tun können, an denen Ihnen etwas liegt. Sollten Sie darauf bestehen, weiterhin so in der Öffentlichkeit zu erscheinen, werden wir drastischere Maßnahmen ergreifen. Vielleicht etwas, was mit Ihrem Kind zu tun haben wird.

Ich freue mich auf ein baldiges Treffen mit Ihnen.

Herzlichst
Ihr Mr. Jones

Michelle betrachtete den Brief und versuchte herauszufinden, wer ihn geschickt hatte. »Mr. Jones« war eindeutig ein Pseudonym.

Hatte Juliette recht? War diese ganze Sache dazu gedacht, sie ins Abseits zu drängen? Und warum Joey ins Visier nehmen? Joey half den Menschen, die es brauchten, die am Rande der Gesellschaft von New Orleans lebten – warum sollte jemand das unterbinden? Sicher, ein paar von ihnen waren Gauner und andere zwielichtige Gestalten, aber einige waren auch Obdachlose, um die sich einfach jemand kümmern musste.

Und ich, dachte Michelle. *Was zum Teufel? Ich gehöre zu keiner Agentur mehr. Ich versuche nichts von diesem Selbstjustiz-Mist. Warum sollte es überhaupt jemanden kümmern?*

»Michelle!«, sagte Joey, die den Flur herabkam. »Meine Kinder! Ich kann sie verdammt noch mal wieder sehen!«

Sie tanzte fröhlich um Michelle herum und blickte dann

nach draußen. »Warum liegt dieser Leichnam auf der Veranda?« Der Leichnam setzte sich auf, als Joey ihn in Besitz nahm.

Michelle hielt Joey den Brief hin, die ihn nahm und rasch las.

»Ist dieser Mr. Jones das Arschloch, das meine Fähigkeit geraubt hat?« Joey sprang von einem Bein aufs andere, als hätte sie den ganzen Tag Red Bull getrunken.

»Ich bin mir nicht sicher«, erwiderte Michelle. »Er könnte einfach ein Bote sein. Wir können es nicht wissen. Ich vermute, dass sie erneut etwas unternehmen werden – ich weiß nur nicht, warum sie dir nachstellen.« Sie blickte Joey an, und ihr gefiel nicht, was sie da sah.

Joeys Augen waren geweitet, und sie wirkte furchtbar fahrig. Ihre Fähigkeit zu verlieren machte sie nicht nur nervös – es machte sie auch zornig.

»Joey«, sagte Michelle. »Ich weiß, dass es entsetzlich ist, wenn du deine Fähigkeit verlierst, aber du hast mir im PPA einmal gesagt, dass zu wissen, wo all die Leichen die ganze Zeit waren, dich ein wenig verrückt gemacht hat. War es nicht ein kleines bisschen erleichternd, als sie fort war?«

Joey gab Michelle den Brief mit zitternden Händen zurück. »Nein, ja, nein«, sagte sie. »Im PPA waren so viele Leichen. Und so viele davon waren tote Kinder. Du erinnerst dich, Bubbles. Und als meine Fähigkeit das erste Mal schwand, war ich einfach ich selbst. Und das war schön. Aber dann begann ich mich zu erinnern, wie es war, bevor ich Hoodoo Mama wurde...« Sie verstummte.

Michelle schloss stirnrunzelnd die Tür. »Ich weiß nicht, was ich tun soll. Sie wollen eindeutig, dass ich mich aus der Öffentlichkeit zurückziehe, und sie sind bereit, sich mit dir anzulegen, um mich dazu zu bringen. Vielleicht sollte ich mich nach jemandem vom Komitee ausstrecken.«

»Nein!«, rief Joey. »Nein, ich will nicht, dass jemand hiervon erfährt. Was ist, wenn sie mir meine Fähigkeit für immer rauben? Jesus, Bubbles, was zum Teufel würde ich dann tun?« Sie verzog das Gesicht, als wollte sie weinen, was kurz darauf von einem zornigen Ausdruck ersetzt wurde. »Und, Bubbles, *ich* will den Mistkerl, der mir meine Macht entrissen hat. Dieser Mr.-Jones-Arschloch-Scheißtyp-Mistkerl-Bastard wird dafür bezahlen.«

»Mir würde auch nichts mehr gefallen, als ihn bezahlen zu sehen«, sagte Michelle. Es war nötig, dass sich Joey daran erinnerte, was geschehen war, als ihre Fähigkeit fort war. Das war im Moment das Wichtigste. »Dieses Mal war wie das letzte Mal, richtig?«

Joey nickte, aber sie zitterte immer noch.

»Also«, sagte Michelle. »Sie schnappen sich deine Fähigkeit, benutzen sie, und dann bekommst du sie zurück?«

»Ja.«

»Dann vermute ich, dass sie sie nicht behalten *können*. Sonst würden sie unsere beiden Fähigkeiten ergreifen, und das wär's. Das ist es, was ich täte. Und du warst beide Male, als sie deine Macht raubten, draußen, so dass vielleicht Blickkontakt bestehen muss oder Nähe?«

Joey nickte und wirkte erleichtert. »Ich bin froh, dass du hier bist, Bubbles«, sagte sie mit dem Hauch eines Lächelns. »Ich meine, du weißt, dass ich dich immer noch für eine verdammte Zicke halte, oder?«

»Nun ja«, erwiderte Michelle, »wenn dich das glücklich macht.«

»Lass uns nachsehen, was das Mäuschen zum Frühstück möchte«, sagte Joey, als sie ins Wohnzimmer gingen.

»Wenn es nicht gerade Bier und Bourbon sind«, erwiderte Michelle, »müssen wir einkaufen gehen.«

»Geh du einkaufen«, sagte Joey. »Ich komme hier solange zurecht. Aber ich bin mir ziemlich sicher, sie sagen gehört zu haben, dass sie zum Frühstück Bourbon liiiebt. Ein Mädchen nach meinem Herzen.«

Momma und Tante Joey lachten. Adesina spürte, wie sich der Knoten in ihrem Bauch ein wenig löste – bis sie den Raum betraten. Dann war ihr klar, dass sie nur gute Miene zum bösen Spiel machten. Sie musste nicht in ihren Geist schlüpfen, um das zu wissen.

Auf Mommas Gesicht lag ein Lächeln, aber es war nicht echt. Auch Tante Joey lächelte, aber Adesina konnte die Geister in ihren Augen sehen.

»Möchtest du etwas frühstücken?«, fragte Momma, während sie sich auf das Sofa neben Adesina setzte.

»Deine Mom sagt, du wärst nicht mit Bourbon zum Frühstück einverstanden«, warf Tante Joey ein. »Ich sage ihr ständig, du wärst mir ähnlich, aber sie glaubt mir nicht.«

Adesina machte ihr ernstes Gesicht. »Ich hätte gerne Bourbon zum Frühstück, Momma.«

»Okay«, erwiderte Momma. »Aber ich werde ihn über deine Cornflakes schütten. Hmm.«

»Bäh«, sagte Adesina. Sie war einmal sehr böse gewesen und hatte einen Schluck von Tante Joeys Bourbon probiert. Er war ekelhaft. »Ich möchte Arme Ritter.«

»Ich werde zum Markt gehen«, sagte Michelle, beugte sich hinüber und küsste Adesina auf den Kopf.

»Sei vorsichtig, Bubbles. Sie könnten auch deine Fähigkeit ergreifen«, sagte Joey. Sie beugte sich hinab, um die Schnürbänder ihrer schäbigen Converse-Sneakers zu binden. Ihre Hände zitterten dabei. »Es war schlimm, als sie mir meine Fähigkeit nahmen. Es wäre verdammt viel schlimmer, wenn sie deine nähmen.«

Momma zuckte die Achseln. »Ich war oft draußen in der Öffentlichkeit. Sie hätten sie mir also bereits nehmen können. Daher glaube ich nicht, dass sie daran interessiert sind, Joey.« Sie beugte sich hinüber und küsste Adesina erneut. »Lass nicht zu, dass Tante Joey etwas Dummes tut, wie aus dem Haus zu gehen, Süße.«

»Ich werde aufpassen, Momma«, erwiderte Adesina.

Dan rieb sich übers Gesicht. Er wäre beinahe explodiert, als er die Fähigkeit von Hoodoo Mama hatte. Er war, selbst nachdem er sie benutzt hatte, noch höllisch zittrig. Aber vielleicht kam das eher daher, dass er mit Mr. Jones und dem unheimlich schweigsamen Fahrer in einem Van festsaß.

»Äh, können Sie mich an meinem Haus wieder absetzen?«, fragte er, während er auf seinem Sitz herumzappelte.

»Ja, Dan, wir werden Sie bei Ihrem Haus absetzen«, sagte Mr. Jones mit kaum verhüllter Abneigung. »Ich bin sehr enttäuscht von Ihnen, Dan. Diese Dinge müssen genau geplant werden, und Sie haben Ihren Teil nicht eingehalten.«

Ein kaltes, schlüpfriges Gefühl schlich sich in Dans Eingeweide. »Äh, ich weiß«, erwiderte er. »Es ist, wie ich Ihnen sagte. Ich habe niemals die starke Fähigkeit eines Asses zweimal ergriffen. Und ich wusste nicht, dass es beim zweiten Mal so bizarr sein würde. Ich weiß einfach nicht, was passiert ist.«

Mr. Jones antwortete nicht. Dan rieb sich die Handflächen an der Hose ab. Ein schweigender Mr. Jones war schlimmer als ein redender.

Er beschloss, dass er einfach nein sagen würde, wenn Mr. Jones ihn das nächste Mal für etwas wollte. Es war ihm nie in den Sinn gekommen, dass es Grenzen dessen gäbe, was er bewerkstelligen konnte, oder dass es einen Rückstoß geben könnte, wenn er eine starke Fähigkeit ein zweites Mal entriss. Er musste die wirklichen Rahmenbedingungen seiner Fähigkeit herausfinden. Und Mr. Jones war keinesfalls daran interessiert, ihm dabei zu helfen. Mr. Jones interessierte nur der verdrehte, verrückte Mist, den er vorhatte. Und nichts anderes.

Der Van verlangsamte seine Fahrt vor Dans Haus. Dan fasste nach dem Türgriff, noch bevor der Van anhielt. Aber bevor er die Tür öffnen konnte, hatte sich Mr. Jones' Hand schon fest um sein Handgelenk geschlossen.

»Einen Moment noch, Dan«, sagte er. »Ich vergaß, Ihnen

Ihr Geld zu geben.« Er streckte ihm einen dicken Manila-Umschlag hin.

Dan dachte einen flüchtigen Moment daran, ihn abzulehnen. Aber dann nahm er ihn doch.

»Wir bleiben in Verbindung«, sagte Mr. Jones.

Dan nickte. Was er sagen wollte, war: »Nein, verdammt, du verrückter Arsch. Ich würde lieber einen Besen fressen, als wieder mit dir zu tun zu haben.«

Und erst als er zu seiner Haustür gelangt war, erkannte er, dass Mr. Jones überhaupt keine Wild-Card-Fähigkeiten innewohnten.

Ich habe keine Angst, dachte Michelle. *Nun, jedenfalls nicht viel.* Die Straßen waren noch immer ziemlich leer, trotz der Tatsache, dass Mardi Gras war. Sie betrat den kleinen Supermarkt und kaufte die Zutaten für Arme Ritter.

»He, Sie sind die Unglaubliche Bubbles, oder?«

Michelle schaute auf und sah ein junges Mädchen. Sie war vielleicht sechzehn, mit schwarz gefärbten Haaren, schwarzer Kleidung, schwarzen Doc Martens und Unmengen Silber- und Nietenschmuck. Ein blasses Gesicht mit dickem schwarzem Eyeliner und karmesinroten Lippen. Michelle fragte sich, wieso sie bei alledem, einschließlich der dicken Schminke, nicht schwitzte.

»Ja«, erwiderte sie. »Die bin ich.« Sie legte einen Laib Brot in ihren Korb und ging zu den Milchprodukten. Das Mädchen folgte ihr.

»Ich fand das, was Sie bei der Parade gemacht haben, geil«, sagte das Mädchen. »Ich meine, Sie waren wirklich großartig.«

Eier und Butter wanderten in Michelles Korb. »Danke«, sagte sie, während sie zur Obst- und Gemüseabteilung ging. »Ich tue einfach, was ich kann.«

Was, wenn das die Wild Card ist, die Fähigkeiten rauben kann?, dachte Michelle. *Was für ein krankes Arschloch würde mir ein*

Mädchen hinterherschicken? Aber dann erkannte sie, dass sie vermutlich genauso hilflos sein würde, wie Joey es gewesen war, als die Wild Card ihre Fähigkeit ergriffen hatte.

»Nun«, sagte das Mädchen, »ich wollte nur, dass Sie wissen, dass ich Sie wirklich bewundere. Sie sind schon seit *American Hero* meine Lieblings-Wild-Card.«

Michelle lächelte dem Mädchen zu. Wenn man ihre Fähigkeiten rauben wollte, würden sie es bald tun. »Möchtest du ein Autogramm?«, fragte sie.

»Oh, danach würde ich nicht einmal fragen«, sagte das Mädchen. »Aber hätten Sie etwas gegen ein Bild von uns beiden?« Sie hielt ihr Handy hoch.

»Natürlich nicht«, erwiderte Michelle. Sie legte einen Arm um das Mädchen und lächelte, als das Foto aufgenommen wurde. »Und wie heißt du?«

»Dorothy«, sagte das Mädchen, während es das Foto betrachtete. »Hey, das ist toll geworden.«

Michelle lachte. »Nun, ich bin ein Profi. Oder zumindest war ich das.«

»Danke«, sagte Dorothy. »Äh, ich möchte, dass Sie wissen, dass ich Sie nicht für eine schlechte Mutter halte. Mich kümmert nicht, was andere sagen.«

Michelle bemühte sich um einen neutralen Gesichtsausdruck, aber sie war irritiert. Und dann erinnerte sie sich, dass es einfach so war. Man wird berühmt, und man gibt einen Teil von sich auf. Und Michelle war sich bewusst, dass sie Glück hatte. Selbst mit all dem verrückten Mist in ihrem Leben konnte sie ihre Rechnungen bezahlen und sich und Adesina ein anständiges Leben bieten. Also setzte sie ein strahlendes Lächeln auf und sagte: »Ich weiß das wirklich zu schätzen, Dorothy. Es war nett, dich kennenzulernen.«

»Mr. Jones würde Sie und Joey Hebert gern in zwei Tagen treffen, um neun Uhr morgens, am Jackson Square«, sagte Dorothy. »Er denkt, es sei an der Zeit, dass Sie sich persönlich kennenlernen.« Sie lächelte Michelle strahlend an und verschwand.

Michelle starrte einen Moment auf den Fleck, wo Dorothy gestanden hatte. *Ja, das hatte ich nicht erwartet*, dachte sie. Dann ging sie weiter und nahm eine Flasche Vanilleextrakt aus einem Regal.

Joey wusch das Frühstücksgeschirr ab, während Michelle abtrocknete. Es war nett. Nett und normal, und das machte Joey wahnsinnig. Sie wusste nicht, warum. Aber sie wusste, dass sie nicht so empfinden sollte.

Nachdem sie das Frühstück beendeten, hatte Michelle nach zwei von Joeys Zombies gefragt, die sie herumschubsen und mästen sollten. Es dauerte eine Weile, aber schließlich sah Michelle nicht mehr wie ein Thinspiration-Foto aus, sondern war schön rundlich. Joey fand Michelle besonders hübsch, wenn sie rundlich war. Joey mochte ihre Mädchen kurvenreich.

Dann waren sie wieder hineingegangen und hatten begonnen, die Küche aufzuräumen. Adesina hatte sich auf dem Sofa ausgestreckt und spielte ihr Spiel, so dass Joey sich nicht um ihre Hilfe bemühte. Sicher, ihre Mutter hätte vielleicht gesagt, sie würden das Kind verziehen, aber Joey sah das nicht so.

»Ich habe noch eine Nachricht von Mr. Jones bekommen«, sagte Michelle leise, während sie einen Teller abtrocknete.

Joey blickte über die Schulter, um zu sehen, ob Adesina es gehört hatte. Aber sie war noch immer in ihr Spiel vertieft. »Was zum Teufel wollte er?«

»Wir sollen ihn übermorgen um neun am Jackson Square treffen«, erwiderte Michelle. »Oh, und der Bote war ein sechzehnjähriges Mädchen, das teleportieren kann.«

»Wir werden nicht hingehen, richtig?«, fragte Joey. »Das wäre verdammt verrückt.« Joey wollte auf etwas einschlagen. Fest.

»Ich gehe hin«, flüsterte Michelle. Sie trocknete weiterhin Teller ab, als wäre das die normalste Tätigkeit auf der Welt, während sie über einen Verbrecher sprach, der ihre Fähigkeiten rauben wollte. »Es ist unsere einzige wirkliche Alternative. Es sei denn, du willst in den Untergrund gehen, dein Zuhause verlassen und eine neue Identität annehmen. Diesen Leuten aus dem Weg zu gehen – wer auch immer sie sind – gibt ihnen nur Macht über dich.«

»Aber sie haben bereits Macht über uns, Michelle«, zischte Joey, und das Seifenwasser spritzte auf den Boden, als sie die Bratpfanne verärgert hineinwarf. »Falls du es vergessen hast – sie haben mir meine Fähigkeit zwei Mal entrissen. Vielleicht werden sie dir als Nächstes deine entreißen.«

Michelle nickte, öffnete dann eine Schublade und räumte das Besteck ein. »Vielleicht«, sagte sie. »Aber wenn das geschähe, wäre mein Leben nicht zu Ende. Ich würde dahin zurückgehen, wo ich zuvor war. Es würde nicht ändern, was ich getan habe, und es würde nicht ändern, wer ich bin.« Michelle schloss die Schublade.

»Nun, das kannst du verdammt leicht sagen, Bubbles«, erwiderte Joey. »Du hattest ein Leben, bevor sich deine Karte gewendet hat. Ich hatte überhaupt nichts. Bis auf meine Mutter.« Der Gedanke an ihre Mutter verursachte einen grässlichen Kloß in Joeys Kehle. Sie schluckte und bemühte sich, nicht zu weinen. »Ich war noch ein Kind, als sich meine Karte wendete.«

Und obwohl Joey fast jeden Moment dieses Tages verdrängt hatte, wollten immer noch kurze Bilder dessen, was geschehen war, an die Oberfläche treiben. Und sie wusste, dass sie damals gestorben wäre, wenn sie sich nicht in Hoodoo Mama verwandelt hätte.

»Ich weiß, dass es für mich leicht ist«, sagte Michelle sanft. Sie legte das Handtuch auf die Arbeitsfläche und wandte sich Joey zu. »Und darum muss ich etwas tun, um dir zu helfen. Wenn du es zulässt.«

Joey warf ihren Schwamm in die Spüle. »Und was zum Teufel glaubst du tun zu können?«

Michelle ergriff Joeys Hände. »Ich kann Adesina in deinen Geist schlüpfen lassen – in deine Erinnerungen –, und sie kann... dir helfen.«

Joey wurde sehr still. »Was meinst du?«, fragte sie dann.

»Du weißt, dass Adesina in deinen Geist eindringen kann? Nun, als wir im PPA waren, nachdem all das Kämpfen aufgehört hatte und wir blieben, um den Kindern zu helfen, die wir dort gefunden hatten, ging Adesina in den Geist einiger Kinder, und sie... sie nahm ihnen den Schmerz. Sie ließ sie vergessen, was ihnen geschehen war.« Michelle hielt inne und ließ Joeys Hände dann sinken. Sie nahm das Handtuch wieder hoch, faltete es und legte es auf die Ablage. »Ich habe sie davon abgehalten, das zu tun, weil mir nicht gefiel, wie geschwächt sie danach war.«

»Nun, warum würdest du sie in meinen Geist eindringen lassen, wenn du weißt, dass sie bereits dort drinnen war und es verdammt noch mal nicht lustig war?« Joeys Hände zitterten, und sie steckte sie in die Taschen ihrer Jeans. »Ich will sie nicht in meinem Kopf. Und ich will mich nicht erinnern. Ich *werde* mich nicht erinnern. Warum sollte ich?«

»Ich habe lange hierüber nachgedacht«, sagte Michelle. »Und ich habe mit Adesina darüber gesprochen – um zu sehen, ob mein Plan überhaupt funktionieren würde. Sie wird in deinem Geist sein, aber nicht so, wie sie normalerweise in jemandes Geist schlüpft. Ich gehe für sie hinein. Nun, eher mit ihr.« Michelle rieb ihre Stirn und seufzte. »Ich kann das nicht gut beschreiben. Adesina hat schon früher zwei unterschiedliche Geister miteinander verbunden – versehentlich. Also wird es schwierig werden. Aber sie will helfen. Und wenn man den Zeitrahmen bedenkt, der uns zur Verfügung steht, sehe ich keine andere Lösung. Also, ja, ich werde nicht allzu bald zur Mutter des Jahres gewählt werden.«

»Verdammt«, sagte Joey und wiegte sich auf den Fersen. Sie schüttelte den Kopf. »Ich glaube nicht, dass ich Adesina das tun lassen kann. Was ist, wenn sie ... etwas sieht, was ein Kind nicht sehen sollte? Was ist, wenn du etwas siehst?«

»Joey«, sagte Michelle mit gereizter Stimme. »Wir können nicht vor diesen Leuten davonlaufen. Ich kann nicht einmal herausfinden, für wen sie arbeiten. Und du rastest aus, wenn dir deine Fähigkeit genommen wird. Ich glaube, ich habe eine Möglichkeit, das zu regeln – oder zumindest eine Möglichkeit, die Erinnerung zu vertreiben, die das auslöst. Es muss dir auch ohne deine Fähigkeit gut gehen. Sonst können sie dich manipulieren. Und ich kann nicht die ganze Zeit hier sein. Du musst lernen, damit umzugehen. Ja, das ist eine Scheißlösung, aber es ist die einzig mögliche. Glaubst du wirklich, ich würde meiner Tochter das antun, wenn ich eine andere Möglichkeit sähe? Und darf ich dich daran erinnern, dass auch Adesina durch diese Arschlöcher gefährdet ist?«

»Ehrlich, Bubbles«, erwiderte Joey, während sie sich auf den Fersen vor und zurück wiegte. »Ich habe dich einigen wirklich schlimmen Mist tun sehen.«

»Ja?«, erwiderte Michelle, während sie sich von Joey abwandte und Teller in den Schrank stellte. »Willkommen in der Arbeitswelt.«

Es waren weitere zwei Stunden Diskussion nötig, bevor Joey sich schließlich einverstanden erklärte, Michelle und Adesina in ihren Geist zu lassen – und nur unter der Bedingung, dass das Experiment endete, wenn Joey es sagte.

»Wo wollt ihr das tun?«, fragte Joey. Sie befanden sich im Wohnzimmer, und Joey hatte die üblichen Zombie-Wachen entfernt, weil Adesina erwähnte, sie würden stinken.

»Es ist am leichtesten, wenn der andere schläft«, sagte Adesina. »So habe ich Momma gefunden. Als sie im Koma lag.«

»Nun, ich bin nicht müde«, sagte Joey.

»Wir könnten nach oben gehen und das Gästezimmer benutzen«, schlug Michelle vor. »Du könntest dich hinlegen und einfach zu entspannen versuchen.«

»Verdammt«, murrte Joey, wandte sich um und stapfte aus dem Raum. Michelle und Adesina folgten ihr. Und Joey konnte nicht umhin zu registrieren, dass Michelle nichts über ihre schlechte Wortwahl vor dem Kind sagte.

Adesina hatte ein flatteriges Gefühl im Bauch. Sie war sich ziemlich sicher, dass sie Momma in Tante Joeys Geist bringen konnte. Aber wenn sie erst dort wären – könnte Momma sie dann wirklich beschützen? Adesina liebte Tante Joey, aber in den dunklen Fluren und Zimmern dort lauerten Dinge, die sie ängstigten.

Tante Joey legte sich aufs Bett, und Momma legte sich neben sie. Adesina sprang hinauf und kuschelte sich zwischen die beiden. Tante Joeys Körper war steif, ihre Arme starr und fest an die Seiten gelegt. Momma drehte sich auf die Seite, streckte eine Hand aus und nahm Tante Joeys linke Hand in ihre. Tante Joey seufzte und entspannte sich ein wenig. Und dann glitt Adesina in Mommas Geist.

Es war für Adesina ein gemütlicher Ort. Mommas Geist war wie ein großes, offenes Haus. Es gab schöne Aussichten aus den Fenstern und viele helle, luftige Räume. Da waren ein paar Räume, in die Momma sie nicht hineinlassen wollte, aber das störte Adesina nicht. Momma hatte ihr erklärt, dass manches davon Erwachsenendinge und manches private Dinge waren.

Und es gab in Mommas Geist auch Kaninchen. Adesina mochte die Kaninchen, konnte aber nicht herausfinden, warum Momma so viele davon hatte.

»Hallo, Kleine«, sagte Momma. Sie stand neben den Fenstern, betrachtete die Aussicht und hielt ein fettes Kaninchen im Arm. »Bist du bereit, dies zu tun?« Sie wandte sich zu

Adesina um, setzte das Kaninchen ab, und Adesina lief zu ihr und sprang in ihre Arme.
»Ich bin bereit, Momma«, sagte Adesina und streckte sich dann nach Tante Joey aus.

Im einen Moment war Michelle noch in ihrem eigenen Geist – oder zumindest in Adesinas Interpretation ihres Geistes –, und im nächsten Moment standen sie und Adesina vor dem Eingang einer Version von Joeys Haus. Aber es war viel größer als Joeys tatsächliches Haus. Es gab Flure, die vom Hauptflur abgingen. Michelle sah, dass sie von geschlossenen Türen gesäumt waren.

»Joey?«, rief Michelle halblaut. Sie bemühte sich, Adesina nicht ins Ohr zu schreien, obwohl sie wusste, dass sie das Kind nicht wirklich in ihrer Armbeuge trug. »Wo bist du, Joey?«

»Hier«, antwortete Joey hinter ihr. Michelle fuhr erschrocken herum. Dort stand Joey im vielfarbigen Licht der Buntglasfenster der Eingangstür. Sie wirkte zerbrechlicher und jünger als im wahren Leben.

»Du hast mich zu Tode erschreckt«, sagte Michelle. Sie streckte die Hände aus und berührte die kunstvoll geschnitzte Deckleiste, die den Flur entlang verlief. »Dein Haus sieht hier drinnen anders aus.«

»Ja, ich weiß nicht, ob ich das mache oder das Mäuschen«, erwiderte Joey, während sie sich langsam drehte und die Diele und den Flur in sich aufnahm. »Es könnte vermutlich so aussehen, wenn ich es jemals schaffen würde, das Haus auf Vordermann zu bringen. Und diese Eingangstür ist wirklich verdammt cool.«

Michelle küsste Adesina auf den Kopf und setzte sie dann ab. »Endstation für dich, Kleine«, sagte sie. »Ich möchte, dass du hierbleibst, okay? Tante Joey und ich müssen den restlichen Weg allein gehen.«

»Warte«, sagte Joey. Sie strich an Michelle vorbei und öffnete die erste Tür zur Linken.»Ich habe etwas für das Mäuschen vorbereitet.«

Adesina und Michelle wandten sich um und spähten durch den Eingang. In dem Raum befanden sich dick gepolsterte Sofas mit einem verblichenen Chrysanthemenmuster. Die Sofas standen vor einem großen Flachbildfernseher. Zwei kräftige Zombies spielten auf einem Tisch unter dem Erkerfenster Schach. Mehrere Otter saßen auf den Sofas, fraßen Popcorn und sahen sich im Fernsehen Cartoons an. Adesina quiekte entzückt, lief dann in den Raum und sprang neben dem kleinsten Otter aufs Sofa.

Michelle sah Joey an und neigte dann den Kopf.»Wirklich? Fressen Otter sogar Popcorn?«

»Mein Kopf, meine Regeln«, erwiderte Joey mit einem Lächeln, das Michelle überraschte.»Außerdem liebt Adesina diese Otter wirklich.«

»Ich weiß«, sagte Michelle.»Verrückt, hm? Wir sollten vermutlich anfangen.«

Joeys Lächeln schwand.»Ja, das sollten wir vermutlich.«

»Du wirst vorangehen müssen«, sagte Michelle.»Ich habe keine Ahnung, wo wir anfangen sollen.«

»Ich schon«, erwiderte Joey. Ihre Stimme klang traurig.»Es geht hier entlang.« Dann nahm Joey, sehr zu Michelles Überraschung, ihre Hand.

Sie liefen zum zweitobersten Flur und bogen dort ein. Hier säumten Wandleuchter die Wände, aber mehrere der Glühbirnen waren ausgebrannt. Die Wände waren in einem tristen Grau gestrichen, und die Flurläufer zeigten ein Wellenmuster in Hellgrün und Braun. An beiden Wänden dieses Flurs lagen drei Türen, und auch am entgegengesetzten Ende befand sich eine Tür. Joey verlangsamte ihre Schritte, und Michelle musste an ihrer Hand ziehen, um sie dazu zu bewegen weiterzugehen.

»Ich weiß, dass du das nicht tun willst«, sagte Michelle. »Aber es ist die einzige Möglichkeit.«

Joey blieb vor der ersten Tür zur Rechten stehen.»Ich weiß«, sagte sie, während sie eine Hand ausstreckte und die Tür öffnete.

Sonnenlicht ergoss sich in den Flur. Sie traten durch den Eingang. Das Licht war so hell, dass Michelle einen Moment geblendet war. Sie blinzelte, und verschwommene Bilder wurden zu Menschen.

Michelle und Joey standen auf einem Hügel. Unter ihnen lachte eine große, gertenschlanke Frau in einem blauen Sommerkleid über etwas, was ein krummbeiniger Mann, der neben ihr stand, gesagt hatte. Sie hielt einen Longdrink in der Hand. Ein kleines, dürres Mädchen lief um sie herum.

»Mommy«, flüsterte Joey. Dann deutete sie auf das kleine Mädchen.»Und das dort unten bin ich.«

»Wie alt warst du?«, fragte Michelle. Sie konnte den Blick nicht von der Szene abwenden. Alles daran war golden und warm.

»Elf«, erwiderte Joey mit zitternder Stimme.

Michelle sah sie an.»Warum weinst du?«, fragte sie verwirrt.»Du wirkst hier so glücklich.«

»Es ist die letzte glückliche Erinnerung, die ich habe.«

Michelle betrachtete erneut die Szene. Joeys Haar war zu Zöpfen geflochten, und sie trug ein pinkfarbenes T-Shirt und eine Latzhose. Sie warf den Kopf zurück und lachte und lachte, das perfekte Abbild ihrer Mutter.

»Scheiß drauf«, sagte Joey. Sie riss Michelle mit einem Ruck aus dem Raum heraus und schlug die Tür zu. Das goldene Licht war fort, und sie standen wieder in dem düsteren Flur.

Joey ließ Michelles Hand los, ging dann zu einer anderen Tür und riss sie auf. Michelle lief los, um sie einzuholen. Drinnen saß Joeys Mutter mit Joey auf einem Bett. Joeys Mutter trug ein zerschlissenes Hauskleid mit Blumenmuster, und ihr Haar war ungekämmt. Joey trug ein blaues T-Shirt und ausgewaschene, aber saubere Jeans.

»Ich werde dich niemals alleinlassen, kleines Mädchen«, sagte Joeys Mutter, ihre Worte undeutlich. Sie tätschelte Joeys Kopf und spielte mit ihren Zöpfen. »Ich weiß nicht, woher du diese verrückten Ideen nimmst.«

Joeys Gesicht wirkte elend. »Du hast viel Zeit im Bett verbracht, Mommy«, sagte Joey und berührte die Wange ihrer Mutter. »Und du vergisst Sachen. Und du willst nie mehr essen...« Joeys Stimme verklang.

»Oh, kleines Mädchen, du weißt, deine Mutter hat ein schlechtes Gedächtnis«, sagte ihre Mutter, während sie sich in die Kissen zurücksinken ließ. Michelle sah jetzt, dass der Bauch von Joeys Mutter aufgetrieben und ihre Haut aschfarben war. Sogar das Weiße ihrer Augen war gelb. Joeys Mutter war krank – sehr krank. »Ich hatte schon immer ein schlechtes Gedächtnis«, fuhr Joeys Mutter fort. »Daran lässt sich nichts ändern. Dein Onkel Earl John ist hier, um mir bei der Erinnerung zu helfen.«

»Mommy«, sagte Joey und rückte näher an ihre Mutter heran. »Ich mag Onkel Earl John nicht. Ich verstehe nicht, warum er bei dir ist.«

»Kleines Mädchen«, sagte ihre Mutter, während sie sich wieder aufrichtete. Es sah mühsam aus. »Wenn du älter bist, wirst du begreifen, dass es schwer ist, ein Auskommen zu haben. Dein Onkel Earl John sorgt für uns. Er kauft uns, was wir brauchen.«

»Ich will verdammt nicht, was er kauft«, sagte Joey missmutig.

Ihre Mutter schlug ihr ins Gesicht.

»Sprich nicht in diesem Ton mit mir«, sagte Joeys Mutter. Sie klang zornig, aber ihr Blick zeigte Erschrecken. »Und benutze nicht solche hässlichen Worte.«

Die junge Joey rieb sich über die Wange, und die erwachsene Joey ahmte sie nach. Michelle wollte etwas Hilfreiches sagen, aber ihr fehlten die Worte. Ihre Eltern waren schrecklich gewesen, aber sie hatten sie zumindest nie geschlagen.

Dann begann Joeys Mutter zu weinen. »O Gott«, sagte sie und zog die junge Joey in ihre Arme. »Es tut mir so leid, kleines Mädchen. Ich liebe dich, und ich möchte dich einfach in Sicherheit wissen, nachdem ich ... Ich möchte dich einfach in Sicherheit wissen. Onkel Earl John wird dich beschützen. Das hat er mir versprochen.«

»Das war das einzige Mal, dass sie mich je geschlagen hat«, sagte die erwachsene Joey mit tränenschwerer Stimme. »Sie hat es nie zugelassen, dass mich *irgendjemand* anfasste. Niemals. Keiner der Schwanzlutscher, die sie geheiratet hat. Keiner derjenigen, mit denen sie einfach nur schlief. Sie konnten sie nach Strich und Faden verprügeln, aber sie ließ es niemals zu, dass sie mich schlugen.« Sie zog Michelle wieder in den Flur hinaus und schlug die Tür zu.

»Wohin jetzt?«, fragte Michelle. Eine Tür am Ende des Flurs wurde von zwei flackernden Wandleuchtern flankiert. Sie deutete darauf. »Was ist mit dieser?«

»Nein«, sagte Joey und trat einen Schritt zurück, während sie sich Tränen von den Wangen wischte.

»Vielleicht ist dort das, wonach wir suchen«, sagte Michelle, nahm Joeys Hand und zog sie auf die Tür zu.

»Michelle, nicht!«, schrie Joey.

Aber es war zu spät. Michelle öffnete bereits die Tür. Sie trat durch den Eingang, zog Joey mit sich und fand sich auf einem Hügel über einem Friedhof wieder. Eine kleine Gruppe Trauernder war um ein offenes Grab versammelt.

Michelle sah die junge Joey. Sie trug ein dunkelblaues Kleid und weinte. Neben ihr stand der Mann aus dem ersten Raum. Er rieb Joey über den Rücken, und dieser Anblick ließ die Haare in Michelles Nacken sich aufrichten.

Nun befand sich Michelle jäh im Wohnzimmer eines sehr schmalen, langen, rechteckigen Hauses. Auf Kartentischen standen Auflaufformen, und eine Gruppe Frauen kümmerte sich um das Essen und um Joey. Michelle konnte in die Küche blicken, wo eine Gruppe Männer redete und trank.

Die Frauen im Wohnzimmer tuschelten über das Gelage der Männer, während sie versuchten, Joey zum Essen zu animieren. Aber Joey saß nur zusammengesunken auf dem schäbigen Sofa und weinte.

Die Szene veränderte sich erneut. Draußen war es dunkel, und Michelle konnte jemanden an der Rückseite des Hauses herumlärmen hören. Joey saß noch immer auf dem Sofa, die Beine bis zum Kinn hochgezogen. Ihr Gesicht war ausdruckslos. Die Gäste waren gegangen, und jemand hatte das Wohnzimmer aufgeräumt.

»He, kleines Mädchen«, erklang eine laute, lallende Stimme. Joey reagierte nicht, aber Michelle wandte sich um. Der kleine Mann mit den krummen Beinen lehnte am Türrahmen. Sein Hemd wies Schweißflecke auf, und er hatte seine Krawatte gelockert. Es war der Mann von der Beerdigung. Joeys Onkel Earl John.

»Kleines Mädchen!«, sagte er lauter. Michelle konnte den Alkohol in seinem Atem riechen. »Hörst du mich?«

Joey antwortete einen Moment lang nicht, aber dann wandte sie sich ihm zu. »Nenn mich nicht so«, sagte sie mit tonloser Stimme. »Niemand außer meiner Mutter nennt mich so.«

»Nun, deine versoffene Junkie-Mutter ist mausetot«, sagte er und stieß sich vom Türrahmen ab. Er torkelte ins Wohnzimmer. »Alles Geld, was ich für diese Trinkerin ausgegeben habe, ist weg. Aber du, nun, du wirst das wiedergutmachen. Mein Haus sauber machen, mein Essen zubereiten und in mein Bett kommen.«

Er packte sie. Joey schrie und versuchte, ihm ihren Arm zu entziehen. Aber er hielt sie fest und riss sie vom Sofa.

Michelle wollte instinktiv Blasen treiben – aber nichts geschah.

Natürlich nicht. Dies war Joeys Erinnerung, und Michelle war nur Zuschauerin. Und dann erkannte Michelle, dass ihre Joey – die erwachsene Joey – fort war.

»Lass mich los!«, schrie Joey, aber ihre Stimme und ihr Gesicht wechselten ständig zwischen Kind und erwachsener Joey. »Lass mich los!« Sie trat um sich, aber es nützte nichts. Joey war nur ein mageres, schmächtiges Ding.

Nein. Nein. Nein. Nein. Ich will das nicht sehen, dachte Michelle. *Gott, ich will nicht.*

Die Erinnerung zerfiel allmählich, und Michelle fand sich in einem Schlafzimmer wieder. Ein Lichtstrahl von der geöffneten Badezimmertür fiel über das Bett. Der schwere Geruch nach Bourbon lag in der Luft.

An der Decke war ein Fleck, ein brauner Wasserfleck von einem Leck im Dach. Joey erinnerte sich genau daran, wie er aussah. Die Ränder waren dunkler als die Mitte. Und dann packte er ihre Beine und zwang sie auseinander. Joey schrie, und er ließ eines ihrer Beine los und machte sich an seiner Hose zu schaffen. Der Fleck sah aus wie Illinois.

Ein schweres Gewicht lag auf Joeys Brust. Sie konnte sich nicht rühren. Die Welt drehte sich, und sie dachte, ihr würde schlecht. Sie rollte sich herum und begann zu würgen. Er stieß sie aus dem Bett. »Kotz im Badezimmer.«

Joey kroch ins Bad. Die Fliesen waren blau, und Joey hatte ihre Farbe bis heute stets geliebt. Sie hob den Toilettensitz an und würgte trocken. Es kam nichts heraus, weil sie seit zwei Tagen nichts gegessen hatte.

Etwas lief ihr Bein hinunter. Sie wischte es ab. Ihre Hand war klebrig und roch wie der Fluss.

Die Erinnerung wechselte erneut. Earl John hielt Joey mit dem Gesicht nach unten auf dem Bett fest. Joey drückte ihr Gesicht ins Kissen und atmete den Geruch ihrer Mutter ein, der dort noch verweilte. Es war Mommys liebstes Rosenparfüm. Joey hörte ihre eigenen kläglichen Schreie und Earl Johns Ächzen, aber es klang, als wenn es von irgendwo anders käme. Von irgendwo weit weg.

Dann war er fertig, rollte sich von Joey herunter und ging in die Küche. Es war zu hören, wie der Kühlschrank geöffnet und ein Glas mit Eiswürfeln gefüllt wurde.

Joey wollte sterben. Sie könnte hier mit Mommys Duft in der Nase sterben. Sie wären zusammen, und sie würde die widerliche Klebrigkeit zwischen ihren Beinen nicht mehr spüren müssen.

»Bleib einfach so liegen, wie du gerade bist, kleines Mädchen«, sagte Earl John. »Ich werde dich heute Nacht gründlich durchficken.«

Joey wusste nicht, was er meinte. Aber sie wusste, dass Mommy nicht wollen würde, dass er sie anfasste. Mommy hatte nie zugelassen, dass einer von ihnen sie berührte. Niemals!

Earl John leerte seinen Drink und stellte das Glas auf den Toilettentisch. Er ging auf Joey zu, und erneut wechselte der Zeitpunkt.

Jemand schlug an die Eingangstür. Dann erklang das Geräusch berstenden Holzes. Earl John sprang auf, ging zum Beistelltisch und nahm eine Pistole aus der Schublade.

»Was zum Teufel…?«, sagte er, während er sich umwandte. Dann schrie er schrill auf. Joey rollte sich herum und sah Mommy im Eingang.

»Du tust meinem Baby weh«, sagte sie. Aber es war Joeys Stimme, die aus ihrem Mund drang. »Ich sagte dir, du solltest auf sie aufpassen.«

Earl John schoss Mommy zwei Mal in die Brust.

Aber Mommy lächelte nur. »Du kannst uns nicht mehr wehtun, Earl John«, sagte sie. Joey sprach die Worte lautlos mit. »Du kannst uns nicht mehr wehtun, du Scheißkerl.«

Und dann riss Mommy Earl John den Kopf ab.

Joey saß mitten auf dem Bett, die Knie bis unters Kinn hochgezogen. Sie hatte überall Schmerzen. Mommy kam und setzte sich auch aufs Bett.

»Es tut mir leid, kleines Mädchen, ich hätte dich nicht allein lassen sollen«, sagte sie. Ihre Stimme war noch immer Joeys.

»Ist schon gut, Mommy«, erwiderte Joey. Sie kroch zu Mommy und schlang die Arme um sie. Dann legte sie den Kopf auf Mommys Schulter. »Du bist jetzt hier.« Dann sah sich Joey in dem Raum um. Earl John war überall hingespritzt. Die Laken waren schmutzig und blutverschmiert. Dann betrachtete sie sich selbst. An ihren Armen und Beinen waren Blutergüsse, und an ihren Oberschenkeln war Blut. Sie begann zu zittern. »Was soll ich tun?«, fragte sie. »Ich muss etwas tun.«

Mommy lachte. »Nun, kleines Mädchen, du musst dich anziehen. Aber bevor du das tust, solltest du dich waschen. Benutz meine Dusche.«

Joey glitt vom Bett, aber ihre Beine waren schwach und hielten sie kaum aufrecht. Mommy ergriff sie und half ihr ins Bad. Mommy stellte das Wasser in der Dusche an, bis es warm – fast heiß – war. Sie half Joey in die Dusche, und dann seifte sich Joey von Kopf bis Fuß ein, bis sie nur noch Mommys Seife riechen konnte.

Dann half Mommy ihr beim Anziehen und flocht ihr Haar. Und zusammen gingen sie in Joeys Zimmer und packten einen Koffer. Dann ging Mommy in ihr eigenes Schlafzimmer zurück, durchsuchte die Sachen von Earl John und kam mit allem Bargeld zurück, das er besessen hatte.

»Wohin gehen wir, Mommy?«, fragte Joey.

»Wohin auch immer du willst, kleines Mädchen«, sagte Mommy mit Joeys Stimme. »Wohin auch immer du willst.«

Die Erinnerungen zerfielen, nachdem Joeys Mutter sie gerettet hatte.

Aber die eine Konstante waren von dieser schrecklichen Nacht an die Zombies. Nachdem sie ihre Mutter reanimiert hatte, begann sie, immer mehr der Toten zu erwecken. Sie befanden sich häufig in verschiedenen Stadien der Verwesung, aber der Geruch störte Joey überhaupt nicht. Je mehr Zombies Joey erweckte, desto stärker fühlte sie sich. Und Mommy war stolz auf sie.

Aber Mommy begann, wie alle Zombies, zu zerfallen. Da erkannte Joey, dass ihre Mutter wirklich tot war.

Joey bettete ihre Mutter wieder zur Ruhe und beließ es dabei. Dann tauchte sie in die Unterwelt von New Orleans ein und verwandelte sich in Hoodoo Mama. Als Hoodoo Mama beherrschte sie die Gauner, die Straßennutten und die Menschen, die am Rande der Gesellschaft gestrandet waren. Joey war in dieser Welt eine Königin, und ihre Rache gegenüber Männern, die Frauen wehtaten, erfolgte schnell und grausam.

Und Hoodoo Mama ließ es niemals wieder zu, dass jemand Joey wehtat.

Und während sie all das beobachtete, erkannte Michelle, dass sie sich geirrt hatte. Obwohl Michelle nichts mehr wollte, als das Entsetzen dessen, was in jener Nacht geschehen war, aus Joeys Verstand zu löschen, wäre es nicht richtig, das zu tun. Was geschehen war, gehörte nun zu Joey. Es hatte sie zu dem gemacht, wer und was sie war. Es gab Möglichkeiten, wie Joey mit ihrem Schmerz umgehen konnte, aber es wäre falsch, Adesina diesen Teil einfach auslöschen zu lassen. Wenn sie das täte, wäre Hoodoo Mama für immer verbannt.

Sie würden auf andere Art mit Mr. Jones und seinem Fähigkeiten raubenden Ass umgehen müssen.

Sobald sie das erkannte, war Michelle mit Joey und Adesina wieder in dem Flur. Joey saß auf dem Boden.

»Süße, wie bist du hierhergelangt?«, fragte Michelle Adesina. »Wir sagten doch, du solltest im Otterraum bleiben.«

»Ich weiß, Momma«, erwiderte Adesina. Sie saß auf ihren Hinterbeinen, die Vorderbeine in Joeys Händen. Tränen liefen Joeys Wangen hinab.»Aber Tante Joey brauchte mich, und du hast festgesteckt.«

»Hast du etwas gesehen?«, fragte Michelle nervös.

Adesina schüttelte den Kopf. »Nein, nur ein paar Zombies. Aber sie sind überall hier drinnen.«

Michelle setzte sich neben Joey auf den Boden. »Bist du okay?«, fragte sie.

Joey schüttelte den Kopf. »Ich weiß es nicht«, sagte sie. Sie sah Michelle an. Tränen befleckten ihre Wangen, und ihre Augen waren rot und geschwollen. »Meine Mutter kam zu mir zurück, und sie ließ ihn bezahlen. Sie sagte mir, sie würde mich beschützen.« Tränen rannen ihre Wangen hinab. »Verdammt, ich hasse Weinen«, sagte sie. »Und ich wollte niemals wieder darüber nachdenken. Hoodoo Mama hat es verdrängt.«

»Schau«, begann Michelle, während sie die Hand ausstreckte und Joey die Tränen vom Gesicht wischte. »Was dir passiert ist, ist entsetzlich. Und du warst noch ein Kind. Du hast getan, was du tun musstest, um zu überleben.«

»Der Scheißkerl hat es herausgefordert«, sagte Joey zischend.

»Oh, ich denke, das beschreibt es nicht annähernd«, erwiderte Michelle. Sie setzte sich vor Joey und nahm ihre Hände. »Aber du warst damals noch ein kleines Mädchen. Auch wenn sie deine Fähigkeit rauben, bist du jetzt doch eine erwachsene Frau. Sie können dich nicht kontrollieren.«

»Aber wenn ich nicht Hoodoo Mama bin, wer bin ich dann?«, fragte Joey mit klagender Stimme. »Du hast gesehen, was mir passiert ist. Wenn ich nicht Hoodoo Mama bin, wie kann ich diese Scheißkerle dann aufhalten?«

»Du bist Joey Hebert«, erwiderte Michelle. »Und Joey Hebert *ist* Hoodoo Mama, ob sie nun eine Wild-Card-Fähigkeit besitzt oder nicht. Das, zum Teufel, bist du. Und übermorgen werden wir Mr. Jones sagen, dass er, verdammt noch mal, aufhören soll, sich mit uns *beiden* anzulegen.«

»Momma«, sagte Adesina. »Achte auf deine Worte.«

An dem Morgen, an dem sie Mr. Jones treffen sollten, war es drückend und heiß. Joeys Augen brannten vom mangelnden Schlaf, und sie rieb sie sich. Sie hatte Michelle mitten in der Nacht aufstehen und nach unten gehen hören. Gegen vier Uhr war sie wieder zu Bett gegangen. Joey hatte angenommen, dass sie auch nicht schlafen konnte.

Um acht Uhr morgens klopfte es an der Haustür. Joey ging, von zwei kräftigen Zombies flankiert, zur Tür. Dort auf der Veranda stand eine blonde Frau in einem marineblauen Kostüm. Dann sah Joey einen schwarzen SUV mit getönten Scheiben vor dem Haus parken.

»Guten Morgen. Ich bin Clarice Cummings, und ich bin hier, um Miss Ponds Tochter abzuholen«, erklärte die blonde Frau höflich. »Würden Sie ihr bitte sagen, dass ich da bin?«

Ein weiterer von Mr. Jones' Tricks, dachte Joey sofort. Ihre Zombies traten auf die Cummings-Frau zu. »Nun, ich nenne das Schwachsinn, Lady. Sie können Mr. Jones sagen, er soll sich verpissen. Oder ich könnte Sie ihm einfach in Stücken zurückschicken.«

»Joey, es ist in Ordnung«, sagte Michelle, während sie zur Eingangstür trat. »Ich habe um einen Gefallen gebeten. Danke für die Hilfe, Miss Cummings. Adesina ist gleich hier.«

Miss Cummings lächelte. »Ich helfe gern. Adesina ist eine meiner Lieblingsschülerinnen.«

»Miss Cummings!«, rief Adesina und drängte sich zwischen Joeys und Michelles Beinen hindurch. »Momma, du hast mir nicht gesagt, dass Miss Cummings herkommen würde!«

Michelle lächelte. »Es sollte eine Überraschung sein. Außerdem hast du in dieser Woche zu viel Unterricht versäumt. Nun kannst du mit ihr gehen, und ich werde dich später am Nachmittag abholen.«

»Ich habe meine Schultasche nicht«, sagte Adesina beunruhigt.

»Das ist kein Problem«, erklärte Miss Cummings. »Heute haben wir alles im Computer.«

Adesina hüpfte aufgeregt auf und ab. Miss Cummings lachte, wandte sich dann um und ging die Treppe hinab. Adesina folgte ihr.

»Bekomme ich keinen Kuss?«, fragte Michelle mit gespielt trauriger Stimme.

Adesina fuhr herum und flog in Michelles Arme. »Tut mir leid, Momma«, sagte sie und drückte einen dicken Kuss auf Michelles Wange.

Michelle küsste Adesinas Stirn. »Bis bald«, sagte sie und setzte Adesina wieder ab.

Adesina lief zu Miss Cummings zurück und begann aufgeregt über den Unterricht zu plaudern.

Joey schüttelte den Kopf. »Ich verstehe das einfach nicht«, sagte sie. »Ich habe die Schule gehasst.«

»Nun, Adesina liebt sie«, erwiderte Michelle. »Und ich brauchte für sie heute einen sicheren Platz. Bevor wir in die Staaten zurückkamen, sprach ich mit Juliette darüber, wie ich Adesinas Erziehung angehen sollte. Ich wollte sie nicht in die Regelschule schicken, und es wäre für mich ungünstig gewesen, ihr Hausunterricht zu erteilen. Ich hatte sogar darüber nachgedacht, nach Joker Town zu ziehen und sie dort zur Schule zu schicken, aber ich habe mir Sorgen darüber gemacht, dass dort alles darum ginge, ein Joker zu sein. Und ich wollte ihr eine so normale Erziehung wie möglich angedeihen lassen.«

Joey lachte. »Du meinst, so normal wie möglich für einen Joker, der in den Geist anderer Wild Cards eindringen kann? Mit einer Mutter, die eines der mächtigsten Asse auf Erden ist?« Sie wandte sich um und ging hinein. »Kommst du mit?«

»Vermutlich«, erwiderte Michelle. Sie folgte Joey ins Haus und schloss dann die Tür. »Wie dem auch sei, Juliette machte dieses Programm für Kinder mit Wild Cards ausfindig. Sie beobachten ihre Entwicklung, sie werden eingestuft, und sie teilen ihnen dort einen Platz zu, an dem sie nicht die einzige Wild Cards sind. Es ist eine Mischung aus Zweien, Assen und Jokern. Und sie ermöglichen einen wirklich flexiblen Stundenplan. Adesina hat dort angefangen, als wir aus Afrika zurückkamen.«

Michelle und Joey gingen den Flur hinab in die Küche. Joey zog ihre Kaffeekanne hervor, und Michelle holte den Kaffee aus dem Schrank. Sie spielte mit einer Kante der Packung.

»Da ist noch etwas«, begann Michelle. »Miss Cummings weiß, dass Juliette Adesina bekommt, wenn mir etwas passiert.«

»Aber dir wird nichts passieren«, erwiderte Joey. »Ich meine, was können sie dir schon antun?«

Michelle zuckte die Achseln. »Wer weiß?«

Aber sie wussten es beide. Wenn Michelles Fähigkeiten geraubt werden könnten, dann könnte sie auch getötet werden.

Michelle war nicht mehr am Jackson Square gewesen, seit sie Little Fat Boys Atombombenexplosion abgefangen hatte. In einer Ecke des Parks befand sich ein Schrein für sie. Blumen und handgemachte Schilder schmückten einen kleinen offiziellen Aushang.

Ihr war bewusst, dass Mr. Jones den Jackson Square gewählt hatte, um sie zu verunsichern. Diese Explosion abzufangen hatte Michelle etwas Furchtbares angetan. Es hatte sie halb in den Wahnsinn getrieben und sie in ein Koma fallen lassen, in dem sie über ein Jahr allein umhergewandert war. Das heißt, bis Adesina sie gefunden und aus diesem düsteren, verrückten Ort herausgezogen hatte.

Der Platz und das umgebende Gebiet waren seltsam verwaist, und das gefiel Michelle überhaupt nicht. Sie und Joey waren hier die einzigen Leute. Sogar das Café Du Monde war merkwürdig leer. Dort lagerten normalerweise mindestens ein paar Obdachlose draußen auf den Bänken. Aber nicht heute Morgen. Das gehörte zweifellos zu Mr. Jones' Vorbereitungen.

Sie überprüfte die Umgebung. Mr. Jones war noch nicht eingetroffen, aber sie und Joey waren auch etwas zu früh gekommen. Joey behielt mit Zombie-Vögeln und -Insekten den gesamten Platz im Auge. Sie hatten vereinbart, dass Joey keine große Show aus ihrer Zombie-Fähigkeit machen würde. Nicht nur, weil sie Mr. Jones zeigen wollten, dass sie kooperierten, sondern auch, weil es für den Fall, dass Joey ihre Fähigkeit erneut entrissen würde, weniger tote Dinge gäbe, welche die andere Wild Card benutzen könnte.

»Wie zum Teufel haben sie alle hier weggeschafft?«, fragte Joey. Sie rammte die Hände in ihre Jeanstaschen.

Michelle zuckte die Achseln. »Ich habe keine Ahnung«, erwiderte sie. »Aber sie müssen genug Einfluss haben, um den Platz während des Mardi Gras räumen zu lassen.«

»Sie sind früh dran«, sagte Mr. Jones.

Michelle fuhr zusammen und wandte sich dann um. Dorothy und ein junger Mann in einem Kapuzen-T-Shirt standen neben ihm. Eine Blase bildete sich in ihrer Hand. Sie machte sie schwer. Würde sie ausgelöst, wäre sie höllisch schnell. Wenn sie traf, würde es ein Blutbad geben. Sie könnten ihr ihre Fähigkeit rauben, aber sie würde eine letzte Blase auslösen. Und damit etwas bewirken.

»Hallo, Michelle«, rief Dorothy strahlend. Sie trug heute ein hellblaues Kleid mit einer gestreiften Schürze, und ihr Haar war zu Zöpfen geflochten.

»Du befindest dich in schlechter Gesellschaft«, erwiderte Michelle. Die Blase zitterte in ihrer Hand. »Aber das ist ein hübsches Outfit.«

Dorothy lächelte und glättete ihren Rock. »Danke! Meine Mutter hat schon immer gesagt, ich würde letztendlich in Schwierigkeiten geraten.«

Es war eine merkwürdige Gruppe: das Mädchen, der Junge mit dem Kapuzen-T-Shirt und der Mann, der so offensichtlich ein Erst-töten-dann-Fragen-stellen-Typ war. Michelle wusste, dass Dorothys Fähigkeit die Teleportation war, so dass sie nicht die Diebin der Fähigkeiten sein konnte. Also blieben nur Mr. Jones und der Junge mit der bedauernswerten Gesichtsfarbe.

»Ich bin nur hier, um mich ein wenig zu unterhalten«, sagte Mr. Jones mit breitem Lächeln. Sein Anzug war frisch und makellos. »Dorothy kennen Sie bereits. Und das hier ist Dan. Er ist derjenige, der Miss Heberts Fähigkeit geraubt hat.«

»Ficker!«, schrie Joey.

»Oh, höchstwahrscheinlich nicht«, sagte Mr. Jones. »Befänden Sie sich in seiner Windrichtung, wüssten Sie, warum.«

»He!«, sagte Hoodie Boy.

»Warum erzählen Sie uns das?«, fragte Michelle. »Ich meine, sehen Sie diese Blase nicht? Kann Ihr Knabe uns beiden unsere Fähigkeiten entreißen, bevor ich die Blase auslösen kann?«

Mr. Jones lächelte, und Michelle wünschte wirklich, sie hätte es nicht gesehen. Sie hatte schon zuvor verrückte Leute bekämpft. Sie hatte sogar gegen Leute gekämpft, von denen sie überzeugt war, dass sie böse waren. Aber Mr. Jones war schlimmer. Seine Augen waren kalt und tot. Und der Anzug und sein Lächeln konnten nicht verbergen, dass er nichts Menschliches an sich hatte.

»Ich dachte, ich hätte mich klar ausgedrückt, Miss Pond«, sagte er. »Mich zu töten – oder sogar uns drei – wird meine Organisation nicht aufhalten. Betrachten Sie mich als Boten. Ich liefere Dinge, schicke Nachrichten, bringe den Müll raus. Ich bin im großen Plan der Dinge unwichtig.«

Er lächelte erneut. Es wurde durch Wiederholung nicht besser.

»Zum Beispiel«, sagte er, »könnte ich den jungen Dan hier töten.« Er griff mit einer raschen Bewegung in seine Jacke, zog eine Glock hervor und hielt sie dem Hoodie Boy an den Kopf.

»Verdammt!«, sagte Joey.

»Mist!«, sagte Hoodie Boy.

Michelle löste ihre Blase aus – aber Dorothy berührte Mr. Jones und Hoodie Boy und teleportierte sie zehn Fuß nach links. Die Blase traf den schmiedeeisernen Zaun des Parks und sprengte ein großes Loch hinein.

»Beruhigen Sie sich, Miss Pond«, sagte Mr. Jones. »Ich versuche nur zu erklären, dass sogar nützliche Leute irgendwann unnütz werden. Dan war dienlich, allerdings scheint seine Fähigkeit, anders als Ihre, inzwischen unberechenbar. Aber wir arbeiten daran.«

»Mensch, Alter«, sagte Hoodie Boy mit zitternder Stimme. »Ich tue, was immer du willst. Erschieß mich nicht einfach.«

»Miss Hebert hat eine sehr nette Fähigkeit, aber ihr psychologisches Profil ist ... suboptimal«, fuhr Mr. Jones mit leisem Lächeln fort, wobei er Dan ignorierte. »Sie ist zu labil, um uns noch wirklich anders zu nützen, als sie zu manipulieren.«

Michelle wollte ein Loch in ihn hineinschießen, wusste aber, dass Dorothy sie einfach wieder teleportieren würde.

Da hörte Michelle es. Ein schwacher, rauschender Laut über ihr.

Sie blickte hoch, und da – sich spiralförmig zu ihnen hinabbewegend – waren Hunderte Zombie-Vögel. Dan, Mr. Jones und Dorothy folgten ihrem Blick.

»Wie lästig«, sagte Mr. Jones. »Dorothy ...«

Das Mädchen ergriff die Rückseite von Dans Kapuze und teleportierte sie. Sie tauchten neben Joey wieder auf, und Dan packte ihre Hand. Joey schrie.

Die Zombievögel flogen plötzlich unstet umher und krachten ineinander.
Dann schrie Dan, und sein Gesicht wurde rot. Die Adern an seinem Hals traten hervor.
»Dan«, sagte Mr. Jones ruhig. »Du bist eine solche Enttäuschung.« Er verzog das Gesicht und richtete seine Glock erneut auf den Jungen. Eine modrige Taube flog Mr. Jones ins Gesicht, und dann keuchten Dan und Joey gleichzeitig.
Die Schar Zombievögel verband sich wieder und senkte sich auf Mr. Jones und Dan herab. »Du hast mit meiner Qual gespielt, Scheißkerl«, sagte Joey. »Das war nicht nett.«
Dan richtete sich auf und stürzte sich auf Michelle. Er berührte ihren bloßen Arm, und sie spürte ein furchtbares Reißen in ihrem Körper. Die Welt neigte sich und wurde einen Moment grau. Dann war der Kontakt unterbrochen, und Michelle taumelte rückwärts. Sie war innerlich leer, als hätte jemand einen Teil von ihr herausgerissen. Es war schrecklich.

Dan stieß einen wimmernden Laut aus und fiel auf die Knie, während sich Blasen in seinen Händen bildeten und in die auf ihn einstürzenden Zombievögel stiegen. Aber anstatt zu explodieren, schwebten die Blasen einfach weiter aufwärts, als bestünden sie aus Seifenwasser.

Dann floss Michelles Fähigkeit wie eine Gezeitenwoge wieder in sie zurück. Sie füllte sie aus, und Erleichterung durchströmte sie. Sie war wieder Bubbles.

Dan hockte noch immer auf dem Boden. Michelle war klar, dass er keine Fähigkeiten mehr rauben konnte. Also blieben nur noch Dorothy mit ihrer Teleportation und Mr. Jones und seine Glock.

»Kleines Mädchen«, sagte Joey mit kalter Stimme, »dein Name ist Dorothy? Ich schlage vor, dass du zu den Arschlöchern zurückeilst, die dich geschickt haben, und ihnen sagst, dass wir tabu sind. Oder es wird mehr *hiervon* geben.«

Und dann stürzte sich der Zombieschwarm blitzschnell auf Mr. Jones und Dan.

Dan lag einfach nur zuckend und schreiend da, während die Vögel ihn bedeckten. Michelle empfand kurzzeitig ein Schuldgefühl, als sie ihn gefangen unter den Vögeln sah, aber dann erinnerte sie sich daran, wie sie sich gefühlt hatte, als er ihr ihre Fähigkeit genommen hatte, und kalter Zorn erfüllte sie.

Mr. Jones zog seine Glock und begann zu schießen, aber seine Kugeln waren gegen den Zombieschwarm nutzlos. Dann senkte er seine Pistole und zielte auf Joey, aber es war bereits zu spät.

Die Vögel umschlossen ihn, und er schrie, als sie an seiner Haut zerrten. Er ließ seine Pistole fallen, riss die Vögel von seinem Gesicht und zerfetzte sie dabei. Doch es waren zu viele. Und sie regneten immer weiter auf ihn herab.

»Ich bin Hoodoo Mama, ihr Mistkerle«, sagte Joey. Ihr Tonfall klang eisig und gebieterisch. »Und dies ist *meine* Gemeinde.«

Dorothy schrie auf und verschwand.

Es wurde dunkel, und Michelle blickte erneut hoch. Der Himmel war jetzt von Tausenden toten Vögeln erfüllt, welche die Sonne ausschlossen. Krähen, Tauben, Wasservögel, Spatzen und weitere, die sie nicht kannte. Sie hatte Joey noch nie zuvor so viele tote Wesen auf einmal wieder zum Leben erwecken sehen.

Und als Michelle erneut zu Joey schaute, geschah das voller Ehrfurcht. Das ängstliche und nervöse Mädchen, das Michelle zu beschützen versucht hatte, war fort. Joeys Augen waren tiefschwarz geworden, und ihr Gesicht war von Zorn erfüllt. Es schien, als würde sie zunehmend größer. Als wäre sie eine Naturgewalt geworden.

Nein. Sie war nun eine Kraft, die über die Natur hinausging.

Eine Kraft, die stärker war als der Tod.

Sie war Hoodoo Mama geworden.

Und Gott helfe jedem, der sich mit ihr anlegte.

Im nächsten Moment verschwand Mr. Jones, vom Zombieschwarm verhüllt. Er schrie und schrie und schrie. Blut sammelte sich unter dem riesigen Vogelschwarm.

»O Jesus!«, schrie er. »Hilf mir! Jesus, hilf mir!«

»Jesus kann dich nicht retten, Scheißkerl«, sagte Joey mit kalter Stimme. »Niemand kann das.«

Dann fiel der Vogelschwarm in sich zusammen, während Mr. Jones zu Boden sank. Selbst da trat und schrie er noch.

»Mommy«, rief er. »Mommy!« Seine Stimme wurde zu einer schrillen Totenklage.

Dann verstummte er. Fast eine Minute lang zuckte sein Fuß noch aus der Masse der Vögel hervor.

Aber bald darauf hörte Mr. Jones auch damit auf.

Und Dan war bereits reglos und still.

Da wandte Joey sich um und sah Michelle mit glückseligem Lächeln auf dem Gesicht an.

»Ich denke, du hattest recht, Bubbles«, sagte sie. »Ich denke, ich werde *tatsächlich* genesen.«

Mit diesen Worten breitete Joey die Arme weit aus und drehte sich. Zehntausend Zombievögel wirbelten um sie herum und stiegen wieder zum Himmel auf.

GEORGE R. R. MARTIN

George R. R. Martin, Autor der bahnbrechenden Fantasy-Saga *Das Lied von Eis und Feuer*, Träger von Hugo, Nebula und World Fantasy Award, erreicht regelmäßig die *New-York-Times*-Bestsellerliste und wird auch der »amerikanische Tolkien« genannt.

Er wurde in Bayonne, New Jersey, geboren und verkaufte seine erste Geschichte 1971. Bald gehörte er zu den populärsten Science-Fiction-Autoren der siebziger Jahre. Er wurde Dauergast in Ben Bovas *Analog* mit Storys wie »With Morning Comes Mistfall« (Mit dem Morgen kommt der Niedergang der Nebel), »And Seven Times Never Kill A Man«, »The Second Kind of Loneliness« (Die zweite Stufe der Einsamkeit), »The Storms of Windhaven« (zusammen mit Lisa Tuttle, später gemeinsam erweitert zu dem Roman *Windhaven* [Kinder der Stürme/ Sturm über Windhaven]), »Override« (Überlagerung) und vielen mehr. Er verkaufte allerdings auch an anderen Stellen wie u. a. *Amazing, Fantastic, Galaxy* und *Orbit*. Für eine seiner *Analog*-Geschichten, den erstaunlichen Kurzroman »A Song for Lya« (Abschied von Lya), erhielt er 1974 seinen ersten Hugo Award.

Am Ende der Siebziger erreichte er den Höhepunkt seines Schaffens als Science-Fiction-Autor und schrieb seine besten Arbeiten in diesem Genre wie zum Beispiel »Sandkings« (Sandkönige), seine bekannteste Geschichte, die 1980 sowohl mit einem Nebula als auch einem Hugo ausgezeichnet wurde. 1985 erhielt er einen weiteren Nebula für »Portraits of His Children« (Bilder seiner Kinder), »The Way of

Cross and Dragon« (Der Weg von Kreuz und Drachen), das im gleichen Jahr einen Hugo Award erhielt (wodurch Martin als erster Autor in einem Jahr mit zwei Hugo Awards geehrt wurde), »Bitterblooms« (Bitterblumen), »The Stone City« (Die Steinstadt), »Starlady« (Starlady) und andere. Diese Geschichten wurden in *Sandkings* zusammengefasst, einer der besten Sammlungen jener Jahre. Inzwischen veröffentlichte er weniger bei *Analog*, schrieb jedoch eine lange Reihe von Geschichten über die komischen interstellaren Abenteuer von Haviland Tuf, die später als *Tuf Voyaging* (Planetenwanderer) erschienen und während der Achtziger in Stanley Schmidts *Analog* veröffentlicht wurden, außerdem ein paar starke Einzelgeschichten wie den Kurzroman »Nightflyers« (Nachtflieger). Der größte Teil seiner Arbeit in den späten Siebzigern und frühen Achtzigern erschien in *Omni*. In diese Zeit fiel auch die Veröffentlichung seines beachtlichen Romans *Dying of the Light* (Die Flamme erlischt), seines einzigen SF-Einzelromans, während seine Geschichten in *A Song for Lya*, *Sandkings* (Sandkönige), *Songs of Stars and Shadows* (Lieder von Sternen und Schatten), *Song the Dead Men Sing*, *Nightflyers* und *Portraits of His Children* gesammelt wurden. Anfang der Achtziger wandte er sich von der SF ab und dem Horror-Genre zu. Er veröffentlichte den großen Horrorroman *Fevre Dream* (Fiebertraum) und erhielt für seine Horrorgeschichte »The Pear-Shaped Man« (Der Birnenmann) den Bram Stoker Award und für die Werwolf-Erzählung »The Skin Trade« (In der Haut des Wolfes) den World Fantasy Award. Am Ende des Jahrzehnts brach der Markt für Horror-Literatur ein, und das kommerzielle Scheitern seines ehrgeizigen Horrorromans *The Armageddon Rag* (Armageddon Rock) trieb ihn von der Literatur zu einer erfolgreichen Karriere beim Fernsehen, wo er über ein Jahrzehnt als Story Editor und Producer an Serien wie *Twilight Zone* und *Beauty and the Beast* (Die Schöne und das Biest) mitwirkte.

Nach Jahren der Abwesenheit kehrte Martin 1996 mit

dem unglaublich erfolgreichen Fantasy-Roman *A Game of Thrones* (Die Herren von Winterfell/ Das Erbe von Winterfell) im Triumph in die Bücherwelt zurück, mit dem er *Das Lied von Eis und Feuer* eröffnete. Für die Erzählung »Blood of the Dragon« aus diesem Werk wurde Martin 1997 erneut mit dem Hugo Award ausgezeichnet. Die weiteren Bücher des Liedes von Eis und Feuer haben die Saga zum populärsten, meistgefeierten und bestverkauften Werk der modernen Fantasy gemacht. Gegenwärtig werden die Bücher von HBO fürs Fernsehen verfilmt. Die beliebte und preisgekrönte Serie *Game of Thrones* hat Martin auch über die Grenzen der Literatur hinaus bekannt gemacht – so wurde ihm in der satirischen Fernsehshow *Saturday Night Live* eine Figur gewidmet. Neben dem vorerst letzten Buch des Liedes von Eis und Feuer, *A Dance with Dragons* (Der Sohn des Greifen/ Ein Tanz mit Drachen), erschien eine große Sammlung, die seine gesamte Karriere umfasst, *GRRM: A Retrospective*, dazu ein Roman zusammen mit Gardner Dozois und Daniel Abraham, *Hunter's Run*, und er veröffentlichte als Herausgeber mehrere Anthologien zusammen mit Gardner Dozois, darunter *Warriors, Songs of the Dying Earth, Songs of Love and Death* und *Down These Strange Streets* sowie mehrere Bände seiner langjährigen Wild-Cards-Anthologiereihe mit den Titeln *Suicide Kings* und *Fort Freak*. 2012 wurde ihm von der World Fantasy Convention der Life Achievement Award für sein Lebenswerk verliehen.

Hier entführt uns Martin in das von Unruhen geplagte Westeros, die Heimat von Eis und Feuer, in die blutige Geschichte des Streits zwischen zwei sehr gefährlichen Frauen, deren erbitterte Feindschaft und gnadenloser Ehrgeiz ganz Westeros in einen katastrophalen Krieg stürzt.

DIE PRINZESSIN UND DIE KÖNIGIN
ODER
DIE SCHWARZEN UND DIE GRÜNEN

Übersetzt von Andreas Helweg

Eine Geschichte der Ursachen, Anfänge, Schlachten und Verrätereien jenes überaus tragischen Blutvergießens, das als der Drachentanz in die Geschichte einging, wie sie Erzmaester Gyldayn aus der Zitadelle von Altsass verfasst hat

(Hier zu lesen in der Abschrift
von George R. R. Martin)

Der Drachentanz ist der blumige Name für den grausamen, zerstörerischen Streit um den Eisernen Thron von Westeros, den zwei konkurrierende Linien des Hauses Targaryen in den Jahren 129 bis 131 n. A. E. austrugen. Die finsteren, turbulenten und blutigen Ereignisse jener Ära als »Tanz« zu bezeichnen mag uns sowohl unangemessen als auch grotesk erscheinen. Ohne Zweifel prägte ein Sänger diesen Ausdruck. »Der Tod der Drachen« wäre gewisslich ein passenderer Name, doch die Tradition und der Lauf der Zeiten prägten den eher poetischen Namen in die Seiten der Geschichtsbücher, und daher müssen wir gemeinsam mit den anderen tanzen.

Beim Tode König Viserys I. Targaryen erhoben zwei herausragende Anwärter Anspruch auf den Eisernen Thron:

seine Tochter Rhaenyra, das einzige überlebende Kind aus seiner ersten Ehe, und Aegon, sein ältester Sohn von seiner zweiten Frau. Inmitten des Chaos und Gemetzels, das durch ihre Rivalität ausgelöst wurde, meldeten auch andere Möchtegern-Könige Anspruch auf den Thron an und stolzierten zwei Wochen oder einen Mond lang wie Mimen auf großer Bühne einher, ehe sie ebenso schnell fielen, wie sie sich erhoben hatten.

Der Tanz spaltete die Sieben Königslande, da Lords, Ritter und gemeines Volk für die eine oder die andere Seite Partei ergriffen und die Waffen gegeneinander erhoben. Sogar durch das Haus Targaryen zog sich ein Riss, da die Angehörigen, Verwandten und Kinder der beiden Anwärter in die Kämpfe verwickelt wurden. Der zweijährige Krieg forderte zudem einen schrecklichen Blutzoll unter den großen Lords von Westeros sowie ihren Vasallen, Rittern und dem gemeinen Volk. Zwar überlebte die Dynastie, doch die Targaryen verloren einen Großteil ihrer Macht, und die letzten Drachen der Welt wurden stark dezimiert.

Der Tanz unterschied sich von jedem anderen Krieg in der langen Geschichte der Sieben Königslande. Obgleich Heere in blutige Schlachten zogen, fand ein großer Teil des Gemetzels zu Wasser und vor allem in den Lüften statt, wo die Drachen mit Zähnen, Klauen und Flammen aufeinander losgingen. Der Krieg zeichnete sich durch Heimtücke, Mord und auch Verrat aus, denn er wurde auch in den Schatten von Hinterzimmern und Treppenhäusern, in Ratssälen und auf Burghöfen geführt, mit Messern und Lügen und Gift.

Nach langem Schwelen brach der Konflikt am dritten Tag des dritten Mondes des Jahres 129 offen aus, als der dahinsiechende, bettlägerige König Viserys I. Targaryen im Roten Bergfried von Königsmund die Augen zu einem Nickerchen schloss und im Schlaf verschied. Seine Leiche wurde von einem Diener zur Stunde der Fledermaus entdeckt, zu welcher der König einen Becher Hippokras zu trinken pflegte.

Der Diener eilte zu Königin Alicent, deren Gemächer unmittelbar unter denen des Königs lagen.

Der Diener übermittelte die traurige Kunde der Königin direkt und nur ihr allein, ohne die gesamte Burg zu wecken, denn man erwartete den Tod des Königs bereits seit geraumer Zeit, und Königin Alicent und ihre Partei, die sogenannten Grünen[1], hatten Viserys' Garde und Dienerschaft genaue Anweisungen erteilt, was zu tun sei, wenn dieser Tag kam.

Sofort suchte Königin Alicent in Begleitung Ser Kriston Krauts, des Lordkommandanten der Königsgarde, das Schlafgemach des Königs auf. Sobald sie sich von Viserys' Tod überzeugt hatte, ließen Ihre Gnaden den Raum versiegeln und unter Bewachung stellen. Der Diener, der die Leiche des Königs entdeckt hatte, wurde in Gewahrsam genommen, damit er die Nachricht nicht verbreiten konnte. Ser Kriston kehrte in den Turm der Weißen Schwerter zurück und schickte seine Brüder von der Königsgarde aus, um die Mitglieder des Kleinen Rates zu versammeln. Dies geschah zur Stunde der Eule.

Damals wie heute besteht die Geschworene Bruderschaft der Königsgarde aus sieben Rittern, Männern, deren Treue

---

[1] Im Jahre 111 n. A. E. wurde zur Feier des fünften Jahrestages der Hochzeit von König Viserys mit Königin Alicent in Königsmund ein großes Turnier veranstaltet. Zum Eröffnungsfest trug die Königin ein grünes Kleid, während sich die Prinzessin dramatisch in Rot und Schwarz kleidete, den Farben der Targaryen. Dies blieb nicht unbemerkt, und so wurde es Brauch, von den »Grünen« oder den »Schwarzen« zu sprechen, wenn man die Parteigänger der Königin bzw. die Parteigänger der Prinzessin meinte. Im Turnier selbst waren die Schwarzen wesentlich erfolgreicher, denn Ser Kriston Kraut, der das Gunstband Prinzessin Rhaenyras trug, stieß alle Streiter der Königin aus dem Sattel, darunter zwei ihrer Vettern und ihren jüngsten Bruder Ser Gawan Hohenturm.

erwiesen ist und deren Fähigkeiten ihresgleichen suchen und die in feierlichem Eid geloben, den König und seine Familie mit ihrem Leben zu schützen. Nur fünf Weißröcke waren in Königsmund, als Viserys starb: Ser Kriston selbst, Ser Arryk Cargyll, Ser Rickard Thorn, Ser Steffon Finsterlyn und Ser Wylis Grimm. Ser Erryk Cargyll (Ser Arryks Zwillingsbruder) und Ser Lorent Marbrand weilten mit Prinzessin Rhaenyra auf Drachenstein und waren daher nicht dabei, als ihre Waffenbrüder durch die Nacht eilten und die Mitglieder des Kleinen Rates aus ihren Betten scheuchten.

Während die Leiche ihres Hohen Gemahls oben erkaltete, versammelten sich in den Gemächern der Königin darunter folgende Herrschaften: Königin Alicent selbst, ihr Vater Ser Otto Hohenturm, die Hand des Königs, Ser Kriston Kraut, der Lord Kommandant der Königsgarde, Großmaester Orwyl, Lord Lyman Biengraben, der Meister der Münze, ein Mann von achtzig Jahren, Ser Tyland Lennister, der Meister der Schiffe und Bruder des Lords von Casterlystein, Larys Kraft, genannt Larys Klumpfuß, der Lord von Harrenhal und Meister der Flüsterer, sowie Lord Jasper Wyld, genannt Eisenrute, der Meister des Rechts.

Großmaester Orwyl eröffnete die Sitzung mit einem Überblick über die üblichen Aufgaben und Prozeduren, die der Tod eines Königs nach sich zog. Er sagte: »Septon Konstans sollte gerufen werden, damit er die letzten Riten vollziehen und für die Seele des Königs beten kann. Außerdem muss sofort ein Rabe nach Drachenstein geschickt werden, um Prinzessin Rhaenyra über den Tod ihres Vaters zu unterrichten. Vielleicht könnten Ihre Gnaden die Königin den Brief selbst schreiben und diese traurige Nachricht mit mitfühlenden Worten mildern? Zum Tode eines Königs werden zudem stets die Glocken geläutet, um das Volk über sein Dahinscheiden zu unterrichten, darum sollte sich ebenfalls jemand kümmern, und natürlich müssen wir Vorbereitungen für Königin Rhaenyras Krönung...«

Ser Otto Hohenturm unterbrach ihn. »All dies muss warten«, verkündete er, »bis die Frage der Thronfolge geklärt ist.« Als Hand des Königs war er bevollmächtigt, mit der Stimme des Königs zu sprechen und in Abwesenheit des Herrschers sogar auf dem Eisernen Thron zu sitzen. Viserys hatte ihm die Regentschaft über die Sieben Königslande übertragen, und seine Herrschaft sollte fortdauern »bis zu dem Tage, an dem unser neuer König gekrönt ist«.

»Bis unsere neue *Königin* gekrönt ist«, entgegnete Lord Biengraben angriffslustig wie eine Wespe.

»*König*«, beharrte Königin Alicent. »Dem Rechte nach geht der Eiserne Thron nach dem Tod des Königs an dessen ältesten ehelich geborenen Sohn.«

Die darauffolgende Auseinandersetzung dauerte fast bis zum Morgengrauen. Lord Biengraben sprach sich für Prinzessin Rhaenyra aus. Der betagte Meister der Münze hatte König Viserys während seiner ganzen Herrschaft gedient und vor ihm sogar schon seinem Großvater Jaehaerys, dem Alten König. Er erinnerte den Rat daran, dass Rhaenyra älter war als ihre drei Brüder und dass in ihren Adern durch ihre Mutter Aemma mehr Targaryenblut floss, dass der verstorbene König sie zu seiner Thronfolgerin bestimmt hatte, dass er sich darüber hinaus wiederholt geweigert hatte, die Thronfolge zu ändern, obgleich Königin Alicent und ihre Grünen ihn darum gebeten hatten, sowie dass Hunderte von Lords und Rittern mit Landbesitz der Prinzessin im Jahre 105 n. A. E. ihre Ehrerbietung bezeugt und feierliche Eide geschworen hatten, ihre Rechte zu verteidigen.

Doch seine Worte stießen auf taube Ohren. Ser Tyland verwies darauf, dass viele Lords, die geschworen hatten, für Prinzessin Rhaenyra einzutreten, längst gestorben waren. »Das ist vierundzwanzig Jahre her«, sagte er. »Ich selbst habe keinen solchen Eid geleistet. Ich war damals noch ein Kind.« Eisenrute, der Meister des Rechts, zitierte die Beschlüsse des Großen Rats aus dem Jahr 101 und erinnerte daran, dass der Alte König selbst im Jahre 92 seinen zweitgeborenen Sohn Baelon anstelle seiner Enkelin Rhaenys zum Thronfolger ernannt hatte, hielt dann einen weitschweifigen Vortrag über Aegon den Eroberer und dessen Schwestern sowie die geheiligte andalische Tradition, der zufolge der Anspruch eines rechtmäßig geborenen Sohnes stets dem einer Tochter vorzuziehen sei. Ser Otto gemahnte den Rat, dass Rhaenyras Gemahl niemand anderer als Prinz Daemon sei: »Und wir wissen alle, was das für einer ist. Täuscht Euch nicht, sollte Rhaenyra jemals auf dem Eisernen Thron sitzen, so wird es Daemon sein, der herrscht, ein Prinzgemahl, so grausam und gnadenlos wie Maegor. Mein Kopf wird der erste sein, der rollt, daran zweifle ich nicht, doch der Kopf Eurer Königin, meiner Tochter, wird bald darauf folgen.«

Königin Alicent stimmte zu. »Sie werden auch meine Kinder nicht verschonen«, erklärte sie. »Aegon und seine Brüder sind die rechtmäßigen Söhne des Königs, sie haben einen größeren Anspruch auf den Thron als ihre Brut von Bastarden. Daemon wird einen Vorwand finden, um sie alle hinrichten zu lassen. Sogar Helaena und ihre Kleinen. Einer dieser Krafts, der junge Luk, hat Aemond das Auge ausgestochen, vergesst das nicht. Er war zwar noch ein Knabe, zugegeben, aber aus einem Jungen wird ein Vater, und Bastarde sind von Natur aus schlecht.«

Ser Kriston Kraut ergriff das Wort. Wenn die Prinzessin den Eisernen Thron bestiege, so gab er zu bedenken, werde Jacaerys Velaryon nach ihr herrschen. »Die Sieben seien dem Reich gnädig, wenn wir einen Bastard auf den Eisernen Thron setzen.« Er sprach über Rhaenyras lüsternes Wesen und die Ehrlosigkeit ihres Gemahls. »Sie werden den Roten Bergfried in ein Bordell verwandeln. Keines Mannes Tochter wird sich sicher wähnen dürfen, auch keines Mannes Weib. Selbst die Knaben ... Wir wissen ja, wie Laenor war.«

Die Aufzeichnungen geben keine Auskunft darüber, dass

auch Lord Larys Kraft etwas beitrug, doch dies verwundert nicht. Obgleich der Meister der Flüsterer zungenfertig sein konnte, wenn es sein musste, hortete er in der Regel seine Worte wie ein Geizhals seine Münzen und zog es vor, schweigend zuzuhören.

»Wenn wir das tun«, warnte Großmaester Orwyl den Rat, »beschwört das mit Sicherheit einen Krieg herauf. Die Prinzessin wird nicht einfach beseitetreten, und sie hat Drachen.«

»Und Freunde«, verkündete Lord Biengraben. »Männer von Ehre, die die Schwüre, die sie ihr und ihrem Vater geleistet haben, nicht vergessen. Ich mag ein alter Mann sein, doch ich bin noch längst nicht so alt, um widerspruchslos danebenzusitzen, während Euresgleichen hier Komplotte schmieden, um ihr die Krone zu stehlen.« Mit diesen Worten erhob er sich und wollte gehen.

Doch Ser Kriston Kraut drückte Lord Biengraben in seinen Stuhl zurück und schlitzte ihm mit dem Dolch die Kehle auf.

Und so gehörte das erste Blut, das im Drachentanz vergossen wurde, Lord Lyman Biengraben, dem Meister der Münze und Lord Kämmerer der Sieben Königslande.

Nach Lord Biengrabens Ableben gab es keinen weiteren Widerspruch. Den Rest der Nacht verbrachte man mit der Planung der Krönung des neuen Königs (alle waren sich darüber einig, dass die Krönung bald stattfinden müsse) und der Anfertigung von Listen, auf denen mögliche Verbündete und wahrscheinliche Feinde verzeichnet wurden für den Fall, dass sich Prinzessin Rhaenyra weigerte, König Aegons Thronbesteigung hinzunehmen. Dass die Prinzessin kurz vor der Niederkunft stand und in Drachenstein ans Wochenbett gefesselt war, verschaffte Königin Alicents Grünen einen Vorteil: Je länger Rhaenyra nichts vom Tod des Königs wusste, desto später konnte sie eingreifen. »Vielleicht stirbt die Hure ja im Kindbett«, sagte Königin Alicent.

In jener Nacht flogen keine Raben. Auch die Glocken schwiegen. Die Diener, die vom Tod des Königs wussten, wurden in den Kerker geworfen. Ser Kriston Kraut erhielt die Aufgabe, alle »Schwarzen« bei Hofe festzusetzen, also all jene Lords und Ritter, die möglicherweise für Prinzessin Rhaenyra Partei ergreifen könnten. »Verzichtet auf Gewalt, solange sie keinen Widerstand leisten«, befahl Ser Otto Hohenturm. »Jenen, die das Knie beugen und König Aegon die Treue schwören, soll von unserer Hand kein Leid widerfahren.«

»Und wer den Eid verweigert?«, fragte Großmaester Orwyl.

»Ist ein Verräter«, antwortete Eisenrute, »und soll den Tod eines Verräters sterben.«

Da ergriff Lord Larys Kraft, der Meister der Flüsterer, zum ersten und einzigen Mal das Wort. »Lasst uns diesen Eid als Erste ablegen«, sagte er, »damit es keine Verräter unter uns gibt.« Klumpfuß zog seinen Dolch und schnitt sich in die Handfläche. »Einen Blutschwur«, drängte er, »der uns alle bindet und uns bis zum Tod zu Brüdern macht.« Und so schnitten sich die Verschwörer die Handflächen auf, drückten einander die Hand und schworen sich Bruderschaft. Einzig Königin Alicent wurde ausgenommen, da sie eine Frau war.

Die Dämmerung zog über der Stadt herauf, als Königin Alicent die Königsgarde entsandte, um ihre Söhne in den Rat zu holen. Prinz Daeron, das sanftmütigste ihrer Kinder, weinte über den Tod seines Vaters. Der einäugige Prinz Aemond, neunzehn Jahre alt, war gerade in der Waffenkammer, wo er Rüstung und Kettenhemd für seine morgendlichen Übungen im Burghof anlegte. »Ist Aegon jetzt König«, fragte er Ser Wylis Grimm, »oder müssen wir vor der alten Hure niederknien und ihr die Fotze küssen?« Prinzessin Helaena frühstückte mit ihren Kindern, als die Königsgarde zu ihr kam ... doch als man sie fragte, wo Prinz Aegon, ihr Brudergemahl, sei, antwortete sie nur: »In meinem Bett ist er nicht, dessen könnt Ihr sicher sein. Aber Ihr könnt gern unter der Decke nachsehen, wenn Ihr wollt.«

Prinz Aegon fand man bei einer seiner Mätressen. Zuerst weigerte er sich, an den Plänen seiner Mutter mitzuwirken. »Meine Schwester ist die Thronerbin, nicht ich«, erklärte er. »Was ist das für ein Bruder, der seiner Schwester ihr Geburtsrecht stiehlt?« Erst als ihn Ser Kriston davon überzeugte, dass die Prinzessin ihn und seine Brüder mit Sicherheit hinrichten lassen würde, sobald sie die Krone trüge, begann er zu zweifeln. »Solange noch ein rechtmäßig geborener Targaryen lebt, darf kein Kraft hoffen, je auf dem Eisernen Thron zu sitzen«, sagte Kraut. »Rhaenyra bleibt gar keine andere Wahl, als Euch und Eure Brüder zu enthaupten, wenn sie ihren Bastarden ermöglichen will, nach ihr zu herrschen.« Dies und dies allein überzeugte Prinz Aegon davon, die Krone anzunehmen, die der Kleine Rat ihm anbot.

Ser Tyland Lennister wurde anstelle des verstorbenen Lord Biengraben zum Meister der Münze ernannt und übernahm umgehend die Kontrolle über die königliche Schatzkammer. Das Gold der Krone wurde in vier gleich große Teile aufgeteilt. Ein Viertel wurde der Eisernen Bank von Braavos zur Aufbewahrung anvertraut, ein zweites unter schwerer Bewachung nach Casterlystein überführt, ein drittes in gleicher Weise nach Altsass. Das letzte Viertel sollte für Bestechung und Geschenke zur Verfügung stehen und um Söldner anzuheuern, falls das nötig werden sollte. Auf der Suche nach einem Nachfolger für das Amt des Meisters der Schiffe wandte sich Ser Otto an die Eiseninseln und schickte einen Raben zu Dalten Graufreud, dem Roten Kraken, dem wagemutigen und blutrünstigen sechzehnjährigen Lord Schnitter von Peik, und bot ihm für seine Treue den Posten des Lord Admirals und einen Sitz im Kleinen Rat an (erfolglos, wie sich herausstellen sollte).

Ein Tag verging und dann ein zweiter. Weder die Septone

noch die Schweigenden Schwestern wurden in das Schlafgemach gerufen, in dem König Viserys' Leiche lag, aufquoll und zu verwesen begann. Keine Glocken läuteten. Raben flogen, aber nicht nach Drachenstein. Stattdessen trugen ihre Schwingen sie nach Altsass, Casterlystein, Schnellwasser, Rosengarten und zu vielen anderen Lords und Rittern, von denen Königin Alicent annahm, sie würden die Sache ihres Sohnes unterstützen.

Die Annalen des Großen Rates aus dem Jahre 101 n. A. E. wurden aus dem Archiv geholt und durchgesehen. Man schrieb genau heraus, welche Lords sich für Viserys und welche sich für Rhaenys, Laena oder Laenor ausgesprochen hatten. Die versammelten Lords hatten mit zwanzig zu eins für den männlichen Anwärter aus der männlichen Linie und gegen einen Thronfolger aus der weiblichen Linie gestimmt, aber es hatte auch Abweichler gegeben, und ebenjene Häuser würden höchstwahrscheinlich Prinzessin Rhaenyra unterstützen, sollte es zum Krieg kommen. Die Prinzessin konnte auf die Seeschlange und seine Flotte zählen, vermutete Ser Otto, und wahrscheinlich auf die meisten anderen Lords der Ostküste: die Lords Bar Emmon, Massie, Celtigar, Krabb mit ziemlicher Sicherheit und vielleicht sogar den Abendstern von Tarth. Abgesehen von den Velaryons verfügten alle über keine große Streitmacht. Die Nordmänner gaben mehr Anlass zur Sorge: Winterfell hatte sich in Harrenhal für Rhaenys ausgesprochen, desgleichen Lord Starks Vasallen, Staublin von Hüglingen und Manderly von Weißwasserhafen. Auch auf das Haus Arryn konnte König Aegon nicht zählen, denn in Hohenehr herrschte gegenwärtig eine Frau, Lady Jeyne, die Jungfrau des Grünen Tals, deren Rechte infrage gestellt würden, wenn Prinzessin Rhaenyra übergangen wurde.

Als größte Gefahr galt allerdings Sturmkap, denn das Haus Baratheon hatte stets eisern die Ansprüche von Prinzessin Rhaenys und ihren Kindern unterstützt. Zwar war der alte Lord Boremund inzwischen gestorben, doch sein Sohn zeigte sich noch streitlustiger als sein Vater, und die niederen Sturmlords würden ihm mit Sicherheit folgen, wo auch immer er sie hinführte.»Dann müssen wir dafür sorgen, dass er sie zu unserem König führt«, erklärte Königin Alicent. Woraufhin sie nach ihrem zweiten Sohn schickte.

Und so war es kein Rabe, der an jenem Tag in Richtung Sturmkap in die Lüfte aufstieg, sondern Vhagar, der älteste und größte Drache von Westeros. Auf ihrem Rücken saß Prinz Aemond Targaryen, dessen leere Augenhöhle ein Saphir schmückte.»Gewinne die Hand einer der vier Töchter Lord Baratheons«, beauftragte ihn sein Großvater Ser Otto, ehe er aufbrach.»Ganz egal, welche. Umgarne sie und heirate sie, dann wird Lord Borros die Sturmlande deinem Bruder mit Handkuss übergeben. Solltest du aber scheitern...«

»Ich scheitere nicht«, brauste Prinz Aemond auf.»Aegon bekommt Sturmkap und ich eins von den Mädchen.«

Als Prinz Aemond aufbrach, waberte bereits der Gestank aus dem Schlafgemach des toten Königs überall durch Maegors Feste, und bei Hofe und in der Burg kursierten die wildesten Geschichten und Gerüchte. Es waren schon so viele, deren Loyalität man bezweifelte, in die Verliese unter dem Roten Bergfried geworfen worden, dass sich selbst der Hohe Septon zu wundern begann und von der Sternensepte aus Altsass einen Brief schickte, in dem er sich nach einigen der Verschwundenen erkundigte. Ser Otto Hohenturm, der gründlicher plante als jede Hand des Königs zuvor, wünschte sich mehr Zeit für weitere Vorbereitungen, doch Königin Alicent wusste, dass sie die Krönung nicht länger hinauszögern konnten. Prinz Aegon war die Geheimniskrämerei leid.»Bin ich nun König oder nicht?«, wollte er von seiner Mutter wissen.»Wenn ich König bin, dann krönt mich auch.«

Am zehnten Tag des dritten Mondes des Jahres 129 n. A. E.

begannen die Glocken zu läuten und verkündeten das Ende einer Herrschaft. Endlich durfte Großmaester Orwyl seine Raben entsenden, und die schwarzen Vögel stoben zu Hunderten in den Himmel auf und verbreiteten die Nachricht von Aegons Aufstieg bis in die hinterste Ecke des Reiches. Man schickte nach den Schweigenden Schwestern, damit sie die Leiche des Königs für die Einäscherung vorbereiteten, und Reiter auf fahlen Pferden brachten die Neuigkeiten in Königsmund unter das Volk und riefen: »König Viserys ist tot, lang lebe König Aegon.« Als die Menschen die Herolde hörten, weinten manche, während andere jubelten, doch die meisten einfachen Leute starrten nur schweigend, verwirrt und argwöhnisch vor sich hin, und vereinzelt rief jemand laut: »Lang lebe die Königin.«

Währenddessen waren die hastigen Vorbereitungen für die Krönung in vollem Gange. Stattfinden sollte sie in der Drachengrube. Die Steinbänke unter der mächtigen Kuppel boten achtzigtausend Menschen Platz, und mit ihren dicken Wänden, dem starken Dach und den hohen Bronzetoren war die Grube gut zu verteidigen, falls jemand versuchen sollte, die Zeremonie zu stören.

Am festgelegten Tag setzte Ser Kriston Kraut König Viserys' und Königin Alicents ältestem Sohn die rubinbesetzte Stahlkrone Aegons des Eroberers aufs Haupt und rief Aegon aus dem Haus Targaryen, den Zweiten Seines Namens, zum König der Andalen und der Rhoynar und der Ersten Menschen, Herr der Sieben Königslande und Protektor des Reiches aus. Seine Mutter, die vom Volk geliebte Königin Alicent, setzte ihrer Tochter Helaena, Aegons Schwestergemahlin, ihre eigene Krone aufs Haupt. Sie gab ihrer Tochter einen Kuss auf beide Wangen, kniete vor ihr, neigte den Kopf und sprach: »Meine Königin.«

Da der Hohe Septon in Altsass weilte und zu alt und zu gebrechlich für die Reise nach Königsmund war, fiel es Septon Konstans zu, König Aegons Stirn mit heiligen Ölen zu salben und ihn in den Sieben Namen Gottes zu segnen. Manch aufmerksamem Beobachter unter den Zuschauern mag aufgefallen sein, dass nur vier Weißröcke dem neuen König aufwarteten, nicht fünf wie noch am Tag zuvor. Aegon II. hatte in der vorangegangenen Nacht den ersten Treubruch erlebt, als sich Ser Steffon Finsterlyn von der Königsgarde mitsamt seinem Knappen, zwei Dienern und vier Wachleuten aus der Stadt geschlichen hatte. Im Schutz der Dunkelheit waren sie durch ein Ausfalltor geflohen, um zu einem wartenden Fischerboot zu gelangen, das sie nach Drachenstein brachte. Mit sich führten sie eine gestohlene Krone: einen Reif aus gelbem Gold, der mit sieben Edelsteinen in verschiedenen Farben verziert war. Es handelte sich um die Krone, die König Viserys und vor ihm der Alte König Jaehaerys getragen hatte. Als Prinz Aegon sich entschied, den rubinbesetzten Reif aus valyrischem Stahl seines Namenspatrons, des Eroberers, zu tragen, hatte Königin Alicent befohlen, Viserys' Krone wegzuschließen, doch der Haushofmeister, dem diese Aufgabe übertragen worden war, machte sich stattdessen mit ihr davon.

Nach der Krönung geleiteten die verbliebenen Ritter der Königsgarde Aegon zu seinem Drachen, einem prächtigen Geschöpf mit glänzenden goldenen Schuppen und hellen rosafarbenen Membranschwingen. Sonnfeuer lautete der Name, den man diesem Drachen der goldenen Morgenröte gegeben hatte. Munkun berichtet uns, der König sei dreimal um die Stadt geflogen, ehe er innerhalb der Mauern des Roten Bergfrieds landete. Ser Arryk Cargyll führte Seine Gnaden in den fackelerleuchteten Thronsaal, wo Aegon II. vor eintausend Lords und Rittern die Stufen des Eisernen Throns erklomm. Lauter Jubel hallte durch den Saal.

Auf Drachenstein vernahm man keinen Jubel. Stattdessen hallten Schreie durch die Gänge und Treppenhäuser des Meerdrachenturms, gellten aus den Gemächern der Königin, wo Rhaenyra Targaryen seit drei Tagen in den Wehen lag. Das Kind hätte eigentlich erst in einem Mond zur Welt kommen sollen, doch die Nachrichten aus Königsmund hatten schwarzen Zorn in der Prinzessin entfacht, und ihre Wut schien die Geburt beschleunigt zu haben, als wäre das Kind in ihr ebenfalls wütend und kämpfte darum, auf die Welt zu kommen. Die Prinzessin schrie Flüche, während sie in den Wehen lag, und rief den Zorn der Götter auf ihre Halbbrüder und deren Mutter, die Königin, herab. In allen Einzelheiten schilderte sie die Qualen, die sie ihnen bereiten würde, ehe sie ihnen erlauben würde zu sterben. Auch das Kind in ihrem Leib verfluchte sie. »*Raus mit dir*«, schrie sie und zerkratzte sich den geschwollenen Bauch, während ihr Maester und ihre Hebammen versuchten, sie zurückzuhalten. »*Ungeheuer, Ungeheuer, raus mit dir, raus mit dir, RAUS MIT DIR!*«

Als das Kind schließlich auf die Welt kam, entpuppte es sich tatsächlich als Ungeheuer: ein totgeborenes Mädchen, missgestaltet und entstellt, mit einem Loch in der Brust, wo das Herz hätte sitzen sollen, und einem schuppigen Stummelschwanz. Am nächsten Tag, als der Mohnblumensaft ihre Schmerzen etwas gelindert hatte, verkündete Prinzessin Rhaenyra, der Name des toten Mädchens laute Visenya. »Sie war meine einzige Tochter, und sie haben sie umgebracht. Sie haben meine Krone gestohlen und meine Tochter ermordet, und dafür werden sie bezahlen.«

Und so begann der Tanz, als die Prinzessin ihren eigenen Rat einberief. Der »Schwarze Rat« stand gegen den »Grünen Rat« in Königsmund. Rhaenyra selbst übernahm den Vorsitz zusammen mit ihrem Onkelgemahl Prinz Daemon. Ihre drei Söhne waren ebenfalls darin, obgleich noch keiner das Mannesalter erreicht hatte (Jace war fünfzehn Jahre alt, Luk vierzehn Jahre und Gottfrid zwölf Jahre). Zwei Ritter der Königsgarde standen ihnen zur Seite: Ser Erryk Cargyll, Ser Arryks Zwillingsbruder, und der Westmann Ser Lorent Marbrand. Dazu kamen dreißig Ritter, einhundert Armbrustschützen und dreihundert weitere Waffenknechte.

Über mehr Männer verfügte die Besatzung von Drachenstein nicht. Diese Truppenstärke hatte stets als ausreichend gegolten, um eine so starke Festung zu verteidigen. »Für eine Eroberung taugt unsere Streitmacht allerdings kaum«, bemerkte Prinz Daemon säuerlich.

Im Schwarzen Rat saßen außerdem ein Dutzend geringerer Lords, die Vasallen und Gefolgsleute von Drachenstein: Darunter waren unter anderem Celtigar von der Klaueninsel, Steinhof von Krähenruh, Massie von Steintanz, Bar Emmon von Scharfspitze und Finsterlyn von Dämmertal. Doch der größte Lord, der Prinzessin Rhaenyra die Treue schwor, war Corlys Velaryon von Driftmark. Zwar war die Seeschlange alt geworden, aber Lord Corlys sagte gern, dass er am Leben hänge »wie ein ertrinkender Seemann am Wrack eines sinkenden Schiffes. Vielleicht haben die Sieben mich für diesen letzten Kampf aufgespart.« Mit Lord Corlys kam seine Gemahlin Prinzessin Rhaenys, fünfundfünfzig Jahre alt, deren schlankes Gesicht inzwischen Falten und deren silbernes Haar weiße Strähnen durchzogen, die aber noch immer so verwegen und furchtlos war wie mit zweiundzwanzig – vom gemeinen Volk wurde sie manchmal »die Königin der Herzen« genannt.

Die Mitglieder des Schwarzen Rates nannten sich selbst Getreue, wussten jedoch, dass König Aegon II. sie als Verräter bezeichnen würde. Jeder von ihnen hatte bereits Befehl erhalten, sich in Königsmund einzufinden, um im Roten Bergfried dem neuen König den Treueid zu leisten. All ihre Heere zusammen waren nicht einmal der Streitmacht ebenbürtig, die allein das Haus Hohenturm ins Feld führen konnte. Darüber hinaus verfügten Aegons Grüne noch über weitere Vorteile. Altsass, Königsmund und Lennishort waren die größten und wohlhabendsten Städte des Reiches, und alle drei wurden von den Grünen gehalten. Jedes sichtbare Zeichen bekräftigte Aegons Anspruch. Er saß auf dem Eisernen Thron. Er residierte im Roten Bergfried. Er trug die

Krone des Eroberers, führte das Schwert des Eroberers und war von einem Septon des Glaubens unter den Augen Zehntausender zum König gesalbt worden. Großmaester Orwyl saß in seinem Rat, und der Lord Kommandant der Königsgarde hatte den Prinzen mit eigener Hand gekrönt. Und außerdem war er ein Mann, was ihn in den Augen vieler zum rechtmäßigen König und seine Halbschwester zur Usurpatorin machte.

Dagegen hatte Rhaenyra nur wenig vorzuweisen. Einige ältere Lords mochten sich noch an die Eide erinnern, die sie geschworen hatten, als sie zur Prinzessin von Drachenstein und Erbin ihres Vaters erklärt worden war. Einst war sie von Hochgeborenen und Gemeinen gleichermaßen geliebt worden, und man hatte sie als die Wonne des Reiches gepriesen. Damals hatten viele junge Lords und edle Ritter um ihre Gunst geworben, doch wie viele jetzt noch für sie kämpfen würden, nun, da sie eine verheiratete Frau war, längst nicht mehr jung und nach sechs Geburten erkennbar dicker geworden war, konnte niemand sagen. Auch wenn ihr Halbbruder die Schatzkammer ihres Vaters geplündert hatte, stand der Prinzessin immer noch das Vermögen des Hauses Velaryon zur Verfügung, und die Flotte der Seeschlange sicherte ihr die Überlegenheit auf See. Darüber hinaus verfügte ihr Gemahl Prinz Daemon, der schon auf den Trittsteinen erfolgreich Schlachten geschlagen hatte, über mehr Erfahrung in der Kriegskunst als all ihre Feinde zusammen. Und zu guter Letzt hatte Rhaenyra immer noch ihre Drachen.

»Genau wie Aegon«, gab Lord Steinhof zu bedenken.

»Wir haben mehr«, sagte Prinzessin Rhaenys, die Königin der Herzen, die schon länger Drachenreiterin war als alle anderen Anwesenden. »Und unsere sind, Vhagar ausgenommen, größer und stärker. Hier auf Drachenstein gedeihen Drachen am besten.« Sie zählte die Drachen für den Rat auf. König Aegon hatte Sonnfeuer. Ein prächtiges Tier, allerdings noch jung. Aemond Einauge ritt Vhagar, und die Gefahr, die von Königin Visenyas ehemaligem Reittier ausging, ließ sich nicht leugnen. Königin Helaenas Drache war Traumfeuer, die einstmals Rhaena, die Schwester des Alten Königs, durch die Wolken getragen hatte. Prinz Daeron ritt Tessarion, deren Schwingen so dunkel wie Kobalt und deren Klauen und Kamm und Bauchschuppen so hell wie getriebenes Kupfer waren. »Das wären vier Drachen, die groß genug sind, um zu kämpfen«, sagte Rhaenys. Königin Helaenas Zwillinge, Prinz Jaehaerys und Prinzessin Jaehaera, hatten ebenfalls eigene Drachen, doch sie waren gerade erst geschlüpft; der jüngste Sohn des Usurpators, Prinz Maelor, besaß lediglich ein Ei.

Dagegen standen Prinz Daemon mit Caraxes und Prinzessin Rhaenyra mit Syrax, beides riesige und furchterregende Geschöpfe. Besonders Caraxes war furchteinflößend, und nach den Schlachten auf den Trittsteinen waren ihm Blut und Feuer nicht mehr fremd. Rhaenyras drei Söhne von Laenor Velaryon waren ebenfalls Drachenreiter; Vermax, Arrax und Tyraxes gediehen prächtig und wurden von Jahr zu Jahr größer. Aegon dem Jüngeren, dem älteren von Rhaenyras zwei Söhnen von Prinz Daemon, gehörte der junge Drache Sturmwolke, den er allerdings erst noch besteigen musste; sein kleiner Bruder Viserys trug sein Drachenei stets bei sich. Rhaenys' Drachendame Meleys, die Rote Königin, war zwar träge geworden, konnte aber immer noch schrecklich sein, wenn man sie reizte. Aus Prinz Daemons Zwillingen von Laena Velaryon konnten ebenfalls noch Drachenreiter werden. Baelas Drachendame, die schlanke, hellgrüne Mondtänzerin, würde bald groß genug sein, um das Mädchen auf ihrem Rücken zu tragen… und auch wenn aus dem Ei ihrer Schwester Rhaena nur ein missgestaltetes Geschöpf geschlüpft war, das binnen Stunden gestorben war, hatte Syrax vor kurzem erneut ein Gelege angelegt. Eines ihrer Eier hatte Rhaena erhalten, und es hieß, das Mädchen nehme es jede Nacht mit ins Bett und bete für einen Drachen, der ebenso groß werden sollte wie der ihrer Schwester.

Darüber hinaus hausten noch sechs weitere Drachen in den verrauchten Höhlen des Drachenbergs oberhalb der Burg. Zu ihnen zählten Silberschwinge, das alte Reittier der Guten Königin Alysanne, Seerauch, das hellgraue Untier, das der Stolz und die Leidenschaft Ser Laenor Velaryons gewesen war, und der uralte Vermithor, der seit dem Tode König Jaehaerys' nicht mehr geritten worden war. Auf der Rückseite des Berges lebten drei wilde Drachen, die kein Lebender und kein Toter je bestiegen oder geritten hatte. Das gemeine Volk hatte sie Schafsdieb, Graugeist und Kannibale genannt. »Findet Reiter, die Silberschwinge, Vermithor und Seerauch besteigen, dann haben wir neun Drachen gegen Aegons vier. Und wenn sich noch Reiter finden, die ihre wilden Vettern zähmen können, sind es zwölf, und da ist Sturmwolke nicht einmal mitgezählt«, erläuterte Prinzessin Rhaenys. »So werden wir diesen Krieg gewinnen.«

Lord Celtigar und Lord Steinhof stimmten ihr zu. Aegon der Eroberer und seine Schwestern hatten bewiesen, dass Ritter und Heere gegen Drachenfeuer nichts ausrichten konnten. Celtigar drängte die Prinzessin, sofort nach Königsmund zu fliegen und die Stadt in Schutt und Asche zu legen. »Und was soll uns das bringen, Mylord?«, verlangte die Seeschlange zu wissen. »Wir wollen in dieser Stadt herrschen, nicht sie niederbrennen.«

»Dazu wird es nicht kommen«, beharrte Celtigar. »Der Usurpator wird keine andere Wahl haben, als uns seine Drachen entgegenzuwerfen. Unsere neun sollten seine vier auf jeden Fall besiegen können.«

»Zu welchem Preis?«, fragte Prinzessin Rhaenyra. »Meine Söhne würden drei dieser Drachen reiten, vergesst das nicht. Und es wären nicht neun Drachen gegen vier. Ich bin im Augenblick noch nicht kräftig genug, um zu fliegen. Und wer soll Silberschwinge, Vermithor und Seerauch reiten? Ihr, Mylord? Ich glaube kaum. Es wären fünf Drachen gegen vier, und einer von ihnen wäre Vhagar. Somit hätten wir keinen Vorteil.«

Prinz Daemon stimmte seiner Gemahlin überraschend zu. »Auf den Trittsteinen haben meine Feinde gelernt, schnell zu fliehen und sich zu verstecken, sobald sie Caraxes' Schwingen am Himmel sahen oder sein Gebrüll hörten... aber sie hatten keine eigenen Drachen. Ein Mann wird nur sehr schwer zum Drachentöter. Aber *Drachen* können andere Drachen töten und haben es auch schon getan. Das wird Euch jeder Maester sagen, der die Geschichte Valyrias studiert hat. Ich werde unsere Drachen erst gegen den Usurpator einsetzen, wenn mir nichts anderes mehr übrig bleibt. Wir können sie auf andere, klügere Art und Weise einsetzen.« Daraufhin legte der Prinz dem Schwarzen Rat seine eigene Strategie vor. Rhaenyra sollte ebenfalls zur Königin gekrönt werden, um die Rechtmäßigkeit von Aegons Krönung in Zweifel zu ziehen. Danach würden sie Raben aussenden und die Lords der Sieben Königslande auffordern, der wahren Königin die Treue zu schwören.

»Ehe wir in die Schlacht ziehen, müssen wir diesen Krieg mit Worten führen«, erklärte der Prinz. Die Lords der großen Häuser seien der Schlüssel zum Sieg, behauptete Daemon. Ihre Gefolgsleute und Vasallen würden sich ihnen anschließen. Aegon der Usurpator hatte sich die Treue der Lennisters von Casterlystein gesichert, und Lord Tyrell von Rosengarten war noch ein quengelnder Knabe in Windeln, dessen Mutter, die in seinem Namen als Regentin über die Weite herrschte, sich höchstwahrscheinlich an ihren übermächtigen Vasallen, den Hohenturms, orientieren würde... doch die übrigen großen Lords des Reiches mussten sich erst noch für eine Seite erklären.

»Sturmkap wird zu uns halten«, meinte Prinzessin Rhaenys. Ihre Mutter war eine Baratheon gewesen, und der verstorbene Lord Boremund war ihr stets ein zuverlässiger Freund gewesen.

Prinz Daemon hatte außerdem guten Grund zu hoffen, dass die Jungfrau des Grünen Tals sie ebenfalls unterstützen würde. Mit ziemlicher Sicherheit würde Aegon Peik um Unterstützung ersuchen, denn nur die Eiseninseln konnten hoffen, der Seemacht des Hauses Velaryon etwas entgegenzusetzen. Doch die Eisenmänner waren wankelmütig, und Dalten Graufreud liebte das Blut und die Schlacht – er würde sich leicht überreden lassen, die Prinzessin zu unterstützen.

Der Norden war zu weit entfernt, um eine wichtige Rolle zu spielen, beschloss der Rat; ehe die Starks zu den Fahnen riefen und in den Süden marschierten, war der ganze Krieg womöglich bereits vorüber. So blieben die Flusslords, ein für seine Streitlust berüchtigter Haufen, der, zumindest dem Namen nach, vom Haus Tully von Schnellwasser beherrscht wurde. »Wir haben Freunde in den Flusslanden«, sagte der Prinz, »wenngleich auch einige von ihnen es noch nicht wagen, sich offen zu uns zu bekennen. Wir brauchen einen Ort, wo sie sich versammeln können, einen Brückenkopf auf dem Festland, der groß genug ist, um ein ansehnliches Heer zu beherbergen, und stark genug, um jeder Streitmacht standzuhalten, die der Usurpator gegen sie ins Feld führen könnte.« Er deutete auf eine Karte. »Hier. Harrenhal.«

Und so wurde es beschlossen. Prinz Daemon würde mit Caraxes einen Angriff auf Harrenhal führen. Prinzessin Rhaenyra würde auf Drachenstein bleiben, bis sie wieder zu Kräften kam. Die Flotte der Velaryons würde die Gurgel vom offenen Meer abschneiden und von Drachenstein und Driftmark aus allen Schiffen die Einfahrt in die Schwarzwasserbucht verwehren. »Wir sind nicht stark genug, um Königsmund im Sturm zu erobern«, stellte Prinz Daemon fest, »ebenso wenig, wie unsere Feinde darauf hoffen dürfen, Drachenstein einzunehmen. Aber Aegon ist ein grüner

Junge, und grüne Jungen lassen sich leicht reizen. Vielleicht können wir ihn zu einem überhasteten Angriff verleiten.« Die Seeschlange erhielt den Befehl über die Flotte, und Prinzessin Rhaenys sollte sie auf Meleys in der Luft begleiten, um einen Angriff der feindlichen Drachen zu verhindern. Inzwischen würden Raben nach Schnellwasser, Hohenehr, Peik und Sturmkap fliegen und die dortigen Lords um ein Bündnis ersuchen.

Daraufhin ergriff Jacaerys, der älteste Sohn der Königin, das Wort. »*Wir* sollten diese Briefe den Lords überbringen«, sagte er. »Drachen werden die Lords weit besser überzeugen als Raben.« Sein Bruder Lucerys stimmte ihm zu und fügte hinzu, er und Jace seien schon Männer oder zumindest schon alt genug. »Unser Onkel nennt uns Krafts und behauptet, wir seien Bastarde, aber wenn die Lords uns auf einem Drachen reiten sehen, werden sie seine Lüge erkennen. Nur *Targaryen* reiten Drachen.« Selbst der junge Gottfrid fiel mit ein und bot an, seinen Drachen Tyraxes zu besteigen und sich seinen Brüdern anzuschließen.

Prinzessin Rhaenyra verbot es, Gottfrid war erst zwölf. Jacaerys war fünfzehn und Lucerys vierzehn Jahre alt, beide waren stramme, kräftige Burschen, die mit Waffen umzugehen wussten und schon lange als Knappen gedient hatten. »Wenn ihr fliegt, dann fliegt ihr als Boten, nicht als Ritter«, schärfte sie ihnen ein. »Ihr dürft euch nicht in einen Kampf verwickeln lassen.« Und bevor die Jungen nicht einen feierlichen Eid auf den *Siebenzackigen Stern* abgelegt hatten, stimmten Ihre Gnaden nicht zu, sie als Gesandte einzusetzen. Jace, der ältere der Brüder, sollte die längere Reise und die gefährlichere Aufgabe übernehmen und zuerst nach Hohenehr fliegen, um mit der Lady des Grünen Tals zu verhandeln, daraufhin nach Weißwasserhafen, um Lord Manderly zu gewinnen, und schließlich nach Winterfell, um sich mit Lord Stark zu treffen. Luks Reise sollte kürzer und sicherer sein. Er sollte seinen Drachen nach Sturmkap lenken, wo ihn, wie man erwartete, Borros Baratheon herzlich willkommen heißen würde.

Am nächsten Tag wurde eine eilige Krönungszeremonie durchgeführt. Dass Ser Steffon Finsterlyn, der zu Aegons Königsgarde gehört hatte, passend dazu auf Drachenstein ankam, gab Anlass zu großer Freude, besonders als man erfuhr, dass er und die anderen Getreuen (»Überläufer« hatte Ser Otto sie genannt, als er für ihre Ergreifung eine Belohnung aussetzte) die gestohlene Krone von König Jaehaerys dem Schlichter mitgebracht hatten. Dreihundert Augenpaare bezeugten, wie Prinz Daemon Targaryen seiner Gemahlin die Krone des Alten Königs aufs Haupt setzte und Rhaenyra aus dem Hause Targaryen, die Erste Ihres Namens, zur Königin der Andalen, der Rhoynar und der Ersten Menschen ausrief. Für sich selbst beanspruchte der Prinz den Titel Protektor des Reiches, und Rhaenyra erklärte ihren ältesten Sohn Jacaerys zum Prinzen von Drachenstein und Erben des Eisernen Throns.

Ihre erste Handlung als Königin bestand darin, Ser Otto Hohenturm und Königin Alicent zu Verrätern und Rebellen zu erklären. »Was meine Halbbrüder und meine süße Schwester Helaena betrifft«, verkündete sie, »so wurden sie von bösen Beratern in die Irre geführt. Mögen sie nach Drachenstein kommen, das Knie beugen und mich um Vergebung bitten, so werde ich frohen Herzens ihr Leben verschonen und sie erneut in mein Herz schließen, denn sie sind von meinem Blute, und kein Mann und keine Frau ist so verflucht wie der Sippenmörder.«

Die Nachricht von Rhaenyras Krönung erreichte den Roten Bergfried am nächsten Tag und verärgerte Aegon den Zweiten zutiefst. »Meine Halbschwester und mein Onkel haben sich des Hochverrats schuldig gemacht«, verkündete er. »Sie sollen enteignet, gefangen genommen und getötet werden.«

Kühlere Köpfe im Grünen Rat wollten verhandeln. »Wir

müssen der Prinzessin klarmachen, dass ihre Sache hoffnungslos ist«, brachte Großmaester Orwyl vor. »Ein Bruder sollte nicht gegen seine Schwester in den Krieg ziehen. Schickt mich zu ihr, damit ich mit ihr sprechen und zu einer gütlichen Einigung gelangen kann.«

Doch Aegon wollte nichts davon hören. Septon Konstans berichtet uns, dass Seine Gnaden den Großmaester der Untreue bezichtigten und davon sprachen, ihn in eine Schwarze Zelle »zu Euren Schwarzen Freunden« zu werfen. Doch als die beiden Königinnen – seine Mutter Königin Alicent und seine Schwestergemahlin Königin Helaena – sich für Orwyls Vorschlag aussprachen, gab der König widerstrebend nach. Also wurde Großmaester Orwyl unter dem Friedensbanner über die Schwarzwasserbucht geschickt. Zu seinem Gefolge zählten unter anderem Ser Arryk Cargyll von der Königsgarde und Ser Gawan Hohenturm von den Goldröcken, dazu zwei Dutzend Schreiber und Septone.

Der König unterbreitete ein großzügiges Angebot. Wenn die Prinzessin ihn als König anerkenne und ihm vor dem Eisernen Thron die Treue gelobe, werde Aegon II. sie als Prinzessin von Drachenstein bestätigen und ihren ältesten Sohn Jacaerys als Erben von Insel und Burg einsetzen. Ihr zweiter Sohn Lucerys würde als rechtmäßiger Erbe von Driftmark und all der Länder und Besitztümer des Hauses Velaryon anerkannt; ihre Söhne von Prinz Daemon, Aegon der Jüngere und Viserys, würden ehrenhafte Stellungen bei Hofe erhalten, Ersterer als Knappe des Königs, Letzterer als sein Mundschenk. All jenen Lords und Rittern, die sich mit Rhaenyra zum Verrat gegen ihren wahren König verschworen hatten, werde Begnadigung zuteil.

Rhaenyra hörte sich diese Bedingungen mit steinerner Miene schweigend an, dann fragte sie Orwyl, ob er sich an ihren Vater, König Viserys, erinnere. »Gewiss, Euer Gnaden«, antwortete der Großmaester. »Vielleicht könnt Ihr uns mitteilen, wen er als seine Erbin und Thronfolgerin eingesetzt hat«, sagte die Königin, die Krone auf dem Haupt. »Euch, Euer Gnaden«, erwiderte Orwyl. Und Rhaenyra nickte und sprach: »So gesteht Ihr also selbst ein, dass ich Eure rechtmäßige Königin bin. Weshalb steht Ihr dann in Diensten meines Halbbruders, des Prätendenten? Sagt meinem Halbbruder, entweder bekomme ich meinen Thron oder ich hole mir seinen Kopf.« So sprach sie und schickte die Gesandten ihrer Wege.

Aegon II. war zweiundzwanzig Jahre alt: Er erzürnte schnell und verzieh nur langsam. Rhaenyras Weigerung, seine Herrschaft anzuerkennen, versetzte ihn in Wut. »Ich habe ihr einen ehrenvollen Frieden angeboten, und doch spuckt die Hure mir ins Gesicht«, erklärte er. »Was von nun an geschieht, hat sie sich selbst zuzuschreiben.«

Und während er noch sprach, hatte der Tanz bereits begonnen. Auf Driftmark stachen die Schiffe der Seeschlange von Holk und Gewürzstadt in See, um die Gurgel abzuriegeln und die Handelsschifffahrt von und nach Königsmund zu unterbinden. Kurz darauf flog Jacaerys Velaryon auf seinem Drachen Vermax gen Norden und sein Bruder Lucerys auf Arrax gen Süden, während Prinz Daemon auf Caraxes zum Trident aufbrach.

Harrenhal hatte schon einmal einem Angriff aus der Luft nichts entgegenzusetzen gehabt, als Aegon der Drache die Burg niederwarf. Der betagte Kastellan Ser Simon Kraft holte sofort die Banner ein, als sich Caraxes auf dem Königsbrandturm niederließ. Zusätzlich zur Burg fielen Prinz Daemon auf einen Streich der nicht unbeträchtliche Reichtum des Hauses Kraft und ein Dutzend wertvoller Geiseln in die Hände, darunter auch Ser Simon selbst sowie dessen Enkel.

Währenddessen flog Prinz Jacaerys auf seinem Drachen nach Norden, um mit Lady Arryn aus dem Grünen Tal, Lord Manderly von Weißwasserhafen, Lord Borrell und Lord Sunderland von Schwestering und Cregan Stark von Winterfell zu sprechen. Der Prinz war so charmant und sein Drache so furchterregend, dass alle Lords, die er aufsuchte, seiner Mutter ihre Unterstützung zusicherten.

Wäre der »kürzere und sichere« Flug seines Bruders ebenso gut verlaufen, wäre wohl viel Blutvergießen und Leid vermieden worden.

Die Tragödie, die Lucerys Velaryon bei Sturmkap erlitt, war nicht geplant, darin sind sich alle Quellen einig. Die ersten Schlachten des Drachentanzes wurden mit Federkielen und Raben ausgetragen, mit Drohungen und Versprechungen, mit Erlassen und Schmeicheleien. Der Mord an Lord Biengraben im Grünen Rat hatte sich noch nicht weit herumgesprochen; die meisten glaubten, Lord Lyman schmachte lediglich im Kerker. Zwar waren allerlei bekannte Gesichter nicht mehr bei Hofe zu sehen, aber es wurden auch noch keine aufgespießten Köpfe über dem Burgtor zur Schau gestellt, und so hofften viele noch immer, die Thronfolge könne auf friedliche Weise geklärt werden.

Doch der Fremde hatte andere Pläne. Gewisslich hatte er die Hand im Spiel, als ein ungünstiges Schicksal zwei junge Prinzen in Sturmkap aufeinandertreffen ließ. Der Drache Arrax jagte vor einem Sturm davon, um Lucerys Velaryon rechtzeitig in die Sicherheit des Burghofs zu bringen, wo ihn jedoch Aemond Targaryen erwartete.

Prinz Aemonds mächtige Drachendame Vhagar spürte ihre Ankunft zuerst. Als sie plötzlich erwachte und ein Brüllen ausstieß, das die Fundamente von Durrans Trotz erbeben ließ, umklammerten die Wachen, die auf den mächtigen Wehrgängen der Ringmauer patrouillierten, entsetzt ihre Speere. Sogar Arrax erzitterte angesichts dieses Dröhnens vor Angst, so heißt es, und Luk musste ihn mit der Peitsche zur Landung zwingen.

Im Osten zuckte ein Blitz über den Himmel, und ein heftiger Regen ging auf Lucerys nieder, als er, den Brief seiner Mutter fest in der Hand, von seinem Drachen sprang. Er

muss gewusst haben, was Vhagars Anwesenheit bedeutete, daher dürfte es ihn nicht überrascht haben, als ihm Aemond Targaryen in der Runden Halle vor den Augen von Lord Borros, seinen vier Töchtern, dem Septon, dem Maester und drei Dutzend Rittern, Wachen und Dienern entgegentrat.
»Seht Euch dieses traurige Geschöpf an, Mylord«, rief Prinz Aemond. »Der kleine Bastard Luk Kraft.« Und Luk begrüßte er mit den Worten: »Du bist nass, Bastard. Regnet es, oder hast du dir vor Angst in die Hose gemacht?«
Lucerys Velaryon sprach nur zu Lord Baratheon. »Lord Borros, ich bringe Euch eine Nachricht von meiner Mutter, der Königin.«
»Er meint wohl von der Hure von Drachenstein.« Prinz Aemond schritt auf Lucerys zu und wollte ihm den Brief aus der Hand reißen, aber Lord Borros brüllte einen Befehl, woraufhin seine Ritter einschritten und die beiden jungen Prinzen voneinander trennten. Einer brachte Rhaenyras Brief zum Podest, wo Lord Borros auf dem Thron der alten Sturmkönige saß.
Niemand kann mit Sicherheit wissen, was Borros Baratheon in jenem Augenblick durch den Kopf ging. Die Berichte der Anwesenden weichen deutlich voneinander ab. Manche schildern, Lord Borros sei verlegen gewesen und die Schamesröte sei ihm ins Gesicht getreten wie einem Mann, den seine angetraute Gemahlin mit einer anderen Frau im Bett vorfindet. Andere behaupten, Borros habe den Moment genossen, da es seiner Eitelkeit schmeichelte, dass sowohl der König als auch die Königin um seine Unterstützung buhlten.
Hingegen stimmen alle Zeugen darin überein, was Lord Borros sprach und wie er handelte. Da er die Kunst des Lesens nicht beherrschte, reichte er den Brief der Königin seinem Maester, der das Siegel aufbrach und seinem Herrn den Inhalt ins Ohr flüsterte. Lord Borros' Stirn legte sich in Falten. Er strich sich durch den Bart, blickte Lucerys Velaryon

finster an und sagte: »Und wenn ich tue, wie mich deine Mutter heißt, welche meiner Töchter wirst du dann ehelichen, Junge?« Er deutete auf die vier Mädchen. »Such dir eine aus.«

Prinz Lucerys errötete. »Mylord, mir steht es nicht mehr frei zu heiraten«, erwiderte er. »Ich bin schon seit langem mit meiner Base Rhaena verlobt.«

»Das habe ich mir schon gedacht«, sagte Lord Borros. »Geh nach Hause, Junge, und sag deiner Schlampe von einer Mutter, dass der Lord von Sturmkap kein Hund ist, der, wenn sie pfeift, angelaufen kommt und sich auf ihre Feinde hetzen lässt.« Daraufhin drehte Prinz Lucerys sich um und wollte die Runde Halle verlassen.

Doch Prinz Aemond zog sein Schwert und rief: »Halt, Kraft!«

Prinz Lucerys erinnerte sich an das Versprechen, das er seiner Mutter gegeben hatte. »Ich kämpfe nicht gegen dich. Ich bin als Gesandter gekommen, nicht als Ritter.«

»Du bist als Feigling und als Verräter gekommen«, entgegnete Prinz Aemond, »und dafür werde ich dich töten, Kraft.«

Bei diesen Worten wurde Lord Borros unbehaglich zumute. »Nicht hier«, knurrte er. »Er ist als Gesandter gekommen. Ich wünsche kein Blutvergießen unter meinem Dach.« Also stellten sich seine Wachen zwischen die beiden Prinzen und geleiteten Lucerys Velaryon hinaus auf den Burghof, wo sein Drache Arrax im Regen kauerte und auf seine Rückkehr wartete.

Aemond Targaryen verzog vor Zorn den Mund, wandte sich erneut an Lord Borros und bat, sich verabschieden zu dürfen. Der Lord von Sturmkap zuckte nur mit den Schultern und antwortete: »Es steht mir nicht zu, Euch vorzuschreiben, was Ihr tut und lasst, wenn Ihr nicht mehr unter meinem Dach weilt.« Und so gaben seine Ritter den Weg frei, und Prinz Aemond eilte aus dem Saal.

Draußen toste der Sturm. Donner grollte über die Burg hinweg, der Regen prasselte herab, und von Zeit zu Zeit zuckten blauweiße Blitze über den Himmel und tauchten die Welt in taghelles Licht. Selbst für einen Drachen herrschte schlechtes Flugwetter, und Arrax fiel es schwer, sich in der Luft zu halten. Prinz Aemond bestieg Vhagar und setzte Lucerys nach. Bei ruhigerem Wetter wäre es Prinz Lucerys wahrscheinlich gelungen, seinem Verfolger zu entkommen, denn Arrax war jünger und schneller… doch der Tag war schwarz, und so trafen die Drachen über der Sturmbucht aufeinander. Die Wachen auf den Burgmauern sahen in der Ferne Feuerstöße und hörten ein Gebrüll, das den Donner übertönte. Dann verbissen sich die beiden Bestien ineinander, während um sie her die Blitze zuckten. Vhagar war fünf Mal so groß wie ihr Feind und eine Veteranin Hunderter erfolgreich bestandener Schlachten. Falls es einen Kampf gab, dauerte er wahrscheinlich nicht allzu lange.

Arrax stürzte ab und wurde vom sturmgepeitschten Wasser der Bucht verschlungen. Drei Tage später wurden der Schädel und Hals des Drachen an den Klippen unter Sturmkap angespült und boten Krebsen und Möwen ein Festmahl. Auch Prinz Lucerys' Leiche wurde von den Wellen an Land gespült.

Mit seinem Tod endete der Krieg der Raben und Gesandten und Eheschließungen, und stattdessen begann der gnadenlose Krieg von Feuer und Blut.

Auf Drachenstein erlitt Königin Rhaenyra einen Zusammenbruch, als sie von Luks Tod erfuhr. Luks jüngerer Bruder Gottfrid (Jace erfüllte noch seinen Auftrag im Norden) schwor grausame Rache gegen Prinz Aemond und Lord Borros. Einzig dem Eingreifen der Seeschlange und Prinzessin Rhaenys' ist es zu verdanken, dass der Junge nicht umgehend seinen Drachen bestieg. Während der Schwarze Rat überlegte, wie man zurückschlagen sollte, traf ein Rabe aus Harrenhal ein. »Auge um Auge, Sohn um Sohn«, schrieb Prinz Daemon. »Lucerys wird gerächt werden.«

In seiner Jugendzeit kannte jeder Beutelschneider, jede Hure und jeder Glücksspieler in Flohloch das Gesicht und das Lachen Daemon Targaryens. Der Prinz hatte noch immer Freunde in der Unterwelt von Königsmund und Anhänger unter den Goldröcken. Ohne dass König Aegon, die Hand oder die Königinwitwe davon wussten, hatte er auch Verbündete am Hof und sogar im Grünen Rat selbst… und auch einen Mittelsmann, eine besondere Freundin, der er blind vertraute, der die Kaschemmen und Rattenlöcher, die im Schatten des Roten Bergfrieds schwärten, ebenso vertraut waren wie Daemon zu seiner Zeit und die sicheren Fußes selbst durch die finstersten Gegenden der Stadt ging. Und an ebenjene bleiche Fremde wandte er sich jetzt auf geheimen Wegen und gab einen entsetzlichen Racheakt in Auftrag.

In den Bordellen von Flohloch fand Prinz Daemons ehemalige Mätresse die passenden Werkzeuge. Der eine, ein großer, brutaler Kerl, war Feldwebel bei der Stadtwache gewesen, bis er seinen Goldrock verloren hatte, weil er in trunkenem Zorn eine Hure totgeschlagen hatte. Der andere war Rattenfänger im Roten Bergfried. Ihre richtigen Namen sind den Geschichtsschreibern nicht bekannt. Man erinnert sich an sie als Blut und Käse.

Mit den verborgenen Türen und geheimen Gängen, die Maegor der Grausame in der Burg hatte anlegen lassen, war Käse, der Rattenfänger, ebenso vertraut wie die Ratten, die er jagte. Durch einen vergessenen Gang führte er Blut ungesehen ins Herz der Burg. Manche behaupten, ihr eigentliches Ziel sei der König selbst gewesen, doch Aegon wurde stets von der Königsgarde begleitet, und sogar Käse kannte keinen anderen Weg in Maegors Feste als über die Zugbrücke, die den trockenen Burggraben mit den furchtbaren Eisenspießen überspannte.

Der Turm der Hand war nicht so gut gesichert. Die beiden Männer schlichen sich innerhalb der Mauern nach oben und umgingen so die Wachen, die an den Toren des Turms postiert waren. Ser Ottos Räume waren für sie nicht von Interesse. Stattdessen schlüpften sie ein Stockwerk tiefer in die Gemächer seiner Tochter. Königin Alicent hatte sich dort nach dem Tod von König Viserys einquartiert, als ihr Sohn Aegon mit seiner eigenen Königin in Maegors Feste gezogen war. Dort fesselte und knebelte Käse die Königinwitwe, während Blut ihre Zofe erwürgte. Dann legten sie sich auf die Lauer, denn sie wussten, dass es Königin Helaenas Gewohnheit war, ihre Kinder jeden Abend vor dem Zubettgehen auf einen Besuch bei ihrer Großmutter vorbeizubringen.

Ohne die Gefahr zu ahnen, erschien die Königin in Begleitung ihrer drei Kinder, just als die Abenddämmerung über die Burg hereinbrach. Jaehaerys und Jaehaera waren sechs Jahre alt, Maelor zwei. Als sie die Gemächer betraten, hielt Helaena seine kleine Hand und rief nach ihrer Mutter. Blut verrammelte die Tür und erschlug die Wache der Königin, während sich Käse Maelor schnappte. »Wenn Ihr schreit, ist das Euer aller Tod«, erklärte Blut Ihrer Gnaden. Wie es heißt, gelang es Königin Helaena, die Ruhe zu bewahren. »Wer seid ihr?«, wollte sie von den beiden wissen. »Schuldeneintreiber«, antwortete Käse. »Auge um Auge, Sohn um Sohn. Wir wollen nur einen, um die Sache auszugleichen. Euch anderen feinen Leuten krümm' wir kein Haar. Welcher soll es sein, Euer Gnaden?«

Sobald sie begriff, was er meinte, flehte Königin Helaena die Männer an, stattdessen sie zu töten. »Ein Weib ist kein Sohn«, sagte Blut. »Es muss ein Junge sein.« Käse warnte die Königin, rasch zu entscheiden, bevor Blut langweilig würde und ihr kleines Mädchen vergewaltigte. »Wählt«, sagte er, »oder wir töten sie alle.« Helaena weinte und kauerte kniend auf dem Boden. Schließlich nannte sie ihren jüngsten Sohn, Maelor. Vielleicht glaubte sie, der Junge sei noch zu klein, um zu verstehen, was um ihn herum vorging, vielleicht aber wählte sie ihn auch aus, weil der ältere Junge, Jaehaerys, König Aegons erstgeborener Sohn und Erbe war, der zweite in der Erbfolge des Eisernen Throns. »Hörst du das, mein Kleiner?«, flüsterte Käse Maelor zu. »Deine Mama will dich tot sehen.« Dann grinste er Blut an, und der riesige Schwertkämpfer schlug Prinz Jaehaerys mit einem einzigen Hieb den Kopf ab. Die Königin begann zu schreien.

Seltsamerweise hielten der Rattenfänger und der Schlachter Wort. Sie fügten weder Königin Helaena noch ihren anderen Kindern weiteres Leid zu, sondern flohen stattdessen mit dem Kopf des Prinzen.

Obgleich Blut und Käse ihr Leben verschont hatten, lässt sich nicht sagen, dass Königin Helaena diesen schicksalhaften Abend unbeschadet überstanden hätte. Fortan weigerte sie sich, zu essen oder zu baden, und verließ auch ihre Gemächer nicht mehr. Auch konnte sie ihrem Sohn Maelor nicht mehr in die Augen sehen, wohl wissend, dass sie seinen Tod bevorzugt hatte. Dem König blieb nichts anderes übrig, als ihr den Jungen fortzunehmen und ihn der Königinwitwe Alicent anzuvertrauen, die ihn wie ihr eigenes Kind aufzog. Aegon und seine Gemahlin schliefen fortan in getrennten Betten, und Königin Helaena versank tiefer und tiefer im Wahnsinn, während der König wütete und trank und wütete.

Ab nun nahm das Blutvergießen seinen Lauf.

Dass Harrenhal an Prinz Daemon gefallen war, war ein großer Schock für Seine Gnaden gewesen. Bis zu diesem Augenblick hatte Aegon II. die Sache seiner Halbschwester für aussichtslos gehalten. Nach dem Verlust von Harrenhal fühlten sich Seine Gnaden zum ersten Mal verwundbar. Mit den darauffolgenden raschen Niederlagen an der Brennenden Mühle und bei Steinheck trafen den König weitere Schläge, die ihn zu der Einsicht brachten, dass seine Lage weitaus bedrohlicher war als ursprünglich angenommen. Diese Befürchtungen vertieften sich noch, als Raben aus der Weite zurückkehrten, wo die Grünen geglaubt hatten, über den stärksten Rückhalt zu verfügen. Das Haus Hohenturm und Altsass standen fest zu König Aegon, und Seine Gnaden durften auch auf den Arbor zählen... Doch im übrigen Süden erklärten sich andere Lords für Rhaenyra, darunter die Lords Costayn von Dreitürmen, Lord Mullendor von Hohenau, Lord Tarly von Hornberg, Lord Esch von Goldhain und Lord Grim von Grauschild.

Weitere Schläge folgten: das Grüne Tal, Weißwasserhafen, Winterfell. Die Schwarzhains und andere Flusslords strömten nach Harrenhal und sammelten sich unter Prinz Daemons Bannern. Die Flotten der Seeschlange überquerten die Schwarzwasserbucht, und jeden Morgen heulten die Händler König Aegon die Ohren voll. Die einzige Antwort, die Seiner Gnaden auf ihre Beschwerden einfielen, war ein weiterer Becher Starkwein. »Unternehmt etwas«, verlangte er von Ser Otto. Die Hand versicherte ihm, dass *etwas* unternommen werde; er hatte einen Plan, um Velaryons Blockade zu durchbrechen. Eine der wichtigsten Säulen, die Rhaenyras Anspruch trugen, bestand in ihrem Prinzgemahl, doch Prinz Daemon war zugleich auch eine ihrer größten Schwächen. Der Prinz hatte sich im Laufe seiner vielen Abenteuer mehr Feinde als Freunde gemacht. Ser Otto Hohenturm, der zu den ältesten dieser Feinde zählte, wandte sich über die Meerenge hinweg an einen weiteren Feind des Prinzen, das Königreich der Drei Töchter, das er zu einem Schlag gegen die Seeschlange zu überreden hoffte.

Die Verzögerung gefiel dem jungen König ganz und gar nicht. Aegon II. verlor die Geduld mit den Ausflüchten seines Großvaters. Obgleich seine Mutter, die Königinwitwe Alicent, alles tat, um Ser Otto zu verteidigen, stieß sie damit bei Seiner Gnaden auf taube Ohren. Er rief Ser Otto in den Thronsaal, riss ihm die Amtskette vom Hals und warf sie

Ser Kriston Kraut zu. »Meine neue Hand hat eine stählerne Faust«, prahlte er. »Wir haben genug Briefe geschrieben.« Ser Kriston verschwendete keine Zeit, seinen Mut unter Beweis zu stellen. »Es ist Eurer nicht würdig, Eure Lords um Unterstützung anzuflehen wie ein Bettler, der um Almosen bittet«, sagte er zu Aegon. »Ihr seid der rechtmäßige König von Westeros, und wer das bestreitet, ist ein Verräter. Es ist höchste Zeit, dass sie lernen, was ihr Verrat sie kosten wird.«

König Aegons Meister der Flüsterer, der Klumpfuß Larys Kraft, hatte eine Liste all jener Lords zusammengestellt, die sich zur Krönung Königin Rhaenyras' auf Drachenstein versammelt hatten und nun in ihrem Schwarzen Rat saßen. Die Burgen der Lords Celtigar und Velaryon befanden sich auf Inseln. Da Aegon II. über keinerlei Seestreitmacht verfügte, befanden sie sich außerhalb der Reichweite seines Zorns. Jene »Schwarzen« Lords, deren Ländereien auf dem Festland lagen, waren hingegen verwundbarer.

Dämmertal wurde im Handstreich genommen, da es von den Truppen des Königs überrascht wurde; die Stadt wurde geplündert, die Schiffe im Hafen verbrannt und Lord Finsterlyn enthauptet. Krähenruh war Ser Kristons nächstes Ziel. Lord Steinhof, der vorgewarnt worden war, ließ die Tore schließen und trotzte den Angreifern. Hinter seinen Mauern musste er ohnmächtig zuschauen, wie seine Felder und Wälder und Dörfer niedergebrannt wurden und Schafe und Rinder und Untertanen dem Schwert überantwortet wurden. Als die Vorräte in der Burg zur Neige gingen, schickte er einen Raben nach Drachenstein und bat um Entsatz.

Neun Tage nach Lord Steinhofs Hilfeersuchen hörte man vom Meer her das Schlagen lederner Schwingen, und die Drachendame Meleys erschien über Krähenruh. Wegen ihrer scharlachroten Schuppen nannte man sie die Rote Königin. Ihre Flügelhäute waren rosafarben, und Kamm, Hörner und Krallen glänzten so hell wie Kupfer. Und auf ihrem Rücken saß, in gleißender Rüstung aus Stahl und Kupfer, Rhaenys Targaryen, die Königin der Herzen.

Ser Kriston Kraut ließ sich dadurch nicht aus der Ruhe bringen. Aegons Hand hatte nichts anderes erwartet, ja sogar damit gerechnet. Trommeln erteilten den Befehl, und Schützen, sowohl mit Langbögen als auch mit Armbrüsten bewaffnet, liefen herbei und füllten die Luft mit einem Hagel aus Pfeilen und Bolzen. Skorpione wurden aufwärts gerichtet und schossen Eisenbolzen ab, wie sie einst Meraxes in Dorne gefällt hatten. Meleys wurde zwei Dutzend Mal getroffen, doch die Pfeile stachelten ihren Zorn nur noch an. Sie stürzte sich nach unten und spuckte Feuer nach rechts und links. Ritter brannten im Sattel, während das Haar und das Fell und der Harnisch ihrer Pferde in Flammen aufgingen. Waffenknechte ließen die Speere fallen und stoben auseinander. Manche suchten hinter ihren Schilden Schutz, doch weder Eiche noch Eisen widerstand dem Atem des Drachen. Ser Kriston saß auf seinem weißen Pferd und brüllte durch Rauch und Flammen: »Zielt auf die Reiterin!« Meleys brüllte, Rauch wallte aus ihren Nüstern, und ein Hengst in ihrem Maul strampelte, als ihn Feuerzungen einhüllten.

Dann ertönte ein anderes Brüllen zur Antwort. Zwei weitere geflügelte Schemen erschienen über dem Schlachtfeld: der König auf Sonnfeuer dem Goldenen und sein Bruder Aemond auf Vhagar. Ser Kriston Kraut hatte eine Falle gestellt, und Rhaenys hatte nach dem Köder gegriffen. Jetzt schnappte das Fangeisen zu.

Prinzessin Rhaenys versuchte nicht zu fliehen. Mit einem fröhlichen Schrei ließ sie ihre Peitsche knallen und stellte sich auf Meleys dem Feind. Gegen Vhagar allein hätte sie bestehen können, denn die Rote Königin war alt und verschlagen und kampferprobt. Doch gegen Vhagar und Sonnfeuer zusammen war ihr der Untergang gewiss. Dreihundert Meter über dem Schlachtfeld prallten die Drachen brutal aufeinander, und Feuerbälle blühten so grell auf, dass Männer später schworen, der Himmel sei voller Sonnen gewesen. Meleys' karmesinrote Kiefer schlossen sich für einen Moment um Sonnfeuers goldene Kehle, bis Vhagar sich von oben auf beide Drachen stürzte. Taumelnd stürzten alle drei Bestien in die Tiefe. Die Drachen krachten so hart auf den Boden, dass noch in einer Meile Entfernung Steine aus den Zinnen von Krähenruh brachen.

Wer ihnen zu nahe war, überlebte nicht. Und jene, die weiter entfernt waren, konnten hinter Flammen und Rauch nichts erkennen. Erst Stunden später erloschen die Brände. Aus der Asche erhob sich nur Vhagar unverletzt. Meleys war tot, zerschmettert durch den Aufprall und am Boden in Stücke gerissen. Sonnfeuer, dieses prächtige goldene Geschöpf, war verletzt: Eine Schwinge war halb abgerissen. Seinem königlichen Reiter ging es nicht besser. Aegon II. hatte sich mehrere Rippen und die Hüfte gebrochen und darüber hinaus überall am Körper Verbrennungen erlitten. Am schlimmsten stand es um seinen linken Arm. Die Drachenflamme hatte eine derartige Hitze entwickelt, dass die Rüstung des Königs mit seinem Fleisch verschmolzen war.

Später fand man neben dem Kadaver ihres Drachen eine Leiche, die man für Rhaenys Targaryen hielt, aber sie war so verkohlt, dass man nicht sicher sein konnte. Die Königin der Herzen, die geliebte Tochter Lady Joslyn Baratheons und Prinz Aemon Targaryens und treue Gattin Lord Corlys Velaryons, eine Mutter und Großmutter, hatte furchtlos gelebt und war inmitten von Blut und Feuer gestorben. Sie war fünfundfünfzig Jahre alt geworden.

Achthundert Ritter, Knappen und Gemeine starben an jenem Tag außerdem. Weitere einhundert verloren ihr Leben nicht viel später, als Prinz Aemond und Ser Kriston Kraut Krähenruh einnahmen und die Besatzung niedermachten. Lord Steinhofs Kopf wurde mit nach Königsmund genommen und über dem Alten Tor zur Schau gestellt... doch es war Meleys' Drachenhaupt, das auf einem Karren durch die Stadt gezogen wurde, das das gemeine Volk in ein ehrfürchtiges Schweigen stürzte. Hernach flohen Tausende aus Königsmund, bis Königinwitwe Alicent die Stadttore schließen und verrammeln ließ.

König Aegon II. kam zwar mit dem Leben davon, doch seine Verbrennungen bereiteten ihm solche Schmerzen, dass es heißt, er habe die Götter angefleht, ihn sterben zu lassen. Nachdem man ihn, um das Ausmaß seiner Verletzungen zu verbergen, in einer geschlossenen Sänfte nach Königsmund gebracht hatte, erhoben Seine Gnaden sich für den Rest des Jahres nicht mehr von seinem Lager. Septone beteten für ihn, Maester behandelten ihn mit Tränken und Mohnblumensaft. Dennoch schlief Aegon neun von zehn Stunden und wachte gerade lange genug auf, um ein kleines Mahl zu sich zu nehmen, ehe er wieder einschlief. Außer seiner Mutter, der Königinwitwe, und seiner Hand, Ser Kriston Kraut, durfte niemand seine Ruhe stören. Seine Gemahlin Helaena unternahm nicht einmal den Versuch, denn sie war selbst gefangen in Trauer und Wahnsinn.

Sonnfeuer, der Drache des Königs, konnte wegen seiner enormen Größe und seines Gewichts nicht bewegt werden. Da er mit dem verletzten Flügel unfähig war zu fliegen, blieb er auf den Feldern nahe Krähenruh und kroch wie ein großer goldener Würm durch die Asche. In der ersten Zeit ernährte er sich von den verbrannten Leichen der Gefallenen. Nachdem er diese verschlungen hatte, brachten ihm die Männer, die Ser Kriston als Wachen bei ihm gelassen hatte, Kälber und Schafe.

»Jetzt müsst Ihr das Reich regieren, bis Euer Bruder wieder zu Kräften gekommen ist und die Krone erneut tragen kann«, drängte die Hand des Königs, Ser Kriston, Prinz Aemond, den Bruder des Königs. Ser Kriston Kraut musste sich nicht wiederholen. Und so nahm der einäugige Aemond, der Sippenmörder, den rubinbesetzten Reif aus valyrischem Stahl, den Aegon der Eroberer getragen hatte. »Mir steht sie viel besser als ihm«, verkündete der Prinz. Dennoch erklärte sich Aemond nicht zum König, sondern nahm nur die Titel Protektor des Reiches und Prinzregent an. Ser Kriston Kraut blieb die Hand des Königs.

Inzwischen trug die Saat, die Jacaerys Velaryon auf seinem Flug gen Norden ausgebracht hatte, erste Früchte. In Weißwasserhafen, Winterfell, Hüglingen, Schwestering, Möwenstadt und an den Toren des Mondes versammelten sich Männer. Sollte es ihnen gelingen, sich mit den Flusslords, die sich in Harrenhal bei Prinz Daemon versammelt hatten, zu vereinigen, würden ihnen womöglich selbst die starken Mauern von Königsmund nicht standhalten können, warnte Ser Kriston den neuen Prinzregenten.

Aemond, der übermäßig von seinen eigenen Fähigkeiten als Krieger und der Stärke seines Drachen Vhagar überzeugt war, gierte danach, den Kampf zum Feind zu tragen. »Die Hure auf Drachenstein ist für uns keine Bedrohung«, meinte er. »Nicht mehr als Esch und diese Verräter in der Weite. Die wahre Gefahr geht von meinem Onkel aus. Sobald Daemon tot ist, werden all diese Narren, die das Banner unserer Schwester gehisst haben, zurück in ihre Burgen rennen und uns keinen Ärger mehr machen.«

Königin Rhaenyra im Osten der Schwarzwasserbucht ging es ebenfalls schlecht. Der Tod ihres Sohnes Lucerys war ein harter Schlag für die Frau gewesen, die schon durch Schwangerschaft, Wehen und Totgeburt schwer gelitten hatte. Als auf Drachenstein die Nachricht eintraf, dass Prinzessin Rhaenys gefallen sei, kam es zu einem heftigen Streit zwischen der Königin und Lord Velaryon, der ihr die Schuld am Tod seiner Gemahlin gab. »*Du* hättest an ihrer Stelle sein sollen«, schrie die Seeschlange Ihre Gnaden an. »Steinhof hat dich um Hilfe gebeten, und dennoch hast du es meiner Gemahlin überlassen, sich darum zu kümmern, und deinen Söhnen verboten, mit ihr zu fliegen!« Wie die ganze Burg wusste, waren die Prinzen Jace und Gottfrid ganz erpicht darauf gewesen, Prinzessin Rhaenys mit ihren Drachen nach Krähenruh zu begleiten.

Es war Jace, der nun, als sich das Jahr 129 n. A. E. dem Ende näherte, in den Vordergrund trat. Zuerst holte er den Lord der Gezeiten zurück, indem er ihn zur Hand der Königin ernannte. Gemeinsam mit Lord Corlys plante er einen Angriff auf Königsmund.

Eingedenk des Versprechens, das er der Jungfrau vom Grünen Tal gegeben hatte, befahl er Prinz Gottfrid, auf Tyraxes nach Möwenstadt zu fliegen. Munkun behauptet, diese Entscheidung sei von Jacaerys' Wunsch getrieben gewesen, seinen Bruder aus den Kämpfen herauszuhalten. Dies gefiel Gottfrid ganz und gar nicht, denn er wollte sich in der Schlacht beweisen. Erst als man ihm sagte, dass er das Grüne Tal gegen König Aegons Drachen verteidigen sollte, fügte er sich widerstrebend. Rhaena, Prinz Daemons dreizehnjährige Tochter von Laena Velaryon, sollte ihn begleiten. Rhaena von Pentos, nach der Stadt, in der sie geboren wurde, genannt, war keine Drachenreiterin, da ihr Drachenküken vor einigen Jahren gestorben war, doch sie nahm drei Dracheneier mit ins Grüne Tal und betete jede Nacht, dass die Drachen schlüpfen mögen. Der Prinz von Drachenstein sorgte auch für die Sicherheit seiner Halbbrüder Aegon des Jüngeren und Viserys, die neun und sieben Jahre alt waren. Ihr Vater, Prinz Daemon, hatte bei seinen Aufenthalten in der Freien Stadt Pentos viele Freunde gewonnen, also wandte sich Jacaerys über die Meerenge an den dortigen Fürsten, der einverstanden war, die beiden Jungen als Mündel anzunehmen, bis Rhaenyra den Eisernen Thron erobert hätte. In den letzten Tagen des Jahres 129 gingen die Prinzen an Bord der Kogge *Fröhliche Hingabe* – Aegon mit Sturmwolke und Viserys mit seinem Ei im Arm – und stachen nach Essos in See. Die Seeschlange gab ihnen sieben Kriegsschiffe als Geleit, damit sie Pentos sicher erreichten.

Da Sonnfeuer verletzt und flugunfähig bei Krähenruh

hockte und Tessarion mit Prinz Daeron in Altsass weilte, blieben nur zwei erwachsene Drachen zur Verteidigung von Königsmund... Und Traumfeuers Reiterin, Königin Helaena, dämmerte weinend in Dunkelheit dahin und konnte kaum als Bedrohung gelten. So blieb allein Vhagar. Kein anderer Drache konnte sich mit Vhagar in Größe und Grausamkeit messen, aber Jace verlieh seiner Überzeugung Ausdruck, dass »diese uralte Schlampe« ihnen nicht lange Widerstand leisten werde, wenn sie gleichzeitig mit Vermax, Syrax und Caraxes auf Königsmund herabstießen. Dennoch zögerte der Prinz angesichts von Vhagars Ruf und überlegte, welche Drachen ihm bei dem Angriff noch beistehen könnten.

Das Haus Targaryen herrschte seit über zweihundert Jahren auf Drachenstein, seit Lord Aenar Targaryen mit seinen Drachen aus Valyria eingetroffen war. Obwohl die Heirat zwischen Bruder und Schwester und zwischen Vetter und Base bei den Drachenherren von Valyria schon immer üblich gewesen war, brennt junges Blut häufig heiß, und so war es keinesfalls ungewöhnlich, dass die Männer des Hauses sich mit den Töchtern (und sogar den Frauen) ihrer Untertanen vergnügten, dem gemeinen Volk, das in den Dörfern unter dem Drachenberg lebte, Bauern und Fischern. Auch galt auf Drachenstein bis zur Herrschaft von König Jaehaerys und der Guten Königin Alysanne das alte Recht der Ersten Nacht, wie überall in Westeros, was einen Lord berechtigte, jeder Jungfrau in seinem Herrschaftsbereich in ihrer Hochzeitsnacht beizuwohnen.

Obwohl diese Sitte in einem Großteil der Sieben Königslande überwiegend abgelehnt wurde, da eifersüchtige Männer nicht begriffen, welche Ehre ihre Lords ihnen zuteilwerden ließen, verhielt es sich auf Drachenstein anders, wo man zu Recht der Ansicht war, die Targaryen stünden den Göttern näher als gewöhnliche Menschen. Hier wurden Bräute, die in der Hochzeitsnacht solcherart gesegnet wurden, eher beneidet, und die Kinder aus diesen Verbindungen schätzte man höher als andere, denn die Lords von Drachenstein beschenkten die Mütter solcher Kinder oftmals reich mit Gold, Seide oder Land. Von diesen glücklichen Bastarden hieß es, sie stammten »aus Drachensamen«, bis man sie später nur noch die »Samen« nannte. Auch nachdem das Recht der Ersten Nacht abgeschafft worden war, vergnügten sich gewisse Targaryen weiterhin mit den Wirtstöchtern und den Fischweibern, daher gab es viele Samen und Samensöhne auf Drachenstein.

Prinz Jacaerys brauchte mehr Drachenreiter und mehr Drachen, und nun wandte er sich an die Saat der Drachen und gelobte, dass jedem, der einen Drachen meistern könne, Land und Vermögen und der Ritterschlag zuteilwerde. Die Söhne würden in den Adelsstand erhoben und die Töchter mit Lords verheiratet. Dem Betreffenden selbst werde die Ehre zuteil, an der Seite des Prinzen von Drachenstein gegen den Prätendenten Aegon II. Targaryen und all seine verräterischen Unterstützer zu kämpfen.

Nicht alle, die dem Aufruf des Prinzen folgten, waren Samen oder stammten als Söhne oder Enkel solchen ab. Auch zwanzig Hofritter der Königin boten sich als Drachenreiter an, darunter der Lord Kommandant ihrer Königsgarde, Ser Steffon Finsterlyn, und dazu Knappen, Küchenjungen, Seeleute, Waffenknechte, Mimen und sogar zwei Mägde.

Drachen sind keine Pferde. Sie dulden nicht so leicht einen Reiter auf ihrem Rücken, und wenn man sie reizt oder bedroht, greifen sie an. Sechzehn Männer bezahlten den Versuch, ein Drachenreiter zu werden, mit dem Leben. Die dreifache Anzahl erlitt Verbrennungen oder wurde verstümmelt. Steffon Finsterlyn verbrannte, als er den Drachen Seerauch besteigen wollte. Lord Gormon Massie widerfuhr das gleiche Schicksal, als er sich Vermithor näherte. Einem Mann namens Silber-Denys, dessen Haar und Augen seiner Behauptung, ein Bastard König Maegors des Grausamen zu sein, etwas Glaubwürdigkeit verliehen, wurde von Schafsdieb ein Arm abgerissen. Während sich seine Söhne bemühten, die Blutung zu stillen, fiel der Kannibale über sie her, vertrieb Schafsdieb und verschlang Vater und Söhne.

Doch Seerauch, Vermithor und Silberschwinge waren an Menschen gewöhnt und ließen sie in ihre Nähe. Da sie bereits in der Vergangenheit geritten worden waren, duldeten sie neue Reiter bereitwilliger als die wilden Drachen. Vermithor, der Drache des Alten Königs, beugte das Haupt vor dem Bastard eines Hufschmieds, einem Hünen namens Hugo der Hammer oder der Harte Hugo, während ein hellhaariger Waffenknecht, den man Ulf den Weißen (wegen seines Haares) oder Ulf den Säufer (weil er so viel trank) rief, Silberschwinge bestieg, die Drachendame, die die Gute Königin Alysanne so sehr geliebt hatte.

Und Seerauch, der einst Laenor Velaryon getragen hatte, ließ den fünfzehnjährigen Jüngling Addam aus Holk, dessen Herkunft bis heute unter Geschichtsschreibern strittig ist, auf seinen Rücken steigen. Nicht lange, nachdem Addam aus Holk sich bewiesen hatte, indem er Seerauch flog, erbat Lord Corlys von Königin Rhaenyra die Gunst, ihm und seinem Bruder den Makel der unehelichen Geburt nehmen zu dürfen. Da auch Prinz Jacaerys dieses Gesuch unterstützte, willigte die Königin ein. Und so wurde aus Addam aus Holk, Drachensamen und Bastard, Addam Velaryon, der Erbe von Driftmark.

Die drei wilden Drachen von Drachenstein ließen sich nicht so leicht zähmen, trotzdem versuchten sich mehrere an ihnen. Schafsdieb, ein bemerkenswert hässlicher, »schlammbrauner« Drache, war geschlüpft, als der Alte König noch jung gewesen war. Er hatte eine Vorliebe für Hammel und tat sich an den Schafherden von Driftmark bis zum Wendwasser gütlich. Die Hirten verletzte er nur selten, es sei denn, sie mischten sich ein, doch gelegentlich verschlang er auch einen Hütehund. Graugeist hauste in einem rauchenden Schlot oben in der Ostseite des Drachenberges und bevorzugte Fisch. Meist sah man ihn, wie er dicht über dem Wasser der Meerenge flog und sich Beute aus dem Wasser schnappte. Die helle, grauweiße Bestie glitzerte in der Farbe des Morgennebels und war ausgesprochen scheu; seit Jahren schon mied er die Menschen und ihre Siedlungen.

Der älteste der wilden Drachen war der Kannibale, der so hieß, weil er die Kadaver toter Drachen fraß und auch gern über die Brutstätten der Drachen von Drachenstein herfiel, um die frisch geschlüpften Küken und Dracheneier zu vertilgen. Ein Dutzend Mal hatten Möchtegern-Drachenzähmer versucht, ihn zu reiten – erfolglos. In seiner Höhle stapelten sich ihre Knochen.

Von den Drachensamen war niemand so dumm, den Kannibalen zu stören (von jenen, die es möglicherweise doch wagten, kehrte jedenfalls keiner zurück). Manche suchten Graugeist, fanden ihn jedoch nicht, denn er war ein scheues Wesen. Schafsdieb war leichter zu finden, doch er war eine bösartige, schlechtgelaunte Kreatur, die mehr Samen tötete als die drei »Burgdrachen« zusammen. Einer, der ihn zu zähmen hoffte (nachdem er vergeblich nach Graugeist gesucht hatte), war Alyn aus Holk. Doch Schafsdieb ließ sich nicht von ihm besteigen. Als Alyn aus der Drachenhöhle taumelte, brannte sein Mantel lichterloh, und nur das rasche Eingreifen seines Bruders rettete ihm das Leben. Seerauch vertrieb den wilden Drachen, während Addam mit seinem eigenen Mantel die Flammen erstickte. Alyn Velaryon trug für den Rest seines langen Lebens die Narben des Drachenfeuers auf Rücken und Beinen. Dennoch durfte er sich zu den Glücklichen zählen, denn er hatte überlebt. Andere Samen und Sucher, die Schafsdieb reiten wollten, endeten stattdessen in seinem Bauch.

Am Ende wurde der braune Drache durch die List und Beharrlichkeit eines »kleinen braunen Mädchens« von sechzehn Jahren gefügig gemacht. Nessel, wie sie hieß, brachte ihm jeden Morgen ein frisch geschlachtetes Schaf, bis Schafsdieb ihre Anwesenheit zunächst duldete und sie schließlich sogar erwartete. Sie hatte schwarzes Haar, braune Augen, braune Haut und war dabei mager, schmutzig und furchtlos, mit einem losen Mundwerk... und die erste und letzte Reiterin des Drachen Schafsdieb.

Und so erreichte Prinz Jacaerys sein Ziel. Trotz all der Toten und des Leides all der Witwen, die allein zurückblieben, und der Verbrannten, die ihr Lebtag von Narben gezeichnet sein würden, hatte er vier neue Drachenreiter gefunden. Als das Jahr 129 sich dem Ende zuneigte, bereitete sich der Prinz auf den Angriff auf Königsmund vor. Als Tag legte er den ersten Vollmond des neuen Jahres fest.

Doch all die Pläne und Absichten der Menschen sind nur Spielzeug in den Händen der Götter. Noch während Jace seine Pläne schmiedete, zog von Osten her eine neue Bedrohung herauf. Otto Hohenturms Ränke trugen endlich Früchte. Der Hohe Rat der Triarchie traf sich in Tyrosh und nahm sein Bündnisangebot an. Neunzig Kriegsschiffe stachen unter dem Banner der Drei Töchter von den Trittsteinen aus in See und setzten Kurs auf die Gurgel. Und wie es das Schicksal und die Götter wollten, segelte ihnen die Kogge *Fröhliche Hingabe* aus Pentos mit zwei Targaryen-Prinzen an Bord geradewegs in die Arme. Die Geleitschiffe der Kogge wurden versenkt oder gekapert, die *Fröhliche Hingabe* erbeutet.

Die Geschichte erreichte Drachenstein erst zusammen mit Prinz Aegon, der sich verzweifelt an den Hals seines Drachen Sturmwolke klammerte. Der Junge war schneeweiß vor Entsetzen, zitterte wie Espenlaub und stank nach Urin. Mit seinen neun Jahren war er noch nie zuvor geflogen... und er würde auch nie wieder fliegen, denn Sturmwolke war bei der Flucht schwer verletzt worden. Zahllose Pfeilschäfte ragten aus seinem Bauch, und sein Hals war von einem Skorpionbolzen durchbohrt. Er zischte, während das heiße Blut schwarz und rauchend aus seinen Wunden strömte, und starb binnen einer Stunde. Prinz Viserys, Aegons jüngerer Bruder, besaß noch keinen Drachen und hatte so keine Möglichkeit gehabt, der Kogge zu entfliehen. Doch der Junge war klug, versteckte sein Drachenei, zog sich salzfleckige Lumpen an und gab sich als gewöhnlicher Schiffsjunge aus. Einer der richtigen Schiffsjungen verriet ihn jedoch, und so geriet er in Gefangenschaft. Der Kapitän der Tyroshi begriff bald, welche Beute ihm da ins Netz gegangen war, doch der Admiral der Flotte, Sharako Lohar aus Lys, erleichterte ihn bald darum.

Als Prinz Jacaerys auf Vermax auf eine Reihe lysenischer Galeeren niederstieß, wurde er von einem Hagel aus Speeren und Pfeilen begrüßt. Die Seeleute der Triarchie hatten bereits gegen Drachen gekämpft, als sie auf den Trittsteinen Krieg gegen Prinz Daemon führten. Niemand konnte ihren Mut bestreiten, sie waren bereit, den Drachenflammen mit allen Waffen zu trotzen, über die sie verfügten. »Tötet den Reiter, und der Drache wird abziehen«, schärften die Kapitäne und Kommandanten ihren Mannschaften ein. Ein Schiff ging in Flammen auf und dann ein zweites. Doch die Männer aus den Freien Städten kämpften weiter … bis ein Schrei ertönte und sie alle aufblickten und sie weitere geflügelte Gestalten am Himmel über dem Drachenberg entdeckten, die auf sie zuhielten.

Es ist eine Sache, gegen einen einzelnen Drachen zu kämpfen, doch eine ganz andere, sich gegen fünf zu behaupten. Als Silberschwinge, Schafsdieb, Seerauch und Vermithor über die Schiffe herfielen, verließ die Männer der Triarchie der Mut. Die Formation der Kriegsschiffe löste sich auf, und eine Galeere nach der anderen drehte ab. Die Drachen stießen wie Blitze auf sie nieder, spien blaue und orangefarbene, rote und goldene Feuerbälle, einer heller als der andere. Ein Schiff nach dem anderen zerbarst oder wurde von den Flammen verzehrt. Schreiend sprangen brennende Männer ins

Meer. Hohe, schwarze Rauchsäulen stiegen vom Wasser empor. Alles schien verloren... alles *war* verloren...

...bis Vermax zu tief flog und ins Meer stürzte.

Mehrere, einander widersprechende Berichte darüber, wie und warum der Drache starb, sind auf uns gekommen. Einige behaupten, ein Armbrustschütze habe Vermax' Auge mit einem eisernen Bolzen durchbohrt, aber diese Version ähnelt doch verdächtig der Erzählung über den Fall von Meraxes, die vor langer Zeit in Dorne den Tod gefunden hat. In einer anderen heißt es, ein Seemann im Krähennest einer myrischen Galeere habe einen Enterhaken geworfen, als Vermax dicht über der Flotte dahinflog. Einer der Zacken habe sich zwischen zwei Schuppen des Drachen verhakt und sei durch die beachtliche Geschwindigkeit des Drachen tiefer ins Fleisch getrieben worden. Der Seemann hätte das Ende der Kette um den Mast geschlungen, und durch das Gewicht des Schiffes und die starken Flügelschläge des Drachen habe sich Vermax selbst den Bauch aufgerissen. Der Wutschrei des Drachen war über den Lärm der Schlacht bis nach Gewürzstadt zu hören. Sein Flug ging gewaltsam zu Ende, und Vermax stürzte rauchend ins Meer, wobei er brüllte und mit seinen Klauen das Wasser aufwühlte. Überlebende berichteten, er habe versucht, sich wieder in die Höhe zu schwingen, und sei dabei mitten in eine brennende Galeere gestürzt. Holz splitterte, der Mast brach und stürzte um, und der wild um sich schlagende Drache verwickelte sich in der Takelage. Als das Schiff kenterte und sank, ging Vermax mit ihm unter.

Es heißt, Jacaerys Velaryon habe sich befreien und einige Herzschläge lang an ein rauchendes Wrackteil klammern können, bis ihn die Armbrustschützen vom nächstgelegenen myrischen Schiff aufs Korn nahmen. Der Prinz wurde erst einmal und dann ein zweites Mal getroffen. Mehr und mehr Myrische legten auf ihn an. Schließlich durchbohrte ein Bolzen seinen Hals, und Jace wurde vom Meer verschlungen.

Die Schlacht in der Gurgel wütete in den Gewässern nördlich und südlich von Drachenstein noch bis spät in die Nacht und zählt bis auf den heutigen Tag zu den blutigsten Seegefechten der Geschichte. Der Admiral der Triarchie, Sharako Lohar, hatte eine Flotte aus neunzig Kriegsschiffen der Myrischen, Lysener und Tyroshi zusammengestellt und war mit ihnen von den Trittsteinen hergesegelt; doch nur achtundzwanzig dieser Schiffe gelang es, zurück nach Hause zu dümpeln.

Die Angreifer wagten es nicht, auf Drachenstein zu landen, ohne Zweifel, weil sie glaubten, die uralte Feste des Hauses Targaryen sei zu stark, dafür ließen sie jedoch auf Driftmark ihrem grausamen Zorn freien Lauf. Gewürzstadt wurde brutal geplündert: Männer, Frauen und Kinder wurden abgeschlachtet und blieben in den Straßen als Schmaus für Möwen und Ratten und Aaskrähen liegen, die Häuser wurden niedergebrannt. Die Stadt wurde nie wieder aufgebaut. Hochfluth wurde ebenfalls ein Raub der Flammen. Alle Schätze, die die Seeschlange aus dem Osten mitgebracht hatte, wurden vom Feuer verzehrt, seine Diener wurden niedergemacht, als sie versuchten, dem Brand zu entkommen. Die Velaryon-Flotte verlor beinahe ein Drittel ihrer Schiffe. Tausende kamen ums Leben. Doch all diese Verluste wogen nicht so schwer wie der Tod Jacaerys Velaryons, des Prinzen von Drachenstein und Erben des Eisernen Throns.

Zwei Wochen später geriet Ormund Hohenturm in der Weite zwischen zwei Heere. Thaddeus Esch, der Lord von Goldhain, und Tom Blumen, der Bastard von Bitterbrück, strebten mit einem großen Ritterheer von Nordosten auf ihn zu, während ihm Ser Alan Biengraben, Lord Alan Tarly und Lord Owen Costayn mit ihrer vereinten Streitmacht den Rückzug nach Altsass abschnitten. Als die beiden Heere Lord Hohenturm am Ufer des Honigweins in die Zange nahmen, musste er mit ansehen, wie sich seine Reihen auflösten.

Die Niederlage schien unabwendbar... bis ein Schatten über das Schlachtfeld zog und ein schreckliches Brüllen das Geklirr der Schwerter übertönte. Ein Drache war gekommen. Es war Tessarion, die Blaue Königin, kobaltfarben und glänzend wie Kupfer. Auf ihr ritt der jüngste von Königin Alicents Söhnen, der fünfzehnjährige Daeron Targaryen, Lord Ormunds Knappe.

Die Ankunft des Prinzen Daeron und seines Drachen wendete das Schlachtenglück. Nun gingen Lord Ormunds Krieger zum Angriff über und brüllten ihren Feinden Schmähungen entgegen, während die Männer der Königin die Flucht ergriffen. Bei Sonnenuntergang zog sich Lord Esch mit den Resten seines Heeres nach Norden zurück, Tom Blumen lag tot und verbrannt im Schilf, die beiden Alans waren in Gefangenschaft geraten, und Lord Costayn starb langsam an einer Wunde, die ihm der Kühne Jon Steinern mit seinem schwarzen Schwert zugefügt hatte, das als Waisenmacher bekannt war. Während Wölfe und Raben sich an den Leichen der Gefallenen gütlich taten, bewirtete Lord Hohenturm Prinz Daeron mit Auerochse und Starkwein und schlug ihn mit dem sagenumwobenen valyrischen Langschwert Umsicht als »Ser Daeron der Wagemutige« zum Ritter. Der Prinz erwiderte bescheiden: »Mylord ist zu freundlich, aber die Ehre des Sieges gebührt Tessarion.«

Am Schwarzen Hof auf Drachenstein machten sich Mutlosigkeit und Niedergeschlagenheit breit, als die Nachricht von der Katastrophe am Honigwein eintraf. Lord Bar Emmon ließ sich zu dem Vorschlag hinreißen, es sei vielleicht an der Zeit, das Knie vor Aegon II. zu beugen. Doch die Königin wollte davon nichts hören. Nur die Götter kennen die Herzen der Männer, und Frauenherzen sind sogar noch schwerer zu durchschauen. Nach dem Verlust des einen Sohnes wirkte Rhaenyra Targaryen gebrochen, doch der Verlust des zweiten schien ihr neue Kraft zu verleihen. Jaces Tod stählte sie, verbrannte all ihre Ängste und ließ nur ihre Wut und ihren Hass zurück. Sie verfügte immer noch über mehr Drachen als ihr Halbbruder und war entschlossen, sie einzusetzen, zu welchem Preis auch immer. Sie würde Feuer und Tod auf Aegon und seine Unterstützer regnen lassen, erklärte sie dem Schwarzen Rat, und ihn entweder selbst vom Eisernen Thron reißen oder bei dem Versuch sterben.

Auch Aemond Targaryen hatte ähnliche Entschlossenheit gefasst, der im Namen seines Bruders herrschte, während Aegon darniederlag. Aemond Einauge verachtete seine Halbschwester Rhaenyra und sah die größere Bedrohung in Prinz Daemon, seinem Onkel, und dem großen Heer, das er in Harrenhal versammelt hatte. Daher rief der Prinz seine Gefolgsleute und den Grünen Rat zusammen und verkündete, dass er vorhatte, gegen seinen Onkel in die Schlacht zu ziehen und die rebellischen Flusslords zu züchtigen.

Nicht alle Mitglieder des Grünen Rates begrüßten diesen kühnen Entschluss des Prinzen. Aemond fand Unterstützung bei Ser Kriston Kraut, der Hand, und bei Ser Tyland Lennister, doch Großmaester Orwyl drängte ihn, vor weiteren Schritten Sturmkap zu benachrichtigen und die Streitmacht des Hauses Baratheon seiner eigenen hinzuzufügen. Eisenrute – Lord Jasper Wyld – forderte ihn auf, Lord Hohenturm und Prinz Daeron aus dem Süden zu rufen, denn, so meinte er, »zwei Drachen sind stärker als einer«. Auch die Königinwitwe hätte ein umsichtigeres Handeln vorgezogen und drängte ihren Sohn zu warten, bis sein Bruder, der König, und sein Drache Sonnfeuer der Goldene sich erholt hätten, auf dass sie sich an seinem Angriff beteiligen könnten.

Doch Prinz Aemond stand nicht der Sinn nach solchen Verzögerungen. Er brauche weder seine Brüder noch ihre Drachen, verkündete er; Aegon war zu schwer verwundet, Daeron zu jung: Fürwahr, Caraxes war ein furchterregendes Ungetüm, wild und verschlagen und schlachterfahren...

aber Vhagar war älter, grausamer und doppelt so groß. Septon Konstans berichtet uns, dass der Sippenmörder entschlossen war, den Sieg allein zu erringen, denn er wollte den Ruhm weder mit seinen Brüdern noch mit jemand anderem teilen.

Auch konnte ihm niemand widersprechen, denn solange Aegon II. sich nicht vom Krankenlager erhob und sein Schwert wieder aufnahm, lagen Regentschaft und Regierung in Aemonds Händen. Binnen zweier Wochen ritt der Prinz, seinem Entschlusse gemäß, an der Spitze eines Heeres, das viertausend Männer umfasste, zum Tor der Götter hinaus.

Daemon Targaryen war ein viel zu erfahrener Kämpfer, um sich untätig hinter Burgmauern festsetzen zu lassen, selbst nicht in einer so starken Feste wie Harrenhal. Der Prinz hatte noch immer Freunde in Königsmund, und die Nachricht von den Plänen seines Neffen erreichte ihn, noch ehe Aemond die Stadt überhaupt verlassen hatte. Als man ihm mitteilte, dass Aemond und Ser Kriston Kraut aus Königsmund aufgebrochen waren, soll Prinz Daemon gelacht und gesagt haben: »Wurde aber auch Zeit«, denn darauf hatte er lange gewartet. Ein Schwarm Raben stieg von den geschmolzenen Türmen Harrenhals auf.

Anderswo im Reich brach Lord Walys Muton mit einhundert Rittern aus Jungfernteich auf und tat sich mit den halbwilden Krabbs und Brunns vom Klauenhorn und den Celtigars von der Klaueninsel zusammen. Durch Kiefernwälder und über nebelverhangene Hügel eilten sie nach Krähenruh, dessen Besatzung durch ihr plötzliches Erscheinen vollkommen überrascht wurde. Nachdem sie die Burg eingenommen hatten, führte Lord Muton seine tapfersten Männer auf das Feld der Asche im Westen der Burg, um dem Drachen Sonnfeuer den Garaus zu machen.

Den selbsternannten Drachentötern gelang es ohne Schwierigkeiten, die Wachen, die zurückgelassen worden waren, um den Drachen zu füttern und zu beschützen, rasch zu vertreiben, doch Sonnfeuer selbst entpuppte sich als gefährlicher als erwartet. Am Boden sind Drachen unbeholfene Geschöpfe, und mit seinem halb ausgerissenen Flügel konnte sich der große goldene Würm nicht mehr in die Lüfte erheben. Die Angreifer hatten erwartet, die Bestie halbtot vorzufinden. Stattdessen schlief er nur, aber das Gerassel der Schwerter und Donnern der Hufe weckte ihn schnell auf, und als ihn der erste Speer traf, geriet er in ungeheure Wut. Sonnfeuer war von schleimigem Schlamm bedeckt und wand und schlängelte sich inmitten der Knochen zahlloser Schafe wie eine Schlange, schlug mit dem Schwanz um sich und bedachte die Angreifer mit goldenen Flammenstößen, während er versuchte, sich in die Lüfte zu erheben. Dreimal stieg er auf, dreimal stürzte er zurück auf die Erde. Mutons Männer umzingelten ihn mit Schwert und Speer und Axt und fügten ihm viele schlimme Wunden zu… doch jeder Hieb fachte seinen Zorn nur noch weiter an. Fünf Dutzend Angreifer fielen, ehe die Überlebenden flohen.

Unter den Toten war auch Walys Muton, der Lord von Jungfernteich. Als sein Bruder Manfryd seine Leiche vierzehn Tage später fand, war von ihm nur noch verkohltes Fleisch in einer geschmolzenen Rüstung übrig, das von Maden nur so wimmelte. Doch nirgendwo auf dem Feld der Asche entdeckte Lord Manfryd zwischen den Leichen tapferer Männer und den aufgeblähten Kadavern von einhundert Pferden König Aegons Drachen. Sonnfeuer war verschwunden. Es gab auch keine Spuren, die darauf hindeuteten, wohin sich der Drache geschleppt hätte. Sonnfeuer der Goldene war erneut in die Lüfte aufgestiegen, so schien es… doch mit welchem Ziel, wusste niemand zu sagen.

Inzwischen eilte Prinz Daemon Targaryen auf Caraxes' Rücken gen Süden. Er flog über das Westufer des Götterauges und hielt sich von Ser Kristons Marschroute fern, wich dem feindlichen Heer aus, überquerte den Schwarzwasser, wandte sich nach Osten und folgte dem Flusslauf nach Königsmund. Auf Drachenstein legte Rhaenyra Targaryen einen glänzenden schwarzen Schuppenpanzer an, bestieg Syrax und flog mitten in ein Unwetter hinein los, das über der Schwarzwasserbucht wütete. Hoch über der Stadt trafen sich die Königin und ihr Prinzgemahl und kreisten über Aegons Hohem Hügel.

Ihr Anblick rief Angst und Schrecken in der Stadt hervor, denn das Volk erkannte rasch, dass der Angriff, den sie seit langem befürchtet hatten, nun bevorstand. Prinz Aemond und Ser Kriston hatten Königsmund seiner Verteidiger beraubt, als sie auszogen, um Harrenhal zurückzuerobern… und der Sippenmörder hatte Vhagar, die furchterregende Bestie, mitgenommen, weshalb nur Traumfeuer und zwei halbwegs flügge Drachenküken geblieben waren, um die Stadt gegen die Drachen der Königin zu verteidigen. Die Jungdrachen hatte noch niemand geritten, und Traumfeuers Reiterin, Königin Helaena, war eine gebrochene Frau, so dass die Stadt im Grunde über gar keinen Drachen verfügte.

Zu Tausenden strömten die Menschen mit Sack und Pack und Kind und Kegel zu den Stadttoren hinaus, um auf dem Land Zuflucht zu suchen. Andere hoben Gruben und Gänge unter ihren Hütten aus, dunkle, feuchte Löcher, in denen sie Schutz suchen wollten, sollte die Stadt in Flammen aufgehen. In Flohloch kam es zu Aufständen. Als im Osten der Schwarzwasserbucht die Schiffe der Seeschlange erschienen, die auf die Flussmündung zuhielten, begannen die Glocken jeder Septe in der Stadt zu läuten, und der Pöbel zog plündernd durch die Straßen. Dutzende büßten mit dem Leben, ehe die Goldröcke den Frieden wiederherstellen konnten.

Da weder der Lord Protektor noch die Hand in der Stadt weilten und der verbrannte, bettlägerige König Aegon sich den Mohnträumen hingab, fiel es der Königinwitwe zu, für die Verteidigung der Stadt zu sorgen. Königin Alicent stellte sich der Herausforderung, ließ die Tore von Burg und Stadt schließen und sandte die Goldröcke auf die Mauern. Dann schickte sie Reiter auf schnellen Pferden los, die Prinz Aemond finden und zurückrufen sollten.

Auch befahl sie Großmaester Orwyl, Raben an »all unsere treuen Lords« zu senden, damit sie zur Verteidigung ihres wahren Königs herbeieilten. Doch als Orwyl zurück in seine Gemächer hastete, wurde er dort bereits von vier Goldröcken erwartet. Ein Mann erstickte seine Schreie, während die anderen ihn erst verprügelten und dann fesselten. Mit einem Sack über dem Kopf wurde der Großmaester in eine Schwarze Zelle geführt.

Königin Alicents Reiter schafften es lediglich bis zu den Toren, wo sie ebenfalls von Goldröcken abgefangen und in Gewahrsam genommen wurden. Ohne dass Ihre Gnaden davon Kenntnis erhielten, waren die sieben Hauptleute der Stadtwache, die den Befehl über die Tore hatten und wegen ihrer Treue zu König Aegon ausgewählt worden waren, in dem Augenblick, in dem Caraxes über dem Roten Bergfried am Himmel erschien, entweder eingesperrt oder ermordet worden… denn die einfachen Soldaten der Stadtwache liebten noch immer Daemon Targaryen, der sie in früheren Zeiten befehligt hatte.

Der Bruder der Königin, Ser Gawan Hohenturm, der stellvertretende Kommandant der Goldröcke, rannte zu den Stallungen und wollte Alarm schlagen; er wurde ergriffen, entwaffnet und vor seinen Vorgesetzten Luthor Largent gezerrt. Als er Largent als Verräter beschimpfte, lachte Ser Luthor. »Daemon hat uns diese goldenen Mäntel gegeben, und ihm halten wir die Treue.« Dann stieß er Ser Gawan das Schwert in den Bauch und befahl, die Stadttore den Männern zu öffnen, die von den Schiffen der Seeschlange strömten.

Trotz der vielgepriesenen Stärke seiner Mauern fiel Königsmund im Lauf eines einzigen Tages. Am Flusstor kam es zu einem kurzen blutigen Gefecht, als dreizehn Ritter der

Hohenturms und hundert weitere Waffenknechte die Goldröcke zurückschlugen und das Tor fast acht Stunden gegen alle Angriffe diesseits und jenseits der Stadtmauer verteidigen konnten. Aber all ihre Heldentaten waren vergebens, weil Rhaenyras Soldaten unbehelligt durch die übrigen sechs Tore in die Stadt strömten. Der Anblick der Drachen der Königin am Himmel raubte Rhaenyras Feinden den Mut, und die verbliebenen Getreuen König Aegons ergriffen die Flucht, verbargen sich in Verstecken oder beugten das Knie.

Einer nach dem anderen ließen sich die Drachen in der Stadt nieder. Schafsdieb landete auf Visenyas Hügel, Silberschwinge und Vermithor auf Rhaenys' Hügel, unmittelbar vor der Drachengrube. Prinz Daemon kreiste über den Türmen des Roten Bergfrieds, ehe er mit Caraxes im Äußeren Hof landete. Erst nachdem er sich vergewissert hatte, dass die Verteidiger keinen Widerstand leisteten, gab er seiner Gemahlin ein Zeichen, und sie kam mit Syrax herab. Addam Velaryon blieb in der Luft und kreiste auf Seerauch über den Stadtmauern. Das Schlagen der breiten Lederschwingen seines Drachen gemahnte die Menschen am Boden, dass jedem Widerstand mit Drachenfeuer begegnet würde.

Als sie die Aussichtslosigkeit der Lage erkannte, kam Königinwitwe Alicent gemeinsam mit ihrem Vater Ser Otto Hohenturm, Ser Tyland Lennister und Lord Jasper Wyld, der Eisenrute, aus Maegors Feste herunter. (Lord Larys Kraft war nicht bei ihnen. Dem Meister der Flüsterer war es irgendwie gelungen, spurlos zu verschwinden.) Königin Alicent versuchte mit ihrer Stieftochter zu verhandeln. »Lasst uns gemeinsam einen Großen Rat einberufen, wie es der Alte König vor Zeiten getan hat«, schlug die Königinwitwe vor, »und legen wir die Frage der Thronfolge den Lords des Reiches vor.« Doch Königin Rhaenyra wies das Angebot voller Verachtung zurück. »Wir wissen beide, wie ein solcher Rat entscheiden würde.« Dann stellte sie ihre

Stiefmutter vor die Wahl: Unterwerfung oder Drachenfeuer.

Geschlagen neigte Königin Alicent das Haupt, übergab Königin Rhaenyra die Schlüssel der Burg und befahl ihren Rittern und Soldaten, die Waffen zu strecken. »Die Stadt gehört Euch, Prinzessin«, soll sie angeblich gesagt haben, »doch lange werdet Ihr sie nicht halten. Ist die Katze aus dem Haus, tanzen die Ratten auf dem Tisch, doch in Kürze wird mein Sohn Aemond mit Feuer und Blut heimkehren.«

Aber Rhaenyras Triumph war bei weitem nicht vollständig. Die Gemahlin ihres Rivalen, die irre Königin Helaena fanden ihre Männer eingesperrt in ihrem Schlafgemach … doch als sie die Türen der Gemächer des Königs aufbrachen, entdeckten sie nur »sein Bett, leer, und seinen Nachttopf, gefüllt«. König Aegon II. war geflohen. Und mit ihm seine Kinder, die sechsjährige Prinzessin Jaehaera und der zweijährige Prinz Maelor, sowie die Ritter Wylis Grimm und Rickard Thorn von der Königsgarde. Nicht einmal die Königinwitwe schien zu wissen, wie oder wohin sie geflohen waren, und Luthor Largent schwor, niemand habe die Stadttore passiert.

Doch den Eisernen Thron konnte man nicht einfach so verschwinden lassen. Und Königin Rhaenyra wollte nicht ruhen, ehe sie auf dem Sitz ihres Vaters saß. Also wurden die Fackeln im Thronsaal entzündet, und die Königin erklomm die eisernen Stufen und ließ sich dort nieder, wo vor ihr König Viserys gesessen hatte, und vor ihm der Alte König und Maegor und Aenys und Aegon der Drache in alten Zeiten. Mit ernster Miene, immer noch in voller Rüstung, saß sie auf dem hohen Thron, während ihr jeder Mann und jede Frau im Roten Bergfried vorgeführt wurde, niederknien musste, um Vergebung zu erflehen und ihr als Königin Leben und Schwert und Ehre zu verschreiben.

Die Zeremonie dauerte die ganze Nacht. Erst im Morgengrauen erhob sich Rhaenyra Targaryen und stieg herunter.

Septon Konstans behauptet: »Und während ihr Hoher Gemahl Prinz Daemon sie aus dem Saal geleitete, sah man an den Beinen und der linken Hand Ihrer Gnaden Schnitte. Blutstropfen fielen auf den Boden, als sie vorbeischritt, und weise Männer warfen sich Blicke zu, wenngleich niemand die Wahrheit auszusprechen wagte: Der Eiserne Thron hatte sie zurückgewiesen, und ihre Herrschaft würde nicht von langer Dauer sein.«

All dies trug sich zu, während Prinz Aemond und Ser Kriston Kraut noch in die Flusslande marschierten. Nach neunzehn Tagen erreichten sie Harrenhal… und fanden die Burgtore offen vor. Prinz Daemon und seine Männer waren abgezogen.

Prinz Aemond war während des Marsches mit Vhagar bei der Hauptkolonne geblieben, da er erwartete, sein Onkel werde sie auf Caraxes angreifen. Er erreichte Harrenhal einen Tag nach Kraut, und in jener Nacht feierten sie den großen Sieg; Daemon und sein »Abschaum der Flusslande« hatten es vorgezogen zu fliehen, statt sich seinem Zorn zu stellen, verkündete Aemond. Daher verwundert es kaum, dass sich der Prinz wie ein dreifacher Narr fühlte, als ihn die Nachricht vom Fall Königsmunds erreichte. Sein Zorn war fürchterlich anzusehen.

Westlich von Harrenhal gingen die Kämpfe in den Flusslanden weiter, wo sich das Heer der Lennisters voranschleppte. Wegen des Alters und der Gebrechlichkeit ihres Befehlshabers, Lord Leffert, kamen die Männer nur im Schneckentempo voran, doch als sie sich dem Westufer des Götterauges näherten, stand ihnen plötzlich ein riesiges, neues Heer im Weg.

Lord Roderick Staublin (genannt Roddy die Ruine) und seine Winterwölfe hatten sich Wald Frey, dem Lord vom Kreuzweg, und dem Roten Robb Strom, bekannt als der Bogenschütze von Rabenbaum, angeschlossen. Die Nordmänner zählten zweitausend Mann, Frey verfügte über zweihundert Ritter und dreimal so viel Fußvolk, und Strom hatte dreihundert Bogenschützen mitgebracht. Und kaum hatte Lord Leffert angehalten, um sich dem Feind vor ihm zu stellen, erschienen im Süden weitere Feinde, wo sich Langblatt der Löwentöter und ein abgerissener Haufen Überlebender aus früheren Schlachten mit den Lords Biggelstein, Kammer und Perryn vereint hatten.

Von diesen beiden Heeren in die Zange genommen, zögerte Leffert, eines von ihnen anzugreifen, da er fürchtete, das andere könne ihm in den Rücken fallen. Stattdessen verschanzte er sich am Seeufer, schickte Raben zu Prinz Aemond nach Harrenhal und erbat Hilfe. Obgleich ein Dutzend Vögel in die Lüfte aufstiegen, erreichte kein einziger den Prinzen: der Rote Robb Strom, dem man nachsagte, der beste Bogenschütze von Westeros zu sein, holte sie alle vom Himmel.

Am nächsten Tag trafen weitere Flussmänner unter Führung von Ser Garibald Grau, Lord Jon Karlten und dem neuen Lord von Rabenbaum, dem elfjährigen Benjicot Schwarzhain, ein. Angesichts ihrer jetzt noch größeren Zahl entschieden die Männer der Königin, dass nun die Zeit zum Angriff gekommen war. »Am besten machen wir diesen Löwen jetzt den Garaus, ehe die Drachen kommen«, meinte Roddy die Ruine.

Am nächsten Tag bei Sonnenaufgang begann die blutigste Landschlacht des ganzen Drachentanzes. In den Annalen der Zitadelle nennt man sie die Schlacht am Seeufer, doch unter den Überlebenden hieß sie nur die »Fütterung der Fische«.

Die Westmänner wurden von drei Seiten angegriffen und Schritt um Schritt ins Wasser des Götterauges gedrängt. Hunderte starben dort, niedergemetzelt im Schilf, und noch viel mehr ertranken bei dem Versuch zu fliehen. Bei Sonnenuntergang waren zweitausend Mann tot, darunter viele von Rang wie Lord Frey, Lord Leffert, Lord Biggelstein, Lord

Karlten, Lord Swyft, Lord Regn, Ser Klarenz Rallenhall und Ser Tyler Hügel, der Bastard von Lennishort. Das Heer der Lennisters wurde zerschlagen und niedergemetzelt, allerdings zu einem hohen Preis. Der Kindlord von Rabenbaum, der junge Ben Schwarzhain, weinte angesichts der riesigen Leichenberge. Die übelsten Verluste mussten die Nordmänner hinnehmen, denn die Winterwölfe hatten um die Ehre gebeten, den Angriff zu führen, und waren mit ihren Pferden fünf Mal in die Speere der Lennisters vorgestoßen. Mehr als zwei Drittel der Männer, die mit Lord Staublin nach Süden geritten waren, waren gefallen oder verwundet.

Auf Harrenhal besprachen Aemond Targaryen und Kriston Kraut, wie man am besten auf die Angriffe der Königin reagieren sollte. Obgleich der Sitz des Schwarzen Harren zu stark war, um im Sturm genommen zu werden, und die Flusslords aus Angst vor Vhagar keine Belagerung wagen würden, ging den Männern des Königs der Proviant und das Futter aus, und außerdem verloren sie Männer und Pferde an Hunger und Krankheit. Nur verkohlte Felder und verbrannte Dörfer waren in Sichtweite der mächtigen Burgmauern geblieben, und die Furiertrupps, die weiter hinausritten, um Vorräte zu beschaffen, kehrten nicht zurück. Ser Kriston drängte zum Rückzug in den Süden, wo Aegon die meisten Unterstützer hatte, doch der Prinz lehnte mit den Worten ab:»Nur ein Feigling läuft vor Verrätern davon.« Der Verlust von Königsmund und des Eisernen Throns hatte den Lord Protektor aufs Äußerste erzürnt, und als die Nachricht von der »Fütterung der Fische« Harrenhal erreichte, hätte er den Knappen, der sie überbrachte, beinahe erwürgt. Nur das Einschreiten seiner Bettgefährtin Alys Strom rettete dem Jungen das Leben. Prinz Aemond sprach sich für einen sofortigen Angriff auf Königsmund aus. Kein Drache der Königin könne sich gegen Vhagar behaupten, beharrte er.

Ser Kriston nannte dies eine Torheit.»Einer gegen sechs ist ein Kampf für Narren, mein Prinz«, erklärte er. Er drängte abermals darauf, gemeinsam nach Süden zu marschieren und sich mit Lord Hohenturms Heer zu vereinen. Prinz Aemond könne sich auch mit seinem Bruder Daeron und dessen Drachen zusammenschließen. König Aegon war Rhaenyra durch die Finger geschlüpft, wie sie wussten. Gewiss würde er sich mit Sonnfeuer vereinen und sich wieder zu seinen Brüdern gesellen. Und vielleicht würden ihre Freunde in der Stadt auch eine Möglichkeit finden, Königin Helaena zu befreien, und dann würde Traumfeuer an der Seite der Prinzen und des Königs kämpfen. Vier Drachen könnten sich vielleicht gegen sechs durchsetzen, wenn es sich bei einem der vier um Vhagar handelte.

Prinz Aemond lehnte es ab, sich diesen »feigen Plan« auch nur anzuhören.

Am Ende entschieden Ser Kriston und Prinz Aemond, sich zu trennen. Kraut würde den Befehl über das Heer übernehmen und es nach Süden führen, um sich mit Ormund Hohenturm und Prinz Daeron zu vereinen, doch der Prinzregent würde sie nicht begleiten. Stattdessen beabsichtigte er, seinen eigenen Feldzug zu führen und aus der Luft Feuer auf die Verräter regnen zu lassen. Früher oder später würde die »Hurenkönigin« einen oder zwei Drachen losschicken, um ihn aufzuhalten, und Vhagar würde sie vernichten. »Sie wird es nicht wagen, *all* ihre Drachen zu schicken«, beharrte Aemond. »Denn dann wäre Königsmund entblößt und verletzlich. Und sie wird auch weder Syrax noch ihren letzten süßen Kraft-Jungen in Gefahr bringen. Rhaenyra mag sich Königin nennen, aber sie ist immer noch eine Frau, sie hat das schwache Herz einer Frau und die Ängste einer Mutter.«

Und so trennten sich der Königsmacher und der Sippenmörder und eilten ihrem Schicksal entgegen, während sich Königin Rhaenyra Targaryen im Roten Bergfried daranmachte, ihre Freunde zu belohnen und jene hart zu bestrafen, die ihrem Halbbruder gedient hatten.

Reiche Belohnungen wurden ausgelobt für alle Hinweise,

die zur Ergreifung des »Usurpators, der sich Aegon II. nennt«, seiner Tochter Jaehaera, seines Sohnes Maelor, der »falschen Ritter« Wylis Grimm und Rickard Thorn sowie von Larys Kraft, dem Klumpfuß, führten. Als dies nicht den gewünschten Erfolg brachte, sandten Ihre Gnaden Truppen von »Ritterlichen Inquisitoren« aus, die nach den »Verrätern und Schurken« fahndeten, welche ihr entkommen waren, und jeden bestrafen sollten, der ihnen geholfen hatte.

Königin Alicent wurde mit goldenen Ketten an Händen und Füßen gefesselt, obgleich ihre Stieftochter ihr Leben »in Angedenken an meinen Vater, der Euch einst liebte«, schonte. Alicents Vater durfte sich nicht über eine solche Gnade freuen. Ser Otto Hohenturm, der drei Königen als Hand gedient hatte, war der erste Verräter, der enthauptet wurde. Eisenrute folgte ihm auf den Richtblock, und selbst dort beharrte er noch darauf, dass dem Gesetze nach der Sohn eines Königs dem Vater vor einer Tochter auf dem Thron nachfolgen müsse. Ser Tyland Lennisters Leben wurde einstweilen verschont; stattdessen übergab man ihn den Folterknechten, weil man hoffte, auf diese Weise einen Teil des Kronschatzes zurückzuerlangen.

Weder Aegon noch sein Bruder Aemond waren beim Volk der Stadt besonders beliebt, und viele Königsmunder hatten die Rückkehr der Königin begrüßt... Aber Hass und Liebe sind zwei Seiten der gleichen Münze, und als über den Stadttoren jeden Tag neue Köpfe aufgespießt und immer höhere neue Steuern festgesetzt wurden wendete sich das Blatt. Das Mädchen, das einst als Wonne des Reiches gepriesen worden war, hatte sich zu einer habgierigen und rachsüchtigen Frau entwickelt, die es an Grausamkeit mit allen vorherigen Königen aufnehmen konnte. Ein Witzbold nannte sie »König Maegor mit Titten«, und noch hundert Jahre später war »Maegors Titten« in Königsmund ein gebräuchliches Schimpfwort.

Da Stadt, Burg und Thron sich nun in ihrer Gewalt befanden und von nicht weniger als sechs Drachen beschützt wurden, fühlte sich Rhaenyra sicher genug, um ihre Söhne nachzuholen. Ein Dutzend Schiffe stach von Drachenstein aus in See, an Bord ihre Hofdamen mit ihrem Sohn Aegon dem Jüngeren. Rhaenyra ernannte den Jungen zu ihrem Mundschenk, damit er sich nie allzu weit entfernt von ihr aufhielt. Eine weitere Flotte brach von Möwenstadt aus gemeinsam mit Prinz Gottfrid auf, dem letzten ihrer drei Söhne von Laenor Velaryon, und seinem Drachen Tyraxes. In einem prunkvollen Fest sollte Gottfrid in aller Form als Prinz von Drachenstein und Erbe des Eisernen Throns eingesetzt werden.

Angesichts ihres überwältigenden Triumphes ahnte Rhaenyra Targaryen nicht, wie wenige Tage ihr noch blieben. Jedes Mal, wenn sie auf dem Eisernen Thron saß, so berichtet Septon Konstans, fügten ihr die grausamen Klingen frische Schnitte an Händen und Armen und Beinen zu, ein Zeichen, das ein jeder zu verstehen wusste.

Jenseits der Stadtmauern tobten die Kämpfe in den Sieben Königslanden weiter. In den Flusslanden hatte Ser Kriston Kraut Harrenhal aufgegeben und schlug sich mit dreitausendsechshundert Mann am Westufer des Götterauges nach Süden durch (Tod, Krankheit und Fahnenflucht hatten die Reihen seit dem Aufbruch von Königsmund stark gelichtet). Prinz Aemond war bereits auf Vhagar abgeflogen. Da er nicht länger an Burg oder Heer gebunden war, konnte der einäugige Prinz fliegen, wohin er wollte. Das war ein Krieg, wie Aegon der Eroberer und seine Schwestern ihn einst geführt hatten, ein Kampf mit Drachenfeuer. Vhagar stieß ein ums andere Mal aus dem Herbsthimmel herab und legte wieder und wieder Ländereien und Dörfer und Burgen der Flusslords in Schutt und Asche. Das Haus Darry bekam den Zorn des Prinzen als Erstes zu spüren. Die Männer, die die Ernte einbrachten, verbrannten oder flohen, als die Felder in Flammen aufgingen, und Burg Darry wurde von einem

Feuersturm verzehrt. Lady Darry und die jüngeren Kinder überlebten im Schutz der Gewölbe unter der Burg, doch ihr Hoher Gemahl und sein Erbe starben auf den Mauern gemeinsam mit drei Dutzend Geschworenen Schwertern und Bogenschützen. Drei Tage später brannte Eggingen. Herrenmühle, Schwarzlunk, Lunk, Lehmgrube, Schweynsfurt, Spinnenwald... Vhagars Wut verzehrte sie alle, bis die halben Flusslande in Flammen standen.

Ser Kriston Kraut musste sich ebenfalls dem Feuer stellen. Als er seine Männer nach Süden durch die Flusslande trieb, stieg vor und hinter seinen Reihen Rauch auf. Alle Dörfer fand er verlassen und niedergebrannt vor. Seine Kolonne zog durch Felder aus toten Bäumen, wo noch vor Tagen lebende Wälder gewachsen waren, denn die Flusslords setzten entlang seiner Marschroute alles in Brand. In jedem Bach und Tümpel und Dorfbrunnen stieß er auf den Tod: tote Pferde, tote Kühe, tote Menschen, deren aufgedunsene Leichen verwesten und das Wasser vergifteten. Anderswo boten sich seinen Kundschaftern immer wieder schauderhafte Anblicke: gepanzerte Leichen saßen in verrotteter Kleidung unter Bäumen, in der grotesken Karikatur eines Festes. Die Feiernden waren Männer, die in der Schlacht gefallen waren. Ihre Schädel grinsten unter rostigen Helmen hervor, und das grüne, verrottende Fleisch schälte sich von ihren Knochen.

Vier Tage, nachdem Ser Kriston Harrenhal verlassen hatte, begannen die Überfälle. In den Bäumen versteckte Bogenschützen schossen mit Langbögen auf Vorreiter und Nachzügler. Männer starben. Männer fielen hinter die Nachhut zurück und wurden nie wieder gesehen. Männer flohen, ließen Schild und Speer fallen und verschwanden im Wald. Männer liefen zum Feind über. Auf dem Dorfanger von Ulmenkreuz stieß man auf ein weiteres dieser Leichenfeste. Ser Kristons Vorreiter verzogen das Gesicht und ritten vorbei. Da sie solche Anblicke gewöhnt waren, zollten sie den faulenden Toten keine Aufmerksamkeit... bis die Leichen aufsprangen und über sie herfielen. Ein Dutzend fiel, ehe man begriff, dass es sich um einen Hinterhalt handelte.

Doch all dies war nur das Vorspiel, denn die Lords vom Trident hatten ihre gesamte Streitmacht versammelt. Als Ser Kriston den See hinter sich ließ und über Land zum Schwarzwasser zog, erwarteten sie ihn auf einem steinigen Bergrücken; dreihundert Ritter in Rüstung zu Pferde, ebenso viele Langbogenschützen, dreitausend gewöhnliche Bogenschützen, dreitausend in Lumpen gekleidete Flussmänner mit Speeren, Hunderte Nordmänner, die Äxte, Keulen, Streitkolben und uralte Eisenschwerter schwangen. Über ihren Köpfen flatterte Königin Rhaenyras Banner.

Die darauffolgende Schlacht war die einseitigste des gesamten Tanzes. Lord Roderick Staublin setzte ein Schlachthorn an die Lippen und gab den Befehl zum Angriff. Die Männer der Königin preschten unter Gebrüll den Hügel hinunter, angeführt von den Winterwölfen auf ihren zotteligen Nordpferden und den Rittern auf ihren gepanzerten Schlachtrossen. Als Ser Kriston von Pfeilen getroffen wurde und tot zu Boden ging, verloren die Männer, die ihm von Harrenhal gefolgt waren, den Mut. Sie ließen die Schilde fallen und ergriffen die Flucht. Ihre Feinde setzten ihnen nach und machten sie zu Hunderten nieder.

Am Jungfrauentag des Jahres 130 n. A. E. schickte die Zitadelle von Altsass dreihundert weiße Raben aus, die das Nahen des Winters verkündeten, doch Königin Rhaenyra Targaryen stand im Hochsommer ihrer Herrschaft. Trotz Abneigung der Königsmunder waren Stadt und Krone in ihrer Gewalt. Jenseits der Meerenge begann sich die Triarchie selbst zu zerfleischen. Das Haus Velaryon herrschte uneingeschränkt über die Wellen. Obgleich die Pässe durch die Mondberge wegen des einsetzenden Schneefalls bereits nicht mehr begehbar waren, stand die Jungfrau des Grünen Tals zu ihrem Wort und schickte der Königin Männer auf dem Seeweg. Andere Flotten brachten Krieger aus Weißwasserhafen, die von Lord Manderlys Söhnen Medrick und Torrhen angeführt wurden. Königin Rhaenyras Macht wuchs in jeder Hinsicht, während König Aegon an Boden verlor.

Doch kein Krieg ist gewonnen, solange noch Feinde unbesiegt im Felde stehen. Zwar war der Königsmacher Ser Kriston Kraut gefallen, doch Aegon II., den er zum König gemacht hatte, war immer noch am Leben und auf freiem Fuß. Aegons Tochter Jaehaera befand sich ebenfalls noch in Freiheit. Larys Kraft der Klumpfuß, das geheimnisvollste und listenreichste Mitglied des Grünen Rates, war verschwunden. Sturmkap wurde immer noch von Lord Borros Baratheon gehalten, einem Feind der Königin. Die Lennisters mussten ebenfalls zu Rhaenyras Feinden gezählt werden, obgleich der Großteil der Ritterschaft des Westens entweder tot oder versprengt war und nach Lord Jasons Tod in Casterlystein ein beträchtliches Durcheinander herrschte.

Prinz Aemond war zum Schrecken des Tridents geworden. Er stürzte vom Himmel herab und ließ Feuer und Tod auf die Flusslande regnen, verschwand dann wieder und schlug am nächsten Tag fünfzig Wegstunden entfernt erneut zu. Vhagars Flammen legten Altweide und Weißweide in Schutt und Asche und ließen von Burg Schweyn nur verkohlten Stein zurück. In Frohental verbrannten dreißig Männer und einhundert Schafe im Drachenfeuer. Dann kehrte der Sippenmörder überraschend nach Harrenhal zurück, wo er alle hölzernen Bauten innerhalb der Burgmauern einäscherte. Sechs Ritter und drei Dutzend Krieger starben bei dem Versuch, den Drachen zu erschlagen. Als sich die Nachrichten über diese Angriffe verbreiteten, blickten andere Lords ängstlich zum Himmel hinauf und fragten sich, wer wohl der Nächste sein würde. Lord Muton von Jungfernteich, Lady Finsterlyn von Dämmertal und Lord Schwarzhain von Rabenbaum schickten drängende Briefe an die Königin und flehten sie an, ihre Drachen zum Schutz ihrer Güter zu entsenden.

Doch nicht Aemond Einauge stellte die größte Bedrohung für Rhaenyras Herrschaft dar, sondern sein jüngerer Bruder, Prinz Daeron der Wagemutige, und das große Heer der Südländer unter Lord Ormund Hohenturms Befehl.

Hohenturm hatte den Mander überquert, marschierte langsam auf Königsmund zu und machte dabei die Getreuen der Königin nieder, wann und wo auch immer sie versuchten, ihm in die Quere zu kommen. Außerdem zwang er jeden Lord, das Knie zu beugen und sich ihm mit seiner Streitmacht anzuschließen. Prinz Daeron flog auf Tessarion der Hauptkolonne voraus und war als Späher von großem Wert, da er Lord Ormund über die Bewegungen und Befestigungen des Feindes in Kenntnis setzen konnte. Oftmals lösten sich die Truppen der Königin bereits auf, wenn sie nur die Schwingen der Blauen Königin in den Lüften erblickten, anstatt sich dem Drachenfeuer im Kampf zu stellen.

Königin Rhaenyras Hand, der alte Lord Corlys Velaryon, war sich dieser Bedrohungen bewusst und legte Ihrer Gnaden nahe, dass die Zeit für Verhandlungen gekommen sei. Er drängte die Königin, den Lords Baratheon, Hohenturm und Lennister Begnadigungen anzubieten, wenn sie im Gegenzug das Knie beugten, ihr Treue schworen und dem Eisernen Thron Geiseln stellten. Die Seeschlange schlug vor, der Glaube solle sich Königin Alicents und Königin Helaenas annehmen, auf dass sie den Rest ihres Lebens in Gebet und Andacht verbringen könnten. Helaenas Tochter Jaehaera werde er als sein Mündel annehmen, und später könne sie mit Prinz Aegon dem Jüngeren vermählt werden, wodurch die beiden Linien des Hauses Targaryen erneut vereint wären.« »Und was ist mit meinen Halbbrüdern?«, wollte Rhaenyra wissen, als die Seeschlange ihr diesen Plan unterbreitete. »Was ist mit diesem falschen König Aegon und dem Sippenmörder Aemond? Soll ich sie ebenfalls begnadigen, obwohl sie versucht haben, mir meinen Thron zu stehlen, und meine Söhne erschlagen haben?«

»Verschont sie und schickt sie zur Mauer«, antwortete Lord Corlys. »Sollen sie das Schwarz anlegen und ihr Leben als Männer der Nachtwache zubringen, wo sie durch heilige Eide gebunden sind.«

»Was gilt schon der Eid eines Eidbrüchigen?«, entgegnete Rhaenyra. »Ihre Schwüre haben sie nicht daran gehindert, mir den Thron zu rauben.«

Prinz Daemon unterstützte die Bedenken der Königin. Rebellen und Verräter zu begnadigen werde nur die Saat für weitere Rebellionen legen, beharrte er. »Der Krieg wird enden, wenn die Köpfe der Verräter über dem Königstor aufgespießt sind, und nicht eher.« Aegon II., »der sich in irgendeinem Loch verbirgt«, werde man schon auftreiben, aber zu Aemond und Daeron konnten und sollten sie den Krieg jetzt tragen. Die Ausrottung der Lennisters und Baratheons solle ebenfalls ins Auge gefasst werden, auf dass die Krone ihr Land und ihre Burgen jenen Männern zusprechen könne, die Rhaenyra die Treue gehalten hatten. Sturmkap könne man Ulf Weiß und Casterlystein dem Harten Hugo Hammer gewähren, schlug der Prinz vor... sehr zum Entsetzen der Seeschlange. »Die Hälfte der Lords von Westeros wird sich gegen uns wenden, wenn wir so grausam sind und diese beiden altehrwürdigen und edlen Häuser auslöschen«, sagte Lord Corlys.

So fiel es der Königin zu, zwischen ihrem Prinzgemahl und ihrer Hand zu entscheiden. Rhaenyra entschied sich für einen Mittelweg. Sie würde Gesandte nach Sturmkap und Casterlystein schicken und »gerechte Bedingungen« und Begnadigungen anbieten... *nachdem* sie die Brüder des Usurpators niedergeworfen hatte, die gegen sie ins Feld zogen. »Sobald sie tot sind, werden die anderen das Knie beugen. Erschlagt ihre Drachen, damit ich ihre Schädel an den Wänden meines Thronsaals zur Schau stellen kann. Wenn die Menschen sie sehen, kennen sie den Preis des Verrats.«

Königsmund durfte allerdings nicht ohne Verteidigung

bleiben. Königin Rhaenyra entschied sich, mit Syrax und ihren Söhnen Aegon und Gottfrid, die keiner Gefahr ausgesetzt werden durften, in der Stadt zu bleiben. Gottfrid, der noch nicht ganz dreizehn Jahre war, wollte sich gern als Krieger beweisen, doch als man ihm sagte, er werde gebraucht, um seiner Mutter bei der Verteidigung des Roten Bergfried beizustehen, gelobte der Knabe feierlich, dies auch zu tun. Addam Velaryon, der Erbe der Seeschlange, würde ebenfalls mit Seerauch in der Stadt bleiben. Drei Drachen sollten genügen, um Königsmund zu verteidigen; die anderen sollten in die Schlacht ziehen.

Prinz Daemon selbst sollte auf Caraxes zusammen mit dem Mädchen Nessel auf Schafsdieb zum Trident fliegen, um Prinz Aemond und Vhagar aufzuspüren und zur Strecke zu bringen. Ulf Weiß und der Harte Hugo Hammer flogen nach Stolperstadt, das ungefähr fünfzig Wegstunden südwestlich von Königsmund lag und die letzte treue Feste zwischen Lord Hohenturm und der Stadt war. Ihnen oblag es, bei der Verteidigung der Stadt zu helfen und Prinz Daeron und Tessarion zu vernichten.

Prinz Daemon Targaryen und das kleine braune Mädchen namens Nessel jagten Aemond Einauge lange ohne Erfolg. Auf Einladung von Lord Manfryd Muton, der in Schrecken vor Vhagar lebte, weil er befürchtete, der Drache könne seine Stadt niederbrennen, schlugen sie ihr Lager in Jungferntreich auf. Stattdessen schlug Prinz Aemond in Steinkopf zu, in den Ausläufern der Mondberge, in Süßweide am Grünen Arm und Sturmtanz am Roten Arm. Die Bogenschussbrücke verwandelte er in rauchende Trümmer, Altfähren und die Altweibermühle brannte er nieder und zerstörte das Mutterhaus bei Bächingen, verschwand jedoch jedes Mal am Himmel, ehe die Jäger eintrafen. Vhagar hielt sich nie lange an einem Ort auf, und die Überlebenden waren sich selten einig darüber, in welche Richtung der Drache davongeflogen war.

Täglich im Morgengrauen stiegen Caraxes und Schafsdieb von Jungfernteich aus in den Himmel über den Flusslanden auf und zogen in stetig größer werdenden Kreisen über das Land, in der Hoffnung, Vhagar unten zu entdecken... Stets kehrten sie unverrichteter Dinge in der Abenddämmerung zurück. Lord Muton ließ sich kühn zu dem Vorschlag hinreißen, die Drachenreiter sollten getrennt auf die Suche gehen, denn so würden sie ein doppelt so großes Gebiet abdecken. Prinz Daemon wies diesen Vorschlag zurück. Vhagar sei der letzte der drei Drachen, die zusammen mit Aegon dem Eroberer und seinen Schwestern nach Westeros gekommen waren, gemahnte er Lord Manfryd. Sie war vielleicht nicht mehr so schnell wie noch vor einem Jahrhundert, dafür war sie aber beinahe so groß geworden wie der Schwarze Schrecken der alten Tage. Vhagars Feuer brannte heiß genug, um Stein zu schmelzen, und weder Caraxes noch Schafsdieb waren ihr an Grausamkeit ebenbürtig. Nur gemeinsam durften sie hoffen, gegen sie zu bestehen. Und so behielt der Prinz das Mädchen Nessel Tag und Nacht an seiner Seite, am Himmel und in der Burg.

Inzwischen fand im Süden bei Stolperstadt, einem blühenden kleinen Marktstädtchen am Mander, eine Schlacht statt. Die Burg über der Stadt war klein, aber wohlbefestigt und verfügte ursprünglich nur über eine Garnison von vierzig Mann, doch Tausende waren von Bitterbrück, Langtafel und weiter aus dem Süden heraufgekommen. Die Ankunft einer starken Streitmacht von Flusslords erhöhte die Zahl noch und stärkte die Entschlossenheit. Alles in allem lagen bei Stolperstadt neuntausend Mann unter Königin Rhaenyras Banner. Dennoch waren die Männer der Königin Lord Hohenturms Heer zahlenmäßig noch weit unterlegen. So war die Ankunft der Drachen Vermithor und Silberschwinge mit ihren Reitern den Verteidigern von Stolperstadt zweifellos höchst willkommen. Welche grauenvollen Schrecken ihnen bevorstanden, konnten sie nicht ahnen.

Das Wie und Wann und Warum dessen, was als der Verrat von Stolperstadt in die Geschichte einging, bleibt unter Historikern umstritten, und die ganze Wahrheit über die Geschehnisse wird wahrscheinlich nie ans Tageslicht kommen. Es scheint, als hätten einige derjenigen, die vor Lord Hohenturms Heer in die Sicherheit der Stadt flohen, zu ebenjenem Heer gehört und sollten die Reihen der Verteidiger unterwandern. Doch ihr Verrat hätte nur wenig bewirken können, wenn nicht Ser Ulf Weiß und Ser Hugo Hammer ebenfalls diesen Augenblick gewählt hätten, um die Seiten zu wechseln.

Da keiner der beiden des Lesens oder Schreibens mächtig war, werden wir nie erfahren, was die Zwei Verräter (wie sie in den Annalen genannt werden) dazu getrieben hat. Über die Schlacht bei Stolperstadt wissen wir hingegen viel und noch viel mehr. Sechstausend Mann der Königin formierten sich, um Lord Hohenturm entgegenzutreten, und sie kämpften einige Zeit tapfer, doch ein vernichtender Pfeilhagel von Lord Ormunds Bogenschützen dünnte ihre Reihen aus, und ein donnernder Angriff seiner schweren Reiterei brach ihnen das Genick. Die Überlebenden rannten zur Stadtmauer zurück. Als die meisten sich in Sicherheit gebracht hatten, stürmten Roddy die Ruine und seine Winterwölfe durch ein kleines Ausfalltor ins Freie, brüllten die schrecklichen Schlachtrufe des Nordens und fielen den Angreifern in die linke Flanke. Im darauffolgenden Chaos kämpften sich die Nordmänner gegen eine zehnfache Übermacht zu Lord Ormund Hohenturm vor, der neben König Aegons Goldenem Drachen und den Bannern von Altsass und dem Hohen Turm auf seinem Streitross saß. Wie die Sänger die Geschichte heute erzählen, blutete Lord Roderick von Kopf bis Fuß, als er mit zersplittertem Schild und zerbrochenem Helm heranstürmte, war jedoch so trunken vom Kampf, dass er seine Wunden nicht zu spüren schien. Ser Bryndon Hohenturm, Lord Ormunds Vetter, warf sich zwischen den Nordmann und seinen Lehnsherrn und trennte Roddy der Ruine mit einem fürchterlichen Hieb seiner Langaxt den Schildarm an der Schulter ab … doch der wilde Lord von Hüglingen kämpfte weiter und erschlug sowohl Ser Bryndon als auch Lord Ormund, ehe er starb. Lord Hohenturms Banner stürzten zu Boden, und das Volk der Stadt jubelte in der Annahme, das Blatt habe sich gewendet. Auch der Anblick Tessarions über dem Schlachtfeld entsetzte die Menschen nicht, denn ihnen standen ja ebenfalls zwei Drachen zur Verfügung, wie sie glaubten … doch als Vermithor und Silberschwinge in den Himmel aufstiegen und ihr Feuer gegen Stolperstadt richteten, ging der Jubel in Geschrei über.

Stolperstadt verwandelte sich in ein Flammenmeer. Alles brannte: Läden, Häuser, Septen, Menschen, einfach alles. Männer fielen lodernd vom Torhaus und den Wehrgängen oder taumelten brüllend wie lebende Fackeln durch die Straßen. Die Zwei Verräter überzogen die Stadt von einem Ende bis zum anderen mit Drachenfeuer. Die Plünderung nach dem Brand gehört zu den gnadenlosesten in der langen Geschichte von Westeros. Von der wohlhabenden Marktstadt Stolperstadt blieb nur Asche und rauchender Schutt, und sie wurde nie wieder aufgebaut. Tausende verbrannten, und noch einmal Tausende ertranken, als sie auf der Flucht versuchten, den Fluss zu durchschwimmen. Später sagten manche, die Toten hätten noch Glück gehabt, denn den Überlebenden wurde keine Gnade gewährt. Obwohl Lord Fersens Männer die Waffen streckten und sich ergaben, wurden sie gefesselt und enthauptet. Die Frauen, die das Feuer überlebten, wurden wieder und wieder vergewaltigt, sogar Mädchen von acht und zehn Jahren. Alte Männer und Jungen wurden niedergemacht, während die Drachen die rauchenden Leichen ihrer Opfer fraßen.

Ungefähr zu jener Zeit schleppte sich eine übel zugerichtete Handelskogge namens *Nessaria* in den Hafen von

Drachenstein, um Reparaturen vorzunehmen und Vorräte aufzunehmen. Das Schiff sei auf dem Rückweg von Pentos nach Alt-Volantis in einen Sturm geraten, erzählte die Mannschaft... Doch diesem gewöhnlichen Seemannslied über die Gefahren auf See fügten die Volantener eine ungewöhnliche Strophe hinzu. Während die *Nessaria* westwärts segelte, ragte der Drachenberg riesig in der untergehenden Sonne vor ihnen auf, und die Seeleute sahen zwei gegeneinander kämpfende Drachen, deren Gebrüll von den schwarzen Steilufern auf der Ostseite des rauchenden Berges widerhallte. Diese Geschichte wurde in allen Schenken, Gasthäusern und Bordellen an der Küste erzählt, wiederholt und ausgeschmückt, bis auch der Letzte auf Drachenstein sie gehört hatte.

Drachen waren für die Männer aus Alt-Volantis ein Wunder; den Anblick von zwei dieser Geschöpfe, die gegeneinander kämpften, würden die Männer der *Nessaria* niemals vergessen. Doch die Menschen, die auf Drachenstein geboren und aufgewachsen waren, waren mit den Bestien vertraut... dennoch stießen die Geschichten der Seeleute auf großes Interesse. Am nächsten Morgen fuhren einige ansässige Fischer mit ihren Booten um den Drachenberg herum und berichteten bei ihrer Rückkehr, sie hätten die zerschmetterten und verbrannten Überreste eines toten Drachen am Fuß des Berges entdeckt. Die Farbe der Flügel und Schuppen deute darauf hin, dass es sich um Graugeist handelte. Der Kadaver des Drachen war in zwei Teile zerrissen und teilweise aufgefressen worden.

Als Ser Robert Quinz, der liebenswürdige und unglaublich dicke Ritter, den Königin Rhaenyra für die Zeit ihrer Abwesenheit zum Kastellan von Drachenstein ernannt hatte, davon hörte, machte er sofort den Kannibalen dafür verantwortlich. Die meisten stimmten ihm bei, denn es war allseits bekannt, dass der Kannibale früher schon kleinere Drachen angegriffen hatte, allerdings selten auf so brutale Weise.

Unter den Fischern ging daraufhin die Furcht um, die Bestie könne als Nächstes über sie herfallen, und sie drängten Quinz, Ritter zur Höhle des Drachen zu schicken und dem Mörder den Garaus zu machen, doch der Kastellan wies ihre Forderungen zurück. »Wenn wir den Kannibalen nicht behelligen, macht er uns auch keine Schererein«, entschied er. Um ganz sicherzugehen, verbot er das Fischen in den Gewässern östlich des Drachenberges, wo der Drachenkadaver verweste.

An der Westküste der Schwarzwasserbucht hatte inzwischen die Nachricht von der Schlacht und dem Verrat bei Stolperstadt Königsmund erreicht. Es heißt, Königinwitwe Alicent habe gelacht, als sie davon hörte. »Jetzt werden sie ernten, was sie gesät haben«, verhieß sie. Königin Rhaenyra saß auf dem Eisernen Thron und erbleichte. Sie befahl, die Stadttore zu schließen und zu verrammeln. Von nun an durfte niemand Königsmund betreten oder verlassen. »Ich werde nicht zulassen, dass sich Verräter in meine Stadt schleichen und den Rebellen die Tore öffnen«, verkündete sie. Schon am nächsten oder übernächsten Tag konnte Lord Ormunds Heer vor den Mauern stehen; die Verräter auf ihren Drachen mochten noch früher eintreffen.

Prinz Gottfrid wurde bei der Aussicht darauf ganz aufgeregt. »Sollen sie kommen«, erklärte der Junge. »Ich stelle mich ihnen auf Tyraxes.« Solche Reden ängstigten seine Mutter. »Auf gar keinen Fall«, erklärte sie. »Du bist noch zu jung.« Trotzdem ließ sie den Jungen der Sitzung des Schwarzen Rates beiwohnen, als die Königin mit ihren Ratsherren besprach, wie man dem heranrückenden Feind am besten begegnen könne.

Sechs Drachen waren in Königsmund, aber nur einer befand sich innerhalb der Mauern des Roten Bergfrieds: Syrax, die persönliche Drachendame der Königin. Im Äußeren Hof hatte man einen Pferdestall leergeräumt und ihn Syrax überlassen. Schwere Ketten hielten sie am Boden. Sie waren zwar lang genug, um ihr zu gestatten, den Stall zu verlassen und den Hof zu erkunden, doch ohne ihre Reiterin konnte sie nicht davonfliegen. Syrax hatte sich längst an die Ketten gewöhnt, und da sie ausgesprochen gut gefüttert wurde, war sie seit Jahren nicht mehr selbst auf die Jagd gegangen.

Die anderen Drachen wurden allesamt in der Drachengrube gehalten, jenem riesigen Gebäude, das König Maegor der Grausame eigens zu diesem Zweck hatte bauen lassen. Unter der großen Kuppel lagen vierzig im Kreis angelegte und aus dem Fels von Rhaenys' Hügel geschlagene, tunnelartige Gewölbe. Dicke Eisentüren versperrten die Höhlen an beiden Enden, innen hin zum Sand der Arena, außen zum Hügelabhang hin. Caraxes, Vermithor, Silberschwinge und Schafsdieb waren hier untergebracht gewesen, ehe sie in die Schlacht zogen. Fünf Drachen blieben: Prinz Gottfrids Tyraxes, Addam Velaryons hellgrauer Seerauch, die jungen Drachen Morghul und Shrykos, die an Prinzessin Jaehaera (auf der Flucht) und ihren Zwillingsbruder Prinz Jaehaerys (gestorben) gebunden waren... und Traumfeuer, das geliebte Tier Königin Helaenas. Seit langer Zeit war es Sitte, dass wenigstens ein Drachenreiter in der Grube residierte, um bei Bedarf sofort zur Verteidigung der Stadt in die Luft aufsteigen zu können. Da Königin Rhaenyra ihre Söhne lieber in ihrer Nähe wusste, fiel diese Pflicht Addam Velaryon zu.

Doch nun stellten Stimmen im Schwarzen Rat Ser Addams Treue infrage. Die Drachensamen Ulf Weiß und Hugo Hammer waren zum Feind übergelaufen... doch waren sie wirklich die einzigen Verräter in ihrer Mitte? Was war mit Addam aus Holk und dem Mädchen Nessel? Sie waren ebenfalls als Bastarde geboren oder stammten von Bastarden ab. Konnte man ihnen trauen?

Lord Bartimos Celtigar sprach sich dagegen aus. »Bastarde sind von Natur aus Verräter«, sagte er. »Der Verrat liegt ihnen im Blut. Verrat fällt ihnen ebenso leicht wie dem ehelich geborenen Mann die Treue.« Er drängte Ihre Gnaden, die beiden Drachenreiter von unehelicher Geburt sofort ergreifen zu lassen, ehe sie sich mit ihren Drachen dem Feind anschließen konnten. Andere teilten seine Ansichten, darunter Ser Luthor Largent, der Hauptmann der Stadtwache, und Ser Lorent Marbrand, der Lord Kommandant der Königinnengarde. Sogar die beiden Männer aus Weißwasserhafen, der furchterregende Ritter Ser Medrick Manderly und sein kluger, korpulenter Bruder Ser Torrhen, drängten die Königin zum Misstrauen. »Lasst uns besser kein Risiko eingehen«, befand Ser Torrhen. »Wenn der Feind zwei weitere Drachen in die Hand bekommt, sind wir verloren.«

Einzig Lord Corlys verteidigte die Drachensamen und erklärte, Ser Addam und sein Bruder Alyn seien »wahre Velaryons« und würdige Erben von Driftmark. Was das Mädchen Nessel betraf, so mochte sie schmutzig und hässlich sein, doch in der Schlacht in der Gurgel habe sie tapfer gekämpft. »Und die Zwei Verräter ebenfalls«, hielt Lord Celtigar dagegen.

Die leidenschaftlichen Proteste der Hand erwiesen sich als vergeblich. Die Furcht und das Misstrauen der Königin waren geweckt. Sie war schon so oft verraten worden, von Männern wie Frauen, dass sie schnell das Übelste von anderen Menschen erwartete. Verrat überraschte sie nicht länger. Sie erwartete ihn geradezu, sogar von jenen, die sie am meisten liebte.

Königin Rhaenyra befahl Ser Luthor Largent, zwanzig Goldröcke zur Drachengrube zu führen und Ser Addam Velaryon in Gewahrsam zu nehmen. Und so führte ein Verrat zum nächsten und zu Rhaenyras Verderben. Als Ser Luthor Largent und seine Goldröcke mit dem Haftbefehl der Königin Rhaenys' Hügel hinaufritten, flogen ihnen die Tore der Drachengrube bereits entgegen, und Seerauch breitete die hellgrauen Schwingen aus und warf sich in die Luft. Rauch kräuselte sich aus den Nüstern des Drachen. Ser

Addam Velaryon war rechtzeitig gewarnt worden und ergriff die Flucht. Enttäuscht und wütend kehrte Ser Luthor sofort zum Roten Bergfried zurück, wo er in den Turm der Hand stürmte und den betagten Lord Corlys mit seinen groben Händen ergriff und des Verrats bezichtigte. Der alte Mann stritt es nicht ab. Gefesselt und geprügelt, aber immer noch schweigend, wurde er in die Verliese geschleppt und in eine Schwarze Zelle geworfen, um sein Urteil und seine Hinrichtung zu erwarten.

Währenddessen verbreitete sich überall in der Stadt die Geschichte über das Gemetzel von Stolperstadt… und mit ihr Angst und Schrecken. Königsmund sei als Nächstes an der Reihe, erzählte man sich. Drachen würden gegen Drachen kämpfen, und diesmal würde die Stadt gewisslich brennen. Aus Furcht vor dem heranrückenden Feind versuchten Hunderte zu fliehen, wurden allerdings an den Toren von den Goldröcken abgewiesen. Solcherart innerhalb der Mauern gefangen, suchten manche Schutz in tiefen Kellern, um sich gegen den mit Sicherheit erwarteten Feuersturm zu wappnen, während sich andere dem Gebet, dem Suff und den Vergnügungen zuwandten, die man zwischen den Schenkeln einer Frau findet. Bis Einbruch der Nacht hatten sich Schenken, Bordelle und Septen bis zum Bersten mit Menschen gefüllt, die Trost oder eine Möglichkeit zur Flucht suchten und einander Geschichten über die bevorstehenden Schrecken erzählten.

In Stolperstadt, sechzig Wegstunden südwestlich, herrschte ein ganz anderes Chaos. Während sich Königsmund in Angst erging, mussten die Feinde, deren Ankunft die Bewohner der Stadt fürchteten, erst einmal abmarschieren. König Aegons Getreue hatten ihren Anführer verloren und mit Spaltung, Streit und Zweifeln zu kämpfen. Ormund Hohenturm war tot, sein Vetter Ser Bryndon, der herausragendste Ritter von Altsass, ebenfalls. Seine Söhne befanden sich im Hohen Turm, eintausend Wegstunden entfernt, und abgesehen davon waren sie noch grüne Jungen. Und obwohl Lord Ormund Daeron Targaryen als »Daeron der Wagemutige« zum Ritter geschlagen und seinen Mut im Kampf gepriesen hatte, war auch der Prinz noch immer ein Knabe. König Viserys' jüngster Sohn war im Schatten seiner älteren Brüder aufgewachsen und eher gewöhnt, Befehle zu befolgen, als sie zu erteilen. Der ranghöchste überlebende Hohenturm im Heer war Ser Hobert, ein weiterer Vetter Lord Ormunds, dem man bislang nur die Aufsicht über den Tross überlassen hatte. Hobert Hohenturm, »ein Mann, ebenso dick wie dumm«, war es in bislang sechzig Lebensjahren nicht gelungen, sich hervorzutun, doch jetzt leitete er allein aus seiner Verwandtschaft mit Königin Alicent sein Recht ab, den Befehl über das Heer zu übernehmen.

Selten musste eine Stadt in den Sieben Königslanden eine so lange und grausame Plünderung über sich ergehen lassen wie Stolperstadt nach dem Verrat. Prinz Daeron widerte das alles an, und er befahl Ser Hobert Hohenturm, ein Ende damit zu machen, aber Hohenturms Bemühungen erwiesen sich als ebenso ungenügend wie der Mann selbst.

Die schrecklichsten Untaten begingen die Zwei Verräter, die beiden Drachenreiter von niederer Geburt, Hugo Hammer und Ulf Weiß. Ser Ulf ergab sich ganz dem Suff und eränkte sich in Wein und Fleisch. Wer seinen Unmut erregte, ließ er an seinen Drachen verfüttern. Die Ritterschaft, die Königin Rhaenyra ihm verliehen hatte, genügte ihm nicht mehr. Und auch mit dem Titel des Lords von Bitterbrück, den ihm Prinz Daeron verliehen hatte, war er nicht zufrieden. Weiß hatte Höheres im Sinn: Er begehrte nichts anderes als Rosengarten. Denn weil die Tyrells sich nicht am Tanz beteiligt hatten, sollten sie als Verräter enteignet werden.

Aber verglichen mit den Bestrebungen Hugo Hammers, des zweiten Verräters, mutet Ser Ulfs Ehrgeiz noch bescheiden an. Hammer, der Sohn eines Hufschmieds, war ein hünenhafter Mann mit solch kräftigen Pranken, dass er angeblich mit bloßen Händen Stahlstangen zu Wendelringen biegen konnte. Obwohl er im Kriegshandwerk kaum ausgebildet war, machten ihn seine Größe und seine Kraft zu einem furchterregenden Gegner. Seine Lieblingswaffe war der Streithammer, mit dem er knochenzerschmetternde, tödliche Hiebe austeilte. In der Schlacht ritt er auf Vermithor, einst das Reittier des Alten Königs; von allen Drachen in Westeros war nur Vhagar älter und größer. Aus all diesen Gründen träumte Lord Hammer (wie er sich inzwischen nannte) von einer Krone. »Warum ein Lord bleiben, wenn man auch ein König werden kann?«, erklärte er den Männern, die sich um ihn scharten.

Keiner der Zwei Verräter schien darauf erpicht zu sein, Prinz Daeron bei einem Angriff auf Königsmund zu unterstützen. Sie verfügten über ein großes Heer und dazu noch über drei Drachen, allerdings standen auch der Königin drei Drachen zur Verfügung (wie sie annahmen), und es würden fünf sein, sobald Prinz Daemon mit Nessel zurückkehrte. Lord Gipfel sprach sich dafür aus abzuwarten, bis Lord Baratheon sich mit seiner Streitmacht vom Sturmkap zu ihnen gesellt hatte, während sich Ser Hobert in die Weite zurückziehen wollte, um ihre rasch schwindenden Vorräte aufzustocken. Niemanden schien es zu kümmern, dass ihr Heer von Tag zu Tag schrumpfte. Wie Morgentau im Sonnenlicht verschwanden nach und nach Männer, die sich mit Kriegsbeute bepackt still und leise zur Ernte in die Heimat schlichen.

Viele Wegstunden weiter im Norden in einer Burg an der Krabbenbucht begann für einen anderen Lord ebenfalls ein Tanz auf der Schwertklinge. Aus Königsmund brachte ein Rabe Manfryd Muton, dem Lord von Jungfernteich, eine Nachricht der Königin: Er sollte ihr den Kopf des Bastardmädchens Nessel liefern, die angeblich Prinz Daemons Geliebte geworden und deshalb von der Königin wegen Hochverrats zum Tode verurteilt worden sei. »Meinem Hohen

Gemahl, Prinz Daemon aus dem Haus Targaryen, darf kein Haar gekrümmt werden«, ordneten Ihre Gnaden an. »Schickt ihn zu mir zurück, wenn die Sache getan ist, denn wir bedürfen seiner in der Hauptstadt sehr.«

Wie Maester Norren, der die *Chroniken von Jungfernteich* führte, uns mitteilt, versagte Lord Manfryd vor Entsetzen die Stimme, als er den Brief der Königin las. Und sie kehrte erst zurück, nachdem er drei Becher Wein zu sich genommen hatte. Daraufhin ließ Lord Muton den Hauptmann seiner Garde kommen, außerdem seinen Bruder und seinen Streiter, Ser Florian Graustahl. Seinen Maester bat er ebenfalls zu bleiben. Als alle drei versammelt waren, las er ihnen den Brief vor und bat sie um Rat.

»Das ist schnell erledigt«, sagte der Hauptmann seiner Garde. »Der Prinz schläft an ihrer Seite, aber er ist alt geworden. Drei Mann sollten genügen, um mit ihm fertigzuwerden, aber ich nehme sechs mit. Sollen wir es gleich heute Nacht machen?«

»Sechs Mann oder sechzig, er ist immer noch Daemon Targaryen«, wandte Lord Mutons Bruder ein. »Ein Schlaftrank im Wein wäre weiser. Dann erfährt er erst am nächsten Tag vom Tod des Mädchens.«

»Das Mädchen ist immer noch ein Kind, ganz gleich, welch schändlichen Verrat sie auch begangen haben mag«, meinte der grau gewordene Ritter Ser Florian ernst. »Der Alte König hätte niemals so etwas verlangt, und schon gar nicht von einem Ehrenmann.«

»Wir leben in schrecklichen Zeiten«, gab Lord Muton zurück, »und die Königin hat mich vor eine schreckliche Wahl gestellt. Das Mädchen ist Gast unter meinem Dach. Wenn ich gehorche, wird Jungfernteich bis in alle Ewigkeit verflucht sein. Wenn ich mich weigere, werden wir enteignet und vernichtet.«

Woraufhin sein Bruder entgegnete: »Womöglich werden wir sowieso vernichtet, ganz gleich, wie wir uns entscheiden. Der Prinz ist diesem braunen Kind über alle Maßen zugetan, und sein Drache ist nie weit entfernt. Ein weiser Lord würde sie beide töten, damit der Prinz in seinem Zorn Jungfernteich nicht niederbrennt.«

»Die Königin hat uns verboten, ihm auch nur ein Haar zu krümmen«, erinnerte Lord Muton sie, »und zwei Gäste in ihren Betten zu ermorden ist zweifach so schändlich wie nur einen. Ich wäre zweifach verflucht.« Daraufhin seufzte er und sagte: »Wenn ich diesen Brief nur nie gelesen hätte.«

Hierauf ergriff Maester Norren das Wort: »Vielleicht habt Ihr das auch nicht.«

Was danach weiter gesprochen wurde, ist uns nicht bekannt. Wir wissen nur, dass der Maester, ein junger Mann von zweiundzwanzig Jahren, Prinz Daemon und das Mädchen Nessel an diesem Abend bei ihrem Nachtmahl aufgesucht und ihnen den Brief der Königin gezeigt hat. Nachdem Prinz Daemon die Worte gelesen hatte, sprach er: »Das Wort einer Königin, das Werk einer Hure.« Daraufhin zog er sein Schwert und erkundigte sich, ob Lord Mutons Männer vor der Tür warteten, um sie in Gewahrsam zu nehmen. Als der Maester antwortete, er sei allein und insgeheim gekommen, schob der Prinz das Schwert in die Scheide und sagte: »Ihr seid ein schlechter Maester, aber ein guter Mann.« Der Prinz bat ihn zu gehen und befahl ihm, bis zum nächsten Morgen »weder mit dem Lord noch mit jemandem sonst« darüber zu sprechen.

Es ist nicht überliefert, wie der Prinz und sein Bastardmädchen ihre letzte Nacht unter Lord Mutons Dach zubrachten, doch im Morgengrauen traten die beiden gemeinsam in den Hof. Prinz Daemon half Nessel ein letztes Mal, Schafsdieb zu satteln. Es war ihre Gewohnheit, den Drachen vor dem Abflug zu füttern; Drachen beugen sich dem Willen ihres Reiters leichter, wenn ihr Bauch gefüllt ist. An jenem Morgen brachte sie ihm einen schwarzen Widder, den größten Bock, der in Jungfernteich zu finden war, und schlitzte dem Tier selbst die Kehle auf. Als sie ihren Drachen bestieg, glänzte Blut auf ihren Reithosen, und wie Maester Norren berichtet, »glänzten ihre Wangen von Tränen«. Mann und Mädchen wechselten kein Wort des Abschieds, doch als Schafsdieb mit den ledernen Schwingen schlug und in die Morgendämmerung aufstieg, hob Caraxes den Kopf und stieß einen Schrei aus, der alle Fensterscheiben in Jonquils Turm zerspringen ließ. Hoch über der Stadt wandte Nessel ihren Drachen in Richtung Krabbenbucht, verschwand im Morgennebel und wurde weder bei Hofe noch in einer Burg je wieder gesehen.

Daemon Targaryen kehrte gerade lange genug in die Burg zurück, um mit Lord Muton zu frühstücken. »Ihr seht mich heute zum letzten Mal«, sagte er zu Lord Manfryd. »Ich danke Euch für Eure Gastfreundschaft. Lasst überall in Euren Ländern kundtun, dass ich nach Harrenhal fliege. Falls mein Neffe Aemond es wagt, sich mir zu stellen, wird er mich dort finden. Allein.«

Und so verließ Prinz Daemon Jungferntech zum letzten Mal. Nach seinem Aufbruch trat Maester Norren zu Lord Manfryd und sagte: »Nehmt die Kette von meinem Hals und bindet mir damit die Hände. Ihr müsst mich der Königin ausliefern. Indem ich die Verräterin gewarnt und ihr bei der Flucht geholfen habe, bin ich selbst zum Verräter geworden.« Lord Muton wies dieses Ansinnen zurück. »Behaltet Eure Kette«, erwiderte er. »Hier in Jungferntech sind wir alle Verräter.« Und in jener Nacht wurde Königin Rhaenyras geviertes Banner eingeholt, das über den Toren von Jungferntech im Wind flatterte, und stattdessen die goldenen Drachen König Aegons II. gehisst.

Keine Banner flatterten über den verkohlten Türmen und zerstörten Bergfrieden von Harrenhal, als Prinz Daemon aus dem Himmel herabstieß und die Burg in seine Gewalt brachte. Ein paar Plünderer hatten in den tiefen Gewölben und Kellern der Festung Zuflucht gesucht, doch als sie

Caraxes' Flügelschlag hörten, ergriffen sie die Flucht. Als der Letzte von ihnen verschwunden war, wanderte Daemon Targaryen allein durch die riesigen Hallen der Burg, und sein Drache war sein einziger Gefährte. Jeden Abend in der Dämmerung versetzte er dem Herzbaum im Götterhain einen tiefen Schnitt mit seinem Schwert, um die Tage zu zählen. Die dreizehn Narben kann man heute noch sehen; alte Wunden, tief und dunkel, und doch behaupten die Lords, die seit Daemons Tagen in Harrenhal herrschten, sie würden in jedem Frühling von neuem bluten.

Am vierzehnten Tag der Wache des Prinzen huschte ein Schatten über die Burg, schwärzer als der jeder vorbeiziehenden Wolke. Die Vögel im Götterhain stoben verängstigt auf, und ein heißer Wind blies das Laub über den Hof. Endlich war Vhagar gekommen, und auf ihrem Rücken saß der einäugige Prinz Aemond Targaryen in einer nachtschwarzen, mit Gold ziselierten Rüstung.

Doch er war nicht allein gekommen. Alys Strom flog mit ihm. Ihr langes schwarzes Haar wehte im Wind, ihr dicker Bauch ließ deutlich erkennen, dass sie hochschwanger war. Prinz Aemond kreiste zweimal über den Türmen von Harrenhal, ehe er mit Vhagar im äußeren Hof landete, einhundert Schritte von Caraxes entfernt. Die Drachen starrten einander hasserfüllt an. Caraxes breitete die Schwingen aus und zischte. Flammen tanzten über seine Zähne.

Der Prinz half seiner Mätresse von Vhagars Rücken und wandte sich dann seinem Onkel zu. »Wie ich höre, suchst du nach uns, Onkel.«

»Nur nach dir«, erwiderte Daemon. »Wer hat dir gesagt, wo du mich finden kannst?«

»Meine Dame«, antwortete Aemond. »Sie hat dich in einer Sturmwolke gesehen, in einem Bergtümpel bei Sonnenuntergang, in dem Feuer, in dem wir unser Nachtmahl kochten. Sie sieht viel und noch viel mehr, meine Alys. Es war töricht von dir, allein zu kommen.«

»Wäre ich nicht allein, wärst du nicht gekommen«, erwiderte Daemon.

»Dennoch bist du hier und ich ebenso. Du hast viel zu lange gelebt, Onkel.«

»Da muss ich dir zustimmen«, gab Daemon zurück. Der alte Prinz bat Caraxes, den Hals zu senken, und stieg steif auf seinen Rücken, während der junge Prinz seine Mätresse küsste und sich leichten Fußes auf Vhagar schwang und daraufhin sorgsam die vier kurzen Ketten, die am Sattel hingen, an seinem Gürtel befestigte. Daemon ließ seine eigenen Ketten offen am Sattel baumeln. Caraxes zischte erneut, spie Flammen in die Luft, und Vhagar antwortete mit einem Brüllen. Gleichzeitig stiegen die beiden Drachen in den Himmel auf.

Prinz Daemon trieb Caraxes mit der Stahlspitze seiner Peitsche an, und so stieg der Drache schnell nach oben, bis sie in einer Wolke verschwanden. Vhagar, älter und viel größer als der jüngere Drache, war langsamer und allein schon aufgrund ihrer Größe sehr viel schwerfälliger. Sie ging den Aufstieg gemächlicher an und zog weite Kreise, die sie und ihren Reiter über das Ufer des Götterauges hinaus über die Wasser führten. Zu dieser späten Stunde kurz vor Sonnenuntergang lag der See still da, und seine Oberfläche glänzte wie getriebenes Kupfer. Höher und immer höher stieg Vhagar und suchte nach Caraxes. Unten schaute Alys Strom vom Königsbrandturm von Harrenhal aus zu.

Der Angriff erfolgte so plötzlich wie ein Blitzschlag. Caraxes stieß mit einem schrillen Schrei, der noch ein Dutzend Meilen entfernt zu hören war, auf Vhagar herab, verborgen im grellen Licht der untergehenden Sonne auf Prinz Aemonds blinder Seite. Der Blutwürm rammte den älteren Drachen mit einer entsetzlichen Wucht. Das Brüllen der beiden Drachen hallte über das Götterauge, während die beiden Bestien nacheinander schnappten und aneinander zerrten. Ihre riesigen Umrisse zeichneten sich dunkel vor dem blutroten Himmel ab. Ihre Flammen leuchteten so hell, dass das Fischervolk am Boden fürchtete, selbst die Wolken hätten Feuer gefangen. In einer unerbittlichen Umarmung taumelten die beiden Drachen nach unten auf den See zu. Der Blutwurm verbiss sich in Vhagars Kehle und bohrte seine schwarzen Zähne tief ins Fleisch des größeren Drachen. Selbst als Vhagar Caraxes den Bauch mit ihren Klauen aufriss und ihm einen Flügel abbiss, biss Caraxes nur noch fester zu und vergrößerte die Wunde. Mit fürchterlicher Geschwindigkeit kam der See näher und näher.

Und jetzt, so heißt es in den Geschichten, schwang Prinz Daemon Targaryen ein Bein über seinen Sattel und sprang von Caraxes auf Vhagars Rücken. In der Hand hielt er Dunkle Schwester, das Schwert von Königin Visenya. Als Aemond Einauge zu Tode erschrocken aufsah und nach den Ketten tastete, die ihn am Sattel festhielten, riss Daemon seinem Neffen den Helm vom Kopf und rammte ihm das Schwert so tief in die blinde Augenhöhle, dass die Spitze der Klinge im Nacken wieder hervortrat. Einen halben Herzschlag später schlugen die beiden Drachen auf der Oberfläche des Sees auf. Das Wasser soll sich in einer Fontäne erhoben haben, die ungefähr so hoch war wie der Königsbrandturm.

Weder Mann noch Drachen konnten einen solchen Aufprall überlebt haben, sagten die Fischer, die Zeugen des Ereignisses wurden. Und das entspricht der Wahrheit. Caraxes lebte noch lange genug, um sich an Land zurückzuschleppen. Mit aufgeschlitztem Bauch und einer abgerissenen Schwinge zog sich der Blutwurm aus dem dampfenden Wasser und starb vor den Mauern von Harrenhal. Vhagars Kadaver sank auf den Grund des Sees, und das heiße Blut aus ihrer klaffenden Wunde brachte das Wasser über ihrer letzten Ruhestätte zum Kochen. Als man einige Jahre nach dem Ende des Drachentanzes ihre Überreste barg, waren Prinz Aemonds Gebeine und Rüstung noch immer an den

Sattel gekettet, und Dunkle Schwester steckte bis zum Heft in der Augenhöhle des Prinzen.

Ohne Zweifel kam auch Prinz Daemon ums Leben. Seine Leiche wurde zwar nie gefunden, doch im Götterauge gibt es seltsame Strömungen und hungrige Fische. Die Sänger wollen uns glauben machen, der alte Prinz habe den Absturz überlebt und sei danach zu dem Mädchen Nessel zurückgekehrt und habe mit ihr den Rest seiner Tage verbracht. Das ist der Stoff, aus dem gute Lieder gemacht werden, doch für die Geschichtsschreibung taugt er nicht.

Am zweiundzwanzigsten Tag des fünften Mondes des Jahres 130 n. A. E. tanzten die Drachen über dem Götterauge und fanden dort den Tod. Daemon Targaryen war bei seinem Tod neunundvierzig Jahre alt, Prinz Aemond war gerade erst zwanzig geworden. Vhagar war seit dem Tod Balerions, des Schwarzen Schreckens, der größte Targaryen-Drache gewesen und hatte einhunderteinundachtzig Jahre auf dieser Erde geweilt. So starb das letzte Lebewesen, das noch Aegons Eroberung miterlebt hatte, während sich Dämmerung und Dunkelheit über den verfluchten Sitz Harrens des Schwarzen senkten. Allerdings waren nur so wenige Zeugen vor Ort, dass es einige Zeit dauerte, bis sich die Nachricht vom letzten Kampf Prinz Daemons verbreitete.

In Königsmund wurde es mit jedem Verrat einsamer um Königin Rhaenyra. Der angebliche Verräter Addam Velaryon war geflohen, ehe man ihn befragen konnte. Als sie seine Ergreifung befahl, hatte sie nicht nur einen Drachen und einen Drachenreiter verloren, sondern auch ihre Hand der Königin... und mehr als das halbe Heer, das mit ihr von Drachenstein gekommen war, um den Eisernen Thron zu erobern, bestand aus Vasallen des Hauses Velaryon. Als bekannt wurde, dass Lord Corlys in einem Verlies unter dem Roten Bergfried schmachtete, verließen diese Männer zu Hunderten die Dienste der Königin. Manche zogen zum

Schusterplatz und schlossen sich dem Pöbel an, der sich dort versammelt hatte, während sich andere durch Ausfalltore aus der Stadt schlichen oder über die Mauern kletterten und sich auf den Heimweg nach Driftmark machten. Doch auch jenen, die zurückblieben, konnte Rhaenyra nicht mehr vertrauen.

An jenem Tag, nicht lange nach Sonnenuntergang, trug sich eine weitere Tragödie am Hof der Königin zu. Helaena Targaryen, die Schwestergemahlin und Königin Aegons II. und Mutter seiner Kinder, stürzte sich aus ihrem Fenster in Maegors Feste und starb aufgespießt auf einem der Eisenspieße, die aus dem trockenen Burggraben aufragten. Sie war erst einundzwanzig Jahre alt.

Als die Nacht voranschritt, raunte man sich in den Straßen und Gassen Königsmunds, in Schenken und Bordellen und Suppenküchen und sogar in heiligen Septen eine finstere Geschichte zu. Königin Helaena sei ermordet worden, so hieß es, so wie ihre Söhne vor ihr. Bald würden Prinz Daeron und seine Drachen vor den Toren stehen, und damit würde Rhaenyras Herrschaft enden. Die alte Königin habe ihrer jungen Halbschwester den Triumph über ihren Sturz nicht gönnen wollen und deshalb Ser Luthor Largent in Helaenas Gemächer gesandt, der die Königin mit seinen riesigen, groben Händen gepackt und aus dem Fenster auf die Spieße unten im Graben geschleudert habe.

Bald sprach die halbe Stadt über den »Mord« an Königin Helaena. Der Umstand, dass dieses Gerücht so bereitwillig geglaubt wurde, zeigt, wie sehr sich die Stimmung des Volkes gegen die einst geliebte Königin gewendet hatte. Rhaenyra wurde gehasst, Helaena hatte man geliebt. Auch hatte das gemeine Volk Prinz Jaehaerys' grausame Ermordung durch Blut und Käse nicht vergessen. Helaena war glücklicherweise schnell gestorben: einer der Spieße durchbohrte ihre Kehle, und sie starb ohne einen Laut. Im Augenblick ihres Todes, so heißt es, stieß auf der anderen Seite der Stadt auf Rhaenys' Hügel ihre Drachendame Traumfeuer ein lautes Gebrüll aus, das die Drachengrube erzittern ließ, und zerriss zwei der Ketten, mit denen sie angebunden war. Als Königin Alicent vom Tod ihrer Tochter unterrichtet wurde, zerriss sie ihre Gewänder und sprach einen bösen Fluch gegen ihre Rivalin aus.

In dieser Nacht brach in Königsmund ein blutiger Aufstand aus.

Der Aufstand begann in den gewundenen Gassen von Flohloch, wo Männer und Frauen verängstigt, betrunken und wütend zu Hunderten aus den Weinschenken, Rattenlöchern und Suppenküchen strömten. Von dort aus breitete er sich in der ganzen Stadt aus. Überall wurde Gerechtigkeit für die toten Prinzen und ihre ermordete Mutter gefordert. Karren und Wagen wurden umgeworfen, Läden geplündert, Häuser leergeräumt und in Brand gesteckt. Goldröcke, die den Aufruhr ersticken wollten, wurden überfallen und grün und blau geschlagen. Niemand wurde verschont, ob nun von hoher oder niederer Geburt. Lords wurden mit Abfällen beworfen, Ritter aus dem Sattel gezogen. Lady Darla Dedding musste mit ansehen, wie ihrem Bruder Davos ein Auge ausgestochen wurde, als er sie vor drei betrunkenen Stallknechten zu retten versuchte, die sie vergewaltigen wollten. Seeleute, die nicht auf ihre Schiffe zurückkehren konnten, griffen das Flusstor an und trugen eine regelrechte Schlacht mit der Stadtwache aus. Ser Luthor Largent musste vierhundert Speerträger einsetzen, um sie auseinanderzutreiben. Inzwischen war das Tor halb eingeschlagen, und hundert Männer lagen tot oder sterbend am Boden. Ein Viertel davon waren Goldröcke.

Auf dem Schusterplatz konnte man den Lärm des Aufstands aus allen Vierteln hören. Die Stadtwache ging mit Macht vor, fünfhundert Männer in schwarzen Kettenhemden, Stahlhauben und langen goldenen Mänteln waren mit Kurzschwertern, Speeren und Morgensternen bewaffnet.

An ihrer Spitze ritt Ser Luthor Largent, das Langschwert in der Hand, auf einem Kriegspferd in Harnisch. Allein sein Anblick genügte, um die Menschen zu Hunderten in die Gässchen und Seitenstraßen zu treiben. Hunderte weiterer Aufständischer ergriffen die Flucht, als Ser Luthor den Goldröcken befahl, vorzurücken.

Zehntausend blieben jedoch stehen, wo sie waren. Das Gedränge war so dicht, dass sich viele, die wahrscheinlich am liebsten geflohen wären, nicht von der Stelle rühren konnten, sondern nach vorn geschoben und niedergetrampelt wurden. Andere drängten bewusst nach vorne, hakten die Arme unter und brüllten und fluchten, als die Speere zum langsamen Schlag einer Trommel vorrückten. »Macht Platz, ihr verfluchten Narren«, donnerte Ser Luthor. »Geht nach Hause. Niemandem wird etwas geschehen. Geht nach Hause!«

Manche sagen, ein Bäcker sei als Erster getötet worden. Er habe vor Überraschung gegrunzt, als sich eine Speerspitze in sein Fleisch bohrte und er sah, wie seine Schürze rot wurde. Andere behaupten, es sei ein kleines Mädchen gewesen, das unter die Hufe von Ser Luthors Streitross geriet. Ein Stein flog aus der Menge und traf einen Speerträger an der Stirn. Man hörte Schreie und Flüche, und von den Dächern hagelte es Stöcke und Steine und Nachttöpfe. Ein Bogenschütze auf der anderen Seite des Platzes schoss Pfeile ab. Der Mantel eines Goldrocks geriet durch eine geworfene Fackel in Brand.

Die Goldröcke waren große Männer, jung, stark, diszipliniert, hervorragend bewaffnet und gut gerüstet. Zwanzig Schritte breit, hielt ihre Schildmauer stand und schlug eine blutige Gasse durch die Menge. Überall lagen Tote und Sterbende auf der Straße. Doch es waren nur fünfhundert Mann, und Zehntausende Aufrührer hatten sich versammelt. Erst ging ein Wachmann zu Boden, dann ein zweiter. Das Volk drang plötzlich durch die Lücken in der Reihe ein und griff mit Messern, Steinen und sogar Zähnen an. Von allen Seiten fielen sie über die Stadtwache her und warfen Pflastersteine von Dächern und Balkonen.

Die Schlacht wandelte sich vom bloßen Aufruhr zum Gemetzel. Von allen Seiten umzingelt, konnten die Goldröcke sich nicht mehr bewegen und hatten keinen Platz mehr, um ihre Waffen zu führen. Viele starben durch die eigenen Klingen. Andere wurden in Stücke gerissen, zu Tode getreten, zertrampelt oder mit Hacken und Fleischerbeilen zerhackt. Selbst dem furchterregenden Ser Luthor Largent gelang es nicht, dem Gemetzel zu entkommen. Man entwand ihm sein Schwert, zog ihn aus dem Sattel, stach ihm in den Bauch und erschlug ihn mit einem Pflasterstein. Sein Kopf und sein Helm waren so zerschmettert, dass man ihn nur noch an seiner Körpergröße erkennen konnte, als am nächsten Tag die Leichenwagen kamen.

In dieser langen Nacht herrschte in der halben Stadt Chaos, und in der anderen Hälfte griffen seltsame Lords und Narrenkönige nach der Macht. Ein Heckenritter namens Ser Perkin der Floh krönte seinen eigenen Knappen Trystan, einen Jüngling von sechzehn Jahren, zum König. Ser Perkin behauptete, der Junge sei ein unehelicher Sohn des verstorbenen Königs Viserys. Jeder Ritter kann einen anderen Mann zum Ritter schlagen, und als Ser Perkin begann, alle Söldner, Diebe und Metzgerjungen, die sich unter Trystans zerlumptem Banner versammelten, in den Ritterstand zu erheben, fanden sich Männer und Jungen zu Hunderten ein, um sich seiner Sache anzuschließen.

Im Morgengrauen brannte es überall in der Stadt. Der Schusterplatz war mit Leichen übersät, und Banden Gesetzloser streiften durch Flohloch, brachen in Geschäfte und Häuser ein und misshandelten alle anständigen Menschen, denen sie begegneten. Die überlebenden Goldröcke zogen sich in ihre Kasernen zurück, während Gossenritter, Mimenkönige und irre Propheten in den Straßen regierten. Wie die Kakerlaken, denen sie glichen, flohen die übelsten dieser Männer vor dem Licht und zogen sich in Verstecke und Keller zurück, wo sie ihren Rausch ausschliefen, ihre Beute aufteilten und sich das Blut von den Händen wuschen. Die Goldröcke am Alten Tor und am Drachentor zogen unter Führung ihrer Hauptleute Ser Balon Byrke und Ser Garth Hasenscharte durch die Stadt und hatten bis Mittag in den Straßen nördlich und östlich von Rhaenys' Hügel wieder eine Art Ordnung hergestellt. Ser Medrick Manderly führte einhundert Mann aus Weißwasserhafen und nahm sich den Bereich nordöstlich von Aegons Hohem Hügel bis hinunter zum Eisentor vor.

Doch im Rest von Königsmund herrschte weiterhin Chaos. Als Ser Torrhen Manderly seine Nordmänner den Haken hinunterführte, wimmelte es auf dem Platz der Fischhändler und an der Flussstraße von Ser Perkins Gossenrittern. Am Flusstor wehte »König Trystans« Lumpenbanner über den Zinnen, und am Torhaus hingen die Leichen des Hauptmanns und dreier seiner Feldwebel. Die übrigen Männer der »Schlammfuß-Kaserne« waren zu Ser Perkin übergelaufen. Ser Torrhen verlor ein Viertel seiner Leute, als er sich zum Roten Bergfried zurückkämpfte... verglichen mit Ser Lorent Marbrand, der einhundert Ritter und Waffenknechte nach Flohloch führte, erging es ihm jedoch recht gut. Sechzehn davon kehrten zurück. Ser Lorent, der Lord Kommandant der Königinnengarde, gehörte nicht dazu.

Bei Einbruch der Nacht wurde Rhaenyra Targaryen von allen Seiten schwer bedrängt, und ihre Herrschaft lag in Trümmern. Sie tobte, als sie erfuhr, dass Jungfernteich zum Feind übergelaufen war, dass dem Mädchen Nessel die Flucht gelungen war und dass ihr geliebter Prinzgemahl sie verraten hatte. Zitternd lauschte sie Lady Mysarias Worten, die sie vor der hereinbrechenden Dunkelheit warnte und fürchtete, dass die kommende Nacht noch schlimmer werden würde. Bei Morgengrauen warteten ihr noch einhundert

Männer im Thronsaal auf, aber still und leise schlich sich einer nach dem anderen davon.

Der Gemütszustand Ihrer Gnaden wechselte von Zorn zu Verzweiflung, nur um dann erneut in Zorn zu geraten. Rhaenyra klammerte sich so verbissen an den Eisernen Thron, dass bei Sonnenuntergang beide Hände bluteten. Sie übergab den Befehl über die Goldröcke Ser Balon Byrke, dem Hauptmann des Eisentors, und ließ Raben nach Winterfell und Hohenehr schicken, um weitere Hilfe zu erbitten. Außerdem enteignete sie in einem Erlass die Mutons von Jungferntreich und ernannte den jungen Ser Glendon Guth zum Lord Kommandanten der Königinnengarde. (Obwohl er erst zwanzig Jahre alt und noch keinen ganzen Mond Mitglied der Weißen Schwerter war, hatte sich Guth bei den Kämpfen in Flohloch an jenem Tag ausgezeichnet. Er hatte Ser Lorents Leiche geborgen und verhindert, dass die Aufständischen sie schändeten.)

Aegon der Jüngere war stets an der Seite seiner Mutter, sprach jedoch nur selten ein Wort. Prinz Gottfrid, inzwischen dreizehn Jahre alt, legte seine Knappenrüstung an und bettelte die Königin an, zur Drachengrube reiten zu dürfen, um Tyraxes zu besteigen. »Ich möchte für Euch kämpfen, Mutter, so wie meine Brüder. Lasst mich beweisen, dass ich ebenso tapfer sein kann wie sie.« Doch seine Worte bestärkten lediglich Rhaenyra in ihrer Entschlossenheit. »Tapfer waren sie, und jetzt sind sie alle beide tot. Meine süßen Jungen.« Und abermals verbot sie dem Prinzen, die Burg zu verlassen.

Bei Sonnenuntergang kam der Abschaum von Königsmund erneut aus seinen Rattenlöchern, Verstecken und Kellern gekrochen, und zwar noch zahlreicher als zuvor.

Am Flusstor kredenzte Ser Perkin seinen Gossenrittern gestohlenes Essen und führte sie zum Flussufer, wo sie die Anleger und Lagerhäuser plünderten und noch dazu alle Schiffe, die nicht rechtzeitig abgelegt hatten. Obgleich

Königsmund über mächtige Mauern und Türme verfügte, waren sie doch errichtet worden, um Feinde von außen abzuwehren, nicht um Aufständische im Inneren in die Knie zu zwingen. Die Kaserne am Göttertor war ganz besonders geschwächt, da ihr Hauptmann und ein Drittel der Soldaten mit Ser Luthor Largent auf dem Schusterplatz gefallen waren. Die verbliebenen Goldröcke, darunter viele Verwundete, wurden von Ser Perkins Horden leicht überwältigt.

Ehe eine Stunde vergangen war, waren außerdem sowohl das Königstor als auch das Löwentor offen. Die Goldröcke am Ersteren waren geflohen, während die »Löwen« am anderen sich dem Pöbel angeschlossen hatten. Drei der sieben Tore von Königsmund standen nun Rhaenyras Feinden offen.

Die größte Bedrohung für die Herrschaft der Königin befand sich jedoch innerhalb der Stadtmauern. Bei Einbruch der Dunkelheit versammelte sich erneut eine Menschenmenge auf dem Schusterplatz, doppelt so groß und dreimal so verängstigt wie in der Nacht zuvor. Wie die Königin, die sie so sehr verabscheuten, blickten die Menschen voller Angst zu den Sternen, weil sie fürchteten, König Aegons Drachen könnten noch in der Nacht eintreffen, dicht gefolgt von seinem Heer. Sie glaubten nicht länger, dass die Königin sie beschützen konnte.

Als ein verrückter, einhändiger Prophet, der sich der Hirte nannte, gegen die Drachen zu wettern begann, nicht nur gegen jene, die sich Königsmund näherten, um die Stadt zu vernichten, sondern gegen alle Drachen, lauschte ihm die halb verrückte Menge gebannt.»Wenn die Drachen kommen«, schrie er,»wird euer Fleisch Blasen werfen und brennen, bis ihr nur noch Asche seid. Eure Weiber werden in Kleidern aus Flammen tanzen und kreischen, während sie brennen, lüstern und nackt unter dem Feuer. Auch eure Kinder werden weinen, ihr werdet es sehen, bis ihre Augen schmelzen und ihnen wie Gelee übers Gesicht rinnen, bis ihr rosiges Fleisch schwarz wird und sich knisternd von den Knochen löst. Der Fremde kommt, *er kommt, er kommt*, um uns für unsere Sünden zu bestrafen. Gebete werden seinen Zorn nicht besänftigen, genauso wenig, wie Tränen das Drachenfeuer löschen können. Nur Blut kann das. Euer Blut, mein Blut, *ihr* Blut.« Dann hob er den Stumpf seines rechten Armes und zeigte auf Rhaenys' Hügel, der sich hinter ihm befand, und auf die Drachengrube, die sich dunkel vor den Sternen abhob. »Dort hausen die Dämonen, *dort oben*. Das ist ihre Stadt. Wenn sie euch gehören soll, müsst ihr sie zuerst vernichten! Wenn ihr euch von euren Sünden reinigen wollt, müsst ihr zuerst in Drachenblut baden! Denn nur Blut kann das Höllenfeuer löschen!«

Aus zehntausend Kehlen erhob sich ein Schrei. »*Tötet sie! Tötet sie!*« Und wie eine riesige Bestie mit zehntausend Beinen setzten sich die Lämmer des Hirten in Bewegung, schoben und drängten sich, schwenkten ihre Fackeln und schwangen Schwerter und Messer und andere einfachere Waffen und rannten durch die Straßen und Gassen zur Drachengrube hinauf. Manche überlegten es sich auf dem Weg noch anders und verdrückten sich nach Hause, doch für jeden, der verschwand, gesellten sich drei neue zu den Drachentötern. Als sie Rhaenys' Hügel erreichten, hatte sich ihre Anzahl verdoppelt.

Hoch oben auf Aegons Hohem Hügel, auf dem Dach von Maegors Feste am anderen Ende der Stadt, beobachtete die Königin mit ihren Söhnen und Höflingen den Ansturm auf die Drachengrube. Es war eine schwarze Nacht, und man sah so viele Fackeln, als wären die Sterne vom Himmel gefallen, um die Drachengrube zu stürmen. Sobald sie erfuhr, dass die wütende Menge unterwegs war, schickte Rhaenyra Reiter zu Ser Balon am Alten Tor und zu Ser Garth am Drachentor und befahl ihnen, die Menge zu zerstreuen und die königlichen Drachen zu verteidigen... doch angesichts des Aufruhrs in der Stadt war es nicht sicher, ob die Reiter sich auch durchschlagen konnten. Und selbst wenn, würden die wenigen treuen Goldröcke kaum ausreichen, den Befehl erfolgreich umzusetzen. Als Prinz Gottfrid sie um ihre Erlaubnis bat, mit ihren eigenen Rittern und jenen aus Weißwasserhafen in die Schlacht ziehen zu dürfen, wies die Königin sein Ansinnen zurück. »Wenn sie diesen Hügel einnehmen, ist unserer als Nächstes an der Reihe«, sagte sie. »Wir brauchen jedes Schwert hier, um die Burg zu verteidigen.«

»Sie werden die Drachen *töten*«, sagte Prinz Gottfrid beklommen.

»Oder die Drachen töten sie«, erwiderte seine Mutter ungerührt. »Sollen sie brennen. Das Reich wird sie kaum vermissen.«

»Mutter, und was ist, wenn sie *Tyraxes* töten?«, wollte der junge Prinz wissen.

Das mochte die Königin nicht glauben. »Das ist nur Abschaum. Säufer und Narren und Gossenratten. Sobald sie Drachenfeuer schmecken, werden sie davonlaufen.«

Bei diesen Worten ergriff der Hofnarr Pilz das Wort. »Säufer mögen sie vielleicht sein, doch ein Säufer kennt keine Angst. Narren, ja, aber ein Narr kann einen König töten. Ratten wohl auch, doch eintausend Ratten können selbst einen Bären zur Strecke bringen. Das habe ich schon einmal gesehen, dort unten in Flohloch.« Ihre Gnaden wandten sich wieder den Zinnen zu.

Erst als die Zuschauer auf dem Dach Syrax brüllen hörten, bemerkten sie, dass sich der Prinz missmutig davongestohlen hatte. »Nein«, soll die Königin gesagt haben. »Ich verbiete es. Ich *verbiete* es.« Aber noch während sie sprach, stieg ihr Drache aus dem Hof auf, hockte einen halben Herzschlag lang auf den Burgzinnen und schwang sich dann in die Nacht. Auf dem Rücken der Drachendame saß ihr Sohn mit dem Schwert in der Hand. »Ihm nach«, schrie Rhaenyra, »ihr alle! Jeder Mann, jeder Junge, zu den Pferden, zu den *Pferden*, folgt ihm. Bringt ihn mir zurück! Bringt ihn mir zu-

rück, er weiß es doch nicht. Mein Sohn, mein Schatz, mein Sohn...«
Aber es war zu spät.

Wir wollen nicht vorgeben, das rätselhafte Band, das zwischen Drache und Drachenreiter besteht, zu verstehen; im Laufe der Jahrhunderte haben sich schon weisere Männer den Kopf über dieses Geheimnis zerbrochen. Wir wissen allerdings, dass Drachen keine Pferde sind, die sich von jedem reiten lassen, der sie sattelt. Syrax war der Drache der Königin. Rhaenyra war ihre einzige Reiterin. Natürlich war Syrax mit dem Anblick und Geruch Prinz Gottfrids vertraut, daher störte es sie nicht besonders, als sich der Knabe an ihren Ketten zu schaffen machte. Doch die große gelbe Drachendame duldete ihn nicht als Reiter auf ihrem Rücken. Weil Gottfrid in Eile war und losfliegen wollte, ehe man ihn aufhalten konnte, bestieg er Syrax ohne Peitsche und Sattel. Er wollte, wie wir annehmen müssen, mit Syrax in die Schlacht fliegen oder, was wahrscheinlicher ist, lediglich die Stadt überqueren, um seinen Tyraxes in der Drachengrube zu erreichen und zu besteigen. Vielleicht wollte er die anderen Drachen in der Drachengrube ebenfalls von ihren Ketten befreien.

Gottfrid erreichte Rhaenys' Hügel nicht. Sobald sie in der Luft war, wand Syrax sich unter dem Prinzen und wollte den falschen Reiter abwerfen. Und von unten flogen ihnen die Steine, Speere und Pfeile der Aufständischen entgegen, was den Drachen noch wütender machte. Sechzig Meter über Flohloch rutschte Prinz Gottfrid von Syrax' Rücken und stürzte ab.

Der Fall des Prinzen nahm nahe der Kreuzung von fünf Gassen sein blutiges Ende. Gottfrid stürzte auf ein Dach mit spitzem Giebel und rollte zwölf Meter in einer Lawine aus zerbrochenen Schindeln nach unten. Man berichtet uns, dass er sich bei dem Sturz das Rückgrat gebrochen habe, dass Schieferscherben wie Messer auf ihn herabregneten, dass ihm im Fallen sein eigenes Schwert aus der Hand glitt und sich in seinen Bauch gebohrt habe. In Flohloch erzählen sich die Menschen heute noch von der Tochter des Kerzenmachers namens Robin, die den zerschmetterten Prinzen in den Armen wiegte und ihm im Sterben Trost spendete, doch diese Erzählung gehört eher ins Reich der Legende als der Geschichte. »Mutter, vergib mir«, soll Gottfrid mit seinem letzten Atemzug gesagt haben… wobei noch immer Streit darüber herrscht, ob er sich damit an seine Mutter, die Königin, wandte oder die Mutter oben anrief.

So starb Gottfrid Velaryon, der Prinz von Drachenstein und Erbe des Eisernen Throns, der letzte Sohn Königin Rhaenyras mit Ser Laenor Velaryon… oder der letzte ihrer Bastarde von Ser Harwin Kraft, je nachdem, welcher Version der Geschichte man Glauben schenken möchte.

Und während in den Gassen von Flohloch königliches Blut floss, tobte auf Rhaenys' Hügel eine Schlacht um die Drachengrube.

Pilz sollte recht behalten: Rudel verhungernder Ratten können Stiere und Bären und Löwen niederzwingen, wenn sie nur zahlreich genug angreifen. Gleichgültig wie viele Ratten der Stier oder der Bär tötet, es kommen immer mehr, die dem großen Tier in die Beine beißen, sich an den Bauch klammern oder den Rücken hinaufklettern. Genauso verhielt es sich in jener Nacht. Diese menschlichen Ratten waren mit Speeren, Langäxten, Keulen und einem halben Hundert anderer Waffen bewaffnet, darunter auch Langbögen und Armbrüste.

Goldröcke vom Drachentor, die der Königin treu ergeben waren, eilten zur Verteidigung des Hügels, konnten sich jedoch keinen Weg durch die Menschenmassen bahnen und mussten umkehren, während der Bote, der zum Alten Tor geschickt wurde, gar nicht erst dort eintraf. Die Drachengrube selbst verfügte zwar über eigene Wachen, jedoch waren sie nur wenige, die bald überwältigt und niedergemetzelt wurden, als der Pöbel die Türen aufbrach (die hohen Haupttore, die mit Bronze und Eisen beschlagen waren, hielten dem Ansturm stand, doch das Gebäude hatte auch eine Reihe kleinerer Eingänge) und durch die Fenster kletterte.

Vielleicht hofften die Angreifer, die Drachen im Schlaf zu überraschen, doch der Lärm, den sie verursachten, machte das unmöglich. Die Überlebenden berichteten später von Schreien und Gebrüll, vom Blutgeruch, der in der Luft hing, und dem Splittern der Türen aus Eisen und Holz, die unter der Wucht schlichter Rammböcke und zahlloser Axthiebe nachgaben. »Selten strömten so viele Männer so bereitwillig auf ihre eigenen Scheiterhaufen«, schrieb Großmaester Munkun später, »doch der Wahnsinn hatte sie ergriffen.« Vier Drachen lebten in der Drachengrube. Als die ersten Angreifer den Sand betraten, waren alle vier hellwach, gereizt und brannten vor Zorn.

Keine zwei Chroniken sind sich darüber einig, wie viele Männer und Frauen in jener Nacht unter der großen Kuppel der Drachengrube ums Leben kamen: zweihundert oder zweitausend. Wer kann das schon wissen? Aber für jeden Toten gab es zehn Aufrührer, die Verbrennungen erlitten und doch überlebten. In der Grube gefangen und von Mauern, der Kuppel und ihren schweren Ketten behindert, konnten die Drachen nicht davonfliegen oder mithilfe der Schwingen den Angriffen ausweichen und auf ihre Feinde herabstürzen. Stattdessen kämpften sie mit Hörnern und Krallen und Zähnen und wandten sich hin und her wie die Stiere in einer Rattengrube in Flohloch ... nur dass diese Stiere Feuer spien. Die Drachengrube verwandelte sich in eine Feuerhölle. Brennende Menschen taumelten brüllend durch den Rauch, und das Fleisch löste sich von ihren verkohlten Knochen, doch für jeden Toten drängten zehn weitere nach und schrien, die Drachen müssten sterben. Und einer nach dem anderen starben sie.

Shrykos musste sich als Erste geschlagen geben. Sie

wurde von einem Holzfäller erschlagen, den man Hobb den Hauer nannte. Er sprang ihr auf den Hals und grub seine Axt tief in ihren Schädel. Shrykos brüllte und wand sich und versuchte ihn abzuschütteln. Sieben Hiebe brauchte Hobb, der die Beine um den Hals des Drachen geschlungen hatte und bei jedem Axthieb den Namen eines der Sieben rief. Mit dem siebten Schlag, dem Schlag des Fremden, erschlug er den Drachen und drang durch Schuppen und Knochen in den Schädel der Bestie.

Morghul, so steht geschrieben, wurde vom Brennenden Ritter erschlagen, einem hünenhaften Rohling in schwerer Rüstung, der sich mit einem Speer in der Hand kopfüber in den Feueratem des Drachen stürzte und immer wieder die Speerspitze der Bestie ins Auge rammte, obwohl das Drachenfeuer bereits die stählerne Rüstung schmolz und das Fleisch darunter verzehrte.

Prinz Gottfrids Tyraxes zog sich in seinen Bau zurück, so heißt es, wo er viele Möchtegern-Drachentöter verbrannte, die durch den Eingang hereinstürmten. Bald war der Eingang von einem Leichenberg versperrt. Doch darf man nicht vergessen, dass jede dieser von Menschenhand errichteten Höhlen zwei Eingänge hatten, eine zum Sand der Grube hin, die andere zum Hügel hin. Bald brachen die Aufständischen die »Hintertür« auf und stürmten heulend mit Schwertern und Speeren und Äxten durch den Rauch herein. Als Tyraxes sich umdrehte, wurden ihm seine Ketten zum Verhängnis, denn er verhedderte sich in einem tödlichen Netz aus Stahl, das seine Bewegungen hinderte. Ein halbes Dutzend Männer (und eine Frau) behaupteten später, dem Drachen den Todesstoß versetzt zu haben.

Der letzte der vier Drachen in der Grube ließ sich nicht so leicht erlegen. Die Legende behauptet, Traumfeuer habe sich nach dem Tod Königin Helaenas von zwei ihrer Ketten befreit. Als der Pöbel sich auf sie stürzte, riss sie die verbliebenen Fesseln mitsamt den Haltestreben aus der Wand. Sie schnappte mit Zähnen und Krallen um sich, zerfetzte Menschen, riss ihnen Arme und Beine ab und hüllte sie gleichzeitig mit ihrem schrecklichen Feueratem ein. Als sie umzingelt wurde, erhob sie sich in die Lüfte und kreiste in der riesigen Kuppel der Drachengrube. Immer wieder stieß sie auf die Menschen nieder. Tyraxes, Shrykos und Morghul hatten Dutzende getötet, doch Traumfeuer fielen zweifellos mehr Menschen zum Opfer als den anderen drei Drachen zusammen.

Hunderte Angreifer flohen voller Entsetzen vor den Flammen... doch Hunderte andere, Betrunkene oder Wahnsinnige oder vom Mut des Kriegers Berauschte setzten den Angriff fort. Sogar an der höchsten Stelle der Kuppel blieb der Drache in Reichweite der Bogen- und Armbrustschützen, und ständig trafen Traumfeuer Pfeile und Bolzen, die wegen der kurzen Entfernung zum Teil auch den Schuppenpanzer durchschlugen. Wann immer sie landete, stießen die Männer vor und trieben sie zurück in die Luft. Zweimal flog sie gegen die großen Bronzetore der Grube, die jedoch geschlossen und verrammelt waren und von Speerreihen verteidigt wurden.

Da Traumfeuer nicht fliehen konnte, erwiderte sie den Angriff. Sie wütete unter ihren Peinigern, bis der Sand der Grube mit verkohlten Leichen übersät war und der dichte Qualm von verbranntem Fleisch in der Luft hing. Aber noch immer flogen Speere und Pfeile. Das Ende kam, als ein Armbrustbolzen den Drachen ins Auge traf. Halbblind und wutschnaubend wegen der vielen kleineren Wunden breitete Traumfeuer die Schwingen aus und flog, in einem letzten verzweifelten Versuch, in den offenen Himmel durchzubrechen, direkt gegen das große Kuppeldach. Längst vom allgegenwärtigen Drachenfeuer geschwächt, zerbrach die Kuppel unter der Wucht des Aufpralls, und kurz darauf stürzte die Hälfte des Daches ein. Drache und Drachentöter wurden unter tonnenschwerem Schutt und Trümmern begraben.

Der Sturm auf die Drachengrube war vorüber. Vier Targaryen-Drachen waren tot, wenn auch zu einem entsetzlichen Preis. Doch der Drache der Königin war noch am Leben und in Freiheit ... und als die verbrannten, blutenden Überlebenden des Gemetzels aus den rauchenden Ruinen der Grube taumelten, stieß Syrax auf sie herab.

Eintausend Schreie und Rufe hallten durch die Stadt und mischten sich mit dem Gebrüll des Drachen. Auf Rhaenys' Hügel trug die Drachengrube eine Krone aus gelbem Feuer und brannte so hell wie die aufgehende Sonne. Selbst Königin Rhaenyra erzitterte bei diesem Anblick, und auf ihren Wangen glitzerten Tränen. Viele ihrer Begleiter flohen vom Dach, aus Angst, dass die Brände sich bald über die gesamte Stadt ausbreiteten, sogar bis zum Roten Bergfried auf Aegons Hohem Hügel. Andere suchten Zuflucht in der Burgsepte und beteten um Rettung. Rhaenyra schlang die Arme um ihren letzten überlebenden Sohn, Aegon den Jüngeren, und drückte ihn fest an ihre Brust. Und sie ließ ihn nicht mehr los ... bis zu jenem schrecklichen Augenblick, in dem Syrax fiel.

Syrax war nicht angekettet und ohne Reiter, sie hätte also leicht vor dem Wahnsinn davonfliegen können. Der Himmel gehörte ihr. Sie hätte zum Roten Bergfried zurückkehren oder die Stadt verlassen und nach Drachenstein fliegen können. Waren es der Lärm und die Feuer, die sie zu Rhaenys' Hügel zogen, das Gebrüll und die Schreie der sterbenden Drachen, der Geruch von brennendem Fleisch? Wir wissen es nicht, und ebenso wenig wissen wir, weshalb Syrax sich auf den Pöbel stürzte und die Menschen mit Zähnen und Klauen zerfetzte und Dutzende verschlang, obwohl sie mit Leichtigkeit hätte Feuer auf sie herabregnen lassen können, denn in der Luft hätte ihr niemand etwas zuleide tun können. Wir können nur berichten, was geschehen ist.

Die Geschichten über den Tod des königlichen Drachen widersprechen sich. Manche schreiben ihn Hobb dem

Hauer und seiner Axt zu, obwohl man daran Zweifel hegen muss. Kann ein und derselbe Mann in ein und derselben Nacht wirklich zwei Drachen auf die gleiche Art und Weise töten? Andere sprechen von einem unbekannten Speerwerfer, »einem mit Blut besudelten Riesen«, der Syrax von der zerstörten Kuppel aus auf den Rücken gesprungen sein soll. Wieder andere nennen einen Ritter namens Ser Warrick Weißdorf, der Syrax mit einem Schwert aus valyrischem Stahl eine Schwinge abgehauen haben soll. Ein Armbrustschütze namens Bohne beanspruchte später den Todesstoß für sich und prahlte damit in Weinstuben und Schenken und Gasthäusern, bis einer der Getreuen der Königin die Angeberei nicht mehr ertragen konnte und ihm die Zunge herausschnitt. Die Wahrheit wird wohl nie ans Licht kommen – fest steht nur, dass Syrax in dieser Nacht starb.

Nach dem Verlust ihres Drachen und ihres Sohnes zog sich Rhaenyra Targaryen aschfahl und untröstlich in ihre Gemächer zurück, während ihre Berater sich versammelten. Königsmund war verloren, darin waren sich alle einig, sie mussten die Stadt aufgeben. Widerwillig ließen sich Ihre Gnaden überzeugen, im Morgengrauen des nächsten Tages aufzubrechen. Da sich das Schlammtor in den Händen ihrer Feinde befand und alle Schiffe am Flussufer verbrannt oder versenkt waren, schlichen sich Rhaenyra und eine kleine Gruppe ihrer Getreuen zum Drachentor hinaus und zogen die Küste entlang nach Dämmertal. Begleitet wurde sie von den Brüdern Manderly, vier überlebenden Rittern ihrer Königinnengarde, Ser Balon Byrke mit zwanzig Goldröcken, vier Hofdamen und ihrem letzten Sohn, Aegon dem Jüngeren.

Viel und noch viel mehr ereignete sich zur gleichen Zeit in Stolperstadt, wohin wir unseren Blick nun wenden. Als die Nachricht von den Unruhen in Königsmund Prinz Daerons Heer erreichte, wollten viele jüngere Lords sofort gegen die

Stadt marschieren. Besonders daran gelegen war Ser Jon Steinern, Ser Roger Horn und Lord Unsieg Gipfel… doch Ser Hobert Hohenturm mahnte zur Vorsicht, und die Zwei Verräter verweigerten jede Teilnahme an einem Angriff, solange ihre Forderungen nicht erfüllt waren. Ulf Weiß, man erinnere sich, wünschte sich die große Burg von Rosengarten mit allen Ländereien und Einkünften, während der Harte Hugo Hammer nicht weniger als eine Krone für sich selbst begehrte.

Diese Streitereien erreichten einen Höhepunkt, als man in Stolperstadt verspätet von Aemond Targaryens Tod bei Harrenhal erfuhr. Von König Aegon II. hatte man seit der Eroberung Königsmunds durch seine Halbschwester Rhaenyra weder etwas gehört noch gesehen, und so mancher fürchtete, die Königin habe ihn heimlich hinrichten lassen und die Leiche fortgeschafft, damit man sie nicht als Sippenmörderin verdammte. Da nun auch sein Bruder Aemond tot war, verfügten die Grünen weder über einen König noch einen Anführer. Prinz Daeron war der Nächste in der Thronfolge. Lord Gipfel erklärte, man solle den Jungen sofort zum Prinzen von Drachenstein ausrufen, andere, die Aegon II. für tot hielten, wollten ihn zum König krönen.

Die Zwei Verräter waren ebenfalls der Ansicht, dass ein neuer König gekrönt werden sollte… doch Daeron Targaryen war nicht nach ihrem Geschmack. »Wir brauchen einen starken Mann als Anführer, keinen Knaben«, verkündete der Harte Hugo Hammer. »Der Thron sollte mir gehören.« Als der Kühne Jon Steinern zu wissen verlangte, mit welchem Recht er diesen Anspruch erhöbe, antwortete Lord Hammer: »Mit dem gleichen Recht wie der Eroberer. Ich habe einen Drachen.« Tatsächlich war Vermithor nach Vhagars Tod nun der älteste und größte Drache in Westeros. Einst war er das Reittier des Alten Königs gewesen, nun gehörte er Hugo dem Bastard. Vermithor war dreimal so groß wie Prinz Daerons Drachendame Tessarion. Kein Mann, der die beiden zusammen sah, konnte leugnen, dass Vermithor bei weitem furchterregender war.

Obgleich Hammers Ansprüche einem Mann von so niederer Geburt eigentlich nicht zustanden, floss in seinen Adern zweifellos Targaryen-Blut. In der Schlacht hatte er sich als grimmiger Kämpfer erwiesen und war freigiebig gegenüber allen, die ihm folgten, und gerade diese Art von Großzügigkeit zog Männer an wie ein Leichnam die Fliegen. Es waren allerdings Männer der übelsten Sorte: Söldner, Raubritter und ähnlicher Abschaum, Männer von unreinem Blut und ungewisser Geburt, die die Schlacht um ihrer selbst willen liebten und für die Jagd nach Kriegsbeute lebten.

Für die Lords und Ritter von Altsass und der Weite stellte der vermessene Anspruch des Verräters allerdings eine Beleidigung dar, insbesondere für Prinz Daeron Targaryen selbst, der so wütend wurde, dass er dem Harten Hugo einen Becher Wein ins Gesicht schleuderte. Während Lord Weiß nur mit den Schultern zuckte und sich über die Verschwendung guten Weines beklagte, sagte Lord Hammer: »Kleine Jungen sollten sich besser benehmen, wenn erwachsene Männer sich unterhalten. Ich glaube, dein Vater hat dich nicht oft genug verprügelt. Gib acht, dass ich seine Versäumnisse nicht nachhole.« Gemeinsam gingen die Zwei Verräter hinaus und schmiedeten Pläne für Hammers Krönung. Am nächsten Tag trug der Harte Hugo eine Krone aus schwarzem Eisen, was den Zorn Prinz Daerons und seiner ehelich geborenen Lords und Ritter erregte.

Einer von ihnen, Ser Roger Horn, war so dreist und schlug Hammer die Krone vom Kopf. »Eine Krone macht noch keinen König«, sagte er. »Ihr solltet ein Hufeisen auf dem Kopf tragen, Hufschmied.« Das war eine Torheit. Lord Hugo konnte darüber nicht lachen. Auf seinen Befehl hin drückten seine Männer Ser Roger zu Boden, woraufhin der Bastard eines Hufschmieds ihm nicht eines, sondern drei Hufeisen auf den ritterlichen Schädel nagelte. Als Horns Freunde einschreiten wollten, wurden Dolche und Schwerter gezogen. Am Ende waren drei Männer tot und ein Dutzend verwundet.

Das war mehr, als Prinz Daerons Getreue bereit waren hinzunehmen. Lord Unsieg Gipfel und ein etwas zögerlicher Hobert Hohenturm beriefen elf Lords und Ritter mit Landbesitz zu einem Geheimen Rat im Keller des Gasthauses von Stolperstadt ein und überlegten gemeinsam, was sie gegen den Hochmut der Drachenreiter von einfacher Geburt unternehmen könnten. Die Verschwörer stimmten darin überein, dass es einfach wäre, sich Weißens zu entledigen, der meistens betrunken war und noch nie große Waffenkunst an den Tag gelegt hatte. Hammer stellte dagegen eine größere Gefahr dar, da er Tag und Nacht von Speichelleckern, Marketenderinnen und Söldnern umgeben war, die alle um seine Gunst buhlten. Es würde wenig einbringen, Weiß zu töten und Hammer leben zu lassen, gab Lord Gipfel zu bedenken, der Harte Hugo müsse zuerst sterben. Lange und laut stritten sich die Lords im Keller unter dem Gasthaus zum Blutigen Krähenfuß, wie sich die Tat am besten bewerkstelligen ließe.

»Jeder Mensch kann getötet werden«, stellte Ser Hobert Hohenturm klar, »aber was ist mit den Drachen?« Angesichts der Unruhen in Königsmund, so meinte Ser Tyler Norcross, sollte Tessarion genügen, um den Eisernen Thron zurückzuerobern. Lord Gipfel erwiderte, mit Vermithor und Silberschwinge wäre ihnen der Sieg deutlich sicherer. Marq Ambros schlug vor, sie sollten die Stadt zunächst einnehmen und sich erst nach dem Sieg der Zwei Verräter entledigen, doch Richard Rodden befand ein solches Vorgehen für nicht ehrenhaft. »Wir können diese Männer nicht bitten, ihr Blut für uns zu vergießen, und sie dann erschlagen.« Der Kühne Jon Steinern beendete den Streit. »Wir bringen diese Bastarde jetzt um«, sagte er. »Danach sollen die Tapfersten in unseren Reihen ihre Drachen besteigen und auf ihnen in die

Schlacht fliegen.« Niemand im Keller bezweifelte, dass Steinern von sich selbst sprach.

Obwohl Prinz Daeron nicht an dem Rat teilnahm, wollten die Krähenfüße (unter diesem Namen gingen die Verschwörer in die Geschichte ein) nicht ohne seine Zustimmung und seinen Segen weitermachen. Owen Fossowey, der Lord von Ziderhall, wurde im Schutz der Dunkelheit losgeschickt, um den Prinzen zu wecken und in den Keller zu bringen, wo ihn die Verschwörer in ihre Pläne einweihten. Der einstmals sanftmütige Prinz zögerte nicht, als Lord Unsieg Gipfel ihm die Hinrichtungsbefehle für den Harten Hugo Hammer und Ulf Weiß vorlegte, sondern setzte bereitwillig sein Siegel darunter.

Männer mögen sich verschwören, Pläne schmieden und Intrigen spinnen, aber sie sollten dabei das Gebet nicht vergessen, denn kein von Menschen gemachter Plan kann gegen die Launen der Götter bestehen. Zwei Tage später, an ebenjenem Tag, an dem die Krähenfüße zuschlagen wollten, wurde Stolperstadt in finsterster Nacht von Schreien und Rufen geweckt. Draußen vor den Stadtmauern brannten die Lager. Kolonnen bewaffneter Ritter strömten aus Norden und Westen heran und metzelten alles nieder, während aus den Wolken Pfeile niedergingen. Und über allem wütete ein grimmiger, grausamer Drache.

Und so begann die Zweite Schlacht bei Stolperstadt.

Bei dem Drachen handelte es sich um Seerauch, dessen Reiter Ser Addam Velaryon entschlossen war zu beweisen, dass nicht alle Bastarde notwendigerweise Verräter sein müssen. Wie konnte er das besser bewerkstelligen, als Stolperstadt den Zwei Verrätern wieder abzunehmen, deren Verrat auch seinen Namen mit einem Makel behaftete? Die Sänger sagen, Ser Addam sei von Königsmund aus zum Götterauge geflogen, wo er auf der heiligen Insel der Gesichter landete und sich mit den Grünen Männern beriet. Der Gelehrte muss sich allerdings auf bekannte Tatsachen beschränken, und nach allem, was wir wissen, flog Ser Addam sehr schnell sehr weite Strecken zu allen großen und kleinen Burgen, deren Lords der Königin die Treue hielten. Auf diese Weise stückelte er ein Heer zusammen.

In den Ländern, die der Trident bewässert, wurden während des Kriegs schon viele Schlachten ausgetragen, und es gab kaum einen Bergfried oder ein Dorf, das noch keinen Blutzoll entrichtet hatte… doch Addam Velaryon war unermüdlich und entschlossen und wortgewandt. Außerdem wussten die Flusslords viel und noch viel mehr darüber, welche Gräuel Stolperstadt heimgesucht hatten. Als Ser Addam bereit war, auf die Stadt herabzustoßen, hatte er fast viertausend Männer hinter sich.

Das große Heer, das sein Lager vor den Mauern von Stolperstadt aufgeschlagen hatte, war den Angreifern zahlenmäßig überlegen, doch lag man schon zu lange vor Ort. Die Disziplin hatte nachgelassen, und Krankheiten breiteten sich aus; der Tod Lord Ormund Hohenturms hatte die Männer ihres Anführers beraubt, und die Lords, die seinen Platz einnehmen wollten, haderten untereinander. Sie waren so sehr in ihren Streitereien gefangen, dass sie darüber den eigentlichen Gegner vergessen hatten. Und so traf Ser Addams Angriff sie vollkommen überraschend. Ehe Prinz Daerons Männer überhaupt begriffen, dass um sie herum eine Schlacht tobte, war der Feind schon unter ihnen, und sie wurden niedergemacht, während sie aus den Zelten stolperten, die Pferde sattelten, ihre Rüstung anlegten oder die Schwertgurte festschnallten.

Die größte Verheerung richtete der Drache an. Seerauch stürzte wieder und wieder auf sie herab und spie Flammen. Bald standen hundert Zelte in Flammen, sogar die prächtigen Seidenpavillons von Ser Hobert Hohenturm, Lord Unsieg Gipfel und Prinz Daeron selbst. Auch die Stadt wurde nicht verschont. Läden und Häuser und Septen, die beim ersten Mal unversehrt geblieben waren, wurden vom Drachenfeuer verzehrt.

Daeron Targaryen schlief in seinem Zelt, als der Angriff begann. Ulf Weiß war in Stolperstadt und schlief seinen Rausch im Gasthaus Zum Geilen Dachs aus, das er für sich beschlagnahmt hatte. Der Harte Hugo Hammer lag im Bett der Witwe eines Ritters, der in der ersten Schlacht gefallen war. Alle drei Drachen befanden sich außerhalb der Stadt auf den Feldern abseits des Lagers.

Obwohl man sich alle Mühe gab, Ulf Weiß aus seinem trunkenen Schlaf zu reißen, gelang es niemandem, ihn zu wecken. Wie es heißt, wälzte er sich unter einen Tisch und verschlief schnarchend die ganze Schlacht. Der Harte Hugo Hammer war hingegen schnell auf den Beinen. Halb angekleidet lief er die Treppe zum Hof hinunter, rief nach seinem Hammer, seiner Rüstung und einem Pferd, damit er zu Vermithor hinausreiten konnte. Seine Männer beeilten sich, seine Befehle auszuführen, während Seerauch bereits die Stallungen in Brand setzte. Doch Lord Jon Steinern war bereits im Hof.

Als er den Harten Hugo bemerkte, erkannte Steinern seine Chance. »Lord Hammer, mein Beileid«, sagte er. Hammer drehte sich um und starrte ihn finster an. »Wofür?«, wollte er wissen. »Ihr seid in der Schlacht gefallen«, erwiderte der Kühne Jon, zog Waisenmacher, rammte ihm das Schwert tief in den Bauch, ehe er den Bastard bis zur Kehle aufschlitzte.

Ein Dutzend Männer des Harten Hugo kamen gerade noch rechtzeitig auf den Hof, um ihren Anführer sterben zu sehen. Selbst eine Klinge aus valyrischem Stahl wie Waisenmacher kann einem Mann nur wenig helfen, wenn er allein gegen zehn Gegner kämpft. Der Kühne Jon Steinern erschlug drei Männer, ehe er selbst gefällt wurde. Es heißt, er sei gestorben, weil er auf einer Darmschlinge Hugo Hammers ausrutschte, aber diese Ironie des Schicksals passt möglicherweise zu genau, um wahr zu sein.

Über den Tod von Prinz Daeron Targaryen gibt es drei verschiedene, einander widersprechende Fassungen. Die bekannteste behauptet, der Prinz sei in lichterloh brennendem Nachthemd aus seinem Pavillon gestürzt, nur um dort von dem myrischen Söldner Schwarzer Trombo erschlagen zu werden, der sein Gesicht mit einem Schlag des Morgensterns zerschmetterte. Diese Version wurde vom Schwarzen Trombo selbst bevorzugt, der sie überall verbreitete. Eine zweite entspricht im Wesentlichen der ersten, nur wurde der Prinz ihr zufolge nicht mit einem Morgenstern, sondern mit einem Schwert getötet, und nicht vom Schwarzen Trombo, sondern von einem unbekannten Waffenknecht, der vermutlich gar nicht begriff, wen er da erschlug. In der dritten Fassung schaffte es der tapfere Junge, der als Daeron der Wagemutige Ruhm erlangt hatte, nicht einmal aus dem Zelt, sondern starb, als sein brennender Pavillon über ihm zusammenbrach.

Am Himmel konnte Addam Velaryon beobachten, wie der Feind unter ihm besiegt wurde. Zwei der drei feindlichen Drachenreiter waren tot, doch das konnte er nicht wissen. Zweifellos jedoch konnte er die feindlichen Drachen sehen. Ohne Ketten wurden sie außerhalb der Stadtmauern gehalten, wo sie frei fliegen und jagen konnten, wie sie wollten; Silberschwinge und Vermithor rollten sich oft gemeinsam in den Feldern südlich von Stolperstadt ein, während Tessarion in Prinz Daerons Lager westlich der Stadt schlief und fraß, keine hundert Schritte von seinem Pavillon entfernt.

Drachen sind Wesen des Feuers und des Blutes, und alle drei wurden wach, als die Schlacht um sie herum zu toben begann. Ein Armbrustschütze schoss einen Bolzen auf Silberschwinge ab, so heißt es, und drei Dutzend Ritter zu Pferde näherten sich mit Schwertern und Lanzen und Äxten Vermithor, in der Hoffnung, den Drachen zu töten, während er noch verschlafen am Boden weilte. Für diese Torheit bezahlten sie mit ihrem Leben. Anderswo auf dem Feld warf sich Tessarion kreischend in die Lüfte und spuckte Flammen. Addam Velaryon wendete Seerauch und stellte sich ihr.

Drachenschuppen sind größtenteils (wenn auch nicht gänzlich) unempfindlich gegen Feuer; sie schützen das verwundbare Fleisch und die Muskeln darunter. Mit zunehmendem Alter werden die Drachenschuppen dicker und härter und bieten mehr Schutz, während das Drachenfeuer heißer und stärker wird (während die Flammen eines Kükens nur Stroh in Brand setzen können, konnte das Feuer Balerions und Vhagars zu Zeiten ihrer größten Kraft Stahl und Stein schmelzen). Wenn ein Drache daher mit einem anderen Drachen auf Leben und Tod kämpft, setzt er oft andere Waffen als sein Feuer ein: Krallen, schwarz wie Eisen, lang wie Schwerter und scharf wie Rasiermesser; das Maul, dessen Kiefer stark genug sind, um den Panzer eines Ritters zu durchbeißen; den Schwanz, mit dem er wie mit einer Peitsche zuschlagen und ganze Wagen zerschmettern, einem Streitross das Rückgrat brechen oder Männer fünfzehn Meter weit in die Luft schleudern kann.

Der Kampf zwischen Tessarion und Seerauch war anders. Die Geschichtsschreiber nennen den Streit zwischen König Aegon II. und seiner Halbschwester Rhaenyra den Drachentanz, aber nur in Stolperstadt tanzten die Drachen wirklich. Tessarion und Seerauch waren beide jüngere Drachen, die sich in der Luft flinker bewegen konnten als ihre älteren Geschwister. Wieder und wieder stürzten sie aufeinander zu, nur um dann im letzten Moment auszuweichen. Sie schwebten wie Adler dahin und stießen wie Falken herab, sie umkreisten einander und schnappten und brüllten und spuckten Feuer, aber sie kamen einander nicht zu nahe. Einmal verschwand die Blaue Königin in einer Wolke, erschien im nächsten Augenblick wieder, stieß von hinten auf Seerauch herab und versengte ihm den Schwanz mit kobaltblauer Flamme. Inzwischen rollte sich Seerauch herum, wich aus und flog eine Rolle. Im Nu war er unter seiner Gegnerin, dann drehte er plötzlich ab und war hinter ihr. Die beiden Drachen stiegen höher und höher hinauf. Von den Dächern

Stolperstadts aus schauten ihnen Hunderte zu. Einer dieser Beobachter sagte später, Tessarions und Seerauchs Flug habe eher einem Hochzeitstanz als einem Kampf geähnelt. Und vielleicht verhielt es sich auch so.

Der Tanz endete, als Vermithor brüllend in die Lüfte aufstieg.

Der bronzene Drache mit den großen lohfarbenen Schwingen war beinahe einhundert Jahre alt und so groß wie die beiden jüngeren zusammengenommen. Er war außer sich vor Wut, als er in die Lüfte aufstieg, und blutete aus einem Dutzend rauchender Wunden. Ohne Reiter unterschied er nicht zwischen Freund und Feind und richtete seinen Zorn gegen alle, spie Flammen nach rechts und links und nahm sich jeden vor, der es wagte, einen Speer in seine Richtung zu werfen. Ein Ritter wollte fliehen, doch Vermithor pflückte ihn einfach vom Pferd, während das Tier weitergaloppierte. Die Lords Peiper und Dedding, die auf einem niedrigen Hügel standen, wurden mitsamt ihrer Knappen, Diener und geschworenen Schilde verbrannt, als der Bronzene Zorn sie bemerkte. Im nächsten Augenblick fiel Seerauch über Vermithor her.

Von allen vier Drachen, die an jenem Tag kämpften, hatte einzig Seerauch einen Reiter. Ser Addam Velaryon war gekommen, um seine Treue unter Beweis zu stellen, indem er die Zwei Verräter und ihre Drachen vernichtete, und hier unter ihm befand sich einer dieser Drachen, der die Männer angriff, die sich seinem Kampf angeschlossen hatten. Er hielt es wohl für seine Pflicht, sie zu beschützen, obgleich er tief im Herzen wissen musste, dass Seerauch gegen den älteren Drachen nicht bestehen konnte.

Dies war kein Tanz, sondern ein Kampf auf Leben und Tod. Vermithor flog keine sechs Meter über der Schlacht dahin, als Seerauch sich von oben auf ihn stürzte und ihn kreischend in den Schlamm drückte. Männer und Jungen rannten entsetzt davon oder wurden unter den beiden Drachen zerquetscht, die sich hin und her wälzten und nacheinander schnappten. Die Schwänze knallten, und die Schwingen schlugen in der Luft, doch die Bestien hatten sich so ineinander verkrallt, dass sich keine losreißen konnte. Benjicot Schwarzhain beobachtete den Kampf aus fünfzig Schritt Entfernung von seinem Pferd aus. Seerauch hätte Vermithor wegen dessen Größe und Gewicht nicht bezwingen können, erzählte Lord Schwarzhain viele Jahre später, und der silbergraue Drache wäre sicherlich in Stücke gerissen worden... wenn nicht genau in diesem Augenblick Tessarion herabgestoßen wäre und sich in den Kampf geworfen hätte.

Wer weiß schon, was im Herzen eines Drachen vor sich geht? Ließ sich die Blaue Königin aus schlichter Blutlust zum Angriff treiben? Wollte die junge Drachendame einem der beiden Kämpfer beistehen? Und falls dies der Fall war, welchem der beiden? Manche behaupten, die Bindung zwischen Drache und Drachenreiter reiche so tief, dass das Tier Liebe und Hass ihres Herrn teilt. Aber wer war hier der Verbündete und wer der Feind? Kann ein reiterloser Drache Freund von Feind unterscheiden?

Die Antworten auf diese Fragen werden wir wohl nie erfahren. Was uns die Geschichtsschreibung überliefert, ist allein die Tatsache, dass die drei Drachen in Schlamm und Blut und Rauch inmitten der Zweiten Schlacht bei Stolperstadt gegeneinander kämpften. Seerauch starb zuerst, als Vermithor die Zähne in seinem Hals versenkte und ihm den Kopf abriss. Danach wollte sich der bronzene Drache mit seiner Beute im Maul in die Lüfte erheben, doch seine zerfetzten Schwingen konnten sein Gewicht nicht mehr tragen. Kurz darauf brach er zusammen und starb. Tessarion, die Blaue Königin, hielt bis zum Sonnenuntergang durch. Dreimal versuchte sie, in den Himmel aufzusteigen, und dreimal scheiterte sie. Am späten Nachmittag schien sie schreckliche Schmerzen zu leiden, also rief Lord Schwarzhain seinen besten Bogenschützen, einen Langbogenmeister namens Willi Knotbaum, der sich in hundert Schritt Entfernung aufstellte (außerhalb der Reichweite des Feuers des sterbenden Drachen) und ihr drei Pfeile ins Auge schoss, während sie hilflos am Boden lag.

Bei Sonnenuntergang war die Schlacht vorüber. Obwohl die Flusslords keine hundert Männer verloren hatten, dafür aber über eintausend Krieger aus Altsass und der Weite niedergemacht hatten, kann man die Zweite Schlacht bei Stolperstadt nicht als vollständigen Sieg für die Angreifer betrachten, da es ihnen nicht gelang, die Stadt einzunehmen. Die Mauern von Stolperstadt waren noch immer unversehrt, und nachdem sich die Männer des Königs in die Stadt zurückgezogen und die Tore geschlossen hatten, bot sich der Streitmacht der Königin keine Möglichkeit, die Mauern zu überwinden, da man weder über Belagerungsmaschinen noch über Drachen verfügte. Trotzdem hatten sie ein wahres Gemetzel unter den überraschten und verwirrten Feinden angerichtet; sie hatten ihre Zelte niedergebrannt und fast alle Wagen, Futter und die Vorräte und dazu noch drei Viertel der Streitrösser erbeutet. Sie hatten einen Prinzen erschlagen und zwei Drachen des Königs getötet.

Am Morgen nach der Schlacht schauten die Eroberer von Stolperstadt von den Stadtmauern und stellten fest, dass der Feind verschwunden war. Überall um die Stadt herum lagen Leichen, und dazwischen die Kadaver dreier Drachen. Nur einer hatte überlebt: Silberschwinge, das ehemalige Reittier der Guten Königin Alysanne, war in die Lüfte aufgestiegen, als das Gemetzel begann, und stundenlang auf den von unten aufwallenden, heißen Winden über dem Schlachtfeld gekreist. Erst nach Einbruch der Dunkelheit stieß sie herab und landete neben ihren toten Vettern. Den Sängern zufolge soll sie dreimal Vermithors Flügel mit der Schnauze angehoben haben, als wollte sie ihn auffordern zu fliegen, aber das ist vermutlich nur eine Fabel. Bei Sonnenaufgang flatterte sie teilnahmslos über das Schlachtfeld und fraß die verbrannten Überreste von Pferden, Männern und Ochsen.

Acht der dreizehn Krähenfüße waren tot, darunter Lord Owen Fossowey, Marq Ambros und der Kühne Jon Steinern. Richard Rodden steckte ein Pfeil im Hals, und er starb am nächsten Tag. Vier Verschwörer blieben, darunter Ser Hobert Hohenturm und Lord Unsieg Gipfel. Und obgleich der Harte Hugo Hammer und mit ihm seine Träume von der Königswürde gestorben waren, lebte der zweite Verräter noch. Ulf Weiß war aus seinem trunkenen Schlaf erwacht und stellte fest, dass er der einzige noch lebende Drachenreiter war und den einzigen noch lebenden Drachen besaß.

»Der Hammer ist tot und Euer Knabe auch«, soll er zu Lord Gipfel gesagt haben. »Jetzt habt Ihr nur noch mich.« Als Lord Gipfel ihn nach seinen Absichten fragte, erwiderte Weiß: »Wir marschieren gegen Königsmund, wie Ihr wolltet. Ihr bekommt die Stadt und ich den verfluchten Thron, wie klingt das?«

Am nächsten Morgen stattete ihm Ser Hobert Hohenturm einen Besuch ab, um die Einzelheiten des Angriffs auf Königsmund mit ihm zu besprechen. Er brachte zwei Fässchen Wein als Geschenk mit, eines mit dornischem Roten und eines mit Arborgold. Obgleich Ulf der Säufer noch keinen Wein gekostet hatte, der ihm nicht schmeckte, war bekannt, dass er die süßeren Reben bevorzugte. Ohne Zweifel hoffte Ser Hobert den sauren Roten zu nippen, während Lord Ulf das Arborgold schlürfte. Doch etwas an Hohenturms Benehmen – er schwitzte und stotterte und war viel zu freundlich, wie der Knappe, der sie bediente, später berichtete – erregte Ulf Weißens Misstrauen. Argwöhnisch geworden, ließ er den dornischen Wein fortbringen, um ihn später zu trinken, und bestand darauf, dass Ser Hobert das Arborgold mit ihm teilte.

Die Geschichtsschreiber haben nur wenig Gutes über Ser Hobert Hohenturm zu berichten, doch im Angesicht des

Todes stand er seinen Mann. Anstatt die anderen Krähenfüße zu verraten, ließ er sich von dem Knappen den Kelch füllen, nahm einen großen Schluck und bat um mehr. Nachdem Ulf der Säufer gesehen hatte, wie Hohenturm trank, machte er seinem Namen alle Ehre und stürzte drei Becher hinunter, ehe er zu gähnen begann. Das Gift im Wein war mild. Als Lord Ulf einschlief, um nie wieder zu erwachen, sprang Ser Hobert auf und versuchte, sich zu übergeben. Doch es war zu spät. Binnen einer Stunde hörte sein Herz auf zu schlagen.

Danach bot Lord Unsieg Gipfel jedem Ritter von edler Geburt eintausend Golddrachen, wenn er Silberschwinge reiten konnte. Drei Männer traten vor. Als dem ersten ein Arm abgerissen worden und der zweite im Drachenfeuer ums Leben gekommen war, überlegte es sich der dritte anders. Inzwischen löste sich Gipfels Heer, die Überreste der großen Streitmacht, die Prinz Daeron und Lord Ormund Hohenturm aus Altsass hergeführt hatten, mehr und mehr auf. Dutzendweise flohen die Fahnenflüchtigen aus Stolperstadt und schleppten so viel Beute mit, wie sie tragen konnten. Lord Unsieg erkannte, dass er verloren hatte, rief seine Lords und Feldwebel zusammen und befahl den Rückzug. Der des Verrats beschuldigte Addam Velaryon, geboren als Addam aus Holk, hatte Königsmund vor den Feinden der Königin gerettet… und dafür sein eigenes Leben geopfert.

Doch Königin Rhaenyra erfuhr nichts mehr von seinem Heldenmut. Ihre Flucht aus Königsmund ging nicht ohne Schwierigkeiten vonstatten. In Rosby wurden die Burgtore verrammelt, als ihr Zug sich näherte. Der Kastellan des jungen Lord Schurwerth gewährte ihr Gastfreundschaft, aber nur für eine Nacht. Die Hälfte ihrer Goldröcke machte sich unterwegs davon, und eines Nachts wurde ihr Lager von Gebrochenen überfallen. Obwohl ihre Ritter die Angreifer zurückschlugen, starb Ser Balon Byrke durch einen Pfeil, und Ser Lyonel Krummfeld, ein junger Ritter der Königinnengarde, erhielt einen Hieb an den Kopf, der seinen Helm zerschmetterte. Er starb am nächsten Tag in Raserei. Die Königin drängte weiter nach Dämmertal.

Das Haus Finsterlyn gehörte zu Rhaenyras treusten Unterstützern, doch diese Loyalität hatte einen hohen Preis. Allein der Fürsprache Ser Harrold Finsters war es zu verdanken, dass Lady Meredyth Finsterlyn der Königin überhaupt gestattete, ihre Stadt zu betreten (die Finsters waren entfernte Verwandte der Finsterlyns, und Ser Harrold hatte einst dem verstorbenen Ser Steffon als Knappe gedient), und das auch nur unter der Bedingung, dass sie nicht lange bliebe.

Königin Rhaenyra hatte weder Gold noch Schiffe. Als sie Lord Corlys in den Kerker werfen ließ, hatte sie ihre Flotte verloren, und aus Königsmund war sie in Angst um ihr Leben ohne Geld geflohen. Verzweifelt und verängstigt wurden Ihre Gnaden noch grauer und ausgezehrter. Sie konnte weder essen noch schlafen. Auch wollte sie sich nicht von Prinz Aegon, ihrem letzten lebenden Sohn, trennen; Tag und Nacht blieb der Junge an ihrer Seite »wie ein kleiner bleicher Schatten«.

Rhaenyra musste ihre Krone verkaufen, um die Überfahrt auf einem Handelsschiff aus Braavos, der *Violande*, zu bezahlen. Ser Harrold Finster drängte sie, bei Lady Arryn im Grünen Tal Zuflucht zu suchen, während Ser Medrick Manderly sie davon überzeugen wollte, ihn und seinen Bruder Ser Torrhen nach Weißwasserhafen zu begleiten, doch Ihre Gnaden lehnten beides ab. Sie wolle unbedingt zurück nach Drachenstein. Dort werde sie Dracheneier finden, erklärte sie ihren Getreuen; sie brauche auf jeden Fall einen neuen Drachen oder alles sei verloren.

Starke Winde bliesen die *Violande* näher an die Küste von Driftmark, als es der Königin lieb sein konnte, und dreimal passierten sie in Rufweite Kriegsschiffe der Seeschlange, doch Rhaenyra vermied es sorgfältig, sich an Deck zu zeigen. Schließlich legte der Braavosi mit der Abendflut im

Hafen unter dem Drachenberg an. Die Königin hatte ihre Ankunft mit einem Raben angekündigt und wurde von einer Eskorte erwartet, als sie mit ihrem Sohn Aegon, ihren Hofdamen und drei Rittern der Königinnengarde an Land ging. Das waren die kümmerlichen Reste ihrer Gefolgschaft.

Es regnete, und am Hafen war kaum eine Menschenseele zu sehen. Sogar die Bordelle erschienen dunkel und verlassen, doch darauf achtete sie überhaupt nicht. Krank an Körper und Geist und vom Verrat gebrochen, wünschte sich Rhaenyra Targaryen nichts sehnlicher, als auf ihren eigenen Sitz zurückzukehren, wo sie und ihr Sohn, wie sie glaubte, in Sicherheit wären. Die Königin ahnte nicht, dass ihr der letzte und schwerste Verrat noch bevorstand.

Ihre Eskorte, vierzig Mann stark, wurde von Ser Alfred Ginster befehligt, einem der Männer, die Rhaenyra zurückgelassen hatte, als sie nach Königsmund gezogen war. Ginster war der älteste Ritter von Drachenstein und stand hier schon seit den Zeiten des Alten Königs in Diensten. Als solcher hatte er erwartet, zum Kastellan ernannt zu werden, als Rhaenyra auszog, um den Eisernen Thron zu erobern… doch Ser Alfreds mürrisches Wesen und seine griesgrämige Art trugen ihm weder Zuneigung noch Vertrauen ein, und deshalb hatte ihn die Königin zugunsten des umgänglicheren Ser Robert Quinz übergangen.

Als Rhaenyra fragte, weshalb Ser Robert nicht selbst gekommen sei, um sie zu begrüßen, erwiderte Ser Alfred, die Königin werde »unseren dicken Freund« in der Burg zu Gesicht bekommen. Und das tat sie auch… Allerdings hing Quinzens verkohlte Leiche bis zur Unkenntlichkeit verbrannt von den Zinnen des Torhauses der Burg, neben den Leichen des Haushofmeisters, Waffenmeisters und Hauptmanns der Wache von Drachenstein. Nur anhand seines Umfangs konnte Rhaenyra Ser Robert erkennen, denn der Mann war unglaublich dick gewesen.

Es heißt, der Königin sei das Blut aus dem Gesicht gewichen, als sie die Leichen entdeckte, doch der junge Prinz Aegon begriff als Erster, was das zu bedeuten hatte. »Flieh, Mutter!«, rief er, doch es war bereits zu spät. Ser Alfreds Männer fielen über die Männer der Königin her. Eine Axt spaltete Ser Harrold Finster den Schädel, ehe er das Schwert ziehen konnte, und Ser Adrian Rotfest wurde von hinten mit einem Speer erstochen. Nur Ser Loreth Landstal war schnell genug und konnte einige Hiebe zur Verteidigung der Königin austeilen. Er erschlug die ersten beiden Männer, die ihn angriffen, ehe er selbst erschlagen wurde. Mit ihm starb der letzte Ritter der Königinnengarde. Als Prinz Aegon Ser Harrolds Schwert aufnahm, schlug Ser Alfred ihm die Klinge verächtlich aus der Hand.

Der junge Prinz, die Königin und ihre Hofdamen wurden mit vorgehaltenen Speeren durch die Tore von Drachenstein in den Burghof geführt, wo sie sich einem toten und einem sterbenden Drachen gegenübersahen.

Sonnfeuers Schuppen glänzten noch immer wie Gold im Sonnenschein, doch wie er auf dem geschmolzenen schwarzen valyrischen Stein des Hofes ausgestreckt lag, wurde überdeutlich, dass er am Ende seiner Kräfte war, er, der einstmals der prächtigste Drache gewesen war, der je am Himmel über Westeros geflogen war. Der Flügel, den ihm Meleys fast ausgerissen hatte, ragte in schiefem Winkel aus dem Körper, während frische Wunden auf seinem Rücken noch immer bluteten und rauchten, wenn er sich bewegte. Sonnfeuer hatte sich zu einer Kugel zusammengerollt, als die Königin und ihre Begleiter auf den Hof kamen. Als er sich regte und den Kopf hob, wurden riesige Wunden am Hals sichtbar, wo ihm ein anderer Drache große Fleischstücke aus dem Körper gerissen hatte. Auf dem Bauch ersetzte Schorf an manchen Stellen die Schuppen, und wo das rechte Auge hätte sitzen müssen, sah man nur noch eine leere Höhle, die mit schwarzem Blut verkrustet war.

Hier müssen wir uns fragen, wie es Rhaenyra wohl auch getan hat, wie es dazu kommen konnte.

Heute wissen wir viel und noch viel mehr, was der Königin seinerzeit unbekannt war. Lord Larys Kraft, der Klumpfuß, hatte dem König und seinen Kindern bei der Flucht aus der Stadt geholfen, als die Drachen der Königin am Himmel über Königsmund auftauchten. Um nicht durch die Stadttore fliehen zu müssen, wo man sie hätte sehen können, hatte Lord Larys sie durch einen der einst von Maegor dem Grausamen angelegten Geheimgänge geführt, von dem sonst niemand mehr wusste.

Lord Larys hatte auch bestimmt, dass die Flüchtlinge sich trennten, damit, falls einer von ihnen in Gefangenschaft geriete, die anderen doch in Freiheit blieben. Ser Rickard Thorn hatte den Befehl erhalten, den zweijährigen Prinzen Maelor zu Lord Hohenturm zu bringen. Prinzessin Jaehaera, ein süßes sechsjähriges Mädchen von schlichtem Gemüt, übergab man der Obhut von Ser Wylis Grimm, der schwor, sie sicher nach Sturmkap zu bringen. Keiner kannte die Ziele der anderen, und so konnte keiner die anderen verraten, falls sie gefasst wurden.

Und nur Larys allein wusste, dass der König selbst, bar jeglicher Pracht, gehüllt in den salzbefleckten Mantel eines Fischers, unter einer Ladung Kabeljau von einem Bastard-Ritter auf einem Fischerboot zu dessen Verwandten auf Drachenstein gebracht wurde. Sobald Rhaenyra erführe, dass der König geflohen sei, werde sie Männer aussenden und nach ihm suchen lassen, argumentierte Klumpfuß... doch ein Boot würde keine Spuren auf den Wellen hinterlassen und kaum ein Jäger auf den Gedanken kommen, auf der Insel seiner Schwester nach Aegon zu suchen, im Schatten ihrer eigenen Festung.

Und dort hätte Aegon bleiben können, verborgen, aber harmlos, und seinen Schmerz mit Wein betäuben, während er seine Brandnarben unter einem schweren Mantel verbarg, wäre Sonnfeuer nicht plötzlich auf Drachenstein aufgetaucht. Wir mögen uns, wie viele andere vor uns, fragen, was den verletzten Drachen zurück zum Drachenberg zog. Wurde er mit seiner halbverheilten Schwinge von einem Urinstinkt getrieben, zu seinem Geburtsort zurückzukehren, an den rauchenden Berg, wo er einst aus dem Ei geschlüpft war? Oder hatte er König Aegons Anwesenheit auf der Insel über viele Wegstunden und das stürmische Meer hinweg gespürt und war losgeflogen, um sich zu seinem Reiter zu gesellen? Manche gehen sogar so weit und behaupten, Sonnfeuer habe Aegons verzweifelte *Not* gespürt. Aber wer kann schon wirklich wissen, was im Herzen eines Drachen vor sich geht?

Nachdem Lord Walys Muton den Drachen mit seinem verhängnisvollen Angriff vom Feld der Asche und Knochen bei Krähenruh vertrieben hatte, verloren die Geschichtsschreiber Sonnfeuer über ein halbes Jahr aus den Augen. (Gewisse Geschichten, die man sich in den Hallen der Krabbs und Brunns erzählt, deuten an, der Drache könne für einige Zeit in den dunklen Kiefernwäldern und Höhlen auf Klauenhorn Zuflucht gesucht haben.) Obwohl die verletzte Schwinge so weit ausgeheilt war, dass er fliegen konnte, stand sie nun in einem hässlichen Winkel ab und blieb schwach. Sonnfeuer konnte nicht mehr gleiten und sich auch nicht mehr lange in der Luft halten, und selbst Flüge über kurze Entfernungen strengten ihn an. Aber irgendwie gelang es ihm, die Schwarzwasserbucht zu überqueren... denn es war Sonnfeuer, den Seeleute der *Nessaria* dabei beobachtet hatten, wie er Graugeist angriff. Ser Robert Quinz schrieb die Tat dem Kannibalen zu... doch Tom Wirrzunge, ein Stotterer, der mehr hörte, als er sagte, hatte den Volantenern reichlich Bier eingeschenkt und bemerkt, wie oft sie die goldenen Schuppen des Angreifers erwähnten. Der Kannibale, das wusste er genau, war rabenschwarz. Und so stachen die »Zwei Toms« und ihre »Vettern« (eine Halbwahrheit, da lediglich

Ser Marsten mit ihnen verwandt war, denn er war der Bastard von Tom Wirrbarts Schwester mit dem Ritter, der ihr die Jungfräulichkeit geraubt hatte) in einem kleinen Boot in See und machten sich auf die Suche nach dem Drachen, der Graugeist getötet hatte.

Der verbrannte König und der verkrüppelte Drache spendeten einander gegenseitig neue Kraft und Lebensmut. Aus einer verborgenen Höhle in den verlassenen Osthängen des Drachenberges wagte sich Aegon jeden Tag im Morgengrauen auf Sonnfeuer heraus, und zusammen eroberten sie sich zum ersten Mal seit Krähenruh die Lüfte zurück, während die Zwei Toms und ihr Vetter Marsten Wasser auf die andere Seite der Insel zurückkehrten und nach Leuten suchten, die bereit waren, ihnen zu helfen, die Burg einzunehmen. Sogar auf Drachenstein, das Königin Rhaenyra lange als Sitz und Feste gedient hatte, fanden sich viele, die der Königin aus guten und schlechten Gründen übel wollten. Manche trauerten um Brüder, Söhne oder Väter, die während der Schlacht in der Gurgel ums Leben gekommen waren, andere hofften auf Kriegsbeute oder Aufstieg, während wieder andere glaubten, ein Sohn käme vor einer Tochter und Aegon habe somit einen berechtigteren Anspruch auf den Thron.

Die Königin hatte ihre besten Männer mit nach Königsmund genommen. Auf ihrer Insel, beschützt von den Schiffen der Seeschlange und den hohen valyrischen Mauern, hielt sie Drachenstein für uneinnehmbar, daher hatte sie nur eine kleine Truppe von Männern zurückgelassen, die sie mehr oder weniger für unbrauchbar hielt: Graubärte und grüne Jungen, Lahme und Langsame und Krüppel, Männer, die sich von Verletzungen erholten, Männer von zweifelhafter Treue, Männer, die der Feigheit verdächtig waren. Als Kastellan setzte Rhaenyra Ser Robert Quinz ein, einen fähigen Mann, der alt und dick geworden war.

Quinz war ein treuer Unterstützer der Königin, darin sind

sich alle Berichte einig, doch manche unter seinem Befehl nahmen es mit der Treue nicht so genau oder waren neidisch und missgünstig, weil ihnen einst Unrecht widerfahren war oder sie sich dies einbildeten. Der Mann, der in dieser Hinsicht am meisten hervorstach, war Ser Alfred Ginster.

Ginster verriet seine Königin überaus bereitwillig im Gegenzug für das Versprechen, zum Lord erhoben zu werden und Land und Gold zu bekommen, falls Aegon II. den Eisernen Thron zurückgewinnen sollte. Da er schon so lange auf Drachenstein diente, kannte er die Stärken und Schwächen der Zitadelle und wusste, welche Wachen man überzeugen oder bestechen konnte und welche getötet oder eingesperrt werden mussten.

Als es so weit war, dauerte der Fall von Drachenstein nicht einmal eine Stunde. In der Stunde der Geister öffneten von Ginster überredete Männer ein Ausfalltor, durch das Ser Marsten Wasser, Tom Wirrzunge und ihre Männer unbeobachtet in die Burg schleichen konnten. Während sich eine Gruppe der Waffenkammer bemächtigte und eine andere die treuen Wachen und den Waffenmeister Drachensteins in Gewahrsam nahm, fing Ser Marsten Maester Hunnimor in seinem Rabenschlag ab, damit er die Nachricht über den Angriff nicht verbreiten konnte. Ser Alfred selbst führte die Männer an, die Ser Robert Quinz in seinen Gemächern überraschten. Als sich Quinz mühsam aus dem Bett erheben wollte, stieß ihm Ginster einen Speer mit einer solchen Wucht in den riesigen weißen Bauch, dass er am Rücken wieder austrat und Ser Robert durch Federbett und Matratze am Boden festnagelte.

Nur in einem Punkt scheiterte der Plan. Als Tom Wirrzunge und seine Raufbolde die Tür zu Lady Baelas Schlafgemach aufbrachen, um sie gefangen zu nehmen, schlüpfte das Mädchen durchs Fenster, floh über die Dächer und kletterte über Mauern, bis sie hinunter in den Hof gelangte. Die Männer des Königs hatten zwar Wachen zu den Stallungen geschickt, wo die Burgdrachen gehalten wurden, aber Baela war in Drachenstein aufgewachsen und kannte geheime Wege hinein und hinaus. Als ihre Verfolger sie einholten, hatte Baela bereits Mondtänzerins Ketten gelöst und sie gesattelt.

Und so begab es sich, dass König Aegon II., als er auf Sonnfeuer den rauchenden Gipfel des Drachenberges überquerte und auf die Zitadelle von Drachenstein herabstieß, in der Erwartung, nach dem Sieg seiner Männer über die Getreuen der Königin, die entweder erschlagen oder in Gewahrsam waren, einen triumphalen Einzug in der Burg halten zu können, bei seiner Ankunft von Baela Targaryen, der Tochter von Prinz Daemon Targaryen mit Lady Laena Velaryon, auf dem Drachen Mondtänzerin gestellt wurde. Und Baela war so furchtlos wie ihr Vater.

Mondtänzerin war eine noch junge Drachendame, hellgrün, deren Hörner und Kamm und Flügelknochen so weiß wie Perlmutt waren. Abgesehen von ihren großen Schwingen war sie kaum größer als ein Streitross und wog sogar noch weniger. Doch sie war sehr schnell, und Sonnfeuer, obgleich viel größer, machten sein verkrüppelter Flügel und die in der Auseinandersetzung mit Graugeist davongetragenen Wunden zu schaffen.

In der Dunkelheit vor dem Morgengrauen stießen sie im Himmel aufeinander wie zwei graue Schatten und erhellten die Nacht mit ihrem Feuer. Mondtänzerin wich Sonnfeuers Flammen und Rachen aus und huschte zwischen seinen zupackenden Klauen hindurch, wendete und griff den größeren Drachen von oben an, riss ihm eine lange rauchende Wunde in den Rücken und zerrte an seinem verletzten Flügel. Zuschauer am Boden berichteten, dass Sonnfeuer wie trunken durch die Lüfte torkelte und sich anstrengen musste, um nicht an Höhe zu verlieren, während Mondtänzerin erneut wendete und ihn noch einmal angriff. Dieses Mal spuckte sie Feuer. Sonnfeuer antwortete mit einem

Stoß goldener Flammen, der so grell und heiß brannte, dass er den Hof unten taghell erleuchtete. Er traf Mondtänzerin direkt in die Augen. Vermutlich wurde die junge Drachendame in diesem Augenblick geblendet, flog jedoch weiter und stieß mit Sonnfeuer zusammen. In einem Gewirr aus Schwingen und Krallen stürzten die beiden Drachen zu Boden, wobei sich Mondtänzerin während des Falls mehrmals in Sonnfeuers Kehle verbiss und ihm ganze Fleischklumpen herausriss, während der ältere Drache ihr seine Klauen tief in den Unterleib schlug. Eingehüllt in Rauch und Feuer, blind und blutend, schlug Mondtänzerin verzweifelt mit den Schwingen und versuchte sich loszureißen, doch am Ende konnte sie lediglich den Absturz verlangsamen.

Die Zuschauer im Hof stoben auseinander, um sich in Sicherheit zu bringen, als die Drachen, immer noch kämpfend, auf dem harten Stein aufschlugen. Am Boden konnte Mondtänzerins Schnelligkeit Sonnfeuers Größe und Gewicht nur wenig entgegensetzen. Schon bald lag der grüne Drache reglos da. Sonnfeuer der Goldene brüllte triumphierend auf und wollte sich erneut erheben, doch stattdessen sackte er in sich zusammen. Heißes Blut strömte aus seinen Wunden.

König Aegon sprang aus dem Sattel, als die Drachen noch sechs Meter vom Boden entfernt waren, und zerschmetterte sich beim Aufprall beide Beine. Lady Baela blieb bis zum Aufprall bei Mondtänzerin. Verbrannt und übel zugerichtet, fand das Mädchen dennoch die Kraft, ihre Sattelketten zu lösen und davonzukriechen, während Mondtänzerin sich im Todeskampf zusammenrollte. Als Alfred Ginster das Schwert zog, um sie zu erschlagen, riss ihm Marsten Wasser die Klinge aus der Hand, und Tom Wirrzunge trug Lady Baela zum Maester, damit er sich um sie kümmerte.

Und so eroberte König Aegon II. den uralten Stammsitz des Hauses Targaryen zurück, musste jedoch einen hohen Preis dafür entrichten. Sonnfeuer würde sich nie wieder in die Lüfte erheben. Er blieb in dem Hof, in den er gestürzt war, fraß den Kadaver von Mondtänzerin und später Schafe, die die Männer der Besatzung für ihn schlachteten. Und Aegon II. litt für den Rest seines nicht mehr langen Lebens unter entsetzlichen Schmerzen... allerdings müssen wir dem König zugutehalten, dass er dieses Mal auf den Mohnblumensaft verzichtete. »Diesen Pfad werde ich nicht noch einmal beschreiten«, sagte er.

Nicht lange danach, als der König mit geschienten und verbundenen Beinen in der Großen Halle der Steintrommel lag, traf der erste Rabe von Königin Rhaenyra aus Dämmertal ein. Als Aegon erfuhr, dass seine Halbschwester an Bord der *Violande* eintreffen würde, befahl er Ser Alfred Ginster, ihr bei ihrer Heimkehr eine »angemessene Begrüßung« zu bereiten.

All das ist uns heute bekannt. Die Königin wusste jedoch nichts davon, als sie in die Falle ihres Bruders tappte.

Beim Anblick der kläglichen Überreste von Sonnfeuer dem Goldenen brach Rhaenyra in Gelächter aus. »Wessen Werk war das denn?«, fragte sie. »Wir müssen uns bei ihm bedanken.«

»Schwester«, rief der König vom Balkon aus. Da er nicht stehen, geschweige denn gehen konnte, hatte man ihn auf einem Stuhl hinausgetragen. Seit er sich in Krähenruh die Hüfte gebrochen hatte, war Aegon krumm und schief. Der Mohnblumensaft hatte sein einst hübsches Gesicht aufquellen lassen, und Brandnarben bedeckten einen Großteil seines Körpers. Dennoch erkannte Rhaenyra ihn sofort. »Teurer Bruder. Ich hatte gehofft, du wärest tot.«

»Nach dir«, entgegnete Aegon. »Du bist die Ältere.«

»Ich bin erfreut, dass du dich daran erinnerst«, gab Rhaenyra zurück. »Mir scheint, wir befinden uns in deiner Gewalt... doch glaube ja nicht, du könntest uns hier lange festhalten. Meine treuen Lords werden mich finden.«

»Vielleicht, wenn sie in den Sieben Höllen nach dir suchen«, antwortete der König, als seine Männer Rhaenyras Sohn aus ihren Armen rissen. Manche Berichte behaupten, es sei Ser Alfred Ginster gewesen, der sie am Arm packte, andere benennen die Zwei Toms, Wirrbart, den Vater, und Wirrzunge, den Sohn. Ser Marsten Wasser war ebenfalls Zeuge. Er trug einen weißen Mantel, denn König Aegon hatte ihn für seinen Heldenmut zum Ritter der Königsgarde ernannt.

Dennoch erhoben weder Wasser noch die anderen anwesenden Ritter und Lords Einspruch, als König Aegon II. seine Halbschwester seinem Drachen zum Fraß vorwarf. Sonnfeuer, so heißt es, zeigte zunächst kein Interesse für das ihm dargebotene Geschenk, bis Ginster der Königin mit dem Dolch in die Brust stach. Der Blutgeruch weckte den Drachen auf. Er schnupperte an Rhaenyra und hüllte sie dann so plötzlich in einen Feuerstoß, dass Ser Alfreds Mantel Feuer fing, als er zur Seite sprang. Rhaenyra Targaryen hatte noch Zeit, um den Kopf zu heben und einen letzten Fluch gegen ihren Halbbruder auszustoßen, ehe sich Sonnfeuers Kiefer um sie schlossen und ihr den Arm und die Schulter ausrissen.

Der goldene Drache verschlang die Königin in sechs Bissen und ließ nur den linken Fuß samt Knöchel »für den Fremden« übrig. Der Sohn der Königin schaute starr vor Grauen und Entsetzen zu. Rhaenyra Targaryen, die Wonne des Reiches und Halbjahres-Königin, verließ dieses Tal der Tränen am zweiundzwanzigsten Tag des zehnten Mondes des Jahres 130 n. A. E. Sie wurde dreiunddreißig Jahre alt.

Ser Alfred Ginster sprach sich dafür aus, auch Prinz Aegon hinzurichten, doch der König wollte nichts davon hören. Da der Junge erst zehn Jahre alt war, könne er sich noch als eine nützliche Geisel erweisen, erklärte er. Obgleich seine Halbschwester tot war, standen ihre Unterstützer immer noch im Feld und mussten erst noch besiegt werden, ehe Seine Gnaden hoffen konnten, den Platz auf dem Eisernen Thron wieder einzunehmen. Und so wurde Prinz Aegon an Hals, Händen und Füßen in Eisen geschlagen und in die Kerker in den Tiefen von Drachenstein geführt. Die Hofdamen der verstorbenen Königin, allesamt von adliger Geburt, wurden in Zellen im Meerdrachenturm gesperrt, wo sie ausharren mussten, bis Lösegeld für sie entrichtet wurde. »Die Zeit des Versteckspiels ist um«, erklärte König Aegon II. »Schickt Raben aus und teilt dem Reich mit, dass die Prätendentin tot ist. Der wahre König wird heimkehren und den Thron seines Vaters einnehmen.« Doch selbst wahren Königen fällt es oftmals leichter, Dinge ausrufen zu lassen, als sie in die Tat umzusetzen.

In den Tagen nach dem Tod seiner Halbschwester klammerte sich der König verzweifelt an die Hoffnung, Sonnfeuer werde sich erholen und bald genug Kraft gesammelt haben, um sich erneut in die Lüfte zu erheben. Stattdessen schien der Drache schwächer und schwächer zu werden, und bald begannen die Wunden an seiner Kehle zu stinken. Auch der Rauch, den er ausstieß, nahm einen fauligen Geruch an, und am Ende wollte der Drache nicht mehr fressen. Am neunten Tag des zwölften Mondes des Jahres 130 n. A. E. starb der prächtige goldene Drache, der König Aegons ganzer Stolz gewesen war, im Hof von Drachenstein an ebender Stelle, an der er abgestürzt war. Der König brach in Tränen aus.

Als die Zeit der Trauer vorüber war, rief König Aegon II. seine Getreuen zusammen und schmiedete Pläne für seine Rückkehr nach Königsmund, wo er den Eisernen Thron einnehmen und mit seiner Hohen Mutter, der Königinwitwe, leben wollte, die am Ende doch über ihre große Rivalin triumphiert hatte, wenn auch nur, indem sie sie überlebte. »Rhaenyra war niemals Königin«, erklärte der König und bestimmte, dass seine Halbschwester von nun an in allen Chroniken und Aufzeichnungen des Hofes lediglich als »Prinzessin« zu bezeichnen sei, wohingegen der Titel der

Königin seiner Mutter Alicent und seiner verstorbenen Schwestergemahlin Helaena vorbehalten bleiben sollte, den »wahren Königinnen«. Und so geschah es.

Dennoch erwies sich Aegons Triumph als ebenso bittersüß wie kurzlebig. Rhaenyra mochte tot sein, doch ihre Sache lebte weiter, und neue »Schwarze« Heere waren bereits auf dem Vormarsch, während der König in den Roten Bergfried zurückkehrte. Aegon II. würde erneut auf dem Eisernen Thron sitzen, doch er sollte sich nicht mehr von seinen Wunden erholen und weder Freude noch Frieden finden. Seine Rückkehr an die Macht dauerte lediglich ein halbes Jahr.

Wie der Zweite Aegon fiel und ihm der Dritte folgte, gehört zu einer anderen Geschichte, die ein andermal erzählt werden soll. Der Krieg um den Eisernen Thron ging weiter, doch die Auseinandersetzung, die begann, als eine Prinzessin in Schwarz und eine Königin in Grün bei Hofe ein Fest feierten, hatte ihr blutrotes Ende gefunden. Und damit beschließen wir diesen Teil unserer Geschichte.

COPYRIGHT

(Welch ein Desperado!) »Some Desperado« by Joe Abercrombie. Copyright © 2013 by Joe Abercrombie.
(Entweder ist mein Herz gebrochen) »My Heart Is Either Broken« by Megan Abbott. Copyright © 2013 by Megan Abbott.
(Noras Lied) »Nora's Song« by Cecelia Holland. Copyright © 2013 by Cecelia Holland.
(Die Hände, die nicht da sind) »The Hands That Are Not There« by Melinda Snodgrass. Copyright © 2013 by Melinda Snodgrass.
(Bombige Muscheln) »Bombshells« by Jim Butcher. Copyright © 2013 by Jim Butcher.
(Raisa Stepanowa) »Raisa Stepanova« by Carrie Vaughn. Copyright © 2013 by Carrie Vaughn
(Ringen mit Jesus) »Wrestling Jesus« by Joe R. Lansdale. Copyright © 2013 by Joe R. Lansdale.
(Nachbarn) »Neighbors« by Megan Lindholm. Copyright © 2013 by Megan Lindholm.
(Ich weiß, wie man sie rauspickt) »I Know How To Pick 'Em« by Lawrence Block. Copyright © 2013 by Lawrence Block.
(Schatten für Stille in den Waldungen der Hölle) »Shadows for Silence in the Forests of Hell« by Brandon Sanderson. Copyright © 2013 by Brandon Sanderson.
(Königin im Exil) »A Queen in Exile« by Sharon Kay Penman. Copyright © 2013 by Sharon Kay Penman.
(Das Mädchen im Spiegel) »The Girl in the Mirror« by Lev Grossman. Copyright © 2013 by Lev Grossman.

(Zweite Arabesque, sehr langsam) »Second Arabesque, Very Slowly« by Nancy Kress. Copyright © 2013 by Nancy Kress.

(Stadtlazarus) »City Lazarus« by Diana Rowland. Copyright © 2013 by Diana Rowland.

(Unschuldsengel) »Virgins« by Diana Gabaldon. Copyright © 2013 by Diana Gabaldon.

(Verkünder der Strafe) »Pronouncing Doom« by S. M. Stirling. Copyright © 2013 by S. M. Stirling.

(Benenne die Bestie) »Name the Beast« by Sam Sykes. Copyright © 2013 by Sam Sykes.

(Kümmerer) »Caregivers« by Pat Cadigan. Copyright © 2013 by Pat Cadigan.

(Lügen, die meine Mutter mir erzählt hat) »Lies My Mother Told Me« by Caroline Spector. Copyright © 2013 by Caroline Spector.

(Die Hölle kennt keinen Zorn) »Hell Hath No Fury« by Sherilynn Kenyon. Copyright © 2013 by Sherilynn Kenyon.

(Die Prinzessin und die Königin) »The Princess and the Queen« by George R. R. Martin. Copyright © 2013 by George R. R. Martin.

DAS IST MEIN VERLAG

… auch im Internet!

 twitter.com/BlanvaletVerlag

 facebook.com/blanvalet